जीवन के १२ नियम

अव्यवस्था से व्यवस्था की ओर...

12 RULES FOR LIFE

JORDON B. PETERSON

वॉव पब्लिशिंग्स द्वारा प्रकाशित श्रेष्ठ पुस्तकें

१. इन पुस्तकों द्वारा आध्यात्मिक विकास करें

- **निःशब्द संवाद का जादू** – जीवन की १११ जिज्ञासाओं का समाधान
- **विचार नियम** – आपकी कामयाबी का रहस्य
- **ध्यान नियम** – ध्यान योग नाइन्टी
- **कर्मयोग नाइन्टी** – हर एक की गीता अलग है
- The **मन** – कैसे बने मन : नमन, सुमन, अमन और अकंप
- **कैसे लें ईश्वर से मार्गदर्शन** – जो कर हँसकर कर
- **अभिमान से मुक्ति** – नम्रता की शक्ति
- **ए टू ज़ेड २६ सबक** – 26 Lessons of life
- **पहले राम फिर काम** – भक्ति शक्ति रामायण पथ

२. इन पुस्तकों द्वारा स्वमदद करें

- **मोह, अहंकार और बोरडम से मुक्ति** – सूक्ष्म विकारों पर विजय
- **समय नियोजन के नियम** – टाईम मैनेजमेंट
- **समग्र लोकव्यवहार** – मित्रता और रिश्ते निभाने की कला
- **विकास नियम** – आत्मविकास द्वारा संतुष्टि पाने का राज़
- **भय, चिंता और क्रोध से मुक्ति** – स्थूल विकारों से मुक्ति
- **नींव नाइन्टी** – नैतिक मूल्यों की संपत्ति
- **स्वसंवाद का जादू** – अपना रिमोट कंट्रोल कैसे प्राप्त करें
- **संपूर्ण लक्ष्य** – संपूर्ण विकास कैसे करें
- **संपूर्ण सफलता का लक्ष्य**
- **निर्णय और ज़िम्मेदारी** – वचनबद्ध निर्णय और जिम्मेदारी कैसे लें
- **आलस्य से मुक्ति के ७ कदम**

३. इन पुस्तकों द्वारा हर समस्या का समाधान पाएँ

- **प्रार्थना–बीज** – एक अद्‌भुत शक्ति
- **स्वास्थ्य त्रिकोण** – स्वास्थ्य संपन्न
- **सुनहरा नियम** – रिश्तों में नई सुगंध
- **स्वीकार का जादू** – तुरंत खुशी कैसे पाएँ

४. इन आध्यात्मिक उपन्यासों द्वारा जीवन के गहरे सत्य जानें

- मृत्यु का महासत्य **मृत्युंजय**
- **स्वयं का सामना** – हरक्युलिस की आंतरिक खोज

OVER THREE MILLION COPIES SOLD

जॉर्डन बी. पीटरसन

12 RULES FOR LIFE

जीवन के १२ नियम

अव्यवस्था से व्यवस्था की ओर...

#१ आंतरराष्ट्रीय बेस्टसेलर

'वर्तमान समय में पश्चिमी जगत के सबसे प्रभावशाली बुद्धिजीवी'

~ न्यू यॉर्क टाइम्स

जीवन के १२ नियम

अव्यवस्था से व्यवस्था की ओर...

जॉर्डन बी. पीटरसन

प्रकाशक : वॉव पब्लिशिंग्ज़ प्रा. लि. पुणे

प्रथम आवृत्ती : दिसंबर 2019

अनुवादक : **अभिषेक शुक्ला**

ISBN : 978-81-943200-4-3

'12 Rules for Life' **इस अंग्रेजी पुस्तक का हिंदी अनुवाद**

---

12 Rules for Life - An Antidote to Chaos

by Jordan B. Peterson

विषय सूची

प्रस्तावना

कुछ और नियम? वाकई? क्या हमारी अनूठी व्यक्तिगत स्थिति को ध्यान में न रखनेवाले ऐसे अमूर्त नियमों के बिना भी, हमारा जीवन पहले से ही काफी जटिल और सीमित नहीं है? और चूँकि हम सबके मस्तिष्क हमारे जीवन के अनुभवों के आधार पर बिलकुल अलग-अलग ढंग से विकसित होते हैं, तो फिर ऐसे में यह उम्मीद ही क्यों करना कि कुछ और नियम हमारे लिए सहायक हो सकते हैं?

लोगों को नियमों में आस्था नहीं होती। यहाँ तक कि बाइबिल में भी, जब एक लंबी अनुपस्थिति के बाद मूसा टेन कमांडमेंट्स की सिल्लियों के साथ पहाड़ की ऊँचाई से वापस आता है, तो देखता है कि ईजराइल के लोगों के बीच दुश्मनी हो गई है। वे सब फरौन के दास रह चुके थे और चार सौ सालों तक उसके अत्याचारी नियम-कानूनों के बंधक रह चुके थे। फिर मूसा ने उन्हें चालीस सालों तक कठोर रेगिस्तान को सहने के लिए विवश किया, ताकि उनके अंदर की दासता खत्म कर उन्हें शुद्ध किया जा सके। आखिरकार मुक्त होने के बाद वे इतने अनियंत्रित और स्वछंद हो चुके थे कि अब उन पर किसी की लगाम नहीं थी। अब वे एक सुनहरे बछड़े की मूर्ति के चारों ओर बेतहाशा नाचते रहते और अपनी शारीरिक भ्रष्टता का खुला प्रदर्शन करते।

'मेरे पास एक अच्छी और एक बुरी खबर है,' कानूनविद् (कानून बनानेवाला) ने उन्हें चिल्लाते हुए बताया। 'तुम इनमें से कौन सी खबर पहले सुनना चाहोगे?'

'पहले अच्छी खबर।' सारे सुखवादी चिल्लाए।

'मैंने उसके 15 कमांडमेंट्स (धर्मादेश) की संख्या कम करके 10 करवा दी है।'

'जय हो!' उपद्रवी भीड़ चीखी, 'और बुरी खबर क्या है?'

'व्यभिचार अब भी इसमें शामिल है।'

तो नियम फिर भी रहेंगे ही, पर कृपा करके बहुत सारे नियम नहीं होने चाहिए। जब नियम हमारे भले के लिए होते हैं तब भी हमें उनके प्रति झिझक महसूस होती है। अगर हम उत्साही प्रकृति के हैं, अगर हमारे पास चरित्र है, तो नियम हमें उन बंधनों जैसे लगते हैं, जो जीवन में हमारे गौरव और स्वतंत्रता का अपमान करते हैं। दूसरों के नियमों के आधार पर हमारा जीवन क्यों आँका जाए?

और हमारा आँकलन तो हो ही रहा है। आखिरकार, मूसा को ईश्वर ने 'दस सुझाव' नहीं बल्कि धर्मादेश दिए थे। अगर मैं एक स्वतंत्र व्यक्ति हूँ, तो किसी भी धर्मादेश को सुनकर मेरी पहली प्रतिक्रिया यही होगी कि 'कोई और, यहाँ तक कि ईश्वर भी, मुझे यह नहीं बता सकता कि मुझे क्या करना चाहिए और क्या नहीं।' भले ही उसमें मेरी भलाई हो। पर सुनहरे बछड़े की कहानी हमें याद दिलाती है कि बिना नियमों के हम बहुत जल्द अपने जुनून के गुलाम बन जाते हैं और इसमें मुक्ति जैसी कोई बात नहीं है।

यह कहानी कुछ अन्य संकेत भी देती है : जब हम पर कोई बंधन नहीं रह जाता और हम अपने अप्रशिक्षित तरीकों से निर्णय लेने के लिए स्वतंत्र हो जाते हैं, तो हम जल्द ही उन गुणों की उपासना करने लगते हैं, जो हमारे स्तर से भी निम्न हों। इस मामले में एक कृत्रिम पशु हमारे अंदर की पाशविक प्रवृत्ति को बिलकुल अनियंत्रित ढंग से सामने ले आता है। यह प्राचीन हिब्रू कहानी स्पष्ट करती है कि हमारे पूर्वज, हमारे मानकों को ऊँचा करने और अवलोकन को गहन बनानेवाले नियमों की अनुपस्थिति में, हमारे सभ्य व्यवहार की संभावनाओं के बारे में क्या महसूस करते थे।

बाइबिल की इस कहानी की एक बात बहुत ही स्पष्ट है कि ये अपने नियमों को किसी वकील, कानून निर्माता या प्रशासक की तरह सूचीबद्ध नहीं करती। बल्कि यह उन्हें एक ऐसी नाटकीय कहानी से जोड़कर प्रस्तुत करती है, जो इस बात का चित्रण करती है कि हमारे लिए वे नियम क्यों ज़रूरी हैं। इससे हमें उन्हें समझने में आसानी होती है। ठीक इसी तरह प्रोफेसर जॉर्डन पीटरसन ने भी अपने 12 नियमों को यूँ ही सामने नहीं रखा बल्कि उनके साथ कहानियाँ भी सुनाईं हैं। जिसके चलते विभिन्न क्षेत्रों से जुड़े उनके ज्ञान को ग्रहण करना हमारे लिए आसान हो जाता है। इस प्रकार वे इस महत्वपूर्ण बात पर प्रकाश डालते हैं कि सबसे सर्वश्रेष्ठ नियम अंततः हमें बंधनों में बाँधने के बजाय, हमारे लक्ष्य को आसान और हमारे जीवन को अधिक स्वतंत्र व संपूर्ण बनाते हैं।

जॉर्डन पीटरसन से पहली मुलाकात

मैं जॉर्डन पीटरसन से पहली बार 12 सितंबर 2004 को मिला था। यह मुलाकात हमारे दो दोस्तों, टी.वी. निर्माता वोडेक ज़ीमबर्ग और चिकित्सा से जुड़ी एस्टेरा बीकर के घर पर हुई थी। यह वोडेक के जन्मदिन की पार्टी का अवसर था। वोडेक और एस्टेरा, दोनों पोलिश प्रवासी हैं। वे दोनों ही सोवियत साम्राज्य में

पले-बढ़े थे, जहाँ कुछ विषय चर्चा के दायरे से बाहर माने जाते थे और कुछ विशेष सामाजिक व्यवस्थाओं व दार्शनिक विचारों पर (इस सूची में तत्कालीन सोवियत शासन भी शामिल है) सामान्य तौर पर सवाल उठाना भी एक बड़ी मुसीबत मोल लेने के बराबर है।

लेकिन ये दोनों ऐसी शानदार पार्टियों के मेजबान थे, जहाँ सहज और ईमानदारी भरी बातचीत होती थी, हर किसी को अपने मन की बात खुलकर कहने की छूट थी और जहाँ हर कोई सामनेवाले की बात को शिष्टाचार पूर्वक सुनता था। यहाँ का नियम था, 'अपने मन की कहो।' और अगर बातचीत राजनीतिक विषयों की ओर मुड़ जाए तो अलग-अलग राजनीतिक झुकाववाले लोग भी सामनेवाले की बात सुनने के लिए जिस प्रकार तैयार रहते थे, वह आजकल काफी दुर्लभ होता जा रहा है। हालाँकि राजनीति की बातें सुनने के लिए मैं हमेशा तैयार रहता था। कई बार वोडेक के अपने विचार और सच्चाइयाँ अचानक उसके मुँह से बाहर आ जाते थे और साथ ही उसके ठहाके भी। फिर वह उस व्यक्ति को गले लगा लेता, जिसकी बातों पर उसने ठहाका लगाया और उसे अपने मन की बात को और अधिक खुले अंदाज में सामने रखने के लिए उकसाता रहता। यही उन पार्टियों की सबसे अच्छी बात होती थी। वोडेक की स्पष्टता और उसकी गर्मजोशी पार्टियों को और दिलचस्प बना देती थीं। इसी दौरान एस्टेरा की जिंदादिल आवाज भी श्रोताओं तक पहुँचती रहती थी। लोगों के मुँह से सच्चाइयों का अचानक बाहर आना वहाँ के माहौल की सहजता को कम करने के बजाय अन्य लोगों को अपनी-अपनी सच्चाइयों का विस्फोट करने के लिए उत्साहित करता था। यह हम सबके लिए बड़ा ही मुक्तिभरा अनुभव होता था, जहाँ ठहाकों की कोई कमी नहीं थी और हम सबकी शाम अधिक दिलचस्प हो जाती थी। क्योंकि वोडेक और एस्टेरा जैसे जिंदादिल और खुले नज़रिएवाले पूर्वी यूरोपीय लोगों के साथ आपको यह स्पष्ट पता होता था कि आप किस प्रकार के लोगों के साथ समय बिता रहे हैं। उनका खुला नज़रिया वाकई माहौल में जान डाल देता था।

उपन्यासकार होनोर डी बाल्ज़ेक ने एक बार फ्रांस की पार्टीज का उल्लेख करते हुए कहा था कि वहाँ एक पार्टी में दो-दो पार्टीज चल रही होती हैं। पार्टी की शुरुआत में मौजूद ज़्यादातर मेहमान वहाँ के माहौल से ऊब जाते थे पर फिर भी यह दिखावा करते रहते थे कि उन्हें वहाँ बड़ा आनंद आ रहा है। ज़्यादातर लोग इस उम्मीद में आते थे कि पार्टी में उनकी मुलाकात विपरीत लिंग के किसी ऐसे व्यक्ति से हो जाएगी, जिसके साथ समय बिताकर वे स्वयं के बारे में अच्छा महसूस करेंगे।

पार्टी का अंतिम दौर आते-आते ज़्यादातर मेहमान जा चुके होते थे। इसके बाद शुरू होती थी, दूसरी पार्टी यानी असली पार्टी। फिर लोग एक-दूसरे से खुलकर बातें करने लगते और पार्टी के शुरुआती दौर के ऊबे माहौल की जगह बार-बार लगते तेज ठहाके ले लेते। इन फ्रांसीसी पार्टीज में जो अपनापन और खुलापन देर रात के बाद आना शुरू होता था, वह एस्टेरा और वोडेक की पार्टीज में पहला कदम रखते ही महसूस होने लगता था।

वोडेक स्लेटी बालोंवाला एक बेहद आकर्षक व्यक्ति था, जो करीब-करीब हमेशा ही ऐसे संभावित बुद्धिजीवियों की तलाश में रहता था, जो टी.वी. कैमरा के सामने खुलकर और प्रामाणिक अंदाज में बोल सकें। यह तभी संभव था, जब आप सचमुच एक प्रामाणिक व्यक्ति हों (कैमरा आपकी ऐसी विशिष्टताओं को बहुत जल्दी पकड़ लेता है)। इस प्रकार के लोगों को वह अक्सर अपने घर में लगनेवाली मंडलियों में आमंत्रित करता था। उस दिन वोडेक मेरी ही यूनिवर्सिटी के मनोविज्ञान के एक प्रोफेसर को लेकर आया था, जिसमें ये सारी खूबियाँ थीं और जो बुद्धि व भावनात्मकता का संतुलित मिश्रण था। वोडेक वह पहला व्यक्ति था, जो जॉर्डन पीटरसन को कैमरे के सामने लेकर आया और उन्हें एक ऐसे शिक्षक के रूप में देखा, जो हमेशा अपने छात्रों की खोज में रहता है क्योंकि जॉर्डन किसी भी चीज़ को विस्तार से समझाने के लिए हमेशा तैयार रहते थे। वोडेक के लिए अच्छी बात यह रही कि न सिर्फ जॉर्डन को कैमरे का सामना करना पसंद आया बल्कि कैमरे को भी जॉर्डन पीटरसन अच्छे लगे।

उस दिन वोडेक और एस्टेरा के घर के बगीचे में एक बड़ा टेबल लगा हुआ था, जिसे घेरकर वही बातूनी और दक्ष लोग बैठे हुए थे, जो वोडेक की इन मंडलियों में अक्सर नज़र आते थे। हालाँकि हम लोग उन ढेर सारी मधुमक्खियों से परेशान थे, जो उड़ते-उड़ते हमारे बीच आ गई थीं। जबकि हमारे साथ ही पैरों में काऊबॉय बूट्स पहने और बोलचाल में एल्बर्टा के लहजेवाले मनोविज्ञान के एक प्रोफेसर बैठे हुए थे, जो बड़ी सहजता से मधुमक्खियों को नज़रअंदाज करते हुए अपनी बात कह रहे थे। वे लगातार बोलते जा रहे थे, जबकि हम सब मधुमक्खियों से बचने की कोशिश में लगे हुए थे, पर इसके साथ-साथ हम उनकी बातों को गौर से सुनने की कोशिश भी कर रहे थे। क्योंकि वे हमारी मंडली में नज़र आनेवाला नया चेहरा होने के बावजूद खासे दिलचस्प व्यक्ति थे।

उनमें एक अलबेली आदत थी। वे सबसे गहनतम सवालों पर भी कुछ इस

अंदाज में चर्चा करते थे, मानों बस यूँ ही गपशप कर रहे हों, फिर भले ही उनके सामने बैठा व्यक्ति कोई भी हो - उस मंडली में बैठे ज़्यादातर लोग उनसे अभी-अभी परिचित हुए थे। उनकी इस आदत का वर्णन इस प्रकार भी किया जा सकता है कि जब वे यूँ ही गपशप कर रहे होते - जैसे 'आप वोडेक और एस्टेरा को कैसे जानते हैं?' या 'मैं एक जमाने में मधुमक्खियाँ पाला करता था, इसीलिए उनकी मौजूदगी से मुझे कोई दिक्कत नहीं होती' - तो बीच-बीच में अधिक गंभीर विषयों की ओर मुड़ जाते और यह इतनी तेजी से होता कि उतनी देर में आप अपनी पलकें भी न झपका सकें।

इस तरह के सवालों पर आमतौर पर उन्हीं पार्टीज में चर्चा होती है, जहाँ आए मेहमानों में ज़्यादातर प्रोफेसर्स और पेशेवर लोग हों। पर वहाँ भी ऐसी चर्चा किसी कोने में खड़े किन्हीं दो विशेषज्ञों की आपसी बातचीत तक ही सीमित रहती है। और अगर ऐसी चर्चा किसी बड़े समूह में होती है, तो आमतौर पर उनके बीच कोई आत्मसंतुष्ट व्यक्ति ज़रूर मौजूद होता, जो इस चर्चा को जारी रखने के लिए ईंधन का काम कर रहा होता है। जबकि जॉर्डन पीटरसन विद्वान होने के बावजूद ज़रा भी अभिमानी नहीं लग रहे थे। उनके अंदर अपने ज्ञान को लेकर कोई घमंड नज़र नहीं आ रहा था। बल्कि वे तो उस उत्साही बच्चे जैसे थे, जिसने अभी-अभी कोई नई चीज़ सीखी है और अब वह उसे हर किसी से साझा करने के लिए उतावला है। उन्हें देखकर लगता था, मानों बच्चों की तरह ही उनका भी यह मानना हो कि अगर उन्हें कोई चीज़ दिलचस्प लग रही है, तो वह दूसरों को भी दिलचस्प लग सकती है।

इस काऊबॉय में एक किस्म का लड़कपन था। जिस अंदाज में वे अलग-अलग विषयों पर हमसे बातें कर रहे थे, उसे देखकर लग रहा था, मानो हम सब किसी कस्बे या किसी बड़े परिवार में एक साथ बड़े हुए हों और इंसानी अस्तित्व की समस्याओं के बारे में निरंतर एक साथ सोच-विचार करते आए हों।

पर जॉर्डन पीटरसन कोई 'सनकी' या 'झक्की' व्यक्ति नहीं लग रहे थे। उनके व्यक्तित्व में पर्याप्त पारंपरिक विशिष्टताएँ नज़र आ रही थीं। वे हार्वर्ड यूनिवर्सिटी में प्रोफेसर रह चुके थे और वे एक सज्जन व्यक्ति थे (जैसे कि ज्यादातर काऊबॉय होते हैं)। हालाँकि वे 1950 के ग्रामीण इलाकों के अंदाज में डैम (लानत है) और ब्लडी (भयंकर) जैसे शब्दों का काफी इस्तेमाल कर रहे थे। फिर भी वहाँ हर कोई मंत्रमुग्ध होकर उनकी बातें सुन रहा था। क्योंकि वे उन सवालों के बारे में तथ्यों के साथ बात कर रहे थे, जो वहाँ बैठे हर व्यक्ति के मन में उठते रहते थे।

एक ऐसा व्यक्ति, जो इतना विद्वान होने के बाद भी बिना कोई काँट-छाँट किए अपनी बात कहता है, उसके साथ बैठना अपने आपमें बड़ा ही मुक्तिदायक अनुभव था। वे जरा मृदु सोचवाले थे और ऐसा लगता था कि उन्हें और प्रबलता से सोच-विचार करना चाहिए। हालाँकि प्रबलता के चलते तेजी से सोच-विचार करना जरा मुश्किल हो जाता है और जॉर्डन के सोच-विचार करने की गति अच्छी-खासी थी। उनके जोशीले विचार लगातार सामने आ रहे थे। पर अपने विचारों पर अड़े रहनेवाले ज़्यादातर शिक्षाविदों के विपरीत जॉर्डन के विचारों को जब कोई चुनौती देता या उनकी बातों को जब कोई संशोधित करने की कोशिश करता, तो ऐसा लगता था, जैसे उन्हें इसमें बड़ा आनंद आ रहा हो। ऐसी स्थिति में वे सामनेवाले को किसी प्रतिद्वंद्वी की तरह नहीं ले रहे थे। बल्कि दोस्ताना अंदाज में 'हाँ' कहते और स्वत: ही सिर झुकाकर गौर करते कि क्या उन्होंने किसी चीज़ को नज़रअंदाज कर दिया है? इसके बाद वे ज़रूरत से ज़्यादा साधारणीकरण करने के लिए अपने आप पर ही हँस देते। जब कोई उन्हें किसी मुद्दे का दूसरा पहलू दिखाता, तो वे इसकी सराहना करते। स्पष्ट था कि उनके लिए किसी समस्या पर विचार या चर्चा करने का अर्थ परस्पर संवाद करना था।

उनकी एक और विशिष्टता थी, जिसे अनदेखा करना मुश्किल था: एक विद्वान और बुद्धिजीवी होने के बावजूद वे बड़े ही व्यावहारिक व्यक्ति थे। उनके उदाहरण रोज़मर्रा के जीवन में लागू की जानेवाली युक्तियों से भरे हुए थे। जैसे व्यवसाय प्रबंधन, फर्नीचर निर्माण (अपने घर का ज़्यादातर फर्नीचर उन्होंने खुद ही बनाया था) एक सामान्य घर खुद ही डिजाइन कर लेना, किसी कमरे को व्यवस्थित और सुंदर बनाना (जो अब एक इंटरनेट मीम बन चुका है) और शिक्षा के मामले में विशिष्ट रूप से, एक ऑनलाइन राइटिंग प्रोजेक्ट तैयार करना। जिसके माध्यम से अल्पसंख्यक छात्रों को एक प्रकार के मनोविश्लेषणात्मक व्यायाम की सुविधा दी जाती है, ताकि उन्हें स्कूल छोड़ने से रोका जा सके। इस प्रोजेक्ट से छात्रों को अपने अतीत, वर्तमान और भविष्य के साथ मुक्त रूप से संबद्ध होने का मौका मिलता है (अब इसे सेल्फ-ऑथरिंग प्रोग्राम के नाम से जाना जाता है)।

मुझे मध्य-पश्चिमी मैदानी इलाकों के वे लोग हमेशा से पसंद रहे हैं, जो वहाँ की खेती-बाड़ीवाली दुनिया से आए हों (जहाँ उन्होंने प्रकृति के बारे में सब कुछ सीखा हो)। या फिर ऐसे लोग, जो बहुत छोटे कस्बों से आए हों, जो रोज़मर्रा के काम की चीज़ों को अपने हाथों से निर्मित करना जानते हों, जो कठिन परिस्थितियों में रहे हों, खुद ही

सब कुछ सीखते-समझते रहे हों और तमाम मुश्किलों के बावजूद उच्च शिक्षा के लिए यूनिवर्सिटी गए हों। मुझे ऐसे लोग, अपने उन शहरी समकक्षों से काफी अलग लगते हैं, जिनमें विवेक तो होता है, पर कुछ हद तक वे विकृत किस्म के भी होते हैं। उनके लिए उच्च शिक्षा हासिल करना पहले से ही तय होता है और इसीलिए वे उसका मूल्य नहीं समझते या उसे ज्ञान हासिल करने के अवसर के रूप में देखने के बजाय सिर्फ कॅरियर को बेहतर बनानेवाले एक तरीके के रूप में देखते हैं। जबकि पश्चिमी इलाकों से आए ये लोग काफी अलग थे, सब कुछ अपने बूते हासिल करनेवाले, हर चीज़ पर अपना अधिकार जमाने के बजाय उसे अपनी मेहनत से हासिल करने की कोशिश करनेवाले, व्यावहारिक, दोस्ताना और अपने उन शहरी साथियों की तुलना में कहीं ज़्यादा सरल, जो अपना ज़्यादातर समय घर के अंदर कंप्यूटर के सामने बिताते हैं। इस काऊबॉय म नोविज्ञानी को देखकर लगता था कि उसे किसी विचार की परवाह सिर्फ तभी होगी, जब वह विचार किसी न किसी रूप में किसी व्यक्ति के जीवन को बेहतर बनाने में सहायक होगा।

हम दोस्त बन गए। साहित्य के प्रति गहरा लगाव रखनेवाले मनोचिकित्सक और मनोविश्लेषक के रूप में मैं उनकी ओर इसलिए आकर्षित हुआ क्योंकि वे एक ऐसे चिकित्सक थे, जिन्होंने ढेरों किताबें पढ़कर बहुत सारा ज्ञान अर्जित किया था। साथ ही वे न सिर्फ आत्मीय रूसी उपन्यासों, दर्शन और प्राचीन पौराणिक कथाओं के दीवाने थे बल्कि उन्हें ऐसे देखते थे, मानो वे उनकी सबसे कीमती विरासत हों। हालाँकि इसके साथ ही उन्होंने व्यक्तित्व और स्वभाव जैसे विषयों पर शानदार सांख्यिकीय शोध भी कर रखे थे और न्यूरोसाइंस (तंत्रिका विज्ञान) का अच्छाखासा अध्ययन भी कर चुके थे। हालाँकि वे एक व्यवहारवादी के तौर पर प्रशिक्षित हुए थे, पर वे प्रबल रूप से मनोविश्लेषण की ओर आकर्षित थे। उनका ध्यान मुख्य रूप से सपनों, आर्कटाइप्स (आद्यरूपों या मूलरूप आदर्श) वयस्क जीवन पर बचपन के संघर्षों का गहन प्रभाव, रोज़मर्रा के जीवन में बचाव और तर्कसंगतता की भूमिका जैसे विषयों पर केंद्रित था। इसके साथ ही वे इस मामले में भी सबसे अलग थे कि टोरंटो यूनिवर्सिटी में शोध की ओर झुकाव रखनेवाले मनोविश्लेषण विभाग का हिस्सा होने के बावजूद वे पेशेवर रूप से एक मनोचिकित्सक के रूप में भी सक्रिय थे।

पीटरसन के घर की सजावट

इसके बाद जब भी मेरी उनसे मुलाकात होती, तो हमारी बातचीत हमेशा

हँसी-मज़ाक और चुहलबाजी से ही शुरू होती। अल्बर्टा के अंदरूनी इलाके में बसे एक छोटे से कस्बे से आए जॉर्डन पीटरसन की किशोरावस्था बिलकुल 'फूबर' नामक फिल्म जैसी थी, उनके घर जाने पर आपका स्वागत कुछ इसी प्रकार होता था। अपने घर को उन्होंने और उनकी पत्नी ने मिलकर डिजाइन किया था। मैंने अपने जीवन में जितने भी मध्यमवर्गीय परिवारों के घर देखे हैं, उनमें से यह घर सबसे आकर्षक और अधिक चौकानेवाला था। उनके घर में ढेरों कलाकृतियाँ, नक्काशीदार मुखौटे और अमूर्त तस्वीरें थीं। इसके साथ ही उनके पास सोवियत संघ द्वारा अधिकृत की गईं लेनिन और शुरुआती दौर के साम्यवादियों की मूल समाजवादी यथार्थवादी पेंटिंग्स् का विशाल संग्रह भी था, जो बाकी हर चीज़ पर भारी पड़ रहा था। सोवियत संघ के पतन पर दुनिया ने राहत की साँस ली थी। इसके कुछ ही समय बाद जॉर्डन पीटरसन ने इस प्रॉपेगेंडा (कल्पना) को बहुत ही सस्ते दामों में ऑनलाइन खरीदना शुरू कर दिया था। सोवियत क्रांतिकारी भावना की चापलूसी करनेवाली ये पेंटिंग्स् उनके घर की हर दीवार, छत और यहाँ तक कि गुसलखाने में भी लगी हुई थीं। पर जॉर्डन पीटरसन ने अपने घर में चारों ओर ये पेंटिंग्स् इसलिए नहीं लगा रखी थीं क्योंकि उन्हें सोवियत संघ से कोई अधिनायकवादी सहानुभूति थी। उन्होंने तो ऐसा इसलिए किया था ताकि वे पेंटिंग्स् उन्हें और बाकी हर किसी को यह याद दिलाती रहें कि दुनिया को आदर्शलोक बनाने के नाम पर सोवियत संघ में कैसे लाखों लोगों को मौत के घाट उतार दिया गया था।

दरअसल इस अलबेले घर को एक ऐसे भ्रम से 'सजाया' था, जिसने वास्तव में मानव जाति को करीब-करीब नष्ट कर दिया था। इसीलिए इसका अभ्यस्त होने में ज़रा समय लगता था। पर जॉर्डन की अद्भुत और अनूठी जीवनसाथी टैमी के चलते मेरे लिए यह आसान हो गया। उन्होंने न सिर्फ जॉर्डन की अभिव्यक्ति की इस असामान्य आवश्यकता को अपनाया बल्कि प्रोत्साहित भी किया! ये पेंटिंग्स् जॉर्डन के घर आनेवाले हर मेहमान को, अच्छाई के नाम पर बुरा करने की मानवीय क्षमता को लेकर उनकी चिंता की झलक दिखाने का काम करती थीं। इसके साथ ही ये इंसान द्वारा खुद को धोखा देने के मनोवैज्ञानिक रहस्य को भी दर्शाती थीं (भला यह कैसे संभव है कि कोई इंसान खुद को धोखा दे और फिर भी उसके परिणामों को भुगतने से बच जाए)। यह ऐसा विषय था, जिसमें मेरी दिलचस्पी भी उतनी ही थी, जितनी जॉर्डन की। इसके साथ ही हम दोनों एक अन्य विषय पर भी घंटों चर्चा किया करते थे, जिसे मैं एक कमतर समस्या कहूँगा (कमतर इसलिए क्योंकि यह दुर्लभ है)। वह समस्या है, बुराई के लिए बुराई करने की मानवीय क्षमता और दूसरों का

जीवन बरबाद करके कुछ लोगों को मिलनेवाला आनंद, जिसे सत्रहवीं शताब्दी के अंग्रेज कवि जॉन मिल्टन ने अपनी कृति 'पैराडाइस लॉस्ट' में दर्शाया था।

और इसीलिए हम उनके अधोलोक नुमां रसोई में चाय पीते हुए चर्चा करते रहते, जहाँ की दीवारों पर उनका अलबेला कला संग्रह नज़र आता रहता था। यह संग्रह दरअसल दक्षिणपंथ या वामपंथ जैसी एकपक्षीय विचारधाराओं से परे जाने और अतीत की गलतियों को दोबारा न दोहराने की जॉर्डन की सच्ची कोशिश का एक प्रतीक था। कुछ समय बाद अशुभ सी पेंटिंग्स् से भरी दीवारोंवाली उनकी रसोई में जाकर चाय पीने और अपने-अपने पारिवारिक मुद्दों या हाल ही में पढ़ी किसी दिलचस्प किताब पर चर्चा करने में कुछ भी विचित्र नहीं रह गया। यह बस उस संसार में रहने जैसा हो गया, जो जैसा था, वैसा था।

इसके पहले आई जॉर्डन की पहली और इकलौती किताब 'मैप्स ऑफ मीनिंग' में उन्होंने विश्वभर की पौराणिक कथाओं में पाई जानेवाली सार्वभौमिक विषय-वस्तु पर अपनी गहन अंतर्दृष्टियाँ साझा की थीं। साथ ही उन्होंने यह वर्णन भी किया था कि कैसे संसार की हर संस्कृति ने कहानियों का सृजन किया, ताकि हम उस अराजकता का सामना करते हुए आखिरकार उसे समझ सकें, जिसमें हमें हमारी पैदाइश के समय ही धकेल दिया गया था। यह अराजकता ही वह सब कुछ है, जो हमारे लिए अज्ञात है। यह अराजकता ही वह अज्ञात क्षेत्र है, जिसमें हमने आज तक कदम नहीं रखा है और जिसे हमें पार करना ही होगा, चाहे वह बाहरी संसार हो या हमारा अपना जहन।

क्रमिक विकास, भावनाओं का तंत्रिका विज्ञान, कार्ल युंग की सर्वश्रेष्ठ बातें, सिग्मंड फ्रायड की कुछ बातें, नीत्शे, दोस्तोवस्की, सोल्जेनित्सिन, एलियाडे, न्यूमैन, पियागेट, फ्रे और फ्रैंकल की महान कृतियाँ, इन सबको संयुक्त रूप से प्रस्तुत करनेवाली जॉर्डन पीटरसन की पहली किताब 'मैप्स ऑफ मीनिंग' करीब दो दशक पहले प्रकाशित हुई थी। जब हम किसी चीज़ को समझ नहीं पाते, तो उसके चलते हमारी रोज़मर्रा की जिंदगी में आनेवाली आर्कटाइपल (आद्यप्रारूपीय) परिस्थितियों से इंसान और इंसानी मस्तिष्क कैसे निपटते हैं, इस बात को समझने के लिए जॉर्डन पीटरसन द्वारा प्रस्तुत विस्तृत दृष्टिकोण को इस किताब में दर्शाया गया था। इसकी सबसे बड़ी खूबी थी, यह स्पष्ट करना कि यह परिस्थिति हमारे क्रमिक विकास, डीएनए, मस्तिष्क और हमारी सबसे प्राचीन कहानियों में किस प्रकार निहित है। जॉर्डन ने अपनी इस किताब में बताया कि ये प्राचीन कहानियाँ आज तक इसीलिए

बची हुई हैं क्योंकि ये आज भी हमें अनिश्चितता, अपरिहार्य व अज्ञात परिस्थितियों से निपटने का मार्गदर्शन देती हैं।

अभी आप जो किताब पढ़ रहे हैं, उसके कई गुणों में से एक यह है कि ये 'मैप्स ऑफ मीनिंग' का एक प्रवेश-बिंदु प्रदान करती है, जो दरअसल एक बेहद जटिल किताब थी। जब जॉर्डन उसे लिख रहे थे, तो वे दरअसल मनोविज्ञान के प्रति अपने दृष्टिकोण पर काम कर रहे थे। पर वह एक बुनियादी चीज़ थी क्योंकि भले ही हमारे जीन्स या जीवन के अनुभव कितने भी अलग-अलग हों या भले ही हमारे मस्तिष्क हमारे अनुभवों से बंधे हुए हों, फिर भी हम सबको अज्ञात से निपटना पड़ता है और हम सब अराजकता से व्यवस्था की ओर जाने का प्रयास करते हैं। इसीलिए इस किताब के कई नियमों में सौर्वभौमिकता का तत्व है, जो 'मैप्स ऑफ मीनिंग' पर आधारित हैं।

'मैप्स ऑफ मीनिंग' जॉर्डन की उस उत्तेजिक जागरूकता से निकली किताब थी, जो शीत युद्ध के समय एक किशोर के रूप में बड़े होने के चलते उनके अंदर पैदा हुई थी। उस समय अधिकांश मानवता अपनी विभिन्न पहचानों को बचाने के लिए पूरी पृथ्वी को विस्फोट में उड़ाने की कगार पर खड़ी नज़र आ रही थी। उनके अंदर यह समझने की प्रबल इच्छा जागृत हुई कि आखिर लोग अपनी 'पहचान' के खातिर हर चीज़ का बलिदान देने के लिए कैसे तैयार हो जाते हैं। साथ ही उन्होंने उन विचारधाराओं को समझने की ज़रूरत भी महसूस की, जिनके चलते अधिनायकवादी शासन ऐसे व्यवहार को उकसाता है कि वे अपने ही नागरिकों का नरसंहार करने लगते हैं। 'मैप्स ऑफ मीनिंग' में और इस किताब में भी, जॉर्डन अपने पाठकों को जिस मामले में सबसे ज़्यादा सावधान करते हैं, वह ये है कि ज़्यादातर विचारधाराओं से बचें, भले ही उन्हें 'बेचने' की कोशिश करनेवाला व्यक्ति कोई भी हो और इसके लिए वह किसी भी हद तक जाने को तैयार हो।

विचारधाराएँ दरअसल वे सरल विचार हैं, जो किसी ऐसे विज्ञान या दर्शन के रूप में सामने आती हैं, जिनका उद्देश्य संसार की जटिलता की व्याख्या करना है और जो संसार को संपूर्ण व बेहतरीन बनाने के तरीके सुझाती हैं। विचारधाराओं को माननेवाले दरअसल वे लोग होते हैं, जो अपनी अंदरूनी अराजकता पर काबू पाने से पहले ही यह जानने का दिखावा करते हैं कि संसार को 'बेहतर स्थान बनाने' का तरीका क्या है। उनकी विचारधारा उन्हें योद्धा की जो पहचान देती है, उससे वे अपनी अराजकता पर पर्दा डाल देते हैं। निश्चित ही यह घमंड की पराकष्ठा है। इस

किताब की सबसे महत्वपूर्ण विषय-वस्तुओं में से एक यह है कि पहले 'अपने घर को व्यवस्थित करें।' यह कैसे किया जाए, इसके लिए भी जॉर्डन ने कई व्यावहारिक सुझाव दिए हैं।

विचारधाराएँ दरअसल सच्चे ज्ञान के ऐवज में प्रस्तुत किया गया विकल्प हैं और सत्ता हासिल करने के बाद वे हमेशा खतरनाक हो जाती हैं। क्योंकि 'मैं ही सबसे बड़ा ज्ञानी हूँ' किस्म के मूर्खतापूर्ण नज़रिए से अस्तित्व की जटिलता को कभी नहीं समझा जा सकता। जब विचारधाराओं से ग्रस्त लोगों के तरीके और प्रणालियाँ कारगर सिद्ध होने के बजाय असफल हो जाते हैं, तो वे अपनी गलती मानने के बजाय उन लोगों को दोषी ठहराने लगते हैं, जो उनके सरलीकृत तरीकों की कमियों को पहले ही समझ गए थे। टोरंटो यूनिवर्सिटी के एक और महान प्रोफेसर लुईस फेयूर ने अपनी किताब 'आइडियोलॉजी एंड आइडियोलॉजिस्ट' में कहा है कि 'विचारधाराएँ उन्हीं धार्मिक कहानियों को दोहराती हैं, जिनकी जड़ें खोदने का वे दावा करती हैं।' पर ऐसा करते हुए वे इन कहानियों की कथात्मकता और उनकी मनोवैज्ञानिक गहनता को खत्म कर देती हैं। साम्यवाद ने अपने मूल विचार 'चिल्ड्रेन ऑफ इजराइल इन इजिप्ट' की कहानी (ओल्ड टेस्टामेंट, हिब्रू बाइबिल और तोराह की किताबों में वर्णित 'द एक्सोडस' की कथा) से उधार लिए हैं। जिसमें गुलाम वर्ग है, अमीर उत्पीड़क है, लेनिन जैसा एक नेता है, जो विदेश जाकर लोगों को गुलाम बनानेवालों के साथ रहता है और फिर उन गुलामों को एक नई दुनिया (आदर्शलोक – जहाँ गुलाम और मजदूर वर्ग की ही तानाशाही हो) में ले जाने के लिए उनकी अगुवाई करता है।

विचारधारा को समझने के लिए जॉर्डन ने न सिर्फ सोवियत गुलाग (सोवियत संघ में लेबर कैंप चलानेवाली सरकारी संस्था) का बल्कि होलोकॉस्ट (द्वितीय विश्वयुद्ध के दौरान नाजियों द्वारा यूरोपीय यहूदियों का नरसंहार) और नाजीवाद के उदय का भी गहन अध्ययन किया है। मैं आज तक अपनी पीढ़ी के किसी ऐसे व्यक्ति से नहीं मिला, जो जन्म से ईसाई हो पर यूरोप में यहूदियों के साथ हुए बर्ताव से इतना दुःखी रहा हो और जिसने इसके कारणों को समझने के लिए जी-तोड़ मेहनत की हो। मैंने भी इस विषय पर गहन अध्ययन किया है। मेरे पिता स्वयं ऑश्विज के यातना शिविर में बंदी होने के बावजूद किसी तरह जीवित बच गए थे। मेरी दादी भी अपनी प्रौढ़ावस्था के बावजूद डॉ. जोसेफ मेंजेल के विरोध में खड़ी हो गई थीं, जिसने अपने पीड़ितों पर बड़े ही क्रूर प्रयोग किए थे। वे भी ऑश्विज के यातना शिविरों में बंदी होने के बावजूद जिंदा बच गई थीं क्योंकि उन्होंने उस डॉक्टर के एक आदेश

का पालन नहीं किया था। दरअसल उस क्रूर व्यक्ति ने एक बार बुजुर्ग, बीमार और कमज़ोर बंदियों को गैस चैंबर में भेजकर मारने के उद्देश्य से उन्हें एक पंक्ति में खड़ा होने का आदेश दिया था। पर मेरी दादी चुपके से उस पंक्ति से निकलकर अपेक्षाकृत युवा बंदियों की पंक्ति में जाकर खड़ी हो गईं और जीवित बच गईं। इसी तरह एक अन्य मौके पर उन्होंने खुद को गैस चैंबर में मरने से बचाया था। दरअसल उन्होंने किसी को अपने हिस्से का खाना देकर बदले में उससे बालों का खिजाब ले लिया था, ताकि अपने सफेद बालों को काला कर लें और बूढ़ी न दिखें क्योंकि अगले ही दिन बूढ़े लोगों को गैस चैंबर में भेजने की योजना थी। उनके पति यानी मेरे दादा जी भी मोथाउसेन के यातना शिविर में बंदी होने के बावजूद जिंदा बच गए थे। लेकिन अपनी आज़ादी के एक दिन पहले जब उन्हें लंबे समय बाद ठोस भोजन मिला, तो पहला टुकड़ा खाते ही उनका दम घुट गया। मैं इन बातों का जिक्र इसलिए कर रहा हूँ क्योंकि इन घटनाओं के सालों बाद जब मैं और जॉर्डन दोस्त बने, तो मैंने देखा कि वे फ्री स्पीच (बोलने की आज़ादी) के प्रति खासा उदारवादी रवैया रखते हैं पर इसके बावजूद वामपंथी अतिवादी उन पर दक्षिणपंथी कट्टरता का आरोप मढ़ते फिर रहे थे।

मैं बहुत ही संयम पूर्वक यह कहना चाहूँगा कि जॉर्डन पर ऐसे आरोप मढ़ने से पहले उन अतिवादियों ने अपने आरोपों की वैधता सुनिश्चित करने के लिए ज़रूरी परिश्रम नहीं किया। मेरे परिवार के सदस्यों ने जो कुछ भी झेला है, उसके बाद इंसान दक्षिणपंथी कट्टरता के प्रति न केवल बेहद सचेत हो जाता है बल्कि इससे भी ज़्यादा, वह ऐसे लोगों को पहचानना भी सीख जाता है, जिनके अंदर ऐसी कट्टरता का मुकाबला करने के लिए ज़रूरी समझ, इच्छाशक्ति और साहस हो। जॉर्डन पीटरसन ऐसे ही व्यक्ति हैं।

मैंने राजनीतिक विज्ञान के अध्ययन के अलावा अचेतन मन, मानसिक प्रक्षेपण, मनोविश्लेषण, समूह मनोविज्ञान, मनोरोग और इंसानी मस्तिष्क की रिग्रेसिव (प्रतिगामी) क्षमता जैसे विषयों का अध्ययन करने का निर्णय लिया था। इसका एक बड़ा कारण यह था कि मैं स्वयं नाजीवाद, अधिनायकवाद और पूर्वाग्रह के उदय को समझने के आधुनिक राजनीति विज्ञान के प्रयासों से बेहद असंतुष्ट था। जॉर्डन ने भी राजनीति विज्ञान को इसी वजह से छोड़ा था। समान विषयों में दिलचस्पी होने के बावजूद हम 'जवाबों' के मामले में एक-दूसरे से हमेशा सहमत नहीं होते (इसके लिए ईश्वर का शुक्रिया) पर हमारे बीच इस बात पर करीब-करीब पूर्ण सहमति होती है कि सवाल क्या होने चाहिए।

हमारी दोस्ती सिर्फ सहमत और असहमत होने तक ही सीमित नहीं है। यूनिवर्सिटी में अपने साथी प्रोफेसरों की कक्षाओं में बैठना मेरी आदत थी। इसीलिए मैं जॉर्डन की कक्षाओं में भी बैठ चुका हूँ, जो हमेशा ढेर सारे छात्रों से भरी रहती हैं। मैं इन कक्षाओं में वह देखता था, जो इंटरनेट पर अब तक लाखों लोग देख चुके हैं: एक शानदार वक्ता, जो अपने ज्ञान की गहनता से अक्सर लोगों को अचंभित कर देता है और किसी बेहतरीन जैज़ संगीतज्ञ की तरह लय बाँधते हुए विभिन्न विषयों पर बोलता है। कभी-कभी वह मैदानी इलाके के किसी उत्साही उपदेशक जैसा लगता है (जो धार्मिक प्रचार नहीं करता पर जिसके व्यक्तित्व में किसी उपदेशक जैसा जुनून है और वह ऐसी कहानियाँ सुनाना जानता है, जो विभिन्न विचारों पर भरोसा करने या न करने के कारण खेले जानेवाले जीवन के दाँव-पेंच के बारे में बताती हैं)। और फिर वह उतनी ही आसानी से वैज्ञानिक अध्ययनों की एक पूरी श्रृंखला का बेहद व्यवस्थित सारांश तैयार करने निकल पड़ता है। जॉर्डन अपने छात्रों को और अधिक चिंतनशील बनाने में माहिर हैं। वे छात्रों को और उनके भविष्य को बड़ी ही गंभीरता से लेते हैं। उन्होंने छात्रों को दुनिया की सबसे महान किताबों का सम्मान करना सिखाया है। वे मनोविश्लेषण के अपने पेशेवर जीवन से जुड़े प्रबल उदाहरण देते हैं, अपने बारे में (उचित ढंग से) खुलासे करते हैं, यहाँ तक कि अपनी कमजोरियों को भी सबके सामने रख देते हैं और क्रमिक विकास, मस्तिष्क व पौराणिक कथाओं के बीच आकर्षक कड़ियाँ जोड़ देते हैं। एक ऐसी दुनिया में, जहाँ (रिचर्ड डॉकिन्स जैसे विचारकों द्वारा) छात्रों को क्रमिक विकास व धर्म को एक-दूसरे के विरोधी के रूप में देखना सिखाया जाता है, वहाँ जॉर्डन ने अपने छात्रों को बताया कि प्राचीन मेसोपोटामिया की पौराणिक कथाओं के मुख्य नायक गिलगोमेश, मिश्र की पौराणिक कथाओं, गौतम बुद्ध के जीवन और बाइबिल जैसी प्राचीन कहानियों में छिपे ज्ञान और गहन मनोवैज्ञानिक आग्रह की व्याख्या करने में क्रमिक विकास किस प्रकार सहायक है। उदाहरण के लिए, उन्होंने बताया कि कैसे अज्ञान की ओर स्वेच्छा से यात्रा करना - कहानियों में नायक द्वारा की जानेवाली खोज - उस सार्वभौमिक कार्य का प्रतिबिंब है, जिसे करने के लिए हमारे मस्तिष्क का क्रमिक विकास हुआ है। जॉर्डन इन कहानियों का सम्मान करते हैं। वे उनमें कमियाँ ढूँढ़नेवालों में से नहीं हैं। न ही वे कभी यह दावा करते हैं कि उन्होंने इन प्राचीन कहानियों में छिपा सारा ज्ञान हासिल कर लिया है। अगर वे पूर्वाग्रह या डर और घृणा जैसे उसके भावनात्मक संबंधियों के विषय में चर्चा कर रहे होते हैं या अगर वे दो लिंगों के बीच मौजूद औसत अंतर जैसे किसी विषय के बारे में बता रहे होते हैं, तो वे यह भी स्पष्ट कर

देते हैं कि ये लक्षण कैसे विकसित हुए और इनका अस्तित्व अब तक क्यों बचा हुआ है।

सबसे बड़ी बात यह है कि उन्होंने अपने छात्रों में ऐसे विषयों के प्रति चेतना जगाई, जिन पर चर्चा करना यूनिवर्सिटी में काफी दुर्लभ है। जैसे यह सीधा सा तथ्य है कि गौतम बुद्ध से लेकर बाइबिल रचनेवालों तक, सारी प्राचीन शख्सियतें यह बात अच्छी तरह जानती थीं - जो हर वयस्क व्यक्ति जानता है कि जीवन एक पीड़ाभरा संघर्ष है। अगर आप अपने जीवन में पीड़ा भुगत रहे हैं या अगर आपके किसी करीबी के साथ ऐसा हो रहा है, तो यह वाकई दुखद है। पर अफसोस कि इस पीड़ा में कोई अनोखी बात नहीं है। हम अपने जीवन में सिर्फ इसलिए पीड़ा नहीं भुगतते क्योंकि 'नेता बेवकूफ हैं' या 'पूरी व्यवस्था भ्रष्ट है,' और न ही हमें इसलिए संघर्ष करना पड़ता है क्योंकि बाकी सबकी तरह मैं या आप खुद को वैध रूप से, किसी व्यक्ति, व्यवस्था या किसी अन्य चीज़ के पीड़ित के रूप में पेश कर सकते हैं। वास्तव में हमें पीड़ा इसलिए भुगतनी पड़ती है क्योंकि हम इंसान के रूप में पैदा हुए हैं और हमारी पैदाइश ही इस बात की गारंटी है कि हमें अच्छी-खासी पीड़ा भुगतनी होगी। और अगर आप या आपका कोई करीबी फिलहाल पीड़ा नहीं भुगत रहा है और अगर आप बेहद भाग्यशाली नहीं हैं, तो इस बात की पूरी संभावना है कि अगले पाँच साल के अंदर आप किसी न किसी प्रकार की पीड़ा ज़रूर भुगत रहे होंगे। बच्चे पालना कठिन होता है, अपना काम पूरा करना कठिन होता है, बुढ़ापा आना, बीमारियों से ग्रस्त होना, मृत्यु का सामना करना, ये सब बहुत ही कठिन चीज़ें हैं। जॉर्डन इस बात पर काफी जोर देते हैं कि सबसे महानतम मनोवैज्ञानिकों की गहन मनोवैज्ञानिक अंर्तदृष्टियों से, किसी प्रेम संबंध से और जीवन के अनुभवों से मिलनेवाली समझ के बिना, अपने बूते इन कठिन चीज़ों का सामना करने से सिर्फ आपकी मुश्किलें ही बढ़ती हैं। पर जब जॉर्डन ने ऐसा कहा, तब वे अपने छात्रों को डराने की कोशिश नहीं कर रहे थे। बल्कि जॉर्डन के साथ खुलकर होनेवाली चर्चा से उनके छात्र आश्वस्त महसूस कर रहे थे। क्योंकि उनमें से ज़्यादातर छात्र अपने मन में गहराई में यह जानते थे कि जॉर्डन जो कह रहे हैं, वह बिलकुल सही है, भले ही इन बातों पर चर्चा के लिए कभी कोई मंच उपलब्ध न रहा हो। शायद उनके माता-पिता या अभिभावक अपने बचकाने दृष्टिकोण के चलते इतने अति-सुरक्षावादी हो गए थे कि उन्हें यह भ्रम हो गया था कि पीड़ा और संघर्ष के बारे में चर्चा न करके वे अपनी संतानों को इनसे सुरक्षित रख सकते हैं।

यहाँ जॉर्डन नायक के उस मिथक को जोड़ देते हैं, जो हर संस्कृति में पाया जाता है। ओटो रैंक नामक ऑस्ट्रियन मनोविश्लेषक ने इस मिथक के मनोविश्लेषणात्मक आयामों का पता लगाया था। ओटो ने सिग्मंड फ्रायड का अनुसरण करते हुए यह उल्लेख किया था कि नायक का मिथक हर संस्कृति में समान है। कार्ल युंग, जोसेफ कैम्पबेल और एरिक न्यूमैन जैसे कई मनोविश्लेषकों व मनोविज्ञानियों ने अपने कार्य में कई बार इसी थीम (विषय-वस्तु) को आधार बनाया। सिग्मंड फ्रायड ने न्यूरोसिस (विक्षिप्तता) का विस्तृत वर्णन करने में महान योगदान दिया था। इसके लिए उन्होंने मुख्य रूप से जिन चीज़ों को समझने पर ध्यान केंद्रित किया, उन्हीं में से एक है, असफल नायक की कहानी, जो 429 ई.पू. में रचे गए ग्रीक त्रासदी के नायक ओडिपस के बारे में है। जबकि जॉर्डन विजयी नायक की ओर केंद्रित रहे हैं। नायक की विजय की सारी कहानियों में उसे अनिवार्य रूप से अज्ञात की ओर जाकर, अंजान स्थितियों का सामना करते हुए और बड़े-बड़े खतरे उठाते हुए किसी नई चुनौती से निपटना होता है। इस प्रक्रिया में उसके अंदर की किसी चीज़ को खत्म होना पड़ता है या फिर उसे खुद ही वह चीज़ छोड़नी पड़ती है, ताकि एक प्रकार से उसका पुनर्जन्म हो सके और फिर वह नई-नई चुनौतियों का सामना कर सके। यह सब करने के लिए साहस की ज़रूरत होती है और साहस एक ऐसा विषय है, जिसके बारे में मनोविज्ञान की कक्षाओं या किताबों में न के बराबर चर्चा होती है। जॉर्डन ने हाल ही में फ्री स्पीच (बोलने की आज़ादी) के पक्ष में सार्वजनिक तौर पर अपनी आवाज बुलंद की। जिसे मैं अपने शब्दों में फोर्स्ड स्पीच (कुछ विशेष बातें जबरन बोलने के लिए मजबूर करना) के विरूद्ध आवाज उठाना कहूँगा। क्योंकि कनाडा की सरकार वहाँ की जनता पर जबरन अपने राजनीतिक विचार थोप रही है और उन्हें कुछ विशेष शब्दों का इस्तेमाल करने के लिए मजबूर कर रही है, जो पूर्णत: राजनीति से प्रेरित हैं। सरकार के खिलाफ किए गए इस संघर्ष में जॉर्डन का सब कुछ दाँव पर लगा हुआ था। वे बहुत कुछ खो सकते थे और वे यह बात अच्छी तरह जानते भी थे। बहरहाल मैंने गौर किया कि जॉर्डन (और उनकी पत्नी टैमी भी) बहुत साहसी लोग हैं। वे दोनों उन्हीं नियमों के अनुसार अपना जीवन जीते हैं, जो इस किताब में बताए गए हैं। जबकि इनमें से कई नियम ऐसे हैं, जिनका पालन करना कतई आसान नहीं है।

मैंने जॉर्डन को इन नियमों का पालन करते हुए एक उल्लेखनीय व्यक्ति से एक अपेक्षाकृत अधिक सक्षम व आश्वस्त व्यक्ति के रूप में विकसित होते देखा है। वास्तव में इस किताब को लिखने की और इसमें बताए गए नियमों को विकसित

करने की प्रक्रिया ने ही उन्हें फोर्स्ड या कम्पेल्ड स्पीच (कुछ विशेष बातें जबरन बोलने के लिए मजबूर करना) के विरूद्ध आवाज उठाने के लिए प्रेरित किया। और इसीलिए उस दौरान उन्होंने जीवन के बारे में अपने कुछ विचारों और इन नियमों को इंटरनेट पर साझा करना शुरू किया था। जॉर्डन के यूट्यूब वीडियोज पर दस करोड़ से भी ज़्यादा हिट्स आने के बाद अब हम जानते हैं कि वे सचमुच लोगों के दिलों को छूने में कामयाब रहे हैं।

नियमों के प्रति अपनी अरुचि को देखते हुए, हम जॉर्डन के उन लेक्चर्स (व्याख्यानों) को मिलनेवाली असाधारण प्रतिक्रिया को कैसे समझ सकते हैं, जिनमें वे नियमों के बारे में ही बताते हैं। जॉर्डन के मामले में निश्चित ही उनका करिश्माई व्यक्तित्व और उन सिद्धांतों के पक्ष में खड़ा होना कारगर सिद्ध हुआ, जिनके चलते शुरुआती दौर में बड़ी संख्या में लोगों ने उन्हें सुनना शुरू किया था। उनके पहले यूट्यूब वीडियो को बहुत जल्द ही लाखों दर्शक मिल गए थे। पर उसके बाद भी जॉर्डन की बातें सुनने में लोगों की दिलचस्पी इसीलिए लगातार बढ़ती रही क्योंकि वे जो कुछ भी कह रहे थे, उससे लोगों की एक गहन और अव्यक्त ज़रूरत पूरी हो रही थी। और ऐसा इसीलिए हुआ क्योंकि भले ही हमारे अंदर सारे नियमों से मुक्त होने की इच्छा होती है, पर इसके साथ-साथ हम संसार में अपने लिए हमेशा एक संरचनात्मक दृढ़ता की खोज भी करते रहते हैं।

आज के युवाओं में नियमों या कम से कम दिशानिर्देषों के प्रति जो लालसा बढ़ रही है, वह यूँ ही नहीं है। कम से कम पश्चिम में तो मिलेनियल्स (21वीं सदी की शुरुआत में वयस्क हो रहे लोग) अद्वितीय ऐतिहासिक परिस्थिति से गुज़र रहे हैं। मेरा मानना है कि यह ऐसी पहली पीढ़ी है, जिसे मेरी पीढ़ी के लोगों ने स्कूल, कॉलेज और यूनिवर्सिटीज़ में नैतिकता के बारे में दो पूर्णत: विरोधाभासी विचार एक साथ सिखाए हैं। इस विरोधाभास के चलते ही वे अक्सर खुद को गुमराह, अनिश्चिंत और मार्गदर्शनरहित महसूस करते हैं। इससे भी अधिक त्रासद यह है कि वे संसार के उन बहुमूल्य और विपुल संसाधनों से भी वंचित रहते हैं, जिनके अस्तित्व से वे स्वयं पूरी तरह अंजान हैं।

इनमें से पहला विचार या पहली शिक्षा सापेक्ष है, जो अधिक से अधिक एक व्यक्तिगत 'मूल्य की धारणा' है। सापेक्ष का अर्थ है कि किसी भी चीज़ में कुछ भी पूर्णत: सही या गलत नहीं है; बल्कि नैतिकता और इससे जुड़े नियम सिर्फ ऐसे व्यक्तिगत मत या संयोग हैं, जो किसी की नस्ल, परवरिश, संस्कृति या वह

ऐतिहासिक क्षण जिसमें इंसान का जन्म हुआ था, उसके किसी 'विशेष ढाँचे से संबंधित हैं।' यह कुछ और नहीं बल्कि जन्म की दुर्घटना है। इस तर्क के अनुसार (जो अब एक पंथ बन चुका है) इतिहास यह सिखाता है कि धर्म, जनजातियाँ, राष्ट्र और नस्लीय समूह बुनियादी मामलों में अक्सर एक-दूसरे से असहमत होते हैं और हमेशा से यही होता आया है। आज उत्तर-आधुनिक वामपंथ एक अतिरिक्त दावा करता है कि किसी भी एक समूह की नैतिकता कुछ और नहीं बल्कि किसी दूसरे समूह को अपनी शक्ति से दबाने की एक कोशिश है। ऐसे में सबसे अच्छा यही होगा, जब यह स्पष्ट हो जाए कि आपके और आपके समाज के 'नैतिक मूल्य' इतने मनमाने और एकपक्षीय हैं कि जो लोग आपसे अलग सोच रखते हैं और जो आपसे अलग (विविध) पृष्ठभूमि से आते हैं, उनके प्रति आप सहिष्णुता दिखाएँ। अब सहिष्णुता पर इस प्रकार जोर देना इतना प्रबल और सर्वोपरि हो गया है कि जजमेंटल (आलोचनात्मक) होना सबसे बड़ा चारित्रिक दोष मान लिया गया है। इस विचार के अनुसार, चूँकि हम यह जानते ही नहीं हैं कि सही और गलत के बीच क्या फर्क है और किसी के लिए क्या अच्छा होगा व क्या बुरा। इसलिए आज के समय में किसी वयस्क द्वारा किया गया सबसे अनुचित कार्य है, किसी युवा को यह सलाह देना कि उसे कैसे जीना चाहिए।

यही कारण है कि एक पूरी पीढ़ी उस 'व्यावहारिक ज्ञान' के बिना बड़ी हुई, जो पिछली पीढ़ी के लिए मार्गदर्शक का काम करता था। मिलेनियल्स (21वीं सदी की शुरुआत में वयस्क हो रहे लोग) से अक्सर यह कहा जाता है कि उन्हें वर्तमान दौर की सर्वश्रेष्ठ शिक्षा हासिल करने का मौका मिला है, पर वास्तव में वे एक गंभीर बौद्धिक और नैतिक उपेक्षा का शिकार हैं। मेरी और जॉर्डन की पीढ़ी के लोग, जिनमें से कई इन मिलेनियल्स के प्रोफेसर बने, उन्होंने हज़ारों सालों के उस मानवीय ज्ञान का मूल्य कम (अवमूल्यन) किया, जो इंसान को सद्गुण हासिल करना सिखाता है। इसके साथ ही उन्होंने इस मानवीय ज्ञान को 'अप्रासंगिक' और यहाँ तक कि 'दमनकारी' कहकर खारिज भी कर दिया। वे ऐसा करने में इस हद तक सफल रहे कि आज के जमाने में 'सद्गुण' शब्द ही अपने आपमें पुरातनपंथी लगने लगा है और इसका इस्तेमाल करनेवाले पाखंडी और समय से पीछे चलनेवाले नैतिकतावादी नज़र आने लगे हैं।

सद्गुणों का अध्ययन, नैतिक मूल्यों (सही और गलत, अच्छाई और बुराई) के अध्ययन जैसा नहीं है। अरस्तु ने सद्गुणों को मात्र व्यवहार के उन तरीकों के

रूप में परिभाषित किया था, जो जीवन में खुशी के लिए सबसे अनुकूल हैं। जबकि अवगुणों को व्यवहार के उन तरीकों के रूप में परिभाषित किया, जो जीवन में खुशी के लिए सबसे कम अनुकूल है। उन्होंने पाया कि सद्गुणों का उद्देश्य हमेशा संतुलन बनाकर रखना और अवगुणों के अतिरेक से बचना होता है। अरस्तु ने निकोमैचियन एथिक्स (जिसे आचार नीति-विषय पर उनका सर्वश्रेष्ठ कार्य माना जाता है) में सद्गुणों और अवगुणों का अध्ययन किया है। यह इंसानों के लिए संभव खुशी से जुड़े उनके अनुभवों और अवलोकन पर आधारित किताब थी, न कि उनके अनुमानों पर आधारित। सद्गुणों और अवगुणों के बीच फर्क तय करने के लिए ज़रूरी विवेक विकसित करना ही ज्ञान प्राप्ति की शुरुआत है। यह ऐसी चीज़ है, जो कभी पुरातनपंथी या चलन से बाहर नहीं होगी।

इसके विपरीत हमारा आधुनिक सापेक्षतावाद यह कहते हुए शुरू होता है कि यह निर्धारित करना असंभव है कि कैसे जीना चाहिए क्योंकि संसार में कोई सच्चा सद्गुण या अच्छाई है ही नहीं (क्योंकि ये दोनों भी सापेक्ष ही हैं)। सापेक्षतावाद के लिए 'सद्गुण' का सबसे निकटतम समरूप है 'सहिष्णुता।' सिर्फ सहिष्णुता ही विभिन्न समूहों के बीच सामाजिक सामंजस्य स्थापित कर सकती है और हमें एक-दूसरे को नुकसान पहुँचाने से बचा सकती है। यही कारण है कि आप फेसबुक और ऐसे ही अन्य सोशल मीडिया प्लेटफॉर्म्स पर अपने तथाकथित सद्गुणों का संकेत देते रहते हैं। आप सोशल मीडिया पर सभी के सामने इस बात का प्रदर्शन करते फिरते हैं कि आप कितने सहिष्णु, दयालु व खुले नज़रिएवाले हैं। इसके बाद आप अपने सद्गुणों का प्रदर्शन करनेवाली पोस्ट पर लोगों के लाइक्स और कमेंट्स का इंतजार करते हैं (यहाँ कुछ देर के लिए इस बात को भूल जाते हैं कि दुनिया को यह बताना कोई सद्गुण नहीं है कि आप बड़े सद्गुणी व्यक्ति हैं। बल्कि यह तो आत्म-प्रचार है। बार-बार अपने सद्गुणी होने का संकेत देते रहना सद्गुण नहीं बल्कि हमारा सबसे आम अवगुण है।)

दूसरों के विचारों के प्रति असहिष्णुता कोई गलत बात नहीं है; भले ही वे कितने भी जाहिल या बेतुके हों। पर एक ऐसे संसार में जहाँ कुछ सही या गलत है ही नहीं, वहाँ यह सबसे बदतर चीज़ है, यह इस बात का संकेत है कि आप शर्मनाक रूप से अपरिष्कृत या संभवत: एक खतरनाक व्यक्ति हैं।

लेकिन यह स्पष्ट हो चुका है कि बहुत से लोग वैक्यूम (निर्वात या खालीपन) या अराजकता को बरदाश्त नहीं कर पाते या यूँ कहें कि इसके प्रति सहिष्णु नहीं

होते, जबकि खालीपन और अराजकता तो जीवन में अंतर्निहित हैं। पर इस नैतिक सापेक्षतावाद ने इन्हें और बदतर बना दिया है: लोग नैतिक सीमाओं के बिना या उन आदर्शों के बिना नहीं रह सकते, जिन्हें वे अपने जीवन का उद्देश्य बनाते हैं। सापेक्षतावादियों के लिए आदर्श भी मूल्य ही होते हैं और सभी मूल्यों की तरह वे भी सापेक्ष होते हैं और इस योग्य नहीं होते कि उनके लिए कोई बलिदान दिया जाए। इसीलिए सापेक्षतावाद के समानांतर ही हमें शून्यवाद व निराशा फैली हुई मिलती है और साथ ही नैतिक सापेक्षतावाद का विपरीत बिंदु भी मिलता है। उन विचारधाराओं द्वारा प्रस्तुत अंधी निश्चिंतता दावा करती है कि उनके पास संसार के हर सवाल का जवाब है।

इस तरह हम उस दूसरे विचार या दूसरी शिक्षा तक पहुँचते हैं, जिसकी बौछार बार-बार मिलेनियल्स (21वीं सदी की शुरुआत में वयस्क हो रहे लोग) पर की जाती है। वे यूनिवर्सिटी में मानविकी संबंधी पाठ्यक्रमों में दाखिला लेते हैं, ताकि दुनिया की महानतम किताबों का अध्ययन कर सकें। पर वहाँ उन्हें किताबें नहीं दी जातीं; बल्कि उन्हें उन किताबों पर विचारधाराओं से प्रेरित हमले करने के लिए उकसाया जाता है, जो वास्तव में किसी वाहियात स्पष्टीकरण पर आधारित होते हैं। एक सापेक्षतावादी जहाँ अनिश्चिंतता से भरा होता है, वहीं किसी विचारधारा से ग्रस्त व्यक्ति उसका बिलकुल विपरीत होता है। विचारधारा से ग्रस्त पुरुष या महिलाएँ अति-आलोचनात्मक, कठोर व नियंत्रक किस्म के होते हैं। वे ऐसी बातें करते हैं, मानों उन्हें दूसरों की हर बुराई का पता हो और साथ ही यह भी पता हो कि उन बुराइयों से कैसे निपटना है। कभी-कभी लगता है कि आज के सापेक्षतावादी समाज में सिर्फ वही लोग दूसरों को सलाह देना चाहते हैं, जिनके पास वास्तव में देने के लिए कुछ नहीं है।

आधुनिक नैतिक सापेक्षतावाद के कई स्रोत हैं। जैसे-जैसे हम पश्चिम वासियों ने इतिहास को ज़्यादा से ज़्यादा जाना, वैसे-वैसे हमें यह समझ में आने लगा कि हर युग की नैतिकता अलग-अलग थी। जैसे-जैसे हम महासागरों की यात्रा करते गए और दुनिया के अलग-अलग हिस्सों का पता लगाते गए, वैसे-वैसे हमें दूर-दराज के महाद्वीपों में रहनेवाली जनजातियों को जानने का मौका मिला और उनकी अलग-अलग नैतिकता हमें उनके सामाजिक ढाँचे के अनुसार अर्थपूर्ण लगी। इसमें विज्ञान की भी बड़ी भूमिका रही। क्योंकि विज्ञान ने संसार के प्रति मौजूद धार्मिक दृष्टिकोणों पर हमला किया और इस तरह नैतिकता और नियमों के धार्मिक आधार को खोखला कर दिया। भौतिकवादी सामाजिक विज्ञान ने यह संकेत दिया कि हम संसार को

तथ्यों और मूल्यों में विभाजित कर सकते हैं। तथ्य 'वास्तविक' और वस्तुनिष्ठ होते हैं और जिनका अवलोकन कोई भी कर सकता है, इसके विपरीत मूल्य व्यक्तिपरक और व्यक्तिगत होते हैं। फिर हम तथ्यों को लेकर आपस में एक-दूसरे से सहमत हो सकते हैं। और इसके बाद शायद एक दिन ऐसा आएगा, जब हम नैतिकताओं की एक वैज्ञानिक नियमावली तैयार करने में सफल हो सकेंगे (जो कि आज तक संभव नहीं हो सका)। इसके अलावा मूल्यों को तथ्यों के मुकाबले कम वास्तविक मानकर विज्ञान ने 'मूल्यों' के साथ दोयम दर्जे का बर्ताव किया। और इस तरह नैतिक सापेक्षतावाद में एक नए ढंग से योगदान दिया (पर यह विचार आज भी पहले जितना ही बचकाना है कि हम तथ्यों और मूल्यों को बड़ी आसानी से अलग-अलग कर सकते हैं; एक हद तक किसी इंसान के मूल्य ही यह तय करते हैं कि वह किन चीज़ों पर ध्यान देगा और किन चीज़ों को तथ्य मानेगा।)

प्राचीन समाजों को भी इस बात का एहसास था कि अलग-अलग समाज के नियम और नैतिकताएँ अलग-अलग होती हैं। इस पर उनकी प्रतिक्रिया और आधुनिक समाज की प्रतिक्रिया (सापेक्षतावाद, शून्यवाद और विचारधारा) की तुलना करना वाकई दिलचस्प है। जब प्राचीन ग्रीक या यूनानी लोग समुद्र के रास्ते भारत और अन्य स्थानों तक पहुँचे, तो उन्हें भी यह पता लग गया कि हर स्थान के नियम, नैतिकता और रीति-रिवाज अलग-अलग हैं। साथ ही उन्होंने यह भी देखा कि सही और गलत की परिभाषा की जड़ें, किसी न किसी पैतृक सत्ता में निहित थीं। यह जानने के बाद ग्रीक लोगों ने प्रतिक्रिया स्वरूप निराशा नहीं दिखाई बल्कि एक नया आविष्कार किया और वह था दर्शन का आविष्कार।

इन परस्पर विरोधी नैतिक नियमों से परिचित होने से पैदा हुई अनिश्चितता पर अपनी प्रतिक्रिया व्यक्त करते हुए सुकरात ने तय किया कि वे एक सापेक्षतावादी, शून्यवादी या विचारधारा से ग्रस्त विचारक बनने के बजाय अपना जीवन वह समझ हासिल करने में लगाएँगे, जो इन परस्पर विरोधों व भिन्नताओं पर तर्क-वितर्क कर सके। इस तरह उन्होंने दर्शन के आविष्कार में एक महत्वपूर्ण भूमिका निभाई। उन्होंने अपना जीवन कई पेचीदा मूलभूत सवालों को पूछने में लगा दिया, जैसे 'सद्गुण क्या है,' 'इंसान अच्छा जीवन कैसे जी सकता है' और 'न्याय क्या है?' उन्होंने इन सवालों से जुड़े विभिन्न दृष्टिकोणों पर भी गौर किया ताकि यह समझ सकें कि उनमें से कौन सा दृष्टिकोण सबसे सुसंगत और मानव प्रकृति के सबसे अनुरूप है। मेरा मानना है कि ऐसे ही सवालों ने इस किताब को भी जीवंत बना दिया है।

जब प्राचीन काल के लोगों को यह पता चला कि व्यावहारिक रूप से कैसे जीना चाहिए, इस बारे में सबका विचार अलग-अलग होता है, तो वे इस जानकारी से पंगु नहीं हुए। बल्कि मानवता के बारे में उनकी समझ और अधिक गहन हो गई। यही कारण था, जिसके चलते मानव जाति के बीच इस विषय पर सबसे संतोषजनक वार्तालाप संभव हो सका कि जीवन कैसे जीया जा सकता है।

इसी तरह अरस्तु नैतिकता संबंधी इन मतभेदों से निराश नहीं हुए। उन्होंने यह तर्क दिया कि भले ही अलग-अलग इलाकों के कुछ विशिष्ट नियम, कानून और रीति-रिवाज एक-दूसरे से भिन्न हों, पर जो चीज़ भिन्न नहीं है, वह ये है कि सभी इंसानों में नियम, कानून और रीति-रिवाज गढ़ने की प्रवृत्ति होती है, चाहे वे किसी भी इलाके के निवासी हों। आधुनिक शब्दों में कहें, तो हम इंसान अपनी किसी जैविक वृत्ति के चलते नैतिकता को लेकर इतने चिंतित रहते हैं कि नियम-कानूनों की कोई न कोई संरचना गढ़ ही लेते हैं, भले ही हम कहीं भी हों। इसीलिए यह विचार अपने आपमें सिर्फ एक फंतासी है कि इंसानी जीवन नैतिक चिंताओं से मुक्त हो सकता है।

हम इंसान नियमों को जन्म देते हैं। हम नैतिक जीव हैं, इसे देखते हुए भला हमारे आधुनिक सरल सापेक्षतावाद का हम पर क्या प्रभाव पड़ रहा होगा? इसका अर्थ है कि हम जो नहीं हैं, वह होने का दिखावा करके हम खुद को खुश करने में लगे हुए हैं। यह सिर्फ एक मुखौटा है और वास्तव में यह बड़ा ही अजीब मुखौटा है क्योंकि इससे सिर्फ उसी को धोखा होता है, जिसने इसे पहन रखा होता है। ज़रा संसार के सबसे चतुर उत्तर-आधुनिकतावादी सापेक्षतावादी प्रोफेसर की मर्सडीज कार पर किसी नुकीली चाभी से एक स्क्रैच लगा दीजिए, फिर देखिए कि सापेक्षतावाद (और यह दिखावा कि संसार में कुछ भी गलत या सही नहीं है) व कट्टर सहिष्णुता का उसका मुखौटा कितनी जल्दी उतर जाएगा।

चूँकि अभी हम इंसानों के पास ऐसी कोई नैतिकता नहीं है, जो विज्ञान पर आधारित हो। इसीलिए जॉर्डन पहले से मौजूद सभी कायदों को खत्म करके यानी हज़ारों सालों के ज्ञान को अंधविश्वास करार देकर उसे खारिज करके और हमारी महानतम नैतिक उपलब्धियों को अनदेखा करके अपने नियमों को विकसित नहीं कर रहे हैं। बल्कि इससे कहीं बेहतर है, हमारे पूर्वजों द्वारा सहस्राब्दियों तक संरक्षित करने लायक समझी गई किताबों की सर्वश्रेष्ठ शिक्षाओं को और तमाम बाधाओं व समय की तेज लहरों के बावजूद आज भी जीवित कहानियों को आपस में एकीकृत करना।

जॉर्डन पीटरसन आज वही कर रहे हैं, जो संसार के तर्कसंगत मार्गदर्शक हमेशा से करते आए हैं; वे ऐसा कोई दावा नहीं करते कि इंसानी ज्ञान की शुरुआत खुद उनसे होती है। बल्कि वे तो सबसे पहले अपने मार्गदर्शकों का रुख करते हैं। हालाँकि इस किताब में बताए गए प्रसंग और इसकी विषय-वस्तु गंभीर प्रवृत्ति की है, पर जैसा कि इसके अध्यायों के शीर्षक इशारा करते हैं, जॉर्डन को गंभीर मसलों पर अपनी बात रखते हुए भी काफी आनंद आया है। वे संपूर्ण होने का कोई दावा नहीं करते। इस किताब के अध्यायों में कई जगह उन्होंने हमारे मनोविज्ञान पर काफी विस्तृत विचार-विमर्श किया है।

तो फिर इसे 'दिशा-निर्देशों' की किताब क्यों न कहा जाए, जो 'नियमों' के मुकाबले कहीं अधिक सहज, अधिक अनुकूल और कम कर्कश लगनेवाला शब्द है?

दरअसल ऐसा इसलिए है क्योंकि ये वाकई नियम ही हैं और इनमें से सबसे महत्वपूर्ण नियम यह है कि 'आपको अपने जीवन की जिम्मेदारी खुद ही उठानी चाहिए।'

हो सकता है कि इस बात से किसी को लगे कि जिस पीढ़ी ने विचारधाराओं से ग्रस्त अपने अध्यापकों से बार-बार, लगातार सिर्फ और सिर्फ अपने अधिकारों के बारे में सुना है, उसे इस बात पर आपत्ति हो सकती है कि उसे अपने अधिकारों के बजाय जिम्मेदारी उठाने पर ध्यान केंद्रित करने के लिए कहा जा रहा है। इस पीढ़ी के ज़्यादातर लोग अपने अति-सुरक्षात्मक माता-पिता द्वारा छोटे परिवारों में पले-बढ़े हैं। उनके खेल के मैदानों की सतह भी मुलायम होती है। वे 'सेफ स्पेसेज' वाली यूनिवर्सिटीज़ में पढ़-लिखकर आए हैं, जहाँ वे उन चीज़ों को सुनने से खुद को बचा सकते थे, जिन्हें वे सुनना नहीं चाहते थे यानी ऐसे शिक्षण संस्थान जो छात्रों को जोखिम उठाने से बचाते हैं। इसके चलते इस पीढ़ी के लाखों लोग ऐसे हैं, जो लचीलेपन जैसे अपने व्यक्तित्व की संभावित क्षमताओं को इस तरह कम करके आँके जाने के कारण खुद को नकारा समझने लगे हैं। उन्होंने जॉर्डन पीटरसन के इस संदेश को खुले दिल से अपनाया है कि हर इंसान की कुछ मौलिक जिम्मेदारियाँ होती हैं। जैसे अगर कोई इंसान एक संपूर्ण जीवन जीना चाहता है, तो इसके लिए ज़रूरी है कि वह सबसे पहले अपने घर में यानी अपने जीवन में एक ठोस व्यवस्था स्थापित करे। सिर्फ तभी वह और बड़ी जिम्मेदारियाँ उठाने के लिए समझदारी से काम ले सकेगा। जॉर्डन के संदेश पर इस पीढ़ी के लोगों की प्रबल प्रतिक्रिया से हम दोनों अक्सर भाव-विभोर हो जाते हैं।

कभी-कभी इन नियमों के अनुसार चलना काफी मुश्किल होता है। इन नियमों का पालन करने के लिए आपको ऐसी कठिन प्रक्रिया से गुज़रना पड़ता है कि एक समय के बाद आपकी क्षमताओं का दायरा काफी बढ़ जाता है। जैसा कि मैंने आपको पहले भी बताया था, इसके लिए आपको अज्ञात की ओर अपने कदम बढ़ाने होते हैं। खुद को अपने मौजूदा सेल्फ की सीमाओं से परे ले जाने के लिए यह ज़रूरी हो जाता है कि आप अपने आदर्शों का चुनाव सावधानी से करें और इसके बाद ही उनका अनुसरण करें। ये ऐसे आदर्श होने चाहिए, जो आपके स्तर से कहीं ज़्यादा ऊँचे हों, आपसे श्रेष्ठ हों और उन तक पहुँचने को लेकर आप स्वयं हमेशा सुनिश्चिंत न हों।

पर अगर यह निश्चित नहीं है कि हम अपने आदर्शों तक पहुँच सकेंगे या नहीं, तो फिर उन तक पहुँचने की कोशिश ही क्यों की जाए? इसका जवाब यह है कि अगर आप अपने आदर्शों तक नहीं पहुँच सके, तो यह तय है कि आपको कभी अपना जीवन अर्थपूर्ण नहीं लगेगा।

और शायद इसीलिए भले ही यह बात सुनने में कितनी भी अटपटी लगे, अपने मन की गहराइयों में हम सब यह चाहते हैं कि हमारा आँकलन किया जाए।

डॉ. नॉर्मन डोइज, एम.डी.,
द ब्रेन दैट चेंजेस इटसेल्फ किताब के लेखक

भूमिका

इस किताब के दो इतिहास हैं, एक संक्षिप्त और दूसरा विस्तृत। हम अपनी चर्चा की शुरुआत संक्षिप्त इतिहास से करेंगे।

सन 2012 में मैंने कोरा नामक एक वेबसाइट में योगदान देना शुरू किया। कोरा पर कोई भी व्यक्ति, किसी भी तरह का सवाल पूछ सकता है और कोई भी व्यक्ति उसका जवाब भी दे सकता है। पाठकों को जो जवाब पसंद आते हैं, वे उन्हें अपवोट (पक्ष में वोट देना) करते हैं और जो जवाब उन्हें पसंद नहीं आते, उन्हें वे डाउनवोट (विपक्ष में वोट देना) कर देते हैं। इस तरह जो जवाब सबसे उपयोगी होता है, वह जवाबों की सूची में ऊपर उठते हुए उच्चतम स्थान तक पहुँच जाता है, जबकि बाकी के जवाब पिछड़कर ढेर सारे जवाबों की भीड़ में कहीं खो जाते हैं। मैं इस वेबसाइट को लेकर उत्सुक था। इसका हर किसी के लिए मुफ्त होना मुझे अच्छा लगा। इसमें होनेवाली चर्चा अक्सर बड़ी सम्मोहक होती। एक ही सवाल पर आए ढेरों जवाबों में विविध प्रकार के मतों से सामना होना वाकई दिलचस्प था।

जब भी मैं एक ब्रेक लेता (या यूँ कहें कि अपना काम पूरा करने के बजाय टालमटोल करता) तो अपने कंप्यूटर पर कोरा वेबसाइट खोल लेता और ऐसे सवालों की तलाश करने लगता, जिनके जवाब दे सकूँ। आखिरकार मैंने कुछ सवालों के जवाब देना शुरू कर दिया, जैसे 'खुश रहने और संतुष्ट रहने के बीच क्या फर्क है?', 'जैसे-जैसे हमारी उम्र बढ़ती है, वैसे-वैसे जीवन की कौन सी चीज़ें बेहतर होती जाती हैं?' और 'वह क्या है, जो जीवन को और अधिक सार्थक बनाता है?'

कोरा वेबसाइट आपको बताती है कि आपका जवाब कितने लोगों ने देखा और आपको कितने वोट मिले। इससे आप यह तय कर सकते हैं कि वेबसाइट के पाठकों तक आपकी पहुँच कितनी है और यह देख सकते हैं कि लोग आपके विचारों के बारे में क्या सोचते हैं। कुल जितने लोग इसके जवाबों को देखते हैं, उनमें से एक छोटा सा ही हिस्सा ऐसा होता है, जो किसी जवाब को अपवोट करता है। इस वेबसाइट पर मैंने अपना पहला जवाब पाँच साल पहले दिया था और वह सवाल था कि 'वह क्या है, जो जीवन को और अधिक सार्थक बनाता है?' जुलाई 2017 तक, इन शब्दों को लिखते समय पाँच सालों की लंबी अवधि के बाद मेरे उस जवाब को अपेक्षाकृत कम पाठक मिले (14000 पाठकों ने मेरा वह जवाब देखा और उसे 133

अपवोट मिले।) जबकि उम्र बढ़नेवाले सवाल पर मेरी प्रतिक्रिया को 7200 लोगों ने देखा और उसे 36 अपवोट मिले। इस आँकड़े को एक उपलब्धि तो कतई नहीं कहा जा सकता। हालाँकि यह अपेक्षित था। इस तरह की वेबसाइट्स पर पाठकों द्वारा ज़्यादातर जवाबों पर बहुत कम ध्यान दिया जाता है। जबकि कुछेक जवाब ऐसे भी होते हैं, जो ज़रूरत से ज़्यादा लोकप्रिय हो जाते हैं।

जल्द ही मैंने एक और सवाल का जवाब दिया, 'ऐसी सबसे महत्वपूर्ण चीज़ें कौन सी हैं, जो हर किसी को पता होनी चाहिए?' इस सवाल के जवाब के तौर पर मैंने कोरा में कुछ नियमों या यूँ कहें कि कुछ सूत्रवाक्यों की एक सूची लिख दी। इनमें से कुछ बेहद गंभीर किस्म के थे और कुछ मज़ाकिया किस्म के - जैसे 'जीवन में पीड़ा झेलने के बावजूद अपने अंदर आभार का भाव बनाए रखें... कोई ऐसा काम न करें, जिससे आप नफरत करते हों... चीज़ों को अस्पष्टता की धुँध में छिपाकर न रखें...' वगैरह-वगैरह। कोरा के पाठकों को मेरी यह सूची काफी पसंद आई। उन्होंने इस पर कमेंट्स किए और इसे अन्य पाठकों के साथ शेयर किया। उनकी प्रतिक्रियाएँ कुछ इस प्रकार थीं, 'मैं तो इसे प्रिंट करवाकर एक संदर्भ रूप में अपने पास रखूँगा। वाकई कमाल की सूची है,' और 'आपने इस एक जवाब से पूरी वेबसाइट का दिल जीत लिया। अब हमें कोरा को बंद करके आराम से बैठ जाना चाहिए।'

यूनिवर्सिटी ऑफ टोरंटो, जहाँ मैं एक प्रोफेसर के तौर पर कार्यरत हूँ, उसके छात्र मेरे पास आए और उन्होंने बताया कि उन्हें मेरा जवाब कितना अच्छा लगा। अब तक इस सवाल पर मेरे जवाब को 1 लाख 20 हजार लोग देख चुके हैं और इसे 2300 बार अपवोट किया जा चुका है। कोरा वेबसाइट पर मौजूद करीब छह लाख सवालों में से सिर्फ कुछेक सौ ही ऐसे हैं, जिन्हें अब तक दो हजार से ज़्यादा अपवोट्स हासिल हुए हैं। काम से बचने के चक्कर में टालमटोल करने के दौरान उठे मेरे विचारों को लोगों की शानदार प्रतिक्रिया मिली। मैंने ऐसा जवाब लिख दिया था, जो दरअसल 99.99 प्रतिशत अंक दिलानेवाला जवाब था।

जब मैंने जीवन के नियमोंवाली यह सूची कोरा पर लिखी थी, तब मुझे अंदाजा नहीं था कि इसे इतना पसंद किया जाएगा। इस पोस्ट के आसपास कुछ महीनों की अवधि में मैंने जो साठ से अधिक जवाब दिए थे, उन्हें लिखते समय मैंने पर्याप्त सावधानी बरती थी। बहरहाल कोरा सबसे अच्छी मार्केट रिसर्च उपलब्ध कराता है। इस पर प्रतिक्रिया देनेवाले लोग बेनाम होते हैं। वे हर पक्ष के प्रति उदासीन होते हैं और उनके मत सहज व निष्पक्ष होते हैं। इसलिए मैंने परिणामों पर गौर करते हुए

अपने जवाब की असाधारण व असंगत सफलता के कारणों पर विचार किया। शायद उन नियमों का निर्माण करते समय मैं परिचित और अपरिचित बातों के बीच सही संतुलन बनाने में कामयाब रहा था। शायद लोग उस संरचनात्मक दृढ़ता की ओर आकर्षित हुए, जो इन नियमों में अंतर्निहित हैं या फिर शायद लोगों को सूचियाँ पढ़ना अच्छा लगता है।

इसके कुछ महीने पहले मार्च 2012 में मुझे एक लिट्रेरी एजेंट (लेखक का प्रतिनिधि, जो प्रकाशन समूहों और थिएटर व फिल्म निर्माताओं से लेखक की किताब या पटकथा से जुड़े सौदे कराता है) का ई-मेल मिला। उस एजेंट ने मुझे सीबीसी रेडियो के एक कार्यक्रम 'जस्ट से नो टू हैप्पीनेस' में बोलते हुए सुना था, जहाँ मैंने 'खुशी ही जीवन का लक्ष्य है' विचार की आलोचना की थी। पिछले कुछ दशकों में मैंने बीसवीं शताब्दी के स्याह पहलुओं को रेखांकित करनेवाली ऐसी बहुत सी किताबें पढ़ीं हैं, जो खासतौर पर नाजी जर्मनी और सोवियत यूनियन पर केंद्रित थीं। सोवियत यूनियन में गुलामों के श्रम शिविरों की भयावहता का दस्तावेजीकरण करनेवाले महान रूसी लेखक एलेग्जेंडर सोल्ज़हेनिट्सन ने एक बार लिखा था कि 'हमें यह जीवन खुशी हासिल करने के लिए मिला है।' इस विचार को माननेवाली रहमदिल विचारधारा दरअसल एक ऐसी विचारधारा है, जो हमें काम देनेवाले की लाठी का पहला प्रहार पड़ते ही क्षीण हो गई थी। संकट के समय जीवन में आनेवाली अपरिहार्य पीड़ा इस विचार का भरपूर मज़ाक बना सकती है कि खुशी की तलाश ही किसी इंसान का सबसे उचित लक्ष्य है। इस विचार के बजाय मैंने उस रेडियो कार्यक्रम में यह सुझाव दिया कि हमें जीवन में एक गहन अर्थ की ज़रूरत होती है। मैंने बताया कि इस अर्थ की प्रकृति को अतीत की महान कहानियों में निरंतर प्रस्तुत किया गया है और खुशी से ज़्यादा इसका संबंध संकट के समय अपने चरित्र का विकास करने से है। यह वर्तमान कार्य के विस्तृत इतिहास का हिस्सा है।

सन 1985 से 1999 तक मैं हर रोज तीन घंटे अपनी पहली किताब 'मैप्स ऑफ मीनिंग: द आर्किटेक्चर ऑफ बिलीफ' पर काम करता था। '12 रूल्स ऑफ लाइफ: एन एंटीडोट टू केयॉस' से पहले प्रकाशित हुई यह मेरी इकलौती किताब है। उस दौरान और उसके बाद भी मैं यूनिवर्सिटीज में उस किताब की सामग्री पर आधारित एक कोर्स पढ़ाता था, पहले हार्वर्ड यूनिवर्सिटी में और फिर यूनिवर्सिटी ऑफ टोरंटो में। यूट्यूब के उदय और एक कनाडाई टीवी स्टेशन टी.वी.ओ. के साथ किए गए अपने कार्य की लोकप्रियता को देखते हुए सन 2013 में मैंने तय किया कि मैं यूनिवर्सिटीज़ और सार्वजनिक मंचों पर दिए अपने व्याख्यानों की वीडियो रिकॉर्डिंग

करके उन्हें इंटरनेट पर डालूँगा। मेरे इन वीडियोज को इंटरनेट पर बड़ी संख्या में दर्शक मिलने लगे। अप्रैल 2016 तक इन्हें दस लाख से भी ज़्यादा लोग देख चुके थे। तब से लेकर अब तक मेरे इन वीडियोज को देखनेवालों की संख्या नाटकीय रूप से बढ़ी है (इन शब्दों को लिखे जाने तक मेरे वीडियोज को 1 करोड़ 80 लाख से भी ज़्यादा लोग देख चुके हैं)। हालाँकि इसका एक कारण यह भी है कि मैं एक राजनीतिक विवाद में उलझ गया था। जिसके चलते बहुत से लोगों का ध्यान मुझ पर आ गया।

वह भी एक अलग ही कहानी है, जिस पर शायद एक पूरी किताब लिखी जा सकती है।

'मैप्स ऑफ मीनिंग' में मैंने यह प्रस्तावित किया था कि महान मिथक और अतीत की धार्मिक कहानियाँ, खासकर वे, जो प्राचीन काल के ओरल ट्रेडिशन (वाचिक परंपरा - इंसानी संवाद का एक प्रकार, जिसमें लोककथा, गीत, गाथागीत, मंत्र, गद्य और छंद के माध्यम से ज्ञान, कला और सांस्कृतिक चीज़ें एक से दूसरी पीढ़ी को हस्तांतरित की जाती हैं) से निकली हैं, उनका प्रयोजन वर्णात्मक नहीं बल्कि नैतिक था। इस प्रकार उनका सरोकार तो इस बात से था कि इंसान को जीवन में कैसे कर्म करने चाहिए। इसके विपरीत दुनिया क्या है, यह अक्सर वैज्ञानिकों का सरोकार होता है। अपनी किताब में मैंने कहा था कि हमारे पूर्वजों ने इस संसार को वस्तुओंवाले एक स्थान के बजाय, एक मंच, एक नाटक के रूप में चित्रित किया था। मैंने बताया कि कैसे मैं इस बात पर विश्वास करने लगा कि एक नाटक के रूप में संसार के मूल तत्व अराजकता और व्यवस्था थे, न कि भौतिक वस्तुएँ।

व्यवस्था का अर्थ है, जब आपके आसपास मौजूद लोग पहले से तय सामाजिक मानदंडों के अनुसार कार्य करें, जिनके कार्यों का अंदाजा लगाना संभव हो और जो एक-दूसरे के साथ आपसी सहयोग करते हों। यह एक परिचित संसार है, एक ऐसी सामाजिक संरचना का संसार, जो जानी-पहचानी है। आमतौर पर व्यवस्था की स्थिति को प्रतीकात्मक और काल्पनिक तौर पर मर्दाना रूप में प्रस्तुत किया जाता है। इस मर्दाना रूप के दो चेहरे हैं, एक समझदार राजा का और दूसरा एक अत्याचारी का। ये दोनों चेहरे हमेशा के लिए एक-दूसरे से जुड़े हुए हैं क्योंकि समाज खुद समानांतर रूप से एक संरचना भी है और उत्पीड़न का कारक भी।

इसके विपरीत अराजकता का अर्थ है, जब कुछ अप्रत्याशित (अनपेक्षित) हो जाए। जैसे जब आप किसी पार्टी में अपने परिचित लोगों के सामने कोई चुटकुला

सुनाते हैं पर उसे सुनते ही हर कोई चुप हो जाता है, मानों आपके चलते शर्मिंदा महसूस कर रहा हो। यह ऐसी परिस्थिति है, जहाँ अराजकता तुच्छ रूप में उभरकर सामने आई है। पर अचानक नौकरी छूट जाने या अपने प्रेमी/प्रेमिका से धोखा खाने पर जो अराजकता उभरती है, वह भयावह होती है। प्रतीकात्मक रूप से मर्दाना व्यवस्था के विरोधी के तौर पर अराजकता को काल्पनिक रूप से नारीसुलभ अंदाज में प्रस्तुत किया जाता है। अराजकता वह नई व अप्रत्याशित स्थिति है, जो किसी परिचित स्थान पर अचानक उभरकर सामने आ जाती है। यह रचना भी है और विनाश भी, जो नई चीज़ों का स्रोत और मृतकों का गंतव्य है (जैसे संस्कृति के विपरीत, प्रकृति अपने आपमें जन्म भी है और मृत्यु भी)।

अराजकता और व्यवस्था, मशहूर ताओवादी प्रतीक यांग और यिन हैं: काले और सफेद रंग के दो नाग, सिर से लेकर पूँछ तक। व्यवस्था सफेद मर्दाना नाग है, जबकि अराजकता इसका काला नारीसुलभ समकक्ष है। सफेद नाग का काला बिंदु और काले नाग का सफेद बिंदु रूपांतरण की संभावना की ओर इशारा करते हैं। जब चीज़ें सुरक्षित नज़र आती है, ठीक तभी अप्रत्याशित रूप से एक बड़ा अज्ञात संकट आ सकता है। इसके विपरीत, जब ऐसा लगता है कि सब कुछ खत्म हो गया है, ठीक तभी उस अराजकता और तबाही से एक नई व्यवस्था उभर सकती है।

ताओवादियों के अनुसार अर्थ को हमेशा यांग और यिन, काले और सफेद नाग या अराजकता और व्यवस्था की जोड़ी के बीच ही ढूँढ़ा जा सकता है। उनके बीच मौजूद सीमा पर चलने का अर्थ ही जीवन-पथ या दिव्य मार्ग पर बने रहना है।

और यह खुशी से कहीं बेहतर है।

मैंने जिस लिट्रेरी एजेंट का जिक्र किया था, उसने मुझे सीबीसी रेडियो पर बोलते सुना था, जहाँ मैं इसी प्रकार के मसलों पर चर्चा कर रहा था। उस रेडियो कार्यक्रम को सुनकर उसके मन में कई गहन सवाल उठे। उसने मुझे ई-मेल करके पूछा कि क्या मैंने कभी किताब लिखने के बारे में सोचा है? इससे पहले मैं मैप्स ऑफ मीनिंग - जो बड़ी ही मुश्किल किताब है - का एक आसान संस्करण तैयार करने की कोशिश कर चुका था। पर मैंने पाया कि इस कोशिश के दौरान न तो मेरे अंदर कोई जोश था और न ही उस पांडुलिपी में, जो मेरी इस कोशिश के परिणाम स्वरूप तैयार हुई थी। शायद ऐसा इसलिए हुआ क्योंकि मैं अराजकता और व्यवस्था के बीच के स्थान में स्थापित होने और कुछ नया करने के बजाय अपने पुराने सेल्फ की और अपनी पिछली किताब (मैप्स ऑफ मीनिंग) की नकल कर रहा था। मैंने

उस लिट्रेरी एजेंट को सुझाव दिया कि वह यूट्यूब पर मेरे उन चार व्याख्यानों को देखे, जो मैंने 'बिग आईडियाज' नामक एक कार्यक्रम में दिए थे। मुझे लगा कि अगर वह वाकई मेरे चारों व्याख्यान देख लेती है, तो हम इस मसले पर और अधिक गहनता से एक विचारपूर्ण चर्चा कर सकेंगे। जैसे कि वह मुझे जो किताब लिखने के लिए कह रही है, उसमें मैं किस तरह के विषयों पर बात कर सकता हूँ।

उसने मेरे चारों व्याख्यान देखने और अपने एक सहकर्मी से उनके बारे में चर्चा करने के बाद मुझसे संपर्क किया। अब उसकी दिलचस्पी व इस प्रोजेक्ट के प्रति उसकी प्रतिबद्धता और बढ़ गई थी, जो मेरे लिए काफी आशाजनक - पर अप्रत्याशित थी। मैं जो कहता हूँ, उसकी गंभीरता और अजीब प्रकृति को देखते हुए मुझे तब काफी हैरानी होती है, जब लोग मेरी बातें सुनकर सकारात्मक प्रतिक्रिया देते हैं। पहले बॉस्टन में और अब टोरंटों में मैं अपने छात्रों को जो पढ़ाता आया हूँ, मुझे आश्चर्य है कि मुझे वह पढ़ाने का मौका मिला (यहाँ तक कि प्रोत्साहित भी किया गया)। मुझे हमेशा यही लगता था कि अगर लोग वाकई इस बात पर गौर करते कि मैं क्या पढ़ा रहा हूँ, तो मुझे इसका अच्छा-खासा परिणाम भुगतना पड़ता। मेरी इस चिंता में कितनी सच्चाई है, इस बात का फैसला यह किताब पढ़कर आप खुद कर सकते हैं।

उस लिट्रेरी एजेंट ने मुझे एक ऐसी किताब लिखने का सुझाव दिया, जो लोगों को 'अच्छा जीवन जीने' का मार्गदर्शन दे सके - न जाने इसका क्या मतलब था। मुझे फौरन अपनी उस सूची का खयाल आया, जिसे मैंने कोरा नामक वेबसाइट पर लिखा था। इस दौरान मैंने उस सूची के नियमों के बारे में अपने कुछ और विचार लिख दिए थे। लोगों ने मेरे इन नए विचारों पर भी सकारात्मक प्रतिक्रिया दी थी। इसीलिए मुझे कोरा की उस सूची में और किताब लिखने के बारे में उस लिट्रेरी एजेंट के विचारों में एक समानता नज़र आई। तो मैंने वह सूची उसे भी भेज दी, जो उसे बहुत पसंद आई।

लगभग उसी समय - मेरा एक मित्र और पूर्व छात्र - उपन्यासकार और पटकथा लेखक ग्रेग हर्विट्ज़ एक नई किताब पर विचार कर रहा था, जो आगे चलकर 'ऑर्फन एक्स' शीर्षकवाली बेस्टसेलिंग थ्रिलर के रूप में सामने आई। मेरे वे नियम उसे भी पसंद आए। उसने इन्हें अपने उपन्यास में भी शामिल कर लिया और वह भी बड़े अनोखे ढंग से। उपन्यास की कहानी में जब-जब मुनासिब हुआ, तब-तब मिया नामक इसकी नायिका एक-एक करके इन नियमों को अपने फ्रिज

पर चिपकाती जाती है। यह एक और सबूत है, जो इन नियमों के आकर्षक होने के मेरे अंधविश्वास का समर्थन करता है। मैंने उस एजेंट को सुझाव दिया कि मैं हर नियम के बारे में एक संक्षिप्त अध्याय लिखूँगा। वह सहमत हो गई इसलिए मैंने इसी बात की ओर इशारा करते हुए एक बुक-प्रपोजल लिख दिया। हालाँकि जब मैंने इसके अध्यायों को लिखना शुरू किया, तो वे कतई संक्षिप्त नहीं रह गए। मैंने मूलत: जितना सोचा था, मेरे पास हर नियम के बारे में लिखने के लिए उससे कहीं ज़्यादा चीज़ें थीं।

आंशिक रूप ऐसा इसलिए था क्योंकि मैंने अपनी पहली किताब के लिए काफी लंबे समय तक शोध किया था। इस शोध में इतिहास, पौराणिक कथाओं, न्यूरो साइंस (तंत्रिका विज्ञान), साइकोएनालिसिस (मनोविश्लेषण), चाइल्ड साइकोलॉजी (बाल मनोविज्ञान), कविता और बाइबिल के एक बड़े हिस्से का अध्ययन करना शामिल था। मैंने जॉन मिल्टन के महाकाव्य 'पैराडाइस लॉस्ट', जॉनथन वोल्फगैंग वॉन गोएथ के नाटक 'फॉस्ट और दांते एलिगियरी' के महाकाव्य डिवाइन कॉमेडी के पहले भाग 'इन्फर्नो' को न सिर्फ पढ़ा बल्कि काफी हद तक समझा भी। मैंने शीतयुद्ध के समय आए परमाणु गतिरोध के कारणों को समझने की अपनी कोशिशों के चलते इन तीनों कृतियों को आपस में एकीकृत भी किया। मैं समझ नहीं पा रहा था कि आखिर लोगों के लिए उनकी विश्वास प्रणालियाँ और मान्यताएँ इतनी महत्वपूर्ण कैसे हो सकती हैं कि वे उनकी रक्षा के लिए संसार के विनाश का जोखिम उठाने के लिए तैयार थे। मुझे एहसास हुआ कि साझा विश्वास प्रणालियों ने लोगों को एक-दूसरे के सामने स्पष्ट बनाया और ये प्रणालियाँ सिर्फ विश्वास से संबंधित नहीं थीं।

जो लोग समान सिद्धांतों के अनुसार जीते हैं, उनके लिए एक-दूसरे को पारस्परिक रूप से समझना आसान होता है। वे एक-दूसरे की अपेक्षाओं व इच्छाओं के अनुसार व्यवहार करते हैं और आपसी सहयोग कर सकते हैं। यहाँ तक कि वे एक-दूसरे के साथ शांतिपूर्वक ढंग से प्रतिस्पर्धा भी कर सकते हैं क्योंकि उनमें से हर कोई यह जानता है कि उसे बाकी सब लोगों से क्या अपेक्षा करनी है। आंशिक रूप से मनोवैज्ञानिक और आंशिक रूप से कर्म में उतारी गई एक साझा विश्वास प्रणाली हर किसी को, न सिर्फ उनकी अपनी नज़रों में और दूसरों की नज़रों में भी सरल बना देती है। साझा विश्वास संसार को भी आसान बना देते हैं क्योंकि जो लोग यह जानते हैं कि उन्हें एक-दूसरे से क्या अपेक्षा रखनी है, वे संसार को शांत व अनुकूल बनाने के लिए एक साथ मिलकर काम कर सकते हैं। इस संगठन को, इस सरलीकरण को सँभालकर रखने से ज़्यादा महत्वपूर्ण शायद कुछ भी नहीं है। जब इस पर कोई खतरा

आता है, तो पूरे राज़्य की नींव हिलने लगती है।

हालाँकि ठीक-ठीक यही कारण नहीं है, जिसके चलते लोग अपने विश्वासों के लिए लड़ते हैं। बल्कि वे तो इसलिए लड़ते हैं ताकि अपने विश्वासों, अपनी अपेक्षाओं और अपनी इच्छाओं के बीच मेल बनाकर रख सकें। वे अपनी अपेक्षा और दूसरों के कर्मों के बीच मेल बनाकर रखने के लिए लड़ते हैं। यह मेल बनाकर रखने के चलते ही लोग शांतिपूर्वक व उत्पादक ढंग से एक-दूसरे की अपेक्षाओं के अनुसार साथ-साथ रह पाते हैं। इससे न सिर्फ अनिश्चितता को कम करने में मदद मिलती है बल्कि अनिश्चितता के कारण अनिवार्य रूप से पैदा होनेवाली अराजक व असहनीय भावनाओं को संयमित करना भी आसान हो जाता है।

कल्पना कीजिए कि किसी को उसके प्रेमी ने धोखा दे दिया, जबकि उसे अपने प्रेमी पर बहुत विश्वास था। इस धोखे ने उनके बीच के पवित्र सामाजिक अनुबंध का उल्लंघन किया। किसी इंसान की सच्चाई उसके शब्दों से ज़्यादा उसके कर्मों से पता चलती है और धोखे की हरकत एक अंतरंग रिश्ते की नाजुक व सावधानी से स्थापित की गई शांति को भंग कर देती है। धोखा खाने के बाद लोग घृणा, अवमानना (अपने लिए और धोखा देनेवाले के लिए) अपराधबोध, चिंता, रोश और शंका जैसी भावनाओं में उलझ जाते हैं। संघर्ष अपरिहार्य है और कभी-कभी इसके परिणाम घातक होते हैं। साझा विश्वास प्रणालियाँ, व्यवहार की साझा प्रणालियाँ और अपेक्षाएँ - इन शक्तिशाली बलों को नियंत्रण में रखती हैं। जो चीज़ लोगों को अराजकता और आतंक (और इसके बाद विरोध और लड़ाई की ओर अपने पतन से) बचाती है, उसकी रक्षा के लिए लोगों का लड़ना कोई हैरानी की बात नहीं है।

यह बात सिर्फ यहीं तक सीमित नहीं है। एक साझा सांस्कृतिक प्रणाली इंसानों के बीच होनेवाली पारस्परिक कियाओं व संवाद में स्थिरता लेकर आती है। इसके अलावा एक मूल्य प्रणाली भी है यानी मूल्य की ऐसी हाईरार्की (पदानुक्रम) जहाँ कुछ चीज़ों को प्राथमिकता और महत्त्व दिया जाता है, जबकि कुछ चीज़ों को नहीं। ऐसी मूल्य प्रणाली की अनुपस्थिति में लोग सक्रिय रह ही नहीं सकते। दरअसल उस स्थिति में वे चीज़ों को देख-समझ ही नहीं सकेंगे क्योंकि क्रिया और देखना-समझना, दोनों के लिए एक लक्ष्य की ज़रूरत होती है। एक वैध लक्ष्य वही होता है, जो मूल्यवान हो। हम अपनी ज़्यादातर सकारात्मक भावनाओं को लक्ष्यों के संदर्भ में ही अनुभव करते हैं। तकनीकी रूप से कहा जाए, तो हम तब तक खुश नहीं होते, जब तक खुद अपनी प्रगति होते हुए नहीं देख लेते और प्रगति के विचार

का तात्पर्य कुछ और नहीं बल्कि मूल्य होता है। इससे भी बदतर तथ्य यह है कि सकारात्मक मूल्य के बिना जीवन का अर्थ अपने आपमें तटस्थ नहीं होता। क्योंकि हम कमजोर व नश्वर हैं और पीड़ा व चिंता इंसानी अस्तित्व का अभिन्न अंग है। हमारे पास कुछ तो ऐसा होना चाहिए, जिसे हम उस पीड़ा के मुकाबले खड़ा कर सकें, जो अस्तित्व के मूल में होती है। हमारे पास मूल्य की गहन प्रणाली में निहित अर्थ ज़रूर होना चाहिए, वरना अस्तित्व की वीभत्सता अपने सर्वोच्च स्तर पर पहुँच जाती है। इसके बाद शून्यवाद अपनी आशाहीनता और निराशा के साथ सामने आकर खड़ा हो जाता है।

इसीलिए बिना मूल्यों के किसी चीज़ का कोई अर्थ ही नहीं रह जाएगा। हालाँकि विश्वास प्रणालियों के बीच संघर्ष की संभावना भी रहती है। यही कारण है कि हमारे सामने हमेशा ही ऐसी कठिन परिस्थितियाँ आती रहती हैं, जहाँ एक तरफ कुँआ होता और दूसरी ओर खाई। जब कोई सामूहिक (समूह-केंद्रित) विश्वास कम जोर पड़ जाता है या विलीन हो जाता है, तो जीवन अराजक, दुःखद व असहनीय हो जाता है। दूसरी ओर जब समूह-केंद्रित विश्वास मौजूद होता है, तो अन्य समूहों के साथ संघर्ष की स्थिति बनना अपरिहार्य हो जाता है। पश्चिम में हम आंशिक रूप से अन्य समूहों के साथ संघर्ष के खतरे को कम करने के लिए अपनी परंपराओं, धर्म और यहाँ तक कि राष्ट्र-केंद्रित संस्कृतियों से भी दूर होते रहे हैं। पर इसके साथ ही हम व्यर्थता के चलते पैदा हुई हताशा का शिकार भी होते जा रहे हैं, जो कोई सुधार का संकेत नहीं है।

अपनी किताब 'मैप्स ऑफ मीनिंग' लिखते समय मैं इस एहसास से भी प्रेरित था कि अब हम संघर्ष बरदाश्त नहीं कर सकते - कम से कम बीसवीं सदी में जिस पैमाने पर वैश्विक संघर्ष हुए थे, उस पैमाने पर तो कतई नहीं। विनाश करने की हमारी तकनीकें अब बहुत शक्तिशाली हो गई हैं। हालात ये है कि अब युद्ध का संभावित परिणाम सिर्फ सर्वनाश ही है। पर हम अपनी मूल्य प्रणालियों को, अपनी मान्यताओं को और अपनी संस्कृति को त्याग भी नहीं सकते। मैं इस स्पष्ट नज़र आ रही प्रचंड समस्या से महीनों तक पीड़ित रहा हूँ। क्या इससे निपटने का कोई तीसरा तरीका भी था, जो मुझे नज़र नहीं आ रहा था? इसी दौरान एक रात मैंने सपने में देखा कि 'मैं जमीन से कई मंजिल ऊपर हवा में हूँ और एक झूमर से चिपका हुआ हूँ, जो एक विशाल गिरिजाघर के गुंबद के ठीक नीचे लटक रहा है। उस ऊँचाई से मुझे जमीन पर चल रहे लोग चीटियों जितने छोटे नज़र आ रहे थे। मैं जिस जगह पर लटका

हुआ था, वहाँ मेरा शरीर गिरिजाघर की दीवारों और गुंबद के शिखर से काफी दूर था।'

मैंने सीखा है कि अपने सपनों पर गौर करना चाहिए और वह भी सिर्फ इसलिए नहीं क्योंकि मैं एक प्रशिक्षित मनोविज्ञानी हूँ। दरअसल सपने हमारे मन के उन अंधेरे कोनों पर प्रकाश डालते हैं, जहाँ अब तक तर्क के कदम नहीं पहुँचे हैं। मैंने लंबे समय तक ईसाइयत का अध्ययन किया है (अन्य धार्मिक परंपराओं से कहीं अधिक, हालाँकि मेरी हमेशा यही कोशिश रहती है कि मैं अन्य धर्मों का भी अधिक से अधिक अध्ययन करूँ)। इसीलिए हर किसी की तरह, मैं भी अपने विचार उन्हीं चीज़ों से लेता हूँ, जिन्हें मैं जानता हूँ; न कि उन चीज़ों से, जिनके बारे में मुझे कुछ पता नहीं है। और यही होना भी चाहिए। मैं जानता था कि गिरिजाघरों का निर्माण क्रॉस के आकार में किया जाता है और गुंबद के नीचे का बिंदु क्रॉस का मध्य भाग होता है। मैं जानता था कि क्रॉस न सिर्फ सबसे बड़ी पीड़ा का, मृत्यु का व रूपांतरण का बिंदु है बल्कि संसार का प्रतीकात्मक केंद्र भी है। यह ऐसा स्थान नहीं था, जहाँ मैं रहना चाहता था। मैं उस ऊँचाई से, उस प्रतीकात्मक आकाश से नीचे उतरकर वापस अपने सुरक्षित, जाने-पहचाने और अनाम स्थान पर आने में कामयाब हो गया। मुझे नहीं पता कि यह कैसे हुआ। फिर मैं सपने में ही अपने बिस्तर पर वापस भी आ गया और अचेतन अवस्था की शांति पाने के लिए फिर से सोने की कोशिश करने लगा। अपने बिस्तर पर सहज होते ही मैंने महसूस किया कि मेरा शरीर फिर से कहीं जा रहा है। एक तेज हवा का झोंका मुझे विलीन करते हुए एक बार फिर उसी गिरिजाघर के मध्य बिंदु की ओर धकेलने की तैयारी कर रहा था। उससे बचने का कोई रास्ता नज़र नहीं आ रहा था। अब यह सचमुच एक दुःस्वप्न बन चुका था। मैंने खुद को जागने के लिए मज़बूर कर दिया। मेरे पीछे लगे पर्दे उड़ते हुए मेरे तकिए तक आ रहे थे। आधी नींद की अवस्था में मैंने अपने पलंग के निचले सिरे की ओर देखा, जहाँ मुझे उस महान गिरिजाघर के दरवाजे नज़र आए। आखिरकार मेरी नींद टूट गई और वह सब गायब हो गया।

मेरे सपने ने मुझे खुद अस्तित्व के केंद्र में रख दिया था और वहाँ से बचकर निकलने का कोई रास्ता नहीं था। इस सपने का अर्थ क्या हो सकता है, यह समझने में मुझे महीनों लग गए। इस दौरान मुझे यह संपूर्ण, व्यक्तिगत एहसास भी हुआ कि अतीत की महान कहानियाँ वास्तव में लगातार इस बात पर जोर देती रहती हैं कि केंद्र पर व्यक्ति का कब्जा है। केंद्र को क्रॉस के निशान से चिन्हित किया गया है। इस

क्रॉस पर अस्तित्व दरअसल पीड़ा और रूपांतरण है और सबसे बड़ी बात ये कि इस तथ्य को स्वेच्छा से स्वीकार किए जाने की ज़रूरत है। किसी समूह के प्रति गुलामों जैसी निष्ठा से व उसके सिद्धांतों से पार पाना असंभव नहीं है। इसके विपरीत चरम यानी शून्यवाद के नुकसान से बचना भी असंभव नहीं है। इसके अलावा व्यक्तिगत चेतना व अनुभव में पर्याप्त अर्थ खोज लेना भी संभव है।

जब एक ओर संघर्ष की भयावह दुविधा हो, जबकि दूसरी ओर मनोवैज्ञानिक व सामाजिक विघटन हो, तो ऐसे में संसार को मुक्त कैसे कराया जा सकता है? इसका जवाब है: व्यक्ति का स्तर ऊँचा करके, उसका विकास करके और अस्तित्व का बोझ उठाने व शूरवीरता के मार्ग पर चलने के लिए सर्वसम्मति लाकर ऐसा किया जा सकता है। हम सभी को व्यक्तिगत जीवन, समाज और संसार की जितनी ज़्यादा हो सके, उतनी जिम्मेदारी उठानी चाहिए। हम सभी को सच बोलना चाहिए, बिगड़े हुए की मरम्मत करनी चाहिए और पुरानी व अप्रचलित हो चुकी चीज़ों का विश्लेषण कर उनकी रचना दोबारा करनी चाहिए। यही वह तरीका है, जिसका इस्तेमाल करके हम संसार को जहरीला बनानेवाली पीड़ा कम कर सकते हैं। यह बहुत जिम्मेदारीवाला काम है। पर ऐसा न करने की स्थिति में हमारे पास जो विकल्प बचता है - सत्तावादी विश्वास-प्रणाली का खौफ, ध्वस्त हो चुके राज्य की अराजकता, बेलगाम प्राकृतिक संसार की दुःखद तबाही, अस्तित्ववादी चिंता और उद्‌देश्य विहीन व्यक्ति की कमजोरी - वह और भी बदतर है।

मैं इस प्रकार के विचारों पर दशकों से सोचता और व्याख्यान देता आया हूँ। अब मेरे पास इन विचारों से संबंधित कहानियों और अवधारणाओं का एक बड़ा संग्रह है। हालाँकि मैं यह दावा कतई नहीं कर रहा हूँ कि मेरी सोच पूरी तरह सही या संपूर्ण है। कोई एक इंसान अस्तित्व को जिस हद तक जान और समझ सकता है, अस्तित्व उससे कहीं अधिक जटिल होता है। ऐसा भी नहीं है कि मेरे पास इससे जुड़ा हर संभव विचार मौजूद हो। मैं तो बस वह प्रस्तुत कर रहा हूँ, जो मैं अब तक जान और समझ पाया हूँ।

इस विषय पर मैंने जो भी सोच-विचार व शोध किया था, वह मेरे निबंधों के रूप में सामने आया, जिन्होंने आखिरकार इस किताब का रूप ले लिया। मेरा प्रारंभिक विचार यह था कि मैंने कोरा वेबसाइट पर जो चालीस जवाब लिखे थे, उन सभी के बारे में एक-एक संक्षिप्त निबंध लिखूँ। मेरे इस प्रस्ताव को पेंग्विन रैन्डम हाउस, कनाडा प्रकाशन समूह ने स्वीकार कर लिया। हालाँकि इन निबंधों को लिखने

के दौरान मैंने पहले इनकी संख्या चालीस से घटाकर पच्चीस की, फिर सोलह और आखिरकार बारह। इन बारह निबंधों से ही यह किताब तैयार हुई है। इस शेष भाग को मैं पिछले तीन साल से अपने आधिकारिक संपादक की मदद से (और ग्रेग हर्विट्ज़ – जिसका जिक्र मैं पहले भी कर चुका हूँ की भयावहता की हद तक तीखी और सटीक आलोचना के साथ) संपादित कर रहा था।

12 रूल्स फॉर लाइफ : एन एंटीडोट टू केयॉस, यह शीर्षक चुनने में हमें काफी समय लगा। इस किताब के शीर्षक के तौर पर हमारे पास बहुत से विकल्प थे, पर हमें यही शीर्षक सबसे बेहतर क्यों लगा? इसका सबसे पहला और सबसे महत्वपूर्ण कारण है, इसकी सरलता। यह शीर्षक इस बात का स्पष्ट संकेत देता है कि लोगों को व्यवस्था संबंधी सिद्धांतों की ज़रूरत होती है, वरना केयॉस (अराजकता) को हावी होने में देर नहीं लगती। हमें नियमों, मानकों और मूल्यों – सबकी ज़रूरत एक साथ होती है। हम झुंड में रहनेवाले ऐसे जीव हैं, जिसका काम होता है बोझा उठाना। अपने अभागे अस्तित्व को सही ठहराने लिए यह ज़रूरी है कि हम कोई न कोई बोझ (या जिम्मेदारी) उठाएँ। हमें दिनचर्या और परंपराओं की ज़रूरत भी पड़ती है। यही व्यवस्था है। पर कई बार व्यवस्था ज़रूरत से ज़्यादा सुदृढ़ हो जाती है, जो ठीक नहीं है, पर इसके उलट अराजकता हमें फौरन निगल सकती है और वह भी ठीक नहीं होगा। यह ज़रूरी है कि हम सीधे रास्ते पर चलें। इसीलिए इस किताब में बताए गए सभी बारह नियम और उनके साथ प्रस्तुत किए गए निबंध – सही रास्ते पर चलने का मार्गदर्शन देते हैं। यह सीधा और सही रास्ता ही व्यवस्था और अराजकता के बीच की विभाजन रेखा है। यही वह स्थान है, जहाँ हम एक साथ उतने स्थिर होते हैं, उतनी खोज कर पाते हैं, उतना रूपांतरित हो पाते हैं, उतने सुधर पाते हैं और उतना सहयोग कर पाते हैं, जितनी हमें ज़रूरत होती है। इसी स्थान पर हम उस अर्थ की खोज कर पाते हैं, जो जीवन और उसकी अपरिहार्य पीड़ा को सही ठहराता हैं। अगर हम ठीक से जीते, तो शायद हम अपनी आत्म-चेतना का बोझ सहने में सक्षम होते। अगर हम ठीक से जीते, तो शायद एक पीड़ित होने की उस मनोभावना के बिना अपनी नाजुकता व नश्वरता के सच का सामना कर पाते, जो पहले हमारे अंदर आक्रोश, फिर ईर्ष्या और फिर प्रतिशोध व विनाश की इच्छा पैदा करती है। अगर हम ठीक से जीते, तो शायद अपने अभाव व अज्ञान के सच से खुद को बचाने के लिए हमें अधिनायकवादी निश्चितता की ओर नहीं मुड़ना पड़ता। पर शायद हम नर्क की ओर जानेवाले इन रास्तों पर चलने से खुद को बचा सकते हैं। वैसे भी बीसवीं

शताब्दी की भयावहता में हम स्पष्ट रूप से देख चुके हैं कि असली नर्क कैसा होता है।

मैं उम्मीद करता हूँ कि इन नियमों और इनके साथ प्रस्तुत निबंधों से लोगों को वे चीज़ें समझने में मदद मिलेगी, जिनसे वे पहले से परिचित हैं कि व्यक्ति की आत्मा सदा सच्चे अस्तित्व के नायकत्व की भूखी होती है और जिम्मेदारी लेने की इच्छा दरअसल एक सार्थक जीवन जीने के निर्णय के समान होती है।

अगर हम सब ठीक से जीएँगे, तो सामूहिक रूप से फलेंगे-फूलेंगे।

आप यह पन्ना पलटकर आगे बढ़ें, इससे पहले आप सबको मेरी ओर से शुभकामनाएँ।

डॉ. जॉर्डन बी. पीटरसन,

मनोवैज्ञानिक और प्रोफेसर (मनोविज्ञान)

१

कंधे तानकर सीधे खड़े हों

केकड़े (Lobster)[1] और उनका अधिकार क्षेत्र

आपने भी शायद बाकी लोगों की तरह कभी केकड़ों के बारे में खास तौर पर सोच-विचार नहीं किया होगा। हाँ, अगर आपको केकड़े खाना पसंद है, तो फिर अलग बात है। दरअसल ये दिलचस्प और स्वादिष्ट कड़े खोलवाले समुद्री जीव वाकई गौर करने लायक होते हैं। इनका नर्वस सिस्टम (तंत्रिका तंत्र) अपेक्षाकृत सरल होता है और इनके मस्तिष्क की जादुई कोशिकाएँ यानी न्यूरॉन्स बड़े आकार के होते हैं, जिनका निरीक्षण करना काफी आसान होता है। यही कारण है कि वैज्ञानिकों ने केकड़ों के न्यूरल सर्किट (तंत्रिका परिपथ) का सही-सही नक्शा बनाने में सफलता हासिल की है। इससे हमें मस्तिष्क की संरचना व कार्यों के अलावा और अधिक जटिल प्राणियों के व्यवहार को समझने में मदद मिली है, जिनमें इंसान भी शामिल हैं। इंसान और केकड़ों में आपकी उम्मीद से अधिक समानताएँ होती हैं (खासकर तब, जब आप केकड़ों की तरह चिड़चिड़ा महसूस करते हैं - हा...हा...।)

केकड़े समुद्र के तल में रहते हैं। उनके लिए वहाँ एक निवास स्थान ज़रूरी होता है, जिसके सुरक्षित दायरे में रहकर वे अपना शिकार ढूँढ़ते हैं और चारों ओर फैली गंदगी में मौजूद खाद्य पदार्थ के टुकड़े तलाशते रहते हैं। समुद्र की ऊपरी सतह पर रहनेवाले जीवों के बीच होनेवाले संघर्ष में जो चीज़ें समुद्र के तल तक जाती हैं, वे केकड़ों के खाद्य पदार्थों में शामिल होती हैं। जैसे संघर्ष में मारे गए जीवों के शरीर वगैरह। केकड़े अपने निवास के लिए ऐसी सुरक्षित जगह चुनते हैं, जहाँ शिकार करना या खाद्य पदार्थ ढूँढ़ना आसान हो यानी एक तरह से वे अपने लिए एक घर चुन लेते हैं।

चूँकि समुद्र में केकड़े बहुतायत में पाए जाते हैं इसलिए अक्सर एक समस्या भी खड़ी हो जाती है। अगर दो केकड़े एक ही समय में समुद्र तल के एक ही क्षेत्र को अपने

---

[1] लोबस्टर झिंगा मछली को भी कहा जाता है।

अधिकार में ले लें और दोनों ही उस अधिकार-क्षेत्र में रहना चाहते हों, तब क्या? और अगर दो केकड़ों की जगह सैकड़ों केकड़े हों, जो समुद्र तल के एक ही हिस्से में अपने-अपने परिवार के लिए खाने की उपलब्धता और सुरक्षा सुनिश्चित करने में लगे हों, और उनमें से कोई भी उस अधिकार-क्षेत्र को छोड़ने को तैयार न हों, तब?

यह समस्या अन्य प्राणियों के सामने भी आती है। उदाहरण के लिए जब सॉन्गबर्ड प्रजाति की चिड़िया वसंत के मौसम में उत्तरी इलाकों में आती हैं, तो उनके बीच अपने-अपने अधिकार-क्षेत्र को लेकर बड़े क्रूर झगड़े होते हैं। उनकी सुरीली चहचहाहट को सुनकर हमें बड़ा आनंद आता है पर दरअसल यह चहचहाहट साथी चिड़ियों को बुलाने के लिए एक सायरन होती है। वे स्वयं को श्रेष्ठ दिखाने के लिए भी चहचहाती हैं। बेहद सुरीले ढंग से चहाचहानेवाली हर सॉन्गबर्ड चिड़िया दरअसल एक छोटे स्तर की योद्धा होती है, जो अपनी आवाज से अपने श्रेष्ठ होने की घोषणा कर रही होती है। उत्तरी अमेरिका में पाई जानेवाली रेन नामक सॉन्गबर्ड चिड़िया को ही ले लीजिए। कीड़े खानेवाली यह छोटे आकार की चिड़िया बड़ी तेज-तर्रार और शक्तिशाली होती है। अगर यह किसी इलाके में नई-नई आई हो, तो अपना घोंसला बनाने के लिए ऐसी जगह ढूँढ़ती है, जो तेज हवा और बारिश से सुरक्षित रहे। यह न सिर्फ खाने के आसपास रहना चाहती है बल्कि मैथुन-क्रिया के लिए अपने संभावित साथियों को आकर्षित करने की कोशिश में भी रहती है। इसके अलावा यह अपने प्रतिद्वंद्वियों को यह यकीन भी दिलाना चाहती है कि उनके लिए बेहतर होगा, अगर वे उसके अधिकार-क्षेत्र से दूर ही रहें।

चिड़ियाँ - और उनका अधिकार-क्षेत्र

जब मैं दस साल का था, तो मैंने अपने पिता की मदद से रेन सॉन्गबर्ड के परिवार के लिए एक बर्डहाउस (चिड़ियों का घर) तैयार किया था। यह बर्डहाउस किसी कॉनेस्टोगा वैगन[2] जैसा दिखता था। इसके सामनेवाले प्रवेश द्वार का आकार इसके कुल आकार का एक चौथाई था। यह रेन सॉन्गबर्ड चिड़िया के लिए एक बढ़िया निवास स्थान था क्योंकि वे छोटे आकार की होती हैं। इस बर्डहाउस की दूसरी खास बात यह थी कि किसी भी अन्य बड़े आकार की चिड़िया के लिए यह जगह सही नहीं थी क्योंकि वह इसमें प्रवेश ही नहीं कर पाती। इसलिए ऐसी कोई संभावना नहीं थी कि कोई और चिड़िया आकर कभी रेन सॉन्गबर्ड के परिवार को तंग करेगी। मेरे पड़ोस में रहनेवाली एक बुजुर्ग महिला के घर में भी एक बर्डहाउस

[2] 18वीं और 19वीं शताब्दी में पूर्वी अमेरिका व कनाडा में लंबी दूरी की यात्रा के लिए इस्तेमाल होनेवाली एक प्रसिद्ध गाड़ी

था, जो दरअसल हमने उसी समय बनाया था, जब हम अपने घर में बर्डहाउस बना रहे थे। इसे हमने एक पुराने रबर के जूते से तैयार किया था। इसके प्रवेश द्वार का आकार ऐसा था कि इसमें रॉबिन नामक चिड़िया के आकार वाली कोई भी चिड़िया प्रवेश कर सकती थी। वह बुजुर्ग महिला उस दिन का बेसब्री से इंतजार कर रही थी, जब कोई चिड़िया वहाँ रहने आएगी।

जल्द ही एक रेन सॉन्गबर्ड चिड़िया ने हमारे बर्डहाउस को अपना घर बना लिया। वसंत के मौसम के शुरुआती दिनों में हम अक्सर देर तक उसे सुरीली आवाज में चहचहाते हुए सुनते रहते। हमारे इस नए मेहमान ने कॉनेस्टोगा वैगन जैसे उस बर्डहाउस में अपना घोंसला तैयार किया, इसके साथ ही वह बुजुर्ग पड़ोसी के जूतेवाले बर्डहाउस में भी छोटे-छोटे तिनके लाकर इकट्ठे करने लगी। उसने उस छोटे से बर्डहाउस को तिनकों से इस तरह भर दिया कि किसी भी आकार की कोई और चिड़िया उसके भीतर न जा सके। हालाँकि मेरी वह बुजुर्ग पड़ोसी इससे कतई खुश नहीं थी पर कुछ और किया भी नहीं जा सकता था। मेरे पिता ने उससे कहा, 'अगर हम इसे उठाकर साफ भी कर दें और फिर से पेड़ पर लटका दें, तो ये चिड़िया इसे दोबारा तिनकों से भर डालेगी।' रेन सॉन्गबर्ड चिड़िया आकार में छोटी और दिखने में प्यारी भले ही हों, पर वे बड़ी बेरहम होती हैं।

पिछले ही साल सर्दियों में स्की यानी बर्फ पर स्केटिंग करते समय मैंने अपनी टाँग तोड़ ली थी। इसके बाद मुझे सहायता के रूप में स्कूल की बीमा पॉलिसी से कुछ पैसे भी मिले थे, जो मेरे जैसे दुर्भाग्यशाली और अनाड़ी बच्चों के लिए खास तौर पर तैयार की गई थी। इन पैसों से मैंने एक कैसेट रिकॉर्डर खरीदा था (जो उस जमाने में बड़ी आधुनिक चीज़ मानी जाती थी।) मेरे पिता ने सुझाव दिया कि मुझे बगीचे में बैठकर रेन सॉन्गबर्ड चिड़िया की सुरीली चहचहाहट को अपने कैसेट रिकॉर्डर में रिकॉर्ड करके, उसे बजाकर सुनना चाहिए और देखना चाहिए कि इससे क्या होता है। मैं वसंत की चमकीली धूप में नहाए हमारे बगीचे में पहुँच गया, जहाँ रेन सॉन्गबर्ड चिड़िया पूरी तीव्रता से चहचहाते हुए उस क्षेत्र में अपने श्रेष्ठता की घोषणा कर रही थी। मैंने उसकी चहचहाहट को रिकॉर्ड कर लिया। इसके बाद मैंने उसी कैसेट को बजाकर रेन सॉन्गबर्ड को उसकी चहचहाहट सुनाई। उसे सुनते ही मानो उस छोटी सी चिड़िया के पूरे शरीर में करंट दौड़ गया हो। वह तेजी से उड़ी और नीचे की ओर गोता लगाते हुए मेरी और कैसेट रिकॉर्डर की ओर टूट पड़ी। इसके बाद वह बार-बार स्पीकर पर एकाएक झपट्टा मारने आती और फिर कुछ इंच की दूरी पर रुककर दूर

चली जाती। इसके बाद हमने उसका यह व्यवहार कई बार देखा, यहाँ तक कि जब टेप रिकॉर्डर बगीचे में न होता, तब भी वह ऐसा ही करती। हालत यह थी कि अगर कभी कोई बड़े आकार की चिड़िया हमारे बर्डहाउस के आसपास के किसी भी पेड़ पर बैठने की जुर्रत करती, तो इस बात की पूरी उम्मीद थी कि हमारी आत्मघाती रेन सॉन्गबर्ड उस पर हमला कर देगी।

रेन सॉन्गबर्ड और केकड़े एक-दूसरे से बिलकुल अलग होते हैं। केकड़े न तो उड़ सकते हैं, न ही उनकी आवाज सुरीली होती है और न ही वे पेड़ों पर अपना बसेरा बनाते हैं। जबकि रेन के शरीर पर नर्म पंख होते हैं और केकड़ों के शरीर पर एक कड़ा खोल। रेन पानी के अंदर साँस नहीं ले सकती और इसे बिरले मौकों पर ही मक्खन के साथ परोसा जाता है। हालाँकि इन सभी असमानताओं के बावजूद उनमें कई समानताएँ भी होती हैं। उदाहरण के लिए ये दोनों ही अन्य कई प्रजातियों की तरह अपनी हैसियत और पद के प्रति जुनूनी प्रवृत्ति के होते हैं। नॉर्वे के जीवविज्ञानी और तुलनात्मक मनोवैज्ञानिक थैलिफ़ स्लेजेलरूप-एबे ने सन 1921 में पाया कि बाड़े में रहनेवाली मुर्गियाँ भी चोंच के आधार पर अपनी हाइरार्की यानी हैसियत आधारित पदानुक्रम स्थापित करती हैं।

मुर्गियों की हाइरार्की

खासतौर पर अभाव या तंगी के दौर में मुर्गियों की दुनिया में किसकी कितनी हैसियत है, इसके कारण हर मुर्गी के सरवाइवल यानी उत्तरजीविता में छिपे होते हैं। जिन मुर्गियों को हर सुबह बाड़े में बिखेरे गए खाने के दानों तक सबसे पहले जाने दिया जाता है, उन्हें दरअसल अन्य सभी मुर्गियों के बीच सेलिब्रिटी जैसा दर्जा हासिल होता है। इसके बाद उनके दस्ते की सदस्य मुर्गियों, टुकड़ाखोर मुर्गियों और उन मुर्गियों की बारी आती है, जो सेलिब्रिटी मुर्गियों जैसी हैसियत पाना चाहती हैं। इसके बाद बारी आती है, सबसे वाहियात मुर्गियों की। फिर गंदी, कम पंखोंवाली और बुरी चोंचवाली मुर्गियों की बारी आती है, जिन्हें मुर्गियों की हाइरार्की यानी हैसियत आधारित पदानुक्रम में सबसे निचले दर्जे की माना जाता है।

उपनगरीय निवासियों की तरह ही मुर्गियाँ भी समुदाय में रहती हैं। जबकि रेन सॉन्गबर्ड चिड़िया ऐसा नहीं करतीं। इसके बावजूद उनके बीच भी श्रेष्ठता पर आधारित हाइरार्की पाई जाती है। बस फर्क यह है कि यह हाइरार्की अधिकार-क्षेत्र तय करने जैसे मामलों पर अधिक लागू होती है। सबसे स्वस्थ, मज़बूत, भाग्यशाली और सबसे अधिक इच्छा शक्तिवाली चिड़िया अपने और अपने परिवार के लिए

सबसे अच्छा अधिकार-क्षेत्र चुनती है और दूसरी चिड़ियों से उसकी रक्षा करती है। जिसके कारण उसे मैथुन-क्रिया के लिए बेहतर साथी चिड़िया मिलने की उम्मीद बढ़ जाती है। इससे उसके लिए अपने अंडों को सेना व चूजों को पालना भी आसान हो जाता है, जो बाद में बड़े होकर खूब फलते-फूलते हैं। तेज हवा, बारिश, शिकारियों से सुरक्षा और अच्छी गुणवत्तावाले खाने तक पहुँचना, इस प्रकार उनका जीवन क्रम तनावपूर्ण रहता है। इसीलिए अधिकार-क्षेत्र अपने आपमें काफी महत्वपूर्ण होता है। उनके अधिकार में जो क्षेत्र आता है, उससे संबंधित अधिकारों व सामाजिक हैसियत में बड़ा महीन सा फर्क होता है। यह अक्सर जिंदगी और मौत का सवाल होता है।

अगर उच्च स्तरीय सॉन्गबर्ड चिड़िया के समुदाय में कोई संक्रामक रोग फैल जाए, तो सबसे कम प्रभुत्व रखनेवाली, सबसे अधिक तनाव में रहनेवाली और चिड़ियों की दुनिया में सबसे निचला स्थान रखनेवाली सॉन्गबर्ड चिड़िया के बीमार पड़ने और मरने की संभावना सबसे ज़्यादा होती है। यह बात इंसानी समुदाय के लिए भी उतनी ही सच है, खासतौर पर जब पूरे संसार में बर्डफ्लू वायरस या ऐसी ही कोई और बीमारी फैल जाती है। सबसे गरीब और सबसे अधिक तनावग्रस्त लोग सबसे पहले मरते हैं और सबसे ज़्यादा संख्या में मरते हैं। कैंसर, डाइबिटीज और दिल की बीमारी जैसे असंक्रामक रोगों के प्रति भी सबसे ज़्यादा संवेदनशील यही लोग होते हैं। तभी तो कहा जाता है कि जब तक अमीर वर्ग के लोगों को जुकाम होता है, तब तक श्रमिक वर्ग के लोग निमोनिया से मरने लगते हैं।

चूँकि हर प्राणी के लिए अधिकार-क्षेत्र महत्त्वपूर्ण होता है और अच्छे क्षेत्रों की अक्सर कमी होती है इसलिए अपना अधिकार-क्षेत्र तय करने की प्रक्रिया में प्राणियों के बीच संघर्ष होते रहते हैं। ये संघर्ष एक और समस्या पैदा करते हैं कि किसी भी संघर्ष को जीतने या हारने की प्रक्रिया में यह कैसे सुनिश्चित किया जाए कि नुकसान कम से कम हो। यह बिंदु खासतौर पर महत्त्वपूर्ण है। जैसे अगर दो चिड़ियों के बीच एक ही क्षेत्र में घोसला बनाने को लेकर विवाद हो जाता है और यह विवाद जल्द ही लड़ाई में बदल जाता है। ऐसी स्थिति में आखिरकार जीत उसी चिड़िया की होती है, जो अपेक्षाकृत बड़े आकार की और अधिक शक्तिशाली हो। पर जीतनेवाली चिड़िया को भी इस लड़ाई में चोटें आना तय है। जिसका अर्थ यह है कि कोई तीसरी चिड़िया, उदाहरण के लिए लड़ाई की दर्शक रही कोई चिड़िया, जो बिलकुल स्वस्थ है, इस मौके का फायदा उठाते हुए चोटिल विजेता चिड़िया को हरा सकती है और उसके क्षेत्र को अपने अधिकार में ले सकती है। ऐसी स्थिति पिछली दोनों चिड़ियों

के लिए कतई फायदेमंद नहीं होगी।

संघर्ष और अधिकार-क्षेत्र

सदियों से जिन प्रजातियों के प्राणी अन्य प्राणियों के साथ, एक ही अधिकार क्षेत्र में रहते आए हैं, उन्होंने कम से कम नुकसान की कीमत पर, उस अधिकार क्षेत्र में अपना प्रभुत्व स्थापित करने के लिए कई तरकीबें निकाली हैं। उदाहरण के लिए जब दो भेड़ियों की लड़ाई होती है तो जो भेड़िया पराजित हो जाता है, वह अपनी पीठ के बल लोटने लगता है और अपनी गरदन को विजयी भेड़िये के सामने कर देता है। इस स्थिति में विजयी भेड़िया चाहे तो उसकी गरदन को चीर सकता है, पर वह ऐसा नहीं करता बल्कि वह उस पराजित भेड़िये को छोड़ देता है। संघर्ष में विजय हासिल करने के बाद भी विजयी भेड़िये को शिकार के लिए एक साथी की ज़रूरत पड़ेगी, भले ही वह साथी पराजित भेड़िये जैसा कोई वाहियात प्राणी ही क्यों न हो। बियर्डेड ड्रैगन[3] जैसी घरों में पाली जानेवाली छिपकलियाँ एक-दूसरे को देखकर अपने आगे के पैरों को हिलाती हैं, जो आपस में शांति बनाए रखने का एक इशारा होता है। इसी तरह डॉल्फिन्स अपने समूह के अन्य शक्तिशाली सदस्यों के साथ संघर्ष की संभावना को कम करने के लिए शिकार के समय या उत्तेजना के अन्य क्षणों में एक विशेष किस्म की ध्वनि निकालती हैं, जो पानी में स्पंदन के रूप में सामने आती है। समुदाय में रहनेवाले सभी प्राणियों के बीच इस प्रकार का व्यवहार आम होता है क्योंकि शांति से जीवन का निर्वहन करने के लिए यह व्यवहार ज़रूरी है।

समुद्रतल पर दौड़ते-भागते केकड़े भी इस मामले में अपवाद नहीं हैं। अगर आप एक दर्जन केकड़ों को पकड़कर उन्हें किसी नई जगह ले जाएँ, तो आप देखेंगे कि वे आपस में अपनी सत्ता स्थापित करने के लिए कौन सी तकनीकें अपनाते हैं। हर केकड़ा सबसे पहले अपने अधिकार-क्षेत्र को जानने की कोशिश करेगा ताकि उसे विस्तार से समझ सके और घर बनाने के लिए एक सुरक्षित स्थान ढूँढ़ सके। केकड़े अपने निवास स्थान से बहुत कुछ सीखते हैं और वे जो कुछ भी सीखते हैं, उसे हमेशा याद रखते हैं। अगर आप किसी केकड़े को उसके निवास स्थान के आसपास ही पकड़ने की कोशिश करें, तो वह फौरन मुड़कर अपने निवास की ओर भागेगा और फिर वहाँ छिप जाएगा। पर अगर आप उसे उसके निवास स्थान से दूर पकड़ने की कोशिश करेंगे तो वह फौरन किसी आसपास के सुरक्षित स्थान की ओर

---

[3] मुख्यत: ऑस्ट्रेलिया में पाई जानेवाली एक प्रकार की छिपकली

छलाँग लगा देगा, जिसे उसने पहले से ढूँढ़ रखा होगा और आपके पास आते ही उसे वह स्थान याद आ जाएगा।

केकड़ों को आराम करने के लिए एक ऐसे गुप्त स्थान की ज़रूरत पड़ती है, जो परभक्षियों और प्राकृतिक विपदाओं से उनकी रक्षा कर सके। जैसे-जैसे केकड़े बड़े होते हैं, वे अपना कड़ा खोल छोड़ देते हैं, जिससे अगले कुछ दिनों के लिए उनका शरीर मुलायम रहता है। इस समयावधि में वे काफी असुरक्षित रहते हैं क्योंकि समुद्र के अंदर एक मुलायम शरीर के प्राणी पर खतरा हमेशा मंडराता रहता है। किसी चट्टान के नीचे मौजूद छोटी सी गुफा या बिल केकड़े के रहने के लिए एक अच्छी जगह होती है। अगर यह गुहा या बिल एक ऐसे स्थान पर स्थित हो, जहाँ खोल और अन्य चीज़ों के टुकड़े वगैरह खींचकर लाए जा सकें ताकि बिल में प्रवेश करने के बाद केकड़ा उसके प्रवेश द्वार को इन चीज़ों की मदद से बंद कर सके। हालाँकि किसी भी नए इलाके में अच्छे शरण स्थानों या गुप्त स्थानों की संख्या कम ही होती है। ऐसे स्थान दुर्लभ होते हैं और अन्य केकड़े भी उन्हीं की खोज में लगे होते हैं।

इसका अर्थ यह है कि जब केकड़े किसी स्थान को जानने-परखने के लिए वहाँ आते-जाते हैं, तो अक्सर अन्य केकड़ों से टकराते रहते हैं। अध्ययनों से पता चला है कि ऐसी स्थिति में क्या करना चाहिए, यह उन केकड़ों को भी अच्छी तरह पता होता है, जो एकांत में पले-बढ़े होते हैं। केकड़ों के नर्वस सिस्टम (तंत्रिका तंत्र) में आत्मरक्षा व आक्रमण से जुड़े जटिल व्यवहार पहले से निर्मित किए होते हैं। इसीलिए ऐसी कोई भी स्थिति आते ही केकड़ों का शरीर हरकत में आ जाता है। वे किसी बॉक्सर की तरह अपने पंजे बार-बार खोलकर उठाते हैं, आगे-पीछे और अगल-बगल डोलते हैं, अपने प्रतिद्वंद्वी की नकल करते हैं और अपने खुले पंजों को हवा में लहराते हैं। इसी दौरान वे अपनी आँखों के नीचे जेट बिठा लेते हैं ताकि अपने प्रतिद्वंद्वी पर एक गीले पदार्थ की बौछार कर सकें। यह गीला पदार्थ कुछ खास किस्म के रसायनों का मिश्रण होता है, जिससे वे अपने प्रतिद्वंद्वी को अपने आकार, लिंग, स्वास्थ्य और मानसिक स्थिति का संकेत देते हैं।

कई बार केकड़े को अपने प्रतिद्वंद्वी के पंजे का आकार देखकर ही समझ में आ जाता है कि वह प्रतिद्वंद्वी के मुकाबले आकार में काफी छोटा है। यह एहसास होते ही वह बिना मुकाबला किए अपने कदम पीछे खींच लेता है। गीले पदार्थ की बौछार से जो रासायनिक जानकारी केकड़े एक-दूसरे की ओर भेजते हैं, उससे भी समान प्रभाव पड़ सकता है, जिससे एक अपेक्षाकृत कमज़ोर और कम आक्रामक केकड़ा

अपने कदम पीछे खींच लेता है। यह उनके आपसी संघर्ष का पहला चरण होता है। अगर दोनों केकड़े आकार और क्षमताओं में एक-दूसरे के बराबर हैं या गीले पदार्थ की बौछार से भेजी गई जानकारी पर्याप्त नहीं है, तो वे संघर्ष के दूसरे चरण की ओर बढ़ जाते हैं। वे अपने पंजों को नीचे की ओर मोड़ लेते हैं और फिर अपने-अपने एंटीना से पागलों की तरह एक-दूसरे पर वार करते हैं। पहले-पहले जब कोई एक केकड़ा इस संघर्ष में दूसरे पर हावी होने लगता है, तो दूसरा केकड़ा अपने कदम पीछे खींच लेता है। फिर जब दूसरा केकड़ा हावी हो जाता है, तो पहला केकड़ा अपने कदम पीछे खींचने लगता है। कुछ देर तक यह व्यवहार करने के बाद जो केकड़ा ज़्यादा घबराया हुआ होता है, उसे यह एहसास हो सकता है कि इस संघर्ष को जारी रखना उसके हित में नहीं होगा। इस एहसास के बाद वह प्रतिक्रियावश अंजाने में ही अपनी पूँछ को एक झटका देता है, पीछे की ओर छलाँग लगाता है और वहाँ से भाग जाता है ताकि किसी और जगह जाकर अपना भाग्य आजमा सके। पर अगर दोनों में से किसी ने संघर्ष बंद करने का निर्णय नहीं लिया तो फिर वे संघर्ष के तीसरे चरण में पहुँच जाएँगे, जिसमें असली लड़ाई होती है।

इस स्थिति में दोनों केकड़े भारी गुस्से में एक-दूसरे की ओर बढ़ते हैं। एक-दूसरे से मुठभेड करने के लिए वे अपने पंजे आगे की ओर तान लेते हैं। दोनों एक-दूसरे को गिराने की पूरी कोशिश कर रहे होते हैं। आखिर में जो केकड़ा गिर जाता है, उसे एहसास होता है कि उसका प्रतिद्वंद्वी उसे और अधिक नुकसान पहुँचाने की पूरी क्षमता रखता है। ऐसी स्थिति में वह केकड़ा सामान्यत: हार मानकर वहाँ से चला जाता है। (हालाँकि वह भारी आक्रोश में होता है और विजयी केकड़े के पीठ पीछे उसके बारे में खूब गॉसिप करता है।) पर अगर दोनों में से कोई भी सामनेवाले को गिरा नहीं पाता या अगर कोई केकड़ा एक बार गिरने के बाद दोबारा लड़ने के लिए उठ खड़ा होता है, तो वे संघर्ष के चौथे चरण में चले जाते हैं। ऐसा करना बहुत खतरनाक हो सकता है और यह ऐसा चरण नहीं है, जिसमें बिना सोच-विचार के जाया जाए। क्योंकि संघर्ष के इस चरण में दोनों केकड़ों को भारी चोटें आती हैं और यह भी संभव है कि इस चरण में उनकी मौत हो जाए।

इस चरण में दोनों केकड़े अपनी पूरी क्षमता से बहुत तेज रफ्तार में एक-दूसरे पर हमला बोलते हैं। उनके पंजे खुले होते हैं ताकि वे प्रतिद्वंद्वी के शरीर का ऐसा कोई भी हिस्सा जैसे पैर, एंटीना या आँखों के करीब का कोई भी हिस्सा दबोच सकें, जो उघड़ा हुआ या आघात करने योग्य हो। जैसे ही दोनों में से किसी के शरीर का कोई

भी हिस्सा सामनेवाले की पकड़ में आ जाता है, तो वह अपनी पूछ को तेज झटका देकर पीछे की ओर उछलता है और प्रतिद्वंद्वी के शरीर के उस हिस्से पर अपने पंजे की पकड़ कमजोर नहीं पड़ने देता। वह ऐसा इसलिए करता है ताकि प्रतिद्वंद्वी के शरीर का जो हिस्सा उसने दबोच रखा है, उसे तोड़ सके। जब संघर्ष इस बिंदु तक पहुँच जाता है, तो आमतौर पर यह स्पष्ट हो जाता है कि कौन सा केकड़ा विजयी और कौन पराजित होगा। इस चरण में पराजित होनेवाला केकड़ा दुर्लभ मौकों पर ही जिंदा बच पाता है। उसके लिए जिंदा बचना तब और मुश्किल हो जाता है, जब यह संघर्ष प्रतिद्वंद्वी के अधिकार-क्षेत्र में हो रहा हो क्योंकि अब सामनेवाला सिर्फ एक प्रतिद्वंद्वी नहीं रह जाता बल्कि उसके खून का प्यासा होता है।

भले ही कोई केकड़ा किसी लड़ाई में बेहद आक्रामक रहा हो, पर अगर उसे इसमें हार का सामना करना पड़ा हो, तो फिर वह उस लड़ाई को आगे नहीं बढ़ाता। साथ ही वह दोबारा किसी अन्य केकड़े से लड़ाई मोल लेने से भी हिचकने लगता है, भले ही वह उसे पहले किसी अन्य लड़ाई में हरा चुका हो। लड़ाई में परास्त होने के बाद वह अपना आत्मविश्वास खो देता है। कभी-कभी तो यह स्थिति कई दिनों तक चलती है। कई बार तो उसे हार के कठोर परिणाम भी भुगतने पड़ते हैं। अगर कोई प्रबल और प्रभुत्वशाली केकड़ा लड़ाई में बुरी तरह हारा हो, तो उसका मस्तिष्क मूलतः विलीन हो जाता है। इसके बाद उसका जो मस्तिष्क विकसित होता है, वह एक गौण और कमज़ोर केकड़े का मस्तिष्क होता है, जो उसकी हाल ही में नीचे गिरी हुई हैसियत के अनुसार होता है। उसका मूल मस्तिष्क इतना विवेकपूर्ण नहीं होता कि जो बिना विलीन और पुनः विकसित हुए राजा जैसी अपनी पुरानी रूआबदार हैसियत से, निचले स्तर की अपमानजनक हैसियत वाला केकड़ा बनने के बदलाव को स्वीकार कर सके। जिस भी व्यक्ति को प्रेम संबंधों में या कॅरियर में बड़ी परेशानी का सामना करना पड़ा हो, उसका व्यक्तित्व अकसर पूरी तरह रूपांतरित हो जाता है। संभव है कि ऐसे व्यक्ति को महसूस हो कि उसमें और कड़े खोलवाले इन जीवों में कोई न कोई संबंध ज़रूर है।

हार और जीत की न्यूरोकेमेस्ट्री

एक पराजित केकड़े के मस्तिष्क की रासायनिक गतिविधियाँ निश्चित ही एक विजयी केकड़े से बिलकुल अलग होंगी। इसकी झलक उसकी शारीरिक मुद्रा में साफ देखी जा सकती है। कोई केकड़ा आत्मविश्वास से भरा हुआ है या फिर डर से

दुबका हुआ है, यह उसके शरीर में मौजूद सेरोटोनिन[4] और ऑक्टोपमाइन[5] नामक दो रसायनों पर निर्भर होता है, जो केकड़े के न्यूरॉन्स के बीच होनेवाले संवाद के लिए जिम्मेदार होते हैं। जब कोई केकड़ा किसी लड़ाई में जीत हासिल करता है तो उसके शरीर में सेरोटोनिन की मात्रा ऑक्टोपमाइन की मात्रा से ज़्यादा हो जाती है।

जिस केकड़े में सेरोटोनिन का स्तर ज़्यादा और ऑक्टोपमाइन का स्तर कम होता है, वह अकड़कर चलता है और गर्व से भरा हुआ होता है। ऐसे केकड़े को अगर कोई चुनौती दे, तो वह पीछे हटने के बजाय उसका सामना करता है। सेरोटोनिन उसके शारीरिक आसन को दुरूस्त रखता है। ऐसा केकड़ा अपने उपांगों को फैलाकर रखता है, जिससे वह स्पेगेटी वेस्टर्न फिल्मों के मशहूर अभिनेता क्लिंट ईस्टवुड की तरह अधिक ऊँचा और खतरनाक नज़र आता है। अगर किसी ऐसे केकड़े को सेरोटोनिन के संपर्क में लाया जाए, जो हाल ही में किसी लड़ाई में हारा हो, तो वह एक अंगड़ाई लेकर पिछले विजेताओं पर हावी होने की कोशिश करना शुरू कर देगा और फिर अधिक जोश के साथ देर तक लड़ेगा। डिप्रेशन से जूझ रहे इंसानों को जो दवा दी जाती है, उसका रासायनिक और व्यावहारिक प्रभाव भी सेरोटोनिन जैसा ही होता है। यहाँ तक कि अगर केकड़ों को डिप्रेशन की मशहूर दवा प्रोजैक दी जाए, तो उनका उत्साह बढ़ने लगता है, जो धरती पर विकास की निरंतरता का सबसे आश्चर्यजनक उदाहरण है।

उच्च सेरोटोनिक स्तर या निम्न ऑक्टोपमाइन स्तर एक विजेता की विशेषता है। जबकि इन्हीं रसायनों का प्रमाण जब उल्टा होता है, यानी जब ऑक्टोपमाइन का स्तर सेरोटोनिक से ज़्यादा हो जाता है, तो वह केकड़ा पराजित, क्लांत, उदास और दुःखी नज़र आता है। ऐसा केकड़ा अक्सर किसी कोने में दुबका पाया जाता है और खतरे की आहट पाते ही वहाँ से नौ दो ग्यारह हो जाता है। सेरोटोनिक और ऑक्टोपमाइन रसायन केकड़ों की अपनी पूँछ में झटका देने जैसी सहज क्रियाओं को भी नियंत्रित करते हैं। जब कोई केकड़ा कहीं से फौरन भाग जाना चाहता है, तो वह अपनी पूँछ को झटका देकर ही पीछे की ओर भागता है। एक पराजित केकड़े को

---

[4] सेरोटोनिन आपके मस्तिष्क में स्वाभाविक रूप से उत्पादित एक रसायन है, जो आपके महसूस करने के तरीके को प्रभावित करता है। जैसे यह आपको खुशी, शांति या भूख की कमी का एहसास कराता है।

[5] ऑक्टोपमाइन एक कार्बनिक रसायन है, जो कभी-कभी दवा के रूप में भी इस्तेमाल किया जाता है।

पूँछ झटकने की क्रिया करने के लिए अधिक उकसाना नहीं पड़ता। पोस्ट-ट्रॉमैटिक स्ट्रेस डिसऑर्डर[6] (Post-traumatic stress disorder) से जूझ रहे सैनिक और बच्चे ज़रा-ज़रा सी बात पर चौंक जाते हैं, जो केकड़ों की पूछ झटककर भागने की क्रिया का ही एक और रूप है।

असमान वितरण का सिद्धांत

जब एक पराजित केकड़ा अपना सारा साहस जुटाकर दोबारा लड़ने का दुस्साहस करता है, तो इस बात की अधिक संभावना होती है कि वह दोबारा हार जाएगा। कम से कम केकड़ों की लड़ाई से जुड़े आँकड़े तो यही दर्शाते हैं। जबकि उसके विजयी प्रतिद्वंद्वी के जीतने की संभावना हमेशा अधिक होती है। इंसानों की तरह ही केकड़ों की दुनिया में भी 'विजयी व्यक्ति सब कुछ ले जाता है' का नियम चलता है। मानवी समाज में भी ऐसा ही होता है। जैसे अगर दुनिया के सभी लोगों के संपत्ति की सूची बनाई जाए तो इसमें सबसे ऊपर के एक प्रतिशत अमीर लोगों की संपत्ति इस सूची में सबसे नीचे मौजूद 50 प्रतिशत लोगों की संपत्ति के बराबर होती है। इसके अलावा सबसे धनवान 85 लोगों की संपत्ति इसी सूची में नीचे मौजूद साढ़े तीन बिलियन लोगों की कुल संपत्ति के बराबर होती है।

असमान वितरण का यह क्रूर सिद्धांत आर्थिक दायरे के बाहर हर उस क्षेत्र पर लागू होता है, जहाँ रचनात्मक उत्पादन की ज़रूरत होती है। विज्ञान के क्षेत्र में ज़्यादातर रिसर्च पेपर वैज्ञानिकों के एक छोटे से समूह द्वारा ही प्रकाशित किए जाते हैं। दुनियाभर में ज़्यादातर व्यावसायिक संगीत कुछेक संगीतकारों के एक समूह द्वारा ही रिकॉर्ड किया जाता है। दुनियाभर में बिकनेवाली ज़्यादातर किताबें कुछेक लेखकों का एक छोटा सा समूह ही लिखता है। अमेरिका में हर साल पंद्रह लाख अलग-अलग किताबें बिकती हैं, जिनमें से सिर्फ 500 किताबें ही ऐसी होती हैं, जिनकी एक लाख से ज़्यादा प्रतियाँ बिकती हैं। ठीक इसी तरह आधुनिक आर्केस्ट्रा में बजनेवाला सारा संगीत बाख, बीथोवन, मोत्जार्ट और शाइकोवस्की नामक चार शास्त्रीय संगीतज्ञों ने तैयार किया है। इन चारों में से भी बाख ने इतना अधिक संगीत बनाया है कि उनके सारे काम की नकल हाथ से बनाने में ही दशकों लग जाएँगे। इसके बावजूद उनके काम का बहुत छोटा सा हिस्सा ही ऐसा है, जिसे आमतौर पर संगीत कार्यक्रमों में प्रस्तुत किया जाता है। इस समूह के अन्य तीनों संगीतकारों के

[6] यह एक मानसिक विकार है, जो किसी इंसान के जीवन पर हुआ आघात, युद्ध, अपघात या अन्य खतरों जैसे दर्दनाक घटना के संपर्क में आने के बाद विकसित हो सकता है।

मामले में भी ठीक यही स्थिति है। उनके द्वारा तैयार किए गए कुल संगीत का एक छोटा सा हिस्सा ही ऐसा है, जिसे आज के जमाने में ज़्यादातर जगहों पर बजाया जाता है। इस लिहाज से देखें तो आज हम जितना शास्त्रीय संगीत सुनते और पसंद करते हैं, वह सभी शास्त्रीय संगीतकारों के एक छोटे से समूह द्वारा तैयार किए गए कुल संगीत का एक छोटा सा हिस्सा मात्र है।

इस सिद्धांत को 'प्रिंस का नियम' के नाम से भी जाना जाता है। क्योंकि सन 1963 में सोला प्रिंस नामक एक शोधकर्ता ने इस बात का पता लगाया था कि विज्ञान के क्षेत्र में इस सिद्धांत का उपयोग कैसे किया जा सकता है। अंग्रेजी भाषा के अक्षर एल (L) की आकृतिवाले ग्राफ पर इसका मॉडल तैयार किया जा सकता है। जिसके ऊपरी सिरे पर लोगों की संख्या और निचले सिरे पर उत्पादकता या स्रोतों की जानकारी होनी चाहिए। हालाँकि मूल सिद्धांत की खोज इससे काफी पहले ही हो चुकी थी। एक इटैलियन पॉलीमैथ विल्फ्रेडो परोटो (1848-1923) ने बीसवीं शताब्दी के शुरुआती दौर में संपत्ति-वितरण के मामले में इसकी उपयोगिता पहचानी थी। उनकी यह खोज हर उस समाज के मामले में सच जान पड़ी, जिसका अध्ययन पहले कभी हो जा चुका हो, भले ही वहाँ किसी भी प्रकार की शासन प्रणाली रही हो। यह शहरों की आबादी (बहुत कम संख्या में भी सभी प्रकार के लोगों का प्रतिनिधित्व) स्वर्गीय पिंडो के समूह (बहुत कम संख्या में मौजूद पदार्थ) और किसी भाषा में शब्दों की बारंबारता (90 प्रतिशत संवाद मात्र 500 शब्दों के इस्तेमाल से ही पूरा हो जाता है) जैसी कई चीज़ों पर लागू होता है। इसके साथ ही इसे मैथ्यू का सिद्धांत (मैथ्यू 25:29) भी कहा जाता है, जिसे ईसा मसीह का सबसे कठोर कथन कहा जा सकता है : 'जिनके पास सब कुछ है, उन्हें और अधिक दिया जाएगा और जिनके पास कुछ नहीं है, उनसे सब कुछ ले लिया जाएगा।'

आप सही अर्थों में ईश्वर के पुत्र हैं, अगर आपके शब्द क्रस्टेशियंस यानी कड़े खोलवाले समुद्री जीवों पर भी समान रूप से लागू होते हैं।

चलिए अब लड़ने-झगड़नेवाले केकड़ों की ओर वापस लौटते हैं। एक-दूसरे से लगातार आजमाइश करनेवाले केकड़ों को यह समझने में ज़्यादा समय नहीं लगता कि किस केकड़े के साथ खिलवाड़ किया जा सकता है और किस केकड़े से बचकर रहना बेहतर होगा। एक बार यह समझने के बाद जो हाइरार्की (हैसियत आधारित पदानुक्रम) बनती है, वह आसानी से नहीं बदलती। एक बार किसी लड़ाई में जीतने के बाद विजयी केकड़ा जब भी अपने एंटीना को धमकी भरे अंदाज में लहराता है,

तो पराजित केकड़ा उसे देखते ही पलभर में वहाँ से गायब हो जाता है। एक कमज़ोर केकड़ा अपना प्रभुत्व स्थापित करने की कोशिश करना भी छोड़ देता है। वह अपनी निम्न स्थिति को स्वीकार कर लेता है और अपने पैरों को सिकोड़कर चलने लगता है। जबकि उच्च हैसियतवाला केकड़ा इससे बिलकुल विपरीत व्यवहार करता है। वह सर्वश्रेष्ठ निवास स्थान पर अपना कब्जा करता है, पर्याप्त आराम करता है, अच्छा आहार लेता है, अपने क्षेत्र में अपने प्रभुत्व का दिखावा करते हुए टहलता रहता है और अपने अधीनस्थ केकड़ों को रात के वक्त उनके निवास-स्थान से खींचकर बाहर निकाल लाता है, सिर्फ यह याद दिलाने के लिए कि उनका असली बाप कौन है।

सारी मादाएँ

मादा केकड़ा अपने जीवन के सबसे तीव्र मातृत्व-चरणों में अपने अधिकार-क्षेत्र के लिए कड़ा संघर्ष करती हैं, यह शीर्ष स्थान रखनेवाले केकड़े को फौरन पहचान लेती हैं और उसके प्रति तेजी से आकर्षित भी होती हैं। मेरा मानना है कि यह रणनीति वाकई शानदार है। इंसानों सहित अन्य कई प्रजातियों की मादाएँ भी यही रणनीति अपनाती हैं। सर्वश्रेष्ठ इंसान को पहचानना बहुत कठिन काम है, इसीलिए मादाएँ इस कठिनाई का सामना करने के बजाय, सीधे मशीनी ढंग से यह पता लगाती हैं कि डॉमिनेन्स हाइरार्की (प्रभुत्व आधारित पदानुक्रम) के मामले में कौनसा नर सबसे उच्च स्थान पर विराजमान है यानी किस नर का प्रभुत्व सबसे ज़्यादा है। वे नरों को इस बात के लिए आपस में संघर्ष करने देती हैं कि उनका साथ किसे मिलेगा। यह काफी हद तक स्टॉक-मार्केट जैसा है, जहाँ हर एंटरप्राइज (उद्यम) का मूल्य आपसी प्रतियोगिता से तय होता है।

जब मादा केकड़ा अपने कड़े खोल को छोड़ने के लिए तैयार हो जाती है और उसका शरीर मुलायम हो जाता है तो संभोग में उसकी रुचि बढ़ जाती है। फिर वह प्रभुत्व रखनेवाले नर केकड़े के निवास-स्थान के आसपास टहलती रहती है और उसे आकर्षित करने के लिए उसकी ओर खुशबूदार कामोत्तेजक द्रव छिड़कती है। चूँकि नर केकड़े को उसकी आक्रामकता ने ही पिछले संघर्षों में सफलता दिलाई थी इसलिए इस बात की संभावना बढ़ जाती है कि संभोग के मामले में भी वह आक्रामक और प्रभुत्वशाली ढंग से ही प्रतिक्रिया देगा। ऊपर से वह आकार में अपेक्षाकृत बड़ा, स्वस्थ और शक्तिशाली भी होता है। ऐसे नर का ध्यान संघर्ष या लड़ाई से हटाकर संभोग की ओर लाना कोई आसान काम नहीं है (हालाँकि अगर उसे ठीक से मंत्रमुग्ध किया जाए, तो मादा के प्रति उसका व्यवहार बदल जाता है।

यह सबसे तेज़ी से बिकनेवाले इरॉटिक उपन्यास 'फिफ्टी शेड्स ऑफ ग्रे' का और 'ब्यूटी एंड द बीस्ट' जैसी रोमांटिक परीकथा का केकड़ोंवाला संस्करण नज़र आता है। इसमें नर और मादा के व्यवहार में ऐसा पैटर्न देखने को मिलता है, जो हमेशा यौन रूप से मुखर साहित्यिक कल्पनाओं में पाया जाता है। ऐसा साहित्य महिलाओं के बीच उतना ही लोकप्रिय होता है, जितनी नग्न महिलाओं की उत्तेजक पुरुषों के बीच तस्वीरें लोकप्रिय होती हैं।)

हालाँकि यहाँ इस बात की ओर इशारा करना ज़रूरी है कि सरासर शारीरिक शक्ति स्थाई प्रभुत्व का एक अस्थिर आधार है। डच प्राइमेटोलॉजिस्ट फ्रैंस डी वॉल इसका वैज्ञानिक प्रदर्शन भी कर चुके हैं। उन्होंने जिन चिंपांजियों का अध्ययन किया, उनमें लंबे समय तक सफल रहनेवाले नर चिंपांजी वे थे, जिन्हें अपने अंदर शारीरिक कौशल के अलावा अन्य जटिल विशेषताएँ भी विकसित करनी पड़ी थीं। क्योंकि अगर सबसे अधिक क्रूर और तानाशाह किस्म के चिंपांजी को भी एक साथ दो विरोधी चिंपांजियों से लड़ना पड़े, तो संभव है कि वह हार जाएगा। इसीलिए जो नर चिंपांजी सबसे लंबे समय तक शीर्ष स्थान पर बने रहते हैं, वे दरअसल ऐसे नर होते हैं, जो अपने से कमतर चिंपांजियों के साथ आपसी मेलजोल बनाकर रखते हैं और पूरी सावधानी से अपनी मंडली की मादा चिंपांजियों और उनके शिशुओं का ध्यान रखते हैं। बच्चों को चूमने की राजनीतिक चाल दरअसल लाखों वर्ष पुरानी है। पर केकड़े अभी भी तुलनात्मक रूप से आदिम प्राणी हैं, इसीलिए उनके मामले में ब्यूटी (आकर्षक मादा) और बीस्ट (निर्दयी नर) की रोमांटिक परीकथा के स्पष्ट कथा-तत्व ही पर्याप्त होते हैं।

जैसे ही ब्यूटी (आकर्षक मादा) बीस्ट (निर्दयी नर) को मंत्रमुग्ध करने में सफल हो जाती है, मादा केकड़ा अपने कड़े खोल को उतारकर नग्न हो जाती है। उस समय उसका शरीर बेहद मुलायम, कमज़ोर और संभोग के लिए पूरी तरह तैयार होता है। तब नर केकड़ा - जो मादा केकड़े के सौंदर्य से मंत्रमुग्ध होने के बाद एक निर्दयी प्राणी से उसकी परवाह करनेवाले प्रेमी में बदल चुका है - उपयुक्त समय आने पर अपने शुक्राणुओं को मादा के शरीर में छोड़ देता है। इसके बाद मादा केकड़ा उसी क्षेत्र में लंबा समय गुज़ारती है और कुछ सप्ताहों में ही उसका शरीर फिर से कड़ा हो जाता है (एक और ऐसी अद्भुत घटना, जो इंसानों के बीच पूरी तरह अज्ञात नहीं है)। फिर वह अपनी सुविधा के अनुसार अपने निवास-स्थान में वापस लौटती है। उस समय उसका शरीर निषेचित अंडों से लदा हुआ होता है। इसी बिंदु पर कोई अन्य मादा केकड़ा नर केकड़े के साथ ठीक वही सब करना शुरू कर देती है, जो इस मादा

केकड़े ने किया था और इस तरह यह सिलसिला चलता रहता है। एक आश्वस्त शारीरिक मुद्रावाले प्रभुत्वशाली नर को न सिर्फ सबसे अच्छा निवास-स्थान और शिकार के लिए सबसे उपयुक्त क्षेत्र मिलता है बल्कि सारी मादाएँ भी उसी को मिलती हैं। इसीलिए एक केकड़े या एक नर के लिए जीवन में सफलता हासिल करना सबसे अधिक महत्वपूर्ण होता है।

यह सब प्रासंगिक क्यों है? इसके ढेरों कारण है, जिनमें से कई कारण बड़े ही स्वाभाविक भी हैं। सबसे पहली बात यह है कि हम जानते हैं कि केकड़े पिछले 35 करोड़ सालों से किसी न किसी रूप में इस ग्रह पर रहते आए हैं। यह बहुत ही लंबी समय-अवधि है। पृथ्वी पर करीब साढ़े छह करोड़ साल पहले डायनासॉर हुआ करते थे। यहाँ इतने पुराने समय की बात हो रही है कि इसकी कल्पना करना भी हैरान करता है। हालाँकि डायानासॉर ऐसे प्राणी थे, जो इस ग्रह पर विकसित हुए और फिर शाश्वत समय में प्रवाह में नष्ट भी हो गए। इससे स्पष्ट होता है कि डॉमिनेन्स हाइरार्की (प्रभुत्व आधारित पदानुक्रम) पर्यावरण की एक अनिवार्य और स्थाई विशेषता रही है और सभी जटिल प्राणी इसके अनुसार ही अनुकूलित होते रहे हैं। करीब 33 करोड़ साल पहले प्राणियों के मस्तिष्क और नर्वस सिस्टम (तंत्रिका तंत्र) आज की तुलना में कहीं अधिक सरल हुआ करते थे। बहरहाल उनके पास पहले से ही वह संरचनात्मक क्षमता और न्यूरोकेमेस्ट्री थी, जो हैसियत और समाज से जुड़ी जानकारियों को समझने और इस्तेमाल करने के लिए ज़रूरी होती है। इस तथ्य का महत्त्व शायद ही कभी कम हो।

प्रकृति का स्वरूप

यह जीवविज्ञान का स्वयं सिद्ध सत्य है कि क्रमिक विकास (Evolution) रूढ़िवादी है। जब किसी चीज़ का क्रमिक विकास होता है, तो वह प्रकृति में पहले से निर्मित चीज़ ही होती है। उसमें नई विशिष्टताएँ जोड़ी जा सकती हैं और पुरानी विशिष्टताओं में फेरबदल किया जा सकता है, पर ज़्यादातर चीज़ें जस की तस रहती हैं। यही कारण है कि चमगादड़ों के पंख, इंसानों के हाथ और व्हेल मछलियों के पंखों के कंकाल आश्चर्यजनक रूप से बिलकुल समान दिखाई देते हैं। यहाँ तक कि उनमें हड्डियों की संख्या भी समान होती हैं। क्रमिक विकास ने बहुत पहले ही बुनियादी शारीरिक विज्ञान की आधारशिला रख दी थी।

अब क्रमिक विकास मुख्यत: विविधता और प्राकृतिक चयन के जरिए सक्रिय रहता है। विविधता के पीछे कई कारण होते हैं। सरल शब्दों में कहें, तो इसमें से एक

कारण है जीन यानी जनन कोशिका में रहनेवाले एक तत्त्व में फेरबदल और अनियमित परिवर्तन (रैंडम म्यूटेशन)। ऐसे ही कारणों के चलते हर प्रजाति के प्राणी कई मामलों में आपस में एक-दूसरे से अलग होते हैं और समय के साथ प्रकृति उन्हीं में से किसी एक का चुनाव करती है। जैसा कि कहा जाता है, इस सिद्धांत से ही अनंत काल तक जीवन-रूपों में होनेवाले निरंतर परिवर्तन प्रकट होते हैं। पर इससे एक और सवाल खड़ा हो जाता है : 'प्राकृतिक चयन' में वास्तव में प्रकृति का अर्थ क्या है? प्राणी जिसके अनुसार अनुकूलित होते हैं, वह 'पर्यावरण' वास्तव में क्या है? हम प्रकृति और पर्यावरण को लेकर कई धारणाएँ बना लेते हैं। हमारी इन धारणाओं का कोई न कोई परिणाम भी ज़रूर सामने आता है। मार्क ट्वेन ने एक बार कहा था कि 'ऐसा नहीं है कि हम जो नहीं जानते, उसके कारण परेशानी में पड़ते हैं। असल में तो इसका कारण हमारी धारणाएँ हैं।'

पहली बात तो यह है कि प्रकृति के बारे में यह धारणा बहुत आसानी से बनाई जा सकती है कि यह कोई स्थिर चीज़ है पर ऐसा नहीं है। कम से कम सरल अर्थों में तो ऐसा कतई नहीं है। यह एक ही समय में स्थिर भी है और गतिशील भी। पर्यावरण - चयन करनेवाली प्रकृति - स्वयं भी रूपांतरित होता है। चीनी दर्शन ताओवाद के लोकप्रिय प्रतीक यिन और यांग इसे बड़ी खूबसूरती से दर्शाते हैं। ताओवादियों के लिए वास्तविकता दो विरोधी सिद्धांतों से मिलकर बनती है, जिन्हें अक्सर स्त्रियोचित और पौरुष के रूप में देखा जाता है। आसान शब्दों में समझने के लिए इन्हें स्त्री और पुरुष भी कहा जा सकता है। हालाँकि यिन और यांग को अराजकता (अव्यवस्था) और व्यवस्था के तौर पर अधिक सटीक ढंग से समझा जा सकता है। यह ताओवादी प्रतीक एक चक्र जैसा होता है, जिसमें दो जुड़वाँ नाग जैसी आकृतियाँ सिर से लेकर पूँछ तक घिरी होती हैं। काले रंग की आकृति अराजकता का प्रतीक है, जिसके सिरे पर एक सफेद बिंदु होता है। जबकि व्यवस्था की प्रतीक सफेद आकृति के सिरे पर एक काला बिंदु होता है। ऐसा इसलिए है क्योंकि अराजकता और व्यवस्था न सिर्फ अनंत रूप से एक-दूसरे के विपरीत हैं बल्कि कभी भी एक-दूसरे की जगह ले सकते हैं। हालाँकि ऐसा नहीं है कि ये इससे अलग नहीं हो सकते। यहाँ तक कि सूर्य के भी अस्थिरता के अपने चक्र होते हैं। इसमें भी ऐसा कुछ नहीं है, जिसे ठीक नहीं किया जा सकता। हर क्रांति एक नई व्यवस्था को जन्म देती है। हर मृत्यु दरअसल एक रूपांतरण भी होती है।

प्रकृति को विशुद्ध रूप से स्थिर या गतिहीन मानने से गंभीर त्रुटियाँ पैदा होने की आशंका होती है। प्रकृति 'चयन' करती है। चयन के इस विचार में स्वास्थ्य का

विचार अंतर्निहित होता है। असल में 'स्वास्थ्य' का ही 'चयन' होता है। मोटे तौर पर स्वास्थ्य का अर्थ इस संभावना से है कि प्राणी इस पृथ्वी को अपनी संतानें देकर जाएगा यानी समय के साथ उसकी जनन कोशिका का विस्तार होगा। 'स्वास्थ्य' में 'योग्य' का अर्थ है पर्यावरण की ज़रूरत के अनुसार अलग-अलग प्राणियों की जीव-विशेषताओं में आपसी मिलन का संभव होना। अगर पर्यावरण की इस ज़रूरत को स्थिर मान लिया जाएगा - अगर प्रकृति को अनन्त और कभी न बदलने वाला मान लिया जाएगा - तो इसका अर्थ होगा कि क्रमिक विकास रैखिक-सुधारों की एक कभी न खत्म होनेवाली श्रृंखला है और स्वास्थ्य कोई ऐसी चीज़ है, जिसका समय के साथ सही-सही अनुमान लगाना संभव है। क्रमिक विकास का विक्टोरियन विचार - जो आज भी काफी सशक्त है और जिसमें इंसान शिखर पर होता है - प्रकृति के इसी मॉडल का एक आंशिक परिणाम है। इससे यह गलत धारणा जन्म लेती है कि प्राकृतिक चयन का कोई एक स्थान (पर्यावरण के लिए बढ़ती योग्यता) है और इसे एक स्थिर बिंदु के तौर पर देखा जा सकता है।

पर प्रकृति, जो असली चयनकर्ता है, सरल अर्थों में भी एक स्थिर चयनकर्ता नहीं है। प्रकृति हर मौके पर अलग-अलग ढंग से कार्य करती है। प्रकृति किसी म्यूजिक स्कोर (संगीत स्वरलिपि) की तरह लगातार बदलती रहती है, जिससे आंशिक तौर पर यह स्पष्ट होता है कि क्यों हर संगीत किसी गहरे अर्थ की ओर संकेत करता है। जैसे जब किसी प्रजाति के फलने-फूलने में सहायक रहा पर्यावरण बदलने लगता है, तो उस प्रजाति के सदस्यों को जीने और बच्चे पैदा करने में समर्थ बनानेवाली पर्यावरणीय विशेषताएँ भी बदलती हैं। इसीलिए प्राकृतिक चयन का सिद्धांत उन जीवों को ठीक से रहने नहीं देता, जो संसार द्वारा प्रस्तुत किए गए नमूने से सटीक रूप से मेल खाते हैं। यह मामला दरअसल कुछ ऐसा है, मानो ये प्राणी प्रकृति की धुन पर ही नाच रहे हों, जबकि यह उनके लिए घातक हो सकता है। जैसा कि एलिस इन वंडरलैंड नामक फंतासी कथा में रेड क्वीन कहती है "मेरे राज्य में तुम्हें एक जगह स्थिर रहने के लिए भी पूरी शक्ति में दौड़ना होगा।" किसी एक बिंदु पर रुका या अटका हुआ कोई भी प्राणी विकास नहीं कर सकता, भले ही वह कितना भी शक्तिशाली क्यों न हो।

प्रकृति केवल गतिशील भी नहीं है। कुछ चीज़ें बड़ी जल्दी बदल जाती हैं और वे अक्सर उन चीज़ों में निहित होती हैं, जिन्हें बदलने में काफी समय लगता है (संगीत का भी अक्सर यही बाह्यरूप होता है)। जैसे पत्तियाँ पेड़ों की तुलना में

जल्दी बदल जाती हैं और पेड़ जंगल की तुलना में जल्दी बदल जाते हैं। इसी तरह मौसम भी जलवायु की तुलना में तेजी से बदलता है। अगर यह सब इस तरह नहीं हो रहा होता, तो क्रमिक विकास की रूढ़िवादिता कारगर न होती क्योंकि उस स्थिति में हाथों से लेकर हथियारों तक की मूल आकृति उतनी ही तेजी से बदलती, जितनी तेजी से इंसानी बाहों की हड्डी की लंबाई और उँगलियों की चपलता बदलती है। दूसरे शब्दों में कहें, तो यह व्यवस्था के भीतर मौजूद अराजकता (अव्यवस्था) जैसा है, जो स्वयं अराजकता के अंदर मौजूद है और यह अराजकता भी उच्चतम व्यवस्था का ही एक हिस्सा है। सबसे सच्ची व्यवस्था वही है, जो सबसे कम बदलती है पर ऐसी व्यवस्था आसानी से नज़र नहीं आती। जैसे जब कोई व्यक्ति किसी पत्ती को देख रहा होता है, तो संभव है कि पेड़ पर उसकी नज़र ही न जाए। इसी तरह जब कोई व्यक्ति किसी पेड़ को गौर से देख रहा होता है, तो हो सकता है कि जंगल की ओर उसकी नज़र न जाए। कुछ चीज़ें, जो सबसे ज़्यादा वास्तविक होती हैं, (जैसे हमेशा से मौजूद डॉमिनेन्स हाइरार्की या प्रभुत्व आधारित पदानुक्रम) वे कभी दिखाई नहीं देती हैं।

प्रकृति की रोमांटिक अवधारणा बनाना भी गलत होगा। कंक्रीट के जंगलों जैसे शहरों में रहनेवाले अमीर और आधुनिक लोग पर्यावरण को किसी प्राचीन और स्वर्गलोकीय चीज़ की तरह देखते हैं, मानों वह कोई फ्रेंच इम्प्रेशनिस्ट लैंडस्केप (फ्रांसीसी प्रभाववादी परिदृश्य) हो। इसी तरह ईको-एक्टिविस्टों (पर्यावरण संरक्षण में सक्रिय कार्यकर्ताओं) का दृष्टिकोण तो और अधिक आदर्शवादी होता है। वे तो प्रकृति को इतना सामंजस्यपूर्ण, संतुलित और परिपूर्ण मानते हैं, मानो उसमें मानवजाति के लिए विघ्न, अव्यवस्था और विध्वंस हो ही नहीं। दुर्भाग्य से एलिफेंटियासिस (श्लीपद की बीमारी) और गिनी वर्म्स (संक्रामक रोग फैलानेवाले कीड़े) एनाफिलिस मच्छर और मलेरिया, भुखमरी पैदा करनेवाली सूखे की समस्या, एड्स और ब्लैक प्लेग जैसी चीज़ें भी इसी पर्यावरण का हिस्सा हैं। हम प्रकृति के इन पहलुओं को लेकर सकारात्मक ढंग से नहीं सोचते, जबकि ये भी प्रकृति के सकारात्मक पहलुओं जितने ही वास्तविक हैं। क्योंकि इन्हीं चीज़ों के कारण हम निरंतर अपने परिवेश को सुधारने में लगे रहते हैं, अपने बच्चों की सुरक्षा करते हैं, शहरीकरण करते रहते हैं, परिवहन प्रणालियाँ विकसित करते हैं और भोजन व बिजली पैदा करते हैं। अगर यह प्रकृति - जिसे हम मानव अस्तित्व की जननी मानते हैं - हमें नष्ट करने पर नहीं तुली होती, तो हमारे लिए इस संसार में प्रकृति के साथ सामंजस्य बिठाकर जीना बहुत आसान होता।

यह विचार हमें तीसरी अवधारणा की ओर ले जाता है कि प्रकृति उन सांस्कृतिक रचनाओं से बिलकुल अलग होती है, जो उसके संरक्षण में फलती-फूलती है। अव्यवस्था के भीतर मौजूद व्यवस्था और अस्तित्व की व्यवस्था जितनी पुरानी होती है, उतनी ही 'प्राकृतिक' होती है। क्योंकि 'प्रकृति' ही असली 'चयनकर्ता' है और इसकी जो विशेषता जितनी पुरानी होती है, उसे 'चयन' के लिए और जीवन को आकार देने के लिए उतना ही अधिक समय मिल चुका होता है। इस बात से कोई फर्क नहीं पड़ता कि वह एक भौतिक विशेषता है या फिर जैविक, सामाजिक या सांस्कृतिक विशेषता है। डार्विन के दृष्टिकोण से देखें तो सबसे महत्वपूर्ण है उस विशेषता का स्थाई होना। डॉमिनेन्स हाइरार्की भले ही कितनी भी सामाजिक या सांस्कृतिक नज़र आए, पर उसका अस्तित्व करीब 50 करोड़ साल पुराना है। डॉमिनेन्स हाइरार्की इस संसार की एक स्थाई विशेषता है। यह स्थाई है, वास्तविक है। यह न तो पूँजीवाद है, न साम्यवाद है और न ही मिलिट्री-इंडस्ट्रियल कॉम्प्लेक्स (सैन्य-औद्योगिक परिसर) है। यह पितृसत्ता (पेट्रियार्की) भी नहीं है, जो असल में सिर्फ एक निंदनीय, मनमानी और इस्तेमाल करके त्याग दी जानेवाली सांस्कृतिक कलाकारी मात्र है। सबसे गहन अर्थों में देखा जाए, तो यह कोई इंसानी रचना भी नहीं है। असल में यह तो पर्यावरण का एक शाश्वत पहलू है। इन अल्पकालिक अभिव्यक्तियों पर जो दोषारोपण किया जाता है, वह दरअसल इसके अपरिवर्तनीय अस्तित्व का परिणाम है। हम (यानी सम्राट, जो इस ग्रह पर जीवन की शुरुआत से मौजूद हैं) बहुत लंबे समय से डॉमिनेन्स हाइरार्की के बीच रहते आए हैं। हम अपना प्रभुत्व स्थापित करने के लिए तब से संघर्ष कर रहे हैं, जब हमारे शरीर पर न तो त्वचा थी, न हाथ थे, न फेफड़े थे और न ही हड्डियाँ थीं। संसार में संस्कृति के अलावा भी ऐसा बहुत कुछ मौजूद है, जो 'प्राकृतिक' है और डॉमिनेन्स हाइरार्की का अस्तित्व तो पेड़-पौधों से भी अधिक पुराना है।

इस लिहाज से हमारे मस्तिष्क का वह हिस्सा जो डॉमिनेन्स हाइरार्की में हमारी स्थिति पर नज़र रखता है, असाधारण रूप से प्राचीन और मौलिक है। यह प्रधान नियंत्रण प्रणाली है, जो हमारी धारणाओं, मूल्यों, भावनाओं, विचारों और कार्यों को निरंतर संशोधित करती रहती है। यह हमारे अस्तित्व के सचेत और अचेतन, हर पहलू को सशक्त रूप से प्रभावित करती है। इसीलिए जब कभी हम किसी संघर्ष में पराजित होते हैं, तो काफी हद तक उन केकड़ों की तरह व्यवहार करते हैं, जो किसी युद्ध में पराजय का सामना कर चुके हैं। पराजित होने के बाद हमारी शारीरिक मुद्रा में झुकाव आ जाता है। हम अपनी नज़रें नीची रखते हैं और स्वयं को आहत, चिंतित,

कमज़ोर और खतरे से घिरा हुआ महसूस करने लगते हैं। इसके बाद भी अगर हालात नहीं सुधरते, तो हम बीमारी की हद तक अवसाद ग्रस्त हो जाते हैं। ऐसी स्थिति में हम उस तरह संघर्ष नहीं कर पाते, जिस तरह का संघर्ष जीवन में ज़रूरी होता है। तब हम मोटी चमड़ीवाले उन लोगों के लिए एक आसान शिकार बन जाते हैं, जिन्हें दूसरों को तंग करने में मजा आता है। ऐसा नहीं है कि इंसानों और केकड़ों के बीच सिर्फ व्यवहार और अनुभव संबंधी समानताएँ हों। हमारी मूलभूत न्यूरोकेमेस्ट्री भी समान होती है।

अब ज़रा सेरोटोनिन नामक उस रसायन पर विचार करें, जो केकड़ों के शारीरिक आसन और पलायन करने की उनकी प्रवृत्ति को नियंत्रित करता है। डॉमिनेन्स हाइरार्की में निचले स्तरवाले केकड़े के शरीर में सेरोटोनिन का स्तर अपेक्षाकृत काफी कम होता है। डॉमिनेन्स हाइरार्की में निचले स्तर पर मौजूद इंसानों पर भी यही बात लागू होती है (हर पराजय के साथ यह स्तर और कम होता जाता है) शरीर में कम सेरोटोनिन का अर्थ है आत्मविश्वास की कमी, तनावपूर्ण स्थितियों में ज़रूरत से ज़्यादा प्रतिक्रिया और आपातकालीन स्थितियों में गहरी शारीरिक तैयारी। क्योंकि डॉमिनेन्स हाइरार्की में निचले स्तर पर मौजूद प्राणियों के साथ कभी भी कुछ भी हो सकता है और अक्सर बुरा ही होता है। कड़े खोलवाले समुद्री जीवों की तरह ही इंसानों के मामले में भी कम सेरोटोनिन का अर्थ है, कम आनंद और अधिक तकलीफ व चिंता, अधिक बीमारियाँ और छोटा जीवनकाल। जबकि डॉमिनेन्स हाइरार्की में उच्च स्तर पर मौजूद प्राणियों को, जिनके शरीर में सेरोटोनिन की मात्रा अधिक होती है, कम से कम बीमारियों और तकलीफों सामना करना पड़ता है। उनके बीच मृत्यु दर भी कम ही होती है। यहाँ तक कि जब पूर्ण आय या खराब भोजन जैसे कारण भी जस के तस हों, तब भी उनके साथ यही स्थिति बनी रहती है। ये सब महत्त्वपूर्ण तथ्य हैं, जिन्हें कतई नज़रअंदाज नहीं किया जा सकता।

उच्च और निम्न

आपके अंदर बहुत गहराई में, आपके विचारों और भावनाओं के तल से भी नीचे आपके मस्तिष्क के आधार में एक गहन मौलिक कैल्कुलेटर होता है। यह कैल्कुलेटर इस बात पर नज़र रखता है कि आपकी सामाजिक स्थिति क्या है। इस बात को आसानी से समझने के लिए मान लेते हैं कि वह कैल्कुलेटर आपकी स्थिति का आँकलन एक से दस के पैमाने पर करता है। अगर आप पहले नंबर पर हैं तो सामाजिक रूप से आपकी हैसियत सबसे ऊँची है और आपकी सफलता बहुत बड़ी

है। और अगर आप एक पुरुष हैं, तो सर्वश्रेष्ठ निवास-स्थान और खान-पान तक आपकी पहुँच होगी और इन मामलों में आपको सबसे पहले विशेष अधिकार प्राप्त होगा। आपका पक्ष लेने, आपको समर्थन देने और आपके लिए कुछ करने के लिए बाकी लोगों के बीच होड़ होगी। रोमांस और यौन-संबंधों के लिए आपके पास असीम अवसर होंगे। आप एक सफल केकड़े की तरह हैं और सबसे आकर्षक मादाएँ यानी स्त्रियाँ आपका ध्यान खींचने के लिए लालायित रहेंगी और उनके बीच आपको पाने की होड़ लगी होगी।

और अगर आप एक स्त्री हैं, तो सबसे उच्च गुणवत्तावाले पुरुषों तक आपकी पहुँच होगी, जो अच्छी लंबाई और सुगठित शरीरवाले होंगे। इसके साथ ही वे रचनात्मक, विश्वसनीय, ईमानदार और उदार होंगे। अपने पुरुष सहयोगी की तरह ही आप भी संभोग के लिए तैयार अन्य स्त्रियों - जो उतनी ही प्रतिस्पर्धी भी होंगी - के बीच अपनी ऊँची हैसियत बनाकर रखने या उसे बढ़ाने के लिए क्रूर और निर्दयी ढंग से प्रतिस्पर्धा करेंगी। हालाँकि इसकी संभावना बहुत कम है कि यह सब करने के लिए आप शारीरिक आक्रामकता का इस्तेमाल करेंगी। क्योंकि आपके पास इसके लिए कई प्रभावशाली मौखिक चालें और रणनीतियाँ हैं। इनमें प्रतिस्पर्धी स्त्रियों को नीचा दिखाने या उनका अपमान करने की रणनीति भी शामिल है और संभव है कि आप इस रणनीति की विशेषज्ञ हों।

अगर आप इस पैमाने पर दसवें स्थान पर हैं यानी अगर आप निम्न हैसियतवाले हैं, तो भले ही आप पुरुष हों या स्त्री, इस बात की प्रबल संभावना होगी कि आपके पास सर छुपाने की जगह ही न हो और अगर थोड़ी सी जगह हो भी, तो अच्छी न हो। और अगर आप भूख से नहीं मर रहे होंगे, तो आपके भोजन की गुणवत्ता निश्चित रूप से वाहियात होगी। आपकी शारीरिक और मानसिक स्थिति कमजोर होगी। आपके साथ रोमांस करने में सिर्फ उसी को रुचि होगी, जिसकी हालत आप ही की तरह खराब होगी। आपके बीमार पड़ने, जल्दी बूढ़े होने और कम उम्र में मरने की संभावना काफी ज़्यादा होगी। आपकी मौत पर आँसू बहाने वालों की संख्या भी बहुत कम ही होगी। यहाँ तक कि पैसा भी आपके लिए कोई विशेष उपयोगी नहीं होगा। क्योंकि आपको पता ही नहीं होगा कि पैसे का सही इस्तेमाल कैसे करें। अगर अब तक पैसा हमेशा आपकी पहुँच से दूर रहा है, तो आपके लिए उसका सही इस्तेमाल करना मुश्किल होगा। हो सकता है कि पैसे के कारण आप ड्रग्स और शराब जैसी खतरनाक चीज़ों के लती बन जाएँ क्योंकि अगर आप लंबे समय से आनंद से

वंचित रहे हैं, तो इन चीज़ों की लत जल्दी लगती है। पैसा आपको उन लोगों के लिए एक आसान लक्ष्य बना देगा, जो समाज में निम्न हैसियतवालों का शोषण करते हैं और मनोरोगी या अपराधी प्रवृत्ति के हैं। डॉमिनेन्स हाइरार्की के निचले पायदान पर होना सचमुच बहुत भयानक होता है।

आपके मस्तिष्क का वह प्राचीन भाग, जो समाज में आपके प्रभुत्व का आँकलन करता है, वह इस बात को बारीकी से गौर करता है कि अन्य लोग आपके साथ कैसा व्यवहार कर रहे हैं। इससे वह पता लगाता है कि आप कितने महत्वपूर्ण हैं। जिसके आधार पर वह आपकी हैसियत का आँकलन करता है। अगर आपके साथी आपको अधिक महत्वपूर्ण नहीं समझते तो मस्तिष्क का यह हिस्सा आपके शरीर में सेरोटोनिन की उपलब्धता को बाधित कर देता है। जिससे आप भावनात्मक प्रभाव डालनेवाली किसी भी स्थिति में, खासकर नकारात्मक स्थिति में अधिक प्रतिक्रियावादी हो जाते हैं। हालाँकि उस स्थिति में आपको प्रतिक्रियाशील होने की ज़रूरत होती है क्योंकि डॉमिनेन्स हाइरार्की के निचले पायदान में आपातकालीन स्थितियाँ आनी आम बात होती हैं और ऐसे में आपको खुद को बचाने के लिए तैयार रहना चाहिए।

दुर्भाग्य से शारीरिक स्तर पर होनेवाली अधिक प्रतिक्रिया और और निरंतर सजगता से आपकी बहुत सी कीमती ऊर्जा बरबाद हो जाती है। इसी प्रतिक्रिया को तनाव कहा जाता है और इसे किसी भी लिहाज से देखें, यह मुख्यत: मनोवैज्ञानिक ही होती है। यह आपके जीवन की दुर्भाग्यपूर्ण परिस्थितियों की वास्तविक बाधाओं का प्रतिबिंब होती है। डॉमिनेन्स हाइरार्की के निचले पायदान पर होने से हमारे मस्तिष्क का वह प्राचीन हिस्सा, जो हमारी स्थिति पर नज़र रखता है, यह धारणा बना लेता है कि छोटी से छोटी अनपेक्षित बाधा भी नकारात्मक समस्याओं की एक बेकाबू श्रृंखला बन सकती है, जिससे हमें अकेले ही निपटना होगा। क्योंकि जीवन में ऐसे दोस्तों की संख्या अक्सर बहुत कम ही होती है, जो सचमुच आपके काम आते हैं। आप घबराहट में आकर अपने बचाव में कुछ भी करने के लिए शारीरिक रूप से हमेशा तत्पर रहते हैं और इस तरह वर्तमान में ही उस ऊर्जा को निरंतर खर्च करते रहते हैं, जिसे आप भविष्य के लिए बचाकर रख सकते थे। जब आपको यह नहीं पता होता कि क्या करना होगा, तो आप कुछ भी करने को तैयार रहते हैं क्योंकि क्या पता कब किस चीज़ से निपटना पड़े। यह कुछ ऐसा है, मानो आप अपनी कार में बैठे हुए हैं और आपने क्लच व ब्रेक दोनों को ही एक साथ दबा रखा है। बहुत

देर तक इसी स्थिति में रहने से आपकी कार बंद पड़ सकती है। शरीर के मामले में भी कुछ ऐसा ही है। यहाँ तक कि वर्तमान संकट के दौरान आपके मस्तिष्क का वह प्राचीन हिस्सा आपके शरीर के इम्यून सिस्टम (प्रतिरक्षा प्रणाली) को भी बंद कर देगा ताकि भविष्य के स्वास्थ्य के लिए आपकी शारीरिक ऊर्जा और संसाधन सुरक्षित रहें। यह आपके मानसिक आवेगों को सक्रिय कर देगा ताकि आप संभोग के अल्पकालिक अवसर को भी हाथ से न जाने दें और उसका आनंद ले सकें, भले ही वह कितना भी अपमानजनक या अवैध हो। आपके मस्तिष्क का यह प्राचीन हिस्सा जब सचमुच पूरी तरह सक्रिय होता है, तो शारीरिक आनंद के किसी भी दुर्लभ अवसर का लाभ उठाने के लिए आपको लापरवाही के साथ जियो या मरो की स्थिति में छोड़ सकता है। आपातकालीन स्थितियों के लिए हमेशा तैयार और तत्पर रहने के कारण आपकी भौतिक ज़रूरतें बहुत तीव्र हो जाती हैं, जो आपको बहुत जल्द कमज़ोर बना देती हैं।

अगर आप ऊँची हैसियतवाले हैं, तो आपके मस्तिष्क के प्राचीन हिस्से का प्री-रेप्टिलियन (जमीन में रेंगनेवाले जीवों से भी पुराना) तंत्र यह धारणा बना लेता है कि आपका स्थान सुरक्षित व उत्पादक है और आपको अच्छा सामाजिक समर्थन प्राप्त है। वह यह मान लेता है कि आपको नुकसान पहुँचानेवाली स्थिति का आना दुर्लभ है और आपके जीवन में जो भी बदलाव आएगा। वह आपके लिए त्रासदी के बजाय एक अच्छा अवसर ही होगा। ऐसे में आपके शरीर में सेरोटोनिन का प्रवाह सुचारू रूप से जारी रहता है। इससे आपका आत्मविश्वास बढ़ता है और आप मानसिक रूप से आश्वस्त व शांत महसूस करते हैं। फिर आप कंधे तानकर सीधे खड़े होते हैं और फिर आपको हमेशा सतर्क रहने की आवश्यकता नहीं होती। क्योंकि आपका स्थान सुरक्षित होता है और भविष्य बढ़िया रहने की संभावना उज्जवल होती है। दीर्घकालीन सोच और आनेवाले कल को बेहतर बनाने के लिए योजनाएँ तैयार रखना उपयुक्त होता है। फिर आपको अपने सामने आनेवाली तुच्छ चीज़ों को हासिल करने के लिए जोर लगाने की ज़रूरत नहीं रह जाती क्योंकि तब आप यह उम्मीद कर सकते हैं कि आपके लिए इससे भी बेहतर चीज़ें उपलब्ध होंगी। तब आप त्वरित संतुष्टि हासिल करने के मौकों को नज़रअंदाज कर सकते हैं क्योंकि आपको पता होगा कि ऐसा करने से संतुष्टि पाने का मौका हमेशा के लिए आपके हाथ से नहीं जाएगा। तब आप एक विश्वसनीय और विचारशील नागरिक की तरह जीने का जोखिम उठा सकते हैं।

तंत्र में खराबी

हालाँकि कभी-कभी आपके मस्तिष्क के सबसे प्राचीन हिस्से का यह तंत्र गलत साबित हो सकता है। ज़रूरत से ज़्यादा खाने और सोने की आदतें इसके कार्य में बाधा डाल सकती हैं। अनिश्चितता की स्थिति में यह अपने ही फंदे में फँस सकता है। शरीर और इसके विभिन्न अंगों को संगीत के किसी आर्केस्ट्रा की तरह भरपूर अभ्यास के साथ चलाने की ज़रूरत होती है। हर प्रणाली को अपना काम सही समय पर और सुचारू रूप से करना होता है, वरना अव्यवस्था की स्थिति पैदा हो सकती है। यही कारण है कि इंसानों को एक दिनचर्या की आवश्यकता होती है। जीवन के वे सभी कार्य, जो आपको हर दिन दोहराने होते हैं, उन्हें स्वचालित ढंग से करने की ज़रूरत होती है। यह ज़रूरी है कि वे सारे कार्य स्थिर और विश्वसनीय आदतों में तब्दील हो जाएँ ताकि उनकी जटिलता समाप्त हो जाए और वे आपके लिए सरल हो जाएँ व उम्मीद के मुताबिक चलते रहें। इस बात को छोटे बच्चों पर गौर करके बेहतर ढंग से समझा जा सकता है। जब छोटे बच्चों का खाना और सोना सही समय पर होता है, तो वे आनंदित, हास्यपूर्ण और चंचल बने रहते हैं और जब ऐसा नहीं होता, तो वे रोते हैं, चीखते-चिल्लाते हैं और पूरा घर सर पर उठाकर आपका सारा चैन छीन लेते हैं।

यही कारण है कि मैं अपने क्लिनिक में आनेवाले मरीजों से उनकी नींद के बारे में ज़रूर पूछता हूँ। क्या वे हर रोज सुबह सही समय पर उठते हैं? क्या हर रोज उनकी नींद लगभग एक ही समय पर खुलती है? अगर वे इन सवालों का जवाब 'ना' में देते हैं, तो मैं सबसे पहले उन्हें नींद संबंधी आदतें सुधारने की सलाह देता हूँ। हालाँकि इस बात से ज़्यादा फर्क नहीं पड़ता कि वे हर रात एक ही समय पर सोने जाते हैं या नहीं पर हर सुबह लगभग एक ही समय पर उठना ज़रूरी होता है। अगर किसी व्यक्ति की रोज की दिनचर्या एक जैसी नहीं है, तो उसकी एंग्जाइटी (चिंता) और डिप्रेशन (अवसाद) जैसी समस्याओं को आसानी से ठीक नहीं किया जा सकता। नकारात्मक भावनाओं से बचानेवाली आपकी शारीरिक प्रणालियाँ आपके शरीर की आंतरिक घड़ी की लय से बहुत मज़बूती से जुड़ी होती हैं।

नींद के बारे में सवाल पूछने के बाद मैं अपने मरीजों से उनकी नाश्ते की आदत के बारे में बात करता हूँ। मैं उन्हें हर रोज सुबह उठने के बाद जल्द से जल्द वसा और प्रोटीन से भरपूर नाश्ता करने की सलाह देता हूँ (न कि कार्बोहाइड्रेड और चीनीवाला नाश्ता क्योंकि ये बहुत तेजी से पचते हैं और शरीर में रक्त-शर्करा को बहुत तेजी से

बढ़ाते-घटाते रहते हैं।) यह इसलिए ज़रूरी है क्योंकि चिंता और अवसाद से ग्रस्त लोग पहले ही भारी तनाव से गुज़र रहे होते हैं, खासकर तब, जब उनके जीवन के हालात लंबे समय से उनके नियंत्रण में न हों। इसके चलते कोई भी जटिल या मेहनत वाला काम करने पर उनके शरीर में इंसुलिन का स्राव बहुत तेज हो जाता है। अगर वे सुबह-सुबह ऐसा कोई काम खाली पेट करते हैं, तो उनकी रक्त नलिकाओं में मौजूद अतिरिक्त इंसुलिन उनकी रक्त-शर्करा को पूरी तरह साफ कर डालती है। जिससे वे पूरे दिन के लिए शारीरिक और मनोवैज्ञानिक रूप से अस्थिर हो जाते हैं। इसके बाद उनके शरीर की यह प्रणाली तब तक सुचारू ढंग से काम करना शुरू नहीं करती, जब तक वे एक बार फिर से लंबी नींद नहीं ले लेते। मेरे कई मरीजों की एंग्जाइटी (चिंता) की समस्या में सिर्फ इसलिए भारी सुधार आया क्योंकि उन्होंने रोज सुबह सही समय पर नाश्ता करना शुरू कर दिया और अपनी नींद संबंधी आदतें सुधार लीं।

और भी कई आदतें हैं, जो आपके मस्तिष्क के प्राचीन हिस्से के सटीक ढंग से काम करने की प्रणाली में बाधा डाल सकती हैं। कई बार ऐसा सीधे तौर पर होता है क्योंकि आपको इसके जीव विज्ञान संबंधी कारणों की सही समझ नहीं होती। और कई बार यह इसलिए होता है क्योंकि आपकी आदतों से आपके अंदर एक जटिल पर सकारात्मक प्रतिक्रिया का फंदा (लूप) बनने की शुरुआत हो जाती है। एक सकारात्मक प्रतिक्रिया के फंदे को एक इनपुट डिटेक्टर (आगत सूचक), एक एम्प्लीफायर (ध्वनि विस्तारक) और किसी प्रकार के आउटपुट (उत्पादन) की ज़रूरत होती है। कल्पना करें कि एक इनपुट डिटेक्टर (आगत सूचक) कोई सिग्नल पकड़ता है, जिसे एम्प्लीफाइड (प्रवर्धित) किया जाता है और फिर उसी रूप में प्रसारित कर दिया जाता है। यहाँ तक सब ठीक है। समस्या तब शुरू होती है, जब इनपुट डिटेक्टर आउटपुट की सूचना देना शुरू कर देता है और फिर उसी प्रणाली के माध्यम से उसे फिर से चलाकर एम्प्लीफाइड (प्रवर्धित) करते हुए दोबारा प्रसारित कर देता है। लगातार ऐसा होने पर चीज़ें खतरनाक रूप से नियंत्रण से बाहर हो सकती हैं।

आपने संगीत कार्यक्रमों में अनुभव किया होगा, जब लोगों की प्रतिक्रिया साउंड सिस्टम से निकलने वाली तकलीफदेह ध्वनि में बदल जाती है। संगीत कार्यक्रमों में माइक्रोफोन स्पीकर को सिग्नल भेजता है और स्पीकर सिग्नल को प्रसारित कर देता है। अगर स्पीकर माइक्राफोन के आसपास ही मौजूद हो या उसमें से आनेवाली आवाज बहुत तेज हो, तो माइक्रोफोन उसी सिग्नल को फिर से साउंड सिस्टम में भेज सकता है। जिससे साउंड असहनीय स्तर तक एम्प्लीफाइड (प्रवर्धित)

हो जाता है यानी बढ़ जाता है और अगर कुछ देर तक यह जारी रहे, तो इसके चलते स्पीकर्स खराब भी हो सकते हैं।

यही विनाशकारी फंदा लोगों के जीवन में भी होता है। ऐसी स्थिति में अक्सर हम इस पर मानसिक बीमारी का लेबल लगा देते हैं, जबकि इसका लोगों के मन या चेतना से कोई संबंध नहीं होता। शराब की लत या मूड बदलने वाले अन्य किसी भी नशीले पदार्थ की लत एक सामान्य सकारात्मक प्रतिक्रिया की प्रक्रिया है। कल्पना कीजिए कि किसी व्यक्ति को शराब का सेवन करना पसंद है या यूँ कहें कि कुछ ज़्यादा ही पसंद है। एक दिन वह जल्दी-जल्दी तीन-चार पेग पी लेता है, जिससे उसके खून में एल्कोहल का स्तर अचानक बहुत बढ़ जाता है। यह अनुभव आनंददायक हो सकता है, खास तौर पर ऐसे व्यक्ति के लिए, जिसके लिए शराब की लत एक आनुवांशिक प्रवृत्ति हो। हालाँकि यह केवल तभी होता है, जब खून में एल्कोहल का स्तर सक्रिय रूप से बढ़ रहा हो और यह तभी तक जारी रहता है, जब तक व्यक्ति पीना जारी रखता है। जब वह शराब पीना बंद कर देता है, तो उसके खून में न सिर्फ एल्कोहल का स्तर स्थिर होकर जल्द ही कम होने लगता है, बल्कि जैसे-जैसे शराब के साथ अंदर गई एथेनॉल पचना शुरू होती है, वैसे-वैसे उसके शरीर में विभिन्न प्रकार के विशाक्त पदार्थों का उत्पादन भी शुरू हो जाता है। फिर उसे शराब छोड़ने पर होनेवाले लक्षण भी महसूस होने लगते हैं। शराब का सेवन करने से उसके शरीर की जिन चिंता या व्यग्रता से जुड़ी शारीरिक प्रणालियों (एंग्जाइटी सिस्टम्स) का दमन हुआ था, वे अब अचानक तीव्र प्रतिक्रिया देने लगती हैं। शराब पीने के बाद होनेवाला हैंगओवर वास्तव में शराब छोड़ने पर अनुभव होनेवाला एक विशेष लक्षण है। जिसके कारण अक्सर शराब की लत छोड़ने की कोशिश कर रहे लोगों की मौत हो जाती है। जैसे ही आप शराब पीना बंद करते हैं, हैंगओवर शुरू हो जाता है। शराब का आनंददायक अनुभव जारी रखने और उसके अप्रिय परिणामों से बचने का सिर्फ यही तरीका है कि पीनेवाला तब तक पीता रहे, जब तक घर पर रखी सारी शराब खत्म न हो जाए, शहर के सारे बार और शराब की दुकानें बंद न हो जाएँ और उसके सारे पैसे खत्म न हो जाएँ।

अगली सुबह जब उस व्यक्ति की नींद खुलती है, तो उसे तेज हैंगओवर महसूस होता है। यहाँ तक तो फिर भी ठीक है। असली समस्या तो तब शुरू होती है, जब उसे लगता है कि इस हैंगओवर का इलाज है, सुबह-सुबह शराब के कुछेक पैग पी लेना। जबकि असल में यह एक अस्थायी इलाज है क्योंकि यह शराब छोड़ने

के बाद महसूस होनेवाले लक्षणों को बस कुछ देर के लिए रोक देता है। पर शायद तेज हैंगओवर से निटपने के लिए इसी की ज़रूरत होती है। इस अनुभव के बाद व्यक्ति सीख लेता है कि हैंगओवर से निपटने के लिए थोड़ी और शराब पी लेनी चाहिए। जब दवा ही बीमारी की वजह बन जाए, तो इसका अर्थ है कि सकारात्मक प्रतिक्रिया का एक विनाशकारी फंदा तैयार हो चुका है। ऐसी स्थिति में शराब की लत अपने विनाशकारी परिणामों के साथ खुलकर सामने आने लगती है।

खुली जगहों का डर (एगोराफोबिया) की तरह चिंता या व्यग्रता संबंधी विकार (एंग्जाइटी डिसऑर्डर) से ग्रस्त लोगों के साथ भी कुछ ऐसा ही होता है। एगोराफोबिया से ग्रस्त लोग अपने डर के कारण इतने कमज़ोर पड़ जाते हैं कि घर से बाहर कदम तक नहीं रखते। एगोराफोबिया भी सकारात्मक प्रतिक्रिया के फंदे का ही परिणाम होता है। इस विकार की शुरुआत अक्सर पैनिक अटैक (घबराहट का दौरा पड़ना) से होती है। यह समस्या अक्सर दूसरों पर बहुत अधिक निर्भर रहनेवाली अधेड़ महिलाओं को होती है। जैसे जो महिला हमेशा से अपने पिता पर बहुत अधिक निर्भर रही हो, अगर वह किसी ऐसे मर्द से रिश्ता बना ले या उससे शादी कर ले, जो न सिर्फ उम्र में उससे बड़ा और डॉमिनेन्ट (प्रभुत्ववादी) स्वभाव का हो बल्कि जिसके साथ अपना स्वतंत्र अस्तित्व बनाकर रखना मुश्किल हो, तो उस महिला को यह विकार होने की संभावना बढ़ जाती है।

इसके बाद आगे आनेवाले हफ्तों में उसकी एगोराफोबिया की समस्या बढ़ेगी और उसे अपने जीवन में बहुत सी अनपेक्षित घटनाएँ घटती नज़र आएँगी। उसे हर काम मुश्किल लगने लगेगा। यह सब मनोवैज्ञानिक भी हो सकता है, मसलन दिल की धड़कन बहुत तेज हो जाना। यह बहुत ही आम समस्या है और रजोनिवृत्ति के समय महिलाओं में अक्सर देखी जाती है। क्योंकि हारमोन संबंधी जो प्रक्रियाएँ महिलाओं के मनोवैज्ञानिक अनुभवों को नियंत्रण में रखती हैं, उनमें रजोनिवृत्ति के समय अनपेक्षित उतार–चढ़ाव आता है। दिल की धड़कन में कोई भी प्रत्यक्ष परिवर्तन आने से महिला के मन में दिल का दौरा पड़ने या उसके बाद पैदा होनेवाले भय का विचार घर कर सकता है, जिससे वह समाज के सामने शर्मसार महसूस कर सकती है। (इंसान के मन में पैदा होनेवाले दो सबसे बुनियादी डर हैं, मृत्यु का डर और समाज के सामने शर्मसार होने का डर) इस संभावना से इनकार नहीं किया जा सकता कि ऐसी किसी भी अनपेक्षित घटना के पीछे पीड़ित की शादीशुदा जिंदगी में समस्या होना या फिर जीवनसाथी की बीमारी या मृत्यु जैसे कारण भी हो सकते हैं। इसके

पीछे किसी क़रीबी मित्र का तलाक होना या उसका अस्पताल में भर्ती होना भी एक कारण हो सकता है। पीड़ित के मन में मृत्यु या समाज के सामने शर्मसार होने के डर की शुरुआत अक्सर ऐसी ही घटनाओं से होती है।

एगोराफोबिया से ग्रस्त होने के पहले इस महिला को कोई भावनात्मक झटका लगता है, जिसके बाद वह एक दिन शॉपिंग मॉल पहुँचती है। पार्किंग एरिया करीब-करीब पूरा भरा हुआ होता है और उसे अपनी गाड़ी पार्क करने में काफी समस्या होती है। इससे उसका तनाव और बढ़ जाता है। हाल ही में हुए अप्रिय अनुभव के बाद उसके मन में अक्सर कुछ और बुरा होने का विचार घर करने लगा है और आज पार्किंग एरिया में उसके अंदर ये विचार और तीव्रता से उठ रहा है। उसे चिंता या व्यग्रता (एंग्जाइटी) महसूस होने लगती है। उसके दिल की धड़कन बढ़ जाती है और साँसें तेज हो जाती हैं। कुछ ही पलों बाद उसके दिल की धड़कन इतनी बढ़ जाती है कि उसे लगता है कि कहीं उसे दिल का दौरा तो नहीं पड़ रहा है। इससे उसकी चिंता और अधिक बढ़ जाती है। उसकी साँसें और तेजी से चलने लगती हैं, जिससे उसके खून में कार्बनडाईऑक्साईड का स्तर बढ़ जाता है। उसके अंदर बैठे डर के कारण उसके दिल की धड़कन अचानक और तेज हो जाती है। उसे जैसे ही महसूस होता है कि अब उसका दिल और तेजी से धड़क रहा है, वैसे ही उसके दिल की धड़कन फिर से और तेज हो जाती है।

यह कुछ और नहीं बल्कि वही सकारात्मक प्रतिक्रिया का फंदा है। जल्द ही उसकी चिंता घबराहट (पैनिक) में बदल जाती है, जिसे वह मस्तिष्क प्रणाली नियंत्रित करती है, जो सबसे गंभीर खतरों के लिए होती है और अत्याधिक डर की स्थिति में सक्रिय होती है। वह महिला अपने लक्षणों को देखकर परेशान हो जाती है और आपातकालीन कक्ष की ओर भागती है, जहाँ उसे उसी व्यग्रता की हालत में कुछ देर तक डॉक्टर का इंतजार करना पड़ता है। इसके बाद उसके दिल की जाँच होती है। जाँच के परिणाम आने पर पता चलता है कि सब ठीक है और उसे कोई शारीरिक समस्या नहीं है। हालाँकि वह इससे भी आश्वस्त नहीं होती है।

एक अप्रिय अनुभव को पूरी तरह एगोराफोबिया बनने के लिए एक अतिरिक्त सकारात्मक प्रतिक्रिया के फंदे की ज़रूरत पड़ती है। प्री-एगोराफोबिया[7] से परेशान इस महिला को अगली बार जब भी मॉल जाना होगा, तो उसे अपना यह नकारात्मक अनुभव याद आएगा और वह फिर से चिंता से घिर जाएगी। हालाँकि वह इसके

[7] एगोराफोबिया से पूरी तरह ग्रस्त होने से ठीक पहले का चरण

बावजूद मॉल जाने के लिए घर से निकलेगी। पर रास्ते में उसे फिर से महसूस होगा कि उसका दिल बहुत तेजी से धड़क रहा है, जिससे एक बार फिर उसकी चिंता बढ़ जाएगी। उसकी यह चिंता पैनिक (दहशत) में न बदल जाए, यह सोचकर वह मॉल जाने का विचार त्याग देगी और वापस घर की ओर लौट जाएगी। पर अब उसके मस्तिष्क की व्यग्रता नियंत्रण प्रणाली (एंग्जाइटी सिस्टम) में यह तथ्य दर्ज हो जाएगा कि वह मॉल पहुँचने से पहले ही घर की ओर वापस भाग खड़ी हुई थी। इससे उसका एंग्जाइटी सिस्टम यह निष्कर्ष निकाल लेगा कि मॉल जाना वाकई खतरनाक है। हमारा एंग्जाइटी सिस्टम बहुत ही व्यावहारिक ढंग से काम करता है। आप जिस भी चीज़ से भागते हैं, वह उसे खतरनाक मान लेता है। अपने इस निष्कर्ष के सबूत के तौर पर उसे यह तथ्य याद रहता है कि एक बार आप उस चीज़ से घबराकर भाग खड़े हुए थे।

अब मॉल जाने पर 'बेहद खतरनाक' का ठप्पा लग जाता है (या फिर हाल ही में एगोराफोबिया से ग्रस्त हुई वह महिला खुद पर यह ठप्पा लगा लेगी कि 'मैं इतनी कमज़ोर हूँ कि मेरे लिए मॉल जाना भी असंभव है।) हालाँकि शायद अब भी बात इतनी नहीं बिगड़ी है, जिसकी वजह से भविष्य में उसके जीवन में नई समस्याएँ खड़ी होने लगें। क्योंकि वह खरीदारी के लिए मॉल के अलावा किसी और जगह भी जा सकती है। पर हो सकता है कि उसके घर के पास मौजूद सुपरमार्केट जाने पर भी उसे मॉल जाने का पिछला अनुभव याद आ जाए और एक बार फिर प्रतिक्रिया के तौर पर वह चिंता और व्यग्रता से घिर जाए। इसके बाद वह सुपरमार्केट भी उसके लिए 'खतरनाक' जगहों की श्रेणी में शामिल हो जाएगा। फिर धीरे-धीरे उसके घर के आसपास स्थित कोई छोटी दुकान, बसें, टैक्सी और सबवे भी इसी श्रेणी में शामिल हो जाएँगे और फिर जल्द ही हर जगह उसके अंदर चिंता और व्यग्रता पैदा करेगी। यहाँ तक कि उसे अपने घर से भी डर लगने लगेगा और तब अगर संभव होगा, तो वह घर छोड़कर कहीं भाग जाना चाहेगी, पर वह चाहकर भी ऐसा नहीं कर सकेगी। इसके बाद वह अपने घर में ही फँसकर रह जाएगी। उसके लिए बाहर निकलना मुश्किल हो जाएगा। उसकी चिंता बढ़ानेवाला यह आश्रय-स्थल (घर) उसके लिए अन्य सभी स्थानों को और अधिक एंग्जाइटी बढ़ानेवाले स्थानों में तब्दील कर देगा। इससे उसे अपना अस्तित्व बहुत ही छोटा और कमजोर लगने लगेगा और संसार का अस्तित्व बहुत बड़ा और खतरनाक महसूस होगा।

शरीर, मस्तिष्क और सामाजिक संसार के बीच संवाद की कई ऐसी प्रणालियाँ

होती हैं, जो सकारात्मक प्रतिक्रिया के फंदे में फँस सकती हैं। उदाहरण के लिए डिप्रेशन से ग्रस्त लोग स्वयं को निकम्मा और दूसरों पर बोझ के अलावा दुःखी और पीड़ा-ग्रस्त भी महसूस कर सकते हैं। जिसके कारण वे अक्सर अपने परिवार के सदस्यों और दोस्तों से कट जाते हैं। इससे वे और अकेले व अलग-थलग हो जाते हैं और फिर इसके कारण वे स्वयं को अधिक निकम्मा व दूसरों पर बड़ा बोझ मानने लगते हैं। इस तरह वे अपने आसपास के लोगों से और ज़्यादा कट जाते हैं। उनका डिप्रेशन बढ़ता जाता है और यह उनके लिए एक ऐसा फंदा बन जाता है, जिसमें वे फँसकर रह जाते हैं।

अगर कोई व्यक्ति अपने जीवन में किसी कारण से बुरी तरह आहत हो गया हो, तो हमारे मस्तिष्क का वह प्राचीन हिस्सा जो डॉमिनेन्स हाइरार्की में हमारी स्थिति पर नज़र रखता है, वह इस तरह रूपांतरित हो जाता है, जिससे उसकी तकलीफ घटने के बजाय बढ़ जाती है, वह और अधिक आहत महसूस करने लगता है। ऐसा आमतौर पर उन वयस्कों के साथ होता है, जिन्हें बचपन या किशोरावस्था में बुरी तरह सताया गया हो। इससे वे स्वभाव से चिंतित किस्म के व्यक्ति बन जाते हैं और छोटी-छोटी बातों से परेशान हो जाते हैं। वे हर किसी से दबकर रहते हैं और दूसरों से आँख मिलाकर बात करने से बचते हैं क्योंकि उन्हें डर होता है कि अन्य लोग इसे प्रभुत्व साबित करने की चुनौती की तरह देखेंगे। दरअसल इस तरह वे अपनी रक्षा करने की कोशिश कर रहे होते हैं।

इस तरह के स्वभाव और व्यवहार का अर्थ यह है कि किसी के द्वारा सताए जाने से होने वाला नुकसान अब भी जारी है, भले ही अब उन्हें बचपन की तरह कोई परेशान रहा हो। यह नुकसान दरअसल अपनी हैसियत और आत्मविश्वास कम होने का एहसास है। इस तरह के सबसे साधारण मामलों में सताया गया व्यक्ति समय के साथ परिपक्व हो जाता है और अपने जीवन में अपेक्षाकृत बेहतर स्थिति में होता है, पर वह इस बात पर पूरी तरह गौर नहीं कर पाता। क्योंकि अपनी पिछली वास्तविकता के प्रति उसका प्रतिकूल मनोवैज्ञानिक अनुकूलन (काउंटर-प्रोडक्टिव साइकोलॉजिकल एडैप्टेशन) जारी रहता है, जिससे वह व्यक्ति ज़रूरत से ज़्यादा तनावग्रस्त व हमेशा अनिश्चितता के विचारों से घिरा रहता है। जबकि इस तरह के जटिल मामलों में सताए गए व्यक्ति के अंदर अधीनता और दब्बूपन की गहरी आदत विकसित हो जाती है, जिससे वह स्वयं को ज़रूरत से ज़्यादा तनावग्रस्त और अनिश्चतता से घिरा हुआ महसूस करता है। उसके आदतन दब्बू होने के कारण कई

लोग अब भी उसे पहले की तरह सताते रहते हैं। यहाँ तक कि उसके आसपास के अपेक्षाकृत कम सफल लोग भी उसके साथ नकारात्मक किस्म का व्यवहार करते हैं। जब ऐसा होता है, तो बचपन में सताए जाने का मनोवैज्ञानिक परिणाम वर्तमान में भी सताए जाने की संभावना को बढ़ा देता है। जबकि आदर्श स्थिति में ऐसा नहीं होना चाहिए क्योंकि अब तो वह व्यक्ति अधिक परिपक्व, अधिक पढ़ा-लिखा और पहले से कहीं बेहतर हैसियतवाला बन चुका होता है और शायद किसी नए शहर में बस चुका होता है।

विरोध की आवाज़ बुलंद करना

आमतौर पर लोगों को इसलिए सताया जाता है क्योंकि वे सतानेवाले का मुकाबला नहीं कर सकते। ऐसा अक्सर उन लोगों के साथ होता है, जो अपने विरोधी के मुकाबले शारीरिक रूप से कमज़ोर होते हैं। बच्चों को सताए जाने के पीछे भी यही सबसे सामान्य कारण है। यहाँ तक कि अगर कोई छह साल का बच्चा मज़बूत कद-काठी का है, तब भी किसी नौ साल के बच्चे से उसका कोई मुकाबला नहीं हो सकता। वयस्क होने के बाद लोगों के बीच शक्ति का यह फर्क करीब-करीब मिट चुका होता है। वयस्क अवस्था में उनकी शारीरिक क्षमता करीब-करीब बराबर होती है (हालाँकि महिलाओं और पुरुषों के बीच स्थिति जस की तस ही रहती है क्योंकि पुरुषों के शरीर का ऊपरी हिस्सा महिलाओं के मुकाबले आकार में बड़ा और कहीं अधिक मजबूत व सशक्त होता है)। जो लोग वयस्क होने के बाद भी शारीरिक शक्ति का प्रदर्शन करने के लिए दूसरों को सताते हैं, उनके लिए समाज में दंड का प्रावधान होता है।

इसमें कोई दोराय नहीं है कि आमतौर पर लोगों को इसलिए सताया जाता है क्योंकि वे सतानेवाले का सामना नहीं करते। ऐसा अक्सर उन लोगों के साथ होता है, जो दयालु और आत्म-बलिदानी स्वभाव के होते हैं। अगर उनकी नकारात्मक भावनाएँ अधिक शक्तिशाली हों और वे किसी परपीड़क (दूसरों को सताकर आनंदित होने वाला) व्यक्ति द्वारा सताए जाने पर बार-बार अपना दुखड़ा रोते हों, तो उनके साथ विशेष रूप से ऐसी स्थितियाँ बनती रहती हैं (उदाहरण के लिए जो बच्चे ज़्यादा रोते हैं, उन्हें ज़्यादा सताया जाता है)। ऐसा उन लोगों के साथ भी होता है, जो किसी न किसी कारण से अपने मन में यह मान्यता बना लेते हैं कि किसी भी किस्म की आक्रामकता नैतिक रूप से गलत है, भले ही वह इंसान के स्वाभाविक गुस्से की भावना ही क्यों न हो। मेरा ऐसे कई लोगों से सामना हो चुका है, जो मामूली

अन्याय या आक्रामक प्रतिस्पर्धा के प्रति ज़रूरत से ज़्यादा संवेदनशील होते हैं और अपनी उन सभी भावनाओं को मन में दबाकर रखते हैं, जिनसे उनके व्यवहार में आक्रामकता आ सकती है। आमतौर पर ये ऐसे लोग होते हैं, जिनके पिता बहुत गुस्सैल या दूसरों को दबाकर रखनेवाले स्वभाव के रहे हों। हालाँकि मनोवैज्ञानिक बल अपने मूल्यों के मामले में कभी एक आयामी नहीं होते। आक्रामकता में क्रूरता, अशांति और उत्पात फैलाने की भरपूर क्षमता होती है, पर यह शक्ति ही इंसान को अत्याचार का सामना करने, सच बोलने और संघर्ष, अनिश्चितता व खतरे के समय दृढ़ आंदोलन करने के लायक बनाती है। इस तरह इसकी नकारात्मक और सकारात्मक क्षमताओं में संतुलन बना रहता है।

अपनी आक्रामकता को अपनी सिकुड़ी हुई नैतिकता के दायरे में कैद करके रखनेवाले लोग, जो बस नाम के लिए दयालु या आत्म-बलिदानी (बुद्धू और शोषित होने लायक) होते हैं, वे आत्मरक्षा के लिए या फिर किसी नेक मकसद के लिए भी अपनी आक्रामकता का उपयोग नहीं कर सकते। जबकि किसी खतरे से स्वयं को बचाने के लिए आक्रामकता बहुत ज़रूरी होती है। सच तो यह है कि अगर आपमें किसी को नुकसान पहुँचाने की क्षमता है, फिर भी आमतौर पर आपको ऐसा करने की ज़रूरत ही नहीं पड़ेगी। आक्रामक या हिंसात्मक प्रतिक्रिया देने की क्षमता को जब कुशलता के साथ एकीकृत किया जाता है, तो संभव है कि आपकी आक्रामकता को इस्तेमाल करने आवश्यकता बढ़ने के बजाय कम हो जाती है। अगर कोई आप पर अत्याचार करता है और अगर आप फौरन उसका स्पष्ट विरोध करते हैं (स्पष्ट विरोध का अर्थ है कि आपके विरोध में अनिश्चितता का भाव नहीं होगा और न ही आपको विरोध करने का कोई अफसोस होगा) तो अत्याचार करनेवाला अति नहीं कर सकेगा। जब अत्याचार का विरोध नहीं किया जाता, तो उसे बढ़ने का मौका मिल जाता है। जो लोग आत्म-सुरक्षा और अपने अधिकार-क्षेत्र की रक्षा के लिए भी उचित प्रतिक्रिया नहीं देते, वे दरअसल सामनेवाले को अपना शोषण करने या खुद पर अत्याचार करने का मौका दे रहे होते हैं। इसी तरह जो लोग अपनी अक्षमता या अत्याचार करनेवाले से कमज़ोर होने के कारण अपने अधिकारों के लिए लड़ नहीं पाते, वे भी उसे अपना शोषण करने का मौका दे रहे होते हैं।

सीधे-सादे और अहिंसक प्रवृत्ति के लोग अक्सर अपने सारे निर्णय अपनी कुछ स्वयंसिद्ध धारणाओं के अनुसार लेते हैं, जैसे 'लोग मूल रूप से अच्छे होते हैं...' 'वास्तव में कोई भी इंसान किसी दूसरे को चोट पहुँचाना नहीं चाहता...'

'शारीरिक या किसी भी अन्य किस्म के बल प्रयोग की धमकी देना या असल में बल प्रयोग करना गलत है...।' असली जीवन में इन स्वयंसिद्ध धारणाओं का पतन बहुत आसानी से हो जाता है और इससे भी बदतर स्थिति तब होती है, जब यह पतन किसी दुष्ट प्रवृत्ति के इंसान की उपस्थिति में होता है। यहाँ बदतर का अर्थ यह है कि ऐसी बचकानी धारणाएँ कई बार अनुचित व्यवहार के लिए आमंत्रण का काम करती हैं। क्योंकि हिंसक लोग ऐसी बचकानी धारणाओंवालों को अपना शिकार बनाने के मामले में विशेषज्ञ होते हैं। ऐसी स्थिति में अहिंसक बने रहने की स्वयंसिद्ध धारणा का त्याग करना ज़रूरी होता है। मेरे पास मनोचिकित्सा के लिए कई मरीज आते हैं। उनमें से जो मरीज यह मानते हैं कि अच्छे लोगों के अंदर न तो कोई द्वेषभाव होता है और न उन्हें गुस्सा आता है, वे अक्सर मेरी इन बातों से हैरान रह जाते हैं।

कोई भी यह नहीं चाहता कि उसके साथ किसी भी मामले में जबरदस्ती की जाए, पर जब ऐसा होता है, तो अधिकतर लोग लंबे समय तक बिना विरोध किए सब कुछ बरदाश्त करते रहते हैं। मैं ऐसे लोगों को सबसे पहले उनके अंदर बढ़ रहे आक्रोश और फिर गुस्से की झलक दिखलाता हूँ। इसके बाद मैं उन्हें बताता हूँ कि यह आक्रोश और गुस्सा इस बात का संकेत है कि उन्हें प्रतिक्रिया स्वरूप कड़े कदम उठाने होंगे या फिर कम से कम मौखिक रूप से अपना विरोध जताना होगा। क्योंकि अपने अंदर की ईमानदारी को बनाए रखने के लिए ऐसा करना ज़रूरी है। इसके बाद मैं उन्हें बताता हूँ कि वे प्रतिक्रिया स्वरूप जो भी कदम उठाएँगे, वह दरअसल उन्हें व्यक्तिगत और सामाजिक स्तर पर अत्याचार का शिकार होने से बचाएँगे। जैसे ज़्यादातर नौकरशाही व्यवस्थाओं में कई दबंग किस्म के अधिकारी होते हैं, जिनके कारण ऐसे कई अनावश्यक नियम और प्रक्रियाएँ अस्तित्व में आ जाती हैं, जो दरअसल उन्हें और शक्तिशाली बनाने व शक्ति-प्रदर्शन करने का मौका देने के लिए ही लागू की गई होती हैं। ऐसे अधिकारियों के आसपास काम करनेवालों में गहरा आक्रोश पैदा हो जाता है। पर अगर इस आक्रोश का खुलकर प्रदर्शन कर दिया जाए, तो फिर उस दबंग अधिकारी को अपनी सीमा में रहना पड़ता है। फिर उसके लिए पागलपन की हद तक शक्ति-प्रदर्शन करना मुमकिन नहीं रह जाता। दरअसल जब कोई इंसान अपने लिए खड़ा होता है या शक्ति-प्रदर्शन करनेवालों के खिलाफ आवाज बुलंद करता है, तो वह न सिर्फ खुद को बल्कि दूसरों को भी समाज की भ्रष्टता का शिकार होने से बचा लेता है।

जब बुद्धू या भोले लोगों को अपने अंदर मौजूद क्रोध की क्षमता का पता

चलता है, तो वे चौंक जाते हैं। कभी-कभी तो यह उनके लिए किसी बड़े झटके से कम नहीं होता। इसका एक महत्वपूर्ण उदाहरण है, नए-नवेले सैनिकों में पोस्ट-ट्रॉमेटिक स्ट्रेस डिसऑर्डर (एक किस्म का मानसिक विकार जो किसी भयावह अनुभव के बाद होता है), नामक मानसिक विकार इसलिए होता है क्योंकि उन्होंने खुद को युद्ध के मैदान में भयावह क्रियाएँ करते हुए देखा होता है, न कि इसलिए क्योंकि उनके साथ कुछ भयानक घटा होता है। युद्ध के मैदान की चरम स्थितियों में वे खुद को किसी राक्षस जैसा व्यवहार करते हुए देखते हैं और अपनी इस क्षमता का पता चलने पर मानों उनकी दुनिया ही खत्म हो जाती है। हालाँकि इसमें हैरानी की कोई बात नहीं है क्योंकि इससे पहले शायद वे इस भ्रम में रहे होंगे कि दुनिया के इतिहास में जो सबसे भयानक अपराधी हुए हैं, वे उनसे बिलकुल अलग होंगे। शायद वे अपने अंदर मौजूद हिंसक और दूसरों को सताने की क्षमता को (और शायद अपनी दृढ़ता और सफलता पाने की क्षमता को भी) कभी देख ही नहीं पाए होंगे। मेरे कई मरीज ऐसे रहे हैं, जो अपने अत्याचारी के चेहरे पर मौजूद गहरे क्रोध के भावों को देखकर इतनी बुरी तरह घबरा गए थे कि उसे सालों तक भूल नहीं सके। मेरे इन मरीजों जैसे लोग अक्सर ऐसे परिवारों के होते हैं, जहाँ उन्हें ज़रूरत से ज़्यादा सुरक्षित जीवन मिला होता है। ये परिवार बिलकुल परियों की कहानियों जैसे होते हैं, जहाँ कुछ भी गलत या बुरा होने की हर गुंजाइश खत्म कर दी जाती है।

जब एक बुद्धू या भोले इंसान में जागृति आती है, जब वह अपने अंदर राक्षसपन की झलक देख लेता है और यह समझ जाता है कि वह दूसरों के लिए (संभावित रूप से ही सही) खतरा बन सकता है, तो उसके अंदर का डर कम होने लगता है, उसका आत्म-सम्मान बढ़ जाता है। शायद इसी के बाद वह अत्याचार का विरोध शुरू कर देता है। वह समझ जाता है कि उसके पास किसी भी चीज़ का सामना करने की पूरी क्षमता है क्योंकि वह खुद भी उतना ही खतरनाक है, जितना खतरनाक उस पर अत्याचार करनेवाला अत्याचारी है। उसे स्पष्ट नज़र आने लगता है कि उसे अपने लिए आवाज उठानी होगी और वह ऐसा करने में सक्षम भी है। अब उसे यह समझ में आने लगता है कि अगर वह चुप रहा, तो उसके अंदर जो दुर्भावना पैदा होगी, वह बड़ी ही विध्वंसक होगी और उसे एक राक्षस में तब्दील कर देगी। इसी बात को दूसरे शब्दों में दोहराते हैं : तबाही और विनाश करने की एकीकृत क्षमता और चरित्र की शक्ति में बहुत ही बारीक सा फर्क होता है। यह जीवन का सबसे कठिन पाठ है।

हो सकता है कि आप एक नाकाम और नकारे व्यक्ति हों या फिर हो सकता

है कि ऐसा न हो। पर अगर वाकई ऐसा है, तो आपको हमेशा नाकाम और नकारा बने रहने की कोई ज़रूरत नहीं है। हो सकता है कि आप बस किसी बुरी आदत का शिकार हों या फिर संभव है कि आपमें कई बुरी आदतें हों। जो भी हो, भले ही आप कमज़ोर और निर्बल नज़र आते हों या फिर भले ही आप अपने घर या स्कूल में किसी बात के लिए बहुत बदनाम रहे हों और आपको बचपन में सताया गया हो, पर यह ज़रूरी नहीं है कि आप अब भी वैसे ही बने रहें। आखिरकार हालात कैसे भी हों, एक न एक दिन बदल ही जाते हैं। अगर आप किसी पराजित केकड़े की तरह हर समय कमज़ोर बने रहेंगे और हर किसी के सामने झुकते रहेंगे, तो लोग स्वत: ही आपको निचली हैसियत का मान लेंगे। फिर कड़े खोलवाले समुद्री जीवों की तरह ही आपके मस्तिष्क का वह प्राचीन हिस्सा, जो डॉमिनेन्स हाइरार्की में हमारी स्थिति पर नज़र रखता है, वह भी आपको प्रभुत्व के मामले में सबसे निचले दर्जे का मान लेगा। फिर आपका मस्तिष्क पर्याप्त सेरोटोनिन का उत्पादन नहीं करेगा। इससे आपकी खुशी का स्तर कम हो जाएगा और आप अधिक दुःखी व चिंचित रहने लगेंगे। फिर जब आपको किसी मामले में अपने लिए आवाज उठाने की ज़रूरत पड़ेगी तो इस बात की पूरी संभावना है कि आप अपने कदम पीछे खींच लेंगे। इस तरह एक अच्छे इलाके में, बेहतर पड़ोसियों के बीच रहने की, सर्वश्रेष्ठ गुणवत्ता वाले संसाधनों तक पहुँच होने की और एक स्वस्थ व आकर्षक साथी हासिल करने की आपकी सारी संभावनाएँ क्षीण हो जाएँगी। फिर आपकी शराब और कोकीन जैसे नशीले पदार्थों का लती बनने की संभावना बढ़ जाएगी क्योंकि आपको अपना भविष्य अनिश्चितता से भरा नज़र आएगा और आप क्षणिक आनंद लेने का कोई भी मौका हाथ से नहीं जाने देना चाहेंगे। इसके अलावा आपको हृदय रोग, कैंसर और पागलपन जैसी बीमारियाँ होने की संभावना भी बढ़ जाएगी। कुल मिलाकर यह आपके लिए किसी भी लिहाज से अच्छा नहीं होगा।

हालात कैसे भी हों, एक न एक दिन बदल ही जाते हैं। आप भी खुद को बदल सकते हैं। सकारात्मक प्रतिक्रिया का फंदा या प्रभाव डालने के लिए प्रभाव का इस्तेमाल करना नकारात्मक दिशा में निरंतर प्रतिकूल परिणाम दे सकता है, पर इसके अलावा यह आपको अपने जीवन में आगे बढ़ने में मदद भी कर सकता है। यह 'प्राइस के सिद्धांत' और 'परेटो वितरण' का एक अलग और कहीं ज़्यादा आशावादी सबक है कि 'जिन्हें कुछ मिलने लगा है, उन्हें शायद और ज़्यादा मिलेगा।' आपको जीवन में आगे ले जाने में मदद करनेवाले ऐसे फंदे आपके निजी और व्यक्तिगत मामलों में भी सक्रिय हो सकते हैं। देह भाषा (बॉडी लैंग्वेज) में आनेवाले बदलाव

इसका एक महत्वपूर्ण उदाहरण हैं। जैसे अगर कोई शोधकर्ता आपसे अपने चेहरे की माँसपेशियों को एक-एक करके कुछ इस तरह हिलाने को कहे कि देखनेवाले को आपका चेहरा दुःखी नज़र आए तो कुछ ही देर बाद आप सचमुच थोड़ा दुःखी महसूस करने लगेंगे। इसी तरह अगर आपसे अपने चेहरे की माँसपेशियों को एक-एक करके कुछ इस तरह हिलाने को कहा जाए कि देखनेवाले को आपका चेहरा खुश नज़र आए तो जल्द ही आप अपेक्षाकृत अधिक खुश महसूस करने लगेंगे। भावनाएँ आंशिक रूप से शारीरिक अभिव्यक्ति ही होती हैं, जिन्हें हाव-भाव के जरिए तीव्र या नम किया जा सकता है।

बॉडी लैंग्वेज द्वारा प्रस्तुत किए जानेवाले कुछ सकारात्मक प्रतिक्रिया के फंदे ऐसे होते हैं, जो व्यक्तिपरक अनुभव के निजी दायरे से परे उन स्थानों पर सक्रिय हो सकते हैं, जिन्हें आप सामाजिक तौर पर अन्य लोगों के साथ साझा करते हैं। उदाहरण के लिए अगर आपकी शारीरिक मुद्रा कमज़ोर हो, अगर आपके कंधे आगे की ओर झुके रहते हों, छाती भीतर की ओर दबी रहती हो, गरदन झुकी हुई रहती हो और आप पराजित, कमतर और अप्रभावी नज़र आते हों, (भले ही इस तरह आपने सैद्धांतिक रूप से पीछे से होनेवाले हमले से स्वयं को सुरक्षित कर लिया हो) तो आप स्वत: ही स्वयं को पराजित, कमतर और अप्रभावी महसूस करने लगेंगे। आपके बारे में लोगों की प्रतिक्रिया इसे और बढ़ा देगी। अपनी मुद्रा और अपने रूख के चलते ही केकड़े एक-दूसरे के सामने खुद को बड़ा और अधिक प्रभावी साबित कर देते हैं। अगर आप स्वयं को एक पराजित व्यक्ति की तरह प्रस्तुत करेंगे, तो लोग भी आपके बारे में ऐसी प्रतिक्रिया देंगे, मानों आप हमेशा पराजित ही होते रहेंगे। जबकि अगर आप कंधे तानकर सीधे खड़े होंगे और स्वयं को ठोस व सशक्त ढंग से प्रस्तुत करेंगे, तो लोग भी आपको अलग ढंग से देखेंगे और आपके साथ वैसा ही व्यवहार करेंगे।

आपको भले ही इस पर आपत्ति हो, पर हैसियत के मामले में सबसे निचला दर्जा एक सच्चाई है और सबसे निचले दर्जे पर होना भी उतनी ही बड़ी सच्चाई है। सिर्फ शारीरिक मुद्रा में बदलाव लाने भर से सब कुछ बदला नहीं जा सकता। अगर आप दसवें नंबर पर होने के बावजूद कंधे तानकर सीधे खड़े हैं और प्रभावशाली नज़र आने की कोशिश कर रहे हैं, तो हो सकता है कि इससे आप उन लोगों का ध्यान आकर्षित कर लेंगे, जो आपको निचले दर्जे पर ही रखना चाहते हैं। जो कि एक लिहाज से उचित भी है पर कंधे तानकर सीधे खड़े होने का आशय सिर्फ शारीरिक

मुद्रा भर से नहीं है क्योंकि आपका अस्तित्व सिर्फ आपके शरीर तक सीमित नहीं है। इसके अलावा आप एक आत्मा भी हैं और साथ ही एक चेतना भी हैं। कंधे तानकर सीधे खड़े होने का अर्थ भौतिक (शारीरिक मुद्रा सुधारना) के साथ-साथ आदर्शवादी या आध्यात्मिक भी है। कंधे तानकर सीधे खड़े होने का अर्थ है, अपने अस्तित्व की जिम्मेदारी को स्व इच्छा से स्वीकार करना। जब आप जीवन की कठिनाइयों का स्व इच्छा से सामना करते हैं, जब आप जीवन की जिम्मेदारियों को निभाने के लिए स्व इच्छा से आगे आते हैं, तो आपका नर्वस सिस्टम (तंत्रिका तंत्र) बिलकुल अलग ही ढंग से प्रतिक्रिया देता है। फिर कोई चुनौती सामने आने पर चुपचाप अपनी दुर्गति स्वीकार करने के बजाय आप दृढ़ता और साहस के साथ उसका सामना करते हैं। फिर आपकी नज़र उन सकारात्मक परिणामों पर होती है, जो जीवन की कठिनाइयों का सामना करने से हासिल होते हैं। फिर आप कठिनाई सामने आने पर घबराते नहीं हैं और डॉमिनेन्स हाइरार्की (प्रभुत्व आधारिक पदानुक्रम) में अपनी जगह बनाने के लिए ज़रूरी कदम उठाते हैं, अपना अधिकार-क्षेत्र हासिल कर लेते हैं, किसी भी स्थिति में अपना बचाव करने की तत्परता दिखाते हैं और फिर इसका विस्तार करते हुए इसे रूपांतरित कर लेते हैं। यह सब व्यावहारिक या प्रतीकात्मक ढंग से भी हो सकता है और भौतिक या फिर विचारों में बदलाव आने के स्तर पर भी हो सकता है।

कंधे तानकर सीधे खड़े होने का अर्थ है, जीवन की कठिन जिम्मेदारी को रोमांच के साथ स्वीकार करना। इसका अर्थ है, अपनी अराजक (अव्यवस्थित) क्षमताओं को एक जीवन जीने योग्य संसार की वास्तविकताओं में रूपांतरित करना। इसका अर्थ है आत्म-चेतन अतिसंवेदनशीलता और कमजोरी के बोझ को स्वेच्छा से स्वीकार करना और बचपन के अचेतन स्वर्ग के अंत को स्वीकार करना, जहाँ सीमाएँ, बंधन और मृत्यु की समझ बहुत कम होती है। इसका अर्थ है, स्वेच्छा से वह बलिदान देना, जो एक उत्पादक और अर्थपूर्ण वास्तविकता को अस्तित्व में लाने के लिए ज़रूरी है (प्राचीन भाषाओं में इस बात का अर्थ है, ईश्वर को प्रसन्न करने का प्रयास करना)।

कंधे तानकर सीधे खड़े होने का अर्थ है, ऐसा विशाल पोत या कश्ती बनाना, जो लोगों को बाढ़ से बचा सके (जैसा कि इब्राहीम में श्रद्धा रखनेवाले धर्मों- ईसाई, यहूदी और इस्लाम के एक प्रमुख संदेशवाहक और पूर्वज नोआ/नुआ ने किया था)। इसका अर्थ है अत्याचार से बचकर आए अपने लोगों को रेगिस्तान पार

करवाना। (जैसा कि ईसाई, यहूदी और इस्लाम की शिक्षाओं में उल्लेखित पैगम्बर मोसेस/मूसा ने किया था)। इसका अर्थ है अपने सुकून भरे घरों और देश से दूर उन लोगों को ईश्वर का संदेश देना, जो बेसहारा विधवाओं और मासूम बच्चों को नज़रअंदाज कर देते हैं। इसका अर्थ है अपने कंधों पर क्रॉस लादकर उस स्थान पर जाना, जहाँ आप और अस्तित्व एक-दूसरे को बुरी तरह पार कर जाते हैं (जैसा कि ईसा मसीह ने किया था)। इसका अर्थ है कठोर और बेहद अत्याचारी व्यवस्था को उसी अराजकता में वापस ले आना, जहाँ वह अस्तित्व में आई थी। इसका अर्थ है, आनेवाले समय की अनिश्चितता का समाधान खोजना और इसके परिणामस्वरूप एक बेहतर, अधिक सार्थक व अधिक उत्पादक व्यवस्था स्थापित करना।

इसलिए अपनी शारीरिक मुद्रा पर ध्यान दें। कंधे झुककर चलना और पराजित दिखना बंद करें। अपने मन की बात स्पष्ट शब्दों में कहें। अपनी इच्छाओं को महत्त्व दें, मानों उन्हें पूरा करना आपका हक हो, कम से कम उतना हक, जितना हर किसी को होता है। गरदन सीधी करके चलें और अपनी नज़रों को बिलकुल स्पष्ट रखें। निडर होने की हिम्मत दिखाएँ। अपने शरीर के तंत्रिका पथों में सेरोटोनिन के मुक्त प्रवाह को प्रोत्साहित करें, जो अपना शांतिपूर्ण प्रभाव दिखाने के लिए बेताब है।

फिर अन्य लोग और आप स्वयं भी यह मानने लगेंगे कि आप सक्षम हैं (या कम से कम आपको देखते ही लोग इसका उल्टा निष्कर्ष नहीं निकालेंगे)। फिर आप स्वयं को मिल रही सभी सकारात्मक प्रतिक्रियाओं से और अधिक उत्साहित हो जाएँगे और इससे आप कम चिंतित महसूस करेंगे। आपके लिए उन सूक्ष्म सामाजिक संकेतों पर गौर करना बहुत आसान हो जाएगा, जो लोग आपस में संवाद करते समय एक-दूसरे को देते हैं। आप प्रवाहपूर्ण ढंग से बातचीत करेंगे और बीच-बीच में अटपटे ढंग से चुप नहीं होंगे। इससे आपके जीवन में दूसरों से मिलने, उनके साथ संवाद करने और उन्हें प्रभावित करने की संभावना बढ़ जाएगी। इससे न सिर्फ आपके जीवन में अच्छी और सकारात्मक चीज़े होने की सभावना बढ़ेगी बल्कि उनके होने पर आपको पहले के मुकाबले कहीं अधिक बेहतर महसूस होगा।

इस प्रकार प्रोत्साहित और सशक्त होने के बाद आप अपने अस्तित्व को आलिंगन में लेने का चुनाव कर सकते हैं और इसके सुधार व विस्तार में मदद कर सकते हैं। इस प्रकार सशक्त होने के बाद आप किसी प्रिय के बीमार होने पर या माता-पिता को खोने जैसी स्थितियों में भी दृढ़ बने रह सकते हैं। आपके दृढ़ बने रहने से ऐसे निराशापूर्ण अवसरों पर दूसरों को भी शक्ति मिलेगी। इस प्रकार

प्रोत्साहित होकर आप अपने जीवन की यात्रा पर निकल सकते हैं और अपने अंदर की सच्ची रोशनी को चमकने का मौका देकर अपनी नियति तक पहुँच सकते हैं। फिर नश्वर निराशा के भ्रष्ट प्रभाव को दूर रखने के लिए शायद आपका अर्थपूर्ण जीवन ही पर्याप्त होगा।

फिर शायद आपके लिए संसार का बोझ स्वीकार करना और उसके बावजूद आनंद पाना संभव हो जाएगा।

स्वयं को प्रेरित करने के लिए आप विजेता केकड़ों पर विचार कर सकते हैं, जिनका अस्तित्व और व्यावहारिक प्रज्ञा 35 करोड़ साल पुरानी है। तो आगे से आप अपने कंधे तान कर सीधे खड़े होंगे।

2

स्वयं को उस व्यक्ति की तरह देखें, जिसकी सहायता करना आपकी निजी जिम्मेदारी है

आखिर आप अपनी दवाएँ क्यों नहीं ले रहे हैं?

कल्पना कीजिए कि किसी डॉक्टर ने सौ लोगों को एक दवा लिखकर दी। इसके बाद जो होता है, अब ज़रा उस पर विचार कीजिए। इन सौ लोगों में से एक तिहाई लोग वह दवा खरीदते ही नहीं हैं। बाकी बचे 67 लोग दवा खरीदते तो हैं, पर सही ढंग से उसका सेवन नहीं करते। कई बार वे दवा का डोज लेना भूल जाते हैं और फिर जल्द ही वे उसे लेना बंद कर देते हैं या हो सकता है कि खरीदने के बाद भी वे दवा का सेवन शुरू ही न करें।

डॉक्टर्स और दवा बेचनेवाले अक्सर इस लापरवाही के लिए मरीजों को दोषी ठहराते हैं। वे तर्क देते हैं कि आप सिर्फ उसी इंसान को स्वस्थ कर सकते हैं, जो स्वयं भी स्वस्थ होना चाहता हो। पर मनोवैज्ञानिक उनके इस आँकलन को बचकाना मानते हैं। हमें सिखाया गया है कि अगर कोई मरीज अपने डॉक्टर की सलाह को नज़रअंदाज करता है, तो इसमें गलती डॉक्टर की है, न कि मरीज की। हमारी मान्यता होती है कि यह जिम्मेदारी डॉक्टर की है कि वह ऐसी सलाह दे, जिसे मरीज नज़रअंदाज न कर सके। हम मानते हैं कि डॉक्टर को मरीज के साथ मिलकर तब तक उसकी स्वास्थ्य-योजना पर काम करते रहना चाहिए, जब तक कि मरीज पूरी तरह स्वस्थ न हो जाए। जब तक मरीज का इलाज चले, तब तक डॉक्टर को स्वयं यह सुनिश्चित करना चाहिए कि सब कुछ ठीक से हो रहा है। यह बढ़िया मनोवैज्ञानिकों की कई खासियतों में से एक है। बेशक हमारे पास अपने मरीज के साथ बिताने के लिए उन पेशेवरों से ज़्यादा समय होता है, जो यह सोचकर हैरान होते रहते हैं कि 'बीमार लोग अपनी दवा क्यों नहीं लेते, उनकी समस्या क्या है, क्या वे स्वस्थ होना नहीं चाहते?'

इससे भी बदतर स्थिति का उदाहरण आगे दिया जा रहा है। कल्पना कीजिए कि

कोई इंसान अंग प्रत्यारोपण करवाता है। मान लीजिए कि उसने किडनी प्रत्यारोपित करवाई है। प्रत्यारोपण करवाने के लिए मरीज को अक्सर लंबा इंतजार करना पड़ता है, जो काफी कठिन होता है। क्योंकि बहुत कम लोग ही मृत्यु के बाद अंग दान करते हैं (और उससे भी कम लोग जीवित रहते हुए अंग दान करते हैं)। दान किए गए अंगों में बहुत कम अंग ही ऐसे होते हैं, जो अंग प्रत्यारोपण का इंतजार कर रहे किसी मरीज के शरीर से चिकित्सकीय रूप से मेल खाते हैं। जिसका अर्थ है कि अंग प्रत्यारोपण का इंतजार कर रहे एक सामान्य मरीज को सालों तक डायलिसिस करवाना पड़ता है, जो उनके लिए प्रत्यारोपण के अलावा इकलौता विकल्प होता है। डायलिसिस में मरीज के शरीर का पूरा खून धीरे-धीरे निकालकर एक विशेष मशीन से गुज़ारा जाता है और फिर वापस उसके शरीर में चढ़ा दिया जाता है। यह एक बड़ा ही असंभव किस्म का, लेकिन चमत्कारीय इलाज है, जो कारगर तो है, पर कोई सुखद अनुभव नहीं है। किडनी के मरीज को सप्ताह में पाँच से सात बार यह इलाज कराना होता है और इसमें एक बार में करीब आठ घंटे का समय लगता है। यह इलाज तभी किया जाता है, जब मरीज सो रहा हो। यह बहुत ही कठिन अनुभव होता है, इसीलिए कोई नहीं चाहता कि उसे डायलिसिस कराना पड़े।

अंग प्रत्यारोपण की सबसे मुख्य जटिलताओं में से एक है, प्रत्यारोपण के बाद मरीज के शरीर द्वारा अंग अस्वीकृत कर दिया जाना। जब आपके शरीर में किसी और के शरीर के अंग जोड़े जाते हैं, तो उसे यह पसंद नहीं आता। आपकी प्रतिरक्षा प्रणाली इस पराए अंग पर हमला बोलकर उसे नष्ट कर देगी, भले ही आपका ज़िंदा रहना उस अंग के भरोसे हो। इससे बचने के लिए आपको एंटी-रिजेक्शन दवाएँ लेनी पड़ती हैं, जिससे आपके शरीर की प्रतिरक्षा प्रणाली कमजोर हो जाती है और आपको संक्रामक रोग होने का खतरा बढ़ जाता है। पर ज़्यादातर लोगों को यह स्थिति स्वीकार्य होती है। इन दवाओं के उपयोग के बावजूद भी अंग प्रत्यारोपण करवानेवाले मरीजों को ऑर्गन-रिजेक्शन[1] के प्रभाव झेलने पड़ते हैं, पर इसका कारण दवाओं का बेअसर होना नहीं है (हालाँकि कभी-कभी ये दवाएँ सचमुच बेअसर साबित होती हैं) बल्कि ऐसा इसलिए होता है क्योंकि कई बार मरीज वे दवाएँ लेते ही नहीं हैं। इस बात पर विश्वास करना सचमुच बहुत मुश्किल है। वास्तविकता यह है कि न तो आपकी किडनियों का फेल होना कोई अच्छी बात है और न ही डायलिसिस कोई पिकनिक है। अंग प्रत्यारोपण के लिए न सिर्फ मरीज को लंबा इंतजार करना पड़ता है बल्कि इसमें बहुत खतरा भी होता है और

[1] प्रत्यारोपण के बाद शरीर द्वारा उस अंग को अस्वीकार करना

साथ ही बहुत सारा धन भी खर्च होता है। दवाएँ न लेने पर यह सब बेकार चला जाता है, इसके बावजूद लोग अपनी दवाएँ नहीं लेते। आखिर वे ऐसा कैसे कर सकते हैं? आखिर कोई इतना लापरवाह कैसे हो सकता है?

सच तो यह है कि किसी भी मरीज के लिए यह सब आसान नहीं होता। अंग प्रत्यारोपण करानेवाले ज़्यादातर मरीज अपने जीवन में बहुत अलग-थलग पड़ जाते हैं और अक्सर एक साथ कई तरह की स्वास्थ्य समस्याओं से जूझ रहे होते हैं (बीमारी के कारण नौकरी खोने और परिवार पर आए संकट का तो जिक्र भी मत कीजिए)। संभव है कि वे अपना मानसिक संतुलन बनाकर न रख पा रहे हों या फिर डिप्रेशन से जूझ रहे हों। हो सकता है कि वे अपने डॉक्टर पर पूरा भरोसा न कर पा रहे हों या फिर दवा का महत्त्व न समझ पा रहे हों। यह भी संभव है कि शायद वे पैसे की तंगी से गुज़र रहे हों और दवाओं का खर्च वहन न कर पा रहे हों।

अब ज़रा कल्पना कीजिए कि आप बीमार नहीं हैं बल्कि आपका पालतू कुत्ता बीमार है। आप उसे इलाज के लिए जानवरों के डॉक्टर के पास लेकर जाते हैं और वह आपको दवाइयाँ लिखकर दे देता है। इसके बाद क्या होता है? जानवरों के डॉक्टर पर भरोसा न करने के भी उतने ही कारण हो सकते हैं, जितने इंसानों के डॉक्टर पर भरोसा न करने के। दूसरी बात यह है कि अगर आपको इस बात की ज़रा भी फिक्र नहीं होती कि जानवरों के डॉक्टर ने आपके पालतू कुत्ते के लिए उपयुक्त दवाएँ लिखी हैं या नहीं, तो शायद आप अपने कुत्ते को उसके पास लेकर गए ही नहीं होते। पर चूँकि आप उस डॉक्टर के पास गए, तो इसका अर्थ यही हुआ कि आपको अपने पालतू कुत्ते की फिक्र है या अगर सामान्य तौर पर कहें तो आपको खुद से ज़्यादा उसकी फिक्र है। आमतौर पर लोग अपने लिए सही दवा लेने और उनका सेवन करने के मामले में उतने गंभीर नहीं होते, जितना गंभीर वे अपने पालतू कुत्ते की दवा के लिए होते हैं। पर यह कोई अच्छी बात नहीं है। यहाँ तक कि आपके प्यारे पालतू कुत्ते के नज़रिए से भी यह सही नहीं है। अगर आप अपनी दवाएँ समय पर लेकर स्वस्थ हो जाते, तो शायद आपका पालतू कुत्ता ज़्यादा खुश होता क्योंकि वह आपसे प्रेम करता है।

इन तथ्यों से तो सिर्फ यही नतीजा निकलता है कि लोग खुद से ज़्यादा अपने पालतू कुत्तों, बिल्लियों, चिड़ियों व नेवलों और (कभी-कभी तो पालतू छिपकलियों की भी) ज़्यादा परवाह करते हैं। इससे बुरा और क्या हो सकता है? यह वाकई कितने शर्म की बात है। इंसानों में ऐसा क्या होता है, जो उन्हें खुद से ज़्यादा अपने

पालतू जानवरों की फिक्र करने को मज़बूर कर देता है?

बुक ऑफ जेनेसिस (हिब्रू बाइबिल और ओल्ड टेस्टामेंट की पहली पुस्तक) में उल्लेखित एक पुरानी कहानी से मुझे इस हैरान कर देनेवाले सवाल का जवाब ढूँढ़ने में बहुत मदद मिली।

सबसे पुरानी कहानी और संसार की प्रकृति

'जेनेसिस' के वृतांत को देखकर लगता है कि इसमें दो अलग-अलग मध्य पूर्वी स्रोतों से आई ब्रह्माण्ड की उत्पत्ति की दो कहानियों को आपस में गूँथ दिया गया हो। पहले वृतांत को 'प्रीस्टली' के नाम से जाना जाता है, जो इतिहास की दृष्टि से अपेक्षाकृत नया है। इसके अनुसार ब्रह्माण्ड का निर्माण ईश्वर ने किया। वे अपने दिव्य शब्दों के उच्चारण से पहले प्रकाश, जल और भूमि को अस्तित्व में लाए। फिर उन्होंने पेड़-पौधों और दिव्य शरीरों का निर्माण किया। इसके बाद उन्होंने पक्षियों व जानवरों और मछलियों (एक बार फिर दिव्य शब्दों का उच्चारण करके) को बनाया। आखिर में उन्होंने इंसान यानी पुरुषों और महिलाओं को बनाया, जिनमें किसी न किसी तरह ईश्वर की ही छवि आ गई। यह सब 'जेनेसिस 1' में है। दूसरा वृतांत जो 'यॉविस्ट' का संस्करण है और अपेक्षा से अधिक पुराना भी है, उसमें हमें ब्रह्माण्ड की उत्पत्ति की एक और कहानी मिलती है, जिसमें एडम (आदम) और ईव (हावा) का जिक्र है, (जिसमें ब्रह्माण्ड की उत्पत्ति का वर्णन ज़रा अलग है)। साथ ही इसमें केन और एबल, नोआ एंड द टॉवर ऑफ बेबेल जैसी कहानियाँ भी हैं। यह सब 'जेनेसिस 2 से 11' तक है। 'जेनेसिस 1' यानी 'प्रीस्टली' में इस बात पर जोर दिया गया है कि उच्चारण ही मूलभूल सृजनात्मक शक्ति है। इसकी कहानी को समझने के लिए सबसे पहले कुछ मूलभूत, प्राचीन मान्यताओं की समीक्षा करनी होगी (जो विज्ञान की मान्यताओं से बिलकुल अलग हैं और ऐतिहासिक दृष्टि से विज्ञान संबंधी मान्यताएँ काफी नई हैं)।

फ्रांसिस बेकन, रेने डेसकार्टेस और आइजैक़ न्यूटन जैसे लोगों के काम ने सिर्फ 500 साल पहले ही वैज्ञानिक तथ्यों को स्पष्ट करना शुरू किया है। उसके पहले हमारे पूर्वज संसार को जिस भी दृष्टिकोण से देखते रहे हों पर यह तय है कि उनका दृष्टिकोण वैज्ञानिक नहीं था (उस समय तो उनके पास टेलिस्कोप जैसे आधुनिक लेंस भी नहीं थे)। चूँकि अब हम बहुत ही वैज्ञानिक दृष्टिकोण रखते हैं और दृढ़ भौतिकवादी बन चुके हैं इसलिए हमारे लिए इस बात को समझना भी बहुत मुश्किल

है कि इसके अलावा कोई और दृष्टिकोण भी हो सकता है। पर जिस प्राचीन समय में हमारी संस्कृति के मूल महाकाव्य अस्तित्व में आए, उस दौर के लोग अपना अस्तित्व बनाकर रखने के प्रति इतने अधिक चिंतित रहा करते थे, जितने आज हम अपने लक्ष्य को जानने के लिए चिंतित रहते हैं (वे इस संसार को उसी दृष्टिकोण से देखते थे, जो उनके अस्तित्व को बनाकर रखने में सहायक हों)।

वैज्ञानिक दृष्टिकोण का सूर्य उगने से पहले, वास्तविकता का अर्थ अलग ही ढंग से निकाला जाता था। अस्तित्व को कर्म से जोड़ा जाता था, न कि चीज़ों से। इसे किसी कहानी की तरह देखा जाता था। वह कहानी एक जीवंत और व्यक्तिगत अनुभव थी। यह अनुभव हर जीवित व्यक्ति की चेतना में पल-पल प्रकट होता था। हम अपने जीवन के बारे में एक-दूसरे को जो कहानियाँ सुनाते हैं और हमारे लिए उनका जो निजी महत्त्व होता है, उस समय अस्तित्व भी हमारे लिए कुछ वैसा ही था। यह भी कह सकते हैं कि अस्तित्व कुछ-कुछ वैसा था, जैसे एक उपन्यासकार अपने उपन्यास में अस्तित्व का वर्णन करता है। व्यक्तिगत अनुभवों में - जिनमें पेड़-पौधे, बादल जैसी परिचित चीज़ें शामिल होती हैं - न सिर्फ अस्तित्वकारी चीज़ें शामिल थीं बल्कि भावनाएँ, सपने, भूख, प्यास और दर्द भी उसका महत्वपूर्ण हिस्सा थे। अस्तित्व को एक कहानी की तरह देखनेवाले उस पुरातन दृष्टिकोण के अनुसार निजी तौर पर होनेवाले ये अनुभव इंसानी जीवन के सबसे बुनियादी तत्व हैं, जिन्हें आज के लोगों का आधुनिक, न्यूनतावादी और भौतिकवादी मन भी तटस्थता और वस्तुनिष्ठता के दायरे में सीमित नहीं कर पाता। उदाहरण के लिए दर्द या व्यक्तिगत दर्द, जो इतना वास्तविक है कि इसके सामने कोई तर्क नहीं ठहर सकता। हर इंसान ऐसे व्यवहार करता है, जैसे उसका दर्द, उसकी पीड़ा बिलकुल वास्तविक है। दर्द मायने रखता है। किसी भी मामले से अधिक मायने रखता है। इसीलिए मेरा मानना है कि दुनिया की कई संस्कृतियाँ दर्द या पीड़ा को अस्तित्व के अतार्किक सत्य के तौर पर देखती हैं।

चाहे स्थिति कैसी भी हो, हम जिन चीज़ों को भी व्यावहारिक रूप से अनुभव करते हैं, उन्हें किसी भौतिक वास्तविकता के वैज्ञानिक वर्णन के बजाय एक उपन्यास या फिल्म के रूप में अधिक पसंद किया जाएगा। ऐसा इसलिए होता है क्योंकि आपके हर अनुभव में एक ड्रामा होता है - जैसे आपके पिता की दुखद मौत, अस्पताल में लगी मृतकों की सूची के बजाय आपके निजी अनुभव के रूप में अधिक सशक्त नज़र आएगी। इसी तरह पहले प्रेम से जुड़ी पीड़ा, उम्मीदें पूरी न होने पर हुई

निराशा या फिर अपने बच्चे की कामयाबी की खुशी आपके निजी अनुभव के तौर पर अधिक सशक्त होते हैं।

कार्यक्षेत्र, पदार्थ का नहीं बल्कि उसका, जो महत्वपूर्ण है

पदार्थ के वैज्ञानिक संसार को अणु, परमाणु, यहाँ तक कि क्वार्क जैसे उसके मौलिक घटकों के दायरे तक सीमित करके देखा जा सकता है। हालाँकि अनुभव के संसार के भी कुछ मौलिक घटक होते हैं। ये वे आवश्यक तत्व हैं, जिनके बीच का पारस्परिक प्रभाव ड्रामा (नाटक) और फिक्शन (काल्पनिक कथा) को परिभाषित करता है। इनमें से एक है अराजकता, दूसरी है व्यवस्था और तीसरी है इन दोनों के बीच मध्यस्थता करानेवाली प्रक्रिया, जो काफी हद तक वैसी है, जिसे आधुनिक लोगों ने चेतना का नाम दिया है। यह उन पहले दो घटकों के लिए हमारी अनंत अधीनता है, जिसके कारण हम अस्तित्व की वैधता पर संदेह करने लगते हैं - जिसके कारण हम निराशा से घिर जाते हैं और खुद की देखभाल करने में ही असफल हो जाते हैं। तीसरे घटक के बारे में अपनी उचित समझ से ही हमें बाहर निकलने का असली रास्ता पता चलता है।

अराजकता यानी अव्यवस्था अज्ञानता का कार्यक्षेत्र है। यह एक अंजान इलाका है। अराजकता सभी अवस्थाओं, सभी विचारों और सभी अनुशासनों की सीमा से परे है और यह अनंत तक फैलती रहती है। यह किसी विदेशी या किसी अजनबी जैसी है। यह विरोधी गैंग के सदस्य जैसी, रात में झाड़ियों में होनेवाली सरसराहट जैसी और बिस्तर के नीचे छिपे राक्षस जैसी है। यह आपकी माँ के भीतर दबे क्रोध या आपके बच्चे की बीमारी जैसी है। अराजकता वह निराशा और दहशत है, जो आपको किसी करीबी से धोखा खाने के बाद महसूस होती है। यह आपके नाकाम होने, आपके सपने टूटने, आपका कॅरियर बरबाद होने और आपकी शादी टूटने के बाद की अवस्था जैसी है। यह परियों की कहानियों और मिथकों के अंडरवर्ल्ड जैसी है, जहाँ सोने का बक्सा और उसकी रक्षा करनेवाला ड्रैगन अनंतकाल से एक साथ हैं। अराजकता ऐसी जगह जैसी है, जहाँ पहुँचने पर हमें पता नहीं होता कि हम कहाँ आ गए हैं। अराजकता वह कर्म है, जो हम तब करते हैं, जब हमें पता नहीं होता कि हम क्या कर रहे हैं। संक्षिप्त में कहें, तो अराजकता हर वह चीज़ और हर वह हल है, जिसे हम न तो जानते हैं और न ही समझते हैं।

इसके साथ ही अराजकता वह निराकार शक्ति भी है, जहाँ से गॉड ऑफ

जेनेसिस (उत्पत्ति के ईश्वर) ने समय की शुरुआत में भाषा का इस्तेमाल कर चौथा आदेश दिया था। यह वही शक्ति है, जिससे हम जीवन में लगातार रूपांतरित होते नए-नए पलों को वास्तविकता में बदलते हैं। इसके अलावा अराजकता स्वतंत्रता भी है, एक भयानक स्वतंत्रता।

जबकि इसके विपरीत व्यवस्था एक जानी-मानी चीज़ है। हम सब इसे समझते हैं। दरअसल यह कुछ और नहीं बल्कि स्थान, प्रतिष्ठा और प्रभुत्व से जुड़ी हाइरार्की (पदानुक्रम) है, जो लाखों साल पुरानी है। यह समाज की संरचना है, जो जीव-विज्ञान के रास्ते आई है, विशेषकर इसलिए क्योंकि आपने स्वयं को समाज की संरचना के अनुसार अनुकूलित किया है। व्यवस्था का अर्थ है घर, परिवार, धर्म, समुदाय और समाज। व्यवस्था यानी घर का वह सुरक्षित और सुकूनभरा कमरा, जहाँ आपके बच्चे खेल रहे हों और जहाँ मौसम की मार से बचने का पूरा इंतजाम हो। व्यवस्था का अर्थ है आपका राष्ट्रध्वज। व्यवस्था का अर्थ है देश की करेंसी का मूल्य। व्यवस्था का अर्थ है आपके पैरों के नीचे की ठोस जमीन और दिनभर के काम निपटाने की आपकी योजना। व्यवस्था यानी एक महान परंपरा। व्यवस्था यानी स्कूल में कतार से लगी डेस्क, जिस पर बैठकर बच्चे पढ़ते हैं या वे रेलगाड़ियाँ, जो समय पर चलकर आपको अपनी मंजिल तक सुरक्षित पहुँचाती हैं। व्यवस्था का अर्थ है वह कैलेंडर, जिसमें आप तारीख देखते हैं और वह घड़ी, जिसे देखकर आपको समय का भान होता है। व्यवस्था का अर्थ है वह सार्वजनिक मुखौटा, जिसे हमें पहनने के लिए कहा गया है। व्यवस्था यानी सभ्य अजनबियों से भरी सभा में नम्रता से पेश आना। व्यवस्था यानी तमाम मुश्किलों और समस्याओं के बावजूद संतुलित ढंग से आगे बढ़ना। व्यवस्था वह स्थान है, जहाँ संसार का व्यवहार हमारी उम्मीदों और इच्छाओं के अनुरूप होता है। यह ऐसा स्थान है, जहाँ हर चीज़ उसी रूप में सामने आती है, जिस रूप में हम उसे देखना और स्वीकार करना चाहते हैं। पर कभी-कभी जब निश्चितता, एकरूपता और शुद्धता की माँग बहुत अधिक एकतरफा हो जाती है, तो यह व्यवस्था अत्याचारी और अपमानजनक भी हो जाती है।

जब सब कुछ निश्चित होता है, तो वह व्यवस्था होती है। हम इस व्यवस्था का हिस्सा तभी बन पाते हैं, जब सब कुछ योजना के अनुसार हो रहा हो, कुछ भी नया न हो रहा हो और कहीं कोई अशांति न फैला रहा हो। व्यवस्था की दुनिया में चीज़ें ईश्वर की इच्छा के अनुसार होती हैं। हम इसी दुनिया में रहना चाहते हैं क्योंकि हर परिचित माहौल मित्रतापूर्ण होता है। जब व्यवस्था होती है, तो हम दूरदर्शी

दृष्टिकोण से सोच-विचार करने में सक्षम हो जाते हैं। इस स्थिति में चीज़ें ठीक से काम कर रही होती हैं और हम स्वयं को स्थिर, शांत और सक्षम महसूस करते हैं। इसीलिए हम जिस स्थान को भौगोलिक और वैचारिक रूप से अच्छी तरह समझते हैं, उसे आसानी से नहीं छोड़ते और अगर हमें मजबूरी में या किसी अकस्मात कारण से ऐसा करना भी पड़े, तब भी हमें यह कतई पसंद नहीं आता।

अगर आपके पास एक वफादार मित्र या एक भरोसेमंद सहयोगी है, तो यह व्यवस्था का ही प्रतीक है। पर अगर वही व्यक्ति आपके साथ विश्वासघात कर दे, तो आप स्पष्ट और उजले हालातों से दूर एक अंधेरी स्थिति में पहुँच जाते हैं, जो अव्यवस्था, भ्रम और निराशा से भरी होती है। आप जिस कंपनी में काम करते हैं, जब वह विफल होने लगती है और आपकी नौकरी खतरे में आ जाती है, तब भी ठीक ऐसा ही होता है। जब आप अपना टैक्स रिटर्न भरते हैं, तो यह आपके जीवन में व्यवस्था को दर्शाता है, पर जब आपका ऑडिट किया जाता है, तो वह अराजकता की स्थिति होती है। अधिकतर लोग अपना ऑडिट कराने के बजाय सड़क पर किसी अपराधी के हाथों लुटना पसंद करेंगे। अमेरिका के ट्विन्स टॉवर पर आतंकवादी हमला होने से पहले की स्थिति व्यवस्था थी, पर जब हमले के बाद ट्विन्स टॉवर धराशायी हो गया, तो अराजकता की स्थिति बन गई, जिसे हर किसी ने महसूस किया। देश के माहौल में अनिश्चितता छा गई, पर इस हमले में क्या सिर्फ दो विशाल इमारतें गिरी थीं या फिर कुछ और भी था, जो धराशायी हुआ था? दरअसल इससे बेहतर सवाल यह होगा कि उस हमले के बाद ऐसा क्या था, जो बच गया था? क्योंकि असली मुद्दा यही था।

आप जिस जमीन पर चल रहे हैं, जब वह ठोस होती है, तो यह स्थिति व्यवस्था को दर्शाती है। पर जब यही जमीन दलदल जैसी होती है, तो आपके पैर उसमें धँसने लगते हैं, जो अराजकता की स्थिति है। यहाँ जमीन का अर्थ जीवन की अलग-अलग परिस्थितियों से है। व्यवस्था दरअसल अंग्रेज लेखक जे.आर. आर. टॉल्केन के फंतासी उपन्यास 'द हॉबिट' के किसी कस्बे जैसी है, जो शांत, उत्पादक और रहने के लिए एक सुरक्षित जगह है और जहाँ बहुत भोलापन है। दूसरी ओर अराजकता बौनों के उस भूमिगत राज्य जैसी है, जिसे खजाने को घेरकर बैठे साँपों ने अपने कब्जे में ले लिया है। अराजकता समुद्र का वह तल है, जहाँ की यात्रा कर इतालवी लेखक कार्लियो कोलोडी के बाल-उपन्यास 'द एडवेंचरर्स ऑफ पिनोचियो' के नायक पिनोचियो ने, अपने पिता को समुद्री दैत्य मॉन्स्ट्रो, व्हेल और

आग उगलनेवाले ड्रैगन से बचाया था। अगर किसी कठपुतली को जिंदा होना है यानी अगर दूसरों के इशारों पर नाचनेवाले को जीवन का नियंत्रण अपने हाथों में लेना है, तो उसके लिए सबसे ज़रूरी है, अंधेरे की यात्रा करके किसी का जीवन बचाना यानी अपनी निजी कमियों से पार पाना। इसके लिए उसे खुद को एक पीड़ित मानने के बजाय अपनी नई पहचान तलाशनी चाहिए। अगर वह धोखे, एकपक्षीय दमन व आवेगी सुखों के मोह से मुक्ति चाहता है और अगर वह संसार को अपना सच्चा रूप दिखाते हुए उसमें अपनी एक ठोस जगह बनाना चाहता है, तो इसके लिए उसे अपने द्वारा पैदा किए गए अंधेरे से बाहर निकलना होगा और अपने व्यक्तित्व की कमियों को दूर करना होगा।

व्यवस्था का अर्थ है आपके शादीशुदा जीवन में स्थिरता होना। यह ऐसी चीज़ है, जो अतीत की परंपराओं और आपकी उम्मीदों पर टिकी होती है। ये उम्मीदें भले ही नज़र न आएँ, पर इनका आधार ये परंपराएँ ही होती हैं। जबकि अराजकता का अर्थ है, जीवनसाथी की बेवफाई का पता लगने के बाद पैरों तले जमीन खिसकना। अराजकता यानी अपनी परंपराओं का पतन होने और मार्गदर्शक का काम करनेवाले नित्यकर्म के खात्मे के बाद होनेवाला अनुभव। यह ऐसी स्थिति है, जब इंसान को लगता है, मानो उसके सारे सहारे छिन गए हों और संसार में ऐसा कोई न बचा हो, जो उसका सहयोग कर सकेगा।

व्यवस्था दरअसल वह स्थान और समय है, जहाँ आप अपने सिद्धांतों के अनुसार जीवन जीते हैं। पर ये सिद्धांत अक्सर किसी को नज़र नहीं आते। यह ऐसी स्थिति है, जहाँ आपके अनुभव और आपके कर्म हमेशा व्यवस्थित रहते हैं ताकि जो होना चाहिए, उसका होना संभव हो सके। जबकि अराजकता ऐसा नया स्थान व समय है, जो तब सामने आता है, जब आपके जीवन में अचानक कोई दुःखद घटना घट जाती है या जब द्वेष का भाव अपने असली रूप में सामने आता है। यह कभी भी और कहीं भी हो सकता है, यहाँ तक कि आपके घर की चारदीवारी के सुरक्षित माहौल में भी ऐसा होना संभव है। जब सारी स्थितियाँ आपकी परिचित हों और आपने उनके आधार पर एक ठोस योजना बना रखी हो, तब भी आकस्मिक और अनिश्चित घटनाएँ होने की पूरी संभावना होती है। ऐसा कुछ भी होने पर स्थितियाँ अचानक बदल जाती हैं इसलिए बेहतर होगा कि आप किसी भुलावे में न रहें। हो सकता है कि एक नज़र में आपको वह स्थान, वह माहौल पहले जैसा ही लगे, पर आपके जीवन में सिर्फ स्थान ही महत्वपूर्ण नहीं होता, समय का भी उतना ही

महत्व होता है। जिसके परिणामस्वरूप परिचित स्थान और स्थितियों में भी आपको बुरी तरह हैरान करने की पूरी क्षमता होती है। हो सकता है कि आपकी कार बड़ी भरोसेमंद हो और आप उसे बिना किसी परेशानी के बरसों से चला रहे हों पर इस संभावना से इनकार नहीं किया जा सकता कि किसी दिन सफर करते समय अचानक उसका ब्रेक फेल हो सकता है। ठीक इसी तरह अगर आपको अपने जीवन में कभी कोई शारीरिक समस्या न रही हो, आप बिलकुल स्वस्थ हों और आपको कभी ऐसा न लगा हो कि आपका शरीर कमज़ोर हो रहा है, पर इस संभावना को नकारा नहीं जा सकता कि किसी दिन सड़क पर चलते-चलते अचानक आपकी हृदयगति रुक जाए, भले ही कुछ ही पलों के लिए। अगर ऐसा हुआ, तो पलभर में सब कुछ बदल सकता है। आपके घर में सालों से रह रहा पालतू कुत्ता भी आपको अचानक किसी दिन काट सकता है। आपके बचपन के भरोसेमंद दोस्त भी किसी दिन अचानक आपको धोखा दे सकते हैं। बेहद शानदार नज़र आनेवाला कोई आधुनिक विचार भी ऐसे पुराने विचार को ध्वस्त कर सकता है, जिसके कारण आपके जीवन में अब तक सुकून भरी स्थिरता और निश्चतता कायम थी। ऐसी चीज़ें वाकई महत्वपूर्ण होती हैं। ऐसी चीज़ों का अस्तित्व होता है और इस सच्चाई को किसी भी हाल में नकारा नहीं जा सकता।

अराजकता की स्थिति आते ही हमारा मस्तिष्क फौरन प्रतिक्रिया देता है। यह प्रतिक्रिया मस्तिष्क के अति-तीव्र क्षेत्र से पैदा होती है, जो उस प्राचीन दौर से आज तक पोषित होते आए हैं, जब हमारे पूर्वज पेड़ों पर रहते थे और हर रोज़ ज़हरीले साँपों से सामना होना उनके लिए आम बात थी। इस तात्कालिक और गहन रूप से बाध्य शारीरिक प्रतिक्रिया के बाद आती है, धीमी पर जटिल भावनात्मक प्रतिक्रिया, जो इसके बाद विकसित हुई थी। आखिरकार इसके बाद आती है, आपकी उच्च स्तरीय सोच, जो कुछ पलों से लेकर, कुछ सालों तक विस्तृत हो सकती है। एक लिहाज से देखें तो ये सब सहज प्रतिक्रियाएँ हैं, पर जो प्रतिक्रिया जितनी तेजी से आती है, वह उतनी ही सहज होती है।

अराजकता और व्यवस्था : व्यक्तित्व, महिला और पुरुष

अराजकता और व्यवस्था हमारे जीवन के अनुभवों के दो सबसे मूल तत्व और हमारे अस्तित्व के दो सबसे बुनियादी हिस्से हैं। पर ये कोई चीज़ या वस्तु नहीं हैं और न ही हम इस रूप में इनका अनुभव करते हैं। चीज़ें या वस्तुएँ वस्तुनिष्ठ संसार (ऑब्जेक्टिव वर्ल्ड) का हिस्सा होती हैं और निर्जीव होती हैं पर अराजकता और

व्यवस्था के मामले में ऐसा नहीं होता। क्योंकि हम एक हद तक अराजकता और व्यवस्था का बोध और अनुभव एक विशिष्टता के रूप में करते हैं। इनके बारे में कोई धारणा बनाते समय भी हम इन्हें एक विशिष्टता के रूप में देखते हैं। आधुनिक इंसानों और उनके पूर्वजों के बोध, अनुभव और समझ पर भी ठीक यही बात लागू होती है। फर्क सिर्फ यह है कि आधुनिकवादी इस पर गौर नहीं कर पाते।

चीज़ों या वस्तुओं की तरह व्यवस्था और अराजकता को पहले वस्तुनिष्ठ ढंग से समझा और फिर साकार नहीं किया जाता। क्योंकि यह सिर्फ तभी संभव है, जब हम वस्तुनिष्ठ वास्तविकता को पहले समझें, फिर उसके बाद इरादे और उद्देश्य को समझें। पर हमारे मस्तिष्क द्वारा किसी चीज़ का बोध करने की प्रक्रिया इस तरह संचालित नहीं होती। उदाहरण के लिए, एक मानसिक प्रक्रिया के तौर पर हम किसी भी चीज़ को, उसका बोध करने के दौरान या उससे ठीक पहले ही समझ पाते हैं। जिस गति से हम किसी चीज़ को उसके वास्तविक रूप में देखते हैं, उसी गति से या उससे भी तेज गति से हम फौरन उसका कोई न कोई अर्थ भी निकाल लेते हैं। एक वस्तु के तौर पर किसी चीज़ को समझने से पहले ही हम उसका बोध कुछ विशिष्टताओं वाली वस्तु के तौर पर कर चुके होते हैं। किसी भी सजीव प्राणी या उसके कार्यों का बोध करने के मामले में हमारा मस्तिष्क इसी तरह काम करता है। पर हम अपने आसपास के वस्तुनिष्ठ संसार (ऑब्जेक्टिव वर्ल्ड) के बारे में भी यह मान लेते हैं कि सजीव प्राणियों की तरह ही उसका भी कोई न कोई उद्देश्य व नियत है, जबकि वह निर्जीव होता है। मनोवैज्ञानिक हमारे अंदर मौजूद 'हाइपर एक्टिव एजेंसी डिटेक्टर' को इसका कारण मानते हैं। हम इंसान सदियों से सामाजिक परिस्थितियों में रहते हुए ही इतने विकसित हुए हैं। जिसका अर्थ है कि हमारी उत्पत्ति के वातावरण का सबसे महत्वपूर्ण तत्व उसकी विशिष्टताएँ थीं, न कि चीज़ें, वस्तुएँ और स्थितियाँ।

हम जिन विशिष्टताओं का बोध करने के लिए विकसित हुए हैं, वे हमेशा से ही उम्मीद के मुताबिक सरल रूपों और श्रेणीबद्ध व्यवस्था के प्रारूप (हाइरार्किकल कन्फिगरेशन) के तौर पर मौजूद रही हैं और इनके पीछे कई तरह के उद्देश्य रहे हैं। उदाहरण के लिए पिछले एक अरब वर्षों से ये विशिष्टताएँ 'नर' और 'मादा' के रूप में मौजूद हैं। यह बहुत लंबी समय-अवधि है। बहुकोशकीय (Multi Cellular) प्राणियों के विकास के पहले पृथ्वी पर जीवन इन्हीं दो जुड़वाँ लिंगों में विभाजित था। इस अवधि के पाँचवें हिस्से में स्तनधारी जीव विकसित हुए, जिनमें अपनी प्रजाति

के बच्चों की विशेष देखभाल करने की खासियत थी। इसीलिए पिछले 20 करोड़ सालों से 'माता-पिता' और 'संतान' की श्रेणी मौजूद है। यह पक्षियों के अस्तित्व में आने और फूलों के विकसित होने से भी पहले की बात है। यह समय-अवधि भले ही एक करोड़ साल जितनी लंबी न हो, फिर भी यह बहुत लंबी समय-अवधि है। यह अवधि 'माता-पिता' और 'संतान' व 'नर' और 'मादा' को हमारे उस पर्यावरण का एक मूलभूत और महत्वपूर्ण हिस्सा बनाने के लिए काफी है, जिसके लिए हमने स्वयं को अनुकूलित किया है। इसका अर्थ है कि 'माता-पिता' और 'संतान' व 'नर' और 'मादा' हमारे लिए वे प्राकृतिक श्रेणियाँ हैं, जो हमारी बोधात्मक, भावनात्मक और प्रेरक संरचनाओं में गहराई से अंतर्निहित हैं।

हमारा मस्तिष्क गहन रूप से सामाजिक होता है। पिछले करोड़ों सालों के दौरान हमारे जीने, संभोग करने और विकसित होने की प्रक्रिया में अन्य प्राणी (विशेषकर अन्य मनुष्य) हमारे लिए बहुत महत्वपूर्ण रहे हैं। ये प्राणी वास्तव में हमारा घर, हमारा पर्यावरण रहे हैं। चार्ल्स डार्विन के दृष्टिकोण से देखें तो प्रकृति और पर्यावरण स्वयं ही यह चयन करते हैं कि कौन सा प्राणी इस ग्रह पर विकसित होगा। पर्यावरण को इससे अधिक बुनियादी ढंग से परिभाषित नहीं किया जा सकता। यह कोई निष्क्रिय चीज़ नहीं है। जब हम एक प्रजाति के तौर इस ग्रह पर जीने और संतान पैदा करके वंश बढ़ाने की जद्दोजहद में लगे होते हैं, तो हम दरअसल अपनी वास्तविकताओं से ही संघर्ष कर रहे होते हैं। अन्य प्राणी, हमारे बारे में उनका मत और उनका समुदाय इसका एक बड़ा हिस्सा होते हैं।

समय के साथ-साथ जैसे-जैसे हमारी दिमागी क्षमता बढ़ती गई और हमारे अंदर जिज्ञासा पैदा होती गई, वैसे-वैसे हम संसार की प्रकृति के प्रति और अधिक जिज्ञासु व जानकार होते गए। आखिरकार हमने परिवार और समुदाय की विशिष्टताओं के दायरे से बाहर संसार की भी यही कल्पना की। यहाँ दायरे से बाहर जाने से आशय सिर्फ किसी अज्ञात भौतिक स्थान से नहीं है। दरअसल दायरे से बाहर जाने से आशय है अपनी वर्तमान समझ के दायरे से परे जाकर देखना। जबकि समझ का अर्थ है किसी स्थिति विशेष से मुकाबला करने की हमारी प्रवृत्ति और हमारा व्यवहार, न कि उस स्थिति का वस्तुगत प्रतिनिधित्व करना। पर हमारा मस्तिष्क लंबे समय से दूसरों पर ध्यान केंद्रित करता रहा है। इसीलिए ऐसा लगता है कि हमने अपने सामाजिक मस्तिष्क की सहज श्रेणियों की मदद से सबसे पहले इस अज्ञात, अराजक और अमानवीय संसार का बोध करना शुरू किया था। यह भी एक गलत धारणा है :

जब हमने पहली बार इस अज्ञात, अराजक और अमानवीय संसार का बोध करना शुरू किया, तो इसके लिए हमने उन श्रेणियों का इस्तेमाल किया, जो मूल रूप से इंसानों से पहले अस्तित्व में आए प्राणियों के सामाजिक संसार का प्रतिनिधित्व करने के लिए विकसित हुई थीं। हमारा मस्तिष्क मानवता से कहीं अधिक पुराना है। हमारी श्रेणियाँ हमारी प्रजाति से बहुत पुरानी हैं। हमारी सबसे बुनियादी श्रेणी - जिसका अस्तित्व एक लिहाज से इंसानों के बीच होनेवाली यौन क्रिया से भी अधिक पुराना है - जो नर और मादा के रूप में प्रकट होता है। ऐसा लगता है मानों हमने अपने संरचित और रचनात्मक विरोध प्रारंभिक ज्ञान हासिल कर लिया और फिर हर चीज़ को उसी के चश्मे से देखने और समझने लगे।

ऐसा प्रतीत होता है कि व्यवस्था यानी वह जिससे आप परिचित हैं - प्रतीकात्मक रूप से पौरुष या मर्दानगी से जुड़ी हुई है (जैसा कि ताओवादी यिन-यांग में यांग के प्रतीक में दर्शाया गया है)। ऐसा शायद इसलिए है क्योंकि मानव समाज की प्राथमिक पदानुक्रम आधारित संरचना (प्राइमरी हाइरार्कल स्ट्रक्चर) अपने आप में मर्दाना है। अधिकतर जानवरों के मामले में भी ठीक ऐसा ही है और इन जानवरों की सूची में चिंपांजी भी शामिल हैं, जो आनुवांशिक और व्यावहारिक लिहाज से काफी हद तक हम जैसे ही हैं। ऐसा इसलिए भी है क्योंकि पुरुष हमेशा से कस्बों और शहरों का निर्माण करते आए हैं। इंजीनियर, कारीगर, मिस्त्री, लकड़हारे, ईंटे बनानेवाले और भारी मशीनरी का संचालन करनेवाले हमेशा पुरुष ही रहे हैं और अधिकतर मामलों में आज भी ऐसा ही है। व्यवस्था परमपिता परमेश्वर है, सबसे बड़ी निर्णायक है, वही सारा हिसाब-किताब रखती है और पुरस्कार व दंड देती है। शांत और स्थिर हालातों में मौजूद पुलिसवालों और सैनिक की फौज व्यवस्था को ही दर्शाती है। व्यवस्था एक राजनीतिक संस्कृति है, कॉरपोरेट दुनिया का परिवेश है और एक सुगठित प्रणाली है। क्रेडिट कार्ड्स, क्लासरूम, सुपरमार्केट, किसी स्थान से बाहर निकलनेवाले लोगों की लाइन, मोड़ पर लगा बोर्ड, ट्रैफिक लाइट्स और प्रतिदिन यात्रा करनेवालों द्वारा इस्तेमाल लिया जानेवाला परिचित मार्ग, ये सब व्यवस्था का ही हिस्सा हैं। लेकिन जब इस व्यवस्था पर बहुत अधिक जोर दिया जाता है या जब इसमें असंतुलन आ जाता है, तो यह भयानक और विनाशकारी रूप भी धारण कर सकती है। मजबूरी में हुआ विस्थापन, दूसरे विश्वयुद्ध के समय बने नाजी कॉन्सन्ट्रेशन कैंप और सेना के जवानों के पैदल मार्च में नज़र आनेवाली समरूपता, जो आपकी आत्मा तक को प्रभावित कर सकती है, ये सब व्यवस्था का भयानक रूप ही तो हैं।

जबकि अराजकता यानी अज्ञात - प्रतीकात्मक रूप से नारी-सुलभ या जनानेपन से जुड़ी है। ऐसा इसलिए है क्योंकि हमारी जानकारी में अधिकतर चीज़ें अज्ञात से पैदा हुई हैं, ठीक वैसे ही, जैसे संसार के सारे प्राणी माताओं से पैदा हुए हैं। अराजकता उत्पत्ति, स्रोत और जननी है। यह मटीरिया या डार्क मैटर नामक वह पदार्थ है, जिससे इस संसार की हर चीज़ बनी है। यह बहुत महत्वपूर्ण है। यह सारे संवाद और विचारों की सबसे प्रमुख सामग्री है। अपने सकारात्मक रूप में अराजकता एक संभावना और विचारों का स्रोत है। यह गर्भधारण और जन्म का रहस्यमय क्षेत्र है। जबकि एक नकारात्मक शक्ति के तौर पर यह किसी गुफा के अभेद्य अंधकार जैसी या सड़क किनारे हुई दुर्घटना जैसी है। यह जंगली मादा भालू जैसी है, जो अपने शावकों के लिए तो बड़ी ही प्रेमपूर्ण होती है, पर अगर उसे लगा कि आप शिकार के लिए आए हैं, तो अपने शावकों की सुरक्षा के लिए वह आपके शरीर को मिनटों में चीरकर उसके टुकड़े-टुकड़े भी कर सकती है।

अराजकता शाश्वत रूप से नारी-सुलभ या जनाना है। यह यौन संबंधी चयन की दमनकारी शक्ति भी है। महिलाएँ यौन संबंध बनाने के लिए साथी के चुनाव के मामले में बड़ी नाजुकमिजाज़ होती हैं (यह विशेषता मादा चिंपांजियों से बिलकुल विपरीत है, जो महिलाओं से सबसे अधिक मेल खानेवाले प्राणी हैं)। यौन संबंध बनाने के लिए साथी के चुनाव के मामले महिलाओं के मानकों पर अधिकतर पुरुष खरे नहीं उतरते। यही कारण है कि डेटिंग वेबसाइट्स पर महिलाएँ करीब 85 फीसदी पुरुषों को आकर्षक व्यक्तित्व के मामले में औसत से नीचे की श्रेणी में रखती हैं। यही कारण है कि हमारी महिला पूर्वजों की संख्या हमारे पुरुष पूर्वजों से करीब दोगुनी है। (कल्पना कीजिए कि हमसे पहले जो भी महिलाएँ इस धरती पर रही हैं, उनमें से हर एक महिला ने अपने जीवन में औसतन एक बच्चे को जन्म दिया। अब कल्पना कीजिए कि हमसे पहले जो भी पुरुष इस धरती पर रहे हैं, उनमें से आधे पुरुष अपने जीवन में औसतन दो-दो बच्चे के पिता बने, जबकि बाकी के आधे पुरुष कभी पिता नहीं बने।) यानी एक तरह से देखा जाए, तो यहाँ महिला के रूप में स्वयं प्रकृति ने आधे पुरुषों को नकार दिया। पुरुषों के लिए यह अराजकता से सीधा सामना करने जैसा है। जब भी कोई महिला किसी पुरुष को डेटिंग के लिए नकार देती है, तो उस पुरुष को इसी विनाशकारी अराजकता का सामना करना पड़ता है। यौन संबंध बनाने के लिए साथी के चुनाव के मामले में महिलाओं की नाजुकमिजाज़ी के कारण ही आज हम अपने चिंपांज़ी पूर्वजों से बिलकुल अलग हैं। जबकि मौजूदा चिंपांजी आज

भी अपने चिंपांजी पूर्वजों जैसे ही हैं। यौन-संबंधों के मामले में महिलाओं की 'ना' कहने की प्रवृत्ति वह सबसे तीव्र शक्ति है, जिसने हमारे क्रमिक विकास को सबसे अधिक प्रभावित किया। इसी प्रभाव के कारण रचनात्मक, ईमानदार, मेहनती और बड़े आकार के मस्तिष्कवाले प्राणी (जो प्रतिस्पर्धी, आक्रामक और दबंग होते हैं) जीव के रूप में हमारा क्रमिक विकास हुआ। जब कोई महिला किसी पुरुष को 'ना' कहती है, तो दरअसल महिला के माध्यम से स्वयं प्रकृति एक तरह से यह कह रही होती है कि 'तुम दोस्त बनने के भले ही उपयुक्त हो, पर तुम्हारे साथ समय बिताकर मुझे एक बार भी ऐसा नहीं लगा कि तुम्हारे जींस मेरे साथ प्रजनन करने के लिए उपयुक्त हैं।'

सबसे गहरे धार्मिक प्रतीकों की पूरी शक्ति मौलिक रूप से अंतर्निहित इस द्विदलीय वैचारिक उपखंड पर निर्भर होती है। उदाहरण के लिए आधुनिक यहूदी पहचान के प्रतीक 'स्टार ऑफ डेविड' में नीचे की ओर इशारा करनेवाला त्रिभुज नारीत्व को और ऊपर की ओर इशारा करनेवाला त्रिभुज पौरुष को दर्शाता है। हिंदु धर्म में योनी और लिंग (जो हमारे पुराने दुश्मन और उत्तेजकों के प्रतीक सांपों से लिपटा होता है : जैसे शिवलिंग को सर्प देवता के साथ दर्शाया गया है, जिसे नाग कहते हैं) के प्रतीकों के मामले में भी ठीक ऐसा ही है। प्राचीन मिश्रवासी ओसिरिस (राज्य का देवता) और आइसिस (अधोलोक की देवी) के प्रतीक को दर्शाते थे, जिनमें जुड़वाँ कोबरा साँप पूँछ से एक-दूसरे से बंधे हुए होते थे। चीन में इसी प्रतीक का इस्तेमाल कर 'फुक्सी' और 'नुवा' का चित्रण किया गया, जो वहाँ मानवता और लेखन के निर्माता माने जाते हैं। हालाँकि ईसाइयत में यह चित्रण अपेक्षाकृत कम अमूर्त है क्योंकि इसमें व्यक्त्वि का चित्रण अधिक है। पर ईसा के बाल-रूप के साथ वर्जिन मैरी - जो एक जाना-माना पश्चिमी चित्रण है - और इटैलियन मूर्तिकार-चित्रकार माइकल एंजेलो द्वारा रचित मूर्ति 'पिएटा' दोनों ही महिला/पुरुष की दोहरी एकता को व्यक्त करते हैं, ठीक वैसे ही जैसे पारंपरिक तौर पर इस बात पर जोर दिया जाना कि ईसा उभयलिंगी थे।

इस बात पर भी गौर किया जाना चाहिए कि अंतत: रूपात्मक स्तर पर इंसानी मस्तिष्क भी इसी द्वैतवाद (ड्युएलिटी) को दर्शाता हुआ प्रतीत होता है। मेरा मानना है कि चूँकि परिभाषा के अनुसार इंसानी मस्तिष्क में अनुकूलन की क्षमता होती है इसलिए जनाना/मर्दाना विभाजन की प्रतीकात्मकता से परे यह वास्तविकता (जिसकी संकल्पना अर्ध-डार्विनियन ढंग से की गई है) को दर्शाता है। महान रूसी

न्यूरो साइकोलॉजिस्ट (तंत्रिका-मनोविज्ञानी) एलेग्जेडर लूरीया के छात्र एल्खोनोन गोल्डबर्ग ने सीधे तौर पर यह प्रस्तापित किया कि मस्तिष्क के आवरण (कॉर्टेक्स) की गोलार्द्धीर्य संरचना नवीनता (अज्ञात या अराजकता) और नियमितीकरण (जानी-पहचानी व्यवस्था) के बीच के मौलिक विभाजन को दर्शाती है। हालाँकि अपने इस सिद्धांत के संदर्भ में उन्होंने संसार की संरचना को दर्शानेवाले प्रतीकों का उल्लेख नहीं किया, जो कि ठीक ही था : कोई भी विचार तभी अधिक विश्वसनीय होता है, जब वह विभिन्न क्षेत्रों की पड़ताल के परिणामस्वरूप सामने आया हो।

हम ये सब पहले से जानते हैं, पर हमें यह नहीं पता होता कि हम यह सब जानते हैं। हालाँकि जब इन चीज़ों को इस अंदाज में व्यक्त किया जाता है, तो हम तुरंत इन्हें समझ लेते हैं। ऐसा इसलिए होता है क्योंकि व्यवस्था और अराजकता या संसार और अधोलोक को इन शब्दों में व्यक्त किया जाता है, तो उन्हें हर कोई समझ लेता है। हम सभी को अपनी सभी परिचित चीज़ों के पीछे अराजकता का अंदेशा होता है। इसीलिए हम 'द एडवेंचरर्स ऑफ पिनोचियो,' 'स्लीपिंग ब्यूटी,' 'द लायन किंग,' 'द लिटिल मरमेड,' 'ब्यूटी एंड द बीस्ट' जैसी अजीब और अलबेले सपनों जैसी कहानियों को आसानी से समझ लेते हैं, जबकि उनमें दर्शाया गया संसार और अधोलोक हमारे लिए बिलकुल अंजान होता है। हम सब कई बार इन दोनों स्थानों की यात्रा कर चुके हैं, कभी अपनी इच्छा से, तो कभी संयोग से।

जब आप संसार को इस प्रकार सचेत होकर समझना शुरू करते हैं, तो बहुत सी चीज़ें अपने आप ही होने लगती हैं। यह कुछ ऐसा है, मानो आपके शरीर व आपकी आत्मा का ज्ञान और आपकी बुद्धि का ज्ञान एक-दूसरे के साथ आ गए हों। यह बात यहीं तक सीमित नहीं है। यह ज्ञान प्रतिशोधात्मक (प्रोस्क्रिप्टिव) और वर्णानात्मक (डिस्क्रिप्टिव) होता है। यह ऐसा ज्ञान है, जिसकी मदद से आपको पता चलता है कि कोई चीज़ कैसे हुई। यह कुछ ऐसा है, जो आपको सबसे उचित जवाब की ओर ले जाता है। उदाहरण के लिए यिन और यांग का ताओवादी संसर्ग या मेल व्यवस्था और अराजकता को सिर्फ अस्तित्व के मूल तत्वों की तरह ही प्रदर्शित नहीं करता बल्कि यह भी बताता है कि आपको कर्म कैसे करना है। ठीक वैसे ही जैसे जुड़वाँ नागों के बीच की सीमा के रूप में जीवन का ताओवादी मार्ग प्रदर्शित किया गया है। यह उचित अस्तित्व का मार्ग है। यह वही मार्ग है, जिसका उल्लेख ईसा ने जॉन 14:6 में किया है, 'मैं ही मार्ग हूँ, सत्य हूँ, जीवन हूँ।' ठीक यही विचार मैथ्यू 7:14 में भी व्यक्त किया गया है, 'क्योंकि जीवन की ओर ले जानेवाला रास्ता संकरा

और दरवाजा छोटा है और बहुत कम ही लोग ऐसे होंगे, जो उसे ढूँढ़ सकेंगे।'

व्यवस्था अनंतकाल से हमारे अस्तित्व का हिस्सा रही है और यह व्यवस्था अराजकता से घिरी हुई है। हम अनंतकाल से ऐसे ज्ञात क्षेत्र पर कब्जा करते आए हैं, जो असल में अज्ञात से घिरा होता है। हम सार्थक जुड़ावों का अनुभव तभी कर पाते हैं, जब उचित ढंग से उनके बीच आपसी समन्वय बनाकर रखते हैं। गहन डार्विनियन अर्थों में कहें, तो हम संसार की चीज़ों के प्रति नहीं बल्कि अराजकता और व्यवस्था की, यांग और यिंग की मेटा-रियलिटीज (आत्म निर्देशात्मक वास्तविकताओं) के प्रति अनुकूलित हैं। अराजकता और व्यवस्था मिलकर हमारे जीवन का शाश्वत पारलौकिक वातावरण तैयार करती हैं।

इस मौलिक द्वैतवाद को सुनिश्चित करने का एक ही तरीका है कि हमेशा संतुलन बनाकर रखा जाए यानी एक पैर मज़बूती से व्यवस्था और सुरक्षा पर टिका हो और दूसरा पैर अराजकता, संभावना, विकास और रोमांच पर जमा हो। जब जीवन अचानक गहन, दिलचस्प और अर्थपूर्ण ढंग से आपके सामने आता है; जब समय गुज़रता रहता है और आप अपने काम में इतने डूबे होते हैं कि आपको इसका अंदाजा भी नहीं होता, यह तब भी मौजूद होता है और तब आप व्यवस्था और अराजकता के बीच मौजूद सीमा पर होते हैं। उस स्थान पर हमारे सामने जो व्यक्तिपरक अर्थ उभरकर आता है, वह हमारे सबसे गहन अस्तित्व की, हमारे तंत्रिकात्मक और क्रमिक-विकासवादी रूप से सहज प्रवृत्तिवाले सेल्फ की प्रतिक्रिया होती है। जिससे यह संकेत मिलता है कि हम स्थिरता को तो सुनिश्चित कर ही रहे हैं, साथ ही उत्पादक ढंग से अपने निजी, सामाजिक और प्राकृतिक क्षेत्र का विस्तार भी कर रहे हैं। यह हमारे लिए हर लिहाज से सबसे उचित स्थान है। आप उस समय इस स्थान पर हैं, जब ऐसा करना सबसे अधिक महत्वपूर्ण है। जब आप संगीत सुन रहे होते हैं, तो वह भी आपसे यही कह रहा होता है और जब आप नृत्य कर रहे होते हैं, तब तो ऐसा और गहन स्तर पर होता है यानी ऐसा तब होता है, जब इसकी पूर्वानुमान और अनिश्चितता के सामंजस्यपूर्ण पैटर्न आपके अस्तित्व के सबसे गहन क्षेत्र से अपने होने को अर्थपूर्ण बना रहे हों।

अराजकता और व्यवस्था मौलिक तत्व हैं क्योंकि हर स्थिति (या हर वह स्थिति जिसकी हम कल्पना कर सकते हैं) इन दोनों तत्वों से ही बनती हैं। भले ही हम किसी भी स्थान पर हों, वहाँ कुछ चीज़ें ऐसी ज़रूर होती हैं, जिन्हें हम पहचान सकते हैं, जिनका इस्तेमाल कर सकते हैं और जिनके बारे में अंदाजा लगा सकता

हैं। इसके अलावा वहाँ कुछ चीज़ें ऐसी भी होती हैं, जिन्हें हम न तो जानते हैं और न समझते हैं। भले ही हम कोई भी हों, कालाहारी के रेगिस्तान के निवासी हों या वॉल स्ट्रीट में काम करनेवाले बैंकर हों, कुछ चीज़ें हमेशा हमारे नियंत्रण में होती हैं और कुछ चीज़ें ऐसी होती हैं, जो हमारे नियंत्रण में नहीं होतीं। यही कारण है कि कालाहारी का निवासी और वॉल स्ट्रीट का बैंकर, दोनों ही समान कहानियों को समझ सकते हैं और समान शाश्वत सत्य की सीमा के भीतर स्थिर हो सकते हैं। क्योंकि अंततः अराजकता और व्यवस्था की मौलिक सच्चाई सिर्फ हमारा ही नहीं बल्कि हर प्राणी का सच होती है। जीवित प्राणी हमेशा ऐसी जगहों पर पाए जाते हैं, जिन्हें वे अपने नियंत्रण में ले सकें और वे हमेशा ऐसी चीज़ों और स्थितियों से घिरे होते हैं, जो उन्हें आघात योग्य बनाती हैं।

हालाँकि सिर्फ व्यवस्था ही काफी नहीं है। आप सिर्फ स्थिर, सुरक्षित और अपरिवर्तनशील नहीं रह सकते क्योंकि इस संसार में आपके जानने के लिए कई नई और महत्वपूर्ण चीज़ें मौजूद होती हैं। इसी तरह अराजकता की अति भी हो सकती है। जो जानना आपके लिए ज़रूरी है, उसे जानने और सीखने के दौरान आप एक हद से ज़्यादा अराजकता बरदाश्त नहीं कर सकते। इसीलिए आपको एक ओर तो उन चीज़ों और स्थितियों पर ध्यान केंद्रित करना होता है, जिन्हें जानते-समझते हुए आप उनमें माहिर हो चुके हैं और दूसरी ओर आपको उन चीज़ों और स्थितियों पर भी नज़र रखनी होती है, जिन्हें आप फिलहाल जानने और उनमें माहिर बनने की प्रक्रिया में हैं। इस तरह आप स्वयं को उस स्थिति में लेकर जाते हैं, जहाँ अस्तित्व का आतंक नियंत्रण में रहता है और आप सुरक्षित रहते हैं। इसके साथ ही आप उस स्थिति में सतर्क और सचेत भी रहते हैं। किसी नई चीज़ को जानने और उसमें माहिर बनने का यही तरीका है, तभी आप स्वयं को बेहतर बना सकते हैं और अर्थ की तलाश कर सकते हैं।

ईडन का बगीचा

याद करिए, जैसा कि इस पुस्तक के पिछले हिस्से में बताया गया था कि 'जेनेसिस' यानी ब्रह्माण्ड की उत्पत्ति की कहानियों के कई स्रोत थे। इतिहास की दृष्टि से अपेक्षाकृत नई 'प्रीस्टली' कहानी (जेनेसिस 1) के बाद अराजकता में व्यवस्था के उद्भव का ब्यौरा आता है। इसके बाद आती है दूसरी कहानी जो इतिहास की दृष्टि से अधिक प्राचीन है। इसे 'जाहविस्ट' कहानी कहते हैं और इसकी शुरुआत मुख्यतः जेनेसिस 2 से होती है। यह कहानी ईश्वर को दर्शाने के लिए 'जाहवेह'

नाम का उपयोग करती है। इसमें आदम और हौवा के किस्से के साथ ब्रह्माण्ड की उत्पत्ति के छठे दिन की घटनाओं के बारे में बताया गया है। इसमें हर चीज़ का वर्णन 'प्रीस्टली' कहानी के मुकाबले कहीं अधिक विस्तृत है। इन दोनों कहानियों के बीच की निरंतरता को देखकर लगता है कि यह 'रिडेक्टर' नाम से प्रचलित बाइबिल के विद्वानों द्वारा सावधानी से किए गए संपादन का परिणाम होगा, जिन्होंने इन कहानियों को आपस में गूँथा होगा। ऐसा शायद तब हुआ होगा, जब दो अलग-अलग परंपराओं के लोग किसी कारण से एकजुट हुए होंगे। समय बीतता रहा और विकास के अलग-अलग चरणों से अनजाने में ही एक साथ गुज़रने के बाद उनकी कहानियाँ आपस में गुँथ गई होंगी और किसी ऐसे सचेत व साहसी व्यक्ति को उनमें अतार्किकता नज़र आई होगी, जो सामजस्यपूर्ण संबद्धता के प्रति जुनूनी स्वभाव का रहा होगा।

उत्पत्ति की जाहविस्ट कहानी के अनुसार ईश्वर ने सबसे पहले एक छोटा सा स्थान बनाया, जिसे ईडेन[2] या फिर स्वर्ग (जिसे प्राचीन ईरानी भाषा या अवेस्तन में पेयरीदायज़ा कहते हैं, जिसका अर्थ है, दीवारों या बाड़ों से सुरक्षित किया गया स्थान या बगीचा) के नाम से जाना जाता है। ईश्वर ने वहाँ आदम की रचना की। इसके साथ ही उन्होंने वहाँ बहुत से फलों के पेड़ भी लगवा दिए। इन पेड़ों में से दो पेड़ ऐसे थे, जिन्हें पहले से चिन्हित करके रखा गया था। इनमें से पहला था, जीवन का पेड़। जबकि दूसरा पेड़ वह था, जिससे अच्छे और बुरे का ज्ञान होता था। इसके बाद ईश्वर ने आदम से कहा कि वह जितने मर्जी चाहे फल तोड़ सकता है। साथ ही ईश्वर ने उसे यह भी बता दिया कि अच्छे और बुरे के ज्ञानवाले पेड़ का फल खाना वर्जित है। इसके बाद ईश्वर ने आदम के साथी के रूप में हौवा की रचना की।

शुरुआत में जब आदम और हौवा को स्वर्ग में लाया गया, तो वे बहुत सचेत नहीं थे और न ही उनके अंदर आत्म-जागरूकता थी। जैसा कि यह कहानी जोर देकर कहती है कि 'इंसानों के ये मूल माता-पिता नग्न थे, पर वे इस बात को लेकर शर्मिंदा नहीं थे।' इस वाक्यांश का पहला तात्पर्य तो यह है कि लोगों का अपनी नग्नता पर शर्मिंदा होना बिलकुल सामान्य और प्राकृतिक है (अगर ऐसा नहीं होता, तो आदम और हौवा के शर्मिंदा न होने का जिक्र ही नहीं किया गया होता)। इसका दूसरा तात्पर्य यह है कि हमारे मूल माता-पिता के साथ कुछ तो गलत या अनुचित था, भले ही वह अच्छे के लिए रहा हो या बुरे के लिए। हालाँकि इसके अपवाद

---

[2] आरमेनिक-ईसा की सांकेतिक भाषा में इसका अर्थ होता है, हरा-भरा स्थान

भी हैं। क्योंकि आज के समय में एग्जिबिशनिस्टों (दूसरों का ध्यान खींचने के लिए सार्वजनिक स्थान पर स्वेच्छा से नग्न होनेवाले) को छोड़कर सिर्फ तीन साल की उम्र से कम के बच्चे ही ऐसे हैं, जो किसी सार्वजनिक स्थान पर नग्न होने पर शर्मिंदा नहीं होंगे। सच तो यह है कि सपने में स्वयं को किसी सार्वजनिक स्थान पर अचानक नग्न देखना हम सबके लिए बहुत आम बात है।

ब्रह्माण्ड की उत्पत्ति की कहानी के तीसरे चरण में पैरोंवाले साँप का जिक्र किया गया है। यह सिर्फ ईश्वर ही जानता है कि उसने ईडन के बगीचे में ऐसा विचित्र जीव क्यों रखा। मैं इसके पीछे छिपे अर्थ को लेकर लंबे समय से हैरान हूँ। आंशिक रूप से यह व्यवस्था और अराजकता के द्विविभाजन का प्रतिबिम्ब जैसा लगता है। यह सारे अनुभवों का प्रतिनिधी है और यहाँ ईडन का बगीचा एक निवास स्थान की व साँप अराजकता की भूमिका निभा रहा है। इस हिसाब से ईडन के बगीचे के साँप का अर्थ भी वही है, जो ताओवादी समग्रता के प्रतीक यिन-यांग में यिन की ओर बने काले रंग के बिंदु का है। यह कुछ और नहीं बल्कि किसी अज्ञात क्रांतिकारी चीज़ की संभावना है, जो अचानक उस समय प्रकट होती है, जब सब कुछ शांत प्रतीत हो रहा होता है।

वास्तव में ईश्वर के लिए भी कोई ऐसा स्थान बनाना संभव नज़र नहीं आता, जो बाहर के किसी भी खतरे से पूरी तरह सुरक्षित हो। वास्तविक दुनिया में तो यह कतई संभव नहीं है क्योंकि अगर इसका प्रयास किया भी जाए, तब भी उस स्थान की अपनी कई सीमाएँ होंगी। बाहरी खतरे या अराजकता हमेशा अंदर आ ही जाते हैं क्योंकि ऐसा कोई तरीका नहीं है, जिससे इस बाहरी सच्चाई से बचा जा सके। इसीलिए सबसे सुरक्षित स्थान पर छिपे खजाने के आसपास भी एक साँप कुंडली मारकर ज़रूर बैठा होता है। हमारे मूल स्वर्ग यानी अफ्रीका के जंगलों की ऊँची-ऊँची घास और लंबे-लंबे पेड़ों पर रेंगनेवाले साँप हमेशा से पाए जाते रहे हैं। अगर उन सबको (किसी राजा द्वारा अकल्पनीय ढंग से) कहीं और निर्वासित भी कर दिया जाता, तब भी साँप हमारे सबसे प्राचीन दुश्मनों के रूप में (कम से कम तब, जब हम अपने सीमित बंधे हुए दृष्टिकोण से उन्हें दुश्मन की तरह देखते रहते) बचे रहते। आखिरकार हमारे आदिवासी या अन्य पूर्वजों के बीच ढेरों युद्ध होते रहते थे।

और अगर हमने अपने सभी दुश्मनों को - भले ही जमीन पर रेंगनेवाले या फिर मनुष्य को हरा भी दिया होता, तब भी हम पूरी तरह सुरक्षित नहीं होते और न ही हम अभी सुरक्षित हैं। आखिरकार हम अपने दुश्मन को अपनी आँखों से देख चुके हैं, जो

कोई और नहीं बल्कि हम स्वयं ही हैं। उस दुश्मन साँप का निवास हमारी आत्मा में होता है। जहाँ तक मुझे लगता है, यही वह कारण है, जिसके चलते ईसाइयत में इस बात पर काफी जोर दिया गया है, विशेषकर जॉन मिल्टन द्वारा कि ईडन के बगीचे में मौजूद साँप कोई और नहीं बल्कि शैतान है। इस प्रतीकात्मक पहचान का महत्व (और इसकी चौंका देनेवाली आभा) शायद ही कभी कम हो। सहस्राब्दियों से मौजूद कल्पना के माध्यम से ही नैतिक अवधारणाओं के विचार अपनी पूरी सघनता के साथ विकसित हुए। ईश्वर और शैतान के विचार को और इसके आसपास मौजूद सपने के रूपकों को बलवान करने के पीछे बहुत लंबे समय तक की गई इतनी सारी कोशिशें छिपी हैं, जिनकी हम कल्पना भी नहीं कर सकते। सबसे बुरा साँप तो इंसान की शैतानी प्रवृत्ति है, जो दरअसल एक मनोवैज्ञानिक, आध्यात्मिक, व्यक्तिगत और आंतरिक साँप है। कोई भी दीवार, भले ही वह कितनी भी ऊँची हो, इस खतरे को हमसे दूर नहीं रख सकती। सैद्धांतिक तौर पर बुरी चीज़ों को अंदर आने से रोकने के लिए किले की दीवारें कितनी भी मोटी बना ली जाएँ, एक न एक दिन किले का दरवाजा भेद ही दिया जाता है। जैसा कि महान रूसी लेखक एलेग्जेंडर सोल्ज़हेनिट्सन ने कहा था कि 'हर इंसान के अंदर अच्छाई और बुराई, दोनों की पूरी संभावना होती है।'

ऐसा कोई तरीका नहीं है, जिसका इस्तेमाल करके हम अपने आसपास की वास्तविकता के किसी एक पहलू से बच सकें और हर चीज़ को अपने लिए आसान और सुरक्षित बना लें। और अगर ऐसा करने की कोशिश भी की जाए, तो भी वास्तविकता का कोई न कोई नकारात्मक पहलू आपको अपनी चपेट में ले ही लेगा। रूपकों के अनुसार बात करें, तो कभी न कभी कोई साँप आपके सामने प्रकट हो ही जाएगा। अपने बच्चों की सुरक्षा और भलाई का सबसे ज़्यादा खयाल रखनेवाले माता-पिता भी उनकी सुरक्षा को सौ फीसदी सुनिश्चित नहीं कर सकते। भले ही इसके लिए वे अपने बच्चों को नशीली दवाओं, शराब और इंटरनेट पोर्न से दूर, घर के सुरक्षित तलघर में बंद करके रखें। ऐसे अतिवादी मामलों में ज़रूरत से ज़्यादा सावधानी बरतनेवाले या ज़रूरत से ज़्यादा खयाल रखनेवाले माता-पिता अक्सर स्वयं ही एक समस्या बनकर रह जाते हैं। यह मनोविश्लेषण चिकित्सा के जन्मदाता डॉ. सिग्मंड फ्रायड द्वारा खोजे गए 'ईडिपल कॉम्प्लेक्स' से जुड़े किसी दु:स्वप्न जैसा लगता है। अपने बच्चों की सुरक्षा करने से कहीं बेहतर है कि उन्हें कठिनाइयों और खतरों से निपटने से सक्षम बनाया जाए।

और अगर हर खतरनाक चीज़ (यानी हर चुनौतीपूर्ण और दिलचस्प चीज़) को हमेशा के लिए अपने रास्ते से हटाना संभव होता, तो मानव शिशुवाद[3] और परम निरर्थकता जैसे नए खतरे सामने आ जाते। क्योंकि किसी चुनौती और खतरे के बिना कोई इंसान अपनी संपूर्ण क्षमता को कैसे पहचान सकेगा? जीवन में कोई चुनौती या खतरा नहीं होगा, तो किसी चीज़ पर ध्यान केंद्रित करने की ज़रूरत ही नहीं पड़ेगी और ऐसी स्थिति में जीवन कितना नीरस, फीका और तुच्छ हो जाएगा? शायद ईश्वर को लगा होगा कि उसकी नई रचना यानी इंसान खतरे और चुनौती के रूप में अपने सामने प्रकट होनेवाले साँप से निपटने में सक्षम है। शायद ईश्वर को लगा होगा कि चुनौतीपूर्ण और खतरनाक जीवन एक नीरस और तुच्छ जीवन से कहीं बेहतर है।

हर माता-पिता के लिए एक सवाल : आप अपने बच्चों को सुरक्षित बनाना चाहते हैं या मज़बूत और दृढ़?

तो चाहे जो हो, वास्तविकता यह है कि बगीचे में एक साँप था, जो एक 'धूर्त' प्राणी था। प्राचीन कथा के अनुसार वह क्रूर, धोखेबाज व आसानी से नज़र न आनेवाला जीव है। इसीलिए जब वह हौवा को अपनी चाल में फँसाने का निर्णय लेता है, तो किसी को आश्चर्य नहीं होता। पर इसके लिए उसने आदम के बजाय हौवा को क्यों चुना? हो सकता है कि उसका यह चुनाव सिर्फ एक संयोग हो या फिर यह भी हो सकता है कि चूँकि आदम की तरह ही उसकी चाल में हौवा के फँसाने की संभावना भी पचास फीसदी थी इसलिए उसे चुना गया हो। पर अपनी जानकारी के आधार पर मैं पूरी दृढ़ता से कह सकता हूँ कि इन प्राचीन कथाओं में कुछ भी यूँ ही नहीं होता। आकस्मिक घटनाएँ या कथानक के लिए अर्थहीन हर चीज़ बहुत पहले ही भुला दी गई थी। जैसा कि रूसी नाटककार एंटन चेखव ने सलाह दी थी कि 'यदि नाटक के पहले हिस्से में दीवार पर कोई बंदूक लटकी हुई है, तो अगले हिस्से में उसे चलाना ज़रूरी है। वरना उसके वहाँ होने का कोई मतलब नहीं है।' शायद आदिम जमाने की हौवा के पास आदम की अपेक्षा साँप पर ध्यान केंद्रित करने के ज़्यादा कारण थे। उदाहरण के लिए शायद वह साँप पेड़ों पर रहनेवाली हौवा की नवजात संतानों का शिकार करनेवाला था। शायद इसीलिए हौवा की बेटियाँ (खासकर आधुनिक समानतावादी समाज में रहनेवाली) आज भी भयभीत, बेचैन और स्वयं को लेकर ज़रूरत से ज़्यादा सचेत रहती हैं। खैर जो भी है, आखिरकार साँप हौवा से कहता है कि 'वर्जित फल खाने के बाद भी उसकी मौत नहीं होगी

[3] ह्यूमन इन्फैंटलिज़्म – वयस्क होने के बावजूद शिशुओं जैसी हरकतें करना

बल्कि ऐसा करने से उसकी आँखें ज़रूर खुल जाएँगी और वह स्वयं ईश्वर जैसी हो जाएगी व उसे अच्छे-बुरे का फर्क स्वयं समझ में आने लगेगा।' पर उस साँप ने हौवा को यह नहीं बताया कि वर्जित फल खाने से उसके पास ईश्वर का मात्र यही एक गुण आएगा, बाकी कुछ भी नहीं। आखिरकार वह था तो एक धूर्त साँप ही। इंसान होने के नाते हौवा ने अज्ञात को जानने और समझने की अपनी प्रवृत्ति के अनुसार वर्जित फल खाने का निर्णय ले लिया और वह अचानक जागृत हो गई। उसने चेतना का अनुभव किया या शायद पहली बार उसे आत्म-जागरूकता का अनुभव हुआ।

चूँकि कोई भी आत्म-जागरूक महिला, जो हर चीज़ को स्पष्ट ढंग से देख सकती है, किसी ऐसे पुरुष को बरदाश्त नहीं कर सकती, जो अब तक जागरूक न हुआ हो। इसलिए हौवा ने फौरन आदम को भी वह वर्जित फल खिला दिया। जिससे आदम भी आत्म-जागरूक बन गया। आज भी स्थिति वैसी ही है। महिलाएँ शुरू से ही पुरुषों को आत्म-जागरूक बना रही हैं। वे खासतौर पर पुरुषों को अस्वीकार करके ऐसा करती हैं। अगर पुरुष जिम्मेदारी नहीं उठाते, तो महिलाएँ उन्हें शर्मिंदा करके भी ऐसा करती हैं। चूँकि प्रजनन का प्राथमिक भार महिलाओं को ही उठाना पड़ता है इसलिए यह कोई आश्चर्य की बात भी नहीं है। यह कल्पना करना बहुत मुश्किल है कि अगर इसका कोई और विकल्प होता, तो क्या होता। लेकिन पुरुषों को शर्मिंदा करके उन्हें आत्म-जागरूक बनाने की महिलाओं की क्षमता आज भी प्रकृति की सबसे प्रबल शक्तियों में से एक है।

अब आप पूछ सकते हैं कि भला दृष्टि का साँपों से क्या लेना-देना है? देखिए, इसका सबसे उल्लेखनीय महत्त्व तो यह है कि दृष्टि की मदद से ही आप साँपों को देख सकते हैं क्योंकि इस संभावना से इनकार नहीं किया जा सकता कि वे आपको अपना शिकार भी बना सकते हैं (खासकर अगर आप कम उम्र के हों और हमारे वृक्षवासी पूर्वजों की तरह पेड़ों पर रहते हों)। यूनिवर्सिटी ऑफ कैलिफोर्निया में मानव-शास्त्र (एंथ्रोपोलॉजी) और पशु व्यवहार (एनिमल बिहेवियर) की प्रोफेसर लिन इज़बेल कहती हैं कि प्रकृति में मनुष्य करीब-करीब अकेला ऐसा जीव है, जिसके पास आश्चर्यजनक रूप से इतनी तीव्र दृष्टि-क्षमता होती है और संभव है कि यह क्षमता लाखों वर्षों तक जमीन पर रेंगनेवाले साँपों के खतरे का पता लगाने और उनसे बचने के प्रयासों के परिणाम स्वरूप हुई व्यवस्था का नतीजा हो। आखिर हमारे पूर्वज इन साँपों के साथ ही विकसित हुए थे। शायद यह उन कई कारणों में से एक है, जिसके चलते मरियम - माँ का एक शाश्वत प्रतीक - को मध्ययुगीन और

पुनर्जागरण काल के प्रतीक-चिन्हों में दिखाना बहुत आम बात है, जिसमें ईसा एक बच्चे के रूप में शिकारी सरीसृपों (जमीन पर रेंगनेवाले जीव) से दूर मरियम की गोद में होते हैं और मरियम ने पूरी मज़बूती से एक सरीसृप को अपने पैर तले दबा रखा होता है। सिर्फ इतना ही नहीं, साँप अपनी ओर से एक फल देने का प्रयास करता है। इस फल को दृष्टि के रूपांतरण से भी जोड़कर देखा जाता है। रंगों को देख पाने की हमारी क्षमता हमारी व्यवस्था का परिणाम है और उसी की मदद से हम खाने के लिए उपयुक्त पके हुए फलों और अन्य खाद्य-पदार्थ को पहचान पाते हैं।

तो हमारे मूल माता-पिता यानी आदम और हौवा ने साँप की बात सुनी और वर्जित फल खा लिया, जिससे उनकी आँखें खुल गईं, वे अचानक जागृत हो गए। हो सकता है कि आपको भी हौवा की तरह लगे कि यह तो बड़ा अच्छा हुआ। पर कई बार थोड़ा-बहुत पा लेना, कुछ न पाने से ज़्यादा बुरा होता है। आदम और हौवा जागृत तो हो गए, पर सिर्फ उतना ही कि कुछ भयानक चीज़ों पर गौर कर सकें और उन्होंने सबसे पहले इस बात पर गौर किया कि वे दोनों नग्न हैं।

नग्न बंदर

मेरे बेटे को अपने नग्न होने का एहसास तीन साल से कम की उम्र में ही होने लगा था। वह खुद कपड़े पहनना चाहता था। जब वह बाथरूम जाता, तो दरवाजे को ठीक से बंद करना नहीं भूलता था। वह सार्वजनिक रूप से कभी बिना कपड़े पहने सामने नहीं आता था। मैं समझ नहीं पाता था कि उसकी इस आदत से उसकी परवरिश का कोई संबंध है या नहीं। क्योंकि अपनी नग्नता का एहसास उसे स्वयं ही हुआ था और इस पर उसकी प्रतिक्रिया भी उसकी अपनी ही थी। मुझे लगता था कि उसे शायद ईश्वर ने ऐसा ही बनाया था।

अपनी नग्नता का एहसास होने का अर्थ क्या है? इससे भी बदतर कि अपने जीवनसाथी की नग्नता का एहसास होने का अर्थ क्या है? सारी वाहियात चीज़ें भयावह तरीके से ही व्यक्त होती हैं। उदाहरण के लिए इस अध्याय की शुरुआत में जो चित्र दिया गया है, वह पुनर्जागरण काल के चित्रकार हेंस बैल्डुंग ग्रिएन की पेंटिंग से प्रेरित है। नग्न होने का अर्थ है कमज़ोर और आसानी से आघात योग्य होना। नग्न होने का अर्थ है, सुंदरता और स्वास्थ्य के बारे में दूसरों द्वारा आँका जाना। नग्न होने का अर्थ है, प्रकृति के और इंसानों के जंगल में असुरक्षित और निहत्था होना। इसीलिए आँखें खुलते ही आदम और हौवा शर्मसार हो गए थे। वे सब कुछ स्पष्ट देख सकते थे और सबसे पहले उन्होंने स्वयं को ही देखा। उनके दोष स्पष्ट नज़र

आ रहे थे। उनका आसानी से आघात योग्य होना साफ दिखाई दे रहा था। अन्य स्तनधारी जीवों के गुप्तांग अक्सर उनकी चौड़ी पीठ के कारण आसानी से नज़र नहीं आते, पर आदम और हौवा सीधे खड़े होनेवाले जीव थे और उनके गुप्तांग शरीर के सामनेवाले हिस्से पर थे, जिन्हें आसानी से देखा जा सकता था। इससे भी बदतर ये कि आदम और हौवा ने अपने अंगों को ढँकने और अपने अहम् की रक्षा के लिए फौरन लंगोट (एप्रन) बना लिए। इसके बाद वे फौरन वहाँ से चंपत हो गए और झाड़ियों के पीछे जाकर छिप गए। यह एहसास होने के बाद कि वे कमजोर और आसानी से आघात योग्य हैं, आदम और हौवा को महसूस हुआ कि वे ईश्वर के सामने खड़े होने योग्य नहीं हैं।

अगर आप आदम और हौवा की इस भावना को समझ नहीं पा रहे हैं, तो इसका अर्थ है कि आप इस बारे में सही ढंग से सोच-विचार नहीं कर रहे हैं। खूबसूरती हमेशा बदसूरती को शर्मसार करती है। शक्ति कमज़ोरों को शर्मिंदा करती है। मृत्यु जीवन को शर्मसार करती है और आदर्श चीज़ें हम सबको। इसीलिए हमारे अंदर इसके लिए भय होता है, हम इससे चिढ़ते हैं, यहाँ तक कि हमें इससे नफरत होती है (यह स्वाभाविक ही है कि जीवन की उत्पत्ति की कहानी में, केन और एबल के प्रसंग के माध्यम से इसी विषय की पड़ताल की गई है)। हम इस मसले पर क्या कर सकते हैं? क्या हमें खूबसूरती, स्वास्थ्य, प्रतिभा और शक्ति के सभी आदर्शों का त्याग कर देना चाहिए? जी नहीं, ये कोई अच्छा समाधान नहीं है। क्योंकि ऐसा करने से सिर्फ यही सुनिश्चित होगा कि हम हर समय स्वयं को शर्मसार महसूस करेंगे। फिर हम इसी के हकदार होंगे। मैं नहीं चाहता कि जो महिलाएँ अपनी आकर्षक उपस्थिति से दूसरों का दिल जीत लेती हैं, वे सिर्फ इसलिए कहीं गायब हो जाएँ ताकि बाकी सब स्वयं को लेकर ज़रूरत से ज़्यादा सचेत महसूस न करें। मैं नहीं चाहता कि जॉन वॉन न्यूमैन जैसी बौद्धिक प्रतिभा सिर्फ इसलिए कहीं गायब हो जाए क्योंकि मेरी अपनी गणित की समझ 12वीं कक्षा के छात्र से ज़्यादा नहीं है। जॉन ने उन्नीस साल की उम्र में संख्याओं को पुनर्परिभाषित कर दिया था। ईश्वर का शुक्र है कि उन्होंने इस संसार को जॉन जैसा प्रतिभावान इंसान दिया! ठीक इसी तरह मैं ग्रेस केली, अनीता एकबर्ग और मोनिका बेलुची के लिए भी ईश्वर का शुक्रगुज़ार हूँ! ऐसे लोगों की उपस्थिति में स्वयं को अयोग्य महसूस करना मेरे लिए गर्व की बात है। यह वह कीमत है, जो हम सब लक्ष्य, उपलब्धि और महत्वाकांक्षा के लिए चुकाते हैं। इन सब चीज़ों के बावजूद इस बात पर किसी को हैरानी नहीं होनी चाहिए कि आदम और हौवा ने अपनी नग्नता का एहसास होने के बाद फौरन अपने शरीर को

ढक लिया था।

मेरे विचार से कहानी का अगला हिस्सा निहायत ही हास्यास्पद है, हालाँकि यह हिस्सा परेशान करनेवाला और भयानक भी है। उसी शाम जब सूर्य ढलने के बाद ईडेन के बगीचे में ठंडक भरा माहौल था, तो ईश्वर टहलने के लिए बाहर निकले पर आदम गायब था। ईश्वर को हैरानी हुई क्योंकि उन्हें आदम के साथ हर रोज टहलने की आदत थी। 'आदम,' ईश्वर ने उसे आवाज दी। वे पलभर के लिए भूल गए कि वे ईश्वर हैं और बगीचे की झाड़ियों के पार चाहे जहाँ तक देख सकते हैं, आदम को ढूँढ़ने लगे। 'आदम, कहाँ हो भई?' ईश्वर की आवाज सुनते ही आदम अचानक सामने आ गया, पर उसकी हालत ठीक नहीं थी। पहले-पहल तो वह विक्षिप्त सा नज़र आया और फिर रैट फिंक[4] जैसा लगने लगा। संसार के रचयिता ने आदम को आवाज दी और वह फौरन सामने आकर बोला, 'हे परमपिता, आपने मुझे पुकारा और मैंने आपकी आवाज भी सुनी, पर मैं नग्न था इसीलिए छिपा हुआ था।' इस जवाब का अर्थ क्या है? इसका अर्थ है कि जो लोग अपनी कमजोरी या अपने आसानी से आघात योग्य होने के कारण घबरा जाते हैं, वे सच बोलने से, व्यवस्था और अराजकता के बीच संतुलन बनाने से और अपने भाग्य से हमेशा डरते हैं। दूसरे शब्दों में कहें तो वे ईश्वर के साथ टहलने से डरते हैं, जो भले ही सराहनीय न हो, पर उनके इस डर को समझा जा सकता है। ईश्वर आपको आंकनेवाले पिता हैं। उनके आदर्श बहुत ऊँचे हैं और उन्हें खुश करना आसान नहीं है।

ईश्वर ने पूछा, 'किसने कहा कि तुम नग्न हो? क्या तुमने कोई वर्जित चीज़ खाई है?' जवाब में आदम ने पूरी मनहूसियत (Wretchedness) के साथ अपनी प्रेमिका, संगिनी और जीवनसाथी हौवा की ओर इशारा करके उसकी चुगली कर दी और इसके तुरंत बाद उसने ईश्वर को दोषी ठहराते हुए कहा, 'आपने मुझे जो महिला दी, उसी ने मुझे वह वर्जित फल दिया (जिसे मैंने खा लिया)।' कितनी वाहियात पर कितनी सच बात। संसार की पहली महिला ने पहले पुरुष को, स्वयं को लेकर ज़रूरत से ज़्यादा सचेत बनाकर द्वेष से भर दिया। इसके बाद संसार के पहले पुरुष ने पहली महिला को और फिर ईश्वर को इसके लिए दोषी ठहरा दिया। आज भी हर ठुकराया हुआ पुरुष ठीक ऐसा ही महसूस करता है। संभावित प्रेमिका द्वारा ठुकराया जाना दरअसल उसकी प्रजनन योग्यता को अस्वीकार करने जैसा होता है, जिसके

[4] एड 'बिग डैडी' रॉथ नामक कलाकार द्वारा रचित एक किरदार, जो वॉल्ट डिज्नी के मिकी माउस के सामने एंटी-हीरो था

बाद सबसे पहले तो वह उस संभावित प्रेमिका के सामने स्वयं को बहुत छोटा, बहुत तुच्छ महसूस करता है। फिर वह ईश्वर को इस बात के लिए कोसता है कि उसने उसकी संभावित प्रेमिका को इतना धूर्त और कपटी व उसे इतना निरर्थक (अगर उसे ज़रा सी भी समझ हुई) व इतना दोषपूर्ण क्यों बनाया। इसके बाद उसके अंदर बदले के विचार उठने लगते हैं। कितनी नीच और घिनौनी (पर जाहिर तौर पर आसानी से समझी जा सकनेवाली) बात है। दूसरी ओर महिला के पास दोष देने के लिए वह साँप था, जो बाद में शैतान निकला, भले ही यह कितना भी अविश्वनीय लगे। इसीलिए हम समझ सकते हैं कि हौवा से यह गलती कैसे हो गई और साथ ही हम उसके लिए सहानुभूति भी रख सकते हैं। आखिर उसे वर्जित फल खिलानेवाला वह साँप धोखा देने में माहिर था। पर आदम! आखिर उसे क्या हो गया? उसे तो किसी ने ऐसे कड़वे शब्द मुँह से निकालने के लिए मज़बूर नहीं किया था।

दुर्भाग्य से पुरुष या यूँ कहें कि जानवर के लिए और बुरे हालात बनने बाकी थे। पहले तो ईश्वर ने उस धूर्त साँप को कोसते हुए श्राप दिया कि अब से वह बिना पैरों का हो जाएगा और उसे जीवनभर जमीन पर रेंगते हुए स्वयं को गुस्से से भरे इंसानों से बचाना होगा। इसके बाद ईश्वर ने महिला से कहा कि अब से वह तमाम तकलीफें सहने के बाद ही बच्चों को जन्म देगी और एक अयोग्य पुरुष की इच्छा रखेगी, जो कभी-कभी द्वेषपूर्ण व्यवहार भी करेगा। वह पुरुष अब हमेशा के लिए महिला के जैविक (Biological) पहलू का स्वामी होगा। इसका एक अर्थ यह भी निकाला जा सकता है कि ईश्वर एक पितृसत्तात्मक अत्याचारी है। इस प्राचीन कहानी को राजनैतिक रूप से प्रेरित दृष्टिकोण से देखनेवाले यही अर्थ निकालते हैं। हालाँकि मेरा मानना है कि यह सिर्फ वर्णन किया जानेवाला प्रसंग है। मेरे ऐसा मानने का कारण यह है : जैसे-जैसे मनुष्यों ने इस पृथ्वी पर अपना विकास किया, उनके मस्तिष्क के आकार में भी जबरदस्त विस्तार हुआ। इसी मस्तिष्क ने उन्हें अंततः आत्म-जागरूक भी बनाया। मस्तिष्क के आकार में हुए विस्तार से मानव भ्रूण के सिर और महिलाओं की कोख के बीच क्रमिक विकास की प्रतियोगिता सी शुरू हो गई। जिससे धीरे-धीरे महिलाओं के नितंबों का आकार समय के साथ-साथ चौड़ा होता गया। आखिरकार उनके नितंब इतने चौड़े और मांसल हो गए कि उनके लिए दौड़ना करीब-करीब असंभव हो गया। जबकि भ्रूण ने शिशु के रूप में जन्म लेने का अपना समय धीरे-धीरे कम कर लिया और मनुष्यों के बच्चे अपने आकार के अन्य स्तनधारी जीवों के मुकाबले गर्भधारण के बाद जन्म होने में लगनेवाले औसत समय से एक साल पहले ही पैदा होने लगे। साथ ही मानव-शिशु के सिर

का क्रमिक विकास इस तरह हुआ कि वह आंशिक रूप से सिकुड़ गया। ये सभी बदलाव महिलाओं और शिशुओं, दोनों के लिए काफी तकलीफदेह रहे। मूल रूप से भ्रूण जैसा शिशु अपने जीवन के पहले साल में करीब-करीब हर चीज़ के लिए अपनी माँ पर पूरी तरह निर्भर हो गया। बच्चे के विशाल मस्तिष्क की योजना-संबंधी क्षमता का अर्थ था कि माता-पिता का घर छोड़कर अपनी नई दुनिया बसाने से पहले 18 साल (या 30 साल) की उम्र तक उसे प्रशिक्षित करना होगा। हालाँकि बच्चे का जन्म होने के दौरान माँ को होनेवाली असहनीय पीड़ा और उस दौरान माँ और शिशु दोनों के लिए मृत्यु के भारी खतरे का इससे कोई संबंध नहीं है। इन सब बातों का बस यही अर्थ है कि हर महिला को गर्भधारण करने और बच्चे को जन्म देने की भारी कीमत चुकानी पड़ती है, खासकर अपने शुरुआती दौर में। और इसका एक स्वाभाविक परिणाम यह होता है कि पुरुष पर उसकी निर्भरता बढ़ जाती है, जो भले ही द्वेषपूर्ण स्वभाव का हो और समस्याएँ पैदा करता रहता हो।

अब हौवा जागृत हो चुकी थी। ईश्वर ने भी उसे बता दिया था कि आगे क्या होनेवाला है। इसके बाद ईश्वर आदम की ओर मुड़े, जिसके पुरुष वंशजों का जीवन भी कोई आसान नहीं होनेवाला था। ईश्वर ने उससे कहा, 'हे पुरुष, चूँकि तुमने इस महिला की बात सुनी इसलिए तुम्हारी आँखें खुल गईं। तुम्हें यह ईश्वर जैसी दृष्टि उस साँप, वर्जित फल और अपनी प्रेमिका के कारण मिली। इस दृष्टि की मदद से अब तुम बहुत दूर तक, यहाँ तक कि भविष्य तक देख सकते हो। पर जो लोग भविष्य देख सकते हैं, वे अनंतकाल तक आनेवाली मुसीबतों को भी देख सकते हैं। फिर उन्हें उन मुसीबतों से जुड़ी सभी आकस्मिक संभावनाओं से निपटने की तैयारी भी करनी होगी। ऐसा करने के लिए तुम्हें अनंतकाल तक अपने भविष्य की खातिर अपने वर्तमान का बलिदान देना होगा। तुम्हें सुरक्षा हासिल करने के लिए अपने आनंद को किनारे रखना होगा। संक्षेप में कहें तो तुम्हें काम करना होगा, जो बहुत ही मुश्किल होगा। मैं उम्मीद करता हूँ कि तुम नुकीले काँटों को पसंद करते होंगे क्योंकि अपने रास्ते में तुम्हें बहुत से ऐसे काँटे मिलेंगे।'

और फिर ईश्वर ने संसार के पहले पुरुष और पहली महिला को स्वर्ग से बाहर निकाल दिया। इस तरह उन्हें उनकी शैशव-अवस्था से और उनकी बेहोश दुनिया से बाहर करके इतिहास की भयावहता की ओर धकेल दिया। इसके बाद ईश्वर ने एक स्वर्गदूत को आग की लपटों से धधकती तलवार के साथ ईडन के बगीचे के दरवाजे पर तैनात कर दिया ताकि आदम और हौवा वहाँ लगे जीवन के वृक्ष के फल न खा

सकें। ईश्वर द्वारा उठाया गया यह कदम घिनौनी मानसिकता को दर्शाता है। आखिर बेचारे इंसानों को फौरन अमर क्यों नहीं बनाया जा सकता था? खासकर तब, जब अंततः आपकी योजना यही करने की है? इस कहानी के अंत में यही तो होता है। लेकिन भला ईश्वर से सवाल-जवाब करने की जुर्रत कौन करे?

शायद स्वर्ग एक ऐसी जगह है, जिसका निर्माण आपको खुद करना पड़ता है और शायद अमर होना ऐसी चीज़ है, जो यूँ ही नहीं मिलती बल्कि उसे कमाना पड़ता है।

इसलिए हम अपने मूल सवाल पर लौट आते हैं। आखिर जो व्यक्ति अपने पालतू कुत्ते के लिए दवाएँ खरीदते समय भी खासी सावधानी बरतता है, वह खुद के बीमार होने पर ऐसा क्यों नहीं करता? अब आपके पास इस सवाल का जवाब है, जो मानव जाति के सबसे मूल ग्रंथों में से एक से मिला है। आखिर वह एक नग्न, बदसूरत, शर्मसार, भयभीत, बेकार, कायर, नाराज, आत्म-रक्षात्मक और दूसरों को दोष देनेवाले आदम के वंशज का खयाल क्यों रखेगा? भले ही वह खुद ही आदम का वंशज हो। मेरी यह बात सिर्फ पुरुष ही नहीं, महिलाओं पर भी लागू होती है।

मानवता के बारे में मंदबुद्धिपूर्ण दृष्टिकोण से विचार करने के बारे में अब तक हमने जितने भी कारणों पर चर्चा की है, वे सब जितने हम पर लागू होते हैं, उतने ही दूसरों पर भी। वे सारे विचार मानव प्रकृति के बारे में किए गए एक सामान्यीकरण हैं, जिसमें कुछ भी विशिष्ट नहीं है। आप अपने आपको सबसे बेहतर जानते हैं। आपमें भी पर्याप्त बुराइयाँ होंगी और अन्य लोग उनसे परिचित भी होंगे, पर फिर भी अपने गुप्त अपराधों, कमियों और अयोग्यताओं को सबसे अच्छे ढंग से आप खुद ही जानते हैं। आपका मन और शरीर कितना दोषपूर्ण है, यह आपको ही सबसे ज़्यादा पता होता है। स्वयं को दोष देने के लिए, स्वयं को एक वाहियात इंसान की तरह देखने के लिए आपके पास जितने कारण होते हैं, उतने कभी किसी और के पास नहीं हो सकते। कई बार तो आप अपनी नाकामियों के लिए खुद को सजा देने के मकसद से उन चीज़ों से खुद को दूर रखते हैं, जिनसे आपको कुछ लाभ हो सकता है। इससे यह स्पष्ट होता है कि आपका सीधा-सादा, मासूम पालतू कुत्ता, जो आपको कभी चोट नहीं पहुँचा सकता और आत्म-जागृति से बहुत दूर होता है, वह भी आपसे कहीं अधिक योग्य है।

अगर आप अब भी आश्वस्त नहीं हुए हैं, तो आइए हम एक और महत्वपूर्ण मुद्दे पर विचार करते हैं। व्यवस्था, अराजकता, जीवन, मृत्यु, पाप, दूरदर्शिता,

कर्म, और पीड़ा : संसार में जीवन की उत्पत्ति की कहानी लिखनेवाले के लिए और मानवता के लिए सिर्फ इतना काफी नहीं था। यह कहानी अब भी जारी है, अपनी पूरी तबाही और त्रासदी के साथ और जो लोग (यानी हम) इसका हिस्सा हैं, उन्हें एक और दर्दनाक जागृति के साथ आगे भी संघर्ष करना होगा। इसके बाद नैतिकता पर विचार करना ही हमारी नियति होगी।

अच्छाई और बुराई

जब आदम और हौवा की आँखें खुलीं, तो उन्हें अपनी नग्नता और परिश्रम के महत्त्व के अलावा भी कई चीज़ों का एहसास हुआ। उन्हें अच्छाई और बुराई के बारे में भी पता चला। (फल का जिक्र करते हुए बगीचे का कुटिल साँप कहता है, 'ईश्वर जानता है कि जिस दिन तुम ये वर्जित फल खा लोगे, उस दिन तुम्हारी आँखें खुल जाएँगी और तुम भी उस ईश्वर जैसे हो जाओगे एवं अच्छाई व बुराई का फर्क पहचान सकोगे।') उसकी इस बात का क्या अर्थ हो सकता है? इतनी सारी चीज़ों पर चर्चा करने के बाद अब इस विषय में और ऐसा क्या बचा है, जिसे जानना और समझना ज़रूरी है? सरल संदर्भ में देखें, तो यह बगीचे, साँप, अवज्ञा, फल, कामुकता और नग्नता की ओर संकेत करता है। दरअसल इनमें से सिर्फ नग्नता ही थी, जिससे मुझे इसका सुराग मिला और इसके समझने में भी मुझे बरसों लग गए।

कुत्ते और बिल्लियाँ वास्तव में शिकारी जानवर होते हैं। वे अपने से कमज़ोर को मारकर खा जाते हैं, जो कोई मजेदार बात नहीं है। इसके बावजूद हम उन्हें पालते हैं और अपने घर में रखते हैं। यहाँ तक कि जब वे बीमार होते हैं, तो हम उन्हें दवाइयाँ भी देते हैं। क्यों? वे तो शिकारी जानवर हैं, तो फिर हम ऐसा क्यों करते हैं? दरअसल हम जानते हैं कि शिकार करना उनका स्वभाव है। इसके लिए उन्हें जिम्मेदार नहीं ठहराया जा सकता। वे कोई शैतान नहीं हैं। वे तो बस अपनी भूख मिटाने के लिए दूसरे जीवों को मारते हैं। उनके अंदर इतनी समझ, रचनात्मकता – और सबसे महत्वपूर्ण आत्म-जागृति नहीं होती, जो इंसानों की प्रेरित-क्रूरता के लिए ज़रूरी है।

पर ऐसा क्यों है? इसका सीधा सा जवाब है। हमसे विपरीत, शिकारी प्रकृतिवाले इन जानवरों के पास अपनी कमजोरी या अपने आघात योग्य होने की कोई समझ नहीं होती और वे दर्द व मृत्यु के अधीन होते हैं। जबकि हम अच्छी तरह जानते हैं कि हमें कैसे, कहाँ और क्यों चोट लग सकती है। यह आत्म-जागृति की सबसे अच्छी परिभाषा है। हम अपनी असहायता, अपने दायरों और नश्वरता से परिचित होते हैं।

हम पीड़ा, आत्म-घृणा, शर्म और आतंक महसूस करते हैं और इन मनोभावों को अच्छी तरह जानते हैं। हम यह भी जानते हैं कि हमारी पीड़ा का कारण क्या है। हम जानते हैं कि हम कैसे भय और पीड़ा का शिकार हो सकते हैं। जिसका एक अर्थ ये है कि हम यह भी जानते हैं कि दूसरों को भय और पीड़ा का शिकार कैसे बनाया जा सकता है। हम जानते हैं कि हम नग्न हैं और हमारी नग्नता का शोषण भी किया जा सकता है। जिसका एक अर्थ ये है कि हम यह भी जानते हैं कि बाकी लोग भी नग्न क्यों होते हैं और उनकी नग्नता का शोषण कैसे किया जा सकता है?

हम जान-बूझकर दूसरों को डरा सकते हैं। हम उन्हें ऐसे दोषों के लिए कष्ट दे सकते हैं और अपमानित कर सकते हैं, जिन्हें हम कहीं बेहतर ढंग से समझते हैं। हम उन्हें बेहद तकलीफदेह ढंग से धीरे-धीरे यातना दे सकते हैं। यह सब शिकारी प्रवृत्ति से कहीं आगे की चीज़ है। यह समझ में आया हुआ एक गुणात्मक बदलाव है। यह आत्म-जागृति के विकास के जितना बड़ा परिवर्तन है। यह संसार में अच्छाई और बुराई के बीच फर्क की पहचान होना है। यह अस्तित्व की संरचना में आनेवाली दूसरी ऐसी दरार है, जो अब तक भरी नहीं जा सकी है। यह अस्तित्व का नैतिक प्रयत्न में रूपांतरित होना है ताकि परिष्कृत (शुद्ध और विवेकी) आत्म-जागृति का विकास हो।

सिर्फ इंसान ही आयरन मेडन[5] और थंबस्क्रू[6] जैसी खतरनाक चीज़ों की कल्पना कर सकता है। सिर्फ इंसान ही अपने कष्ट के बदले किसी और को कष्ट देता है। यह बुराई की सबसे उचित परिभाषा है। जानवर यह सब नहीं कर सकते, पर इंसान अपनी अर्ध-दैवीय क्षमताओं से यह सब ज़रूर कर सकता है। इस बात का एहसास होने के बाद हम 'मूल पाप' के उस विचार को पूरी तरह तर्कसंगत ठहरा सकते हैं, जो आधुनिक बौद्धिक समुदाय में बहुत अलोकप्रिय है। यह कहने की हिम्मत कौन करेगा कि हमारा व्यक्तिगत, अध्यात्मिक और क्रमिक-विकास संबंधी रूपांतरण हमारा अपना चुनाव नहीं था? इस पर हमारा कोई वश नहीं था। क्या हमारे पूर्वजों ने अपने यौन-साथी का चुनाव पूरे आत्म-बोध, चेतना और आत्म-ज्ञान के साथ किया था? और क्या कोई उस अस्तित्व संबंधी अपराधबोध को नकार सकता है, जो इंसान के हर अनुभव में चारों ओर फैला होता है? क्या कोई इस बात पर गौर

---

[5] मध्यकाल में लोकप्रिय लोहे के बॉक्स जैसा एक औज़ार जो दूसरों को यातना देने के काम आता था।

[6] अंगूठे को कुचलकर यातना देनेवाला एक औज़ार

करने से बच सकता है कि इस अस्तित्व संबंधी अपराधबोध - अंतर्निहित भ्रष्टता व दुराचार करने की क्षमता के बिना इंसान मनोरोगी होने से सिर्फ एक कदम ही दूर होगा।

इंसानों में दुराचार करने की भरपूर क्षमता होती है। यह इस जैवीय संसार की एक अद्वितीय विशेषता है। हम जानते-बूझते (और अंजाने में, संयोगवश या लापरवाही में भी व कई बार तो अपनी आँखों पर जिद की पट्टी बाँधकर भी) चीज़ों को बदतर बना देते हैं। अगर इस भयावह क्षमता और द्वेषपूर्ण कर्मों को ध्यान में रखते हुए विचार किया जाए, तो इसमें क्या आश्चर्य कि हमें अपना और दूसरों का खयाल रखने में बड़ी समस्या होती है - और कई बार तो हम संपूर्ण इंसानी मूल्यों पर संदेह करने लगते हैं? हम बहुत लंबे समय से स्वयं पर संदेह करते आ रहे हैं क्योंकि हमारे पास ऐसा करने के ढेरों ठोस कारण मौजूद हैं। उदाहरण के लिए, हज़ारों साल पहले प्राचीन मेसोपोटामिया के लोग मानते थे कि मानव जाति स्वयं किंगु नामक एक भयानक राक्षस के रक्त से निर्मित हुई है, जिसे अराजकता की देवी ने अपने सबसे तामसिक और विनाशकारी क्षणों में पैदा किया था। स्वयं के बारे में ऐसे निष्कर्ष निकालने के बाद भला ऐसा कैसे संभव है कि हम अपने अस्तित्व के महत्त्व पर या स्वयं अपने अस्तित्व पर सवाल न उठाएँ। किसी बीमारी की दवा निर्धारित करने की नैतिक उपयोगिता पर संदेह किए बिना, उस बीमारी का सामना भला कौन कर सकता है? अपने अंदर के अंधेरे को इंसान स्वयं ही सबसे अच्छी तरह समझ सकता है। ऐसे में भला कौन बीमार होने पर अपनी देखभाल के प्रति पूरी तरह प्रतिबद्ध होगा?

शायद मानव जाति को कभी अस्तित्व में आना ही नहीं चाहिए था। शायद संसार से इंसानों का सफाया हो जाना चाहिए ताकि अस्तित्व और आत्म-जागृति, पशुओं के संसार की निर्दोष क्रूरता की ओर लौट सकें। मेरा मानना है कि अगर कोई इंसान यह दावा करता है कि उसने कभी कुछ बुरा करने का नहीं सोचा तो इसका सीधा सा अर्थ ये है कि या तो उसे ठीक से याद नहीं है या फिर उसने कभी अपनी सबसे अंधकारपूर्ण कल्पनाओं का सामना ही नहीं किया।

तो फिर क्या किया जाना चाहिए?

दिव्यता की किरण

संसार में जीवन की उत्पत्ति की कहानी के पहले भाग (जेनेसिस 1) में ईश्वर ने संसार की रचना की। उन्होंने उत्पत्ति से पहले की अराजकता के जरिए दिव्यता,

सच्चे शब्द, निवास करने योग्य स्थान और स्वर्ग जैसी व्यवस्था के साथ संसार को जन्म दिया। इसके बाद उन्होंने अपनी छवि से पुरुष और महिला की रचना की। ईश्वर ने पुरुष और महिला को कुछ इस तरह बनाया कि वे जो भी करें, ईश्वर की तरह करें यानी अराजकता में व्यवस्था की रचना करते हुए ईश्वर का काम निरंतर जारी रखें। इस रचना के हर चरण में, जिसमें संसार के पहले जोड़े की रचना भी शामिल है, ईश्वर ने विचार किया कि उनकी यह रचना कैसा रूप ले रही है और फिर उन्होंने इसे अच्छाई कहा।

उत्पत्ति की कहानी के पहले भाग (जेनेसिस 1) और दूसरे व तीसरे भाग (जेनेसिस 2 व 3, जिनमें इंसान के पतन को रेखांकित करते हुए बताया गया है कि इंसान हमेशा त्रासदी ग्रस्त और नैतिक रूप दुराचारी क्यों होते हैं) में एक ऐसी कथा है, जिसकी गहनता देखते ही बनती है। कहानी का पहला भाग (जेनेसिस 1) यह सिखाता है कि जीवन को सच्चे शब्दों से अस्तित्व में लाना अच्छाई है। ईश्वर से अलग होने से पहले इंसान के मामले में भी ऐसा ही था। इस अच्छाई में सबसे बड़ी बाधा बनी पतन की घटनाओं (केन व एबल की कथा, बेबल के टावर और बाढ़ की घटनाओं से भी) के बावजूद हमने अपनी पूर्व अवस्था की अंतरंगता को बरकरार रखा। दूसरों शब्दों में कहा जाए, तो हमने उसे याद रखा। हम बचपन की मासूमियत के प्रति, दिव्यता के प्रति, प्राणियों के अचेतन अस्तित्व के प्रति और किसी प्राचीन जंगल जैसे अनछुए गिरिजाघर के प्रति हमेशा ललायित बने रहते हैं।

हमें ऐसी चीज़ों से राहत मिलती है। भले ही हम स्वघोषित रूप से कोई नास्तिक, मानवविरोधी पर्यावरणविद् हों, तब भी हम एक तरह से इन्हीं चीज़ों की पूजा करते हैं। इस तरह के लोगों की कल्पना में प्रकृति का मूल स्वरूप स्वर्ग जैसा होता है। पर अब हम ईश्वर व प्रकृति के साथ पहले की तरह एकाकार नहीं रहे और न ही अब हम आसानी से उस स्थिति में लौट सकते हैं।

संसार के मूल पुरुष और महिला, जो अपने रचयिता के साथ अखंड एकता में मौजूद थे, वे सचेत (और आत्म-सचेत) नज़र नहीं आ रहे थे। उनकी आँखें नहीं खुली थीं। लेकिन अपनी पूर्णता में वे अपने पतन के बाद वाले समकक्षों से बेहतर नहीं बल्कि कमतर थे। उनकी अच्छाई न तो अर्जित की हुई थी और न ही वे उसके योग्य थे। वह अच्छाई तो बस उन्हें प्रदान कर दी गई थी। इस मामले में उन्होंने स्वयं कोई चुनाव नहीं किया था। भगवान जाने, शायद यह उनके लिए आसान रहा हो पर शायद यह वास्तव में अर्जित की गई अच्छाई से बेहतर नहीं है। शायद बस ब्रह्माण्डीय

भावना से (यह मानते हुए कि चेतना अपने आपमें एक ब्रह्माण्डीय महत्त्व की घटना है) चुनाव करने की छूट ही महत्वपूर्ण है। इस तरह के मामलों में भला पूरी निश्चितता से कौन बात कर सकता है? मैं नहीं चाहता कि इन सवालों को सिर्फ इसलिए छोड़ दिया जाए क्योंकि ये मुश्किल हैं। तो यह रहा मेरा सुझाव : आत्म-चेतना का उदय, मृत्यु के बारे में हमारे नैतिक ज्ञान में हुई वृद्धि और हमारा पतन ही वे कारण नहीं हैं, जो हमें अपने व्यक्तिगत महत्त्व पर संदेह करने के लिए मजबूर करते हैं। शायद इसके पीछे कुछ और नहीं बल्कि नाजुकपन और बुराई की ओर ले जानेवाली हमारी प्रवृत्ति के बावजूद ईश्वर के साथ चलने के प्रति हमारी अनिच्छा है। ईडन गार्डन की कहानी में आदम का शर्म से झाड़ी के पीछे छिप जाना इसी को दर्शाता है।

बाइबिल की संरचना ऐसी है कि पतन के बाद आनेवाली हर चीज़ - इजराइल का इतिहास, पैगंबरों और ईसा मसीह का आना - को उस पतन के उपाय के रूप में और बुराई के जाल से मुक्त होने के तरीके के रूप में प्रस्तुत किया जा सके। ज्ञात इतिहास की शुरुआत, राज्य का उदय और अहंकार व कठोरता जैसी उसकी सारी विकृतियाँ, संसार की बेहतरी की कोशिश करनेवाली महान नैतिक शख्सियतों का उदय, जिनकी परिणती मसीहा के रूप में होती है, ये सब ईश्वर की मर्जी से किए वे प्रयास हैं, जिनसे मानवता स्वयं को सही रास्ते पर ला सके। पर इसका क्या अर्थ है?

यह एक अद्भुत बात है : जीवन की उत्पत्ति की कहानी के पहले भाग (जेनेसिस 1) में ही इसका जवाब निहित है : ईश्वर की छवि को मूर्त रूप देना - अराजकता में अस्तित्व की वाणी का होना और होशपूर्वक रहना आपका अपना चुनाव होना चाहिए। पीछे लौटना आगे जाने का ही एक रास्ता है - जैसा कि महान कवि टी.एस. इलियट ने कहा है - पर पीछे लौटने का असली अर्थ है, जागृत अस्तित्व के रूप में लौटना, जो दोबारा बेहोशी में जाने के बजाय, जागृत-अस्तित्व का अपना चुनाव हो :

हमें खोज करने से बचना नहीं चाहिए
और हमारी सारी खोज के अंत में
हम वहीं आ जाएँगे जहाँ से चले थे
और तब उस स्थान को पहली बार जानेंगे
उस अज्ञात द्वार से, जो हमें अब भी याद है

जब आखिरी इंसान ने धरती को छोड़ दिया
ताकि खोज कर सके कि क्या यही शुरुआत है;
सबसे लंबी नदी के स्रोत पर
अदृश्य झरने की आवाज़
और सेब के पेड़ पर खेलते बच्चे
ज्ञात नहीं हैं क्योंकि खोजे नहीं गए
पर सुने गए, आधे-अधूरे सुने गए, समंदर की
दो लहरों के बीच की शांति में।
जल्द ही, यहाँ, अभी, हमेशा -
पूर्ण सादगी की स्थिति होगी
(जिसकी कीमत है सब कुछ)
और सब ठीक हो जाएगा और
हर चीज़ ठीक हो जाएगी
जब लपटों की जीभ अंदर मुड़ी होगी
आग के मुकुट में
जहाँ आग और गुलाब एक हो जाते हैं
('लिटिल गिडिग' फोर क्वार्टेट्स 1943)

अगर हम ठीक से अपनी देखभाल करना चाहते हैं, तो हमें अपना सम्मान करना होगा पर हम ऐसा नहीं करते क्योंकि हम कम से कम अपनी नज़रों में गिरे हुए हैं और हमारा पतन हो चुका है। अगर हम सत्य में जिए होते, अगर हमने सच बोला होता, तो हम ईश्वर के साथ फिर से चल सकते थे और अपना, दूसरों का व पूरे संसार का सम्मान कर सकते थे। शायद तब हम अपने साथ उन लोगों जैसा व्यवहार करते, जिनकी हम परवाह करते हैं। शायद तब हम संसार को ठीक करने की इच्छा रखते और शायद इसे स्वर्ग की ओर उन्मुख कर पाते व जिनकी हम परवाह करते हैं, उन्हें द्वेष और नफरत के नर्क के बजाय यहाँ बसाना चाहते।

दो हज़ार साल पहले जिन इलाकों में ईसाई धर्म का उदय हुआ, वहाँ के लोग आज के लोगों के मुकाबले कहीं अधिक बर्बर थे। चारों ओर बस संघर्ष चलते

रहते थे। इंसानों की, यहाँ तक कि मासूम बच्चों की बलि देना प्राचीन कार्थेज जैसे समुदायों में भी आम था, जो तकनीकी रूप से अपेक्षाकृत अधिक विवेकी थे। रोम में अखाड़े में होनेवाली खेल प्रतियोगिताएँ जानलेवा होती थीं और वहाँ खून बहाना आम बात थी। आज किसी भी सक्रिय लोकतांत्रिक देश में आधुनिक इंसान द्वारा किसी की हत्या करने की संभावना या उसकी अपनी हत्या होने की संभावना पुराने जमाने के मुकाबले बहुत ही कम है (हालाँकि संसार के कई असंगठित और अराजक हिस्सों में आज भी वैसे ही हालात हैं)। उस दौर में समाज के सामने प्राथमिक नैतिक मुद्दा था हिंसा को रोकना। इस हिंसा में नासमझी भरी क्रूरता, लालच व आवेगी स्वार्थ भी घुले-मिले हुए थे। उस आक्रामक प्रवृत्ति के लोग आज भी मौजूद हैं पर कम से कम अब वे जानते हैं कि इस तरह का व्यवहार करना समझदारी नहीं है इसलिए या तो इसे नियंत्रण में रखना होगा या फिर कठोर सामाजिक दंड और भारी तकलीफदेह बाधाओं का सामना करना होगा।

पर आज के समय में एक और समस्या पैदा हो गई है, जो शायद हमारे क्रूर अतीत में इतनी आम नहीं थी। यह मान लेना बहुत आसान है कि लोग अभिमानी व अहंकारी होते हैं और हमेशा सिर्फ अपने बारे में सोचते हैं। इस मत को सार्वभौमिक बनानेवाला निराशावादी रवैया आज न सिर्फ आम हो गया है बल्कि एक चलन सा बन गया है। पर संसार के बारे में ऐसा रवैया रखनेवालों के व्यक्तिगत गुण अक्सर बिलकुल अलग होते हैं। उनकी तो समस्या ही बिलकुल उल्टी है : वे आत्म-घृणा, आत्म-निंदा, शर्म और स्वयं के बारे में ज़रूरत से ज्यादा सचेत होने के बोझ तले दबे होते हैं। इसीलिए किसी नार्सिसिस्ट (असामान्य रूप में आत्ममोहित) की तरह अपना महत्त्व बढ़ा-चढ़ाकर बताने के बजाय वे स्वयं को ज़रा भी महत्त्व नहीं देते और न ही अपना खयाल रखते हैं। व्यक्तिगत रूप से कहूँ, तो मुझे लगता है कि आमतौर पर लोग यह मानते ही नहीं हैं कि वे अच्छी देखभाल और परवाह करने योग्य हैं। वे अपनी वास्तविकता और अतिशयोक्तिपूर्ण कमियों व दोषों से अच्छी तरह वाकिफ होते हैं। इसीलिए वे स्वयं से शर्मिंदा रहते हैं और अपनी महत्ता को लेकर निश्चिंत नहीं होते। वे मानते हैं कि दूसरों को कष्ट नहीं होना चाहिए और इसके लिए वे अपनी ओर से दूसरों की पूरी मदद व परोपकार वगैरह करने के लिए तैयार रहते हैं। यहाँ तक कि वे जानवरों के साथ भी उतने ही शिष्टाचार से पेश आते हैं, पर जब स्वयं की बात आती है, तो वे आमतौर पर ऐसा नहीं करते।

यह सच है कि आत्म-बलिदान का नेक विचार पश्चिमी संस्कृति में गहराई से

अंतर्निहित है (कम से कम अब तक तो यह विचार पश्चिम ईसाई धर्म से ही प्रभावित रहा है, जो बुनियादी रूप से आत्म-बलिदान देनेवाले ईश्वर के पुत्र का अनुकरण करने पर आधारित है)। अगर कोई यह दावा करता है कि ईसाई धर्म का गोल्डन रूल - ईसा मसीह द्वारा दिया गया यह नियम कि **'दूसरों के साथ वैसा ही व्यवहार करो, जैसा तुम स्वयं के साथ चाहते हो'** का अर्थ दूसरों के लिए अपना बलिदान देना नहीं है, तो उसका यह दावा गलत है। लेकिन ईसा मसीह की आदर्शपूर्ण मृत्यु यह नहीं कहती कि हमें दूसरों की सेवा में स्वयं को पीड़ित करना चाहिए बल्कि उनकी मृत्यु तो इस बात का उदाहरण है कि हमें विश्वासघात और अत्याचार का सामना किसी नायक की तरह कैसे करना चाहिए - और आत्म-जागृत ज्ञान की त्रासदी के बावजूद ईश्वर के साथ कैसे चलना चाहिए। ईश्वर के लिए आत्म-बलिदान (सबसे महान कार्य) करने का अर्थ उस व्यक्ति या संस्था द्वारा चुपचाप स्वेच्छा से पीड़ित होते रहना नहीं है, जो आपसे निरंतर कुछ न कुछ लेती रहती है पर बदले में कुछ देती नहीं है। क्योंकि ऐसा करने का अर्थ होगा कि हम अत्याचार का समर्थन कर रहे हैं और दूसरों को इस बात की अनुमति दे रहे हैं कि वे हमसे गुलामों जैसा व्यवहार करे। किसी परपीड़क व्यक्ति द्वारा पीड़ित होते रहना कोई पुण्य का काम नहीं है, भले ही वह परपीड़क आप स्वयं ही क्यों न हों।

'दूसरों का साथ वैसा व्यवहार करो, जैसा तुम स्वयं के साथ चाहते हो' और **'अपने पड़ोसियों को उतना ही प्रेम करो, जितना स्वयं से करते हो,'** इन दो बातों के बारे में मैंने स्विट्ज़रलैंड के डेप्थ साईकोलॉजिस्ट कार्ल युंग से दो बहुत महत्वपूर्ण सबक सीखे। पहला सबक यह था कि इन दोनों बातों का 'अच्छा इंसान' होने से कोई लेना देना नहीं है। जबकि दूसरा सबक यह था कि ये दोनों ही बातें कोई आदेश नहीं बल्कि समता का विचार हैं। अगर मैं किसी का मित्र, प्रेमी या परिवार का सदस्य हूँ, तो मैं अपनी ओर से नैतिक रूप से उनके लिए उतना ही करने को बाध्य हूँ, जितना वे मेरे लिए करेंगे। और अगर मैं ऐसा करने में नाकाम हो जाता हूँ, तो मैं एक गुलाम और सामनेवाला व्यक्ति एक अत्याचारी बन जाएगा। इससे भला क्या लाभ होगा? किन्हीं दो लोगों के बीच कोई भी रिश्ता हो, उस रिश्ते के लिए सबसे अच्छा यही है कि उन दोनों में दृढ़ता का गुण हो। इसके अलावा जब आपको तंग किया जा रहा हो या कोई आपको गुलाम बना रहा हो या प्रताड़ित कर रहा हो, उस समय अपने पैरों पर खड़े होकर दृढ़ता से अपनी बात को सामने रखना बिलकुल अलग चीज़ है, जबकि दूसरे के लिए ऐसा कुछ करना बिलकुल अलग चीज़ है। जैसा कि कार्ल युंग ने कहा था कि इसका जितना अर्थ है, उस पापी को गले लगाना और प्रेम करना,

जो आप स्वयं हैं, उतना ही अर्थ है, ढेरों कमियोंवाले किसी ऐसे व्यक्ति को माफ करके उसकी मदद करना, जो निरंतर ठोकरें खा रहा हो।

जैसा कि ईश्वर स्वयं दावा करते हैं, (कहानी के अनुसार) 'ईश्वर ने कहा कि प्रतिशोध मेरा है; मैं कीमत चुकाऊँगा।' इस दर्शन के अनुसार आप सिर्फ स्वयं से संबंधित नहीं हैं। आप स्वयं अपने मालिक नहीं हैं कि आप स्वयं को यातना दें और स्वयं से बुरा व्यवहार करें। आंशिक रूप से ऐसा इसलिए है क्योंकि आपका अस्तित्व अनिवार्य रूप से दूसरों के साथ बंधा हुआ है और जब आप स्वयं के साथ बुरा व्यवहार करते हैं, तो दूसरों के लिए भी इसके विनाशकारी परिणाम हो सकते हैं। इसका सबसे स्पष्ट रूप तब देखने को मिलता है, जब कोई आत्महत्या कर लेता है और उसके पीछे उसके परिवार के लोग सालों तक इस दर्दनाक अनुभव के अनचाहे परिणामों को झेलते रहते हैं। दूसरी ओर अगर रूपकों के संदर्भ में बात की जाए, तो एक विचार यह भी है कि आपके अंदर दिव्यता की एक किरण होती है, जो आपकी नहीं बल्कि ईश्वर की होती है। संसार की उत्पत्ति की कहानी के अनुसार आखिरकार हम सब ईश्वर की छवि से ही बने हैं। हमारे अंदर चेतना के लिए एक अर्ध-दिव्य क्षमता होती है। हमारी चेतना अस्तित्व की वाणी के रूप में प्रकट होती है। हम ईश्वर का लो-रिजॉल्यूशन (केनोटिक) संस्करण हैं। हम अपने शब्दों के माध्यम से, अपने तरीके से, अराजकता से व्यवस्था निर्मित कर सकते हैं। साथ ही हम इसका उल्टा करने में भी सक्षम हैं। तो भले ही हम स्वयं ईश्वर न हों, पर ऐसा भी नहीं है कि हम कुछ नहीं हैं।

अपने जीवन के सबसे अंधेरे मौकों पर मैंने गौर किया है कि मैं आत्मा के गहन संसार से हर बार बाहर निकल आता हूँ और तब मैं दूसरों से मित्रता करने, अपने जीवनसाथी, अपने बच्चों और माता-पिता से प्रेम करने और संसार को चलाने के लिए ज़रूरी कार्य करने की लोगों की क्षमता देखकर हैरान रह जाता हूँ। मैं एक ऐसे व्यक्ति को जानता था, जो एक कार दुर्घटना का शिकार होने के बाद विकलांग हो गया था। वह एक स्थानीय बाजार में काम करता था। दुर्घटना के बाद कई वर्षों तक वह एक ऐसे व्यक्ति के साथ कंधे से कंधा मिलाकर काम करता रहा, जो स्वयं एक डीजेनेरेटिव न्यूरोलॉजिकल डिसऑर्डर (अपक्षयी स्नायु रोग) से पीड़ित था। वे दोनों काम के दौरान एक-दूसरे की मदद करते थे और इस तरह एक-दूसरे की कमी को काम में आडे नहीं आने देते थे। मेरा मानना है कि किसी अपवाद के बजाय रोज़मर्रा के जीवन में इस किस्म की वीरता या नायकों जैसे गुणों का होना ही असली नियम

है। आज के दौर में अधिकांश लोग किसी न किसी गंभीर शारीरिक समस्या का सामना कर रहे होते हैं, पर इसके बावजूद वे हर दिन बिना शिकायत किए अपना काम पूरी उत्पादकता के साथ करते हैं। अगर कोई व्यक्ति सौभाग्य से निजी तौर पर अच्छे दौर से गुज़र रहा हो और स्वयं बिलकुल स्वस्थ हो तो आमतौर पर उसके परिवार का कोई न कोई करीबी सदस्य किसी संकट से गुज़र रहा होता है। फिर भी लोग स्वयं को, अपने परिवार को और समाज को एक साथ रखने के लिए मेहनत भरे सार्थक कार्य करने में निरंतर जुटे रहते हैं। मेरे लिए यह किसी चमत्कार से कम नहीं है और मुझे लगता है कि इसकी सबसे उचित प्रतिक्रिया है आभार का भाव होना, भले ही वह कितना भी बचकाना लगे। ऐसा बहुत कुछ है, जिससे सुचारू रूप से चल रही चीज़ें बिगड़ सकती हैं और सारी व्यवस्था चरमरा सकती है पर हमेशा चोट खाए हुए लोग ही संसार को बचाकर रखते हैं। असल में इसके लिए वे दिल से की गई सच्ची प्रशंसा के पात्र हैं। यह साहस और दृढ़ता का एक निरंतर जारी चमत्कार है।

मैं अपने मरीजों को इस बात के लिए खूब प्रोत्साहित करता हूँ कि वे उत्पादकता व जिम्मेदारी के साथ कार्य करने, दूसरों की सच्ची परवाह करने व विचारशीलता दिखाने के लिए अपने आपको व दूसरों को श्रेय ज़रूर दें। आमतौर पर लोग अस्तित्व की सीमाओं और बाधाओं से इतना प्रताड़ित होते हैं कि मैं उन्हें हमेशा अच्छी तरह पेश आने और स्वयं से परे दूसरों के बारे में सोचते देखकर हैरान रह जाता हूँ। हर कोई अपना काम ठीक से कर रहा है, तभी तो आज हमारे पास हर वक्त बिजली और पानी उपलब्ध है, खाने-पीने की चीज़ें बहुतायत में उपलब्ध हैं, चारों ओर कंप्यूटर संबंधी सुविधाएँ मौजूद हैं और साथ ही प्रकृति व समाज के भाग्य पर विचार करने की क्षमता भी है। हर वह जटिल व्यवस्था, जो हमें मौसम की मार से, पानी की कमी से और भूखा मरने से बचाती है, उसमें अनिश्चितता के ऐसे हालात बनना आम है, जिनसे वह व्यवस्था कभी भी चरमरा सकती है। पर सावधानी से काम करनेवाले जिम्मेदार लोगों के निरंतर प्रयासों से यह अविश्वसनीय रूप से लगातार काम करती रहती है।

कुछ लोग विभिन्न कारणों से अस्तित्व के द्वेष और नफरत की आग में जलते रहते हैं, पर अधिकतर लोग अपने जीवन की निराशाजनक स्थितियों, पीड़ा, नुकसान, कमियों और कुरूपताओं के बावजूद ऐसा करने से इनकार कर देते हैं। इस तरह एक बार फिर से, यह चमत्कार वही लोग कर रहे होते हैं, जिनके पास

इसे सही ढंग से देखने का नज़रिया होता है। मानवता सचमुच सहानुभूति की पात्र है क्योंकि यह उस बोझ को उठा रही है, जिसके तले हर इंसान दबा हुआ है। कुछ सहानुभूति नश्वर कमजोरी, राज्य के अत्याचार और प्रकृति के विध्वंस को अपने अधीन करने के लिए भी मिलनी चाहिए। यह एक अस्तित्वगत स्थिति है, जिसका सामना और अंत सिर्फ किसी एक प्राणी को नहीं करना होता। यह ऐसी क्रूरता है, जिसे सहन करने के लिए ईश्वर के गुणों का होना ज़रूरी है। यह सहानुभूति ही उस आत्म-चेतना और आत्म-घृणा पर मरहम का काम करेगी, जो भले ही न्यायसंगत लगे, पर असल में कहानी का आधा हिस्सा भर है। स्वयं के प्रति और मानवता के प्रति घृणा के भाव को तभी संतुलित किया जा सकता है, जब परंपरा व राज्य के प्रति कृतज्ञता का भाव हो और इस बात के लिए हैरानी का भाव हो कि कैसे हर रोज आम लोग कोई न कोई उपलब्धि हासिल कर रहे हैं। किसी उल्लेखनीय व्यक्ति की आश्चर्यजनक उपलब्धियों के लिए हमारे अंदर क्या भाव होना चाहिए, अब यह समझना मुश्किल नहीं है।

हम सम्मान के पात्र हैं। आप भी सम्मान के पात्र हैं। आप दूसरों के लिए भी उतने ही महत्वूपर्ण हैं, जितने स्वयं के लिए हैं। आप संसार की प्रतिपल सामने आती नियति में एक महत्वपूर्ण भूमिका निभानेवाले इंसान हैं। इसीलिए अपना खयाल रखने के लिए आप नैतिक रूप से बाध्य हैं। आपको अपना उतना ही खयाल रखना चाहिए, जितना आप अपने प्रिय और अपने लिए महत्वपूर्ण लोगों का रखते हैं। इसीलिए आपको आदतन ऐसा आचरण करना होगा, जिससे आपके अंदर अपने अस्तित्व के प्रति भी सम्मान का भाव जागे। हालाँकि दोष तो हर इंसान में होते हैं। हर कोई ईश्वर की महिमा के सामने फीका पड़ जाता है। पर अगर इस तथ्य का अर्थ यह होता कि अपना खयाल रखना हमारी अपनी जिम्मेदारी नहीं बल्कि सिर्फ दूसरों की जिम्मेदारी है, तो आज किसी को क्रूरतापूर्वक दंडित किया जा रहा होता, जो कि कोई अच्छी बात नहीं होती। इससे संसार की सारी कमियाँ और गंभीर हो जातीं, जो ईमानदारी से विचार करनेवाले हर व्यक्ति को संसार के स्वामित्व पर सवाल उठाने पर मज़बूर कर देतीं। यह आगे बढ़ने का उचित रास्ता नहीं हो सकता।

'स्वयं को ऐसे व्यक्ति के रूप में देखना, जिसकी सहायता करना आपकी निजी जिम्मेदारी है,' इस बात का अर्थ है, इस बारे में विचार करना कि आपके लिए वास्तव में सबसे अच्छा क्या होगा। पर यह 'जो आप चाहते हैं,' वह नहीं है। न ही यह वह है, 'जिससे आपको खुशी मिलेगी।' जैसे अगर आप किसी बच्चे को

कुछ मीठा खाने को देते हैं, तो इससे उसे खुशी मिलती है। पर इसका यह अर्थ नहीं है कि आप बच्चों को मीठा खिलाने के अलावा और कुछ नहीं करेंगे। 'खुशी' का अर्थ किसी भी लिहाज से 'अच्छा' नहीं है। आपको यह भी सुनिश्चित करना होगा कि आपके बच्चे रोज सुबह-शाम अपने दाँत साफ करना न भूलें। इसी तरह जब वे ठंड के मौसम में घर से बाहर जाएँ, तो आपको सुनिश्चत करना होगा कि वे गर्म कपड़े पहनकर ही बाहर निकलें, भले ही वे गर्म कपड़े पहनने से बच रहे हों। आपको अपने बच्चे को एक ऐसा गुणवान, जिम्मेदार, जागृत और सक्षम इंसान बनाने में मदद करनी होगी, जो अपना और दूसरों का खयाल रख सके और ऐसा करते समय स्वयं उन्नति भी कर सके। भला आपको अपने लिए ऐसा कुछ क्यों स्वीकार होगा, जो इससे किसी भी लिहाज से कमतर हो?

आपको भविष्य पर विचार करने की और यह सोचने की ज़रूरत है कि 'अगर मैंने अपनी देखभाल अच्छी तरह की होती, तो मेरा जीवन कैसा होता? मेरे लिए कौन सा कॅरियर चुनौतीपूर्ण होगा, जो मुझे उत्पादक और मददगार बनाएगा ताकि मैं अपनी जिम्मेदारी उठा सकूँ और उससे मिले परिणामों का आनंद ले सकूँ? जब मेरे पास अपना स्वास्थ्य सुधारने की, अपने ज्ञान का विस्तार करने की और अपने शरीर को सशक्त बनाने की स्वतंत्रता होगी, तो मैं क्या करूँगा?' आपको यह समझना होगा कि फिलहाल आप किस स्थिति में हैं ताकि आप ठीक-ठीक यह तय कर सकें कि भविष्य में आपको कौन सा रास्ता चुनना है। आपको यह समझना होगा कि आप कौन हैं ताकि आप अपनी खूबियों को समझ सकें और अपनी कमियों को सुधार सकें। आपको यह पता होना चाहिए आप कहाँ जा रहे हैं ताकि आप अपने जीवन में अराजकता कम करके व्यवस्था को पुन: स्थापित कर सकें और संसार का सामना करने के लिए आशा की दिव्य शक्ति को अपने जीवन में ला सकें।

पहले आपको यह तय करना होगा कि आप कहाँ जा रहे हैं ताकि जब मौका आए तो आप फायदे का सौदा कर सकें ताकि आप समय के साथ एक द्वेषपूर्ण, प्रतिशोधी और क्रूर व्यक्ति बनकर न रह जाएँ। आपको अपने सिद्धांतों को स्पष्ट करना होगा ताकि आप उन लोगों से अपनी रक्षा कर सकें, जो आपका अनुचित फायदा उठाने की कोशिश करते हैं ताकि जब आप काम करें या किसी चीज़ का आनंद उठाएँ, तो खुद को सुरक्षित महसूस करें। आपको खुद को सावधानी के साथ अनुशासित करना होगा। आपको खुद से किए गए वादों को निभाना होगा और जब भी कोई वादा पूरा करें, तो अपने आपको कोई इनाम ज़रूर दें ताकि आपका

खुद पर भरोसा बना रहे और आप खुद को प्रेरित कर सकें। आपको यह तय करना होगा कि एक अच्छा इंसान बनने के लिए और अपने अंदर की अच्छाई को कायम रखने के लिए आप क्या करेंगे। इस संसार को बेहतर बनाना वाकई अच्छी बात है। आखिरकार यह संसार अपने आप तो स्वर्ग नहीं बन सकता न! इसके लिए हमें सच्चे प्रयासों की ज़रूरत होगी। हमें स्वयं को सशक्त बनाना होगा ताकि हम उन घातक स्वर्गदूतों और आग से धधकती उनकी न्याय की तलवारों का सामना कर सकें, जिन्हें ईश्वर ने स्वर्ग के द्वार पर तैनात कर रखा है।

दूरदर्शिता (विजन) और दिशा-निर्देशन (डायरेक्शन) की शक्ति को कभी कम न समझें। ये दोनों बहुत ही प्रबल बल होते हैं, जो अजेय (जिस पर जीत हासिल न हो पाए) बाधाओं को आसान रास्तों और महत्वपूर्ण अवसरों में बदलने की क्षमता रखते हैं। अपनी वैयक्तिकता को सशक्त बनाएँ। खयाल रखने की शुरुआत स्वयं से करें। यह परिभाषित करें कि आप कौन हैं। अपने व्यक्तित्व को निखारें। अपनी मंजिल तय करें और अपने अस्तित्व में स्पष्टता लाएँ। जैसा कि उन्नीसवीं शताब्दी के महान जर्मन दार्शनिक फ्रेडरिक नीत्शे ने कहा था, **'जिस इंसान के पास जीने का मकसद होता है, उसके पास कोई बहाना नहीं होता।'**

आप गलत दिशा की ओर मुड़ चुके इस संसार को नर्क से दूर ले जाकर स्वर्ग की दिशा दिखाने में मददगार साबित हो सकते हैं। एक बार जब आप नर्क को अच्छी तरह जान और समझ लेते हैं - खासकर अपने व्यक्तिगत नर्क को - तो यह निर्णय ले सकते हैं कि आप न तो खुद उस नर्क में जाएँगे और न ही अपने जीवन को वैसा नर्क बनने देंगे। आप अपने जीवन में किसी और चीज़ को लक्ष्य बना सकते हैं। यहाँ तक कि आप इसके लिए अपना पूरा जीवन समर्पित कर सकते हैं। इससे आपको अपने जीवन का अर्थ मिल जाएगा और आपके तुच्छ अस्तित्व की योग्यता सिद्ध हो जाएगी। यह आपके पापी स्वभाव का प्रायश्चित करेगा और आपके अंदर की शर्म और खुद को लेकर ज़रूरत से ज़्यादा सचेत होने के भाव को उस इंसान के सच्चे गर्व और आत्मविश्वास में तब्दील कर देगा, जो एक बार फिर ईडन के बगीचे में ईश्वर के साथ चलना सीख गया है। आप इसकी शुरुआत अपने साथ उस व्यक्ति जैसा व्यवहार करके कर सकते हैं, जिसकी सहायता करना आपकी निजी जिम्मेदारी है।

3

जो लोग आपका हित चाहते हैं, उन्हें अपना दोस्त बना लें

पुराना होमटाउन

मैं जिस कस्बे में पला-बढ़ा, उसे सिर्फ पचास साल पहले ही उत्तर के अंतहीन मैदानी इलाके से अलग किया गया था। कनाडा के अलबर्टा प्रांत में स्थित 'फेयरव्यू' नाम का वह कस्बा सीमावर्ती क्षेत्र का हिस्सा था और इसका सबूत था, वहाँ मौजूद कई सारे काउबॉए बार। कस्बे की मुख्य सड़क पर स्थित हडसन बे कंपनी का डिपार्टमेंट स्टोअर सीधे स्थानीय पाशिकों (जानवरों को पकड़नेवाले) से ऊदबिलाव (Beaver), भेड़ियों और कोयेटों (coyote) की खाल खरीदता था। वहाँ करीब तीन हज़ार लोग रहते थे और उस इलाके का सबसे करीब स्थित शहर चार सौ मील दूर था। वहाँ केबल टी.वी., वीडियो गेम और इंटरनेट का कोई अस्तित्व नहीं था। फेयरव्यू में सहज रूप से खुश रहना आसान काम नहीं था, खासकर बर्फीली ठंड के उन पाँच महीनों के दौरान, जब दिन में तापमान चालीस डिग्री फैरनहाइट से भी नीचे चला जाता था, जबकि रात में तो और भी बुरा हाल होता था।

इतनी कड़ाके की ठंड में तो दुनिया बिलकुल अलग ही महसूस होती है। हमारे कस्बे के पियक्कड़ों को अक्सर मौत जल्दी आती थी। वे सुबह के तीन-चार बजे शराब के नशे में सड़क किनारे सिमटे बर्फ के ढेरों पर बेहोश होकर गिर जाते और फिर सुबह बर्फ से ढका उनका मुर्दा शरीर अकड़ा पड़ा हुआ मिलता। चालीस डिग्री फैरनहाइट से नीचे के तापमान पर यूँ ही घर से निकल पड़ना कोई समझदारी नहीं है। इतनी ठंड में घर के बाहर खुले में पहली साँस से अंदर जानेवाली शुष्क बर्फीली हवा, आपके फेफड़ों को जकड़ लेती है, आँखों की पलकों पर बर्फ की झीनी पर्त चढ़ जाती है और वे आपस में चिपक सी जाती हैं। अगर आप अभी-अभी नहाकर आए हैं और आपके बाल गीले हैं, तो वह गीलापन पलभर में जमकर बर्फ में बदल जाता है और जब आप घर की गर्माहट में वापस आते हैं तो बालों की बर्फ पिघलकर पानी की बूँदों के रूप में झड़ने लगती है। खेल के मैदान में लगे स्टील के उपकरणों

को बच्चे छूने से बचने लगते हैं। घरों की चिमनियों से निकलनेवाला धुँआ ठंड के कारण ऊपर नहीं उड़ पाता बल्कि बर्फ से ढकी घर की छत और बरामदे में धुंध की तरह फैल जाता है। रात के समय कार के इंजन को हीटर की मदद से गर्म रखना पड़ता है वरना सुबह ईंधन का प्रवाह बंद हो जाता है और कार चालू नहीं होती। कई बार तो ऐसा करने के बाद भी सुबह-सुबह कार चालू होने से इनकार कर देती है। फिर आप बेवजह उसे बार-बार चालू करने की कोशिश करते हैं और कुछ देर बाद उसका स्टार्टर भी शांत पड़ जाता है। फिर आप ठंड से जमी हुई कार की बैटरी को बाहर निकालते हैं और अपनी अकड़ी हुई उँगलियों से उसके बोल्ट को ढीला करते हैं। फिर उसे घर के अंदर ले आते हैं, जहाँ वह बैटरी घंटों रखी रहती है और उससे पानी झड़ता रहता है। आखिरकार वह इतनी गर्म हो जाती है कि काम कर सके। आप अपनी कार की पीछे की खिड़कियों से बाहर कुछ देख भी नहीं पाते क्योंकि नवंबर के महीने में ठंड के कारण उन पर पाला (Frosts) पड़ चुका होता है और मई के महीने तक वे ऐसी ही रहती हैं। अगर आप उन्हें साफ करने के लिए खुरचते हैं, तो कार में लगा असबाब (सजावट की सामग्री) गीला हो सकता है और ठंड के कारण वह भी जम सकता है। एक बार रात के समय जब मैं एक दोस्त से मिलने गया, तो मुझे डॉज चैलेंजर की 1970 मॉडलवाली कार की पैसेंजर सीट पर गियर हैंडल से करीब-करीब चिपककर लगभग दो घंटे तक बैठना पड़ा। उस समय मुझे कार के सामने के शीशे पर अंदर की ओर से जमी ओस को वोदका से भीगे एक कपड़े से लगातार साफ करना पड़ रहा था ताकि ड्राइवर को रास्ता साफ दिखाई दे सके। मुझे यह सब इसलिए करना पड़ा क्योंकि कार का हीटर अचानक खराब हो गया था और मजे की बात यह थी कि हमारे पास रास्ते में रुकने का कोई विकल्प भी नहीं था क्योंकि बर्फ की चादर से ढके उस इलाके में बीच में रुकने के लिए कोई जगह थी ही नहीं।

घर की पालतू बिल्लियों के लिए तो यह मौसम नर्क के बराबर था। मेरे घर की बिल्ली के कान और पूँछ छोटे हो गए थे क्योंकि हिमदाह के कारण दोनों के सिरे गल गए थे। अब वह आर्कटिक की लोमड़ी जैसी दिखाई देती थी, जिनके शरीर में ये लक्षण क्रमिक-विकास से आते हैं क्योंकि उन्हें हरदम भीषण ठंड से निपटना पड़ता है। एक दिन हमारी बिल्ली सभी की नज़रों से बचकर घर से बाहर निकल गई। बाद में वह हमें घर के पिछले दरवाजे की सीमेंट से बनी सीढ़ियों पर बैठी मिली। भारी ठंड के कारण उसकी घनी रोएदार चमड़ी सीढ़ियों से चिपक गई थी। हमने उसे बड़ी सावधानी से सीढ़ियों से अलग किया, सौभाग्य से उसे कोई हानि नहीं हुई। वह बात

और है कि कड़ाके की ठंड ने उसका अभिमान चकनाचूर कर दिया था। फेयरव्यू की बिल्लियों को ठंड के मौसम में कारों का खतरा भी बना रहा था। पर बात वैसी नहीं है, जैसी आप सोच रहे हैं। ऐसा नहीं था कि बिल्लियाँ बर्फीली सड़क पर दौड़ते हुए चलती कारों के नीचे आ जाती थीं। क्योंकि ऐसा सिर्फ मूर्ख बिल्लियों के साथ ही होता था। खतरा तो उन कारों से था, जो कहीं से आने के बाद अभी-अभी खड़ी की गई होती थीं। इंजन बंद होने के बाद भी कार का इंजन-ब्लॉक कुछ देर गर्म रहता है और बिल्लियाँ ठंड के मौसम में उस गर्माहट का आनंद लेने के लिए इंजन-ब्लॉक पर चढ़कर बैठ जाती थीं। पर अगर कोई ड्राइवर बिल्लियों के वहाँ से जाने के पहले ही कार को चालू करके फिर से कहीं जानेवाला हो तो? दरअसल गर्माहट पाने के लालच में उलझे पालतू जानवर कई बार इंजन चालू होते ही तेजी से घूमते रेडिएटर फैन की चपेट में आ जाते थे।

चूँकि हमारा कस्बा सुदूर उत्तर में स्थित था इसलिए ठंड के मौसम में वहाँ काफी अंधेरा रहता था। दिसंबर आते-आते तो सुबह 9:30 के पहले सूरज तक नहीं उगता था। हम हर रोज सुबह अंधेरे में स्कूल जाते थे और जब शाम को सूरज ढलने से पहले घर वापस आते, तब भी कोई बहुत उजाला नहीं होता था। फेयरव्यू में गर्मियों के मौसम में भी युवाओं के पास कुछ खास करने को नहीं होता था, पर सर्दियों में तो हालात और भी बदतर हो जाते थे। ऐसे में दोस्तों का महत्त्व किसी भी और चीज़ से ज़्यादा होता था।

मेरा दोस्त क्रिस और उसका चचेरा भाई

उस समय मेरा एक क्रिस नाम का दोस्त था। वह एक चतुर लड़का था। वह काफी कुछ पढ़ता रहता था। उसे उसी किस्म का साइंस फिक्शन पसंद था, जो मुझे आकर्षित करता था (रे ब्रैडबरी, रॉबर्ट ए. हेनलिन, आर्थर सी. क्लार्क द्वारा लिखा गया)। वह आविष्कारशील लड़का था, उसे इलेक्ट्रानिक किट्स, गियर्स और मोटर्स में बड़ी दिलचस्पी थी। उसके अंदर स्वाभाविक तौर पर इंजीनियरोंवाले गुण थे लेकिन उसके परिवार में कोई बड़ी समस्या हो गई, जो उसकी इस प्रतिभा पर हावी हो गई। हालाँकि मुझे नहीं मालूम कि वह समस्या क्या थी। उसकी बहनें भी बड़ी बुद्धिमान थीं। उसके पिता एक मृदुभाषी व्यक्ति थे और माँ दयालु स्वभाव की थीं। उसकी बहनों को देखकर तो सब कुछ ठीक ही लगता था, पर घर में क्रिस पर कोई ध्यान नहीं देता था। अपनी स्वाभाविक प्रतिभा और योग्यता के बावजूद वह गुस्सैल, द्वेषपूर्ण और निराशावादी व्यक्ति बन गया था।

इसका असर उसकी 1972 मॉडलवाली फोर्ड मिनी वैन पर साफ नज़र आता था, जो नीले रंग की थी। उसकी इस मिनी वैन का बाहरी हिस्सा बार-बार कहीं न कहीं टकराने के कारण अनगिनत जगहों से पिचका हुआ था और उस पर खरोंच के ढेरों निशान थे। इससे भी बदतर ये कि उस मिनी वैन के अंदर भी कई जगह ऐसे निशान थे, जो बताते थे कि यह कार कई बार दुर्घटना का शिकार हो चुकी है। क्रिस की वह मिनी वैन शून्यवाद[1] के एक कंकाल जैसी थी। उस पर चिपका बम्पर स्टिकर भी कमाल का था, जिस पर लिखा था, 'बी अलर्ट - द वर्ल्ड नीड्स मोर लर्ट्स' (सतर्क रहो - दुनिया को ऐसे और भी लोगों की ज़रूरत है, जो सारी आपत्तिजनक गतिविधियों में शामिल रहते हैं और जिन्हें हर वक्त ये महसूस होता रहता है कि दुनिया की किसी भी चीज़ से उन्हें खुशी नहीं मिल सकती)। बम्पर स्टिकर पर लिखा ये संदेश और मिनी वैन की हालत, दोनों से निरर्थकता का प्रदर्शन करनेवाली विडंबना सामने आती थी और यह सब यूँ ही नहीं था।

जब भी क्रिस अपनी मिनी वैन को कहीं टकरा देता था, तो उसके पिता मिनी वैन की मरम्मत कर देते और क्रिस को कोई नई चीज़ खरीदकर दे देते। उन्होंने क्रिस को आईसक्रीम बेचने के लिए एक बाइक और एक अन्य वैन भी लाकर दी थी पर क्रिस को उस बाइक की जरा भी परवाह नहीं थी और न ही उसने कभी आइसक्रीम बेची। वह अक्सर अपने पिता से अपने संबंधों को लेकर असंतोष व्यक्त करता था। उसके पिता बूढ़े हो चुके थे और उनकी तबीयत भी ठीक नहीं रहती थी। सालों की तकलीफ के बाद जाकर उन्हें यह पता चल सका कि उन्हें कौन सी बीमारी है। उनके अंदर अब ज़्यादा शक्ति नहीं बची थी। शायद वे अपने बेटे पर पर्याप्त ध्यान नहीं दे पा रहे थे और हो सकता है, यही कारण रहा हो, जिसके चलते उनके रिश्ते में गाँठ पड़ गई हो। क्रिस का एक चचेरा भाई भी था, जिसका नाम एड था, वह उम्र में क्रिस से दो साल छोटा था। मुझे वह पसंद था, पर बस उतना ही, जितना आप अपने दोस्त के छोटे चचेरे भाई को पसंद कर सकते हैं। उसका कद लंबा था, वह एक बुद्धिमान, आकर्षक और दिखने में अच्छा लड़का था। वह स्वभाव से मज़ाकिया भी था और अगर आप उससे उस वक्त मिले होते, जब उसकी उम्र करीब बारह साल थी, तो आपको यही लगता कि इस लड़के का भविष्य अच्छा ही होगा। पर जल्द ही वह भी क्रिस की तरह पतन के रास्ते पर चला गया। अब वह भी बस यूँ ही

---

[1] एक दार्शनिक सिद्धांत कि जीवन का कोई सार्थक अर्थ, कारण या वास्तविक महत्त्व नहीं है।

जिए जा रहा था, उसके जीवन में कोई मकसद नहीं था, हालाँकि वह क्रिस की तरह गुस्सैल तो नहीं बना, पर वह उसकी तरह जीवन को लेकर भ्रमित ज़रूर हो गया। अगर आप एड के दोस्तों से मिले होते तो यही कहते कि शायद उनकी संगत के कारण ही वह पतन की ओर चला गया। हालाँकि उसके दोस्त उससे अधिक भ्रमित और बिगड़ैल नहीं थे, पर वे उसकी तरह बुद्धिमान भी नहीं थे। गाँजे का इस्तेमाल शुरू करने के बाद भी एड और क्रिस की भी जिंदगी में कोई बदलाव आता नज़र नहीं आया। आज के समय में गाँजा भी उतनी ही बुरी चीज़ है, जितनी शराब। कई बार तो इसका इस्तेमाल कुछ लोगों में सकारात्मक बदलाव भी ले आता है पर एड और क्रिस के मामले में ऐसा कुछ नहीं हुआ।

70 के दशक में क्रिस, मैं, एड और बाकी कई किशोर लड़के रात के वक्त मस्ती करने के लिए की अपनी-अपनी गाड़ियों पर सवार होकर घूमने-फिरने निकल जाते थे। हम कस्बे की मुख्य सड़क से रेलवे क्रॉसिंग तक और उसके आगे हाईस्कूल से गुज़रते हुए कस्बे के उत्तरी छोर तक चले जाते और कई बार उससे आगे पश्चिम की ओर भी निकल जाते या फिर हम मुख्य सड़क से होते हुए उत्तरी छोर का चक्कर लगाकर पूर्व की ओर चले जाते। हम बार-बार यह दोहराते थे। और जब हम इस तरह शहर के अंदर चक्कर नहीं लगा रहे होते थे, तो आसपास के ग्रामीण इलाकों की ओर निकल जाते। करीब सौ साल पहले वहाँ का सर्वेक्षण करनेवालों ने तीन लाख वर्गमील में फैले उस पूरे पश्चिमी मैदानी इलाके में एक विशाल ग्रिड लगाई थी। उत्तर दिशा की ओर जाने पर हर दो मील के अंतराल में पूर्व से पश्चिम की ओर कंकड़-पत्थरवाली एक सड़क बनी होती थी। जबकि पश्चिम की ओर जाने पर हर एक मील के अंतराल में उत्तर से दक्षिण की ओर ऐसी ही एक सड़क बनी होती थी। इसीलिए हमें अपनी गाड़ियों से घूमने-फिरने और मस्ती करने के लिए कभी सड़कों की कमी नहीं पड़ी।

किशोर उम्र की व्यर्थता

जिस दिन हम अपने कस्बे या आसपास के ग्रामीण इलाकों का चक्कर नहीं लगा रहे होते थे, उस दिन हम किसी पार्टी में होते थे। कोई युवा वयस्क (या कोई वाहियात किस्म का अधिक उम्रवाला वयस्क) दोस्तों के लिए अपने घर के दरवाजे खोल देता था और फिर पार्टी करने के शौकीन हर तरह के लड़कों के लिए वह एक अस्थायी घर बन जाता था। उनमें से कई लड़के ऐसे थे, जिन्होंने बेमन से पार्टियों में जाना शुरू किया था और कुछ ऐसे थे, जो शराब का एक घूँट पीते ही पार्टी के

मूड में आ जाते थे। कभी-कभी तो ये पार्टियाँ यूँ ही अचानक सिर्फ इसलिए शुरू हो जाती थीं क्योंकि किसी किशोर लड़के के माता-पिता शहर से बाहर गए होते थे और उसका घर खाली होता था। जब ऐसा होता, तो घर के आसपास से गुज़रनेवाली गाड़ियों पर सवार लोग अक्सर यह गौर कर लेते थे कि फलाँ घर की बत्तियाँ देर रात तक जल रही हैं, लेकिन उस घर की कार बाहर लॉन में नहीं खड़ी है, जो हमारे लिए कोई अच्छा संकेत नहीं होता था क्योंकि हालात कभी भी गंभीर रूप से बिगड़ सकते थे।

मुझे किशोरों की ये पार्टीज अच्छी नहीं लगती थीं। मैं आज उन्हें याद करके भावुक नहीं होता। क्योंकि वे वाकई निराशाजनक किस्म की होती थीं। इन पार्टीज में रोशनी हमेशा मद्धम होती थी, जिससे आत्म-चेतना का स्तर न्यूनतम ही रहता था। ज़रूरत से ज़्यादा तेज आवाज में बजते संगीत के कारण किसी का आपस में बातचीत करना भी लगभग असंभव होता था। वैसे भी उस माहौल में बातचीत करने के लिए ज़्यादा कुछ नहीं होता था। ऐसी पार्टीज में कुछ ऐसे स्थानीय लड़के ज़रूर होते थे, जो मानसिक रूप से करीब-करीब विक्षिप्त होते थे। वहाँ हर कोई ज़रूरत से ज़्यादा शराब पीता और धूम्रपान करता। इन पार्टीज के माहौल में दमनकारी लक्ष्यहीनता हावी रहती थी और वहाँ ऐसा कुछ नहीं होता था, जो काम का हो (हाँ, ये अलग बात है कि अगर आप वहाँ होनेवाली अजीब हरकतों को भी लक्ष्यपूर्ण गतिविधियों में गिनते हों, जैसे हमेशा शांत रहनेवाले मेरे एक सहपाठी ने एक बार शराब के नशे में अपनी गोलियों से भरी 12 गेज की बंदूक हाथ में लेकर उसे हवा में लहराना शुरू कर दिया था या फिर वह घटना जब एक लड़का हाथ में चाकू लेकर एक लड़की को बार-बार धमका रहा था और जवाब में वह लड़की बेहद तिरस्कारपूर्वक ढंग से उसका अपमान कर रही थी। बाद में मैंने उसी लड़की से शादी भी की। इसी तरह एक बार जब हम सर्दी के मौसम में एक बेहद ऊँचे पेड़ के नीचे आग जलाकर बैठे थे, तो मेरा एक दोस्त बेवजह उस पेड़ पर चढ़ गया और एक पतली डाल पर पैर रखते हुए आगे बढ़ते समय अचानक अपनी पीठ के बल, आग के बिलकुल करीब आ गिरा। जब तक हम सब सँभल पाते, तब तक उसका खास संगी, जो उसके साथ ही पेड़ पर चढ़ा था, अपनी बेवकूफी में खुद भी धड़ाम से नीचे आ गिरा)।

उन पार्टीज में आनेवालों को इस बात का कोई अंदाजा नहीं होता था कि वे आखिर वहाँ क्या कर रहे हैं। क्या उन्हें वहाँ अपने किसी चियरलीडर (प्रशंसक) से मिलने की उम्मीद होती थी? या फिर वे कुछ ऐसा होने के इंतजार में रहते थे,

जिसका होना असंभव था। हालाँकि इनमें से पहले विकल्प को प्राथमिकता मिलती (पर हमारे कस्बे में प्रशंसक दुर्लभ थे) पर दूसरा विकल्प सच के ज़्यादा करीब था। मुझे लगता है कि यह कहना तो और भी रूमानी होगा कि अगर हमें उस समय कोई उत्पादक काम करने का प्रस्ताव मिला होता, तो अपनी उकताहट में हम फौरन उसे स्वीकार कर लेते पर यह सच नहीं है। हम सब समय से पहले ही चिड़चिड़े, सनकी और दुनिया से थके हुए लोग हो गए थे, जो कपटपूर्ण ढंग से उन जिम्मेदार गतिविधियों में शामिल होने से बचते थे, जो हमसे बड़े हमारे लिए आयोजित करने का प्रयास करते रहते थे, जैसे डिबेट-क्लब्स, एयर-कैडेट्स और स्कूल में होनेवाली खेलकूद प्रतियोगिताएँ। वह ऐसा दौर था, जब कुछ भी करना बढ़िया नहीं माना जाता था। 60 के दशक के उत्तरार्ध की परिवर्तनवादी हस्तियों ने सभी युवाओं को 'टर्न ऑन, ट्यून इन, ड्रॉप आउट' (संवेदनशील बनो, संवाद करो, आत्मनिर्भर बनो) की सलाह दी थी। मुझे नहीं पता कि इससे पहले किशोर उम्र का जीवन कैसा होता था। क्या सन 1955 के दौर में एक किशोर लड़के का किसी क्लब की गतिविधियों में पूरे दिल से शामिल होना सही माना जाता था? क्योंकि इसके बीस साल बाद के दौर में ऐसा कुछ करना निश्चित रूप से कोई बहुत मजेदार बात नहीं मानी जाती थी। हममें से कई लोग संवेदनशील और आत्मनिर्भर तो बन गए, पर संवाद करनेवाले नहीं बन सके।

मैं उस कस्बे से कहीं और जाना चाहता था और ऐसी इच्छा रखनेवाला मैं इकलौता इंसान नहीं था। उस कस्बे को छोड़कर कहीं और जानेवाले सभी लोग कहीं न कहीं ये बात हमेशा से जानते थे कि 12 साल की उम्र तक उन सबको वहाँ से चले जाना है। यह बात मैं और मेरी पत्नी भी जानती थी, जो मेरे साथ ही वहाँ पली-बढ़ी थी और बचपन से मेरे पड़ोस में ही रहती थी। वहाँ के मेरे दोस्त, जो आखिरकार फेयरव्यू छोड़कर कहीं और चले गए। और वे भी जो हमेशा वहीं रहे, उन्हें भी यह पता था, फिर भले ही उन्होंने अपने जीवन में कोई भी रास्ता चुना हो। कॉलेज की शिक्षा का महत्त्व समझनेवाले परिवारों में यह एक अनकही उम्मीद जैसा था कि हर बच्चे को एक दिन अपनी जिंदगी बनाने के लिए यहाँ से कहीं और जाना ही है। दूसरी ओर जो लोग अपेक्षाकृत कम शिक्षित परिवारों के थे, उनके भविष्य की योजना में कॉलेज की पढ़ाई का कोई स्थान नहीं था। पर ऐसा नहीं है कि उनके पास पैसे की कोई कमी रही हो। उस दौर में उच्च शिक्षा का खर्च बहुत कम हुआ करता था और अलबर्टा प्रांत में अच्छे वेतनवाली नौकरियों की भी कोई कमी नहीं थी। मैंने सन 1980 के दौर में एक प्लाइवुड मिल में काम करके जितने पैसे कमाए

थे, उतने पैसे अगले बीस साल तक कोई भी अन्य काम करके नहीं कमाए जा सकते थे। तेल की प्राकृतिक संपदा से भरपूर अलबर्टा में 1970 के दौर में कोई भी व्यक्ति सिर्फ इसलिए उच्चशिक्षा से वंचित नहीं रहता था क्योंकि उसके पास इसका खर्च उठाने के पैसे नहीं थे।

कुछ अन्य दोस्त जो अलग किस्म के थे और कुछ ऐसे दोस्त जो पिछले दोस्तों जैसे ही थे

हाईस्कूल में जब मेरे समूह के सारे आवारा लड़कों ने स्कूल छोड़ दिया, तो मैंने दो नए दोस्त बना लिए। वे दोनों फेयरव्यू से बाहर के थे और वहाँ बोर्डिंग स्टूडेंट के तौर पर पढ़ रहे थे। वे जिस कस्बे से आए थे, वह इतना पिछड़ा हुआ था कि वहाँ 9वीं कक्षा के बाद कोई स्कूल ही नहीं था। उनके उस कस्बे का नाम बियर कनयन (भालू घाटी) था। आप देख सकते हैं कि कस्बे के नाम से ही उसके पिछड़ेपन का एहसास हो जाता था। वे दोनों लड़के महत्वाकांक्षी स्वभाव के थे। वे विश्वसनीय थे और घुमा-फिराकर बातें नहीं करते थे। साथ ही वे खूब हँसी-मज़ाक भी करते थे। जब मैंने फेयरव्यू से नब्बे मील दूर स्थित ग्रांड प्रेयरी रीजनल कॉलेज में दाखिला लेने के लिए अपना कस्बा छोड़ा तो उनमें से एक वहाँ मेरा रूममेट भी बना। जबकि दूसरा लड़का उच्च शिक्षा के लिए कहीं और चला गया। उन दोनों का लक्ष्य ऊँचा था, जिससे मेरा भी हौसला बढ़ा।

जब मैंने कॉलेज में दाखिला लिया, तो मैं बड़ा खुश था। मुझे वहाँ समान सोचवाले छात्रों का एक नया और बड़ा समूह मिला। बियर कनयन का मेरा वह दोस्त भी उसी समूह का हिस्सा बन गया। हम सब साहित्य और दर्शन के प्रति मोहित थे। हम लोग ही अपने कॉलेज के छात्र संघ के सर्वेसर्वा थे। कॉलेज में नृत्य-कार्यक्रमों का आयोजन करके हम छात्र संघ को आर्थिक स्तर पर लाभपूर्ण स्थिति में ले आए थे, जो कॉलेज के इतिहास में पहली बार हुआ था। भला कॉलेज के लड़कों को बीयर बेचकर किसी को घाटा हो सकता है? हमने वहाँ एक अखबार भी शुरू किया था। हमने छोटे-छोटे सेमिनारों में राजनीति विज्ञान, जीवविज्ञान और अंग्रेजी साहित्य के अपने प्रोफेसर्स को जाना, जो कॉलेज में हमारे पहले साल की सबसे खास बात थी। हमारे प्रशिक्षक हमारे उत्साह के प्रति धन्यवाद का भाव रखते थे और हमें बहुत अच्छी तरह पढ़ाते थे। हम वाकई एक बेहतरीन जीवन बनाने की दिशा में अग्रसर थे।

अब मैं अपने अतीत से बहुत दूर निकल आया था। जब आप एक छोटे से कस्बे में रहते हैं, तो हर कोई जानता है कि आप कौन हैं। वहाँ आपका जीवन एक

तय गति से धीरे-धीरे घिसटता रहता है। वहाँ आप अपने अतीत के प्रभाव से भी नहीं बच सकते। उस जमाने में हर चीज़ ऑनलाइन भी नहीं हुआ करती थी, जिसके लिए मैं वाकई ईश्वर का शुक्रगुज़ार हूँ पर हर किसी की कही-अनकही उम्मीदों और यादों में ये बात आज भी अमिट रूप से दर्ज है।

जब आप कोई एक शहर छोड़कर दूसरे शहर जाते हैं, तो कम से कम कुछ दिनों तक सब कुछ आपके नियंत्रण से बाहर होता है और जीवन में जरा भी ठहराव नहीं होता। यह सब बहुत ही तनावपूर्ण होता है, पर इस अराजकता में ही नई संभावनाएँ छिपी होती हैं। लोग, जिनमें आप खुद भी शामिल हैं, आपको अपनी पुरानी धारणाओं से रूबरू नहीं करा सकते। आप जिस लकीर पर चले जा रहे होते हैं, उससे जरा भटक जाते हैं। ऐसे में आप चाहें तो आगे जाने के लिए उन लोगों के साथ अपनी नई लकीर बना सकते हैं, जो बेहतर लक्ष्य की ओर अग्रसर हैं। मुझे लगता था कि यह सब बस एक स्वाभाविक बेहतरी का हिस्सा है। मेरा मानना था कि हर वह व्यक्ति जो कहीं और से वहाँ आया है, उसे भी अचंभे से भरपूर यह अनुभव हो रहा होगा और वह खुद भी यह अनुभव लेना चाहता होगा, जबकि वास्तव में हर किसी में मामले में ऐसा नहीं था।

एक बार जब मैं करीब 15 साल का था, तो मैं, क्रिस और एक अन्य दोस्त, जिसका नाम कार्ल था, एडमॉन्टन नामक शहर गए। इस शहर की जनसंख्या लगभग छह हज़ार थी। कार्ल ने पहले कभी कोई शहर नहीं देखा था, जो कोई हैरानी की बात नहीं थी क्योंकि फेयरव्यू से एडमॉन्टन आना-जाना करीब 800 मील का सफर था। हालाँकि मैं कई बार वहाँ की यात्रा कर चुका था, कभी अपने माता-पिता के साथ तो कभी उनके बिना। चूँकि उस शहर में एक भी ऐसा व्यक्ति नहीं था, जो मुझे पहचानता हो इसलिए मुझे वहाँ की ये गुमनामी बहुत पसंद थी। वैसे भी मुझे कोई भी नई शुरुआत बहुत पसंद आती है। इसके अलावा मुझे अपने होमटाउन (गृहनगर) की निराशाजनक और तंगहाल किशोर संस्कृति से पलायन करना भी अच्छा लगता था। इसीलिए मैंने अपने इन दोनों दोस्तों को एडमॉन्टन की यात्रा के लिए राजी किया था। पर उन्होंने कभी वह अनुभव नहीं किया था, जो मैं कर चुका था। जैसे ही हम एडमॉन्टन पहुँचे, क्रिस और कार्ल गाँजा खरीदने की इच्छा जताने लगे। इसलिए हम एडमॉन्टन के उन इलाकों की ओर चल पड़े, जो फेयरव्यू का ही और बुरा संस्करण था। वहाँ भी हमें फेयरव्यू जैसे गाँजा विक्रेता चोरी-छिपे यह नशा बेचते मिल गए। उस सप्ताह का आखिरी दिन हमने होटल के कमरे में शराब पीते हुए बिताया।

हालाँकि हम काफी लंबा सफर करके आए थे, इसके बावजूद हम एडमॉन्टन में कहीं घूमने–फिरने नहीं गए।

कुछ सालों बाद ही मुझे इसका एक और जबरदस्त उदाहरण मिला। मैं अपनी अंडरग्रेजुएट डिग्री पूरी करने के लिए एडमॉन्टन में रहने लगा था। वहाँ मैंने अपनी बहन के साथ एक अपार्टमेंट में घर ले लिया था, जो वहाँ नर्स बनने का प्रशिक्षण ले रही थी। वह बड़ी ही साहसी और उद्यमी स्वभाव की थी (कुछ सालों बाद ही उसने नॉर्वे में स्ट्रॉबेरी उगाने, अफ्रीका में सफारी चलाने, सहारा रेगिस्तान में ट्वारेग नामक स्थानीय जनसमूह के खतरे के बावजूद ट्रकों से तस्करी कराने और कॉन्गो में अनाथ गोरिल्लाओं की देखभाल करने जैसे कई काम किए)। हमारा घर एक नवनिर्मित गगनचुंबी इमारत में स्थित था, जहाँ से उत्तरी सस्केचेवान नदी की दूर तक फैली घाटी का सुंदर दृश्य नज़र आता था। जबकि पृष्ठभूमि में शहर की स्काईलाइन नज़र आती थी। वहाँ मैंने अतिउत्साह में आकर यामहा कंपनी का एक अपराइट पियानो भी खरीद लिया था। अब हमारा घर वाकई सुंदर लगने लगा था।

मैंने किसी से सुना कि एड – क्रिस का चचेरा भाई भी इसी शहर में रहने आया है। मुझे लगा कि यह तो बड़ा अच्छा हुआ। एक दिन मेरे पास उसका फोन आया। मैंने उसे अपने घर आने का निमंत्रण दे दिया। मैं उसके हालचाल जानना चाहता था और देखना चाहता था कि उसका जीवन कैसा चल रहा है। मुझे उम्मीद थी कि कुछ साल पहले मुझे उसमें जो संभावनाएँ नज़र आती थीं, उसकी उपलब्धियाँ भी वैसी ही होंगी। पर ऐसा नहीं हुआ। जब एड मेरे घर आया, तो मैंने पाया कि अब वह एक कमज़ोर, अधेड़ सा दिखनेवाला गंजा आदमी था। हालाँकि उसकी उम्र ज़्यादा नहीं थी पर उसके व्यक्तित्व में युवाओंवाली कोई बात नहीं रह गई थी और उसे देखकर स्पष्ट था कि उसकी जिंदगी अच्छी नहीं चल रही है। उसकी लाल आँखें देखकर लगता था कि वह नियमित रूप से नशा करनेवाला व्यक्ति है। एड फिलहाल लोगों के बगीचों की घास काटने और उसकी देखभाल करने जैसे काम करता था। ये काम करने में कोई बुरी बात नहीं है, लेकिन सिर्फ तब तक, जब तक आप इसे एक यूनिवर्सिटी स्टूडेंट के रूप में पार्ट–टाइम जॉब की तरह कर रहे हों या फिर एक ऐसे व्यक्ति के रूप में कर रहे हों, जो ज़्यादा शिक्षित नहीं है और जिसके पास जीवन में अच्छे मौकों की कमी हो। लेकिन एक बुद्धिमान व्यक्ति के लिए बगीचे की घास काटना कोई कॅरियर नहीं हो सकता।

वह अपने एक दोस्त के साथ मेरे घर आया था।

मुझे एड का वह दोस्त आज भी अच्छी तरह याद है। वह एक हक्का-बक्का सा नज़र आनेवाला नशेड़ी था और मेरे घर के सभ्य माहौल में उसकी उपस्थिति बड़ी अजीबोगरीब लग रही थी। उस वक्त मेरी बहन भी घर पर ही थी और वह भी एड को जानती थी। वह पहले भी इस किस्म के लोगों को देख चुकी थी पर मुझे यह कतई अच्छा नहीं लगा कि एड बिना कुछ सोचे-समझे ऐसे नशेड़ी को मेरे घर ले आया। एड घर के अंदर आया और सोफे पर बैठ गया। उसका वह दोस्त भी बैठ गया पर उसे देखकर स्पष्ट था कि वह अपने पूरे होशोहवास में नहीं है। यह सब किसी भयंकर उपहास की तरह था। हालाँकि एड भी नशे में था, पर उसे अब भी इतना होश था कि यह सब देखकर उसे शर्मिंदगी महसूस होने लगी। हमने अपनी-अपनी बियर का एक-एक घूँट पिया। एड के दोस्त ने सिर उठाकर छत की ओर देखा और बोला, 'मेरे सारे छोटे-छोटे कण छत पर चारों ओर बिखर गए हैं।' आज तक संसार में किसी ने भी इससे बड़ा सच नहीं बोला था।

मैं एड को एक कोने में ले गया और विनम्रता से कहा कि 'एड तुम्हें यहाँ से जाना होगा। तुम्हें अपने इस घटिया दोस्त को मेरे घर पर लेकर नहीं आना चाहिए था।' एड ने मेरी बात पर हामी भरी। वह मेरा आशय समझ चुका था। हालाँकि इससे स्थिति और भी त्रासद नज़र आने लगी। इस घटना के कई दिनों बाद उसके भाई क्रिस ने इसी तरह की चीज़ों पर मुझे एक पत्र भेजा, जिसे मैंने 1999 में प्रकाशित हुई अपनी पहली किताब 'मैप्स ऑफ मीनिंग : द आर्किटेक्चर ऑफ बिलीफ' में भी शामिल किया था। इस पत्र में क्रिस ने लिखा था, 'मेरे कुछ दोस्त थे, जो अपने आपसे इतनी घृणा करते थे कि मेरे जैसे व्यक्ति को भी आत्मघृणा के लिए माफ कर देते थे।'

वह क्या था, जिसके चलते क्रिस, कार्ल और एड को अपने नकारा दोस्तों से दूर जाने और अपने जीवन की स्थितियों को सुधारने में असमर्थ (या इससे भी बुरा अनिच्छुक) बना दिया था? क्या ऐसा होना अपरिहार्य था क्योंकि यह उनकी अपनी निजी कमियों, नवजात उम्र की बीमारियों और अतीत के मानसिक आघातों का परिणाम था। आखिरकार हर कोई एक-दूसरे से बिलकुल भिन्न होता है। अलग-अलग लोगों में बुद्धिमत्ता का स्तर अलग-अलग होता है। बुद्धिमत्ता का अर्थ है, नई चीज़ें सीखने और स्वयं को रूपांतरित करने की क्षमता। इसके अलावा लोगों के व्यक्तित्व भी बिलकुल भिन्न होते हैं। कुछ लोग बड़े सक्रिय होते हैं, तो कुछ निष्क्रिय। कुछ लोग शांत स्वभाव के होते हैं, तो कुछ हमेशा चिंतित रहते

हैं। उपलब्धियाँ हासिल करने में जुटे हर व्यक्ति के आसपास कोई न कोई आलसी व्यक्ति भी मौजूद होता है। ऐसी भिन्न-भिन्न विशेषताएँ जिस हद तक किसी के व्यक्तित्व का अपरिहार्य हिस्सा होती हैं, वह किसी भी आशावादी के अनुमान या इच्छा से कहीं अधिक होती है। इसके अलावा मानसिक और शारीरिक बीमारियाँ भी होती हैं, जो हमारे जीवन को आकार देती हैं और उसे एक दायरे में सीमित कर देती हैं।

कई सालों तक पागलपन जैसी स्थिति में जीने के बाद क्रिस अपनी उम्र के तीसरे दशक में मनोरोग का शिकार हो गया। इसके कुछ ही समय बाद उसने आत्महत्या कर ली। क्या इसके पीछे कारण उसका हद से ज़्यादा गाँजे का सेवन करना था या नियमित रूप से यह नशा करना उसके लिए दवा जैसा था? अमेरिका के जिन राज्यों में गाँजे का सेवन गैरकानूनी नहीं है, वहाँ डॉक्टर द्वारा दी गई दर्द की दवाओं के बढ़ते इस्तेमाल से गाँजे का सेवन करने के आँकड़ों में कमी आई है। हो सकता है कि यह नशा करने से क्रिस की हालत बदतर नहीं बल्कि बेहतर होती रही हो। शायद गाँजा उसकी मानसिक अस्थिरता को बढ़ाने के बजाय उसकी तकलीफ को कम करता रहा हो। क्या क्रिस की बरबादी का कारण उसकी वह शून्यवादी सोच थी, जिसे उसने जीवनभर पोषित किया। क्या उसकी शून्यवादी सोच उसकी बीमारी का परिणाम थी या फिर जीवन की जिम्मेदारी उठाने की उसकी अनिच्छा का प्रदर्शन? आखिर क्यों वह अपने चचेरे भाई और मेरे अन्य दोस्तों की तरह ही अपने जीवन में निरंतर ऐसे ही लोगों और स्थानों का चुनाव करता रहा, जो उसके लिए सही नहीं थे?

कई बार जब लोगों को यह लगता है कि उनकी अपनी कोई अहमियत नहीं है या शायद जब वे अपने जीवन की जिम्मेदारी उठाने से इनकार कर देते हैं, तो वे किसी न किसी ऐसे परिचित व्यक्ति को चुन लेते हैं, जो अतीत में उनके लिए परेशानी का कारण बन चुका हो। ऐसे लोगों को इस बात पर विश्वास नहीं होता कि वे इससे बेहतर के योग्य हैं, इसीलिए वे बेहतरी की तलाश करने की कोशिश तक नहीं करते। या फिर हो सकता है कि बेहतर चीज़ों को पाने की कोशिश में जो बाधाएँ आती हैं, वे उनका सामना ही नहीं करना चाहते। मशहूर मनोवैज्ञानिक सिग्मंड फ्रायड ने इस स्थिति को 'रिपीटेशन कम्पल्शन' (दोहराव की मज़बूरी) कहा है। वे इसे अतीत की भयावहता को दोहराने की एक प्रबल अचेतन प्रेरणा मानते थे। इस स्थिति से गुज़र रहे लोग, कभी अतीत की उन भयावहताओं की सटीक व्याख्या के

लिए ऐसा करते हैं, तो कभी उन पर सक्रिय रूप से महारथ हासिल करने के लिए और कभी इसलिए क्योंकि उनके पास इसके अलावा कोई और विकल्प नहीं होता। लोग अपने पास मौजूद तरीकों की मदद से अपने जीवन का निर्माण करते हैं। दोषपूर्ण तरीकों का इस्तेमाल करने से दोषपूर्ण परिणाम सामने आते हैं। इन दोषपूर्ण तरीकों के लगातार इस्तेमाल से निरंतर दोषपूर्ण परिणाम ही आता है। जो लोग अपने अतीत से कुछ नहीं सीखते, वे उसे बार-बार दोहराने के लिए बाध्य होते हैं। इसे आंशिक रूप से भाग्य भी कहा जा सकता है और असमर्थता भी। आंशिक रूप से... यह सीखने की अनिच्छा है? सीखने से इनकार है? सीखने से किया गया वह इनकार, जो किसी चीज़ से प्रेरित है?

शापितों को बचाना

हालाँकि लोग कई कारणों से ऐसे दोस्तों का चुनाव करते हैं, जो उनके लिए सही नहीं हैं। कई बार लोग किसी को बचाने के लिए ऐसा करते हैं। आमतौर पर युवाओं के मामले में ऐसा ज़्यादा होता है। हालाँकि यह प्रवृत्ति उन लोगों में उम्र बढ़ने के बाद भी बनी रहती है, जिनमें सहमत होने की प्रवृत्ति होती है या जिनका भोलापन वयस्क होने के बाद भी नहीं जाता या फिर जो जानबूझकर सच से नज़रें चुराते हैं। इस पर कुछ लोग आपत्ति जताते हुए कह सकते हैं, **'दूसरों की बुराई के बजाय उनकी अच्छाई देखना ही बेहतर होता है। दूसरों की मदद करने की इच्छा दुनिया का सबसे बड़ा सद्गुण है।'** पर नाकाम होनेवाला हर व्यक्ति किसी का सताया हुआ नहीं होता, सबसे निचले स्तर पर जीनेवाला हर व्यक्ति जीवन में ऊपर उठने का इच्छुक नहीं होता। हालाँकि बहुत से लोग इसके इच्छुक होते हैं और कई तो ऐसा करने में सफल भी हो जाते हैं। बहरहाल लोग अक्सर अपनी तकलीफों को चुपचाप स्वीकार कर लेते हैं और जो लोग अपनी तकलीफ को संसार में होनेवाले अन्याय का सबूत बनाकर पेश करने में कामयाब हो जाते हैं, वे स्वयं के साथ-साथ दूसरों की तकलीफ को भी बढ़ा-चढ़ाकर पेश करते हैं। सबसे निचले स्तर पर जीनेवाले लोगों के बीच भी उत्पीड़कों की कोई कमी नहीं होती है, भले ही उनमें से ज़्यादातर बस दिखावा करने के मकसद से दूसरों को पीड़ित करते हों। यह जीवन के सबसे आसान रास्ते जैसा नज़र आता है, पर अंततः उनके जीवन को नर्क की ओर ले जाता है।

किसी ऐसे व्यक्ति की कल्पना कीजिए, जिसका जीवन अच्छा न चल रहा हो। उसे मदद की ज़रूरत हो। हो सकता है कि वह आपसे मदद की उम्मीद कर रहा हो। लेकिन इसमें भी कोई दोराय नहीं है कि जिसे सचमुच मदद की ज़रूरत है और

जो बस आपकी मदद करने की इच्छा का फायदा उठाना चाहता है, ऐसे दो लोगों के बीच फर्क करना भी बड़ा मुश्किल होता है। यहाँ तक कि यह फर्क करना उसके लिए भी मुश्किल है, जिसे सचमुच मदद की ज़रूरत है, जो आपसे मदद की उम्मीद कर रहा है, पर संभावित रूप से आपका फायदा भी उठाना चाहता है। एक व्यक्ति ऐसा करने की कोशिश में नाकाम होता है और फिर भी उसे माफ कर दिया जाता है, वह दोबारा ऐसा करने की कोशिश करता है और उसे दोबारा माफ कर दिया जाता है। आमतौर पर ऐसा व्यक्ति अक्सर वह होता है, जो चाहता है कि लोग उसकी कोशिशों की प्रामाणिकता पर विश्वास कर लें।

जब किसी को बचाने की कोशिश के पीछे इंसान का भोलापन नहीं होता, तो अक्सर इसके पीछे उसका गुमान और अहंकार होता है। कुछ ऐसा ही रूस के अतुलनीय लेखक फ़्योदोर दोस्तोवस्की के कड़वाहट से भरे क्लासिक उपन्यास 'नोट्स फ्रॉम अंडरग्राउंड' में बहुत ही विस्तृत ढंग से बताया गया है, जो इन मशहूर पंक्तियों के साथ शुरू होता है, 'मैं एक वाहियात व्यक्ति हूँ... मैं एक द्वेषपूर्ण और अनाकर्षक व्यक्ति हूँ... मुझे लगता है कि मुझे लीवर की बीमारी है...।' यह अराजकता और निराशा के अंडरवर्ल्ड में अस्थायी रूप से रहनेवाले एक दुःखी लेकिन अभिमानी किस्म के व्यक्ति में बदल जाता है। वह पूरी निर्दयता से अपना विश्लेषण करता है, पर हज़ारों पाप करने के बाद भी वह सिर्फ अपने कुछ ही पापों की कीमत चुका रहा होता है। वह कल्पना करता है कि अब उसे मुक्ति मिल गई है और फिर वह सबसे बड़ा अपराध करता है। वह एक ऐसी महिला को मदद का प्रस्ताव देता है, जो सचमुच हालात की मारी हुई है। बेताबी से भरी उन्नीसवीं सदी की लीज़ा नामक वह दुर्भाग्यशाली महिला वेश्यावृत्ति के रास्ते पर थी। वह व्यक्ति उसे इस वादे के साथ मिलने बुलाता है कि वह उसके जीवन को एक बार फिर पटरी पर ले आएगा। जब वह लीज़ा के आने का इंतजार कर रहा होता है, तो अपनी कल्पनाओं में खुद को मसीहा की तरह देखने लगता है।

> पहला दिन गुज़र गया। फिर दूसरा और फिर तीसरा दिन भी गुज़र गया; वह नहीं आई और मैं धीरे-धीरे शांत महसूस करने लगा। मैं विशेष रूप से नौ बजे के बाद खुद को बड़ा ही उत्साही और हँसमुख महसूस करने लगता था, कई बार तो मैं यह सुनहरा सपना देखने लगता था कि मैं लिज़ा का उद्धारक बन गया हूँ, सिर्फ इसलिए क्योंकि वह मेरे पास आई और मैंने उससे बातचीत की... मैं उसे सीख देता हूँ, उसके अंदर सुधार लाता हूँ और उसे एक बेहतर

औरत बना देता हूँ। आखिरकार मैं गौर करता हूँ कि वह मुझसे जुनून की हद तक प्रेम करने लगी है। मैं उसके प्रेम को न समझ पाने का दिखावा करता हूँ (हालाँकि मैं नहीं जानता कि मैं यह दिखावा क्यों कर रहा हूँ, शायद सिर्फ उस पर असर डालने के लिए)। इससे पैदा हुई दुविधा के चलते वह आखिरकार काँपते हुए, सिसकते हुए मेरे पैरों पर गिर जाती है और कहती है कि मैं उसका रक्षक हूँ और वह मुझे दुनिया में सबसे ज़्यादा प्रेम करती है।

ऐसी कल्पनाओं से कुछ और नहीं बल्कि अराजकता और निराशा के अंडरग्राउंड में रहनेवाले का अहंकार ही बलवान होता है। लीज़ा खुद भी इन्हीं के चलते तबाह हुई थी। वह व्यक्ति लीज़ा को मुक्ति देने का जो प्रस्ताव देता है, उसके लिए वचनबद्धता और परिपक्वता के स्तर पर ऐसा बहुत कुछ आवश्यक है, जिसे देने के लिए अंडरवर्ल्ड का वह व्यक्ति न तो सक्षम है और न ही इच्छुक। उसके चरित्र में यह खूबी है ही नहीं कि वह इस बात को समझ सके... और उसे अपनी इस कमी का एहसास फौरन हो जाता है, जिसे वह तर्कसंगत भी ठहराने लगता है। आखिरकार लीज़ा उसके फटेहाल घर में पहुँच जाती है, सिर्फ इस उम्मीद में कि शायद ऐसा करके उसे अपने जीवन में कोई सही रास्ता नज़र आ जाए। लीज़ा के पास जो कुछ भी था, यहाँ आना उसे दाँव पर लगाने जैसा था। वह उस अंडरग्राउंड व्यक्ति से कहती है कि वह अपने वर्तमान जीवन के जाल से छुटकारा पाना चाहती है। इस पर उस अंडरग्राउंड व्यक्ति की प्रतिक्रिया क्या थी।

'प्लीज मुझे बताओ कि तुम मेरे पास क्यों आई हो।' मैं अपने शब्दों में तर्क की परवाह किए बिना ठीक से साँस लेने की कोशिश में हाँफने लगा। मैं अपने अंदर की इन चीज़ों को एक ही बार में बाहर निकालने के लिए तरस गया था। इसलिए मैंने यह विचार करने की कोशिश भी नहीं की कि मुझे इसकी शुरुआत कैसे करनी चाहिए। 'बताओ मुझे, तुम मेरे पास क्यों आई हो? बताओ!' मैं रो पड़ा। मुझे नहीं पता था कि मैं क्या कर रहा हूँ। 'मेरी प्रिये, मैं तुम्हें बताता हूँ कि तुम यहाँ क्यों आई हो। तुम इसलिए आई हो क्योंकि उस वक्त मैंने तुमसे कुछ भावुक बातें की थीं, इसीलिए फिलहाल तुम इतनी नर्मी से पेश आ रही हो और एक बार फिर वैसे ही भावनात्मकता के लिए तरस रही हो। और अब मुझे तुम पर हँसी आ रही है। अरे, तुम काँप क्यों रही हो? हाँ, मैं तुम पर हँस रहा था! एक शाम डिनर पर मुझसे पहले आए लोगों ने मुझे अपमानित किया था। मैं तुम्हारे पास इसीलिए आया था क्योंकि मैं उनमें से एक व्यक्ति

को – जो एक अफसर है – पीटने आया था। पर उस दिन मुझे सफलता नहीं मिली। मैंने कोशिश की, पर मैं उसे ढूँढ़ नहीं पाया। खुद को सामान्य महसूस कराने के लिए मेरे लिए ज़रूरी था कि मैं भी किसी को उसी तरह अपमानित करूँ, जैसे मुझे अपमानित किया गया था और फिर तुम मेरे सामने आ गईं। इसलिए मैंने अपनी भड़ास तुम पर निकाली और तुम पर हँसा। चूँकि मुझे नीचा दिखाया गया था इसलिए मैं भी किसी को नीचा दिखाना चाहता था। मुझसे ऐसा व्यवहार किया गया, जैसे मेरी कोई हैसियत न हो, इसीलिए मैं अपनी शक्ति का प्रदर्शन करना चाहता था... और तुम्हें लगा कि मैं तुम्हें वहाँ बचाने आया हूँ। है ना? ऐसा ही है ना? बोलो?'

मुझे पता था कि शायद वह फौरन सब समझ नहीं पाएगी और हैरानी से बुदबुदाएगी। पर मुझे यह भी पता था कि वह मेरी इच्छा को बहुत अच्छी तरह समझ जाएगी। और ठीक ऐसा ही हुआ। वह समझ गई। मेरी बातें सुनकर उसके चेहरे पर उदासी आ गई। उसने कुछ कहने की कोशिश तो की, पर बुदबुदाकर रह गई और पास पड़ी एक कुर्सी पर ढह गई, ठीक वैसे ही जैसे कुल्हाड़ी से कटने के बाद पेड़ की डाल जमीन पर ढह जाती है। इसके बाद वह अपने चेहरे पर हैरानी और खौफ के भाव लिए मेरी ओर देखती रही। वह मेरी बात सुन तो रही थी पर मेरे द्वेषपूर्ण और स्वार्थी शब्दों को सुनना उसके लिए बहुत मुश्किल अनुभव था...

उस अंडरग्राउंड व्यक्ति के अहंकार, लापरवाही और द्वेष ने लीज़ा की आखिरी उम्मीद भी मिट्टी में मिला दी। वह इस बात को अच्छी तरह जानता था और इससे भी बुरा यह कि उसका लक्ष्य भी यही था। वह यह भी जानता था कि अपनी खलनायकी से निराश एक खलनायक अचानक नायक नहीं बन जाता। क्योंकि नायक वह होता है, जो सकारात्मक होता है, न कि वह जिसमें बुराई का अभाव हो।

पर आप इस पर आपत्ति जताते हुए कह सकते हैं कि खुद ईसा (जीज़स) ने टैक्स-कलेक्टर्स और वेश्याओं से दोस्ती की थी। आखिर दूसरों की मदद करने की कोशिश करनेवालों के इरादों पर मैं कलंक कैसे लगा सकता हूँ? पर ईसा तो एक आदर्श व्यक्ति थे। जबकि आप बस आप ही हैं। भला आपको कैसे पता कि गर्त में पड़े किसी व्यक्ति को ऊपर उठाने की कोशिश में आप उसे और स्वयं को भी – और गहरे गर्त की ओर ले जाएँगे? जरा ऐसे व्यक्ति की कल्पना कीजिए, जो कुछ

ऐसे श्रमिकों के एक असाधारण दल के निरीक्षक का काम करता है, जो सामूहिक रूप से पहले से तय लक्ष्य को पाने के लिए निरंतर प्रयास करते हैं। कल्पना कीजिए कि वे सारे श्रमिक बहुत मेहनती, प्रतिभाशाली, रचनात्मक और आपस में संगठित हैं। पर उनका निरीक्षण करनेवाले व्यक्ति पर एक अन्य श्रमिक की भी जिम्मेदारी है। अशांत स्वभाववाला यह श्रमिक किसी और दल का है और काम में अच्छा प्रदर्शन नहीं कर पाता। इसलिए नेक इरादोंवाला वह निरीक्षक अचानक किसी बात से प्रेरित होकर उस श्रमिक को मेहनती और प्रतिभाशाली श्रमिकों के दल में शामिल कर देता है। वह उम्मीद करता है कि यह नया श्रमिक इस दल के मेहनती और प्रतिभाशाली श्रमिकों को उदाहरण के रूप में देखेगा, जिससे उसके अंदर भी सुधार आएगा। पर क्या ऐसा हुआ? मनोवैज्ञानिक नज़रिया इस मामले में बिलकुल स्पष्ट है। क्या कोई भटका हुआ व्यक्ति दूसरों के अधिकार-क्षेत्र में हाथ डालकर अचानक सुधर जाता है और बेहतर प्रदर्शन करने लगता है? नहीं। बल्कि उसके आने से इस दल का प्रदर्शन भी बिगड़ जाता है। क्योंकि अशांत स्वभाववाला वह श्रमिक नए दल में आने के बाद भी चिड़चिड़ा, अहंकारी और विक्षिप्त बना रहता है। वह बार-बार शिकायतें करता है। वह शर्माता है। वह महत्वपूर्ण मीटिंग्स् में अनुपस्थित रहता है। उसके कम गुणवत्तावाले प्रदर्शन से दल को अपना काम पूरा करने में देरी होती है और वह जो गलतियाँ करता है, दल के अन्य श्रमिकों को उन गलतियों को सुधारना पड़ता है। इसके बावजूद उसे अपने दल के अन्य श्रमिकों की तरह ही पूरा वेतन मिलता रहता है। यह देखकर दल के मेहनती और प्रतिभाशाली श्रमिक यह महसूस करते हैं कि उन पर अन्याय हो रहा है। हर किसी को लगने लगता है कि 'जब नया श्रमिक इस प्रोजेक्ट के लिए अपना पसीना बहाने को तैयार नहीं है, तो फिर मैं इसे पूरा करने के लिए अपने दिन का चैन और रातों की नींद क्यों हराम करूँ?' स्कूल या कॉलेज में जब कोई सलाहकार अच्छे इरादों से किसी असभ्य और नालायक किशोर छात्र को अपेक्षाकृत अधिक सभ्य छात्रों के समूह में शामिल करता है, तब भी ठीक ऐसा ही होता है। इससे उस किशोर छात्र की असभ्यता ही फैलती है, न कि समूह की पहले जैसी स्थिरता। क्योंकि लक्ष्य पूरे करने की उड़ान भरने से कहीं आसान होता है, नाकामी की गर्त में गिर जाना।

हो सकता है कि आप किसी को इसलिए बचा रहे हों क्योंकि आप खुद एक ऐसे सशक्त, उदार और अच्छे व्यक्ति हैं, जो हमेशा सही काम करना चाहता है। पर यह भी संभव है - और इसकी संभावना ज़्यादा है कि आप बस अपने अंदर मौजूद

करूणा और सदिच्छा के कभी न खत्म होनेवाले भंडार की ओर दूसरों का ध्यान खींचना चाहते हैं। या फिर शायद आप किसी को इसलिए बचा रहे हैं क्योंकि आप खुद को यह यकीन दिलाना चाहते हैं कि आपके चरित्र की मज़बूती सिर्फ आपके सौभाग्यशाली होने और आपके जन्मस्थान तक सीमित नहीं है। या फिर शायद आप ऐसा इसलिए कर रहे हैं क्योंकि किसी बेहद गैरजिम्मेदार व्यक्ति के साथ मददगार की तरह खड़े रहने से आप बड़ी आसानी से खुद को दूसरों के सामने एक नेक व्यक्ति की तरह पेश कर सकते हैं।

इसलिए सबसे पहले तो आप यह मान लें कि आप जो कर रहे हैं, वह सबसे आसान काम है, न कि सबसे मुश्किल काम।

आपकी शराब की लत के सामने मेरा लगातार शराब पीना मामूली सा लगता है। मैं आपकी असफल होती शादी पर आपसे गंभीर चर्चा करूँगा और हम दोनों को यह विश्वास हो जाएगा कि आप अपनी शादी को बचाने की पूरी कोशिश कर रहे हैं और मैं इसमें आपकी पूरी मदद कर रहा हूँ। हमें लगेगा कि हमारी ओर से प्रयास किया जा रहा है। हमें लगेगा कि सुधार भी हो रहा है, पर एक असफल होती शादी को बचाने के लिए पति और पत्नी, दोनों की ओर से इससे कहीं ज़्यादा कोशिशों की ज़रूरत होती है। क्या आप इस बात को लेकर निश्चिंत हैं कि जो व्यक्ति आपसे खुद को बचाने की गुहार लगा रहा है, उसने हज़ारों बार यह तय नहीं किया है कि वह अपनी व्यर्थ लेकिन लगातार गहरी हो रही पीड़ा को स्वीकार कर लेगा और वह भी सिर्फ इसलिए क्योंकि ऐसा करना इस पीड़ा से मुक्ति पाने की सच्ची जिम्मेदारी निभाने से कहीं आसान है? क्या आप एक भ्रम को पोषित कर रहे हैं? क्या यह संभव है कि आपका तिरस्कार आपकी करूणा से कहीं अधिक तीखा होगा?

या फिर हो सकता है कि आप किसी को बचाना चाहते ही नहीं हैं। जो लोग आपके लिए हितकारी नहीं हैं, आप तो बस उनसे इसलिए जुड़ जाते हैं क्योंकि ऐसा करना आपके लिए आसान होता है, न कि इसलिए क्योंकि इसमें सभी की बेहतरी छिपी होती है। आप इस सच को अच्छी तरह समझते हैं और आपके वे दोस्त भी इससे परिचित हैं। आप सब दरअसल एक अस्पष्ट समझौते से बंधे हुए हैं, जो आपको शून्यवाद, असफलता और बेवकूफीभरी पीड़ा की ओर ले जा रहा है। आप सबने तय कर लिया है कि आप अपने वर्तमान के लिए अपने भविष्य को नष्ट कर देंगे। आप इस बारे में कभी बातचीत नहीं करते। आप सब आपस में बैठकर कभी एक-दूसरे से यह नहीं कहते कि 'चलो, कोई आसान रास्ता ढूँढ़ते हैं... चलो, उस

चीज़ पर पूरा ध्यान देते हैं, जो हमारे सामने है... चलो, यह तय कर लेते हैं कि हम इसे लेकर एक-दूसरे की आलोचना नहीं करेंगे क्योंकि इस तरह हमें यह भूलने में आसानी होगी कि हम क्या कर रहे हैं...।' आप सब एक-दूसरे से ऐसा कुछ नहीं कहते, पर आप सब अच्छी तरह जानते हैं कि असल में क्या हो रहा है।

किसी की मदद करने से पहले आपको यह पता लगाना चाहिए कि उसके मुश्किल में पड़ने का क्या कारण था। आपको यह नहीं मान लेना चाहिए कि वह बेचारा बस हालात का मारा और शोषण का शिकार है। क्योंकि मेरे डॉक्टरी और अन्य अनुभवों के अनुसार ऐसे मामले कभी उतने सीधे-सादे नहीं होते, जितने नज़र आते हैं। अगर आप यह सोचते हैं कि जब किसी के साथ कुछ गलत होता है, तो उसमें उसकी कोई गलती नहीं होती क्योंकि हर गलत चीज़ अपने आप ही हो जाती है, तो दरअसल आप उस व्यक्ति के अतीत की (और वर्तमान व भविष्य की भी) हर घटना में उसके योगदान को नकार रहे होते हैं और ऐसा करके आप उससे उसकी शक्ति छीन लेते हैं।

इस बात की संभावना अपेक्षाकृत कहीं अधिक है कि उस व्यक्ति ने जीवन को बेहतरी की दिशा में ले जाने का विचार इस वजह से त्याग दिया हो क्योंकि ऐसा करना मुश्किल होता है। हो सकता है कि ऐसी हर स्थिति में आप भी यही करते हों। आपको लगेगा कि मैं आपको बहुत कड़े मापदंड पर आँक रहा हूँ। हो सकता है कि आप सही भी हों पर ज़रा विचार कीजिए : असफलता को समझना आसान है। असफलता का अस्तित्व स्वीकारने के लिए किसी स्पष्टीकरण की ज़रूरत नहीं है। ठीक इसी तरह डर, घृणा, व्यसन, स्वछंद संभोग, विश्वासघात और धोखे के लिए भी किसी स्पष्टीकरण की ज़रूरत नहीं होती। किसी भी अवगुण व बुरे चाल-चलन के अस्तित्व को और उसमें किसी की भागीदारी को स्पष्टीकरण की ज़रूरत नहीं होती। अवगुण व बुरे चाल-चलन अपनाना बहुत आसान होता है। असफलता भी आसान है। जिम्मेदारी का बोझ न उठाना भी आसान है। सोच-विचार न करना, कर्म न करना और किसी चीज़ को महत्त्व न देना भी आसान है। आज के काम को कल पर छोड़ देना और अपने भविष्य को वर्तमान के तुच्छ आनंद के लिए बरबाद करना भी आसान होता है। जैसा कि अमेरिका के मशहूर टीवी सिटकॉम 'द सिम्पसंस' में सिम्पसन वंश के पितामह ने एक बोतल वोदका और डिब्बा भर मायोनीज के सेवन के तुरंत बाद कहा था, 'भविष्य में हर बुद्धू व्यक्ति के साथ यही समस्या होनेवाली है और सच कहूँ, तो मुझे उससे कोई ईर्ष्या भी नहीं है!'

मुझे कैसे पता चला कि आपका जीवन इसलिए तकलीफभरा नहीं है क्योंकि मेरे जीवन में संसाधनों की भरमार को सुनिश्चित करने के लिए आपको अपना बलिदान देना पड़ रहा है। हो सकता है कि आपने इस बात की परवाह करना छोड़ दिया हो कि आपका पतन निकट है। हो सकता है कि आप इस बात को स्वीकार करने से बच रहे हों। हो सकता है कि मुझसे मिली मदद भी कोई सुधार न ला सके, पर इतना ज़रूर है कि मदद लेने के कारण ही आपको अपने इस भयानक व्यक्तिगत पतन का एहसास नहीं हो रहा। हो सकता है कि आपकी तकलीफ दरअसल मुझसे की गई एक माँग हो ताकि मैं विफल हो जाऊँ और फिर निरंतर पतित होने के बावजूद आपको इस बात का दुःख न हो कि आपके हालात कितने बुरे और मेरे हालात कितने अच्छे हैं। मुझे कैसे पता चला कि आप ऐसा कोई भी खेल खेलने से इनकार कर सकते हैं? मुझे कैसे पता कि बेवजह आपकी मदद करके मैं खुद के जिम्मेदार होने का दिखावा नहीं कर रहा ताकि मुझे किसी मुश्किल का सामना न करना पड़े और आपके लिए मुझे कुछ ऐसा करने की ज़रूरत न पड़े, जो वाकई मुमकिन हो?

हो सकता है कि आपकी पीड़ा वह हथियार हो, जिसकी मदद से आप उन लोगों को अपनी घृणा का पात्र बनाते हैं, जो जीवन में आपसे आगे निकल गए और आप बस बैठे-बैठे इंतजार करते रह गए। हो सकता है कि आपकी पीड़ा संसार में फैले अन्याय को साबित करने की कोशिश हो और इस तरह आप अपनी गलतियों और जीवन में आगे बढ़ने से इनकार करने की अपनी प्रवृत्ति को छिपा रहे हों। जिस तरह आप अपनी पीड़ा को यह साबित करने के लिए इस्तेमाल करते हैं कि संसार में बहुत अन्याय है, उसे देखते हुए यह संभव है कि असफलता के कारण पीड़ित महसूस करने की आपकी इच्छा बहुत सशक्त हो। हो सकता है कि इस तरह आप अस्तित्व से बदला ले रहे हों। आपकी इन हरकतों को देखने के बाद भला मैं आपको अपना दोस्त कैसे बना सकता हूँ?

सफलता एक रहस्य है और नैतिक गुण अकथनीय होता है, उसे बयान नहीं किया जा सकता। असफल होने के लिए आपको बस कुछेक बुरी आदतों की ज़रूरत होती है। और जब कोई व्यक्ति बुरी आदतों के साथ पर्याप्त समय बरबाद कर चुका होता है, तो उसके हालात और बिगड़ जाते हैं। उनकी ज़्यादातर संभावनाएँ खत्म हो चुकी होती हैं और उनके वर्तमान हालात ही उनकी इकलौती सच्चाई होती है। यह सच है कि हालात अपने अनुसार बनते-बिगड़ते रहते हैं पर इंसान की गलतियाँ ही

हालात को और गंभीर बनाती हैं। और फिर एक दिन ऐसा आता है, जब हालात नियंत्रण से बाहर हो जाते हैं।

शायद मुझे आपकी मदद करने से पहले तब तक इंतजार करना चाहिए, जब तक यह स्पष्ट नहीं हो जाता कि आप वाकई मेरी मदद चाहते हैं या नहीं। मशहूर मानवतावादी मनोवैज्ञानिक कार्ल रॉजर्स मानते थे कि किसी की डॉक्टरी मदद करना तब तक संभव नहीं है, जब तक वह खुद आपकी मदद न चाहता हो। रॉजर्स मानते थे कि किसी का जीवन सुधारने के उद्‌देश्य से उसे बदलने के लिए राजी करना संभव नहीं है। जबकि सुधार की इच्छा जीवन में प्रगति करने की पूर्वशर्त है। मेरे पास मनोचिकित्सा के लिए ऐसे भी मरीज आ चुके हैं, जिन्हें कोर्ट की ओर से मनोचिकित्सा कराने भेजा गया था। वे खुद मुझसे मदद लेना नहीं चाहते थे, पर कोर्ट ने उन्हें मुझसे मदद लेने के लिए मज़बूर किया था। इसीलिए उन्हें इससे कोई लाभ नहीं हुआ। यह सचमुच हास्यास्पद था।

अगर आपसे संबंध बनाकर रखना मेरे हित में नहीं है, फिर भी मैं आपसे संबंध बनाकर रखता हूँ, तो शायद इसका अर्थ यह है कि मैं बहुत कमजोर इच्छाशक्ति और अनिर्णायक स्वभाववाला हूँ, इसीलिए इस संबंध को खत्म नहीं कर पा रहा हूँ और अपनी इस कमी को स्वीकार भी नहीं कर पा रहा हूँ। इसीलिए मैं आपकी मदद करना जारी रखता हूँ और अपनी व्यर्थ की शहादत के साथ खुद को सांत्वना देता रहता हूँ। शायद ऐसा करने पर ही मैं अपने बारे में इस नतीजे पर पहुँच सकूँ कि 'इतना आत्म-त्याग करनेवाला, दूसरों की इतनी मदद करनेवाला मैं निश्चित ही एक अच्छा इंसान हूँ।' पर असल में ऐसा नहीं है। क्योंकि हो सकता है कि इस तरह सोचनेवाला व्यक्ति बस दूसरों की नज़रों में अच्छा दिखना चाहता हो। संभव है कि वह असल में कोई गंभीर समस्या सुलझाने के बजाय बस समस्या सुलझाने का दिखावा कर रहा हो।

शायद अपनी दोस्ती को बरकरार रखने के बजाय मुझे कहीं दूर चले जाना चाहिए और अपने अंदर सुधार लाकर एक उदाहरण पेश करना चाहिए। मैं उम्मीद करता हूँ कि मुझे यह कहने की ज़रूरत नहीं है कि मेरी ये सारी बातें अपनी कोई संकुचित व अंधी महत्वाकांक्षा पूरी करने के लिए किसी सच्चे ज़रूरतमंद की मदद न करने का बहाना नहीं बन सकतीं।

एक परस्पर व्यवस्था

अब ज़रा इस पर विचार कीजिए : अगर कोई ऐसा इंसान आपका दोस्त है,

जिससे दोस्ती करने के लिए आप अपनी बहन को, अपने पिता को या अपने बेटे को कभी नहीं कहेंगे, तो भला आपने खुद उसे अपना दोस्त क्यों बना रखा है? इसके जवाब में आप कह सकते हैं कि आपने वफादारी के चलते ऐसा किया है। लेकिन वफादारी का अर्थ मूर्खता नहीं है। वफादारी के लिए दोनों पक्षों को निष्पक्षता और ईमानदारी रखनी होती है। दोस्ती एक परस्पर व्यवस्था होती है। आप किसी ऐसे व्यक्ति का समर्थन करने के लिए नैतिक रूप से बाध्य नहीं हैं, जो दुनिया को एक बदतर जगह बनाने में जुटा हो। बल्कि होना तो इसका उल्टा चाहिए। आपको ऐसे लोगों का चुनाव करना चाहिए, जो चीज़ों को बेहतर बनाना चाहते हों, न कि बदतर बनाना। जो लोग आपके लिए हितकारी साबित हो सकते हैं, उनका चुनाव करना स्वार्थ नहीं, समझदारी है। आपके जीवन में सुधार होने पर जिन लोगों के जीवन में सुधार आ सकता है, उनके साथ जुड़ना न सिर्फ उचित बल्कि प्रशंसनीय भी है।

अगर आप अपने जीवन में ऐसे लोगों को लेकर आते हैं, जो आगे बढ़ने के आपके लक्ष्य का समर्थन करते हैं, तो वे आपके निंदा करनेवाले स्वभाव और विनाशकारी हरकतों को कतई बरदाश्त नहीं करेंगे। जब भी आप कुछ ऐसा करेंगे, जो आपके और दूसरों के लिए लाभप्रद होगा, तो वे आपका हौसला बढ़ाएँगे और जब आप इसका उल्टा करेंगे, तो वे आपको पूरी सावधानी बरतते हुए दंडित भी करेंगे। इससे अपने जीवन के लिए सबसे ज़रूरी कार्य करने के आपके संकल्प को उपयुक्त और सावधानीपूर्वक ढंग से सहारा मिलेगा। जिन लोगों के पास जीवन में आगे बढ़ने का लक्ष्य नहीं होता, वे अंजाने में ही ऐसे कार्य करते हैं, जो उन्हें गर्त में ले जाते हैं। ये उस किस्म के लोग हैं, जो धूम्रपान छोड़ चुके व्यक्ति को सिगरेट पीने की पेशकश करेंगे और शराब छोड़ चुके व्यक्ति के सामने बियर की बोतल परोस देंगे। वे आपकी सफलता पर या तो ईर्ष्या करेंगे या फिर कोई ओछी हरकत करेंगे। वे या तो आपसे मिलना-जुलना बंद कर देंगे या आपको समर्थन देना बंद कर देंगे या फिर सक्रिय ढंग से आपको नुकसान पहुँचाने की कोशिश करेंगे। वे आपकी उपलब्धि के मुकाबले खुद को बड़ा दिखाने के लिए अपने अतीत के किसी असली या काल्पनिक कार्य का इस्तेमाल करेंगे। यह भी संभव है, वे आपके संकल्प को और आपको परखने के लिए आपकी परीक्षा ले रहे हों पर आमतौर पर वे सिर्फ इसलिए आपको नीचा दिखाने की कोशिश करते हैं क्योंकि आपके अंदर हाल ही में आए सुधार से उनके दोष और बड़े नज़र आने लगते हैं।

यही कारण है कि हर अच्छा उदाहरण दरअसल भाग्यवश सामने आई एक

चुनौती और हर नायक एक निर्णयकर्ता होता है। माइकल एंजलो द्वारा रचित डेविड की संगमरमर की मूर्ति अपने दर्शक से मानों यह कह रही होती है कि 'तुम जो भी हो, उससे कहीं बेहतर बन सकते हो।' जब आप जीवन में आगे बढ़ने का साहस दिखाते हैं, तो एक तरह से आप वर्तमान की कमी और भविष्य के वादे को सामने रख रहे होते हैं। फिर आप लोगों की आत्मा को झकझोर देते हैं और उन्हें समझ में आता है कि उनकी निंदा करने और आगे न बढ़ने की प्रवृत्ति तर्कसंगत नहीं है। इस तरह उनकी कहानी में वे केन और आप एबल का किरदार निभा रहे होते हैं। आप उन्हें याद दिलाते हैं कि उन्होंने जीवन की भयावहता (जिससे इनकार नहीं किया जा सकता) के चलते परवाह करना नहीं छोड़ा बल्कि इसलिए छोड़ा क्योंकि वे संसार की जिम्मेदारी का बोझ अपने कंधों पर उठाना नहीं चाहते, जबकि असल में यह उन्हीं की जिम्मेदारी है।

इस भुलावे में मत रहिए कि हितकारी लोगों को अपने जीवन में लाना, बुरे और अहितकारी लोगों को अपने जीवन में लाने से ज़्यादा आसान है। ऐसा बिलकुल नहीं है। एक अच्छा और स्वस्थ समझवाला इंसान आदर्श व्यक्ति होता है। ऐसे इंसान के साथ बराबरी से खड़े होने के लिए हिम्मत और साहस की ज़रूरत पड़ती है। इसलिए अपने अंदर विनम्रता लाएँ और ज़रा साहस दिखाएँ। अपनी निर्णय क्षमता का इस्तेमाल करें और स्वयं को अविवेकपूर्ण करूणा और दया से बचाएँ। जो लोग आपका हित चाहते हैं, उन्हें अपना दोस्त बना लें।

4

अपनी तुलना अपने पिछले कल से करें न कि दूसरों से

आपके अंदर का आलोचक

पुराने जमाने में जब हममें से अधिकांश लोग छोटे और ग्रामीण इलाकों में रहते थे, तो किसी भी चीज़ में दक्ष होना आसान था। कोई होमकमिंग क्वीन या प्रॉम क्वीन यानी अमेरिकी हाईस्कूल छात्रों के लिए औपचारिक रूप से आयोजित नृत्य कार्यक्रम में छात्रों द्वारा एकमत से चुनी गई छात्रा बन सकता था... कोई स्पेलिंग प्रतियोगिता का चैम्पियन बन सकता था... कोई गणित में दक्ष हो सकता था... तो कोई बास्केटबॉल का सितारा बन सकता था। ऐसे इलाकों में सिर्फ एक-दो लोग ही मैकेनिक का काम करते थे और टीचर भी ज़्यादा नहीं होते थे। इन स्थानीय नायकों के पास अपने-अपने कार्यक्षेत्र में एक विजेता की तरह भरपूर आत्मविश्वास का आनंद उठाने का अवसर होता था। हो सकता है कि इसी वजह से प्रतिष्ठित लोगों के बीच छोटे कस्बों में पैदा हुए लोगों का प्रतिनिधित्व आँकड़ों के अनुसार सबसे ज़्यादा होता है। अगर आप मूल रूप से आधुनिक न्यूयॉर्क से हैं तो आप जैसे बीस लोग और हममें से ज़्यादातर लोग अब शहरों में रहते हैं। इससे भी बड़ी बात यह है कि अब संसार के लगभग सात सौ करोड़ लोग डिजिटल माध्यमों से एक-दूसरे से जुड़े हुए हैं।

आप भले ही किसी चीज़ में कितने भी दक्ष हों या अपनी उपलब्धियों को कैसे भी आँकते हों, पर आपको कोई न कोई ऐसा व्यक्ति ज़रूर मिल जाएगा, जिसके सामने आप अक्षम नज़र आएँगे। जैसे आप एक अच्छे गिटार वादक हो सकते हैं पर आप जिमी पेज (मशहूर अंग्रेज संगीतकार) या जैक व्हाइट (जाने-माने अमेरिकी संगीतकार और गीतकार) नहीं हैं। यह भी करीब-करीब तय है कि आप अपने गिटार वादन से स्थानीय पब में कोई धूम मचानेवाले नहीं हैं। इसी तरह आप एक अच्छे बावर्ची हो सकते हैं पर दुनिया में महान बावर्चियों की कोई कमी नहीं है। आपकी माँ द्वारा पकाई गई फिश करी उनके अपने कस्बे में कितनी भी मशहूर रही हो पर आज

के जमाने में उपलब्ध मौसमी की फेनी और स्कॉच आईस्क्रीम के सामने उसकी कोई हैसियत नहीं है। किसी माफिया डॉन की सौदागर नौका (Tackier yacht) दूसरों की तुलना में कहीं अधिक भड़कीली और बेढंगी किस्म की होती है, तो जुनूनी प्रवृत्ति का कोई सीईओ बड़ी पेचीदा किस्म की घड़ी पहनता है और जब भी उसे उतारता है, तो लकड़ी और स्टील से बने एक अलबेले डिब्बे में रखता है, जो घड़ी से भी ज़्यादा महँगा होता है। यहाँ तक कि हॉलीवुड की सबसे आकर्षक फिल्मस्टार भी एक दिन दुष्ट प्रवृत्तिवाली औरत में तब्दील हो जाती है और फिर पागलों की तरह अपनी झूठी शान का दिखावा करते हुए दूसरों को नीचा दिखाती रहती है। और आप? आपका कॅरियर उबाऊ और अर्थहीन है, घर संभालने का आपका कौशल दोयम दर्जे का है, आपकी पसंद वाहियात है, आप अपने दोस्तों के मुकाबले कहीं अधिक बेडौल हैं और आपकी पार्टियों में आना किसी को पसंद नहीं है। भले ही आप कनाडा के प्रधानमंत्री ही क्यों न हों, पर कोई और व्यक्ति अमेरिका का राष्ट्रपति है और उसके सामने आपकी कोई हैसियत नहीं है।

हम सबके अंदर एक आलोचक होता है, जो यह सब अच्छी तरह जानता है और आपको इसके बारे में निरंतर आगाह करना उसकी प्रवृत्ति है। यह हमारी दोयम दर्जे की कोशिशों की खूब निंदा करता है और इसे चुप कराना अक्सर बहुत मुश्किल होता है। सबसे बुरी बात तो यह है कि ऐसे आलोचकों का होना ज़रूरी भी है। दुनिया में घटिया कलाकारों, बेसुरे संगीतकारों, घिनौने बावर्चियों, नौकरशाही प्रवृत्तिवाले बेकायदा प्रबंधकों, छिछोरे उपन्यासकारों और विचारधाराओं से ग्रस्त थकाऊ प्रोफेसरों की कोई कमी नहीं है। चीज़ों और लोगों के गुणों में बहुत फर्क होता है। बेसुरा, वाहियात संगीत हर जगह श्रोताओं के लिए यातना जैसा होता है। ठीक से डिजाइन न की गईं इमारतें भूकंप के हल्के झटके से धराशायी हो जाती हैं। दोयम दर्जे की गाड़ियाँ जब दुर्घटना का शिकार होती हैं, तो अपने ड्राइवर की जान ले लेती हैं। असफलता दरअसल वह मूल्य है, जिसे हम मानकों को बनाए रखने के लिए चुकाते हैं और चूँकि दोयम दर्जे की हर चीज़ के परिणाम कतई अच्छे नहीं होते, इसीलिए मानकों का होना ज़रूरी है।

हमारे जीवन के परिणाम हमारी क्षमता के अनुरूप नहीं होते और न ही कभी होंगे। संसार के कुछेक लोग ही लगभग सारा उत्पादन करते हैं और जो विजेता होते हैं, वे सब कुछ नहीं, पर बहुत कुछ खुद ले लेते हैं। हैसियत के मामले में निचले स्तर पर होना किसी काम का नहीं होता। निचले स्तर पर अटके लोग नाखुश होते

हैं। वे अधिक बीमार पड़ते हैं, उन्हें कोई नहीं जानता और न ही कोई उन्हें प्रेम करता है। वे उस निचले स्तर पर रहकर अपना जीवन बरबाद कर लेते हैं और एक दिन वहीं मर जाते हैं। इसका परिणाम यह होता है कि इंसान के अंदर मौजूद आत्मघाती आलोचक एक विनाशकारी कहानी बुनने लगता है। जीवन ऐसा खेल है, जहाँ किसी एक व्यक्ति की जीत का अर्थ होता है, दूसरे व्यक्ति की हार। यहाँ अयोग्यता सिर्फ एक दोष के अलावा कुछ और नहीं है। जानबूझकर अनजान बने रहने के अलावा भला ऐसा क्या है, जो इंसान को ऐसी तिरस्कारपूर्ण आलोचना से बचा सकता है? यही कारण है कि मनोवैज्ञानिकों की एक पूरी पीढ़ी के अनुसार मानसिक स्वास्थ्य हासिल करने का यही एक विश्वसनीय तरीका है यानी एक झूठ को अपना सहारा मान लो। ऐसा कहकर मनोवैज्ञानिक 'सकारात्मक भ्रम' की सिफारिश करते हैं। भला इससे अधिक भयानक, मनहूस और निराशाजनक दर्शन और क्या हो सकता है? हालात इतने खराब हैं कि सिर्फ एक भ्रम ही आपको बचा सकता है।

तो लीजिए, यह रहा एक वैकल्पिक दृष्टिकोण (जिसके लिए किसी भ्रम की ज़रूरत नहीं है)- अगर आपके हाथ में हमेशा कमज़ोर पत्ते ही आते हैं, तो हो सकता है कि आप जिस खेल को जीतने की कोशिश कर रहे हैं, उसमें कपट हो रहा हो (शायद अनजाने में यह कपट आप ही कर रहे हों)। यदि आपके अंदर की आवाज आपको अपने प्रयासों या अपने जीवन पर या इस संसार और जीवन के महत्त्व पर संदेह करने के लिए मज़बूर कर देती है, तो शायद आपको इस आवाज को सुनना बंद कर देना चाहिए। अगर आपके अंदर का आलोचक हर किसी के बारे में निंदापूर्ण बातें कहता है, भले ही सामनेवाला कितना भी सफल हो, तो स्वयं सोचें कि वह आलोचक कितना विश्वसनीय होगा? हो सकता है कि उसकी सारी निंदापूर्ण टिप्पणियाँ बुद्धिमत्तापूर्ण बातें नहीं बल्कि सिर्फ बकवास हों। आपको संसार में खुद से बेहतर लोग हमेशा मिलेंगे - यह शून्यवाद का एक ठप्पा या अतिरिक्त अर्थ है, भला किसे पता है कि कौन किससे कितना बेहतर या बदतर है? इस तरह के कथन पर सबसे उचित प्रतिक्रिया यह नहीं है कि 'सब बेकार है, किसी चीज़ का कोई मतलब नहीं है।' क्योंकि किसी बेवकूफ व्यक्ति के जीवन में भी ऐसा समय आ सकता है, जब उसे हर चीज़ बेकार और अर्थहीन लगे। अपने आपसे बात करते हुए स्वयं को महत्वहीन बताने का अर्थ, अपने अस्तित्व की बुद्धिमत्तापूर्ण आलोचना करना नहीं है। यह तो बस आपके तार्किक दिमाग की एक छिछोरी चाल है।

कई अच्छे क्षेत्र

अच्छाई या बुराई को आँकने के लिए बनाए गए ऊँचे मापदंड यूँ ही नहीं होते। वे कोई भ्रम नहीं हैं, उनका होना ज़रूरी है। आप फिलहाल जो भी कर रहे हैं, अगर वह आपको सारे उपलब्ध विकल्पों में सर्वश्रेष्ठ न लगा होता, तो फिलहाल आप वह कर ही नहीं रहे होते। अच्छाई या बुराई से मुक्त विकल्प का विचार अपने आपमें एक विरोधाभास है। किसी चीज़ के अच्छे और बुरे पहलू को आँकना उससे जुड़ा कर्म करने की पहली शर्त है। इसके अलावा हर गतिविधि उपलब्धि के आंतरिक मापदंडों को अपने साथ लेकर आती है। अगर कोई कार्य करना संभव है, तो यह तय है कि वह बेहतर भी हो सकता है और बदतर भी। कोई भी कार्य करने का अर्थ है कि उसे पहले से तय कुछ मूल्यों के अनुसार किया जाएगा। उस कार्य को अधिक कुशलता एवं सुरूचिपूर्ण ढंग से भी किया जा सकता है और कम कुशलता एवं कम सुरूचिपूर्ण ढंग से भी। हर खेल सफलता और असफलता के अवसरों के साथ ही आता है। गुणवत्ता में अंतर सर्वव्यापी है। अगर कोई चीज़ बेहतर या बदतर होती ही नहीं, तो कुछ भी करने का कोई मतलब न बनता। फिर न तो कोई मूल्य होता और न ही कोई अर्थ? अगर कोशिश करने से भी कोई सुधार नहीं आता तो फिर कोशिश करने की ज़रूरत ही क्या रह जाती? किसी भी चीज़ के अर्थ को स्पष्ट करने के लिए पहले बेहतर और बदतर के बीच फर्क करने की ज़रूरत होती है। तो फिर आत्मचेतना की आलोचनात्मक आवाज को चुप कैसे कराया जाए? आखिर अंदर की इस आवाज द्वारा दिए गए त्रुटिहीन संदेशों के तर्क में कमी कहाँ है?

इसे समझने के लिए हम 'सफ़लता' और 'असफलता' जैसे पूर्णत: सकारात्मक और पूर्णत: नकारात्मक शब्दों पर चर्चा कर सकते हैं। सांसारिक अर्थों में आप एक व्यक्ति के रूप में या तो सिर्फ सफल हो सकते हैं या सिर्फ असफल। इसमें बीच का कोई विकल्प नहीं है, हालाँकि हमारे इस जटिल संसार में इस प्रकार का सामान्य कथन अनुभवहीन, अपरिष्कृत और यहाँ तक कि पुरुषवादी विश्लेषण की ओर संकेत करता है। इस दोहरी सिस्टम द्वारा मूल्य या हैसियत तय करने की प्रक्रिया में कई सीमाएँ और श्रेणियाँ सामने आती हैं, जिसके परिणाम अच्छे नहीं होते।

सबसे पहली बात तो यह है कि किसी एक क्षेत्र में मिली सफलता या असफलता से यह तय नहीं होता कि इंसान अपने जीवन में पूर्ण रूप से सफल हुआ या असफल। यह तय करने का आधार कई क्षेत्र या फिर यूँ कहें कि कई अच्छे क्षेत्र हो सकते हैं। ऐसे क्षेत्र, जहाँ आपकी स्वाभाविक प्रतिभा उपयोगी हो, जहाँ आपके

पास अन्य लोगों के साथ विभिन्न गतिविधियों में शामिल होने और समय के साथ खुद को बेहतर बनाने का मौका हो। जैसे वकालत एक अच्छा क्षेत्र है। इसी तरह चिकित्सा, नलसाजी (Plumber), बढ़ईगिरी (carpenter) और शिक्षण जैसे क्षेत्र भी अच्छे हैं। संसार आपको कोई भी क्षेत्र चुनने की अनुमति देता है। अगर आप एक क्षेत्र में सफल नहीं होते, तो दूसरे क्षेत्र में कोशिश कर सकते हैं। आप कोई भी ऐसा क्षेत्र चुन सकते हैं, जहाँ आपकी खूबियाँ काम आती हों और अगर क्षेत्र बदलना भी काम नहीं आता, तो आप खुद कोई नया क्षेत्र तैयार कर सकते हैं। जैसे मैंने हाल ही में एक टैलेंट शो देखा, जहाँ मूकअभिनय कर रहे एक कलाकार ने अपने मुँह पर पट्टी बाँध रखी थी और वह ओवन मिट्स (ओवनवाले दस्ताने) के साथ कुछ उल्टी-सीधी हास्यास्पद चीज़ें कर रहा था। यह बहुत ही अनपेक्षित पर मौलिक अभिनय था, जो उसके मामले में कारगर साबित हो रहा था।

इस बात की संभावना भी न के बराबर है कि आप सिर्फ एक ही क्षेत्र में सक्रिय होंगे। आपका एक कॅरियर है, कुछ दोस्त हैं, परिवार के सदस्य हैं, निजी परियोजनाएँ हैं, कलात्मक और खेलकूद संबंधी अभ्यास हैं। आप चाहेंगे कि आप अपनी सफलता को आँकते समय ऐसे सभी क्षेत्रों पर विचार करें, जिनमें आपकी सक्रिय भागीदारी हो। कल्पना कीजिए कि आप इनमें से कुछ क्षेत्रों में बहुत अच्छे, कुछ में ठीक-ठाक और कुछ में कमज़ोर हैं। शायद यह ठीक भी है क्योंकि ऐसा ही होना चाहिए : भले ही आप यह कहें कि आपको हर क्षेत्र में विजयी होना है! पर हर चीज़ में विजयी होने का अर्थ यह भी हो सकता है कि आप कोई नया या कोई मुश्किल कार्य नहीं कर रहे हैं। हो सकता है कि आप विजयी तो हो रहे हों पर आगे न बढ़ रहे हों, बेहतर न हो रहे हों और शायद विजयी होने का असली अर्थ आगे बढ़ना व बेहतर होना ही है। क्या पूरे कालचक्र में हमेशा विजय को ही प्राथमिकता मिलनी चाहिए?

आखिरकार शायद आपको एहसास हो गया होगा कि आप जिस भी क्षेत्र में सक्रिय हैं, उसके सभी छोटे-बड़े पहलू आपके लिए इतने अद्वितीय, इतने व्यक्तिगत हैं कि किसी और से उसकी तुलना करना कतई उचित नहीं होगा। शायद आपके पास जो है, उसे ज़्यादा महत्त्व देने के बजाय आप उन चीज़ों को ज्यादा महत्त्व दे रहे हैं, जो आपके पास नहीं हैं। कृतज्ञता या आभार सचमुच काम आनेवाली चीज़ है। यह आपको स्वयं को पीड़ित मानने और द्वेषपूर्ण बनने से बचाती है। मान लीजिए आपका कोई सहकर्मी दफ्तर में आपसे बेहतर प्रदर्शन करता है पर उसकी पत्नी ने किसी और

मर्द के साथ विवाहेत्तर संबंध बना रखे हैं, जबकि आपका शादीशुदा जीवन खुशहाल है। अब ज़रा स्वयं विचार कीजिए कि आप दोनों में से किसकी स्थिति बेहतर है? इसी तरह आप जिस फिल्म स्टार के दीवाने हैं, अगर वह एक बेहद हठधर्मी व्यक्ति हो, जिसे शराब की लत हो और जो हमेशा नशे में गाड़ी चलाता हो तो क्या आप उसके जैसा जीवन चाहेंगे?

जब आपके अंदर का आलोचक किसी से तुलना करके आपको नीचा दिखाता है, तो यह दरअसल इस तरह काम कर रहा होता है : सबसे पहले तो यह तुलना का एक मनमाना क्षेत्र (प्रसिद्धि या शक्ति) चुनता है। इसके बाद यह ऐसा व्यवहार करता है, मानो बस यही एक क्षेत्र ऐसा है, जो योग्य है। फिर यह आपकी तुलना किसी ऐसे व्यक्ति से करता है, जो उस क्षेत्र में सचमुच उत्कृष्ठ है। कई बार तो यह इससे भी आगे जाकर आपके और उस व्यक्ति के बीच के फर्क को संसार द्वारा आप पर किए गए अन्याय का साक्ष्य मान लेता है। इससे जीवन में कुछ भी करने की आपकी प्रेरणा बहुत कमज़ोर हो सकती है। जो लोग स्वयं को इस दृष्टिकोण से आँकते हैं, वे अपने लिए चीज़ों को आसान बनाने के बजाय और मुश्किल बना लेते हैं।

जब हम छोटे होते हैं, तो न हमारे अंदर वैयक्तिकता होती है और न ही हमारे पास पर्याप्त जानकारियाँ होती हैं। हमें स्वयं के मापदंड तय करने के लिए ज़रूरी बुद्धिमत्ता हासिल करने का समय ही नहीं मिला होता। जिसके परिणामस्वरूप हमें दूसरों से अपनी तुलना करने की ज़रूरत पड़ती है क्योंकि मापदंड आवश्यक होते हैं। अगर मापदंड न हों, तो कुछ करने को बचेगा ही नहीं। जैसे-जैसे हम परिपक्व होते हैं, उतने ही अधिक वैयक्तिक और जानकार बन जाते हैं। फिर हमारे जीवन की स्थितियाँ ज़्यादा से ज़्यादा व्यक्तिगत होती चली जाती हैं और दूसरों की स्थितियों से तुलना करने योग्य नहीं रह जातीं। प्रतीकात्मक रूप से कहूँ, तो इसका अर्थ यह है कि हमें अपने पिता का घर छोड़कर, उनकी छत्र-छाया से बाहर आकर अपने व्यक्तिगत अस्तित्व की अराजकता (अव्यवस्था) का सामना करना चाहिए। इस प्रक्रिया में हमें अपने पिता को पूरी तरह त्यागे बिना अपनी अव्यवस्था व बेतरतीबी पर गौर करना चाहिए। हमें अपने सांस्कृतिक मूल्यों की खोज दोबारा करनी चाहिए - जो हमारी अज्ञानता के कारण हमारे अतीत के धूल भरे खजाने में छिपे हुए थे - उन्हें बचाना चाहिए और उनके साथ अपने जीवन को एकीकृत कर लेना चाहिए। यही वह चीज़ है, जो हमारे अस्तित्व को संपूर्ण और आवश्यक अर्थ देती है।

आप कौन हैं? आपको लगता है कि आपको इसका जवाब मालूम है, पर हो

सकता है कि ऐसा न हो। उदाहरण के लिए आप या तो खुद अपने मालिक हैं या फिर अपने ही गुलाम हैं। आप खुद को आसानी से यह नहीं कह सकते कि क्या करना है और न ही आप स्वयं को अपनी ही आज्ञा या कोई बात मानने के लिए मज़बूर कर सकते हैं (कम से कम आप अपने पति, पत्नी, बेटे या बेटी के मामले में जिस हद तक ऐसा कर सकते हैं, उससे ज़्यादा तो कतई नहीं)। कुछ चीज़ों में आपकी दिलचस्पी होती है और कुछ चीज़ों में नहीं होती। आप अपनी दिलचस्पी बढ़ा या घटा सकते हैं पर सिर्फ एक सीमा तक। कुछ गतिविधियों में आप हमेशा शामिल होंगे और कुछ गतिविधियाँ आपको कभी अच्छी नहीं लगेंगी।

आपका अपना एक स्वभाव है। आप चाहें, तो इसे किसी तानाशाह की तरह अपने नियंत्रण में रख सकते हैं, पर यह तय है कि इसके बाद आपके अंदर से ही विद्रोह होगा। कर्म करने और अपनी इच्छा को बनाए रखने के लिए आप खुद को किस हद तक मज़बूर कर सकते हैं? अपने जीवनसाथी के प्रति आपकी उदारता द्वेष में तब्दील हो, इससे पहले आप उसके लिए कितना त्याग कर सकते हैं? वह क्या है, जिससे आप सचमुच प्रेम करते हैं? वह क्या है, जो आप सचमुच चाहते हैं? अपने मूल्यों के मापदंड तय करने से पहले आपको खुद को एक अजनबी के तौर पर देखना होगा और इसके बाद खुद को जानना होगा। वह क्या है, जो आपके लिए बहुत कीमती और बहुत आनंददायक है? आप खुद को बोझ तले दबे हुए एक व्यक्ति से बेहतर कुछ और समझें, इसके लिए आपको कितने आराम, आनंद और इनामों की ज़रूरत महसूस होती है? आप लापरवाही में उतावले होकर अपनी सीमाएँ न लाँघें, इसके लिए आपको खुद का ध्यान कैसे रखना होता है? आपके पास दो विकल्प हैं। पहला विकल्प यह है कि आप रोज़मर्रा के जीवन की चुनौतियों का सामना करने के लिए खुद को मज़बूर कर सकते हैं और शाम को घर आने के बाद अपने कुत्ते को लात मारकर अपनी भड़ास निकाल सकते हैं या अपने दिन का एक-एक कीमती पल यूँ ही बरबाद होते हुए भी देख सकते हैं। दूसरा विकल्प यह है कि आप खुद को उत्पादक और स्थायी लाभ देनेवाली गतिविधियों में शामिल करना सीखें। क्या आप कभी खुद से यह पूछते हैं कि आपको क्या चाहिए? क्या आप खुद के साथ न्यायपूर्वक ढंग से सौदे और मोलभाव करते हैं? या फिर आप एक क्रूर अत्याचारी हैं, जिसने खुद को ही अपना गुलाम बना रखा है?

ऐसी स्थिति कब बनती है, जब आपको अपने माता-पिता, अपने जीवनसाथी या फिर अपने बच्चे से नफरत होने लगती है और इसके पीछे क्या कारण होता है?

इस स्थिति को सुधारने के लिए क्या किया जा सकता है? अपने दोस्तों या व्यापारिक भागीदारों से आपको क्या उम्मीद होती है? यह मामला सिर्फ इस बात तक सीमित नहीं है कि आपको दूसरों से क्या उम्मीद होनी चाहिए। मैं इस बारे में बात नहीं कर रहा हूँ कि दूसरों को आपसे क्या चाहिए और उनके प्रति आपके क्या कर्तव्य हैं। मैं तो आपसे खुद के प्रति अपने नैतिक कर्तव्यों के स्वरूप को तय करने को कह रहा हूँ। क्या हो सकता है, क्या होगा, क्या होना चाहिए, इस तरह की चीज़ें भी इसमें शामिल हो सकती हैं क्योंकि आप सामाजिक दायित्वों से निर्मित एक सुरक्षित दायरे में जीते हैं। जो होना चाहिए, वह आपकी जिम्मेदारी है और आपको इसे निभाना चाहिए। पर इसका अर्थ यह नहीं है कि आप एक आज्ञाकारी नौकर बन जाएँ, जो किसी को हानि नहीं पहुँचा सकता। क्योंकि एक तानाशाह अपने गुलामों को ऐसा ही बनाना चाहता है।

इसके बजाय आपको जोखिम उठाने का साहस करना चाहिए। सच्चा बनने, स्वयं को समझने और ऐसी अभिव्यक्ति करने (या कम से कम इसके प्रति जागरूक बनने) का साहस करना चाहिए, जिससे आपका जीवन सचमुच अर्थपूर्ण बन सके। अगर आपने अपने जीवनसाथी के प्रति अस्पष्ट और अभिव्यक्त न की जा सकनेवाली अपनी इच्छाओं को प्रकट होने की अनुमति दी होती – और अगर आप उन्हें पूरा करने के बारे में विचार करने को तैयार होते, तो शायद आपको यह पता चल जाता कि वे इच्छाएँ इतनी भी अस्पष्ट नहीं थीं, जितनी आपको लग रही थीं। शायद आपको पता चल जाता कि आप सिर्फ इसलिए सदाचारी होने का नाटक कर रहे थे क्योंकि आप उन इच्छाओं से घबराए हुए थे। शायद आपको समझ में आ जाता कि जो आप चाहते हैं, उसे पा लेने के बाद आप उसके लालच में अपने रास्ते से नहीं भटकेंगे। क्या आपको पूरा विश्वास है कि अगर आप अपने जीवन के पहलुओं को और खुलकर सामने लाएँगे, तो इससे आपका जीवनसाथी नाखुश हो जाएगा? याद रखें कि कहानियों में फैम फेटाल[1] और एंटी हीरो[2] के बीच यौन आकर्षण यूँ ही नहीं होता बल्कि इसके पीछे ठोस कारण होते हैं।

आपसे किस तरह बात की जानी चाहिए? आपको लोगों की कौन सी चीज़ अपनानी चाहिए? आप कौन सी नकारात्मकता झेल रहे हैं या अपने कर्तव्यों और

---

[1] एक रहस्यमयी, कामोत्तेजक पर खतरनाक औरत

[2] ऐसा नायक जिसके अंदर आदर्शवाद, सदाचार और साहस जैसे पारंपरिक नायकोंवाले गुण नहीं होते, विरोधी नायक

दायित्वों को पूरा करने के लिए कौन सी चीज़ को पसंद करने का दिखावा कर रहे हैं? दूसरों के प्रति अपने अंदर पनप रहे रोश पर गौर कीजिए। पैथोलॉजी (विकृति विज्ञान) के अनुसार यह एक प्रतिक्रियाशील भावना है। यह अहंकार, छल और रोश के दुष्ट त्रिकोण का हिस्सा है। अधोलोक की इस त्रिमूर्ति से ज़्यादा नुकसानदायक और कुछ भी नहीं है। रोश के पीछे हमेशा दो कारण होते हैं। रोश से भरा व्यक्ति अपरिपक्व होता है, जिसे कायदे से चुप हो जाना चाहिए और रोना-धोना छोड़कर आगे बढ़ जाना चाहिए। इसके विपरीत व्यक्ति रोश से इसलिए भरा होता है क्योंकि वह किसी किस्म की क्रूरता का शिकार हो चुका होता है और ऐसे में उसका नैतिक दायित्व बनता है कि वह इसके खिलाफ आवाज उठाए। पर क्यों? क्योंकि ऐसे में मौन बने रहने का परिणाम और भी बदतर हो सकता है। हाँ, इसमें कोई दोराय नहीं कि जब क्रूरता हो रही हो, तो मौन रहना और टकराव से बचना अपेक्षाकृत आसान होता है पर दीर्घकालीन रूप से यह घातक साबित होता है। अगर आपके पास कहने के लिए कुछ है और फिर भी आप मौन हैं, तो यह दरअसल झूठ बोलने के बराबर है और क्रूरता को झूठ से ताकत मिलती है। तो फिर खतरे के बावजूद आपको क्रूरता और अत्याचार के खिलाफ अपनी आवाज तब बुलंद करनी चाहिए, जब आपके अंदर गुप्त रूप से बदला लेने की कल्पनाएँ पैदा होने लगें; जब आपके जीवन में जहर भरता जा रहा हो और आपके अंदर विध्वंस की इच्छा उभरने लगे।

सालों पहले की बात है, मेरा एक मरीज गंभीर रूप से ऑब्सेसिव-कंपल्सिव डिसऑर्डर[3] से ग्रस्त था। वह रात को सोने जाने से पहले बार-बार अपना पजामा ठीक से पहनता, इसके बाद अपने तकिए को ठीक करता, बिस्तर का चादर ठीक से बिछाता। वह ये सब हर रोज कई-कई बार करता था। मैंने उससे कहा, 'तुम्हारे व्यक्तित्व का यह पहलू, जो पागलपन की हद तक निरंतर सक्रिय रहता है, शायद ऐसा करके वह अपने ढंग से कुछ कहने की कोशिश कर रहा है। वह जो कहना चाहता है, उसे कहने दो। भला क्या कहना चाहता होगा तुम्हारा वह पहलू?' उसने जवाब में कहा, 'शायद नियंत्रण के बारे में कुछ कहना चाहता होगा।' मैंने कहा, 'अपनी आँखें बंद करो और उसे यह बताने का मौका दो कि वह क्या चाहता है। अपने डर को अपने रास्ते की रूकावट मत बनने दो। और हाँ, सिर्फ इसलिए कि तुम इस मसले पर विचार कर रहे हो, तुम्हें इस पर कोई प्रतिक्रिया करने की ज़रूरत भी नहीं है।' उसने कहा, 'मेरा यह पहलू चाहता है कि मैं अपने सौतेले बाप की कॉलर

[3] जुनूनी बाध्यकारी विकार नामक मानसिक बीमारी

पकड़कर उसे उसकी औकात बताऊँ।' हो सकता है कि उसके लिए ऐसा करना ज़रूरी रहा हो, पर मैंने उसे इसके बजाय कोई बेहतर तरीका अपनाने का सुझाव दिया। पर इस बात से भी इनकार नहीं किया जा सकता कि मानसिक शांति हासिल करने की प्रक्रिया में किसे कौन सी लड़ाई लड़नी पड़ेगी, यह सिर्फ ईश्वर ही जानता है। आप द्वंद और संघर्ष की स्थितियों को कैसे टालते हैं? वे कौन सी चीज़ें हैं, जिनके बारे में आप इसलिए झूठ बोल सकते हैं क्योंकि आपको लगता है कि सच किसी को बरदाश्त नहीं होगा? आप किन मामलों में दिखावा करते हैं या नकली बने रहते हैं?

एक शिशु अपनी हर ज़रूरत के लिए अपने माता-पिता पर निर्भर होता है। एक बच्चा - एक सफल बच्चा - अपने माता-पिता को अस्थायीरूप से छोड़कर दूसरों से दोस्ती कर सकता है। इसके लिए वह अपनी कुछ चीज़ों को किनारे रख देता है पर बदले में उसे काफी कुछ मिल जाता है। एक सफल किशोर इस प्रक्रिया को इसके तार्किक परिणाम तक पहुँचाता है। उसे अपने माता-पिता का घर छोड़कर बाहर निकलना होता है और संसार के बाकी लोगों जैसा बनना होता है। उसे संसार के साथ एकीकृत होना होता है ताकि वह बचपन से चली आ रही अपनी निर्भरता से पार पा सके। एक बार संसार या समाज के साथ एकीकृत होने के बाद एक सफल इंसान को यह सीखना होता है कि वह दूसरों से इतना अलग कैसे बने कि इससे उसे लाभ हो।

दूसरों से अपनी तुलना करते समय ज़रा सतर्क रहें। वयस्क होते ही आप एक विलक्षण व्यक्ति बन जाते हैं। आपकी अपनी विशिष्ट समस्याएँ होती हैं, जैसे आर्थिक समस्याएँ, अंतरंग, मनोवैज्ञानिक और अन्य समस्याएँ। वे आपके जीवन के अनूठे और प्रशस्त संदर्भ में समाविष्ट होती हैं। आपका कॅरियर या आपकी नौकरी या तो आपके लिए व्यक्तिगत ढंग से काम की होती है या नहीं होती। आपके मामले में चाहे जो भी हो, पर आपका पेशा आपके जीवन के अन्य पहलुओं के साथ परस्पर क्रिया करता है। आपको यह तय करना होगा कि आपको किस चीज़ पर, अपना कितना समय खर्च करना है। साथ ही आपको यह भी तय करना होगा कि आप किस चीज़ को छोड़ देंगे और किस चीज़ को हासिल करने का प्रयत्न करेंगे।

हमारी आँखों का देखना (या परखना)

हमारी आँखें हमेशा उन चीज़ों की ओर देख रही होती है, जिन्हें जानने, परखने, हासिल करने या देखने में हमारी दिलचस्पी होती है। हमें देखना होगा, पर

देखने के लिए हमें उस चीज़ की ओर आँखों के माध्यम से निशाना साधना होता है और हम हर वक्त यह निशाना साध रहे होते हैं। चूँकि हमारे शुरुआती पूर्वज शिकार करते थे इसलिए हमारा मस्तिष्क हमारे शरीर के उन प्लेटफॉर्म्स पर विकसित हुआ है, जो शिकार करके भोजन इकट्ठा करने की गतिविधियों से जुड़े हैं। शिकार करने के लिए सबसे पहले एक लक्ष्य तय करना होता है, फिर उसका पीछा करना होता है और आखिरकार सही मौका आने पर उस पर वार करना होता है। इस संदर्भ में भोजन इकट्ठा करने का अर्थ है, बात को स्पष्ट ढंग से सामने रखना और समझना। हम पत्थर फेंकते हैं, भाले और बूमरैंग फेंकते हैं। बास्केटबॉल में हम गेंद को टिप्पा खिलाते हैं, आइस हॉकी के पक्स को जाल की ओर मारते हैं, हम ग्रेनाइट की चट्टान में नक्काशी करते हैं, हम तीरों से, बंदूकों से, राइफलों और रॉकेटों से निशाने साधते हैं, हम दूसरों को अपमानजनक शब्द बोल देते हैं, योजना बनाते हैं और अपने विचारों को सामने रखते हैं। जब हम एक गोल कर लेते हैं या लक्ष्य पर निशाना लगा लेते हैं, तो यह एक सफलता होती है। जब हम ऐसा नहीं कर पाते, तो हम हार जाते हैं या यूँ कहें कि हमसे पाप हो जाता है। (क्योंकि पाप शब्द का अर्थ होता है लक्ष्य भेदने में नाकाम होना) आप किसी चीज़ पर निशाना साधे बिना या अपनी मंजिल तय किए बिना अपने रास्ते पर सावधानी से आगे नहीं बढ़ सकते। जब तक हम इस संसार में हैं, हमें अपने रास्ते पर सावधानी से आगे बढ़ते रहना होगा।

हम हमेशा किसी एक बिंदु (जो कम आकर्षक होता है) पर होते हैं और साथ ही किसी दूसरे बिंदु (जिसे हम अपनी मूल्यों के अनुसार बेहतर मानते हैं) की ओर बढ़ रहे होते हैं। हम संसार को हमेशा अपर्याप्तता की स्थिति में पाते हैं और इसमें सुधार करने के रास्ते तलाशते रहते हैं। हमें भले ही यह लगता हो कि हमारे पास अपनी ज़रूरत की सारी चीज़ें उपलब्ध हैं, पर फिर भी हम ऐसे नए तरीकों की कल्पना कर सकते हैं, जो न सिर्फ हालातों को सुधारे बल्कि उन्हें बेहतर भी बना दे। यहाँ तक कि जब हम अस्थायी रूप से संतुष्ट महसूस करते हैं, तब भी नई चीज़ों के प्रति हमारी उत्सुकता समाप्त नहीं होती। हम एक ऐसी संरचना के दायरे में रहते हैं, जिसमें वर्तमान को हमेशा अपर्याप्तता से ग्रस्त बताया है और भविष्य को हमेशा बेहतर बताया गया है। अगर हम हर चीज़ को इस नज़रिए से नहीं देखेंगे, तो कभी सक्रिय नहीं होंगे। तब हमारे लिए देखना भी मुमकिन नहीं होगा क्योंकि देखने के लिए ध्यान केंद्रित करना ज़रूरी होता है और ध्यान केंद्रित करने के लिए हमें उस एक चीज़ को बाकी सारी चीज़ों से ऊपर रखना होता है, जिस पर ध्यान केंद्रित करना है।

पर हम देख सकते हैं। यहाँ तक कि हम उन चीज़ों को भी देख सकते हैं, जो हैं ही नहीं। हम चीज़ों को, हालातों को सुधारने के नए रास्ते ईजाद कर सकते हैं। हम काल्पनिक दुनिया का निर्माण कर सकते हैं, जहाँ वे समस्याएँ सामने भी आ जाएँगी और सुलझाई जा सकेंगी, जिनके बारे में हम जानते तक नहीं हैं। इसके फायदे स्पष्ट हैं :

हम दुनिया को बदल सकते हैं ताकि वर्तमान की असहनीय दशा को भविष्य में सुधारा जा सके। इस दूरदर्शिता और रचनात्मकता का नुकसान यह है कि इससे बीमारी की हद तक बेचैनी और अशांति हो सकती है। क्योंकि जो सामने है (यानी वर्तमान) उसकी तुलना हम हर वक्त उससे करते रहते हैं, जो हो सकता है (यानी संभावित भविष्य)। असल में जो हो सकता है, उसे हमें अपना लक्ष्य बनाना होगा। पर यह भी संभव है कि हम ज़रूरत से ज़्यादा बड़ा लक्ष्य बना लें या फिर यह भी हो सकता है कि हम बहुत छोटा लक्ष्य बनाएँ या शायद अव्यवस्थित ढंग से अपना लक्ष्य बना लें। ऐसे में हम नाकाम हो जाते हैं और निराशा से घिरे रहते हैं, भले ही हमें देखकर दूसरों को लग रहा हो कि हमारा जीवन बढ़िया चल रहा है। आधी-अधूरी सफलतावाले अपने मिथ्या जीवन को लगातार अर्थहीन ठहराए बिना हम अपनी कल्पनाशीलता और भविष्य को बेहतर बनाने की अपनी क्षमता का लाभ कैसे उठा सकते हैं?

शायद इसका सबसे पहला कदम है परखना। आप कौन हैं? जब आप एक घर खरीदते हैं और उसमें बसने जा रहे होते हैं, तो आप घर में मौजूद कमियाँ ढूँढ़ने के लिए किसी विशेषज्ञ को बुलाते हैं। यानी एक तरह से आप अपने घर के बारे में बुरी खबर सुनाने के लिए उस इंसान को पैसे दे रहे होते हैं। क्योंकि आपके लिए यह जानना ज़रूरी है कि घर में ऐसी कौन सी कमियाँ हैं, जो आसानी से नज़र नहीं आतीं। आपके लिए यह जानना ज़रूरी होता है कि ये मामूली कमियाँ हैं या फिर गंभीर। अगर आपको कमियों के बारे में पता ही नहीं होगा, तो आप उन्हें दूर कैसे करेंगे? आपके अंदर कमियाँ हैं, इसीलिए आपको एक विशेषज्ञ की ज़रूरत होती है। अगर आप अपने अंदर के आलोचक को सही रास्ते पर ले आएँ और आप दोनों एक-दूसरे का सहयोग करें, तो वह इस भूमिका को अच्छी तरह निभा सकता है। यह हर चीज़ को परखने में आपकी सहायता कर सकता है। पर इसके लिए आपको अपने मनोवैज्ञानिक घर या आवास के हर कोने में अपने अंदर के इस आलोचक के साथ जाना होगा और वह जो भी कहेगा, उसे विवेकपूर्ण ढंग से सुनना होगा।

हो सकता है कि आप कई समस्याओं से ग्रस्त हों और अंदर से इस तरह टूटे हुए हों कि आपकी हालत सुधारना इन मामलों के किसी विशेषज्ञ के लिए एक सपना पूरा होने जैसा हो। अपनी कमियों के बारे में अपने अंदर के आलोचक की विस्तृत और तकलीफदेह रिपोर्ट पाने के बाद भला ऐसा कैसे हो सकता है कि आप खुद को हतोत्साहित और करीब-करीब कुचला हुआ महसूस न करें?

चलिए मैं आपको एक संकेत देता हूँ। भविष्य भी अतीत जैसा ही है पर दोनों में एक महत्वपूर्ण फर्क है। चूँकि अतीत बीत चुका है इसलिए जस का तस ही रहेगा, उसे बदला नहीं जा सकता पर भविष्य के मामले में ऐसा नहीं है, उसे बेहतर बनाया जा सकता है। अगर यह तय कर लिया जाए कि भविष्य को किस हद तक बेहतर बनाना है, तो सिर्फ एक दिन में भी उस हद के करीब पहुँचा जा सकता है और वह भी सिर्फ न्यूनतम कार्य करके। वर्तमान तो अनंतकाल तक दोषपूर्ण रहेगा, पर हो सकता है कि आप शुरुआत कहाँ से करते हैं, यह उतना महत्वपूर्ण न हो, जितना यह कि आप किस दिशा में आगे बढ़ रहे हैं। शायद खुशी तभी मिलती है, जब इंसान सफलता के उच्चतम बिंदु तक पहुँचने के रास्ते पर चला जा रहा होता है, न कि तब, जब इंसान को उस उच्चतम बिंदु तक पहुँच जाने के बाद क्षणिक संतुष्टि मिलती है। आपकी अधिकांश खुशी दरअसल आपकी उम्मीद से बनी होती है, भले ही वह उम्मीद जिस अधोलोक में पैदा हुई है, वह कितनी भी अंधेरी गहराई में स्थित हो।

जब अंदर के आलोचक को सही ढंग से बुलाया जाता है, तो वह उसी चीज़ को ठीक करने का सुझाव देता है, जिसे आप स्वेच्छा से, बिना किसी आक्रोश के, यहाँ तक कि आनंद प्राप्त करते हुए ठीक कर सकते हैं। स्वयं से पूछिए : मेरे जीवन में क्या कोई ऐसी चीज़ है, जो बेतरतीब हो और जिसे मैं ठीक कर सकता हूँ? क्या आप उस एक चीज़ को ठीक कर सकते हैं, जिसे वाकई ठीक होने की ज़रूरत है? क्या आप फौरन ऐसा कर सकते हैं? कल्पना कीजिए कि आप एक ऐसे व्यक्ति हैं, जिसके साथ आपको बातचीत करनी चाहिए। इसके बाद कल्पना कीजिए कि आप आलसी, क्रोधी और ज़रा सी बात पर बुरा माननेवाले व्यक्ति हैं, जो दूसरों के साथ आसानी से घुलमिल नहीं सकता। इस रवैये के साथ आपके लिए आगे बढ़ना कतई आसान नहीं होगा। शायद आपको थोड़ा मज़ाकिया और आकर्षक बनना होगा। शायद आपको व्यंगपूर्ण हुए बिना खुद से कहना होगा, 'मैं अपने चारों ओर फैली अनावश्यक पीड़ा को खत्म करने की कोशिश कर रहा हूँ और अगर तुम इस काम में मेरी मदद करोगे तो बहुत अच्छा होगा।' अपनी इच्छाओं को कुछ देर के लिए

किनारे रखकर खुद से कहें, 'क्या तुम मेरे लिए कुछ कर सकते हो? इसके लिए मैं तुम्हारा बड़ा आभारी रहूँगा।' खुद से मदद माँगते समय ईमानदारी बरतें और नम्रता से पेश आएँ क्योंकि यह कोई मामूली बात नहीं है।

आपको अपनी मन:स्थिति के आधार पर शायद आगे भी मोलभाव करना पड़ सकता है। शायद आपको खुद पर विश्वास न हो। आपको लगता हो कि आप खुद से एक चीज़ की माँग करेंगे और जैसे ही वह आपको हासिल हो जाएगी, तो आप कोई और माँग करने लगेंगे। इस मामले पर आप आहत महसूस करेंगे और दंड देना चाहेंगे। आप उस प्रस्ताव की अवमानना करेंगे, जो आपको पहले ही दे दिया गया था। भला कौन ऐसे अत्याचारी के लिए काम करना चाहेगा? कम से कम आप तो नहीं चाहेंगे। इसीलिए आप वह नहीं करते, जो आप खुद से करवाना चाहते हैं। इस लिहाज से आप एक बुरे कर्मचारी हैं और उससे भी बदतर बॉस हैं। शायद आपको खुद से यह कहने की ज़रूरत है, 'देखो, मैं जानता हूँ कि अतीत में हम एक-दूसरे के साथ ठीक से पेश नहीं आए और मैं इसके लिए शर्मिंदा हूँ। मैं सुधार की कोशिश कर रहा हूँ। हो सकता है कि मैं इस कोशिश में कुछ और गलतियाँ कर बैठूँ पर अब तुम जब भी आपत्ति करोगे, तो मैं तुम्हारी बात सुनूँगा। मैं सीखने की कोशिश करूँगा। मैंने अभी-अभी गौर किया कि आज जब मैंने तुमसे सहायता माँगी, तो तुम इस मौके को लेकर कोई खास उत्साहित नहीं दिखे। क्या तुम्हारी सहायता के बदले में मैं तुम्हें कुछ दे सकता हूँ? अगर तुम घर के बर्तन साफ कर दो, तो हम कॉफी पीने चल सकते हैं। तुम्हें एस्प्रेसो कॉफी पसंद हैं ना। तो क्या कहते हो? एस्प्रेसो के दो शॉट हो जाएँ? या फिर तुम मुझसे कुछ और चाहते हो?' जब आप खुद से यह सब कहेंगे तो शायद आप खुद की सुन सकेंगे। शायद आपको अपने अंदर एक आवाज सुनाई दे (हो सकता है कि यह आवाज आपके अंदर के उस बच्चे की हो, जो सालों पहले कहीं खो गया था)। हो सकता है कि वह आपकी बात का जवाब दे। 'सच? तुम सच में मेरे लिए कुछ करना चाहते हो? क्या तुम सच में ऐसा करोगे? कहीं यह तुम्हारी चाल तो नहीं है?'

इस बिंदु पर आपको थोड़ा सतर्क होना होगा।

वह मद्धम सी आवाज, एक धोखा खा चुके और बेहद शर्मीले बच्चे की आवाज जैसी है। इसलिए आप बड़ी सावधानी से उससे कह सकते हैं, 'मैं सच कह रहा हूँ। हो सकता है कि मैं तुम्हारे लिए जो करूँ, उसे बहुत अच्छी तरह न कर सकूँ और यह भी हो सकता है कि मेरे साथ समय बिताकर तुम्हें बहुत मजेदार

न लगे, पर मेरा वादा है कि मैं तुम्हारे लिए कुछ ऐसा करूँगा, जो तुम्हें अच्छा लगेगा।' सावधानी के साथ विनम्रता से पेश आना जीवन में बहुत काम आता है और विवेकपूर्ण ढंग से दिया गया इनाम एक शक्तिशाली प्रेरक बन सकता है। इसके बाद आप अपने अंदर की उस आवाज को, अपने उस छोटे से हिस्से को हाथ पकड़कर सिंक की ओर ले जा सकते हैं और वहाँ पड़े सारे बर्तन धो सकते हैं। पर इसके बाद लगे हाथ बाथरूम साफ करने का विचार आए, तो उसे त्याग दें और कॉफी पीने के लिए बाहर जाएँ या कोई फिल्म देख आएँ या फिर बार में जाकर एक बियर पीएँ। क्योंकि अगर आप ऐसा नहीं करेंगे, अगर आप अपने अंदर की आवाज के साथ किया गया वादा पूरा नहीं करेंगे, तो फिर आपके लिए यह मुमकिन नहीं होगा कि आप अधोलोक के किसी कोने में छिपे अपने उस छोटे से हिस्से को दोबारा पुकारें।

आप खुद से पूछ सकते हैं कि 'मैं अन्य लोगों से, मसलन अपने दोस्त से, भाई से, बॉस से, अपने सहायक से ऐसा क्या कहूँ कि मेरे और उसके बीच हालात और बेहतर हो जाएँ। मैं अपने घर की, अपने ऑफिस की या अपनी रसोई की अराजकता (अव्यवस्था) को कितना कम कर सकती हूँ ताकि चीज़ें और बेहतर हो जाएँ? मुझे अपनी अलमारी से - और अपने मन से - कौन सा कचरा साफ करने की ज़रूरत है?' आपके जीवन का हर दिन सैकड़ों छोटे-छोटे निर्णयों और सैकड़ों छोटे-मोटे कार्यों से मिलकर बना होता है। क्या आप इनमें से एक-दो निर्णयों और कार्यों को कुछ इस तरह कर सकते हैं कि आपको इनसे बेहतर परिणाम मिले? यहाँ बेहतर का अर्थ है, आपके हिसाब से बेहतर, आपके अपने मानकों के अनुसार बेहतर। क्या आप अपने गुज़रे हुए कल की तुलना आनेवाले कल से कर सकते हैं? क्या आप स्वयं यह निर्णय ले सकते हैं कि आपका वह आनेवाला बेहतर कल कैसा होगा?

छोटा लक्ष्य बनाइए। अपनी सीमित योग्यता, छल करने की प्रवृत्ति, दूसरों के प्रति द्वेष का मानसिक बोझ और जिम्मेदारियों से जी चुराने की आदत को देखते हुए आप अपने कंधों पर बहुत बड़े लक्ष्य को पूरा करने की जिम्मेदारी नहीं लेना चाहेंगे। इसलिए जब लक्ष्य तय करें, तो कुछ इस तरह करें : 'मैं चाहता हूँ कि ये दिन खत्म होने तक मेरा जीवन पहले से ज़रा बेहतर हो जाए।' फिर खुद से पूछें, 'मुझे ऐसा क्या करना होगा, जिससे मैं अपना यह लक्ष्य पूरा कर सकूँ और ऐसा करने के बदले में मैं अपने लिए एक छोटे से ईनाम के रूप में क्या चाहूँगा?' इसके बाद जो आपने तय किया है, वह करें, भले ही अच्छी तरह न कर सकें। काम पूरा होने के बाद आप खुद को ईनाम के रूप में एक कप कॉफी दे सकते हैं, जिसके बारे में कुछ देर

पहले बात हो रही थी। भले ही यह सब आपको ज़रा मूर्खतापूर्ण लगे, फिर भी ऐसा करें। अगले दिन भी ठीक यही करें और उसके अगले दिन भी। इस तरह हर रोज़ ऐसा करते-करते तुलना करने के आपके मापदंड थोड़े और ऊँचे होते जाएँगे, जो अपने आपमें किसी जादू से कम नहीं है। यह एक तरह से उन कार्यों का फल है, जिन्हें आपने पूरा किया है और अगर आप लगातार तीन साल तक ऐसा करेंगे, तो आपका जीवन पूरी तरह बदल जाएगा। फिर आप एक ऊँचे लक्ष्य की ओर निशाना साधेंगे और टूटते तारे को देखकर कोई मुराद माँगेंगे। धीरे-धीरे आपकी आँखों के सामने पड़ा पर्दा हटता जाएगा और आप सब कुछ स्पष्ट ढंग से देखना सीख जाएँगे। आप जीवन में जो लक्ष्य बनाते हैं, उसी से तय होता है कि आपको क्या दिखाई पड़ेगा। यह बात इतनी महत्वपूर्ण है कि इसे फिर से जस का तस दोहराया जा सकता है। आप जीवन में जो लक्ष्य बनाते हैं, उसी से तय होता है कि आपको क्या दिखाई पड़ेगा।

आप जो चाहते हैं और आपको जो दिखाई पड़ता है

लक्ष्य पर दृष्टि की निर्भरता (और इसीलिए मूल्य पर उसकी निर्भरता क्योंकि आप उसी चीज़ को अपना लक्ष्य बनाते हैं, जो आप चाहते हैं) को पंद्रह साल पहले संज्ञानात्मक मनोविज्ञानी (कॉग्निटिव साइकोलॉजिस्ट) डेनियल साइमंस ने जिस तरह प्रदर्शित किया था, उसे कभी भुलाया नहीं जा सकता। वे 'अनवरत असावधानी संबंधी अंधेपन' (सस्टेन्ड इनअटेंशनल ब्लाइंडनेस) पर अनुसंधान कर रहे थे। वे जिन लोगों पर अनुसंधान करते थे, उन्हें एक वीडियो मॉनिटर के सामने बिठा देते थे और स्क्रीन पर अलग-अलग चीज़ें दिखाया करते थे, जैसे गेहूँ के खेत की तस्वीर वगैरह। जब वे लोग तस्वीर देख रहे होते थे, तभी वे चुपचाप धीरे-धीरे उस तस्वीर को थोड़ा बदल देते थे। मसलन वे तस्वीर में खेत से होकर जा रही एक सड़क जोड़ देते। यह कोई छोटी-मोटी सड़क नहीं होती थी, जिस पर आपकी नज़र न जाए बल्कि एक अच्छी-खासी लंबी सड़क होती थी, जो तस्वीर के दो तिहाई हिस्से में फैल जाती थी। आश्चर्य की बात यह थी कि तस्वीर देख रहे लोग इस बात पर गौर ही नहीं कर पाते थे कि उनके देखते-देखते इसमें एक सड़क जोड़ दी गई है।

जिस प्रदर्शन से डॉ. साइमंस वाकई मशहूर हुए, वह भी कुछ-कुछ ऐसा ही था, बस ज़रा नाटकीय और अविश्वसनीय था। इसके लिए पहले उन्होंने तीन-तीन सदस्यों के दो दलों का एक वीडियो बनाया। एक दल के सदस्यों ने सफेद रंग की टी-शर्ट पहन रखी थी, जबकि दूसरे दल के सदस्यों ने काले रंग की। दोनों दलों के

बीच ज़्यादा दूरी नहीं थी और न ही उन पर गौर कर पाना कोई मुश्किल काम था। वीडियो स्क्रीन का ज़्यादातर हिस्सा दोनों दलों के छह सदस्यों से ही भरा हुआ था और स्क्रीन पर उनके चेहरे इतने स्पष्ट दिखाई दे रहे थे कि उनके हावभाव पढ़े जा सकते थे। दोनों दलों के पास अपनी एक-एक गेंद थी, जिसे वे या तो आपस में उछाल रहे थे या फिर अपने ही दल के सदस्यों की ओर फेंक रहे थे। वे दौड़ते हुए और एक-दूसरे को चकमा देते हुए लिफ्ट के सामने के छोटे से खाली हिस्से में गेंद के साथ खेल रहे थे और वहीं इस वीडियो को फिल्माया जा रहा था। वीडियो तैयार करने के बाद डॉ. साइमंस ने इसे अपने अध्ययन में हिस्सा लेनेवाले प्रतिभागियों को दिखाया। उन्होंने प्रतिभागियों से कहा कि वे सफेद टी-शर्ट वाले खिलाड़ियों को देखें और यह गिनती करें कि उन्होंने आपस में गेंद को कितने बार एक-दूसरे की ओर फेंका। अधिकतर प्रतिभागियों का जवाब था '15 बार' जो कि सही जवाब था। प्रतिभागियों को यह जानकर बहुत अच्छा लगा कि उन्होंने सही जवाब दिया। वे परीक्षा में पास हो चुके थे। पर तभी डॉ. साइमंस ने उनसे पूछा, 'क्या आप लोगों को इस वीडियो में कोई गोरिल्ला दिखाई दिया?'

'क्या मज़ाक है? कौन सा गोरिल्ला?'

इस पर डॉ. साइमंस ने कहा, 'आप इस वीडियो को फिर से देखिए पर इस बार आपको यह गिनने की ज़रूरत नहीं है कि खिलाड़ियों ने आपस में गेंद को कितने बार एक-दूसरे की ओर फेंका।' तो खिलाड़ियों ने वीडियो को फिर से देखा और करीब एक मिनट गुज़रते ही खेल के बीच में ही कुछेक सेकेंड के लिए एक व्यक्ति गोरिल्ला का सूट पहने स्क्रीन पर नज़र आने लगा और फिर वह अचानक किसी गोरिल्ला की तरह ही अपनी छाती पीटने लगा। वह स्क्रीन के बीचों-बीच था और स्पष्ट रूप से किसी सजीव गोरिल्ला जितना बड़ा नज़र आ रहा था। पर जब प्रतिभागियों ने पिछली बार इस वीडियो को देखा था, तो हर दो में से एक प्रतिभागी गोरिल्ला पर गौर ही नहीं कर पाया। इससे भी बदतर परिणाम तब आए, जब डॉ. साइमंस ने एक और अध्ययन किया। इस बार उन्होंने अपने अध्ययन में हिस्सा लेनेवाले प्रतिभागियों को एक ऐसा वीडियो दिखाया, जिसमें एक व्यक्ति को किसी काउंटर पर दूसरा व्यक्ति खाना परोस रहा था। वीडियो में खाना परोसनेवाला व्यक्ति, जो काउंटर के पीछे था, कोई सामान उठाने के लिए नीचे की ओर झुका और कुछ ही पलों बाद वापस खड़ा हो गया। अध्ययन में हिस्सा लेनेवाले अधिकतर प्रतिभागियों को इसमें कुछ विशेष नज़र नहीं आया, जबकि वीडियो में खाना परोसनेवाला जो व्यक्ति नीचे झुका

था, उसकी जगह एक नया व्यक्ति खड़ा हो गया था। आपको एक बार में इस पर विश्वास नहीं होगा। आपको लगेगा कि अगर आप वहाँ होते, तो इस बदलाव पर आसानी से गौर कर लेते। पर सच यह है कि इस बात की काफी संभावना है कि आप भी इस बदलाव पर गौर नहीं कर पाते, भले ही खाना परोसनेवाले की जगह खड़ा हुआ नया व्यक्ति पुरुष के बजाय महिला होता। डॉ. साइमंस के अध्ययन के प्रतिभागियों की तरह ही आप भी अंधेपन का शिकार हो जाते।

इसका आंशिक कारण यह है कि स्पष्ट दृष्टि दरअसल साइकोफिजियोलॉजी (मानसिक-शरीर क्रिया विज्ञान) और न्यूरोलॉजी (तंत्रिका विज्ञान) के लिहाज से एक महँगा सौदा है। आपके दृष्टिपटल का बहुत छोटा सा हिस्सा गतिका (फोविया), जो कि आँख का केंद्रीय भाग है - हाई-रेजॉल्यूशनवाला होता है। यह चेहरों को पहचानने जैसे कार्य करता है। हर दुर्लभ फोवियल कोशिका को देखने की कई चरणोंवाली प्रक्रिया को पूरा करने के लिए दृश्य आवरण (विजुअल कोर्टेक्स) में दस हज़ार कोशिकाओं की ज़रूरत पड़ती है। फिर इन दस हज़ार कोशिकाओं में से हर एक कोशिका को दूसरे चरण में जाने के लिए दस-दस हज़ार कोशिकाओं की ज़रूरत पड़ती है। अगर आपका दृष्टिपटल पूरी तरह आँख का केंद्रीय भाग (फोविया) होता, तो आपको अपने मस्तिष्क के लिए हॉलीवुड की बी-ग्रेड फिल्मों में नज़र आनेवाले एलियन की खोपड़ी के बराबर विशाल आकारवाले सिर की ज़रूरत पड़ती। परिणामस्वरूप जब हम अपनी आँखों से किसी ओर देखते हैं, तो अपनी प्राथमिकता के आधार पर इस बात का निर्धारण करते हैं कि हमें क्या देखना है। हमारी दृष्टि का अधिकांश हिस्सा अकेंद्री (परिधीय) और कम रेजॉल्यूशनवाला होता है। हम फोविया को महत्वपूर्ण चीज़ों के लिए बचाकर रखते हैं। हमारी आँखें जिन चीज़ों को अपना लक्ष्य बना रही होती हैं, हम उन्हीं चीज़ों की ओर अपनी दृष्टि की हाई-रेजॉल्यूशन क्षमता का इस्तेमाल करते हैं। बाकी सभी चीज़ों पर - यानी अधिकतर चीज़ों पर हम गौर नहीं करते और वे हमारी दृष्टि के लिए एक तरह से पृष्ठभूमि (Background) में होती हैं।

अगर कोई ऐसी चीज़, जिसकी ओर आपका ध्यान नहीं है, अचानक आपकी आँखों के सामने के उस हिस्से में आ जाती है, जिस पर आपने अपनी दृष्टि को पूरी तरह केंद्रित कर रखा है, तो वह आपको दिखाई पड़ने लगती है, वरना वह चीज़ सामने होकर भी आपको नज़र नहीं आती। डॉ. साइमंस के अध्ययन में हिस्सा ले रहे प्रतिभागी वीडियो स्क्रीन पर नज़र आ रही गेंद पर अपना ध्यान केंद्रित कर

रहे थे और उनकी आँखों के लिए स्क्रीन पर मौजूद हर चीज़ अस्पष्ट थी, चाहे वे खिलाड़ी हों या गोरिल्ला। क्योंकि गोरिल्ला कभी उस काम के आड़े नहीं आया, जो प्रतिभागियों को दिया गया था। प्रतिभागियों की आँखों के लिए जिस तरह गेंद के अलावा स्क्रीन पर नज़र आ रही बाकी सभी चीज़ें अस्पष्ट थीं, उसी तरह गोरिल्ला भी उनके लिए अस्पष्ट था। इसीलिए वह गोरिल्ला सहज ही अनदेखा रह गया। इस संसार की बेहद प्रभावी जटिलताओं से आप निपटते हैं : आप उन्हें अनदेखा कर देते हैं और उन चीज़ों की ओर ध्यान केंद्रित रखते हैं, जो आपके लिए महत्वपूर्ण हैं। आप उन्हीं चीज़ों को देखते हैं, जो आपको अपने लक्ष्य की ओर ले जाने में कारगर हों। आप अपने रास्ते में आनेवाली बाधाओं को तो पहचान लेते हैं पर बाकी सभी चीज़ों के प्रति अंधे बने रहते हैं (चूँकि इन 'बाकी सभी चीज़ों' में बहुत कुछ शामिल है इसलिए यह कहना उचित होगा कि आप काफी हद तक अंधे बने रहते हैं)। और ऐसा होना भी चाहिए क्योंकि संसार में ऐसा बहुत कुछ है, जो आपके काम का नहीं है। आपको अपने सीमित संसाधनों को सँभालकर रखना चाहिए। देखने का कार्य बहुत कठिन होता है इसलिए आपको खुद ही यह तय करना होगा कि आपको क्या देखना है और उसके अलावा बाकी सभी चीज़ों पर ध्यान न दें, जो आपके काम की नहीं हैं।

प्राचीन वैदिक ग्रंथों[4] में एक गहन विचार का वर्णन है : 'यह संसार माया है, भ्रम है।' एक लिहाज से इसका अर्थ है कि लोगों को उनकी इच्छाएँ अंधा बना देती हैं और लोग चीज़ों को जस का तस देखने में अक्षम हो जाते हैं। यह बात न सिर्फ प्रतीकात्मक रूप से बल्कि वास्तव में भी शत-प्रतिशत सच है। आपकी आँखें एक उपकरण हैं। उनका अस्तित्व ही इसलिए है ताकि आपको जो चाहिए, उसे पाने में वे आपकी मदद कर सकें। उनकी इस उपयोगिता के लिए, एक वस्तु विशेष पर ध्यान केंद्रित करने में समर्थ होने के लिए, आप एक कीमत चुकाते हैं। अपने काम की चीज़ों के अलावा अन्य सभी चीज़ों के प्रति आपका अंधा होना दरअसल वह कीमत चुकाना ही है। जब जीवन में सब कुछ अच्छा चल रहा होता है और हमें अपने मनचाहे परिणाम मिल रहे होते हैं, तब यह सब बहुत महत्त्व नहीं रखता (हालाँकि यह एक समस्या भी बन सकती है क्योंकि मनचाहे परिणाम मिलना कई बार हमें अपने उच्चतम उद्देश्य के प्रति अंधा बना सकता है)। पर जब कोई संकट

---

[4] हिंदू धर्म के सबसे प्राचीन ग्रंथ जो भारतीय संस्कृति की कई आधारशिलाओं में से एक हैं।

आता है और कुछ भी हमारे हिसाब से नहीं हो रहा होता, तब हमारे द्वारा ध्यान न दी हुई कई चीज़ें एक भयानक समस्या में तब्दील हो जाती है। फिर हमारे सामने ऐसी बहुत सी चीज़ें होती हैं, जिनसे निपटना ज़रूरी हो जाता है। हालाँकि अच्छी बात यह है कि उन समस्याओं में ही उनके समाधान के बीज छिपे होते हैं। चूँकि आप काफी कुछ अनदेखा कर चुके होते हैं इसलिए ऐसी कई संभावनाएँ होती हैं, जिनकी ओर आपने अब तक देखा तक नहीं होता।

कल्पना कीजिए कि आप खुश नहीं हैं। आपको जीवन में वह नहीं मिल रहा, जो आप चाहते हैं। हो सकता है कि आप जो चाहते हैं, उसी के कारण आपकी यह स्थिति हो। हो सकता है कि आपकी इच्छा ने ही आपको अंधा बना दिया हो। आपको जो चाहिए, शायद वह आपकी आँखों के सामने ही हो, पर आप उसे इसलिए न देख पा रहे हों क्योंकि आप किसी और चीज़ को अपना लक्ष्य बनाकर बैठे हुए हैं। इस तरह हम एक अलग ही नतीजे पर पहुँचते हैं कि आपको और बाकी सबको भी अपनी मनचाही चीज़ (या यूँ कहें कि वह चीज़ जिसकी आपको ज़रूरत है) को हासिल करने के लिए एक कीमत चुकानी होती है। इसें कुछ इस तरह समझें कि संसार को देखने का आपका अपना एक तरीका है, जो वास्तव में एक सनकी किस्म का तरीका है। आप कुछेक चीज़ों को अपनाने और बाकी सारी चीज़ों से खुद को बचाने के लिए कुछ खास तरीकों का इस्तेमाल करते हैं। इन तरीकों को विकसित करने में आपको अपने जीवन का काफी समय खर्च करना पड़ा है और अब वे आपकी आदत बन चुके हैं। अब वे सिर्फ अमूर्त विचार नहीं हैं बल्कि आपके अस्तित्व का हिस्सा बन चुके हैं और अब वे ही आपको संसार की ओर प्रवृत्त करते हैं। वे आपके सबसे गहरे, अचेतन मूल्य हैं, जो आपके अस्तित्व में निहित हैं। वे आपकी जैविक संरचना का हिस्सा बन चुके हैं। एक तरह से देखें तो वे आप ही की तरह जीवित हैं और अब वे खत्म होना या बदलना नहीं चाहते। पर कभी-कभी उनका अंत समय आ जाता है क्योंकि नए तरीकों की ज़रूरत पैदा चुकी होती है।

यही कारण है (हालाँकि यह इकलौता कारण नहीं है) कि जीवन में ऊँचे मुकाम तक पहुँचने की यात्रा में आपको कई चीज़ों को जाने देना होता है। अगर आपके जीवन में सब कुछ ठीक न चल रहा हो, तो निराशावादी नज़रिए से कहा जा सकता है कि जीवन व्यर्थ है और एक दिन हम सभी को मर जाना है। आपके जीवन के संकट आपको ऐसे निराशावादी ढंग से सोचने पर मज़बूर करें, इससे पहले ही आपको इस बात पर विचार कर लेना चाहिए कि समस्या जीवन में नहीं बल्कि आपमें है। कम से

कम इस बात का एहसास होने के बाद आपको अपने जीवन में कुछ नए विकल्प तो नज़र आएँगे। अगर आपका जीवन अच्छा नहीं चल रहा है, तो शायद इसका अर्थ यह है कि फिलहाल आपको जितना ज्ञान है, वह पर्याप्त नहीं है। यानी समस्या आपमें है, न कि जीवन में। शायद आपको अपने जीवन के मूल्यों में कुछ गंभीर बदलाव लाने की ज़रूरत है। शायद आपकी इच्छाएँ आपको वह सब हासिल नहीं करने दे रही हैं, जो आपको हासिल हो सकता है। शायद आप वर्तमान में अपनी इच्छाओं को इस तरह पकड़कर बैठे हुए हैं कि आपको कुछ और नज़र ही नहीं आ रहा है। यहाँ तक कि शायद आपको वह भी नज़र नहीं आ रहा है, जिसकी आपको वाकई ज़रूरत है।

कल्पना कीजिए कि आप ईर्ष्या से ग्रस्त होकर सोच रहे हैं, 'मुझे वह पद मिलना चाहिए था, जो मेरे बॉस को मिला हुआ है।' अगर आपका बॉस अपने पद पर काम करने के लिए सक्षम है और पद पर बने रहना उसका हठ है, तो इस तरह के विचार आपके अंदर जलन, नाखुशी और घृणा के भाव पैदा कर सकते हैं। हो सकता है कि आपको इसका एहसास भी हो जाए और आप सोचें, 'मैं नाखुश हूँ पर यदि मैं अपनी महत्वाकांक्षा पूरी कर लूँ, तो यह नाखुशी समाप्त हो सकती है।' शायद फिर आप यह सोचें कि 'हो सकता है कि मेरी नाखुशी का कारण यह न हो कि मेरे पास बॉस का पद नहीं है बल्कि शायद मैं इसलिए नाखुश हूँ क्योंकि मैं अपनी इस इच्छा से मुक्त नहीं हो पा रहा हूँ।' पर इस बात का एहसास होने का अर्थ यह नहीं है कि आप पलभर में अपनी इस इच्छा से मुक्ति पा लेंगे और रूपांतरित हो जाएँगे। ऐसा नहीं होगा। आप ऐसा कर ही नहीं पाएँगे। आप खुद को इतनी आसानी से बदल नहीं सकते। क्योंकि ऐसा करने के लिए आपको अपने अंदर बहुत गहराई तक झाँकना होगा। आपको खुद को किसी और ही स्तर पर जाकर बदलना होगा।

तो हो सकता है, आप यह सोचें कि 'मुझे नहीं पता कि अपनी इस मूर्खतापूर्ण पीड़ा का मुझे क्या करना चाहिए। मैं अपनी महत्वाकांक्षाओं को यूँ एक पल में नहीं त्याग सकता। क्योंकि अगर मैंने ऐसा किया, तो फिर मुझे यह पता ही नहीं होगा कि मुझे जीवन में कहाँ पहुँचना है। पर जो पद या नौकरी मुझे नहीं मिल पा रही है, उसके प्रति गहरी लालसा से भी मैं कहीं पहुँच नहीं रहा हूँ।' हो सकता है कि आप कोई नया रास्ता अपनाने की सोचें या फिर कोई ऐसी योजना बनाएँ, जो आपकी इच्छाएँ व महत्वाकांक्षाएँ सचमुच पूरी कर सके और जिसके द्वारा आपके अंदर की वह कड़वाहट व द्वेष विलीन हो सके, जिससे आप फिलहाल ग्रस्त हैं। हो सकता

है कि आपको लगे कि 'मैं एक नई योजना बनाऊँगा और ऐसी चीज़ें हासिल करने की इच्छा रखूँगा, जिनसे मेरा जीवन बेहतर बने - भले ही वह कुछ भी हो - और मैं फौरन इस पर अमल करना भी शुरू कर दूँगा। अगर इसका अर्थ अपने बॉस का पद हासिल करने की इच्छा त्यागकर कुछ और करना है, तो मैं वह भी स्वीकार कर लूँगा और आगे बढ़ता रहूँगा।'

अब आप बिलकुल नए रास्ते पर हैं। जबकि इसके पहले आपके लिए जो कुछ भी सही, आकर्षक और हासिल करने योग्य था, वह एक ठोस पर संकीर्ण लक्ष्य था और आप उसमें बुरी तरह उलझकर रह गए थे। आपकी नाखुशी का कारण भी वही था। इसीलिए आपने उस लक्ष्य को हासिल करने की इच्छा त्याग दी। ऐसा बलिदान देकर आप अपने जीवन में एक ऐसी संभावना को प्रकट होने का अवसर देते हैं, जो आपकी पिछली महत्वाकांक्षा के कारण आपको नज़र नहीं आ रही थी। यह नई संभावना कोई छोटी-मोटी चीज़ नहीं है क्योंकि इसमें बहुत कुछ समाया हुआ है। अगर आपका जीवन थोड़ा बेहतर होता, तो कैसा नज़र आता? यहाँ 'बेहतर' से क्या आशय है? आप इस सवाल का जवाब नहीं जानते और इस बात से कोई फर्क भी नहीं पड़ता कि फिलहाल आपको इस संभावना के बारे में कुछ पता नहीं है। क्योंकि जब आप सचमुच इसकी इच्छा करेंगे तो धीरे-धीरे आपको स्वत: ही नज़र आने लगेगा कि वह 'बेहतर' क्या है? आपकी पिछली धारणाओं, पूर्वाग्रहों और आपकी दृष्टि के पिछले तंत्रों के चलते जो चीज़ें आपसे छिपी हुई थीं, अब आप उन्हें भी जानना-पहचानना और ग्रहण करना शुरू कर देंगे यानी आप सीखना शुरू कर देंगे।

हालाँकि यह तभी कारगर साबित होगा, जब आप सचमुच अपने जीवन को बेहतर बनाना चाहेंगे। भले ही आप कुछ भी कर लें पर अपनी अंतर्निहित अवधारणात्मक संरचनाओं को मूर्ख नहीं बना सकते। आप उन्हें जिस दिशा की ओर मोड़ेंगे, वे उसी दिशा में कार्य करेंगी। नए तरीके अपनाने, परिस्थितियों का मूल्यांकन करने और बेहतर लक्ष्य की ओर निशाना साधने के लिए आपको उनके बारे में बारीकी से सोच-विचार करना होगा। आपको अपनी मानसिकता को माँजना पड़ेगा, उसे पूरी तरह निर्मल बनाना होगा। साथ ही सतर्क भी रहना होगा क्योंकि अपने जीवन को बेहतर बनाने का अर्थ है, अपने कंधों पर ढेर सारी जिम्मेदारियाँ लेना। अभिमानी, धोखेबाज, क्रोधी और मूर्खतापूर्ण ढंग से पीड़ित बने रहने के बजाय जिम्मेदारियाँ उठाने के लिए कहीं अधिक ठोस प्रयास करना और चीज़ों की परवाह करना ज़रूरी होता है।

क्या हो, अगर यह संसार अपनी अच्छाई का सिर्फ उतना हिस्सा ही आपके जीवन में प्रकट करता हो, जितने की आपने इच्छा की हो? क्या हो, अगर आपके जीवन में सिर्फ उसी सीमा तक नई संभावनाएँ बनती हों और आपको बस उतना ही लाभ होता हो, जितना आप अपने 'जो होगा अच्छा होगा' के विचार को उन्नत, विस्तारित और प्रस्तुत करते हों? हालाँकि इसका अर्थ यह नहीं है कि आप किसी चीज़ की केवल इच्छा करके उसे हासिल कर सकते हैं और न ही इसका अर्थ यह है कि संसार में कुछ भी वास्तविक नहीं है। संसार तो जहाँ था, वहीं है। जैसा था, वैसा ही है। इसकी अपनी संरचनाएँ और सीमाएँ हैं। जब आप इसके साथ आगे बढ़ते हैं, तो या तो यह आपका सहयोग करता है या फिर विरोध करता है। अगर आपका लक्ष्य इसकी लय के साथ चलते हुए जीवन का नृत्य करना है, तो आप ऐसा कर सकते हैं। अगर आपके पास पर्याप्त कौशल और अनुग्रह (कृपा) भाव होगा, तो आप इसका नेतृत्व भी कर सकते हैं। यह कोई धर्मशास्त्र या रहस्यवाद नहीं है। यह तो बस अनुभव से हासिल हुआ ज्ञान है। इसमें कुछ भी जादुई नहीं है या यूँ कहें कि इसमें कुछ भी ऐसा नहीं है, जो चेतना के उस जादू से अलग हो, जो पहले से ही संसार में मौजूद है। हम जिस ओर निशाना साधते हैं, सिर्फ उसी ओर देख पाते हैं। बाकी पूरा संसार (जिसमें बहुत कुछ शामिल होता है) हमारे लिए अदृश्य ही रहता है। अगर हम कोई और लक्ष्य बनाएँ – मसलन यह लक्ष्य कि 'मैं अपने जीवन को बेहतर बनाना चाहता हूँ' – तो हमारा मन इसमें हमारी मदद करने के लिए उस संसार से नई सूचनाएँ और जानकारियाँ लेकर हमारे सामने प्रस्तुत करने लगेगा, जो हमारे लिए पहले अदृश्य था। फिर हम उन सूचनाओं और जानकारियों को इस्तेमाल करके आगे बढ़ते हुए कर्म कर सकते हैं और निरीक्षण व सुधार कर सकते हैं। हो सकता है कि इस तरह सुधार करने के बाद हम किसी और चीज़ को हासिल करने में जुट जाएँ, जो हमारे पिछले लक्ष्य से कहीं ऊँचा हो – कुछ ऐसा कि 'मैं चाहता हूँ कि मुझे एक बेहतर जीवन से भी कुछ बेहतर हासिल हो।' इसके बाद हम एक अधिक उन्नत और संपूर्ण वास्तविकता में प्रवेश कर जाते हैं।

इस स्थान पर हम किस ओर ध्यान केंद्रित कर सकते हैं? और वह क्या होगा, जो हमें दिखाई दे सकता है?

इस पर कुछ यूँ विचार करें। शुरुआत इस अवलोकन के साथ करें कि हम कई चीज़ों की इच्छा रखते हैं और उनमें से कई चीज़ों की हमें ज़रूरत भी होती है। यह तो इंसान का स्वभाव है। हम सब भूख-प्यास का और अकेलेपन का अनुभव करते

हैं। हम सबके अंदर यौन इच्छाएँ होती हैं। हम सबको आक्रामकता, भय और दर्द का अनुभव होता है। ये सब हमारे अस्तित्व के सबसे मौलिक और स्वयंसिद्ध तत्त्व हैं, पर हमें अपनी इन मौलिक इच्छाओं को व्यवस्थित और संयोजित करके रखना चाहिए क्योंकि यह संसार एक बेहद जटिल और वास्तविक स्थान है। अपनी इन इच्छाओं को पूरा करने के साथ-साथ हम बस यूँ ही अपनी वह इच्छा पूरी नहीं कर सकते, जो हमें अभी-अभी महसूस हुई है क्योंकि हमारी अलग-अलग इच्छाओं के बीच संघर्ष की स्थिति कभी भी बन सकती है। फिर हमारा दूसरों से, पूरे संसार से भी संघर्ष हो सकता है। इसीलिए यह ज़रूरी है कि हम अपनी इच्छाओं के प्रति सचेत हो जाएँ और उन्हें स्पष्ट रूप से समझकर, उनकी प्राथमिकता तय कर, उन्हें एक हाईरार्की (महत्त्व आधारित पदानुक्रम) के अनुसार व्यवस्थित कर लें। इससे वे इच्छाएँ परिष्कृत (विवेकी) हो जाएँगी। इससे हमारी अलग-अलग इच्छाओं के बीच, हमारी और दूसरों की इच्छाओं के बीच व हमारे और संसार के बीच एक तालमेल बैठ जाता है। यही वह तरीका है, जिसकी मदद से हमारी इच्छाएँ बुलंद हो सकती हैं। यही वह तरीका है, जिससे हमारी इच्छाएँ मूल्यों के रूप में व्यवस्थित होकर नैतिक बन सकती हैं। हमारी नैतिकता और हमारे मूल्य दरअसल हमारी पवित्रता का ही संकेत होती हैं।

नैतिकता या सही और गलत का दार्शनिक अध्ययन ही नीति शास्त्र कहलाता है। ऐसा अध्ययन हमारे जीवन के हर चुनाव को और भी अधिक विवेकपूर्ण बना सकता है। नीति शास्त्र से भी अधिक प्राचीन और गहन है धर्म, जो सिर्फ सही और गलत की नहीं बल्कि अच्छे और बुरे की भी चिंता करता है। इसके लिए वह सही और गलत के आदर्श रूप (आर्किटाइप) का उपयोग करता है। धर्म दरअसल परम मूल्यों का क्षेत्र है। यह कोई वैज्ञानिक क्षेत्र नहीं है। यह किसी अनुभव से प्राप्त हुए क्षेत्र का विवरण नहीं है। उदाहरण के लिए जिन लोगों ने बाइबिल लिखी और उसका संपादन किया, वे वैज्ञानिक नहीं थे। अगर वे चाहते भी तो भी वे वैज्ञानिक नहीं हो सकते थे। जिस दौर में बाइबिल लिखी गई थी, उस दौर में तो विज्ञान के दृष्टिकोण, तरीके और प्रयोग सूत्रबद्ध ही नहीं हुए थे।

धर्म तो बस उचित व्यवहार से संबंधित है। वह प्लेटो द्वारा दिए गए 'द गुड' (अच्छाई) के विचार से संबंधित है। एक सच्चा धार्मिक व्यक्ति संसार की वस्तुनिष्ठ प्रकृति के बारे में सटीक विचारों को सूत्रबद्ध करने की कोशिश नहीं करता (हालाँकि वह चाहे तो ऐसा कर सकता है) बल्कि वह तो एक 'अच्छा इंसान' बनने की

कोशिश कर रहा होता है। हो सकता है कि उसके लिए 'अच्छा' का अर्थ कुछ और नहीं बल्कि आँखें मूँदकर 'आज्ञाकारी' बन जाना हो। इसीलिए धार्मिक विश्वासों पर पारंपरिक रूप से उदार पश्चिमी शिक्षा से जुड़ी आपत्ति यह होती है कि सिर्फ आज्ञाकारी होना काफी नहीं है पर यह कम से कम से शुरुआत तो है ही (और हम यह भूल चुके हैं)। अगर आप पूरी तरह अनुशासनहीन और अप्रशिक्षित हैं, तो आप अपना कोई स्पष्ट लक्ष्य नहीं बना पाएँगे। आपको पता ही नहीं होगा कि आपको किस दिशा में जाना है। अगर आप किसी तरह अपनी दिशा तय करने में, अपना लक्ष्य तय करने में सफल भी हो गए, तो आप उसे पाने के लिए कभी सीधे रास्ते पर नहीं चल सकेंगे और फिर आपको लगेगा कि 'संसार में ऐसा कुछ है ही नहीं, जिसे अपना लक्ष्य बनाया जा सके।' फिर आप स्वयं को ऐसा महसूस करेंगे, मानों आप कहीं खो गए हैं।

इसी कारण से धर्म के लिए यह ज़रूरी हो जाता है कि उसमें हठ का तत्त्व हो। भला ऐसी मूल्य-प्रणाली किस काम की, जिसका कोई मज़बूत ढाँचा या संरचना न हो? या जो उच्चतम व्यवस्था की ओर संकेत न करे? और भला आपका क्या लाभ होगा, अगर आप उस संरचना को न तो आत्मसात करें और न ही उस व्यवस्था को स्वीकार करें - भले ही अपने अंतिम मंजिल के रूप में न सही, पर कम से कम शुरुआत बिंदु के रूप में? इसके बिना आप सिर्फ एक बचकाने वयस्क होंगे, जिसके अंदर न तो कोई आकर्षण का तत्व होगा और न ही कोई संभावना। पर इसका यह अर्थ नहीं है (एक बार फिर दोहराता हूँ) कि सिर्फ आज्ञाकारी होना काफी है। पर जो व्यक्ति आज्ञाकारी बनने में सक्षम है या यूँ कहें कि एक अनुशासित व्यक्ति (यह कोई छोटी बात नहीं है) कम से कम एक अच्छी तरह तैयार किए गए जाली उपकरण जैसा तो होता है। निश्चित ही अनुशासन और हठी स्वभाव से परे इंसान में एक दूरदृष्टि भी होनी चाहिए। हर उपकरण को एक उद्देश्य की भी ज़रूरत होती है। इसीलिए ईसा ने 'गॉस्पल ऑफ थॉमस' में कहा था, 'परमपिता का राज्य पूरी पृथ्वी पर फैला हुआ है पर इंसान को वह नज़र नहीं आता।'

क्या इसका अर्थ यह है कि हमें जो भी दिखाई पड़ता है, वह हमारे धार्मिक विश्वासों पर आधारित होता है? जी हाँ! और जो हमें दिखाई नहीं पड़ता, वह भी हमारे धार्मिक विश्वासों पर ही आधारित होता है? इस पर आपत्ति उठाते हुए आप कह सकते हैं कि आप एक नास्तिक हैं। पर वास्तव में ऐसा नहीं है। आप नास्तिक नहीं हैं (और अगर आप मेरी इस बात को समझना चाहते हैं, तो आपको

दोस्तोवस्की का उपन्यास 'क्राइम एंड पनिशमेंट' पढ़ना चाहिए, जो इस संसार में लिखा गया सबसे महानतम उपन्यास है। इसका मुख्य किरदार रस्कोलनिकोव अपनी नास्तिकता को गंभीरता से लेता है और फिर एक हत्या करता है, जिसे वह एक परोपकारी हत्या कहकर तर्कसंगत ठहराता है और आखिर में उसकी कीमत भी चुकाता है)। आप अपने कर्मों से नास्तिक नहीं होते और आपके कर्म ही आपकी गहनतम मान्यताओं को सबसे सटीक ढंग से दर्शाते हैं - ये मान्यताएँ आपकी सचेत आशंकाओं, स्पष्ट दृष्टिकोण और सतही आत्म-ज्ञान की गहराई में, आपके अस्तित्व में अंतर्निहित हैं। आप अपने व्यवहार और कर्मों को देखकर सिर्फ वही जान सकते हैं, जिस पर आप सचमुच विश्वास करते हैं (न कि वह, जिसके बारे में आपकी मान्यता है कि आप उस पर विश्वास करते हैं)। इसके पहले तो आपको पता ही नहीं होता कि आप किस पर विश्वास करते हैं। आप इतने जटिल हैं कि स्वयं को पूरी तरह कभी नहीं समझ सकते।

अपनी मान्यताओं को सतही तौर पर समझने के लिए भी आपको न सिर्फ सावधानी के साथ अवलोकन करने की ज़रूरत होती है बल्कि शिक्षा, दूसरों के साथ संवाद और सोच-विचार की ज़रूरत भी होती है। आपके लिए जो कुछ भी महत्वपूर्ण है, वह दरअसल अकल्पनीय रूप से लंबी व्यक्तिगत, सांस्कृतिक और जैविक विकासात्मक प्रक्रियाओं का परिणाम होता है। आप यह नहीं समझते कि आप जो चाहते हैं और आप जो देखते हैं, वह सब आपके अथाह रूप से गहन अतीत द्वारा सीमित (सशर्त) किया गया है। आप इस बात को कतई नहीं समझते कि आप जिन तंत्रिका क्षेत्र (न्यूरल सर्किट्स) से संसार को देखते हैं, उन्हें ऐसे नैतिक उद्देश्यों ने पीड़ादायक ढंग से आकार दिया है, जिन्हें आपके लाखों साल पुराने पूर्वजों और उनसे पहले धरती पर रहे सारे जीव मानते रहे हैं।

आप कुछ नहीं समझते।

आप तो यह भी नहीं जानते कि आप अंधेपन का शिकार थे।

वास्तव में अब तक हमारे ज्ञान के एक बहुत छोटे से हिस्से को और हमारे कुछेक विश्वासों को ही दस्तावेज में दर्ज किया जा सका है। हम हज़ारों सालों से अपने कर्मों को देखते आए हैं, उन पर सोच-विचार करते आए हैं और इस सोच-विचार से छनकर आई कहानियाँ कहते आए हैं। हम किस चीज़ पर विश्वास करते हैं, इसी बात को जानने-समझने के हमारे व्यक्तिगत और सामूहिक प्रयासों का हिस्सा ये कहानियाँ हैं। हमारे ज्ञान का एक हिस्सा वैदिक शास्त्रों, बाइबिल की कहानियों

और ताओ ते चिंग जैसी प्रचीन रचनाओं से हमारी संस्कृति की मूल शिक्षाओं में आया है। आप इसे अच्छा कहें या बुरा, पर बाइबिल दरअसल पश्चिमी सभ्यता (या पश्चिमी मूल्यों, पश्चिमी नैतिकता और अच्छे व बुरे की पश्चिमी अवधारणाओं) का मूलभूत दस्तावेज है। यह उन प्रक्रियाओं का परिणाम है, जो मूल रूप से हमारी समझ से परे हैं। बाइबिल दरअसल ऐसी कई पुस्तकों के बड़े संग्रह जैसी है, जिन्हें कई लोगों ने लिखा और संपादित किया है। यह सचमुच एक अनपेक्षित दस्तावेज है। यह एक चुनिंदा तारतम्य के साथ कही गई ऐसी सुसंगत कहानी है, जिसे दरअसल किसी एक व्यक्ति ने नहीं बल्कि कई लोगों ने हज़ारों सालों की अवधि में लिखा है। बाइबिल को सामूहिक मानव कल्पनाशक्ति द्वारा अंधेरी गहराई से उठाकर सबके सामने लाया गया है, जो स्वयं लंबे समय से सक्रिय अकल्पनीय बलों का परिणाम है। अगर बाइबिल का अध्ययन पूरी सावधानी और सम्मान के साथ किया जाए, तो इससे हमारे सामने यह स्पष्ट हो सकता है कि हम किस चीज़ पर विश्वास करते हैं, किस तरह कर्म करते हैं और हमें असल में कर्म कैसे करना चाहिए ताकि उसे किसी और तरीके के बजाय केवल इसी तरीके से जाना जा सके।

ओल्ड टेस्टामेंट का ईश्वर और न्यू टेस्टामेंट का ईश्वर

हो सकता है कि सरासरी तौर पर पढ़ने पर ओल्ड टेस्टामेंट का ईश्वर आपको कठोर, आलोचनात्मक, अनपेक्षित और खतरनाक नज़र आए। यह बात जितनी सच है, ईसाई धर्म पर टिप्पणी करनेवालों ने इसे उससे कहीं ज़्यादा बढ़ा-चढ़ाकर बताया है। इसके पीछे उनका मकसद यह दर्शाना था कि बाइबिल के पुराने और नए रूप में भारी अंतर है। यह साजिश रचने की एक कीमत भी चुकानी पड़ी है (यहाँ कीमत चुकाने का अर्थ किसी एक पहलू तक सीमित नहीं है): आधुनिक व्यक्ति से जब जेहोवा[5] के बारे में बात की जाती है, तो वह कुछ इस तरह सोचने लगता है, 'मैं कभी भी ऐसे किसी ईश्वर पर विश्वास नहीं करूँगा।' पर ओल्ड टेस्टामेंट के ईश्वर को इस बात से ज़्यादा फर्क नहीं पड़ता है कि आधुनिक व्यक्ति किस तरह सोचता है और न ही उसे इस बात से कोई फर्क पड़ता था कि ओल्ड टेस्टामेंट में विश्वास करनेवाले उसके बारे में क्या सोचते हैं (जैसा कि अब्राहम से संबंधित कहानियों में स्पष्ट है, ओल्ड टेस्टामेंट के ईश्वर के साथ इस मसले पर इस हद तक मोलभाव किया जा सकता है कि आप हैरान रह जाएँगे)। बहरहाल जब उसके अनुयायी पथभ्रष्ट हो गए – जब उन्होंने ईश्वर की आज्ञा का उल्लंघन किया, उसके बनाए

---

[5] यहूदी धर्म में ईश्वर का वास्तविक नाम

नियमों को तोड़ा और उसके आदेश की अवहेलना की – तो मुसीबत आना निश्चित था। ओल्ड टेस्टामेंट का ईश्वर आपसे जो भी कहता था – भले ही वह कुछ भी हो – अगर आपने उसे नहीं माना, भले ही इसके पीछे कोई भी कारण रहा हो, तो यह तय था कि आप, आपके बच्चे और आपके बच्चों के बच्चे किसी न किसी गंभीर समस्या का शिकार ज़रूर होंगे।

ये यथार्थवादी ही थे, जिन्होंने ओल्ड टेस्टामेंट के ईश्वर की रचना की या उस पर गौर किया। उन प्राचीन समाजों के नागरिक विलुप्त होने से पहले लापरवाह होकर गलत रास्ते पर चले गए और परिणामस्वरूप या तो गुलाम बन गए या उनका पूरा जीवन तबाह हो गया। कई मामलों में यह सब सदियों तक चला। क्या यह उचित था? क्या यह सही था? ओल्ड टेस्टामेंट के लेखकों ने बड़ी सावधानी के साथ सीमित परिस्थिति में ये सवाल पूछे। उन्होंने यह मान लिया कि अस्तित्व के रचयिता को पता था कि वह क्या कर रहा था और सारी शक्ति अनिवार्य रूप से उसी के पास थी इसलिए उसके आदेश का पालन हर हाल में होना चाहिए, ऐसा नियम था। वह बुद्धिमान था और प्रकृति का एक बल था। क्या एक भूखा शेर कभी उचित–अनुचित के बारे में सोचता है? कैसा बेकार का सवाल है। ओल्ड टेस्टामेंट के अनुयायी इजराइली लोग और उनके पूर्वज जानते थे कि ईश्वर के सामने कोई हल्की बात नहीं करनी है और उससे सामना होने पर वह गुस्सैल देवता जिस चीज़ को भी अनुमति दे देगा, वह वास्तविकता में प्रकट होकर ही रहेगी। हमारे हालिया अतीत में हिटलर, स्टालिन और माओ ने जो अथाह भयावहता पैदा की थी, उसे देखते हुए लगता है कि हमें भी ठीक वही एहसास होगा, जो इजराइलियों और उनके पूर्वजों को हुआ था।

न्यू टेस्टामेंट के ईश्वर को अक्सर एक अलग ही किरदार के रूप में प्रस्तुत किया जाता है (हालाँकि बुक ऑफ रेवलेशन अपने आखिरी निर्णय में अति सरल शालीनता के बारे में चेतावनी देती है)। वह गेपेटो[6] जैसा है, एक कुशल शिल्पकार और परोपकारी पिता। वह हमारे लिए हमेशा सर्वश्रेष्ठ की कामना करता है। वह सर्वप्रिय है और हर किसी को माफ कर देता है। हाँ, अगर आप उसके साथ बुरा बरताव करेंगे, तो वह निश्चित ही आपको नर्क भेज देगा पर फिर भी मूलरूप से वह प्रेम का ईश्वर है। यह अधिक आशावादी और स्वागतयोग्य तो लगता है, लेकिन कम विश्वसनीय भी लगता है। जिस तरह के संसार में हम रहते हैं – जो किसी विनाश

[6] कार्लो कोलोडी के उपन्यास द एडवेंचर्स ऑफ पिनाचियो का किरदार

के शीशाघर से कम नहीं है - वहाँ भला कौन इस तरह की कहानी पर विश्वास करेगा? ऑश्विज़ के कॉन्सन्ट्रेशन कैंपों की भयावहता झेल चुके लोग इस संसार में हमेशा अच्छा करनेवाले इस ईश्वर पर कैसे विश्वास करेंगे? यही कारण है कि दार्शनिक नीत्शे - शायद ईसाई धर्म पर सवाल उठानेवाले अब तक के सबसे दक्ष आलोचक - न्यू टेस्टामेंट के ईश्वर को साहित्य का सबसे वाहियात अपराध मानते थे। अपनी किताब 'बियॉन्ड गुड एंड ईविल' में उन्होंने लिखा है :

> यहूदियों की दिव्य न्याय की पुस्तक 'ओल्ड टेस्टामेंट' में इंसानों से लेकर भाषणों और अन्य चीज़ों तक, सब कुछ इतना भव्य है कि इसके मुकाबले तो ग्रीक और भारतीय साहित्य भी बौने नज़र आते हैं। एक इंसान डर और श्रद्धा भाव के साथ अतीत के मूर्खतापूर्ण अवशेषों के साथ खड़ा है और दूसरा प्राचीन एशिया और इससे ज़रा दूर स्थित प्रायद्वीप यूरोप के बारे में दुःखद विचारों से ग्रस्त है... इस न्यू टेस्टामेंट (जो अपने आपमें कुछ ज़्यादा ही अलंकारिक किस्म का है) को ओल्ड टेस्टामेंट के साथ जोड़कर 'बाइबिल' नाम की एक किताब तैयार करना यूरोप द्वारा अपने विवेक के खिलाफ किया गया शायद सबसे बड़ा दुस्साहस और 'अपनी आत्मा के खिलाफ किया गया पाप' है।

कोई बुद्धू व्यक्ति ही इस बात को पचा सकता है कि इस भयावह संसार पर राज करनेवाला ईश्वर सभी के प्रति अच्छा और दयालु है। पर अंधेपन के शिकार व्यक्ति को जो बात नामुमकिन लगती है, वही बात उस व्यक्ति को स्पष्ट नज़र आ सकती है, जिसकी आँखें खुल चुकी हैं।

चलिए अब उस स्थिति में वापस लौटते हैं, जहाँ आपका लक्ष्य किसी क्षुद्र कारण से तय होता हो। जैसे अपने बॉस के प्रति आपकी ईर्ष्या, जिसका उल्लेख पहले भी किया गया था। इस ईर्ष्या के कारण ही आपका अपना संसार कड़वाहट, द्वेष और निराशा से भरा हुआ है। कल्पना कीजिए कि आप इन चीज़ों पर गौर कर लेते हैं। फिर इस पर चिंतन करते हैं और अपनी नाखुशी पर पुनर्विचार करते हैं। बाद में आप इसके प्रति अपनी जिम्मेदारी स्वीकार करने का निर्णय लेते हैं और यह मानने का साहस भी करते हैं कि इन सब चीज़ों पर कुछ हद तक आपका नियंत्रण है। आप पलभर के लिए आँखें खोलकर देखते हैं। आप कुछ बेहतर माँगते हैं। आप अपनी क्षुद्रता का बलिदान दे देते हैं, अपनी ईर्ष्या का पश्चाताप करते हैं और अपने मन को पूरी तरह खोल देते हैं। आप अंधेरे को कोसने के बजाय प्रकाश की एक किरण को

अंदर आने का मौका देते हैं। आप एक बेहतर ऑफिस के बजाय एक बेहतर जीवन को अपना लक्ष्य बनाने का निर्णय लेते हैं।

पर आप यहीं नहीं रुकते। अगर आपको एहसास होता है कि एक बेहतर जीवन को अपना लक्ष्य बनाने के बदले आपको किसी और का जीवन बरबाद करना पड़ रहा है, तो ऐसा करना आपकी गलती है। इसलिए अब आप रचात्मक ढंग से काम करना शुरू कर देते हैं। आप एक ज्यादा मुश्किल खेल खेलने का निर्णय लेते हैं। आप तय करते हैं कि आपको एक ऐसा बेहतर जीवन चाहिए, जो आपके परिवार का जीवन भी बेहतर बना सके... या आपके दोस्तों का जीवन बेहतर बना सके... या आपके परिवार और आपके दोस्तों के अलावा उनके चारों ओर मौजूद अजनबियों का जीवन भी बेहतर बना सके। और आपके दुश्मनों का क्या? क्या आप अपनी इस सूची में उन्हें भी शामिल करना चाहते हैं? आपको कोई अंदाजा नहीं है कि अगर आपने ऐसा किया, तो आप इसे कैसे सँभालेंगे। पर आपने थोड़ा-बहुत इतिहास पढ़ा हैं। आप जानते हैं कि दुश्मनी कैसे खत्म की जाती है। इसलिए अब आप कम से कम सैद्धांतिक तौर पर यह कामना करते हैं कि आपके दुश्मनों का भी भला हो, हालाँकि अभी भी आप किसी भी लिहाज से इस तरह के मनोभावों के मामले में निपुण नहीं हुए हैं।

और आपकी दृष्टि की दिशा बदल जाती है। अब आप उन सीमाओं से परे देख पाते हैं, जिन्होंने अब तक आपको अंजाने में ही आगे बढ़ने से रोक रखा था। आपके जीवन में नई संभावनाएँ पैदा होने लगती हैं और आप उन्हें साकार करने की दिशा में काम करने लगते हैं। निश्चित ही आपका जीवन बेहतर बनने लगता है और फिर आगे आप यह सोचने लगते हैं : 'बेहतर? शायद इसका अर्थ है, मेरे लिए, मेरे परिवार और मेरे दोस्तों के लिए, यहाँ तक कि मेरे दुश्मनों के लिए भी बेहतर जीवन। पर इसका अर्थ यहीं तक सीमित नहीं हैं। इसका अर्थ है, एक ऐसा बेहतर आज, जो न सिर्फ आनेवाले कल को बल्कि अगले सप्ताह को, अगले साल को, अगले दस सालों को, अगले सौ सालों को, अगले हज़ार सालों को या यूँ कहें कि हमेशा के लिए हर चीज़ को बेहतर बना सके।'

और 'बेहतर' का अर्थ है अपनी मौजूदगी या अपने अस्तित्व में सुधार को लक्ष्य बनाना। यह सब सोचकर आप एक खतरा मोल लेते हैं। आप तय करते हैं कि आप ओल्ड टेस्टामेंट के ईश्वर को और उसकी सभी भयावह व मनमानी शक्तियों को इस तरह देखेंगे, जैसे वह न्यू टेस्टामेंट का ईश्वर भी हो सकता है (जबकि

आप अच्छी तरह समझते हैं कि यह करीब-करीब हर लिहाज से बेतुकी बात है)। दूसरे शब्दों में कहें तो आप तय करते हैं कि आप इस तरह कर्म करेंगे, मानों अपने अस्तित्व को उसकी अच्छाई के कारण उचित ठहराया जा सकता है - अगर आपने अच्छी तरह व्यवहार किया तो। यह निर्णय, अस्तित्व संबंधी विश्वास की यह घोषणा, आपको शून्यवाद, द्वेष और अहंकार के विनाशकारी चक्र से बाहर निकाल लेती है। विश्वास की वह घोषणा, अस्तित्व की नफरत और उसकी सभी बुराईयों को आपसे दूर रखती है। रही बात इस विश्वास की, तो : इसका अर्थ उन चीज़ों पर विश्वास करने की इच्छा नहीं है, जिनके बारे में आप जानते हैं कि वे झूठी हैं। विश्वास का अर्थ यह नहीं है कि आप बचपने में आकर किसी जादू पर भरोसा करने लगें क्योंकि ऐसा करना या तो अज्ञानता है या फिर जानबूझकर अंधे बन जाना। विश्वास का अर्थ तो यह एहसास होना है कि जीवन की दुःखद तर्कहीनताओं को, अस्तित्व की मौलिक अच्छाई की वचनबद्धता द्वारा ही संतुलित करना होगा, जो स्वयं भी उतनी ही तर्कहीन है। इसके साथ ही यह नामुमकिन को हासिल करने की हिम्मत करना और हर चीज़ का (विशेषकर अपने जीवन का) बलिदान देना भी है। आपको एहसास हो जाता है कि असल में आपके पास करने को ऐसा कुछ नहीं है, जो इससे बेहतर हो। अगर मैं यह मानकर चलूँ कि आप इतने मूर्ख हैं कि इसकी कोशिश ज़रूर करेंगे, तो यह सवाल पूछना भी लाज़िमी है कि आप यह सब कैसे करेंगे?

आप सोचना बंद करके - या और सटीक, पर कम प्रभावशाली शब्दों में कहें, तो अपने विश्वास को अपनी वर्तमान तर्कसंगतता और उसके संकीर्ण दृष्टिकोण के अधीन बनाने से इनकार करके इसकी शुरुआत कर सकते हैं। इसका यह अर्थ नहीं है कि आप 'स्वयं को मूर्ख बना लें।' बल्कि इसका अर्थ तो बिलकुल विपरीत है। इसका अर्थ तो यह है कि आपको पैंतरेबाजी करना, धूर्तता दिखाना, धोखेबाजी करना, षड्यंत्र रचना, दूसरों को किसी चीज़ के लिए बाध्य करना, रौब जमाना, टालमटोल करना, उपेक्षा करना और दंड देना बंद करना होगा। इसका अर्थ है कि आपको अपनी पुरानी रणनीतियों को किनारे रखना होगा। इसका अर्थ है कि आपको ध्यान देना होगा क्योंकि शायद आपने पहले कभी ध्यान नहीं दिया है।

ध्यान दें

ध्यान दें। अपने चारों ओर के भौतिक और मनोवैज्ञानिक परिवेश पर ध्यान केंद्रित करें। किसी ऐसी चीज़ पर गौर करें, जो आपको परेशान करती है, चिंता में

डाल देती है, चैन से नहीं रहने देती पर जिसे आप ठीक कर सकते हैं और करेंगे भी। ऐसी चीज़ का पता लगाने के लिए आप स्वयं से तीन सवाल पूछ सकते हैं (मानों आप सचमुच जानना चाहते हैं) : 'वह कौन सी चीज़ है, जो मुझे परेशान कर रही है?' 'क्या मैं इसे ठीक कर सकता हूँ?' और 'क्या मैं सचमुच इसे ठीक करना चाहता हूँ?' अगर इनमें से किसी भी सवाल के जवाब में आपको 'ना' सुनने को मिलता है, तो फिर अपने सवालों के साथ किसी और दिशा की ओर देखें। अपना लक्ष्य छोटा कर लें और अपनी तलाश तब तक जारी रखें, जब तक आप सचमुच कोई ऐसी चीज़ न ढूँढ़ लें, जो आपको परेशान करती हो, जिसे आप ठीक कर सकते हों और फिर उसे ठीक करवा दें। एक दिन में इतना करना काफी है।

हो सकता है कि आपकी डेस्क पर कागज़ों का ढेर लगा हो और आप अभी तक उसे नज़रअंदाज करते आए हों। जब आप उस कमरे में जाते हैं, तो उसकी ओर देखते तक नहीं हैं क्योंकि उसमें से तमाम वाहियात चीज़ें आपकी ओर झाँक रही होती थीं : टैक्स फॉर्म्स, बिल और उन लोगों के पत्र जो आपसे कुछ पाना चाहते हैं पर आप इस बात को लेकर निश्चिंत नहीं हैं कि आप उन्हें वह दे पाएँगे या नहीं। ज़रा अपने डर पर गौर करें और इसके प्रति थोड़ी सहानुभूति रखें। हो सकता है कि कागज़ों के उस ढेर में ऐसे साँप छिपे हों, जो आपको काट लें। यह भी हो सकता है कि वहाँ से हाइड्रा[7] झाँक रहे हों। आप उसका एक सिर काटेंगे तो बदले में उसके सात नए सिर निकल आएँगे। भला आप ऐसी स्थिति से कैसे निपटेंगे?

आप खुद से पूछ सकते हैं, 'मैं इस कागज़ के ढेर के मामले में क्या कर सकता हूँ? क्या मैं करीब बीस मिनट तक इसके किसी एक हिस्से को जाकर देखूँ?' हो सकता है कि आपके अंदर से इसका जवाब 'ना' में आए। पर हो सकता है कि आप दस मिनट के लिए या सिर्फ पाँच मिनट के लिए (या सिर्फ एक मिनट के लिए ही सही) उसे जाकर देखें। जल्द ही आपको पता चलेगा कि कागज़ों का वह ढेर काफी छोटा हो गया है, शायद इसलिए क्योंकि आपने उसके एक हिस्से को जाकर देख लिया है। फिर आपको पता चलेगा कि इस पूरे ढेर के कई हिस्से हैं। क्या हो, अगर आप रात को खाने के साथ एक गिलास वाइन पिएँ और फिर आराम से सोफे पर बैठकर इस ढेर के सारे कागज़ों को एक-एक करके पढ़ डालें और इसके बाद यह काम निपटाने के ईनाम के तौर पर मज़े से एक फिल्म देखें? क्या हो, अगर अपने जीवनसाथी से आपने यह कह रखा हो कि जब भी आप कोई काम पूरा करें या

---

[7] जलव्याल - एक जलीय जंतु जिसे देखने के लिए सूक्ष्मदर्शी की ज़रूरत पड़ती है।

कुछ अच्छा करें, तो वह आपका उत्साह बढ़ाने के लिए आपकी तारीफ करे? क्या इससे आप प्रेरित होंगे? हो सकता है कि आप जिन लोगों के मुँह से 'धन्यवाद' शब्द सुनना चाहते हों, वे खुलकर ऐसा न करते हों, पर इसे अपने रास्ते की बाधा न बनने दें। लोग भले ही किसी काम को न कर रहे हों, पर धीरे-धीरे वे उसे करना सीख ही जाते हैं। अपने आपसे पूरी ईमानदारी से पूछें कि अगर आपको किसी काम के लिए खुद को प्रेरित करना हो, तो इसके लिए आपको क्या करना होगा? अपने इस सवाल का आपको जो भी जवाब मिले, उसे गौर से सुनें। खुद से ये न कहें कि 'मुझे खुद को प्रेरित करने के लिए ऐसा कुछ करने की ज़रूरत नहीं पड़नी चाहिए।' आप अपने बारे में क्या जानते हैं? एक ओर तो आप इस पूरे संसार की सबसे जटिल चीज़ हैं और दूसरी ओर आप एक ऐसे व्यक्ति हैं, जो रसोई में रखे ओवन में अपना खाना तक गर्म करना नहीं जानते। अपने आत्म-ज्ञान को ज़रूरत से ज़्यादा मानकर न बैठें।

आपको दिनभर में जो भी कार्य करने हों, उन पर ज़रा चिंतन करें। यह काम आप तब भी कर सकते हैं, जब सुबह-सुबह नींद खुलने के बाद आप कुछ देर तक अपने बिस्तर पर बैठे रहते हैं या फिर आप रात को सोने से ठीक पहले भी इसकी कोशिश कर सकते हैं। अपने आपसे स्वैच्छिक योगदान करने को कहें। अगर आप खुद से सलीके के साथ ऐसा कहेंगे, खुद को अच्छी तरह सुनेंगे और कोई विश्वासघात करने की कोशिश नहीं करेंगे, तो संभव है कि आप सचमुच योगदान दे सकें। एक लंबी अवधि तक हर रोज़ ऐसा करके देखें। फिर जीवनभर ऐसा करें। जल्द ही आप खुद को एक अलग स्थिति में पाएँगे। अब आप खुद से आदतन पूछेंगे, 'मैं जीवन को बेहतर बनाने के लिए क्या कर सकता हूँ?' यहाँ आप खुद को यह नहीं बता रहे हैं कि यहाँ 'बेहतर' का अर्थ क्या होना चाहिए? आप खुद के साथ सर्वाधिकारी या काल्पनिक आदर्शवादी ढंग से पेश नहीं आ रहे हैं क्योंकि आपने नाजियों से, सोवियत यूनियन से, माओवादियों से और अपने निजी अनुभवों से यह सीखा है कि सर्वाधिकारी होना बुरी चीज़ है। इसके बाद ऊँचा लक्ष्य बनाएँ और अपनी बेहतरी पर ध्यान केंद्रित करें। स्वयं को अपनी आत्मा के सच के साथ और परमपिता ईश्वर के साथ जोड़ें। इस तरह ऐसी व्यवस्था स्थापित हो सकती है, जिसमें चैन से जीया जा सके। यह ऐसा सौंदर्य है, जिसे अस्तित्व में लाया जा सकता है। संसार में ऐसी बुराइयाँ हैं, जिनसे पार पाया जा सकता है और ऐसी पीड़ा है, जिसे कम किया जा सकता है। आप जैसे हैं, उसे और बेहतर बनाया जा सकता है।

मेरे अनुसार यह कुछ और नहीं बल्कि पश्चिम की कसौटी पर खरी उतरी

उच्चतम नैतिकता है। यह हमेशा भ्रमित करनेवाले, 'सर्मन ऑफ द माउंट'[8] के उन तीव्र दोहों द्वारा बताई गई है, जो एक लिहाज से न्यू टेस्टामेंट की संपूर्ण प्रज्ञा का सारांश है। यह मानवता की आत्मा द्वारा की गई एक कोशिश है, जिसका उद्देश्य है, नैतिकता की समझ को प्रारंभिक रूप से आवश्यक 'दाउ शाल्ट नॉट यानी तुम नहीं करोगे' (यू शैल नॉट/तुम नहीं करोगे - जो ईसाई व यहूदी धर्म के दस धर्मादेशों या टेन कमान्डमेंट्स में से एक है) से रूपांतरित करके एक सच्चे व्यक्ति की पूरी तरह स्पष्ट और सकारात्मक दृष्टि में तब्दील करना। यह न सिर्फ सराहनीय आत्म-नियंत्रण और आत्म-निपुणता की अभिव्यक्ति है बल्कि संसार को ठीक करने की मूल इच्छा की अभिव्यक्ति भी है। यह पाप का अंत नहीं बल्कि अपने आपमें पाप का विपरीत अर्थ पुण्य है। 'सर्मन ऑफ द माउंट' इंसान की सच्ची प्रकृति को और मानवता के उद्देश्य को रेखांकित करता है : अपने जीवन के हर दिन पर ध्यान केंद्रित करो ताकि तुम वर्तमान में रह सको और जो तुम्हारे सामने है, उसे अच्छी तरह पूरा कर सको - पर ऐसा तभी करें, जब आप उसे चमकने का मौका देने का निर्णय ले चुके हों, जो आपके अंदर है। ताकि यह अस्तित्व का औचित्य (शुद्धता) साबित कर सके और संसार को रोशन कर सके। ऐसा तभी करें, जब आप वह बलिदान देने के लिए दृढ़ संकल्पित हों, जो दिया जाना चाहिए ताकि आप उच्चतम हित को हासिल करने की दिशा में आगे बढ़ सकें।

> ज़रा जंगल में उगनेवाले फूलों (लिली - कुमुदनी) के बारे में सोचो, वे कैसे खिलते हैं? वे न तो कोई काम करते हैं और न ही तुम्हारी तरह अपने लिए वस्त्र सीते हैं।
>
> इसीलिए जंगली घास और पौधों को, जो आज जीवित हैं, पर जिन्हें कल ही भाड़ में झोक दिया जाएगा। जब ईश्वर ऐसे वस्त्र पहनता है तो अरे ओ कम विश्वास करनेवालों, क्या वह तुम्हें और अधिक वस्त्र नहीं पहनाएगा।
>
> इसलिए यह चिंता मत करो कि 'हम क्या खाएँगे, क्या पीएँगे और क्या पहनेंगे?'
>
> (विधर्मी लोग ही इस सब चीज़ों के पीछे दौड़ते हैं:) पर स्वर्ग में रहनेवाला तुम्हारा परमपिता परमेश्वर जानता है कि तुम्हें इन सब चीज़ों की ज़रूरत है।
>
> पर सबसे पहले, ईश्वर के राज्य की और वह तुमसे जो धर्म भावना चाहता

---

[8] ईसा मसीह द्वारा दिया गया सबसे लंबा उपदेश

है, उसकी चिंता करो। तो फिर ये सब चीज़ें भी तुम्हें दे दी जाएँगी।

कल की चिंता मत करो। क्योंकि कल अपनी चिंता खुद ही कर लेगा। हर दिन की अपनी अलग चिंताएँ होती हैं। (ल्यूक 12: 22-34)

एहसास जाग रहा है। अब आप अत्याचारी बनने के बजाय ध्यान दे रहे हैं। संसार के साथ हेरफेर करने के बजाय अब आप सच बोल रहे हैं। अब आप अत्याचार के शिकार होने का बजाय हर उलझन सुलझा रहे हैं। अब आपको किसी से ईर्ष्या नहीं करनी पड़ेगी क्योंकि आप यह जानने के चक्कर में पड़ते ही नहीं हैं कि किसी और को आपसे बेहतर क्या मिला है। अब आपको निराश नहीं होना पड़ेगा क्योंकि अब आप छोटे लक्ष्य बनाना और धीरज रखना सीख गए हैं। आप यह खोज कर रहे हैं कि आप कौन हैं, क्या चाहते हैं और क्या करने को तैयार हैं। अब आपको समझ में आ रहा है कि आपकी विशेष समस्याओं का समाधान आपको व्यक्तिगत रूप से विधिपूर्वक ही मिलना चाहिए। अब आपको इस बात की ज़्यादा फिक्र नहीं है कि अन्य लोग क्या कर रहे हैं क्योंकि आपके खुद के पास करने को काफी कुछ है।

अपने दिनभर की गतिविधियों में सहजता से शामिल हों पर हमेशा सर्वश्रेष्ठ का लक्ष्य रखें।

अब आप स्वर्ग के रास्ते पर हैं, जो आपको आशावादी बनाता है। जिस व्यक्ति की नाव बीच मझधार में डूबनेवाली होती है, वह भी खुश हो सकता है, बस उसे अपनी जान बचाने के लिए एक जीवनरक्षक नाव मिलने की देर है! और कौन जानता है कि वह भविष्य में किस ओर जाएगा? सफलतापूर्वक अपने मंजिल तक पहुँचने से बेहतर शायद यह होगा कि मंजिल का सफर खुशनुमा हो...।

अपनी ओर से माँगें, तो आपको ज़रूर मिलेगा। अपनी ओर से दस्तक दें, तो दरवाजा भी खुलेगा। जब आप अपनी ओर से इस तरह माँगेंगे, मानों आप सचमुच पाना चाहते हैं और जब आप दरवाजे पर इस तरह दस्तक देंगे, मानों आप सचमुच उसके अंदर जाना चाहते हैं, तो संभव है कि आपको अपने जीवन को थोड़ा या बहुत या पूरी तरह बेहतर बनाने का मौका मिल जाएगा – और इस सुधार से अस्तित्व की भी थोड़ी प्रगति ज़रूर होगी।

अपनी तुलना अपने पिछले कल से करें, न कि दूसरों से।

5

अपने बच्चों को ऐसा कुछ न करने दें, जिससे आप उन्हें नापसंद करने लगें

असल में, सब ठीक नहीं है

हाल ही में मैंने तीन साल के एक बच्चे को एक भीड़भाड़वाले एयरपोर्ट पर अपने माता-पिता के पीछे-पीछे चलते देखा। वह हर पाँच सेकेंड में हिंसक ढंग से चीख रहा था और इससे भी ज़्यादा महत्वपूर्ण बात यह है कि वह बिना किसी के उकसाए खुद ही ऐसा कर रहा था। ऐसा नहीं था कि वह सचमुच किसी बात से दुःखी या परेशान होने के कारण ऐसा कर रहा था। मैं खुद एक पिता हूँ और उसकी हरकतों को देखते ही मुझे समझ में आ गया कि वह ये सब जानबूझकर कर रहा था और अपने माता-पिता व एयरपोर्ट पर मौजूद सैकड़ों अन्य लोगों का ध्यान खींचने के लिए और उन्हें खिझाने की कोशिश कर रहा था। शायद उसे कुछ चाहिए था, पर किसी चीज़ को पाने का यह कोई उचित तरीका नहीं है और बेहतर होता अगर उसके माता-पिता उसे इस बात का एहसास करवा देते। शायद आप कहेंगे कि 'हो सकता है कि वे लोग लंबे सफर के बाद थक गए हों और जेट लैग से जूझ रहे हों। पर अगर इस समस्या का समाधान करने के लिए गंभीरता से 30 सेकेंड का समय भी दिया गया होता, तो इस शर्मनाक घटना को रोका जा सकता था। अगर उसके माता-पिता थोड़े और विचारशील स्वभाव के होते, तो वे अपने बच्चे को - जिसे वे बेहद प्रेम करते हैं - एयरपोर्ट में मौजूद भीड़ की घृणा का पात्र नहीं बनने देते।

मैंने एक और जोड़े को देखा, जो अपने दो साल के बच्चे को किसी भी चीज़ के लिए मना नहीं कर पा रहा था या करना नहीं चाहता था। वह बच्चा बार-बार इधर-उधर भाग रहा था और उसके माता-पिता उसे रोकने के लिए उसके पीछे-पीछे भाग रहे थे। उस बच्चे का व्यवहार इतना खराब था कि उसने अपने माता-पिता की मजेदार यात्रा को तकलीफदेह बनाने में कोई कसर नहीं छोड़ी थी। वह इतना बदमाश बच्चा था कि उस पर हर पल नज़र रखना ज़रूरी था क्योंकि अगर उसे एक मिनट की भी छूट मिल जाती, तो वह निश्चित ही कुछ न कुछ ऐसा कर डालता, जो उसे

और दूसरों को खतरे में डाल देता। उसके माता-पिता उसे किसी भी चीज़ के लिए न रोकने की अपनी इच्छा के गुलाम थे। इसका विपरीत असर स्पष्ट था : वे उसे किसी भी कार्यक्रम में शामिल होने के हर अवसर से वंचित कर रहे थे क्योंकि उनमें इतना साहस नहीं था कि वे अपने बच्चे को 'ना' कहने का अर्थ सिखा सकें। इसीलिए उस बच्चे को इस बात का कोई अंदाजा ही नहीं था कि अपनी सीमा में रहना उसकी जिम्मेदारी है। यह अधिकतम अव्यवस्था द्वारा पैदा की गई अधिकतम व्यवस्था (और अनिवार्य परिवर्तन) का उत्कृष्ट उदाहरण था। मैंने ऐसे कई माता-पिता को देखा है, जो किसी डिनर पार्टी के दौरान अपने हम उम्र लोगों के साथ चैन से बैठकर बातचीत तक नहीं कर पाते क्योंकि उनके चार-पाँच साल के बच्चे अपनी हरकतों से उस माहौल पर हावी रहते हैं। वे डिनर टेबल पर रखी ब्रेड के बीच के मुलायम हिस्से को खा जाते हैं और ब्रेड के किनारे का सख्त हिस्सा वहीं छोड़ देते हैं। वे अपनी बचकानी हरकतों से हर किसी को परेशान करते हैं और उनके माता-पिता, जो उनकी हरकतों को रोक नहीं पाते और शर्मिंदा होकर यह सब देखते रहते हैं।

मेरी बेटी अब वयस्क हो चुकी है। बचपन में एक बार उसके एक हम-उम्र बच्चे ने धातु से बना एक खिलौना उसके सिर पर दे मारा था। इस घटना के करीब साल भर बाद मैंने उस बच्चे को काँच की टेबल पर बैठी अपनी छोटी बहन को धक्का देकर नीचे गिराते देखा। इसके बाद उसकी माँ ने जमीन पर गिरी अपनी बच्ची को उठाने के बजाय उस बच्चे को उठाया और उसे एक हल्की सी झिड़की देते हुए कहा कि उसे ऐसा नहीं करना चाहिए। ऐसा कहते समय उसकी माँ बड़े आराम से उसका सर थपथपा रही थी, जो स्पष्ट रूप से इस बात का संकेत था कि वह एक तरह से गलती करनेवाले अपने बच्चे का समर्थन कर रही है। इस तरह की परवरिश देकर वह दरअसल अपने बच्चे को किसी राजा की तरह बड़ा कर रही थी। दरअसल अपने बच्चों के मामले में अधिकतर माँओं का अघोषित लक्ष्य यही होता है। इसमें वे माँए भी शामिल हैं, जो खुद को लैंगिक समानता (जेंडर इक्वालिटी) का वकील मानती हैं। ऐसी महिलाएँ एक वयस्क पुरुष के मुँह से निकली किसी भी हिदायत या आदेश का ज़ोर से चिल्लाकर विरोध करती हैं। लेकिन जब उनका बेटा वीडियो गेम की स्क्रीन से घंटों चिपका रहता है या धमा-चौकड़ी मचाते हुए पूरे घर को सिर पर उठाकर उनसे बार-बार पीनट-बटर सैंडविच की माँग करता है, तो बदले में उनके मुँह से एक शब्द भी नहीं निकलता और वे फौरन अपने बेटे की माँग को पूरा करने में जुट जाती हैं। भविष्य में जब इस तरह के लड़कों की पत्नियाँ अपनी सास से नफ़रत करती हैं, तो दरअसल वे गलत नहीं होतीं। क्योंकि जब महिलाओं के सम्मान करने

की बात आती है, तो ऐसी महिलाएँ सिर्फ दूसरे पुरुषों पर ही यह नियम लागू होते देखना चाहती हैं, न कि अपने प्यारे बेटों पर।

लड़कों को प्राथमिकता देने का कुछ ऐसा ही चलन भारत, पाकिस्तान और चीन जैसे देशों में भी देखने को मिलता है, जहाँ शिशु के लिंग के आधार पर गर्भपात कराना आम बात है। विकीपीडिया बेबसाइट के अनुसार, इसके पीछे दरअसल 'सांस्कृतिक कारण' जिम्मेदार हैं (मैं विकीपीडिया का हवाला इसलिए दे रहा हूँ क्योंकि इसका लेखन और संपादन सामूहिक रूप से होता है और हर कोई ऐसा कर सकता है। इसीलिए यह समाज में स्वीकृत ज्ञान के बारे में जानकारी लेने का अच्छा स्रोत है)। पर इसका कोई साक्ष्य नहीं है कि लिंग के आधार पर गर्भपात और लड़कों को प्राथमिकता देने जैसी चीज़ों के पीछे मूल रूप से सांस्कृतिक कारण जिम्मेदार होते हैं। इस तरह का रवैया विकसित होने के पीछे संभावित रूप से मानसिक जीव विज्ञान संबंधी (साइको-बायोलॉजिकल या मनो-जैविक) कारण जिम्मेदार होते हैं, जो आधुनिक समान अधिकारवादी दृष्टिकोण के लिए कतई सुखदायक नहीं होते। अगर हालात आपको एक ही बार में अपना सब कुछ दाँव पर लगाने पर मज़बूर कर दे, तो विकासवादी तर्क के सख्त मापदंडों के अनुसार बेटे पर दाँव लगाना एक बेहतर विकल्प है। क्योंकि इन मापदंडों के हिसाब से आपके जीन्स का प्रसार ही सबसे ज़्यादा मायने रखता है। पर ऐसा क्यों?

दरअसल प्रजनन के मामले में सफल एक लड़की आपको आठ से नौ बच्चे दे सकती है। प्रलय से बचकर निकलीं यिट्टा श्वाट्र्ज इस लिहाज से एक सितारा शख्सियत थीं। इस मामले में उनके बाद की तीन पीढ़ियों के वंशजों का प्रदर्शन भी उन्हीं के स्तर का था। सन 2010 में अपनी मौत के समय वे करीब दो हज़ार लोगों की पूर्वज बन चुकी थीं। पर प्रजनन के मामले में सफल बेटे की बात करें, तो उसकी कोई सीमा नहीं होती है। विभिन्न महिलाओं के साथ यौन संबंध बनाना उसके लिए अधिक से अधिक प्रजनन करने का टिकट मिलने जैसा है (एक बच्चा पैदा करने की हमारी प्रजाति की व्यावहारिक सीमा को देखते हुए यह कहना अतिशयोक्ति नहीं होगी)। अफवाहों के अनुसार मशहूर हॉलीवुड अभिनेता वॉरेन बेट्टी और जाने-माने एथलीट विल्ट चैम्बरलेन, दोनों ने हज़ारों महिलाओं के साथ यौन संबंध बनाए (यही बात बहुत से रॉक स्टार्स के मामले में भी लागू होती है)। पर उन्होंने जितने ज़्यादा यौन संबंध बनाए, उतने बच्चे पैदा नहीं किए। आधुनिक गर्भनिरोधक तरीकों ने ऐसा नहीं होने दिया। पर अतीत में बहुत सी शख्सियतों ने ऐसा किया है, जो आमतौर

पर सेलीब्रिटी थे। उदाहरण के लिए चीन के आखिरी राजवंश 'चिंग' का पूर्वज ग्योचांग (लगभग सन 1550) उत्तर-पूर्वी चीन के 15 लाख लोगों का पुरुष-पूर्वज है। मध्ययुगीन यूआई नील वंश ने 30 लाख से अधिक पुरुष वंशजों को पैदा किया, जो उत्तर-पश्चिमी आयरलैंड में और विस्थापन के चलते अमेरिका में बसे हुए हैं। और इन सबसे आगे है चंगेज खान, जिसने अपने जमाने में करीब-करीब पूरे एशिया को जीत लिया था। आज 34 पीढ़ियों के बाद वह मध्य एशिया के 1 करोड़ 60 लाख पुरुषों का यानी वहाँ के करीब 8 प्रतिशत पुरुषों का पूर्वज है। अगर एक गहन जैविक दृष्टिकोण से देखें तो इससे माता-पिता द्वारा बेटों को प्राथमिकता देने और कन्या भ्रूण को खत्म करने के कारण स्पष्ट हो जाते हैं। हालाँकि मैं यह दावा नहीं कर रहा हूँ कि इसके पीछे सिर्फ यही एक कारण जिम्मेदार है और कोई सांस्कृतिक कारण है ही नहीं।

परवरिश के दौरान बेटे को दी जानेवाली प्राथमिकता उसे एक आकर्षक और आत्मविश्वास से भरपूर पुरुष बनाने में मददगार भी साबित हो सकती है। मनोविश्लेषण के पितामह सिग्मंड फ्रायड के अनुसार उनके मामले में कुछ ऐसा ही हुआ था : 'जो पुरुष अपनी माँ का पसंदीदा बेटा होता है, उसके अंदर हमेशा एक विजेता की भावना होती है। सफलता का वह आत्मविश्वास अक्सर वास्तविक सफलता में तब्दील हो जाता है।' इसके अलावा 'विजेता की भावना' बहुत आसानी से 'असली विजेता' भी बन सकती है। चंगेज खान को यह उत्कृष्ट प्रजनन सफलता निश्चित ही दूसरों की विजय की कीमत पर ही मिली थी (जिसमें लाखों चीनी, फारसी, रूसी और हंगेरियन लोगों की मौतें शामिल हैं)। एक बेटे को बिगड़ने की हद तक लाड़-प्यार देना, विकासवादी जीवविज्ञानी रिचर्ड डॉकिन्स की मशहूर उक्ति, 'स्वार्थी जीन - यानी अपने पसंदीदा बच्चे के जीन्स को असंख्य संतानों के रूप में अपनी प्रतिकृति बनाने का मौका देना' के दृष्टिकोण से कारगर नज़र आ सकता है। पर यह एक दर्दनाक तमाशे में भी तब्दील हो सकता है और अनिश्चित ढंग से किसी बेहद खतरनाक चीज़ में परिवर्तित हो सकता है।

इन सभी बातों का यह अर्थ नहीं है कि दुनिया की सारी माएँ सारे बेटों को बेटियों से ज़्यादा प्राथमिकता देती हैं (या कई मौकों पर बेटियों को बेटों से ज़्यादा प्राथमिकता नहीं मिलती या कई बार पिता अपने बेटों को प्राथमिकता नहीं देते)। इस मामले में कई बार अन्य कारण भी स्पष्ट रूप से हावी हो जाते हैं। उदाहरण के लिए कभी-कभी संतान के प्रति बेहोशी या अज्ञान में की गई नफरत (कभी-

कभी होश में भी) किसी अभिभावक (माता-पिता) की बाकी सारी चिंताओं पर हावी हो जाती है, फिर भले ही परिस्थिति कैसी भी हो और वह किसी भी लिंग या व्यक्तित्ववाला हो। मैंने एक चार साल के बच्चे को नियमित रूप से भूखा रहने की अनुमति मिलते देखा है। उसकी आया की तबीयत खराब थी, जिसके चलते उसकी माँ अस्थायी रूप से उसे पड़ोसियों के घर छोड़कर काम पर चली जाती थी। एक दिन जब उसकी माँ बच्चे को हमारे घर छोड़ने आई, तो उसने हमें बताया कि बच्चा पूरा दिन कुछ नहीं खाएगा। उस महिला ने स्पष्ट कहा, 'इसमें कोई समस्या नहीं है, सब ठीक है।' लेकिन स्पष्ट है कि सब ठीक नहीं था। जब मेरी पत्नी ने उस बच्चे को लंच के समय बड़े प्यार से और दृढ़ता के साथ किसी तरह पेटभर के खाना खिलाया और ऐसा करने के बदले उसे पुरस्कार के रूप में बार-बार शाबासी भी दी, तो खाना खाने के बाद वह चार साल का बच्चा घंटों तक मेरी पत्नी से लिपटा रहा। खाने की शुरुआत में जब वह डाइनिंग टेबल पर बैठा, तो अपना मुँह बंद किए हुए था ताकि खाने का निवाला उसके मुँह में न डाला जा सके। डाइनिंग टेबल पर हम सब उसके साथ बैठें, जिसमें मैं, मेरी पत्नी, मेरे दो बच्चे और पड़ोस में रहनेवाले दो अन्य बच्चे शामिल थे, जिनकी हम उस दिन देखभाल कर रहे थे। मेरी पत्नी चम्मच में खाना लेकर उसके मुँह के सामने ले जाती और वह वो सारी हरकतें करता, जो अच्छी देखभाल से वंचित बच्चे करते हैं। वह खाने का निवाला मुँह में लेने में तमाम नखरे करता, खाने से बचने के लिए अपना सिर आगे-पीछे करता, पर मेरी पत्नी डटी रहती और आखिर में उस बच्चे को खाना पड़ता।

मेरी पत्नी ने उसे खाना खाने के मामले में नाकाम नहीं होने दिया। हर बार जब तमाम नखरों के बाद वह एक निवाला मुँह में लेता, तो मेरी पत्नी उसके सिर पर प्रेम से हाथ फेरती और पूरी गंभीरता से उससे कहती कि वह एक 'अच्छा बच्चा' है। वह सचमुच यह मानती थी कि वह एक अच्छा बच्चा है। वह एक प्यारा और भावनात्मक रूप से थोड़ा बिगड़ा हुआ बच्चा था। करीब 10 मिनट के बाद आखिरकार उसने अपनी प्लेट में लिया हुआ सारा खाना खत्म कर दिया। हम सब उसे गौर से देख रहे थे। यह सचमुच जीवन और मृत्यु के किसी नाटक जैसा था।

'देखो,' मेरी पत्नी ने उसकी खाने की प्लेट हाथ में लेते हुए कहा, 'तुमने सारा खाना खत्म कर दिया।' इस बच्चे को जब मैंने पहली बार देखा था, तो वह एक कोने में चुपचाप गुमसुम सा खड़ा हुआ था। वह अन्य बच्चों से बातचीत नहीं कर रहा था और बात-बात पर त्योरियाँ चढ़ा लेता था। जब मैंने उसे गुदगुदाते हुए उसके

साथ खेलने की कोशिश की, तो उसने कोई प्रतिक्रिया नहीं दी थी और अब खाना खाने के बाद अचानक उसके चेहरे पर एक चमकती हुई मुस्कुराहट आ गई थी। उसे इस तरह मुस्कुराते देखकर डाइनिंग टेबल पर बैठे हम सारे लोग खुश हो गए। बीस साल बाद आज इस घटना के बारे में लिखते हुए मेरी आँखें भीग गईं। उस दिन खाने के बाद वह बच्चा पूरा दिन मेरी पत्नी के पीछे-पीछे घूमता रहा। वह उसे अपनी नज़रों से दूर नहीं जाने दे रहा था। जब वह सोफे पर बैठी, तो वह उछलकर उसकी गोद में जा बैठा और उससे लिपट गया। दरअसल इस तरह वह उस प्रेम को ढूँढ़ने की कोशिश कर रहा था, जो अब तक उसे अपनी माँ से नहीं मिला था। जल्द ही उसकी माँ वापस आ गई। वह उस कमरे की सीढ़ियों के पास आकर खड़ी हो गई, जहाँ हम सब बैठे थे। जैसे ही उसने अपने बेटे को मेरी पत्नी की गोद में बैठे देखा, तो वह बड़े ही द्वेषपूर्ण ढंग से बोली, 'ओह, तुम तो बिलकुल सुपरमॉम हो।' फिर वह अपने अंधकारमय और घातक रवैये के साथ अपने बद्किस्मत बच्चे को लेकर विदा हो गई। वह महिला पेशे से एक मनोवैज्ञानिक थी। उस बच्चे के मामले में ये सारी चीज़ें थीं, जिन्हें आप बंद आँखों से देख और समझ सकते हैं। पर मुझे इस बात पर कोई आश्चर्य नहीं है कि लोग ऐसी चीज़ें देख ही नहीं पाते क्योंकि वास्तव में वे बस सच्चाई से मुँह छुपाते हुए अंधे बने रहना चाहते हैं।

अंकगणित से हर कोई घृणा करता है

मेरे मरीज अपनी रोज़मर्रा की पारिवारिक समस्याओं पर चर्चा करने के लिए नियमित रूप से मेरे पास आते हैं। ऐसी मामूली दैनिक चिंताएँ बड़ी धूर्त प्रवृत्ति की होती हैं। चूँकि वे किसी न किसी तरह नियमित रूप से सामने आती ही रहती हैं इसलिए बड़ी तुच्छ नज़र आती हैं पर उनका तुच्छ नज़र आना दरअसल एक धोखा है : जो चीज़ें हर रोज़ होती हैं, दरअसल वे ही हमारे जीवन को आकार देती हैं। हम जो समय हर रोज़ एक ही तरह बिताते हैं, वह हमारे जीवन में खतरनाक गति से खर्च होता रहता है। हाल ही में एक व्यक्ति ने मुझसे अपने बेटे के बारे में गंभीर चर्चा की। उसका कहना था कि उसे हर रात अपने बच्चे को सुलाने में काफी परेशानी का सामना करना पड़ता है। अधिकतर अमेरिकी घरों में निभाया जानेवाला यह एक ऐसा रिवाज है, जिसमें करीब एक घंटे का तीन-चौथाई हिस्सा बच्चे और अभिभावक के आपसी संघर्ष में खर्च हो जाता है। हमने अंकगणित के अनुसार हिसाब लगाया। सप्ताह के सातों दिन, हर रोज़ 45 मिनट यानी हर सप्ताह 05 घंटे से भी ज़्यादा या महीने के करीब 20 घंटे और साल के 12 महीनों में कुल 240 घंटे। अगर इसे हर

सप्ताह ऑफिस में काम करने के समय अनुसार देखें, तो सप्ताह में 40 घंटे के हिसाब से कुल मिलाकर यह करीब डेढ़ महीने के ऑफिस के काम के बराबर है।

मेरा वह मरीज हर साल करीब डेढ़ महीने के ऑफिस के काम के बराबर समय अपने बेटे के साथ व्यर्थ के आपसी संघर्ष में खर्च कर रहा था। कहना न होगा कि इस बात से बाप-बेटा, दोनों ही पीड़ित थे। भले ही आपके इरादे कितने भी नेक हों, आपका स्वभाव कितना भी मधुर और सहनशील हो, पर आप किसी भी ऐसे व्यक्ति के साथ अपने रिश्ते अच्छे नहीं रख सकेंगे, जिसके साथ आप हर साल करीब डेढ़ महीने झगड़ा करते हुए बिताते हैं। आखिरकार आप दोनों के बीच द्वेष का भाव बढ़ जाएगा और अगर ऐसा नहीं भी हुआ, तब भी आपने झगड़ा करते हुए जो बुरा समय बिताया है, वह निश्चित ही कम तनावपूर्ण और अधिक उपयोगी ढंग से किसी सुखद गतिविधि में बिताया जा सकता था। इस तरह की परिस्थितियों को कैसे समझा जाना चाहिए? आखिर समस्या किसमें है, बच्चे में या माता-पिता में? समाज में या फिर प्रकृति में?

कुछ लोग इस तरह की सारी समस्याओं के लिए वयस्कों को जिम्मेदार ठहराते हैं, चाहे वह वयस्क माता-पिता हों या समाज। ऐसे लोगों की मान्यता यह होती है कि 'बच्चे कभी बुरे नहीं होते, सिर्फ माता-पिता बुरे होते हैं।' जब आपके मन में किसी सीधे-सादे बच्चे की आदर्श छवि हो, तो यह धारणा पूरी तरह उचित भी लगती है। बच्चों की सुंदरता, खुलापन, आनंद, भरोसा और प्रेम करने की क्षमता देखकर ऐसी स्थितियों के लिए वयस्कों को दोषी मान लेना आसान हो जाता है। पर इस तरह का रवैया न सिर्फ बचकाना बल्कि खतरनाक ढंग से रूमानी (प्रेम-प्यार का) भी है। अगर कोई बच्चा बेहद जिद्दी, चिड़चिड़ा, बदतमीज और जटिल स्वभाव का है, तो यह रवैया उसके माता-पिता के विरूद्ध कुछ ज़्यादा ही पक्षपाती है। सारी बुराइयों के लिए बिना कुछ सोचे-समझे समाज को जिम्मेदार ठहरा देना भी सही नहीं है। क्योंकि इस तरह का निष्कर्ष समस्या को समय के अंधेरे कुँए में धकेल देता है। यह निष्कर्ष न तो समस्या के विभिन्न पहलुओं को स्पष्ट करता है और न ही उन्हें हल करता है। अगर पूरा समाज भ्रष्ट है, पर उस समाज में रहनेवाला व्यक्ति भ्रष्ट नहीं है, तो फिर यह सवाल लाजिमी है कि समाज की वह भ्रष्टता कहाँ से आ रही है? उस भ्रष्टता का स्रोत क्या है? दरअसल हर चीज़ के लिए समाज को जिम्मेदार ठहरा देना एक किस्म का विचारधारा संबंधी सिद्धांत (आईडियोलॉजिक थ्योरी) है, जो बिलकुल एक तरफा है।

इससे भी बुरा है, सामाजिक बुराई के अनुमान से बना यह आग्रह कि सारी व्यक्तिगत समस्याओं को - भले ही वे कितनी भी दुर्लभ हों - सिर्फ सांस्कृतिक बदलावों द्वारा ही हल किया जाना चाहिए, चाहे वह सांस्कृतिक बदलाव कितना भी कट्टरपंथी हो। हमारे समाज को लगातार ऐसी माँगों का सामना करना पड़ता है, जो समाज में स्थिरता लानेवाले रिवाजों, परंपराओं और रीतियों को पूरी तरह तोड़ने की बात करती हैं। ऐसा इसलिए किया जाता है ताकि अलग-अलग किस्म के अल्पसंख्यकों को उन श्रेणियों में जगह दे दी जाए, जिन पर हमारी सारी धारणाएँ आधारित हैं, भले ही अल्पसंख्यकों को उन श्रेणियों में जगह देना संभव हो या नहीं। यह कोई अच्छी चीज़ नहीं है। हर इंसान की व्यक्तिगत समस्या को किसी सामाजिक क्रांति से हल नहीं किया जा सकता क्योंकि आंदोलन आमतौर पर खतरनाक होते हैं और अस्थिरता पैदा करते हैं। हम इंसानों को यह सीखने में बहुत समय लगा है कि हमें एक साथ कैसे रहना है और अपने जटिल समाजों को संगठित कैसे रखना है। हमें इस बात की बहुत सटीक समझ नहीं है कि हम जो भी कर रहे हैं, वह कारगर क्यों सिद्ध हो रहा है। आमतौर पर छोटी-मोटी क्रांतियों के भी ढेरों नकारात्मक परिणाम होते हैं और बहुत से लोग कष्टों और समस्याओं से घिर जाते हैं। इसलिए किसी भी विचारधारा से जुड़े नारे (उदाहरण के लिए डाइवर्सिटी या विविधता) के नाम पर लापरवाही के साथ अपने जीने का तरीका बदलने का परिणाम बुरा भी हो सकता है।

उदाहरण के लिए क्या 1960 के दौर में अमेरिका में तलाक संबंधी कानून को नाटकीय ढंग से उदार बना देना अच्छा रहा? यह कहना मुश्किल है कि वैवाहिक जीवन से मुक्ति देने के इस कदम ने, जिस काल्पनिक आज़ादी को अमेरिकावासियों के सामने प्रस्तुत किया था, उससे जिन बच्चों का जीवन हमेशा के लिए अस्थिर हो गया, क्या वे इस कदम को अच्छा कह पाएँगे? हमारे पूर्वजों ने अपनी बुद्धिमत्ता का इस्तेमाल करके हमें जिन सीमाओं में रहने को कहा था, उन सीमाओं के बाहर मौजूद ढेरों डरावने खतरे हमारी ओर ही झाँक रहे होते हैं। हम अपनी आशंकाओं के चक्कर में पड़कर उन सीमाओं को तोड़ देते हैं। यह सर्दी के मौसम में जमकर बर्फ बन चुकी नदी की पतली और कमज़ोर सतह पर दौड़ने जैसा है, जिसके नीचे ठंड से जमा देनेवाला गहरा पानी मौजूद होता है। यह अकल्पनीय राक्षस उस पतली सतह से हमारी ओर ही झाँक रहा होता है।

आजकल के माता-पिता को अपने बच्चों से घबराते हुए देखना मेरे लिए आम

हो गया है। पर वे अपने बच्चों से इसलिए नहीं घबराते क्योंकि समाज ने उन्हें इस काल्पनिक अत्याचार का कारण मान लिया है और बच्चे को अनुशासित, व्यवस्थित व शिष्ट बनाने में, उनकी महत्वपूर्ण भूमिका का श्रेय देने से इनकार कर दिया है। 1960 के दशक की अतियों और ज़्यादतियों ने न सिर्फ सहज रूप से वयस्कों के प्रति अपमान का भाव पैदा किया बल्कि अधिकार की शक्ति के अस्तित्व पर विश्वास न करने का भाव भी बढ़ा दिया। साथ ही अपरिपक्वता से पैदा हुई अव्यवस्था और जिम्मेदारी युक्त आज़ादी के बीच के फर्क को पहचानने में असमर्थ भी बना दिया। तभी तो आज के माता-पिता 1960 के दौर में प्रचलित रहे बच्चों के चरित्र या स्वभाव की छाया के बीच असहाय और अपने कार्यों को लेकर ज़रूरत से ज़्यादा सावधान होकर जीते हैं। इसी के चलते आज माता-पिता अपने बच्चों की अल्पकालिक भावनात्मक तकलीफों के प्रति अधिक संवेदनशील हो गए हैं। उनका यह डर बढ़ गया है कि कहीं हमारे बच्चों को किसी चीज़ से भावनात्मक नुकसान न पहुँचे। यहाँ आप यह तर्क दे सकते हैं कि यह तो अच्छी बात है कि आज के माता-पिता बच्चों को लेकर पहले की तुलना में अधिक संवेदनशील हो गए हैं - पर ऐसी हर नैतिकता के चरम पर एक छिपी हुई तबाही आप ही की ओर झाँक रही होती है।

नीच असभ्य व्यक्ति

कहते हैं कि हर व्यक्ति चेतन या अचेतन रूप से किसी न किसी प्रभावशाली दार्शनिक का अनुयायी होता है। बच्चों का मन सहज रूप से निर्मल होता है, जिसे सिर्फ संस्कृति और समाज ही नुकसान पहुँचा सकता है - यह मान्यता दरअसल 18वीं सदी के फ्रांसीसी दार्शनिक ज्यां जैक्स रूसो से ली गई है। रूसो को मानव समाज के भ्रष्ट प्रभाव और निजी स्वामित्व जैसे विचारों पर गहरा विश्वास था। उनका दावा था कि संसार में इंसान के सहज-सरल रूप यानी बच्चों से अधिक कोमल और अद्भुत और कुछ भी नहीं है। जिस दौर में उन्होंने ये विचार प्रस्तुत किए थे, उसी दौर में उन्होंने एक पिता के रूप में अपनी अक्षमता को देखते हुए अपने पाँच बच्चों को त्यागकर अनाथालयों के भरोसे छोड़ दिया था।

महानता से भरे इस निर्दयी व्यक्ति ने जो विचार प्रस्तुत किए थे, वे वास्तविकता की कसौटी पर परखे हुए विचार न होकर, ऐसे धार्मिक आदर्श थे जिनका कोई महत्त्व नहीं था। पौराणिक नज़रिए से देखें, तो एक बच्चा दिव्यता से संबंधित हमारी सारी कल्पनाओं का एक स्थायी रूप होता है। वह दरअसल युवावस्था की संभावनाओं से भरा एक नया नवेला नायक होता है, जो एक योग्य राजा का सालों पहले खोया

हुआ मासूम बेटा है, जिसके साथ गलत हुआ है। वह उस अमरता का संदेश होता है, जो हमारे सबसे शुरुआती अनुभवों का हिस्सा थी। वह आदम है, एक संपूर्ण पुरुष, जिसने कभी कोई पाप नहीं किया और जो ईश्वर के साथ ईडन के बगीचे में चहल-कदमी कर रहा है। पर इंसान असल में दुष्ट भी होते हैं और अच्छे भी। हमारी आत्मा के अंधेरे कोनों में जो कालापन छिपा होता है, वह तब भी मौजूद होता है, जब हम बच्चे होते हैं। आमतौर पर उम्र के साथ लोग बदतर नहीं बल्कि बेहतर होते जाते हैं। जैसे-जैसे लोग परिपक्व होते जाते हैं, वैसे-वैसे उनमें करूणा भाव बढ़ जाता है, वे अधिक कर्तव्यनिष्ठ व भावनात्मक रूप से अधिक स्थिर हो जाते हैं। स्कूलों में बच्चों के बीच आपस में एक-दूसरे को बुली करने (डराने-धमकाने और तंग करने) की जो प्रवृत्ति नज़र आती है, वह उम्र की परिपक्वता आने के बाद कम हो जाती है। नोबल पुरस्कार विजेता लेखक विलियम गोल्डिंग के उपन्यास 'लॉर्ड ऑफ द फ्लाइज़' (जिसमें कुछ ब्रिटिश बच्चे एक निर्जन टापू पर फँसने के बाद अपने समूह को संचालित करने का प्रयास करते हैं, जो उनके लिए विनाशकारी साबित होता है) को साहित्य की दुनिया में क्लासिक का दर्जा यूँ ही हासिल नहीं हुआ है।

इसके अलावा ऐसे बहुत से प्रत्यक्ष प्रमाण हैं, जिनसे स्पष्ट है कि इंसानी व्यवहार की भयावहता के लिए इतिहास और समाज को इतनी आसानी से जिम्मेदार नहीं ठहराया जा सकता। इसकी खोज एक दर्दनाक ढंग से प्राइमेटोलॉजिस्ट[1] जेन गुडॉल ने की थी। जब सन 1974 में उन्हें यह पता चला कि उनके प्यारे चिपांजी एक-दूसरे की हत्या करने में न सिर्फ सक्षम थे बल्कि इसके लिए पूरी तरह तैयार भी थे। इस चौंका देनेवाली खोज के महान मानवशास्त्रीय महत्त्व के कारण उन्होंने इससे जुड़े अपने सारे अनुभवों को सालों तक गुप्त रखा। क्योंकि उन्हें डर था कि शायद उनके और चिंपांजियों के बीच संपर्क के चलते ही इन जानवरों में ऐसा अप्राकृतिक व्यवहार देखने को मिल रहा है। यहाँ तक कि जब उन्होंने अपनी इस खोज को प्रकाशित किया, तो अधिकतर लोगों को इस पर विश्वास नहीं हुआ। पर जल्द ही यह स्पष्ट हो गया कि चिंपांजियों के बारे में उनके शोध असामान्य नहीं थे।

स्पष्ट शब्दों में कहूँ तो : चिंपांजियों के बीच अंतर-आदिवासी यानी विभिन्न कबीलों में होनेवाला युद्ध होता रहता है और इस युद्ध में वे करीब-करीब अकल्पनीय किस्म की क्रूरता का प्रदर्शन करते हैं। एक पूरी तरह विकसित सामान्य चिंपांजी भले ही एक समान रूप से विकसित सामान्य मनुष्य से आकार में छोटा हो, पर वह मनुष्य

---

[1] स्तनपायी प्राणियों में सर्वोच्च श्रेणी के जीवों का अध्ययन करनेवाला

से दोगुने से भी अधिक ताकतवर होता है। गुडॉल ने अपने अनुभवों के दौरान पाया कि चिंपांजियों में स्टील के मज़बूत तारों और लीवरों को तोड़ने की प्रवृत्ति होती है। उन्होंने भयभीत होकर यह जानकारी प्रस्तुत की कि चिंपांजी न सिर्फ एक-दूसरे के टुकड़े-टुकड़े करने में सक्षम हैं बल्कि ऐसा करते भी हैं। इसके लिए मानव समाज या उसकी जटिल प्रौद्योगिकियों को जिम्मेदार नहीं ठहराया जा सकता। गुडॉल लिखती हैं, 'अक्सर जब भी रात में मेरी नींद टूटती थी, तो मेरे मन में ढेरों भयानक तस्वीरें उभरने लगती थीं, जैसे शैतान नाम का एक चिंपांजी (जिसका अवलोकन लंबे समय से चल रहा है), स्निफ नामक एक चोटिल चिंपाजी (जिसके चेहरे पर एक गहरा घाव है) की ठोड़ी के नीचे अपना हाथ लगाकर उसका खून ठीक उसी तरह पी रहा है, जैसे कोई इंसान किसी नल में हाथ लगाकर पानी पीता है... जबकि जोमियो नामक चिंपांजी, डे नामक एक अन्य चिंपाजी की जाँघ की चमड़ी को चीर रहा है; फिगन नामक चिंपांजी बेहद आक्रामकता के साथ गोलिएथ नामक एक अन्य चिंपांजी - जिसे वह बचपन में अपना हीरो मानता था - के थरथराते हुए शरीर पर बार-बार वार कर रहा है।' युवा चिंपांजियों के छोटे-छोटे समूह, जिनमें अधिकतर नर चिंपांजी थे - अपने सीमाक्षेत्र (टेरेटरी) की सीमा पर टहलते रहते हैं। अगर वे किसी पराए चिंपांजी को (इनमें युवा चिंपांजियों के वे परिचित चिंपांजी भी शामिल हैं, जो पहले समूह का हिस्सा थे, पर अब छोड़कर जा चुके हैं) देखते हैं और अगर वह अकेला है या पराए चिंपांजियों के समूह की संख्या इन युवा चिंपांजियों के समूह की संख्या में कम है, तो वे बिना कोई दया दिखाए पराए चिंपांजियों पर फौरन हमला कर उन्हें खत्म कर देते हैं। चिंपांजियों के अंदर अधिक सुपर-ईगो[2] नहीं होता।

यहाँ यह याद रखना समझदारी होगी कि आमतौर पर इंसानों में आत्मनियंत्रण की क्षमता उतनी अधिक नहीं होती, जितनी मानी जाती है। आइरिस चैंग की चौंका देनेवाली किताब 'द रेप ऑफ नैनकिंग' में हमलावर जापानियों द्वारा चीन के नैनकिंग शहर में घुसकर तबाही मचाने का वर्णन किया गया है। अगर इस किताब का अध्ययन सावधानी से किया जाए, तो यह किसी का भी दिल दहला सकती है। इसी तरह उस जमाने में स्थापित की गई एक गुप्त जापानी जैविक युद्ध अनुसंधान इकाई 'यूनिट 731' के बारे में जितना कम बोला जाए, उतना बेहतर होगा। और फिर भी अगर आप इसके बारे में पढ़ना चाहते हैं, तो अपने जोखिम पर पढ़ें। फिर मत कहिएगा कि आपको इस बारे में पहले चेतावनी नहीं दी गई थी।

---

[2] मनोविश्लेषण के पितामह सिंगमंड फ्रायड द्वारा परिभाषित 'व्यक्तित्व का नैतिक अंश'

हंटर-गैदरर्स[3] भी अपने सांप्रदायिक जीवन और स्थानीय संस्कृति के बावजूद औद्योगीकृत संसार में जीनेवाले शहरी लोगों से कहीं अधिक घातक होते हैं। आधुनिक यू.के. में हत्याओं की वार्षिक दर प्रति 1,00,000 में 1 है। यू.एस. में यह दर इससे चार से पाँच गुना अधिक है, जबकि मध्य अमेरिका में स्थित देश होंडुरास में यह दर नब्बे गुना अधिक है, जो कि किसी भी आधुनिक देश में दर्ज हत्याओं की सबसे उच्चतम दर है। हमारे विकास के सारे साक्ष्य इस बात की ओर इशारा करते हैं कि समय के साथ जैसे-जैसे मानव समाज अधिक बड़ा और व्यवस्थित होता गया, हम इंसान भी पहले के मुकाबले कहीं अधिक शांत हो गए।

अफ्रीका के कलाहारी रेगिस्तान की पश्चिमी सीमा में कुंग की झाड़ियों में रहनेवाले प्रवासी लोगों को एलिजाबेथ मार्शल ने सन 1950 में बड़े रूमानी ढंग से 'किसी का नुकसान न करनेवाले भोले-भाले लोग' कहा था। जबकि इस समुदाय में हत्याओं की दर प्रति 1,00,000 में 40 थी और जब राज्य प्राधिकरण ने इन्हें कानून के दायरे में लिया, तो हत्याओं की दर फौरन करीब 30 प्रतिशत घट गई। मानव जाति की हिंसात्मक प्रवृत्ति को कम करनेवाले जटिल सामाजिक ढाँचे का यह एक बहुत ही शिक्षाप्रद उदाहरण है। अपनी आक्रामकता के लिए जाने जानेवाले ब्राजील के यानोमामी समुदाय के लोगों के बीच हत्याओं की सालाना दर प्रति 1,00,000 में 300 है। इतना ही नहीं, इंडोनेशिया के पास स्थित पापुआ न्यू गिनी के निवासी एक-दूसरे को प्रति 1,00,000 में 140 से 1000 की सालाना दर से मार रहे हैं। हालाँकि हत्याओं का रिकॉर्ड बनाने में सबसे आगे हैं, कैलीफोर्निया के प्राचीनतम निवासियों में से एक काटो समुदाय के लोग। सन 1840 के आसपास इस समुदाय में प्रति 1,00,000 में 1450 लोग हिंसक मौत का शिकार हुए थे।

अन्य इंसानों की तरह बच्चों के अंदर भी सिर्फ अच्छाइयाँ नहीं होतीं इसलिए उन्हें बेहतरीन इंसान बनाने के लिए यूँ ही समाज से अछूता नहीं छोड़ा जा सकता। यहाँ तक कि अगर झुंड में शामिल होना हो, तो कुत्तों को भी आपस में मेल-जोल बढ़ाना होता है और बच्चे तो कुत्तों से कहीं अधिक जटिल प्राणी हैं। इसका अर्थ है कि अगर उन्हें प्रशिक्षित, अनुशासित और ठीक से प्रोत्साहित न किया जाए, तो उनकी भटकने की संभावना बहुत बढ़ जाएगी। इसका अर्थ है कि इंसानों की सारी हिंसक प्रवृत्तियों के लिए सामाजिक संरचना की विकृतियों को जिम्मेदार ठहराना न सिर्फ गलत है बल्कि यह हमारे पिछड़ेपन का एक कारण है। लोगों से मिलने-

---

[3] ऐसे प्रवासी लोग जो शिकार करके और जंगली खाद्य पदार्थ खाकर जीते हैं।

जुलने या सामाजीकरण की महत्वपूर्ण प्रक्रिया बहुत सा नुकसान होने से रोकती है और अच्छाई को प्रोत्साहित करती है। बच्चों को सही जानकारियाँ देना और उनके व्यक्तिव को आकार देना ज़रूरी होता है वरना वे अपने जीवन में कामयाब नहीं हो पाते। यह तथ्य उनके व्यवहार में स्पष्ट रूप से झलकता है : बच्चे अपने हमउम्र साथियों और वयस्कों, दोनों का ध्यान पाने के लिए बेताब रहते हैं क्योंकि दूसरों का ध्यान पाकर वे समाज का प्रभावी व विवेकी हिस्सा बन जाते हैं, जो उनके लिए बहुत ज़रूरी होता है।

मानसिक या शारीरिक प्रताड़ना से बच्चों को भावनात्मक रूप से जितना नुकसान पहुँचता है, उतना ही या उससे भी अधिक नुकसान उन्हें तब पहुँचता है, जब उन पर ठीक से ध्यान नहीं दिया जाता। इस नुकसान के पीछे दरअसल अभिभावकों की गलती होती है। इसका प्रभाव बहुत गंभीर होता है और लंबे समय तक बना रहता है। बच्चों को भावनात्मक नुकसान तब पहुँचता है, जब उन पर ध्यान न देनेवाले माता-पिता उन्हें तेज, चौकस, जागृत बनाने के बजाय एक अचेतन और उदासीन अवस्था में छोड़ देते हैं। उन्हें भावनात्मक नुकसान तब पहुँचता है, जब उनकी देखरेख करनेवाले लोग उनके साथ टकराव होने से या उनकी नाराजगी से डरते हैं और उन्हें उनकी गलती बताने का साहस नहीं दिखाते, साथ ही उन्हें मार्गदर्शन नहीं देते। इस तरह के बच्चों को मैं सड़क चलते भी पहचान सकता हूँ। ऐसे बच्चे कांतिहीन, अस्थिर और डावाँडोल किस्म के होते हैं। वे अन्य बच्चों की तरह खुश और तीव्र होने के बजाय सुस्त और कुम्हलाए हुए होते हैं। वे बिना तराशे हुए हीरे जैसे होते हैं, जो बस किसी जौहरी के इंतजार में होते हैं।

इस तरह के बच्चों को अक्सर उनके साथी पूरी तरह अनदेखा और उपेक्षित कर देते हैं। ऐसा इसलिए क्योंकि ऐसे बच्चों के साथ समय बिताना या खेलना-कूदना उनके लिए मजेदार नहीं होता। उनके प्रति वयस्कों का व्यवहार भी ऐसा ही होता है (हालाँकि अगर वयस्कों से इस बारे में सवाल किया जाए, तो वे फौरन इस बात से इनकार कर देंगे)। अपने कॅरियर के शुरुआती दौर में जब मैं डे-केयर सेंटरों में काम करता था, तो उपेक्षित बच्चे हताश होकर अपने अनिश्चित और आधे-अधूरे ढंग से मेरे पास आ जाते थे। इन बच्चों में ज़रा भी चंचलता या सामनेवाले से उचित दूरी बनाकर रखने की समझ नहीं होती थी। भले ही मैं कुछ भी कर रहा होऊँ, पर वे मेरे आसपास या मेरी गोद में आकर धम्म से बैठ जाते। इसके पीछे किसी वयस्क का ध्यान पाने की उनकी प्रबल इच्छा होती थी, जो दरअसल उनके आगे के विकास

के लिए सबसे आवश्यक स्रोत होती है। उनके इस दीर्घकालीन शिशुवाद के कारण अपने अंदर पैदा होनेवाली झुँझलाहट और घृणा को छिपाना बड़ा मुश्किल होता था, जबकि मैं उनकी दुर्दशा को समझता था और मुझे उनके लिए बड़ा बुरा महसूस होता था। मेरा मानना है कि मेरी वह कठोर और भयानक प्रतिक्रिया दरअसल एक सार्वभौमिक अनुभव है। यह दरअसल एक आंतरिक चेतावनी थी, जो असंतोषजनक ढंग से गरीब सामाजिक बच्चे के साथ रिश्ता बनाने के खतरों की ओर संकेत कर रही थी : ऐसे बच्चे द्वारा तत्काल और अनुचित ढंग से आप पर निर्भर होने (जो दरअसल उसके माता-पिता की जिम्मेदारी थी) की काफी संभावना होती है। इस निर्भरता को स्वीकार करने के बाद वह किसी न किसी रूप में आपसे आपके समय और संसाधनों की माँग भी करता है। जो वयस्क ऐसे बच्चों के प्रति दोस्ताना मिजाजवाले होते हैं या उन्हें लेकर इच्छुक दृष्टिकोण रखते हैं, वे भी ऐसी स्थिति आने पर अक्सर उनसे मुँह मोड़ लेते हैं और उनके बजाय ऐसे बच्चों की ओर ध्यान केंद्रित कर लेते हैं, जिनके साथ बातचीत करना या जुड़ना इतना महँगा अनुभव न हो।

माता-पिता या दोस्त

उपेक्षा और दुर्व्यवहार बुरे या पूरी तरह अनुपस्थित अनुशासनात्मक दृष्टिकोण का हिस्सा होते हैं। उपेक्षा और दुर्व्यवहार जान-बूझकर भी किए जा सकते हैं। ये माता-पिता के स्पष्ट व सचेत (अगर गुमराह होकर किया गया है तो) उद्देश्यों से प्रेरित होते हैं। पर आधुनिक अभिभावक आमतौर पर इस डर से पंगु बने रहते हैं कि अगर उन्होंने अपने बच्चों पर किसी कारण से कोई रोक-टोक लगाई, तो कहीं बच्चे उन्हें प्रेम करना या पसंद करना बंद न कर दें। उनकी सबसे बड़ी चाहत होती है, अपने बच्चों से दोस्ताना संबंध बनाकर रखना। इसके लिए वे अपने सम्मान का त्याग करने को भी तैयार रहते हैं। जबकि यह अच्छी बात नहीं है। एक बच्चे के दोस्त तो कई हो सकते हैं, पर उसके माता-पिता बस दो ही लोग हो सकते हैं और उनका महत्त्व दोस्तों से कम नहीं बल्कि कहीं ज़्यादा होता है। दोस्तों के पास बच्चों की गलतियाँ सुधारने के लिए बहुत सीमित अधिकार होते हैं। इसीलिए हर माता-पिता को बच्चों द्वारा उन पर किए जानेवाले क्षणिक क्रोध और घृणा को सहन करना सीखना तो चाहिए। लेकिन यह तभी होना चाहिए, जब माता-पिता अपनी ओर से बच्चे के अंदर सुधार लाने के लिए ज़रूरी कदम उठा चुके हों। वैसे भी बच्चों में दीर्घकालीन परिणामों के बारे में विचार करने या उन्हें समझने की क्षमता बहुत कम होती है। माता-पिता दरअसल बच्चे और समाज के बीच मध्यस्थता का काम करते

हैं। वे बच्चों को सही व्यवहार करना सिखाते हैं ताकि अन्य लोग उनके बच्चों से सार्थक और उत्पादक ढंग से संवाद व व्यवहार कर सकें।

यह एक बच्चे को अनुशासित करने के लिए उठाया गया कदम है। यह बच्चे के दुर्व्यवहार पर माता-पिता द्वारा गुस्सा जताना नहीं है और न ही यह उसके किसी दुष्कर्म का बदला लेना है। बल्कि यह तो दया और दीर्घकालीन निर्णय का सावधानीपूर्वक किया गया मिलाप है। सही अनुशासन स्थापित करने के लिए निश्चित ही प्रयासों की ज़रूरत होती है। यह वास्तव में उन प्रयासों का ही पर्याय है। बच्चों पर सावधानीपूर्वक ढंग से ध्यान देना मुश्किल होता है। यह पता लगाना भी मुश्किल होता है कि सही और गलत क्या है और क्यों है। अनुशासन संबंधी करूणामय रणनीतियाँ तैयार करना मुश्किल होता है। बच्चों की देखभाल में गहन रूप से सक्रिय लोगों के साथ संवाद करना और उनके साथ सही समझौते करना भी मुश्किल होता है। जिम्मेदारी और मुश्किलों के इस संयोजन के कारण ही उन सभी धारणाओं का विकृत रूप से खुलकर स्वागत किया जाता है, जो कहती हैं कि बच्चे पर किसी भी तरह की रोक-टोक या अंकुश लगाना दरअसल उसके लिए नुकसानदायक है। एक बार जब इस तरह की किसी धारणा को स्वीकार कर लिया जाता है, तो माता-पिता को इस बात की अनुमति मिल जाती है कि वे अपने आसपास की संस्कृति को अपनाने का माध्यम बनने की अपनी जिम्मेदारी त्याग दें और यह दिखावा करें कि ऐसा करना बच्चे के लिए अच्छा होगा। जबकि वास्तव में माता-पिता को ऐसे मामलों की बेहतर समझ होनी चाहिए। यह खुद को धोखे में रखने का एक खतरनाक तरीका है। यह न सिर्फ क्रूर है बल्कि इसे माफ भी नहीं किया जा सकता। हालाँकि ऐसी चीज़ों को तर्कसंगत ठहराने की हमारी प्रवृत्ति सिर्फ यहीं तक सीमित नहीं है।

हमें लगता है कि अगर हम बच्चों को नियम-कायदों के हिसाब से रहने को कहेंगे, तो इससे उनकी असीम आंतरिक रचनात्मकता पर नकारात्मक असर पड़ेगा। जबकि विज्ञान स्पष्ट रूप से कहता है कि एक तो तुच्छ मापदंडों से परे जानेवाली रचनात्मकता बहुत ही दुर्लभ चीज़ है और दूसरा कि सख्त सीमाएँ वास्तव में रचनात्मक उपलब्धियों के लिए बाधा नहीं बनतीं बल्कि उन्हें सहज बनाती हैं। बच्चों के मामले में नियमों और संरचनाओं के विनाशकारी पहलू पर विश्वास करने के पीछे यह विचार होता है कि अगर बच्चों को अपनी सच्ची प्रकृति को खुलकर व्यक्त करने का मौका मिले, तो वे अपने खान-पान और नींद जैसे मामलों में भी हमेशा सही

विकल्प चुनेंगे। इस तरह की धारणाओं के पीछे भी कोई वैज्ञानिक आधार नहीं है। अगर बच्चों को मौका मिले, तो वे हर रोज सिर्फ हॉट डॉग, चिकन फिंगर्स और फ्रूट लूप्स जैसी चीज़ें खाकर ही खुश रहेंगे। अगर माता-पिता उन्हें रात को सही समय पर शांति से सोने के लिए नहीं कहते, तो वे तब तक बिस्तर के पास नहीं फटकते, जब तक थकान से पूरी तरह चूर न हो जाएँ। जिस तरह युवा चिंपांजी अपने झुंड के वयस्क चिंपाजियों को परेशान करने में पूरी तरह सक्षम होता है, उसी तरह बच्चों में भी जटिल सामाजिक परिस्थितियों में वयस्कों को उकसाने की पूरी क्षमता होती है। दूसरों को चिढ़ाने, ताना मारने और उकसाने की इन गतिविधियों में शामिल होने से चिंपांजियों और बच्चों, दोनों को यह समझ में आने लगता है कि वे अपनी आज़ादी का इस्तेमाल किस हद तक कर सकते हैं। इस हद का अंदाजा होने से उन्हें सुरक्षा भाव महसूस होता है, भले ही इस हद का अंदाज़ा लेने की प्रक्रिया में उन्हें क्षणिक निराशा या हताशा महसूस हो।

मुझे याद है, जब मेरी बेटी दो साल की थी, तो मैं एक बार उसे खेल के मैदान में ले गया। वह मैदान में लगे मंकी बार्स[4] पर लटकते हुए खेल रही थी। मेरी बेटी की ही उम्र का एक अन्य बच्चा भी उसी मंकी-बार पर खड़ा हुआ था, जिसे मेरी बेटी ने पकड़ रखा था। मैंने गौर किया कि वह शरारती बच्चा मेरी बेटी की तरफ बढ़ रहा है। इस दौरान उसकी और मेरी नज़रें भी टकराईं, इसके बावजूद वह धीरे-धीरे मेरी बेटी के करीब पहुँच गया और उसके हाथों पर जानबूझकर अपना पैर रखकर चढ़ गया। वह मेरी तरफ घूरते हुए अपने पैरों से बार-बार जोर लगाकर मेरी नन्हीं बेटी के हाथों को दबाने लगा। उसे अच्छी तरह मालूम था कि वह क्या कर रहा है। उसे देखकर स्पष्ट था कि उसका जीवन दर्शन है, 'तुम्हारी ऐसी की तैसी।' वह पहले ही यह निष्कर्ष निकाल चुका था कि सारे वयस्क लोग उसके तिरस्कार के लायक हैं और वह बिना किसी दिक्कत के जब चाहे उनकी अवहेलना कर सकता है (उस बेवकूफ को अंदाजा भी नहीं था कि वह खुद भी एक दिन वयस्क होगा)। उसका निराशाजनक भविष्य - जो उसके माता-पिता ने उसके जीवन पर लाद दिया था - भी ऐसा ही होनेवाला था। उसकी हरकतें देखकर मैं फौरन उसके पास गया, उसे उठाया और तीस फीट दूर फेंक दिया, जो उसके लिए एक बहुत बड़ा झटका था।

जी नहीं, मैंने ऐसा कुछ नहीं किया। मैं बस अपनी बेटी को लेकर मैदान के

---

[4] लोहे के पाइप से बनी आकृति जो बच्चों के खेलने के लिए पार्क या मैदान में लगी होती है।

दूसरे छोर पर चला गया। पर अगर मैंने सचमुच उसे उठाकर दूर फेंक दिया होता, तो यह उसके लिए अच्छा ही होता और वह सीख जाता कि दूसरों के साथ व्यवहार करते समय अपनी सीमा में रहना चाहिए।

अब एक ऐसे बच्चे की कल्पना कीजिए, जो अपनी माँ के चेहरे पर बार-बार प्रहार कर रहा है। वह ऐसा क्यों करेगा? यह न सिर्फ एक मूर्खतापूर्ण सवाल है बल्कि कुछ ज़्यादा ही बचकाना भी है और इसका जवाब स्पष्ट है। वह अपनी माँ पर हावी होना चाहता है। वह बस ये जानने की कोशिश कर रहा है कि क्या वह ऐसा करके भी बच सकता है। आखिरकार हिंसा कोई ऐसी चीज़ तो नहीं रह गई है, जो रहस्य हो। बस शांति ही है, जो एक रहस्य है। हिंसा तो डिफॉल्ट है और हिंसा करना भी बड़ा आसान होता है। पर शांति एक मुश्किल चीज़ है : इसे सीखना पड़ता है, अर्जित करना पड़ता है और फिर विकसित करना पड़ता है (लोग आमतौर पर बुनियादी मनोवैज्ञानिक सवालों को उल्टे क्रम में पूछते हैं। जैसे लोग नशीली दवाईयों का सेवन क्यों करते हैं? यह कोई रहस्य नहीं है। रहस्य तो यह है कि ये लोग हर वक्त नशीली दवाईयों का सेवन क्यों नहीं करते? इसी तरह लोग व्यग्रता से क्यों पीड़ित होते हैं? यह कोई रहस्य नहीं है। असली रहस्य तो यह है कि आखिर इस संसार में लोग शांत कैसे रह पाते हैं? हम सब नश्वर हैं और हमें पूरी तरह तोड़ा जा सकता है। हमारे जीवन में लाखों ऐसी चीज़ें हैं, जो गड़बड़ हो सकती हैं और लाखों अलग-अलग तरीकों से गड़बड़ हो सकती हैं। इस लिहाज से तो हमें हर पल बुरी तरह भयभीत रहना चाहिए पर हम हर पल भयभीत नहीं रहते। अवसाद, आलस और अपराधिक प्रवृत्ति के बारे में भी ठीक यही बात कही जा सकती है)।

अगर मैं आपको चोट पहुँचा सकता हूँ और आप पर हावी हो सकता हूँ, तो मैं जो चाहूँ, वो कर सकता हूँ... जब चाहूँ, तब कर सकता हूँ और आपके मुँह पर कर सकता हूँ...। मैं अपनी जिज्ञासा को संतुष्ट करने के लिए आपको कष्ट पहुँचा सकता हूँ... मैं आपसे ध्यान हटा सकता हूँ और आप पर हावी हो सकता हूँ... मैं आपका खिलौना भी चुरा सकता हूँ...। बच्चे अपने आसपास के लोगों पर पहला प्रहार करते हैं क्योंकि इंसानों में आक्रामकता जन्मजात होती है। यह बात अलग है कि कुछ लोगों में यह आक्रामकता अधिक होती है और कुछ लोगों में कम। इंसानों द्वारा आक्रामकता अपनाने का एक अन्य कारण यह भी है कि यह अक्सर उनके लिए अपनी इच्छा पूरी करना आसान बना देती है। यह मानना मूर्खता होगी कि इस तरह की हरकतें सीखी जाती हैं। एक साँप को यह नहीं सिखाना पड़ता कि किसी को

डसना कैसे है। यह तो उसके स्वभाव में होता है। आँकड़ों के अनुसार बात करें तो दो साल की उम्रवाले बच्चे सबसे अधिक हिंसक होते हैं। वे हाथों से प्रहार करते हैं, लातें मारते हैं, दाँतों से काट लेते हैं और दूसरों का सामान चुरा लेते हैं। वे नई चीज़ों को जानने, अपनी आवेगी इच्छाओं को पूरा करने और अपनी नाराजगी व निराशा को व्यक्त करने के लिए यह सब करते हैं। हमारे लिए इससे भी ज़्यादा महत्वपूर्ण यह समझना है कि वे यह सब ये जानने के लिए करते हैं कि उन्हें किस हद तक ऐसा व्यवहार करने की अनुमति है। वरना भला उन्हें कैसे पता चलेगा कि संसार में क्या स्वीकार्य है और क्या नहीं? नवजात बच्चे अंधे लोगों की तरह होते हैं और किसी न किसी सहारे की खोज में रहते हैं। उनके लिए आगे बढ़कर यह देखना ज़रूरी होता है कि किसी भी चीज़ की आखिरी सीमा क्या है (और सीमाएँ जितनी बताई जाती हैं, अक्सर उससे कहीं ज़्यादा विस्तृत होती हैं)।

बच्चे के व्यवहार में बार-बार सुधार करने से उसे यह संकेत मिलता है कि उसकी आक्रामकता को किस हद तक स्वीकार किया जा सकता है। जब उसके व्यवहार को सुधारा नहीं जाता तो उसकी जिज्ञासा बढ़ जाती है - इसीलिए अगर बच्चा स्वभाव से आक्रामक हो और उसके अंदर दूसरों पर हावी होने की प्रवृत्ति हो, तो वह तब तक दूसरों पर प्रहार करता है, उन्हें लातें मारता है और दाँत से काटता है, जब तक उसे उसकी सीमा का एहसास नहीं कराया जाता। 'जब तक माँ मेरा विरोध नहीं करती, तब तक मैं उसे कितनी जोर से मार सकता हूँ?' ऐसी स्थिति में (अगर माता-पिता सचमुच चाहते हैं कि बच्चा उन पर हाथ न उठाए तो) बच्चे के व्यवहार में जितनी जल्दी सुधार लाया जाए, उतना ही बेहतर होता है। जब बच्चे के व्यवहार को सुधारा जाता है, तो उसे भी यह सीखने में मदद मिलती है कि दूसरों पर हाथ उठाना सर्वश्रेष्ठ सामाजिक तरीका नहीं है। अगर यह सुधार नहीं किया जाएगा, तो कोई भी बच्चा अपनी आंतरिक इच्छाओं को व्यवस्थित और नियंत्रित करने की प्रक्रिया से नहीं गुज़रेगा क्योंकि इस प्रक्रिया के लिए प्रयासों की ज़रूरत होती है। जब वह अपनी आंतरिक इच्छाओं को व्यवस्थित और नियंत्रित करेगा, तभी उसकी सारी इच्छाएँ उसके अंदर और व्यापक सामाजिक संसार में बिना किसी संघर्ष के अपना अस्तित्व बनाकर रख सकेंगी। वैसे भी मन को व्यवस्थित रखना कोई आसान काम नहीं है।

बच्चों के साथ कैसा व्यवहार हो

मेरा बेटा बचपन में बहुत चिड़चिड़ा था और उसे सँभालना मुश्किल काम

था। जबकि मेरी बेटी उससे बिलकुल अलग थी। अगर मैं उसे एक बार आँखें भी दिखा देता, तो वह फौरन शांत हो जाती पर जब मैं बेटे के साथ ऐसा करता, तो उसे कोई फर्क नहीं पड़ता। नौ महीने का होते-होते वह अपनी माँ यानी मेरी पत्नी (जिस पर कोई आसानी से हावी नहीं हो सकता) को डिनर टेबल पर चैन से बैठने नहीं देता था। वह खाने की चम्मच को अपने हाथ में लेने के लिए लड़ता था। हमें लगता कि 'चलो, अच्छा है, कम से कम इस तरह वह खुद अपने हाथों से खाना सीखेगा', पर वह बदमाश अपने हाथों से सिर्फ दो-चार निवाले ही खाता और फिर खाना छोड़कर खेलने में जुट जाता। वह खाने को अपने कटोरे के चारों ओर गिरा देता, डिनर टेबल की कुर्सियों पर खाने के टुकड़े फेंकता और फिर उन्हें जमीन में गिरते हुए देखता रहता। पर ये सब कोई परेशानीवाली बातें नहीं थीं, आखिर वह इस तरह अपने आसपास की चीज़ों को जानने और समझने की कोशिश कर रहा था। पर दिक्कत यह थी कि अपनी इन सारी हरकतों के बीच वह उतना खाना नहीं खा रहा था, जितना उसे खाना चाहिए था और न ही वह पर्याप्त नींद लेता था। फिर वह आधी रात को उठकर रोता और अपने माता-पिता की नींद हराम कर देता। उसकी इन हरकतों से उसकी माँ परेशान रहती और फिर वह अपनी खीझ और गुस्सा मुझ पर निकालती। यह कोई आदर्श स्थिति नहीं थी।

कुछ दिनों तक उसकी इन सारी हरकतों पर गौर करने के बाद मैंने तय किया कि अब डिनर टेबल पर खाने की चम्मच उसके हाथों में नहीं दी जाएगी। मैं अपने और उसके बीच होनेवाले इस संभावित संघर्ष के लिए पूरी तरह तैयार हो चुका था। इसके साथ ही मैंने थोड़ा खाली समय भी निकाल लिया। भले ही इस बात पर विश्वास करना मुश्किल हो, पर सच यह है कि अगर एक वयस्क धैर्यपूर्ण ढंग से काम करे, तो वह किसी भी छोटे बच्चे की हरकतों को सुधार सकता है। जैसे एक कहावत भी है कि 'वृद्धावस्था और विश्वासघात, युवा जोश व कौशल, दोनों पर हावी हो सकता है।' आंशिक रूप से ऐसा इसलिए है क्योंकि जब आप दो साल जैसी छोटी उम्र के होते हैं, तो आपका समय बहुत धीरे-धीरे गुज़रता है। मेरा आधे घंटे का समय मेरे बेटे के लिए एक सप्ताह के समय बराबर था। मैंने खुद को इस संघर्ष में जीत का आश्वासन दे दिया था। वह बहुत ही जिद्दी और चिड़चिड़ा था पर मैं उससे भी बदतर बन सकता था। तो फिर क्या था, हम दोनों डिनर टेबल पर एक-दूसरे के आमने-सामने बैठ गए। मैंने उसके सामने खाने का कटोरा रख दिया। दोपहर का वक्त था। वह जानता था कि आगे क्या होनेवाला है। उसने अपने कटोरे से जैसे ही चम्मच उठाई, मैंने उससे वह चम्मच वापस ले ली। फिर मैंने कटोरे से चम्मच में

खाना भरा और उसके मुँह की ओर बढ़ा दिया। मैंने जानबूझकर ऐसा किया। उसने मुझे किसी राक्षस की तरह घूरकर देखा और फिर अपने होठों को कसकर भींच लिया ताकि मैं उसे खाना न खिला सकूँ। मैंने हार नहीं मानी और चम्मच को उसके मुँह के पास ही रखा। उसने विरोध में सिर हिलाया और लगातार ऐसा करता रहा।

पर मेरे पास और भी कई तरीके थे। मैंने बहुत हल्के हाथ से उसकी छाती को कोंच दिया, सिर्फ उसे उकसाने के लिए, पर इसके बावजूद भी वह नहीं माना। मैंने दोबारा उसे हल्के से कोंचा। फिर एक और बार कोंचा... और फिर एक और बार। मैं उसे बहुत हल्के हाथ से कोंच रहा था, लेकिन मेरा तरीका ऐसा था कि वह इसे अनदेखा नहीं कर सकता था। मेरे द्वारा करीब दस बार कोंचे जाने के बाद उसने अपने भींचे हुए होठों को सहज करके अपना मुँह खोला ताकि गुस्से से चीख सके। हा.. हा..! बस उसने यहीं पर गलती कर दी। मैंने बड़ी चतुराई से फौरन खाने की चम्मच उसके मुँह में डाल दी। उसने अपने मुँह के अंदर गए खाने को बाहर निकालने की कोशिश की पर मैं अच्छी तरह जानता था कि उसकी इस हरकत से कैसे निपटना है। मैंने अपनी एक उँगली उसके होठों पर रखकर उसका मुँह आंशिक रूप से बंद कर दिया। खाने को मुँह से बाहर निकालने की उसकी कोशिश पूरी तरह सफल नहीं हुई। हालाँकि थोड़ा खाना बाहर आ गया, पर बाकी खाने को उसे निगलना पड़ा। आखिर मैंने इस संघर्ष में अपना पहला अंक जीत लिया था। मैंने उसके सिर पर हाथ फेरा और कहा कि वह एक अच्छा बच्चा है। मेरे ये शब्द बनावटी नहीं थे बल्कि सच्चे मन से निकले थे। अगर आप किसी से कोई काम करवाना चाहते हैं, तो जब वह उस काम को कर दे, तो इसके लिए उसे शाबासी या पुरस्कार ज़रूर दें। जीत के बाद कोई शिकायत नहीं होनी चाहिए। करीब एक घंटे तक चले गुस्से और उकसावे के बाद यह सब खत्म हो गया। मेरी पत्नी से यह सब देखा नहीं गया इसलिए वह पहले ही कमरे से जा चुकी थी। तनाव बहुत ज़्यादा था, पर आखिर बच्चे ने अपना खाना खा लिया था। मेरा बेटा थककर चूर हो गया था इसलिए मेरी छाती पर ही लेट गया। इसके बाद हम दोनों ने मिलकर एक लंबी झपकी ली। नींद खुलने के बाद अब वह मुझे पहले के मुकाबले कहीं ज़्यादा पसंद करने लगा था।

यह एक ऐसी चीज़ थी, जो मैंने हर बार गौर की, जब भी हम दोनों किसी बात पर एक-दूसरे भिड़े और यह बात सिर्फ मेरे बेटे तक सीमित नहीं थी। इस घटना के कुछ दिनों बाद हमने अपने पड़ोस में रहनेवाले एक अन्य जोड़े के साथ आपस में बेबीसिटिंग (छोटे बच्चे को सँभालना) की जिम्मेदारी बाँट रखी थी। जब भी हममें

से किसी एक जोड़े को कहीं बाहर डिनर करने या फिल्म देखने जाना होता, तो वह अपने बच्चों (सारे बच्चे तीन साल से कम उम्रवाले थे) को दूसरे जोड़े के घर पर छोड़ देता था। एक दिन एक अन्य जोड़ा भी हमारे साथ इसमें शामिल हो गया। मैं उनके बेटे से अपरिचित था, जो था तो सिर्फ दो साल का, पर उसका शरीर काफी भारी और मज़बूत था।

'ये आसानी से सोता नहीं है,' उसके पिता ने मुझे बताया, 'बिस्तर पर लिटाए जाने के बाद भी यह रेंगते हुए अक्सर बिस्तर से उतर जाता है और सीढ़ियों से सावधानी से उतरकर नीचेवाले कमरे में पहुँच जाता है। ऐसे में हम अक्सर उसके देखने के लिए टी.वी. पर एल्मो[5] का कोई वीडियो लगा देते हैं।

'मुझे उस बच्चे का व्यवहार कतई पसंद नहीं था इसलिए मैं किसी भी हाल में बड़ों का कहा न माननेवाले इस बच्चे के व्यवहार पर उसे कोई शाबासी नहीं देनेवाला हूँ।' मैंने सोचा, 'और उसके लिए टी.वी. पर एल्मो का वीडियो तो कतई नहीं चलानेवाला हूँ।' शिकायती किस्म का वह वाहियात कठपुतली किरदार मुझे कभी पसंद नहीं आया। असल में एल्मो का किरदार, महान कठपुतली कलाकार जिम हेंसन की विरासत का अपमान है। एल्मो का वीडियो देखने का मौका देना उस बच्चे को शाबासी देने जैसा था, जो मुझे कतई मंजूर नहीं था। स्वाभाविक है कि मैंने उसके पिता से यह सब नहीं कहा। बच्चों के बारे में माता-पिता से बातचीत करने का तब तक कोई लाभ नहीं होता, जब तक वे सचमुच अपने बच्चे के बारे में सच सुनने को तैयार न हों।

दो घंटे बाद हमने सारे बच्चों को सुलाने के लिए बिस्तर पर लिटा दिया। पाँच में चार बच्चे फौरन नींद की गोद में चले गए पर एल्मो कठपुतली का वह भक्त अब तक जाग रहा था। मैंने उसे जानबूझकर एक पालने में लिटाया था ताकि वह उठकर कहीं जा न सके। पर पालने में लेटकर वह चीखने-चिल्लाने के लिए स्वतंत्र था और उसने यही किया। अब मामला मुश्किल होता जा रहा था। चीखने-चिल्लाने की उसकी यह रणनीति कारगर साबित हुई। क्योंकि इस तरह वह हमें परेशान करने में कामयाब हो गया। उसके इस शोर से अन्य बच्चों की नींद टूटने का भी खतरा था। अपनी इस हरकत से उसने हमारे बीच चल रहे संघर्ष में अपना पहला अंक जीत लिया था। मैंने बेडरूम में जाकर उससे स्पष्ट कहा, 'लेट जाओ।' उसे कोई फर्क नहीं पड़ा। 'लेट जाओ,' मैंने दोबारा कहा, 'वरना मैं तुम्हें ज़बरदस्ती लिटाऊँगा।' बच्चों

[5] अमेरिकी टी.वी. शो सीसम स्ट्रीट का एक कठपुतली किरदार

के साथ तर्क-वितर्क करना अक्सर कारगर साबित नहीं होता, खासकर जब हालात इस किस्म के हों। पर फिर भी मैं मानता हूँ कि कोई कड़ा कदम उठाने से पहले निष्पक्ष ढंग से एक चेतावनी ज़रूर देनी चाहिए। बेशक उसने मेरी बात को अनसुना कर दिया और बिस्तर पर नहीं लेटा। ऊपर से उसने मुझ पर अपना प्रभाव जमाने के मकसद से दोबारा चीखना-चिल्लाना शुरू कर दिया।

बच्चे अक्सर ऐसा करते हैं। भयभीत माता-पिता को लगता है कि अगर बच्चा रो रहा है, तो निश्चित ही वह या तो तकलीफ में है या दुःखी है। जबकि यह सच नहीं है। बच्चों के रोने के कारणों में सबसे सामान्य कारण है उनका गुस्सा। रोनेवाले बच्चों की मांसपेशियों के पैटर्न्स के निरीक्षण से यह बात पहले ही साबित की जा चुकी है। गुस्से में रोते समय और दुःख या तकलीफ में रोते समय बच्चे एक जैसे नहीं दिखते। यहाँ तक कि उनके रोने की ध्वनि भी इसी आधार पर अलग-अलग होती है और अगर उस ध्वनि पर बारीकी से गौर किया जाए, तो दोनों ध्वनियों के बीच के फर्क को आसानी से पहचाना जा सकता है। गुस्से में रोना दरअसल बच्चे द्वारा अपना प्रभुत्व स्थापित करने का प्रयास है और उससे उसी प्रभुत्ववादी अंदाज में निपटना चाहिए। मैंने उस बच्चे को उठाया और फिर से लिटा दिया। मैंने काफी नर्मी और धैर्य के साथ, पर दृढ़ता से ऐसा किया। वह फिर से उठ गया। मैंने उसे दोबारा लिटा दिया। वह फिर उठ गया। मैंने उसे फिर से लिटा दिया और उसकी पीठ पर अपना हाथ रखे रहा। वह पूरी ताकत से संघर्ष करता रहा पर कोई फायदा नहीं हुआ। आखिरकार उसके शरीर का आकार मेरे शरीर के दस फीसदी से ज़्यादा नहीं था। मैं उसे एक हाथ से भी आसानी से उठा सकता था। तो मैंने उसे लिटाए रखा और उसके साथ शांति से बातचीत करते हुए कहा कि वह एक अच्छा बच्चा है और उसे अब आराम करना चाहिए। मैंने उसे एक सूदर[6] दिया और उसकी पीठ पर धीरे-धीरे थपकी देने लगा। वह शांत होने लगा। थोड़ी ही देर में उसकी आँखें नींद से बोझिल होने लगीं और कुछ पलों बाद वह सो गया। मैंने उसकी पीठ से अपना हाथ हटा लिया।

वह फिर से खड़ा हो गया। अब मैं उससे प्रभावित होने लगा। इस बच्चे में कुछ तो बात है! मैंने उसे उठाया और फिर से लिटा दिया, 'सो जाओ, बदमाश कहीं के,' मैंने कहा। मैं कुछ देर और उसकी पीठ पर हल्की थपकी देता रहा। कुछ बच्चों को इससे शांति मिलती है। वह थकता जा रहा था। वह हथियार डालने के लिए तैयार

---

[6] बच्चों के चूसने के लिए निर्मित की गई चुसनी

था। उसने अपनी आँखें बंद कर लीं। मैं उठा और धीरे से कमरे के दरवाजे की ओर बढ़ गया। बाहर निकलने से पहले मैंने आखिरी बार मुड़कर उसकी ओर देखा। वह फिर से खड़ा हो गया था। मैंने अपनी उँगली से इशारा करते हुए उससे दृढ़ता से कहा, 'चुपचाप सो जाओ।' वह फौरन लेट गया। मैंने दरवाजा बंद कर दिया। अब हम एक-दूसरे को पसंद करने लगे थे। इसके बाद न तो मैंने और न ही मेरी पत्नी ने उसकी आवाज सुनी। वह सो चुका था।

'बच्चे ने परेशान तो नहीं किया?' देर रात वापस लौटने के बाद उसके पिता ने मुझसे पूछा। 'नहीं,' मैंने उसे जवाब दिया, 'कोई परेशानी नहीं हुई। वह फिलहाल सो रहा है।'

'वह बीच में जागकर उठा नहीं?' पिता ने पूछा।

'नहीं,' मैंने जवाब दिया। 'वह पूरे समय सोता रहा।'

उसके पिता ने मेरी ओर गौर से देखा। वह मुझसे जानना चाहता था कि ऐसा कैसे संभव हुआ। पर वह मुझसे पूछ नहीं पाया और मैंने भी उसे कुछ नहीं बताया।

एक पुरानी कहावत है, 'सुअर के सामने मोती नहीं बिखेरने चाहिए।' आपको लग सकता है कि यह तो बड़ी ही निष्ठुर बात हुई। पर अपने बच्चे को नींद न आने का प्रशिक्षण देना और फिर बदले में शाबासी या पुरस्कार के तौर पर उसे एक वाहियात कठपुतली का टी.वी. शो देखने की अनुमति देना, यह भी निष्ठुरता ही है। आप जो निष्ठुर तरीका अपनाना चाहें, ज़रूर अपनाएँ और मैं जो निष्ठुर तरीका चाहूँगा, उसे अपनाऊँगा।

अनुशासित करें और सजा दें

आधुनिक माता-पिता इन दो चीज़ों से बहुत घबराते हैं, 'अनुशासित करना और सजा देना।' इन दोनों विषयों का जिक्र होने पर उनके मन में जेल, सैनिक और लेफ्ट-राइट का मार्च करते सेना के जूतों की छवियाँ तैरने लगती हैं। इसमें कोई दोराय नहीं कि अनुशासित करनेवाले को अत्याचारी बनने में और सजा देनेवाले को परपीड़क बनने में ज़्यादा समय नहीं लगता। इसीलिए अनुशासित करने और सजा देने की गतिविधियों को बहुत ध्यान से पूरा करना चाहिए। माता-पिता के अंदर इस बात के प्रति घबराहट होना हैरानी की बात नहीं है। पर सच यह है कि अनुशासन और सजा, दोनों ही ज़रूरी हैं। इन दोनों चीज़ों को बच्चे के जीवन में अनजाने में या

सचेत ढंग से भी लागू किया जा सकता है और बुरी तरह या अच्छी तरह भी। पर इन दोनों चीज़ों से कोई बच नहीं सकता।

ऐसा नहीं है कि बच्चे को शाबासी या पुरस्कार देने के साथ-साथ अनुशासित करना संभव ही नहीं है। वास्तव में अच्छे व्यवहार के लिए बच्चे को शाबासी देना काफी प्रभावी साबित हो सकता है। संसार के सबसे मशहूर व्यवहार-मनोविज्ञानी बी.एफ. स्किनर इस दृष्टिकोण के बड़े समर्थक थे। वे इसके विशेषज्ञ भी थे। उन्होंने तो कबूतरों को भी टेबल टेनिस (पिंग-पाँग) खेलना सिखा दिया था, हालाँकि ये कबूतर अपनी चोंच से गेंद को बस इधर से उधर लुढ़का भर पाते थे पर कबूतरों से भला आप और क्या उम्मीद करेंगे? वे कबूतर थे, इंसान नहीं इसलिए भले ही वे बुरा खेल दिखा रहे थे, फिर भी उनका खेल अच्छा था। बी.एफ. स्किनर ने तो दूसरे विश्व युद्ध के दौरान प्रोजेक्ट पिजन (जिसे बाद में ऑरकन के नाम से जाना गया) के तहत अपने पक्षियों को मिसाइल चलाना तक सिखा दिया था। इलेक्ट्रॉनिक मार्गदर्शन प्रणालियों के आविष्कार से उनके ये सारे प्रयास प्रचलन से बाहर हो गए। हालाँकि तब तक वे इस क्षेत्र में काफी कुछ करके दिखा चुका थे।

स्किनर जिन जानवरों को इन सब गतिविधियों के लिए प्रशिक्षित कर रहे थे, उनका निरीक्षण करते समय उन्होंने असाधारण सावधानी बरती। जानवरों के जिस कार्य से स्किनर को अपना मनचाहा परिणाम मिलने की संभावना होती, उसके लिए वे उन जानवरों को उचित ढंग से पुरस्कृत करते थे। यह पुरस्कार न तो इतना साधारण होता कि महत्वहीन लगे और न ही इतना असाधारण होता था, जो भविष्य में दिए जानेवाले पुरस्कारों को अपने मुकाबले तुच्छ बना दे। बच्चों के मामले में भी अगर यही दृष्टिकोण अपना लिया जाए, तो यह काफी लाभप्रद हो सकता है। जरा कल्पना कीजिए कि आप डिनर टेबल को सजाने के लिए अपने बच्चे की मदद लेते हैं। यह एक उपयोगी कौशल है। अगर वह सचमुच अच्छी तरह डिनर टेबल सजाने लगे, तो आप उसे और अधिक पसंद करने लगेंगे। यह तरीका उसका आत्मसम्मान बढ़ाने में भी कारगर साबित होगा। कहने का अर्थ है कि आप अपने बच्चे में जो आदतें विकसित करने का लक्ष्य रखते हैं या उसके व्यवहार में जो भी नई चीज़ें जोड़ना चाहते हैं, उन्हें छोटे-छोटे कौशल के तौर पर अलग-अलग हिस्सों में बाँट लें। जैसे डिनर टेबल सजाने की प्रक्रिया का एक महत्वपूर्ण हिस्सा है, कीचन की अलमारी से प्लेटें निकालकर टेबल तक लाना। एक बच्चे के लिए इतनी छोटी सी चीज़ भी एक जटिल गतिविधि हो सकती है। हो सकता है कि आपके बच्चे को चलना सीखे हुए

अभी बस कुछ ही महीने हुए हों। उसकी चाल अब भी ज़रा डांवाडोल हो और इस बात की कोई गारंटी न हो कि वह चलते समय अपने हाथों में कोई चीज़ सँभाल पाएगा या नहीं। इसलिए आपको उसके प्रशिक्षण की शुरुआत उसके हाथों में प्लेट पकड़ाकर और फिर वह प्लेट उससे वापस लेकर करनी चाहिए। इसके बाद आप उसके सिर पर प्रेम से हाथ भी फेर सकते हैं। आप इसे एक खेल में भी बदल सकते हैं। जैसे पहले आप प्लेट को अपने बाँए हाथ से उसके हाथों में दें और फिर प्लेट को उससे वापस लेने के बाद दोबारा देने के लिए अपने दाँए हाथ का इस्तेमाल करें। अगली बार प्लेट को अपने हाथों में लेकर पीछे की ओर घुमाते हुए फिर उसके हाथों में दें। इसके बाद आप उससे कुछ कदम दूर जा सकते हैं ताकि उसे प्लेट वापस करने के लिए आपके करीब कुछ कदम चलकर आना पड़े। इस तरह आप उसे उसके अनाड़ीपन से बाहर निकालकर प्लेट पकड़ने, दूसरे को देने और प्लेट को हाथ में लेकर चलने में निपुण बनाने में कामयाब हो जाएँगे।

इस दृष्टिकोण से आप किसी को कुछ भी सिखा सकते हैं पर सबसे पहले यह पता लगाएँ कि आप चाहते क्या हैं। फिर अपने आसपास के लोगों को उस तरह देखें, जैसे एक बाज देखता है यानी पूरे गौर से। आखिर में जब भी आपको अपने मनचाहे लोग नज़र आएँ, तो फौरन झपट्टा मारें (याद है ना आपको, बिलकुल किसी बाज की तरह) और फिर उसे पुरस्कृत करें। मान लीजिए कि आपकी बेटी किशोर उम्र में आते ही काफी संकोची और गंभीर स्वभाव की हो गई। आप चाहते हैं कि काश वह ज़्यादा बातें करे और खुलकर बोले। तो उसके मामले में आपका लक्ष्य है : बेटी को और अधिक मिलनसार बनाना। एक दिन सुबह नाश्ते के समय वह अपने स्कूल का कोई किस्सा बताती है। बेटी की बात पर पूरा ध्यान देने का यह एक बेहतरीन मौका है। यही उसका पुरस्कार है। अगर आप चाहते हैं कि वह आपको अपने और अपने जीवन के बारे में खुलकर बताए, तो उसे मोबाइल पर टेक्स्ट मैसेज भेजना बंद करें और उससे आमने-सामने बातचीत होने पर उसकी हर बात को गौर से सुनना शुरू कर दें।

जब माता-पिता अपने बच्चों की बातों पर ध्यान देते हैं और उनकी चीज़ों पर बड़े चाव से गौर करते हैं, तो इससे बच्चों को खुशी मिलती है और इस तरीके का इस्तेमाल करके माता-पिता बच्चों के व्यवहार को निश्चित रूप से बेहतर बना सकते हैं। बच्चों के साथ-साथ पति-पत्नी, सहकर्मी और माता-पिता के मामले में भी यह तरीका बहुत कारगर है। हालाँकि व्यवहार-मनोविज्ञानी बी.एफ. स्किनर एक

यथार्थवादी व्यक्ति थे। उन्होंने गौर किया कि पुरस्कार देने की प्रक्रिया काफी मुश्किल होती है : क्योंकि इसके लिए निरीक्षण करनेवाले को तब तक धैर्यपूर्वक इंतजार करना पड़ता था, जब तक सामनेवाला सहज रूप से मनमुताबिक व्यवहार नहीं करता, इसके बाद ही वह उसे पुरस्कृत कर सकता था। इसमें काफी समय लगता था और लंबा इंतजार करना पड़ता था, जो कि अपने आपमें एक समस्या है। इसके अलावा उन्हें अपने जानवरों को तब तक भूखा भी रखना पड़ा, जब तक उनके शरीर का वजन घटकर तीन चौथाई नहीं हो गया। क्योंकि तभी उन जानवरों ने पुरस्कार स्वरूप मिलनेवाले खाद्य पदार्थों में दिलचस्पी लेना शुरू किया। पर इस पूर्णत: सकारात्मक दृष्टिकोण में सिर्फ यही कमियाँ नहीं हैं।

सकारात्मक भावनाओं की तरह ही नकारात्मक भावनाएँ भी सीखने की प्रक्रिया में हमारी मदद करती हैं। हमें सीखने की ज़रूरत होती है क्योंकि हम मूर्ख होते हैं और बहुत आसानी से क्षतिग्रस्त हो जाते हैं। यहाँ तक कि सीखने के दौरान हमारी मृत्यु भी हो सकती है, जो कि कोई अच्छी बात नहीं है और न ही हम इसे लेकर अच्छा महसूस कर सकते हैं। क्योंकि अगर हम इसे लेकर अच्छा महसूस करते होते तो फिर हम मृत्यु को पाने की कोशिश कर रहे होते और जल्द ही मृत्यु को प्राप्त हो जाते। हम तो मृत्यु की संभावना को लेकर भी अच्छा महसूस नहीं करते, जो कि हमेशा ही होता है। इसीलिए नकारात्मक भावनाएँ कितनी भी अप्रिय लगें, पर वे हमारी रक्षा करती हैं। हम आहत, डरा हुआ, शर्मिंदा और निराश इसलिए महसूस करते हैं ताकि क्षतिग्रस्त होने से बच सकें। और हम ऐसी भावनाएँ महसूस करने के मामले में बहुत संवेदनशील होते हैं। सच तो यह है कि कोई छोटा फायदा होने पर हम जितना अच्छा महसूस करते हैं, छोटा नुकसान होने पर उससे कहीं ज़्यादा बुरा महसूस करते हैं। आनंद के मुकाबले में पीड़ा और आशा के मुकाबले में व्यग्रता कहीं अधिक शक्तिशाली होती है।

भावनाएँ चाहे सकारात्मक हों या नकारात्मक, मुख्यत: दो अलग-अलग रूपों में सामने आती हैं। संतुष्टि (तकनीकी रूप से कहें तो संतृप्ति) हमें बताती है कि हमने जो किया, वह अच्छा था। जबकि आशा (तकनीकी रूप से कहें तो प्रोत्साहन या पुरस्कार) इस बात की ओर इशारा करती है कि आपको कोई आनंददायक चीज़ मिलनेवाली है। पीड़ा हमें ठेस पहुँचाती है इसलिए फिर हम वे कार्य नहीं दोहराते, जो हमारे जीवन में व्यक्तिगत नुकसान और सामाजिक अलगाव (क्योंकि अकेलापन भी तकनीकी रूप से पीड़ा का ही एक रूप है) पैदा करते हैं। हमारी व्यग्रता हमें

नुकसान पहुँचानेवालों से और बुरे स्थानों से दूर रखती है ताकि हमें पीड़ा न भुगतनी पड़े। इन सभी भावनाओं में आपसी संतुलन होना चाहिए और इन्हें सही संदर्भ और संभावना के अनुसार सावधानी से आँका जाना चाहिए। ये सभी भावनाएँ हमें जीवित रखने के लिए और हमारी उन्नति के लिए ज़रूरी होती हैं। इसीलिए जब हम अपने बच्चों की मदद करने की प्रक्रिया में पहले से उपलब्ध इन चीज़ों का इस्तेमाल करने में नाकाम हो जाते हैं, तो दरअसल हम अपने बच्चों का नुकसान ही कर रहे होते हैं। पहले से उपलब्ध इन चीज़ों में सारी नकारात्मक भावनाएँ भी शामिल हैं। हालाँकि इनका इस्तेमाल करते समय इस बात का ध्यान रखना ज़रूरी है कि यह सब बेहद दयालु ढंग से होना चाहिए।

व्यवहार-मनोविज्ञानी बी.एफ. स्किनर जानते थे कि भय और दंड अनावश्यक व्यवहार पर रोक लगा सकते हैं, ठीक वैसे ही जैसे, शाबासी, प्रोत्साहन या पुरस्कार से आकर्षक व्यवहार को बढ़ावा मिलता है। बच्चों का प्राकृतिक विकास का प्राचीन पथ वास्तव में एक कल्पना से अधिक कुछ और नहीं है, लेकिन इसमें दखलंदाजी करने के विचार मात्र से स्वयं को पंगु महसूस करनेवालों के लिए इस संसार में, पूर्व तकनीकों पर चर्चा करना भी मुश्किल हो सकता है। हालाँकि अगर बच्चों के व्यवहार को सुधारना और बेहतर बनाना ज़रूरी नहीं होता, तो परिपक्व होने से पहले उनके प्राकृतिक विकास की समय-अवधि इतनी लंबी नहीं होती। फिर तो वे बस माँ की कोख से बाहर आते ही स्टॉक मार्केट में शेयरों की खरीदी और बिक्री करने में सक्षम हो जाते। बच्चों को भय और पीड़ा से पूरी तरह बचाया नहीं जा सकता। कम उम्र में बच्चों को नुकसान पहुँचाना बहुत आसान होता है। उस उम्र में वे संसार के बारे में करीब-करीब कुछ नहीं जानते। यहाँ तक कि जब वे अपने पैरों पर खड़े होकर चलने जैसी प्राकृतिक गतिविधियाँ भी कर रहे होते हैं, तब भी निरंतर लड़खड़ा रहे होते हैं। इसके अलावा उन्हें असहयोगी रवैयेवाले हठीले वयस्कों, अपने भाई-बहनों व अपने आसपास के हमउम्र बच्चों से निरंतर और अनिवार्य रूप से जो अस्वीकृति और हताशा मिलती है, उसकी तो बात ही क्या की जाए। इसलिए मूल नैतिक सवाल यह नहीं है कि बच्चों को नाकामियों और दुर्गतियों से पूरी तरह कैसे बचाया जाए ताकि उन्हें कभी कोई डर या पीड़ा महसूस ही न करनी पड़े। बल्कि असली मूल नैतिक सवाल तो यह है कि उन्हें ज़्यादा से ज़्यादा ऐसी चीज़ें कैसे सिखाई जाएँ ताकि जीवन के लिए उपयोगी ज्ञान को हासिल करने के लिए उन्हें कम से कम कीमत चुकानी पड़े।

स्लीपिंग ब्यूटी का उदाहरण

डिज्नी की फिल्म 'स्लीपिंग ब्यूटी' में राजा और रानी के घर में लंबे इंतजार के बाद एक बेटी का जन्म होता है, जिसका नाम रखा जाता है, 'राजकुमारी ऑरोरा।' वे अपनी नन्हीं बेटी को पहली बार संसार के सामने लाने के लिए एक विशाल नामकरण समारोह का आयोजन करते हैं। वे अपनी बेटी को प्रेम और सम्मान देनेवाले हर व्यक्ति को निमंत्रण देते हैं और उसका खूब स्वागत-सत्कार करते हैं। लेकिन वे दूसरों का नुकसान करनेवाली बुराई की रानी यानी मेलफिसेंट (जो दुर्भावनापूर्ण और दुष्ट प्रवृत्ति की है) को बुलाना भूल जाते हैं, जो अपने नकारात्मक भेष में दरअसल अधोलोक या प्रकृति की रानी है। प्रतीकात्मक रूप से इसका अर्थ है कि राजा और रानी, दोनों अपनी बेटी को ज़रूरत से ज़्यादा सुरक्षित रखने की कोशिश में उसके चारों ओर एक ऐसी दुनिया रच रहे हैं, जिसमें लेशमात्र भी नकारात्मकता न हो। पर इससे उनकी बेटी सुरक्षित नहीं बल्कि कमज़ोर बन जाती है। मेलफिसेंट राजकुमारी को शाप देती है कि वह सोलह वर्ष की उम्र मे एक घूमते हुए पहिए की कील की नोक से चोट खाकर मारी जाएगी। यह घूमता हुआ पहिया दरअसल समय के पहिए का प्रतीक है; जबकि कील की नोक चुभने से जो खून निकलता है, वह कौमार्य भंग होने का प्रतीक है, जो वास्तव में एक बच्ची के औरत बनने की ओर इशारा करता है।

सौभाग्य से एक अच्छी परी (प्रकृति का सकारात्मक तत्व) मेलफिसेंट के शाप का प्रभाव कम करके उसे राजकुमारी की मृत्यु से बेहोशी में तब्दील कर देती है और इस बेहोशी को प्रेमी के पहले चुंबन से ही तोड़ा जा सकता है। बेटी की रक्षा के लिए चिंतित राजा और रानी अपने राज्य में मौजूद सारे पहियों को नष्ट कर उनके इस्तेमाल पर प्रतिबंध लगा देते हैं। वे अपनी बेटी को बहुत अच्छी-अच्छी तीन परियों की ओर ले जाते हैं। राजा और रानी अपने राज्य से सारी खतरनाक चीज़ों को हटाने की अपनी रणनीति पर अमल करना जारी रखते हैं, जिसके चक्कर में उनकी बेटी अपरिपक्व व कमज़ोर रह जाती है और उसमें बचपना बना रहता है। अपने सोलहवें जन्मदिन के ठीक पहले एक दिन जंगल में राजकुमारी ऑरोरा की मुलाकात एक राजकुमार से होती है और वह फौरन उससे प्रेम कर बैठती है। किसी भी उचित दृष्टिकोण से देखें, तो यह बचकाना ही लगेगा। फिर वह जोर-जोर से इस तथ्य पर विलाप करती है कि उसे राजकुमार फिलिप से शादी करनी होगी क्योंकि फिलिप से उसकी मँगनी बचपन में ही हो चुकी थी। फिर जब उसे उसके जन्मदिवस समारोह के

लिए वापस उसके माता-पिता के महल में लाया जाता है, तो वह भावनात्मक रूप से टूट जाती है। ठीक इसी वक्त मेलफिसेंट का शाप फलीभूत होता है। राजमहल का एक छोटा सा द्वार अपने आप खुलता है और उससे अचानक एक घूमता हुआ पहिया बाहर निकलता है। इसके बाद ऑरोरा खुद अपनी उँगली में एक कील की नोक चुभा देती है और फौरन बेहोश हो जाती है। इस तरह वह 'स्लीपिंग ब्यूटी' बन जाती है। ऐसा करके (एक बार फिर प्रतीकात्मक रूप से) वह वयस्क जीवन में अनिवार्य रूप से आनेवाली समस्याओं का सामना करने के बजाय बेहोशी का चुनाव करती है।

ज़रूरत से ज़्यादा सुरक्षित जीवन जीनेवाले बच्चों के साथ भी अक्सर ऐसा ही होता है। जब इन बच्चों को जीवन में पहली बार नाकामी या इससे भी बदतर वास्तविक द्वेष का सामना करना पड़ता है, तो ये बहुत जल्दी हार मान जाते हैं और फिर बेहोशी की ओर आकर्षित होने लगते हैं क्योंकि बेहोशी में उन्हें नाकामी, द्वेष या बड़ी चुनौतियों का सामंना नहीं करना पड़ता। ऐसा इसलिए होता है क्योंकि उनके ज़रूरत से ज़्यादा सुरक्षित बचपन के चलते नाकामी और द्वेष जैसी चीज़ों के बारे में उनके अंदर कोई समझ विकसित नहीं हुई होती और न ही उन्हें यह पता होता है कि इनसे कैसे निपटा जाए।

अब एक तीन साल की बच्ची का मामला ही ले लीजिए, जिसने अभी तक दूसरों से कुछ भी साझा करना नहीं सीखा है। वह अपने माता-पिता की मौजूदगी में अपना स्वार्थी व्यवहार जाहिर करती है, पर माता-पिता इतने ज़्यादा अच्छे हैं कि इस मामले में कभी कोई दखल नहीं देते। साफ शब्दों में कहें, तो वे दरअसल न तो अपनी बच्ची पर ध्यान दे रहे हैं... न ही उसे स्वीकार कर रहे हैं, जो हो रहा है... और न ही उस छोटी सी बच्ची को सही व्यवहार करना सिखा रहे हैं...। बेशक जब वह बच्ची अपनी बहन के साथ कोई भी चीज़ साझा नहीं करती, तो वे नाराज़ हो जाते हैं, फिर भी वे यह दिखावा करते हैं कि सब कुछ ठीक है। जबकि सब कुछ ठीक नहीं है। फिर वे बाद में उस बच्ची की किसी ऐसी बात पर अपनी कड़ी प्रतिक्रिया जाहिर करते हैं, जिसका उसकी इस हरकत से कोई लेना-देना नहीं है। इससे वह अबोध बच्ची आहत महसूस करेगी और दुविधा में पड़ जाएगी, पर कुछ सीख नहीं पाएगी। इससे भी बदतर स्थिति यह होगी कि जब वह दोस्त बनाने की कोशिश करेगी, तो उसे मुश्किलों का सामना करना पड़ेगा क्योंकि वह अन्य बच्चों में घुलती-मिलती नहीं है, ऐसा व्यवहार सामाजिक स्तर पर आवश्यक है। उसके हमउम्र

बच्चे सहयोग करने की उसकी असमर्थता के चलते उसे नापसंद करने लगेंगे। फिर या तो वे उसके साथ झगड़ा करेंगे या फिर जाकर किसी और के साथ खेलने लगेंगे। उन बच्चों के माता-पिता इस बच्ची के अजीब रवैये और दुर्व्यवहार को देखकर उसे अपने बच्चों के साथ खेलने के लिए दोबारा नहीं बुलाएँगे। इससे वह बच्ची अकेलापन और ठुकराया हुआ महसूस करेगी। जिससे उसके अंदर व्यग्रता, असंतोष और अवसाद जैसे भाव पैदा होंगे। इन सब चीज़ों के चलते वह जीवन को बेहतरीन ढंग से जीने के बजाय उससे मुँह मोड़ लेगी, जो एक तरह से 'स्लीपिंग ब्यूटी' की बेहोशी की इच्छा के समान है।

जो माता-पिता अपने बच्चों को अनुशासित करने की जिम्मेदारी नहीं निभाते, वे सोचते हैं कि वे बच्चों से जुड़े संघर्षों से बच सकते हैं। जबकि वे संघर्ष बच्चों की सही परवरिश के लिए आवश्यक होते हैं। संक्षिप्त में कहें तो वे अपने बच्चे की नज़रों में अपनी छवि बिगाड़ने से बचते हैं। पर वे अपने बच्चों को भय और पीड़ा से बचाने की और उन्हें भावनात्मक सुरक्षा देने की जिम्मेदारी नहीं निभाते। इसके विपरीत, बेपरवाह और बात-बात पर दूसरों को आँकनेवाला सामाजिक संसार जागरूक माता-पिता से कहीं ज़्यादा बड़ा टकराव पैदा करता है और कहीं अधिक कड़ी सज़ा देता है। एक तरीका यह है कि आप अपने बच्चे को स्वयं अनुशासित बनाएँ और दूसरा तरीका यह है कि आप यह जिम्मेदारी इस कठोर, बेपरवाह और बात-बात पर आँकनेवाले संसार के हाथों में दे दें, फैसला आपका है। बस यह याद रखें कि अगर आप दूसरे तरीके को चुनने का फैसला करते हैं, तो इस गलतफहमी में न रहें कि आपने बच्चे के प्रति अपने अगाध प्रेम के चलते ऐसा किया है।

शायद आपको आपत्ति हो क्योंकि आधुनिक माता-पिता को अक्सर यह आपत्ति होती है कि आखिर एक बच्चे पर माता-पिता के मनमाने आदेशों का पालन करने का दबाव क्यों होना चाहिए? असल में इस सोच का एक और राजनीतिक दृष्टिकोण से सही संस्करण है, जिसका मानना है कि बच्चे के साथ ऐसा करना एडल्टिज्म (वयस्कतावाद) है, जो रेसिज्म (नस्लवाद) और सेक्सिज्म (लिंगवाद या लैंगिक आधार पर होनेवाला भेदभाव) की तरह ही पूर्वाग्रह और उत्पीड़न का एक रूप है। वयस्क प्रभुत्व के सवाल का जवाब बहुत सावधानी से देने की ज़रूरत है। इसके लिए इस सवाल की संपूर्णता से जाँच करनी ज़रूरी है। किसी आपत्ति के सामने आते ही उसे स्वीकार करने का अर्थ है एक हद तक उसे वैध मान लेना, जो कि उस स्थिति में खतरनाक साबित हो सकता है, जब सवाल के पीछे कोई गलत

इरादा छिपा हो। चलिए इस बात को बारीकी से समझते हैं।

सबसे पहली बात तो ये कि एक बच्चे के साथ यह सब होना ही क्यों चाहिए? जवाब आसान है। हर बच्चे को माता-पिता की बात सुननी चाहिए और बड़ों का कहा मानना चाहिए क्योंकि बड़े स्वयं भले ही पूर्णत: श्रेष्ठ न हों, पर बच्चे उन्हीं की देखभाल पर निर्भर होते हैं। इसीलिए यह बच्चे के लिए ही बेहतर होगा कि वह ऐसा व्यवहार करे, जो उसे माता-पिता का सच्चा प्रेम और सद्भावना दिलाए। इससे बेहतर स्थिति की कल्पना भी की जा सकती है। बच्चा कुछ ऐसा व्यवहार भी कर सकता है, जिससे वह बड़ों के प्रेम और सद्भावना के साथ-साथ उनका ध्यान पाना भी सुनिश्चित कर सके, जो उसके व्यक्तित्व को निखारने और भविष्य में विकास करने में सहायक होगा। यह एक ऊँचा मापदंड है, पर यह बच्चे के हित में है इसलिए इसे अपना लक्ष्य बनाना तर्कसंगत भी है।

हर बच्चे को सभ्य समाज की अपेक्षाओं पर खरा उतरने की सीख दी जानी चाहिए। लेकिन इसका अर्थ यह नहीं है कि किसी नासमझीभरी विचारधारा से सहम ति जताने के लिए बच्चे के व्यक्तित्व को ही कुचल दिया जाए। बल्कि इसका अर्थ तो यह है कि माता-पिता द्वारा बच्चों को ऐसे कार्यों के लिए पुरस्कृत किया जाना चाहिए, जो उन्हें परिवार के दायरे से बाहर मौजूद संसार में सफलता दिलाएँ। साथ ही जब ज़रूरत पड़े तो माता-पिता द्वारा बच्चों को उनके ऐसे व्यवहार के लिए चेतावनी या सजा भी दी जानी चाहिए, जो संसार में उनकी नाकामी और तकलीफों का कारण बन सकता है। असल में यह बच्चों के जीवन को सही दिशा देने का एक अवसर है इसलिए समय रहते इस अवसर का सही इस्तेमाल करना ज़रूरी है। अगर एक बच्चे को चार साल की उम्र तक उचित व्यवहार करना न सिखाया जाए, तो उसके लिए जीवनभर दोस्त बनाना मुश्किल होगा, भले ही वह बच्चा लड़का हो या लड़की। इस मामले पर हुए शोध भी इसी बात का समर्थन करते हैं। यह वाकई महत्वपूर्ण है क्योंकि चार साल की उम्र के बाद हर बच्चे के लिए उसके हमउम्र साथी ही समाज के साथ उसके घुलने-मिलने का ज़रिया होते हैं। जिन बच्चों को उनके हमउम्र साथी अस्वीकार कर देते हैं, उनका विकास नहीं होता क्योंकि अस्वीकृत किए जाने से वे अलग-थलग पड़ जाते हैं। ऐसी स्थिति में एक ओर जहाँ अन्य बच्चे निरंतर विकास करते रहते हैं, वहीं दूसरी ओर अलग-थलग पड़ा बच्चा विकास के रास्ते पर निरंतर पिछड़ता चला जाता है। इसीलिए जिन बच्चों के दोस्त नहीं होते, वे अक्सर अकेले पड़ जाते हैं और एक अवसादग्रस्त व असामाजिक प्रवृत्तिवाले किशोर या वयस्क के

रूप में बड़े होते हैं। यह अच्छी बात नहीं है। हमें भले ही इस बात का पूरा एहसास न हो, पर सच यही है कि हमारी मानसिक स्थिरता और विवेक दरअसल कुछ और नहीं बल्कि अपने समाज और संसार के लोगों के साथ हमारे घुलने-मिलने का परिणाम होता है। हमें लगातार यह याद दिलाया जाना चाहिए कि हमें हमेशा उचित ढंग से सोचना और व्यवहार करना है। जब भी हम इस रास्ते से भटकते हैं, तो जो लोग हमसे प्रेम करते हैं या हमारी परवाह करते हैं, वे अपनी छोटी-छोटी कोशिशों से हमें वापस सही रास्ते पर ले आते हैं। इसीलिए हमें यह सुनिश्चित करना चाहिए कि हमारे आसपास ऐसे कुछ लोग ज़रूर हों।

पिछले सवाल पर वापस जाएँ, तो ऐसा भी नहीं है कि वयस्कों द्वारा दी गई हर सीख उनकी मनमानी ही होती है। क्योंकि ऐसा सिर्फ एक निष्क्रिय अधिनायकवादी समाज में ही संभव है। पर सभ्य और खुले नज़रिएवाले समाज में बहुसंख्य लोग उन सामाजिक नियम-कायदों का पालन करते हैं, जिनका मकसद सभी का पारस्परिक विकास या कम से कम बिना हिंसक हुए एक-दूसरे के साथ जीवन व्यतीत करना होता है। तयशुदा नियम-कायदोंवाली ऐसी व्यवस्था, जो सिर्फ इतनाभर सुनिश्चित कर पाती हो कि लोग बिना हिंसक हुए एक-दूसरे के साथ रह सकें, उसे भी तानाशाही व्यवस्था का नाम नहीं दिया जा सकता। अगर कोई समाज या समुदाय उत्पादक प्रवृत्तियों और सामाजिक रूप से स्वीकृत व्यवहार को पुरस्कृत नहीं करता... संसाधनों का वितरण मनमाने व अन्यायपूर्ण ढंग से करने पर जोर देता है... और चोरी व शोषण करने की अनुमति देता है... तो यह तय है कि ऐसा समाज ज़्यादा लंबे समय तक संघर्ष-मुक्त नहीं रह सकता। अगर किसी समाज की हाइरार्कीज़ (पद या हैसियत पर आधारित पदानुक्रम) केवल (या मुख्य रूप से) शक्ति पर आधारित है, न कि उस क्षमता पर जो महत्वपूर्ण और कठिन कार्यों को पूरा करने के लिए आवश्यक है, तो उस समाज के पतन का खतरा निरंतर बना रहेगा। इसके सबसे सरल उदाहरण के तौर पर अगर चिंपाजियों की हाइरार्की को देखें, तब भी यही बात सही साबित होती है, जो दरअसल इसकी मौलिक, जैविक और गैर-तानाशाही सच्चाई का एक संकेत है।

जो बच्चे समाज में अच्छी तरह घुल-मिल नहीं पाते, उनका जीवन कठिन हो जाता है। इसीलिए यह सुनिश्चित करना ज़रूरी है कि बच्चे अपने समाज में सहजता से घुल-मिल सकें। ऐसा करने का एक तरीका है, बच्चों के अच्छे व्यवहार पर उन्हें पुरस्कृत करना या शाबासी देकर उन्हें आगे भी ऐसा व्यवहार करने के लिए

प्रोत्साहित करना पर यह इकलौता तरीका नहीं है। सवाल यह नहीं है कि बच्चों के मामलों में चेतावनी और सजा का इस्तेमाल होना चाहिए या नहीं? बल्कि सवाल तो यह है कि क्या ऐसा सोच-समझकर और होशपूर्वक ढंग से किया जाना चाहिए? तो फिर बच्चों को अनुशासित कैसे किया जाना चाहिए? यह बहुत ही मुश्किल सवाल है क्योंकि हर बच्चे (और उसके माता-पिता) का मिजाज दूसरों से बिलकुल अलग होता है। कुछ बच्चों में दूसरों से जल्दी सहमत होने की प्रवृत्ति होती है। उनके मन के कोनों में दूसरों को खुश रखने की गहरी इच्छा छिपी होती है पर इसके परिणामस्वरूप उनके अंदर संघर्ष से बचने और दूसरों पर निर्भर होने की प्रवृत्ति विकसित हो जाती है। जबकि अन्य बच्चे, जो मानसिक रूप से कहीं अधिक मज़बूत और अधिक स्वतंत्र सोचवाले होते हैं, वे अपनी मर्जी के मालिक होते हैं और हमेशा वही करते हैं, जो वे करना चाहते हैं। ऐसे बच्चे चुनौतीपूर्ण, गैर-आज्ञाकारी और जिद्दी हो सकते हैं। एक ओर कुछ बच्चे ऐसे होते हैं, जो नियम-कायदों और संरचनात्मक दायरे के भीतर रहने के लिए बेताब रहते हैं और कठोर वातावरण में भी संतुष्टि से रहते हैं। जबकि अन्य बच्चे, जिनमें तयशुदा दिनचर्या और रटे-रटाए परिणामों के प्रति ज़रा भी आदर भाव नहीं होता, वे वयस्कों की छोटी-मोटी उम्मीदों को भी पूरा नहीं करते। कुछ बच्चे बेहद कल्पनाशील और रचनात्मक स्वभाव के होते हैं, जबकि अन्य बच्चे ठोस और रूढ़िवादी नज़रिएवाले होते हैं। बच्चों के बीच मौजूद ये भिन्नताएँ बहुत गहरी और महत्वपूर्ण होती हैं और इनके पीछे आमतौर पर ऐसे प्रभावशाली जैविक कारण जिम्मेदार होते हैं, जिन्हें सामाजिक तौर-तरीकों से बदला नहीं जा सकता। हम सचमुच भाग्यशाली हैं, जो ऐसी ठोस आपसी भिन्नताओं के बावजूद सोच-समझकर लागू किए गए सामाजिक नियंत्रण से निरंतर लाभान्वित हो रहे हैं।

न्यूनतम आवश्यक बल

यह रहा एक सीधा सा प्रारंभिक विचार : ज़रूरत से ज़्यादा नियम-कायदों को लागू नहीं करना चाहिए। दूसरे शब्दों में कहें तो बुरे कानून, अच्छे कानूनों के लिए मौजूद आदर भाव को भी खत्म कर देते हैं। यह 'ऑकम्स रेज़र' नामक दार्शनिक सिद्धांत का न सिर्फ नैतिक बल्कि कानूनी समकक्ष भी है, जो दरअसल वैज्ञानिकों के लिए किसी वैचारिक उस्तरे जैसा है। यह सिद्धांत कहता है कि सरल संभव परिकल्पना (अनुमान) ही बेहतर होती है। इसलिए बच्चों पर और उन्हें अनुशासित करनेवालों पर ढेर सारे नियम-कायदों का बोझ न डालें। क्योंकि यह रास्ता उन्हें सिर्फ हताशा की ओर ले जाएगा।

नियम-कायदों को सीमित रखें। इसके बाद यह पता लगाएँ कि अगर उनमें से कोई नियम तोड़ा जाता है, तो क्या करना चाहिए। सजा कितनी कड़ी होनी चाहिए, इस बारे में एक सामान्य संदर्भ-रहित नियम तय करना मुश्किल है। हालाँकि पश्चिमी सभ्यता द्वारा दी गई सबसे महान चीज़ों में से एक इंग्लिश कॉमन लॉ में इसका एक उपयोगी मानदंड पहले से ही निहित है। जिसका विश्लेषण एक अन्य उपयोगी सिद्धांत स्थापित करने में हमारी मदद कर सकता है।

इंग्लिश कॉमन लॉ आपको अपने अधिकारों की रक्षा करने की अनुमति तो देता है, पर सिर्फ एक उचित ढंग से। उदाहरण के लिए यदि कोई आधी रात को आपके घर में घुस आता है और आपके पास एक भरी हुई पिस्तौल है, तो आपको उससे अपनी रक्षा करने का अधिकार है पर बेहतर होगा कि अगर आप ऐसा अचानक नहीं बल्कि परिस्थिति की आवश्यकता के अनुसार करें। मान लीजिए कि अगर वह व्यक्ति कोई चोर-डकैत नहीं बल्कि आपका पड़ोसी हो, जो शराब के नशे में गलती से आपके घर में घुस आया हो तो? हो सकता है कि आप कहें, 'मैं तो उसे गोली मार दूँगा, आखिर उसने इस तरह मेरे घर में घुसने की हिम्मत कैसे की?' पर मामला इतना सीधा भी नहीं है इसलिए आपको गोली चलाने से पहले उसे चेतावनी देनी होगी, 'जहाँ हो, वहीं रुक जाओ। मेरे पास बंदूक है।' इसके बाद भी अगर वह नहीं रुकता या अपने बचाव में कोई स्पष्टीकरण नहीं देता, तो आप चेतावनी के तौर पर एक गोली हवा में चला सकते हैं। बावजूद इसके अगर वह अब भी आपकी ओर बढ़ रहा है, तो आप उसके पैर पर निशाना लगाकर गोली दाग सकते हैं (इनमें से किसी भी मशवरे को कानूनी सलाह मानने की गलती न करें। क्योंकि यहाँ सिर्फ एक उदाहरण दिया जा रहा है ताकि आप ऐसी स्थिति को बेहतर ढंग से समझ सकें)। क्रमशः गंभीर होती ऐसी प्रतिक्रियाएँ देने के लिए एक शानदार व्यावहारिक सिद्धांत का उपयोग किया जा सकता है : जो कि न्यूनतम आवश्यक बल का सिद्धांत है। तो अब हमारे पास अनुशासन के दो सामान्य सिद्धांत हैं। पहला : नियम-कायदों को सीमित रखें। दूसरा : इन नियमों को लागू करने के लिए कम से कम बल का उपयोग करें।

पहले सिद्धांत के बारे में आप पूछ सकते हैं, 'नियमों को सीमित रखने का वास्तविक अर्थ क्या है? तो इसके लिए कुछ सुझाव यहाँ पर बताए गए हैं। जैसे * आत्मरक्षा के अलावा और किसी भी स्थिति में हाथ न उठाएँ न ही किसी को लात मारें और न ही दाँत से काटने का प्रयास करें। * अन्य बच्चों को यातना देने

या धमकाने का प्रयास भी न करें वरना आप सीधा जेल जाएँगे। * खाना खाते समय सभ्यता का परिचय दें और धन्यवाद का भाव रखें ताकि लोगों को आपको अपने घर बुलाना और खाना खिलाना अच्छा लगे। * दूसरों से बाँटना, साझा करना सीखें ताकि अन्य बच्चे आपके साथ खेलें। * अपने से बड़ों की बात ध्यान से सुनें ताकि आपके लिए उनके अंदर द्वेष का भाव पैदा न हो और हो सकता है कि फिर वे आपको स्वयं कुछ सिखाने के योग्य समझें। * सही समय पर शांति से जाकर सो जाएँ ताकि आपके माता-पिता भी आपसे अलग कुछ निजी पल बिता सकें और आपको अपने निजी पलों में रुकावट के तौर पर न देखें। * अपनी चीज़ों का ध्यान रखें क्योंकि आप भाग्यशाली हैं कि आपके पास वे चीज़ें हैं। उनकी देखभाल कैसे की जाए, यह सीखना आपके लिए ज़रूरी है। * कोई मजेदार अवसर हो तो उसमें खुले मन से हिस्सा लें और खुशी-खुशी दूसरों का साथ दें ताकि ऐसे मौकों पर लोग आपको आमंत्रित करते रहें। * सक्रिय रहें ताकि आपका साथ लोगों को अच्छा लगे और वे आपके साथ समय बिताना चाहें। जिस बच्चे को ये सारे नियम पता होंगे, उसका हर जगह स्वागत होगा।

दूसरे सिद्धांत के बारे में, जो पहले सिद्धांत जितना ही महत्वपूर्ण है - आपका सवाल यह हो सकता है : न्यूनतम आवश्यक बल क्या है? इस सिद्धांत को प्रयोगात्मक रूप से स्थापित किया जाना चाहिए और इसकी शुरुआत सबसे छोटे या साधारण हस्तक्षेप से होनी चाहिए। कुछ बच्चे होते हैं, जो किसी वयस्क द्वारा आँखें दिखानेभर से पलभर में पत्थर की भाँति जड़ हो जाते हैं। जबकि कुछ बच्चे मौखिक आदेश के बाद ही नियंत्रण में आते हैं। वहीं कुछ बच्चों को नियंत्रित करने के लिए वयस्कों को उँगली दिखाकर आदेश देना पड़ता है। यह रणनीति रेस्त्रां जैसे सार्वजनिक स्थानों पर खासतौर पर उपयोगी साबित होती है। यह रणनीति अचानक, चुपचाप और प्रभावी ढंग से, बिना कोई जोखिम उठाए लागू की जा सकती है। इसका और क्या विकल्प हो सकता है? दूसरों का ध्यान खींचने की कोशिश में गुस्से से रोता हुआ एक बच्चा, ऐसा करके अपने आसपास मौजूद लोगों की आँखों का तारा नहीं बन सकता। एक बच्चा जो किसी रेस्त्रां में एक टेबल से दूसरी टेबल की ओर दौड़कर, धमा-चौकड़ी मचाते हुए दूसरों की शांति भंग करने पर तुला हो, वह कुछ और नहीं बल्कि अपने और अपने माता-पिता के लिए सिर्फ अपमान (जो काफी पुराना शब्द है, पर प्रभावशाली है) का कारण बन रहा है। यहाँ जिन परिणामों का जिक्र किया जा रहा है, वे तो कुछ भी नहीं हैं क्योंकि सार्वजनिक स्थानों पर बच्चे निश्चित ही इससे कहीं अधिक दुर्व्यवहार करते हैं। क्योंकि वे दरअसल यह

प्रयोग कर रहे होते हैं कि सभी पुराने नियम-कायदे इस नए स्थान पर भी लागू होते हैं या नहीं। इन बातों को वे अपने मुँह से नहीं कहते और तब तो बिलकुल नहीं, जब उनकी उम्र तीन साल से कम हो।

जब हमारे बच्चे छोटे थे और हम उन्हें किसी रेस्त्रां में लेकर जाते थे, तो उनका व्यवहार ऐसा होता था कि अन्य लोग उन्हें देखकर प्रेम से मुस्कुरा उठते थे। हमारे बच्चे शांति से बैठते थे और सभ्यता से खाना खाते थे। हालाँकि वे ज़्यादा देर तक इतने शांत नहीं रह पाते थे, इसीलिए हम भी उन्हें ज़्यादा देर तक ऐसे किसी सार्वजनिक स्थान पर नहीं रहने देते थे। आमतौर पर करीब पैंतालीस मिनट शांति से बैठने के बाद जब वे फिर से मचलना शुरू करते, तो हम समझ जाते कि अब यहाँ से जाने का समय हो गया है। हमारे और बच्चों के बीच यह एक किस्म के समझौते जैसा था। हमारे इलाके के सारे रेस्त्रां अक्सर तारीफ के सुर में हमसे कहा करते थे कि आपके जैसे खुशहाल परिवार को देखना बड़ा ही सुखद अनुभव होता है।

हम हमेशा खुश नहीं रहते थे और न ही हमारे बच्चे हमेशा उचित व्यवहार करते थे पर अधिकतर समय उनका व्यवहार उचित ही होता था। हमें यह देखकर बहुत अच्छा लगता था कि हमारे बच्चों की उपस्थिति पर लोग बहुत ही सकारात्मक प्रतिक्रिया देते हैं। यह बच्चों के लिए भी बहुत अच्छा था। वे देख सकते थे कि लोग उन्हें पसंद करते हैं। इससे उन्हें अच्छा व्यवहार करने का प्रोत्साहन मिलता था। यही उनका पुरस्कार था।

अगर आप लोगों को मौका दें, तो वे आपके बच्चों को सचमुच बहुत पसंद करेंगे। यह बात मैंने तब सीखी, जब मेरी पहली संतान यानी मेरी बेटी मिखैला ने जन्म लिया। जब भी हम उसे एक छोटे से स्ट्रॉलर[7] में बिठाकर मॉन्ट्रियल में अपने आस-पड़ोस में ले जाते। वह इलाका मुख्यत: फ्रांसीसी नौकरीपेशा रहवासियों का था। मेरी बेटी को देखकर रास्ते में मिलनेवाले कठोर व्यक्तित्व और पियक्कड़ किस्म के श्रमिक लोग भी रुक जाते और उसके साथ वे भी मुस्कुरा उठते थे। वे नन्हीं मिखैला के सामने बचकाना चेहरा बनाते, तरह-तरह की आवाजें निकालते और खुद खी-खी करके हँसते ताकि उसके चेहरे पर मुस्कुराहट ला सकें। जब लोग बच्चों के सामने इस तरह की चीज़ें करते हैं, तो इंसानी स्वभाव पर आपका विश्वास और मज़बूत हो जाता है। फिर जब आपके बच्चे सार्वजनिक स्थान पर स्वयं अच्छा व्यवहार करते हैं, तो आपको याद आता है कि उनके साथ जो सकारात्मक व्यवहार

[7] छोटे बच्चों को घुमानेवाली चार पहिया गाड़ी

किया गया था, अब वह कई गुना होकर सामने आ रहा है। इस तरह की चीज़ें होती रहें, यह सुनिश्चित करने के लिए आपको अपने बच्चों को सावधानी बरतते हुए प्रभावशाली ढंग से अनुशासित करना होगा। ऐसा करने के लिए आपको पुरस्कार और दंड संबंधी ज्ञान से बचने के बजाय उसे अच्छी तरह समझना होगा।

अपने बेटे या बेटी के साथ एक मज़बूत रिश्ता बनाने का एक तरीका यह सीखना भी है कि आप अनुशासन सुनिश्चित करने के लिए जो कदम उठाते हैं, उस पर बच्चों की प्रतिक्रिया क्या होती है। इसके बाद ही आप अनुशासन संबंधी नियमों को प्रभावशाली ढंग से लागू कर सकते हैं। मौखिक रूप से ऐसी घिसी-पिटी बातों को दोहराना बहुत आसान होता है कि 'चाहे जो भी हो, शारीरिक दंड देने के लिए कोई भी कारण काफी नहीं है' और 'बच्चों पर हाथ उठाने से वे भी दूसरों पर हाथ उठाना सीख जाते हैं।' चलिए, इस विषय पर चर्चा की शुरुआत पहली बात से करते हैं : 'चाहे जो भी हो, शारीरिक दंड देने के लिए कोई भी कारण काफी नहीं है।' पहले तो हमें इस सर्वसम्मत विचार को ध्यान में रखना चाहिए कि कुछ हरकतें - खासकर चोरी और मारपीट से जुड़ी हरकतें - बिलकुल गलत हैं और ऐसा करनेवाले को दंड ज़रूर दिया जाना चाहिए। दूसरा ये कि इस तरह के मामलों में दिए जानेवाले दंड में मनोवैज्ञानिक दंड के अलावा कई प्रकार के प्रत्यक्ष शारीरिक दंड भी शामिल होते हैं। स्वतंत्रता छिन जाने पर होनेवाली तकलीफ शारीरिक आघात के समान ही होती है। ठीक यही बात किसी को सामाजिक रूप से अलग-थलग कर देने पर भी लागू होती है। हम तंत्रिका-विज्ञान के स्तर पर भी इस बात को अच्छी तरह जानते हैं। इन तीनों स्थितियों पर हमारे मस्तिष्क के समान हिस्से प्रतिक्रिया करते हैं। इन सभी हिस्सों को समान श्रेणी की दवा यानी ओपिएट्स से बेहतर बनाया जा सकता है। भले ही किसी प्रकार की कोई हिंसा न हो, पर किसी को जेल भेजना निश्चित ही एक शारीरिक दंड है, खासकर अगर उसे एकांत-कारावास में भेजा जा रहा हो। तीसरा ये कि हमें याद रखना चाहिए कि कुछ कुकर्मों को फौरन प्रभावशाली रूप से रोका जाना चाहिए ताकि उनके चलते कोई और बदतर स्थिति न बनने पाए। अगर कोई बच्चा धातु से बने फोर्क[8] को बार-बार बिजली के सॉकेट में कोंचने की कोशिश कर रहा है, तो उसके लिए सबसे उचित दंड क्या हो सकता है? या किसी ऐसे बच्चे के लिए सबसे उचित दंड क्या होगा, जो किसी भीड़-भाड़ वाले सुपरमार्केट के पार्किंग लॉट के रास्ते पर ठहाके लगाते हुए इधर-उधर भाग रहा है और उन लोगों

[8] खाने की टेबल पर इस्तेमाल होनेवाला काँटा

के लिए एक बाधा बना हुआ है, जो पार्किंग लॉट से अपनी गाड़ी बाहर निकालने की कोशिश कर रहे हैं? इन दोनों सवालों का जवाब बहुत आसान है। इन मामलों में सबसे उचित दंड वह है, जो उनकी इन हरकतों पर वाजिब ढंग से लगाम लगा सके। क्योंकि अगर ऐसा नहीं किया गया, तो ऐसी हरकतें करनेवाला बच्चा बिजली के करंट से या पार्किंग लॉट से निकलनेवाली किसी गाड़ी के नीचे आकर अपनी जान गँवा सकता है।

पार्किंग लॉट या बिजली के करंट जैसे मामलों में ऐसा होना स्वाभाविक भी है। पर ठीक यही बात सामाजिक दायरे पर भी लागू होती है, जो हमें शारीरिक दंड के कारणों से संबंधित चौथे बिंदु की ओर लेकर आती है। दुर्व्यवहार के लिए दिया जानेवाला दंड (ऐसा दंड जो बचपन में प्रभावशाली साबित हो सकता था) बच्चों की बढ़ती उम्र के साथ और अधिक गंभीर होता जाता है। और आमतौर पर ऐसे लोगों की संख्या बहुत ज़्यादा होती है, जो चार साल की उम्र तक अपने आसपास के समाज से घुलमिल नहीं पाते और युवा उम्र या वयस्कता के शुरुआती दौर में समाज द्वारा दंडित किए जाते हैं। जबकि स्वैच्छिक व्यवहार करनेवाले चार साल के बच्चे आमतौर पर वे होते हैं, जो दो साल की उम्र में अनावश्यक रूप से बहुत आक्रामक स्वभाव के थे। आँकड़ों के अनुसार ऐसे बच्चों में अपने हमउम्र बच्चों के मुकाबले हाथ उठाने, लातें चलाने, दाँत से काटने और दूसरों के खिलौने छीनने (जो वयस्क उम्र में चोरी की हरकतों में तब्दील हो जाती है) की संभावना कहीं अधिक होती है। इस तरह की आक्रामक प्रवृत्ति पाँच फीसदी लड़कों और इससे भी कम लड़कियों में पाई जाती है। इसलिए बिना सोचे-समझे तोते की तरह यह रट्टा लगाना कि 'चाहे जो भी हो, शारीरिक दंड देने के लिए कोई भी कारण काफी नहीं है' दरअसल इस भ्रम को बढ़ावा देता है कि शैतान प्रवृत्तिवाले किशोर अपने बचपन में किसी फरिश्ते जितने मासूम और शांत हुआ करते थे। अगर आप अपने बच्चे के किसी भी दुर्व्यवहार (खासकर अगर आपका बच्चा या बच्ची स्वभाव से आक्रामक हों) को अनदेखा कर रहे हैं, तो यकीन मानिए कि आप अपने बच्चे के साथ अच्छा नहीं कर रहे हैं।

'शारीरिक दंड देने के लिए कोई भी कारण काफी नहीं है' के सिद्धांत को मानने का एक अर्थ (पाँचवाँ बिंदु) यह मानना है कि दंड का खतरा न होने पर भी सामनेवाले को कोई काम करने से मना करना संभव है। एक महिला अपने पीछे पड़े किसी सशक्त और कामुक पुरुष को सिर्फ इसीलिए 'ना' कह पाती है क्योंकि

सामाजिक मानदंड, कानून और राज्य उसके समर्थन में खड़े होते हैं। जो उद्दंड बच्चा केक के दो बड़े-बड़े टुकड़े खाने के बाद तीसरे टुकड़े की माँग करता है, उसे उसके माता-पिता इसीलिए मना कर पाते हैं क्योंकि वे उससे अधिक बड़े, मज़बूत और उससे कहीं अधिक क्षमतावान हैं। इसके अतिरिक्त एक कारण यह भी है कि उनके बच्चों पर उनके अधिकार को कानून और राज्य का समर्थन प्राप्त है। आखिरकार किसी को 'ना' कहने का अर्थ हमेशा यही है कि 'अगर तुमने वह करना जारी रखा, जो तुम फिलहाल कर रहे हो, तो परिणामस्वरूप तुम्हारे साथ कुछ ऐसा होगा, जो तुम्हें कतई पसंद नहीं आएगा।' इसके अलावा किसी को 'ना' कहने का और कोई अर्थ नहीं होता। हाँ, इससे बदतर स्थिति में इसका अर्थ 'अज्ञानी वयस्कों द्वारा बोली गई एक और अर्थहीन बात' भी हो सकता है। जबकि सबसे बदतर स्थिति में इसका अर्थ 'सारे लोग प्रभावहीन और कमज़ोर हैं' ऐसा हो सकता है। चूँकि हर बच्चे को एक न एक दिन वयस्क बनना ही है और चूँकि बिना किसी निजी तकलीफ के सीखी गई ज़्यादातर चीज़ें या तो वयस्कों द्वारा सिखाई गई होती हैं या फिर उनके सीखे हुए किसी नमूने पर आधारित होती हैं, इसलिए यह सबक बच्चों के लिए खासतौर पर एक बुरा सबक साबित हो सकता है। जो बच्चा वयस्कों की उपेक्षा करता है और उनका अपमान करने को हमेशा तैयार रहता है, वह भला किसी चीज़ को उम्मीद से क्यों देखेगा? उसे बड़ा होने की ज़रूरत ही क्यों महसूस होगी? स्कॉटलैंड के उपन्यासकार और नाटककार जे.एम. बारी द्वारा रचित मशहूर काल्पनिक किरदार पीटर पैन भी ठीक ऐसा ही है। जो मानता है कि सारे वयस्क कैप्टन हुक (एक अन्य काल्पनिक किरदार) का ही एक संस्करण हैं, जो एक अत्याचारी है और अपनी ही नश्वरता से भयभीत है (इसके लिए आप एक ऐसे भूखे मगरमच्छ की कल्पना कर सकते हैं, जिसके पेट में एक घड़ी चली गई है)। बिना हिंसा के 'ना' का अर्थ 'ना' सिर्फ तभी होता है, जब यह एक सभ्य व्यक्ति द्वारा दूसरे सभ्य व्यक्ति से बोला जाता है।

और इस विचार पर आप क्या कहेंगे कि 'बच्चे पर हाथ उठाने से वह बच्चा भी दूसरों पर हाथ उठाना सीख जाता है?' पहली बात तो यह है कि ऐसा नहीं है। यह विचार बिलकुल गलत है और इसका कुछ ज़्यादा ही सरलीकरण कर दिया गया है। क्योंकि एक माता-पिता द्वारा अपने बच्चे को अनुशासित करने के लिए उठाए गए कदम की व्याख्या 'हाथ उठाने' जैसे अपरिष्कृत शब्दों से नहीं की जा सकती। अगर 'हाथ उठाना' माता-पिता द्वारा बच्चे को अनुशासित करने के लिए इस्तेमाल किए गए शारीरिक-बल की संपूर्ण व्याख्या करता है, तो इसका अर्थ यही हुआ कि फिर

बारिश की बूँदें गिरने और एटम बम गिरने में कोई फर्क ही नहीं है। क्योंकि अगर हम किसी मामले के प्रति जानबूझकर अंधे नहीं बने हुए हैं, तो उसे समझने के लिए उसमें इस्तेमाल होनेवाले परिमाण या मात्रा को समझना भी ज़रूरी है, साथ ही उसके संदर्भ को समझना भी ज़रूरी है। हर बच्चा जानता है कि एक आवारा कुत्ते द्वारा बेवजह काटे जाने में और खेल-खेल में असावधानी बरतने के कारण अपने पालतू कुत्ते द्वारा दाँत गड़ाए जाने में क्या फर्क होता है। जब बात 'हाथ उठाने' की हो, तो इस बात को अनदेखा नहीं किया जा सकता कि हाथ कितनी जोर से उठाया गया और उसके पीछे का कारण क्या था। कोई घटना घटने का समय भी बहुत महत्वपूर्ण होता है, जो घटना के संदर्भ का हिस्सा है। अगर आपका दो साल का बेटा अपनी नवजात बहन के सिर पर लकड़ी का कोई टुकड़ा दे मारता है। तो दंड के तौर पर आप अपने बेटे को हाथ से एक चपत लगा देते हैं। इससे उसे फौरन अपनी गलती का एहसास हो जाएगा और वह दोबारा अपनी बहन के साथ ऐसा कुछ करने से बचेगा, जो कि एक सकारात्मक बदलाव है। आपके चपत लगाने के बाद आपका बच्चा निश्चित ही यह मानकर तो नहीं बैठेगा कि वह जब चाहे अपनी छोटी बहन के सिर पर मार सकता है। वह बेवकूफ नहीं है। उसे तो बस अपनी नवजात बहन से ईर्ष्या हो रही थी और चूँकि वह अब तक उचित व्यवहार करना नहीं सीखा है इसलिए आवेश में आकर उसने अपनी बहन के सिर पर लड़की का टुकड़ा दे मारा। अगर आप उसे चपत नहीं लगाएँगे, तो बताइए कि आप अपने बेटे से अपनी नवजात बेटी की रक्षा कैसे करेंगे? अगर आप अपने बेटे को प्रभावशाली ढंग से अनुशासित नहीं करेंगे, तो इसका नुकसान आपकी नवजात बेटी को झेलना होगा। हो सकता है कि ऐसा सालों तक होता रहे। आपके बेटे द्वारा बेटी को तंग किया जाना जारी रहेगा और वह भी सिर्फ इसलिए क्योंकि आपने उसे रोकने के लिए कुछ नहीं किया। आप अपने बेटे को अनुशासित न करके जिस आपसी संघर्ष से बचने की कोशिश कर रहे हैं, वह उसके और उसकी बहन के बीच शांति स्थापित करने के लिए ज़रूरी है। आप अपनी आँखें मूँदकर, हाथ पर हाथ धरे बैठे हैं और फिर जब एक दिन आपकी बेटी (शायद वयस्क होने के बाद) आपकी अनदेखी पर सवाल उठाएगी तो आप बस यही कह सकेंगे, 'मुझे मालूम नहीं था कि यह इतना गंभीर मामला है।' जबकि सच यह है कि आप इस मसले की गंभीरता को मालूम करना और समझना चाहते ही नहीं थे, इसीलिए आपने अपने बेटे को अनुशासित करने की जिम्मेदारी नहीं निभाई और उसकी हरकतों को अनदेखा करते हुए उसके सामने अपने अच्छा होने का दिखावा करते रहे। याद रखिए कि (सन 1812 में प्रकाशित एक जर्मन परीकथा 'हैंसल एंड

ग्रेटेल' के अनुसार) हर जिंजरब्रेड हाउस[9] के अंदर एक चुड़ैल छिपी होती है, जो करीब आनेवाले बच्चों को खा जाती है।

ये सब चीज़ें मिलकर हमें किस स्थिति में लेकर आती हैं? इस सवाल का जवाब है, ऐसी स्थिति में, जहाँ हमें यह निर्णय लेना होता हैं कि हम अपने बच्चों को प्रभावशाली ढंग से अनुशासित करेंगे या नहीं (पर हम अनुशासन को पूरी तरह त्यागने का निर्णय नहीं ले सकते क्योंकि जब बचपन के व्यवहार की गलतियाँ सुधारने के बजाय जस की तस रह जाती हैं, तो प्रकृति और समाज बड़े ही कठोर ढंग से दंडित करते हैं)। इसीलिए यहाँ कुछ व्यावहारिक संकेत दिए जा रहे हैं : दुर्व्यवहार करनेवाले पर बच्चे को फौरन उसके कमरे में भेज देना एक बेहद प्रभावी दंड हो सकता है, खासकर तब, जब बच्चे के शांत होने का स्वागत किया जाए। एक नाराज बच्चे को उसके कमरे में अकेले बैठकर तब तक सोच-विचार करने देना चाहिए, जब तक कि वह पूरी तरह शांत नहीं हो जाता। इसके बाद ही उसे सामान्य जीवन में वापस सक्रिय होने की अनुमति मिलनी चाहिए। जिसका अर्थ है कि इस मामले में बच्चे के गुस्से को नहीं बल्कि खुद बच्चे को जीत हासिल हुई है। नियम यह है, 'जैसे ही तुम सही व्यवहार करने लगोगे, वैसे ही तुम्हें हमारे पास आने की अनुमति मिल जाएगी।' यह तरीका बच्चे के साथ-साथ माता-पिता और समाज के लिए भी अच्छा है। इससे आप निश्चित तौर पर यह कह सकेंगे कि आपका बेटा गुस्सा त्यागकर वापस स्वयं पर नियंत्रण हासिल कर चुका है। उसने जो भी दुर्व्यवहार किया था, उसके बावजूद आप एक बार फिर उसे पसंद करने लगेंगे। और अगर आप अब भी उसकी हरकतों पर भड़के हुए हैं, तो इसका अर्थ है कि उसने अभी तक अपनी गलती का पूरा पश्चाताप नहीं किया है या फिर शायद आपको शिकवा-शिकायत करने के अपने स्वभाव पर लगाम लगाने की ज़रूरत है।

अगर आपका बच्चा ढीठ किस्म का है, जो गलती करने के बाद अपने कमरे में भेजे जाने पर ठहाके लगाते हुए वहाँ से भाग जाता है, तो इसका अर्थ है कि शायद उसे सुधारने के लिए आपको शारीरिक दंड देने की ज़रूरत है। कोई बच्चा कितना भी मचल रहा हो, उसे शांत करने के लिए बस इतना ही काफी है कि आप उसे अपनी एक बाँह से दबोच लें और तब तक उसी स्थिति में रखें, जब तक कि वह मचलना बंद करके आपकी बात सुनने को तैयार न हो जाए। अगर यह तरीका भी काम न आए, तो शायद आपको थोड़ा और कठोर तरीका इस्तेमाल करने ज़रूरत पड़े। जो

---

[9] परीकथा के अनुसार बच्चों के पसंदीदा केक और कैंडी से बना एक घर

बच्चा तमाम कोशिशों के बाद भी सीमा से बाहर जा रहा हो, उसकी पीठ पर अपने हाथ से मारना यह जताने के लिए काफी है कि आप उसकी गलतियों को लेकर गंभीर हैं। हालाँकि कुछ स्थितियों में यह भी काफी नहीं होता। जिसका एक कारण यह है कि कुछ बच्चे कुछ ज़्यादा ही तेज होते हैं और उनका स्वभाव ऐसा होता है कि उन्हें नियंत्रित करना वाकई मुश्किल होता है, जबकि दूसरा कारण अक्सर यह होता है कि बच्चे की गलती वाकई गंभीर होती है। अगर आप इन सब पहलुओं पर विचार नहीं कर रहे हैं, तो इसका अर्थ है कि आप माता-पिता के तौर पर अपनी जिम्मेदारी को अच्छी तरह नहीं निभा रहे हैं। बच्चे को सुधारने का काम आसान नहीं होता और आप इस मुश्किल काम को किसी और के भरोसे छोड़कर खुद चैन से बैठना चाहते हैं, जबकि वास्तविकता यह है कि जब बच्चे के सुधारने का काम किसी और के जिम्मे दे दिया जाएगा, तो उसका तरीका आपसे कहीं अधिक क्रूर और बुरा होगा।

सिद्धांतों का सारांश

अनुशासन का पहला सिद्धांत है - 'नियम-कायदों को सीमित रखना।' जबकि दूसरा सिद्धांत है, 'न्यूनतम आवश्यक बल का इस्तेमाल करना।' अनुशासन का एक तीसरा सिद्धांत भी है - 'अभिभावकों को हमेशा जोड़े में आना चाहिए।' बच्चों की परवरिश करना एक कठिन जिम्मेदारी होती है, जो अभिभावकों से खासी निष्ठा और समर्पण की माँग करती है। यही कारण है कि अभिभावक द्वारा गलतियाँ होने की संभावना भी काफी ज़्यादा होती है। नींद की कमी, भूख, किसी बहस के बाद उपजी तनावपूर्ण मानसिक स्थिति, हैंगओवर, ऑफिस में बीता एक बुरा दिन - ये कुछ ऐसी चीज़ें हैं, जिनके चलते कोई भी व्यक्ति अविवेकपूर्ण और तर्कहीन व्यवहार कर सकता है। और जब कोई अभिभावक ऐसा करता है, तो बच्चों पर इसका बहुत गहरा नकारात्मक प्रभाव पड़ता है। यह ऐसी स्थिति है, जो बच्चों के व्यक्तित्व को दुर्व्यवहारपूर्ण, तर्कहीन, यहाँ तक कि खतरनाक भी बना सकती है। इस स्थिति में यह ज़रूरी है कि आपके पास कोई ऐसा हो, जो बच्चों की परवरिश में आपका साथ दे सके। जो बच्चों के व्यवहार का नियमित रूप से निरीक्षण करे और उन्हें सही-गलत का फर्क समझा सके। जब दो अभिभावक साथ मिलकर बच्चे की परवरिश करते हैं, तो दूसरों को उकसा देने की हद तक परेशान करनेवाले बच्चे और तमाम दबावों से घिरे व चिड़चिड़े स्वभाववाले माता-पिता के बीच तनावपूर्ण स्थितियाँ निर्मित होने की संभावना बहुत कम हो जाती है। इसीलिए अभिभावकों को हमेशा जोड़े में आना

चाहिए ताकि एक नवजात बच्चे का पिता अपनी पत्नी यानी बच्चे की माँ की मदद कर सके और उसका खयाल रख सके। क्योंकि नवजात बच्चे अक्सर आधी रात से लेकर सुबह पौ फटने तक रो-रोकर अपनी माँ की बुरा हाल कर देते हैं। जिसके चलते माँ की नींद पूरी नहीं हो पाती और वह हर वक्त बच्चे को सँभालने के तनाव से घिरी रहती है। ऐसे में उसके पास अगर बच्चे का पिता मौजूद हो, जो ज़रूरत पड़ने पर उसकी मदद करे, तो माता-पिता, दोनों का जीवन आसान हो जाता है। मेरे कहने का यह अर्थ नहीं है कि हम अकेली माँओं (जिनके पति या तो गुज़र चुके हैं या तलाक ले चुके हैं) के प्रति बुरा रवैया रखें। अकेली माँएँ आमतौर पर बिना किसी मदद के बच्चे की परवरिश की जिम्मेदारी को अच्छी तरह निभाने के लिए पूरी हिम्मत के साथ निरंतर संघर्षरत रहती हैं। इनमें से कई महिलाएँ ऐसी भी होती हैं, जो अपने क्रूर पति के साथ बेहद तनावपूर्ण व तकलीफदेह संबंधों से किसी तरह बचकर निकली होती हैं। पर इसका अर्थ यह नहीं है कि हम यह दिखावा करें कि हर किस्म का परिवार - चाहे वह अकेली माँ वाला परिवार हो या अकेले पिता वाला - संपूर्ण और व्यावहारिक होता है क्योंकि यह सच नहीं है।

अब आते हैं चौथे सिद्धांत पर, जो मूलत: एक मनोवैज्ञानिक सिद्धांत है : हर माता-पिता को कठोर, प्रतिशोधी, अभिमानी, द्वेषपूर्ण, क्रोधी और धोखेबाज होने की अपनी निजी क्षमता को समझने की ज़रूरत है। क्योंकि संसार में जानबूझकर बच्चों की बुरी परवरिश करनेवाले लोग न के बराबर हैं, इसके बावजूद बच्चों की बुरी परवरिश के मामलों की कोई कमी नहीं है। ऐसा इसीलिए होता है क्योंकि लोगों के अंदर अच्छाई के साथ-साथ बुराई की क्षमता भी भरपूर होती है, फिर भी वे इस तथ्य के प्रति अपनी आँखें मूँदें रहते हैं। लोग आक्रामक व स्वार्थी भी होते हैं और विचारशील व दयालु भी। यही कारण है कि कोई भी वयस्क इंसान - एक तयशुदा हाइरार्की (पद या हैसियत आधारित पदानुक्रम) वाला कोई भी शिकारी वानर - यह बरदाश्त नहीं कर सकता कि एक बच्चा उस पर हावी होने की कोशिश करे। क्योंकि अगर ऐसा हुआ तो उसके अंदर बच्चे के प्रति बदले की भावना घर कर जाती है। तभी तो जब किसी सार्वजनिक स्थान पर कोई बच्चा चीखता-चिल्लाता है, चिड़चिड़ाता व झुँझलाता है, तमाम बदमिजाज हरकतें करता है और फिर भी उसके माता-पिता उसकी नज़रों में अच्छा बने रहने की अपनी इच्छा के चलते उसे कुछ नहीं कह पाते, तो उस बच्चे के प्रति माता-पिता के मन में बदले की भावना पैदा हो जाती है। फिर जब कभी वह बच्चा बड़े जोश के साथ माता-पिता के पास आकर स्कूल में हासिल की गई अपनी कोई उपलब्धि बताता है, तो वे न तो उसकी

तारीफ करते हैं और न ही उसकी उपलब्धि पर खुशी जताते हैं। अगर बच्चा अपने माता-पिता को अपनी हरकतों से शर्मिंदा करता है, उनका कहा नहीं मानता और उन पर हावी होने की कोशिश करता है, तो कुछ-कुछ माता-पिता बस एक सीमा तक ही इसे बरदाश्त कर पाते हैं और उसके बाद वे बच्चे के प्रति द्वेषपूर्ण रवैया अपना लेते हैं, भले ही वे स्वयं को कितना भी निःस्वार्थ अभिभावक मानते हों। इसके बाद बच्चे का असली दंड शुरू होता है। ऐसे माता-पिता के अंदर पल रही द्वेष की भावना उनमें प्रतिशोध या बदले की भावना को भड़का देती है। फिर वे बहुत कम अवसरों पर ही बच्चे के प्रति लाड़-प्यार जताते हैं और बच्चे के जीवन में आनेवाले महत्वपूर्ण मौकों पर अपनी अनुपस्थिति को अलग-अलग ढंग से तर्कसंगत ठहराने लगते हैं। वे बच्चे के व्यक्तिगत विकास के मौके ढूँढ़ने के प्रति सुस्त पड़ जाते हैं और धीरे-धीरे बच्चे से मुँह मोड़ना शुरू कर देते हैं। यह कुछ और नहीं बल्कि परिवार के भीतर युद्ध की शुरुआत है। यह युद्ध स्पष्ट नज़र नहीं आता क्योंकि यह पारिवारिक सदस्यों के भीतर मौजूद अधोलोक में लड़ा जा रहा होता है। जबकि इसे छिपाने के लिए सब कुछ ठीक होने और प्रेम जताने का दिखावा जारी रहता है।

अधिकतर मामलों में निर्मित होनेवाली इन स्थितियों से बचा जाना चाहिए। जो अभिभावक दुर्व्यवहार बरदाश्त करने की अपनी हद और उकसाए जाने पर स्वयं दुर्व्यवहार करने की अपनी क्षमता को समझता है, वही अभिभावक गंभीरता के साथ बच्चे को अनुशासित करने के लिए सही रणनीति तय कर सकता है। खासकर जब इस मामले में समान रूप से जागरूक उसका जीवनसाथी भी उसका साथ दे। ऐसा करनेवाला अभिभावक ही अपने और अपने बच्चे के बीच सचमुच नफरत पैदा होने से रोक सकता है। याद रखें कि ज़हरीली मानसिकता और कर्मोंवाले परिवार हर जगह पाए जाते हैं। वे न तो कोई नियम बनाते हैं और न ही किसी को दुर्व्यवहार करने से रोकते हैं। ऐसे परिवारों के माता-पिता बेतरतीब और अप्रत्याशित रूप से अपने बच्चों पर भड़कते हैं। अगर उनके बच्चे स्वभाव से डरपोक होते हैं, तो वे इस अराजक माहौल में रहते-रहते अंदर से टूट जाते हैं और अगर बच्चे मज़बूत होते हैं, तो माता-पिता के खिलाफ विद्रोह कर डालते हैं। ये दोनों ही आदर्श स्थितियाँ नहीं हैं क्योंकि ये जानलेवा हो सकती हैं।

अब बारी आती है, पाँचवें सिद्धांत की, जो अनुशासन का आखिरी और सामान्य सिद्धांत है। माता-पिता का दायित्व है कि वे बच्चे के सामने संसार का प्रतिनिधि या दयालु और खयाल रखनेवाला प्रतिनिधि की तरह व्यवहार करें। माता-

पिता का यह दायित्व बच्चों की खुशी सुनिश्चित करने, उनकी रचनात्मकता को बढ़ावा देने और उनका आत्मविश्वास बढ़ाने जैसी चीज़ों का स्थान ले लेता है। हर माता-पिता का यह प्राथमिक दायित्व है कि वे अपने बच्चों को सामाजिक रूप से सर्वश्रेष्ठ बनाएँ। इससे बच्चे को अपने जीवन में सही अवसर मिलेंगे और उसके अंदर आत्म-सम्मान व सुरक्षा का भाव विकसित होगा। असल में यह दायित्व बच्चों में अपनी व्यक्तिगत पहचान विकसित करने से भी अधिक महत्वपूर्ण है। आखिरकार जीवन में अपनी उच्चतम संभावना को तभी पहचाना जा सकता है, जब व्यक्ति का उच्चतम सामाजिक मेल-मिलाप संभव हो चुका हो।

एक अच्छा बच्चा और जिम्मेदार अभिभावक

सामाजिक रूप से अच्छी तरह घुल-मिल चुका एक तीन साल का बच्चा भी विनम्र और आकर्षक ढंग से व्यवहार करता है। ऐसा बच्चा किसी से कोई जबरदस्ती नहीं करता। वह अन्य बच्चों में अपने प्रति दिलचस्पी और वयस्कों में अपने प्रति प्रशंसा का भाव पैदा कर देता है। वह ऐसी दुनिया में रहता है, जहाँ अन्य बच्चे उसका स्वागत करते हैं और उसका ध्यान आकर्षित करने के लिए आपस में प्रतिस्पर्धा करते हैं, जबकि वयस्क उसे देखकर झूठी हँसी का दिखावा करने के बजाय सच्ची खुशी महसूस करते हैं। दुनिया से उसका परिचय ऐसे लोग कराते हैं, जिन्हें उसके लिए ऐसा करके अच्छा लगता है। इन सभी चीज़ों से उसे व्यक्तिगत रूप से जो लाभ होता है, वह ऐसे माता-पिता द्वारा दिए गए लाभों से कहीं अधिक महत्वपूर्ण व मूल्यवान है, जो बच्चे के साथ रोज़मर्रा के संघर्षों का सामना करने और अनुशासनात्मक कदम उठाने से बचते हैं।

अपने बच्चे के बारे में आपको जो भी बातें पसंद या नापसंद हैं, उन पर अपने जीवनसाथी से चर्चा ज़रूर करें। अगर जीवनसाथी के साथ ऐसा करना संभव नहीं है, तो किसी विश्वासपात्र दोस्त के साथ इस विषय पर चर्चा करें। बस यह जाहिर करने से न घबराएँ कि आपको अपने बच्चे की कौन सी चीज़ें पसंद और कौन सी चीज़ें नापसंद हैं। आप सही और गलत, अच्छे और बुरे के बीच का फर्क समझते हैं और यह जानते हैं कि उन्हें अलग-अलग करके कैसे देखा जाए। अपने इस नज़रिए को स्पष्ट रूप से सामने रखने के बाद यानी स्वयं को तुच्छता, अहंकार और आक्रोश से बचाने के बाद आप अगला कदम उठाते हैं और अपने बच्चे को सही व्यवहार करना सिखाते हैं। आप उन्हें अनुशासित करने की जिम्मेदारी अपने कंधों पर ले लेते हैं। अनुशासित करने की इस प्रक्रिया में स्वाभाविक तौर पर आपसे जो गलतियाँ

होंगी, आप उनकी जिम्मेदारी लेने को भी तैयार हो जाते हैं। आप अपनी गलती पर माफी माँग सकते हैं और यह सीख सकते हैं कि खुद को बेहतर कैसे बनाया जाए।

आखिरकार आप अपने बच्चों से प्रेम करते हैं। अगर उनकी गलत हरकतों को देखकर आप उन्हें नापसंद करने लगते हैं, तो ज़रा सोचिए कि उन्हें देखकर दूसरों पर क्या असर पड़ता होगा, जिन्हें आपकी तरह उनकी चिंता भी नहीं है। सांसारिक जीवन में आपके बच्चों द्वारा कोई गलती या चूक होने पर ऐसे लोग उन्हें कड़ा दंड दे सकते हैं। आप यह स्थिति निर्मित होने ही न दें। इसलिए बेहतर होगा कि आप अपने बदमाश बच्चों को यह सिखाएँ कि संसार उनसे क्या चाहता है और क्या नहीं ताकि वे परिवार के दायरे से बाहर मौजूद संसार में एक आकर्षक और सुसंस्कृत व्यक्ति के रूप में अपनी जगह बना सकें।

एक बच्चा, जो अपना ध्यान इधर-उधर भटकाने के बजाय एक जगह केंद्रित कर सकता है, जो खेलता-कूदता है पर रोता-धोता नहीं है, जो हँसी-मज़ाक करता है पर खीझ नहीं दिलाता और साथ ही भरोसेमंद भी है, वह बच्चा कहीं भी जाए, बहुत आसानी से उसके दोस्त बनेंगे। उसके शिक्षक उसे पसंद करेंगे और साथ ही उसके माता-पिता भी। अगर वह वयस्कों के साथ अच्छी तरह पेश आता है, तो लोग उसके साथ अच्छी तरह पेश आएँगे, उसकी ओर देखकर विनम्रता से मुस्कुराएँगे और उसे नई-नई चीज़ें बताने से नहीं हिचकेंगे। वह बच्चा किसी को माफ न करनेवाले इस शत्रुतापूर्ण संसार में भी खूब तरक्की करेगा। स्पष्ट नियमों के पालन से बच्चों में सुरक्षा भाव विकसित होता है और माता-पिता का व्यवहार तर्कसंगत रहता है। अनुशासन के स्पष्ट नियम होने से माफी और न्याय के बीच संतुलन बना रहता है ताकि सामाजिक विकास और मनोवैज्ञानिक परिपक्वता को बेहतर ढंग से बढ़ावा दिया जा सके। स्पष्ट नियम और उचित अनुशासन बच्चों व माता-पिता, दोनों के लिए मददगार साबित होते हैं और समाज में न सिर्फ व्यवस्था स्थापित होती है बल्कि कायम रहती है और उसे बढ़ावा भी मिलता है। जिससे हम अव्यवस्था और अधोलोक (अंडरवर्ल्ड) के आतंक से सुरक्षित रहते हैं। अराजक माहौल और अधोलोक में सब कुछ अनिश्चित, चिंताजनक, निराशाजनक और कष्टदायक होता है। प्रतिबद्ध और साहसी माता-पिता अपने बच्चों को जो दे सकते हैं, वह कोई और नहीं दे सकता।

अपने बच्चों को ऐसा कुछ न करने दें, जिससे आप उन्हें नापसंद करने लगें।

6

दुनिया की आलोचना करने से पहले अपना घर संभालें

एक धार्मिक समस्या

सन 2012 में कनेक्टिकट प्रांत के न्यूटाउन में स्थित सैन्डी हुक एलीमेंट्री स्कूल में जाकर जिस व्यक्ति ने वहाँ के बीस छात्रों और छह कर्मचारियों को गोलियों से भून डाला, उसे एक धार्मिक व्यक्ति कहना उचित नहीं लगता। इसी तरह कोलोराडो थिएटर में गोली चलानेवाले व्यक्ति और कोलंबाइन हाईस्कूल में जाकर नरसंहार करनेवाले हत्यारों पर भी ठीक यही बात लागू होती है। पर इन सभी हत्यारों को उस वास्तविकता से समस्या थी, जो धार्मिक गहराई में मौजूद थी। जैसा कि कोलंबाइन हाईस्कूल में नरसंहार करनेवाले दो हत्यारों में से एक ने लिखा था :

> 'मानवजाति इस लायक नहीं है कि उसके लिए संघर्ष किया जाए, वह सिर्फ इस लायक है कि उसे मार दिया जाए, खत्म कर दिया जाए। बेहतर होगा कि इस धरती को यहाँ रहनेवाले जानवरों को वापस लौटा दिया जाए। इस धरती को पाने के लिए वे जानवर हम इंसानों से कहीं ज़्यादा योग्य हैं। सच तो यह है कि अब किसी चीज़ का कोई अर्थ नहीं रह गया है।'

जो लोग ऐसी सोच रखते हैं, वे दरअसल इंसानी अस्तित्व को भ्रष्टता की हद तक अन्यायी व कठोर और लोगों को खासतौर पर घिनौना व नीच मानते हैं। वे खुद को वास्तविकता का सर्वोच्च निर्णायक मान बैठते हैं, जो उनसे न्याय की माँग कर रही है। वे परम आलोचक होते हैं। गहन रूप से निंदक या सनकी सोचवाले कोलंबाइन हाईस्कूल के उस हत्यारे ने आगे लिखा था :

> 'अगर तुम लोग इतिहास को याद करो, तो नाज़ी दरअसल यहूदियों की समस्या का 'आखिरी समाधान' लेकर आए थे कि उन सबकी हत्या कर दो। खैर, अगर तुम अब तक नहीं समझे हो, तो मैं बता देता हूँ कि 'पूरी मानवजाति की हत्या कर देनी चाहिए।' एक भी इंसान बचना नहीं चाहिए।'

ऐसे लोगों के लिए अनुभवों या ज्ञान का संसार पर्याप्त नहीं होता और यह संसार उन्हें अशुभ लगता है इसीलिए उन्हें लगता है कि 'सब भाड़ में जाएँ!'

जब किसी व्यक्ति के अंदर इस तरह की सोच विकसित होने लगती है, तो वास्तव में उसके साथ क्या हो रहा होता है? जॉनथन वोल्फगैंग वॉन गोएथ द्वारा लिखे गए महान जर्मन नाटक 'फॉस्ट : ए ट्रेजेडी' में इस मसले पर प्रकाश डाला गया है। नाटक का मुख्य किरदार हेनरिक फॉस्ट एक विद्वान है, जो मेफिस्टोफेलीस नामक शैतान को अपनी अमर आत्मा सौंप देता है, जिसके बदले में उसे धरती पर जीवित रहते हुए अपनी हर मनचाही चीज़ मिल जाती है। गोएथ के इस नाटक में मेफिस्टोफेलीस अस्तित्व का शाश्वत शत्रु है और उसका मूलमंत्र है :

> मैं एक आत्मा हूँ, जो अस्तित्व में आनेवाली हर चीज़ को नकार देती
> है, जो कि उचित भी है क्योंकि इस अस्तित्व की हर चीज़ बुरी तरह
> नष्ट करने योग्य ही है। बेहतर होता कि यह संसार ही न बना होता!
> इसीलिए हर वह चीज़, जो तुम्हारे अनुसार पाप, विनाश और बुराई का
> प्रतिनिधित्व करती है – वही मेरा विशिष्ट मूलतत्व है।

गोएथ इन घृणित भावों को इतना महत्वपूर्ण मानते थे – जो उनके अनुसार प्रतिशोधी यानी बदला लेनेवाले मानव विनाश के मूलतत्व का केंद्र था। उन्होंने सालों बाद लिखे गए इस नाटक के दूसरे हिस्से में मेफिस्टोफेलीस के मुँह से इस बात को दूसरों शब्दों में फिर से बुलवाया।

लोग अक्सर मेफिस्टोफेलीस की तरह ही सोचते हैं, हालाँकि वे स्कूल-कॉलेजों और थिएटरों में नरसंहार करनेवाले हत्यारों की तरह अक्सर अपने इन विचारों पर क्रूरता से अमल नहीं करते। जब भी हम कोई वास्तविक या फिर काल्पनिक अन्याय झेलते हैं... जब भी हम कोई दुःखद घटना देखते हैं... या दूसरों के छल और चालबाजी का शिकार होते हैं... जब भी हम स्वयं की बनाई हुई और स्पष्ट रूप से अनियंत्रित सीमाओं के आतंक और दर्द का अनुभव करते हैं, तो हमारे भीतर के अंधेरे कोनों से अस्तित्व पर सवाल उठाने और फिर उसे कोसने की इच्छा जागृत होने लगती है। आखिर मासूम लोगों को इतनी पीड़ा क्यों झेलनी पड़ती है? आखिर यह किस तरह की दुनिया है, जो इतनी खूनी और भयानक है?

सच तो यह है कि जीवन बहुत मुश्किल होता है। दर्द हर किसी की किस्मत में है और हर किसी के कदम विनाश के रास्ते पर मुड़ जाते हैं। कई बार पीड़ा स्पष्ट तौर

पर किसी व्यक्तिगत दोष का परिणाम होती है, जैसे जानबूझकर किसी सच के प्रति आँखें मूँदे रखना, निर्णय लेने की कमज़ोर क्षमता और दूसरों के प्रति द्वेष का भाव रखना। जिन मामलों में इंसान खुद अपनी पीड़ा का कारण होता है, उनमें यह स्पष्ट नज़र भी आ जाता है। आप कह सकते हैं कि लोग जिस लायक होते हैं, उन्हें अपने जीवन में वही मिलता है। यह बात कितनी भी कड़वी लगे, पर इसमें सच्चाई छिपी हुई है। कई बार पीड़ा भोग रहे लोग जब अपना व्यवहार बदल लेते हैं, तो उनके जीवन की परेशानियाँ कम हो जाती है। पर इंसानी नियंत्रण की अपनी एक सीमा होती है। निराशा, बीमारी, बढ़ती उम्र और मृत्यु के प्रति अतिसंवेदनशीलता सार्वभौमिक चीज़ है। विश्लेषण करने के बाद भी ऐसा नहीं लगता कि अपनी कमज़ोरी या कोमलता को हमने खुद ही बनाया हो। तो फिर इसका दोषी कौन है?

जो लोग बहुत बीमार होते हैं (या इससे भी बदतर जिनके बच्चे बीमारी का सामना कर रहे होते हैं), वे अनिवार्य रूप से इस तरह के सवाल पूछेंगे, भले ही वे धार्मिक विश्वासों पर आस्था रखते हों या नहीं। यही बात उस व्यक्ति पर भी लागू होती है, जो किसी राक्षस जैसी विशाल नौकरशाही के चक्कर में फँस जाता है – जो सरकार द्वारा किया जा रहा टैक्स ऑडिट झेल रहा हो या तलाक का अथवा कोई और मुकदमा लड़ रहा हो। और ऐसा नहीं है कि सिर्फ पीड़ा झेलनेवाले ही अस्तित्व की असहनीय स्थिति के लिए किसी दूसरे को दोष देने की ज़रूरत महसूस करते हों। उदाहरण के लिए अपनी प्रसिद्धी, प्रभुत्व और रचनात्मक शक्ति के शिखर पर मौजूद होने के बावजूद लिओ टॉल्सटॉय भी मानव अस्तित्व के महत्त्व पर सवाल उठाने लगे थे। उनका तर्क था :

> 'मेरी हालत खराब थी। मैं जानता था कि मुझे तार्किक ज्ञान के रास्ते में जीवन को नकारने के अलावा और कुछ हासिल नहीं होनेवाला; धार्मिक विश्वासों में भी तर्क को नकारने के अलावा मुझे कुछ और नज़र नहीं आया और यह जीवन को नकारने से भी अधिक निराशाजनक था। तार्किक ज्ञान के अनुसार, जीवन बड़ा ही वाहियात होता है और लोग भी इस बात को अच्छी तरह जानते हैं। उन्हें जीने की ज़रूरत नहीं है, फिर भी वे जीते रहे और आज भी जी रहे हैं, ठीक वैसे ही जैसे मैं जी रहा हूँ, जबकि मैं बहुत पहले से यह जानता हूँ कि जीवन अर्थहीन और वाहियात है।'

अपनी लाख कोशिशों के बाद टॉल्सटॉय सिर्फ चार ऐसे तरीके खोज पाए, जिनके जरिए इस किस्म के विचारों से बचा जा सकता था। पहला तरीका था– अपने

चारों ओर नज़र आ रही समस्याओं को ठीक वैसे ही अनदेखा कर देना जैसे छोटे बच्चे करते हैं। दूसरा तरीका था- आनंद पाने की अंधी दौड़ में शामिल हो जाना। तीसरा तरीका था- इस अर्थहीन और वाहियात जीवन को बस इसी तरह जीते रहना, यह जानते हुए भी कि इससे कुछ हासिल नहीं होनेवाला है। उन्होंने जीवन से भागने के इस तरीके को कमज़ोरी से जोड़ा : इस श्रेणी के लोग जानते हैं कि मृत्यु जीवन से बेहतर है, पर उनके अंदर तार्किक कदम उठाने और खुद को मारकर इस भ्रम को फौरन खत्म करने के लिए ज़रूरी साहस नहीं होता।

जीवन से भागने के चौथे और आखिरी तरीके के लिए ही साहस और ऊर्जा की ज़रूरत थी। इस तरीके में, एक बार जीवन की अर्थहीनता और वाहियातपन का एहसास होने के बाद उसे खत्म करना शामिल था। टॉल्सटॉय ने इस विषय पर आगे कहा है :

> 'केवल असामान्य रूप से सशक्त और तार्किक रूप से सुसंगत लोग ही अपने जीवन को खत्म करने जैसी हरकतें करते हैं। उनका जो मज़ाक बनाया गया है, उसकी मूर्खता का एहसास उन्हें होता है। जब वे यह समझ जाते हैं कि मृतकों का आशीर्वाद जीवितों के आशीर्वाद से कहीं बेहतर है और अपने जीवन को खत्म करना ही उचित है, तब वे सक्रिय होते हैं और इस मूर्खतापूर्ण मज़ाक को ही खत्म कर देते हैं। इसके लिए वे कोई भी तरीका अपना लेते हैं; जैसे गले में फाँसी लगाना, पानी में डूबना, छाती में छुरा भोंक लेना या ट्रेन की पटरी पर जाकर लेट जाना।'

टॉल्सटॉय बहुत निराशावादी नहीं थे। हमारे साथ जो मज़ाक किया जा रहा है, वह सिर्फ आत्महत्या के लिए ही प्रेरित नहीं करता है बल्कि हत्या करने, नरसंहार करने और उसके बाद आत्महत्या करने के लिए भी प्रेरित करता है। क्योंकि यह सब करना सिर्फ आत्महत्या करने से कहीं अधिक प्रभावीशाली अस्तित्व संबंधी विरोध होगा। आप विश्वास नहीं करेंगे, पर आँकड़ों के मुताबिक अमेरिका में जून 2016 तक कुल 1260 दिनों की अवधि में नरसंहार (परिभाषा के अनुसार जब किसी एक मामले में चार या उससे अधिक लोगों को गोली मारी गई हो) के एक हज़ार मामले सामने आए हैं। इसका अर्थ ही तीन साल तक हर छह दिनों में से पाँच दिनों तक हर रोज एक घटना घटी है। इन घटनाओं पर हर कोई यही कहता नज़र आता है कि 'पता नहीं ऐसा क्यों हो रहा है?' हम कब तक यह दिखावा करते रहेंगे? टॉल्सटॉय तो एक सदी पहले ही समझ चुके थे। बाइबिल में केन और एबल की कहानी लिखनेवाले

प्राचीन लेखक भी समझ चुके थे और वह भी दो हज़ार साल पहले। हत्या को उन्होंने ईडेन के बगीचे के इतिहास के बाद होनेवाला पहला कृत्य बताया था। और सिर्फ हत्या नहीं बल्कि भाई की हत्या – सिर्फ किसी मासूम की हत्या नहीं बल्कि किसी अच्छे और आदर्श रूप की हत्या। ऐसी हत्या जो सृष्टि के निर्माता का अनादर करने के लिए जानबूझकर की गई हो। स्कूल–कॉलेजों में नरसंहार करनेवाले आज के हत्यारे भी अपने शब्दों में यही बात कह रहे हैं – 'भला किसकी हिम्मत है, ये कहने की कि यह ईडन के सेब के बीचों–बीच छिपा कीड़ा नहीं है?' पर हम फिर भी नहीं सुनेंगे क्योंकि सच कड़वा होता है। यहाँ तक कि टॉल्सटॉय जैसे विद्वान और मशहूर रूसी लेखक के पास भी कोई रास्ता नहीं बचा था। जब उनके जैसे व्यक्ति ने भी हार स्वीकार कर ली हो, तो फिर बाकी के लोगों की तो बात ही क्या है? सालों तक उन्होंने अपनी बंदूकों को खुद से छुपाकर रखा और रस्सियों को हाथ नहीं लगाया क्योंकि उन्हें डर था कि कहीं वे गोली मारकर या फाँसी लगाकर आत्महत्या न कर लें।

भला यह कैसे संभव है कि एक जागृत व्यक्ति संसार पर अपना आक्रोश न निकाले?

प्रतिशोध या परिवर्तन

एक धार्मिक व्यक्ति शायद ईश्वर के अंधेपन या स्पष्ट नज़र आते अन्याय पर अपनी मुट्ठियाँ भींच लेगा। यहाँ तक कि क्रॉस के सामने ईसा मसीह ने भी खुद को त्यागा हुआ महसूस किया – कम से कम उनकी कहानी तो यही कहती है। एक अज्ञानी या नास्तिक व्यक्ति भाग्य को दोष दे सकता है या अवसरों की क्रूरता पर मनन कर सकता है। जबकि कोई अन्य व्यक्ति अपनी पीड़ा और पतन के लिए जिम्मेदार, अपने चरित्र के दोष जानने के लिए खुद को चीर सकता है। ये सब एक ही प्रसंग के अलग–अलग संस्करण हैं। बस लक्ष्य का नाम बदल जाता है पर अंतर्निहित मनोविज्ञान जस का तस रहता है। पर क्यों? आखिर दुनिया में इतनी पीड़ा और क्रूरता क्यों है? इसका जवाब बस यही हो सकता है कि शायद ईश्वर खुद ही यह सब कर रहा हो या अगर इस मसले पर आपकी सोच अलग है, तो हो सकता है कि यह एक अंधे और अर्थहीन भाग्य की गलती हो। ऐसा लगता है कि इस तरह सोचने के कई कारण भी मौजूद हैं। पर जब आप ऐसा करते हैं तो क्या होता है? नरसंहार करनेवाले हत्यारे मानते हैं कि अस्तित्व की पीड़ा आखिरी निर्णय और प्रतिशोध को तर्कसंगत बना देती है। जैसा कि कोलंबाइन हाईस्कूल में नरसंहार

करनेवाले ने स्पष्ट संकेत दिया था :

> अपने विचारों को धोखा देने से बेहतर है कि मैं जल्द ही मर जाऊँ। इस वाहियात जगह को छोड़ने से पहले मैं हर उस व्यक्ति को जान से मार दूँगा, जो मुझे किसी भी चीज़ के लिए अयोग्य लगेगा, खासकर जीवन के लिए। अगर अतीत में तुमने मुझे दुःख पहुँचाया है या गुस्सा दिलाया है तो मैं तुम्हें देखते ही मार डालूँगा। तुम दूसरों को दुःख पहुँचाकर तो बच सकते हो, पर मुझे दुःख पहुँचाकर कतई नहीं बचोगे। मैं उन लोगों को कभी नहीं भूलता, जिन्होंने मेरे साथ गलत किया है।

बीसवीं शताब्दी के सबसे प्रतिशोधी हत्यारों में से एक कार्ल पैन्जरम के साथ मिनेसोटा इंस्टीट्यूट में बलात्कार, क्रूरता और विश्वासघात किया गया। जबकि उसे इस इंस्टीट्यूट में एक अपराध की सजा के तौर पर पुनर्वास के लिए उस वक्त भर्ती कराया गया था, जब वह एक किशोर था। इंस्टीट्यूट में उसके साथ हुए व्यवहार ने उसे क्रोध से भर दिया, जो बाद में बहुत ही विनाशकारी रूप में सामने आया। जल्द ही वह बड़ी-बड़ी संपत्तियों को आग में झोंकनेवाला एक चोर, बलात्कारी और सीरियल किलर बन गया। वह जानबूझकर लगातार विनाशकारी हरकतें करता रहा। यहाँ तक कि वह ये हिसाब भी रखता था कि जिस संपत्ति को वह आग के हवाले कर रहा है, उसका डॉलर्स में मूल्य क्या है। उसके इस विनाशकारी व्यवहार की शुरुआत उन लोगों से नफरत करने के साथ शुरू हुई, जिन्होंने उसे कभी तकलीफ पहुँचाई थी। उसके अंदर द्वेष की भावना तब तक लगातार भड़कती रही, जब तक वह पूरी मानवजाति से नफरत नहीं करने लगा और इसके बाद भी वह रुका नहीं। दरअसल मूल रूप से उसके विनाशकारी व्यवहार का निशाना कोई और नहीं बल्कि खुद ईश्वर था। इस बात को कहने का कोई और तरीका है ही नहीं। कार्ल पैन्जरम ने अस्तित्व के प्रति अपना गुस्सा जाहिर करने के लिए बलात्कार, हत्याएँ और संपत्तियों को आग में झोंकने जैसे कार्य किए। उसकी हरकतें ऐसी थीं, मानों उनके लिए कोई और जिम्मेदार हो। बाइबिल में केन और एबल की कहानी में भी ठीक ऐसा ही होता है। केन के सारे बलिदानों को अस्वीकार कर दिया जाता है। वह पीड़ा भोगता रहता है और फिर ईश्वर को आवाज देकर उसके द्वारा रचे गए अस्तित्व को चुनौती देता है। ईश्वर उसकी याचिका को अस्वीकार कर देता है। ईश्वर केन से कहता है कि उसकी समस्याओं का कारण वह खुद है। जिसके बाद केन गुस्से में आकर एबल की हत्या कर देता है, जो ईश्वर का पसंदीदा (और असल में केन

का आदर्श) था। केन निश्चित ही अपने कामयाब भाई के प्रति ईर्ष्या से भरा हुआ था। पर उसने एबल की हत्या मुख्य रूप से ईश्वर का अनादर करने के मकसद से की थी। यह उस स्थिति का सबसे सच्चा संस्करण है, जब लोग अपने प्रतिशोध को चरम सीमा तक लेकर चले जाते हैं।

कार्ल पैन्जरम की प्रतिक्रिया (यही वो चीज़ है, जो सबसे भयानक है) को बखूबी समझा जा सकता है। उसकी आत्मकथा के विवरण से पता चलता है कि वह ठीक वैसा ही व्यक्ति था, जिसकी व्याख्या टॉल्सटॉय ने सशक्त और तार्किक रूप से सुसंगत व्यक्ति के रूप में की थी। वह एक शक्तिशाली, सुसंगत और निडर अभिनेता था। उसके अंदर अपने दृढ़ विश्वास की ताकत थी।

कार्ल पैन्जरम के साथ जो हुआ, उसे देखते हुए भला यह उम्मीद कैसे की जा सकती है कि जिन्होंने उसके साथ बुरा सुलूक किया था, वह उन्हें माफ करके उनके कृत्यों को भूल जाएगा? कई बार लोगों के साथ सचमुच बहुत भयानक घटनाएँ हो जाती हैं। इसके बाद अगर वे बदला लेने का मौका तलाश रहे हों, तो इस पर हैरानी नहीं होनी चाहिए। ऐसी स्थिति में प्रतिशोध एक नैतिक ज़रूरत जैसा लगने लगता है। तो फिर इसे न्याय की माँग से अलग करके कैसे देखा जा सकता है? भयानक अत्याचार झेलने के बाद भी माफ कर देना क्या कायरता या इच्छा-शक्ति की कमी नहीं है? ऐसे सवाल मुझे सताते रहते हैं। पर ऐसे भी लोग हैं, जिनके साथ अतीत में बहुत बुरा हुआ, पर इसके बावजूद वे उसके विनाशकारी प्रभाव से बाहर आ गए और बुरे नहीं बल्कि अच्छे कर्म करने लगे। हालाँकि इस तरह की उपलब्धि अलौकिक लग सकती है।

मैं ऐसे कई लोगों से मिल चुका हूँ, जो यह करने में कामयाब रहे हैं। मैं एक ऐसे व्यक्ति को जानता हूँ, जो कमाल का कलाकार है और कार्ल पैन्जरम द्वारा उल्लेखित इंस्टीट्यूट जैसे ही एक स्कूल से निकला है। बस फर्क यह था कि इस व्यक्ति को उस 'स्कूल' में तब डाला गया था, जब वह सिर्फ पाँच साल का एक मासूम बच्चा था और लंबे समय तक खसरा, गलगंड और छोटी चेचक जैसी बीमारियाँ झेलने के बाद अस्पताल से निकला था। वह स्कूल की भाषा बोलने में असमर्थ था और उसे जानबूझकर उसके परिवार से अलग कर दिया गया था। उसे प्रताड़ित किया गया, भूखा रखा गया और उसके साथ निरंतर दुर्व्यवहार किया गया। इन सारी पीड़ाओं को झेलते हुए जब वह बड़ा हुआ तो एक गुस्सैल और भावनात्मक रूप से टूटे हुए युवक में बदल गया। इसके बाद वह शराब और नशीली दवाइयों का सेवन करने लगा

और ऐसी हरकतें करने लगा, जो उसे आत्म-विनाश के रास्ते पर ले गईं। अपने इस व्यवहार से वह खुद को ही लगातार चोट पहुँचा रहा था। उसे हर चीज़ से नफरत हो गई थी - ईश्वर, अंधी श्रद्धा और खुद से भी। पर आखिरकार वह अपने इस विनाशकारी दौर से बाहर निकल आया। उसने शराब और नशीली दवाइयों का सेवन बंद कर दिया। उसने हर चीज़ से नफरत करना बंद कर दिया (हालाँकि कभी-कभी नफरत की झलक नज़र आ जाती थी)। उसने अपनी पारंपरिक कलात्मक संस्कृति को पुनर्जीवित किया और बहुत से युवाओं को अपने नक्शे-कदम पर चलने के लिए प्रशिक्षित किया। उसने पचास फीट ऊँचा एक टोटम पोल[1] तैयार किया, जिसमें उसने अपने जीवन की घटनाओं को दर्ज किया। इसके अलावा उसने लकड़ी के मात्र एक लट्ठे का इस्तेमाल करके चालीस फीट लंबी डोंगी (छोटी नाव) भी बनाई, जो आज के जमाने में दुर्लभ हो चुकी है। इसके बाद उसने अपने परिवार के सारे सदस्यों को इकट्ठा करके अपना दुःख व्यक्त करने व अपने अतीत के साथ सहज होने के मकसद से एक शानदार पॉटलैच (कनाडा और अमेरिका में प्रशांत महासागर के उत्तर-पश्चिमी तट के मूल निवासियों का एक कार्यक्रम) का आयोजन किया, जिसमें सैकड़ों लोगों ने हिस्सा लिया और वे सब करीब सोलह घंटों तक नाचते-गाते रहे। उसने तय किया कि अब वह एक अच्छा व्यक्ति बनेगा। उसने अपने इस लक्ष्य के अनुसार जीवन जीने के लिए ज़रूरी सारे असंभव कार्य भी कर दिखाए।

मेरी एक क्लाइंट थी, जिसे अच्छे अभिभावक नहीं मिले। मेरी क्लाइंट के बचपन में ही उसकी माँ की मौत हो गई थी। जिसके बाद उसे पालने-पोसने की जिम्मेदारी उसकी दादी ने उठाई, जो वास्तव में बड़े ही कठोर और कटु स्वभाव की थी। वह इस बात को लेकर कुछ ज़्यादा ही चिंतित रहती थी कि कोई इंसान दिखने में कैसा है यानी उसकी सूरत और पहनावा कैसा है। पोती की परवरिश में आनेवाली सामान्य मुश्किलों के चलते वह उसके प्रति अपनी नाराज़गी को छिपा नहीं पाती थी। उसने अपनी पोती के साथ बहुत दुर्व्यवहार किया और रचनात्मकता, संवेदनशीलता और बुद्धिमत्ता जैसे उसके गुणों के लिए भी उसे दंडित किया। हालाँकि मेरी क्लाइंट के अपने पिता से बेहतर संबंध थे पर वे एक व्यसनी व्यक्ति थे। मेरी क्लाइंट ने उन्हें सँभालने की कोशिश भी की पर व्यसन करने की आदत के चलते उसके पिता को बहुत बुरी मौत मिली। शादी के बाद मेरी क्लाइंट एक बेटे की माँ बनी। पर उसने

---

[1] गणचिन्ह स्तंभ - कुलदेवता की तस्वीरोंवाला एक स्तंभ, जो किसी कबीले के निवासी तैयार करते हैं।

अपने बेटे के साथ ऐसा कोई व्यवहार नहीं किया, जो उसे अपने बचपन में झेलना पड़ा था। इसका परिणाम यह हुआ कि उसका बेटा एक सच्चे, आत्म-निर्भर, मेहनती और बुद्धिमान युवक के रूप में बड़ा हुआ। उसने अपने परिवार की दोषपूर्ण संस्कृति को और अधिक दोषपूर्ण बनाने के बजाय उसे सुधारा और बेहतर बनाया। अपने बेटे को उसने अच्छे संस्कारों की धरोहर दी। उसने अपने बेटे के जीवन पर अपने पूर्वजों के पापों का प्रभाव पड़ने से रोक दिया। इससे स्पष्ट होता है कि ऐसी चीज़ें करना भी संभव है।

कष्ट चाहे मानसिक हो, शारीरिक हो या बौद्धिक, यह ज़रूरी नहीं कि वह हर इंसान के अंदर शून्यवादी सोच (मूल्य, अर्थ और असमानता को कट्टरपंथी ढंग से अस्वीकार करना) पैदा कर दे। ऐसे कष्टों का प्रभाव हर बार अलग-अलग होता है।

उपरोक्त शब्द जर्मन दार्शनिक फ्रेडरिक नीत्शे के हैं। इन शब्दों से उनका आशय यह था : जिन लोगों के साथ बुरा होता है, उनके अंदर निश्चित ही दूसरों के साथ बुरा करने की इच्छा उठती है ताकि वे लोगों को बता सकें कि उनके साथ कितना गलत किया गया। पर यह भी संभव है कि बुराई का अनुभव करके कोई इंसान अच्छाई सीख जाए। जिस बच्चे को कभी बुली (तंग) किया गया हो, हो सकता है कि वह अपने जीवन में उन्हीं लोगों की नकल करने लगे, जिन्होंने उसे बुली (तंग) किया था। लेकिन यह भी संभव है कि खुद इस प्रताड़ना को झेलने के बाद वह सीख जाए कि किसी को बार-बार तंग करके उसके जीवन को नर्क बना देना गलत है और ऐसा नहीं करना चाहिए। अपनी माँ द्वारा पीड़ित रह चुका कोई इंसान अपने इस तकलीफदेह अनुभव से यह भी सीख सकता है कि एक अच्छा अभिभावक होना क्यों ज़रूरी है। बच्चों को शारीरिक और मानसिक रूप से प्रताड़ित करनेवाले कई वयस्क या यूँ कहें कि अधिकतर वयस्क वही लोग होते हैं, जो अपने बचपन में खुद किसी के हाथों प्रताड़ना झेल चुके होते हैं। लेकिन यह भी सच है कि बचपन में प्रताड़ित किए गए अधिकतर लोग अपने बच्चों को कभी प्रताड़ित नहीं करते। यह एक जाना-माना तथ्य है, जिसे अंकगणित का इस्तेमाल कर बड़ी आसानी से स्पष्ट किया जा सकता है। मान लीजिए कोई अभिभावक अपने तीन बच्चों को प्रताड़ित करता है और बड़े होने के बाद इन तीनों बच्चों के भी तीन-तीन बच्चे होते हैं और आगे की पीढ़ियों में भी यही सिलसिला जारी रहता है। तो इस तरह पहली पीढ़ी में कुल तीन लोग ऐसे होंगे, जो प्रताड़ित करते हैं, जबकि दूसरी पीढ़ी में ऐसे लोगों की

संख्या नौ होगी, तीसरी पीढ़ी में यह संख्या सत्ताइस होगी, जबकि चौथी पीढ़ी में चौरासी और आगे की पीढ़ियों में भी यही सिलसिला चलता रहेगा। यानी ऐसी बीस पीढ़ियों के बाद दस अरब से भी अधिक लोग अपने बचपन में प्रताड़ना का शिकार हो चुके होंगे। जी हाँ, दस अरब! जो पृथ्वी पर रहनेवाली कुल जनसंख्या से भी अधिक है। पर वास्तव में ऐसा नहीं हुआ क्योंकि आगे की पीढ़ियों में प्रताड़ना जैसा कुछ नहीं हुआ। लोगों ने इसे फैलने से रोक दिया। यह इस बात का जीता-जागता सबूत है कि इंसानी हृदय में अच्छाई, बुराई से कहीं ज़्यादा श्रेष्ठ है।

प्रतिशोध की इच्छा कितनी भी न्यायसंगत हो, वह रचनात्मक विचारों के रास्ते में बाधा खड़ी कर देती है। अमरीकी-अंग्रेजी कवि टी.एस. इलियट ने अपने नाटक 'द कॉकटेल पार्टी' में इसके कारणों पर प्रकाश डाला था। इस नाटक के एक किरदार का समय अच्छा नहीं चल रहा था। वह अपने मनोचिकित्सक को अपनी गहन नाखुशी के बारे में बताती है। उसे लगता है कि उसकी पीड़ा उसकी अपनी गलती है। मनोचिकित्सक यह सुनकर हैरान रह जाता है और इसका कारण पूछता है। जवाब में वह कहती है कि उसने इस बारे में बहुत सोच-विचार किया और इस नतीजे पर पहुँची है कि अगर यह उसकी अपनी गलती है, तो शायद वह इससे निपटने में सक्षम हो सकती है। पर अगर उसकी पीड़ा के पीछे ईश्वर की गलती है यानी अगर उसके जीवन की वास्तविकता अपने आप दोषपूर्ण है, जो उसे दुःख और पीड़ा देने पर तुली हुई है, तो फिर इसका अर्थ है कि उसका जीवन बरबाद हो चुका है। क्योंकि वह ईश्वर द्वारा तय की गई वास्तविकता को बदल नहीं सकती। पर हो सकता है कि वह अपनी वास्तविकता और अपना जीवन बदलने में ज़रूर सक्षम हो जाए।

बीसवीं सदी के एक भयानक दौर में जब रूसी उपन्यासकार और इतिहासकार एलेक्जेंडर सोलजेनिट्रसिन को सोवियत लेबर कैंप में कैद कर दिया गया, तो उनके पास अस्तित्व पर सवाल उठाने के ढेरों कारण थे। वे नाजी आक्रमण के समय रूसी सीमा पर एक सैनिक के रूप में काम कर चुके थे। यह वो दौर था, जब रूसी सेना नाजी आक्रमण झेलने के लिए पूरी तरह तैयार नहीं थी। एलेक्जेंडर सोलजेनिट्रसिन को उनके अपने लोगों ने ही गिरफ्तार करके मारा-पीटा, यातनाएँ दीं और फिर कैद में डाल दिया। इसके बाद उन्हें कैंसर हो गया। इतना सब कुछ झेलने के बाद उनके अंदर द्वेष और कड़वाहट आ सकती थी। इतिहास के दो सबसे क्रूर अत्याचारियों हिटलर और स्टालिन ने उनका जीवन बरबाद कर दिया था। उन्हें बहुत बदतर परिस्थितियों में रहना पड़ा और उनके जीवन का बहुत लंबा और बहुमूल्य समय इन परिस्थितियों

से संघर्ष करने में खर्च हो गया। उन्होंने अपने दोस्तों और परिचितों को गहरी पीड़ा भुगतते हुए और बेवजह मरते देखा था। इसके बाद वे एक बेहद गंभीर बीमारी की चपेट में आ गए। उनके पास ईश्वर को भला-बुरा कहने के ठोस कारण थे। संसार में इतनी तकलीफें बहुत कम लोगों को ही झेलनी पड़ती हैं।

इसके बावजूद इस महान लेखक और सत्य के प्रति उत्साही रक्षक ने खुद को प्रतिशोध और विनाश के रास्ते पर नहीं जाने दिया। बल्कि इसके बजाय उन्होंने अपनी आँखें खोल लीं। अपनी ढेरों समस्याओं के बीच वे ऐसे कई लोगों से मिले, जिन्होंने भयावह परिस्थितियों में रहने के बाद भी अपनी इंसानियत को बचाकर रखा था। एलेक्जेंडर ने इन लोगों के भले व्यवहार को गहराई से समझा। फिर उन्होंने खुद से सबसे मुश्किल सवाल पूछा कि क्या अपने जीवन की तबाही में उनका अपना हाथ भी था? अगर हाँ तो कैसे? उन्होंने अपने शुरुआती दौर में कम्युनिस्ट पार्टी (साम्यवादी दल) के प्रति अपने समर्थन को याद किया। उन्होंने अपने पूरे जीवन पर नए सिरे से विचार किया। लेबर कैंपों में सोच-विचार करने के लिए उनके पास पर्याप्त समय होता था। आखिर अतीत में वे यह क्यों नहीं समझ सके? कितने बार उन्होंने अपनी अंतरात्मा की आवाज के विरूद्ध काम किया और वे भी ये जानते हुए कि वे जो कर रहे हैं, वह गलत है? कितनी बार उन्होंने खुद को धोखा दिया और खुद से झूठ बोला? क्या सोवियत गुलाग (सोवियत संघ में लेबर कैंप चलानेवाली सरकारी संस्था) के उस कीचड़ भरे नर्क में कोई ऐसा तरीका था, जिससे एलेक्जेंडर अपने अतीत के पापों का प्रायश्चित करके पापमुक्त हो पाते?

एलेक्जेंडर सोलजेनिट्रसिन ने अपने जीवन को विस्तार से खंगाला। उन्होंने खुद से दो और सवाल पूछे। क्या अब मैं वे गलतियाँ करना बंद कर सकता हूँ और क्या अब मैं अपने अतीत की नाकामियों से हुए नुकसान की भरपाई कर सकता हूँ? उन्होंने चीज़ों पर गौर करने और शांति से सुनने की कला सीखी। उन्होंने ऐसे लोग तलाशे, जिनके प्रति उनके अंदर सराहना का भाव था : जो सारी विषम परिस्थितियों के बावजूद ईमानदार थे। उन्होंने अपने व्यक्तित्व के एक-एक पहलू को देखा और जो भी उन्हें गैरज़रूरी या नुकसानदायक लगा, उसे उन्होंने सुधार लिया। इसके बाद उन्होंने 'द गुलाग आर्कपिलैगो' नामक एक किताब लिखी, जिसमें सोवियत बंदी शिविर प्रणाली (सोवियत प्रिजन कैंप सिस्टम) का इतिहास बताया गया है। यह एक जबरदस्त किताब है, जिसे बिना किसी सच्चाई के भारी नैतिक बल के साथ लिखा गया है। यह सैकड़ों पन्नों पर असहनीय रूप से जताया गया आक्रोश है। सोवियत

संघ में इस किताब पर प्रतिबंध (तर्कसंगत कारणों से) लगा दिया गया। 1970 के दशक में यह किताब तस्करी के माध्यम से पश्चिमी लोगों तक पहुँची और फिर दुनिया पर छा गई। एलेक्जेंडर सोलजेनिट्रसिन की लेखनी ने आखिरकार दुनिया के सामने एक विचारधारा और समाज के रूप में कम्युनिज्म (साम्यवाद) की बौद्धिक विश्वसनीयता को बुरी तरह ध्वस्त कर दिया। एक तरह से उन्होंने अपनी कुल्हाड़ी से उन सारे पेड़ों को काट डाला, जिसके कड़वे फलों ने उन्हें इतनी बुरी तरह पोषित किया और जिनके बोने की प्रक्रिया को उन्हें खुद अपनी आँखों से देखा, एवं उसका समर्थन किया था।

भाग्य को कोसने के बजाय अपने जीवन को पूरी तरह बदलने के एक इंसान के निर्णय ने निरंकुश और अत्याचारी कम्युनिस्ट (साम्यवादी) शासन की विकृत प्रणाली की जड़ें हिला दी थीं। जल्द ही यह शासन व्यवस्था पूरी तरह ढह गई। इसके पीछे अकेले एलेक्जेंडर सोलजेनिट्रसिन का साहस भर नहीं था। इस किस्म का चमत्कार करनेवाले वे इकलौते व्यक्ति नहीं थे। इन लोगों में भारी अत्याचार का शिकार रहे लेखक वेक्लाव हेवेल - जो बाद में असंभव ढंग से पहले चेकोस्लोवाकिया और फिर नवनिर्मित चेक रिपब्लिक के राष्ट्रपति बने - और भारत के राष्ट्रपिता महात्मा गाँधी भी शामिल हैं।

सब बरबाद हो जाता है

लोगों ने वास्तविकता को आँकने से इनकार कर दिया है ताकि वे अस्तित्व की आलोचना कर ईश्वर पर दोष मढ़ सकें। इस मसले पर ओल्ड टेस्टामेंट के हिब्रूओं पर विचार करना दिलचस्प है। उनके घोर परिश्रम में एक खास किस्म का पैटर्न था। आदम और हव्वा, केन और एबल व नुआ एंड द टावर ऑफ बेबेल की कहानियाँ सचमुच बहुत प्राचीन हैं। ये कहानियाँ कब और कैसे पैदा हुईं, कोई नहीं जानता। जेनेसिस की बाढ़ की कहानी के बाद ही वास्तव में वह शुरू हुआ, जिसे आज हम इतिहास समझते हैं। इसकी शुरुआत अब्राहम से होती है। अब्राहम के वंशज ही ओल्ड टेस्टामेंट - जिसे हिब्रू बाइबिल भी कहते हैं - के हिब्रू लोग बने। उन्होंने यहोवा के साथ - ईश्वर के साथ - एक समझौता करके अपना ऐतिहासिक रोमांच शुरू किया।

एक महान व्यक्ति के नेतृत्व में हिब्रू लोग खुद को पहले एक समाज और फिर एक साम्राज्य के रूप में संगठित करते हैं। जैसे-जैसे उनकी किस्मत पलटती

है, उनकी सफलता उन्हें अहंकारी बना देती है। भ्रष्टाचार सर उठाने लगता है। तेजी से अमीर होता राजा और उसकी सरकार सत्ता के प्रति आसक्त हो जाते हैं और अनाथ बच्चों व विधवाओं के प्रति अपने कर्तव्यों को भूलकर ईश्वर से हुए अपने पुराने समझौते से भटक जाते हैं। फिर एक पैगम्बर सामने आता है। वह सार्वजनिक रूप से ईश्वर के सामने सत्तावादी राजा और धर्मविहीन देश की नाकामी का खुलासा करता है – जो बहुत ही साहसपूर्ण कार्य था – और बताता है कि ईश्वर इसकी कड़ी सजा देगा। उसके इन विद्वत्तापूर्ण शब्दों को पूरी तरह अनसुना तो नहीं किया जाता पर जब तक उन पर गौर किया जाता, तब तक बहुत देर हो चुकी होती है। ईश्वर अपने अड़ियल लोगों को दंड देता है, उन्हें लड़ाई में हार और विनाश का सामना करना पड़ता है और वे कई पीढ़ियों के लिए पराधीन हो जाते हैं। जिसके बाद हिब्रू लोग लंबा पश्चाताप करते हैं और ईश्वर के शब्दों का पालन न करने की अपनी गलती के लिए खुद को दोषी ठहराते हैं। वे खुद से जोर देकर कहते हैं कि उन्होंने जो किया, वह सब वे कहीं बेहतर ढंग से कर सकते थे। वे अपने राज्य का पुनर्निर्माण करते हैं और वह चक्र फिर से शुरू हो जाता है।

यही जीवन है। हम ऐसी संरचनाओं का निर्माण करते हैं, जिनके सुरक्षित दायरे में हम खुद रह सकें। हम परिवार, राज्य और देश बनाते हैं। फिर हम उन सिद्धांतों को अलग कर देते हैं, जिन्हें आधार बनाकर हमने वे संरचनाएँ खड़ी की थीं। इसके बाद हम एक विश्वास प्रणाली विकसित कर लेते हैं। शुरुआत में हम उन संरचनाओं और विश्वास प्रणालियों के दायरे में रहते हैं, ठीक वैसे ही जैसे आदम और हव्वा स्वर्ग में रहते थे। पर सफलता हमें लापरवाह बना देती है और हम ध्यान देना भूल जाते हैं। हमारे पास जो भी होता है, हम उसे हल्के में लेने लगते हैं। हम उसे अनदेखा करने लगते हैं। हम इस बात पर ध्यान ही नहीं दे पाते कि चीज़ें तेजी से बदल रही हैं या भ्रष्टाचार अपनी जड़ें जमा रहा है और इस तरह सब बरबाद हो जाता है। क्या ये वास्तविकता की या ईश्वर की गलती है? या फिर चीज़ें इसलिए बरबाद हो जाती हैं क्योंकि हम उन पर उतना ध्यान नहीं दे सके, जितना देना चाहिए?

जब प्रचंड तूफान के चलते अमरिका का न्यू ऑरलेंस शहर समुद्री लहरों में डूब गया था, तो क्या यह एक प्राकृतिक आपदा थी? नीदरलैंड के निवासी अपने तटबंधों को दस हज़ार वर्षों में आनेवाले दुनिया के सबसे खतरनाक तूफान से निपटने के लिए भी तैयार करके रखते हैं। अगर न्यू ऑरलेंस ने उनके इस उदाहरण का अनुकरण किया होता, तो कोई दुर्घटना होती ही नहीं। ऐसा नहीं है कि यह किसी को पता ही

नहीं था। सन 1965 के बाढ़ नियंत्रण एक्ट से पोन्ट्रचार्ट्रेन झील को रोककर रखनेवाली तटबंध व्यवस्था में सुधार लाने का रास्ता खुल गया था। यह सुधार कार्य 1978 तक पूरा हो जाना चाहिए था, पर चालीस साल बीतने के बाद भी 60 प्रतिशत काम ही पूरा हो पाया। जानबूझकर चीज़ों को अनदेखा करने की प्रवृत्ति और भ्रष्टाचार ने इस शहर को बरबाद कर दिया।

तूफान एक प्राकृतिक आपदा है, जो ईश्वर ही तय करता है। पर इससे बचाव की तैयारी करने में नाकाम होना पाप करने के बराबर है, खासकर तब जब हर किसी को अच्छी तरह मालूम है कि तूफान से बचाव की तैयारियाँ पूरी करने की सख्त ज़रूरत है। यह सामने मौजूद समस्या को अनदेखा करने की गलती है और ऐसा पाप करने का परिणाम मृत्यु ही होता है (रोमन 6:23)। प्राचीन यहूदी लोग कोई समस्या खड़ी होने पर या सब कुछ बरबाद होने की स्थिति में हमेशा खुद को ही दोष देते थे। उनके कर्म ऐसे होते थे, मानों उनमें ईश्वर की अच्छाई - वास्तविकता की अच्छाई पूर्ण विकसित हुई हो। वे अपनी नाकामियों के लिए अपनी जिम्मेदारी स्वीकार करते थे। यह बहुत ही जिम्मेदारीभरा तरीका है। जबकि इसके विपरीत दूसरा विकल्प है, वास्तविकता को आँकते हुए उसमें कमी निकालना, अस्तित्व की आलोचना करना और द्वेष व बदला लेने की इच्छा के अंधे कुँए में गिर जाना।

अगर आप पीड़ा भोग रहे हैं, तो असल में यही वह कसौटी है, जिस पर लोगों को खरा उतरना होता है। लोग बहुत सीमित किस्म के होते हैं और जीवन अपने आपमें त्रासद यानी दुःखद घटनाओं से भरा भी है। अगर आपकी पीड़ा असहनीय है और आप भ्रष्ट होने लगे हैं, तो ज़रा इस पर विचार करें।

अपने जीवन में सुधार लाएँ

अपनी परिस्थितियों पर विचार करें। छोटी शुरुआत करें। क्या आपने उन सभी मौकों का पूरा लाभ उठाया है, जो आपको दिए गए? क्या आप अपनी नौकरी या कॅरियर में कड़ी मेहनत कर रहे हैं या फिर आप कड़वाहट और द्वेष के चक्कर में पड़कर पिछड़ते जा रहे हैं? क्या आपने अपने परिवार के सदस्यों से अपने रिश्ते सुधार लिए हैं? क्या आप अपने जीवन-साथी और बच्चों से गरिमापूर्ण व सम्मानजनक व्यवहार करते हैं? क्या आप ऐसी आदतों के गुलाम हैं, जो आपके स्वास्थ्य और हितों के लिए सही नहीं है? क्या आप सचमुच अपनी जिम्मेदारियों को निभा रहे हैं? क्या आप अपने दोस्तों और परिवार के सदस्यों से वह सब कह पा रहे हैं, जो कहने की ज़रूरत है? क्या आपको पता है कि कुछ ऐसी चीज़ें हैं, जो अगर आप

कर सकें, तो आपकी स्थितियाँ बेहतर हो जाएँगी?

क्या आप अपने जीवन में सुधार ला पाए?

अगर इसका जवाब 'ना' है, तो अब ज़रा ये कोशिश करके देखिए : वह कार्य करना बंद कर दीजिए, जिसके बारे में आप जानते हैं कि वह गलत है। इसकी शुरुआत आज से ही कीजिए। अगर आप इस बात को लेकर निश्चिंत हैं कि आप जानते हैं कि वह गलत है, तो फिर खुद से ये सवाल करने में समय मत बरबाद कीजिए कि भला आपको कैसे पता कि आप जो कर रहे हैं, वह गलत है? खुद से ज़रूरत से ज़्यादा सवाल पूछना आपकी सोच को स्पष्ट करने के बजाय भ्रमित कर सकता है और आपको कर्म करने से दूर ले जा सकता है। बिना कारण जाने भी यह जानना संभव है कि कोई चीज़ गलत है या सही। यह संभव है कि आपका संपूर्ण अस्तित्व आपको कुछ ऐसा बताए, जिसे आप न तो समझ सकें और न ही जिसका स्पष्ट ब्यौरा दे सकें। हर इंसान इतना जटिल होता है कि वह खुद को पूरी तरह कभी नहीं समझ सकता और हम सबके पास वह प्रज्ञा होती है, जिसे हम समझ नहीं पाते।

सीधे शब्दों में कहूँ, तो जैसे ही आपको यह आशंका हो कि कोई ऐसा कार्य है, जो आपको नहीं करना चाहिए, तो बस उसे करना बंद कर दें, भले ही आपकी वह आशंका बहुत गहरी हो या नहीं। बस वह वाहियात कार्य करना बंद कर दें। वे बातें कहना बंद कर दें, जो आपको कमजोर या शर्मिंदा करती हों। बस वही बातें कहें, जो आपको सशक्त बनाती हों। अपने जीवन में बस वही करें, जिसके बारे में बात करते समय आपको गर्व महसूस हो।

आप चीज़ों को आँकने के अपने निजी मापदंडों का इस्तेमाल कर सकते हैं। अपने मार्गदर्शन के लिए आप स्वयं पर भरोसा कर सकते हैं। आपको व्यवहार के बाहरी और दूसरों द्वारा मनमाने ढंग से बनाए गए मापदंडों के अनुसार चलने की ज़रूरत नहीं है। (हालाँकि आपको अपनी संस्कृति के दिशा-निर्देशों को अनदेखा नहीं करना चाहिए। जीवन बहुत छोटा है और आपके पास इतना समय नहीं है कि आप हर चीज़ को खुद अपने ही बलबूते जान-समझ लें। अतीत के लोगों ने जो प्रज्ञा और बुद्धिमत्ता अर्जित की थी, उसके लिए उन्होंने कड़ी मेहनत की थी। इसीलिए हो सकता है कि आपके मृत पूर्वजों के पास आपको बताने के लिए ऐसा कुछ हो, जो आपके काम आ सके।)

पूँजीवाद को, कट्टरपंथी वामपंथ को या अपने दुश्मनों की दुष्टता को दोष न

दें। जब तक आप अपने अनुभवों को पूर्णत: व्यवस्थित न कर लें, तब तक समाज या राज्य के पुनर्गठन के चक्कर में न पड़ें। थोड़ी विनम्रता रखें। अगर आप अपने घर में शांति नहीं ला पा रहे हैं, तो फिर आप किसी शहर पर शासन करने के बारे में सोच भी कैसे सकते हैं? अपने आत्म-ज्ञान के अनुसार चलें और देखें कि आनेवाले कुछ दिनों में क्या परिणाम आता है। फिर जब आप ऑफिस में होंगे या काम कर रहे होंगे, तो पाएँगे कि आप असल में जो सोचते हैं, अब आपने वह कहना शुरू कर दिया। आप अपनी पत्नी, अपने पति, बच्चों या फिर अपने माता-पिता को यह बताने लगेंगे कि आप वाकई क्या चाहते हैं और आपको सचमुच किस चीज़ की ज़रूरत है। जब आपको पता होगा कि आपने कोई काम अधूरा छोड़ रखा है, तो आप अपनी इस गलती को ठीक करना शुरू कर देंगे। जब आप खुद से झूठ बोलना बंद कर देंगे, तो आपका मन हल्का रहेगा और आपके अंदर स्पष्टता आ जाएगी। जब आप बेकार के काम करना बंद कर देंगे, तो आपके अनुभव बेहतर होने लगेंगे। फिर आप ऐसे नए और छोटे-मोटे कर्मों को भी देख पाएँगे, जिन्हें आप गलत ढंग से कर रहे हैं। अब उन्हें भी करना बंद कर दीजिए। कुछ महीनों या सालों के लगातार प्रयासों से आपका जीवन पहले से कहीं अधिक आसान हो जाएगा। आपके निर्णय लेने की क्षमता में सुधार आएगा। आप अपने अतीत के बोझ से मुक्त हो जाएँगे और अपने भविष्य की ओर अधिक आत्मविश्वास से बढ़ पाएँगे। आप अपने जीवन को बेवजह मुश्किल बनाना बंद कर देंगे। इसके बाद आपके जीवन में बस वही अपरिहार्य परेशानियाँ आएँगी, जो सभी के जीवन में आती हैं। पर उनसे आपके अंदर कड़वाहट पैदा नहीं होगी और आप खुद से या किसी और से छल नहीं करेंगे।

शायद आपको पता चलेगा कि पहले से कम भ्रष्ट आपकी आत्मा अब पहले के मुकाबले कहीं अधिक सशक्त हो गई है और आपके जीवन में आनेवाली सारी अनिवार्य परेशानियों को सहन करने में सक्षम है। शायद आप उन परेशानियों का सामना करना भी सीख जाएँगे, जिससे वे एक पतित नर्क में तब्दील होने के बजाय बस परेशानियाँ ही बनी रहेंगी। फिर शायद आपकी व्यग्रता, निराशा, आक्रोश और गुस्सा - जो शुरू में कितने भी जानलेवा रहे हों - भी कम होते जाएँगे। फिर शायद आपकी ईमानदार और भ्रष्टता से दूर आत्मा आपकी अपनी अतिसंवेदनशीलता के सामने अपने अस्तित्व को अच्छाई के रूप में देख सकेंगी, जिसका उत्सव मनाना चाहिए। फिर शायद आप शांति और अच्छाई को बढ़ावा देनेवाला सशक्त बल बन जाएँगे।

इसके बाद शायद आप यह देख सकेंगे कि अगर हर किसी ने अपने जीवन में यही सब किया होता, तो शायद यह संसार इतना बुरा नहीं होता। अगर इस दिशा में निरंतर प्रयास होते, तो शायद यह एक परेशानी का स्थान नहीं होता। कौन जाने कि अगर हम सब सर्वश्रेष्ठ या अच्छा करने के लिए प्रयासरत हों, तो जीवन और अस्तित्व कैसा हो जाएगा? कौन जाने कि सत्य से शुद्ध हुई हमारी आत्मा अगर इस गिरे हुए संसार में रहकर भी आसमान की ऊँचाई को अपना लक्ष्य बनाए, तो कौन से अनंत आकाश स्थापित कर डाले?

दुनिया की आलोचना करने से पहले अपना घर सँभालें।

7

वह हासिल करने की कोशिश करें, जो अर्थपूर्ण हो, न कि वह जो सुविधाजनक हो

कोई काम तभी तक करें, जब तक उसके परिणाम आपके काम के हों

यह स्पष्ट है कि जीवन एक संघर्ष है। यह संसार का सबसे बुनियादी सच है, जिसे कोई नहीं झुठला सकता। मूल रूप में यह वही बात है, जो ईश्वर ने आदम और हव्वा को स्वर्ग से निकालते समय कही थी।

> ईश्वर ने हव्वा से कहा, 'मैं तुम्हारी गर्भावस्था में तुम्हें बहुत दुःखी करूँगा और जब तुम बच्चों को जन्म दोगी तो तुम्हें बहुत पीड़ा होगी। उस समय तुम्हें अपने पति की चाहत होगी और वह भी तुम पर अपना प्रभुत्व बनाकर रखेगा।'
>
> इसके बाद ईश्वर ने आदम से कहा, 'मैंने चेतावनी दी थी कि तुम उस विशेष पेड़ का वर्जित फल मत खाना। लेकिन तुमने मेरी चेतावनी को गंभीरता से लेने के बजाय अपनी पत्नी की बात सुनी और वर्जित फल खा लिया। इसलिए अब मैं तुम्हें यह श्राप देता हूँ कि अपने पूरे जीवनकाल में तुम्हें इस धरती पर भोजन पाने के लिए कड़ी मेहनत करनी पड़ेगी।
>
> तुम वे पेड़-पौधे खाओगे, जो खेतों में उगते हैं पर यह धरती तुम्हारी मुश्किलें बढ़ाने के लिए हमेशा काँटेदार पौधे ही पैदा करती रहेगी।
>
> तुम्हें अपने भोजन के लिए कठिन परिश्रम करना होगा। तुम तब तक कठिन परिश्रम करोगे, जब तक तुम्हारे माथे पर पसीना न आ जाए और जब तक तुम्हारी मृत्यु न हो जाए। फिर तुम्हारा यह शरीर दोबारा मिट्टी में मिल जाएगा। जब मैंने तुम्हें बनाया था, तो इसी मिट्टी से बनाया था

और जब तुम मरोगे, तो दोबारा इसी मिट्टी में मिल जाओगे।' (जेनेसिस 3:16-19. केजेवी)

तो फिर इस बारे में और क्या किया जा सकता है?

इसका सबसे आसान, स्पष्ट और सीधा जवाब यही है कि आनंद पाने की कोशिश करो। अपने आवेगों के अनुसार चलो। इस पल में जियो। वह करो जो सुविधाजनक हो। झूठ बोलो, धोखा दो, चोरी करो, झांसा दो, धूर्तता करो - बस यह सब करते समय पकड़ मत जाओ। अंतत: इस निरर्थक ब्रह्माण्ड में इससे भला क्या फर्क पड़ेगा? और यह कोई नया विचार नहीं है। यह एक तथ्य है कि जीवन में त्रासदी और पीड़ा का सामना करना पड़ता है क्योंकि यह सब जीवन का हिस्सा है। और अपने स्वार्थ को तत्काल संतुष्ट करने के, अपने प्रयासों को सही ठहराने के लिए इस तथ्य का इस्तेमाल बहुत लंबे समय से किया जा रहा है।

> हमारा जीवन बहुत छोटा और पीड़ा से भरा हुआ है। जब इंसान मरनेवाला होता है, तो कोई उपचार काम नहीं आता और जहाँ तक हमें पता है, एक बार अधोलोग जाने के बाद आज तक वहाँ से कोई नहीं लौटा है।
>
> हमने संयोग से जन्म लिया और एक समय ऐसा भी आएगा, जब लगेगा, मानो हम कभी यहाँ थे ही नहीं। हमारी साँस धुआँ मात्र है और विचार हमारे हृदय के धड़कन की चिंगारी जैसे हैं।
>
> यह चिंगारी बुझने के बाद हमारा शरीर राख बन जाएगा और प्राण शून्य आकाश में कहीं लुप्त हो जाएँगे। समय के साथ हमारा नाम तक भुला दिया जाएगा और हमारे कर्म किसी को याद नहीं रहेंगे। हमारा जीवन आकाश में तैरते बादलों के किसी झुंड की तरह यहाँ से गुज़र जाएगा और उस कुहरे की तरह विलीन हो जाएगा, जो सूर्य की किरणों से छितराकर उसकी गर्मी से लुप्त हो जाता है।
>
> हमारा जीवनकाल छाया की तरह गुज़रता है और हमारा अंत टाला नहीं जा सकता क्योंकि उस पर पहले ही मुहर लग चुकी है और इसके बाद पीछे लौटने का कोई रास्ता नहीं बचता।
>
> तो आओ, जब तक हम जवान हैं, तब तक पूरी उत्सुकता से वर्तमान में मौजूद अच्छी चीज़ों का उपभोग करें और सृष्टि की इस रचना का भरपूर इस्तेमाल करें।

चलो, शानदार मदिरा का और महकते इत्र का भरपूर आनंद उठाएँ, साथ ही बसंत के किसी भी फूल को अपने हाथों से जाने न दें।

इससे पहले कि गुलाब की कलियाँ मुरझा जाएँ, हमें उनका मुकुट गूँथकर पहन लेना है।

हमारे इस आनंदोत्सव से कोई न बचे। हम चारों ओर अपने इस आमोद-प्रमोद के निशान छोड़ जाएँगे क्योंकि यही तो हमारा हिस्सा, हमारा भाग्य है।

चलो, हम सब गरीब धर्मात्मा पर अत्याचार करें, यहाँ तक कि किसी विधवा को भी न छोड़ें और किसी बुजुर्ग के पके बालों का भी आदर न करें।

पर न्याय का मानदंड ही हमारी शक्ति हो क्योंकि दुर्बलता किसी काम की नहीं है। (विजडम 2:1-11, आरएसवी)

सुविधाजनक चीज़ का आनंद भले ही पलभर का हो, पर आखिर है तो आनंद ही और यही एक चीज़ है, जो जीवन के भय और दर्द के खिलाफ है। जैसा कि प्राचीन कहावत में बताया गया है कि हर इंसान को अपने हित के बारे में सोचना चाहिए और वह भी दूसरों की परवाह किए बिना। जब भी अवसर मिले, तो क्यों न वह सब ले लिया जाए, जो लेना संभव है? आखिर इस ढंग से जीने का दृढ़ संकल्प क्यों न ले लिया जाए?

या फिर इसका कोई और विकल्प भी है, जो इससे कहीं अधिक सशक्त और सम्मोहक है?

हमारे पूर्वजों ने इस तरह के सवालों के बहुत ही कठिन जवाब दिए हैं इसलिए हम अब भी उन जवाबों को अच्छी तरह नहीं समझ पाए हैं। क्योंकि उनके ज़्यादातर जवाब संकेतों की तरह अस्पष्ट हैं - जो मूल रूप से सिर्फ अनुष्ठानों और मिथकों (मान्यता) में ही व्यक्त होते हैं और अभी तक पूर्णत: व्यक्त नहीं हो पाए हैं। हम उन्हें अपने व्यवहार में उतार लेते हैं और अपनी कहानियों में पेश करते हैं, पर हम अब भी इतने बुद्धिमान नहीं हुए हैं कि उनकी खुलकर व्याख्या कर सकें। हम अब भी नौसिखिया ही हैं। हमें पता है कि हमें कैसा व्यवहार करना चाहिए। हम जानते हैं कि कौन कितना श्रेष्ठ है और क्यों है। हमने यह सब अपने अनुभवों से ही सीखा

है। हमारे ज्ञान को दूसरों के साथ हुए हमारे वार्तालाप से आकार मिला है। हमने पहले से ही अपनी दैनंदिन क्रियाएँ और व्यवहार के पैटर्न्स स्थापित कर लिए हैं - पर हम न तो उन्हें समझते हैं और न ही यह जानते हैं कि उनकी उत्पत्ति कैसे हुई। वे बहुत लंबे समय में विकसित हुए हैं। कोई भी उन्हें स्पष्ट रूप से तैयार करने की कोशिश नहीं कर रहा था (कम से कम हालिया अतीत में तो ऐसा कोई नहीं कर रहा था)। हालाँकि हम हमेशा से एक-दूसरे को यह बताते आए हैं कि हमें कैसा व्यवहार करना चाहिए। ज़्यादा पुरानी बात नहीं है, पर एक दिन हमारी बेहाशी टूट गई। हम पहले से ही जो व्यवहार कर रहे थे, उसे हमने होश में देखना शुरू कर दिया। अपने कर्मों का वर्णन (Represent) करने के लिए हम अपने शरीर को उपकरणों की तरह इस्तेमाल करने लगे। हमने नकल करना और नाटक करना शुरू कर दिया। हमने अपने अनुष्ठान गढ़ लिए और अपने अनुभवों के अनुसार कर्म करने लगे। फिर हमने कहानियाँ बताना शुरू कर दिया। अपनी नाटकबाजी पर गौर करके सामने आई बातों को हमने इन कहानियों में पिरोना शुरू कर दिया। इस तरह जो सूचना पहले सिर्फ हमारे व्यवहार में समाई हुई थी, उसे कहानियों में पेश किया जाने लगा। पर हमें यह नहीं पता था कि इन सब चीज़ों का अर्थ क्या है। आज भी हमें इसका अर्थ पता नहीं है।

बाइबिल में दी गई स्वर्ग और पतन की कहानी ऐसी ही एक कहानी है, जो हमारी कई शताब्दियों की सामूहिक कल्पना से गढ़ी गई है। यह अस्तित्व के स्वभाव का गहराई से महत्त्व बताती है और अवधारणा व क्रिया के ऐसे तरीके की ओर इशारा करती है, जो हमारे स्वभाव से मेल खाता है। जैसा कि इस कहानी में बताया गया है कि ईडेन के बगीचे में आत्म-चेतना आने से पहले इंसान पापरहित था। हमारे आदिम माता-पिता आदम और हव्वा ईश्वर के साथ चले। फिर जहरीले साँप द्वारा दिए गए प्रलोभन में फँसकर इस पहले जोड़े ने अच्छाई और बुराई के ज्ञानवाले पेड़ का फल चख लिया। इस तरह उन्होंने मृत्यु और नाजुकपन की खोज करने के पश्चात वे ईश्वर से दूर हो गए। इंसानों को स्वर्ग से निष्कासित कर दिया गया और फिर उन्होंने अपने नश्वर अस्तित्व की शुरुआत की, जिसे बनाए रखने के लिए उन्हें निरंतर प्रयत्नशील रहना पड़ता है। इसके बाद उनके बीच जल्द ही बलिदान का विचार घर कर जाता है और इसकी शुरुआत होती है, केन और एबल की घटना से। फिर अब्राहम संबंधी रोमांचों और एक्सोडस (बाइबिल की एक कथा, जो प्राचीन मिश्र से इजराइलियों द्वारा किए गए सामूहिक प्रस्थान का चित्रण करती है) की कहानियाँ आती हैं : काफी सोच विचार के बाद संघर्ष करनेवाले लोगों को

पता चलता है कि ईश्वर से भी मदद ली जा सकती है और उचित बलिदान करके उसके क्रोध से भी बचा जा सकता है। इसके साथ ही यह भी पता चला कि हत्या करने और खून बहाने जैसी हरकतें वे लोग करते हैं, जो इस तरीके को अपनाकर सफल होने में असमर्थ होते हैं।

संतुष्टि में विलंब

बलिदान करके हमारे पूर्वजों ने एक प्रस्ताव पर विचार करना शुरू किया, उसे शब्दों में इस प्रकार से जाहिर किया जा सकता है : वर्तमान में कोई मूल्यवान चीज़ छोड़कर ही भविष्य में कुछ हासिल किया जा सकता है। अगर आप याद करें, तो ईश्वर ने आदम को श्राप देकर यह तय किया था कि उसे काम करना होगा। उनका यह श्राप आदम के साथ-साथ उसके पूरे वंश के लिए था। यह आदम व हव्वा द्वारा किए गए मूल पाप (ओरिजिनल सिन) का परिणाम था। आदम द्वारा अपने अस्तित्व की मूल सीमाओं, अपनी नाजुकता और अंततः होनेवाली अपनी मृत्यु को पहचानना, उसके द्वारा भविष्य की खोज करने के बराबर है। भविष्य में जाकर ही तो आपकी मृत्यु होती है (उम्मीद करता हूँ कि ऐसा बहुत जल्द नहीं होगा)। आपकी मृत्यु को कर्म के माध्यम से और भविष्य में कुछ पाने के लिए वर्तमान के बलिदान के माध्यम से रोका जा सकता है। ऐसा इसलिए क्योंकि बलिदान के विचार का परिचय बाइबिल के उस अध्याय में दिया गया है, जो आदम और हव्वा के पतन का चित्रण करनेवाले अध्याय के तुरंत बाद आता है। कार्य और बलिदान में बहुत छोटा सा फर्क है, ये दोनों ही विशिष्ट रूप से मानवीय कर्म भी हैं। कई बार जानवर ऐसा व्यवहार करते हैं, मानों वे कर्म कर रहे हों, जबकि वास्तव में वे बस अपनी प्रकृति के आदेशों का पालन कर रहे होते हैं। जैसे ऊदबिलाव नामक प्राणी अपने लिए बाँध बनाते हैं। वे ऐसा इसलिए करते हैं क्योंकि वे ऊदबिलाव हैं और ऊदबिलाव ही बाँध बनाते हैं। वे बाँध बनाते समय यह नहीं सोचते कि 'इससे बेहतर तो मैं मेक्सिकों के किसी समुद्रतट पर अपनी प्रेमिका के साथ होता।'

प्रायोगिक तौर पर इस तरह का बलिदान या कर्म दरअसल संतुष्टि में देरी जैसा है पर इतनी महत्वपूर्ण चीज़ का यह बड़ा साधारण वर्णन होगा। अंत में खोज यह है कि संतुष्टि पाने में विलंब भी किया जा सकता है। इसके साथ ही यह समय और कारण-प्रभाव के आपसी संबंध की भी खोज थी। हमें काफी पहले से ही यह एहसास होने लगा था कि वास्तविकता की बनावट ऐसी है कि हम इसके साथ सौदेबाजी कर सकते हैं। हमने सीखा कि वर्तमान में उचित व्यवहार करने से हमें

भविष्य में इसका पुरस्कार मिल सकता है। जैसे वर्तमान में दूसरों की दशा पर विचार करना और अपने आवेगों पर नियंत्रण रखना। यह वो भविष्य है, वह समय और स्थान है, जिसका फिलहाल कोई अस्तित्व नहीं है। हमने अपने त्वरित आवेगों को रोकना, नियंत्रित करना और व्यवस्थित करना शुरू कर दिया ताकि हम दूसरों के मामलों में और अपने भविष्य में हस्तक्षेप करना बंद कर सकें। इसे 'समाज को संगठित करने' से अलग करके देखना संभव नहीं था : हमारे आज के प्रयासों और आनेवाले कल की गुणवत्ता के बीच मौजूद सहज संबंध की खोज ने इस सामाजिक अनुबंध को प्रेरित किया। यहाँ सामाजिक अनुबंध का अर्थ है, वह संगठन जो आज के कार्यों को (मुख्यत: दूसरों द्वारा किए गए वादों के रूप में) विश्वसनीय ढंग से संग्रह कर सके।

प्रज्ञा या समझ को व्यक्त करने से पहले ही कर्म में उसका इस्तेमाल कर लिया जाता है (ठीक वैसे ही जैसे एक बच्चा शब्दों का इस्तेमाल करके यह बता सके कि माँ या पिता का अर्थ क्या होता है, उससे पहले ही वह अपने माता-पिता के साथ एक संतान के तौर पर सहज गतिविधियाँ कर चुका होता है)। ईश्वर के सामने बलिदान का अनुष्ठान करने का अर्थ- प्राचीन रूप से 'विलंब की उपयोगिता' के विचार को कर्म में व्यक्त करना था। भुक्खड़ों की तरह सारा भोजन सफाचट करना और थोड़ा सा खाना परिवार के किसी सदस्य के लिए बचाकर रखना, यह सीखने के बीच एक लंबी वैचारिक यात्रा करनी होती है। हमें यह सीखने में काफी लंबा समय लगा कि हमें अपनी चीज़ों को बचाकर भी रखना चाहिए ताकि हम बाद में स्वयं उनका इस्तेमाल कर सकें या किसी और से उसे साझा कर सकें। (खुद के लिए बचाकर रखने और दूसरे के लिए बचाकर रखने में ज़्यादा फर्क नहीं है। क्योंकि पहले मामले में आप दूसरों से और दूसरे मामले में भविष्य में मौजूद खुद से ही साझा करते हैं।) अपने सामने मौजूद हर चीज़ को किसी भेड़िए की तरह स्वार्थपूर्ण ढंग से सफाचट कर जाना बहुत आसान होता है। ऐसी कई लंबी वैचारिक यात्राएँ हैं, जो इंसान ने विलंब और इसकी कल्पना के संदर्भ में नए और जटिल तरीके सीखने के दौरान की हैं। जैसे अल्पकालिक साझापन, भविष्य के लिए बचाकर रखना, बचाकर रखे गए भंडार के प्रतिनिधित्व के लिए उसे रिकॉर्ड के रूप में रखना और बाद में करेंसी के रूप में... आखिरकार बैंक और अन्य सामाजिक संस्थाओं में पैसा बचाकर रखना। कुछ अवधारणाओं को मध्यस्थ के रूप में भी काम करना पड़ा वरना बलिदान, कर्म और उनके प्रतिनिधित्व से संबंधित ढेरों तरीके और विचार कभी अस्तित्व में आते ही नहीं।

हमारे पूर्वज एक कथा, एक काल्पनिक कहानी के दायरे में कर्म कर रहे थे: हमारे भाग्य को नियंत्रित करनेवाले बल को उन्होंने आत्मा का नाम दे दिया, जिसके साथ सौदेबाजी करना संभव था, मानो वह भी हमारी ही तरह कोई इंसान हो। और सबसे हैरानी की बात यह है कि उनका ये तरीका कारगर सिद्ध हुआ। आंशिक रूप से ऐसा इसलिए हुआ क्योंकि भविष्य काफी हद तक अन्य इंसानों से मिलकर निर्मित होता है। ये अक्सर वे लोग होते हैं, जिन्होंने आपके अतीत के व्यवहार के छोटे से छोटे हिस्से पर भी गौर किया हो, उसे आँका हो और उसका मूल्यांकन किया गया हो। यह उस ईश्वर के विचार से ज़्यादा अलग नहीं है, जो कहीं आसमान में बैठकर हमारे हर कदम पर नज़र रखता है और उसका रिकॉर्ड भी रखता है ताकि भविष्य में किसी महान पुस्तक में संदर्भ देने के लिए उसका इस्तेमाल कर सके। 'भविष्य एक पिता है, जो मूल्यांकन करता है।' यह एक उत्पादक प्रतीकात्मक विचार है। यह एक अच्छी शुरुआत है। पर बलिदान और कर्म की खोज के चलते इससे दो अतिरिक्त मूलभूत और मूल-आदर्श संबंधी सवाल उठते हैं। दोनों ही सवाल कर्म के पीछे मौजूद तर्क के चरम विस्तार से जुड़े हैं, जो कुछ और नहीं बल्कि भविष्य में कुछ हासिल करने के लिए वर्तमान में बलिदान देना है।

पहला सवाल। क्या बलिदान होना चाहिए? हो सकता है कि छोटे बलिदान छोटी समस्याओं को सुलझाने के लिए पर्याप्त हों। पर बड़े और अधिक व्यापक बलिदानों के माध्यम से एक साथ कई बड़ी और जटिल समस्याएँ सुलझाना भी संभव है। हालाँकि ऐसा करना मुश्किल होता है, पर इससे परिणाम ज़रूर बेहतर हो सकते हैं। उदाहरण के लिए हमेशा पार्टी करने और घूमने-फिरनेवाले एक अंडरग्रेजुएट के लिए मेडिकल कॉलेज में दाखिला लेकर वहाँ के अनुशासित माहौल में रहना, उसकी बेलगाम किस्म की जीवनशैली के लिए एक बड़े झटके जैसा हो सकता है। ऐसी जीवनशैली छोड़ना एक किस्म का बलिदान ही तो है। पर अगर जॉर्ज डब्ल्यू. के शब्दों में कहें तो मेडिकल कॉलेज से पढ़कर निकला एक डॉक्टर निश्चित ही अपने परिवार का पालन-पोषण कर सकता है। जो कि एक बड़ी समस्या को हल करने के बराबर है। इसीलिए भविष्य को बेहतर बनाने के लिए बलिदान महत्वपूर्ण होते हैं और बड़े व व्यापक बलिदान तो अधिक बेहतर परिणाम दे सकते हैं।

दूसरा सवाल (या यूँ कहें कि संबंधित सवालों का एक पूरा जत्था) : हमने पहले ही यह बुनियादी सिद्धांत स्थापित कर दिया है कि बलिदान करने से भविष्य बेहतर होता है। पर जब कोई सिद्धांत स्थापित हो जाता है, तो उसे उभारना भी होता

है। उसके महत्त्व और योग्यता को विस्तार से समझना ज़रूरी होता है। सबसे तीव्र मामलों के संदर्भ में देखा जाए, तो इस विचार में क्या निहित है कि बलिदान करने से भविष्य बेहतर होता है, इस मूलभूत सिद्धांत की आखिरी सीमा क्या है? इसके लिए सबसे पहले हमें पूछना होगा कि 'सबसे बड़ा, सबसे प्रभावी और सबसे सुखदायक बलिदान क्या होगा?' और फिर ये पूछना होगा कि 'अगर सबसे प्रभावी बलिदान दे दिया जाए तो उससे हासिल होनेवाला संभावित भविष्य कितना अच्छा होगा?'

जैसा कि आपको पहले भी बताया गया था कि बाइबिल में दी गई केन और एबल की कहानी आदम और हव्वा को स्वर्ग से निकाले जाने के तुरंत बाद आती है। केन और एबल वास्तव में पहले इंसान थे क्योंकि उनके माता-पिता यानी आदम और हव्वा सामान्य ढंग से पैदा नहीं हुए थे बल्कि सीधे ईश्वर द्वारा निर्मित किए गए थे। केन और एबल ईडेन के बगीचे में नहीं रहते थे, वे तो इतिहास का हिस्सा हैं। उन्हें ईश्वर को प्रसन्न करने के लिए कर्म करना था, बलिदान देना था। वे उचित अनुष्ठान व अन्य कई तरीकों से ऐसा करते भी हैं पर फिर हालात ज़रा जटिल हो जाते हैं। क्योंकि एबल की भेंट से तो ईश्वर प्रसन्न हो जाते हैं, पर केन की भेंट से नहीं। इसके बाद एबल को कई बार बहुत कुछ मिलता है, पर केन को कुछ नहीं मिलता। यह स्पष्ट नहीं होता कि ऐसा क्यों हो रहा है (हालाँकि कहानी दृढ़ संकेत देती है कि केन ये सब पूरे मन से नहीं कर रहा है)। शायद केन ने ईश्वर के सामने जो भेंट रखी, उसकी गुणवत्ता अच्छी नहीं थी या शायद केन के अंदर ईर्ष्या का भाव था या फिर यह भी हो सकता है कि ईश्वर खुद अपने किन्हीं गुप्त कारणों से खीझा हुआ हो। हालाँकि यह कहानी वास्तविक है लेकिन इसकी व्याख्या अस्पष्ट है। हर बलिदान की गुणवत्ता समान नहीं होती। इसके अलावा ऐसा भी नहीं नज़र आता कि स्पष्ट रूप से उच्च गुणवत्तावाले बलिदान को बेहतर भविष्य का पुरस्कार ज़रूर मिलता हो - और यह स्पष्ट नहीं है कि ऐसा क्यों होता है। ईश्वर प्रसन्न क्यों नहीं होता? उसे प्रसन्न करने के लिए क्या करना होगा? ये बड़े ही मुश्किल किस्म के सवाल हैं - और हर कोई, हर वक्त यही सवाल पूछ रहा है। भले ही लोग इस बात पर गौर न कर पाते हों कि वे सचमुच ऐसा कर रहे हैं।

ऐसे सवालों को अपनी सोच से अलग करके नहीं देखा जा सकता।

हमें इस बात का एहसास बहुत मुश्किल से हुआ था कि खुशी को कुछ समय के लिए टालना हमारे काफी काम आ सकता है। क्योंकि यह हमारी प्राचीन और मौलिक पशु प्रवृत्ति के बिलकुल विपरीत है, जो तत्काल संतुष्टि की माँग करती

है (खासतौर पर अभाव की स्थिति में और ऐसी स्थिति आना न सिर्फ अनिवार्य है बल्कि बहुत आम बात भी है)। इस मामले को और जटिल बनानेवाली एक चीज़ यह भी है कि आनंद पाने में इस प्रकार विलंब करना या उसे टालना तभी काम आता है, जब सभ्यता इस हद तक स्थापित हो चुकी हो कि आनंद टालने के कर्म को भविष्य में पुरस्कृत करने का आश्वासन दे सके। आप जो कुछ भी बचाकर रखते हैं, अगर उसे कोई नष्ट कर सकता हो या इससे भी बुरा, उसे कोई चुरा सकता हो, तो फिर उसे बचाकर रखने का कोई अर्थ नहीं रह जाएगा। यही कारण है कि जब किसी भेड़िये के सामने लगभग बीस पाउंड की मात्रा में माँस रखा हो, तो वह उसे बाद के लिए बचाकर नहीं रखता बल्कि एक बार में ही पूरा खा जाता है। कोई भी भेड़िया ऐसा नहीं सोचता कि 'जब मैं लगातार ज़रूरत से ज़्यादा माँस खाता हूँ, तो मुझे यह पसंद नहीं आता। इससे बेहतर मुझे अगले सप्ताह के लिए कुछ बचाकर रखना चाहिए।' तो फिर ये दो असंभव और आवश्यक रूप से समकालीन उपलब्धियाँ (आनंद में विलंब और समाज का भविष्य में स्थापित होना) कैसे प्रकट हुईं?

यह एक पशु से इंसान बनने की विकासपरक प्रगति है। इसमें कोई दोराय नहीं कि अगर विस्तार से देखा जाए तो इसमें कई गलतियाँ नज़र आएँगी। पर हमारे काम आने के लिहाज से देखें, तो यह काफी हद तक सही साबित हुई है : पहली बात तो यह है कि इस प्रगति में भोजन की बहुतायत रही है। प्राचीनकाल में विशालकाय हाथियों और अन्य विशालकाय जानवरों के शव लोगों का भोजन बन जाते थे (प्राचीन काल में हम इंसान, बहुत से या यूँ कहें कि सारे विशालकाय हाथियों को अपना भोजन बना चुके हैं)। एक विशालकाय पशु को भोजन के लिए मारने के बाद, उसके शव का काफी सारा हिस्सा बाद में काम आने के लिए भी बच जाता था। पहले-पहल तो यह आकस्मिक तौर पर ही हुआ, पर आखिरकार हर किसी को 'बाद के लिए बचाने' के महत्त्व का एहसास होने लगा। इसी दौरान बलिदान की कुछ अस्थायी धारणाएँ भी विकसित हुईं, जैसे 'भले ही मेरी इच्छा हो कि मैं अपने सामने मौजूद भोजन को अभी के अभी पूरा खा जाऊँ पर अगर मैं इसका कुछ हिस्सा बाद के लिए भी बचा लेता हूँ, तो मुझे बाद में भूखा नहीं रहना पड़ेगा।' फिर यह अस्थायी धारणा अगले स्तर पर पहुँच जाती है (अगर मैं अपने भोजन का कुछ हिस्सा बाद के लिए बचा लेता हूँ, तो बाद में न तो मुझे भूखा रहना पड़ेगा, न मेरे प्रियजनों को)। इसके बाद यही धारणा इससे भी आगे के स्तर पर पहुँच जाती है (मैं इस विशालकाय हाथी को अकेले पूरे का पूरा नहीं खा पाऊँगा और न ही मैं इसे लंबे समय तक बचाकर रख सकूँगा, तो शायद मुझे इसका कुछ हिस्सा अन्य लोगों

को खाने के लिए दे देना चाहिए। फिर हो सकता है कि वे मेरे इस कार्य को याद रखें और जब कभी उनके पास अतिरिक्त भोजन होगा और मेरे पास बिलकुल नहीं होगा, तो वे मुझे भूखा नहीं रहने देंगे। इस तरह मैं अभी भी थोड़ा भोजन कर सकूँगा और बाद में भी। यह एक अच्छा सौदा है और हो सकता है कि आज मैं जिन लोगों के साथ अपना भोजन साझा कर रहा हूँ, वे मुझ पर सामान्यत: अधिक विश्वास करने लगें। इसके बाद संभव है कि हम आपस में हमेशा ऐसे सौदे कर सकें)। इस लिहाज से 'भोजन' दरअसल 'भविष्य का भोजन' बन जाता है और भविष्य का भोजन 'व्यक्तिगत प्रतिष्ठा बन जाता है।' यही सामाजिक अनुबंध का उदय है।

दूसरों से साझा करने का अर्थ यह नहीं है कि आप अपनी महत्वपूर्ण चीज़ भी दूसरे को दे दें और बदले में आपको कुछ न मिले। हर बच्चा जो अपनी चीज़ को दूसरों से साझा नहीं करता, वह दरअसल इसी बात से घबराता है। साझा करने का अर्थ है, उचित ढंग से सौदा करने की प्रक्रिया शुरू करना। जो बच्चा अन्य बच्चों से कुछ साझा नहीं कर सकता – कोई सौदा नहीं कर सकता – उसके दोस्त नहीं बन सकते क्योंकि दोस्तों का होना सौदे का ही एक रूप है। बेंजामिन फ्रैंकलिन ने एक बार कहा था कि 'किसी इलाके में नया–नया आया कोई व्यक्ति अपने किसी नए पड़ोसी को एक पुरानी कहावत याद दिलाते हुए एक एहसान माँगता है। वह कहता है कि जिस व्यक्ति ने तुम्हारे साथ कभी किसी मसले पर दयालुता दिखाई है, वह दोबारा ऐसा कुछ करने के लिए उस व्यक्ति की अपेक्षा अधिक तैयार होगा, जिसके साथ तुमने कभी दयालुता दिखाई होगी।' फ्रैकलिन के अनुसार, किसी से कुछ माँगना (स्वाभाविक रूप से कोई बहुत बड़ी चीज़ नहीं) सामाजिक आदान–प्रदान का सबसे कारगर और सबसे त्वरित निमंत्रण है। जब उस व्यक्ति ने अपने पड़ोसी से एहसान माँगा, तो दरअसल इससे पड़ोसी को यह मौका मिला कि वह इस नए व्यक्ति के सामने पहली ही मुलाकात में खुद को एक अच्छा इंसान साबित कर सके। इसका अर्थ यह भी था कि अब वह पड़ोसी उस नए व्यक्ति पर एहसान करने के बदले में उससे कोई एहसान माँग सकता है क्योंकि एक बार एहसान करने से उन दोनों के बीच अब आपसी परिचय और विश्वास बढ़ गया है। इस लिहाज से अब वे दोनों ही एक–दूसरे को लेकर अपनी स्वाभाविक हिचकिचाहट और अजनबीपन के आपसी डर से बाहर आ सकते थे।

कुछ न होने से कुछ होना बेहतर है। अगर आपके पास थोड़ा सा भी है, तो उसे उदारता के साथ दूसरों से साझा करना बेहतर होता है। हालाँकि इससे भी बेहतर

होता है, उदार ढंग से साझा करने के लिए मशहूर होना। यही वह चीज़ है, जो लंबे समय तक चलती है और विश्वसनीय होती है। भावनाओं के इस बिंदु पर हम देख सकते हैं कि विश्वसनीयता, ईमानदारी और उदारता जैसी अवधारणाओं के लिए नींव तैयार की गई है। एक स्पष्ट नैतिकता का आधार रखा गया। एक उत्पादक और सच्चा साझाकर्ता, एक अच्छे नागरिक और अच्छे इंसान का आदर्श रूप है। इस तरह हम यह देख सकते हैं कि 'बचाकर रखना एक अच्छा विचार है' जैसी सरल धारणा से उच्चतम नैतिक सिद्धांत कैसे उभर सकते हैं।

यह कुछ ऐसा है, मानो जैसे-जैसे मानवता का विकास हुआ, वैसे-वैसे कुछ विशेष घटनाएँ घटीं। सबसे पहली थी, लिखित इतिहास और नाटक के उदय से पहले के अंतहीन सैकड़ों-हज़ारों सालों की समय-अवधि। इस दौरान धीरे-धीरे विनिमय (आदान-प्रदान) और संतुष्टि हासिल करने में विलंब जैसी जुड़वाँ प्रथाएँ सामने आने लगीं। फिर उन्हें अनुष्ठानों में और बलिदान की कहानियों में लाक्षणिक व अमूर्त ढंग से कुछ इस तरह पेश किया जाने लगा : 'ऐसा लगता है, मानों दूर आकाश में कोई शक्तिशाली व्यक्ति रहता है, जो सब कुछ देख रहा है और हर पल तुम्हें आँक रहा है। शायद जब तुम अपनी ओर से उसे कुछ ऐसा देते हो, जो तुम्हारे लिए महत्वपूर्ण है, तो वह तुमसे खुश हो जाता है। तुम उसे खुश करना चाहते हो क्योंकि अगर तुम ऐसा नहीं करोगे, तो फिर सब नर्क हो जाएगा। इसलिए तब तक बलिदान और दूसरों से साझा करना जारी रखो, जब तक तुम इनके विशेषज्ञ न बन जाओ। फिर तुम्हारे साथ सब अच्छा ही होगा।' हालाँकि ये शब्द किसी के कहे हुए नहीं हैं, कम से कम इतने सीधे और सरल ढंग से तो इन्हें कभी किसी ने नहीं कहा। पर प्राचीन प्रथाओं और कहानियों में इसी तरह की बातें निहित होती थीं।

कर्म या क्रिया पहले आए (यह स्वाभाविक भी था क्योंकि जब हम पशुओं जैसे थे, तब क्रिया तो कर सकते थे पर सोच-विचार करना नहीं जानते थे)। अप्रत्यक्ष और अज्ञात मूल्य पहले आए (सोच-विचार से भी पहले आईं क्रियाओं में मूल्य तो निहित थे, पर वे स्पष्ट नहीं थे)। हमने हज़ारों सालों तक कामयाब व्यक्ति को अधिक कामयाब और नाकाम व्यक्ति को अधिक नाकाम होते देखा। फिर हमने इस बारे में सोच-विचार किया और इस नतीजे पर पहुँचे कि हमारे बीच जो लोग कामयाब हैं, वे दरअसल ऐसे लोग हैं, जो संतुष्टि हासिल करने में विलंब करते हैं या उसे कुछ देर के लिए टाल देते हैं। कहने का अर्थ है कि हमारे बीच के कामयाब लोग भविष्य के साथ सौदेबाजी करते हैं। इस तरह एक महान विचार सामने आना

शुरू हुआ और स्पष्टता के साथ व्यक्त की गईं कहानियों के माध्यम से एक स्पष्ट रूप लेने लगा कि 'एक कामयाब और नाकाम व्यक्ति के बीच क्या फर्क होता है? फर्क ये है कि कामयाब व्यक्ति बलिदान देता है। जैसे-जैसे वह बलिदान देता जाता है, वैसे-वैसे उसकी स्थितियाँ बेहतर होती जाती हैं।' धीरे-धीरे ये सवाल सटीक और व्यापक होते चले गए, जैसे 'सबसे बड़ी अच्छाई हासिल करने के लिए सबसे बड़ा और महान बलिदान क्या है?' आखिरकार इन सवालों के जवाब भी बड़ी तेजी से गहन व गंभीर होते चले गए।

अन्य कई परंपराओं के ईश्वर की तरह ही पश्चिमी परंपरा का ईश्वर भी बलिदान माँगता है। ऐसा क्यों है, इसके बारे में हम पहले ही चर्चा कर चुके हैं पर कई बार वह बलिदान के विचार से भी आगे चला जाता है। वह हमसे न सिर्फ बलिदान माँगता है बल्कि उसका बलिदान माँगता है, जो हमें सबसे प्रिय होता है। इस बात को सबसे तीखे (और सबसे भ्रामक) ढंग से अब्राहम और आइज़ेक की कहानी में चित्रित किया गया है। ईश्वर का चहेता अब्राहम लंबे समय से एक बेटा चाहता था - और ईश्वर ने कई बार देर करने और वृद्धावस्था व बाँझ पत्नी जैसी असंभव सी स्थितियों के बीच उसे बेटा देने का वादा भी कर दिया था। इसके कुछ ही दिनों बाद - जब चमत्कारिक ढंग से पैदा हुआ आइज़ेक एक बच्चा ही था - ईश्वर ने अब्राहम से बड़े ही अनुचित और बर्बर ढंग से यह माँग की कि उसे अपने बेटे का बलिदान देना होगा। हालाँकि कहानी का अंत सकारात्मक ही है : ईश्वर अब्राहम के पास एक आज्ञाकारी दूत भेजता है और आखिरकार बलिदान के रूप में आइज़ेक की जगह एक मेमने को स्वीकार कर लेता है। चलो अच्छा हुआ, पर इससे असली मुद्दा स्पष्ट नहीं होता : ईश्वर इस हद तक क्यों चला जाता है? आखिर ईश्वर और हमारा जीवन भी - इस तरह की कठोर माँग क्यों करता है?

हम अपना विश्लेषण एक तीखे, स्पष्ट और शालीन किस्म के स्वयं-सिद्ध सत्य से शुरू करेंगे : कई बार चीज़ें सही ढंग से नहीं होती हैं। ऐसा लगता है कि इसका सबसे मुख्य कारण है- विपत्तियों, अकाल, अत्याचार और विश्वासघात से भरे इस संसार की वाहियात प्रकृति। तो ये रहा इसका एक उपचार : कभी-कभी जब चीज़ें सही ढंग से न हो रही हों, तो इसके पीछे का कारण यह संसार नहीं होता। कारण तो वह होता है, जो फिलहाल व्यक्तिपरक और व्यक्तिगत रूप से वर्तमान में सबसे ज़्यादा महत्वपूर्ण है। क्यों? क्योंकि आपके मूल्यों द्वारा संसार का खुलासा किसी भी हद तक हो सकता है (इसके बारे में 10वें नियम पर विस्तार से चर्चा

करेंगे)। आप जैसा संसार चाहते हैं, अगर वह आपके सामने मौजूद संसार से अलग है, तो इसका यही अर्थ है कि अपने मूल्यों को जाँचने का समय आ गया है। समय आ गया है कि आप अपनी वर्तमान पूर्वअवधारणाओं से फौरन अपना पीछा छुड़ा लें। समय आ गया है कि चाहे जो भी हो, उसे जाने दें। हो सकता है कि अब उसका बलिदान देने का समय भी आ गया हो, जो आपको सबसे अधिक प्रिय है ताकि आप फिलहाल जो हैं, वह बने रहने के बजाय, वह बन सकें, जो आप बन सकते हैं या जो आपकी उच्चतम संभावना है।

किसी बंदर को कैसे पकड़ते हैं, इस बारे में एक प्राचीन और संभावित रूप से अप्रमाणिक कहानी है, जो इस प्रकार के विचारों को बहुत अच्छी तरह चित्रित करती है। बंदर पकड़ने के लिए सबसे पहले आपको एक संकरे मुँह का और बड़े आकारवाला काँच का मर्तबान (घड़ा या मटका) लेना होगा। उस मर्तबान का मुँह बस इतना चौड़ा होना चाहिए कि बंदर उसमें अपना हाथ डाल सके। फिर आपको उस मर्तबान को आंशिक रूप से पत्थर के टुकड़ों से भरना होगा ताकि वह इतना भारी हो जाए कि कोई बंदर उसे उठा न सके। इसके बाद आपको बंदरों की पसंदीदा खाने की चीज़ों को उस मर्तबान के चारों ओर बिखेरना है और उन्हीं में से कुछ चीज़ों को उसके अंदर भी डालना है। फिर कोई बंदर आएगा और उस मर्तबान के आसपास बिखरी चीज़ों को उठाएगा। इसके बाद वह मर्तबान के अंदर अपना हाथ डालकर उसके अंदर पड़ी खाने की चीज़ों को भी उठाएगा पर ऐसा करते समय उसकी कलाई मर्तबान में फँस जाएगी। अब अपनी कलाई बाहर निकालने के लिए उसे वे खाने की चीज़ें छोड़नी होंगी, जो उसने अपने उस हाथ में दबा रखी हैं पर वह ऐसा नहीं करेगा। बस फिर क्या! बंदर को पकड़नेवाला व्यक्ति उस मर्तबान के पास आएगा और बंदर को दबोचकर ले जाएगा। क्योंकि उस बंदर ने मर्तबान के चारों ओर से उठाई खाने की चीज़ों को बचाकर भागने के लिए अपने उस हाथ में दबा रखी खाने की चीज़ों का बलिदान नहीं दिया, जो मर्तबान के अंदर था। यानी उसने संपूर्ण को बचाने के लिए उस संपूर्ण के एक छोटे से हिस्से का बलिदान नहीं दिया।

किसी मूल्यवान चीज़ को त्यागना भविष्य की समृद्धि को सुनिश्चित करता है। किसी मूल्यवान चीज़ के बलिदान से ईश्वर खुश हो जाता है। सबसे मूल्यवान और सर्वश्रेष्ठ बलिदान क्या है? – या फिर उसका प्रतीक क्या है? अपनी पसंद का स्वादिष्ट खाना? झुंड का सबसे अच्छा पशु? अपने पास मौजूद सबसे मूल्यवान चीज़? इससे ज़्यादा और भला क्या हो सकता है? कुछ ऐसा जो बहुत व्यक्तिगत हो

और जिसे त्यागना बहुत पीड़ादायक हो। शायद खतने (Circumcision) को लेकर ईश्वर का आग्रह इसी का प्रतीक है, जो दरअसल अब्राहम के बलिदान संबंधी कर्म का हिस्सा है और जिसमें संपूर्ण को बचाने के लिए उसके एक छोटे से हिस्से का बलिदान दिया जाता है। इससे ज़्यादा बड़ा बलिदान भला और क्या होगा? ऐसा क्या है, जो अपनी संपूर्णता में एक इंसान के सबसे करीब होता है, न कि अपने एक हिस्से में। यह चरम बलिदान किस चरम पुरस्कार के लिए दिया जाता है?

इसके जवाब के तौर पर सेल्फ और संतान, दोनों बराबर महत्वपूर्ण हैं। एक माँ का सबसे बड़ा बलिदान होता है, संसार को अपनी संतान भेंट कर देना। जिसे माइकल एंजेलो ने अपनी महान वास्तु-कृति 'पीटा' में बड़ी ही गहनता के साथ प्रस्तुत किया है। हमारे इस अध्याय की शुरुआत में उनकी इसी कृति को चित्रित किया गया है। अपनी इस कृति में माइकल एंजेलो ने सलीब पर चढ़ाकर मार दिए गए अपने बेटे के साथ मैरी को चिंतन करते हुए दिखाया है। यह मैरी की गलती थी। क्योंकि उसी के जरिए उसका वह बेटा इस संसार में अस्तित्व के महान नाटक का हिस्सा बन गया। क्या किसी बच्चे को जन्म देकर इस वाहियात संसार में लाना सही है? यह सवाल कभी न कभी हर महिला खुद से पूछती है। इनमें से कुछ महिलाओं का जवाब 'ना' होता है और उनके पास इसके अपने कारण होते हैं। हालाँकि मैरी ने स्वेच्छा से 'हाँ' कहा था। जबकि उसे पता था कि क्या होनेवाला है - असल में यह हर माँ को पता होता है, अगर वह खुद को स्पष्टता से देखने की अनुमति दे। अगर स्वेच्छा से किया जाए, तो दरअसल यह बड़ा ही साहसपूर्ण कार्य है।

इसके बदले में मैरी का बेटा क्राइस्ट खुद को ईश्वर और संसार के सामने - विश्वासघात, यातना और मृत्यु के लिए - क्रॉस पर पेश कर देता है। उस क्रॉस पर लटके हुए वह रूँधे गले से ये शब्द कहता है : हे ईश्वर, हे मेरे ईश्वर, आपने मुझे त्याग क्यों दिया? (मैथ्यू 27:46) यह उस व्यक्ति की आदर्श कहानी है, जिसने अस्तित्व की बेहतरी के लिए अपना सब कुछ न्योछावर कर दिया, जिसने अस्तित्व के विकास के लिए अपने प्राण तक दे दिए - जिसने ईश्वर की इच्छा को एक अकेले नश्वर जीवन के जरिए पूरी संपूर्णता के साथ व्यक्त किया। उसके जैसे आदरणीय व्यक्ति के लिए यह आदर्श की तरह है। हालाँकि क्राइस्ट के मामले में - जिसमें वह अपना बलिदान दे देता है - ईश्वर यानी उसका पिता इस तरह अपने बेटे का ही बलिदान दे रहा होता है। इसीलिए ईसाइयत में पिता और बेटे के बलिदान का नाटक एक आदर्श है। यह ऐसी कहानी है, जो सचमुच अपनी चरमसीमा तक जाती

है। इससे बेहतर किसी और कहानी की कल्पना नहीं की जा सकती। 'आदर्श' की यही परिभाषा है। यही 'धार्मिकता' का मूल आधार भी है।

दर्द और पीड़ा इस संसार को परिभाषित करते हैं। बलिदान किसी भी हद तक दर्द और पीड़ा में विलंब कर सकता है, उन्हें टाल सकता है - और बड़ा बलिदान ज़्यादा प्रभावी ढंग से ऐसा कर सकता है। इसमें कोई संदेह हो ही नहीं सकता। यह ज्ञान हर किसी की आत्मा में सुरक्षित होता है। इसीलिए जो इंसान सबकी तकलीफों और पीड़ा को कम करना चाहता है - जो अस्तित्व के दोषों को सुधारना चाहता है; जो हर संभावित भविष्य का सर्वश्रेष्ठ संस्करण लाना चाहता है; जो धरती पर स्वर्ग बनाना चाहता है - वही सबसे बड़े बलिदान देता है, जैसे खुद का बलिदान, अपनी संतान का बलिदान, अपनी हर प्रिय चीज़ का बलिदान ताकि एक ऐसा जीवन जी सके, जिसका लक्ष्य ईश्वर है। वह सुविधाजनक चीज़ों को अपने जीवने से जाने देगा। वह परम अर्थपूर्ण जीवन के मार्ग पर आगे बढ़ेगा और इस तरह वह हमेशा से हताश इस संसार का उद्धार कर देगा।

पर क्या ऐसा सचमुच संभव है? क्या यह एक अकेले व्यक्ति से कुछ ज़्यादा ही अपेक्षाएँ करने जैसा नहीं है? क्राइस्ट के लिहाज से तो सब अच्छा ही है। इस बात पर आपत्ति भी उठाई जा सकती है कि वह तो ईश्वर का सच्चा बेटा था। पर हमारे पास ऐसे अन्य उदाहरण भी हैं, जिनमें से कुछ अपेक्षाकृत कम पौराणिक और आदर्श हैं। उदाहरण के लिए प्राचीन ग्रीक दार्शनिक सुकरात को ही ले लें। जीवनभर सत्य की खोज करने और अपने देशवासियों को शिक्षित करने के बाद सुकरात को अपने गृहनगर एंथेस के खिलाफ अपराध करने के लिए मुकदमे का सामना करना पड़ा। उन पर आरोप लगानेवालों ने उन्हें इस मुसीबत से बचने के लिए चुपचाप सब कुछ छोड़कर दूर जाने के कई मौके दिए। पर इस महान संत ने उनके इस प्रस्ताव को पहले ही ठुकरा दिया था। उनके साथी हेर्मोजेन्स ने इस दौरान गौर किया कि सुकरात अपने मुकदमे के अलावा बाकी हर विषय पर चर्चा करते रहते हैं। यह देखकर हेर्मोजेन्स ने सुकरात से पूछा कि वे इतने चिंतामुक्त कैसे रह सकते हैं? पहले तो सुकरात ने जवाब में कहा कि वे अपनी रक्षा करने के लिए पूरी जिंदगी तैयारी करते रहे हैं, पर इसके बाद उन्होंने कुछ और कहा, जो कहीं ज़्यादा रहस्यमय और प्रासंगिक था : जब उन्होंने खासतौर पर उन रणनीतियों के बारे में विचार किया, जो उन्हें सही या गलत, किसी भी तरीके से दोषमुक्त करवा सकती हैं और जब उन्होंने मुकदमे के दौरान मात्र अपनी संभावित क्रियाओं का विचार किया, तो उन्होंने पाया कि कोई

दैवीय शक्ति उनकी आत्मा की आवाज या फिर कोई दानव - इसमें बाधा डाल रहा है। सुकरात ने अपने मुकदमे के दौरान भी इस दैवीय शक्ति की चर्चा की थी। उन्होंने कहा था कि जो बात उन्हें अन्य पुरुषों से अलग करती है, वह ये है कि वे इस दैवीय शक्ति से मिलनेवाली चेतावनियों को सुनने के लिए और उसके द्वारा बाधा डालने पर चुप होकर सब कुछ रोक देने के लिए हमेशा पूरी तरह तैयार रहते हैं। ईश्वर ने स्वयं उन्हें अन्य लोगों से अधिक बुद्धिमान माना है। पर खुद डेल्पिक ओरेकल[1] के अनुसार उन्हें सिर्फ इसी कारण से ऐसी चीज़ों का विश्वसनीय निर्णयकर्ता नहीं माना गया था।

क्योंकि हमेशा विश्वसनीय रही उनकी अंदरूनी आवाज ने उनके वहाँ से भागने (यहाँ तक कि खुद को बचाने) पर भी आपत्ति उठाई थी। सुकरात ने इस मुकदमे की प्रासंगिकता के बारे में अपना दृष्टिकोण मौलिक रूप से बदल लिया था। उन्होंने इस बात पर विचार करना शुरू कर दिया कि यह एक श्राप के बजाय वरदान भी हो सकता है। उन्होंने अपने साथी हेर्मोजेन्स को बताया भी था कि अपनी जिस आत्मा की आवाज को उन्होंने हमेशा सुना, शायद अब वह उन्हें 'बीमारियों और बुढ़ापे की तकलीफों को झेले बिना एक स्वस्थ शरीर और दयालुता जताने में सक्षम आत्मा के साथ ही इस जीवन चक्र से निकलने का रास्ता दिखा रही है।' यानी यह एक तरह से 'सबसे आसान तरीका है, जो मरनेवाले के करीबी दोस्तों को भी सबसे कम कष्टप्रद लगेगा। अपने भाग्य के प्रति स्वीकार्यता के इस भाव ने सुकरात के लिए यह संभव बना दिया कि वे मुकदमे के पहले और उसके दौरान एवं सजा मिलने के समय अपनी संभावित मृत्यु के आतंक से प्रभावित न हों। उन्होंने पाया कि उनका जीवन बहुत समृद्ध और संतुष्टिभरा था और अब वे अपने अंदर अनुग्रह का भाव रखते हुए इससे मुक्त हो सकते हैं। उन्हें अपने सभी मसले सुलझाने का अवसर मिला था। उन्होंने पाया कि इस तरह वे बढ़ती उम्र के साथ आनेवाली परेशानियों से बच सकते हैं। वे यह समझने लगे थे कि यह सब ईश्वर की ओर से दिया जा रहा उपहार है। इसीलिए उन्हें इसकी ज़रूरत ही नहीं पड़ी कि वे उन पर आरोप लगानेवालों से स्वयं को बचाने की कोशिश करें। कम से कम अपनी बेगुनाही की घोषणा करके या अपने भाग्य से बचने की कोशिश करके तो कतई नहीं। बल्कि उन्होंने तो उनके जीवन का फैसला सुनाने जा रहे न्यायाधीशों से इस अंदाज में बात की थी कि उनके पाठकों को ठीक-ठीक समझ में आ गया कि आखिर उनके ही गृहनगर के परिषद-सदस्य

[1] डेल्पिक में स्थित प्राचीन अपोलो मंदिर की मुख्य पुजारिन

उन्हें मृत क्यों देखना चाहते थे। इसके बाद उन्होंने किसी मर्द की तरह वह जहर पी लिया, जिसे पीने की उन्हें सजा दी गई थी।

सुकरात ने खुद को बचाने की प्रक्रिया में आवश्यक हेरफेर और सुविधाजनक तरीकों को सिरे से ठुकरा दिया। इतनी मुश्किल परिस्थितियों के बीच भी उन्होंने इसके बजाय सत्य और अर्थपूर्ण चीज़ों की अपनी खोज को चुना। आज उस घटना के ढाई हज़ार साल बाद हम उनके इस निर्णय को याद करके खुद अच्छा महसूस कर रहे हैं। हम इससे क्या सीख सकते हैं? अगर आप झूठ बोलना बंद कर दें और अपनी अंतरात्मा की आवाज के अनुसार चलें, तो आप किसी खतरनाक परिस्थिति में भी अपनी सज्जनता को बचाकर रख सकते हैं। अगर आप पूरी सच्चाई और साहस का परिचय देते हुए उच्चतम आदर्शों के अनुसार जीते हैं, तो आपको उससे कहीं ज़्यादा सुरक्षा और शक्ति मिलेगी, जितनी अपनी सुरक्षा सुनिश्चित करने के छिछले प्रयास से मिलती है। अगर आप उचित और भरपूर ढंग से अपना जीवन जीते हैं, तो आप जीवन में इतने गहन अर्थ खोज सकते हैं कि वे आपको मृत्यु के डर से भी बचा लेंगे।

क्या यह सब वाकई सच है?

मौत, कड़ी मेहनत और दुराचार

आत्मचेतना की त्रासदी अनिवार्य दुःख का निर्माण करती है। यह दुःख इंसान के अंदर अपनी सुविधा के लिए स्वार्थी बनने व त्वरित संतुष्टि पाने की इच्छा को जगा देता है। पर दुःख को दूर रखने के मामले में बलिदान और कर्म – ऐसे अल्पकालिक आवेगी सुखों से कहीं अधिक प्रभावी हैं। हालाँकि त्रासदी (व्यक्तिगत नाज़ुकपन और अतिसंवेदनशीलता के विरुद्ध समाज व प्रकृति की मनमानी कठोरता) ही दुःख का इकलौता या मुख्य कारण नहीं है। इसके अलावा दुराचार की समस्या भी है, जिस पर ध्यान देना ज़रूरी हो जाता है। यानी एक हद तक पूरा संसार ही हमारे विरुद्ध है पर सबसे ज़्यादा बुरी होती है, एक इंसान द्वारा दूसरे इंसान के साथ की गई अमानवीयता। इसलिए बलिदान की समस्या अपनी जटिलता में ही संयोजित है : सिर्फ कर्म – ईश्वर के सामने बलिदान करने और हार मानने – द्वारा ही हीनता और नश्वरता जैसी सीमाओं को पार नहीं किया जा सकता। इसके लिए दुराचार या बुराई की समस्या से भी निपटना होगा।

ज़रा एक बार फिर आदम और हव्वा की कहानी पर गौर कीजिए। उन

आदर्शरूपी माता-पिता के पतन - यानी उन्हें स्वर्ग से निकाले जाने - और उन्हें जागृति मिलने के बाद उनकी संतानों के लिए (यानी हमारे लिए) जीवन बहुत मुश्किल हो गया। इन मुश्किलों में सबसे पहली यह थी कि स्वर्ग के बाद के इस संसार में - इतिहास के संसार में - हमारी तकदीर हमारा इंतजार कर रही थी। गोएथ ने जिसे 'हमारी अंतहीन रचनात्मक कड़ी मेहनत' का नाम दिया था। जैसा कि हमने देखा है, हम इंसान हमेशा काम करते रहते हैं। क्योंकि हम अपनी नाजुकता, बीमारियों व मौत के प्रति अपनी अधीनता के बारे में जागरूक हो चुके हैं। इसीलिए जब तक संभव हो, हम खुद को बचाना चाहते हैं। एक बार जब हम भविष्य को देखना शुरू कर देते हैं, तो फिर हमें उसके लिए तैयार भी रहना चाहिए। वरना फिर हम उसकी संभावनाओं से इनकार करके हमेशा भयभीत रहने लगते हैं। इसीलिए हम एक बेहतर कल के लिए अपने आज के सुखों और आनंद का बलिदान दे देते हैं। वर्जित फल खाने के बाद जब आदम और हव्वा की बेहोशी टूटी और उन्होंने अपनी आँखें खोलीं, तो उन्हें सिर्फ अपनी नश्वरता और कर्म करने की अपनी ज़रूरत भर का एहसास नहीं हुआ। इसके साथ-साथ उन्हें अच्छे और बुरे के बीच फर्क पहचानने का ज्ञान (या श्राप) भी मिल चुका था।

इसका अर्थ क्या है, यह (या इसका एक छोटा सा अंश) समझने में मुझे कई दशक लग गए। दरअसल इसका अर्थ है कि एक बार जब आप यह समझ जाते हैं कि आप नाजुक, अतिसंवेदनशील या आघातयोग्य हैं, तो आप सामान्यत: अपने इंसानी नाजुकपन की प्रकृति को समझने लगते हैं। आप समझने लगते हैं कि भयभीत, क्रोधित, द्वेषपूर्ण और कटु होने का अर्थ क्या होता है। आप समझने लगते हैं कि पीड़ा का अर्थ क्या होता है। जब आप अपने इन मनोभावों को पूरी तरह समझने लगते हैं कि ये मनोभाव कब और क्यों उठते हैं, तो आप यह भी जान जाते हैं कि दूसरों के मन में ये मनोभाव जगाने के लिए क्या करना होता है। बस इसी तरह हमारा आत्म-चेतन अस्तित्व अपनी इच्छा से और उत्कृष्ट रूप से दूसरों को (और स्वाभाविक रूप से खुद को भी। पर फिलहाल हम दूसरों की बात कर रहे हैं) पीड़ित करने में सक्षम हो जाता है। इस नए ज्ञान का परिणाम हमें तब देखने को मिलता है, जब हमें आदम और हव्वा के बेटों केन और एबल के बारे में पता चलता है।

जब तक केन और एबल आए, तब तक इंसान ईश्वर के सामने बलिदान करना सीख चुका था। खासतौर पर इसी उद्‌देश्य से बनाई गई एक पत्थर की विशाल चट्टान पर यह सामुदायिक अनुष्ठान होता था। जिसमें किसी मूल्यवान चीज़ को -

जैसे अपनी पसंद के एक जानवर को आग के हवाले कर दिया जाता था। जो जल्द ही धुँए में (आत्मा में) परिवर्तित होकर आसमान की ओर उड़ जाता था। ऐसा करके दरअसल संतुष्टि में विलंब के विचार को नाटकीय बनाया जाता था ताकि शायद इसके जरिए भविष्य बेहतर हो सके। एबल ने जो भी बलिदान दिए, उन्हें ईश्वर ने स्वीकार कर लिया, जिसके परिणामस्वरूप एबल अपने जीवन में खूब फला-फूला। जबकि केन के बलिदानों को ईश्वर ने ठुकरा दिया। जिससे केन ईर्ष्यालु बन गया और उसके अंदर कटुता आ गई। इस बात से किसी को हैरानी भी नहीं होनी चाहिए। क्योंकि अगर कोई व्यक्ति कोई बलिदान न दे पाने की वजह से नाकाम होता या ठुकरा दिया जाता तो बात समझ में भी आती। हालाँकि ऐसा व्यक्ति भी द्वेष और कटुता महसूस करता, पर फिर भी अपने मन में उसे इस बात का एहसास भी होता कि इसके लिए वह खुद दोषी है। इस बात का एहसास उसकी नाराजगी को नियंत्रण में रखता। पर अगर उसने अपने वर्तमान के सुखों को त्याग कर कड़ी मेहनत की हो और फिर भी उसे उचित परिणाम न मिला हो; अगर लाख कोशिशों के बाद भी उसे ठुकरा दिया गया हो तो इसका अर्थ यही है कि वह न सिर्फ अपना भविष्य बल्कि वर्तमान भी खो चुका है। फिर तो उसके कर्म और उसके बलिदान व्यर्थ गए। ऐसी स्थिति में फँसे इंसान के लिए यह संसार एक अंधेरा स्थान बन जाता है और फिर उसकी आत्मा विद्रोह करने लगती है।

केन इस बात से बेहद गुस्से में था कि उसे ठुकरा दिया गया है। वह ईश्वर के सामने जाकर उस पर तरह-तरह के आरोप लगाता है और उसकी रचना को कोसता है। पर ऐसा करना उसके लिए बहुत बुरा साबित होता है। ईश्वर स्पष्ट शब्दों में उससे कहता है कि 'केन, पूरी गलती तुम्हारी ही है। इससे भी बुरा : तुमने जानबूझकर पाप किए हैं इसलिए तुम्हारे साथ जो भी हुआ है, वह उन्हीं पापों का परिणाम है।' केन ने सोचा भी नहीं था कि ईश्वर उससे ऐसा कहेगा। यह ईश्वर की ओर से माँगी गई माँफी तो कतई नहीं थी। बल्कि यह तो केन की तकलीफों के बावजूद उसका अपमान करने जैसा था। केन ईश्वर की इस प्रतिक्रिया को सुनकर कड़वाहट से भर गया और उसने ईश्वर से बदला लेने की ठान ली। वह बड़ी अक्खड़ता से सृष्टि के रचयिता ईश्वर को धिक्कारता रहा। यह सचमुच बड़े साहस का काम है। केन अच्छी तरह जानता था कि किसी को तकलीफ कैसे पहुँचाई जाती है। आखिरकार वह संकोची था और अब तो अपनी पीड़ा और शर्म के चलते पहले से अधिक संकोची हो गया था। इसीलिए ईश्वर का अपमान करने के मकसद से वह बड़ी निर्दयता के साथ एबल की हत्या कर देता है। वह अपने ही भाई को, अपने आदर्श को (केन

हमेशा एबल जैसा बनना चाहता था) मार डालता है। ऐसा भयानक अपराध करके वह खुद का, ईश्वर का और पूरी मानवता का एक साथ अपमान करता है। वह संसार पर कहर बरसाने और अपना प्रतिशोध लेने के लिए ऐसा करता है। इसके साथ ही वह ऐसा इसलिए करता है ताकि अस्तित्व के प्रति अपना मौलिक विरोध दर्शा सके और अस्तित्व की असहनीय अनियमितताओं के खिलाफ आवाज उठा सके। वहीं केन की संतानें - उसके शरीर और उसके निर्णयों से जन्मीं - तो उससे भी बदतर हैं। अपने अस्तित्वगत रोश के चलते केन ने तो सिर्फ एक हत्या की थी। पर उसका वंशज लेमेक तो इससे भी आगे निकल गया। लेमेक कहता है, 'एक व्यक्ति ने मुझे चोट पहुँचाई इसलिए मैंने उसे जान से मार दिया। एक युवा व्यक्ति ने मुझे तकलीफ पहुँचाई, तो मैंने उसे भी मौत के घाट उतार दिया। अगर केन का बदला सात गुना था, तो लेमेक का बदला सत्तर गुना होगा।' (जेनेसिस 4:23-24) तूबलकेन जो काँसे और लोहे का काम करनेवालों का प्रशिक्षक था, (जेनेसिस 4:22) वह पारंपरिक रूप से केन के बाद सातवीं पीढ़ी का था और युद्ध के हथियारों का पहला रचयिता था। इसके बाद ही जेनेसिस[2] में बाढ़ का जिक्र आता है। जो किसी भी लिहाज से आकस्मिक नहीं है।

बुराई या दुराचार इस संसार में आत्म-चेतना के साथ ही प्रवेश करते हैं। ईश्वर ने आदम को कड़ी मेहनत करने का जो श्राप दिया था - वह अपने आपमें काफी बुरा था। इसी तरह हव्वा को बच्चे को जन्म देते समय होनेवाली तकलीफ और उसके परिणामस्वरूप अपने पति पर उसकी निर्भरता का श्राप भी कोई मामूली बात नहीं थी। ये अभाव, कठिनाई, कामुक आवश्यकता, बीमारी और मौत के प्रति अधीनता के संकेत हैं, जो जीवन (अस्तित्व) को एक साथ त्रस्त और परिभाषित करते हैं। इनकी तथ्यात्मक वास्तविकता कभी-कभी एक साहसी इंसान को भी जीवन के खिलाफ कर सकती हैं। हालाँकि मेरा अनुभव कहता है कि हम इंसान इतने सशक्त हैं कि गलतियाँ किए बिना, हारे बिना और इससे भी बुरा अपना हौसला तोड़े बिना जीवन की तकलीफों को झेल सकते हैं। मैंने अपने निजी जीवन में और एक प्रोफेसर व एक मनोचिकित्सक के तौर पर अपने पेशेवर जीवन में इसके कई उदाहरण लगातार देखे हैं। हम इतने मज़बूत हैं कि भूकंप, बाढ़, गरीबी, कैंसर जैसी विपत्तियों को भी झेल लेते हैं। पर इंसानी दुराचार, संसार की दुर्गति में एक नया ही आयाम जोड़ देता है। इसीलिए आत्म-चेतना के उदय और इसके चलते हुआ नश्वरता का एहसास व

---

[2] जीवन की उत्पत्ति की कहानी

अच्छे और बुरे की समझ, ये सब जेनेसिस के शुरुआती अध्यायों में (और उससे जुड़ी विशाल परंपरा में) अति विशाल प्रलय के रूप में प्रस्तुत किया गया है।

जिस इंसान के मनोबल को कोई त्रासदी भी नहीं हिला सकती, उसके मनोबल को एक जागृत इंसान का दुराभाव आसानी से तोड़ सकता है। मुझे याद है, मेरी एक मरीज सालों से गंभीर रूप से पोस्ट ट्रॉमेटिक स्ट्रेस डिसऑर्डर[3] से ग्रस्त थी, जिसमें प्रतिदिन भय से काँपना, हर वक्त आतंकग्रस्त रहना और दीर्घकालीन अनिद्रा जैसी समस्याएँ शामिल थीं। इसका कारण था, उसका शराबी और गुस्सैल प्रेमी। जिसके चेहरे के बदलते हावभावों को देखने भर से वह गंभीर तनाव से घिर जाती थी। उसके चेहरे पर छाए क्रोध के भाव (जिसे जेनेसिस 4:5 में 'फॉलेन काउंटनेन्स' कहकर संबोधित किया गया है) इस बात का संकेत थे कि वह मेरी उस महिला मरीज को नुकसान पहुँचाना चाहता है। वह महिला मरीज ज़रूरत से ज़्यादा भोली थी, जिसके चलते उसमें सदमा देनेवाले अनुभवों की ओर जाने की प्रवृत्ति पैदा कर दी थी। पर असली मुद्दा ये नहीं है : हम इंसान एक-दूसरे के साथ जानबूझकर जो दुराचार करते हैं, वह मानसिक व भावनात्मक रूप से सशक्त व्यक्ति को भी स्थाई नुकसान पहुँचा सकता है। पर वह क्या है, जो इस दुराचार या बुराई को प्रेरित करता है?

ऐसा नहीं है कि यह सिर्फ इस जीवन में आनेवाली कठिनाइयों के रूप में ही सामने आता हो। और न ही यह सिर्फ जीवन में नाकाम होने के कारण या उस नाकामी के चलते स्वाभाविक रूप से पैदा होनेवाली निराशा और कड़वाहट के चलते उभरता है। पर आपको अपने जीवन की कठिनाइयाँ तब और बड़ी नज़र आने लगती हैं, जब आपके बलिदानों (भले ही वे कितने भी आधे-अधूरे ढंग से किए गए हों) को लगातार ठुकराया जा रहा हो। जब किसी के साथ ऐसा होता है, तो वह राक्षसी प्रवृत्ति से प्रेरित होने लगता है। फिर वह खुद की और दूसरों की पीड़ा व तकलीफ का कारण बनने लगता है। इस तरह एक विनाशकारी दुश्चक्र शुरू हो जाता है, जो कुछ इस प्रकार का होता है : बेमन से या आधे-अधूरे ढंग से किए गए बलिदान- ईश्वर या वास्तविकता (आप इसे चाहे जो नाम दें) द्वारा उन बलिदानों को ठुकराया जाना; इस तरह ठुकराए जाने से पैदा हुआ गुस्सा और द्वेषभाव; इसके चलते कटुता के अंधे कुँए में गिरना और बदले की इच्छा पैदा होना वगैरह। और इन सबके चलते जीवन का नर्क बन जाना, जो अपने आपमें इस विनाशकारी दुश्चक्र द्वारा किए गए पतन का अंतिम पड़ाव है।

---

[3] किसी भयानक सदमे के बाद निरंतर होनेवाला गंभीर तनाव

अंग्रेज दार्शनिक थॉमस हॉब्स की एक यादगार टिप्पणी के अनुसार, 'जीवन निश्चित ही बड़ा बुरा, क्रूर और छोटा होता है।' पर इंसान की बुरा करने की क्षमता इसे और बदतर बना देती है। इसका अर्थ है कि जीवन की मुख्य समस्या - इसके क्रूर तथ्यों से निपटना - सिर्फ यह नहीं है कि दुःख को कम करने के लिए क्या और कैसे बलिदान दिया जाए बल्कि यह है कि दुःख के साथ-साथ दुराचार या बुराई को कम करने के लिए क्या और कैसे बलिदान दिया जाए। क्योंकि यह दुराचार ही सबसे बदतर किस्म की पीड़ा या दुःख का एक जागरूक, स्वेच्छापूर्ण और तामसिक स्रोत है। केन और एबल की कहानी दो शत्रुतापूर्ण भाईयों - नायक और विपक्षी की एक आदर्श अभिव्यक्ति है। ये दोनों भाई इंसान की निजी मानसिकता के पहलू हैं, जिसमें से एक ईश्वर के रास्ते पर और दूसरा सीधे नर्क के रास्ते पर जाता है। यह सच है कि एबल एक नायक है, पर वह ऐसा नायक है, जिसे आखिरकार केन पराजित कर देता है। एबल ईश्वर को प्रसन्न कर सकता है - एक महत्वपूर्ण और असंभव उपलब्धि पर वह इंसानी बुराई से परे नहीं जा पाता। यही कारण है कि आदर्शरूप से देखने पर एबल अधूरा लगता है। शायद वह भोला था। हालाँकि प्रतिशोध की आग में जल रहा भाई जेनेसिस 3:1 में उल्लेखित जहरीले साँप की तरह धूर्त और कपटी हो सकता है। भले ही वह अपने कृत्यों के लिए कोई भी बहाना - यहाँ तक कि ठोस कारण भी - गिनाए और भले ही वह बहाना या कारण कितना भी स्वाभाविक हो, पर उससे कोई फर्क नहीं पड़ता; अंतिम विश्लेषण में तो कतई नहीं। एबल के ईश्वर द्वारा स्वीकार किए गए बलिदानों के बावजूद दुराचार या बुराई की समस्या जस की तस रही और उसका कोई हल नहीं निकला। इसका हल ढूँढ़ने में मानवता को हज़ारों साल और लग गए। शैतान द्वारा क्राइस्ट को दिए गए प्रलोभन की कहानी में ये मुद्दा एक बार फिर अपने चरम रूप में सामने आया।

पर इस बार इसे अधिक व्यापक ढंग से व्यक्त किया गया - और कहानी के आखिर में नायक को विजय हासिल हुई।

बुराई से आमना-सामना

कहानी के अनुसार जीसस को सलीब पर चढ़ाने से पहले जंगल में ले जाया गया था, ताकि उन्हें 'शैतान द्वारा लुभाया जा सके' (मैथ्यू 4:1)। यह केन की ही कहानी है, बस इसे संक्षेप में कहा गया है। जैसा कि हमने देखा, केन न तो खुश है और न ही संतुष्ट। वह बहुत मेहनत करता है या कम से कम उसे ऐसा लगता है, पर ईश्वर फिर भी उससे प्रसन्न नहीं होता। जबकि दूसरी ओर एबल हर लिहाज से

जीवन का आनंद उठा रहा होता है। उसकी फसलें लहलहा रही होती हैं, महिलाएँ उससे प्रेम करती हैं और सबसे बुरा यह कि वह सचमुच एक अच्छा इंसान है। इस बात से हर कोई परिचित है। वह इस सौभाग्य के योग्य भी है। यह उससे घृणा और ईर्ष्या करने का एक और कारण है। पर केन के मामले में कोई भी चीज़ ठीक से आगे नहीं बढ़ती और वह अंडे पर नज़र गड़ाए बैठे किसी गिद्ध की तरह अपने दुर्भाग्य को लेकर चिंतित रहता है। अपनी दुर्गति के बीच वह किसी गलत चीज़ को जन्म देने का प्रयास करता है और ऐसा करते-करते अपने मन के उजाड़ रेगिस्तान में प्रवेश कर जाता है। वह मन ही मन अपने दुर्भाग्य से बुरी तरह ग्रस्त हो जाता है और हर क्षण ईश्वर द्वारा मिले धोखे के बारे में सोचता रहता है। वह अपने अंदर के द्वेषभाव को पोषित करता रहता है। यहाँ तक कि वह बदला लेने की कल्पना करने लगता है। जब वह ऐसा करता है तो उसका अहंकार बहुत बढ़ जाता है। उसे लगता है कि 'मेरे साथ गलत किया गया, मैं प्रताड़ित हूँ। यह संसार बिलकुल मूर्ख और वाहियात है। मैं तो कहता हूँ कि ये नर्क में जाएगा।' और इस तरह अपने मन के उस उजाड़ रेगिस्तान में केन का सामना शैतान से होता है और वह शैतान के प्रलोभनों में फँस जाता है। इसके बाद वह वो सब करता है, जिससे चीज़ें और बदतर हो जाएँ। ऐसा करते समय वह जिससे प्रेरित होता है, वह है (जॉन मिल्टन के असंगत शब्दों में) :

इतनी गहरी दुर्भावना,
जो इंसानी नस्ल का नाश कर दे
धरती और नर्क को मिलाकर एक कर दे
और ये सब सिर्फ इसलिए
ताकि संसार के महान रचयिता का अपमान हो...

ईश्वर ने केन को जो देने से इनकार कर दिया था, उसे पाने के लिए केन दुराचार पर उतर आया और उसने ऐसा जान-बूझकर, स्वेच्छा से और मन में पहले से पल रही दुर्भावना के चलते किया।

जबकि जीसस क्राइस्ट ने एक अलग ही रास्ता अपनाया। रेगिस्तान पार करते समय उन्होंने रात में एक जगह रुककर डेरा डाला। वह आत्मा की अंधेरी रात थी - जहाँ गहन रूप से मानवीय और सार्वभौमिक अनुभव था। यह उस गंतव्य की ओर की गई यात्रा है, जहाँ हम सब तब जाते हैं, जब हमारे जीवन में विषम परिस्थितियाँ आती हैं, दोस्त और परिवारवाले साथ छोड़ देते हैं, चारों ओर निराशा व नाउम्मीदी फैली होती है और शून्यवाद का अंधेरा अपने पैर जमा रहा होता है। चलिए अब

कहानी के यथार्थवाद और सटीकता की बात करते हैं : जंगल में अकेले भूख से तड़पते हुए चालीस दिन और रातें बिताने के बाद शायद आप भी ठीक उसी स्थान पर पहुँच जाएँगे। यह कुछ इस तरह होता है, मानो वस्तुनिष्ठ और व्यक्तिगत संसार एक साथ बराबरी से आकर एक-दूसरे से टकरा गए हों।

चालीस दिन एक गहन प्रतीकात्मक समय अवधि है, जो मिश्र और फैरो[4] के अत्याचार से बचकर आए इजराइलियों द्वारा रेगिस्तान में भटकते हुए बिताई गई 40 साल की समय अवधि की याद दिलाती है। चालीस दिन का समय अंधेरी मान्यताओं, भ्रम और भय के अधोलोक में बिताने के लिए काफी लंबा है। इतना समय धरती के केंद्र की यात्रा करने के लिए भी काफी है, जो कुछ और नहीं बल्कि नर्क ही है। वह स्थान देखने के लिए ऐसा कोई भी व्यक्ति वहाँ की यात्रा कर सकता है, जो इंसानों की बुराईयों को गंभीरता से लेने को तैयार हो। इतिहास के साथ थोड़ा परिचय होना काफी मददगार साबित हो सकता है। इसकी शुरुआत बीसवीं शताब्दी की विवेकाधीन भयावहता से की जा सकती है, जो नाजी कॉन्संट्रेशन कैंप[5], फोर्स्ड लेबर (जबरन कराया गया श्रमकार्य) और मर्डरस आइडियोलॉजिकल पैथालॉजीज (विचारधारा संबंधी जानलेवा मानसिक समस्या) का दौर था। नाजी यातना शिविरों के सबसे बुरे सुरक्षाकर्मी भी इंसान ही थे। यह सब आधुनिक लोगों के लिए रेगिस्तान की उस कहानी का नवीनीकरण करने और उसे अधिक यथार्थवादी बनाने का ही एक तरीका था।

तानाशाही सत्ता (अधिनायकवाद) का अध्ययन करनेवाले छात्र थियोडोर एडोर्नो कहते हैं, 'ऑश्विज के यातना शिविरों के बाद कायदे से कविताओं का अस्तित्व खत्म हो जाना चाहिए था।' पर थियोडोर का यह कहना गलत है क्योंकि उन यातना शिविरों के बाद कविताएँ भी उन यातना शिविरों के बारे में ही होनी चाहिए। पिछली सहस्राब्दी के आखिरी दस दशकों के मनहूस दौर के बाद इंसानों की भयानक विनाशक प्रवृत्ति एक इतनी गंभीर समस्या का रूप ले चुकी है कि इसके सामने अस्तित्व की मुक्तिरहित पीड़ा भी छोटी लगती है। इन दोनों समस्याओं को एक-दूसरे के समाधान के अभाव में हल भी नहीं किया जा सकता। इन्हें एक साथ

---

[4] प्राचीन मिश्र में यह उपाधि उन शासकों के लिए इस्तेमाल होती थी, जो धार्मिक और राजनैतिक दोनों किस्म के नेता थे।

[5] द्वितीय विश्व युद्ध के दौरान जर्मनी के तानाशाह हिटलर द्वारा स्थापित किए गए यातना शिविर

ही हल करना होगा। इसी बिंदु पर इंसानों द्वारा किए गए पापों को क्राइस्ट द्वारा स्वयं के पापों की तरह लेने का विचार महत्वपूर्ण हो जाता है। जिसके माध्यम से रेगिस्तान में क्राइस्ट द्वारा शैतान का आमना-सामना करने की कहानी को गहनता से समझने का रास्ता खुल जाता है। और जैसा कि रोमन नाटककार टेरेंस ने कहा था कि 'कोई भी इंसान मेरे लिए पराया नहीं है।'

मनोविश्लेशण के क्षेत्र की असाधारण शख्सियत और अपनी गहन बातों से हर किसी को भयभीत कर देनेवाले कार्ल गुस्ताव युंग ने कहा था, 'कोई भी पेड़ स्वर्ग तक विकसित नहीं हो सकता, पर अगर उसकी जड़ें इतनी गहरी हों कि नर्क तक पहुँचती हों, तो ऐसा संभव है।' यह ऐसा कथन है, जिसे सुनकर कोई भी व्यक्ति पलभर के लिए ठहर जाए। इस महान मनोविश्लेषक की गहन सोच-विचार के बाद दी गई राय के अनुसार 'बेहतरी की ऊँचाइयों की ओर जाना तब तक संभव नहीं होता, जब तक बदतरी की गहराइयाँ न नाप ली जाएँ।' यही कारण है कि संसार में आत्मज्ञान इतना दुर्लभ है। भला कौन ऐसा करने को तैयार होगा? क्या आप सचमुच अपने सबसे भ्रष्ट विचारों की अंधेरी गहराइयों में जाकर यह देखने को तैयार होंगे कि असली नियंत्रण किसके हाथ में है?

कोलम्बाइन हाईस्कूल के कुख्यात हत्यारे एरिक हैरिस ने अपने सहपाठियों का नरसंहार करने से एक दिन पहले बिना किसी समझ के जो शब्द लिखे थे, वे क्या थे? : 'यह सचमुच बड़ा दिलचस्प अनुभव है, जब मैं अपने मानव रूप में होते हुए यह जानता हूँ कि मैं मरनेवाला हूँ। अब हर चीज़ में तुच्छता का स्पर्श है।' भला कौन इसकी व्याख्या करने की हिम्मत करेगा? या इससे भी बदतर भला कौन इसकी कमियाँ बताते हुए इसे दूसरों को समझाना चाहेगा?

रेगिस्तान में क्राइस्ट का सामना शैतान से होता है (ल्यूक 4:1-13 और मैथ्यू 4:1-11 देखें)। यह कहानी भौतिक रूप से और तत्वमीमांसा के लिहाज से भले ही कोई भी संकेत देती हो, पर इसका एक स्पष्ट मनोवैज्ञानिक और लाक्षणिक अर्थ भी है। इस कहानी का अर्थ है कि क्राइस्ट वह होता है, जो किसी भी हद तक मौजूद इंसानी भ्रष्टता और बुराई की निजी जिम्मेदारी लेने के लिए प्रतिबद्ध हो। इसका अर्थ है कि क्राइस्ट शाश्वत रूप से वह होता है, जो इंसानी स्वभाव के सबसे द्वेषपूर्ण तत्व द्वारा दिए जानेवाले प्रलोभनों का सामना करने, उन पर गहराई से विचार करने और उनमें फँसने का जोखिम लेने को तैयार हो। इसका अर्थ है कि क्राइस्ट हमेशा वह होता है, जो बुराई का सामना होशपूर्वक, स्वेच्छा से और उस रूप में करने तो तैयार

हो, जो उसके और इस संसार के अंदर एक साथ बसता है। यह सिर्फ एक महत्वपूर्ण बात नहीं है (हालाँकि इसमें कोई दोराय नहीं कि यह बात बहुत महत्वपूर्ण है); यह ऐसी चीज़ भी नहीं है, जिससे यूँ ही अपना पल्ला झाड़ लिया जाए और न ही यह सिर्फ एक बौद्धिक मामला है।

युद्ध के मैदान में जोखिमभरे कार्य के कारण सैनिक पोस्ट ट्रॉमेटिक स्ट्रेस डिसऑर्डर[6] इस बीमारी से ग्रस्त होते हैं। लेकिन वे इस बीमारी को बढ़ने नहीं देते क्योंकि युद्ध के मैदान में उन्होंने उतनी ही भयानक बातें देखी होती हैं। युद्ध के मैदान में बहुत से राक्षसी स्वभाववाले लोग मौजूद होते हैं। असल में किसी युद्ध में शामिल होना आपके लिए नर्क के दरवाजे खोल देता है। फिर उस नर्क से निकली कोई भी चीज़, सुदूर प्रदेश से आए उस भोले-भाले लड़के को अपनी चपेट में ले लेती है, जो वहाँ सैनिक के रूप में लड़ने आया है। इसके बाद वह सैनिक भी राक्षसी प्रवृत्ति का हो जाता है और कई भयानक कार्य करता है। जैसे वह महिलाओं का बलात्कार करके उनकी हत्या कर देता है, वह माई लाई[7] में नवजात शिशुओं का नरसंहार करता है और खुद को यह सब करते हुए देखता है। उसके व्यक्तित्व के किसी अंधेरे कोने को यह सब आनंददायी लगता है और यही वह हिस्सा है, जो सबसे अविस्मरणीय है। इसके बाद वह नहीं जानता कि वह खुद के साथ, अपनी और इस संसार की उस वास्तविकता के साथ सामंजस्य कैसे बिठाए, जो युद्ध के मैदान में उसकी आँखों के सामने थी। उसकी इस हालत पर किसी को हैरानी भी नहीं होनी चाहिए।

मिश्र के महान और मौलिक मिथकों में होरस नामक देवता - जिसे ऐतिहासिक और वैचारिक दृष्टि से अक्सर क्राइस्ट का अग्रदूत माना जाता है - को भी ठीक यही अनुभव हुआ, जब उसने सेट नामक अपने भ्रष्ट चाचा का सामना किया। सेट दरअसल वह देवता था, जिसने होरस के पिता ओसिरिस का सिंहासन हथिया लिया था। होरस एक बाज़ देवता था, जो सब कुछ देख सकता था। वह अपने आपमें मिश्र की सर्वोच्च दृष्टि व अनंत ध्यान था। वह इतना साहसी था कि सेट के साथ सीधी लड़ाई में उसकी असली प्रवृत्ति से संघर्ष कर रहा था। हालाँकि अपने भयभीत चाचा के साथ हुए इस संघर्ष में उसकी चेतना क्षतिग्रस्त हुई और उसने अपनी एक आँख

---

6 किसी भयानक सदमे के बाद निरंतर होनेवाला गंभीर तनाव

7 वियतनाम के दक्षिण मध्य तट क्षेत्र में स्थित एक कुख्यात गाँव जहाँ वियतनाम युद्ध के दौरान अमेरिकी सैनिकों ने निहत्थे लोगों का नरसंहार किया था

खो दी। अद्वितीय दृष्टि क्षमता और देवता होने के बावजूद उसके साथ ऐसा हुआ। अगर कोई साधारण व्यक्ति ऐसा संघर्ष करता, तो न जाने क्या खो देता! और शायद बाहरी संसार में हुए अपने नुकसान के बराबर की आंतरिक दृष्टि और समझ प्राप्त कर लेता।

शैतान बलिदान से इनकार करता है; वह अहंकार का अवतार है; वह छल, कपट, क्रूरता और सचेत द्वेष का रूप है। वह इंसान, ईश्वर व अस्तित्व के प्रति घृणा का रूप है। वह कभी विनम्र नहीं होता, यहाँ तक कि तब भी जब उसे अच्छी तरह पता होता है कि उसे विनम्र हो जाना चाहिए। इसके अलावा वह अच्छी तरह जानता है कि वह क्या कर रहा है। फिर भी विनाश की अपनी इच्छा से ग्रस्त होने के कारण वह जानबूझकर और सोच-समझकर ऐसा करता है। वह शैतान ही है, जो स्वयं बुराई या भ्रष्टता का आदर्शरूप है और ईश्वर के आदर्शरूप क्राइस्ट का सामना कर उसे प्रलोभन देता है। वह शैतान ही है, जो सबसे कष्टकर परिस्थितियों में मानवजाति के रक्षक को ऐसा प्रस्ताव देता है, जिसकी प्रबल इच्छा हर पुरुष के अंदर होती है।

पहला प्रलोभन

शैतान सबसे पहले रेगिस्तान की चट्टानों को रोटी में बदलकर भूखे क्राइस्ट को भूख शांत करने का प्रलोभन देता है। दूसरे प्रलोभन के तौर पर शैतान क्राइस्ट से ईश्वर को पुकारते हुए ऊँचाई से कूदने को कहता है। वह कहता है कि 'अगर ईश्वर का अस्तित्व सचमुच है, तो उसके दूत आकर क्राइस्ट को गिरने से बचा लेंगे।' पहले प्रलोभन के जवाब में क्राइस्ट कहते हैं, 'इंसान सिर्फ रोटी के बल पर नहीं जीता बल्कि ईश्वर के मुँह से निकले हर शब्द के बल पर जीता है।' उनके इस जवाब का अर्थ क्या है? इसका अर्थ है कि सबसे अधिक कठिन और तंगी की परिस्थिति में भी ऐसी कई चीज़ें हैं, जो भोजन से अधिक महत्वपूर्ण हैं। दूसरे शब्दों में कहें तो, जिस इंसान ने अपनी आत्मा को ही प्रकट किया हो, वह भले ही भूखा मर रहा हो, पर रोटी उसके क्या काम आएगी? जैसा कि शैतान संकेत देता है, क्राइस्ट अपनी भूख मिटाने के लिए जब चाहे अपनी अनंत शक्ति का इस्तेमाल करके रोटी प्राप्त कर सकते हैं - इस बात को व्यापक अर्थों में कहें तो संसार में संपत्ति हासिल करने के लिए ऐसा करना आसान है (जो सैद्धांतिक रूप से खाने की समस्या का स्थाई हल है) पर किस कीमत पर? और क्या हासिल करने के लिए? नैतिक विनाश के बीच अपनी लालच के लिए? क्योंकि यह सबसे गरीब और सबसे दुर्गतिभरी दावत होगी। इसीलिए क्राइस्ट का मकसद इससे कहीं ऊँचा है : अस्तित्व का एक विशेष

रूप, जो आखिरकार भूख की समस्या को हमेशा के लिए हल कर देगा। अगर हम भोजन करके अपनी भूख मिटाने जैसी सुविधा के बजाय ईश्वर के शब्दों का चुनाव करें तो हर इंसान के लिए जीना, उत्पादन करना, बलिदान करना, बोलना और दूसरों से साझा करना ज़रूरी होगा, जो भूख की समस्या को हमेशा के लिए हल कर देगा। रेगिस्तान के अभावपूर्ण जीवन में भूख की समस्या को आखिरकार इसी तरह सुलझाया गया था।

गॉस्पल में इसके कई अन्य संकेत नाटकीय रूप से पेश किए गए हैं। क्राइस्ट को लगातार अनेकों लोगों के भरण-पोषण के आपूर्तिकर्ता के तौर पर पेश किया गया है। वे चमत्कारिक ढंग से रोटी और मछली को कई गुना बढ़ाते रहते हैं। वे पानी को वाइन में बदल देते हैं। इन सब चीज़ों का क्या अर्थ है? यह सबसे व्यावहारिक और गुणवत्तापूर्ण ढंग से जीवन जीने के लिए एक उच्चतम अर्थ प्राप्त करने की पुकार है। यह एक ऐसी पुकार है, जिसे बड़े ही नाटकीय या साहित्यिक ढंग से चित्रित किया गया है कि अगर तुम आदर्श रक्षक की तरह जीओगे, तो तुम्हें और तुम्हारे आसपास के लोगों को कभी भूखा नहीं रहना पड़ेगा। जो लोग उचित ढंग से जीवन जीते हैं, उन्हें संसार के सारे लाभ मिलते हैं। यह सिर्फ रोटी प्राप्त करने से कहीं बेहतर है। यह उस धन से भी कहीं बेहतर है, जिसे खर्च करके रोटी प्राप्त की जाती है। इसीलिए क्राइस्ट - जो प्रतीकात्मक रूप से सर्वश्रेष्ठ व्यक्ति हैं - पहले प्रलोभन से मुक्त हो जाते हैं। इसके बाद दो और प्रलोभन आते हैं।

दूसरा प्रलोभन

दूसरे प्रलोभन के तौर पर शैतान क्राइस्ट से कहता है, 'जाओ, किसी ऊँची जगह से कूद जाओ और अगर ईश्वर का अस्तित्व सचमुच होगा, तो वह तुम्हें ज़रूर बचा लेगा। अगर तुम सचमुच उसके बेटे हो, तो वह तुम्हें बचाने ज़रूर आएगा।' आखिर ईश्वर अपने इकलौते बेटे को भूख, एकाकीपन और क्रूरतम बुराइयों से बचाने के लिए खुद को सबसे सामने क्यों नहीं लाता? पर यह बात जीवन के किसी स्वरूप या उदाहरण को सामने नहीं लाती और न ही साहित्यक रूप से इसकी कोई योग्यता है। साहित्यिक किस्से-कहानियों में नायक को दुर्गति से बचाने के लिए अचानक किसी जादू की तरह प्रकट होनेवाली दिव्य शक्ति दरअसल कुछ और नहीं बल्कि लेखकों द्वारा इस्तेमाल की जानेवाली एक सस्ती चाल है। असल में यह चाल अपने आपमें स्वतंत्रता, साहस, नियति, स्वतंत्र इच्छा और जिम्मेदारी का मज़ाक उड़ाती है। इसके अलावा ईश्वर अंधों की लाठी भी नहीं है। उसे जादुई चालें दिखाने का

आदेश नहीं दिया जा सकता। न ही उसे अपनी दिव्य उपस्थिति को प्रकट करने के लिए जबरन बुलाया जा सकता – कोई आम इंसान तो क्या, ईश्वर का बेटा खुद भी ऐसा नहीं कर सकता।

'अपने ईश्वर की परीक्षा मत लो' (मैथ्यू 4:7) – क्राइस्ट का यह संक्षिप्त जवाब दूसरे प्रलोभन को भी समाप्त कर देता है। क्राइस्ट ईश्वर को अपने किसी मामले में हस्तक्षेप करने के लिए नहीं कह सकते और न यूँ ही ईश्वर को किसी बात के लिए आदेश देने का दु:साहस कर सकते हैं। वे अपने जीवन की घटनाओं के प्रति अपनी जिम्मेदारी से बचने से इनकार कर देते हैं। वे शैतान की इस माँग को ठुकरा देते हैं कि ईश्वर आकर अपने होने का सबूत पेश करे। इसके साथ ही वे खुद को बचाने के लिए ईश्वर को मना कर देते हैं और घातक आलोचनीयता की समस्या को सुलझाने से इनकार कर देते हैं क्योंकि इससे दूसरों की ये समस्या हमेशा के लिए हल नहीं होगी। इस प्रलोभन को त्यागने में पागलपन के सुकूनभरे दायरे को ठुकराने की गूँज भी सुनाई देती है। स्वयं को एक जादुई मसीहा के तौर पर देखना बहुत आसान भी है और एक किस्म का पागलपन भी। जिस निर्जन रेगिस्तान की कड़ी परिस्थितियों के बीच क्राइस्ट ने अपना पड़ाव डाला था, वहाँ यह भी एक बड़ा प्रलोभन था। पर वे इस विचार को ही ठुकरा देते हैं कि मुक्ति – यहाँ तक कि जीवित रहना भी – श्रेष्ठता के मोहित करनेवाले दिखावे या ईश्वर को आदेश देने पर निर्भर नहीं है, भले ही ऐसा करनेवाला ईश्वर का बेटा ही क्यों न हो।

तीसरा प्रलोभन

आखिरकार अब बारी आती है तीसरे और अंतिम प्रलोभन की, जो बाकी सबसे अधिक सम्मोहक है। क्राइस्ट के सामने दुनिया पर राज करने का प्रलोभन आता है। यह सांसारिक शक्ति का सबसे मोहक आव्हान है, जो क्राइस्ट को संसार के हर इंसान और हर चीज़ को अपने नियंत्रण में लेने का मौका दे रहा था। क्राइस्ट को डॉमिनेंस हाइरार्की (प्रभुत्व आधारित पदानुक्रम) में सबसे उच्चतम स्थान का प्रस्ताव दिया जा रहा था, जो वास्तव में इंसान (और उसके सभी पूर्वजों) की सबसे पशुवादी इच्छा है। जैसे कि हर कोई उसके आदेश का पालन करे, सबसे शानदार संपत्तियाँ उसकी हों, उसके पास निर्माण कार्य कराने और उसे बढ़ाने की शक्ति हो और साथ ही असीमित कामुक संतुष्टि प्राप्त करने का मौका हो। यह सुविधाजनक जीवन का सबसे विस्तृत रूप है। पर ये सिर्फ यहीं तक सीमित नहीं है। किसी का ऐसा रूतबा उसे अपने अंदरूनी अंधेरे को प्रकट करने का असीमित अवसर भी देता

है। खून, बलात्कार और विनाश भी शक्ति के प्रति आकर्षण का ही हिस्सा हैं। पुरुष सिर्फ इसलिए शक्ति हासिल करना नहीं चाहते ताकि उन्हें दोबारा पीड़ा न झेलनी पड़े। वे सिर्फ इसलिए शक्ति हासिल करना नहीं चाहते ताकि इच्छाओं, बीमारियों और मृत्यु के वशीकरण से मुक्त हो सकें। शक्ति का अर्थ प्रतिशोध लेने की क्षमता, दूसरों को अपने अधीन करना और दुश्मनों को नष्ट करना भी होता है। अगर केन को इतनी शक्ति मिल गई होती, तो वह एबल को सिर्फ मारता नहीं बल्कि मारने से पहले उसे अंतहीन समय तक यातना भी देता। इसके बाद ही वह उसकी जान लेता और आखिर में वह किसी को भी नहीं छोड़ता।

डॉमिनेंस हाइरार्की के सबसे उच्चतम स्थान से भी ऊँचा कुछ और है, जिस तक पहुँचने के मौके को निकटवर्ती सफलता के लिए न्योछावर नहीं किया जा सकता। यह भी एक वास्तविक स्थान है। हालाँकि इसे स्थान के सामान्य भौगोलिक अर्थों में नहीं देखा जा सकता। उदाहरण के लिए एक बार मैंने सपने में क्षितिज तक मीलों फैले एक विशाल परिदृश्य को देखा था। सपने में मैं हवा में तैर रहा था और उस पूरे परिदृश्य को किसी चिड़िया की तरह दूर आकाश से देख रहा था। मुझे चारों ओर कई मंजिलोंवाले काँच के पिरामिड दिखाई दे रहे थे। कुछ छोटे और कुछ बड़े, कुछ एक-दूसरे के ऊपर जोड़कर बने हुए तो कुछ बिलकुल अलग-थलग। वे सब आधुनिक गगनचुंबी इमारतों जैसे थे। सारे पिरामिड ऐसे लोगों से भरे हुए थे, जो उसके शिखर तक पहुँचने की कोशिश में थे। पर कुछ ऐसा भी था, जो उस शिखर से ऊपर था और हर पिरामिड की सीमा के बाहर एक ऐसा विशेष-क्षेत्र था, जिस पर वह निर्मित था। वह पिरामिड का एक विशेष स्थान था, जैसे हमारे शरीर पर आँख का एक विशेष स्थान होता है। पिरामिड के उस विशेष स्थान ने उस सीमा से ऊपर मुक्त होकर उड़ान भरने का चुनाव किया था; उसने किसी विशिष्ट समूह पर हावी होने का नहीं बल्कि किसी तरह उन सबको पार करने का चुनाव किया। यह कुछ और नहीं बल्कि शुद्ध और अछूता ध्यान था, जो सबसे अलग, सतर्क, चौकन्ना ध्यान था, जो सही समय व सही स्थान पर सक्रिय होने का इंतजार कर रहा था। जैसा कि चीन के गौरव ग्रंथ 'ताओ ते चिंग' में बताया गया है:

जो संघर्ष करता है, वह जीतता है;
और जो लोभी है, वह हार जाता है।
एक साधु जीतने के लिए संघर्ष नहीं करता,
इसीलिए कभी नहीं हारता;

वह लोभ नहीं करता, इसलिए नहीं हारता।

तीसरे प्रलोभन की कहानी में उचित अस्तित्व का एक सशक्त आह्वान है। धरती पर ईश्वर के राज्य की स्थापना और स्वर्ग का पुनरूत्थान यह सबसे बड़ा पुरस्कार हासिल करने के लिए इंसान को अपना जीवन इस ढंग से जीना चाहिए, जिसमें प्राकृतिक और विकृत, दोनों किस्म की इच्छाओं की तत्काल संतुष्टि को अस्वीकार किया जाता हो। फिर चाहे बुराई के प्रलोभन के साथ वे इच्छाएँ उसके सामने कितने भी शक्तिशाली, प्रभावकारी और वास्तविक ढंग से पेश की जा रही हों। बुराई या भ्रष्टता जीवन की तबाही को और बढ़ा देती हैं, जिससे अस्तित्व की मूलभूम त्रासदी के चलते सुविधाजनक चीज़ों को हासिल करने की प्रेरणा और बढ़ जाती है। साधारण बलिदान करने पर उस तबाही से काफी हद तक बचा जा सकता है, पर बुराई या भ्रष्टता को हराने के लिए विशिष्ट किस्म के बलिदान की ज़रूरत होती है। इस विशिष्ट बलिदान के वर्णन ने ही कई शताब्दियों से ईसाई कल्पनाशक्ति को बेचैन कर रखा है। आखिर इसका वैसा प्रभाव क्यों नहीं हुआ, जिसकी उम्मीद थी? आखिर हम इस बात पर अडिग क्यों हैं कि आसमान की ओर सिर उठाकर अच्छाई की अपनी महत्वाकांक्षा के लिए सब कुछ न्यौछावर करने के अलावा हमारे पास और कोई बेहतर योजना है ही नहीं? क्या ऐसा इसलिए है क्योंकि हम इसे समझ पाने में असमर्थ हैं या फिर हम जाने-अजाने मे अपने रास्ते से भटककर पतन की ओर चले गए हैं?

ईसाइयत और इसकी समस्याएँ

कार्ल युंग ने परिकल्पना की थी कि जब यूरोपियन लोग इस नतीजे पर पहुँचे कि आध्यात्मिक उद्धार पर भारी जोर देने की अपनी प्रवृत्ति के कारण - ईसाई धर्म संसार में मौजूद पीड़ा की समस्या को हल करने में विफल रहा है - तो उन्होंने पाया कि वे विज्ञान की ज्ञान संबंधी प्रौद्योगिकियों को विकसित करने की ओर प्रेरित हो रहे हैं ताकि भौतिक संसार को जाँच-परख सकें। पुनर्जागरण काल के तीन-चार शताब्दी पहले ही संसार की समस्या को सुलझाने में ईसाई धर्म की विफलता का एहसास असहनीय रूप से तीव्र हो गया था। जिसके परिणामस्वरूप पश्चिमी जन-मानस में सामूहिक रूप से एक अजीब और गहन प्रतिकारात्मक कल्पना उभरनी शुरू हो गई। यह कल्पना सबसे पहले रसायनशास्त्र के चिंतन में व्यक्त होनी शुरू हुई थी और फिर कई शताब्दियों बाद संपूर्ण विज्ञान के रूप से विकसित हुई। ये रसायन शास्त्रज्ञ ही थे, जिन्होंने स्वास्थ्य और संपत्ति पाने व दीर्घायु होने के रहस्यों को खोजने

की उम्मीद के साथ सबसे पहले पदार्थ के रूपांतरण को जाँचा-परखा। इन महान स्वप्नद्रष्टाओं (जिनमें आईज़ैक न्यूटन सबसे आगे थे) ने अपने अंतर्ज्ञान की मदद से यह कल्पना की कि जिस भौतिक संसार को चर्च बार-बार धिक्कारता रहता है, उसमें कई रहस्य छिपे हुए हैं। इन रहस्यों को उजागर करके मानवता को उसकी सांसारिक पीड़ाओं और सीमाओं से मुक्त किया जा सकता है। संदेह से प्रेरित यही वह दूरदृष्टि है, जिसने अलग-अलग विचारकों से एकाग्रता और संतुष्टि में विलंब की माँग करते हुए, विज्ञान के विकास के लिए आवश्यक व्यक्तिगत और सामूहिक प्रेरक शक्ति दी।

इसका अर्थ यह नहीं है कि ईसाई धर्म अपने सबसे अपूर्ण रूप में भी - विफल रहा। वास्तविकता इससे बिलकुल विपरीत है : ईसाई धर्म ने वह उपलब्धि हासिल की है, जो करीब-करीब असंभव थी। ईसाई सिद्धांतों ने इंसान की आत्मा को बुलंद करते हुए गुलामों, उनके मालिकों और आम लोगों, सभी को समान आध्यात्मिक आधार देते हुए; उन्हें ईश्वर और कानून के सामने एक-दूसरे के बराबर रखा। ईसाईयत ने इस बात पर जोर दिया कि राजा भी इस लिहाज से सबके जैसा ही है। इस बात को पूर्णत: स्थापित करने के लिए मौजूदा साक्ष्यों से बिलकुल विपरीत- इस विचार को जड़ से कमज़ोर करना पड़ा कि 'सांसारिक शक्तियाँ और प्रभुत्व ईश्वर की कृपा का संकेत हैं।' यह कुछ हद तक ईसाईयत द्वारा इस अजीब बात पर जोर देने से संभव हुआ कि प्रयास करके या आवश्यक 'कर्म' करके मुक्ति हासिल नहीं की जा सकती। ईसाई सिद्धांतों की सीमाएँ चाहे जो रही हों, पर इन्हीं सिद्धांतों ने राजाओं, अभिजात्य वर्ग के लोगों और अमीर व्यापारियों को आम लोगों के नैतिक शासक की तरह व्यवहार करने से रोका। जिसके परिणामस्वरूप तमाम मुश्किलों के बावजूद, अंतर्निहित परागमन की आध्यात्मिक अवधारणा - पश्चिमी कानून और समाज की मूलभूत पूर्वकल्पना के तौर पर स्थापित हुई। अतीत में ऐसा नहीं था और आज भी संसार के ज़्यादातर स्थानों में ऐसा नहीं है। असल में ये कोई चमत्कार नहीं है (हमें यह तथ्य हमेशा याद रखना चाहिए) कि हमारे पूर्वजों के हाइरार्की आधारित समाजों - जहाँ दास-प्रथा थी - ने नैतिक या धार्मिक प्रकटीकरण के अनुसार खुद को इस तरह पुनर्गठित किया कि किसी इंसान को अपना गुलाम बनाना और उस पर राज करना गलत माना जाने लगा।

यह याद रखना भी बेहतर होगा कि दास-प्रथा की एक स्पष्ट तात्कालिक उपयोगिता थी और यह अपने आपमें सम्मोहक, सुविधाजनक और व्यावहारिक है

कि शक्तिशाली को कमजोर पर राज करना चाहिए (कम से कम शक्तिशाली के लिए तो है)। इसका अर्थ है कि दास-प्रथा (जिसमें यह मूल विचार भी शामिल है कि चूँकि दासों के मालिक अपनी शक्ति और स्वामित्व का उचित इस्तेमाल करते थे इसलिए वे सज्जन लोग थे और उनकी शक्ति न सिर्फ वैध थी बल्कि नेक भी थी) पर सवाल उठाने से पहले उस समाज के मूल्यों की क्रांतिकारी आलोचना भी ज़रूरी थी, जहाँ यह प्रथा प्रचलन में थी। ईसाईयत ने स्पष्ट रूप से यह आश्चर्यजनक दावा किया कि सबसे निचले दर्जे पर मौजूद इंसान के पास भी अधिकार हैं और ये सच्चे अधिकार हैं - इन अधिकारों को मान्यता देना एक सर्वश्रेष्ठ राज्य की मौलिक जिम्मेदारी है। ईसाईयत ने स्पष्ट रूप से इस अकल्पनीय विचार को भी सामने रखा कि किसी इंसान को दास बनाकर उसका मालिक दरअसल उससे भी अधिक तुच्छ हो जाता है (जबकि पहले इसे सज्जन माना जाता था)। हम यह समझ पाने में असमर्थ हैं कि उस जमाने में इस तरह के विचार को स्वीकार कर पाना कितना मुश्किल रहा होगा। हम भूल जाते हैं कि अधिकतर इंसानी इतिहास में विपरीत स्थिति भी बिलकुल स्पष्ट थी। हमें लगता है कि दूसरों को अपना दास बनाने और उन पर हावी होने की इच्छा का स्पष्टीकरण देने की ज़रूरत है। एक बार फिर हम मामले उल्टे ढंग से देख रहे हैं।

इसका यह अर्थ नहीं है कि ईसाईयत की अपनी कोई समस्याएँ थीं ही नहीं। पर यह गौर करना बेहतर होगा कि वे ऐसी समस्याएँ थीं, जो बिलकुल अलग किस्म की अधिक गंभीर समस्याओं को सुलझाने के बाद उठ खड़ी हुई थीं। ईसाईयत ने जिस तरह के समाज की स्थापना की, वह पेगन (पूर्वकालीन ईसाइयों द्वारा बहुदेववादी धर्म को माननेवालों के लिए इस्तेमाल किया गया निंदात्मक शब्द) और यहाँ तक कि रोमन समाज से कम असभ्य था। ईसाईयत ने इन समाजों की जगह ले ली। भले ही ईसाई समाज में कई असभ्यताएँ (बर्बरताएँ) जारी रही हों, पर कम से कम उसने इस बात का एहसास तो किया कि जनता के मनोरंजन के लिए दासों को भूखे शेरों के सामने छोड़ देना गलत है। ईसाई समाज ने शिशुहत्या, वेश्यावृत्ति और इस सिद्धांत पर आपत्ति उठाई कि जिसके पास ताकत है, उसकी हर बात सही है। ईसाईयत ने इस बात पर जोर दिया कि महिलाएँ भी पुरुषों के बराबर महत्वपूर्ण हैं (हालाँकि हम अब भी यह समझने में लगे हैं कि इस आग्रह को राजनीतिक तौर पर कैसे व्यक्त किया जाए)। इसने यह माँग भी की कि समाज के दुश्मन को भी एक इंसान के तौर पर ही देखना चाहिए और आखिरकार इसने राज्य को चर्च से अलग भी कर दिया ताकि सम्राट, जो एक इंसान ही हैं, खुद के ईश्वर होने का दावा न कर सकें। ये सब

असंभव चीज़ें थीं, पर फिर भी संभव हुईं।

जैसे-जैसे ईसाई क्रांति आगे बढ़ी, वैसे-वैसे इसके द्वारा सुलझाई गई असंभव सी समस्याएँ नज़र आनी भी बंद हो गईं। जिन समस्याओं को सुलझा लिया जाता है, उनके साथ यही होता है। समाधान होने के बाद यह तथ्य भी नज़र आना बंद हो जाता है कि कभी ऐसी समस्याएँ सचमुच मौजूद थीं।

इसके बाद ही वे समस्याएँ पश्चिमी चेतना के केंद्र में आईं, जो ईसाई सिद्धांतों के तत्काल समाधानों से हल नहीं हुईं। उदाहरण के लिए इन्हीं समस्याओं ने विज्ञान के उस विकास को प्रेरित किया, जिसका उद्देश्य ऐसी शारीरिक और भौतिक तकलीफों को दूर करना था, जो सफलतापूर्वक ईसाई बने समाजों में अब भी बड़े पीड़ादायी ढंग से मौजूद थीं। ठीक वैसे ही जैसे गाड़ियों द्वारा फैलनेवाले प्रदूषण को तभी एक महत्वपूर्ण समस्या माना गया, जब उन गाड़ियों के अंदर मौजूद इंजन ने वह समस्या खत्म कर दी, जो इंजन के आविष्कार से पहले मौजूद थी यानी आवागमन की समस्या। गरीबी से त्रस्त इंसान पर्यावरण में फैल रही कार्बनडाइऑक्साइड की फिक्र नहीं करता। ऐसा नहीं है कि कार्बनडाइऑक्साइड का बढ़ता स्तर वास्तव में अप्रासंगिक (व्यर्थ) है। पर वह तब ज़रूर अप्रासंगिक हो जाता है, जब आप भूखे मर रहे हों और सड़क किनारे पड़े कचरे से खाना ढूँढ़कर खा रहे हों। बात सिर्फ यह है कि ऐसी समस्या तभी तक अप्रासंगिक रहती है, जब तक ट्रैक्टर जैसी किसी चीज़ का आविष्कार नहीं हो जाता। क्योंकि ट्रैक्टर के आने के बाद खेती करना आसान हो गया और फिर हज़ारों लोगों के खाने का इंतजाम करना भी आसान हो गया। अब वे भूखे नहीं मर रहे थे। 19वीं शताब्दी के अंत में जब फ्रेडरिक नीत्शे सामने आए, तब तक वे समस्याएँ बहुत महत्वपूर्ण बन चुकी थीं, जिन्हें ईसाईयत अब तक हल नहीं कर पाई थी।

अगर यह कहा जाए कि नीत्शे ने दार्शनिकता का हथौड़ा चलाते हुए अपनी बातें कही थीं, तो कोई अतिशयोक्ति नहीं होगी। उनके द्वारा की गई ईसाईयत की विनाशकारी आलोचना में दो मुख्य हमले शामिल थे। वह आलोचना उसी विज्ञान के साथ अपने द्वंद के कारण कमजोर पड़ चुकी थी, जिसे उसने बढ़ावा दिया था। नीत्शे का दावा था कि ईसाईयत ने वास्तव में जिस सत्य को बढ़ावा दिया, आखिरकार उसी पर प्रश्नचिन्ह लग गया और फिर उसी ने आस्था के मौलिक सिद्धांत को भी कमज़ोर कर दिया। आंशिक रूप से ऐसा इसलिए था क्योंकि नैतिक सत्य और वस्तुनिष्ठ सत्य के बीच के फर्क को पूरी तरह समझा नहीं गया (इसीलिए यह मान

लिया गया कि इसका कोई विरोधी भी मौजूद है, जबकि वास्तव में कोई विरोधी था ही नहीं) पर यह बात मुख्य चीज़ की ओर इशारा नहीं करती। यहाँ तक कि ईसाईयत का विरोध करनेवाले आधुनिक नास्तिक कट्टरपंथियों को इस बात पर जोर देने के लिए नीचा दिखाते हैं कि जेनेसिस में बताई गई जीवन की उत्पत्ति की कहानी वस्तुनिष्ठ रूप से बिलकुल सच है। उस समय दरअसल वे सत्य की अपनी उस समझ का इस्तेमाल कर रहे होते हैं, जो ऐसा तर्क-वितर्क करने के लिए ईसाई संस्कृति के दौर से कहीं अधिक विकसित है। दशकों बाद कार्ल युंग ने नीत्शे के तर्कों को विकसित करना जारी रखा। उसने इस बात की ओर इशारा किया कि पुनर्जागरण काल में यूरोप मानों ईसाई स्वप्न से जाग उठा और उसने गौर किया कि वह अब तक जिन चीज़ों को अर्थहीन समझता आया था, उन पर सवाल उठाए जा सकते हैं और उठाए जाने चाहिए। नीत्शे ने कहा था, 'ईश्वर मर चुका है और उसे हमने ही मारा है। हम, जो सबसे बड़े हत्यारे हैं, आखिर खुद को सांत्वना कैसे देंगे, जब हमारे ही चाकुओं से उसका खून हुआ है, जो इस संसार में सबसे पवित्र और सबसे शक्तिशाली था? हम पर लगे खून के ये दाग कौन साफ करेगा?'

नीत्शे के अनुसार अब एक ईसाई इंसान जिन चीज़ों को सत्य मानता है, उनके चलते ईसाई धर्म के केंद्रीय धर्मसिद्धांत अब विश्वसनीय नहीं रह गए थे। यह नीत्शे का दूसरा हमला था - जो चर्च के विकास के दौरान ईसाईयत के सच्चे नैतिक बोझ को हटाने पर किया गया था - जो सबसे अधिक विनाशकारी था। अपने विचारों से हथौड़े जैसी चोट करनेवाले इस दार्शनिक ने उस ईसाई सोच पर हमला किया, जो बहुत पहले स्थापित हुई थी और उनके दौर में बेहद प्रभावशाली थी। वह सोच थी - ईसाईयत का अर्थ है, इस विचार को पूर्णत: स्वीकार करना कि सिर्फ और सिर्फ क्राइस्ट का ही बलिदान था, जिसके चलते मानवता को मुक्ति मिल सकी। इसका अर्थ यह नहीं था कि जो ईसाई व्यक्ति इस बात पर विश्वास करता है कि जिस क्राइस्ट ने मानवता की मुक्ति के लिए सलीब पर मौत को गले लगा लिया - वह यह भी मानता हो कि ऐसा करके क्राइस्ट खुद सारे व्यक्तिगत नैतिक दायित्वों से मुक्त हो गए। पर इसका यह तात्पर्य ज़रूर है कि मुक्ति की प्राथमिक सच्ची जिम्मेदारी उद्धारक यानी क्राइस्ट ने निभा दी और अब पतित इंसानों के करने के लिए ऐसा कुछ नहीं बचा, जो सचमुच महत्वपूर्ण हो।

नीत्शे को विश्वास था कि पॉल और बाद में लूथर के अनुयायी प्रोटेस्टेंट पंथ के लोगों ने; क्राइस्ट के अनुयाइयों की नैतिक जिम्मेदारी को खत्म कर दिया

था। उन्होंने क्राइस्ट की सीमाओं के विचार को कमज़ोर कर दिया था। यह सीमा थी कि क्राइस्ट पर श्रद्धा रखनेवालों का पवित्र कर्तव्य है कि वे अमूर्त विश्वासों के बारे में कही गईं बातों को बिना सोचे-समझे न माने (या उन्हें बस यूँ ही बार-बार न दोहराएँ) बल्कि अपनी किसी परिस्थिति विशेष में उद्धारक के भाव को सचमुच व्यक्त करें। जैसा कि कार्ल युंग के साथ था कि आदर्शरूप को प्रतीकात्मक ढंग से सामने लाएँ और अपने आंतरिक पैटर्न को असली जामा (वस्त्र) पहनाएँ। नीत्शे लिखते हैं, 'ईसाइयों ने ऐसे कोई कर्म नहीं किए, जिन्हें क्राइस्ट ने उनके लिए निर्धारित किया था; और 'आस्था द्वारा सिद्ध समर्थन' के बारे में होनेवाली शर्मनाक बकबक और इसकी प्रासंगिकता को सर्वोच्च मानना दरअसल चर्च में साहस की कमी और जीसस द्वारा बताए गए कर्म करने के लिए इच्छा शक्ति की कमी का परिणाम है।' इसमें कोई दोराय नहीं है कि नीत्शे जैसा कोई और गहन आलोचक मिलना नामुमकिन है।

ईसाई धर्म के केंद्रीय स्वयंसिद्ध सिद्धांतों पर कट्टर विश्वास (जैसे कि क्राइस्ट को सलीब पर चढ़ाने से ही संसार का उद्धार हुआ था... मुक्ति उन्हीं के लिए आरक्षित है, जो मर चुके हैं... कर्म करके मुक्ति नहीं पाई जा सकती...) के तीन परस्पर प्रबल परिणाम थे : पहला परिणाम था, सांसारिक जीवन के महत्त्व को कम आँकना क्योंकि असली महत्त्व तो केवल मरणोपरांत जीवन का मान लिया गया था। इसका अर्थ यह भी था कि फिलहाल जीवन में मौजूद पीड़ा को समाप्त करने की जिम्मेदारी को अनदेखा करना स्वीकार है। दूसरा परिणाम था, यथास्थिति को निष्क्रियता के साथ स्वीकार कर लेना क्योंकि जीवन में प्रयास या कर्म करके मुक्ति पाना तो असंभव माना गया था (मार्क्स ने इसका यह कहकर मज़ाक उड़ाया था कि धर्म दरअसल आम लोगों की अफीम है)। तीसरा व आखिरी परिणाम, किसी भी नैतिक जिम्मेदारी (क्राइस्ट के माध्यम से मुक्ति पाने की मान्यता से अलग कोई भी अन्य मान्यता) को अस्वीकार करने का श्रद्धालु का अधिकार क्योंकि ईश्वर के बेटे ने पहले ही सारे महत्वपूर्ण कर्म कर दिए हैं। यही कारण था कि महान रूसी उपन्यासकार फ़्योदोर दोस्तोवस्की - जिनसे नीत्शे काफी प्रभावित थे - ने भी संस्थागत ईसाई धर्म की आलोचना की थी (हालाँकि उन्होंने ऐसा काफी अस्पष्ट और परिष्कृत ढंग से किया था)। अपनी उत्कृष्ट कृति 'द ब्रदर्स कारमाज़ोव' में उन्होंने अपने नास्तिक नायक ईवान से एक छोटी सी कहानी 'द ग्रांड इन्कीजिटर' कहलवाई है, जिसकी एक संक्षिप्त समीक्षा कुछ इस प्रकार है।

ईवान अपने भाई एल्योसा को – जिसके मठवासी बनने की इच्छा से वह घृणा करता है – स्पेनिश जाँच-पड़ताल के समय क्राइस्ट के वापस पृथ्वी पर लौटने के बारे में बताता है। और जैसा कि उम्मीद थी, क्राइस्ट का पुनर्जीवित होना हंगामा खड़ा कर देता है। वे बीमारों को स्वस्थ और मुर्दों को जिंदा कर देते हैं। उनके ये कारनामे जल्द ही मुख्य जाँचकर्ता की नज़र में आ जाते हैं और उन्हें फौरन गिरफ्तार कर जेल में डाल दिया जाता है। बाद में जाँचकर्ता उनसे मिलने आता है। वह क्राइस्ट को बताता है कि अब किसी को उनकी ज़रूरत नहीं है और उनका यूँ वापस आना चर्च के लिए एक बहुत बड़ा खतरा बन गया है। वह क्राइस्ट से कहता है कि उन्होंने मानवता के सिर पर जो बोझ लाद दिया है – आस्था और सत्य के साथ जीने का बोझ – वह किसी नश्वर इंसान के लिए बहुत भारी बोझ है। जाँचकर्ता दावा करता है कि चर्च ने क्राइस्ट पर तरस खाते हुए उनके संदेश को फीका कर दिया है और उनके अनुयाइयों के कंधों से एक परिपूर्ण अस्तित्व विकसित करने का जिम्मा हटा दिया है। इसके बदले में उन्हें पलायन करने के लिए आस्था और मरणोपरांत जीवन जैसा आसान तरीका उपलब्ध करवा दिया है। जाँचकर्ता कहता है कि 'हमने जो कार्य किए हैं, उन्हें पूरा करने में कई शताब्दियों का समय लगा है और इतनी मेहनत के बाद अब चर्च यह नहीं चाहता कि वह उद्धारक संसार में लौटकर आए, जिसने इस बात पर जोर दिया था कि लोगों को खुद सारी जिम्मेदारियाँ उठानी चाहिए।' क्राइस्ट ने बड़ी शांति से उसकी हर बात सुनी और जैसे ही वह जाँचकर्ता वापस लौटने को मुड़ा, क्राइस्ट ने उसे गले लगा लिया और इससे पहले कि वह कुछ समझ पाता, क्राइस्ट ने उसके होंठों को चूम लिया। क्राइस्ट की इस हरकत से उस जाँचकर्ता को इतना गहरा झटका लगता है कि वह पीला पड़ जाता है और जेल का दरवाजा खुला छोड़कर फौरन वहाँ से चला जाता है।

इस कहानी की गहनता और ऐसी कहानी कहने के लिए ज़रूरी आत्मा की महानता को अतिरंजित (अतिशयोक्तिपूर्ण) नहीं कहा जा सकता। संसार की सबसे महान साहित्यिक प्रतिभाओं में से एक दोस्तोवस्की ने जितनी भी महान किताबें लिखी हैं, उन सभी में उन्होंने सबसे गंभीर अस्तित्वगत समस्या का मुकाबला किया है। ऐसा करते हुए न सिर्फ उन्होंने गहन साहस का परिचय दिया बल्कि परिणाम की चिंता भी नहीं की। वे भी एक ईसाई थे, इसके बावजूद उन्होंने बड़ी दृढ़ता से एक अयोग्य व्यक्ति को अपना तर्कवादी और नास्तिकतावादी विरोधी स्वीकार करने से

इनकार कर दिया था। 'द ब्रदर्स कारमाज़ोव' में दोस्तोवस्की का नास्तिक नायक ईवान ईसाइयत की पूर्वधारणाओं के खिलाफ बड़ी स्पष्टता और जुनून के साथ अपना तर्क देता है। उसका भाई एल्योसा, जिसका स्वभाव चर्च के प्रति पक्षपातपूर्ण है और जो चर्च जैसी ही सोच भी रखता है, ईवान की किसी भी तर्क का जवाब नहीं दे पाता (हालाँकि ईसाई धर्म पर उसकी आस्था अटल बनी रहती है)। दोस्तोवस्की जानते थे और उन्होंने यह स्वीकार भी किया है कि ईसाइयत दरअसल तर्कसंगत विचारों द्वारा और यहाँ तक कि ज्ञान व प्रज्ञा द्वारा पराजित हो चुकी है। लेकिन (और यह बहुत महत्वपूर्ण है) वे इस सत्य से दूर नहीं भागे, न ही उन्होंने इनकार, छल और यहाँ तक कि व्यंग्य करके अपने उस विरोधी को कमजोर करने की कोशिश की, जो उस बात पर विरोधी था, जिसे दोस्तोवस्की सबसे सत्य और महत्वपूर्ण मानते थे। इसके बजाय उन्होंने कर्म को शब्दों से ऊपर रखते हुए समस्या की व्याख्या की। उपन्यास का अंत आते-आते दोस्तोवस्की 'एल्योसा' में निहित नैतिक अच्छाई को सामने लेकर आए और आखिरकार उसने ईवान की शानदार पर शून्यवादी समीक्षात्मक बुद्धि पर जीत हासिल की। 'एल्योसा' एक नौसिखिए ईसाई किरदार द्वारा क्राइस्ट के प्रतिरूप का साहसी चित्रण था।

मुख्य जाँचकर्ता ने जिस ईसाई चर्च की व्याख्या की थी, वह वही चर्च है, जिसकी नीत्शे ने कड़ी आलोचना की थी। वह चर्च न सिर्फ बचकाना, पाखंडी, पितृसत्तात्मक और राज्य-सत्ता का नौकर था बल्कि उसमें वो कमियाँ भी थीं, जिनका ईसाइयत के आधुनिक आलोचक आज भी विरोध करते हैं। अपनी गहन प्रतिभा के बावजूद नीत्शे खुद को इस बात पर नाराज़ होने की अनुमति तो देते हैं, लेकिन वे अपनी नाराजगी द्वारा दूसरों को आँकते नहीं हैं। मेरा मानना है कि यही वह बिंदु है, जहाँ दोस्तोवस्की नीत्शे से भी आगे निकल जाते हैं और जहाँ दोस्तोवस्की का महान साहित्य नीत्शे की दार्शनिकता से बहुत ऊपर उठ जाता है। दोस्तोवस्की का जाँचकर्ता हर मायने में सच्चे अनुच्छेद जैसा है। वह एक अवसरवादी, निंदक, चालाक, षड्यंत्रकारी और क्रूर प्रश्नकर्ता है, जो धर्मविरोधियों को सताने और यहाँ तक कि उन्हें यातना देकर मारने के लिए भी तैयार था। वह उसी कट्टरता का वाहक है, जिसके झूठेपन से वह अच्छी तरह परिचित है। पर दोस्तोवस्की के पास क्राइस्ट थे - जो आदर्शरूप से संपूर्ण पुरुष हैं और जाँचकर्ता की सारी कमियों के बावजूद उसे चूम लेते हैं। जिसके परिणाम स्वरूप जाँचकर्ता जेल का दरवाजा खुला छोड़ देता है, ताकि क्राइस्ट वहाँ से भागकर सजा से बच सकें। यह बहुत ही महत्वपूर्ण बात है। दोस्तोवस्की ने पाया कि ईसाइयत की महान संरचना ने अपनी तमाम भ्रष्टता

के बावजूद अपने संस्थापक की भावना को ज़रूरी स्थान दिया। यह पश्चिम के चिरस्थायी ज्ञान के लिए एक बुद्धिमान व प्रज्ञापूर्ण आत्मा द्वारा जताया गया गहन आभार है। फिर भले ही उस ज्ञान में कोई दोष हो।

ऐसा नहीं है कि नीत्शे आस्था को – खासतौर पर कैथोलिक आस्था को – उसका यथोचित श्रेय देने को तैयार नहीं थे। कट्टर ईसाईयत को परिभाषित करनेवाली गुलामी की प्राचीन परंपरा में इस बात पर जोर दिया है कि हर चीज़ की व्याख्या एक अकेली सुसंगत आध्यात्मिक परिकल्पना के दायरे में रहकर ही की जाए। नीत्शे का मानना था कि यह परंपरा एक अनुशासित लेकिन मुक्त और आधुनिक मन के उद्भव की एक आवश्यक पूर्व शर्त है। जैसा कि उन्होंने अपनी किताब 'बियॉन्ड गुड एंड ईविल' में बताया है :

> आत्मा का पुराना बंधन... यानी जो भी हो चुका है, उसे ईसाई योजना के परिप्रेक्ष्य में देखने, हर वाकये के बाद ईसाई ईश्वर की पुन: खोज करने और हर दुर्घटना पर ईसाई ईश्वर को न्यायसंगत ठहराने की एक स्थाई आध्यात्मिक इच्छाशक्ति :- ये सारी हिंसा, मनमानी, क्रूरता, भयावहता और अनुचित घटनाएँ ऐसी अनुशासनात्मक युक्तियाँ साबित हुई हैं, जिनसे यूरोपीय आत्मा ने अपनी शक्ति, पश्चातापरहित जिज्ञासा और सूक्ष्म गतिशीलता हासिल की है। इससे अपूर्णीय शक्ति तो मिली पर इस प्रक्रिया में आत्मा को दबना पड़ा, उसका दम घुटा और उसे विकृत होना पड़ा।

नीत्शे और दोस्तोवस्की, दोनों ही मानते थे कि आज़ादी – यहाँ तक कि सक्रिय होने की क्षमता तक – को नियंत्रित करने की ज़रूरत होती है। यही कारण है कि दोनों ने ही चर्च की कट्टरता की ज़रूरत को पहचाना। कोई इंसान स्वतंत्रता और संपूर्णता के साथ सक्रिय हो सके, इससे पहले उसे एक नियंत्रणकारी सुसंगत अनुशासनात्मक संरचना के जरिए नियंत्रित करना होगा। उसके व्यक्तित्व को एक आकार देना होगा – यहाँ तक कि उसे विनाश के करीब भी लाना पड़ सकता है। दोस्तोवस्की ने अपनी आत्मा की महान उदारता के जरिए चर्च को एक हद तक करूणा और यथार्थवाद के साथ देखा। भले ही वह चर्च कितना भी भ्रष्ट रहा हो। उन्होंने स्वीकार किया कि क्राइस्ट की आत्मा या मिजाज़ और दुनिया को बदलकर रख देनेवाले लोगोस[8] ऐतिहासिक रूप से और आज भी इसी कंट्टरपंथी संरचना के

[8] क्रिश्चियनोलॉजी में लोगोस – शब्द, संवाद और तर्क – जीसस क्राइस्ट का ही एक अन्य नाम या उपाधि है।

भीतर अपनी जगह बना सकता है – यहाँ तक कि अपना प्रभुत्व तक स्थापित कर सकता है।

जब एक पिता अपने बेटे को अनुशासित करता है, तो निश्चित ही वह उसकी आज़ादी में दखल दे रहा होता है, खासतौर पर तात्कालिक रूप से। वह अपने बेटे के अस्तित्व की स्वैच्छिक अभिव्यक्ति को एक निश्चित सीमा में बाँधकर उसे एक सामाजिक सदस्य के तौर संसार में अपनी जगह बनाने को बाध्य कर रहा होता है। ऐसे पिता को चाहिए कि वह बेटे के लड़कपन के सारे सामर्थ्य को एक ही दिशा की ओर ले जाए। अपने बेटे के जीवन में ये सीमाएँ तय करने के कारण उसे एक विनाशकारी बल के तौर पर देखा जा सकता है। यह माना जा सकता है कि यह सब वो अपने बेटे के बचपन की चमत्कारी बहुलता को एक संकीर्ण वास्तविकता में बदलने के लिए कर रहा है। पर अगर पिता यह सब नहीं करेगा, तो दरअसल वह अपने बेटे को 'पीटर पैन'[9] ही बना रहने देगा। किसी काल्पनिक दुनिया में खोया हुआ ऐसा बच्चा, जो कभी बड़ा हुआ ही नहीं। यह ऐसा विकल्प है, जो नैतिक रूप से स्वीकार नहीं हो सकता।

चर्च के कट्टरपंथ को उस सत्य की भावना से कम आँका गया, जो चर्च द्वारा ही विकसित किया गया था। कट्टरपंथ को कम करने का परिणाम ईश्वर की मौत के रूप में सामने आया। पर चर्च की कट्टरपंथी संरचना एक आवश्यक अनुशासनात्मक संरचना थी। एक आज़ाद मन का विकास होने के लिए गुलामी (एक अकेली व्याख्यानात्मक संरचना के प्रति निष्ठा) की एक लंबी अवधि आवश्यक है। ईसाई कंट्टरपंथ ने वह गुलामी उपलब्ध कराई। पर कट्टरपंथ कम से कम आधुनिक पश्चिमी लोगों के लिए तो नष्ट हो चुका है। ईश्वर के साथ ही इसका भी खात्मा हो गया है। हालाँकि इसकी लाश के पीछे से जो भी निकलकर आया – यह वाकई एक महत्वपूर्ण मुद्दा है – वह तो और बुरी तरह मृत है; कुछ ऐसा जो कभी जीवित था ही नहीं, अतीत में भी नहीं : यह कुछ और नहीं बल्कि शून्यवाद और उतनी ही खतरनाक नए यूटोपियन (आदर्शवादी) विचारों के प्रति अतिसंवेदनशीलता है। ईश्वर की मृत्यु के बाद ही साम्यवाद और फाँसीवाद की सामूहिक भयावहता ने संसार के कई हिस्सों को अपनी चपेट में ले लिया (नीत्शे और दोस्तोवस्की, दोनों ने ही ऐसा होने की भविष्यवाणी की थी)। नीत्शे ने अपनी ओर से यह कहा था कि 'ईश्वर की

---

[9] स्कॉटलैंड के उपन्यासकार जे.एम. बारी द्वारा रचित एक काल्पनिक किरदार। एक ऐसा उन्मुक्त और नटखट बच्चा जो कभी परिपक्व नहीं हुआ

मौत के बाद हर इंसान को अपने मूल्यों का निर्माण खुद करना होगा।' पर नीत्शे की सोच का यही एक पहलू है, जो मनोवैज्ञानिक रूप से सबसे कमज़ोर नज़र आता है : हम अपने मूल्यों का निर्माण स्वयं नहीं कर सकते क्योंकि हम जिन बातों पर विश्वास करते हैं, उन्हें बस यूँ ही अपनी आत्मा पर थोपा नहीं जा सकता। यह कार्ल युंग की एक महान खोज थी क्योंकि उन्होंने नीत्शे द्वारा सामने रखी गईं समस्याओं का गहन अध्ययन किया था।

हम अपने अधिकार के खिलाफ भी उतना ही विद्रोह करते हैं, जितना दूसरों के अधिकार के खिलाफ। मैं बस यूँ ही खुद को कर्म करने का आदेश नहीं दे सकता और न ही आप ऐसा कर सकते हैं। मैं कहता हूँ कि 'मैं टाल-मटोल करना बंद कर दूँगा' पर मैं ऐसा नहीं करता। मैं कहता हूँ कि 'मैं अपनी खान-पान की आदतें सुधार लूँगा' पर मैं ऐसा नहीं करता। मैं कहता हूँ कि 'मैं नशे में दूसरों के साथ बुरा बरताव करना बंद कर दूँगा' पर मैं ऐसा नहीं करता। मैं खुद को फौरन उस छवि के अनुसार नहीं ढाल सकता, जिसे मेरी बुद्धि ने ही गढ़ा है (खासकर तब जब उस बुद्धि पर किसी विचारधारा का भूत सवार हो)। मेरा एक स्वभाव है और आपके व अन्य बाकी सबके मामले में भी ठीक ऐसा ही है। हमें अपने उस स्वभाव को खोजना होगा और उसी में संतोष मानना होगा, इसके बाद ही हम खुद के साथ शांति स्थापित कर सकते हैं। हम सचमुच क्या हैं? हम सचमुच क्या बन सकते हैं? इस प्रकार के सवालों का जवाब दिया जा सके, इसके पहले यह ज़रूरी है कि हम चीज़ों की तह तक पहुँचें।

संदेह, अतीत मात्र शून्यवाद

नीत्शे से तीन सौ साल पहले महान फ्रांसीसी दार्शनिक रेने डेस्कार्टेस ने अपने संदेह को गंभीरता से लेने, चीज़ों को तोड़-मरोड़कर देखने, उनके सार तक पहुँचने और यह देखने का बौद्धिक मिशन शुरू किया कि क्या वे अपने संदेह या संशयवाद से पहले किसी महत्वपूर्ण चीज़ की खोज कर सकते हैं? इस प्रकार वे एक ऐसी आधारशिला की खोज कर रहे थे, जिस पर उचित सत्ता (Being) को स्थापित किया जा सके। जहाँ तक डेस्कार्टेस का सवाल है, तो जैसा कि उनके मशहूर कथन 'आई थिंक, देयरफोर आई एम' (मेरा अस्तित्व इसीलिए है क्योंकि मैं ऐसा सोचता हूँ) से जाहिर होता है, उन्होंने इसे उस 'मैं' (अहं का भाव) में खोज भी लिया था, जो सोच-विचार करता है और जागरूक है। हालाँकि 'मैं' की यह अवधारणा डेस्कार्टेस से बहुत पहले ही अस्तित्व में आ चुकी थी। हज़ारों साल पहले एक जागरूक 'मैं' ही

तो मिश्र के प्राचीन देवता महान होरस की वह सर्वोच्च दृष्टि थी, जो सब कुछ देख सकती थी। जिसने पहले तो राज्य के अपरिहार्य भ्रष्टाचार का हिस्सा बनकर और बाद में उसका सामना करके राज्य का नवीनीकरण किया। इससे पहले मेसोपोटामिया के लोगों का सृष्टि रचयिता-देवता मर्डुक था, जिनकी दृष्टि उसके सिर को घेरे रहती थी और जिसने इस संसार को पैदा करनेवाले जादुई शब्दों का उच्चारण किया था। ईसाई युग के दौरान वह 'मैं' लोगोस था, जिसने समय की शुरुआत में ही अस्तित्व में व्यवस्था स्थापित करने की बात की थी। इस लिहाज से यह कहा जा सकता है कि डेस्कार्टेस ने लोगोस को बस धर्मनिरपेक्ष बनाकर उसे स्पष्ट रूप से ऐसे किरदार में बदल दिया, 'जो जागरूक है और सोचता है।' सरल शब्दों में कहें तो यह कुछ और नहीं बल्कि आधुनिक सेल्फ है। पर सवाल ये है कि ये सेल्फ वास्तव में है क्या?

अगर हम चाहें, तो एक हद तक इसकी भयावहता को तो समझ सकते हैं पर इसकी अच्छाई को परिभाषित करना आज भी कठिन है। सेल्फ (निजी व्यक्तित्व) दरअसल बुराई का वह महान कर्ता है, जो अस्तित्व का चरण लाँघकर समान रूप से नाजी और स्टालिनवादी[10] हो गया; जिसने ऑश्विज, बूकेनवाल्ड और डेकाउ जैसे जर्मन यातना शिविरों और सोवियत गुलाग[11] को स्थापित किया। इन सभी पर बड़ी गंभीरता से विचार करने की ज़रूरत है। अब सवाल उठता है कि इसके विपरीत क्या हो सकता है? वह कौन सी अच्छाई है, जो इस बुराई का आवश्यक प्रतिरूप है; जिसे इस बुराई ने ही अधिक भौतिक और समझने योग्य बनाया। इस बिंदु पर हम पूरी स्पष्टता और दृढ़ विश्वास के साथ यह कह सकते हैं कि तर्कसंगत बुद्धि अपने न्यूनतम स्तर पर है और यह पारंपरिक ज्ञान को नीचा दिखानेवालों की प्रिय योग्यता भी है। वह काफी हद तक आदर्श मृत्यु व अनंतकाल तक पुनर्जीवित होनेवाले उस देवता के समान है, जो मानवता का शाश्वत उद्धारक है। वह कुछ और नहीं बल्कि लोगोस ही है।

विज्ञान के दार्शनिक कार्ल पॉपर – जो निश्चित रूप से एक रहस्यवादी नहीं

---

[10] स्टालिनवाद किसी विचारधारा या किसी दार्शनिक अवधारणा का नाम नहीं है। मोटे तौर पर साम्यवादी समाज के निर्माण के लिए जोसेफ स्टालिन द्वारा सोवियत संघ में अपनायी गई नीतियों का समुच्चय ही स्टालिनवाद कहलाता है।

[11] व्लादिमिर लेनिन द्वारा स्थापित श्रम केंद्रों को चलानेवाली सरकारी संस्था, जिसके चलते लाखों लोग मारे गए।

थे - सोच-विचार करने को डार्विनवादी प्रक्रिया का तार्किक विस्तार मानते थे। ऐसा प्राणी जो सोच-विचार नहीं कर सकता, उसे अपने अस्तित्व को पूर्णत: साकार करना होगा। वास्तव में वह सिर्फ अपने स्वभाव के अनुसार ही कर्म कर सकेगा और अगर ऐसा करते समय वह अपने व्यवहार से वे चीज़ें प्रकट नहीं कर पाया, जिसकी माँग उसका परिवेश (परिस्थिति) कर रहा है, तो वह नष्ट हो जाएगा। हालाँकि इंसानों के मामले में ऐसा नहीं है। हम अस्तित्व के संभावित रूप का संक्षिप्त वर्णन निर्मित कर सकते हैं। हम एक विचार को कल्पना के रंगमंच पर निर्मित कर सकते हैं। हम अपने और दूसरों के विचारों के सामने या इस संसार के सामने उस विचार इसका परीक्षण कर सकते हैं और अगर यह विचार परीक्षण में खरा नहीं उतरता तो हम इसे त्याग भी सकते हैं। पॉपर्स की प्रणाली के अनुसार हम अपने विचारों को उनके स्थान पर नष्ट होने दे सकते हैं। इसके बाद वह आवश्यक हिस्सा यानी उन विचारों का रचयिता, तुलनात्मक रूप से गलती के बावजूद आगे बढ़ सकता है। हमारे अंदर की आस्था सोच-विचार की ही एक पूर्व शर्त है, जो उन मौतों के दायरे के पार भी जारी रहती है।

विचार और तथ्य, दोनों एक ही चीज़ नहीं है। तथ्य वह है, जो अपने आपमें मरा हुआ है। इसकी कोई चेतना, कोई इच्छा शक्ति, कोई प्रेरणा और कोई क्रिया नहीं होती। संसार में अरबों मरे हुए तथ्य हैं। इंटरनेट अपने आपमें मरे हुए तथ्यों के कब्रिस्तान जैसा है। पर एक विचार, जो किसी इंसान को अपनी चपेट में ले लेता है या यूँ कहें कि उस पर अपना प्रभाव जमा लेता है, वह जीवित होता है। विचार खुद को प्रकट करना चाहता है और इस संसार में रहना चाहता है। यही कारण है कि डेप्थ साइकोलॉजिस्ट्स[12] जिनमें सिग्मंड फ्रायड और कार्ल युंग सर्वोपरि हैं - ने इस बात पर जोर दिया था कि इंसान का मन विचारों के युद्ध का मैदान है। हर विचार का एक उद्देश्य होता है। हर विचार कुछ चाहता है। वह मूल्यों की एक संरचना प्रस्तुत करता है। विचार को यह विश्वास होता है कि वह जिस चीज़ को अपना उद्देश्य मानता है, वह उसके पास आज मौजूद चीज़ से बेहतर है। विचार अपने संसार को उन चीज़ों के इर्द-गिर्द समेट लेता है, जो उसके प्रकट होने में सहायक या बाधक हैं। बाकी हर चीज़ को यह अप्रासंगिक या अलग बना देता है। एक विचार किसी आधार पर मौजूद आकृति को स्पष्ट करता है। विचार एक व्यक्तित्व होता है, तथ्य नहीं। जब यह किसी इंसान में प्रकट होता है, तो इसमें उस इंसान को अपना

---

[12] अचेतन मानसिक प्रक्रियाओं और प्रेरणाओं का अध्ययन करनेवाले मनोवैज्ञानिक

अवतार बनाने की एक सशक्त प्रवृत्ति विकसित हो जाती है : विचार उस व्यक्ति को अपने अनुसार कर्म करने के लिए प्रेरित करता है। कई बार यह आवेग (दूसरे शब्दों में कहें तो धीरता) इतना सशक्त होता है कि इंसान उस विचार को नष्ट होने देने के बजाय स्वयं मारा जाता है। सामान्यत: इसके पीछे एक गलत निर्णय होता है। क्योंकि आमतौर पर सिर्फ किसी विचार को ही नष्ट होना होता है, उस इंसान को नहीं, जो उसका अवतार बना हुआ है। हालाँकि इंसान उस विचार का अवतार बने रहने से इनकार कर सकता है और अपना तरीका बदलकर अपने जीवन को जारी रख सकता है।

हमारे पूर्वजों की नाटकीय अवधारणा के अनुसार: जब ईश्वर के साथ संबंध टूट गया हो, (उदाहरण के लिए जब अनुचित और असहनीय पीड़ा यह संकेत दे कि किसी बदलाव की ज़रूरत है) तो सबसे बुनियादी धारणाओं को खत्म हो जाना चाहिए। इसका अर्थ कुछ और नहीं बल्कि सिर्फ यह है कि अगर वर्तमान में उचित बलिदान दिया जाए, तो भविष्य बेहतर हो सकता है। इंसान के अलावा इस सृष्टि का कोई भी अन्य प्राणी आज तक इस बात को नहीं समझ पाया है। हमें भी इसमें सैकड़ों-हज़ारों सालों का समय लगा है। इसके बाद हमें इस विचार को एक कथा में तब्दील करने के लिए अनंतकाल तक गहन अवलोकन करना पड़ा, महात्माओं एवं वीरों की पूजा करनी पड़ी और एक सहस्राब्दी तक गहन अध्ययन करना पड़ा। इसके बाद भी हमें इस कथा का आँकलन करने और इसे अपने संसार में पूर्णत: शामिल करने में अतिरिक्त समय लगा। ताकि हम आसानी से यह कह सकें कि 'अगर हम अनुशासित हैं और भविष्य को वर्तमान से अधिक महत्त्व देते हैं, तो अपनी वास्तविकता को अपने पक्ष में कर सकते हैं।'

पर इसे सबसे अच्छे ढंग से कैसे किया जा सकता है?

सन 1984 में मैंने भी अपने लिए वही राह चुनी, जो रेने डेस्कार्टेस ने अपने लिए चुनी थी। हालाँकि तब मुझे यह पता नहीं था। मैं यह नहीं कह रहा हूँ कि दुनिया के सबसे महान दार्शनिकों में से एक माने जानेवाले डेस्कार्टेस के साथ मेरा कोई संबंध है। पर मैं सचमुच संदेह से ग्रस्त था। जब तक मैं डार्विन की परिकल्पना के मूल सिद्धांतों को समझा, तब तक मैं अपनी युवावस्था की खोखली ईसाइयत से पार पा चुका था। इसके बाद मुझे ईसाइयत के मूल तत्व, कुछ और नहीं बल्कि कल्पना की उड़ान लगने लगे। फिर इसके विकल्प के रूप में जो समाजवाद मुझे अचानक आकर्षक लगने लगा था, वह भी अंतत: उतना ही अयथार्थवादी साबित

हुआ। समय के साथ मुझे महान जॉर्ज ऑवेल के माध्यम से यह समझ में आ गया कि यह सोच दरअसल गरीबों की सच्ची परवाह के बजाय अमीरों और कामयाब लोगों के प्रति नफरत से प्रेरित थी। इसके अलावा समाजवादी लोग पूँजीपतियों की तुलना में आंतरिक रूप से अधिक पूँजीवादी थे। वे भी धन पर उतना ही भरोसा करते थे, जितना पूँजीवादी करते थे। उनका तो बस यह मानना था कि आज जिनके पास पैसा है, अगर उनके बजाय यह पैसा दूसरों के पास चला जाए, तो मानवता को त्रस्त रखनेवाली सारी परेशानियों से मुक्ति पाई जा सकती है। जो कि बिलकुल झूठ है। ऐसी ढेरों समस्याएँ हैं, जो पैसे से नहीं सुलझाई जा सकतीं और कुछ समस्याएँ तो ऐसी हैं, जो पैसे के कारण और बदतर होती चली जाती हैं। अमीर लोगों के बीच भी तलाक होते हैं, वे भी अपने बच्चों से दूर हो जाते हैं, अस्तित्ववादी चिंताओं से घिर जाते हैं, कैंसर व डेमेंतिया जैसी बीमारियों से ग्रस्त हो जाते हैं और बिना किसी के प्रेम व सहारे के अकेले मरते हैं। नशे की गिरफ्त से छूटने की कोशिश कर रहे अमीर नशेड़ी कई बार शराब और नशीली दवाओं के चक्कर में अचानक अपना सारा पैसा लुटा देते हैं और जिन अमीरों को अथाह पैसा होने के कारण कभी काम करने की ज़रूरत नहीं पड़ती, वे भारी उकताहट से भरे होते हैं।

इसके साथ ही मैं उस दौर में चल रहे शीत युद्ध से भी पीड़ित महसूस करता था। मैं इससे बुरी तरह आसक्त था। इसके चलते मुझे रात में बुरे सपने आते थे। इसने मुझे इंसानी आत्मा के निर्जन रेगिस्तान में धकेल दिया था। मैं यह समझ नहीं पा रहा था कि दुनिया के दो महान दलों के बीच ऐसी स्थिति कैसे बन गई कि वे एक-दूसरे को निशाना बनाने लगे। क्या ये दोनों व्यवस्थाएँ एक-दूसरे के बराबर ही भ्रष्ट और मनमानी प्रवृत्तिवाली थीं? क्या मेरा ऐसा सोचना कुछ और नहीं बल्कि सिर्फ एक मत था? क्या सारी मूल्य आधारित संरचनाएँ कुछ और नहीं बल्कि शक्ति का आवरण थीं?

क्या हर कोई पागल हो चुका है?

बीसवीं शताब्दी में वास्तव में क्या हुआ था? ऐसा क्या हुआ कि लाखों लोगों को अपनी जान गँवानी पड़ी और नई कट्टरता व विचारधाराओं के सामने घुटने टेकने पड़े? ऐसा क्या हुआ, जो हमने कुछ ऐसी चीज़ें खोज लीं, जो अभिजात्य वर्ग और उन भ्रष्ट धार्मिक मान्यताओं से भी बदतर निकलीं, जिन्हें साम्यवाद और फाँसीवाद ने तर्कसंगत ढंग से हटाकर अपना आधिपत्य स्थापित करने की कोशिश की? जहाँ तक मैं जानता हूँ, इन सवालों का जवाब किसी के पास नहीं था। डेस्कार्टेस की तरह

ही मैं भी संशयवाद से ग्रस्त था। मैं तो एक ऐसी चीज़ ढूँढ़ रहा था – भले ही वह कुछ भी हो – जिसे मैं निर्विवाद रूप से सम्मानपूर्वक ढंग से देख सकूँ। एक तरह से मैं बस एक ऐसी मज़बूत चट्टान खोज रहा था, जिसे आधार बनाकर मैं अपना घर बना सकूँ यानी कोई ऐसी जगह, जहाँ मैं ठहर सकूँ। अंततः मेरे संदेह और संशयवाद ने ही मुझे उस चट्टान तक पहुँचाया।

एक बार मैंने ऑश्विज के यातना शिविर की एक घातक प्रक्रिया के बारे में पढ़ा। जिसमें एक गार्ड किसी भी कैदी की पीठ पर सौ पाउंड की नमक की गीली बोरी रखवा देता और फिर उसे जबरन उस विशाल परिसर के एक सिरे से दूसरे सिरे तक जाने और फिर वापस आने को कहता। उस यातना शिविर के प्रवेश द्वार पर लगे एक बोर्ड पर लिखा था, 'यह कार्य तुम्हें मुक्ति देगा' – जबकि मुक्ति तो वहाँ पहले ही दम तोड़ चुकी थी। पीठ पर सौ पाउंड नमक की बोरी लादकर बेवजह चलने को मज़बूर करना अर्थहीन यातना देना था। यह किसी द्वेषपूर्ण कलाकृति जैसा था। इससे मुझे एहसास हुआ कि कुछ हरकतें सिरे से गलत होती हैं।

बीसवीं सदी की भयावहता और उन लाखों लोगों, जिनसे उनका परिवार, उनका रोजगार, उनकी पहचान और उनका पूरा जीवन छीन लिया गया, के बारे में एलेग्जेंडर सोलजेनित्सिन ने बड़ी निश्चितता और गहनता के साथ लिखा था। अपनी किताब 'द गुलाग आर्किपेलेगो' के दूसरे अंक के दूसरे हिस्से में उन्होंने न्यूर्मबर्ग परीक्षणों पर चर्चा की है, जिसे वे बीसवीं शताब्दी की सबसे प्रासंगिक घटना मानते थे। इन परीक्षणों का निष्कर्ष क्या था? कुछ कार्य आंतरिक रूप से इतने भयावह होते हैं कि वे इंसान के सहज स्वभाव से बिलकुल विपरीत होते हैं। यह बात हर दौर, हर स्थान और हर संस्कृति पर लागू होती है। ये सचमुच बुरे और भ्रष्ट कार्य थे और इन्हें करने का कोई भी बहाना सही नहीं हो सकता। किसी भी अन्य इंसान के साथ अमानवीयता करना, उसके साथ किसी परजीवी की तरह व्यवहार करना गलत है। इसके साथ ही व्यक्तिगत मासूमियत व अपराधबोध पर एक बार भी विचार किए बिना उसे यातनाएँ देना, उसकी जान ले लेना और दूसरों को पीड़ा देने के कृत्य को किसी कला की तरह देखना – यह बिलकुल गलत है।

उच्चतम अच्छाई के रूप में अर्थ

मैं अपने मौलिक नैतिक निष्कर्षों तक इसी के जरिए पहुँचा। ऊँचा लक्ष्य बनाएँ, ध्यान दें और जो कुछ भी सुधार सकते हैं, उसे सुधार लें। अपने ज्ञान को

लेकर अहंकार न करें। विनम्र बनने की कोशिश करें क्योंकि सर्वसत्तात्मक अहंकार असहिष्णुता, उत्पीड़न, यातना और मृत्यु के रूप में ही प्रकट होता है। अपनी कमियों - कायरता, द्वेषपूर्ण प्रवृत्ति, आक्रोश और घृणा के प्रति जागरूक बनें। दूसरों को दोष देने और दुनिया को सुधारने से पहले अपनी आत्मा के हत्यारेपन पर भी गौर करें। शायद गलती दुनिया की नहीं, आपकी है। आप निशाना साधने में असफल रहे हैं। आप लक्ष्य से चूक गए हैं। आप ईश्वर की महिमा के योग्य नहीं बन पाए। आपने पाप किया है और दुनिया की सारी कमियों और बुराइयों में आपका योगदान है। सबसे महत्वपूर्ण बात, झूठ न बोलें; कभी भी, किसी भी चीज़ के बारे में झूठ न बोलें। झूठ बोलना आपको नर्क की ओर ले जाता है। नाजी और साम्यवादी राज्यों के छोटे-बड़े झूठ के कारण ही लाखों लोगों को अपनी जान से हाथ धोना पड़ा था।

ज़रा विचार करें कि अनावश्यक दर्द और पीड़ा का निवारण करना अच्छा कार्य है। इसे एक सिद्धांत बना लें: 'मुझसे जितना संभव होगा, मैं हमेशा ऐसा व्यवहार करूँगा, जिससे अनावश्यक दर्द और पीड़ा का निवारण हो सके।' अब आपने अपनी नैतिक हाईरार्की (पदानुक्रम) के शिखर पर ऐसी पूर्वधारणाओं और कार्यों को रख दिया है, जिनका उद्देश्य जीवन की बेहतरी है। पर क्यों? क्योंकि हम जानते हैं कि अगर ऐसा नहीं किया गया, तो विकल्प के रूप में हमारे सामने क्या होगा। वह विकल्प है, बीसवीं शताब्दी, जो नर्क के इतनी करीब थी कि उसके और नर्क के बीच के फर्क पर चर्चा करना व्यर्थ है। इस नर्क का विपरीत स्वर्ग है। अनावश्यक दर्द और पीड़ा के निवारण को अपने मूल्यों की हाईरार्की के शिखर पर रखने का अर्थ है, धरती पर ईश्वर का राज्य स्थापित करना। यह एक साथ एक राज्य भी है और एक मानसिक स्थिति भी।

कार्ल युंग ने पाया कि इस प्रकार की नैतिक हाईरार्की का निर्माण अनिवार्य था - हालाँकि यह अव्यवस्थित और आंतरिक रूप से आत्म-विरोधाभासी हो सकती है। किसी इंसान की नैतिक हाईरार्की के शिखर पर जो भी हो, कार्ल युंग के लिए वह उस इंसान का अंतिम मूल्य, उसका ईश्वर होता था। यह वो था, जिसके अनुसार इंसान कर्म करता था। यह वो था, जिस पर उस इंसान को सबसे गहरा विश्वास था। किसी विचार को लागू कर देने से वह तथ्य नहीं बन जाता। वह तो एक व्यक्तित्व है या अगर और सटीक ढंग से कहें तो यह दो विपरीत व्यक्तित्वों के बीच किसी एक का चुनाव है। जैसे शेरलॉक होम्स या मोरियार्टी, बैटमैन या जोकर, सुपरमैन या लेक्स लूथर, चार्ल्स फ्रांसिस जेवियर या मैग्नेटो और थॉर या लोकी। ठीक इसी तरह

केन या फिर ऐबल। क्राइस्ट या फिर शैतान। अगर यह अस्तित्व को ऊँचा उठाने और स्वर्ग को स्थापित करने का काम कर रहा है तो यह क्राइस्ट है पर अगर यह अस्तित्व को नष्ट करने के लिए, अनावश्यक दर्द व पीड़ा को पैदा करने और उसका प्रसार करने का काम कर रहा है, तो यह शैतान है। यह एक अनिवार्य वास्तविकता का आदर्श रूप है।

सुविधा का अर्थ है अंधे आवेगों का अनुकरण करना। यह अल्पकालिक लाभ है। यह संकीर्ण और स्वार्थी है। यह अपने फायदे के लिए झूठ बोलता है। यह किसी भी चीज़ की परवाह नहीं करता। यह अपरिपक्व और गैरजिम्मेदार है। इसका सबसे परिपक्व विकल्प अर्थ (लक्ष्य) है। अर्थ तब उभरकर सामने आता है, जब आवेगों को नियंत्रित, व्यवस्थित और एकीकृत किया जाता है। अर्थ, संसार की संभावनाओं और उस संसार में चल रही मूल्य संरचना (निर्माण) के बीच परस्पर क्रिया से आता है। अगर मूल्य-संरचना का उद्देश्य अस्तित्व की बेहतरी है, तो उससे निकलनेवाला अर्थ जीवन का सहायक होगा। यह अराजकता और पीड़ा के विष का नाश करता है। यह हर चीज़ को महत्वपूर्ण और बेहतर बनाता है।

अगर आप उचित कार्य-व्यवहार करते हैं, तो आपके कर्म वर्तमान और भविष्य दोनों में ही आपको मनोवैज्ञानिक रूप से अखंड करते हैं। इससे न सिर्फ आपके परिवार में बेहतरी आएगी बल्कि आपके आसपास का पूरा संसार बेहतर बनेगा। हर चीज़ एक साथ, एक ही क्रम में व्यवस्थित हो जाएगी। इससे आपको अपने जीवन में अधिकतम अर्थ की प्राप्ति होगी। हर चीज़ का एक साथ एक ही क्रम में व्यवस्थित होना, जिस समय और स्थान में संभव होता है, उसके अस्तित्व का पता हम तभी लगा सकते हैं, जब हम अपनी इंद्रियों द्वारा प्रकट अनुभवों से अधिक अनुभव करने की क्षमता विकसित कर लेते हैं। क्योंकि हमारी इंद्रियाँ सूचना इकट्ठा करने और प्रतिनिधित्व क्षमता तक ही सीमित रहती हैं। अर्थ सुविधा को पछाड़ देता है। अर्थ सभी आवेगों को हमेशा के लिए संतुष्ट कर देता है। यही कारण है कि हम इसका पता लगा सकते हैं।

अगर आप यह तय कर लेते हैं कि अपने अस्तित्व के प्रति आपका आक्रोश उचित नहीं है, तो हो सकता है कि आप कुछ चीज़ों में सुधार लाकर अनावश्यक दर्द और पीड़ा को कुछ हद तक कम कर सकें। हो सकता है कि आप खुद से पूछें, 'आज मुझे क्या करना चाहिए?' आप यह बात कुछ इस अंदाज में पूछेंगे कि आपके सवाल का अर्थ होगा, 'मैं चीज़ों को बदतर बनाने के बजाय बेहतर बनाने

के लिए अपने समय का सही इस्तेमाल कैसे कर सकता हूँ?' इन कार्यों में अपनी डेस्क पर पड़े कागज़ों के ढेर को पढ़कर निपटाना, अपने कमरे को साफ-सुथरा और व्यवस्थित बनाना, खाने को थोड़ा और स्वादिष्ट बनाना, उसे अधिक कृतज्ञता के साथ अपने परिवार को परोसना शामिल हो सकता है।

आप पाएँगे कि जब आप इन नैतिक दायित्वों को पूरा करते हैं और जब अपने मूल्यों की हाईरार्की में 'इस दुनिया को एक बेहतर स्थान बनाओ' के विचार को शिखर पर रखते हैं, तो आप अपने जीवन को गहनता से अर्थपूर्ण महसूस करने लगते हैं। यह आनंद का भाव नहीं है और न ही यह खुशी है। यह तो कुछ ऐसा है, मानों आपके खंडित और क्षतिग्रस्त जीवन की क्षतिपूर्ति हो गई हो। यह अपने जीवन के अजीब और भयावह चमत्कार का कर्ज चुकाने जैसा है। यही वह तरीका है, जिससे आप होलोकॉस्ट[13] को याद करते हैं। यही वह तरीका है, जिससे आप इतिहास के पागलपन से समझौता कर शांति हासिल कर लेते हैं। यह नर्क का संभावित नागरिक होने की अपनी जिम्मेदारी को अपनाने जैसा है। यह स्वर्ग के दूत के रूप में सेवा करने की इच्छा शक्ति है।

सुविधा या फायदा कुछ और नहीं बल्कि अपनी समस्याओं को दुनिया से छिपाना है... यह अपने दागों को धोने के बजाय उन्हें अनदेखा करना है... यह अपनी जिम्मेदारी से बचना है... यह कायरतापूर्ण, सतही और गलत व्यवहार करना है। यह गलत है क्योंकि सिर्फ अपनी सुविधा या फायदे के बारे में सोचना और लगातार यही दोहराते रहना आपके चरित्र को राक्षसी बना देता है। यह गलत है क्योंकि सुविधा या फायदा आपके अभिशाप को, किसी और के जीवन में या आपके भविष्य में इस प्रकार स्थानांतरित कर देता है कि आपका भविष्य आमतौर पर बेहतर बनने के बजाय और बदतर हो जाता है।

सुविधाजनक कार्य करने में कोई साहस, बलिदान या आस्था नहीं होती। इसका कोई सावधानीपूर्वक अवलोकन नहीं है। कर्म और पूर्वधारणाएँ बहुत मायने रखती हैं और यह संसार उन्हीं चीज़ों से बना है, जो सचमुच मायने रखती हैं। जीवन में मनचाही चीज़ पाने से बेहतर होता है, जीवन का अर्थपूर्ण होना। क्योंकि हो सकता है कि आपको पता ही न हो कि आपकी मनचाही चीज़ क्या है और यह हो सकता है कि आपको उसकी ज़रूरत ही न हो। अर्थ (लक्ष्य) एक ऐसी चीज़ है, जो आपके जीवन में अपने हिसाब से ही आता है। जब आपके जीवन में अर्थ प्रकट हो, तो

[13] द्वितीय विश्वयुद्ध के दौरान नाजियों द्वारा यूरोपीय यहूदियों का नरसंहार

आप इसका अनुकरण कर सकते हैं, पूर्वशर्त रख सकते हैं, पर आप सकारात्मक इच्छा से इसका निर्माण नहीं कर सकते। अर्थ यह दर्शाता है कि आप सही समय पर, सही जगह पर हैं और आपके जीवन में अराजकता व व्यवस्था का उचित संतुलन है, जहाँ हर चीज़ अपने तात्कालिक सर्वश्रेष्ठ रूप में सामने आती है।

जो सुविधाजनक होता है, वह बस कुछ ही देर के लिए ही कारगर होता है। वह तात्कालिक, आवेगी और सीमित होता है। जबकि इसके विपरीत जो अर्थपूर्ण होता है, वह उसका संगठन है, जो अन्य परिस्थितियों में अस्तित्व की ताल पर सुविधाजनक होता है। जिसे महान जर्मन संगीतकार बीथोवन के 'ओड टू जॉय' द्वारा शब्दों के मुकाबले अधिक सशक्त ढंग से सामने रखा जा सकता है। बीथोवन की यह रचना एक के बाद एक कई सुंदर पैटर्नस् के शून्य से निकला एक विजय-उल्लास है। जिसमें हर वाद्ययंत्र अपनी एक विशिष्ट भूमिका निभा रहा है और जिस पर एक ऐसी अनुशासित आवाज समाहित है, जिसका विस्तार निराशा से लेकर उल्लास और सारे इंसानी मनोभावों तक है।

अर्थ तब प्रकट होता है, जब अस्तित्व के कई स्तर, सूक्ष्म आण्विक जगत से लेकर कोशिका, अंग, व्यक्ति, समाज, प्रकृति, ब्रह्माण्ड तक एक-दूसरे के साथ सही तालमेल में हों। ताकि एक स्तर पर किया गया कर्म बाकी सभी स्तरों पर होनेवाले कर्म को सरल बनाए और अतीत, वर्तमान व भविष्य, सब एक साथ मुक्त होकर आपस में सामंजस्य बिठा सकें।

अर्थ उस ताजा गुलाब की कली की तरह है, जो पूरी सुंदरता और गहनता के साथ उगते हुए शून्य से सूर्य (या ईश्वर) के प्रकाश की ओर खिल जाती है। अर्थ उस कमल के फूल की तरह है, जो तालाब की कीचड़भरी गहराईयों से ऊँचाई की ओर उठने के प्रयास में सतह पर उगता है और स्वयं को सुनहरे बुद्ध की तरह प्रकट करता है, ठीक वैसे ही जैसे दिव्य इच्छा हर शब्द और संकेत में स्वयं को प्रकट करती है।

अर्थ यानी जब किसी एक उद्देश्य की प्राप्ति के लिए सारी चीज़ें एक साथ सक्रिय हो जाएँ - यानी वास्तविकता की प्रशंसा, ताकि यह भले ही अचानक कितना भी बेहतरीन हो गया हो, पर भविष्य की ओर बढ़ते हुए भी यह अनंत काल तक और गहनता से निरंतर बेहतर होता रहे। अर्थ तब प्रकट होता है, जब सभी चीज़ों का एक साथ सक्रिय होना इतनी तीव्रता से हो कि अतीत की सारी भयावहता और

जीवन का संघर्ष भी अच्छे और सशक्त परिणाम लाने की दिशा में कारगर साबित होने लगे।

अर्थ एक ओर तो रूपांतरण और संभावनाओं की अराजकता है व दूसरी ओर प्राचीन व्यवस्था का अनुशासन है। जिसका उद्‌देश्य है, उस अराजकता से एक नई व्यवस्था का निर्माण, जो अराजकता और व्यवस्था का एक बेहतर व त्रुटिहीन संतुलन सामने ला सके। अर्थ एक ऐसे जीवन की ओर जानेवाला रास्ता है, जिसमें बहुलता हो। अर्थ वह निवास स्थान है, जहाँ प्रेम आपका मार्गदर्शन करता है। अर्थ यानी सच बोलना। अर्थ यानी आप भले ही कुछ भी चाहते हों, पर उसके लिए सच के रास्ते से न हटना।

वह हासिल करने की कोशिश करें, जो अर्थपूर्ण हो न कि वह जो सुविधाजनक हो।

8

हमेशा सच बोलें या कम से कम झूठ न बोलें

विवादास्पद स्थिति में सच

मैंने मनोचिकित्सक बनने के लिए कनाडा के मॉन्ट्रियल में स्थित मैकगिल विश्वविद्यालय से पढ़ाई की थी। उस दौरान मॉन्ट्रियल के डगलस अस्पताल में मेरी मुलाकात अक्सर मेरे सहपाठियों से होती रहती थी। यही वह जगह थी, जहाँ मानसिक रूप से बीमार लोगों के साथ पहली बार हमारा सीधा सामना हुआ था। दर्जनों इमारतोंवाला डगलस अस्पताल कई एकड़ में फैला हुआ था। इनमें से कई इमारतें भूमिगत सुरंगों के जरिए आपस में जुड़ी हुई थीं ताकि मॉन्ट्रियल की भीषण सर्दी के दिनों में सभी कर्मचारियों और मरीजों को अस्पताल के एक से दूसरे हिस्से तक पहुँचने में दिक्कत न हो। एक समय था, जब इस अस्पताल में सैकड़ों मरीज स्थाई रूप से रहा करते थे। पर यह एंटी-साइकॉटिक ड्रग (मनोविकार में प्रभावी दवा) के चलन में आने से पहले और साठ के दशक के आखिरी दौर में बड़े पैमाने पर हुए संवैधानिक आंदोलन[1] (Deinstitutionalization movement) से पहले की बात है। इसके परिणामस्वरूप कई आवासीय पागलखाने बंद हो गए और वहाँ के मरीज अब आज़ाद हो गए। वे ही मरीज अब अपेक्षाकृत अधिक कठिन आम जीवन से सामंजस्य बिठाने के लिए संघर्ष करने को मजबूर हो गए। अस्सी के दशक की शुरुआत में जब मैं इस अस्पताल में आया, तब तक सारे गंभीर मानसिक रोगियों की छुट्टी हो चुकी थी। जो मानसिक रोगी वहाँ अब भी बचे हुए थे, वे ज़रा अजीब और मानसिक रूप से कहीं अधिक क्षतिग्रस्त लोग थे। वे अस्पताल की विक्रय (वेंडिंग) मशीनों के आसपास अक्सर झुंड में दिखते थे या भूमिगत सुरंगों में टहलते

---

[1] मानसिक रोग अस्पतालों में लंबे समय से भर्ती मनोविकार से ग्रस्त लोगों को आम जीवन से जोड़ने के उद्‌देश्य से सामुदायिक मानसिक स्वास्थ्य केंद्रों में भर्ती कराने के लिए किया गया आंदोलन

नज़र आते थे। ये मरीज अमेरिकी फोटोग्राफर डायने अर्बस की खींची हुई तस्वीरों और डच पेंटर हिरोनिमस बॉश द्वारा बनाए चित्रों जैसे नज़र आते थे।

एक दिन मैं और मेरे सहपाठी अस्पताल के मैदान में एक पंक्ति में खड़े हुए थे। हमें एक सख्त मिजाजवाले जर्मन मनोविश्लेषक के निर्देषों का इंतजार था, जो डगलस अस्पताल में हमारे प्रशिक्षण-कार्यक्रम के सर्वेसर्वा थे। तभी वहाँ लंबे समय से भर्ती एक कमजोर और नाजुक महिला-मरीज मेरे सहपाठियों में से एक के पास आकर खड़ी हो गई। मेरी वह सहपाठी बेहद सुरक्षित पारिवारिक माहौल में पली-बढ़ी रूढ़िवादी किस्म की लड़की थी। महिला-मरीज ने मेरे सहपाठी से दोस्ताना अंदाज में बच्चों की तरह बात करते हुए पूछा कि 'तुम सब यहाँ क्यों खड़े हुए हो? क्या मैं भी तुम लोगों की इस पंक्ति में खड़ी हो जाऊँ?' यह सुनकर मेरे उस सहपाठी ने मेरी ओर मुड़कर भारी अनिश्चितता के साथ पूछा, 'मैं इससे क्या कहूँ?' मेरी तरह वह भी तकलीफों से घिरी और अलग-थलग रहनेवाली महिला-मरीज की इस अकस्मात विनती से हैरान थी। हम दोनों में से कोई भी उस महिला-मरीज से ऐसी कोई बात नहीं कहना चाहता था, जिससे उसे ठेस पहुँचे या यह लगे कि हमने उसे ठुकरा दिया है।

हम अस्थायी रूप से एक ऐसी स्थिति में पहुँच गए थे, जिससे निपटने के लिए हमारा समाज कभी कोई जमीनी नियम-कायदे या मार्गदर्शन उपलब्ध नहीं कराता। हम इलाज संबंधी मनोविश्लेषण के नए-नए छात्र थे। इसलिए हम फिलहाल इतने योग्य नहीं थे कि स्किजोफीनिया की उस मरीज के ऐसे भोले और दोस्ताना सवाल का जवाब दे सकें, जो उसने अपने आसपास के लोगों से सामाजिक जुड़ाव स्थापित करने की संभावना टटोलने के लिए पूछा था। यह आपसी संपर्क स्थापित करने के लिए ज़रूरी सामाजिक संकेतों को समझनेवाले दो लोगों के बीच हो रही सामान्य बातचीत नहीं थी। सामान्यतः यह सामाजिक बातचीत के दायरे से बाहर की स्थिति थी और हमें यह स्पष्ट नहीं था कि इस स्थिति में कौन से नियमों का पालन करना चाहिए। तो भला ऐसे में हमारे पास क्या विकल्प था?

उस थोड़े से समय में मैं जितना समझ सका, उसके अनुसार हमारे पास उस समय सिर्फ दो ही विकल्प थे- या तो मैं उस महिला-मरीज को कुछ ऐसा कह दूँ, जिससे हम सब उसके सामने शर्मिन्दा होने से बच सकें या फिर मैं उसे सच बता दूँ। अगर मैं उससे कहता कि 'हम अपने इस समूह में सिर्फ आठ लोगों को ही शामिल कर सकते हैं' या फिर ये कहता कि 'हम लोग बस अस्पताल से बाहर जानेवाले हैं।'

तो ये दोनों बातें पहले विकल्प के दायरे में आतीं। इन दोनों में से किसी भी जवाब से उसकी भावनाओं को ठेस नहीं लगती, कम से कम सतही तौर पर तो बिलकुल नहीं। साथ ही इन जवाबों से हमारे बीच मौजूद हैसियत का फर्क - जो हमें और उस मरीज को एक-दूसरे से अलग कर रहा था - भी जाहिर नहीं होता। पर इन दोनों जवाब में से कोई भी जवाब सच नहीं था। इसीलिए मैंने उसे इन दोनों में से कोई जवाब नहीं दिया।

मैंने उस मरीज को सहजता से सच बता दिया कि हम सब छात्र नए हैं और यहाँ मनोविश्लेषक बनने का प्रशिक्षण ले रहे हैं इसलिए वह हमारे साथ खड़ी नहीं हो सकती। इस जवाब से हमारी और उसकी स्थिति के बीच का फर्क स्पष्ट हो गया और साथ ही हमारे और उसके बीच की दूरी अधिक स्पष्ट हो गई। यह जवाब एक सोच-समझकर बोले गए झूठ की तुलना में अधिक कठोर था, पर मेरा पहले से ही यह मानना रहा है कि सच न बोलने के अनपेक्षित परिणाम होते हैं, भले उस सच के पीछे का इरादा कितना भी नेक हो। मेरे जवाब से उसे ठेस पहुँची और वह निराश हो गई, पर सिर्फ पलभर के लिए। इसके बाद वह मेरी बात समझ गई और सब कुछ ठीक रहा।

अपने प्रशिक्षण की शुरुआत करने से कुछ साल पहले मुझे कुछ अजीब से अनुभव हुए थे। मैंने पाया कि मैं अपने हिंसात्मक आवेगों के अधीन होता जा रहा हूँ (हालाँकि मैंने इन आवेगों के वश में आकर कभी कुछ किया नहीं था)। इसके परिणामस्वरूप मुझे विश्वास हो गया कि इस विषय पर मेरी जानकारी बहुत सीमित है कि 'मैं कौन हूँ और क्या कर सकता हूँ।' यह एहसास होने के बाद मैंने अपनी बातों और हरकतों पर बारीकी से ध्यान देना शुरू कर दिया। मेरा यह अनुभव सचमुच काफी परेशान कर देनेवाला था। जल्द ही मैंने खुद को दो हिस्सों में बाँट लिया: एक वह हिस्सा जो बोलता था और दूसरा वह, जो अपेक्षाकृत अधिक तटस्थ रहता था, साथ ही बोलनेवाले हिस्से पर हमेशा नज़र रखते हुए उसका आँकलन करता रहता था। जल्द ही मुझे एहसास हो गया कि मैं जो कुछ भी बोलता हूँ, लगभग सब झूठ था। अपनी हर बात को बोलने के पीछे मेरा कोई न कोई इरादा होता था : मैं दूसरों से बहस में जीतना चाहता था, अपनी हैसियत बढ़ाना चाहता था और लोगों को प्रभावित कर अपनी मनचाही चीज़ हासिल करना चाहता था। मैं अपने शब्दों को तोड़-मरोड़कर संसार तक इसलिए पहुँचा रहा था क्योंकि मुझे ऐसा करना ज़रूरी लगता था। पर असल में मैं एक नकली और ढोंगी किस्म का व्यक्ति था। जैसे ही

मुझे इस बात का एहसास हुआ, मैंने सिर्फ वे बातें बोलने का अभ्यास शुरू कर दिया, जिन्हें बोलने पर मेरी अंतरआत्मा की आवाज आपत्ति न उठाए। मैंने सच बोलने का या कम से कम झूठ न बोलने अभ्यास शुरू कर दिया। जल्द ही मुझे एहसास हो गया कि मेरा यह कौशल उस स्थिति में बहुत काम आता है, जब मुझे यह नहीं पता होता कि मुझे क्या करना चाहिए। जब आपको यह पता न हो कि आपको क्या करना है, तो आपको क्या करना चाहिए? सच बोलना चाहिए। इसीलिए उस दिन – जो मेरा वहाँ पहला दिन था – डगलस अस्पताल में भी मैंने यही किया। मैंने सच बोला।

बाद में अपने पेशेवर जीवन में मेरा सामना एक ऐसे क्लाइंट से हुआ, जो पैरानॉएड (विभ्रम से पीड़ित) और खतरनाक किस्म का व्यक्ति था। पैरानॉएड लोगों के साथ काम करना काफी चुनौतीपूर्ण होता है। उन्हें यह लगता है कि कुछ रहस्यमयी षड्यंत्रकारी ताकतें उन्हें अपना निशाना बनाते हुए पर्दे के पीछे से काम कर रही हैं। पैरानॉएड लोग बेहद सतर्क और केंद्रित होते हैं। वे उन अमौखिक संकेतों को भी ग्रहण कर रहे होते हैं, जो सामान्य बातचीत में कभी प्रकट नहीं होते। वे चीज़ों को समझने में गलती तो करते हैं (इसी को पैरानॉएड होना कहते हैं) पर इसके बावजूद उनके अंदर दूसरों के मिश्रित उद्देश्यों, निर्णयों और झूठ को पहचानने की विलक्षण क्षमता होती है। अगर आप चाहते हैं कि एक पैरानॉएड इंसान आपके सामने खुले, तो इसके लिए आपको उसकी हर बात को बहुत गौर से सुनना होगा और सिर्फ सच बोलना होगा।

मैंने अपने उस क्लाइंट को गौर से सुना और पूरी सच्चाई के साथ उससे बातचीत की। वह कभी-कभी अपनी खूनी कल्पनाओं का वर्णन करते हुए बताता था कि कैसे वह दूसरों से बदला लेने के लिए उनके शरीर की खाल उतारना चाहता है। मैंने इस बात का ध्यान रखा कि उसकी यह बात सुनते समय मेरी प्रतिक्रिया क्या होनी चाहिए। उसके इस खूनी वर्णन से मेरे मन में जो विचार और तस्वीरें उभरती थीं, मैं उन पर बारीकी से गौर करता था और उसे अपना अवलोकन बताता था। मैं उसके विचारों या कार्यों को (और अपने विचारों व कार्यों को भी) नियंत्रित करने या कोई अलग दिशा देने की कोशिश नहीं कर रहा था। मैं पूरी पारदर्शिता बरतते हुए, उसे बस यह बताने की कोशिश कर रहा था कि वह जो भी कह रहा है, उससे सीधे तौर पर कम से कम एक व्यक्ति यानी मैं किस तरह प्रभावित हो रहा हूँ। उस पर सावधानी से ध्यान देने या उसे अपनी स्पष्ट प्रतिक्रिया देने का यह अर्थ कतई नहीं था कि मैं उससे विचलित नहीं था। उसके विचारों को स्वीकार करना तो संभव

ही नहीं था। जब भी मुझे उसकी बातों से घबराहट हुई (ऐसा कई बार हुआ) तो मैंने उसे बताया कि उसके शब्द और व्यवहार पथभ्रष्ट हो चुके हैं, इनके कारण वह कभी भी किसी गंभीर मुसीबत में फँस सकता है।

इसके बावजूद वह मुझसे बातचीत करता था क्योंकि मैं उसे सुनता था और पूरी ईमानदारी के साथ अपनी प्रतिक्रिया देता था, हालाँकि मेरी प्रतिक्रिया बहुत उत्साहजनक नहीं थी। मेरी आपत्तियों के बावजूद (और सटीक शब्दों में कहें तो मेरी आपत्तियों के कारण ही) वह मुझ पर भरोसा करने लगा। वह पैरानॉएड (विभ्रम से पीड़ित) तो था, पर मूर्ख नहीं। वह जानता था कि उसका व्यवहार सामाजिक स्तर पर कोई भी स्वीकार नहीं करेगा। वह जानता था कि उसकी विक्षिप्त कल्पनाओं को सुनकर कोई भी सभ्य व्यक्ति घबराहट भरी प्रतिक्रिया ही देगा। वह मुझ पर भरोसा करके मुझसे बातचीत करता था क्योंकि मेरी प्रतिक्रिया भी वैसी ही थी। इस भरोसे के बिना उसे समझ पाना संभव नहीं था।

उसकी परेशानियों की शुरुआत बैंक जैसी एक नौकरशाह व्यवस्था से हुई। वह ऐसी किसी संस्था में किसी सामान्य काम के लिए जाता, जैसे अपना अकाउंट खोलना या बिल चुकाना वगैरह। इन संस्थाओं में कभी-कभी उसका सामना किसी ऐसे व्यक्ति से होता, जो उसकी मदद करने को तैयार नहीं होता। आमतौर पर ऐसी संस्थाओं में हम सबके साथ ऐसा होता रहता है। मेरा क्लाइंट उस व्यक्ति को अपना आई-कार्ड या कोई अन्य संबंधित दस्तावेज देता, जिसे वह व्यक्ति अस्वीकार कर देता- या फिर किसी ऐसी जानकारी या दस्तावेज की माँग करता, जो गैरजरूरी होता या जिसे उपलब्ध कराना मुश्किल होता। मेरा मानना है कि कभी-कभी ऐसी नौकरशाह संस्थाओं में नियम-कायदों के कारण कुछ ऐसी दिक्कतें पेश आती रहती हैं, जिनसे बचना मुश्किल होता है। लेकिन कभी-कभी नौकरशाही-पदों के दुरूपयोग के कारण भी ग्राहकों के लिए चीज़ें बेवजह कठिन हो जाती हैं। मेरा वह क्लाइंट इस तरह की चीज़ों से बहुत गहराई तक प्रभावित हो जाता था। वह अपने सम्मान को लेकर ज़रा आसक्त प्रवृत्ति का था। सम्मान उसके लिए सुरक्षा, आज़ादी और संबंधों से अधिक महत्वपूर्ण था। अपने इसी तर्क के चलते (क्योंकि पैरानॉएड लोग बेहद तार्किक होते हैं) वह कभी भी ऐसी स्थिति नहीं बनने देता था कि कोई उसका अपमान करे, उसे नीचा दिखाए या उसके साथ बुरा बरताव करे, भले ही वह कोई भी हो। इसीलिए ऐसा कभी नहीं होता था कि ऐसी कोई घटना उसे प्रभावित न करे। उसके व्यक्तित्व में लचीलापन नहीं था और अपने इसी कठोर रवैये और व्यवहार

के कारण मेरे उस क्लाइंट को कुछ लोगों द्वारा रिस्ट्रेनिंग ऑर्डर्स[2] मिल चुके थे। रिस्ट्रेनिंग ऑर्डर्स काफी कारगर होते हैं, पर सिर्फ ऐसे व्यक्ति के साथ, जिसे कभी किसी रिस्ट्रेनिंग ऑर्डर की ज़रूरत न पड़ी हो।

ऐसी स्थितियों में मेरा क्लाइंट सामनेवाले से जो वाक्य कहता था, वह था 'मैं तुम्हारी जिंदगी को नर्क बना दूँगा।' अपने किसी काम में बाधा बननेवाली गैर-ज़रूरी नौकरशाही-समस्याओं को झेलने पर; कई बार मेरे मन में भी ऐसी ही कोई बात कहने का विचार आया, लेकिन आमतौर पर ऐसी चीज़ों को अनदेखा करना ही बेहतर होता है। मगर मेरा वह क्लाइंट जब किसी से ऐसी कोई बात कहता था, तो इसके पीछे उसका ठोस इरादा भी होता था। कई बार तो उसने सचमुच किसी व्यक्ति विशेष की जिंदगी नर्क बनाने में कोई कसर नहीं छोड़ी। वह मशहूर हॉलीवुड फिल्म 'नो कंट्री फॉर ओल्ड मेन' के खलनायक जैसा था। वह उस किस्म का व्यक्ति था, जिससे आपका सामना तभी होता है, जब आप गलत समय पर, गलत जगह पर मौजूद हों। अगर आपने गलती से भी उसके साथ कोई गड़बड़ कर दी, तो वह जब-जब आपका पीछा करेगा, आपको याद दिलाएगा कि आपने उसके साथ क्या किया था। अपनी इन हरकतों से वह आपको इतनी बुरी तरह डरा देगा कि आपको समझ में नहीं आएगा कि इस स्थिति से कैसे निपटा जाए। वह ऐसा व्यक्ति नहीं था, जिससे झूठ बोला जाए। मैंने उससे सच बोला, जिससे वह शांत हो गया।

मेरा मकान मालिक

उस दौरान मेरा एक मकान मालिक था, जो एक स्थानीय बाइकर गैंग का मुखिया था। मैं और मेरी पत्नी टैमी उसके घर के बगल में स्थित उसके माता-पिता की छोटी सी अपार्टमेंट बिल्डिंग में रहते थे। उसकी प्रेमिका के शरीर पर कई निशान थे, जो उसने खुद अपने शरीर को चोट पहुँचाकर लगाए थे। ये निशान इस बात का संकेत थे कि उसकी प्रेमिका बॉर्डरलाइन पर्सनॅलिटी डिसऑर्डर से जूझ रही है। जब हम उस घर में रहते थे, उसी दौरान उस लड़की ने आत्महत्या कर ली थी।

हमारे मकान मालिक का नाम डेनिस था। वह एक भारी-भरकम और मजबूत कद-काठीवाला फ्रांसीसी-कनाडाई व्यक्ति था। स्लेटी रंग की दाढ़ीवाला डेनिस एक प्रतिभाशाली शौकिया बिजली मिस्त्री था। उसमें कुछ कलात्मक प्रतिभाएँ भी थीं

---

[2] अस्थायी अदालती आदेश, जो किसी व्यक्ति को उसके गलत व्यवहार के कारण किसी अन्य व्यक्ति विशेष के आसपास जाने से रोकने के लिए दिया जाता है

और वह नियॉन लाइटवाले लकड़ी के परतदार पोस्टर बनाकर अपना गुज़ारा करता था। जेल से छूटने के बाद वह अपनी शराब की पुरानी लत से दूर रहने की कोशिश कर रहा था। इसके बावजूद महीने में एक-दो बार वह कुछ दिनों के लिए गायब हो जाता था। वह उस किस्म का आदमी था, जिसकी शराब पीने की क्षमता देखकर कोई भी हैरान रह जाए। वह दो दिनों की अवधि में लगातार 50 से 60 बोतल बीयर पीने के बाद भी पूरा समय अपने पैरों पर खड़ा रह सकता था। भले ही आपको अविश्वसनीय लगे, पर यह सच है। उस समय मैं शराब की पारिवारिक लत का अध्ययन कर रहा था और अपने अध्ययन में शामिल लोगों के मुँह से यह सुनना मेरे लिए आम बात था कि उनके शराब के लती पिता एक दिन में 40 आउंस (करीब 1.18 लीटर) वोदका पी डालते हैं। अपने-अपने घरों के मुखिया ये पुरुष सोमवार से शुक्रवार हर रोज दोपहर के समय एक बोतल शराब खरीदते और हर शनिवार को दो बोतलें खरीदते थे क्योंकि रविवार को शराब की दुकान बंद रहती थी।

डेनिस का एक पालतू कुत्ता भी था। मुझे और मेरी पत्नी टैमी को कभी-कभी तड़के सुबह चार बजे के आसपास डेनिस और उसके कुत्ते की आवाज सुनाई देती थी। उस दिन डेनिस ने जी भरके शराब पी होती थी और वह नशे में तड़के सुबह अपने घर के पिछवाड़े बने बरामदे में बैठकर अपने कुत्ते के साथ चाँद की ओर देखते हुए पागलों की तरह हू-हू की आवाज निकाल रहा होता था। ऐसे मौकों पर डेनिस अपनी बचत के पैसे की एक-एक पाई खर्च करके उसकी शराब पी जाता था। फिर वह आधी रात को हमारा दरवाजा खटखटाता। भारी नशे में होने के बावजूद वह चमत्कारिक रूप से हमारे दरवाजे पर बिना लड़खड़ाए खड़ा रहता।

वह जब भी इस प्रकार हमारा दरवाजा खटखटाता तो उसके हाथ में टोस्टर, माइक्रोवेव या लकड़ी के वे पोस्टर होते थे, जिन्हें वह खुद बनाता था। वह हमें इन चीज़ों को बेचने के लिए आया होता था ताकि उस पैसे से शराब पीना जारी रख सके। मैंने उससे ऐसी कुछ चीज़ें खरीदीं भी थीं और यह दिखावा भी किया कि मैं उस पर उपकार कर रहा हूँ। आखिरकार टैमी ने मुझे इस बात के लिए मना लिया कि मैं दोबारा उससे ऐसा कुछ नहीं खरीदूँगा। दरअसल टैमी इस तरह की घटनाओं से ज़रा घबरा जाती थी और वह जानती थी कि डेनिस के लिए भी यह सब अच्छा नहीं है। वह डेनिस को अच्छा व्यक्ति मानती थी। उसने मुझसे ऐसा न करने का जो अनुरोध किया था, वह बिलकुल उचित और ज़रूरी था। इसने मुझे एक मुश्किल स्थिति में लाकर खड़ा कर दिया था।

आखिर आप नशे में धुत्त और हिंसात्मक प्रवृत्तिवाले बाईकर गैंग के मुखिया से क्या कहेंगे, जो आधी रात को आपके दरवाजे पर आकर अपना माईक्रावेव बेचना चाहता है और टूटी-फूटी अंग्रेजी में बात कर रहा है? यह सवाल वास्तव में उन सवालों से भी ज़्यादा कठिन है, जो पागलखाने में भर्ती मानसिक रोगी या दूसरों के शरीर से खाल उतारने की कल्पनाएँ करनेवाला एक पैरानॉएड व्यक्ति पूछता है। पर इन सभी के सवालों का जवाब एक ही था और वह था सच। पर ऐसे में बेहतर यही होगा कि आपको अच्छी तरह मालूम हो कि दरअसल सच क्या है।

मेरे और टैमी के बीच हुई उस बातचीत के फौरन बाद हमने पाया कि डेनिस एक बार फिर आधी रात को हमारे घर के दरवाजे पर खड़ा है। उसने अपनी संदेहवादी आँखें सिकोड़कर किसी ऐसे तेज-तर्रार शराबी व्यक्ति की तरह मेरी ओर देखा, जो समस्याएँ खड़ी करने का आदी है। मेरी ओर देखने का उसका अंदाज कुछ ऐसा था, मानो वह मुझसे कह रहा हो कि 'अपनी बेगुनाही साबित करो।' नशे में झूमते हुए डेनिस ने मुझसे विनम्रता से पूछा कि 'क्या आप मेरा टोस्टर खरीदना चाहेंगे?' मैंने अपनी आत्मा की गहराइयों में झाँकते हुए अपनी प्राचीन प्रभुत्ववादी प्रेरणाओं व नैतिक श्रेष्ठता को खँगाला और बड़ी सावधानी के साथ स्पष्ट शब्दों में उससे कहा कि 'मुझे उसके टोस्टर में कोई दिलचस्पी नहीं है।' मैं उसके साथ कोई चालबाजी नहीं कर रहा था। उस एक पल में मैं एक पढ़ा-लिखा, अंग्रेजी बोलनेवाला और जीवन में आगे बढ़ रहा भाग्यशाली युवा नहीं था। उस एक पल में डेनिस भी जेल जा चुका हिंसात्मक बाइकर नहीं था, जिसके खून में एल्कोहल की मात्रा तय सीमा से बहुत ज़्यादा हो। दरअसल उस एक पल में हम दोनों दो अच्छे पुरुष थे, जो एक सही कार्य करने के लिए एक-दूसरे की मदद करने की कोशिश कर रहे थे। मैंने उससे कहा कि 'तुम मुझे बता चुके हो कि तुम शराब छोड़ने की कोशिश कर रहे हो। लेकिन अगर मैंने तुम्हें और पैसे दिए, तो यह तुम्हारे लिए ही अच्छा नहीं होगा। तुम्हारा इस तरह शराब के नशे में आधी रात को मेरे दरवाजे पर आना अच्छा नहीं है, तुम्हारी इस हरकत से मेरी पत्नी टैमी बहुत घबरा जाती है। मैं जानता हूँ कि तुम उसका बहुत सम्मान करते हो।'

मेरी बात सुनने के बाद वह मेरी ओर बड़ी गंभीरता से करीब 15 सेकेंड तक चुपचाप देखता रहा। उस स्थिति में 15 सेकेंड की समय अवधि भी काफी लंबी थी। मेरी ओर इतनी देर तक देखकर वह मेरे चेहरे पर व्यंग्य, छल, अवमानना या खुद को बेहतर साबित करने जैसे किसी हावभाव की झलक ढूँढ़ रहा था। पर मैं

इस बारे में पहले ही काफी सावधानी से सोच-विचार कर चुका था और इसीलिए मैंने उसके सामने ठीक वही शब्द कहे थे, जो सच थे। मैंने अपने शब्दों का चुनाव बहुत सावधानी से किया था। यह किसी दलदल के कीचड़ के नीचे छिपे पत्थरों पर पैर रखकर उसे पार करने जैसा था। आखिरकार वह वापस मुड़ा और चुपचाप वहाँ से चला गया। सिर्फ इतना ही नहीं, उसे हमारी यह बातचीत बाद में भी अच्छी तरह याद रही, जबकि उस रात वह शराब के नशे में धुत्त था। इसके बाद उसने ऐसा करना बंद कर दिया और हमारा संबंध - हमारे बीच मौजूद गहरे सांस्कृतिक फर्क के बावजूद - और मजबूत हो गया।

किसी चीज़ से निपटने के लिए कोई आसान रास्ता निकालना और सच बोलना - ये सिर्फ दो अलग-अलग विकल्प भर नहीं हैं। ये जीने के दो अलग-अलग रास्ते हैं और दोनों के बीच बहुत फर्क है।

धूर्तता या हेरफेर करके दुनिया से अपना काम निकलवाना

आप अपने शब्दों के जरिए धूर्तता करके दुनिया से अपनी मनचाही चीज़ हासिल कर सकते हैं। इसी को 'राजनीतिक ढंग से काम करना' कहते हैं। ऐसा करना निर्लज्ज किस्म के मार्केटिंगवालों, एडवर्टाइजिंगवालों, सेल्समैन, पिकअप आर्टिस्ट (ऐसे पुरुष जिनका मुख्य लक्ष्य औरतों को लुभाकर उनके साथ सेक्स संबंध बनाना होता है) और जहाँ-जहाँ नारेबाजी करने की आदत से ग्रस्त आदर्श काल्पनिक दुनिया में रहनेवाले लोगों व मनोरोगियों की खासियत होती है। ये लोग संवाद करने में माहिर होते हैं और अपनी इस विशेषता का इस्तेमाल दूसरों को प्रभावित करने या उनसे धूर्तता करके अपना काम निकालने में करते हैं। जब किसी विश्वविद्यालय के छात्र अपने विचारों को स्पष्टता के साथ व्यक्त करने के बजाय अपने प्रोफेसर को खुश करने के लिए कोई लेख लिखते हैं, तो दरअसल वे यही धूर्तता कर रहे होते हैं। इसी तरह जब कोई कुछ हासिल करने के लिए दूसरों को खुश करके या उनकी चापलूसी करके खुद से झूठ बोलने का निर्णय ले लेता है, तब भी वह यही धूर्तता कर रहा होता है। षड्यंत्र रचना, नारेबाजी करना और प्रचार-प्रसार करना भी एक प्रकार की धूर्तता ही है।

इस ढंग से जीवन जीने का अर्थ है, गलत इच्छाओं से ग्रस्त होकर अपनी बातों और कर्मों को ऐसा बना लेना, जिन्हें देखकर लगे कि वे आपकी इच्छाओं की पूर्ति कर सकते हैं। लोग धूर्तता इसलिए करते हैं ताकि अपनी विचारधारा की मान्यताओं को दूसरों पर थोप सकें और यह साबित कर सकें कि मैं सही हूँ (या था)... दूसरों

के सामने सक्षम नज़र आ सकें... अपने आपको डॉमिनेंस हाईरार्की के शिखर तक पहुँचा सकें... जिम्मेदारियों को अनदेखा कर सकें (या दूसरों के काम का श्रेय खुद ले सकें)... प्रमोशन हासिल कर सकें... सबसे ज़्यादा ध्यान आकर्षित कर सकें... यह सुनिश्चित कर सकें कि हर कोई उन्हें पसंद करता है... अपनी शहादत का फायदा उठा सकें... अपने निराशावाद को सही ठहरा सकें... अपने असामाजिक दृष्टिकोण को तर्कसंगत ठहरा सकें... तत्काल संघर्ष की संभावना को कम कर सकें... अपने बचकानेपन को बरकरार रख सकें... अपनी कमजोरी का फायदा खुद उठा सकें... हमेशा किसी पुण्य आत्मा जैसा नज़र आ सकें... या यह सुनिश्चित कर सकें कि गलती तो हमेशा उनके अप्रिय बच्चे की होती है... (यह खासतौर पर बहुत ही बुरा और भ्रष्ट है)। ये वे उदाहरण हैं, जिन्हें सिग्मंड फ्रायड के हमवतन और उनसे कम मशहूर रहे ऑस्ट्रियन मनोवैज्ञानिक अल्फ्रेड एडलर ने 'जीवन के झूठ' (लाईफ-लाइज) कहा था।

जो इंसान जीवन के इन झूठों को जी रहा होता है, वह दरअसल धारणा, विचार और कर्मों के जरिए वास्तविकता में हेरफेर कर रहा होता है ताकि हर परिणाम सिर्फ उसकी इच्छा के अनुरूप और पहले से परिभाषित हों। जाने-अंजाने इस तरह जिया गया जीवन दो विशिष्ट आधार-वाक्यों पर आधारित होता है। पहला आधार वाक्य - फिलहाल मौजूद ज्ञान भविष्य में भी यह परिभाषित करने के लिए पर्याप्त है कि सही क्या है और इस पर सवाल नहीं उठाए जा सकते। दूसरा आधार वाक्य - अगर वास्तविकता को यूँ ही छोड़ दिया जाएगा, तो वह असहनीय हो जाएगी। इनमें से पहला आधार वाक्य दार्शनिक रूप से पूरी तरह अनुचित है। हो सकता है कि आप फिलहाल जिस चीज़ को अपना लक्ष्य बना रहे हैं, वह हासिल करने योग्य ही न हो, ठीक वैसे ही जैसे आप फिलहाल जो कुछ भी कर रहे हैं, हो सकता है कि वह गलत हो। दूसरा आधार वाक्य तो इससे भी बदतर है। यह सिर्फ तभी मान्य है, जब वास्तविकता आंतरिक रूप से असहनीय हो और साथ ही ऐसी हो, जिसमें आसानी से हेरफेर करके उसे विकृत किया जा सकता हो। इस तरह की बातें करने और सोच-विचार करने के लिए उस अहंकार और निश्चिंतता की ज़रूरत होती है, जिसे अंग्रेज कवि जॉन मिल्टन ने बड़ी बुद्धिमानी के साथ शैतान के बराबर माना है और जो वास्तव में ईश्वर का श्रेष्ठतम दूत है, पर पथभ्रष्ट हो चुका है। तर्कसंगत समूह का झुकाव खतरनाक रूप से गर्व की ओर होता है यानी 'मैं जितना जानता हूँ, वह मेरे लिए काफी है।' इस तरह गर्व अपनी ही रचनाओं के प्रेम में पड़ जाता है और उन्हें संपूर्ण बनाने की कोशिश करता है।

मैंने अक्सर देखा है कि लोग अपने सपनों की दुनिया की एक परिभाषा तय कर लेते हैं और फिर उसे वास्तविकता में बदलने के चक्कर में अपने जीवन को बेवजह मुश्किल बना लेते हैं। जैसे वामपंथी विचारधारा की ओर झुकाव रखनेवाला एक छात्र अपने जीवन के शुरुआती दौर में ही ऐसा सरकार-विरोधी रूख अपना लेता है, जो चलन में हो और फिर अगले बीस साल तक बड़ा ही नाखुश जीवन जीते हुए अपने उस कल्पनालोक को साकार करने के लिए हाथ-पैर मारता रहता है। इसी तरह एक 18 वर्षीय छात्रा एक दिन अचानक यूँ ही तय कर लेती है कि उसे 52 साल की उम्र तक रिटायर होना है। फिर वह इसे संभव बनाने के लिए अगले तीन दशकों तक लगातार काम करती रहती है और भूल जाती है कि जब उसने यह निर्णय लिया था, तब उसमें बचपना था। उस छोटी सी उम्र में उसे भला क्या पता था कि जब वह सचमुच 52 साल की हो जाएगी, तो उसका जीवन कैसा होगा? यहाँ तक कि अब इतने सालों बाद भी उसके मन में रिटायरमेंट के बाद के उस काल्पनिक जीवन की तस्वीर बड़ी ही धुँधली और अस्पष्ट सी है, जिसे जीने का उसने सपना देखा था, पर वह इस बात पर गौर ही नहीं करती। अगर उसका यह शुरुआती लक्ष्य गलत साबित हो गया, तो भला उसके जीवन का क्या अर्थ रह जाएगा? दरअसल वह भानुमति के इस पिटारे को खोलने से घबराती है क्योंकि अगर उसने ऐसा किया, तो फिर सारी परेशानियाँ उस पिटारे से बाहर आ जाएँगी। हालाँकि उस पिटारे के अंदर कुछ उम्मीदें भी हैं, पर फिर भी वह जीवन को अपने सुरक्षित बचपन की कल्पनाओं के अनुसार ही ढालने में लगी रहती है।

बचपने में तय किया गया कोई भी लक्ष्य समय के साथ 'जीवन के सबसे बड़े झूठ' जैसा भयावह रूप धारण कर लेता है। एक बार मेरे एक चालीस वर्षीय मरीज ने मुझे अपनी वह परिकल्पना बताई, जो उसने बचपन में देखी थी : 'मैं देख रहा हूँ कि रिटायर होने के बाद मैं घने पेड़ों से घिरे एक समुद्रतट पर बैठा हूँ और धूप सेंकते हुए मार्गरीटा कॉकटेल पीने का आनंद उठा रहा हूँ।' जबकि वास्तव में इसमें कोई योजना है ही नहीं। यह तो किसी टूरिज्म एजेंसी के पोस्टर जैसी कल्पना है। क्योंकि आठ गिलास मार्गरीटा पीने के बाद आप सिर्फ हैंगओवर का इंतजार करने लायक ही बचेंगे और तीन सप्ताह तक हर रोज इस तरह समुद्रतट पर मार्गरीटा पीने के बाद भी अगर आप होश में रहे, तो न सिर्फ आप ऊकताहट से भर चुके होंगे बल्कि आपको खुद पर शर्म भी आने लगेगी। इस तरह करीब एक साल या उससे कम समय में ही आप एक स्थिति में पहुँच जाएँगे, जो सचमुच दयनीय होगी। जीवन के आखिरी दौर को जीने का यह कोई दीर्घकालीन दृष्टिकोण नहीं है। इस तरह चीज़ों को ज़रूरत से

ज़्यादा सरल करके उनका मिथ्याकरण (झूठी छवि बनाना) करना आमतौर पर ऐसे लोगों में ज़्यादा देखने को मिलता है, जो किसी विशेष विचारधारा की ओर झुकाव रखते हैं। ऐसे लोग हमेशा एक ही राग अलापते रहते हैं, जैसे सरकार बहुत बुरी है... परदेस में जाकर बसना बेकार है... पूँजीवाद अनर्थकारी है... पितृसत्ता गलत है... वगैरह। इसके बाद वे अपने जीवन के सारे अनुभवों को ऐसी ही किसी विचारधारा के चश्मे से देखते हैं और बेहद संकीर्ण मानसिकता के साथ इस बात पर जोर देते रहते हैं कि इस एक विचारधारा या सोच के जरिए संसार के हर चीज़ की व्याख्या की जा सकती है। अपने इस वाहियात सिद्धांतवाद की आड़ में वे बड़े ही आत्म-मोहित ढंग से यह मानकर बैठ जाते हैं कि अगर संसार का नियंत्रण उनके हाथ में होता, तो वे अपनी इस सोच का इस्तेमाल कर संसार की सारी समस्याओं को जड़ से खत्म कर देते।

'जीवन के सबसे बड़े झूठ' के साथ एक और बुनियादी समस्या है, खासकर तब, जब यह चीज़ों को अनदेखा करने की प्रवृत्ति पर आधारित हो। जब आपको पता होता है कि कोई कार्य गलत है और फिर भी आप वह कार्य करते हैं, तो दरअसल आपसे एक सिन ऑफ कमीशन[3] हो रहा होता है। इसी तरह अगर आप कुछ ऐसा होने देते हैं, जो गलत है, जबकि आप चाहते तो उसे रोक सकते थे, तो आपसे सिन ऑफ ऑमिशन[4] हो रहा होता है। पारंपारिक रूप से सिन ऑफ कमीशन को सिन ऑफ ऑमिशन से अधिक गंभीर माना जाता है और जिसे सरल शब्दों में 'अनदेखा करना' भी कह सकते हैं। हालाँकि मैं इस बारे में बहुत यकीन से कुछ नहीं कह सकता।

अब ज़रा एक ऐसी लड़की पर विचार करें, जो कहती है कि उसके जीवन में सब कुछ सही है। वह किसी भी तरह के संघर्ष से बचती है और उससे जो करने को कहा जाता है, वह मुस्कुराते हुए कर देती है। यह प्रवृत्ति उसके लिए किसी शरण-स्थली जैसी है, जिसकी आड़ में वह छिपी रहती है। वह उस व्यक्ति पर कभी सवाल नहीं उठाती, जिसके हाथ में सारा नियंत्रण होता है। वह अपने विचारों को कभी सामने नहीं रखती और जब भी उसके साथ दुर्व्यवहार होता है, तो वह कभी इसकी शिकायत नहीं करती। वह चाहती है कि वह सभी की नज़रों से अदृश्य बनी रहे। पर उसके मन में गुप्त ढंग से अशांति बढ़ रही होती है। वह अब भी पीड़ित है

[3] कैथोलिक तालीम के अनुसार एक पापी कृत्य

[4] कैथोलिक तालीम के अनुसार जो करना चाहिए, उसे करने में नाकाम होना

क्योंकि जीवन अपने आपमें एक पीड़ा है। वह अकेली, अलग-थलग और अधूरी है। उसकी आज्ञाकारिता और आत्म-विस्मृति उसके जीवन के सारे अर्थ समाप्त कर देती है। वह बस एक गुलाम बनकर रह गई है, एक ऐसा उपकरण, जिसका सब शोषण करते रहते हैं। वह जो चाहती है या उसे जिसकी ज़रूरत होती है, वह उसे कभी नहीं मिलता क्योंकि इसके लिए उसे हर वह बात साफ-साफ सबके सामने रखनी पड़ेगी, जो उसके मन में चल रही है। इसलिए उसके अस्तिव का कोई मोल नहीं होता, जिससे कि वह जीवन की समस्याओं का प्रतिकार कर सके। यह ऐसी वास्तविकता है, जो धीरे-धीरे उसे बीमार बनाती रहती है।

आप जिस संस्थान में सेवारत होते हैं, जब वह लड़खड़ाता है या कमज़ोर पड़ता है, तो हमेशा सबसे पहले परेशानियाँ खड़ी करनेवाले और बात-बात पर शोर मचानेवाले लोग ही वहाँ से गायब होते हैं। पर इसके बाद अकसर उन्हीं लोगों को बलि का बकरा बनाया जाता है, जो अदृश्य बने रहते हैं यानी जिन पर कभी किसी का ध्यान नहीं जाता। ऐसे लोग जो सामने नहीं आते या यूँ कहें कि एक तरह से छिपे रहते हैं, वे महत्वपूर्ण नहीं होते। आपका महत्त्व तब बढ़ता है, जब आप मौलिक योगदान दे रहे हों। आज्ञाकारी और बने बनाए रास्ते पर चलने की प्रवृत्तिवाले लोग, जो अक्सर छिपे से रहते हैं और कहीं नज़र नहीं आते, वे भी बीमारियों, पागलपन, मौत और टैक्स से नहीं बच पाते। दूसरों से छिपने का अर्थ यह भी है कि आप अपने अप्रकट सेल्फ की संभावनाओं को भी छिपा रहे हैं। यही तो असली समस्या है।

अगर आप स्वयं को दूसरों के सामने प्रकट नहीं करेंगे, तो आप अपने सामने भी स्वयं को प्रकट नहीं कर सकेंगे। हालाँकि इसका अर्थ सिर्फ ये नहीं है कि आप खुद को दबा रहे हैं। दरअसल इसका असली अर्थ तो यह है कि आपकी वे सारी संभावनाएँ कभी बाहर नहीं आ सकेंगी, जो कोई ज़रूरत पूरी करने के दबाव में बाहर आ सकती थीं। यह न सिर्फ एक जैविक (Biological) सत्य है बल्कि एक वैचारिक (Conceptual) सत्य भी है। जब आप बेधड़क होकर खोज करते हैं और स्वेच्छा से अज्ञान का सामना करते हैं, तो आप बहुत सी ज़रूरी सूचनाएँ इकट्ठी कर लेते हैं और उसकी मदद से एक नए सिरे से अपना पुनर्निर्माण करते हैं। यह एक वैचारिक तत्व है। हालाँकि शोधकर्ताओं ने हाल ही में पता लगाया है कि जब किसी जीव को किसी नई स्थिति में रखा जाता है या जब वह खुद ही अपने आपको किसी नई स्थिति में डाल लेता है, तो उसके सेंट्रल नर्वस सिस्टम (केंद्रीय तंत्रिका तंत्र) में नए जीन्स सक्रिय हो जाते हैं। ये जीन्स नए प्रोटीन्स को संकेतबद्ध कर लेते हैं और

इन नए प्रोटीन्स से ही मस्तिष्क में नई संरचना का निर्माण होता है। इसका अर्थ है कि भौतिक अर्थ में आप अब भी एक नवजात ही हैं और स्वयं कहीं अवरोध नहीं बनेंगे। आपको कुछ करना होगा, कहीं जाना होगा और वहाँ कुछ ऐसा करना होगा, जिससे आप सक्रिय हों। जब आप ऐसा नहीं करते, तो अधूरे बने रहते हैं और इस संसार में जो अधूरा है, उसके लिए जीवन बहुत ही मुश्किल है।

जब आप अपने बॉस, अपने जीवनसाथी या अपनी माँ को उस समय 'ना' कहने लगते हैं, जब 'ना' कहना ज़रूरी हो, तो आप खुद को एक ऐसे व्यक्ति में बदल लेते हैं, जो सही समय पर सामनेवाले को 'ना' कह सकता है। जब आप उस स्थिति में भी 'हाँ' कहते हैं, जब 'ना' कहने की ज़रूरत हो तो आप खुद को एक ऐसा इंसान बना लेते हैं, जो हमेशा 'हाँ' ही कहता है, भले ही स्पष्ट रूप से 'ना' कहने की ज़रूरत हो। अगर आपको यह सोचकर हैरानी होती है कि आखिर बिलकुल साधारण व्यक्ति होने के बावजूद भी सोवियत गुलाग[5] के गार्ड वहाँ के कैदियों के साथ इतना भयावह व्यवहार कैसे कर लेते थे, तो अब आपको इसका जवाब मिल गया होगा। उन यातना केंद्रों में जब ऐसी स्थिति आई कि गंभीरता से 'ना' कहना ज़रूरी हो गया, तब तक 'ना' कहने लायक कोई बचा ही नहीं।

यदि आप अपने साथ विश्वासघात करते हैं, झूठ बोलते हैं या झूठे कार्य करते हैं, तो वास्तव में आप अपने चरित्र को कमजोर कर रहे होते हैं। जब आपका चरित्र कमजोर होता है, तो प्रतिकूल परिस्थितियाँ फौरन आपको उखाड़ फेंकती हैं और जीवन में प्रतिकूल परिस्थितियाँ तो आती ही हैं, उन्हें रोका नहीं जा सकता। भले ही आप उनसे बचने के लिए कहीं छिपने की कोशिश करें पर आपके पास ऐसी कोई चीज़ बचेगी ही नहीं, जिसकी आड़ में आप छिप सकें और तब आप पाएँगे कि आप खुद कई ऐसी भयावह चीज़ें कर रहे हैं, जिनकी कल्पना करना भी मुश्किल था।

केवल सबसे निंदक और निराशाजनक प्रवृत्तिवाला दर्शनशास्त्र ही इस बात पर जोर देता है कि वास्तविकता को मिथ्याकरण (झूठी छवि बनाना) से बेहतर बनाया जा सकता है। इस प्रकार का दर्शनशास्त्र, अस्तिव और यथोचित (एक जैसा होना) को एक मानकर आँकता है, इसके साथ ही दोनों को ही दोषपूर्ण बताता है। यह सत्य को अपर्याप्त और ईमानदार व्यक्ति को भ्रमित करार दे देता है। यह ऐसा दर्शन है, जो पहले तो संसार में स्थानिक भ्रष्टता लाता है और फिर उसे सही भी ठहरा देता है।

---

5 व्लादिमिर लेनिन द्वारा स्थापित श्रम केंद्रों को चलानेवाली सरकारी संस्था, जिसके चलते लाखों लोग मारे गए

ऐसा नहीं है कि ऐसे हालात में, किसी परिकल्पना की या उसे वास्तविकता में बदलने की योजना की कोई गलती हो। मनचाहे भविष्य की परिकल्पना आवश्यक होती है। ऐसी परिकल्पना आज के कर्मों और महत्वपूर्ण दीर्घकालिक मूल्यों के बीच की एक कड़ी होती है। यह आज किए गए कर्मों को प्रासंगिक और महत्वूपर्ण बनाती है। यह एक ऐसी सीमा-रेखा उपलब्ध कराती है, जिसके दायरे में अनिश्चितता और चिंता को सीमित किया जा सकता है।

पर यह परिकल्पना नहीं है। यह जानबूझकर अंधा बने रहना है। यह सबसे वाहियात किस्म का झूठ है, जो बहुत ही सूक्ष्म होता है और खुद को बड़ी आसानी से साकार कर लेता है। जानबूझकर अंधा बने रहने का अर्थ है, ऐसी चीज़ को जानने से इनकार कर देना, जिसे जाना जा सकता है। यह इस बात से इनकार करना है कि दरवाजे पर दस्तक होने का अर्थ ही है कि बाहर कोई आया हुआ है। यह सामने नज़र आ रही समस्या को अनदेखा करना है। यह कोई योजना लागू करते समय होनेवाली गलतियों को स्वीकार करने से इनकार करना है। हर खेल के अपने कुछ नियम होते हैं। जिनमें से कुछ सबसे महत्वपूर्ण नियम अंतर्निहित होते हैं। उस खेल में शामिल होने का निर्णय लेने भर से ही यह तय हो जाता है कि आप उन नियमों को स्वीकार कर रहे हैं। सबसे पहला नियम यह है कि खेल महत्वपूर्ण है। अगर यह महत्वपूर्ण नहीं होता, तो आप इसे खेल ही नहीं रहे होते। उसे खेलना यह दर्शाता है कि खेल महत्वपूर्ण है। दूसरा नियम है कि खेल के दौरान चली गई हर वह चाल मान्य है, जो खेल को जीतने में आपकी सहायक हो। अगर आप कोई ऐसी चाल चलते हैं, जो जीतने में आपकी सहायक साबित नहीं हो पा रही है, तो परिभाषा के अनुसार वह एक बुरी चाल है और अब आपको उसकी जगह कोई नई चाल आजमानी चाहिए। आपको वह पुरानी कहावत तो याद ही होगी : पागलपन का अर्थ है, एक ही काम को बार-बार करते हुए उससे अलग परिणाम की उम्मीद करना।

अगर आप भाग्यशाली होने के बावजूद नाकाम हो जाते हैं और फिर कोई नई चीज़ आजमाते हैं, तो इसका अर्थ है कि आप आगे बढ़ रहे हैं। अगर वह नई चीज़ भी काम नहीं आती, तो आप एक बार फिर कुछ और आजमाते हैं। जब स्थितियाँ अनुकूल होती हैं, तो मामूली संशोधन भी काफी होता है। इसीलिए समझदारी इसी में है कि आप छोटे बदलावों के साथ शुरुआत करें और देखें कि वे कारगर साबित हो रहे हैं या नहीं। कई बार मूल्यों की पूरी हाईरार्की (पदानुक्रम) ही दोषपूर्ण होती है और पूरे तंत्र को छोड़ने की ज़रूरत होती है। ऐसे में पूरे खेल को बदलने की ज़रूरत होती

है, जो किसी क्रांति से कम नहीं है और हर क्रांति की तरह ही इसमें भी अराजकता और आतंक होगा। यह ऐसी चीज़ नहीं है, जिसे हलके में लिया जाए। कई बार ऐसी क्रांति सचमुच ज़रूरी हो जाती है। गलती को सुधारने के लिए बलिदान की ज़रूरत होती है और गंभीर गलतियों को सुधारने के लिए गंभीर और बड़े बलिदान की ज़रूरत होती है। सच को स्वीकार करना बलिदान ही है और अगर आपने लंबे समय तक सच को ठुकराया है, तो इसका अर्थ है कि आपके सिर पर खतरनाक हो जाने की हद तक बड़े और गंभीर बलिदान का कर्ज चढ़ा हुआ है। जंगल में लगनेवाली आग सूखी–बेजान लकड़ी को जलाकर राख कर देती है और उसमें फँसे हुए तत्वों को वापस मिट्टी में ले आती है। हालाँकि कई बार इस आग को कृत्रिम रूप से दबा दिया जाता है। जिससे सूखी–बेजान लकड़ी का इकट्ठा होना नहीं रूकता, जिससे आज नहीं तो कल, दोबारा आग लगती है और जब ऐसा होता है, तो यह आग इस कदर फैलती है कि हर चीज़ को – यहाँ तक कि उस मिट्टी को भी, जिसके बल पर जंगल खड़ा होता है – जलाकर नष्ट कर देती है।

एक अभिमानी और तर्कपूर्ण मन, जो अपनी निश्चिंतता के साथ सहज है और अपनी ही प्रतिभा के प्रति आसक्त है, वह बड़ी आसानी से गलतियों को अनदेखा करने और बुरे पक्ष को छिपाने के प्रलोभन में पड़ जाता है। साहित्यिक व अस्तित्ववादी दार्शनिकों ने अस्तित्व के इस रूप को 'अप्रामाणिक' माना था। इन दार्शनिकों की सूची में डेनमार्क के सोरेन कीर्केगार्ड का नाम सबसे पहले आता है। एक अप्रामाणिक व्यक्ति चीज़ों को उस ढंग से समझता है और ऐसे कर्म करता है, जिन्हें उसके अपने अनुभव पहले ही झूठा साबित कर चुके होते हैं। उसकी बातों के पीछे उसकी सच्ची आवाज नहीं होती।

'मैं जो चाहता था, क्या वह हुआ? नहीं। तो इसका अर्थ है कि मेरा उद्देश्य और मेरे तरीके गलत थे। मुझे अब भी बहुत कुछ सीखने की ज़रूरत है।' यह है प्रामाणिकता की आवाज।

'मैं जो चाहता था, क्या वह हुआ? नहीं। तो इसका अर्थ है कि यह संसार अन्यायपूर्ण है। लोग मुझसे जलते हैं और इतने मूर्ख है कि वे मुझे समझ नहीं सकते। मैंने जो चाहा वह नहीं हुआ। इसमें मेरा नहीं बल्कि किसी और का दोष है।' यह अप्रामाणिकता की आवाज है और यह जो कुछ भी कह रही है, वह उन विनाशकारी विचारों से ज़्यादा दूर नहीं है, जो कुछ इस प्रकार होते हैं, 'उन्हें रोकना होगा' या 'उन्हें नुकसान पहुँचाना होगा,' और 'उन्हें पूरी तरह नष्ट करना होगा।' जब भी आप

किसी ऐसी क्रूरता के बारे में सुनें, जो आपकी समझ से बाहर हो, तो इसका अर्थ है कि वे विनाशकारी विचार ही इस क्रूरता के रूप में प्रकट हुए हैं।

इसमें अचेतनता (अनकॉन्शसनेस) का कोई दोष नहीं है और न ही दमन का दोष है। जब कोई इंसान झूठ बोलता है, तो उसे पता होता है कि वह क्या कर रहा है। हो सकता है कि वह इसके परिणामों के प्रति जानबूझकर अंधा बना रहे। यह भी संभव है कि वह अपने अतीत का विश्लेषण करने और उसे स्पष्ट रूप से समझने में असफल रहे। हो सकता है कि वह भूल जाए कि उसने झूठ बोला था यानी अपने झूठ बोलने के प्रति वह बेखबर रहे। पर वह वर्तमान में चेतन अवस्था में ही रहता है। यानी जब भी वह कोई गलती कर रहा होता है या अपनी किसी जिम्मेदारी से चूक जाता है, उस समय वह चेतन अवस्था में ही होता है। उसे अच्छी तरह पता होता है कि वह क्या कर रहा है। अप्रामाणिक इंसान के पाप इसी तरह बढ़ते रहते हैं और आखिरकार पूरे समाज को भ्रष्ट कर देते हैं।

ताकत का भूखा कोई इंसान (आपका बॉस) आपके कार्यस्थल पर कोई नया नियम लागू कर देता है। यह उसका एक अनावश्यक और प्रतिकूल निर्णय है। असल में यह किसी अड़चन से कम नहीं है। आपको अपने काम से जो आनंद मिलता है, इस निर्णय के बाद वह कम हो जाता है। इसके कारण आपको अपना काम अब उतना अर्थपूर्ण नहीं लगता, जितना पहले लगता था। पर आप खुद को दिलासा देते रहते हैं कि सब ठीक है और इस बारे में शिकायत करने का कोई लाभ नहीं है। कुछ दिनों बाद एक बार फिर ऐसा ही कुछ होता है पर इस बार भी आप कुछ नहीं कहते। क्योंकि पहली बार ऐसी स्थिति में चुप रहकर आपने खुद को इस बात के लिए प्रशिक्षित कर लिया था कि अब आप ऐसी चीज़ों को चुपचाप स्वीकार कर लें।

अब आप पहले के मुकाबले ज़रा कम साहसी हो गए हैं और आपका विरोधी पहले से अधिक सशक्त है क्योंकि आपने कभी उसका विरोध नहीं किया। अब वह संस्था भी पहले के मुकाबले अधिक भ्रष्ट हो गई है, जहाँ आप काम करते हैं। नौकरशाही का दमन और कार्य पूरा करने में उसका धीमापन अब भी जारी है। अब आप भी इसमें अपना योगदान दे रहे हैं क्योंकि आप यह दिखावा कर रहे हैं कि सब ठीक है। आप शिकायत क्यों नहीं करते? जो सही है, आप उसका पक्ष क्यों नहीं लेते? हो सकता है कि जब आप सही का पक्ष लें, तो अन्य लोग - जो आप ही की तरह घबराए हुए हैं - आपके समर्थन में आपके साथ खड़े हो जाएँ। अगर ऐसा नहीं होता है, तो फिर शायद क्रांति का बिगुल बजाने का समय आ गया है। शायद

आपको किसी अन्य संस्था में नई नौकरी ढूँढ़ लेनी चाहिए, जहाँ आपकी आत्मा के भ्रष्ट होने का खतरा कम हो।

इंसान पूरी दुनिया हासिल कर ले पर अपनी आत्मा को खो दे, तो भला क्या फायदा? (मार्क 8:36)।

एलेग्जेंडर सोलजेनित्सिन की महान कृति 'द गुलाग आर्किपेलेगो' का सबसे बड़ा योगदान था- 'यातना-श्रम-केंद्रों पर निर्भर सोवियत राज्य (जहाँ लाखों लोगों ने कष्ट झेला और मारे गए) की विकृति और रोज़मर्रा के निजी अनुभवों को झुठलाना। इसके साथ ही राज्य-प्रेरित पीड़ा भोगने के बावजूद, उससे इनकार करने व विचारधारा के भूत से ग्रस्त साम्यवादी व्यवस्था को बढ़ावा देने की सोवियत नागरिकों की सार्वभौमिक प्रवृत्ति के बीच प्रत्यक्ष अनौपचारिक संबंधों का विश्लेषण करना।' एलेग्जेंडर सोलजेनित्सिन की राय में, विकृत आस्था और वास्तविकता से इनकार करने की यही वह प्रवृत्ति थी, जिसने उस पागल हत्यारे जोसेफ स्टालिन (सन 1920 से 1954 तक सोवियत संघ का नेतृत्व करनेवाला राजनेता) को इतने गंभीर अपराध करने के लिए उकसाया व उसकी सहायता की। एलेग्जेंडर सोलजेनित्सिन ने सच लिखा था, अपना सच, जिसे उन्होंने सोवियत यातना केंद्रों में अपने निजी अनुभवों के आधार पर बड़ी मुश्किल से जाना था। उन्होंने पूरी दुनिया के सामने सोवियत संघ के झूठ का खुलासा कर दिया था। एलेग्जेंडर सोलजेनित्सिन की किताब 'द गुलाग आर्किपेलेगो' के प्रकाशन के बाद किसी भी पढ़े-लिखे इंसान ने इस विनाशकारी विचारधारा का बचाव करने का साहस नहीं किया। अब कोई यह कहकर साम्यवादी विचारधारा का बचाव नहीं कर सकता कि 'जो स्टालिन ने किया, वह सच्चा साम्यवाद नहीं था।'

'मैन्स सर्च फॉर मीनिंग' नामक उत्कृष्ट किताब लिखनेवाले प्रतिष्ठित मनोचिकित्सक विक्टर फ्रैंकल, जो नाजी यातना शिविर में रहकर भी किसी तरह जीवित बच गए थे, उनका भी सामाजिक-मनोवैज्ञानिक निष्कर्ष यही था कि 'धोखेबाज और अमानवीय व्यक्तिगत अस्तित्व, सामाजिक अधिनायकवाद का अग्रदूत होता है।' मनोविश्लेषण के जन्मदाता सिग्मंड फ्रायड का भी मानना था कि मानसिक बीमारियों के पीछे 'दमन' एक बड़ा कारण है (और सच का दमन व झूठ दो विपरीत चीज़ें नहीं हैं बल्कि एक ही चीज़ के दो भिन्न स्तर हैं)। ऑस्ट्रियन मनोविज्ञानी एल्फ्रेड एडलर जानते थे कि बीमारियों को झूठ से पोषण मिलता है। मशहूर मनोचिकित्सक कार्ल युंग जानते थे कि उनके मरीज नैतिक समस्याओं से ग्रस्त

हैं और इन समस्याओं का कारण है झूठ। ये सारे विचारक, जिनका ध्यान मूल रूप से व्यक्तिगत और सांस्कृतिक, दोनों ही किस्म की विकृतियों पर केंद्रित था, एक ही निष्कर्ष पर पहुँचे थे : यह झूठ ही है, जो अस्तित्व की संरचना को ध्वस्त कर देता है। झूठ आत्मा को और राज्य को भ्रष्ट बना देता है और एक किस्म की भ्रष्टता, दूसरे किस्म की भ्रष्टता को पोषित करती है।

मैंने कई बार गौर किया है कि कैसे साधारण अस्तित्वगत पीड़ा भी विश्वासघात और छल के चलते एक भयावह नर्क में बदल जाती है। उदाहरण के लिए बुजुर्ग माता-पिता की गंभीर बीमारी - जिससे किसी तरह निपटा जा सकता था - अक्सर उनके वयस्क बच्चों के अशोभनीय व क्रूर व्यवहार से एक ऐसी भयावह समस्या में तब्दील हो जाती है, जिसे शब्दों में व्यक्त नहीं किया जा सकता। अपने अतीत की अनसुलझी समस्याओं से प्रेरित होकर वे अपने माता-पिता की मृत्युशैया के चारों ओर राक्षसों के झुंड की तरह एकत्र हो जाते हैं, जो उनकी बीमारी की त्रासदी को अपनी कायरता और आक्रोश से किसी नर्क जैसे अपवित्र दलदल में बदल देते हैं।

अपने बल पर संसार में उन्नति करने की बेटे की अक्षमता के चलते उसकी माँ उसे जीवन की सभी निराशाओं और तकलीफों से बचाने पर आमादा रहती है। जबकि इस तरह वह दरअसल उसकी अक्षमता का लाभ उठा रही होती है। बेटा कभी घर से दूर नहीं जाता और इस तरह माँ कभी अकेली नहीं पड़ती। यह एक बहुत ही राक्षसी किस्म की साजिश है। जैसे-जैसे माँ बेटे को चुपचाप इशारे करके सारी तकलीफों से बचाती रहती है, वैसे-वैसे उसकी साजिश अपना प्रभाव दिखाने लगती है। जैसे पिता की डाँट से बचाने के लिए बेटे को दूसरे कमरे में जाने का इशारा करना। ऐसी माँ खुद को एक ऐसे शहीद की तरह पेश करती है, जिसकी नियति ही अपने बेटे को बचाना है। इस तरह वह अपनी पक्की सहेलियों की सहानुभूति भी अर्जित कर लेती है। दूसरी ओर बेटा अपने कमरे में बैठा सोच में डूबा होता है और उसे लगता है कि यह संसार उसका दमन करता है। वह बड़े मजे से ये कल्पनाएँ करता रहता है कि जिस संसार ने उसकी कायरता, अक्षमता और अजीब व्यवहार को देखते हुए उसे सिरे से ठुकरा दिया, वह उस संसार पर कैसा कहर बरपा सकता है। और कई मामलों में ऐसा बेटा सचमुच ऐसा कहर बरपा देता है, जिसकी वह कल्पना करता है। फिर हर कोई हैरानी से पूछता है, 'यह कैसे हो गया?' लोग चाहें तो जान सकते हैं कि ऐसा कैसे हुआ? पर सच तो यह है कि वे जानना ही नहीं चाहते।

स्वाभाविक रूप से एक अच्छा जीवन भी तकलीफों, बीमारियों, दुर्बलता

और बेकाबू तबाही से विकृत हो सकता है। कैंसर की तरह ही डिप्रेशन, बाईपोलर डिसऑर्डर और स्किट्ज़ोफ्रेनिया जैसी बीमारियों में भी ऐसे जैविक कारक शामिल होते हैं, जो इंसान के नियंत्रण से बाहर होते हैं। जीवन में आनेवाली सहज समस्याएँ भी हम सबको कमज़ोर बना देने सक्षम होती हैं। वे हमें हमारी सीमाओं से परे धकेल देती हैं और अक्सर ठीक उस समय चोट करती हैं, जब हम अपने सबसे बुरे दौर में होते हैं। सर्वश्रेष्ठ ढंग से जिया गया जीवन भी समस्याओं और हमें कमज़ोर करनेवाले मौकों से संपूर्ण सुरक्षा प्रदान नहीं करता। पर जो परिवार भूकंप की तबाही में अपना घर खंडहर होने के बाद भी आपस में झगड़ता रहता है, उसके द्वारा अपना उजड़ा घर फिर से खड़ा करने की संभावना, उस परिवार के मुकाबले बहुत कम होती है, जो सब कुछ तबाह होने के बाद भी आपसी विश्वास और समर्पण के चलते मज़बूत बना रहता है। जब किसी व्यक्ति, परिवार या संस्कृति में छल का भाव होता है, तो एक छोटी सी प्राकृतिक कमजोरी या अस्तित्ववादी चुनौती भी उसके लिए खतरनाक साबित होती है।

एक सच्ची इंसानी आत्मा भले ही संसार को स्वर्ग बनाने की अपनी कोशिश में निरंतर नाकाम होती रहे पर फिर भी वह अस्तित्व की असहनीय पीड़ा को सहने योग्य ज़रूर बना सकती है। अस्तित्व की त्रासदी हमारी सीमाओं और उस कमजोरी का परिणाम है, जो इंसानी अनुभव को परिभाषित करती है। यह अस्तित्व की वह कीमत भी हो सकती है, जो हम चुकाते हैं क्योंकि अस्तित्व को सीमित होना चाहिए।

अब मैं आपको एक ऐसा मामला बताता हूँ, जो मैंने खुद अपनी आँखों से देखा था। एक महिला देमेंतिया (मनोभ्रंश) बीमारी से ग्रस्त हो गई। इसके बाद उसके पति ने पूरी ईमानदारी और हिम्मत के साथ उस स्थिति से सामंजस्य बिठा लिया। उसने धीरे-धीरे हर वह समझौता किया, जो ज़रूरी था। जब उसे ज़रूरत पड़ी तो उसने दूसरों से मदद भी ली। उसने अपनी पत्नी की बिगड़ती हालत को स्वीकार किया और इस तरह धीरे-धीरे अनुग्रह भाव के साथ स्थिति से तालमेल बिठा लिया। जैसे-जैसे वह महिला अपनी बीमारी के चलते मौत के करीब जा रही थी, वैसे-वैसे उसके परिवार के सदस्यों ने आपस में एक-दूसरे का ज़्यादा से ज़्यादा साथ देना शुरू कर दिया। उस महिला के पिता, भाई और बहनें व पोते-पोती इस मुश्किल घड़ी में उसके और करीब आ गए। मैंने अपनी किशोर बेटी को भी उसके कूल्हे व एड़ी की हड्डी टूटने के बाद दो साल तक निरंतर गहरे दर्द का सामना करते देखा है। इस दर्दनाक अनुभव के बावजूद उसने हिम्मत नहीं हारी। मैंने इस स्थिति में उसका साथ

देनेवाले उसके छोटे भाई को भी देखा, जो अपनी बहन की तकलीफ से दुःखी रहता था और उसका खयाल रखने के लिए अक्सर उसके पास ही रहता था। इसके लिए उसने बिना कोई कड़वाहट पाले, अपने दोस्तों से मिलना कम कर दिया, सामाजिक आयोजनों में जाना बंद कर दिया ताकि वह दर्द से जूझती अपनी बहन के साथ ज़्यादा से ज़्यादा समय बिता सके। प्रेम, प्रोत्साहन और दृढ़ चरित्र हो, तो स्थिति कितनी भी कठिन हो, इंसान किसी न किसी तरह उसे झेल ही लेता है। बस समस्याओं, त्रासदी और विश्वासघात का परिणाम वहन करना सबसे मुश्किल होता है।

एक तर्कपूर्ण मन में छल करने, चालाकी करने, साजिश रचने, धोखा देने, गुमराह करने, झूठ फैलाने, इनकार करने, युक्तिसंगत बनाने, पूर्वाग्रह से ग्रस्त होने और चीज़ों को बढ़ा-चढ़ाकर पेश करने की क्षमता अधिक और तीक्ष्ण होती है। विज्ञान के अस्तित्व में आने से पहले सदियों तक प्रचलित रहा विचार - जो नैतिक प्रयासों को स्पष्ट बनाने पर केंद्रित था - यह था कि इंसानी मन की यह क्षमता एक सकारात्मक राक्षसी क्षमता है। हालाँकि ऐसा इसलिए नहीं था क्योंकि तार्किकता अपने आपमें एक प्रक्रिया है और यह प्रक्रिया ही स्पष्टता व विकास लेकर आती है। असल में ऐसा इसलिए था क्योंकि तार्किकता सबसे बुरे प्रलोभन यानी 'संपूर्णता की हद तक ऊँचा उठना' के अधीन होती है।

इसका अर्थ क्या है, यह समझने के लिए हम एक बार फिर महान कवि जॉन मिल्टन की ओर रूख कर सकते हैं। अपने हज़ारों सालों के इतिहास में पश्चिमी दुनिया ने अपने केंद्रीय धार्मिक सार को बुराई की प्रकृति के बारे में एक सपनीली कल्पना से लपेट दिया। इस कल्पना में एक नायक है, जो एक विरोधात्मक व्यक्तित्व है और अस्तित्व को भ्रष्ट बनाने के लिए बुरी तरह आमादा है। जॉन मिल्टन ने इस सामूहिक स्वप्न के सार की स्पष्ट व्याख्या करने, उसे व्यवस्थित करने और नाटकीय बनाने का जिम्मा अपने कंधों पर लिया और उसे शैतान - लूसिफर 'द लाइट बियरर' का व्यक्तित्व दिया। जॉन मिल्टन लूसिफर के मौलिक प्रलोभन और उसके त्वरित परिणाम के बारे में लिखते हैं:

उसे लगता था कि वह उस ईश्वर का समकक्ष है
जिसका वह विरोध कर रहा था; और ईश्वर का सिंहासन
और उसकी सत्ता हथियाने की महत्वाकांक्षा से
उसने स्वर्ग में युद्ध छेड़ दिया और गर्वपूर्वक लड़ता रहा,
जो दरअसल एक व्यर्थ प्रयास था

इसी का परिणाम था, जो सर्वशक्तिमान ईश्वर ने
उसे अलौकिक आकाश से उठाकर
आग की लपटों से घिरे खंडहर जैसे अथाह गहरे नर्क में
सिर के बल फेंक दिया,
ताकि वह जंजीरों से बंधा
दंड की आग में झुलसता रहे...

जॉन मिल्टन की नज़रों में लूसिफर – जो विवेक की भावना का प्रतिनिधित्व करता है, ईश्वर द्वारा बनाया गया सबसे करिश्माई फरिश्ता था। इस बात को मनोवैज्ञानिक नज़रिए से समझा जा सकता है। विवेक एक ऐसी चीज़ है, जो सजीव है। यह हम सबके अंदर होता है। यह हम सबसे अधिक प्राचीन है। इसे एक व्यक्ति के रूप में सबसे अच्छी तरह समझा जा सकता है, न कि एक विषय के रूप में। इसके अपने उद्देश्य और प्रलोभन होते हैं, साथ ही कुछ कमजोरियाँ भी होती हैं। यह किसी भी अन्य विचार से कहीं अधिक ऊँची उड़ान भरता है और कहीं अधिक आगे तक देख सकता है। पर विवेक अपने ही प्रेम में पड़ जाता है और इससे भी बदतर, यह अपनी ही रचनाओं के प्रेम में पड़ जाता है। उन रचनाओं को वह ऊँचा उठाता है और निरपेक्ष रूप में उनकी पूजा भी करता है। इस लिहाज से लूसिफर अधिनायकवादी भावना का वाहक है। इसी उत्कर्षवादी रवैये के चलते उसे स्वर्ग से नर्क में फेंक दिया गया था। ईश्वर की सार्वभौमिक व दुरूह शक्ति के खिलाफ ऐसा विद्रोह करने से नर्क की रचना होती है।

इसी बात को दोहराते हुए : तर्कवादी लोगों का सबसे बड़ा प्रलोभन होता है, अपनी क्षमता और अपनी रचनाओं की प्रशंसा करना। इसके साथ ही यह दावा करना कि इसके सिद्धांतों से ऊँचा कुछ नहीं है और इन सिद्धांतों के दायरे से बाहर किसी चीज़ का अस्तित्व हो, इसकी कोई ज़रूरत नहीं है। इसका अर्थ तो यह है कि सारे महत्वपूर्ण तथ्यों की खोज हो चुकी है यानी अब कुछ ऐसा जानने को बचा ही नहीं है, जो महत्वपूर्ण हो। पर इसका सबसे अहम अर्थ है, अस्तित्व के साथ व्यक्ति के साहसी टकराव की आवश्यकता से इनकार करना। वह क्या है, जो आपको बचाएगा? अधिनायकवादी संक्षेप में कहता है, 'आपको आस्था पर निर्भर रहना होगा। आप जो पहले से जानते हैं, उस पर निर्भर रहना होगा।' पर यह ऐसी चीज़ नहीं है, जो आपको बचाए। आपको बचाने का काम तो अंजान चीज़ों को सीखने की आपकी इच्छाशक्ति करती है। यही तो इंसानी रूपांतरण की संभावना पर आस्था

रखना है। यह सेल्फ की भविष्य की संभावना के लिए वर्तमान सेल्फ का बलिदान करने का विश्वास है। अधिनायकवादी, व्यक्ति द्वारा अस्तित्व की परम जिम्मेदारी लेने की ज़रूरत से इनकार कर देता है।

'सार्वभौमिक शक्ति' के खिलाफ विद्रोह का अर्थ यह इनकार ही है। अधिनायकवादी यही तो कह रहा है। हर उस चीज़ की खोज हो चुकी है, जिसकी खोज करना ज़रूरी था। हर चीज़ ठीक वैसे ही होगी, जैसे योजना थी। एक बार जैसे ही सबसे सही व संपूर्ण प्रणाली स्वीकार कर ली जाएगी, तो सारी समस्याएँ हमेशा के लिए खत्म हो जाएँगी। जॉन मिल्टन का महान महाकाव्य 'पैराडाइस लॉस्ट' एक भविष्यवाणी है। जब ईसाइयत की राख से निकलकर तार्किकता आगे बढ़ी, तो इसमें संपूर्ण प्रणालियों का बड़ा खतरा भी शामिल था। साम्यवाद विशेष रूप से अपने काल्पनिक लाभार्थियों यानी शोषित श्रमिकों के लिए ज़्यादा आकर्षक नहीं था बल्कि उन बुद्धिजीवियों और उन लोगों के लिए आकर्षक था, जिन्हें बुद्धि पर अहंकार होने के कारण लगता था कि वे जो भी करते हैं, सही करते हैं। पर साम्यवाद ने लोगों से संसार को स्वर्ग बनाने का जो वादा किया था, वह कभी पूरा नहीं हुआ। बल्कि मानवता को स्टालिनवादी रूस, माओ के चीन और पॉल पॉट के कंबोडिया का सामना करना पड़ा। इन देशों के नागरिकों को स्वयं के साथ ही विश्वासघात करना पड़ा, अपने साथी नागरिकों के खिलाफ जाना पड़ा और लाखों की संख्या में इंसानी जानें गँवानी पड़ीं।

एक पुराना सोवियत चुटकुला है कि एक अमेरिकी व्यक्ति अपनी मौत के बाद नर्क में गया। शैतान खुद उसे नर्क दिखाने के लिए नर्क के अलग-अलग हिस्सों में ले गया। इस दौरान वे दोनों एक विशाल कड़ाहे के पास से गुज़रे। जब अमेरिकी व्यक्ति ने उस कड़ाहे में झाँका तो पाया कि बहुत सी पीड़ित आत्माएँ उसकी गर्म सतह पर जल रही हैं। जब भी वे आत्माएँ उस विशाल कड़ाहे से बाहर निकलने की कोशिश करतीं, तो कड़ाहे के ऊपरी किनारे पर बैठे कनिष्ठ पदों पर कार्यरत राक्षस काँटेदार पंजोवाले चमचे से उन्हें वापस कड़ाहे में धकेल देते। यह देखकर अमेरिकन व्यक्ति हैरान रह गया। शैतान ने उसे बताया कि 'उस कड़ाहे में पापी इंग्लैंड वासियों को रखा जाता है।' इसके बाद वे दोनों आगे बढ़े। कुछ ही देर में उन्हें एक और विशाल कड़ाहा नज़र आया, जो पहले कड़ाहे से ज़्यादा बड़ा होने के साथ-साथ ज़्यादा गर्म भी था। इस कड़ाहे में भी कई पीड़ित आत्माएँ थीं और उन सभी ने सिर पर ऊनी टोपी पहन रखी थी। इस कड़ाहे के ऊपरी किनारे पर भी कुछ राक्षस बैठे

थे, जो ऊपर चढ़ने की कोशिश कर रही आत्माओं को काँटेदार पंजोंवाले चमचे से वापस कड़ाहे में धकेल देते थे। शैतान ने अमेरिकी को बताया कि 'इस कड़ाहे में हम फ्रांस के लोगों को रखते हैं।' इससे कुछ ही दूरी पर तीसरा विशाल कड़ाहा रखा था। यह कड़ाहा पिछले दोनों कड़ाहों से भी ज़्यादा बड़ा था और अपनी तेज गर्माहट से दमक रहा था। उसकी तेज आँच के कारण अमेरिकी उसके ज़्यादा पास नहीं जा पा रहा था पर शैतान के कहने पर उसने किसी तरह आगे बढ़कर कड़ाहे में झाँका।

यह कड़ाहा पीड़ित आत्माओं से पूरी तरह भरा हुआ था, पर वे साफ नज़र नहीं आ रही थीं क्योंकि वे कड़ाहे में उबल रहे द्रव में डूबी हुई थीं। हालाँकि इसके बावजूद कभी-कभी कोई आत्मा किसी तरह चढ़कर कड़ाहे के ऊपरी किनारे तक पहुँच जाती थी। हैरानी की बात ये थी कि अन्य कड़ाहों की तरह इस कड़ाहे के ऊपरी किनारे पर कोई राक्षस नहीं बैठा था, जो बाहर निकलने की कोशिश कर रही आत्माओं को वापस कड़ाहे में धकेल सके। इसके बावजूद वे आत्माएँ बाहर नहीं निकल पा रही थीं और ऊपरी किनारे तक पहुँचने के बाद वापस कड़ाहे के अंदर गिर जाती थीं। अमेरिकी व्यक्ति ने शैतान से पूछा कि 'इस कड़ाहे पर कोई राक्षस क्यों नहीं बैठा, जो बाहर निकलने की कोशिश कर रही आत्माओं को वापस कड़ाहे में धकेल दे?' शैतान ने जवाब दिया कि 'इस कड़ाहे में हम रूसी लोगों को रखते हैं। अगर उनमें से कोई कड़ाहे के ऊपरी किनारे पर चढ़कर भागने की कोशिश करता है, तो बाकी आत्माएँ उसे वापस खींच लेती हैं।'

जॉन मिल्टन मानते थे कि गलती होने पर भी बदलाव से इनकार करने का अर्थ सिर्फ स्वर्ग से निष्कासन और उसके बाद नर्क की अंधेरी गहराईयों में पतन होना भर नहीं था बल्कि इसका अर्थ मुक्ति पाने से इनकार करना भी था। शैतान अच्छी तरह जानता था कि भले ही वह सुलह के लिए तैयार हो जाए और ईश्वर उसे इसकी अनुमति भी दे दे, फिर भी वह किसी न किसी दिन दोबारा ईश्वर के खिलाफ विद्रोह कर देगा क्योंकि वह कभी बदलेगा नहीं। शायद यह अहंकारी जिद होली घोस्ट (ईसाई धर्म के अनुसार ईश्वर ने स्वयं को तीन रूपों- फादर, सन और होली स्पिरिट में व्यक्त किया था। इस त्रिमूर्ति में होली घोस्ट या होली स्पिरिट तीसरा रूप है) के खिलाफ होनेवाले रहस्यमयी व अक्षम्य पाप का हिस्सा है :

हमेशा आनंद से भरे रहनेवाले हे स्वर्ग,
तुम्हें अलविदा!
और हे नर्क, तुम्हारी भयावहता को मेरा अभिवादन!

तुम्हारी जय हो!
यह नर्क ही हमारी दुनिया है और हम (यानी मैं)
यहाँ कुछ भी कर सकता है!
अपने नए आका का स्वागत करो,
क्योंकि तुम्हारा यह आका
समय और स्थान के अनुसार
कभी बदलता नहीं है

यह मृत्यु के बाद के जीवन की कल्पना नहीं है और न ही यह अपने राजनीतिक दुश्मनों को जीवन के बाद यातना देनेवाला कोई विकृत विचार है। यह एक अमूर्त विचार है और अमूर्तता जितनी नज़र आती है, अक्सर उससे कहीं अधिक सच्ची होती है। आध्यात्मिक अर्थों में नर्क का अस्तित्व न सिर्फ एक प्राचीन और व्यापक विचार है बल्कि सच भी है। नर्क शाश्वत है। इसका अस्तित्व हमेशा से था और अब भी है। यह अराजकता के अधोलोक का सबसे निराशाजनक, सबसे बंजर और सबसे द्वेषपूर्ण उपखंड है, जहाँ अनंतकाल से निराश व गुस्से से भरे लोग बसते हैं।

मन अपने आपमें एक स्थान है और यह
स्वर्ग को नर्क में व नर्क को स्वर्ग में बदल सकता है।
...
यह हमारा नया राज्य है और मेरे लिए राजा बनने की महत्वाकांक्षा महत्वपूर्ण है
भले ही राज करने के लिए मेरे पास सिर्फ नर्क ही क्यों न हो:
मैं स्वर्ग का गुलाम बनने के बजाय नर्क का राजा बनना ज़्यादा पसंद करूँगा

जिन लोगों ने अपने कर्मों और अपने शब्दों से झूठ बोला है, वही लोग अब उस नर्क में रहते हैं। आप किसी भी व्यस्त शहरी सड़क पर टहलकर देखें और ऐसा करते समय अपनी आँखें खुली रखें व आसपास के माहौल पर गौर करें। आपको वहाँ मौजूद लोग दिखाई देंगे। यही वे लोग हैं, जिन्हें आप बस या ट्रेन में यात्रा के दौरान बिना ज़्यादा विचार किए अपनी सीट पर थोड़ी सी जगह देकर बिठा लेते हैं। यही वे लोग हैं, जिन्हें अगर आप कुछ पलों तक टकटकी लगाकर देख लें, तो वे खीझने लगते हैं, हालाँकि कभी-कभी खीझने के बजाय वे शर्म के मारे अपने नज़रें फेरकर दूसरी ओर देखने लगते हैं। एक बार मैंने सड़क पर नशे से लड़खड़ा रहे एक व्यक्ति को अपनी युवा बेटी की मौजूदगी में ठीक ऐसा ही करते देखा था। उस समय

वह सबसे ज़्यादा ये चाहता था कि किसी तरह मेरी बेटी की आँखों में नज़र आ रही अपनी भ्रष्ट और विकृत तस्वीर को अनदेखा कर सके।

यह धोखेबाजी ही है, जो लोगों को इतना दयनीय बना देती है कि वे खुद अपनी हालत को सहन नहीं कर पाते... यह धोखेबाजी ही है, जो इंसान के मन में द्वेष और प्रतिशोध की भावना भर देती है... यह धोखेबाजी ही है, जो मानवता को भयावह रूप से पीड़ित बना देती है, जिसका परिणाम नाजियों द्वारा स्थापित किए गए मृत्यु शिविरों व स्टालिन और उससे भी बड़े राक्षस माओ द्वारा स्थापित यातना शिविर और मासूमों के नरसंहार के रूप में सामने आया... यह धोखेबाजी ही थी, जिसने बीसवीं शताब्दी में लाखों लोगों की जान ली... यह धोखेबाजी ही थी, जिसने मानव सभ्यता को बरबादी की कगार पर लाकर खड़ा कर दिया... यह धोखेबाजी ही है, जो आज भी हमारे लिए एक गहन खतरा बनी हुई है...।

इसके बजाय सच

क्या हो, अगर हम यह तय कर लें कि हम झूठ बोलना बंद कर देंगे? इसका अर्थ क्या है? आखिरकार हमारा ज्ञान तो सीमित ही है। हमें फौरन फैसला लेना पड़ेगा, भले ही पूरी तरह निश्चिंत होकर यह कहना मुश्किल हो कि सर्वोत्तम लक्ष्य व सर्वोत्तम तरीका क्या है। उद्देश्य या महत्वाकांक्षा आपको इस दिशा में कर्म करने के लिए एक ज़रूरी संरचना प्रदान करती है। उद्देश्य आपको एक लक्ष्य प्रदान करता है। यह आपको वर्तमान से अलग एक विपरीत बिंदु उपलब्ध कराता है और साथ ही एक ऐसी रूपरेखा सामने लाता है, जिसके दायरे में रहकर हर चीज़ का मूल्यांकन किया जा सके। उद्देश्य प्रगति को परिभाषित करता है और उसे रोमांचक बना देता है। उद्देश्य आपकी चिंता और व्यग्रता कम कर देता है क्योंकि अगर आपके पास कोई उद्देश्य होगा ही नहीं, तो किसी चीज़ का कोई अर्थ रह ही नहीं जाएगा। जब ऐसी स्थिति होगी, तो मन शांत और स्थिर नहीं रह सकेगा। इसीलिए जीवन को भरपूर जीने के लिए हमें सोच-विचार करना होगा, योजना बनानी होगी, सीमा तय करनी होगी और उसे प्राथमिकता देनी होगी। पर इसके बाद हम अधिनायकवादी निश्चितता के प्रलोभन से बचते हुए अपने भविष्य की कल्पना करके अपनी दिशा कैसे तय करेंगे?

अपनी परंपराओं पर थोड़ी सी निर्भरता उद्देश्य तय करने में हमारी सहायक हो सकती है। यह उचित ही है कि अन्य लोग हमेशा से जो करते रहे हैं, हम खुद भी

वही करें। अगर आपको ऐसा नहीं करना है, तो फिर आपके पास इसका एक ठोस कारण होना चाहिए। जीवन में बाकी लोगों की तरह ही शिक्षा हासिल करना, कॅरियर बनाना, प्रेम करना और अपना एक परिवार बनाना भी उचित ही है। संस्कृति खुद को इसी तरह कायम रखती है। आप पारंपरिक हों या न हों, पर अपनी आँखें खुली रखना और अपने ध्यान को लक्ष्य तक पहुँचने की दिशा में केंद्रित रखना ज़रूरी है। आप जानते हैं कि आपको अपने जीवन में किस दिशा में जाना है पर हो सकता है कि वह दिशा गलत हो। आपके पास एक योजना है, पर हो सकता है कि आपकी वह योजना उतनी अच्छी न हो, जितनी आपको लग रही है। आप अपने अज्ञान के कारण या इससे भी बदतर अपनी अनपेक्षित भ्रष्टता के चलते रास्ते से भटक सकते हैं। इसीलिए अपने ज्ञान के बजाय अपने अज्ञान को समझने के लिए उसके साथ दोस्ताना ढंग से पेश आएँ। आपको जागृत रहना होगा ताकि आप अपने हाथों हो रही गलती को फौरन पकड़ लें। आपको अपने भाईयों की आँखों पर पड़े पर्दे को हटाने से पहले अपनी आँखों पर बँधी पट्टी खोलनी होगी। इस तरह आप खुद को ही मज़बूत करेंगे ताकि अस्तित्व के बोझ को सह सकें और राज्य यानी संसार का कायाकल्प कर सकें।

प्राचीन मिश्रवासियों ने इस बात को हज़ारों साल पहले ही समझ लिया था, हालाँकि उनका ज्ञान नाटकीय रूपों में ही निहित रहा। वे अपने राज्य के पौराणिक संस्थापक और परंपरा के देवता ओसिरिस को पूजते रहे। हालाँकि ओसिरिस को हमेशा अपने दुष्ट और षड्यंत्रकारी भाई सेट से पराजित होकर अधोलोक में निर्वासन झेलने का खतरा रहा। मिश्रवासियों ने अपनी कहानी में इस तथ्य को पेश किया था कि सामाजिक व्यवस्थाएँ समय के साथ किसी न किसी किस्म की नारेबाजी में उलझकर विचारपूर्ण नहीं रह जातीं। उन पर चीज़ों को जानबूझकर अनदेखा करने की प्रवृत्ति हावी होने लगती है। ओसिरिस ने अपने भाई सेट का असली चरित्र कभी नहीं देखा, जबकि वह ऐसा कर सकता था। सेट इंतजार करता रहा और सही मौके की तलाश में रहा। फिर जैसे ही उसे सही मौका मिला, उसने हमला बोल दिया। उसने ओसिरिस के टुकड़े-टुकड़े कर दिए और उन दिव्य टुकड़ों को अपनी रियासत में चारों ओर बिखेर दिया। उसने अपने भाई की आत्मा को अधोलोक में भेज दिया। उसने ओसिरिस के लिए दोबारा शक्ति जुटाकर अपने पैरों पर खड़े होना बेहद मुश्किल बना दिया।

सौभाग्य से इस महान राजा को अपने दुष्ट भाई सेट से अपने दम पर निपटने

की ज़रूरत नहीं थी। मिश्रवासी होरस की भी पूजा करते थे, जो ओसिरिस का बेटा था। होरस ने बाज का जुड़वाँ रूप धारण कर लिया, जिसकी दृष्टि क्षमता सबसे अधिक होती है और (जैसा कि इस पुस्तक के नियम क्रमांक 7 में इंगित भी किया गया है) इसे मिश्र की एक आँख के चित्र के रूप में प्रस्तुत किया गया था, जो आज भी मशहूर है। ओसिरिस एक परंपरा है, जो वृद्ध हो चुका है और जानबूझकर चीज़ों को अनदेखा कर देता है। इसके विपरीत उसका बेटा होरस अपनी तीव्र दृष्टिक्षमता के चलते सब कुछ स्पष्ट देख सकता है। होरस ध्यान का देवता था पर यहाँ ध्यान का अर्थ तर्कशक्ति नहीं है। चूँकि होरस ने अपना ध्यान केंद्रित किया, इसीलिए वह अपने चाचा सेट की दुष्टता का सामना कर उसे पराजित कर सका, इसके लिए उसे भारी कीमत भी चुकानी पड़ी। जब होरस का सेट से सामना हुआ, तो उनके बीच भयानक लड़ाई हुई। अपने भतीजे होरस से पराजित होकर रियासत से निर्वासित होने से पहले सेट ने लड़ाई के दौरान ही किसी तरह होरस की एक आँख निकाल ली। लेकिन आखिर में विजयी होरस ने अपने चाचा से अपनी आँख वापस ले ली। इसके बाद उसने जो किया, उसकी किसी ने कल्पना तक नहीं की थी। वह स्वेच्छा से अधोलोक में गया और वह आँख अपने पिता को दे दी।

इसका क्या अर्थ है? पहला अर्थ तो ये है कि दुष्टता और बुराई से सामना होने पर एक देवता को भी अपनी दृष्टि गँवानी पड़ सकती है और इसका दूसरा अर्थ है कि एक चौकस बेटा अपने पिता की खोई हुई दृष्टि को बहाल कर सकता है। संस्कृति हमेशा करीब-करीब मृत अवस्था में होती है, भले ही अतीत में उसे महान आत्माओं ने अपनी उच्चतम भावना के साथ स्थापित किया हो। पर वर्तमान अतीत नहीं है। इसीलिए अतीत का ज्ञान, समय के साथ वर्तमान के मुकाबले पुराना पड़ जाता है या फिर क्षीण हो जाता है। यह कुछ और नहीं बल्कि समय गुज़रने का और उसके चलते आए बदलाव का परिणाम होता है। इसका एक और पहलू भी है कि संस्कृति और उसके ज्ञान को भ्रष्टता, जानबूझकर अनदेखा करने की प्रवृत्ति और कुकर्मी किस्म के कौतूहल से अतिरिक्त खतरा होता है। इसीलिए हमारे पुरखों द्वारा हमें जो सामाजिक व्यवस्थाएँ दी गई हैं, वे हमारे दुर्व्यवहार - हमारी चूक - के कारण व्यावहारिक रूप से कमज़ोर पड़ जाती हैं।

यह हमारी जिम्मेदारी है कि जो हमारी आँखों के सामने मौजूद है, उसे हम साहस के साथ देखें और उससे कुछ सीखें, भले ही ऐसा करना भयावह लगे या भले ही इसे देखने का डर हमारी चेतना को नुकसान पहुँचाए और हमें आंशिक

रूप से अंधा कर दे। देखने का यह कर्म तब विशेष रूप से महत्वपूर्ण हो जाता है, जब यह हमारे ज्ञान को चुनौती दे रहा हो और हमें परेशान व अस्थिर कर रहा हो। देखने का यह कर्म व्यक्ति को सूचित करता है और राज्य का नवीनीकरण कर उसे सामयिक बनाता है। इसीलिए नीत्शे ने कहा था कि 'एक इंसान का मूल्य इस बात से निर्धारित होता है कि वह कितना सच बरदाश्त कर सकता है।' आपका अस्तित्व किसी भी लिहाज उस बिंदु तक सीमित नहीं होता, जितना आप जानते हैं। चूँकि आपके अंदर अनंत संभावनाएँ छिपी होती हैं इसलिए मौका मिलने पर आप भविष्य में जो कुछ भी जान सकते हैं, वह भी आपके अस्तित्व के दायरे में ही आता है। इसीलिए 'आप जो हैं' उसके लिए कभी 'आप जो हो सकते हैं,' का बलिदान न दें यानी अपने वर्तमान स्वरूप के लिए भविष्य की संभावनाओं का बलिदान न दें। आपके अंदर जो बेहतर संभावनाएँ हैं, उन्हें कभी उस सुरक्षित जीवन के लिए हाथ से न जाने दें, जो आप अभी जी रहे हैं और अगर आपको अपने अंदर छिपी बेहतर संभावनाओं की या अपने अस्तित्व से परे की एक झलक नज़र आ चुकी हो, तब तो ऐसा कतई न करें।

ईसाई परंपरा में क्राइस्ट को लोगोस[6] के समान माना गया है। लोगोस ईश्वर का शब्द है। समय की शुरुआत में इस शब्द ने ही अराजकता को व्यवस्था में रूपांतरित किया था। अपने इंसानी रूप में क्राइस्ट ने सच, अच्छाई और ईश्वर के लिए स्वेच्छा से अपना बलिदान दे दिया था। जिसके परिणामस्वरूप पहले उनकी मृत्यु हुई और इसके बाद वे पुनर्जीवित हो गए। अराजकता से व्यवस्था पैदा करनेवाला यह शब्द ईश्वर के लिए हर चीज़ का, यहाँ तक कि खुद का भी बलिदान दे देता है। यह एक अकेला वाक्य ईसाइयत का सार है और इसे पूरी तरह समझना नामुमकिन है। सीखने की प्रक्रिया का हर छोटा सा अंश एक छोटी मृत्यु है। हर नई सूचना पहले से मौजूद ज्ञान और समझ को चुनौती देती है और इस तरह उसे अराजकता में विलीन करके दोबारा एक बेहतर रूप में जन्म लेने के लिए मजबूर कर देती है। कभी-कभी ऐसी मृत्यु हमें आभासी रूप से नष्ट कर देती है। ऐसे मामलों में संभव है कि हम कभी स्वयं को पुन: प्राप्त न कर सकें और अगर किसी तरह कर भी लेते हैं, तो हम काफी बदल जाते हैं।

मेरे एक दोस्त की शादी को कई साल हो गए थे। अचानक उसे पता चला

---

[6] क्राइस्टोलॉजी में लोगोस - शब्द, संवाद और तर्क - जीसस क्राइस्ट का ही एक अन्य नाम या उपाधि है।

कि उसकी पत्नी का किसी और पुरुष से विवाहेत्तर संबंध चल रहा है। उसने कभी सोचा भी नहीं था कि उसके साथ ऐसा हो सकता है। इसके चलते वह गहरे डिप्रेशन में चला गया। इस घटना ने उसे अधोलोक की अंधी गहराइयों में धकेल दिया। एक बार उसने मुझे बताया, 'मुझे हमेशा लगता था कि डिप्रेशन के शिकार लोगों को बस खुद पर काबू पाकर अपना डिप्रेशन छोड़ने की ज़रूरत होती है, ऐसा करके वे ठीक हो सकते हैं पर मैं गलत था। सच तो यह है कि मुझे डिप्रेशन के बारे में कुछ पता ही नहीं था।' आखिरकार उसने किसी तरह खुद को सँभाला। अब वह कई मायनों में एक बिलकुल नया व्यक्ति बन गया था और शायद पहले से कहीं ज़्यादा समझदार व बेहतर भी हो गया था। उसका वजन 40 पाउंड घट गया था। उसने मैराथन दौड़ में हिस्सा लिया और फिर वह अफ्रीका की रोमांचक यात्रा पर निकल गया, जहाँ उसने किलिमेन्जारो पहाड़ पर चढ़ाई भी की। वह अपने जीवन में ऐसे जो भी परिवर्तन लाया, उनसे स्पष्ट था कि उसने नर्क में जाने के बजाय पुनर्जीवित होने का चुनाव किया था।

अपनी महत्वाकांक्षाएँ तय करें, भले ही आप इस बात को लेकर निश्चिंत न हों कि वे महत्वाकांक्षाएँ क्या होनी चाहिए। एक बेहतर महत्वाकांक्षा का संबंध हैसियत और शक्ति से नहीं बल्कि चरित्र के विकास और क्षमता से होता है। हैसियत ऐसी चीज़ है, जो एक बार हासिल होने के बाद खो भी सकती है। पर दृढ़ चरित्र ऐसी चीज़ है कि आप चाहे जहाँ जाएँ, यह आपके साथ ही जाती है। दृढ़ चरित्र आपको विपरीत परिस्थितियों का सामना प्रबलतापूर्वक करने का मौका देता है। जिम्मेदारी उठाएँ और उन कर्तव्यों को निभाने के लिए भी तैयार रहें, जिन्हें कोई नहीं निभाना चाहता। खुद आगे बढ़कर अपने कंधों पर कोई जिम्मेदारी उठाएँ। जीवन में आगे बढ़ते समय अपनी प्रगति पर गौर करते रहें। अपने अनुभवों को अधिक से अधिक स्पष्टता के साथ खुद के और दूसरों के सामने रखें। इस तरह आप अपने लक्ष्य की ओर अधिक कुशलता और प्रभावशाली ढंग से आगे बढ़ना सीखेंगे। जब आप यह सब करें, तो झूठ न बोलें, खासकर खुद से तो कभी नहीं।

अगर आप अपने शब्दों और कर्मों पर ध्यान देना शुरू करें, तो किसी से दुर्व्यवहार करते समय या किसी को अपशब्द कहते समय अपने अंदर की आंतरिक विभाजन की अवस्था और कमजोरी का अनुभव करने में सक्षम हो जाएँगे। यह एक सन्निहित संवेदना है, न कि एक विचार। जब मेरा व्यवहार या मेरे शब्द असंगत होने लगते हैं, तो मुझे दृढ़ता और मजबूती के बजाय आंतरिक विभाजन और अंधेरे में

डूबने जैसी भीतरी हलचल महसूस होने लगती है। ऐसा लगता है मानों यह मेरे सोलर प्लेक्स (स्नायु गुच्छ - सीने और पेट के बीच का स्थान) में केंद्रित हो गया है, जहाँ नर्वस टिश्यूज (तंत्रिका ऊतकों) की एक बड़ी गाँठ मौजूद होती है। वास्तव में अपने आंतरिक विभाजन और अंधेरे में डूबने जैसी भीतरी हलचल पर गौर करके मैंने यह पहचानना सीखा कि मैं कब झूठ बोल रहा हूँ। इस तरह मैं हर स्थिति में झूठ पकड़ना सीख गया। मुझे इस कपट को पहचानने में काफी समय लगा। कई बार मैं शब्दों का इस्तेमाल सिर्फ दिखावे के लिए करता था। कई बार मैं किसी विषय पर अपनी अज्ञानता को छिपाने की कोशिश करता था। कई बार मैं दूसरों के शब्दों का इस्तेमाल सिर्फ इसलिए कर रहा होता था ताकि खुद सोच-विचार करने की जिम्मेदारी से बच सकूँ।

अगर आप किसी चीज़ को हासिल करते समय पूरा ध्यान देंगे, तो अपने लक्ष्य की ओर बढ़ने लगेंगे। इससे भी ज़्यादा महत्वपूर्ण बात यह है कि आप वह जानकारी भी प्राप्त कर लेंगे, जो आपके लक्ष्य को रूपांतरित करने का मौका देती है। एक अधिनायकवादी व्यक्ति कभी यह नहीं पूछता कि 'कहीं ऐसा तो नहीं है कि मेरी वर्तमान महत्वाकांक्षा गलत हो?' बल्कि वह तो उसे कभी न बदलनेवाले एक परम सिद्धांत के रूप में देखने लगता है। फिर यही महत्वाकांक्षा उसके सारे इरादों और उद्देश्यों के लिए उसका ईश्वर बन जाती है। उस व्यक्ति का उच्चतम मूल्य इसी में निहित होता है। यह उसके मनोभावों और प्रेरक अवस्थाओं को भी नियंत्रित करती है और साथ ही उसके विचारों का भी निर्धारण करती है। असल में हर कोई अपनी महत्वाकांक्षा का सेवक होता है। इस लिहाज से देखा जाए, तो संसार में कोई नास्तिक है ही नहीं। बस कुछ लोग यह जानते हैं कि वे किस ईश्वर के सेवक हैं और कुछ लोग नहीं जानते कि वे किसकी सेवा कर रहे हैं।

अगर आप किसी लक्ष्य को हासिल करने के प्रति इतने आसक्त हैं कि बाकी हर चीज़ को अनदेखा करके, स्वेच्छा से बस उसके लिए ही अपने आसपास सब कुछ बदलने को तैयार हों, तो आप कभी यह समझ ही नहीं पाएँगे कि क्या ऐसा कोई और लक्ष्य भी हो सकता है, जिसे हासिल करना आपके लिए और इस संसार के लिए भी बेहतर होगा? जब आप सच नहीं बोलते, तो आप इसी का बलिदान दे रहे होते हैं। पर अगर आप सच बोलेंगे, तो जैसे-जैसे प्रगति करेंगे, वैसे-वैसे आपके मूल्य भी बदलेंगे। आगे बढ़ने के लिए संघर्ष करने के साथ-साथ अगर आप अपने सामने प्रकट हो रही वास्तविकता के प्रति जागरूक रहेंगे, तो इस बारे में आपकी

धारणा बदल जाएगी कि आपके लिए क्या महत्वपूर्ण है। फिर कभी आप खुद को अचानक पूरी तरह सही दिशा की ओर मोड़ लेंगे, तो कभी आप धीरे-धीरे ऐसा करेंगे।

कल्पना कीजिए कि आप अपने माता-पिता की इच्छा के चलते उच्च शिक्षा के लिए इंजीनियरिंग कॉलेज में दाखिला ले लेते हैं। हालाँकि आप इंजीनियरिंग करना नहीं चाहते। अपनी इच्छा के विरुद्ध किए गए इस चुनाव के कारण आप खुद को प्रेरित महसूस नहीं करते और आपको लगता है कि आप नाकाम हो रहे हैं। आपको अपना ध्यान केंद्रित करने और अनुशासित रहने में काफी मुश्किल हो रही है। आपकी कोई भी तरकीब कारगर साबित नहीं हो रही है। आपकी आत्मा तो आपकी इच्छा शक्ति के इस अत्याचार को निश्चित ही अस्वीकार कर देगी (इस बात को भला और कैसे कहा जा सकता है?) पर आप इस स्थिति को स्वीकार क्यों कर रहे हैं? हो सकता है कि आप अपने माता-पिता को निराश नहीं करना चाहते (हालाँकि अगर आप परीक्षा में फेल हो जाते हैं, तो इससे भी आपके माता-पिता को निराशा ही होगी)। खुद को इस स्थिति से मुक्त करने के लिए आपको संघर्ष करने की ज़रूरत पड़ेगी, पर हो सकता है कि आपके पास संघर्ष करने के लिए ज़रूरी साहस ही न हो। हो सकता है कि आप अपनी इस बचकानी मान्यता को त्यागने को तैयार ही न हों कि आपके माता-पिता ही सर्वज्ञानी हैं और वे आपको आपसे ज़्यादा जानते हैं, साथ ही दुनिया के बारे में उनकी समझ भी आपसे ज़्यादा है। पर वास्तव में ऐसा करके आप व्यक्तिगत जीवन के नितांत अस्तित्ववादी अकेलेपन से और उसकी जिम्मेदारी से खुद को बचाने की कोशिश कर रहे हैं। यह बहुत आम और स्वाभाविक है पर आप पीड़ित महसूस करते हैं क्योंकि असल में इंजीनियरिंग आपके लिए है ही नहीं।

आखिरकार एक दिन आप इतना तंग आ जाते हैं कि आपको लगता है बस बहुत हो गया। आप फौरन इंजीनियरिंग की पढ़ाई छोड़ देते हैं। आपके इस कदम से आपके माता-पिता को बहुत निराशा होती है। आप उन्हें निराश नहीं देखना चाहते थे, पर फिर भी आप समझौता कर लेते हैं। अब आप बस अपनी ही सुनते हैं, भले ही इसका अर्थ यह हो कि आपका जीवन अब सिर्फ आपके निर्णयों पर ही निर्भर होगा। आप दर्शन शास्त्र में डिग्री ले लेते हैं। आप अपनी गलती का बोझ उठाना स्वीकार कर लेते हैं। अब आप एक स्वतंत्र सोचवाले ऐसे व्यक्ति बन जाते हैं, जिसके द्वारा उठाए गए हर कदम की जिम्मेदारी सिर्फ उसी की है। अपने पिता के दृष्टिकोण को ठुकराकर आप अपना एक निजी दृष्टिकोण विकसित कर लेते हैं।

फिर जैसे-जैसे आपके माता-पिता की उम्र बढ़ती है, आप इतने परिपक्व हो जाते हैं कि जब भी उन्हें सहारे की ज़रूरत पड़े, तो आप हमेशा तैयार हों। इस तरह एक माता-पिता के तौर पर वे विजयी महसूस करते हैं और आप भी अपने बनाए रास्ते पर चलकर ऐसा ही महसूस करते हैं। पर इस विजय के लिए आपको एक कीमत चुकानी पड़ी, जिसके पीछे का कारण था आपके सच से पैदा हुआ संघर्ष। जैसा कि मैथ्यू 10:34 में मौखिक सच की भूमिका पर जोर देते हुए क्राइस्ट कहते हैं: 'यह मत सोचो कि मैं पृथ्वी पर शांति स्थापित करने आया हूँ : असल में मैं शांति नहीं बल्कि तुम्हें एक तलवार देने आया हूँ।'

जब आप सच्चाई के अनुसार जीना जारी रखते हैं और जैसे-जैसे सच्चाई खुद को आपके सामने प्रकट करती है, वैसे-वैसे आपको उन संघर्षों को स्वीकार करके उनसे निपटना भी होगा, जो इस अस्तित्व से पैदा होते हैं। अगर आप ऐसा करेंगे, तो निरंतर अधिक परिपक्व होते जाएँगे और बड़ी बारीकी (इसके महत्त्व को कम न समझें) से अधिक जिम्मेदार बनते जाएँगे। अब आप अपने नए व कहीं अधिक समझदारी से तय किए गए लक्ष्य को पूरा करने की बेहतर कोशिशें करते हैं। फिर जब आप इस प्रक्रिया में स्वाभाविक रूप से सामने आनेवाली गलतियों को पहचानकर उन्हें सुधारते हैं तो और अधिक समझदार हो जाते हैं। जैसे-जैसे आप अपने अस्तित्व के ज्ञान को इसमें शामिल करेंगे, वैसे-वैसे आपके सामने यह स्पष्ट हो जाएगा कि आपके लिए सबसे महत्वपूर्ण क्या है। आप बड़ी तीव्रता के साथ अच्छाई की ओर बढ़ेंगे। अगर आप तमाम विपरीत साक्ष्यों के बावजूद शुरुआत से ही हमेशा इस बात पर अड़े रहते कि आप जो सोचते हैं, वही सच है, तो इस अच्छाई को कभी समझ ही नहीं पाते।

अगर अस्तित्व अच्छा होगा, तो इसके साथ आपका संबंध भी स्पष्ट, निर्मल और सही होगा। इसके विपरीत अगर अस्तित्व अच्छा नहीं होगा, तो आप भटक जाएँगे। फिर कोई भी चीज़ आपको बचा नहीं सकेगी – कम से कम धोखे में गठित आपका क्षुद्र विद्रोह, धुँधली सोच और दकियानूसी अज्ञानता तो कतई नहीं। क्या अस्तित्व अच्छा है? यह जानने के लिए आपको खतरा मोल लेना होगा। सच्चाई में जीएँ या फिर धोखे में रहें, परिणाम भुगतें और फिर अपने निष्कर्ष पर पहुँचें।

यह 'विश्वास का कार्य' है और डेनमार्क के दार्शनिक सोरेन कियर्केगार्ड ने इसकी महत्ता पर काफी जोर दिया था। आप समय से पहले यह नहीं जान सकते कि भविष्य में क्या होगा। दो अलग-अलग लोगों के बीच इतना फर्क होता है कि

एक अच्छा उदाहरण भी साक्ष्य के तौर पर काफी नहीं है। एक अच्छे उदाहरण की सफलता का श्रेय हमेशा भाग्य को दिया जा सकता है। इसीलिए इसे जानने के लिए आपको अपने व्यक्तिगत जीवन में जोखिम उठाना होगा। हमारे पूर्वजों ने इसी जोखिम की व्याख्या 'ईश्वर की इच्छा के सामने अपनी इच्छा का बलिदान' के रूप में की थी। यह आपको ईश्वर के अधीन करनेवाला कार्य नहीं है (कम से कम आज अधीनता का जो अर्थ है, उसके अनुसार तो बिलकुल नहीं) यह तो एक साहसपूर्ण कार्य है। यह एक विश्वास ही तो है कि समंदर की यात्रा के दौरान आपकी नाव हवा से आगे बहेगी और आखिरकार एक नए और बेहतर किनारे तक पहुँच जाएगी। यह एक विश्वास ही तो है कि सही कदम उठाकर अस्तित्व को सुधारा जा सकता है। यह अपने आपमें खोज की संभावना है।

शायद इसे इस प्रकार समझना बेहतर होगा: एक स्पष्ट व ठोस लक्ष्य, महत्वाकांक्षा और एक उद्‌देश्य की ज़रूरत हर किसी को होती है ताकि वह अराजकता को सीमित करके अपने जीवन को बेहतर ढंग से समझ सके। पर ऐसे सभी ठोस लक्ष्य एक ऐसे लक्ष्य के अधीन हो सकते हैं और होने भी चाहिए, जिसे मेटा (तात्विक) लक्ष्य कहा जा सकता है। यह अपने आपमें लक्ष्य निर्धारित करने व उन्हें पूरा करने का एक तरीका हो सकता है। यह मेटा (तात्विक) लक्ष्य 'स्वयं जीया हुआ सच' भी हो सकता है। इसका अर्थ है, 'एक स्पष्ट रूप से परिभाषित अस्थायी अंत की ओर पूरी मेहनत से सक्रिय होना। समय रहते कम से कम अपने लिए अपनी सफलता और असफलता का स्पष्ट मानदंड तय कर लें (और अगर अन्य लोग भी यह समझ सकें कि आप क्या कर रहे हैं और आपके साथ उसका मूल्यांकन कर सकें तो और बेहतर होगा) हालाँकि ऐसा करते समय अपनी आत्मा और संसार को उनके अनुसार खुलने दें और सच को स्पष्ट रूप से समझते हुए उसे अपने व्यवहार में उतारते जाएँ।' यह न सिर्फ एक व्यावहारिक महत्वाकांक्षा है बल्कि सबसे साहसी विश्वास भी है।

जीवन पीड़ा है। बुद्धा ने यह बात स्पष्ट तौर पर कही थी। ईसाई धर्म के अनुयायी भी काल्पनिक रूप से दिव्य क्रूसिफिक्स (सूली पर चढ़े क्राइस्ट की मूर्ति) के माध्यम से इसी भावना को चित्रित करते हैं। यहूदी धर्म इसी की यादों से भरा हुआ है। जीवन और सीमाओं की समानता अस्तित्व का प्राथमिक और अपरिहार्य तथ्य है। हमारे अस्तित्व की कमजोरी ही, समाज द्वारा किए जानेवाले आँकलन, उपेक्षा और आखिरकार शरीर के अनिवार्य रूप से नष्ट होने की पीड़ा के प्रति हमें

अतिसंवेदनशील बनाती है। हालाँकि हमें पीड़ा देनेवाले ये तरीके भले ही कितने भी भयावह हों पर ये संसार को भ्रष्ट बनाने और उसे नर्क में तब्दील करने में उस तरह सक्षम नहीं हैं, जिस तरह नाजी, माओवादी और स्टालिनवादी सक्षम थे। इस बारे में हिटलर ने स्पष्ट कहा था कि इसके लिए झूठ की ज़रूरत होती है।

> हर बड़े झूठ के पीछे हमेशा विश्वसनीयता का बल सक्रिय होता है; क्योंकि किसी भी देश की जनता स्वेच्छा से या सचेत रूप से भ्रष्ट होने के बजाय हमेशा अपने स्वभाव के भावनात्मक पहलू के सबसे गहन तल में भ्रष्ट होती है। इसीलिए अपने मन की आदिम सादगी में लोग किसी छोटे-मोटे झूठ के बजाय एक बड़े झूठ का शिकार बहुत आसानी से हो जाते हैं। क्योंकि वे खुद भी अक्सर साधारण मामलों में छोटे-मोटे झूठ बोलते रहते हैं, पर किसी बड़े झूठ का सहारा लेने में उन्हें शर्म आएगी। आमतौर पर उनके अंदर कभी कोई बड़ा झूठ गढ़ने का विचार नहीं आता और न ही वे इस बात पर आसानी से विश्वास कर पाते हैं कि दूसरों के अंदर भी सच को बुरी तरह विकृत करने की नीयत हो सकती है। जब उन्हें इस तथ्य के ठोस सबूत दिए जाते हैं, तो भले ही वे उन्हें स्वीकार कर लें, पर इसके बावजूद उनके मन में संदेह बना रहता है और वे यह सोचते रहते हैं कि शायद इसके पीछे कोई और कारण होगा।

एक बड़े झूठ के लिए पहले आपको छोटे झूठ की ज़रूरत पड़ती है। प्रतीकात्मक रूप से एक छोटा झूठ वह चारा है, जिसका प्रलोभन देकर झूठ का जनक अपने शिकार को फँसाता है। हमारी कल्पनाशक्ति हमें सपने देखने व एक वैकल्पिक संसार गढ़ने में सक्षम बनाती है। यह हमारी रचनात्मकता का परम स्रोत है। हालाँकि इस विलक्षण क्षमता के साथ-साथ इसका प्रतिरूप यानी सिक्के का दूसरा पहलू भी आता है: हम खुद को और दूसरों को इस धोखे में रख सकते हैं कि कोई चीज़ हमारे हिसाब से जैसी है, उसके बजाय वह बहुत अलग भी हो सकती है।

और झूठ क्यों नहीं बोलना चाहिए? अपने किसी छोटे-मोटे फायदे के लिए... चीज़ों को आसान बनाने के लिए... शांति बनाए रखने के लिए... या फिर आहत करनेवाली भावनाओं से बचने के लिए, चीज़ों को विकृत बनाने में या उन्हें कोई गलत अर्थ देने में क्या समस्या है? वास्तविकता के अपने कुछ भयावह पहलू होते है: क्या हमें अपनी जागृत चेतना के हर क्षण में और अपनी जिंदगी के हर मोड़ पर किसी विषैले साँप जैसे सिरवाली वास्तविकता का सामना करने की वाकई ज़रूरत

है? अगर इसकी ओर देखना इतना दर्दनाक है, तो भला इससे मुँह क्यों न मोड़ लिया जाए?

ऐसा क्यों नहीं करना चाहिए, इसका एक सामान्य सा कारण है और वह ये है कि इससे सब बरबाद हो जाएगा। कल जो चीज़ कारगर रही है, ज़रूरी नहीं है कि वह आज भी कारगर साबित हो। हमें राज्य और संस्कृति की महान प्रणाली अपने पूर्वजों से विरासत में मिली है पर अब वे लोग मर चुके हैं और आज हो रहे बदलावों से निपटने के लिए मौजूद नहीं हैं। पर जो जिंदा हैं वे इन बदलावों से निपट सकते हैं। हम अपनी आँखें खुली रखते हुए ज़रूरत के अनुसार बदलाव कर सकते हैं। इस तरह हम इस प्रणाली का सुचारू रूप से क्रियाशील रहना भी सुनिश्चित कर सकते हैं या फिर हम सब कुछ ठीक से चलने का दिखावा कर ज़रूरी बदलावों को अनदेखा कर सकते हैं। फिर अपने भाग्य को कोस सकते हैं कि जैसा हम चाहते हैं, वैसे कभी नहीं होता।

सब बरबाद हो जाता है: यह मानवता की सबसे बड़ी खोजों में से एक है और हम महान चीज़ों के प्राकृतिक रूप से विकृत होने की गति को अपने अंधेपन, निष्क्रियता व छल से बढ़ा देते हैं।

कोई झूठा कर्म करने पर (अधिकतर झूठ, कर्म के जरिए ही सामने आते हैं, मौखिक रूप से नहीं) आपको जो दिखाई देता है, वह उसके असली रूप का एक संक्षिप्त हिस्सा होता है। एक झूठ बाकी सभी चीज़ों से जुड़ा होता है। इसका संसार पर ठीक वैसा ही प्रभाव पड़ता है, जैसा प्रभाव आपकी पानी की एक बड़ी सी बोतल में नाली के पानी की एक बूँद मिलाने पर पड़ता है। इसके प्रभाव को सर्वश्रेष्ट ढंग से तभी समझा जा सकता है, जब आप यह मानने को तैयार हों कि नाली के पानी की एक बूँद में मौजूद कीटाणु आपकी बोतल के पानी में भी जिंदा हैं और लगातार बढ़ रहे हैं।

जब झूठ बहुत बड़े हो जाते हैं, तो पूरे संसार का नाश होने लगता है। पर अगर आप गौर से देखें, तो सबसे बड़े झूठ कई छोटे-छोटे झूठों से मिलकर बने होते हैं और वे छोटे झूठ भी अन्य छोटे-छोटे झूठों से मिलकर बने होते हैं। बड़े झूठ हमेशा छोटे झूठ से ही शुरू होते हैं। झूठ बोलने का अर्थ बस तथ्यों का झूठा वर्णन नहीं है बल्कि यह एक ऐसा कर्म है, जो इंसानी नस्ल के सबसे गंभीर षड्यंत्र के पहलू जैसा है। इसका दिखावटी तौर पर अहानिकारक होना, इसकी मामूली किस्म की नीचता और इसका अशक्त अहंकार, जो इसे जन्म देता है, इसकी जिम्मेदारी को बड़े ही

तुच्छ ढंग से दरकिनार करना, जो इसका मुख्य उद्देश्य होता है - ये सब इसकी वास्तविक प्रकृति को, इसके वास्तविक खतरे को और उन सभी बुरे कर्मों से इसकी समानता को प्रभावी ढंग से छिपा लेता है, जो इंसान के हाथों होते हैं और जिनसे अक्सर उसे आनंद मिलता है। झूठ संसार को भ्रष्ट बना देते हैं, इससे भी बदतर बात ये है कि हर झूठ का असली इरादा संसार को भ्रष्ट बनाना ही होता है।

पहले एक छोटा झूठा, फिर उसे प्रचारित करने के लिए कुछ और छोटे-छोटे झूठ। इसके बाद इन झूठों से उपजी शर्म को अनदेखा करने के लिए सोच को विकृत कर देना और फिर इस विकृत सोच के परिणामों को छिपाने के लिए कुछ और नए झूठ। इसके बाद सबसे बदतर होता है, आवश्यक बन चुके उन झूठों को निरंतर अभ्यास के जरिए स्वचालित, विशिष्ट और संरचनात्मक रूप से किसी दृष्टांत के जरिए प्रस्तुत की गई तंत्रिका संबंधी अचेतन मान्यताओं और कर्म में बदलना। इसके बाद झूठ के सहारे किए गए कर्मों द्वारा मनचाहे परिणाम न मिलने पर स्वयं अनुभवों का वीभत्स (अरुचिकर) बन जाना। भले ही आप ईंटों से बनी दीवार के अस्तित्व पर भरोसा न करें पर अगर आप दौड़ते हुए अपना सिर किसी दीवार से टकरा देंगे, तो यह तय है कि आप चोटिल हो जाएँगे। इसके बाद आप दीवार निर्मित करने के लिए वास्तविकता को कोसते फिरेंगे।

इसके बाद आता है अहंकार और श्रेष्ठता का भाव, जो सफल झूठों के साथ अपरिहार्य रूप से आ ही जाता है। (काल्पनिक रूप से सफल झूठ - जो सबसे बड़े खतरों में से एक है जैसे : 'स्पष्ट है कि मैंने हर किसी को मूर्ख बना दिया यानी मुझे छोड़कर हर कोई सचमुच बेवकूफ है। तो अब मैं चाहे जो कर डालूँ, आखिरकार बचकर निकल ही जाऊँगा') इससे अंततः यह सोच बन जाती है कि 'खुद अस्तित्व मेरी धूर्तता के प्रति ग्रहणशील है। इसलिए यह किसी सम्मान के योग्य नहीं है।'

यह कुछ और नहीं बल्कि सब बरबाद होना ही है, ठीक वैसे ही जैसे ओसिरिस के टुकड़े-टुकड़े कर दिए गए थे। यह उस इंसान या राज्य की संरचना है, जो एक घातक बल के प्रभाव में आकर चूर-चूर हो गया। यह अपने जाने-पहचाने हिस्से को अपनी चपेट में लेने के लिए अधोलोक की अराजकता का उभरना है। यह अराजकता किसी खतरनाक बाढ़ की तरह आती है। पर फिर भी यह नर्क नहीं है।

नर्क तो बाद में आता है। असल में नर्क तब आता है जब झूठ का वास्तविकता से व्यक्ति या राज्य का रिश्ता खत्म कर चुका होता है। सब बरबाद हो जाता है। जीवन का पतन हो जाता है। हर चीज़ बस निराशा और कुण्ठा का एक कारण बनकर

रह जाती है। उम्मीद निरंतर विश्वासघात करती है। धोखेबाज लोग 'केन' की तरह दुस्साहसपूर्ण ढंग से बलिदान की ओर इशारा करते हैं पर इसके बावजूद ईश्वर को प्रसन्न करने में नाकाम रहते हैं। इसके बाद नाटक का आखिरी हिस्सा शुरू होता है।

निरंतर मिल रही असफलता से व्यक्ति के अंदर कड़वाहट आ जाती है। निराशा और नाकामी एक दूसरे के साथ मिलकर एक कल्पना गढ़ लेते हैं कि 'संसार मुझे व्यक्तिगत रूप से पीड़ा पहुँचाने और मुझे नष्ट करने पर तुला है। मुझे ज़रूरत है और मैं योग्य हूँ, मुझे इसका बदला लेना ही होगा। यह विचार आना सचमुच नर्क के द्वार पर पहुँच जाना है। यही वह समय है, जब अधोलोक – एक भयावह व अपरिचित स्थान – स्वयं पीड़ा बन जाता है। महान पश्चिमी परंपरा के अनुसार समय की शुरुआत में ईश्वर के वचन ने उच्चारित होकर अराजकता को अस्तित्व में रूपांतरित कर दिया। उसी परंपरा में यह साबित होता है कि आदमी और औरत ईश्वर की छवि में निर्मित हुए हैं। हम भी उच्चारण के जरिए या बोलकर अराजकता को अस्तित्व में रूपांतरित करते हैं। हम भविष्य की अनेक संभावनाओं को अतीत और वर्तमान की वास्तविकता में रूपांतरित करते हैं।

सच बोलने का अर्थ है, सबसे आबाद वास्तविकता को अस्तित्व में लाना। सच ऐसी संरचना गढ़ता है, जो हज़ारों सालों तक जस की तस खड़ी रह सकती है। सच गरीब के खाने और कपड़ों का इंतजाम करता है और राष्ट्र को अमीर व सुरक्षित बनाता है। सच इंसान की भयावह जटिलता को घटाकर उसके द्वारा बोले गए शब्द को सरलता में बदल देता है, ताकि वह एक दुश्मन के बजाय एक भागीदार बन सके। सच अतीत को सचमुच अतीत बना देता है और भविष्य की संभावनाओं का सर्वश्रेष्ठ इस्तेमाल करता है। सच एक परम, अनंत प्राकृतिक स्रोत है। यह घने अंधेरे में उजाले जैसा है।

सच को देखें। सच बोलें।

सच दूसरों द्वारा साझा किए गए विचारों की आड़ में नहीं आएगा। क्योंकि सच न तो कोई विचारधारा है और न ही नारों का संग्रह। इसके बजाय सच व्यक्तिगत होगा। आपका सच वह है, जिसे सिर्फ आप ही बता सकते हैं क्योंकि यह आपके जीवन की अनूठी परिस्थितियों पर आधारित है। अपने व्यक्तिगत सच का अनुभव करें। इसे पूरी सावधानी बरतते हुए स्पष्टता से व्यक्त करें। जब आप अपने मौजूदा विश्वासों की संरचना के दायरे में रहेंगे तो यह आपकी सुरक्षा सुनिश्चित करेगा व उसमें बहुलता लाएगा। यह आपके अतीत की निश्चिंतताओं से अलग होते हुए

आपके भविष्य की परोपकारिता को सुनिश्चित करेगा।

सच अस्तित्व के अथाह स्रोत से हमेशा नया होकर निकलता है। जब आप जीवन की अपरिहार्य त्रासदी का सामना कर रहे होंगे तो यह आपकी आत्मा को मुरझाने और मरने से बचाएगा। यह आपको उस त्रासदी का प्रतिशोध लेने की भयावह इच्छा से बचाएगा, जो अस्तित्व के भयावह पाप का हिस्सा है और जिसे हर किसी को बस इसलिए अनुग्रह के साथ सहन करना होगा ताकि उसका अस्तित्व बना रह सके।

अगर आपका जीवन वैसा नहीं है, जैसा यह हो सकता है, तो सच बोलने का प्रयास कीजिए। अगर आप किसी विचारधारा से बुरी तरह चिपके रहते हैं या शून्यवाद में डूबे रहते हैं तो सच बोलने का प्रयास कीजिए। अगर आप खुद को कमजोर, हताश, ठुकराया हुआ और उलझन में महसूस करते हैं सच बोलने का प्रयास कीजिए। स्वर्ग में हर कोई सच बोलता है। यही तो वह खासियत है, जो उसे स्वर्ग बनाती है।

हमेशा सच बोलें या कम से कम झूठ न बोलें।

9

यह मानकर चलें कि आप जिस व्यक्ति से बातचीत कर रहे हैं, शायद वह कुछ ऐसा जानता हो, जो आपको न पता हो

कोई सलाह नहीं है

साइकोथेरेपी या मनोचिकित्सा कोई सलाह नहीं है। सलाह तो आपको तब मिलती है, जब आप किसी भयावह या जटिल मसले पर किसी को कुछ बता रहे हों और वह आपका मुँह बंद करके वहाँ से चला जाना चाहता हो। तब वह आपको इसलिए सलाह देता है ताकि आप चुप हो जाएँ। सलाह आपको तब मिलती है, जब सामनेवाला आपके सामने खुद को बुद्धिमत्ता के मामले में श्रेष्ठ साबित करना चाहता हो। क्योंकि अगर आप निरे मूर्ख नहीं होते, तो आपको अपनी बेवकूफाना समस्या का सामना करना ही नहीं पड़ता।

मनोचिकित्सा का अर्थ होता है, सच्चा संवाद और सच्चे संवाद का मतलब है, खोजबीन और अभिव्यक्ति करना एवं रणनीतियाँ बनाना। जब आप सच्चा संवाद कर रहे होते हैं, तो आप बोल रहे होते हैं – पर मुख्यत: आप सुन रहे होते हैं। सुनने का अर्थ है ध्यान देना। अगर आप लोगों को सचमुच सुनें, तो वे आपको ऐसी बातें बताएँगे कि आप हैरान रह जाएँगे। कई बार तो जब आप लोगों को सचमुच सुनते हैं, तो वे आपको यह भी बता देते हैं कि वे किन मामलों में गलत हैं और उनकी असली समस्याएँ क्या हैं। कई बार वे आपको यह भी बता देते हैं कि उन्होंने अपनी गलतियों को सुधारने के लिए क्या तरीका सोचा है। इससे आपको अपने मसले सुलझाने में भी मदद मिलती है।

एक बार मेरे साथ एक आश्चर्यजनक घटना हुई (यह बस एक घटना है और ऐसी घटनाएँ होती रहती हैं)। एक महिला मुझसे बातचीत कर रही थी और मैं बड़ी सावधानी से उसे सुन रहा था। कुछ ही मिनटों बाद उसने मुझे बताया कि वह एक डायन[1] है और उसके डायन समुदाय ने आपस में मिलकर लंबे समय तक विश्वशांति

---

[1] जादू-टोना करनेवाली महिला, जिसके पास जादुई शक्तियाँ होती हैं।

की कल्पना की है। वह लंबे समय से निचले स्तर की सरकारी अधिकारी के रूप में काम कर रही थी। मैं कभी यह अंदाजा नहीं लगा पाता कि वह एक डायन है। मुझे यह भी नहीं पता था कि डायनों का कोई समुदाय विश्वशांति की कल्पना करने में अपना समय खर्च कर रहा है। मुझे यह भी नहीं पता था कि उससे मिली इस जानकारी का मैं क्या करूँ पर वह जो कुछ भी बता रही थी, वह उबाऊ नहीं था और यह अपने आपमें महत्वपूर्ण बात है।

एक मनोचिकित्सक के तौर पर मेरा काम है, अपने मरीजों की बातें सुनना और उनसे ऐसी बातें बोलना, जिनसे उन्हें अपनी स्थिति सुधारने में मदद मिले। कुछ मरीज ऐसे होते हैं, जिनके सामने बैठकर मैं अधिक नहीं बोलता बल्कि उन्हें ज़्यादा सुनता हूँ। जबकि कुछ मरीजों के मामले में ठीक इसके विपरीत होता है। मेरे पास थेरेपी के लिए जो मरीज आते हैं, उनमें से कईयों के पास अक्सर ऐसा कोई नहीं होता, जिससे वे बातचीत कर सकें। उनमें से कुछ ऐसे होते हैं, जो इस संसार में सचमुच बिलकुल अकेले होते हैं। संसार में ऐसे लोगों की संख्या आपकी उम्मीद से कहीं ज़्यादा है। आपकी उनसे मुलाकात इसलिए नहीं होती क्योंकि वे अकेले होते हैं। उनमें से कुछ लोग ऐसे भी होते हैं, जो अपने जीवन में अत्याचारी, आत्म-मुग्ध, शराबी, सदमे से ग्रस्त और खुद को हमेशा पीड़ित महसूस करनेवाले लोगों से घिरे होते हैं। उनमें से कुछ ऐसे भी होते हैं, जो अपने आपको समझने में असमर्थ होते हैं। वे गुमराह हो जाते हैं या सीमा (नियंत्रण) से बाहर चले जाते हैं। वे खुद को दोहराते रहते हैं। वे अस्पष्ट और विरोधाभासी बातें करते हैं और उनकी बातें सुनना बहुत मुश्किल होता है। उनमें से कुछ लोग ऐसे होते हैं, जिनके चारों ओर भयावह घटनाएँ घट रही होती हैं। या तो उनके माता-पिता अल्जाइमर जैसी किसी गंभीर बीमारी से ग्रस्त होते हैं या फिर उनके बच्चे किसी बीमारी से जूझ रहे होते हैं। ऐसी स्थितियों में फँसे लोगों के पास अपनी व्यक्तिगत चिंताओं के लिए ज़्यादा समय नहीं होता।

मेरी एक मरीज, जो पिछले कुछ महीनों से मुझसे थेरेपी ले रही थी, एक बार अपने तय समय पर मुझसे मिलने आई। शुरुआती बातचीत के बाद उसने कहा, 'मुझे लगता है कि शायद मेरे साथ बलात्कार हुआ है।' किसी के मुँह से ऐसी बात सुनने के बाद क्या प्रतिक्रिया देनी चाहिए, यह तय करना बहुत मुश्किल होता है। इस प्रकार की घटनाएँ अक्सर रहस्यमयी किस्म की होती हैं। ऐसे मामलों में अक्सर शराब भी शामिल होती है, जैसा कि यौन उत्पीड़न के ज़्यादातर मामलों में होता है। शराब स्थितियों को अस्पष्ट बना देती है और यही कारण है, जिसके चलते बहुत से लोग

शराब पीते हैं। शराब अस्थायी रूप से इंसान के कंधों पर लदे आत्म-चेतना के भारी बोझ को कम कर देती है। शराब के नशे में लोग भविष्य से परिचित तो रहते हैं, पर उन्हें उसकी कोई परवाह नहीं होती। यह एक दिलचस्प और जीवंत अनुभव होता है। नशे में आने के बाद लोग पार्टी का आनंद कुछ इस अंदाज में उठाते हैं, मानों उन्हें आनेवाले कल की कोई परवाह ही न हो और यही कारण है कि नशा करने के बाद अगली सुबह अक्सर उनके लिए मुसीबतें लेकर आती है। शराब के नशे में लोग बेहोश हो जाते हैं, लापरवाह लोगों के साथ खतरनाक जगहों पर चले जाते हैं और खूब मज़े करते हैं। पर ऐसे में कई बार बलात्कार भी हो जाते हैं। उस मरीज के मामले में भी मुझे यही लगा कि शायद ऐसा ही कुछ हुआ होगा। वरना भला उसके इस वाक्य में – 'मुझे लगता है कि शायद मेरे साथ बलात्कार हुआ है' – 'शायद' का क्या अर्थ समझा जाए? पर बात सिर्फ यहीं तक सीमित नहीं थी। आखिर में उसने अपने इस वाक्य में दो शब्द और जोड़ दिए 'पाँच बार।' बलात्कार की बात अपने आपमें भयावह थी और आखिर में 'पाँच बार' जोड़कर उसने मेरे सामने जो तस्वीर खींची, वह बहुत ही गंभीर थी। 'पाँच बार?' इसका भला क्या अर्थ हो सकता है?

उसने बताया कि वह अक्सर शराब पीने के लिए शाम के वक्त शराबखाने में जाती है। पीने के दौरान वहाँ किसी न किसी पुरुष से उसकी मुलाकात होती है। फिर दोनों में बातचीत शुरू हो जाती है और अगर सब ठीक रहा तो आखिर में एक-दूसरे के साथ रात गुज़ारने के लिए या तो वह व्यक्ति उसके साथ उसके घर आ जाता है या फिर वह उस व्यक्ति के घर चली जाती है। स्वाभाविक है कि इसके बाद वे दोनों एक-दूसरे के साथ यौन संबंध बनाते हैं। इसके बाद जब सुबह उसकी नींद खुलती है, तो उसे समझ में नहीं आता कि यह क्या हो गया – फिर उसे अपने बारे में, उस पुरुष के बारे में और पूरे संसार के बारे में गहरी अनिश्चितता महसूस होने लगती है। मिस एस. (इस महिला मरीज को अब हम इसी नाम से संबोधित करेंगे) की बातें इतनी संदिग्ध किस्म की थीं कि यह तय करना मुश्किल था कि वह असल में क्या बताना चाहती है। वह एक रहस्यमयी किस्म की महिला थी, पर फिर भी उसकी वेश-भूषा किसी पेशेवर महिला जैसी थी। क्योंकि वह जानती थी कि पहली मुलाकात में उसे खुद को दूसरों के सामने कैसे प्रस्तुत करना है। यही कारण था कि उसने तमाम तरीकों से अपना काम निकालते हुए एक ऐसी सरकारी सलाहकार समिति में जगह बना ली थी, जिसके पास शहर की परिवहन व्यवस्था के लिए बुनियादी ढाँचा विकसित करने के एक बड़े प्रोजेक्ट की जिम्मेदारी थी (जबकि मिस एस. को सरकारी कामकाज, सलाहकारिता या बुनियादी ढाँचे के विकास वगैरह के बारे में कुछ भी नहीं पता था)।

इसके साथ ही वह लघु-व्यवसाय विषय पर केंद्रित एक स्थानीय रेडियो कार्यक्रम की होस्ट भी थी, जबकि उसने अपने जीवन में कभी कोई नौकरी तक नहीं की थी और न ही उसे लघु-व्यवसाय चलाने या उद्यमी होने के बारे में कुछ पता था। वयस्क होने के बाद से ही वह लगातार वेलफेयर पेमेंट[2] ले रही थी।

मिस एस. के माता-पिता ने कभी एक पल के लिए भी उस पर ध्यान नहीं दिया था। उसके चार भाई थे, पर मिस एस. के प्रति उनका व्यवहार भी कतई अच्छा नहीं था। उसका कोई दोस्त भी नहीं था। अतीत में भी उसके जीवन में कोई दोस्त नहीं रहा था। न ही उसका कोई प्रेमी या जीवनसाथी था। इन सब कारणों के चलते उसके पास ऐसा कोई व्यक्ति नहीं था, जिससे वह अपने मन की बातें कह सके। उसे यह पता नहीं था कि वह अकेले खुद के बलबूते पर कैसे सोच-विचार करे या कैसे जीए (यह कोई दुर्लभ बात नहीं है, ऐसा कई लोगों के साथ होता है)। उसका कोई स्वार्थ नहीं था, कोई निजी व्यक्तित्व नहीं था बल्कि वह तो बस खंडित अनुभवों के चलते-फिरते कोलाहल जैसी थी। मैं पहले भी नौकरी ढूँढ़ने में उसकी मदद कर चुका था। मैंने उससे पूछा, 'क्या तुम्हारे पास बायोडाटा है?' उसने 'हाँ' में जवाब दिया। फिर मैंने कहा कि 'अगली बार जब तुम मुझसे मिलने आओ, तो अपना बायोडाटा साथ लेकर आना।' अगले थेरेपी सत्र में वह अपना बायोडाटा लेकर आई। हैरानी की बात यह थी कि उसका बायोडाटा कोई एक-दो पन्नों का नहीं बल्कि पूरे पचास पन्नों का था। वह बायोडाटा एक फाइल फोल्डर था। वह फोल्डर अलग-अलग खंडों में बँटा हुआ था, जो फाइलों में इस्तेमाल होनेवाले फीतों से आपस में बँधे हुए थे और उनमें किनारे की ओर रंगीन इंडेक्स बने हुए थे। उस फोल्डर के अलग-अलग खंडों को उसने 'मेरे सपने,' और 'मेरी पढ़ी हुई किताबें' जैसे शीर्षक दे रखे थे। 'मेरे सपने' खंड में उसने रात को नींद में आनेवाले अपने दर्जनों सपने लिख रखे थे। इसी तरह 'मेरी पढ़ी हुई किताबें' वाले खंड में उसने कई किताबों का संक्षिप्त सारांश और उस पर अपनी समीक्षा लिख रखी थी। वह चाहती थी कि इसे उन लोगों तक भेजा जाए, जो संभवत: उसे नौकरी दे सकते हैं (क्या पता, वह पहले ही कुछ लोगों को अपना वह बायोडाटा भेज चुकी हो)। यह समझ पाना बहुत मुश्किल है कि जिस दुनिया में सपनों और उपन्यासों के बखान से भरे रंगीन इंडेक्सवाले पचास पन्नों के फोल्डर को बायोडाटा माना जाता हो, वहाँ रहने के लिए किसी इंसान को कितना

---

[2] गरीब और बेरोजगार लोगों को जीवनयापन के लिए सरकार द्वारा मिलनेवाली सहायता राशि

नाकारा होने की ज़रूरत है। मिस एस. को अपने बारे में कुछ नहीं पता था और न ही उसे दूसरों के बारे में या इस संसार में बारे में कोई अंदाजा था। वह आउट ऑफ फोकस होकर चल रही किसी फिल्म जैसी थी और बड़ी बेसब्री से अपने बारे में सामने आनेवाली किसी ऐसी कहानी का इंतजार कर रही थी, जो उसके जीवन को कोई अर्थ दे सके।

अगर आप ठंडे पानी में थोड़ी सी शक्कर डालकर उसे चम्मच से हिला दें, तो शक्कर घुल जाएगी। अब अगर आप उस पानी को गर्म कर दें तो उसमें थोड़ी और शक्कर घोल सकते हैं और अगर आप उस पानी को उबालने की हद तक गर्म कर दें, तो और बहुत सारी शक्कर डालकर उसे घोल सकते हैं। इसके बाद अगर आप शक्कर के उस उबलते पानी को धीरे-धीरे ठंडा कर लें और उसे किसी बोतल में डालने या चम्मच से हिलाने के बजाय जस का तस रहने दें, तो इस पानी में आप पहले के ठंडे पानी के मुकाबले कहीं ज़्यादा शक्कर घुले हुए रूप में रख सकते हैं। इसे अंग्रेजी में 'सुपरसैचुरेटेड सॉल्युशन' (अतिसंतृप्त घोल) कहते हैं। अब अगर आप इस घोल में चीनी के चुटकीभर दाने भी डाल देंगे, तो यह अचानक बड़े ही नाटकीय ठंग से एक निश्चित आकार ग्रहण कर लेंगे। यह कुछ ऐसा है, मानों चीनी व्यवस्थित होने के लिए बेसब्र थी। मेरी वह मरीज मिस एस. भी ऐसी ही थी। उसके जैसे लोगों के चलते ही आजकल मनोचिकित्सा के कई रूप प्रचलन में आ गए हैं। आमतौर पर लोग इतने अधिक भ्रमित होते हैं कि समस्याओं की विवेचना करनेवाली कोई भी उचित व्यवस्था अपनाने भर से उनका मन व्यवस्थित होने लगता है और उनके जीवन में सुधार आने लगता है। यह उनके जीवन के अलग-अलग तत्वों को अनुशासित ढंग से एक साथ लाने जैसा है। अगर आप आजकल खुद को मानसिक रूप से बिखरा हुआ महसूस कर रहे हैं या फिर आप हमेशा ही ऐसा महसूस करते रहे हैं तो सिग्मंड फ्रायड, कॉर्ल युंग, एल्फ्रेड एडलर और कार्ल रॉजर के सिद्धांतों या व्यवहार संबंधी सिद्धांतों की मदद से अपने जीवन को एक नया रूप दे सकते हैं। इसके बाद कम से कम आपकी कही हुई बातों का कोई अर्थ तो निकलेगा, कम से कम आपकी बातों और व्यवहार में एक तालमेल तो आएगा। आप भले ही हर चीज़ में अच्छे न हों, पर कम से कम कुछ चीज़ों में तो अच्छे होंगे ही। आप कुल्हाड़ी का इस्तेमाल करके किसी कार की मरम्मत नहीं कर सकते पर उस कुल्हाड़ी से आप पेड़ ज़रूर काट सकते हैं और पेड़ काटना भी कोई छोटी चीज़ नहीं है।

मैं जिस दौर में मिस एस. को थेरेपी दे रहा था, उसी दौर में मीडिया में 'अतीत

की स्मृतियों का उभरना' जैसी कई खबरें जोरों पर थीं, जो मुख्य रूप से यौन उत्पीड़न से संबंधित थीं। इन खबरों के चलते एक नए विवाद ने जोर पकड़ लिया था : क्या 'अतीत की स्मृतियों का उभरना' वाकई अतीत के सदमे का सच्चा बयान है? या फिर ये किसी घटना को याद करते हुए उसका एक पूर्वाग्रह ग्रस्त संस्करण पेश करना है, जो अपनी सारी समस्याओं का एक सरल कारण खोजने के लिए बेसब्र मरीजों पर, अयोग्य मनोचिकित्सकों द्वारा जाने-अनजाने डाले गए दबाव का नतीजा है? असल में कुछ मामलों में 'अतीत की स्मृतियों का उभरना' सचमुच अतीत के सदमे का सच्चा बयान होता है, जबकि कुछ मामलों में ऐसा नहीं होता। मिस एस. ने जैसे ही अपने यौन अनुभवों के प्रति अपनी अनिश्चितता जाहिर की, वैसे ही मेरे सामने यह स्पष्ट हो गया कि किसी के मन में कोई झूठी स्मृति बिठाना कितना आसान होता है। यूँ तो हमें अपना अतीत बड़ा ही पुख्ता नज़र आता है, पर असल में ऐसा नहीं होता - एक महत्वपूर्ण मनोवैज्ञानिक नज़रिए से तो कतई नहीं। अंतत: हमारे अतीत में बहुत कुछ समाया होता है और हम इसे जिस तरह व्यवस्थित करते हैं, उसे बड़े ही सशक्त ढंग से संशोधन करना ज़रूरी होता है।

उदाहरण के लिए किसी ऐसी फिल्म की कल्पना करें, जिसमें पर्दे पर सिर्फ भयावह चीज़ें ही दिखाई जा रही हों पर आखिर में सब ठीक हो जाए और किरदारों की सारी समस्याएँ भी सुलझ जाएँ। फिल्म का अंत खुशनुमा ढंग से होता है, जिसके चलते फिल्म के पिछले हिस्से में दिखाई गई हर घटना का अर्थ बिलकुल बदल जाता है। उस अंत को देखकर ऐसा लगता है कि चलो, फिल्म का पिछला हिस्सा देखना बेकार नहीं गया। अब एक अन्य फिल्म की कल्पना कीजिए, जिसमें बहुत सी चीज़ें हो रही हैं और वे सब बड़ी ही रोमांचक और दिलचस्प हैं। बस बात ये है कि फिल्म में कुछ ज़्यादा ही चीज़ें हो रही हैं। करीब 90 मिनट तक देखने के बाद आपको लगता है, 'फिल्म तो बहुत अच्छी है, पर इसमें बहुत सारी चीज़ें एक साथ हो रही हैं। उम्मीद है अंत में डायरेक्टर इन सभी चीज़ों को उनके अंतिम बिंदु तक पहुँचाने में कामयाब हो जाएगा।' पर आखिर में ऐसा नहीं होता बल्कि फिल्म एक बिंदु पर आकर अचानक खत्म हो जाती है और फिल्म में दिखाई गईं कई सारी बातें अपने अंत तक नहीं पहुँच पातीं या फिर अंत में बड़े ही कामचलाऊ ढंग से कोई घिसी-पिटी चीज़ दिखाकर फिल्म खत्म हो जाती है। ऐसी फिल्म देखने के बाद थिएटर से निकलते समय आप बहुत असंतुष्ट और खीझा हुआ महसूस करते हैं और यह भूल जाते हैं कि फिल्म के अंत से पहले आपको उसके हर दृश्य में आनंद आ रहा था। कहने का अर्थ यह है कि वर्तमान, अतीत को बदल सकता है और भविष्य, वर्तमान

में फर्क ला सकता है।

जब आप अपने अतीत को याद करते हैं, तो उसका कुछ हिस्सा ही याद कर पाते हैं और कुछ हिस्सा भूल जाते हैं। आपको कुछ घटनाएँ पूरी तरह याद होती हैं जबकि संभवत: उतनी ही महत्वपूर्ण अन्य घटनाएँ याद नहीं होतीं। यह ठीक वैसा ही है, जैसे आप अपने परिवेश के कुछ पहलुओं से अवगत होते हैं, जबकि अन्य पहलुओं के प्रति अंजान होते हैं। आप अपने अनुभवों को वर्गीकृत करते हैं और कुछ तत्वों को अन्य तत्वों से अलग कर किसी एक समूह में रखते हैं। इसमें एक रहस्यमयी किस्म की मनमानी होती है। आप अपनी स्मृति में अपने अनुभवों का एक व्यापक और वस्तुनिष्ठ रिकॉर्ड नहीं रखते। असल में आप ऐसा कर ही नहीं सकते। क्योंकि आप जो जानते हैं, वह पर्याप्त नहीं है। आप जितना समझ पाते हैं, वह भी पर्याप्त नहीं है और न ही आप वस्तुनिष्ठ या निष्पक्ष होते हैं। आप जीवित हैं और व्यक्तिपरक हैं। आपके हर कर्म में आपके कुछ स्वार्थ निहित होते हैं - कम से कम अपने मामले में तो आप ऐसे ही हैं और आमतौर पर भी ऐसे ही होते हैं। इस कहानी में और क्या जोड़ा जाना चाहिए? दो घटनाओं के बीच की सीमा आखिर कहाँ होती है?

आजकल बच्चों का यौन शोषण बहुत आम हो गया है, जो वाकई चिंताजनक है। हालाँकि यह इतना भी आम नहीं हुआ है, जितना घटिया ढंग से प्रशिक्षित किए गए अयोग्य मनोचिकित्सक सोचते हैं और ऐसा भी नहीं है कि यौन शोषण के शिकार सारे बच्चे भावनात्मक रूप से क्षतिग्रस्त वयस्कों के रूप में बड़े होते हैं। हर किसी के व्यक्तित्व में लचीलेपन का गुण अलग-अलग स्तर का होता है। जो घटना किसी एक व्यक्ति के लिए जिंदगी बरबाद कर देनेवाले आघात जैसी होती है, वह किसी अन्य व्यक्ति के लिए साधारण सी घटना हो सकती है। पर महान मनोचिकित्सक सिग्मंड फ्रायड से थोड़ा सा ज्ञान उधार लेकर काम चलानेवाले कुछ मनोचिकित्सक अक्सर स्वयंसिद्ध रूप से यह मान बैठते हैं कि अगर उनके पास आनेवाले मरीज व्यथित व्यक्तित्ववाले हैं, तो इसका एकमेव अर्थ यही है कि वे अपने बचपन में ज़रूर यौन शोषण का शिकार हो चुके हैं। वरना भला ये मरीज हमेशा इतने व्यथित क्यों रहते? ऐसे मनोचिकित्सक मरीज से कुरेद-कुरेदकर पूछताछ करते हैं, तरह-तरह के अनुमान लगाते हैं, मरीज के घनिष्ठ बन जाते हैं, अपनी ओर से सुझाव देने लगते हैं, किसी एक पहलू के प्रति पक्षपातपूर्ण रवैया अपना लेते हैं और तमाम पूर्वाग्रहों से ग्रस्त हो जाते हैं। वे मरीज के सामने उसके जीवन की कुछ घटनाओं को जरूरत से ज़्यादा महत्वपूर्ण बनाकर पेश करते हैं, जबकि अन्य घटनाओं के महत्त्व

को कम आँकते हैं। वे तथ्यों को अपने सिद्धांतों के हिसाब से तोड़ते-मरोड़ते हैं और मरीज को यह मानने पर मज़बूर कर देते हैं कि अगर उसे ऐसा कुछ धुंधला सा भी याद आ रहा है, तो निश्चित ही उसके साथ बचपन में यौन उत्पीड़न हुआ है। फिर मरीज को भी बहुत कुछ याद आने लगता है और वह दूसरों पर आरोप लगाना शुरू कर देता है। जबकि कभी-कभी उसे जो याद आता है, वह असल में कभी हुआ ही नहीं होता और उसने जिन लोगों पर आरोप मढ़े होते हैं, वे पूरी तरह निर्दोष होते हैं। ऐसे भयावह मामले का सकारात्मक पक्ष क्या है? यही कि कम से कम उस मनोचिकित्सक के सिद्धांत सच साबित हो जाते हैं। पर यह पक्ष सिर्फ उस मनोचिकित्सक के लिए ही सकारात्मक होता है। ऐसे मामले में निर्दोष लोगों को जो क्षति पहुँचती है, उसका अंदाजा लगाना भी मुश्किल है। हालाँकि आमतौर पर लोग अपने सिद्धांतों को सच साबित करने के लिए दूसरों का बड़े से बड़ा नुकसान करने के लिए भी तैयार रहते हैं।

मैं ये सब चीज़ें तब भी जानता था, जब मिस एस. मेरे साथ अपने यौन अनुभवों के बारे में बातचीत करने आई थी। जब उसने शराब पीने के लिए शराबखाने में जाने और इसके परिणाम स्वरूप बार-बार अनजान पुरुषों के साथ रात बिताने के बारे में बताया, तो मेरे मन में एक साथ कई विचार उठे। मैंने सोचा, 'तुम कितनी अस्पष्ट और अस्तित्वहीन हो। तुम अराजकता के अधोलोक में रह रही हो। तुम एक ही बार में दस अलग-अलग स्थानों पर भटक रही हो। कोई भी तुम्हारा हाथ पकड़कर तुम्हें किसी भी दिशा में ले जा सकता है और तुम चली भी जाओगी।' आखिरकार अगर आप खुद अपनी कहानी के नायक नहीं हैं, तो आपको किसी और की कहानी में एक मामूली सा किरदार निभाना पड़ेगा - जो आमतौर पर एक निराशावादी, अकेला और त्रासद क़िरदार होता है। मिस एस. की पूरी कहानी सुनने के बाद मैंने सोचा, 'तुम्हारी यौन इच्छाएँ सामान्य हैं पर तुम बेहद अकेली हो और यौन रूप से असंतुष्ट हो। तुम पुरुषों से घबराती हो, दुनिया से अनभिज्ञ हो और खुद के बारे में भी तुम्हें कुछ नहीं पता है। तुम चारों ओर भटकती फिरती हो और किसी ऐसी दुर्घटना की तरह हो, जो बस होने ही वाली है। तुम्हारा जीवन कुछ और नहीं बल्कि वह दुर्घटना ही है।'

मैंने सोचा, 'तुम्हारे मन के किसी कोने में यह इच्छा छिपी हुई है कि कोई तुम्हारा खयाल रखे। तुम एक बार फिर से एक बच्ची बन जाना चाहती हो। तुम्हारे भाइयों ने तुम्हारे साथ दुर्व्यवहार किया और तुम्हारे पिता ने तुम्हें अनदेखा किया,

इसीलिए तुम्हारे अंदर कहीं गहराई में पुरुषों से बदला लेने की इच्छा छिपी हुई है। तुम्हारे मन का एक हिस्सा दोषी महसूस करता है और दूसरा हिस्सा शर्मिंदा है, जबकि तुम्हारे मन का एक अन्य हिस्सा रोमांचित और उत्साहित है। कौन हो तुम? क्या किया है तुमने? क्या हुआ था तुम्हारे साथ?' वस्तुनिष्ठ सच क्या था? दरअसल वस्तुनिष्ठ सच को जानने का न तो पहले कोई तरीका था और न ही आगे होगा। इसी तरह न तो कभी कोई वस्तुनिष्ठ अवलोकनकर्ता हुआ है और न ही आगे कभी होगा। इसी तरह कभी कोई संपूर्ण और सटीक कहानी भी नहीं रही है। ऐसी कोई चीज़ न तो कभी अस्तित्व में आई है और न ही आएगी। अगर कुछ था और आज भी है, तो वह है, आंशिक वर्णन व खंडित दृष्टिकोण। पर इनमें से कुछ बाकी अन्य से बेहतर होते हैं। स्मृति आपके वस्तुनिष्ठ अतीत का वर्णन नहीं है। स्मृति तो बस एक औज़ार है। यह भविष्य के लिए अतीत की मार्गदर्शक है। अगर आपको याद है कि आपके साथ कोई बुरी घटना घटी थी और अगर आप यह समझ सकते हैं कि उस घटना के पीछे का कारण क्या था, तो आप यह कोशिश भी कर सकते हैं कि आपके साथ दोबारा वैसा न हो। स्मृति का उद्देश्य भी यही है। इसका उद्देश्य 'अतीत को याद करना' नहीं है बल्कि अतीत के बुरे अनुभव या बुरी घटना को आपके साथ बार-बार होने से रोकना है।

मैंने सोचा कि 'मैं मिस एस. के जीवन को आसान भी बना सकता हूँ। मैं बड़े ही सुविधाजनक ढंग से उससे कह सकता हूँ कि अपने साथ बलात्कार होने का उसका अनुमान बिलकुल उचित है और इस घटना के प्रति उसका संदेह कुछ और नहीं बल्कि लंबे समय से जारी उसके उत्पीड़न का एक अतिरिक्त साक्ष्य भर है। मैं इस बात पर भी जोर दे सकता हूँ कि यह सुनिश्चित करना उसके यौन-साथी की कानूनी जिम्मेदारी है कि यौन संबंध के लिए सहमति देने के लिहाज से कहीं वह ज़्यादा नशे में तो नहीं है। मैं उससे कह सकता हूँ कि अगर उसने यौन संबंध स्थापित करने के दौरान एक-एक यौन-गतिविधि के लिए अपने साथी को खुलकर और मौखिक रूप से सहमति नहीं दी है, तो निर्विवाद रूप से इसका अर्थ यही है कि उसके साथी ने उसे हिंसक और अवैध कृत्यों का शिकार बनाया है। मैं उससे कह सकता था कि वह तो बस एक मासूम पीड़िता है।' मैं उससे ये सब कह सकता था। यह सच भी होता और उसने इसे सच के रूप में स्वीकार भी कर लिया होता और फिर यह सब उसे जीवनभर याद भी रहता। इसके बाद वह एक नए अतीत और एक नई नियति के साथ नई इंसान बन जाती।

पर मैंने यह भी सोचा, 'मैं मिस एस. को साफ-साफ यह भी कह सकता हूँ कि वह एक चलती-फिरती आपदा जैसी है। मैं उससे कह सकता हूँ कि वह शराबखानों में इस तरह भटकती है, मानों कोमा में जा चुकी कोई ऐसी उच्च वर्गीय वेश्या हो, जो न सिर्फ खुद के लिए बल्कि दूसरों के लिए भी एक खतरा है। मैं उससे कह सकता हूँ कि उसे अपनी आँखें खोलने की ज़रूरत है और अगर वह इस तरह के शराबखानों में जाकर ज़रूरत से ज़्यादा शराब पीएगी और उसके बाद रात बिताने के लिए किसी अनजान पुरुष के घर चली जाएगी, जहाँ दोनों के बीच उग्र व कठोर ढंग से (या फिर नर्म और प्रेमपूर्ण ढंग से) यौन संबंध बनेंगे, तो फिर भला वह और क्या उम्मीद करती है?' दूसरे शब्दों में, मैं उससे ज़रा दार्शनिक अंदाज में कह सकता था कि वह फ्रेडरिक नीत्शे द्वारा उल्लेखित 'पेल क्रिमिनल' (निर्बल अपराधी) है यानी एक ऐसा इंसान जो एक पल में पवित्र कानून तोड़ने की जुर्रत तो करता है और दूसरे ही पल में अपने इस कृत्य का परिणाम भुगतने से घबरा जाता है। अगर मैं उससे ऐसा कहता, तो यह सच भी होता और उसने इसे सच के रूप में स्वीकार भी कर लिया होता और फिर यह सब उसे जीवनभर याद भी रहता।

अगर मैं सामाजिक-न्याय की विचारधारावाला कोई वामपंथी व्यक्ति होता, तो मैंने उसे वह कहा होता, जो मैं पहले सोच रहा था कि 'अपने साथ बलात्कार होने का उसका अनुमान बिलकुल उचित है... और वह बेचारी एक पीड़िता है, जिसे उसके यौन-साथी ने अपने हिंसक और अवैध कृत्यों का शिकार बनाया है।' जबकि अगर मैं रूढ़िवादी विचारधारा का समर्थक होता, तो मैं उसे वह कहता, जो मैं बाद में सोच रहा था कि 'वह एक चलती-फिरती आपदा है और शराबखानों में इस तरह भटकती रहती है, मानों कोमा में जा चुकी कोई ऐसी उच्च वर्गीय वेश्या हो।' मैं मिस एस. से भले ही इन दोनों में से कोई भी बात कहता, उसे यही लगता कि मैं निर्विवाद रूप से सच कह रहा हूँ और इस तरह मैं खुद भी अपनी बात से संतुष्ट हो जाता। मरीज से इस तरह की बातें कहने को ही 'सलाह देना' कहते हैं।

खुद जानें और समझें

पर मैंने उससे ऐसा कुछ भी कहने के बजाय उसकी बातों को गौर से सुनने का फैसला किया। मैंने सीखा है कि अपने मरीजों की समस्याओं को उनसे चुराना नहीं चाहिए। मैं लोगों को मुक्ति दिलानेवाला नायक नहीं बनना चाहता और न ही मैं अचानक अवतरित होकर सब कुछ ठीक कर देनेवाला उद्धारक बनना चाहता हूँ - किसी और की कहानी में तो कतई नहीं। मैं उनके जैसा जीवन नहीं चाहता।

तो मैंने उससे पूछा कि उसे क्या लगता है? इसके बाद उसने जो भी कहा, मैं उसे गौर से सुनता रहा। वह काफी देर तक बोलती रही और बहुत कुछ बोली। आखिर में जब वह अपनी बात खत्म करके चुप हुई, तब भी, न तो उसे और न ही मुझे यह पता चल सका कि सचमुच उसका बलात्कार हुआ है या नहीं। जीवन सचमुच बहुत जटिल होता है।

कई बार आपको किसी एक चीज़ को समझने के लिए दुनिया की हर चीज़ के प्रति अपनी समझ को बदलना पड़ता है। 'क्या मेरा बलात्कार हुआ था?' यह बहुत ही जटिल सवाल हो सकता है। यह सवाल जिस रूप में हमारे सामने पेश हुआ है, वह स्पष्ट रूप से इस बात की ओर इशारा करता है कि इस मामले में जटिलता की अनंत पर्तें चढ़ी हुई हैं। और यह तब है, जब 'पाँच बार' बलात्कार होने की बात पर अब तक विचार ही नहीं किया गया है। 'क्या मेरा बलात्कार हुआ था?' इस एक सवाल में कई सवाल छिपे हुए हैं : क्या यह बलात्कार था? क्या सब कुछ मेरी सहमति से हुआ? यौन-संबंधों में उचित सावधानी बरतने का क्या अर्थ है? महिला को अपना बचाव कैसे करना चाहिए? आखिर गलती कहाँ हुई है? दरअसल 'क्या मेरा बलात्कार हुआ था?' क्या यह किसी हाइड्रा[3] की तरह है? अगर आप किसी हाइड्रा का सिर काटेंगे, तो उसकी जगह सात नए सिर निकल आएँगे। जिंदगी भी ऐसी ही होती है। बलात्कार हुआ है या नहीं, यह समझने के लिए मिस एस. को अगले बीस साल तक बोलना पड़ेगा और उसके सामने कोई ऐसा व्यक्ति भी मौजूद होना चाहिए, जो उसे बीस साल तक सुनता रहे। मैंने यह प्रक्रिया शुरू कर दी थी पर हालातों ने इसे असंभव बना दिया। उसने थेरेपी के लिए मेरे पास आना बंद कर दिया, जबकि उस समय वह पहले से कहीं अधिक संशय से घिरी हुई थी। पर कम से कम उसने मेरी किसी शापित विचारधारा का जीता-जागता उदाहरण बनकर तो थेरेपी बंद नहीं की।

थेरेपी के दौरान यह ज़रूरी है कि मरीज बोले। क्योंकि वह बोलकर ही बता सकता है कि वह क्या सोचता है। सोचना वाकई महत्वपूर्ण है, वरना लोग अपने जीवन में बस आँखें मूँदकर भटकते रहते हैं और फिर किसी खड्डे में गिर जाते हैं। जब लोग सोचते हैं, तो अपने मन में एक नकली दुनिया गढ़ लेते हैं और फिर यह तय करने लगते हैं कि इस नकली दुनिया में उन्हें क्या करना है और कैसे करना है।

---

[3] ग्रीक और रोमन पौराणिक कथाओं में उल्लेखित पानी में रहनेवाला कई सिरों का सर्प-राक्षस

अगर वे नकली दुनिया गढ़ने के मामले में अच्छे हैं, तो यह समझ जाते हैं कि ऐसे कौन से मूर्खतापूर्ण कार्य हैं, जो उन्हें नहीं करने चाहिए। फिर वे वैसे कार्य नहीं करते और उन्हें उन कार्यों के परिणाम भी नहीं भुगतने पड़ते। सोचने का उद्देश्य भी यही होता है। हालाँकि हम अकेले ऐसा नहीं कर सकते। हम एक नकली दुनिया गढ़कर यह तय करने में जुट जाते हैं कि इसमें हमें क्या करना है और कैसे करना है। इस पूरे संसार में सिर्फ हम इंसान ही इतने उत्कृष्ट जीव हैं, जो ऐसा करते हैं। हम अपने छोटे-छोटे अवतार बना लेते हैं और उन्हें उस नकली काल्पनिक दुनिया में स्थापित कर देते हैं। फिर हम देखते हैं कि उनके साथ क्या हो रहा है। अगर हमारा अवतार नकली दुनिया में सफल होकर उन्नति करता है, तो हम वास्तविक दुनिया में भी उसी की तरह व्यवहार करते हैं और यह उम्मीद करते हैं कि हम भी उसी की तरह सफल होकर उन्नति करेंगे। लेकिन यदि हमारा अवतार नाकाम हो जाता है, तो फिर हम उसके रास्ते पर नहीं जाते। जब हम वाकई समझदार होते हैं, तो अपने नाकाम अवतार को उस नकली काल्पनिक दुनिया में मरने के लिए छोड़ देते हैं ताकि हमें इस वास्तविक दुनिया में खुद मरना न पड़े।

कल्पना कीजिए कि दो बच्चे आपस में बातचीत कर रहे हैं। दोनों में से छोटा बच्चा कहता है, 'छत पर जाना कैसा रहेगा? मुझे तो लगता है, वहाँ बड़ा मजा आएगा!' उसने अभी-अभी अपने अवतार को एक नकली काल्पनिक दुनिया में स्थापित किया है। पर उसकी बड़ी बहन उसका विरोध करते हुए कहती है, 'क्या बेवकूफी है! अगर तुम छत से गिर गए तो? और कहीं पापा ने पकड़ लिया तो?' हो सकता है कि अब छोटा बच्चा अपने नकली संसार को संशोधित करके, उसके अनुसार एक निष्कर्ष तक पहुँच जाए और वह पूरी नकली काल्पनिक दुनिया यूँ ही उसके हाथ से फिसल जाए। या फिर हो सकता है कि वह ऐसा न करे। वह जो जोखिम उठाना चाहता था, शायद वह सही था पर अब कम से कम उसे ठीक से समझा भी जा सकता है। उसकी नकली काल्पनिक दुनिया अधिक संपूर्ण और उसका अवतार अधिक समझदार है।

लोगों को लगता है कि वे सोचते हैं, पर यह सच नहीं है। जिसे वे सोचना मान लेते हैं, वह बस आत्म-आलोचना है। सच्चे ढंग से सोचना दुर्लभ है, ठीक वैसे ही जैसे पूरी सच्चाई के साथ किसी की बात सुनना। सोचने का अर्थ है, खुद की सुनना। जो बहुत मुश्किल होता है। सोचने के लिए आपको एक ही समय में दो लोगों की तरह सक्रिय होना पड़ता है या यूँ कहें कि दो दृष्टिकोणों को साथ लेकर चलना

होता है। फिर आपको उन दो लोगों या दृष्टिकोणों को एक-दूसरे से असहमत होने की अनुमति भी देनी पड़ती है। सोचना दरअसल दो या दो से ज़्यादा अलग-अलग किस्म के दृष्टिकोणों या सोच के बीच होनेवाला एक भीतरी संवाद है। पहली सोच एक नकली काल्पनिक दुनिया के अवतार जैसी है। इसके पास अतीत, वर्तमान और भविष्य की अपनी कुछ प्रस्तुतियाँ हैं और उनमें कैसे काम करना है, उसका अपना एक तरीका है। इसी तरह दूसरी, तीसरी या चौथी सोच के मामले में भी यही होता है।

सोचना वह प्रक्रिया है, जिसके माध्यम से आंतरिक अवतार अपनी दुनिया की कल्पना करके एक-दूसरे के सामने उसे स्पष्ट कर पाते हैं। सोचते समय आप दोनों दृष्टिकोणों या सोच को एक-दूसरे के खिलाफ भी खड़ा नहीं कर सकते क्योंकि इसका अर्थ यह होगा कि आप सोच नहीं रहे हैं बल्कि किसी घटना के बाद उसे तर्कसंगत ठहराने का प्रयास कर रहे हैं। अर्थात आप जिस सोच को चाहते हैं, उसकी तुलना एक विपरीत लेकिन कमजोर सोच से कर रहे हैं, ताकि आपको अपनी पसंदीदा सोच बदलने की ज़रूरत न पड़े। इसका अर्थ है कि आप प्रचार कर रहे हैं, दोहरी बातों का उपयोग कर रहे हैं और अपने साक्ष्यों को सही ठहराने के लिए अपने निष्कर्ष का इस्तेमाल कर रहे हैं। इसे संक्षिप्त में कहें, तो आप सच से आँखें चुरा रहे हैं।

सच्चे ढंग से सोचना जटिल और मेहनतवाला काम है। इसके लिए ज़रूरी है कि आप एक साथ एक ही समय पर स्पष्ट वक्ता भी हों और चौकस व विवेकपूर्ण श्रोता भी। इसमें संघर्ष भी शामिल है। इसलिए आपको संघर्ष भी सहन करना होगा। संघर्ष में समझौता और तोल-मोल करना शामिल होता है। इसलिए आपको देना-लेना, अपने प्रस्ताव को संशोधित करना, अपने विचारों को समायोजित करना और यहाँ तक कि संसार के बारे में अपनी धारणाओं पर पुनर्विचार करना भी सीखना पड़ता है। इसके बावजूद कभी-कभी इसका परिणाम विफलता और एक या एक से अधिक अवतारों के खात्मे के रूप में सामने आता है। जबकि वे अवतार अपनी विफलता या खात्मा कतई नहीं चाहते। उन्हें गढ़ना मुश्किल होता है। वे मूल्यवान होते हैं, जीवित होते हैं और जीवित ही रहना चाहते हैं। इसके लिए वे लड़ने को भी तैयार रहते हैं। इसलिए बेहतर होगा कि आप उनकी बात सुनें। अगर आप ऐसा नहीं करेंगे, तो वे अधोलोक में जाकर शैतान में बदल जाएँगे और फिर आपको प्रताड़ित करेंगे। परिणामस्वरूप सोचना, न सोचने को छोड़कर बाकी हर चीज़ के मुकाबले

भावनात्मक रूप से कहीं अधिक दर्दनाक और मनोवैज्ञानिक रूप से कहीं अधिक मेहनत का काम होता है। यह सब स्वत: ही आपके मन में आए, इसके लिए ज़रूरी है कि आप खुद बहुत ही स्पष्ट और परिष्कृत हों। पर अगर आप सोचने के मामले में या दूसरे शब्दों में कहें तो दो अलग-अलग दृष्टिकोणों को एक साथ लेकर चलने के मामले में अधिक गुणी नहीं हैं, तो फिर आप क्या करेंगे? इसका जवाब आसान है। आप बोलेंगे, बात करेंगे। पर इसके लिए आपको एक श्रोता भी चाहिए यानी ऐसा व्यक्ति जो आपकी बात सुनें। आपकी बात सुननेवाला यह व्यक्ति यहाँ आपका सहयोगी भी है और प्रतिद्वंदी भी।

एक श्रोता या सुननेवाला व्यक्ति बिना कुछ कहे आपकी बातों और आपकी सोच का परीक्षण कर रहा होता है। एक श्रोता सहज मानवता का प्रतिनिधि होता है। वह लोगों की भीड़ का प्रतिनिधि होता है। हाँ, इसमें कोई दोराय नहीं है कि भीड़ हमेशा सही नहीं होती पर यह भी सच है कि आमतौर भीड़ सही होती है। अगर आपकी किसी बात से हर किसी को झटका लगा है, तो इसका अर्थ है कि आपको अपनी उस बात पर पुनर्विचार करना चाहिए। मैं यह जानते हुए ऐसा कह रहा हूँ कि विवादास्पद मत कभी-कभी सही भी होता है - कभी-कभी तो इस हद तक सही होता है कि अगर लोग इसे सुनने से इनकार कर दें तो उनका विनाश तय है। यही कारण है कि हर व्यक्ति अपने व्यक्तिगत अनुभव का सच बताने के लिए नैतिक रूप से बाध्य होता है। इसके बावजूद कोई नई या कट्टरपंथी चीज़ करीब-करीब हमेशा गलत ही होती है। आम जनता के मत को अनदेखा करने या उसकी अवहेलना करने के लिए ज़रूरी है कि आपके पास ऐसा करने का कोई ठोस कारण हो। क्योंकि वह मत आपकी संस्कृति है। वह किसी ऐसे विशाल और मज़बूत बरगद के पेड़ की तरह है, जिसकी शाखाओं पर ही आप बैठे हुए हैं। अगर वह शाखा टूट जाती है, तो आपका नीचे गिरना इतना भयावह हो सकता है, जिसकी शायद आपने कभी कल्पना भी नहीं की होगी। अगर आप यह किताब पढ़ रहे हैं, तो इस बात की प्रबल संभावना है कि आप एक सुविधाजनक जीवन जीनेवाले व्यक्ति हैं। आप पढ़ने में सक्षम हैं और आपके पास पढ़ने का समय भी है। यानी एक तरह से आप एक उच्च स्थान पर विराजमान हैं। आपको इस उच्च स्थान तक पहुँचाने के पीछे कितनी पीढ़ियों की मेहनत छिपी हुई है, इसका अंदाजा लगाना भी मुश्किल है। बेहतर होगा कि आप इस तथ्य से परिचित हों और इसके प्रति आपके अंदर आभार का भाव हो। फिर भी अगर आप दुनिया का रास्ता अपनी इच्छा के अनुसार मोड़के लिए इच्छुक हैं, तो आपके पास इसका ठोस कारण भी होना चाहिए। अगर आप अपनी बात पर

अडिग रहते हैं, तब भी आपके पास ऐसा करने का कोई ठोस कारण होना चाहिए और बेहतर होगा अगर आप पहले ही इस पर पूरी तरह सोच-विचार कर चुके हों। क्योंकि अगर ऐसा नहीं है, तो याद रखिए कि आपको इसका बहुत ही कठोर परिणाम भुगतना पड़ सकता है। आपको भी वही करना चाहिए, जो अन्य लोग कर रहे हैं, जब तक आपके पास ऐसा न करने का कोई ठोस कारण न हो। आप भले ही किसी नीरस व थकाऊ रास्ते पर अटके हुए हों, फिर भी कम से कम आपको यह तो पता होता है कि अन्य लोग भी इस रास्ते से गुज़र चुके हैं। क्योंकि इस रास्ते से अलग होने का अर्थ है, अपने मार्ग से भटककर एक ऐसे बंजर रेगिस्तान की ओर चल पड़ना, जहाँ ढेरों शैतान और राक्षस आपके इंतजार में घात लगाकर बैठे हुए हैं।

कम से कम समझदारी तो यही कहती है।

एक सुननेवाला व्यक्ति

एक सुननेवाला व्यक्ति भीड़ को विचार करने की ओर ले जा सकता है। वह बिना कुछ बोले ऐसा कर सकता है। जैसे वह बोलनेवाले को उसके द्वारा बोली जा रही बातें सुनने का मौका देकर, ऐसा कर सकता है। सिग्मंड फ्रायड ने भी इसी तरीके की सिफारिश की थी। वे अपने मरीज को सोफे पर लिटाकर, उसे यह मौका देते थे कि वह कमरे की छत की ओर देखते हुए अपने मन को चारों ओर भटकने दे और हर वह बात कहे, जो उसके मन में आ रही है। यही उनका 'फ्री एसोसिएशन मेथड' है। फ्रायड के दिखाए रास्ते पर चलनेवाले मनोचिकित्सक इसी पद्धति का इस्तेमाल करके मरीज के मन में अपनी निजी धारणाएँ और पूर्वाग्रह डालने से बच जाते हैं। यही कारण था कि थेरेपी के समय फ्रायड अपने मरीजों के सामने नहीं बैठते थे। वे अपने मरीजों के सहज ध्यान को अपनी भावनात्मक अभिव्यक्तियों से बदलना नहीं चाहते थे, भले ही वे भावनात्मक अभिव्यक्तियाँ कितनी भी मामूली क्यों न हों। वे इस बात का पूरा ध्यान रखते थे कि उनके निजी मत - और इससे भी बदतर उनकी अपनी अनसुलझी समस्याएँ - मरीज की चेतन व अचेतन प्रतिक्रियाओं में अनियंत्रित रूप से प्रतिबिंबित न होने लगें। उनकी चिंता यह थी कि ऐसा होने पर उनके मरीजों में आनेवाले सुधार पर हानिकारक प्रभाव पड़ेगा। इसीलिए फ्रायड इस बात पर काफी जोर देते थे कि मनोविश्लेषकों को खुद का मनोविश्लेषण भी कराना चाहिए। फ्रायड चाहते थे कि जो लोग उनकी पद्धति का उपयोग करते हैं, वे अपनी कुछ निजी कमियों और पूर्वाग्रहों से भी मुक्त हो सकें ताकि वे उनकी पद्धति का इस्तेमाल गलत ढंग से न कर सकें।

फ्रायड की बात जायज थी। आखिरकार वे एक सच्चे जीनियस थे। उन्हें जीनियस इसलिए भी कहा जा सकता है क्योंकि आज भी कुछ लोग हैं, जो उनसे नफरत करते हैं। हालाँकि फ्रायड द्वारा बताए गए इस तटस्थ और भिन्न दृष्टिकोण के अपने कुछ नुकसान भी हैं। थेरेपी लेने आए ज़्यादातर लोग अपने मनोचिकित्सक के साथ एक अंतरंग और अधिक व्यक्तिगत संबंध चाहते हैं (हालाँकि इसके भी अपने कुछ खतरे होते हैं)। आंशिक रूप से यही वह कारण है, जिसके चलते मैंने अधिकतर मनोवैज्ञानिकों की तरह अपने मरीजों के मामले में फ्रायड की पद्धति नहीं अपनाई बल्कि मरीजों से बातचीत करने का रास्ता चुना।

इस बातचीत के दौरान मरीजों द्वारा मेरी प्रतिक्रिया देखना उनके लिए सार्थक हो सकता है। हाँ, मेरी ओर से उन पर पड़नेवाले अनुचित प्रभाव से उन्हें बचाने के लिए मैं अपने उद्देश्य को ठीक से निर्धारित करने की कोशिश करता हूँ ताकि मेरी प्रतिक्रियाओं के पीछे का कारण उचित हो। इसके लिए जो भी ज़रूरी होता है, मैं वह करता हूँ (भले ही वह कुछ भी हो) और उनका भला हो सके, इसके लिए भी मुझसे जो बन पड़ता है, मैं वह करने से नहीं हिचकिचाता (क्योंकि यह उनका भला चाहने का ही एक हिस्सा है)। मैं अपना दिमाग ठंडा रखता हूँ और अपनी चिंताओं को भूल जाता हूँ। इस तरह मैं उन चीज़ों पर अपना ध्यान केंद्रित कर पाता हूँ, जो मेरे मरीजों के लिए सबसे अधिक लाभप्रद हैं। इस दौरान मैं इस बात के प्रति भी सावधान रहता हूँ कि कहीं मैं यह समझने में कोई गलती तो नहीं कर रहा कि उनके लिए सबसे अधिक लाभप्रद क्या है। दरअसल यह मेरे अंदाजा लगाने की चीज़ नहीं है कि उनके लिए सबसे अधिक लाभप्रद क्या है। क्योंकि इसका निर्धारण तो उनके साथ आपसी बातचीत और समझौते से ही होना चाहिए। इस मामले में बहुत सावधानी बरतने की ज़रूरत होती है ताकि अंतरंग और निजी बातचीत से उपजे जोखिमों से बचा जा सके। मेरे मरीज बोलते हैं और मैं उन्हें सुनता हूँ। कभी-कभी मैं अपनी प्रतिक्रिया भी देता हूँ। आमतौर पर यह प्रतिक्रिया बहुत सूक्ष्म और बारीक होती है। यह प्रतिक्रिया दरअसल मौखिक भी नहीं होती। मैं और मेरे मरीज एक-दूसरे के आमने-सामने बैठते हैं। हम एक-दूसरे की आँखों में देखते हैं। इस तरह हम एक-दूसरे के चेहरे पर आनेवाले हाव-भावों को स्पष्ट देख सकते हैं। मेरे मरीज अपने शब्दों से मुझ पर पड़नेवाले प्रभाव का निरीक्षण कर सकते हैं और मैं भी यह देख सकता हूँ कि उन पर मेरी प्रतिक्रिया का कैसा प्रभाव पड़ रहा है। इस तरह वे मेरी प्रतिक्रियाओं पर अपनी प्रतिक्रिया दे सकते हैं।

जैसे अगर मेरा कोई मरीज कहता है, 'मैं अपनी पत्नी से नफरत करता हूँ।' तो ये अधोलोक से निकले शब्द हैं और उस अराजकता से मिलकर बने हैं, जो इनके माध्यम से खुद को जाहिर कर रही है। इन शब्दों को न सिर्फ समझा जा सकता है बल्कि इनकी मौजूदगी इतनी सशक्त है कि इन्हें नज़रअंदाज भी नहीं किया जा सकता। क्योंकि अब ये शब्द उसके मुँह से निकल चुके हैं, अब वे वास्तविक बन चुके हैं। अपने इन शब्दों से दरअसल बोलनेवाला खुद भी चौंक जाता है। उसे मेरी आँखों में भी ठीक यही चीज़ नज़र आ रही है। वह इस बात पर गौर करता है और मानसिक स्थिरता व समझदारी के रास्ते पर आगे बढ़ना जारी रखता है। 'ओह,' वह कहता है, 'मेरे ये शब्द तो कुछ ज़्यादा ही कठोर हैं। मुझे अपनी पत्नी से कभी-कभी ही नफरत होती है। जब वह मुझे ये नहीं बताती कि वह क्या चाहती है, तब मुझे उससे नफरत होती है। मेरी माँ भी हमेशा ऐसा ही करती थी, जिससे मेरे पिता बुरी तरह खीझ जाते थे। सच कहूँ तो इससे हम सब खीझ जाते थे। यहाँ तक कि मेरी माँ भी! वे अच्छी इंसान थी, पर वे दूसरों के प्रति बहुत द्वेषपूर्ण थीं। चलो, कम से कम मेरी पत्नी मेरी माँ जितनी बुरी तो नहीं है। कतई नहीं। असल में मुझे लगता है कि मेरी पत्नी तो मुझे काफी अच्छी तरह यह बताती है कि वह क्या चाहती है, पर जब भी वह ऐसा नहीं कर पाती, तो मैं कुछ ज़्यादा ही परेशान हो जाता हूँ क्योंकि मेरी माँ ने खुद एक दुखियारी औरत बनकर हम सबकी जिंदगी नर्क कर दी थी। जिसका मुझ पर बहुत गहरा प्रभाव पड़ा है। इसीलिए शायद अब अगर मेरी पत्नी जरा सा भी ऐसा कुछ करती है, तो मेरी प्रतिक्रिया कुछ ज़्यादा ही कठोर हो जाती है। देखो, मैं बिलकुल वैसा ही व्यवहार कर रहा हूँ, जैसा मेरे पिता मेरी माँ से परेशान होकर करते थे! यह मेरा अपना व्यवहार नहीं है। मैं खुद ऐसा नहीं हूँ और न ही इसका मेरी पत्नी से कोई संबंध है! बेहतर होगा कि मैं उसे भी यह बता दूँ।' मरीज की इन बातों से मुझे पता चलता है कि वह पहले भी अपनी पत्नी और अपनी माँ के बीच के फर्क को देख पाने में नाकाम हो चुका है। मैं यह भी देख सकता हूँ कि अचेतन रूप से उस पर अपने पिता का बहुत गहरा असर है। वह खुद भी यह सब समझता है। पर अब वह अपनी माँ और पत्नी के बीच फर्क करने के मामले में पहले से अधिक बेहतर हो गया है। अब उसका तरीका पहले से थोड़ा कम कठोर है और अब वह चीज़ों को पहले से थोड़ा अधिक स्पष्ट ढंग से देख पा रहा है। एक तरह से उसने अपनी संस्कृति की पोशाक पर एक पैबंद सिल दिया है। फिर वह कहता है, 'डॉ. पीटरसन, आपके साथ यह थेरेपी सत्र बहुत बढ़िया रहा।' मैं बिना कुछ बोले, सिर्फ अपना सिर हिलाकर उसकी बात से सहमति जताता हूँ। स्पष्ट है कि अगर आप अपना मुँह बंद

रखें, तो काफी बुद्धिमान दिख सकते हैं।

जब मैं मरीज से बात नहीं भी कर रहा होता, तब भी मैं उसका सहयोगी और विपक्षी, दोनों होता हूँ। मैं इसे बदल नहीं सकता। मेरी प्रतिक्रिया मेरे चेहरे के हाव-भावों से व्यक्त होती है, भले ही वे हाव-भाव कितने भी सूक्ष्म या बारीक हों। तो जैसा कि फ्रायड ने जोर देकर कहा था और सही कहा था - जब मैं चुप होता हूँ, तब भी मैं संवाद कर रहा होता हूँ। हालाँकि मैं मरीजों के थेरेपी सत्र में खुद भी बोलता हूँ पर मुझे ये कैसे पता चलता है कि मुझे कब कुछ कहना है? पहली बात तो ये, जैसा कि मैंने कहा, 'मैं अपना दिमाग ठंडा रखता हूँ। मैं सही ढंग से अपना लक्ष्य तय करता हूँ। मैं चाहता हूँ कि चीज़ें बेहतर हों।' इस लक्ष्य को देखते हुए मेरा मन स्वत: ही सही दिशा में कार्य करने लगता है। यह मरीज के साथ थेरेपी के दौरान होनेवाली बातचीत के जरिए ऐसी प्रतिक्रिया पैदा करने की कोशिश करता है, जो हमें लक्ष्य के और करीब ले जाए। मैं अंदरूनी तौर पर यह गौर कर रहा होता हूँ कि वास्तव में क्या हो रहा है। मैं अपनी प्रतिक्रिया का खुलासा करता हूँ। यह पहला नियम है। उदाहरण के लिए कभी-कभी जब कोई मरीज कुछ कहता है और मेरे मन में उसके बारे में कोई खयाल आता है या कोई ऐसी फंतासी आकार लेने लगती है, जिसका संबंध आमतौर पर ऐसी किसी बात से होता है, जो उस मरीज ने कुछ देर पहले या किसी पिछले सत्र में कही होती है, तो फिर मैं उस मरीज को निष्पक्षतापूर्वक अपना खयाल या वह फंतासी बता देता हूँ। मैं कहता हूँ, 'तुमने फलाँ बात कही थी और मैंने पाया कि मैं उसे लेकर जागरूक हो गया हूँ।' फिर हम दोनों उस पर चर्चा करते हैं। हम यह समझने की कोशिश करते हैं कि मेरी प्रतिक्रिया का अर्थ कितना प्रासंगिक है। कभी-कभी शायद मेरी प्रतिक्रिया मेरी अपनी किसी चीज़ से संबंधित होती है। फ्रायड का भी यही कहना था। पर कभी-कभी मेरी प्रतिक्रिया, एक तटस्थ लेकिन अपना खुलासा करनेवाले इंसान के प्रति, सकारात्मक झुकाव रखनेवाले इंसान की प्रतिक्रिया जैसी भी होती है। यह सचमुच बहुत सार्थक और कभी-कभी सुधार लानेवाली चीज़ है। हालाँकि कभी-कभी ऐसा भी होता है कि वह सुधार मेरे अंदर आता है।

आपको अन्य लोगों से मेल-जोल रखना होगा। थेरेपी देनेवाला मनोचिकित्सक भी ऐसा ही एक व्यक्ति है। एक अच्छा मनोचिकित्सक आपको सच-सच बताएगा कि वह क्या सोचता है (पर इसका अर्थ यह नहीं है, वह आपको जो बता रहा है, वही सच है। ये दोनों बातें अलग-अलग हैं) यानी इस तरह आपको कम से कम

एक व्यक्ति तो ईमानदारी से अपना मत बता रहा है। यह ऐसी चीज़ नहीं है, जो आपको आसानी से मिलती हो और ऐसा भी नहीं है कि ऐसी राय महत्वपूर्ण न हो। मनोचिकित्सकीय प्रक्रिया की कुंजी भी यही है : दो लोगों द्वारा एक-दूसरे को सच बताना और एक-दूसरे की बात सुनना।

आपको दूसरे की बात कैसे सुननी चाहिए?

बीसवीं सदी के महान मनोचिकित्सकों में से एक कार्ल रॉजर्स सुनने के महत्त्व को बहुत अच्छी तरह समझते थे। वे लिखते हैं, 'हममें से ज़्यादातर लोग सुनना नहीं जानते; हम सामनेवाले का और उसकी बातों का मूल्यांकन करने के लिए मानो मज़बूर होते हैं क्योंकि सुनना बहुत खतरनाक है। सुनने की पहली शर्त है, साहस होना और हमारे अंदर साहस नहीं होता।' कार्ल रॉजर्स जानते थे कि सुनना लोगों में बदलाव ला सकता है। इस बारे में उनका कहना था, 'आपमें से कुछ लोगों को लगता होगा कि आप सुनने की कला में माहिर हैं और इस मामले में आपको कभी नकारात्मक परिणाम नहीं मिले हैं। इस बात की भी पूरी संभावना है कि मैं जिस तरीके से सुनने का सुझाव देता हूँ, आपका सुनने का तरीका उससे अलग हो।' कार्ल रॉजर्स का सुझाव यह था कि उनके पाठकों को अगली बार जब भी किसी चर्चा के दौरान विवाद का सामना करना पड़े, तो वे एक छोटा सा प्रयोग करें: कुछ देर के लिए चर्चा बंद करके यह नियम लागू कर दें कि 'जिन दो लोगों के बीच विवाद हो रहा है, वे दोनों अपनी बात तभी कह सकते हैं, जब वे सामनेवाले द्वारा व्यक्त किए गए विचारों और भावनाओं को एक बार स्वयं दोहराएँ। साथ ही सामनेवाले को लगना चाहिए कि उसके विचार और भावनाओं को सही-सही दोहराया गया है।' अपने निजी जीवन में और मनोचिकित्सक के अपने काम के दौरान मैंने पाया कि यह तकनीक वाकई बड़ी कारगर है। मैं नियमित रूप से लोगों द्वारा कही गई बात के सारांश को दोहराते हुए उनसे पूछ लेता हूँ कि क्या उनके मुताबिक मैं उनकी बात को सही-सही समझ गया हूँ। कभी-कभी वे मेरे उस सारांश को स्वीकार कर लेते हैं और कभी-कभी वे उसमें कोई छोटा-मोटा सुधार करने को कहते हैं। कभी-कभी ऐसा भी होता है कि मैंने उनकी बात का जो अर्थ समझा होता है, वह बिलकुल गलत है। यह सब जान पाना वाकई सकारात्मक है।

सारांश की इस प्रक्रिया के कई फायदे हैं। पहला फायदा यह है कि मैं वास्तव में समझ जाता हूँ कि सामनेवाला क्या कह रहा है। इस बारे में कार्ल रॉजर्स कहते हैं, 'ये बड़ा आसान लगता है। है ना? पर जब आप इसे आजमाते हैं, तब आपको

पता चलता है कि आपने आज तक जो कुछ भी आजमाया है, यह उनमें से सबसे मुश्किल चीज़ों में से एक है।' अगर आप सचमुच किसी व्यक्ति को इस तरह समझते हैं, अगर आप उसके निजी संसार में दाखिल होने को तैयार हैं और जिंदगी को उसके नज़रिए से देखने को तैयार हैं, तो इसमें यह जोखिम भी होता है कि कहीं आप खुद भी न बदल जाएँ। जब आप उसके नज़रिए से देखते हैं, तो पाते हैं कि आपका दृष्टिकोण और व्यक्तित्व उससे प्रभावित हो रहा है। सामनेवाले के इस प्रभाव से खुद में बदलाव आने का जोखिम दरअसल सबसे भयावह संभावनाओं में से एक है। रॉजर्स के ये शब्द इतने महत्वपूर्ण हैं कि इन्हें सलामी दी जानी चाहिए।

सारांश प्रक्रिया का दूसरा फायदा है, व्यक्ति को पूर्णता से समझने का मौका मिलना और स्मृति की उपयोगिता। ज़रा इस स्थिति पर विचार कीजिए : मेरा कोई मरीज थेरेपी के दौरान अपने जीवन के एक मुश्किल दौर का विस्तृत, आड़ा-टेढ़ा और भावनात्मक ब्यौरा सुनाता है। जिसका हम दोनों मिलकर एक सारांश निकालते हैं। यह नया ब्यौरा या सारांश, मूल ब्यौरे के मुकाबले काफी संक्षिप्त होता है। अब यह संक्षिप्त ब्यौरा उसकी (और मेरी भी) स्मृति में ठीक उसी रूप में अंकित हो जाता है, जिस रूप में हमने उस पर चर्चा की है। अब यह कई मायनों में एक अलग किस्म की, और अगर हम भाग्यशाली रहे, तो पहले से कहीं बेहतर स्मृति बन चुकी है। अब यह पहले के मुकाबले कम बोझिल है। इसमें से व्यर्थ की बातें निकाल दी गई हैं और जो बचा है, वह मरीज के मूल ब्यौरे का भावार्थ है। हमने उसकी कहानी का मूल अर्थ निकाल लिया है। मरीज के साथ जो कुछ भी घटा, यह उसका सार है। उस घटना के पीछे के कारण को एक विवरण में बदल दिया गया है। इसे इस अंदाज में सूत्रबद्ध किया गया है कि भविष्य में इसके बारे में बताते समय इसकी त्रासदी और पीड़ा के दोहराव से बचा जा सके। 'ऐसा हुआ है। यह कारण था। आगे से ऐसी चीज़ों से बचने के लिए मुझे ये करना होगा': यह एक सफल स्मृति है और यही स्मृति का उद्‌देश्य भी है। आपको अपना अतीत इसलिए याद नहीं होता है ताकि आप उसका 'सही-सही रिकार्ड' रखें बल्कि इसलिए याद होता है ताकि उसकी मदद से आप भविष्य के लिए तैयार रहें।

कार्ल रॉजर्स की इस प्रणाली का तीसरा फायदा है कि यह भ्रांति फैलानेवाले मिथ्या तर्कों के लिए मुश्किलें खड़ी कर देता है। जब कोई आपका विरोध कर रहा हो, तो उसकी बातों का अति-सरलीकरण कर देना, उसका मखौल बनाना या उसके विचारों को तोड़-मरोड़कर पेश करना बहुत आसान होता है। यह एक उल्टा खेल

है, जिसे प्रतिद्वंदी को नुकसान पहुँचाने और आपकी निजी प्रतिष्ठा को अनुचित रूप से बढ़ाने के लिए तैयार किया गया है। इसके विपरीत अगर आपको किसी के मत का सारांश बताने के लिए बुलाया जाता है ताकि बोलनेवाला भी आपके सारांश से सहमत हो सके, तब आपको उनकी दलीलों को उनसे भी अधिक स्पष्ट और संक्षेप में बताना पड़ सकता है। यानी अगर आप शैतान की दलीलों को देखते हुए उन्हें उनका उचित देय पहले ही दे देते हैं, तो आप (1) उसका महत्त्व जानकर इस प्रक्रिया के दौरान उससे कुछ सीख सकते हैं, या फिर (2) उसके मुकाबले अपना दर्जा बढ़ा सकते हैं (तब जब आप अभी भी मानते हों कि वह गलत है) और उसकी चुनौती के जवाब में अपने तर्क को मज़बूत बना सकते हैं। इससे आप बहुत सशक्त हो जाएँगे। फिर आपको अपने प्रतिद्वंदी की बात को गलत ढंग से प्रस्तुत करने की ज़रूरत ही नहीं पड़ेगी (और हो सकता है कि आप अपने और उसके बीच की खाई को कुछ हद तक पार कर सकें)। इसके साथ ही आप अपने संदेहों से निपटने में भी और बेहतर हो जाएँगे।

कभी-कभी यह समझने में काफी समय लग जाता है कि जो व्यक्ति आपके सामने बोल रहा है, उसकी बातों का असली आशय क्या है। क्योंकि अक्सर लोग अपने विचारों को पहली बार व्यक्त कर रहे होते हैं। इसलिए वे विषय से भटके बिना या विरोधाभासी और निरर्थक किस्म के दावे किए बिना अपनी बात सामने रख ही नहीं पाते। आंशिक रूप से ऐसा इसलिए होता है क्योंकि बोलना (और सुनना) अक्सर याद करने से ज़्यादा भूलने से जुड़ा होता है। किसी घटना पर चर्चा करने, खासकर किसी भावनात्मक घटना पर चर्चा करने का अर्थ होता है, यह तय करना कि अपनी बात कहते समय आहिस्ता-आहिस्ता उसके कौन से विवरणों को छोड़ते जाना है। जैसे किसी करीबी की मृत्यु या गंभीर बीमारी वगैरह। हालाँकि बात की शुरुआत करने के लिए उससे जुड़े गैर-ज़रूरी पहलुओं को भी शब्दों में व्यक्त करना ज़रूरी होता है। भावनात्मक वक्ता को अपने पूरे अनुभव को विस्तार से सामने रखना चाहिए। सिर्फ तभी उसका केंद्रीय आख्यान - कारण और परिणाम - प्रकाश में आता है या स्पष्ट ढंग से व्यक्त हो पाता है। इसके बाद ही उस कहानी का सार निकाला जा सकता है।

कल्पना कीजिए कि आपके पास सौ-सौ डॉलर के नोटों की एक गड्डी है, जिसमें से कुछ नोट नकली हैं। नकली नोटों को पहचानने के लिए गड्डी के सारे नोटों को टेबल पर फैलाकर रखना होगा, तभी असली और नकली नोट का बारीक फर्क

पहचाना जा सकेगा। जब आप किसी को सचमुच सुन रहे हों, किसी समस्या का हल ढूँढ़ने की कोशिश कर रहे हों या कोई महत्वपूर्ण संवाद कर रहे हों, तो आपको ऐसे ही विधिपूर्वक ढंग से काम करना होता है। गड्डी के कुछ नकली नोटों के बारे में जानने के बाद भी अगर आप जल्दबाजी में होंगे या नकली नोट पहचानने के लिए ज़रूरी कोशिश करने के इच्छुक नहीं होंगे तो आप लापरवाही से सारे नोटों को खारिज कर देंगे। ऐसा करने से आप कभी उस गड्डी के नकली नोटों को पहचानना नहीं सीख पाएँगे या यूँ कहें कि किसी मामले में महत्वपूर्ण और अमहत्वपूर्ण चीज़ों को एक-दूसरे से अलग-अलग करना नहीं सीख पाएँगे।

अगर आप लोगों को फौरन आँकने या उनके बारे में फौरन कोई फैसला लेने के बजाय उन्हें गौर से सुनेंगे, तो पाएँगे कि आमतौर पर लोग आपको वह सब बता देते हैं, जो वे सोच रहे होते हैं और बताते वक्त वे छल भी नहीं करेंगे। लोग आपको बड़ी ही आश्चर्यजनक, दिलचस्प और यहाँ तक कि बेतुकी बातें भी बता देंगे। फिर आपकी बातचीत बहुत कम मौकों पर ही उबाऊ होगी (आप बड़ी आसानी से यह समझ सकते हैं कि कब आप सामनेवाले को गौर से नहीं सुन रहे हैं। दरअसल जब भी आपकी बातचीत उबाऊ होने लगे, तो समझ जाइए कि आपने सामनेवाले को सुनना बंद कर दिया है)।

आरंभिक प्रभुत्व आधारित पदानुक्रम कौशल और चतुराई

हर प्रकार का सोचना, वास्तव में सोचना नहीं है और न ही हर प्रकार का सुनना बदलाव को बढ़ावा देता है। दोनों के अन्य उद्देश्य भी होते हैं, जिनमें से कुछ के परिणाम अपेक्षाकृत कम मूल्यवान, अन-उत्पादक और यहाँ तक कि खतरनाक भी हो सकते हैं। उदाहरण के लिए दो लोगों के बीच हो रही कोई ऐसी बातचीत, जिसमें से एक वक्ता सिर्फ इसलिए बोल रहा हो ताकि वह डॉमिनेन्स हाईरार्की (प्रभुत्व आधारित पदानुक्रम) में अपनी जगह बना सके या उसकी पुष्टि कर सके। उनमें से एक व्यक्ति किसी ऐसी घटना से जुड़ा कोई किस्सा सुनाता है, जिसमें कुछ अच्छी, बुरी और आश्चर्यजनक चीज़ें हों ताकि उनके चलते उस किस्से को सुनकर लगे कि हाँ, इसे सुनना वाकई अच्छा रहा। इसके बाद दूसरा वक्ता, जो अब एक कम दिलचस्प व्यक्ति के तौर पर अपनी संभावित दोयम दर्जे की हैसियत को लेकर चिंतित है - फौरन किसी बेहतर, बदतर या अधिक आश्चर्यजनक चीज़ के बारे में सोचता है ताकि पहले वक्ता के सामने टिक सके। यह कोई ऐसी स्थिति नहीं है, जहाँ आपस में बातचीत कर रहे दो लोग एक जैसे विषयों पर चर्चा करते हुए मिलकर

उसका आनंद उठाने के लिए सच्चे दिल से एक-दूसरे को छेड़ रहे होते हैं। क्योंकि ऐसा करने का अर्थ है, एक-दूसरे के साथ मज़ाकिया ढंग से पेश आते हुए अपनी स्थिति बेहतर बनाना, जो कि सामान्य बात है। जब दो लोग आपस में बातचीत कर रहे होते हैं, तो आप उन्हें देखकर यह अंदाजा आसानी से लगा सकते हैं कि उनकी बातचीत इनमें से किस श्रेणी में आती है। जब बातचीत करते समय वक्ता को अपनी हैसियत की चिंता होती है, तो वक्ता के साथ उन लोगों में भी शर्मिंदगी का भाव आ जाता है, जो यह फौरन समझ जाते हैं कि फलाँ बात झूठ है या उसे बढ़ा-चढ़ाकर बोला गया है।

बातचीत का एक और रूप है, जो इसके साथ बारीकी से संबद्ध है। इस प्रकार की बातचीत में कोई भी वक्ता किसी अन्य वक्ता को सुन तक नहीं रहा होता। बल्कि जब एक वक्ता बोल रहा होता है, तो उसकी बात सुनने के बजाय सामनेवाला यह तय करने में लगा होता है कि इसके बाद उसे क्या बोलना है। इसके चलते वह अक्सर विषय से भी भटक जाता है क्योंकि वह तो बस इस उत्सुकता से घिरा होता है कि उसके बोलने की बारी कब आएगी। उसे पता ही नहीं होता कि सामनेवाला क्या बोल रहा है क्योंकि वह उसे सुन ही नहीं रहा होता। जिसके चलते आमतौर पर उनके बीच की बातचीत आगे बढ़ने के बजाय किसी एक बिंदु पर आकर अटक जाती है। यह स्थिति उनके लिए बड़ी आम होती है, जो बातचीत के दौरान शांत थे। वे कुछ हद तक शर्मसार होकर कभी-कभी एक-दूसरे की ओर तब तक देखते हैं, जब तक कि हर कोई वहाँ से उठकर चला नहीं जाता या फिर उनमें से कोई व्यक्ति कोई मज़ाकिया बात बोलकर इस तनावपूर्ण माहौल को फिर से हल्का-फुल्का नहीं बना देता।

बातचीत का एक अन्य रूप भी है, जिसमें कोई एक वक्ता अपने दृष्टिकोण को सही ठहराकर अन्य वक्ताओं से जीतना चाहता है। यह भी डॉमिनेन्स हाईरार्की से जुड़ी बातचीत का एक अन्य संस्करण है। यह आमतौर पर विचारधारा से संबंधित बातचीत होती है। इस बातचीत के दौरान वक्ता का प्रयास होता है कि वह (1) अपने सामने मौजूद दूसरे वक्ता के दृष्टिकोण का मज़ाक उड़ाए या उसे नीचा दिखाए, जो उससे विपरीत सोच रखता है। (2) ऐसा करते समय सिर्फ उन्हीं साक्ष्यों को चुन-चुनकर सामने रखे, जो उसके अपने पक्ष को सही साबित करते हों और अंततः (3) श्रोताओं (जिनमें से ज़्यादातर पहले से ही उसकी विचारधारा के समर्थक होते हैं) को अपने दावे की वैधता के जरिए प्रभावित करे। ऐसा करने का उद्‌देश्य

होता है, व्यापक रूप से एक-पक्षीय और अतिसरलीकृत दृष्टिकोण के लिए समर्थन हासिल करना। यानी ऐसी बातचीत का उद्देश्य होता है, श्रोताओं को यह महसूस करवाना कि उस विषय पर उन्हें अपना दिमाग इस्तेमाल करते हुए स्वयं कोई सोच-विचार करने की ज़रूरत है ही नहीं। जो व्यक्ति इस ढंग से बातचीत करता है, उसे लगता है कि बातचीत या बहस में जीतने का अर्थ यह है कि उसका दृष्टिकोण सही है और उसके ऐसा करने से डॉमिनेन्स हाईरार्की की उस धारणा-संरचना को वैधता मिलती है, जिससे उसका अपना तादात्म्य सबसे अधिक है। आमतौर पर इसमें कोई आश्चर्य की बात भी नहीं है - वह हाईरार्की (पदानुक्रम) होती है, जिसमें उसे सबसे अधिक सफलता हासिल हुई हो या फिर वह हाईरार्की जिसके प्रति उसका अपना झुकाव सबसे अधिक हो। राजनीति और अर्थशास्त्र से जुड़ी लगभग सभी चर्चाएँ कुछ इसी प्रकार की होती हैं, जिनमें हर वक्ता, अपने विरोधी वक्ता से कुछ सीखने के बजाय या कोई नया तरीका स्वीकार करने (कम से कम नएपन के लिए ही सही) के बजाय पहले से तय किसी दृष्टिकोण को सही ठहराने में जुटा होता है। यही कारण है कि रूढ़िवादी और उदारवादी, दोनों ही किस्म के लोगों का विश्वास होता है कि वे जिस चीज़ को सही मानते हैं, वह बिलकुल स्पष्ट है और उसे किसी प्रमाण की ज़रूरत नहीं है। ऐसा खासतौर पर तब ज़रूर होता है, जब वे समय के साथ अपनी सोच को लेकर अतिवादी रवैया अपना लेते हैं। इस तरह की स्वभाव आधारित धारणाओं से एक पूर्वानुमानित निष्कर्ष निकलता है - पर सिर्फ तभी, जब आप इस तथ्य को नज़रअंदाज कर देते हैं कि धारणाएँ अपने आपमें अस्थिर और परिवर्तनशील होती हैं।

अपने सामने मौजूद वक्ता को सचमुच सुननेवाली बातचीत के मुकाबले यह बातचीत काफी अलग होती है। जब कोई ऐसी बातचीत हो रही हो, जहाँ हर कोई एक-दूसरे को पूरी सच्चाई से सुन रहा हो, तो एक समय पर एक ही व्यक्ति बोल रहा होता है और बाकी लोग उसे सुन रहे होते हैं। जो व्यक्ति बोल रहा होता है, उसे यह मौका दिया गया होता है कि उसकी बातों से किसी घटना - आमतौर पर कोई दुःखद या त्रासद घटना पर गंभीरता से चर्चा हो सके। इस स्थिति में उसके सारे श्रोता सहानुभूतिपूर्ण ढंग से अपनी प्रतिक्रिया देते हैं। इस तरह की बातचीत महत्वपूर्ण है क्योंकि वक्ता उस घटना के बारे में बोलते समय अपने मन में उसके सभी पहलुओं को एक-एक करके व्यवस्थित करने का प्रयास कर रहा होता है। घटना से जुड़े तथ्य इतने महत्वपूर्ण होते हैं कि उन्हें दोहराया भी जा सकता है: बातचीत से लोग

अपने दिमाग को भी व्यवस्थित करते हैं। अगर उनके पास ऐसा कोई न हो, जिसे वे अपनी कहानी बता सकें, तो वे परेशान हो जाते हैं। जिस तरह ढेर सारी चीज़ें इकट्ठा करनेवाले खुद उसमें से फालतू चीज़ें अलग नहीं कर पाते, ठीक उसी तरह लोग भी दूसरों को अपनी कहानी बताए बिना अकेले अपना मन हल्का नहीं कर पाते। किसी भी व्यक्ति के मन-मानस को एकीकृत रखने के लिए समाज का योगदान ज़रूरी है। इसी बात को दूसरे शब्दों में कहें, तो एक व्यक्ति को गढ़ने के लिए पूरे समाज की ज़रूरत होती है।

अधिकांशत: इंसान का स्वस्थ मानसिक संचालन दूसरों की प्रतिक्रियाओं का इस्तेमाल करके अपने जटिल सेल्फ को कायम रखने की उसकी क्षमता का परिणाम होता है। हमारी विवेक संबंधी समस्याएँ दरअसल बाहरी स्रोतों से आती है। इसीलिए हर माता-पिता की मौलिक जिम्मेदारी है कि वे अपने बच्चों की ऐसी परवरिश करें कि समाज उन्हें स्वीकार कर सके। अगर किसी व्यक्ति का व्यवहार ऐसा है, जिसे अन्य लोग आसानी से स्वीकार कर लेते हैं, तो उसे बस खुद को एक सामाजिक संदर्भ में स्थापित करने की ज़रूरत होती है। फिर वह जो कहता है या जो करता है, उसके प्रति दिलचस्पी जताकर या उससे ऊबकर, उस पर मुस्कुराकर या न मुस्कुराकर, उसकी टाँग खींचकर या उसका मज़ाक उड़ाकर, यहाँ तक कि उस पर त्यौरियाँ चढ़ाकर भी लोग अपनी ओर से यह संकेत दे देते हैं कि उसके कर्म या कथन जैसे होने चाहिए, वैसे हैं या नहीं। अपनी प्रतिक्रियाओं में तो हर कोई, हमेशा एक-दूसरे के सामने आदर्श की इच्छा ही व्यक्त कर रहा होता है। इस इच्छा के अनुसार किए जानेवाले व्यवहार के लिए हम सब समाज में एक-दूसरे को पुरस्कृत भी करते हैं और जब ऐसा नहीं होता, तो हम एक-दूसरे को दंडित भी करते हैं - ऐसा सिर्फ उसी स्थिति में नहीं होता, जब हम जानते-बूझते परेशानियाँ मोल ले रहे हों।

सच्चे ढंग से होनेवाली बातचीत के दौरान सहानुभूतिपूर्ण प्रतिक्रिया इस बात का संकेत होती है कि बातचीत में जो व्यक्ति बोल रहा है, वह मूल्यवान है और वह जो कहानी बता रहा है, उसे न सिर्फ समझा जा सकता है बल्कि वह महत्वपूर्ण, गंभीर और विचार करने योग्य भी है। जब ये बातचीत किसी एक विशिष्ट समस्या पर केंद्रित होती है, तो महिलाएँ और पुरुष एक-दूसरे की बातों को अक्सर गलत समझ लेते हैं। पुरुषों पर अक्सर यह आरोप लगता है कि वे बातचीत के दौरान 'चीज़ों को ठीक करने' के लिए कुछ ज़्यादा ही जल्दबाजी में रहते हैं। इस आरोप

से पुरुषों को निराशा होती है क्योंकि उन्हें समस्याओं को कुशलतापूर्वक हल करना पसंद होता है। महिलाएँ पुरुषों को अक्सर ऐसे कार्यों के लिए ही पुकारती हैं। मेरे पुरुष पाठकों के लिए यह समझना आसान होगा कि यह कारगर क्यों नहीं होता। हालाँकि अगर उन्हें इसका एहसास हो जाए और वे यह याद रखें कि किसी समस्या को सुलझाने से पहले उसे सटीक ढंग से परिभाषित करना ज़रूरी है, तो उनके लिए ये सब आसान हो सकता है। दरअसल महिलाएँ जब किसी विषय पर चर्चा करती हैं, तो आमतौर पर उनका इरादा समस्या को परिभाषित करने का होता है। साथ ही उनके लिए यह भी ज़रूरी होता है कि समस्या को परिभाषित करने की प्रक्रिया में स्पष्टता सुनिश्चित करने के लिए उन्हें सुना जाए और उनसे पूछा जाए। इसके बाद भी अगर कोई समस्या बचती है, तो उसे आसानी से सुलझाया जा सकता है। (यहाँ सबसे पहले इस बात पर ध्यान दिया जाना चाहिए कि समस्या को जल्द से जल्द सुलझाने की प्रवृत्ति दरअसल समस्या को परिभाषित करने के लिए ज़रूरी बातचीत से बचने की प्रवृत्ति की ओर भी इशारा करती है।)

बातचीत का एक अन्य संवादीय संस्करण है लेक्चर। एक लेक्चर कुछ और नहीं बल्कि बातचीत ही होता है। लेक्चर देनेवाला बोलता है पर श्रोता उसके साथ अमौखिक रूप से संवाद करते हैं। इंसानों के बीच अधिकतर संवाद और व्यवहार – अधिकांशत: भावनात्मक सूचना का वितरण – इसी तरह होता है। यानी मुद्रा प्रदर्शन और चेहरे के हाव-भाव द्वारा एक अच्छा लेक्चर देनेवाला न सिर्फ तथ्य बताता है, बल्कि उन तथ्यों के बारे में कोई किस्सा या कहानी सुनाते हुए श्रोताओं की समझने की क्षमता के अनुसार उनके सामने तथ्यों को सटीक ढंग से प्रस्तुत करता है। शायद तथ्य लेक्चर का सबसे कम महत्वपूर्ण हिस्सा है। वह श्रोताओं की समझने की क्षमता का पता यह देखकर लगाता है कि वे उसका लेक्चर सुनने में कितनी दिलचस्पी ले रहे हैं। वह जो कहानी कह रहा होता है, वह न सिर्फ तथ्यों को श्रोताओं तक पहुँचाती है बल्कि यह भी बताती है कि वे तथ्य प्रासंगिक क्यों हैं – और फिलहाल श्रोता जिन चीज़ों के प्रति अनजान है, उन्हें जानना क्यों ज़रूरी है। कुछ विशिष्ट तथ्यों के महत्त्व को प्रदर्षित करने का अर्थ है, श्रोताओं को यह बताना कि ऐसा ज्ञान उनके व्यवहार को कैसे बदल सकता है और वे संसार को जिस तरीके से देखते और समझते हैं, उसे कैसे प्रभावित कर सकता है। ताकि वे बाधाओं से बचने में सक्षम बन सकें और बेहतर लक्ष्य के रास्ते में और तेजी से आगे बढ़ सकें।

इस प्रकार एक अच्छा लेक्चर देनेवाला अपने श्रोताओं के साथ मिलजुलकर

चर्चा करता है, न कि उनके सामने बस कोई भाषण पढ़ देता है। वह ऐसा कर सके, इसके लिए ज़रूरी है कि वह श्रोताओं की हर प्रतिक्रिया, हावभाव, इशारे और ध्वनि को बारीकी से जान और समझ सके। पर सिर्फ श्रोताओं की ओर देखते हुए ऐसा कर पाना संभव नहीं है। एक अच्छा लेक्चर देनेवाला श्रोताओं के सामने 'भाषण प्रस्तुत करने' जैसा कोई घिसा-पिटा तरीका अपनाने के बजाय उनसे सीधा संवाद कायम करते हुए हर श्रोता की प्रतिक्रिया पर गौर करता है। 'भाषण प्रस्तुत करना' एक ऐसी चीज़ है, जिसमें कुछ भी सही नहीं है। लेक्चर कोई प्रस्तुत करनेवाली चीज़ नहीं है। लेक्चर में आप श्रोताओं से सीधा संवाद कायम करते हैं। इसी तरह 'भाषण' देने जैसा कुछ तब तक नहीं होता, जब तक उसे पहले से लिखकर तैयार न किया गया हो और ऐसा होना भी नहीं चाहिए। इसी तरह 'श्रोताओं' जैसा भी कुछ नहीं होता। बस व्यक्ति होते हैं, जिन्हें चर्चा में शामिल करना ज़रूरी होता है। एक सक्षम और पर्याप्त अभ्यास कर चुका सार्वजनिक वक्ता अपने लेक्चर की शुरुआत किसी एक व्यक्ति को संबोधित करते हुए करता है और उस व्यक्ति द्वारा 'हाँ' या 'ना' में सिर हिलाने, उसके भ्रमित होने और त्यौरियाँ चढ़ाने जैसे हाव-भाव और संकेतों पर गौर करता है, उन पर उचित व सीधी प्रतिक्रिया भी देता है। फिर कुछ विचारों के इर्द-गिर्द बोले गए वाक्यांशों के बाद वह अपनी नज़रें किसी अन्य श्रोता पर केंद्रित कर लेता है और एक बार फिर वही सब करता है, जो पिछले श्रोता की ओर देखते हुए किया था। इस तरह वह श्रोताओं के एक पूरे समूह के रवैये का अनुमान लगाते हुए उस पर अपनी प्रतिक्रिया दे रहा होता है (आज तक ऐसा ही होता आया है)।

बातचीत के कुछ रूप ऐसे भी होते हैं, जो मूल रूप से हँसी-मज़ाक की क्षमता प्रदर्षित करने का काम करते हैं। इनमें भी प्रभुत्व का तत्त्व होता है, पर इसमें हर वक्ता का लक्ष्य होता है, सबसे अधिक मनोरंजक वक्ता बनना (यह ऐसी उपलब्धि है, जो बातचीत में हिस्सा लेनेवाले हर वक्ता को भी आनंदित करती है)। जैसा कि मेरे एक मज़ाकिया स्वभाववाले दोस्त ने कहा था, 'इस तरह की बातचीत का उद्‌देश्य वे बातें कहना होता है, जो या तो हास्यपूर्ण हों या सच हों। चूँकि सच और हास्य अक्सर एक-दूसरे के करीबी सहयोगी होते हैं इसलिए उनसे मिलकर तैयार हुई कोई भी बातचीत कारगर सिद्ध होती है। मेरा मानना है कि यह बुद्धिमान नौकरीपेशा व्यक्तियों द्वारा की जानेवाली बातचीत हो सकती है। मैं खुद भी उत्तरी अल्बर्टा में अपने साथ पले-बढ़े लोगों के साथ और बाद में कैलीफोर्निया में मिले नौसैनिकों के साथ व्यंग्य, हँसी-मज़ाक, छेड़-छाड़ और आमतौर पर बेहद मज़ाकिया बातचीत

का हिस्सा रह चुका हूँ। ये नौसैनिक मेरे एक परिचित लेखक के दोस्त थे, जो बेहद लोकप्रिय कहानियाँ लिखता था। वे सब बुरी से बुरी और भयावह बातें कहने से भी नहीं चूकते थे, बस वे बातें हास्यपूर्ण और मज़ाकिया होनी चाहिए।

मैं हाल ही में अपने इस लेखक दोस्त के चालीसवें जन्मदिन समारोह में शामिल होने के लिए लॉस एंजिलस गया था। इस समारोह में उसने अपने एक नौसैनिक दोस्त को भी बुलाया था, जो उन्हीं नौसैनिकों में से एक था, जिनका मैंने अभी-अभी जिक्र किया था। हालाँकि इस समारोह के कुछ महीनों पहले लेखक की पत्नी को एक गंभीर बीमारी हो गई थी, जिससे निपटने के लिए ब्रेन सर्जरी कराने की ज़रूरत थी। मेरे लेखक दोस्त ने अपने उस नौसैनिक दोस्त को फोन किया और पत्नी की बीमारी के बारे में भी उसे बताया। साथ ही यह भी कहा कि शायद इसके कारण उसे अपना जन्मदिन समारोह रद्द करना पड़े। यह सुनते ही उस नौसैनिक ने जवाब दिया, 'तुम्हें क्या लगता है कि सिर्फ तुम ही परेशानियाँ झेल रहे हो? मैं भी तो परेशान हूँ! मैंने तुम्हारे समारोह में आने के लिए हवाई जहाज का टिकट बुक कर लिया था, जिसे रद्द कराने पर रिफंड भी नहीं मिलेगा।' यह कहना मुश्किल है कि कितने लोगों को ऐसा जवाब मज़ाकिया लगेगा। हाल ही में मैंने इस घटना का जिक्र अपने कुछ नए परिचितों से किया, तो वे हँसने के बजाय हैरान रह गए। मैंने बचाव में कहा कि 'नौसैनिक का मज़ाक दरअसल यह संकेत देता है कि वह अपने लेखक दोस्त और उसकी पत्नी का बहुत सम्मान करता है क्योंकि वे दोनों भी बीमारी का सामना पूरी हिम्मत से कर रहे हैं।' हालाँकि मैं अपने इस तर्क से अपने परिचितों को संतुष्ट नहीं कर सका। इसके बावजूद मेरा यही मानना है कि नौसैनिक का मज़ाक लेखक और उसकी पत्नी के प्रति सम्मान का संकेत था और मुझे यह भी लगता है कि यह मज़ाक सचमुच बहुत हास्यपूर्ण था। उस नौसैनिक का मज़ाक ढीठपन और अराजकता की हद तक दुस्साहसी था। जिन लोगों के बीच सचमुच हास्यपूर्ण मज़ाक होते रहते हैं, वहाँ ढीठपन और दुस्साहस सामान्य बात है। लेखक दोस्त और उसकी पत्नी ने नौसैनिक के मज़ाक में छिपी तारीफ को पहचान लिया। वे दोनों समझ गए कि उनका नौसैनिक दोस्त जानता है कि वे दोनों इतने मज़बूत हैं कि इस तरह के प्रतिस्पर्धी मज़ाक (इसे भला और क्या नाम दिया जाए) का सामना भी कर सकते हैं। दरअसल यह लेखक और उनकी पत्नी के चरित्र की मज़बूती की परीक्षा जैसा था, जिसमें वे शानदार ढंग से सफल रहे थे।

मैंने पाया कि जैसे-जैसे मैं अपने कॅरियर में मनोविज्ञान के प्रोफेसर के तौर पर

एक यूनिवर्सिटी से दूसरी यूनिवर्सिटी में गया और जैसे-जैसे शिक्षा के क्षेत्र में और समाज में ऊँचा दर्जा हासिल किया, वैसे-वैसे बातचीत का यह रूप मेरे जीवन में कम होता गया। शायद इसका संबंध इस बात से नहीं है कि आप किस सामाजिक-वर्ग या जमात का हिस्सा हैं, हालाँकि फिर भी मुझे शक है कि इसके पीछे यही कारण है। या फिर शायद इसका कारण यह है कि अब मैं बूढ़ा हो रहा हूँ और जीवन के इस अंतिम दौर में जो दोस्त बनते हैं, उनके साथ युवावस्था में बने दोस्तों जैसी गहरी प्रतिस्पर्धी घनिष्ठता और उद्दंड चंचलता की कमी होती है। जब मैं अपना पचासवाँ जन्मदिन मनाने के लिए उत्तर में स्थित अपने घर गया, तो वहाँ मेरे पुराने दोस्तों ने मुझे इतना हँसाया कि मुझे कई बार हँसी के बीच में ठीक से साँस लेने के लिए दूसरे कमरे में जाना पड़ा। उन दोस्तों के साथ होनेवाली बातचीत सबसे मज़ेदार होती है और मुझे उनकी याद आती रहती है। ऐसे दोस्तों के साथ हँसी-मज़ाक के दौरान आपको भी उनके मज़ाक का जवाब देने के लिए तैयार रहना पड़ता है और साथ ही उनकी बातों से अपना अपमान कराने की जोखिम भी उठानी पड़ सकती है। लेकिन दोस्तों के बीच बैठकर ठहाके लगाते हुए उनके किसी मज़ाक, गाली या अपमान का जवाब देने में जो मज़ा है, वह कहीं और नहीं है। ऐसे माहौल में सिर्फ एक ही नियम होता है कि आपको उबाऊ नहीं होना चाहिए (हालाँकि मज़ाक-मज़ाक में किसी दोस्त का सचमुच अपमान करने की कोशिश करना वाकई गलत है)।

रास्ते में बातचीत

बातचीत का आखिरी रूप, जो सुनने के बराबर होता है, दरअसल आपस में नई चीज़ों को जानने-समझने का एक रूप है। इसके लिए वक्ता और श्रोता के बीच सच्चे आदान-प्रदान की ज़रूरत होती है। इसमें सभी को अपने विचारों को व्यवस्थित करने और अभिव्यक्ति करने का मौका मिलता है। नई चीज़ों को जानने-समझने के मकसद से होनेवाली इस किस्म की आपसी बातचीत का कोई न कोई तय विषय ज़रूर होता है, जो आमतौर पर न सिर्फ एक जटिल विषय होता है बल्कि बातचीत में शामिल सभी लोगों को उस विषय में सच्ची रुचि भी होती है। इस बातचीत में हर कोई अपनी-अपनी हैसियत की वैधता पर जोर देने के बजाय किसी समस्या को सुलझाने की कोशिश करता है। वे सब इस बातचीत में इसलिए सक्रिय होते हैं क्योंकि उन्हें आपस में यह पता होता है कि इस तरह वे कुछ सीख रहे हैं। सक्रिय दर्शन, विचार का सबसे उच्चतम रूप और उचित ढंग से जीने की सबसे अच्छी तैयारी इस प्रकार की बातचीत का मुख्य हिस्सा होती है।

इस प्रकार की बातचीत में शामिल लोगों को उन्हीं विचारों के बारे में चर्चा करनी चाहिए, जिनका इस्तेमाल करके वे अपनी धारणाएँ बनाते हैं और यह तय करते हैं कि उनके शब्द व कर्म क्या होंगे। उन्हें अपने दर्शन (Philosophy) के साथ अस्तित्वगत रूप से भी शामिल होना चाहिए यानी वे न सिर्फ उस दर्शन पर विश्वास करते हों और उसे समझते हों बल्कि उसे खुद जी भी रहे हों। इसके लिए ज़रूरी है कि उन्होंने अराजकता के बजाय व्यवस्था को चुनने की अपनी विशिष्ट इंसानी प्राथमिकता को भी, कम से कम अस्थायी तौर पर किनारे रख दिया हो। लेकिन यहाँ पर अराजकता से मेरा अर्थ उस विद्रोह से नहीं है, जो नासमझी में आकर असामाजिक लोग करते हैं। बातचीत के अन्य सभी रूप, सुननेवाले रूप को छोड़कर मौजूदा व्यवस्था को मज़बूत करने का प्रयास होते हैं। जबकि इसके विपरीत आपस में नई चीज़ों को जानने-समझने के लिए की जानेवाली बातचीत के लिए ऐसे लोगों की ज़रूरत होती है, जो यह तय कर चुके हों कि जानी-पहचानी चीज़ों के बजाय नई और अंजान चीज़ों से दोस्ती करना बेहतर है।

आखिरकार जो आप पहले से जानते हैं, वह तो आपको पता ही है - और जब तक आपका जीवन परिपूर्ण नहीं है, तब तक जितना आप जानते हैं, उतना काफी नहीं है। आपको बीमारी, आत्म-कपट, विद्वेष, विश्वासघात, भ्रष्टता, तकलीफ और अपनी सीमाओं का खतरा बना रहता है। आखिरी विश्लेषण करने पर आप पाएँगे कि आपको इन चीज़ों का सामना इसलिए करना पड़ता है क्योंकि आपको पता ही नहीं है कि खुद को इनसे कैसे बचाया जाए। अगर आपको पता होगा तो आप न सिर्फ अधिक स्वस्थ बल्कि अधिक ईमानदार भी होंगे। आपको कम पीड़ा झेलनी पड़ेगी। फिर आप विद्वेष और बुराई को देखते ही पहचान लेंगे, उसका विरोध करेंगे और यहाँ तक कि उस पर जीत भी हासिल कर लेंगे। फिर आप न तो अपने किसी दोस्त के साथ विश्वासघात करेंगे और न ही अपने व्यवसाय, प्रेम या राजनीति में झूठ और धोखेबाजी का सहारा लेंगे। आपके मौजूदा ज्ञान ने न तो आपको परिपूर्ण बनाया है और न ही आपको सुरक्षित रखा है। इसलिए स्पष्ट है कि मोटे तौर पर सिर्फ इतना ज्ञान अपर्याप्त है।

राजी करने, उत्पीड़ित करने, हावी होने और यहाँ तक कि मनोरंजन करने के बजाय आप दार्शनिक अंदाज में बात कर सकें, इसके लिए पहले आपको यह स्वीकार करना होगा कि आपका ज्ञान अपर्याप्त है। मनोवैज्ञानिक तौर पर कहें, तो जिस बातचीत में अराजकता और व्यवस्था के बीच हमेशा मध्यस्थता करनेवाले

शब्द कारगर हों, उस बातचीत को आप बरदाश्त कर सकें, इससे पहले आपको भी स्वीकार करना होगा कि आपका ज्ञान अपर्याप्त है। ऐसी बातचीत करने के लिए सामनेवाले के निजी अनुभवों का सम्मान करना भी ज़रूरी होता है। आपको यह मानना होगा कि वे सचेत, विचारशील और सच्चे निष्कर्ष तक पहुँचे हैं (उन्होंने वह सब किया होगा, जो इस धारणा को सही ठहराता हो)। आपको यह मानना होगा कि अगर उन्होंने अपने निष्कर्षों को आपके साथ साझा किया है, तो इसका अर्थ है कि अब आप समान चीज़ों को सीखने की तकलीफ से कुछ हद तक बच सकते हैं (क्योंकि दूसरों के अनुभवों से सीखने में न सिर्फ समय बचता है बल्कि इसमें खतरा भी अपेक्षाकृत बहुत कम होता है)। आपको सिर्फ जीत हासिल करने की रणनीतियाँ बनाते रहने के बजाय थोड़ा मनन भी करना चाहिए। अगर आप ऐसा करने में विफल हो जाते हैं या फिर इससे इनकार कर देते हैं, तो इसका अर्थ है कि आप स्वचालित रूप से सिर्फ उसी को दोहरा रहे हैं, जिस पर आप पहले से विश्वास करते हैं और बार-बार उसी को सच मानने पर जोर भी दे रहे हैं। पर अगर आप बातचीत के दौरान मनन करते हैं, तो आप सामनेवाले की बात भी सुनते हैं और ऐसी नई व मौलिक बातें कहते हैं, जो उनसे सहमत होने पर कहीं गहराई से निकली होती हैं।

यह कुछ ऐसा है, मानों आप ऐसी बातचीत के दौरान सामनेवाले को सुनते समय खुद को ही सुन रहे हों। आप यह वर्णन कर रहे हैं कि अन्य वक्ता से मिली नई जानकारी पर आपकी क्या प्रतिक्रिया है। आप बता रहे हैं कि उस जानकारी को पाकर आपको क्या लाभ हुआ, इसके माध्यम से आपके सामने कौन सी नई चीज़ें प्रकट हुईं, इसने आपकी पूर्वधारणाओं को कैसे बदला और इसके चलते कैसे आप नए सवालों के बारे में सोचने लगे? आप उस वक्ता को सीधे-सीधे ये बातें बता देते हैं, जिसका उस पर भी समान प्रभाव पड़ता है। इस तरह आप दोनों एक नई, व्यापक और बेहतर मंज़िल की ओर बढ़ने लगते हैं। चूँकि आप दोनों ने अपनी पूर्वधारणाओं को नष्ट होने दिया इसलिए आप दोनों में बदलाव आते हैं और आप अपना पुराना चोला उतारकर एक नए रूप में सामने आते हैं।

ऐसी बातचीत वह होती है, जहाँ दोनों वक्ताओं को सच जानने की इच्छा हो - जिसका अर्थ है सच्चे ढंग से सुनना और बोलना। इसीलिए यह आकर्षक, महत्वपूर्ण, दिलचस्प और अर्थपूर्ण होता है। अर्थपूर्ण होने का संकेत आपके अस्तित्व की सबसे प्राचीनतम गहराइयों से आता है। आप वहाँ हैं, जहाँ आपको होना चाहिए। यहाँ आपका एक पैर व्यवस्था में जमा हुआ है और दूसरा पैर अस्थायी रूप से

अराजकता और अज्ञात की ओर फैला हुआ है। आप जीने के महान तरीके 'ताओ'[4] का अनुसरण कर रहे हैं। जहाँ आप इतने स्थिर है कि खुद को सुरक्षित महसूस कर सकें पर यहाँ आपके अंदर इतना लचीलापन भी होता है कि आप बदलाव के लिए तैयार भी होते हैं। यहाँ आप नई जानकारियों को अपने पास आने का, अपनी स्थिरता में जगह बनाने का, उसकी संरचना में सुधार लाकर उसे बेहतर बनाने का और उनका विस्तार करने का मौका दे रहे होते हैं। आपके अस्तित्व के मौलिक तत्व यहाँ अधिक सुंदर ढंग से सुगठित हो सकते हैं। इस तरह की बातचीत आपको वही अनुभव देती है, जो आपको बेहतरीन संगीत सुनने पर मिलता है। दोनों ही मामलों में आपको जो अनुभव होता है, उसका कारण समान होता है। इस किस्म की बातचीत आपको ऐसे क्षेत्र में ले जाती है, जहाँ आत्माओं का मिलन होता है और यह एक सच्चा स्थान है। इस स्थान पर आने के बाद आप यह सोचते हैं, 'यह सचमुच सार्थक रहा। हमें वाकई एक-दूसरे को जानने का मौका मिला।' यानी यहाँ सारे मुखौटे उतर गए और दोनों खोजकर्ता सामने आ गए।

तो सुनें। खुद को सुनें और उन लोगों को भी सुनें, जिनसे आप बातचीत कर रहे हैं। फिर आपकी प्रज्ञा सिर्फ उस ज्ञान तक सीमित नहीं होगी, जो आपके पास पहले से थी बल्कि उसमें ज्ञान की निरंतर खोज भी शामिल होगी, जो प्रज्ञा का सबसे उच्चतम रूप है। यही कारण है कि प्राचीन ग्रीस में डेल्फिक ओरेकल की पुजारिन ने सुकरात के बारे में बहुत अच्छी बातें कही थीं, जो हमेशा सच की खोज में रहे। डेल्फिक ओरेकल की उस पुजारिन ने सुकरात को संसार का सबसे बुद्धिमान और प्रज्ञापूर्ण जीवित व्यक्ति कहा था क्योंकि सुकरात जानते थे कि उन्हें जो ज्ञान है, वह तो कुछ भी नहीं है।

यह मानकर चलें कि आप जिस व्यक्ति से बातचीत कर रहे हैं, शायद वह कुछ ऐसा जानता हो, जो आपको पता न हो।

---

[4] ताओवाद का दर्शन और केंद्रीय अभ्यास प्रकृति और प्राकृतिक व्यवस्था के साथ सद्भाव में रहने के रूप में सार्वभौमिक, समग्र और शांतिपूर्ण सिद्धांतों पर ध्यान केंद्रित करता है। ताओ को अक्सर ब्रह्मांड के रूप में वर्णित किया जाता है और इसके कारण और प्रभाव के कानूनों के तहत रहना एक ऐसे जीवन के लिए आदर्श है जो दुनिया पर सबसे सकारात्मक प्रभाव छोड़ता है।

10

सटीक और स्पष्ट शब्दों का उपयोग करें

मेरा लैपटॉप पुराना क्यों है?

जब आप अपने कंप्यूटर - अगर और सटीक ढंग से कहें, तो जब आप अपने लैपटॉप को देखते हैं, तो आपको क्या नज़र आता है? आपको एक चपटा, पतला, स्लेटी या काले रंग का बॉक्स नज़र आता है। दूसरे शब्दों में कहें, तो आपको एक ऐसी चीज़ नज़र आती है, जिस पर आप कुछ टाइप कर सकते हैं और जिसकी स्क्रीन की ओर देख सकते हैं। अगर इन दोनों नज़रियों से देखें, तब भी आपके सामने मौजूद वह काले और स्लेटी रंग का बॉक्स 'कंप्यूटर' शायद ही हो। जल्द ही यह अपने मौजूदा रूप से इतना अधिक अलग हो जाएगा कि इसे देखकर यह कह पाना मुश्किल हो जाएगा कि यह कंप्यूटर ही है और वह ऐसा कंप्यूटर होगा, जिसे छोड़ना भी मुश्किल होगा।

हम सब अगले पाँच सालों में अपने लैपटॉप छोड़ देंगे, भले ही उनमें कोई खराबी न हो और वे अच्छी तरह चल रहे हों - भले ही उनकी स्क्रीन, की-बोर्ड, माउस और इंटरनेट कनेक्शन में कोई दोष न हो। इक्कसवीं शताब्दी के शुरुआती दौर में प्रचलित लैपटॉप आज से पचास साल बाद उन्नसवीं शताब्दी के पीतल के वैज्ञानिक उपकरणों की तरह अजीब लगने लगेंगे। अब वे उपकरण हमें रसायन विज्ञान में इस्तेमाल होनेवाले उस रहस्यमयी सामान की तरह लगते हैं, जिन्हें ऐसी चीज़ों का आँकलन करने के लिए बनाया गया हो, जिनके बारे में अब हम कुछ जानते तक नहीं हैं। 60 के दशक में शुरू हुए 'अपोलो स्पेस प्रोग्राम' से भी अधिक कंप्यूटिंग क्षमता और उच्च-तकनीकी गुणवत्तावाली आधुनिक मशीनें इतने कम समय में अपना महत्त्व कैसे खो सकती हैं? आखिर आजकल यह बदलाव इतनी तेजी से कैसे हो रहा है कि वर्तमान में उपयोगी और सामाजिक प्रतिष्ठा बढानेवाली मशीनें बहुत ही कम समय में कबाड़ में बदल जाती हैं? ऐसा हमारी धारणाओं की प्रकृति, उन धारणाओं के बीच अक्सर नज़र न आनेवाले पारस्परिक प्रभाव और संसार की

बुनियादी जटिलता के कारण होता है।

आपका लैपटॉप, एक ऐसे आर्केस्ट्रा द्वारा बजाई जा रही सिम्फनी के म्यूजिकल-नोट की तरह है, जिसका आकार बहुत बड़ा है। यह एक बहुत बड़ी चीज़ का एक छोटा सा हिस्सा है। इसकी ज़्यादातर क्षमता इसके कठोर खोल से परे होती है। यह अच्छी तरह इसलिए चलता रहता है क्योंकि ढेर सारी प्रौद्योगिकियाँ बड़े ही सामंजस्यपूर्ण ढंग से इसका चलना संभव बना रही होती है। उदाहरण के लिए यह जिस बिजली से चलता है, वह उस पावर ग्रिड से आती है, जिसका सही संचालन कुछ जटिल भौतिक, जैविक, आर्थिक और पारस्परिक प्रणालियों के स्थिर ढंग से सक्रिय रहने पर निर्भर होता है। इसी तरह इसके कलपुर्जे बनानेवाले कारखाने आज भी चालू हैं। इसे चलने में सक्षम बनानेवाला ऑपरेटिंग सिस्टम इन्हीं कलपुर्जों पर आधारित होता है, न कि उन कलपुर्जों पर जो अभी तक बने ही नहीं हैं। इसके वीडियो हार्डवेयर, अलग-अलग वेबसाइट्स पर कंटेट पोस्ट करनेवाले रचनात्मक लोगों द्वारा अपेक्षित तकनीक का संचालन संभव बनाते हैं। आपका लैपटॉप अन्य उपकरणों और वेब सर्वरों के एक स्पष्ट ईको-सिस्टम (पारिस्थितिकी तंत्र) के साथ निरंतर संवाद करता रहता है।

और आखिरकार यह सब एक ऐसे तत्व द्वारा संभव हुआ, जो कम ही नज़र आता है, वह है 'आपसी विश्वास का सामाजिक अनुबंध'। जिसके तहत परस्पर और मौलिक रूप से ईमानदार राजनीतिक और आर्थिक प्रणाली, जो हमेशा बिजली उपलब्ध करानेवाली पावर ग्रिड को संभव बनाती है। एक बहुत बड़ी चीज़ और उसके छोटे से हिस्से के बीच की यह अंत:निर्भरता उन प्रणालियों में अदृश्य ही रहती है, जो सचमुच कारगर होती है। जबकि जो प्रणालियाँ कारगर सिद्ध नहीं होतीं, उनमें इस अंत:निर्भरता को स्पष्ट देखा जा सकता है। निजी कंप्यूटिंग को संभव बनानेवाली प्रणालियों को जो उच्च दर्जे की व्यवस्था का सहयोग करती है, वह तीसरी दुनिया (एशिया, अफ्रीका और लैटिन अमेरिका) के भ्रष्ट देशों में शायद ही मौजूद होती है। हमेशा बिजली उपलब्ध करानेवाली पावर ग्रिड की मौजूदगी की ओर इशारा करनेवाली बिजली की लाईन से लेकर बिजली के स्विच, आउटलेट और अन्य सभी इकाइयों का लोगों के घरों व कारखानों में बिजली पहुँचाने में बहुत ही कम योगदान होता है क्योंकि वे या तो वहाँ अनुपस्थित होती हैं या फिर उनकी गुणवत्ता निचले दर्जे की होती है। इससे लोगों के अंदर बिजली से चलनेवाले या अन्य किस्म के उपकरणों को सैद्धांतिक रूप से अलग मानने और कार्यात्मक इकाईयों को

निराशाजनक और बदतर रूप में देखने की धारणा बनने लगती है। आंशिक रूप से ऐसा तकनीकी अक्षमता के कारण होता है और प्रणालियाँ काम ही नहीं करती हैं। इसका एक अन्य बड़ा कारण है, सुनियोजित रूप से भ्रष्ट हो चुके समाज के लोगों के बीच आपसी विश्वास में कमी।

दूसरे शब्दों में कहें, तो आप जिसे अपने कंप्यूटर के रूप में देखते हैं, वह किसी जंगल में मौजूद एक पेड़ पर लगे अकेले पत्ते जैसा होता है - या अधिक सटीक शब्दों में कहा जाए, तो उस पत्ते पर हल्के से रगड़ती आपकी उँगलियों जैसा है। एक अकेले पत्ते को पेड़ की टहनी से तोड़ा जा सकता है। जिसके बाद उसे कुछ देर के लिए एक स्वतंत्र आत्म-निहित इकाई के तौर पर भी देखा जा सकता है। पर यह धारणा स्पष्टता लाने के बजाय गुमराह करती है। कुछ सप्ताह बाद वह पत्ता सूख जाएगा और धीरे-धीरे उसका अस्तित्व मिट जाएगा। अगर पेड़ न होता, तो यह पत्ता भी नहीं होता और पेड़ की गैर-मौजूदगी में पत्ते का अस्तित्व ज़्यादा दिनों तक बरकरार नहीं रह सकता। संसार के संदर्भ में हमारे लैपटॉप की भी यही स्थिति है। उसके अस्तित्व का ज़्यादातर हिस्सा उसकी अपनी सीमाओं से बाहर मौजूद होता है। तभी तो स्क्रीनवाले ये सारे उपकरण अपने कंप्यूटर जैसे मुखौटे को कुछ ही वर्षों तक बनाकर रख पाते हैं।

तग जो भी देखते हैं या जो कुछ भी अपने हाथों में उठाते हैं, वह सब ज़्यादातर ऐसा ही होता है, बस हमें स्पष्ट नज़र नहीं आता।

उपकरण, बाधाएँ और संसार में विस्तार

जब हम संसार को देखते हैं तो हमें लगता है कि हम अपने सामने मौजूद चीज़-सामान को देख रहे हैं, पर वास्तव में ऐसा नहीं है। हम जिस परस्पर संबंद्ध, जटिल और बहु-स्तरीय संसार में रहते हैं, उसे हमारा विकसित बोध सिर्फ चीज़ों के रूप में नहीं बल्कि उपयोगी चीज़ों (विपत्तियों या रास्ते में आनेवाली बाधाओं) के रूप में बदल देता है। यह संसार की जटिलता को कम करने का एक आवश्यक और व्यावहारिक तरीका है। यह अपने उद्देश्य के संकीर्ण लक्षणों के अनुसार इस बेहद जटिल संसार को रूपांतरित करना है। यह सटीक तरीका ही संसार को समझदारी से प्रकट करता है और इसका अर्थ सिर्फ चीज़ों को देखना या उनके बारे में एक धारणा बना लेना भर नहीं है।

हम उन चीज़ों को अर्थ देने की कोशिश नहीं करते, जो हमारे अनुसार मूल्यहीन

हैं। हम तो सीधे-सीधे उनके अर्थ को ग्रहण कर लेते हैं। हम जमीन को देखते हैं, उस पर चलने के लिए। हम कुर्सियों को देखते हैं, उन पर बैठने के लिए। हम दरवाजों को देखते हैं, उन्हें खोलकर अंदर या बाहर जाने के लिए। हम एक बीनबैग या कटे हुए पेड़ के ठूँठ को उसी श्रेणी में रखते हैं, जिसमें कुर्सी को रखते हैं, जबकि तीनों में कोई समानता नज़र नहीं आती। ये एक ही श्रेणी में इसलिए रखे जाते हैं क्योंकि इन सभी का इस्तेमाल बैठने के लिए होता है। हम कंकड़-पत्थर को देखते हैं, उन्हें उठाकर फेंकने के लिए। हम बादलों को देखते हैं क्योंकि वे हमारे लिए बारिश लाते हैं। हम किसी फल को देखते हैं, उसे खाने के लिए। इसी तरह हम दूसरों की गाड़ियों को देखते हैं क्योंकि वे हमारे रास्ते की बाधा बन जाती हैं। यानी हम चीज़-सामान को नहीं बल्कि उपकरणों और बाधाओं को देखते हैं। इसके अलावा हम अपनी ज़रूरतों, क्षमताओं और बोधात्मक सीमाओं को ध्यान में रखते हुए उपकरणों और बाधाओं को विश्लेषण के उस 'सुविधाजनक' स्तर पर देखते हैं, जो उन्हें हमारे लिए सबसे अधिक उपयोगी (या खतरनाक) बनाता है। यह संसार हमारे सामने स्वयं को किसी ऐसी चीज़ के रूप में प्रकट नहीं करता, जो बस हमारे सामने यूँ ही मौजूद है। बल्कि ऐसी चीज़ के रूप में प्रकट करता है, जिससे पार पाते हुए हमें उसका उपयोग करना है।

लोगों से बातचीत करते समय हम उनका चेहरा देखते हैं क्योंकि हमें उनसे संवाद करते हुए उनका सहयोग करना होता है। हम उनके सूक्ष्मतम रूप की बुनियाद नहीं देख रहे होते। न ही हम उनकी कोशिकाओं को या उन उपकोशिका अंगों, अणुओं और परमाणुओं को देख रहे होते हैं, जिनसे मिलकर उनकी कोशिकाएँ बनी होती हैं। इसी तरह हम उनके चारों ओर मौजूद सूक्ष्मतम तत्वों को भी नहीं देख रहे होते यानी उनके परिवार के सदस्य या उनके दोस्त, जो उनके आसपास सबसे ज़्यादा रहते हैं। वे जिन अर्थव्यवस्थाओं का हिस्सा होते हैं, हम उन्हें भी नहीं देख रहे होते और न ही उस परिस्थिति विज्ञान (इकोलॉजी) को देख रहे होते हैं, जो उनके अंदर होता है। अंततः हम उन्हें समय के साथ गुज़रते हुए भी नहीं देखते, जबकि इसका महत्त्व भी उतना ही है, जितना पिछली सभी चीज़ों का। दरअसल हम तो उन्हें अतीत या भविष्य से घिरा हुआ देखने के बजाय बस एक संकीर्ण, तात्कालिक, अपरिहार्य वर्तमान में ही देखते हैं। हो सकता है कि वर्तमान में वे स्वयं को जैसे प्रकट करते हैं, उससे अधिक महत्वपूर्ण वह अतीत और भविष्य हो, जो उनका अपना हिस्सा है। पर हमें उन्हें इसी तरह देखना होगा, वरना हम उनसे अभिभूत हो जाएँगे।

जब हम संसार को देखते हैं, तो उसके बारे में केवल वही धारणा बना पाते हैं, जो हमारी योजनाओं को पूरा करने और हमारे कर्मों को कारगर बनाने के लिए ज़रूरी हो। इस तरह हमें जो मिलता है, हम उसी को 'पर्याप्त' मान लेते हैं। जबकि यह संसार का अचेतन ढंग से किया गया सरलीकरण है, जिसकी खासियत सिर्फ यह है कि ये हमारे काम आता है और हम इसी को पूरा संसार मानने की गलती कर बैठते हैं। हालाँकि इस गलती से बचना करीब-करीब असंभव है। हमें संसार में जो भी चीज़ें दिखाई देती हैं, वे वहाँ सिर्फ इसलिए नहीं होतीं ताकि हम उन्हें सीधे तौर पर देख सकें। वे तो एक-दूसरे से अपने जटिल और बहु-आयामी संबंधों के साथ मौजूद होती हैं, न कि स्वतंत्र अस्तित्व रखनेवाली चीज़ों के रूप में। और हम असल में उन्हें नहीं देखते बल्कि किसी कार्य से संबंधित उनकी उपयोगिता को देखते हैं और ऐसा करते समय उन्हें अच्छी तरह समझने के लिए हम उनका सरलीकरण कर देते हैं। इसीलिए यह ज़रूरी है कि हमारा उद्देश्य बिलकुल स्पष्ट और सटीक हो। क्योंकि अगर ऐसा नहीं होगा, तो हम संसार की जटिलता के सागर में डूब जाएँगे।

ठीक यही बात उस धारणा पर भी लागू होती है, जो हम खुद को देखकर बनाते हैं। हमें लगता है कि हमारा अस्तित्व हमारे शरीर तक ही सीमित है क्योंकि हम हर चीज़ को इसी तरह देखते हैं। पर अगर हम इस पर थोड़ा विचार करें, तो शारीरिक सीमा की अस्थायी प्रकृति को समझ सकते हैं। जब भी हमारे सामने किसी किस्म का कोई बदलाव आता है, तो हम अपने शरीर के अंदर भी एक बदलाव ले आते हैं। यहाँ तक कि जब हम किसी पेंचकस (Screwdriver) को अपने हाथों में उठाने जैसा बेहद आसान कार्य भी करते हैं, तो हमारा मस्तिष्क उसके अनुसार स्वयं को व्यवस्थित करते हुए शरीर को उचित संकेत देता है। पेंचकस को हाथ में लेकर हम उसके एक सिरे को किसी चीज़ पर लगाकर सचमुच उस चीज़ की उपस्थिति को महसूस कर सकते हैं। जब हम पेंचकस को उठाने के लिए अपना हाथ आगे बढ़ाते हैं, तो स्वत: ही यह समझ जाते हैं कि इसके लिए हमें कितना झुकना है और उस पर अपनी उँगलियों की पकड़ को कितना मज़बूत रखना है। फिर हम उस पेंचकस से किसी चीज़ पर लगे पेंच खोलने और कसने का काम कर सकते हैं। इसके अलावा जैसे ही वह पेंचकस हमारे हाथ में आता है, तो हम फौरन उसे 'अपना' पेंचकस मान लेते हैं और उस पर अपना अधिकार समझने लगते हैं। ठीक ऐसा ही हम उन उपकरणों के साथ भी करते हैं, जो किसी पेंचकस से अधिक जटिल होते हैं और जिन्हें हम कहीं अधिक जटिल स्थितियों में इस्तेमाल करते हैं। जैसे जब हम कोई कार चलाते हैं, तो वह मानों हमारे ही अस्तित्व का विस्तार बन जाती है।

तभी तो अगर रास्ते में चलता हुआ कोई व्यक्ति हमसे खीझकर कार पर गुस्से से थपकी मारता है या कोई और गाड़ी हमारी कार को रगड़ते हुए निकल जाती है, तो हमें लगता है, मानों यह हमारा अपमान है और हम गुस्से से भर जाते हैं। जबकि यह हमेशा उचित नहीं होता। बहरहाल, अपने अस्तित्व का विस्तार कार तक किए बिना उसे चलाना संभव भी नहीं है।

हमारी सीमाएँ अन्य लोगों, परिवार के सदस्यों, प्रेमी या प्रेमिका और दोस्तों को अपने दायरे में शामिल करने के लिए भी विस्तारित होती हैं। एक माँ अपने बच्चों के लिए अपना बलिदान देने से भी नहीं हिचकती। क्या हमारे माता-पिता, पत्नी या पति और बच्चे हमारे लिए लगभग हमारे शरीर के अंगों जितने ही अनिवार्य हैं? आंशिक रूप से इसका जवाब यह पूछकर दिया जा सकता है: अगर इनमें से किसी एक को खोना पड़े, तो हम किसे खोने को राज़ी होंगे? इनमें से किसे बचाने के लिए हम किसका बलिदान देंगे? हम ऐसे स्थाई विस्तार और ऐसी स्थाई वचनबद्धता को किताबों व फिल्मों के काल्पनिक किरदारों में खुद को ढूँढ़कर, व्यवहार में लाते हैं। हम उन काल्पनिक किरदारों के जीवन की त्रासदी और कामयाबी को बड़े ही सशक्त ढंग से अपना बना लेते हैं। कोई काल्पनिक कहानी पढ़ते समय या कोई फिल्म देखते समय हम अपनी कुर्सी पर आराम से बैठे होते हैं, पर बहुत सी वैकल्पिक वास्तविकताओं में प्रयोगात्मक तौर पर स्वयं का विस्तार करते हुए कई संभावित रास्तों को आजमा भी लेते हैं और इसके बाद कोई एक रास्ता तय करते हैं, जिस पर हमें चलना होता है। ऐसी काल्पनिक दुनिया में डूबकर हम कुछ ऐसा भी बन सकते हैं, जिसका 'वास्तविकता' में कोई अस्तित्व ही न हो। सिनेमाघर के जादुई माहौल में पलक झपकते ही हम किसी काल्पनिक जीव में बदल जाते हैं। हम उस अंधेरे कमरे में सिनेमा के पर्दे पर निरंतर गुज़र रहे रोशनीदार चित्रों को देखते हुए सुपरहीरो, एलियन और वैम्पायर से लेकर चुड़ैल, शेर या बौने व्यक्ति और यहाँ तक कि कठपुतली तक में बदल जाते हैं। हम ठीक वही महसूस करते हैं, जो पर्दे पर दिखाई दे रहे ये किरदार महसूस करते हैं और इस अनोखे अनुभव के लिए हम पैसे खर्च करने से भी नहीं हिचकते, भले ही वहाँ हमने दुःख, भय और वीभत्सता महसूस की हो।

कुछ ऐसा ही लेकिन अपनी चरमसीमा के साथ तब होता है, जब हम किसी कहानी के काल्पनिक किरदार के बजाय, किसी प्रतियोगिता में शामिल समूह में खुद को ढूँढ़ लेते हैं। यह ठीक वैसा ही है, जैसे आपकी पसंदीदा टीम अपनी सबसे कट्टर

प्रतिद्वंदी टीम से कोई महत्वपूर्ण मैच जीत या हार जाए। ऐसे मैच के आखिरी क्षणों में जब जीत दिलानेवाला गोल मारा जाता है, तो मैच देख रहे टीम के सारे प्रशंसक बिना कुछ सोचे अपनी-अपनी कुर्सियाँ छोड़कर खड़े हो जाते हैं। यह कुछ ऐसा है, मानों उन सभी का नर्वस सिस्टम खेल से सीधे तौर जुड़ा हुआ हो और उनके सामने परत-दर-परत खुल रहा हो। फैन्स अपनी टीम की जीत या हार को व्यक्तिगत ढंग से लेते हैं। यहाँ तक कि वे अपने पसंदीदा खिलाड़ी की जर्सी पहनकर मैच देखने आते हैं और टीम की जीत का जश्न अपने रोज़मर्रा के जीवन में सचमुच होनेवाली किसी घटना की तुलना में अधिक धूमधाम से मनाते हैं। उदाहरण के लिए जीत और हार का विचित्र अनुभव 'प्रतियोगिता' में निजी भागीदारी महसूस करनेवाले फैन्स के शरीर में टेस्टास्टेरॉन का स्तर बढ़ा या घटा देते हैं। किसी चीज़ में खुद को ढूँढ़ लेने की हमारी यह क्षमता, हमारे अस्तित्व के हर स्तर पर प्रकट होती है।

ऐसा नहीं है कि हम जितने देशभक्त होते हैं, हमारा देश हमारे लिए उतना ही महत्वपूर्ण होता है। सच तो यह है कि हम खुद ही अपना देश हैं। हो सकता है कि हम अपने देश की गरिमा की रक्षा के लिए किसी युद्ध में अपने साधारण व्यक्तिगत अस्तित्व का बलिदान दे दें। इतिहास के हर दौर में देश के लिए जान देने की इच्छा को एक सराहनीय और साहसी चीज़ के तौर पर देखा गया है। इसे इंसान का कर्तव्य माना गया है। विडंबना यह है कि ये हमारी आक्रामकता का नहीं बल्कि हमारी चरम मिलनसारिता और एक-दूसरे के साथ सहयोग करने की हमारी इच्छा का सीधा परिणाम है। अगर हम सिर्फ खुद के बजाय अपने परिवार, अपनी टीम, अपने देश के बारे में भी सोचते हैं, तो हमारे लिए एक-दूसरे के साथ आपस में सहयोग करना आसान हो जाता है। क्योंकि तब हम सब उस गहन रूप से सहज तंत्र पर भरोसा कर रहे होते हैं, जो हमसे (और अन्य प्राणियों से भी) हमारे अपने शरीर की रक्षा करवाता है।

संसार सिर्फ तभी सहज होता है, जब यह अच्छा व्यवहार करता है

वास्तविकता की परस्पर संबंधित अव्यवस्था (अराजकता) को मात्र देखते हुए उसे समझ पाना बहुत मुश्किल है। यह एक बहुत ही जटिल कार्य है, जिसके लिए शायद बहुत बुद्धिमत्ता की ज़रूरत होती है। वास्तविक संसार में सब कुछ निरंतर बदलता रहता है। काल्पनिक रूप से अलग हर एक चीज़, काल्पनिक रूप से अलग कई अन्य छोटी-छोटी चीज़ों से मिलकर बनी होती है और साथ ही एक बड़ी काल्पनिक रूप से अलग चीज़ का हिस्सा होती है। अलग-अलग स्तरों के बीच की

और किसी भी स्तर पर अलग-अलग चीज़ों के बीच की सीमाएँ न तो स्पष्ट होती हैं और न ही तटस्थ रूप से बिना प्रमाण के सिद्ध होती हैं। उन्हें असल में व्यावहारिक रूप से स्थापित किया जाना चाहिए। बहुत ही संकुचित और निर्दिष्ट परिस्थितियों में ही उनकी वैधता बनी रहती है। उदाहरण के लिए संपूर्ण बोध का सचेत भ्रम सिर्फ तभी बना रहता है - जब यह सिर्फ हमारे उद्देश्य के लिए ही पर्याप्त हो और जब सब कुछ योजना के अनुसार हो। ऐसी परिस्थिति में हम जो भी देखते हैं, वह इतना सटीक होता है कि आगे देखने की कोई ज़रूरत ही न हो। जैसे सफलतापूर्वक गाड़ी चलाने के लिए हमें अपनी गाड़ियों की जटिल मशीनरी को न तो समझने की ज़रूरत होती है और न ही उसका बोध करने की। हमारी कारों की अदृश्य जटिलता सिर्फ तभी हमारी चेतना पर हावी होती है, जब कार खराब हो जाती है और जब हम किसी चीज़ से (या कोई चीज़ हमसे) टकरा जाते हैं। यहाँ तक कि जब कार सिर्फ खराब होती है (बिना किसी गंभीर दुर्घटना के) तब भी हमें महसूस हो जाता है कि वह हमारी चेतना पर हावी हो रही है। कम से कम शुरुआत में, जब हमें उसके बारे में चिंता होती है, तब तो ऐसा ही होता है। जो वास्तव में आकस्मिक अनिश्चितता का ही परिणाम है।

एक कार, जिसका बोध हम एक चीज़ के रूप में करते हैं, वह कोई चीज़ या सामान नहीं है। वह तो हमें एक से दूसरी जगह लेकर जाने का साधन है। हम चीज़ के रूप में उसका बोध तभी करते हैं, जब वह बंद पड़ जाती है। जब अचानक कोई कार खराब हो जाती है या बंद पड़ जाती है या फिर किसी दुर्घटना का शिकार होने के बाद जब इसे सड़क किनारे खड़ा करके हमें मज़बूरी में इसके सैकड़ों कलपुर्जों का विश्लेषण करना पड़ता है, तभी हम एक चीज़ के रूप में इसका बोध करते हैं। जब हमारी कार खराब हो जाती है, तो इसकी जटिलता को समझने में हमारी अक्षमता फौरन सामने आ जाती है। जिसके न सिर्फ व्यावहारिक परिणाम (अपनी मंजिल तक न पहुँच पाना) होते हैं बल्कि मनोवैज्ञानिक परिणाम भी होते हैं, जैसे गाड़ी के साथ-साथ हमारी मानसिक शांति का भंग होना। ऐसे में आमतौर पर हमें विशेषज्ञों के पास जाना पड़ता है, जिनके पास ऐसे गैराज और वर्कशॉप होते हैं, जहाँ न सिर्फ कार की मरम्मत हो जाती है बल्कि हमारी धारणाओं में भी पहले जैसी सरलता आ जाती है। यह मैकेनिक के रूप में मनोवैज्ञानिक से मिलने जैसा है।

यही वह समय है, जब हम अपनी दृष्टि की निम्न स्तरीय गुणवत्ता और अपनी बोध की कमी को समझ सकते हैं, हालाँकि हम शायद ही कभी इस पर गहराई से

विचार करते हों। जब हमारी कार बंद पड़ जाती है तो ऐसे संकट के समय में हम उन लोगों की सहायता लेते हैं, जिनकी विशेषज्ञता हमसे कहीं ज़्यादा है, ताकि वे हमारी उम्मीदोंभरी इच्छा और वास्तविकता में समानता ला सके। इसका एक अर्थ यह भी है कि हमारी कार का खराब होना हमें सामान्य सामाजिक संदर्भ की अनिश्चितता का सामना करने के लिए भी मज़बूर कर सकता है, जो आमतौर पर हमारे लिए अदृश्य ही रहती है और मशीन (व मैकेनिक) सिर्फ उसका एक हिस्सा होते हैं। अपनी कार से धोखा खाने के बाद हमें उन सभी चीज़ों का सामना करना पड़ता है, जिनके बारे में हम कुछ नहीं जानते। क्या एक नई गाड़ी लेने का समय आ गया है? क्या इस कार को खरीदना मेरी गलती थी? क्या यह मैकेनिक सचमुच अपना काम जानता है? क्या यह ईमानदार है और क्या इस पर विश्वास किया जा सकता है? वह जिस गैराज में काम करता है, क्या उस पर भरोसा करना चाहिए? कभी-कभी हमें इससे भी बदतर, विस्तृत और गहन हालातों पर चिंतन करना चाहिए, जैसे क्या आजकल सड़कें कुछ ज़्यादा ही खतरनाक हो गई हैं? क्या मैं कुछ ज़्यादा अक्षम हो गया हूँ (या हमेशा ऐसा ही था) क्या मैं कुछ ज़्यादा ही असावधान और अस्त-व्यस्त सा व उम्रदराज हो गया हूँ? जब कोई ऐसी चीज़ खराब हो जाती है, जिस पर हम अपने सरल से संसार में हमेशा निर्भर रहते हों, तो अपने और चीज़ों के प्रति हमारे बोध की सीमाएँ स्वत: ही हमारे सामने प्रकट होने लगती हैं। और तब वह जटिल संसार, जो वहीं मौजूद होने के बावजूद हमेशा अदृश्य रहता है और जिसे हम आसानी से नज़रअंदाज कर देते हैं, वह अपनी उपस्थिति का एहसास करवा देता है। उस समय चारदीवारी से घिरा वह बगीचा, जो बाइबिल के आदम और हौव्वा की तरह ही हमारा एक छोटा सा आदर्श निवास है, उसमें छिपे खतरनाक साँप अचानक हमारे सामने आ जाते हैं।

मैं और आप तभी सहज होते हैं, जब संसार अच्छा व्यवहार करता है

जब हालात खराब होते हैं, तो वह सब सामने आने लगता है, जिसे पहले नज़रअंदाज किया गया हो। जब हालात स्पष्ट नहीं रह जाते, तो सीमाएँ टूट जाती हैं और अराजकता अपनी उपस्थिति का एहसास कराने लगती है। जब हम लापरवाह होते हैं, तो चीज़ों को अपने हाथ से फिसलने देते हैं। फिर जिन चीज़ों को हम सुधारने और बेहतर बनाने से इनकार कर चुके होते हैं, वे सब मिलकर बाइबिल में बताए गए खतरनाक साँप का रूप धर लेती हैं। यह साँप हम पर उस समय हमला करता है - जब हमारे हालात सबसे ज़्यादा नाज़ुक होते हैं। और तब हमें पता चलता है कि

अपने इरादों पर ध्यान केंद्रित करना, सटीक लक्ष्य और सावधानीपूर्ण उस पर ध्यान देना हमें किन आपदाओं से बचाता है।

अब ज़रा एक ऐसी वफादार और ईमानदार पत्नी की कल्पना करें, जिसे अभी-अभी अचानक अपने पति की बेवफाई का सबूत मिला हो। वह सालों से अपने पति के साथ रहती आई है और यह मानती रही है कि उसका पति एक विश्वसनीय, मेहनती व प्रेमपूर्ण व्यक्ति है और उस पर निर्भर हुआ जा सकता है। उसकी शादी एक मज़बूत रिश्ता थी, कम से कम उसे तो यही लगता था। पर धीरे-धीरे उसके पति का ध्यान कहीं और रहने लगा। वह ऑफिस में देर तक काम करने लगा, जो ऐसे मामलों का सबसे घिसा-पिटा संकेत होता है। वह पत्नी की छोटी-छोटी बातों पर चिढ़ जाता या नाराज़ हो जाता। एक दिन पत्नी ने उसे एक कैफे में किसी अन्य महिला के साथ बैठे देखा। पति उस महिला के साथ जिस अंदाज में बातें कर रहा था और जिस तरह वे दोनों एक-दूसरे के हाथ में हाथ डालकर बैठे हुए थे, उसे अनदेखा कर पाना मुश्किल था। इस घटना से शादी के बारे में पत्नी की पूर्वधारणाओं की सीमाएँ और कमियाँ उसके सामने अचानक बड़े ही दर्दनाक ढंग से स्पष्ट हो गई थीं।

पति के बारे में उसने जो भी सकारात्मक धारणाएँ बना रखी थीं, वे पलभर में ढह गईं। ऐसी चीज़ों का क्या परिणाम होता है? पहला परिणाम था कि अब उसे अपना पति किसी जटिल और भयावह अजनबी जैसा लगने लगा था। एक ऐसा व्यक्ति, जिसके बारे में उसे गलतफहमी थी कि वह उसे अच्छी तरह जानती है। यह अपने आपमें काफी दर्दनाक अनुभव है। पर यह सिर्फ समस्या का आधा हिस्सा है। पति के विश्वासघात के कारण पत्नी की अपने बारे में जो पूर्वधारणा थी, वह भी ढह गई थी। तो अब समस्या सिर्फ एक अजनबी की नहीं थी बल्कि दो अजनबियों की थी। उसका पति वैसा व्यक्ति नहीं था, जैसा उसने सोच रखा था - और न ही वह खुद वैसी थी, जैसा उसे लगता था। अब वह एक ऐसी पत्नी थी, जो अपने पति से धोखा खा चुकी है। अब वह भावनात्मक रूप से सुरक्षित ऐसी पत्नी नहीं रह गई थी, जिसका पति उसे प्रेम करता है और एक जीवनसाथी के रूप में उसे पूरा महत्त्व देता है। यहाँ सबसे अजीब बात यह है कि भले ही हम अतीत में स्थाई अपरिवर्तनशीलता पर विश्वास करते रहे हों, पर वास्तव में उस महिला का वह सुखी और सुरक्षित अतीत कभी अपरिवर्तनशील था ही नहीं।

यह ज़रूरी नहीं कि अतीत जैसा लग रहा था, आज भी वैसा ही हो, भले

ही वह गुज़र चुका है। वर्तमान अराजक और अनिश्चित है। उसके पैरों तले जमीन लगातार खिसकती जा रही है। हमारे साथ भी ऐसा ही हो रहा है। इसी तरह भविष्य जो अभी आया नहीं है, कुछ इस तरह बदल जाता है, जैसे उसे बदलना नहीं चाहिए था। क्या एक समय संतुष्ट रही पत्नी अब एक 'धोखा खा चुकी मासूम' है या बस एक 'बुद्धू महिला है, जिसे मूर्ख बनाया जा सकता है?' क्या उसे खुद को एक शिकार मान लेना चाहिए या फिर साझा-भ्रम में शामिल एक सह-साजिशकर्ता? उसका पति क्या है? एक असंतुष्ट प्रेमी? दूसरी महिला के फरेब में पड़ा व्यक्ति? एक विक्षिप्त झूठा? या फिर वह खुद शैतान है? आखिर वह इतना क्रूर कैसे हो सकता है? कोई भी इंसान इतना क्रूर कैसे हो सकता है? यह कैसा घर था, जहाँ वह महिला इतने सालों से रह रही थी? आखिर वह इतनी बुद्धू कैसे हो सकती है? कोई भी इंसान इतना बुद्धू कैसे हो सकता है? वह आइने के सामने खड़े होकर जो अक्स देखती है, वह दरअसल किसका अक्स है? आखिर हो क्या रहा है? क्या उसके जीवन का कोई भी रिश्ता वास्तविक है? क्या उनमें से कोई भी रिश्ता कभी भी वास्तविक था? भविष्य को क्या हो गया है? जब संसार की गहन वास्तविकताएँ अप्रत्याशित ढंग से प्रकट होती हैं, तो फिर कोई भी चीज़ किसी एक की नहीं रह जाती। क्योंकि हर चीज़ इस तरह उपलब्ध होती है कि उस पर कोई भी अपना हाथ साफ कर सकता है।

सब कुछ इतना जटिल है कि इस जटिलता का अंदाजा लगाना भी मुश्किल है। हर एक चीज़, बाकी सभी चीज़ों से प्रभावित होती है। हम सब जो बोध करते हैं, वह एक समान रूप से परस्पर संबंद्ध मैट्रिक्स का एक बहुत ही संकीर्ण हिस्सा है। हालाँकि हम सब पूरी शक्ति के साथ इस प्रयास में लगे होते हैं कि हमें उस संकीर्णता का बोध न हो। हालाँकि जब मौलिक रूप कुछ गलत हो जाता है, तो अवधारणात्मक प्रचुरता की पतली पर्त में दरारें आ जाती हैं। हमारी इंद्रियों की वाहियात अयोग्यता सामने आ जाती है। हर वह चीज़ जो हमें प्रिय थी, धूल में मिल जाती है। हम जड़ हो जाते हैं, पत्थर हो जाते हैं। इसके बाद हम क्या देखें? हमें जो नज़र आ रहा है, जब वही पर्याप्त न हो, तो और भला हम देख भी क्या सकते हैं?

जब हमें यह पता न हो कि हम क्या देख रहे हैं, तो हमें क्या नज़र आ रहा होता है?

अमेरिका में ट्विन टावर के धराशायी होने के बाद दुनिया कैसी हो गई? क्या अब भी कुछ ऐसा बचा है, जो शान से खड़ा हो? जिन अदृश्य खंभों को आधार बनाकर संसार की वित्तीय प्रणाली की वह इमारत खड़ी थी, उनके ढह जाने के बाद

उसके मलबे से कौन सा खूँखार जीव निकला? जब हम एक नेशनलिस्ट सोशलिस्ट (जर्मनी की नाजी पार्टी) रैली की आग और नाटकबाजी में उलझ जाते हैं या रवांडा (मध्य-पूर्व अफ्रीका का एक देश) में हुए नरसंहार के बीच भय से पंगु हो जाते हैं, तो हमें क्या नज़र आता है? जब हम यह समझ नहीं पाते कि हमारे साथ क्या हो रहा है और हम कहाँ हैं, जब हमें यह याद न आए कि हम कौन हैं और जब हम यह समझने में भी असमर्थ हों कि हमारे चारों ओर जो कुछ भी मौजूद है, वह क्या है, तो उस वक्त हमें दरअसल क्या नज़र आ रहा होता है? हमें जो नज़र नहीं आ रहा होता, वह है, एक जाना-पहचाना और सुकूनभरा, उपकरणोंवाला, उपयोगी चीज़ोंवाला और व्यक्तित्वों वाला संसार। यहाँ तक कि हमें जानी-पहचानी बाधाएँ भी नज़र नहीं आतीं - जो सामान्यत: काफी चिंताजनक होती हैं पर उन पर पहले ही महारथ हासिल की जा चुकी होती है, जिन्हें हम आसानी से पार कर सकते हैं।

जब हालात बुरी तरह बिगड़ चुके हों, तब हम जो धारणा बनाते हैं, वह ऐसी व्यवस्था नहीं होती, जिसमें जीवन जिया जा सके। बाइबिल के अनुसार कहें, तो यह ऐसी अनंत निराकार शून्यता है, ऐसा रसातल है, ऐसी अराजकता है, जो हमारी सुरक्षा की पहली पर्त के उस पार से झाँक रही है। इंसान के सबसे पुरातन मत के अनुसार, समय की शुरुआत में इसी अराजकता से ईश्वर की पवित्र वाणी निकली थी (इसी मत के अनुसार ईश्वर की पवित्र वाणी की छवि से हमें पुरुष और महिला के रूप में निर्मित किया गया था)। जब हमने पहली बार चीज़ों को जानना-समझना और धारणाएँ बनाना सीखा, मूलत: तभी इस अराजकता से एक सीमित समय अवधि के लिए वह स्थिरता निकली, जिसे अनुभव करने का हमें सौभाग्य मिला। जब हालात बिगड़ जाते हैं, तो हमें यही अराजकता नज़र आने लगती है (हालाँकि हम असल में इसे नहीं देख सकते)। इन सबका क्या अर्थ है?

आपातकाल! यह अचानक कहीं से सामने आनेवाली कोई अज्ञात घटना होती है। यह शाश्वत ड्रैगन की नींद में बाधा पड़ने के बाद उसका अपनी अनंत गुफा से दोबारा बाहर आने जैसा है। यह अधोलोक है, जो अंधेरी गहराइयों से राक्षसी ढंग से उभरकर बाहर आ रहा है। जब हमें यह पता ही नहीं होगा कि हमारे सामने आई आपतकालीन स्थिति कैसे बनी और वास्तव में क्या है, तो हम उससे निपटने को कैसे तैयार होंगे? अगर हमें यह पता ही न हो कि कोई तबाही किस तरह की होगी और उसका सामना कैसे किया जाना चाहिए, तो फिर हम उसके लिए तैयार कैसे होंगे? हम अपने मन से शरीर की ओर बड़ी ही धीमी गति से मुड़ते हैं। हमारा शरीर

हमारे मन की तुलना में कहीं अधिक तेज़ी से अपनी प्रतिक्रिया दर्ज कराता है।

जब हालात बिगड़ जाते हैं, तो धारणा बनाकर चीज़ों को समझने की हमारी क्षमता भी कमजोर पड़ जाती है और तब हम अचानक सक्रिय हो जाते हैं। लाखों वर्षों से निरंतर विकसित हो रही हमारी प्राचीन अनैच्छिक प्रतिक्रियाएँ धीरे-धीरे स्वचालित और इतनी कुशल हो गई हैं कि अब ये उन भयावह स्थितियों में भी हमें सुरक्षित रखती हैं, जब न सिर्फ हमारे विचार बल्कि धारणा बनाकर चीज़ों को समझने की हमारी क्षमता भी काम नहीं आती। ऐसे हालात में हमारा शरीर किसी भी संभावित समस्या से निपटने के लिए खुद को तैयार कर लेता है। सबसे पहले हम जड़ हो जाते हैं। इसके बाद शरीर की तमाम अनैच्छिक प्रतिक्रियाएँ भावना में बदल जाती हैं, जो धारणा का अगला स्तर है। 'क्या यह कोई डरावनी चीज़ है? या फिर कोई काम की चीज़ है? या फिर कोई ऐसी चीज़ है, जिसका मुझे मुकाबला करना पड़ेगा? क्या इसे नज़रअंदाज भी किया जा सकता है?' इन सब चीज़ों को हम कैसे और कब निर्धारित करेंगे, यह हमें पता नहीं होता। इस तरह हम मुस्तैदी की अवस्था में आ जाते हैं, जो न सिर्फ हमसे पूरी क्षमता के साथ कर्म करने की माँग करती है बल्कि हमें महँगी भी पड़ सकती है। हमारा दिल तेजी से धड़कने लगता है। हमारे शरीर में कॉर्टिसॉल और एन्ड्रेलिन जैसे हार्मोन्स की मात्रा अचानक बहुत बढ़ जाती है। हमारे दिल की धड़कन और तेज़ हो जाती है। हमारी साँसें तेज हो जाती हैं। और तभी हमें दर्दनाक ढंग से यह एहसास हो जाता है कि सामर्थ्य और पूर्णता की हमारी भावना खत्म हो चुकी है; यह बस एक सपना था। जिसमें हम अपने उन भौतिक और मनोवैज्ञानिक संसाधनों का इस्तेमाल करने लगते हैं, जिन्हें हमने ऐसे मौकों के लिए सहेजकर रखा था (अगर हम इतने भाग्यशाली हैं कि हमारे पास ऐसे संसाधन हैं)। हम सबसे बदतर या सबसे बेहतर स्थिति का सामना करने के लिए तैयार होते हैं। गाड़ी चलाते समय कोई आपातकालीन स्थिति आने पर हम पूरी ताकत से क्लच और ब्रेक को एक साथ दबा देते हैं। फिर हम या तो चीख पड़ते हैं या ठहाकर हँस पड़ते हैं। हम विचलित या भयभीत नज़र आने लगते हैं। हम रोने लगते हैं। इसके बाद हम उस अराजकता से अलग होना शुरू कर देते हैं।

और इसीलिए पति से धोखा खाने के बाद भावनाओं के सैलाब का सामना कर रही पत्नी अपनी बहन और अपनी सबसे अच्छी सहेली से लेकर बस में साथ यात्रा कर रहे किसी अजनबी के सामने भी अपने पति की करतूतों का खुलासा करने के लिए प्रेरित हो जाती है। अगर वह ऐसा नहीं करती, तो फिर चुपचाप बस खामोश

रहने लगती है और जूनून की हद तक बार-बार, हर पल पति की धोखेबाजी के बारे में सोचती रहती है। आखिर क्या गड़बड़ हुई, जो यह स्थिति आ गई? आखिर उसने ऐसी क्या गलती कर दी, जो उसे इसकी ऐसी सजा मिल रही है? जिस इंसान के साथ शादी करके वह इतने सालों से उसके साथ रह रही थी, आखिर वह आदमी कौन है? यह कैसा संसार है, जहाँ इंसान को इतने दर्दनाक अनुभव से गुज़रना पड़ता है? आखिर वह कैसा ईश्वर है, जिसने इतना क्रूर संसार बनाया है? वह उस आदमी से क्या बात करे, जो अब इतना बदला हुआ लगता है। यह सोचकर भी हैरानी होती है कि वह उसका पति है? आखिर वह किस तरह का बदला होगा, जो पत्नी के गुस्से को शांत कर सकेगा? अपने धोखेबाज पति को उसी के तरीके से अपमानित करने के लिए पत्नी को कौन से गैर मर्द को अपनी ओर आकर्षित करना चाहिए? वह बार-बार गुस्सा, डर और दर्द से मारा हुआ महसूस करती है और धोखेबाज पति से आज़ाद होने की संभावना के बारे में सोचकर उत्साहित हो उठती है।

शादी के रिश्ते से मिलनेवाली सुरक्षा स्थाई नहीं थी। उसका घर रेत की कमज़ोर नींव पर खड़ा था। वह जिस रिश्ते की जमीन पर चलते हुए अपने जीवन में आगे बढ़ रही थी, वह जमीन गीली और दलदली थी। अब वह उस दलदल में धँस गई थी। जीवन ने उसे इतना बड़ा झटका दिया था कि अब वह गुस्से, डर और दुःख के सैलाब में डूब चुकी थी। विश्वासघात का शिकार होने की तकलीफ इतनी ज़्यादा हो गई थी कि उसे सहना असंभव हो गया था। अब वह उस अंधेरे अधोलोक में थी, जहाँ आतंक का साया था। पर वह यहाँ कैसे पहुँची। उसका यह अनुभव, हालातों के दलदल में फँसने की प्रक्रिया - यह सब भी धारणा ही है, जो अपने नवजात रूप में है। इस बात पर विचार करना कि क्या हो सकता था और आगे क्या हो सकता है। यह सब गहन धारणा ही तो है और यह उन परिचित हालातों के लिए ज़रूरी है, जिनके बारे में उसे पता था कि वे अपने सरल रूप में उसके सामने दोबारा प्रकट हो जाएँगे। अराजकता की संभावना व्यवस्था की क्रियाशील वास्तविकताओं के रूप में पुन: व्यक्त हो सके, यह उसके पहले की धारणा है।

'क्या यह वाकई इतना अनपेक्षित था?' यह सवाल उसने खुद से पूछा था और दूसरों से भी। क्या अब उसे विश्वासघात के छोटे-छोटे संकेतों को अनदेखा करने के लिए खुद को दोष देना चाहिए? क्या इससे उसके पति को बढ़ावा मिला? उसे याद है कि शादी के बाद शुरुआती दिनों में वह कैसे हर रोज रात होते ही बड़े उत्साह से पति के करीब आ जाती थी ताकि उसके साथ प्रेम कर सके, संभोग कर

सके। इतने प्रेमपूर्ण जीवन की उम्मीद करना शायद ज़्यादती हो। शायद इस तथ्य का सामना करना बहुत मुश्किल हो, पर पिछले छह महीनों में उन दोनों ने सिर्फ एक बार संभोग किया था और इससे पहले करीब एक साल तक हर दो-तीन महीने में एक बार। क्या पति-पत्नी के बीच ऐसी दूरी होने के बावजूद भी कोई चुप रह सकता है? वह अपने जीवन में जिन लोगों का वाकई सम्मान करती है, अगर उनमें से किसी के साथ ऐसा होता, तो क्या वे इस स्थिति से समझौता कर लेते?

'देयर इज नो सच थिंग एज़ ए ड्रैगन' नामक एक बच्चों की कहानी है, जिसे जैक केंट नामक एक अमेरिकी लेखक ने लिखा है। मुझे यह कहानी बहुत पसंद है। इसका कथानक बहुत सरल है, कम से कम ऊपरी तौर पर। एक बार मैंने इस कहानी के कुछ पन्ने कुछ सेवानिवृत्त लोगों के सामने पढ़े थे, जो किसी जमाने में यूनिवर्सिटी ऑफ टोरंटो के छात्र रह चुके थे। मैंने उन लोगों को कहानी का प्रतीकात्मक अर्थ भी समझाया। यह कहानी बिली बिक्सबी नामक एक बच्चे की है, जो एक दिन देखता है कि उसके बिस्तर पर बिल्ली के आकार का एक ड्रैगन बैठा हुआ है। यह ड्रैगन खतरनाक नहीं बल्कि दोस्ताना मिजाज़ का है। बिली कुछ देर तक चुपचाप उसके पीछे-पीछे घूमता है और फिर जाकर अपनी माँ को बताता है कि उसने घर के अंदर एक ड्रैगन देखा। माँ को विश्वास नहीं होता और वह कहती है कि 'ड्रैगन जैसा कुछ नहीं होता, यह बस एक कल्पना है और शायद तुम्हें वहम हुआ होगा।' माँ के ऐसा कहते ही ड्रैगन का आकार बड़ा होने लगता है। वह बिली के सारे पैनकेक खा जाता है। बिली अपनी माँ से बार-बार कहता है कि 'घर में ड्रैगन है।' पर माँ हर बार यही कहती है कि ड्रैगन जैसा कुछ नहीं होता। हर बार जब बिली की माँ ड्रैगन के अस्तित्व को नकारती है, तो ड्रैगन का आकार बढ़ता जाता है। इस तरह वह बहुत बड़ा हो जाता है और पूरा घर उसके विशालकाय शरीर से भर जाता है। बिली की माँ घर को खाली करने की कोशिश करती है, पर उसे ऐसा करने में बहुत मुश्किल होती है। हालत यह है कि अब बिली की माँ को खिड़की के सहारे घर से बाहर जाना और वापस अंदर आना पड़ता है। क्योंकि पूरे घर को अंदर से ड्रैगन ने अपने विशालकाय शरीर से भर रखा है। फिर अचानक वह ड्रैगन बिली के पूरे घर को उठाकर वहाँ से भाग जाता है। तभी बिली के पिता ऑफिस से वापस घर आते हैं और यह देखकर हैरान रह जाते हैं कि उनका घर अपनी जगह से गायब है, अब वहाँ बस एक खाली मैदान है। वहाँ से गुज़र रहा एक डाकिया बिली के पिता को बताता है कि असल में क्या हुआ था। उसकी बात सुनते ही बिली के पिता ड्रैगन का पीछा करने के लिए उसी दिशा की ओर दौड़ पड़ते हैं, जिस दिशा की ओर ड्रैगन भागा था। आखिरकार

कुछ देर बाद बिली के पिता को ड्रैगन नज़र आ जाता है, जो उनके घर को लेकर भागा जा रहा था। वे पहले उस ड्रैगन की गरदन पर (जो अब घर से बाहर निकलकर सड़क पर नज़र आ रहा है) और फिर सिर पर चढ़कर अंततः अपनी पत्नी और बेटे बिली तक पहुँच जाते हैं, जो घर के अंदर ही थे। बिली की माँ अब भी इसी बात पर जोर देती है कि ड्रैगन जैसा कुछ नहीं होता। बिली अपनी माँ की इस बात से खीझ उठता है और जोर देते हुए कहता है, 'नहीं माँ! ड्रैगन होता है।' जैसे ही बिली के मुँह से ये शब्द निकलते हैं, ड्रैगन का आकार छोटा होने लगता है और आखिरकार छोटा होते-होते वह एक बार फिर किसी बिल्ली के आकार का हो जाता है। अब हर कोई मान लेता है कि एक तो ड्रैगन सचमुच होते हैं और दूसरा ये कि ऐसे छोटे आकार के ड्रैगन अपने विशाल समकक्षों से कहीं बेहतर होते हैं। बिली की माँ की आँखें खुल जाती हैं और वे ज़रा दुःखी होकर पूछती हैं कि 'आखिर इस ड्रैगन को इतना बड़ा होने की क्या ज़रूरत थी?' इस पर बिली कहता है, 'शायद वह चाहता था कि उस पर ध्यान दिया जाए।'

शायद बिली सच कह रहा था! दरअसल ऐसी कई कहानियाँ हैं, जिनके पीछे यही शिक्षा छिपी हुई है। घर के अंदर अराजकता धीरे-धीरे उभरती है। परिवार के सदस्यों के बीच की आपसी नाखुशी और आक्रोश धीरे-धीरे बढ़ता है पर अधिकतर मामलों में लोग हर नकारात्मक पहलू को अनदेखा कर देते हैं। जिससे उस ड्रैगन को लगातार पोषण मिलता रहता है। पर इसके बावजूद कोई किसी से कुछ नहीं कहता। अप्रत्याशित खतरों के सामने साझा समाज और घर की आपसी व्यवस्था अयोग्य साबित हो जाती है। सब अंधेरे में तीर चला रहे होते हैं। संवाद करने के लिए आक्रोश, आतंक, अकेलापन, मायूसी, ईर्ष्या, निराशा, घृणा और उकताहट जैसी अपनी प्रचंड भावनाओं को स्वीकार करना ज़रूरी होता है। पल-पल करके शांति बनाए रखना आसान होता है। लेकिन बिली बिक्सबी के घर में और उसके जैसे अन्य घरों में इस ड्रैगन का आकार बढ़ता रहता है। फिर एक दिन वह इतना विशालकाय रूप धारण कर लेता है कि उसे अनदेखा करना असंभव हो जाता है। फिर वह ड्रैगन उसी घर को नींव सहित अपनी पीठ पर उठा लेता है, जिसमें वह बड़ा हुआ था। वास्तविक जीवन में यह ड्रैगन किसी विवाहेत्तर संबंध के रूप में या तलाक के बाद बच्चों का संरक्षण हासिल करने की सालों लंबी कानूनी लड़ाई के रूप में सामने आता है, जिनके चलते लोग आर्थिक और मनोवैज्ञानिक रूप से तबाह हो जाते हैं। छद्म रूप से सुखी शादीशुदा जीवन में यह ड्रैगन छोटे-बड़े आपसी विवादों और गिले-शिकवों के रूप में बढ़ रही कड़वाहट के तौर पर सामने आता है। फिर ये सारे

विवाद और गिले-शिकवे, जिन्हें सालों तक अनदेखा किया गया था, जिनके बारे में एक-दूसरे से झूठ बोला गया था, जिन्हें बार-बार तर्कसंगत ठहराया गया था और जिन्हें सबकी नज़रों से छिपाकर रखा गया था। ये सारे गिले-शिकवे नुआ की कहानी में आई बाढ़ की तरह अचानक एक दिन फूट पड़ते हैं और अपने भीषण प्रवाह के साथ सब कुछ बहाकर ले जाते हैं। ऐसे लोगों के पास नुआ की कहानी की तरह कोई विशाल पोत या नाव नहीं होती, जिसकी मदद से बचा जा सके क्योंकि उस विशाल नाव को किसी ने निर्मित ही नहीं किया होता, जबकि इस बात का अंदाजा हर किसी को था कि एक न एक दिन तबाही आनेवाली है।

पाप और भूल-चूक की विनाशकारी शक्ति को कभी कम न समझें।

पति-पत्नी के रिश्ते में पति के विश्वासघात के चलते उन दोनों का वैवाहिक जीवन, उनका रिश्ता तबाह हुआ था। शायद उन दोनों को अपने यौन-जीवन के बारे में एक-दूसरे से बातचीत करनी चाहिए थी। उनके बीच जो शारीरिक अंतरंगता थी, शायद वह उनकी मनोवैज्ञानिक अंतरंगता से मेल खा जाती - इन दोनों अंतरंगताओं में मेल न खाने की समस्या कई जोड़ों में होती है। शादी के रिश्ते में वे दोनों जो भूमिका निभा रहे थे, शायद उसके माध्यम से वे झगड़ भी सकते थे। हालिया दशकों में मुक्ति और स्वतंत्रता के नाम पर अधिकतर जोड़ों के बीच घर के काम काज की पारंपरिक श्रम-विभाजन व्यवस्था ध्वस्त हो चुकी है। हालाँकि इस विध्वंस के परिणामस्वरूप पैदा हुई अराजकता, संघर्ष और अनिश्चितता से अधिकतर जोड़ों के बीच आपसी रोक-टोक में कोई कमी नहीं आई है। अत्याचार से बचने के बाद पीड़ित व्यक्ति के लिए आमतौर पर सीधे स्वर्ग का दरवाजा नहीं खुलता बल्कि लक्ष्यहीनता, भ्रम और तमाम कमियों के बीच उसे किसी निर्जन स्थान पर अपना डेरा डालना पड़ता है। इसके अलावा, चूँकि अब आपसी सहमति से बनी एक परंपरा का (और इसके चलते थोपी गई बाध्यताओं का - जो अक्सर असहज और यहाँ तक कि अक्सर अनुचित भी होती है) अभाव है इसलिए अब सिर्फ तीन ही विकल्प बचते हैं, जो खासे मुश्किल भी हैं, वे हैं - गुलामी, अत्याचार या फिर बातचीत की मदद से आपस में समझौता करना। एक गुलाम को हमेशा वही करना होता है, जो उससे करने के लिए कहा जाता है। शायद वह अपनी जिम्मेदारी को छोड़कर खुश हो और इस तरीके से वह जटिलता की समस्या को सुलझा लेता हो। पर यह एक अस्थायी समाधान है। गुलाम की आत्मा एक दिन विद्रोह कर ही देती है। एक अत्याचारी व्यक्ति अपने गुलाम को सिर्फ यह बताता है कि उसे क्या करना होगा

और इस तरीके से वह जटिलता की समस्या को सुलझा देता है। पर यह भी एक अस्थायी समाधान है। उनके बीच एक पूर्व अनुमानित सुस्त आज्ञाकारिता के अलावा कुछ और नहीं है। भला इस तरह कोई हमेशा कैसे रह सकता है? पर बातचीत की मदद से आपसी समझौता संभव है, इसके लिए ज़रूरी है कि दोनों पक्ष साफ दिल के साथ यह स्वीकार करें कि ड्रैगन का अस्तित्व होता है। यह एक ऐसी सच्चाई है, जिसका सामना करना बहुत मुश्किल होता है। भले ही मुकाबला करने के मकसद से सामने खड़े शूरवीर की तुलना में यह सच्चाई कितनी भी छोटी हो।

शायद पति-पत्नी को एक-दूसरे के सामने सटीक शब्दों में यह स्पष्ट करना चाहिए था कि उन्हें कैसे जीना चाहिए। इस तरह शायद वे अपने जीवन में अचानक आई अराजकता के अनियंत्रित सैलाब को रोक पाते और उसमें डूबने से बच जाते। आपसी सहमति, आलस्यपूर्ण और कायराना तरीके के बजाय उन्हें ऐसा करना चाहिए था, 'इट्स ओके।' इस मसले पर संघर्ष करने का कोई फायदा नहीं है। शादी इतनी महत्वपूर्ण है ही नहीं कि उसके लिए संघर्ष किया जाए। आप एक ऐसी शादी में फँसे हुए हैं, जैसे एक प्रसिद्ध कहानी में दो बिल्लियाँ लकड़ी के एक बैरल में फँसी हुई थीं और एक ऐसी शपथ में बँधी हुई थीं, जो आपमें से किसी एक के या फिर दोनों के मरने के बाद ही टूटेगी। यह शपथ इसलिए है ताकि आप दोनों अपनी स्थिति को गंभीरता से लें। क्या आप सचमुच चाहते हैं कि जब तक आपकी शादी टिके, तब तक आप हर रोज तुच्छ झुंझलाहट का शिकार बनें?

'क्या मैं ऐसा विश्वासघात सहन कर सकती हूँ?' आप खुद से पूछती हैं। शायद आपको सहन करना चाहिए। वैसे भी आप कोई सच्ची सहनशीलता की आदर्श तो हैं नहीं। और हो सकता है कि अगर आप अपने जीवनसाथी से इस बात का जिक्र करें कि कैसे उसके मस्तीभरे ठहाके अब आपको किसी बकवास शोर जैसे लगने लगे हैं, तो वह भी स्पष्ट शब्दों में आपसे यही कह दे कि 'भाड़ में जाओ तुम।' हो सकता है कि गलती आपकी हो और आपको परिपक्व होने की ज़रूरत हो। शायद आपको खुद को सँभालना चाहिए और अपना मुँह बंद रखना चाहिए। पर यह भी हो सकता है कि सामाजिक आयोजनों में किसी बेवकूफ की तरह जोर-जोर से हँसना आपके जीवनसाथी को शोभा न देता हो। इस मामले में आपको कतई चुप नहीं रहना चाहिए और उसे उसकी बेवकूफी का एहसास कराना चाहिए। ऐसे हालात में सिर्फ आपस में झगड़ा करके - आपसी शांति स्थापित करने के उद्‌देश्य से किया गया झगड़ा ही सच को सामने ला सकता है। पर आप ऐसा करने के बजाय चुप रहती हैं और

खुद को यह दिलासा देती रहती हैं कि आप ऐसा इसलिए कर रही हैं क्योंकि आप एक अच्छी, शांतिप्रिय और धैर्यवान महिला हैं (और इससे बड़ा कोई झूठ नहीं हो सकता)। जब आप ऐसा करती हैं, तो बिली बिक्सबी के नन्हें ड्रैगन की तरह आपकी यह समस्या भी विकराल रूप धारण करने लगती है।

हो सकता है कि आपसी यौन-संबंधों में असंतोष के बारे में सटीक शब्दों में खुलकर बातचीत करना पति-पत्नी के इस जोड़े के काफी काम आता - पर इस विषय पर खुलकर बातचीत करना आसान नहीं होता। हो सकता है कि मोहतरमा गुप्त रूप से अपने और अपने पति के बीच की अंतरंगता खत्म करना चाहती रही हों। क्योंकि वे खुद यौन-संबंधों के मामले में गुपचुप व गहन रूप से उभयभावी प्रवृत्ति की (Ambivalent) हों और इस बारे में उनकी भावनाएँ मिली-जुली किस्म की हों। असली कारण क्या था, यह तो ईश्वर ही जाने। शायद पति महोदय एक निहायत ही वाहियात और स्वार्थी प्रेमी रहे हों। या हो सकता है कि वे दोनों ही ऐसे हों। ऐसे हालात में सुधार लाने की जी-तोड़ कोशिश करना सचमुच ज़रूरी था, है ना? जिंदगी में ऐसी स्थिति अक्सर बनती रहती है, है ना? शायद उन पर ध्यान देने और आपस की समस्याओं को सुलझाने (क्या पता, सब सुलझ जाए) के लिए अगर कुछ महीनों तक एक-दूसरे से लगातार सच बोलना पड़े और इसके कारण घर में बहस और तनाव होता रहे, तब भी ऐसा करना बुरा नहीं है। पर ऐसा करने का कारण दूसरे को नीचा दिखाना और आपसी बहस में जीतना नहीं होना चाहिए क्योंकि यह सच की खोज नहीं बल्कि सीधे-सीधे लड़ाई-झगड़े को न्यौता देना है।

शायद उनके बीच का असली मसला उनके यौन-संबंधों में असंतोष का नहीं था। हो सकता है कि उनके बीच होनेवाली हर बातचीत उकताऊ दिनचर्या जैसी हो गई हो और दोनों के बीच की साझा रोमांचक गतिविधियाँ भी एक-दूसरे से उनकी उकताहट को कम न कर पा रही हों। शायद रिश्ते को जिंदा रखने की जिम्मेदारी निभाने के बजाय एक-दूसरे से हर पल, हल दिन थोड़ा-थोड़ा दूर होते जाना ज़्यादा आसान था। वैसे भी जब जिंदा चीज़ों पर ध्यान नहीं दिया जाता, तो एक न एक दिन वे मर ही जाती हैं। जीवन को खुशी से जीने लायक बनाने के लिए निरंतर कोशिशें करना ज़रूरी होता है। अपनी जिंदगी में किसी को भी इतना परिपूर्ण जीवनसाथी नहीं मिलता कि उसके आने के बाद रिश्ते पर निरंतर ध्यान देने और उसे लगातार बेहतर बनाने के लिए अपनी ओर से प्रयास करने की ज़रूरत ही न रह जाए। अगर संयोग से आपको ऐसा कोई परिपूर्ण जीवनसाथी मिल भी जाता है, तो यह तय है कि वह

मौका पाते ही आपसे दूर भाग जाएगा क्योंकि आप स्वयं परिपूर्ण नहीं हैं और फिर आप बस पछताते रह जाएँगे। सच यह है कि आपको जिसकी ज़रूरत है और आप जिसके लायक हैं – वह भी करीब-करीब आपकी ही तरह अपूर्ण होगा।

हो सकता है कि वह पति, जिसने अपनी पत्नी के साथ विश्वासघात किया, एक निहायत ही अपरिपक्व और स्वार्थी व्यक्ति हो। शायद उसका स्वार्थीपन उस पर बुरी तरह हावी हो। यह भी संभव है कि पत्नी ने उसकी इस प्रवृत्ति का पुरजोर विरोध न किया हो। हो सकता है कि बच्चों को अनुशासित करने के मामले में पति के साथ उसकी सहमति न बनी हो, जिसके परिणाम स्वरूप उसने पति को बच्चों से दूर कर दिया हो। शायद इसीलिए पति को जो जिम्मेदारी पहले से ही अप्रिय लग रही थी, उसे लेकर उसके अंदर विश्वासघात का भाव आ गया। हो सकता है कि माता-पिता के मनमुटाव और झगड़ों के कारण बच्चों के मन में भी नफरत पैदा होने लगी हो और उन्हें अपनी माँ के द्वेषपूर्ण व्यवहार को झेलना पड़ रहा हो साथ ही वे धीरे-धीरे अपने उस पिता से दूर हो गए हों, जो किसी जमाने में एक अच्छा पिता था। हो सकता है कि पत्नी अपने पति को – या पति अपनी पत्नी को जो खाना परोसता हों, वह ठंडा और बासी होता हो और उसे बड़ी ही भावनात्मक कड़वाहट के साथ खाया जाता हो। शायद उनके बीच की इन तमाम समस्याओं ने, जिन्हें कभी सुझलाने की कोशिश नहीं की गई; दोनों को एक-दूसरे के प्रति द्वेषपूर्ण बना दिया हो, जो शब्दों के बजाय एक-दूसरे के साथ रोज़मर्रा के जीवन में की गई हरकतों में प्रभावी ढंग से जाहिर होता हो। शायद इन अनकही कड़वाहटों ने दोनों के बीच के सारे अदृश्य पुलों को ध्वस्त कर दिया हो, जो उनकी शादीशुदा जिंदगी को सँभाले हुए थे और उन दोनों के लिए एक-दूसरे के करीब जाने का रास्ता थे। हो सकता है कि एक-दूसरे के प्रति सम्मान का भाव धीरे-धीरे घृणा और तिरस्कार में बदल गया हो और दोनों में से किसी ने भी उस पर ध्यान देने की विनम्रता न दिखाई हो। शायद दोनों के बीच का प्रेम बिना कुछ कहे-सुने ही आपसी नफरत में तब्दील हो गया हो।

जब सब कुछ स्पष्ट और सटीक ढंग से व्यक्त किया जाता है, तो हर चीज़ साफ-साफ दिखाई देने लगती है; पर न तो पति और न ही पत्नी ने कभी यह चाहा कि हर चीज़ को स्पष्ट ढंग से देखा और समझा जाए। शायद उन्होंने जान-बूझकर अपने बीच की चीज़ों को अस्पष्ट व धुँधला रखा। हो सकता है कि यह धुँधलापन उन्होंने खुद ही पैदा किया हो ताकि वे उन चीज़ों को उस धुँध में छिपा सकें, जिन्हें

वे खुद देखना नहीं चाहते। भला इन मोहतरमा को एक प्रेमिका से, बच्चों की माँ या घर की नौकरानी बनकर क्या मिला? क्या शादी के बाद यौन-जीवन का पूरी तरह खत्म होना उसके लिए राहत की बात थी? क्या अब जब पति उससे दूर होने लगा था, तो क्या इस बारे में अपनी माँ और पड़ोसियों से शिकायत करके मोहतरमा को ज़्यादा फायदा हो रहा था? हो सकता है कि शादी से जितनी संतुष्टि हासिल की जा सकती है, भले ही वह कितनी भी आदर्श शादी हो, उससे कहीं ज़्यादा संतुष्टि उसे अपने पति की बुराई और शिकायत करने से मिलती हो। वैसे भी 'पति द्वारा सताई गई दुखियारी पत्नी' जैसी परिष्कृत और सुव्यवस्थित शहादत से मिलनेवाले सुख की तुलना और किसी चीज़ से कैसे की जा सकती है... 'वह बेचारी कितनी अच्छी महिला है, बिलकुल किसी संत जैसी है, जबकि उसका पति कितना घटिया आदमी है। उसका पति उसके योग्य नहीं है। वह कहीं बेहतर पुरुष की हकदार है।' अपना मन बहलाने के लिए ये भ्रम वाकई बढ़िया होते हैं, भले ही इन पर अचेतन ढंग से विश्वास किया गया हो (वास्तविकता जो भी थी, वह भाड़ में जाए)। हो सकता है कि उसे कभी अपना पति पसंद ही न रहा हो। यह भी हो सकता है कि उसे कभी पुरुष ही पसंद न रहे हों और अब भी न हों। शायद उसे ऐसा बनाने के पीछे उसकी माँ का हाथ हो या शायद उसकी दादी अथवा नानी का। हो सकता है कि वह जाने-अंजाने अपनी माँ, दादी या फिर नानी के व्यवहार की नकल कर रही हो, उनकी समस्याओं जैसी समस्याएँ अपने जीवन में भी खड़ी कर रही हो, जो उसके परिवार की आनेवाली हर पीढ़ी में अचेतन व अव्यक्त रूप से प्रसारित होती गई हों। शायद इस तरह वह अपने पिता या अपने भाई या फिर समाज से बदला लेने की कोशिश कर रही हो।

घर में पति का यौन-जीवन खत्म होने से पति को खुद क्या हासिल हुआ? क्या वह भी स्वेच्छा से पत्नी की तरह ही खुद को 'पत्नी से पीड़ित दुखियारे पति' के रूप में पेश करता रहा और अपने अंदर की कड़वाहट व्यक्त करते हुए अपने दोस्तों से इस बारे में शिकायत करता रहा? क्या उसने एक नई प्रेमिका ढूँढ़ने की अपनी इच्छा को पूरा करने के लिए पत्नी के व्यवहार और घर की कलह को एक बहाने के तौर पर इस्तेमाल किया? क्या शादी से पहले कई महिलाओं द्वारा ठुकराए जाने के कारण पैदा हुए द्वेष को सही ठहराने के लिए उसने अपने कलहपूर्ण शादीशुदा जीवन को एक बहाने के तौर पर इस्तेमाल किया? चूँकि उसे चाहनेवाला कोई नहीं था, तो क्या यह उसके लिए आलसीपन और मोटापा बढ़ाने का अवसर बन गया?

यह भी संभव है कि पति और पत्नी दोनों ने अपनी शादीशुदा जिंदगी को तबाह करने को, ईश्वर से बदला लेने के अवसर के तौर पर इस्तेमाल किया हो (शायद वही उनके तबाह होते रिश्ते को बचा सकता था)।

इस प्रकार के मामलों के पीछे की भयावह सच्चाई कुछ ऐसी है: शादीशुदा जीवन के असफल होने के पीछे का हर वह कारण, जिसे अनदेखा किया गया, समझा नहीं गया, जिस पर सोच-विचार नहीं किया गया और जो स्वैच्छिक था, वह पति के धोखे और आत्म-विश्वासघात की शिकार पत्नी को जीवनभर सताता रहेगा, आहत करता रहेगा और दुःख देता रहेगा। पति के मामले में भी ठीक ऐसा ही होगा। पति हो या पत्नी, उन्हें अपने शादीशुदा जीवन में ऐसी स्थिति लाने के लिए असल में कुछ करने की ज़रूरत नहीं होती। ध्यान न देना, गौर न करना, प्रतिक्रिया न देना, उपस्थित न रहना, चर्चा न करना, विचार न करना, आपसी शांति स्थापित करने के लिए कोई प्रयास न करना, जिम्मेदारी न उठाना काफी होता है। अराजकता का सामना करके उसे व्यवस्था में तब्दील न करना और सिर्फ इंतजार करना, कुछ और नहीं बल्कि बचकानापन है। इससे सिर्फ अराजकता ही बढ़ती है और एक दिन इस हद तक बढ़ जाती है कि आपको खा जाती है।

अगर चीज़ों को अनदेखा करने से भविष्य में अनिवार्य रूप से ज़हर घुलनेवाला है, तो फिर ऐसा करना ही क्यों? हर असम्मति और गलती के पीछे राक्षसी संभावना घात लगाए बैठी होती है। हो सकता है कि आपका अपने जीवनसाथी से जो झगड़ा चल रहा है या नहीं चल रहा है, वह आपका रिश्ता टूटने से पहले चरण का संकेत हो। हो सकता है कि आपका रिश्ता इसलिए टूट रहा हो क्योंकि आप एक बुरे व्यक्ति हैं। कम से कम आंशिक रूप से तो ऐसा हो ही सकता है, है ना? किसी समस्या का समाधान करने के लिए ज़रूरी तर्क-वितर्क करना, एक साथ दो खतरनाक और अभागी संभावनाओं का सामना करने की इच्छा को अनिवार्य बना देता है। पहली संभावना है अराजकता और दूसरी है नर्क। अराजकता आपके रिश्ते की, सभी रिश्तों की और स्वयं जीवन की संभावित नाजुकता है और नर्क यानी यह तथ्य कि आप और आपका जीवनसाथी दोनों ही ऐसे लोग हो सकते हैं, जो इतने बुरे हैं कि उनका आलस्य और द्वेष सब कुछ तबाह करने के लिए काफी है। इस स्थिति से बचने की कई प्रेरणाएँ हो सकती हैं, पर उनमें से कोई भी मददगार साबित नहीं होती।

जब अस्पष्टता से जीवन सुस्त और फीका हो जाता है, तो फिर अस्पष्ट क्यों बने रहना? हाँ, अगर आपको यह पता ही नहीं है कि आप कौन हैं, तो आप अपने

संदेह व अस्पष्टता की आड़ में छिप सकते हैं। हो सकता है कि आप एक बुरे, लापरवाह और बेकार व्यक्ति न हों। कौन जाने? आप तो नहीं जानते, खासकर तब, जब आप इस बारे में सोच-विचार करने से इनकार कर चुके हों। जबकि आपके पास ऐसा न करने के कई कारण हैं। पर किसी चीज़ के बारे में सोच-विचार न करने से आप उस चीज़ से बच नहीं सकते। ऐसा करके आप सिर्फ अपने दोषों और कमियों की सीमित सूची की विस्तृत, विशिष्ट और स्पष्ट जानकारी के बदले अपनी अपरिभाषित संभावित कमियों और अयोग्यताओं की लंबी सूची का सौदा कर रहे होते हैं।

जब वास्तविकता का पता होने से ज्ञान में महारथ (और अगर महारथ नहीं, तो कम से कम एक ईमानदार शौकीन व्यक्ति की हैसियत) हासिल करने का सामर्थ्य आता है, तो फिर सोच-विचार और विवेचना से इनकार क्यों करना? खैर, अगर स्थिति सचमुच गंभीर रूप से बिगड़ चुकी है, तो फिर क्या? क्या ऐसे में अपने आसपास की वास्तविकता के प्रति जानबूझकर अंधे बने रहना और चीज़ों को नज़रअंदाज करना बेहतर नहीं है? नहीं! अगर राक्षस सचमुच असली है, तो कतई नहीं! क्या आपको सचमुच लगता है कि समस्याओं के बढ़ते सैलाब का सामना करने के लिए ख़ुद को तैयार न करना और अपने कदम पीछे हटाकर अपनी ही नज़रों में गिर जाना एक बेहतर चुनाव है? क्या आप वाकई यह मानते हैं कि विपदा को चुपचाप अधिक गंभीर होने देना और खुद सिकुड़कर बैठ जाना व अपने डर को बढ़ने देना समझदारी है? क्या ये बेहतर नहीं होगा कि आप इससे निपटने की तैयारी करें, अपनी तलवार की धार तेज करें और निडर होकर अंधेरे के अंदर झाँकते हुए शेर की माँद में घुसकर उसका सामना करें? हो सकता है कि इस कोशिश में आप घायल हो जाएँ। इस बात की काफी संभावना है कि आप वहाँ से बिना चोटिल हुए नहीं लौटेंगे। आखिरकार जीवन एक पीड़ा ही तो है। पर शायद आपकी चोट, आपके घाव इतने गंभीर नहीं होंगे कि वे आपकी जान ले लें।

दरवाजे पर दस्तक दे रही समस्या पर सोच-विचार कर साहस के साथ उसका सामना करने के बजाय अगर आप इंतजार करेंगे, तो निश्चित ही आपके हालात और बिगड़ जाएँगे। फिर आपके साथ अनिवार्य रूप से वही होगा, जो आप कतई नहीं चाहते और वह भी तब होगा, जब आप उसके लिए कम से कम तैयार होंगे। जब आप कमजोर होंगे, तभी वह आपके सामने वह प्रकट होगा और अपने सबसे विकराल रूप में प्रकट होगा, जिसका सामना करने से आप अब तक कतरा रहे हैं।

फिर आपको पराजित होने से कोई नहीं बचा पाएगा।

बड़े होते आवर्त्त में गोल-गोल चक्कर काटता बाज़
अपने मालिक को सुन नहीं सकता;
सब चीज़ें बिखर रही हैं, केन्द्र के वश में नहीं हैं;
केवल अराजकता छाई है पूरे संसार में,
रक्तरंजित ज्वार-भाटा छोड़ दिया गया है, और चारों ओर
भोलेपन की रस्म खत्म हो गई है;
अच्छे लोगों में दृढ़ विश्वास की कमी है, जबकि बुरे लोग
जोशीले उन्माद से भरे हुए हैं।
(विलियम बटलर येट्स, 'द सेकंड कमिंग')

जब स्पष्ट व सटीक विवरण सामने रखने से समस्या का हल हो सकता है, तो फिर इससे इनकार क्यों करना? क्योंकि समस्या का स्पष्ट व सटीक विवरण सामने रखने का अर्थ है समस्या के अस्तित्व को स्वीकार करना। इसका अर्थ है, खुद को यह जानने की अनुमति देना कि आप अपने दोस्त या प्रियतम से क्या चाहते हैं और उससे क्या कहना चाहते हैं? और तब आप स्पष्ट तौर पर यह जान सकेंगे कि उसके न मिलने से आपको गहरी चोट पहुँचेगी। पर इससे आपको कुछ सीखने को मिलेगा, जिसका इस्तेमाल आप भविष्य में करेंगे। उस गहरी पीड़ा का विकल्प है- निरंतर बनी रहनेवाली निराशा, अस्पष्ट विफलता और आपके हाथ से धीरे-धीरे फिसलते समय के एहसास की सुस्त पीड़ा।

स्पष्ट व सटीक विवरण सामने रखने से इनकार क्यों करना? क्योंकि जब आप सफलता को परिभाषित करने में असफल हो रहे होंगे (और परिणामस्वरूप उसे असंभव बना रहे होंगे) तो आप अपने सामने असफलता को परिभाषित करने से भी इनकार कर रहे होंगे। ताकि अगर आप असफल हों जाएँ, तो उस पर गौर न कर सकें और असफलता से होनेवाली पीड़ा आपको न झेलनी पड़े। पर यह कारगर सिद्ध नहीं होगा! अगर आप इस रास्ते पर बहुत दूर नहीं निकले हैं तो आपको इतनी आसानी से मूर्ख नहीं बनाया जा सकता! बल्कि आप तो निराशा की एक निरंतर भावना और उसके साथ आनेवाली आत्म-घृणा व संसार के प्रति बढ़ती घृणा को अपने अस्तित्व में साथ लेकर चलेंगे।

ज़रूर कोई पर्दाफाश होनेवाला है;

ज़रूर कोई दूसरा अवतार आनेवाला है।
दूसरा अवतार! ये शब्द मुँह से निकलते ही
सामूहिक स्मृति से निकली विशाल छवि
मेरी नज़रों को परेशान कर देती है: रेगिस्तान की रेत में कहीं;
शेर का शरीर और इंसानी सिर की आकृति;
भावशून्य और सूर्य जैसी निर्मम टकटकी
अपनी मंद चाल से आगे बढ़ रही है, जबकि इसके आसपास
रेगिस्तान के क्रोधित परिंदों की छायाएँ गोल-गोल घूम रही हैं।
अंधेरा फिर छा जाता है पर अब मैं जानता हूँ
बीस शताब्दियों की पथरीली नींद
हिचकोले खाते पालने के दु:स्वप्नों से संतप्त है,
और कैसा बर्बर जंगली जानवर, अंतत: जिसका समय आ गया है,
बेढब चाल से जन्म लेने बेथलेहम की ओर बढ़ रहा है?

क्या हो अगर धोखे की शिकार पत्नी, जो अब अपनी हताशा से प्रेरित है, अतीत, वर्तमान और भविष्य की सभी असंगतियों का सामना करने का दृढ़ संकल्प ले ले? क्या हो, अगर अब वह इसे पूरे झमेले को निपटाने की ठान ले, भले ही आज तक वह हमेशा ही ऐसा करने से बचती रही हो और इसी के चलते आज वह पहले से कहीं अधिक कमज़ोर और दुविधाग्रस्त हो? शायद यह प्रयास करीब-करीब उसकी जान ले लेगा (पर अब वह जिस दोराहे पर पहुँच गई है, वह तो वैसे भी मौत से बदतर है)। इन झमेले से बाहर निकलने, इससे छुटकारा पाने और एक तरह से नया जन्म लेने के लिए उसे वास्तविकता को पूरी स्पष्टता से समझना होगा। क्योंकि इससे पहले उसने इस वास्तविकता को अपनी अज्ञानता और नकली शांति के पर्दे के पीछे बड़े ही सुविधाजनक ढंग से छिपा रखा था। एक ऐसे संसार में जहाँ 'सब कुछ' तबाह हो चुका है, वहाँ उसे अपनी विशिष्ट तबाही के विवरण को अस्तित्व की असहनीय पर सामान्य स्थिति से अलग करके देखना होगा। हालाँकि यह कहना ज़रा ज़्यादती होगी कि संसार में 'सब कुछ' तबाह हो गया है। दरअसल सब कुछ नहीं बल्कि कुछ विशिष्ट चीज़ें थीं, जो तबाह हुई हैं; जिन विश्वासों और मान्यताओं से हम खुद को जोड़कर देखते थे, वे असफल हो चुकी हैं; कुछ विशेष क्रियाएँ झूठी और अप्रामाणिक थीं। पर वे कौन सी मान्यताएँ और क्रियाएँ थीं? और उन्हें फिर से ठीक करने के लिए क्या करना होगा। भविष्य में उस महिला की स्थिति बेहतर कैसे होगी? अगर वह सब कुछ समझने में नाकाम रही या उसने ऐसा करने से इनकार कर

दिया, तो वह कभी सामान्य जीवन में नहीं लौट सकेगी। वह सटीक विचारों, सटीक शब्दों और उन शब्दों पर अपनी निर्भरता के माध्यम से अपनी बिखरी हुई दुनिया को फिर से समेट सकती है। पर शायद चीज़ों को, दुविधाओं की धुँध में छोड़ देना ही बेहतर है। शायद अब उसके लिए यहाँ कुछ बचा ही नहीं है। शायद उसकी बहुत सी चीज़ें सामने आने और विकसित होने से रह गई हैं। शायद अब उसके अंदर कोई कोशिश करने की ऊर्जा बची ही नहीं है...।

अगर पहले उसने अपनी अभिव्यक्तियों, अपनी भावनाओं में थोड़ा साहस, ईमानदारी और परवाह दिखाई होती, तो शायद उसे इन समस्याओं का सामना करना ही नहीं पड़ता। क्या होता, अगर उसने अपनी रूमानी जिंदगी में आ रहे पतन के प्रति अपनी नाखुशी तभी जता दी होती, जब इसकी शुरुआत हुई थी? ठीक उस समय, जब इस पतन ने उसे परेशान करना शुरू किया था? और अगर वह इससे कभी परेशान हुई ही न हो तो? क्या होता, अगर उसने इस तथ्य का पहली बार एहसास करते ही फौरन अपनी नाखुशी जता दी होती? क्या होता, अगर उसने घरेलू जिंदगी को सँवारने की अपनी कोशिशों के प्रति पति की घृणा का सामना पूरी स्पष्टता और सावधानी से साथ कर लिया होता? क्या उसे अपने पिता और समाज के प्रति अपने अंदर पल रहे द्वेष (और इसके परिणामस्वरूप उसके अपने रिश्ते में फैले जहर) का पता चल गया होता? क्या होता, अगर उसने यह सब ठीक कर दिया होता? आज वह कितनी सशक्त हो गई होती? अपनी कठिनाइयों का सामना करने से बचने की उसकी कोशिश कितनी कम हो गई होती? और तब वह अपनी, अपने परिवार और अपने संसार की देखभाल कितनी अच्छी तरह कर पाती?

क्या होता, अगर उसने दीर्घकालिक सच और शांति के लिए लगातार और पूरी ईमानदारी से टकराव का खतरा तभी मोल ले लिया होता, जब समस्या खड़ी हो रही थी? क्या होता, अगर उसने अपने रिश्ते को धीरे-धीरे तोड़ रही समस्याओं को ऐसी अंतर्निहित अस्थिरता के रूप में देखा होता, जिसे नज़रअंदाज करने, सहने और जिसके बावजूद चेहरे पर मुस्कुराहट बनाए रखने के बजाय उस पर फौरन ध्यान देने की ज़रूरत है? तब शायद उसकी स्थिति अलग होती और शायद उसके पति की भी। तब शायद वे अब भी एक पति-पत्नी होते, औपचारिक तौर पर भी और भावनात्मक तौर पर भी। तब शायद उनकी मानसिक और शारीरिक स्थिति पर बढ़ती उम्र का असर नज़र नहीं आता। तब शायद उसका घर टूटने की कगार पर नहीं होता।

जब चीज़ें तबाह हो जाती हैं और फिर से अराजकता फैल जाती है, तो हम

अपनी बातचीत से उसे एक ठोस संरचना देकर, व्यवस्था को फिर से स्थापित कर सकते हैं। अगर हम सावधानी से सटीक बातचीत करें, तो चीज़ों को ठीक करके उन्हें सही स्थान पर स्थापित कर सकते हैं और एक नया उद्देश्य तय करके सामुदायिक रूप से उस उद्देश्य को पूरा कर सकते हैं - बस इसके लिए हमें आपस में सुलह-समझौते करते हुए एकमत होना होगा। पर अगर हम लापरवाह और गलत ढंग से बातचीत करेंगे, तो चीज़ें अस्पष्ट ही बनी रहेंगी और हम अपने उद्देश्य तक पहुँच नहीं सकेंगे। फिर अनिश्चितता की धुँध छाई रहेगी और संसार में कोई सुलह-समझौता संभव नहीं होगा।

आत्मा और विश्व का निर्माण

मानस (आत्मा) और संसार दोनों ही भाषा के साथ संवाद के माध्यम से मानव अस्तित्व के सबसे उच्चतम स्तर पर संगठित है। जब नियत और वांछित परिणाम नहीं मिलता, तो चीज़ें वैसी नहीं होतीं, जैसी वे नज़र आती हैं। जब अस्तित्व का व्यवहार सही नहीं होता, तो इसका अर्थ यही है कि उसे उचित श्रेणियों में वर्गीकृत नहीं किया गया है। जब कुछ गड़बड़ हो जाए, तो मूल्यांकन, सोच-विचार और कर्म के अलावा धारणा पर भी सवाल उठाए जाने चाहिए। जब कोई गलती सामने आती है, तो वहाँ एक अराजकता होती है। इसका साँप समान रूप आपको जड़ करके दुविधाग्रस्त बना देता है। पर ड्रैगन्स्, जिनका अस्तित्व सचमुच होता है (शायद किसी भी अन्य चीज़ के अस्तित्व से ज़्यादा) वे सोने की जमाखोरी भी करते हैं। इस पतन में भी अनबूझे अस्तित्व के भयावह झमेले में एक नई और परोपकारी व्यवस्था की संभावना छिपी होती है। इस व्यवस्था का आवाहन करने के लिए विचारों की स्पष्टता - विचारों की साहसी स्पष्टता - की ज़रूरत होती है।

समस्या पैदा होते ही जल्द से जल्द उसे स्वीकार भी करना होगा। 'मैं नाखुश हूँ' एक अच्छी शुरुआत है (न कि 'नाखुश होना मेरा अधिकार है' क्योंकि समस्या हल करने की प्रक्रिया की शुरुआत में ऐसी बात वाकई संदिग्ध है)। शायद मौजूदा हालातों में आपकी नाखुशी जायज है। आपकी जगह कोई भी होता, तो शायद वह भी नाराज़ और दुःखी ही महसूस करता। पर क्या ऐसा नहीं हो सकता कि आप अपरिपक्व हैं और बेवजह शिकायतें करते रहना आपकी आदत है? इन दोनों बातों पर समान रूप से विचार करके देखें, भले ही इन पर विचार करना आपको कितना भी बुरा लगे। वैसे आप कितने अपरिपक्व हो सकते हैं? दरअसल अपरिपक्वता की कोई सीमा नहीं होती। पर अगर आप यह स्वीकार कर लें कि आप अपरिपक्व हैं,

तो कम से कम अपने अंदर थोड़ा सुधार तो ला ही सकते हैं।

हम जटिल और पेचीदा अराजकता की बारीकी से व्याख्या करते हैं और अपने साथ-साथ चीज़ों की प्रकृति का भी विस्तृत विवरण प्रस्तुत करते हैं। हमारी रचनात्मक और संवाद संबंधी खोज द्वारा दुनिया का पुनर्जन्म इसी तरह होता है। हम स्वेच्छा से जिन चीज़ों का सामना करते हैं, वही हमें आकार देती हैं और जानकार बनाती हैं। इस प्रकार सामना करने पर हम अपने उस संसार को एक नया आकार दे देते हैं, जिसमें हम रहते हैं। ऐसा करना बहुत कठिन होता है, पर यहाँ कठिनता प्रासंगिक नहीं है क्योंकि इसका जो विकल्प है, वह तो और बदतर है।

शायद वह धोखेबाज पति रात को खाने के वक्त पत्नी से बातचीत करना भी नज़रअंदाज करता था क्योंकि उसे अपने काम से नफरत थी, वह ऑफिस से लौटने के बाद थका हुआ रहता था और उसके अंदर द्वेष बढ़ता जा रहा था। शायद उसे अपने काम से इसलिए नफरत थी क्योंकि वह अपना कॅरियर उस क्षेत्र में बनाना नहीं चाहता था, पर पिता के दबाव के कारण उसे ऐसा करना पड़ा। या तो उसमें अपने पिता का विरोध करने की हिम्मत नहीं थी या फिर वह अपने माता-पिता के प्रति कुछ ज़्यादा ही 'वफादार' था। वह अपनी पत्नी पर और अपनी शादीशुदा जिंदगी पर ध्यान नहीं देता था और शायद उसकी पत्नी यह सब इसलिए चुपचाप बरदाश्त करती रही क्योंकि उसे ऐसा लगता था कि पति के ऐसा करने पर सवाल उठाना धृष्टता होगी और अगर वह फिर भी ऐसा करती है, तो यह अनैतिक होगा। हो सकता है कि उस महिला को अपने पिता के गुस्से से नफरत रही हो और इसीलिए उसने कम उम्र में ही यह तय कर लिया हो कि हर तरह की आक्रामकता व दबंग व्यवहार नैतिक रूप से हमेशा गलत ही होता है। शायद उसे यह लगा हो कि अगर उसकी अपनी कोई ठोस राय या मत होंगे, तो उसका पति उसे प्रेम नहीं करेगा। इस तरह की चीज़ों में फैली अराजकता को कम करके वापस व्यवस्थित करना बहुत मुश्किल होता है - पर अगर समस्याओं को पहचाना और सुलझाया नहीं जाएगा तो क्षतिग्रस्त व्यवस्था लगातार खराबियाँ पैदा करती रहेगी।

गेहूँ से चोकर अलग करना

सटीकता, विस्तृत स्पष्टता लेकर आती है। जब कोई भयावह घटना होती है, तो सटीकता ही उस घटना के किसी एक अद्वितीय भयावह पहलू को, उन अन्य भयावह पहलुओं से अलग करती है, जो वहाँ हो सकते थे। अगर आपकी नींद भयावह पीड़ा के साथ खुलती है, तो हो सकता है कि आप मर रहे हों। हो सकता है

कि विभिन्न किस्म के भयावह व दर्दनाक रोगों में से किसी एक रोग ने आपको अपनी चपेट में ले लिया हो और इसीलिए आप मर रहे हों। अब ऐसी स्थिति में अगर आप अपने डॉक्टर को अपनी तकलीफ बताने से इनकार कर देंगे, तो यह बात स्पष्ट नहीं हो सकेगी कि आप किस बीमारी की चपेट में हैं: आपको ऐसी कोई भी बीमारी हो सकती है - जिसका वर्णन करना निश्चित ही मुश्किल है (चूँकि आपने तकलीफ का ब्यौरा डॉक्टर को बताने से इनकार कर दिया है, जबकि आपका इलाज करने के लिए ऐसा करना यानी तकलीफ के बारे में साफ-साफ बताना ज़रूरी है)। पर अगर आप अपने डॉक्टर से इस बारे में बातचीत करते हैं, तो किस्मत से सारी संभावित भयावह बीमारियों में से उस एक बीमारी का पता लग जाएगा, जिसने आपको अपनी चपेट में ले रखा है और अगर आपको कोई गंभीर बीमारी नहीं होगी, तो यह पता लग जाएगा कि आप स्वस्थ हैं और चिंता की कोई बात नहीं है। फिर आप अपने उन डरों पर ठहाके लगा सकते हैं, जिन्होंने आपको पहले घेर रखा था और अगर सचमुच आपको कोई बीमारी है, तो आप उससे निपटने के लिए खुद को तैयार कर सकते हैं। सटीकता से भले ही त्रासदी जस की तस रहती हो, पर इससे उस त्रासदी की तकलीफ ज़रूर कम हो जाती है।

आपको जंगल में एक दहाड़ सुनाई देती है पर यह दहाड़ जिसकी है, वह दिखाई नहीं देता। फिर भी आपको पता चल जाता है कि यह बाघ की दहाड़ है। हालाँकि यह कुछ बाघों के एक समूह की साजिश भी हो सकती है, जो एक-दूसरे से ज़्यादा भूखे और शातिर हों, और शायद किसी घड़ियाल (मगरमच्छ) के पीछे भाग रहे हों। हालाँकि यह भी हो सकता है कि ऐसा कुछ न हो। अगर आप मुड़कर पीछे की ओर नज़र डालें तो हो सकता है कि आपको पता चले कि वहाँ कोई बाघ नहीं बल्कि एक नन्हीं सी गिलहरी है (एक बार एक गिलहरी ने सचमुच मेरे एक परिचित का पीछा किया था)। पर उस जंगल के ऊँचे-घने पेड़ों की ओट में कुछ तो है। आपको इस बात का पूरा विश्वास भी है। इसके बावजूद आमतौर पर वहाँ ऐसा कुछ नहीं होता, सिवाय किसी नटखट गिलहरी के। पर अगर आप मुड़कर पीछे की ओर नज़र डालने से इनकार कर देंगे, तो आपके पीछे भले ही कुछ भी हो, वह आपको किसी ड्रैगन जैसा खतरनाक जीव ही लगेगा। आप ड्रैगन से मुकाबला करनेवाले कोई शूरवीर तो हैं नहीं; तो ऐसे में आपकी स्थिति उस चूहे जैसी हो जाएगी, जिसे एक शेर का सामना करना पड़ रहा है; या फिर आप उस खरगोश की तरह हो जाएँगे, जो अचानक एक भेड़िये को देखकर जड़ हो गया है। मैं यह नहीं कह रहा हूँ कि आपके पीछे हमेशा कोई गिलहरी ही होगी। ऐसे स्थिति में आमतौर

पर कोई न कोई भयावह चीज़ ही होती है। पर वास्तविकता में जो चीज़ भयानक होती है, वह आपकी कल्पना में मौजूद भयानक चीज़ के सामने अक्सर कमज़ोर ही पड़ती है। और आमतौर पर आप अपनी कल्पना में मौजूद जिस भयावह चीज़ से डरकर उसका सामना नहीं कर पा रहे हैं, वास्तविकता में जब उसका सामना किया जाता है, तो वह बड़ी ही साधारण सी चीज़ बन जाती है।

अगर आप किसी अप्रत्याशित (अनपेक्षित) चीज़ का सामना करने की जिम्मेदारी से बचते हैं, भले ही वह आपके सामने बार-बार ऐसे रूप में आ रही हो, जिसे सँभाला जा सकता है, तो वास्तविकता अपने आपमें अराजक और अव्यवस्थित हो जाएगी। फिर धीरे-धीरे वह इतनी विकराल हो जाएगी कि हर व्यवस्था को, हर चेतना-बोध को और हर पूर्वानुमानित स्थिति को खा जाएगी। जिस वास्तविकता को नज़रअंदाज किया जाता है, वह अराजकता की महान देवी और अज्ञात के उस महान राक्षसी साँप या महान शिकारी जीव में तब्दील हो जाती है, जिसके खिलाफ समय की शुरुआत से ही मानवता संघर्ष करती रही है। जब वास्तविकता और दिखावे के बीच के अंतर पर गौर नहीं किया जाता, तो यह निरंतर बढ़ता जाता है और आखिरकार आप इससे पैदा हुई खाई में गिर जाते हैं, जिसका परिणाम कतई अच्छा नहीं होता। नज़रअंदाज की गई वास्तविकता, हमेशा पीड़ा और भ्रम के नर्क के रूप में सामने आती है।

आपने क्या किया है, आप क्या कर रहे हैं और कहाँ जा रहे हैं, इस बारे में खुद से और दूसरों से कुछ कहते समय ज़रा सावधानी बरतें। सही शब्द ढूँढ़ें और उन्हें सही वाक्यों में पिरोएँ, फिर उन वाक्यों को सही पैराग्राफ में बिठाएँ। जब भाषा के सटीक और सही इस्तेमाल से अतीत को उसके सार में तब्दील कर दिया जाता है, तो अतीत के बोझ से छुटकारा पाकर उसे अपने लिए भुनाया जा सकता है। अगर वर्तमान वास्तविकताओं को स्पष्टता से व्यक्त किया जाए, तो यह भविष्य को तबाह किए बिना, अपने ही प्रवाह से गुज़र जाएगा। सावधानीपूर्वक किए गए विचार और भाषा के सही इस्तेमाल से अस्तित्व को सही ठहरानेवाली अनूठी और उत्कृष्ट नियति को उन अंधेरे और अप्रिय भविष्यों की भीड़ से बाहर निकाला जा सकता है, जिनकी अपने अनुसार स्वयं प्रकट होने की काफी संभावना होती है। ईश्वरीय दृष्टि और शब्द इसी तरह संसार की व्यवस्था कायम रखते हैं।

नन्हें राक्षसों को किसी सुरक्षित चीज़ की ओट में न छिपाएँ। अंधेरे में रहकर वे बड़े होने लगेंगे और विकराल रूप धारण कर लेंगे। फिर जब आपको सबसे कम

उम्मीद होगी, वे कूदकर बाहर आएँगे और आपको खा जाएँगे। फिर आप भलाई और स्पष्टता के स्वर्ग की सीढ़ियाँ चढ़ने के बजाय एक अनिश्चित और भ्रामक नर्क की गहराई में लुढ़क जाएँगे। सच्चे और साहसी शब्दों का इस्तेमाल आपकी वास्तविकता को आसान, मौलिक, अच्छी तरह परिभाषित और रहने योग्य बना देता है।

अगर आप सटीक भाषा और सावधानी से ध्यान देते हुए चीज़ों को देखते हैं, तो उन्हें उनके अंतर्निहित और करीब-करीब सर्वव्यापी अंतर्संबंधों से अलग कर, व्यावहारिक और आज्ञाकारी चीज़ों के रूप में सामने ले आते हैं। आप उन्हें आसान बना देते हैं। आप उन्हें विशिष्ट और उपयोगी बनाकर उनकी जटिलता को कम कर देते हैं। आप उनकी जटिलता से स्वयं मरने के बजाय, उनसे जुड़ी अनिश्चितता व चिंता के बावजूद उनके साथ जीना और उनका इस्तेमाल करना संभव बना देते हैं। अगर आप चीज़ों को अस्पष्ट ही छोड़ देंगे, तो कभी भी दो चीज़ों के बीच के फर्क को पहचान नहीं सकेंगे। फिर चीज़ें आपस में ही गड्डम-गड्ड होने लगती हैं और संसार का प्रबंधन करना ज़रूरत से ज़्यादा जटिल हो जाता है।

आपको सचेत रूप से बातचीत के विषय को परिभाषित करना होगा, खासकर तब, जब यह काफी मुश्किल हो या फिर तब, जब बातचीत अपने विषय से भटककर बाकी विषयों पर चली जाए। ऐसा हमेशा होता है और बहुत से जोड़ों के बीच इसी कारण से संवाद बंद हो जाता है। हर बहस विषय से भटककर उन सभी समस्याओं की ओर चली जाती है, जो उस जोड़े के बीच अतीत में पैदा हुई हों, फिलहाल मौजूद हो या आगे हो सकती हों। 'सभी समस्याओं' या 'सभी चीज़ों' पर बातचीत करना किसी के लिए संभव नहीं होता। अगर वाकई बात हो सकती है, तो किसी एक चीज़ के बारे में हो सकती है। यानी जब आप यह कह सकें कि 'वह एक चीज़ ही मेरी नाखुशी का कारण है,' या 'वही एक चीज़ है, जो विकल्प बन सकती है (हालाँकि अगर कोई इससे जुड़े सटीक सुझाव दे, तो मैं उन्हें सुनने के लिए भी तैयार हूँ)' या फिर 'अगर तुम यह एक चीज़ करना शुरू कर दो, तो हम दोनों के जीवन में फैला दुःख समाप्त हो जाएगा।' पर इसके लिए आपको सोच-विचार करना होगा कि असल में गड़बड़ कहाँ है और मैं वास्तव में क्या चाहता हूँ? इसका जवाब आपको बड़ी ही स्पष्टता के साथ देना होगा और अराजकता से पार पाते हुए अपने संसार को जीने लायक बनाना होगा। इसके लिए आपको पूरी ईमानदारी से सटीक और स्पष्ट शब्दों का इस्तेमाल करना होगा। पर अगर आपने ऐसा करने के बजाय, बचने

की कोशिश की, तो आप जिससे बच रहे हैं, वह खुद को एक विशालकाय ड्रैगन में तब्दील कर लेगा, जो आपके बिस्तर के नीचे छिपा होगा या आपके जंगल के पेड़ों की ओट में खड़ा होगा और आपके मन के अंधेरे कोने में ताक लगाकर बैठा होगा फिर मौका पाते ही वह आपको खा जाएगा।

आपको यह तय करना होगा कि आप अपने जीवन में कहाँ जा रहे हैं क्योंकि आप वहाँ तब तक नहीं पहुँच सकते, जब तक आप उस दिशा में अपने कदम आगे न बढ़ाएँ। यूँ ही इधर-उधर भटकते हुए आप वहाँ नहीं पहुँच सकते। बल्कि इससे आपको सिर्फ निराशा और हताशा हाथ लगेगी। आप चिंतित व नाखुश रहने लगेंगे। फिर आप एक ऐसे व्यक्ति बन जाएँगे, जिसे बरदाश्त करना बड़ा कठिन है (जब ऐसा होगा, तो आप आक्रोशित रहने लगेंगे, फिर आप प्रतिशोधी हो जाएँगे और आखिर में इससे भी बदतर हो जाएँगे)।

हमेशा वही कहें, जो आप सचमुच कहना चाहते हैं ताकि आप यह जान सकें कि आप क्या कहना चाहते हैं। जो कहें, वह करें ताकि आप जान सकें कि ऐसा करने से क्या होता है। इसके बाद ध्यान दें, गौर करें, अपनी गलतियों को नोट करें, उन्हें समझें और फिर उन्हें सुधारने में जुट जाएँ। यही वह तरीका है, जिसकी मदद से आप जीवन का अर्थ खोज सकते हैं। यह आपको जीवन की त्रासदी से बचाएगा। आप करेंगे, तो भला ऐसा क्यों नहीं होगा?

अस्तित्व की अराजकता का सामना करें। समस्याओं के सैलाब पर निशाना साधें। यह स्पष्ट करें कि आपकी मंजिल क्या है और फिर यह तय करें कि आप वहाँ तक कैसे पहुँचेंगे। आप जो चाहते हैं, वह स्वीकार करें। अपने आसपास के लोगों को बताएँ कि आप असल में कौन हैं। अपने रास्ते को गौर से देखें और अपना ध्यान केंद्रित करें। इसके बाद स्पष्ट ढंग से आगे बढ़ें।

सटीक और स्पष्ट शब्दों का उपयोग करें।

11

जब बच्चे स्केटबोर्डिंग कर रहे हों तो उन्हें परेशान न करें

खतरा और महारत हासिल करना

मैं यूनिवर्सिटी ऑफ टोरंटो में कार्यरत हूँ। एक समय था, जब यूनिवर्सिटी ऑफ टोरंटो के सिडनी स्मिथ हॉल के पश्चिमी हिस्से में बहुत से बच्चे स्केटबोर्डिंग[1] करते नज़र आते थे। कभी-कभी मैं वहाँ खड़े होकर उन बच्चों को गौर से देखा करता था। वहाँ कंक्रीट की चौड़ी, उथली और ऊबड़-खाबड़ सीढ़ियाँ बनी हुई हैं। सड़क से चलकर आते हुए सीढ़ियों के जरिए सामने के प्रवेशद्वार तक पहुँचा जा सकता है। इन सीढ़ियों पर लोहे की नलीदार रेलिंग लगी हुई है, जिनकी मोटाई लगभग ढाई इंच और लंबाई करीब बीस फीट है। ये मस्तीखोर बच्चे, जिनमें अक्सर लड़के होते थे, ऊपर की पहली सीढ़ी से करीब पंद्रह गज की दूरी पर खड़े होकर अपने स्केटबोर्ड को जमीन पर रखते, उस पर अपना एक पैर जमाते और स्केटबोर्ड की सवारी करते हुए सीढ़ियों की तरफ बड़ी तेजी से आते ताकि ज़्यादा से ज़्यादा गति प्राप्त कर सकें। स्केटबोर्ड पर तेजी से आते हुए वे सीढ़ियों की लोहेवाली रेलिंग से टकराएँ, इससे ठीक पहले वे नीचे झुककर एक हाथ से अपने स्केटबोर्ड को पकड़ते और कुछ इस तरह उछलकर रेलिंग पर चढ़ते कि स्केटबोर्ड उनके पैर से चिपका ही रहता। फिर वे स्केटबोर्ड सहित लोहे की उन रेलिंग पर फिसलते हुए और किसी तरह अपना संतुलन बनाते हुए नीचे तक आते, फिर नीचे की आखिरी सीढ़ी के साथ जहाँ रेलिंग खत्म होती, वहाँ वे स्केटबोर्ड सहित नीचे जमीन पर कूद जाते। इस पूरी गतिविधि के दौरान वे स्केटबोर्ड पर ही सवार रहते। इस खेल में वे कभी-कभी सकुशल स्केटबोर्ड सहित नीचे तक आ जाते और कभी-कभी बीच में ही फिसलकर सीढ़ियों पर गिरते और चोट खा जाते। कुछ भी हो, पर उनका ये खेल जारी रहता।

---

[1] पश्चिमी देशों में बच्चों के बीच मशहूर एक पहिएदार तख्ती, जिस पर खड़े होकर वे खतरनाक ढंग से सवारी करते हैं।

कुछ लोगों को ये खेल बेवकूफीभरा लग सकता है। हो सकता है कि यह खेल वाकई बेवकूफीभरा हो पर साथ ही इसे खेलने के लिए बड़ी बहादुरी की ज़रूरत होती है। मेरा मानना था कि वे बच्चे वाकई कमाल के हैं। मुझे लगता था कि उनकी पीठ थपथपाकर उन्हें सच्ची शाबाशी दी जानी चाहिए थी। इसमें कोई दोराय नहीं कि उनका यह खेल खतरनाक था। पर यहाँ खतरा उठाना ही तो महत्वपूर्ण था। वे उस खतरे पर जीत हासिल करना चाहते थे। अगर वे खेल के दौरान सुरक्षा उपकरणों का इस्तेमाल करते, तो चोट खाने से बच सकते थे, पर इससे उनके खेल का सारा रोमांच खत्म हो जाता। उनका उद्देश्य खुद की सुरक्षा करना नहीं बल्कि सक्षम बनना था और सक्षमता ही वह चीज़ है, जो इस संसार में लोगों की सुरक्षा को सुनिश्चित करती है।

वे बच्चे जो कर रहे थे, मैं वैसा कुछ करने की हिम्मत भी नहीं करूँगा बल्कि मैं वैसा कुछ कर भी नहीं पाऊँगा। साथ ही मैं इमारतों के निर्माणकार्य में इस्तेमाल होनेवाली क्रेन पर उस तरह कभी नहीं चढ़ सकता, जिस तरह यूट्यूब पर नज़र आनेवाला आधुनिक डेयरडेविल चढ़ता है (या फिर क्रेन पर काम करनेवाले कारीगर या मज़दूर उस पर चढ़ते हैं)। मुझे ऊँचाई पसंद नहीं है। हालाँकि हवाई यात्रा करने में मुझे कोई परेशानी नहीं होती, जबकि एक औसत हवाई जहाज करीब पच्चीस हज़ार फीट से ज़्यादा की ऊँचाई पर उड़ता है। यूँ तो मैं कार्बन फाइबर स्टंट प्लेन में बैठकर और हैमरहेड रोल करके भी कई बार उड़ान भर चुका हूँ। मुझे इसमें कोई परेशानी नहीं हुई, जबकि यह शारीरिक और मानसिक रूप से काफी मुश्किल कार्य है। (हैमरहेड रोल करने के लिए आप प्लेन को लंबवत ढंग से तब तक सीधा आसमान की ओर उड़ाते चले जाते हैं, जब तक गुरूत्वाकर्षण बल इसे बीच आसमान में रोक नहीं लेता। फिर ये उल्टा होकर गोता खाते हुए नीचे की ओर तब तक गिरता रहता है, जब तक एक निश्चित बिंदु पर आकर फिर से सीधा होकर उड़ान नहीं भरने लगता। जिसके बाद हवा में गोते खाना बंद हो जाता है। हो सकता है कि आप जिंदगी में एक बार हैमरहेड रोल करने के बाद दोबारा कभी न करें)। पर मैं स्केटबोर्डिंग नहीं कर सकता, खासकर सीढ़ियों की रेलिंग के ऊपर फिसलते हुए तो कभी नहीं और न ही मैं क्रेन पर चढ़ सकता हूँ।

सिडनी स्मिथ हॉल की पूर्वी दिशा की ओर एक और सड़क है। इसका नाम सेंट जॉर्ज स्ट्रीट है, जो अपने आपमें एक विडंबना है। यूनिवर्सिटी ने कंक्रीट के ठोस सिरोंवाले विशाल और मज़बूत गमले इस सड़क की ढलान पर लगवा दिए थे। ये

गमले बगीचे की क्यारियों की आकृतिवाले थे। बच्चे वहाँ भी जाते थे और स्केटबोर्ड पर चढ़कर इन कंक्रीट के गमलों के सिरों पर सवारी करते हुए फिसलकर नीचे की ओर जाते थे। वे यूनिवर्सिटी की इमारत के साथ लगी हुई एक मूर्ति के चारों ओर के कंक्रीट पर भी ठीक ऐसा ही करते थे। हालाँकि यह ज़्यादा दिनों तक नहीं चला। बच्चों की स्केटबोर्डिंग पर रोक लगाने के लिए जल्द ही कंक्रीट के ढलवाँ सिरों के ऊपर, दो-दो फीट की दूरी पर स्टील के ब्रैकेट लगा दिए गए, जिन्हें 'स्केट-स्टॉपर्स' के नाम से जाना जाता था। जब मेरी नज़र उन स्टील के ब्रैकेट्स पर पड़ी तो मुझे कुछ साल पहले टोरंटों में हुई एक घटना याद आ गई।

एलिमेंट्री स्कूल (प्राथमिक स्कूल) की कक्षाएँ शुरू होने से दो सप्ताह पहले पूरे शहर के सभी मैदानों पर लगे खेल के सारे उपकरण गायब हो गए। दरअसल इस तरह के मसलों से जुड़ा कानून बदल गया था और बच्चों की सुरक्षा सुनिश्चित करने को लेकर भारी घबराहट फैली हुई थी। खेल के मैदानों को जल्दबाजी में बंद कर दिया गया, जबकि वे बच्चों के लिए पर्याप्त सुरक्षित थे और बच्चों के अभिभावकों की ओर से अक्सर इसके लिए पैसा भी चुकाया जाता था। इस मामले में जो भी हुआ, उसका अर्थ था कि बच्चों के लिए पूरे साल कोई खेल का मैदान उपलब्ध नहीं रहेगा। इस दौरान मैंने अक्सर कई प्रशंसनीय पर ऊबे हुए बच्चों को हमारे स्थानीय स्कूल की छत पर इधर-उधर भागकर धमा-चौकड़ी करते देखा। अचानक खेल के मैदान छिनने के बाद या तो ये बच्चे यह सब करते थे या फिर बिल्लियों और कम रोमांचक प्रवृत्तिवाले बच्चों के साथ गंदगी में खेला करते थे।

मैंने इन खेल के मैदानों को 'पर्याप्त सुरक्षित' इसलिए कहा क्योंकि जब भी ऐसे मैदानों को ज़रूरत से ज़्यादा सुरक्षित बना दिया जाता है, तो या तो बच्चे उनमें खेलना बंद कर देते हैं या फिर उनके खेलने का ढंग बदल जाता है। बच्चों के लिए खेल के मैदान कम से कम इतने खतरनाक तो होने ही चाहिए कि वे उन्हें चुनौतीपूर्ण लगें। लोग, जिनमें बच्चे भी शामिल हैं, खतरा कम करने के चक्कर में नहीं पड़ते। वे तो स्वयं को उस खतरे के अनुकूल बनाना चाहते हैं। वे गाड़ी चलाने, पैदल चलने, प्रेम करने और खेलने जैसी गतिविधियाँ इसलिए करते हैं ताकि वह हासिल कर सकें, जो वे चाहते हैं। पर यह सब करते समय वे अपने आपको ज़रा प्रेरित करने की कोशिश भी करते हैं ताकि उनका विकास होता रहे। इसीलिए जब चीज़ों को ज़रूरत से ज़्यादा सुरक्षित बना दिया जाता है, तो लोग (बच्चे भी) उन्हें फिर से खतरनाक बनाने के तरीके ढूँढ़ना शुरू कर देते हैं।

जब रोकटोक नहीं होती और प्रोत्साहन मिलता है, तो हमारी प्राथमिकता होती है कि हम जोखिम उठाएँ। क्योंकि इस तरह हम न सिर्फ अपने अनुभवों को लेकर आत्मविश्वास महसूस करने लगते हैं बल्कि अराजकता का सामना भी करते हैं, जो हमारे विकास में मददगार है। यही कारण है कि जोखिम का आनंद उठाना (कुछ लोगों को ऐसा करने पर बाकियों की तुलना में अधिक आनंद मिलता है) हमारा स्वभाव है। वर्तमान में प्रयास करते समय जब हमें यह लगता है कि इससे भविष्य में हमारा प्रदर्शन बेहतर होगा, तो हम अपने अंदर दृढ़ता और उत्साह महसूस करते हैं। वरना हम यूँ ही इधर-उधर भटकते हुए बेपरवाह से बने रहते हैं और हमेशा सुस्ती में डूबे रहते हैं। जब हमें ज़रूरत से ज़्यादा सुरक्षा मिलती है, तो हम अपने सामने अचानक आई ऐसी किसी भी स्थिति का सामना करने में असफल हो जाते हैं, जो अप्रत्याशित व जोखिमपूर्ण होने के बावजूद अपने साथ लाभप्रद अवसर लेकर आती है। जीवन में ऐसी स्थितियों को आने से रोका नहीं जा सकता।

बच्चों को स्केटबोर्डिंग से रोकने के लिए लगाए गए स्टील के ब्रैकेट, जिन्हें 'स्केट-स्टॉपर्स' कहा जाता है, वे बड़े ही बदसूरत होते हैं। यूनिवर्सिटी की इमारत के साथ लगी मूर्ति के चारों ओर बने कंक्रीट के वे ढलवाँ सिरे स्केटबोर्डिंग करनेवाले बच्चों के खेल से टूटने-फूटने के बाद भी इतने बदसूरत नहीं लगते, जितने स्केट-स्टॉपर्स लगाने के बाद लग रहे थे। अब वे ऐसे दिखते थे, मानों किसी पिटबुल प्रजाति के कुत्ते के गले में बँधे स्टील के पट्टे हों। क्यारियों की आकृतिवाले इन कंक्रीट के विशाल गमलों पर धातु के वे सुरक्षा उपकरण ऐसे अनियमित अंतराल में जड़ दिए गए थे कि अब वे एक खराब डिजाइन, बच्चों के प्रति द्वेष और बुरी तरह लागू किए गए विचारों की एक निराशाजनक छाप छोड़ रहे थे। यूनिवर्सिटी के इस क्षेत्र को शानदार मूर्तियों और हरियाली के जरिए खूबसूरत बनाने की कोशिश की गई थी, पर अब यह क्षेत्र किसी घिसे-पिटे डिजाइनवाले किसी औद्योगिक क्षेत्र, जेल या मानसिक रोगियों के अस्पताल जैसा दिखाई देता था, जिसका निर्माण ऐसे बिल्डर और सरकारी कर्मचारियों ने किया हो, जो अपने मालिकों का भला नहीं चाहते। किसी भी समाधान की सरासर कठोरता, उसके कार्य के पीछे के कारणों को झूठा और अर्थहीन साबित कर देती है।

सफलता और द्वेष

उदाहरण के लिए जब आप सिग्मंड फ्रायड और कार्ल युंग जैसे डेप्थ

साइकोलॉजिस्ट्स[2] और उनके पूर्ववर्ती फ्रेडरिक नीत्शे का अध्ययन करते हैं, तो आपको पता चलता है कि हर चीज़ का एक स्याह या अंधेरा पहलू भी होता है। सिग्मंड फ्रायड ने अव्यक्त और अस्पष्ट सपनों का गहराई से अध्ययन किया। फ्रायड के अनुसार इन सपनों का उद्देश्य इंसान की किसी अनुचित इच्छा को व्यक्त करना होता है। कार्ल युंग का मानना था कि सामाजिक शिष्टता के अनुसार किए गए हर कार्य का अपना एक जुड़वाँ समरूप या उसकी एक अचेतन परछाईं भी होती है। वहीं फ्रेडरिक नीत्शे ने प्रेरणा देने में रीसेंटिमेंट[3] की भूमिका की पड़ताल की। ये निस्संदेह निःस्वार्थ कर्म होते हैं, जो अक्सर सार्वजनिक रूप से भी व्यक्त होते रहते हैं।

> जिस व्यक्ति से यह बदला लिया जा रहा है – वह मेरे लिए सबसे बड़ी उम्मीद तक पहुँचने का पुल है। वह एक लंबी आँधी के बाद आकाश में बना हुआ इंद्रधनुष है। पर टैरेन्टुला[4] निश्चित रूप से इसे अन्यथा ही लेंगे। वे एक-दूसरे से ऐसी बातें करते हैं, 'हमारे लिए इंसाफ का अर्थ यह है कि पूरा संसार हमारे (टैरेन्टुला के) प्रतिशोध की आँधी की चपेट में आ जाए।' वे अपने मन में शपथ लेते हैं, 'हम जिनके बराबर नहीं हैं, हमें उन सभी को प्रताड़ित करना है, उन सभी से प्रतिशोध लेना है।' वे कहते हैं, 'असली पुण्य का अर्थ है, संसार में समानता लाने की इच्छा और आज जिनके पास भी शक्ति है, हम उनके खिलाफ अपनी आवाज बुलंद करना चाहते हैं!' समानता का उपदेश देनेवाले तुम सब लोग नपुंसकता के अत्याचारी-उन्माद का शोर मचानेवाले लोग हो। समानता की वकालत करनेवाले शब्दों की आड़ में छिपकर तुम अत्याचारी बनने की अपनी सबसे गुप्त महत्वाकांक्षा पूरी करना चाहते हो।

अंग्रेजी के अतुलनीय निबंधकार जॉर्ज ऑरवेल इस तरह की चीज़ों को अच्छी तरह समझते थे। सन 1937 में उन्होंने 'द रोड टू विगन पियर' नामक एक किताब लिखी थी, जो दरअसल उच्च वर्गीय ब्रिटिश समाजवादियों पर तीखे हमलों का एक हिस्सा थी (और यह तब था, जब जॉर्ज ऑरवेल खुद भी समाजवाद के प्रति निजी झुकाव रखते थे)। अपनी इस किताब के पहले भाग में ऑरवेल ने 1930 के दौर में

---

2 थेरेपी की एक विशेष पद्धति अपनानेवाले मनोविज्ञानी

3 एक मनोवैज्ञानिक अवस्था, जो घृणा और द्वेष जैसे मनोभावों के दमन से उपजती है।

4 समाज में समानता का उपदेश देकर अपना स्वार्थ साधनेवाले और अपने से भिन्न लोगों से प्रतिशोध लेनेवाले, जिन्हें नीत्शे ने टैरेन्टुला – विषैली मकड़ी की संज्ञा दी थी।

यूके के खदान मज़दूरों की भयावह स्थिति का चित्रण किया था।

> दाँतों के कुछ डॉक्टरों ने मुझे बताया कि औद्योगिक क्षेत्रों में तीस वर्ष से ज़्यादा की उम्र का ऐसा व्यक्ति मिलना मुश्किल हो गया है, जिसके मुँह में दाँत हों। विगन में कई लोगों ने मुझे बताया कि जिंदगी में जितनी जल्दी अपने दाँतों से छुटकारा पा लिया जाए, उतना बेहतर है। एक महिला का तो कहना था कि 'दाँत सिर्फ दुर्गति लाते हैं।'

विगन पियर के खदान मज़दूरों को अपनी जी-तोड़ मेहनतवाली साढ़े सात घंटे की शिफ्ट में काम करने के लिए खदान की शाफ्ट (एक लंबा, संकरा भाग) की ऊँचाई के चलते जमीन के अंदर करीब तीन मील तक चलकर जाना पड़ता था - और सटीक शब्दों में कहें तो उन्हें रेंगते हुए जाना पड़ता था। इस पूरे रास्ते में अंधेरा छाया होता था और रास्ते में आगे बढ़ते हुए मज़दूरों का सिर अगल-बगल की दीवारों से टकराता रहता था। काम खत्म करने के बाद उन्हें इसी तरह वापस खदान से बाहर भी आना पड़ता था। जॉर्ज ऑरवेल के शब्दों में, 'यह दिन में दो बार किसी मध्यम आकार के पहाड़ पर चढ़ने जैसा था।' ऊपर से खदान के अंदर जाने और बाहर आने में जो ढेर सारा समय खर्च होता था, उसके लिए उन मज़दूरों को कोई मेहनताना भी नहीं मिलता था।

जॉर्ज ऑरवेल ने 'द रोड टू विगन पियर' शीर्षकवाली अपनी यह किताब एक समाजवादी प्रकाशन समूह 'द लेफ्ट बुक क्लब' के लिए लिखी थी, जो हर महीने एक विशेष अंक प्रकाशित करता था। ऑरवेल की किताब का पहला हिस्सा पढ़ने के बाद उन गरीब मज़दूरों के लिए सहानुभूति महसूस न करना असंभव है। इसमें स्पष्ट रूप से खदान मज़दूरों की व्यक्तिगत परिस्थितियों के बारे में बताया गया है। ऑरवेल ने उन मज़दूरों की कठिन जिंदगी का जो वृतांत दिया है, उसे पढ़ने के बाद कोई राक्षस ही होगा, जिसका दिल नहीं पिघलेगा।

> अभी कुछ ही समय पहले की बात है, जब खदानों की हालत इससे भी ज़्यादा बदतर थी। इस इलाके में आज भी कुछ ऐसी बूढ़ी औरतें हैं, जो अपनी युवावस्था में खदानों के अंदर काम कर चुकी हैं। उस वक्त हालात इतने बदतर थे कि उन्हें खदान के अंदर जाकर कोयले के टबों को बाहर खींचकर लाने के लिए जानवरों की तरह चारों पैरों पर चलकर जाना पड़ता था। यहाँ तक कि जब वे महिला मज़दूर गर्भवती होती थीं, तब भी उन्हें इसी तरह का काम करना पड़ता था।

हालाँकि किताब के दूसरे हिस्से में ऑरवेल ने एक अलग ही समस्या का रूख किया है और वह है, उस दौर में चारों ओर फैली दर्दनाक असमानता के बावजूद यूके में समाजवाद की अलोकप्रियता। ऑरवेल का निष्कर्ष था कि सूट-बूट पहननेवाले, दिनभर कुर्सियों पर बैठकर दार्शनिकता झाड़नेवाले, जब-तब पीड़ितों को ढूँढ़नेवाले, अफसोस जताने और निंदा करनेवाले समाज सुधारक किस्म के लोग, भले ही कितना भी दावा करते हों, पर असल में वे गरीबों को पसंद नहीं करते बल्कि वे तो अमीरों से नफरत करते थे। दरअसल वे अमीरों के प्रति अपनी ईर्ष्या और द्वेष पर, गरीबों के प्रति अपनी पाखंडी दया और दंभपूर्ण पवित्रता का मुखौटा लगा देते थे। आज भी अचेतन रूप से या सामाजिक न्याय की वकालत करनेवाले वामपंथी मोर्चे की प्रवृत्ति में ज़्यादा बदलाव नहीं आया है। जब भी मैं किसी को तेज आवाज में यह कहते हुए सुनता हूँ कि 'मैं फलाँ चीज़ का साथ देने के लिए खड़ा हूँ!' तो फ्रायड, युंग, नीत्शे और ऑरवेल का अध्ययन करने के चलते मुझे हमेशा आश्चर्य होता है कि 'आप भला किस चीज़ के खिलाफ खड़े हैं?' यह सवाल तब और प्रासंगिक हो जाता है, जब वही व्यक्ति किसी अन्य व्यक्ति के व्यवहार की शिकायत कर रहा हो या उसकी आलोचना कर रहा हो या फिर उसके व्यवहार को बदलने की कोशिश कर रहा हो।

मेरा मानना है कि ये कार्ल युंग ही थे, जिन्होंने सबसे अधिक उत्पाती किस्म की मनोविश्लेषणात्मक सूक्तियाँ (पंक्ति) विकसित की थीं। जैसे 'अगर आप किसी के कर्मों को देखकर यह नहीं समझ पा रहे हैं कि उसने ऐसा क्यों किया, तो उसके परिणामों पर नज़र डालें और उसकी प्रेरणाओं का अनुमान लगाएँ।' यह सूक्ति किसी मनोवैज्ञानिक स्कैलपल (डॉक्टरों द्वारा इस्तेमाल की जानेवाली छुरी) जैसी है, जो हमेशा उपयुक्त साबित नहीं होती। क्योंकि यह ऐसी छुरी है, जो कभी-कभी ज़रूरत से ज़्यादा गहराई से या फिर गलत जगहों पर काट सकती है। इसीलिए शायद यह सबसे अंतिम विकल्प के रूप में ही बेहतर है। इसके बावजूद कभी-कभी इस सूक्ति को लागू करना बहुत ही ज्ञानवर्धक साबित होता है।

उदाहरण के लिए अगर कंक्रीट के क्यारीनुमाँ गमलों और मूर्ति के चारों ओर बने कंक्रीट के ढलवाँ सिरों पर 'स्केट-स्टॉपर्स' लगाने का परिणाम नाखुश किशोर लड़कों और यूनिवर्सिटी कैम्पस के सौंदर्य की क्रूरतापूर्ण उपेक्षा के रूप में सामने आया, तो शायद इसका अर्थ है कि 'स्केट-स्टॉपर्स' लगाने का उद्‌देश्य भी यही था। जब कोई व्यक्ति दूसरों के भले के लिए सर्वोच्च सिद्धांतों के अनुसार कार्य करने का

दावा करता है, तो यह मानने का कोई कारण नहीं बचता कि उस व्यक्ति के इरादे भी नेक होंगे। जो लोग सचमुच चीज़ों को बेहतर बनाने के लिए प्रेरित होते हैं, वे दूसरों में कोई बदलाव लाने के चक्कर में नहीं पड़ते। और अगर कभी वे ऐसा करते भी हैं, तो वही बदलाव (सबसे पहले) खुद के अंदर लाने की जिम्मेदारी भी लेते हैं। स्केटबोर्डिंग करनेवाले बच्चों को अत्यधिक कुशल, साहसी और खतरनाक ढंग से खेलने से रोकने के लिए जो नियम बनाए गए थे, उनके पीछे मुझे एक कपटी और गहन रूप से मानव-विरोधी भावना नज़र आती है।

क्रिस के बारे में कुछ और बातें

मेरा दोस्त क्रिस, जिसका जिक्र मैंने पिछले अध्यायों में किया था, गंभीर रूप से बिगड़ते जा रहे अपने मानसिक स्वास्थ्य के चलते ऐसी ही भावना से ग्रस्त था। वह जिन समस्याओं का सामना कर रहा था, उनमें से एक थी उसका अपराधबोध। फेयरव्यू में आने से पहले - जिसका मैं पहले भी जिक्र कर चुका हूँ - क्रिस अपनी एलिमेंट्री एज्युकेशन (प्राथमिक शिक्षा) और जूनियर हाईस्कूल की पढ़ाई के दौरान कई ऐसे कस्बों के अलग-अलग स्कूलों में पढ़ा था, जो अलबर्टा के सबसे उत्तरी छोर पर स्थित थे। हर बार नए कस्बे में बसने के चलते वहाँ के मूल निवासी बच्चों के साथ अक्सर झगड़े होना सामान्य था। यह कहना अतिशयोक्ति नहीं होगी कि ऐसे बच्चे क्रिस जैसे श्वेत बच्चों के मुकाबले औसतन अधिक मज़बूत और कठोर होते थे या फिर वे ज़रूरत से ज़्यादा तुनकमिजाज होते थे (और उनके पास इसके अपने कारण भी थे)। मैं अपने व्यक्तिगत अनुभवों के चलते इस बात को अच्छी तरह समझता था।

जब मैं एलिमेंट्री स्कूल में था, तो मेरी एक मेटिस[5] बच्चे रेने हेक के साथ दोस्ती थी। हमारी दोस्ती ऐसी थी, जिसमें आपस में मनमुटाव होना और फिर से एक हो जाना सामान्य था। ऐसा इसलिए होता था क्योंकि हमारी स्थिति काफी जटिल थी। दरअसल मेरे और रेने के बीच बड़ा सांस्कृतिक फर्क था। वह अपेक्षाकृत मैले कपड़े पहनता था, उसके स्वभाव और बोलने के अंदाज में रूखापन था। मैंने स्कूल में एक ग्रेड छोड़ दिया था इसलिए मैं अपनी कक्षा के अन्य बच्चों से उम्र में ज़रा छोटा था। जबकि रेने एक लंबा-चौड़ा, बुद्धिमान और खूबसूरत दिखनेवाला लड़का था और साथ ही वह शरीर से काफी मज़बूत भी था। हम दोनों छठवीं कक्षा में पढ़ते थे और मेरे पिता ही हमारे टीचर थे। एक दिन मेरे पिता ने रेने को क्लासरूम में च्यूइंग

[5] कनाडा में बसा एक विशिष्ट सांस्कृतिक समुदाय

गम चबाते देख लिया। 'रेने!' मेरे पिता ने तेज आवाज में कहा, 'जाओ जाकर ये च्यूइंग गम थूककर आओ। इसे चबाते हुए तुम किसी बैल जैसे दिखाई दे रहे हो।' 'हा... हा... हा..' मैं मुँह दबाकर हँस पड़ा, 'रेने बैल है।' रेने भले ही कुछ भी रहा हो, पर वह बहरा नहीं था। उसने मेरी हँसी सुन ली और मुझे धमकी देते हुए बोला, 'पीटरसन! आज तुम स्कूल के बाद जिंदा नहीं बचोगे।'

इस घटना से पहले उसी दिन सुबह-सुबह मैंने और रेने ने तय किया था कि आज रात हम 'द जेम' नामक थिएटर में फिल्म देखने जाएँगे। पर अब ऐसा लग रहा था कि यह योजना खटाई में पड़ गई है। खैर वह दिन बड़ा नाखुश सा रहा और जल्द ही बीत गया। जब आप पर कोई खतरा मंडरा रहा हो या आप पीड़ा महसूस कर रहे हों, तो ऐसा ही होता है। रेने शारीरिक रूप से इतना मज़बूत था कि मुझे सबक सिखाना उसके लिए कोई बड़ी बात नहीं थी। स्कूल की छुट्टी होने के बाद मैं जल्दी-जल्दी क्लासरूम से निकलकर साइकिल स्टैंड की ओर चला गया। पर रेने इस मामले में भी मुझसे आगे निकल गया और साइकिल स्टैंड के पास पहुँच गया। अब वह साइकिलों की कतार के उस ओर था और मैं इस ओर। हम दोनों एक-दूसरे की ओर घूरते हुए धीरे-धीरे साइकिलों की कतार के चक्कर लगा रहे थे। उस समय हम साइलेंट कॉमेडी फिल्मों के 'कीस्टोन कॉप्स' किरदारों जैसे लग रहे थे। जब तक मैं साइकिलों की कतार के चक्कर लगाता रहा, वह मुझे पकड़ नहीं सका पर मेरी यह जुगत ज़्यादा देर तक कारगर साबित नहीं होनेवाली थी। मैंने चिल्लाते हुए उससे माफी माँगी पर उस पर कोई फर्क नहीं पड़ा। मेरी हरकत से उसके स्वाभिमान को चोट लगी थी और वह चाहता था कि मैं उसकी कीमत चुकाऊँ।

मैं झुककर साइकिलों के पीछे छिप गया और रेने पर नज़र रखने लगा। 'रेने' मैंने चिल्लाते हुए फिर से कहा, 'मुझे माफ कर दो। मुझे तुम्हें बैल नहीं बोलना चाहिए था। चलो लड़ना बंद करते हैं यार।' वह फिर मेरी तरफ आने लगा। मैंने एक बार फिर कहा, 'मैं बहुत शर्मिंदा हूँ रेने। मैं ये झगड़ा खत्म करके तुम्हारे साथ फिल्म देखने जाना चाहता हूँ। याद है, हमने आज सुबह तय किया था कि हम थिएटर जाएँगे?' ऐसा नहीं था कि मैं यह सब सिर्फ उससे बचने की रणनीति के तौर पर कह रहा था। मैं सचमुच वही चाहता था, जो उससे कह रहा था। क्योंकि अगर ऐसा नहीं होता, तो इसके कुछ ही पलों बाद वह नहीं होता, जो हुआ। मेरी यह बात सुनकर रेने ने साइकिलों की कतार का चक्कर लगाना बंद कर दिया। उसने पलभर के लिए मुझे घूरकर देखा और फिर अचानक उसकी आँखों में आँसू आ गए। इसके बाद वह

वहाँ से भाग गया। यह उस दौर की मुश्किल परिस्थितियों के बीच हमारे उस छोटे से कस्बे के मूल निवासी और एक श्वेत लड़के के बीच की दोस्ती का नमूना था। इस घटना के बाद हम कभी एक-दूसरे के साथ फिल्म देखने नहीं गए।

जब मेरे दोस्त क्रिस का मूल निवासी लड़कों से झगड़ा होता था, तो वह उनसे मुकाबला नहीं करता था। उसे अपनी आत्मरक्षा नैतिक रूप से सही नहीं लगती थी इसलिए वह चुपचाप उनसे मार खा लेता था। 'किसी जमाने में हम श्वेत लोगों ने मूल निवासियों की जमीनें हथियाई थीं,' क्रिस ने बाद में लिखा। 'ऐसा करना गलत था। इसीलिए मूल निवासी आज भी श्वेत लोगों से नाराज़ रहते हैं।' समय के साथ धीरे-धीरे क्रिस दुनिया से कटता चला गया। इसके पीछे आंशिक रूप से उसका अपराधबोध जिम्मेदार था। उसके अंदर मर्दानगी और मर्दानगीभरी गतिविधियों के प्रति गहरी नफरत पैदा हो गई। स्कूल जाना, काम करना, अपने लिए एक अच्छी गर्लफ्रेंड ढूँढ़ना, यह सब उसे उसी प्रक्रिया का हिस्सा लगने लगा, जिसके चलते उत्तरी अमेरिका को उपनिवेशवाद[6] झेलना पड़ा, जिसके चलते शीत युद्ध का भयावह गतिरोध पैदा हुआ और जिसके चलते पृथ्वी के प्राकृतिक संसाधनों को लूटकर इसके पर्यावरण को नुकसान पहुँचाया जा रहा है। उसने बौद्ध धर्म के बारे में कुछ किताबें पढ़ी थीं, जिससे उसे लगा कि संसार के मौजूदा हालातों को देखते हुए अपने अस्तित्व की उपेक्षा करना नैतिक रूप से ज़रूरी है। उसे यह विश्वास भी हो गया कि ठीक यही बात दूसरों पर भी लागू होती है।

जब मैं एक अंडरग्रेजुएट था, तो कुछ समय के लिए क्रिस मेरा रूममेट था। एक बार देर रात हम दोनों एक स्थानीय बार में गए। कुछ देर वहाँ रुकने के बाद हम वापस घर की ओर चल पड़े। तभी अचानक क्रिस वहाँ खड़ी कारों के साइड-व्यू मिरर एक-एक करके तोड़ने लगा। यह देखकर मैं हैरान रह गया। मैंने फौरन उसे रोकते हुए कहा, 'ये क्या कर रहे हो तुम? कारों के शीशे तोड़कर इनके मालिकों को दुःख पहुँचाने से क्या हासिल होगा?' इसके जवाब में क्रिस ने कहा, 'वे सब लोग उन उन्मादी इंसानी गतिविधियों का हिस्सा हैं, जो हर चीज़ को बरबाद कर रही हैं। इसीलिए वे इसी लायक हैं कि उनकी कारों को नुकसान पहुँचाया जाए।' मैंने उससे कहा कि 'जो लोग शांति से अपनी जिंदगी जी रहे हैं, उन्हें नुकसान पहुँचाने से किसी

---

[6] किसी एक भौगोलिक क्षेत्र के लोगों द्वारा किसी दूसरे भौगोलिक क्षेत्र में कोलोनी स्थापित करना और यह मान्यता रखना कि यह एक अच्छा काम है, इसे उपनिवेशवाद कहा जाता है।

का कोई भला नहीं होनेवाला।'

कुछ साल बाद जब मैं मॉन्ट्रियल के ग्रेजुएट स्कूल में था, तो एक दिन अचानक क्रिस मुझसे मिलने आया। पर तब तक वह एक ऐसा लक्ष्यहीन व्यक्ति बन चुका था, जिसे यह पता न हो कि उसकी जिंदगी का रास्ता क्या है। उसने मुझसे पूछा कि 'क्या मैं उसकी मदद कर सकता हूँ?' और फिर आखिरकार वह मेरे साथ रहने लगा। तब तक मेरी शादी हो चुकी थी और मैं अपनी पत्नी टैमी व एक साल की बेटी मिखाइला के साथ रहता था। जब हम सब फेयरव्यू में रहते थे, तब क्रिस टैमी का भी दोस्त बन चुका था (और वह टैमी के साथ दोस्ती से कुछ ज़्यादा की उम्मीद लगाकर बैठा था)। इसके चलते स्थिति ज़रा और जटिल हो गई थी, पर वैसे नहीं, जैसे आप सोच रहे हैं। पहले तो क्रिस को सिर्फ मर्दों से नफरत थी, पर अब उसे औरतों से भी नफरत हो गई थी। वह चाहता था कि उसके जीवन में भी औरतें हों, पर अब तक तो वह शिक्षा और कॅरियर से लेकर अपनी इच्छाएँ तक त्याग चुका था। वह बहुत सिगरेट पीता था और बेरोजगार था। इसीलिए औरतों को उसमें कोई दिलचस्पी भी नहीं थी और इसमें कोई हैरानी की बात भी नहीं है। इसके चलते उसके अंदर कड़वाहट आ गई थी। मैंने उसे यह समझाने की कोशिश भी की कि उसने अपने जीवन में जिस रास्ते पर चलने का चुनाव किया है, वह उसे सिर्फ और अधिक बदतर स्थितियों की तरफ ही ले जाएगा। उसे अपने अंदर थोड़ी विनम्रता लाने की ज़रूरत थी। अब यह ज़रूरी हो गया था कि वह अपने जीवन को नए सिरे से सुधारना शुरू करे।

एक बार रात का खाना बनाने की जिम्मेदारी क्रिस की थी। शाम को जब मेरी पत्नी घर लौटी तो उसने देखा कि पूरे घर में धुँआ भरा हुआ है। क्रिस ने तवे पर पकाने के लिए हैम्बर्गर रख छोड़े थे, जो बुरी तरह जल रहे थे। जबकि उस समय क्रिस घुटनों के बल बैठकर गैस स्टोव के नीचे लगी किसी चीज़ की मरम्मत करने में लगा हुआ था। मेरी पत्नी उसकी चालबाजी से अच्छी तरह वाकिफ थी। वह जानती थी कि क्रिस जान-बूझकर खाने को जला रहा है। दरअसल क्रिस को खाना पकाना कतई पसंद नहीं था। उसे यह औरतों का काम लगता था और इसीलिए उसे खाना पकाने से नफरत थी (जबकि घर के सारे काम-काज की जिम्मेदारी उचित ढंग से सभी को बराबर बाँटी गई थी और क्रिस को भी यह बात अच्छी तरह पता थी)। वह खाना जलाने के बहाने के तौर पर गैस स्टोव की मरम्मत का दिखावा कर रहा था। जब मेरी पत्नी ने उससे साफ-साफ कह दिया कि वह क्या कर रहा है, तो

वह खुद को किसी पीड़ित की तरह पेश करने लगा। पर ऐसा करते समय वह बहुत ही गहन और खतरनाक ढंग से उग्र था। उसने अपने मन के किसी अंधेरे कोने में यह मान लिया था कि वह बाकी सब लोगों से ज़्यादा बुद्धिमान है। मेरी पत्नी द्वारा उसकी चालबाजी को समझ लेना उसके अहंकार के लिए एक बड़ा झटका था। यह सचमुच बहुत ही घिनौनी स्थिति थी।

अगले दिन टैमी और मैं एक स्थानीय पार्क तक टहलने के लिए निकले। दरअसल हमारे लिए उस घर में बैठना मुश्किल हो रहा था इसलिए हम दोनों बाहर निकल गए। जबकि मौसम बहुत ठंडा था और धुँध छाई हुई थी। साथ ही काफी ठंडी हवा भी चल रही थी। टैमी ने कहा कि 'क्रिस के साथ एक घर में रहना बहुत मुश्किल है।' हम पार्क के अंदर पहुँच गए। तेज बर्फीली हवा से पार्क के पेड़ों की शाखाएँ हिल रही थीं। एक गिलहरी, जिसकी पूँछ के सारे बाल खुजली के कारण झड़ गए थे, वह एक बिना पत्तोंवाली शाखा को किसी तरह पकड़े हुए थी। तेज हवा के कारण वह शाखा बुरी तरह हिल रही थी। आखिर वह गिलहरी इतनी ठंड में बाहर क्या कर रही थी? गिलहरियाँ आंशिक रूप से हाइबरनेटर (शीतनिष्क्रिय) जीव होती हैं, जो आमतौर पर सर्दी के मौसम में तब बाहर निकलती है, जब मौसम अपेक्षाकृत गर्म हो। तभी हमारी नज़र एक अन्य गिलहरी पर पड़ी। फिर वहाँ एक और गिलहरी आ गई, फिर एक और, इसके बाद एक और। इस तरह वहाँ हमारे चारों ओर लगे पेड़ों पर ढेर सारी गिलहरियाँ आ गईं। उनमें से ज़्यादातर की पूँछ और शरीर के बाल आंशिक रूप से झड़ चुके थे। वे सब पेड़ों की अलग-अलग शाखाओं पर जमी हुई थीं, जो तेज हवा के कारण हिल रही थीं। मौसम इतना ठंडा था कि सारी गिलहरियाँ ठंड से काँप रही थीं। उस पार्क में हमारे अलावा और कोई भी नहीं था। यह बिलकुल असंभव व अकथनीय सा माहौल था और बेहद उचित भी। एक तरह से हम किसी अर्थहीन और बेतुके नाटक के स्टेज पर थे और इस नाटक को स्वयं ईश्वर निर्देषित कर रहा था। उस दिन के बाद जल्द ही टैमी हमारी बेटी के साथ कुछ दिनों के लिए कहीं और चली गई।

उसी साल क्रिसमस के आसपास मेरा छोटा भाई और उसकी नई-नवेली पत्नी पश्चिमी कनाडा से यहाँ मुझसे मिलने आए। मेरा भाई भी क्रिस को जानता था। एक दिन वे सब मॉन्ट्रियल के दूसरे हिस्से में टहलने के लिए जा रहे थे। सर्दी का मौसम था इसलिए वे सब गर्म कपड़े पहनने लगे। क्रिस ने एक लंबा गर्म कोट पहना। इसके साथ ही उसने ऊन की एक काली टोपी भी पहन ली, जो कुछ इस आकार की थी

कि वह क्रिस के सिर के नीचे तक आ रही थी। कोट के साथ-साथ उसकी पैंट और जूते, सब काले रंग के थे। क्रिस शरीर से काफी दुबला-पतला व लंबा था और ज़रा झुककर चलता था। मैंने मज़ाक में कहा, 'क्रिस, इन कपड़ों में तो तुम बिलकुल किसी सीरियल किलर जैसे दिख रहे हो।' मेरी इस बात पर हर किसी ने ठहाके लगाए। कुछ घंटों बाद वे तीनों वापस आ गए। अब क्रिस ज़रा खीझा हुआ था। मेरे भाई और उसकी पत्नी के रूप में दो अजनबी अब उसके निजी क्षेत्र में आ गए थे। क्रिस के सामने मेरे और टैमी के बाद यह दूसरा खुशहाल जोड़ा था, जो उसके जख्मों पर नमक रगड़ने जैसा था।

हम सभी ने शांति से रात का भोजन किया। इस दौरान हम आपस में बातें करते रहें और आखिरकार सोने के लिए अपने-अपने कमरों में चले गए। पर मुझे नींद नहीं आई। कुछ तो था, जो सही नहीं था। घर के माहौल में एक किस्म का भारीपन था, जो मुझे बड़ी तीव्रता से महसूस हो रहा था। आखिरकार मुझसे रहा नहीं गया और मैं सुबह चार बजे के आसपास उठकर क्रिस के कमरे तक गया। मैंने कमरे के दरवाजे पर धीरे से दस्तक दी और उसके जवाब का इंतजार किए बिना ही कमरे में दाखिल हो गया। वह बिस्तर पर लेटा हुआ था और जैसी कि मुझे उम्मीद थी, वह जाग रहा था। मैं उसके बगल में बैठ गया। मैं उसे अच्छी तरह जानता था। मैंने ठंडे दिमाग के साथ उससे बातचीत करके उसके अंदर पल रहे हत्यारे ग़ुस्से को शांत किया। इसके बाद मैं वापस अपने कमरे में जाकर सो गया। अगली सुबह मेरा भाई मेरे पास आया। वह मुझसे कुछ बात करना चाहता था। उसने कहा, 'आखिर चल क्या रहा है? ये सब क्या हो रहा था रात में? मुझे तो रातभर नींद नहीं आई। सब ठीक तो है?' जवाब में मैंने अपने भाई से कहा कि 'क्रिस ठीक नहीं है।' पर मैंने उसे यह नहीं बताया कि वह और हम सब भाग्यशाली हैं, जो अब तक जिंदा हैं। पिछली रात क्रिस के हत्यारे ग़ुस्से के रूप में मानों केन की आत्मा हमारे घर तक आ गई थी, पर फिर भी हम बच गए।

पिछली रात जब मौत का साया हमारे घर पर मँडरा रहा था, तब मैंने एक खास गंध का अनुभव किया। क्रिस के शरीर की गंध बड़ी कड़वी थी। वह नियमित रूप से नहाता था, पर तौलियों और बिस्तर की चादरों पर उसके शरीर की वह गंध समा जाती थी। बार-बार साफ करने के बाद भी तौलियों और चादरों से वह गंध नहीं जाती थी। यह एक ऐसे मन और शरीर की गंध थी, जो सौहार्दपूर्ण नहीं रह गया था। एक महिला सामाजिक कार्यकर्ता, जो मेरी और क्रिस की परिचित थी, उसने

भी मुझे क्रिस के शरीर की इस गंध के बारे में बताया था। उसके ऑफिस में हर कोई इस बारे में जानता था, हालाँकि उनमें से किसी ने भी इस बारे में कभी खुलकर कुछ नहीं कहा था, पर आपस में काना-फूसी चलती रहती थी। वे सब इसे बेरोजगारी की गंध कहते थे।

इसके बाद जल्द ही मेरी रिसर्च और पढ़ाई पूरी हो गई। टैमी और मैं मॉन्ट्रियल से बॉस्टन चले गए। जहाँ हमारी दूसरी संतान से जन्म लिया। क्रिस से कभी-कभी फोन पर बात होती रहती थी। एक बार वह मुझसे मिलने भी आया। हमारी वह मुलाकात ठीक-ठाक रही। उसे ऑटो-पार्ट्स के क्षेत्र में नौकरी मिल गई थी। वह अपनी जिंदगी को सुधारने की कोशिश कर रहा था। उस समय वह ठीक था पर यह ज़्यादा दिनों तक नहीं चला। इसके बाद मैंने उसे दोबारा बॉस्टन में कभी नहीं देखा। करीब दस साल बाद - क्रिस के चालीसवें जन्मदिन से एक रात पहले - उसका फोन आया। तब तक मैं अपने परिवार के साथ टोरंटो में बस चुका था। वह मुझे कुछ बताना चाहता था। उसने एक कहानी लिखी थी, जिसे एक छोटा पर प्रतिष्ठित प्रकाशन समूह कहानियों के संग्रहवाली एक किताब में प्रकाशित करने जा रहा था। बस यही बात बताने के लिए क्रिस ने मुझे फोन किया था। वह अच्छी लघु-कहानियाँ लिखा करता था। मैंने उसकी सारी कहानियाँ पढ़ी थीं और हमने विस्तार से उन पर चर्चा भी की थी। वह एक अच्छा फोटोग्राफर भी था। दरअसल उसके अंदर एक बढ़िया रचनात्मक दृष्टि थी। अगले दिन क्रिस अपनी पुरानी गाड़ी - वही पहाड़ जैसी खटारा गाड़ी, जो उसके पास फेयरव्यू में थी - में जंगल की ओर गया और पेड़ों के झुंड से जाकर टकरा गया। मैं उस दृश्य की कल्पना कर सकता था, जब वह धुँआ उठती गाड़ी के टूटे काँच से घायल अवस्था में बाहर की ओर देख रहा होगा। उसकी लाश सात दिन बाद बरामद हुई। मैंने उसके पिता को फोन किया। वे क्रिस को याद करते हुए 'मेरा प्यार बेटा' कहकर सुबक उठे।

हाल ही में मुझे एक यूनिवर्सिटी में टेडएक्स टॉक देने के लिए आमंत्रित किया गया था। वहाँ मुझसे पहले एक अन्य प्रोफेसर अपना भाषण दे रहा था। उसे अपने कार्यक्षेत्र में महत्वपूर्ण योगदान देने के चलते आमंत्रित किया गया था। वह कंप्यूटेशनली इंटेलीजेंट सरफेस (जैसे कंप्यूटर टचस्क्रीन, वह भी ऐसी जिसे किसी भी जगह लगाया जा सके) के क्षेत्र में काम करता था। पर इसके बजाय उसने अपने भाषण में इंसानी प्रभाव के कारण पृथ्वी पर मंडरा रहे खतरे की बात की। क्रिस की तरह ही - या यूँ कहें कि बहुत से लोगों की तरह ही - वह भी गहन रूप से

मानव-विरोधी हो गया था। हालाँकि वह उस रास्ते पर उतनी दूर नहीं निकला था, जितना क्रिस निकल गया था, पर जिस भयावह मनोभाव ने उन दोनों को ग्रस्त कर रखा था, वह एक ही था।

वह स्टेज पर लगी एक स्क्रीन के सामने खड़ा था, जिस पर एक विशाल और हाईटेक चीनी कारखाने के दृश्य दिखाए जा रहे थे, जहाँ सफेद पोशाक पहने सैकड़ों कर्मचारी निर्जीव रोबोटों की तरह मशीनों के सामने खड़े हुए थे और बिना कोई आवाज किए लगातार अपना काम कर रहे थे। दर्शकों में अधिकतर प्रतिभाशाली युवा थे। उन्हें संबोधित करते हुए प्रोफेसर ने एक से ज़्यादा बच्चे पैदा न करने के अपने और अपनी पत्नी के निर्णय के बारे में बताया। उसने दर्शकों से यह भी कहा कि अगर वे भी खुद को नैतिक व्यक्ति मानते हैं, तो उन्हें भी अपने जीवन में यह निर्णय लेने पर विचार करना चाहिए। मुझे लगा कि निश्चित ही उसने खुद यह निर्णय लेने से पहले भरपूर सोच-विचार किया होगा (बेहतर होता कि वह एक भी बच्चा पैदा न करता)। उसके इस नैतिकता भरे भाषण के दौरान ढेरों चीनी छात्र भावहीन ढंग से बैठे उसकी बातें सुनते रहे। शायद वे सोच रहे होंगे कि उनके माता-पिता ने माओ की भयावह सांस्कृतिक क्रांति और उस दौरान एक से ज़्यादा बच्चे न पैदा करने की अनिवार्यता का सामना कैसे किया होगा। शायद वे अपने जीवन स्तर में आए व्यापक सुधार और उस आज़ादी के बारे में सोच रहे होंगे, जो उन्हीं विशाल फैक्ट्रियों की बदौलत ही संभव हो पाई थी। प्रोफेसर का भाषण खत्म होने के बाद जब दर्शकों के साथ सवाल-जवाब का दौर शुरू हुआ, तो उनमें से कई छात्रों ने यही बात दोहराई।

अगर उस प्रोफेसर को पता होता कि वह जैसे विचार रखता है, वे संसार को किस दिशा में धकेल देते हैं, तो क्या वह अपने मतों पर पुनर्विचार करता? मैं चाहूँगा कि इस सवाल का जवाब 'हाँ' हों। पर मुझे इस बात पर ज़रा भी विश्वास नहीं है कि वह अपने मतों पर पुनर्विचार करता। मुझे लगता है कि अगर उसे यह पता भी होता, तब भी वह पुनर्विचार करने से इनकार कर देता। या शायद इससे भी बदतर, उसे सब कुछ पहले से पता था, पर इसके बावजूद उसे इस बात से कोई फर्क नहीं पड़ता था कि ऐसे विचारों का क्या परिणाम होता है या फिर शायद उसे सब पता था और वह जानबूझकर संसार को उसी दिशा में धकेलना चाहता था।

मानव जाति के स्व-नियुक्त न्यायाधीश

मानव जाति को इस बात का एहसास हुए ज़्यादा समय नहीं हुआ है कि पृथ्वी

यहाँ के निवासियों के मुकाबले असीम रूप से बड़ी है। थॉमस हक्सले (1825-1895) नामक प्रतिभाशाली जीव-विज्ञानी, जो चार्ल्स डार्विन के पक्के समर्थक और दार्शनिक एल्डस हक्सले के दादा थे, उन्होंने 1800 के उत्तरार्ध में ब्रिटिश संसद में बताया कि मानव जाति के लिए महासागरों को पूरी तरह खर्च कर पाना असंभव है। उनकी तात्कालिक जानकारी के अनुसार, महासागरों की संसाधन उत्पत्ति की क्षमता इंसानों के तीव्र परभक्षण के मुकाबले बहुत अधिक है। इसी तरह सिर्फ पचास साल पहले रेचेल कारसन की किताब 'साइलेंट स्प्रिंग' ने पर्यावरण आंदोलन की मशाल जलाई थी। पचास साल का समय कुछ भी नहीं है। दरअसल एक तरह से यह कल की ही बात है।

जीवन की उलझनों को समझने के लिए ज़रूरी वैचारिक उपकरण और तरीके हमने हाल ही में ईजाद किए हैं, भले ही वे कितने भी अपूर्ण हों। जिसके परिणाम स्वरूप हम अपने विनाशकारी व्यवहार के प्रति काल्पनिक आक्रोश के लिए थोड़ी सहानुभूति के हकदार हैं। कई बार हम चीज़ों को समझ ही नहीं पाते और कई बार समझ तो पाते हैं, पर तब तक हमने अपने लिए कोई बेहतर विकल्प नहीं ढूँढ़ा होता। वैसे भी हम इंसानों का जीवन कतई आसान नहीं है। यह बात आज भी सच है। जबकि अभी कुछ दशकों पहले तक हालात ये थे कि अधिकतर लोग अशिक्षित व बीमार थे और भूखे मर रहे थे। आज हम पहले के मुकाबले बहुत अमीर हैं (और संसार के हर हिस्से में लोग लगातार पहले के मुकाबले अमीर होते जा रहे हैं)। इसके बावजूद आज भी हम कुछ दशकों तक ही जीते हैं। आज भी ऐसा परिवार दुर्लभ और भाग्यशाली माना जाता है, जिसमें कोई एक सदस्य गंभीर रूप से बीमार न हो और आखिरकार जीवन के आखिरी चरण में हम सभी को बीमारियों का सामना करना पड़ता है। हम कमज़ोर और नाजुक होने के बावजूद अपने लिए चीज़ों को आसान बनाने की भरसक कोशिश करते हैं। पर हम जिस ग्रह पर रहते हैं, वह निरंतर हमारे जीवन को कठिन बनानेवाली परिस्थितियाँ पैदा करता रहता है। इसीलिए हमें खुद को ज़रूरत से ज़्यादा कड़े मापदंडों पर आँकना नहीं चाहिए।

असल में मनुष्य सचमुच उल्लेखनीय जीव होते हैं। इस ग्रह पर हमारा कोई समकक्ष नहीं है और न ही हमारी क्षमताओं की कोई वास्तविक सीमा है। मनुष्यों को अपनी असीमित जिम्मेदारियों का एहसास हालिया अतीत में ही हुआ है और फिर भी हम आज ऐसी चीज़ें कर पाने में सक्षम हैं, जो मानवीय रूप से असंभव नज़र आती हैं। ये शब्द लिखने से कुछ सप्ताह पहले ही मैंने यूट्यूब पर एक साथ दो विशिष्ट

वीडियो देखे। इनमें से एक वीडियो में 1956 ओलंपिक के गोल्ड मैडल विजेता वॉल्ट (कलात्मक जिम्नास्टिक्स) को दिखाया गया था। जबकि दूसरे वीडियो में 2012 ओलंपिक के सिल्वर मैडल विजेता वॉल्ट को दिखाया गया था। दोनों वीडियो में एक ही खेल दिखाया गया था, इसके बावजूद वे एक-दूसरे से बिलकुल अलग नज़र आ रहे थे। 2012 के ओलंपिक में मैकायला मार्नी नामक खिलाड़ी ने जो करतब दिखाया था, वह पचास के दशक के मुकाबले सचमुच अलौकिक था। इसी तरह फ्रांसीसी सैन्य बाधा कोर्स प्रशिक्षण से निकला खेल पार्कर जितना अद्‌भुत है, दौड़ का खेल भी उतना ही अद्‌भुत है। जब मैं इंटरनेट पर इन खेलों के वीडियो देखता हूँ, तो खिलाड़ियों की अद्‌भुत क्षमता और कौशल के प्रति प्रशंसा से भर जाता हूँ। कुछ लोग तो तीन मंजिल की ऊँचाई से कूद जाते हैं और उनका बाल भी बाँका नहीं होता। यह वाकई खतरनाक है, लेकिन कमाल भी है। इसी तरह क्रेन पर चढ़नेवालों की हिम्मत भी सचमुच आश्चर्यजनक है। ठीक यही बात ऊँचे पहाड़ों के ऊबड़-खाबड़ और खतरनाक रास्तों पर बाइक चलानेवालों पर, फ्रीस्टाईल स्नोबोर्डिंग करनेवालों पर, समंदर की पचास फीट ऊँची लहरों पर सर्फिंग करनेवालों पर और स्केटबोर्डिंग करनेवालों पर भी लागू होती है।

कोलंबाइन हाईस्कूल में जाकर गोलियाँ चलानेवाले जिन लड़कों के बारे में हमने पिछले अध्यायों में चर्चा की थी, दरअसल उन्होंने भी टेडएक्स में बोलने आए उस प्रोफेसर की तरह खुद को मानव जाति का स्वयंभू न्यायाधीश मान लिया था - हालाँकि वे अपेक्षाकृत अधिक कट्टर थे। अपना जीवन बरबाद करनेवाले मेरे दोस्त क्रिस के मामले में भी ठीक यही हुआ था। कोलंबाइन हाईस्कूल के उन हत्यारों में सबसे अधिक साक्षर एरिक हैरिस के लिए मनुष्य एक असफल और भ्रष्ट प्रजाति थी। जब इस प्रकार की कोई पूर्वधारणा स्वीकार कर ली जाती है, तो उससे जुड़ा आंतरिक तर्क भी जल्द ही संसार में प्रकट हो जाता है। अगर कोई चीज़ (यानी मनुष्य) प्लेग की बीमारी जैसी है, जैसे ब्रिटिश ब्रॉडकास्टर डेविड एटनबरो (जिन्होंने कहा था कि मनुष्य पृथ्वी के लिए प्लेग की बीमारी जैसे हैं) या फिर अगर कोई चीज़ कैंसर जैसी है, जैसा कि 'क्लब ऑफ रोम[7]' ने दावा किया था तो इसका अर्थ यही हुआ कि जो मनुष्य इस बीमारी को (यानी मानव जाति को) खत्म करेगा, वह

7 यूनाइटेड नेशंस के नौकरशाहों, दुनियाभर के वर्तमान और पूर्व राष्ट्राध्यक्षों, नेताओं, सरकारी अधिकारियों और वैज्ञानिकों की एक संस्था जिसकी स्थापना 1968 में इटली के रोम में हुई थी, इस संस्था ने दावा किया था कि यह पृथ्वी कैंसर से ग्रस्त है और वह कैंसर है मानव जाति।

एक हीरो होगा और इस मामले में दुनिया का सच्चा रक्षक होगा। हो सकता है कि एक सच्चा मसीहा अपने कठोर नैतिक तर्क के साथ आगे बढ़े और खुद अपना भी बलिदान दे दे। नरसंहार करनेवाले हत्यारे, जो असीम द्वेष और आक्रोश से संचालित होते हैं, वे भी आमतौर पर यही तो करते हैं। यहाँ तक कि उनका अपना अस्तिव भी मानवता के अस्तित्व को सही नहीं ठहरा पाता। वास्तव में वे विध्वंस के प्रति अपनी वचनबद्धता की शुद्धता का प्रदर्शन करने के लिए ही अंत में खुद को भी मार देते हैं। आज के आधुनिक जमाने में कोई भी व्यक्ति, लोगों की आपत्तियों का सामना किए बगैर यह राय व्यक्त नहीं कर सकता कि यहूदियों, अश्वेतों, मुस्लिमों और अंग्रेजों की अनुपस्थिति में मानव-अस्तित्व अपेक्षाकृत बेहतर होता। तो फिर यह कहना नेक और पवित्र कैसे हो सकता है कि पृथ्वी के हालात कहीं बेहतर होते, अगर इस पर रहनेवाले इंसानों की संख्या कम होती? सच कहूँ, तो मैं इस प्रकार के बयानों की आड़ में छिपे उस खूँखार इंसानी कंकाल को देख सकता हूँ, जिसके चेहरे पर मुस्कुराहट छायी हुई है और जो विध्वंस की संभावना से इतना खुश है कि फूला नहीं समा रहा है। जो लोग मानव जाति को बदनाम करने के लिए अक्सर खुद को बाध्य महसूस करते हैं, वही लोग आमतौर पर दूसरों के पूर्वाग्रहों के खिलाफ क्यों खड़े हो जाते हैं?

मैंने मानवता संबंधी शैक्षणिक विषयों के यूनिवर्सिटी छात्रों को अक्सर बिगड़ते मानसिक स्वास्थ्य का शिकार होते देखा है। ऐसा इसलिए होता है क्योंकि पृथ्वी के तथाकथित रक्षकों द्वारा मानव-जाति के सदस्यों के रूप में छात्रों के अस्तित्व को लगातार दार्शनिक रूप से नीचा दिखाया जाता है। मेरा मानना है कि युवा पुरुषों पर इसका ज़्यादा बुरा प्रभाव पड़ता है। उनके बारे में स्वत: ही यह मान लिया जाता है कि वे पितृसत्ता के विशेषाधिकार प्राप्त लाभार्थी हैं और उनकी जो भी उपलब्धियाँ हैं, वे उन्होंने अपनी प्रतिभा और मेहनत से हासिल नहीं की हैं बल्कि पुरुष होने के नाते उन्हें आसानी से मिल गई हैं। उन्हें बलात्कार जैसे अपराध के सांस्कृतिक अनुयायी के रूप में देखा जाता है और उनके यौन व्यवहार को संदिग्ध मान लिया जाता है। महत्वाकांक्षी होने के चलते उन्हें संसार को लूटने-खसोटनेवालों के तौर पर देखा जाता है और उनका कहीं स्वागत नहीं होता। यही कारण है कि आज जूनियर हाईस्कूल और यूनिवर्सिटी वगैरह में शैक्षणिक रूप से पुरुष लगातार पिछड़ते जा रहे हैं। जब मेरा बेटा चौदह साल का था, तो एक बार हमने उसके ग्रेड्स के बारे में चर्चा की। उसने कहा कि लड़कों के सामान्य प्रदर्शन की तुलना में उसका प्रदर्शन बढ़िया है। मैंने उससे खुलकर बोलने के लिए कहा। उसने कहा कि 'हर कोई जानता है कि

स्कूल में लड़कियों का प्रदर्शन लड़कों से बेहतर होता है।' उसने जिस अंदाज में मुझे यह बात बताई, उससे स्पष्ट था कि उसके लिए यह एक सामान्य रूप से स्वीकार्य तथ्य था और उसे इस बात पर हैरानी हो रही थी कि उसके पिता को इतनी छोटी सी बात तक पता नहीं है। ये शब्द लिखते समय मेरे पास 'द इकोनॉमिस्ट' का ताजा अंक आया था। जिसकी इस बार की कवर स्टोरी थी 'द वीकर सेक्स' – यानी पुरुष। आधुनिक दौर की यूनिवर्सिटीज में दो तिहाई से भी ज़्यादा विषयों में कुल छात्रों में से पचास फीसदी से भी ज़्यादा महिलाएँ हैं।

आधुनिक जमाने में लड़के पीड़ा भुगत रहे हैं। वे लड़कियों के मुकाब-ले नकारात्मक रूप से अधिक अवज्ञाकारी या आज्ञा न माननेवाले होते हैं और सकारात्मक रूप से अधिक स्वतंत्र होते हैं। जिसके चलते यूनिवर्सिटी पहुँचने से पहले अपने शैक्षणिक जीवन में वे लगातार पीड़ा भुगतते हैं। उनके अंदर दूसरों से आसानी से सहमत होने की प्रवृत्ति कम होती है (जो एक व्यक्तित्व संबंधी विशेषता है। दूसरों से आसानी से सहमत होने का अर्थ होता है करूणा, सहानुभूति और संघर्ष से बचने की प्रवृत्ति होना)। प्यूबर्टी (यौवन) के बाद वे लड़कियों के मुकाबले चिंता या डिप्रेशन (अवसाद) जैसी चीज़ों के प्रति कम ग्रहणशील होते हैं। लड़के चीज़ों में ज़्यादा रुचि लेते हैं; जबकि लड़कियों को लोगों में ज़्यादा दिलचस्पी होती है। हैरानी की बात यह है कि लड़कों और लड़कियों के बीच का ये फर्क, जिस पर सबसे ज़्यादा जैविक कारकों का प्रभाव होता है; सबसे अधिक स्कैन्डेवियाई समाज में देखने को मिलता है, जहाँ लैंगिक-समानता पर सबसे ज़्यादा जोर दिया जाता है। यह परिणाम उन लोगों की उम्मीद से बिलकुल विपरीत है, जो बार-बार इस बात पर जोर देते हैं कि लिंग एक जैविक तथ्य नहीं बल्कि एक सामाजिक रचना है। जबकि वास्तव में ऐसा नहीं है। इस मसले पर बहस की कोई गुंजाइश है ही नहीं क्योंकि इससे जुड़ा डाटा बिलकुल स्पष्ट है।

लड़कों को प्रतियोगिता करना पसंद होता है और उन्हें दूसरों की आज्ञा का पालन करना अच्छा नहीं लगता, खासकर तब, जब वे किशोर होते हैं। उस उम्र में वे अपने परिवार के दायरे से बाहर निकलने के लिए छटपटा रहे होते हैं और आखिरकार अपनी एक स्वतंत्र पहचान बना लेते हैं। ऐसा करने और किसी प्रकार की सत्ता को चुनौती देने में बहुत ज़्यादा फर्क नहीं होता। वे स्कूल, जो 1800 के अंत में खासतौर पर छात्रों के मन-मस्तिष्क में आज्ञाकारिता का भाव बिठाने के लिए स्थापित किए गए थे, वे उत्तेजक और साहसी व्यवहार को सहजता से स्वीकार

नहीं करते। भले ही अपने इस व्यवहार से कोई लड़का (या लड़की) दिमागी रूप से कितना भी सशक्त और सक्षम नज़र आ रहा हो। लड़कों की स्थिति बिगड़ने में अन्य कारकों की भी भूमिका है। उदाहरण के लिए लड़कियाँ तो लड़कों के खेल अपना रही हैं, पर लड़के लड़कियों के खेल अपनाने के इच्छुक नहीं होते। आंशिक रूप से ऐसा इसलिए है क्योंकि जब खेल के दौरान कोई लड़की किसी लड़के को हरा देती है, तो उसकी जीत सराहनीय मानी जाती है। और अगर वह लड़के से हार जाती है, तो इसे सामान्य माना जाता है। पर लड़के द्वारा लड़की को हरा देना – अक्सर ठीक नहीं माना जाता और लड़की से हार जाना तो उससे भी बदतर माना जाता है। ज़रा कल्पना कीजिए कि एक लड़का और एक लड़की दोनों की उम्र नौ साल है, आपस में लड़ पड़ते हैं। एक लड़की से उलझने मात्र के लिए ही पहला शक लड़के पर जाएगा कि शायद उसी ने कुछ ऐसा किया होगा कि उनके बीच लड़ाई शुरू हो गई। और अगर वह उस लड़ाई में लड़की को हरा देता है, तब भी उसे एक बुरे लड़के के तौर पर देखा जाएगा। दूसरी ओर अगर वह लड़की से हार जाता है, तब तो समझ लीजिए कि उसकी जिंदगी ही बरबाद हो गई। क्योंकि अब हर कोई उसे इस बात के लिए ताना मारेगा कि वह एक लड़की से हार गया।

लड़कियों को अपनी हाईरार्की (पदानुक्रम) में जीत हासिल करने पर ही विजेता की तरह देखा जाने लगता है। लड़की होने के नाते, वे जिन चीज़ों को मूल्यवान मानती हैं, उनमें अच्छा प्रदर्शन करने को ही उनकी विजय मान लिया जाता है।

उनकी इस विजय में चार चाँद तब लग जाते हैं, जब वे लड़कों की हाईरार्की में जीत हासिल करती हैं। जबकि लड़कों को सिर्फ पुरुषों की हाईरार्की में जीत हासिल करने पर ही विजयी माना जाता है। लड़कियों के लिए मूल्यवान चीज़ों में हुनरमंद होने पर लड़कों की हैसियत, लड़कियों और लड़कों, दोनों के बीच कम हो जाती है। इससे लड़कों के बीच उनका रूतबा कम हो जाता है और लड़कियों के बीच उन्हें कम आकर्षक माना जाने लगता है। लड़कियाँ उन लड़कों की ओर आकर्षित नहीं होतीं, जो उनके दोस्त होते हैं। हाँ, हो सकता है कि वे उन्हें पसंद करती हों, पर कौन जाने, पसंद करने का क्या अर्थ है। वास्तव में लड़कियाँ उन्हीं लड़कों की ओर आकर्षित होती हैं, जो अन्य लड़कों से हैसियत और रूतबे के मामले में आगे निकल जाते हैं। इसी तरह अगर आप एक पुरुष हैं, तो किसी भी स्थिति में आप एक महिला पर उतनी शक्ति से वार नहीं करेंगे, जितनी शक्ति से किसी पुरुष पर करेंगे। लड़के लड़कियों के साथ कोई असली प्रतिस्पर्धात्मक खेल नहीं खेल सकते

(खेलेंगे भी नहीं)। यह भी स्पष्ट नहीं है कि वे खेल में कैसे जीतेंगे। जैसे ही कोई खेल लड़कियों के खेल में तब्दील हो जाता है, लड़के उसे खेलना बंद कर देते हैं। क्या यूनिवर्सिटीज में खासतौर पर मानवता संबंधी विषय जल्द ही लड़कियों का खेल बननेवाले हैं? क्या हम सब यही चाहते हैं?

यूनिवर्सिटीज और अन्य शिक्षण संस्थानों की स्थिति इससे जुड़े मूलभूत आँकड़ों में दर्शाई गई स्थिति की तुलना में कहीं बदतर है। अगर आप विज्ञान, प्रौद्योगिकी, इंजीनियरिंग और गणित जैसे विषयों को भूल जाएँ (मनोविज्ञान को छोड़कर) तो शिक्षण संस्थानों में महिला/पुरुष अनुपात और भी बदतर है। स्वास्थ्य, प्रशासन, मनोविज्ञान और शिक्षण के क्षेत्र में (जो कुल कॉलेज डिग्रियों का एक चौथाई हिस्सा है) उच्च शिक्षा लेनेवाले कुल छात्रों में लगभग 80 फीसदी महिलाएँ हैं। यह विषमता बहुत तेजी से बढ़ रही है। अगर यही हाल रहा, तो आनेवाले पंद्रह सालों में यूनिवर्सिटीज में अधिकतर विषयों में बहुत कम पुरुष बचेंगे। यह पुरुषों के लिए कतई अच्छे संकेत नहीं हैं। वास्तव में यह पुरुषों के लिए सबसे भयावह स्थिति हो सकती है पर साथ ही महिलाओं के लिए भी यह कोई अच्छा संकेत नहीं है।

कॅरियर और शादी

महिला-प्रधान उच्च शिक्षा संस्थानो की महिलाओं के लिए स्थाई या लंबे समय तक चलनेवाले रिश्ते बनाना लगातार मुश्किल होता जा रहा है। जिसके परिणामस्वरूप उन्हें अंतरंगता का अनुभव करने के लिए अस्थायी शारीरिक संबंधों पर निर्भर होना पड़ता है। हो सकता है कि यौन-संबंधों में आज़ादी के मामले में यह एक कदम आगे बढ़ने जैसा हो, पर फिर भी मुझे इस पर शक है। मुझे लगता है कि लड़कियों के लिए यह एक भयावह स्थिति है। महिला हो या पुरुष, हर कोई अपने जीवन में एक स्थाई और प्रेमपूर्ण रिश्ता चाहता है। हालाँकि अक्सर महिलाओं के लिए यह इच्छा सबसे महत्वपूर्ण होती है। प्यू रिसर्च सेंटर के अनुसार सन 1997 से 2012 के बीच, सफल शादी को जीवन की सबसे महत्वपूर्ण चीज़ों में से एक माननेवाली 18 से 34 वर्ष की महिलाओं का आँकड़ा 30 फीसदी बढ़ गया। जबकि इसी अवधि में ठीक यही बात कहनेवाले पुरुषों का आँकड़ा करीब 15 फीसदी घट गया। इस दौरान 18 वर्ष से अधिक उम्र के शादीशुदा लोगों का अनुपात - जो 1960 में तीन चौथाई था - लगातार घटते हुए सिर्फ आधा रह गया है। अंतत: 30 से 59 की उम्र के अविवाहित लोगों में महिलाओं के मुकाबले ऐसे पुरुषों की संख्या तीन गुनी हो गई है, जो कभी शादी नहीं करना चाहते (27 के मुकाबले 8 फीसदी)।

यह किसने तय किया कि कॅरियर, प्रेम और परिवार से ज़्यादा महत्वपूर्ण है? क्या कॅरियर में सफलता पाने के लिए किसी प्रतिष्ठित कंपनी में हर रोज 12 घंटे काम करने जैसा बलिदान सचमुच अच्छा है? अगर यह बलिदान सचमुच अच्छा है, तो इसका कारण क्या है? बहुत कम लोग ही (आमतौर पर पुरुष, जिनमें दूसरों से सहमत होने की प्रवृत्ति कम होती है) बेहद प्रतिस्पर्धी होते हैं और किसी भी कीमत पर जीत हासिल करना चाहते हैं। ऐसे लोगों की संख्या बहुत कम होती है, जो बेहद प्रतिस्पर्धी कार्यक्षेत्र की ओर सहज रूप से आकर्षित होते हैं। ज़्यादातर लोग ऐसा नहीं चाहते और वे ऐसा काम करने के बारे में सोचते भी नहीं हैं। जब इंसान अपने सारे बिल आसानी से चुका सकने लायक पैसा कमाने लगता है, तो उसके बाद वह और कितना भी पैसा कमा ले, उसका जीवन बेहतर होता नज़र नहीं आता। इसके अलावा अपने कार्यक्षेत्र में उच्च स्तरीय प्रदर्शन करनेवाली और अच्छा पैसा कमानेवाली अधिकतर महिलाओं का जीवनसाथी भी आमतौर पर अपने कार्यक्षेत्र में उच्च स्तरीय प्रदर्शन करनेवाला और अच्छा पैसा कमानेवाला पुरुष ही होता है। ऐसा जीवनसाथी महिलाओं के लिए ज़्यादा महत्वपूर्ण भी होता है। प्यू रिसर्च सेंटर का डाटा भी इसी बात की ओर इशारा करता है कि करीब 80 फीसदी अविवाहित महिलाएँ जीवनसाथी बनाने के लिए किसी ऐसे व्यक्ति को ही प्राथमिकता देती हैं, जो एक बढ़िया नौकरी करता हो और अच्छा कमाता हो (जबकि अच्छा कमानेवाले जीवनसाथी को प्राथमिकता देनेवाले पुरुषों की संख्या 50 फीसदी से भी कम है)।

अधिकतर शीर्ष महिला वकील तीस साल की उम्र तक पहुँचते ही भारी मानसिक-दबाववाली अपनी नौकरियाँ छोड़ देती हैं। कानूनी सेवाएँ देनेवाली 200 सबसे बड़ी अमेरिकी कंपनियों में इक्विटी पार्टनर (आंशिक साझेदार) महिलाओं की संख्या सिर्फ 15 फीसदी ही है। पिछले पंद्रह सालों से इस आँकड़े में ज़्यादा बदलाव नहीं आया है, जबकि आज के समय में ऐसी कंपनियों के स्टाफ में महिला वकीलों और सहयोगियों की संख्या अच्छी खासी है। इक्विटी पार्टनर महिलाओं की संख्या न बढ़ने के पीछे यह कारण नहीं है कि कानूनी सेवाएँ देनेवाली कंपनियाँ महिला कर्मचारियों को पसंद नहीं करती और उन्हें सफल होते हुए नहीं देखना चाहतीं। आज के जमाने में उत्कृष्ट कार्यक्षमतावाले दक्ष लोगों की भारी कमी है, फिर चाहें वे पुरुष हों या महिलाएँ इसलिए कानूनी सेवाएँ देनेवाली कंपनियाँ तो ऐसे कर्मचारियों के लिए बेताब रहती हैं।

जो महिलाएँ अपनी नौकरी छोड़ देती हैं, वे दरअसल ऐसी नौकरी और ऐसी

जिंदगी चाहती हैं, जहाँ उन्हें थोड़ा समय मिल सके। कानून की पढ़ाई, कानूनी सेवाएँ देनेवाली किसी कंपनी में प्रशिक्षण और फिर कुछ सालों की नौकरी के बाद वे अन्य रूचियाँ विकसित कर लेती हैं। कानूनी सेवाएँ देनेवाली बड़ी कंपनियाँ यह बात अच्छी तरह जानती हैं (हालाँकि यह कुछ ऐसी बात है, जिसके बारे में सार्वजनिक रूप से खुलकर बोलना महिलाओं और पुरुषों, दोनों के लिए सहज नहीं होता)। हाल ही में मैंने मैक्गिल यूनिवर्सिटी की एक प्रोफेसर को व्याख्यान देते हुए देखा। व्याख्यान कक्ष महिला वकीलों और कानूनी सेवाएँ देनेवाली कंपनियों में इक्विटी पार्टनर महिलाओं से भरा हुआ था। व्याख्यान का विषय था कि 'कैसे चाइल्डकेयर फेसिलिटीज (बच्चों की देखभाल करनेवाली संस्थाएँ) की कमी और पुरुषों द्वारा तय की गई सफलता की परिभाषा ने उनके कॅरियर को बाधित किया है और इसीलिए महिलाएँ अपनी नौकरी छोड़ने को मज़बूर हैं।' उस व्याख्यान कक्ष में दर्शकों के तौर पर बैठी ज़्यादातर महिलाओं को मैं अच्छी तरह जानता था। हमने कई मसलों पर लंबी बातचीत भी की थी और मुझे पता था कि वे महिलाएँ अच्छी तरह जानती हैं कि उस महिला प्रोफेसर ने जो कहा, वह तो समस्या है ही नहीं। इन महिलाओं ने अपने बच्चों की देखभाल के लिए आयाओं को काम पर रखा हुआ था और वे सब इतना पैसा कमाती थीं कि आया का खर्च उठा सकें। उन्होंने पहले ही अपने घरेलू दायित्वों को पूरा करवाने का इंतजाम कर रखा था। वे अच्छी तरह जानती थीं कि सफलता की परिभाषा उनके पुरुष-सहकर्मी नहीं बल्कि बाजार तय करता है। अगर आप टोरंटो शहर में 650 डॉलर प्रतिघंटा कमानेवाली एक शीर्ष वकील हैं और अगर आपका जापानी ग्राहक रविवार के दिन तड़के सुबह ४ बजे भी आपको फोन करता है, तो आपके पास उसका फोन उठाने के अलावा कोई और चारा नहीं है। फिर भले ही आप अभी-अभी अपने नवजात बच्चे को स्तनपान करवाकर खुद सोने के लिए बिस्तर पर आई हों। आप ऐसी स्थिति में भी अपने ग्राहक के फोन का जवाब देती हैं क्योंकि आप अच्छी तरह जानती हैं कि अगर आप ऐसा नहीं करेंगी, तो न्यूयॉर्क या किसी भी अन्य शहर में बैठा कोई अति महत्वाकांक्षी कानूनी-सलाहकर्ता बड़ी आसानी से आपकी जगह ले लेगा। यही कारण है कि सफलता की परिभाषा और काम की प्रकृति कोई और नहीं बल्कि बाजार तय करता है।

यूनिवर्सिटी शिक्षा प्राप्त पुरुषों की निरंतर घटती संख्या शादी और प्रेमसंबंध की इच्छुक महिलाओं के लिए एक समस्या बनती जा रही है। पहली बात तो यह है कि महिलाओं में इकोनॉमिक डॉमिनेंस हाईरार्की (आर्थिक प्रभुत्व आधारित पदानुक्रम) में खुद से बेहतर स्थितिवाले पुरुषों से शादी करने की गहन प्रवृत्ति होती है। वे ऐसे

पुरुष को प्राथमिकता देती हैं, जिसकी हैसियत या तो उनके बराबर हो या उनसे ऊँची हो। यह बात हर संस्कृति के मामले में सच है पर यह बात पुरुषों पर लागू नहीं होती। पुरुष हैसियत में खुद के बराबर या कमतर महिला के साथ शादी करने को तैयार रहते हैं। हालाँकि जीवनसाथी चुनते समय या प्रेमसंबंधों के मामले में पुरुष अपेक्षाकृत युवा महिलाओं को प्राथमिकता देते हैं। जैसे-जैसे शादी और प्रेमसंबंधों के मामले में संपन्न महिलाओं का झुकाव संपन्न पुरुषों की ओर बढ़ रहा है, वैसे-वैसे मध्यम-वर्ग के खात्मे का हालिया चलन भी बढ़ता जा रहा है। एक तो इसके कारण और दूसरा विनिर्माण क्षेत्र में पुरुषों के लिए ऊँचे वेतनवाली नौकरियों में आ रही कमी के चलते (आज अमेरिका में हर छह में से एक पुरुष बेरोजगार है) शादी धीरे-धीरे ऐसी चीज़ होती जा रही है, जो सिर्फ अमीरों के लिए आरक्षित है। यह बहुत ही विडंबनापूर्ण पर दिलचस्प चलन है। शादी, जिसे एक दमनकारी पितृसत्तात्मक संस्था करार दिया जा चुका है, अब अमीरों की विलासिता में तब्दील होती जा रही है। अगर शादी वाकई एक दमनकारी पितृसत्तात्मक संस्था है, तो भला अमीर लोग खुद पर इतना बड़ा अत्याचार क्यों कर रहे हैं?

शादी करने या प्रेमसंबंध स्थापित करने के लिए महिलाएँ एक ऐसा पुरुष क्यों चाहती हैं, जिसके पास रोजगार हो और जो ऊँची हैसियतवाला हो? इसका एक बड़ा कारण यह है कि जब महिलाएँ बच्चे पैदा करती हैं, तो अपेक्षाकृत अधिक आघातयोग्य व असुरक्षित हो जाती हैं और इस स्थिति में वे एक ऐसा क्षमतावान साथी चाहती हैं, जो माँ और बच्चे की जिम्मेदारी उठा सके, उन्हें सँभाल सके। यह एक तर्कसंगत और क्षतिपूर्ति करनेवाला चुनाव है, हालाँकि इसका जैविक आधार भी हो सकता है। वरना भला एक महिला, जो एक या एक से ज़्यादा शिशुओं की जिम्मेदारी उठाने का निर्णय लेती है, एक ऐसा वयस्क साथी क्यों चाहेगी, जो उसकी भी देखभाल कर सके? इसीलिए बेरोजगार पुरुष एक अवांछनीय नमूना होता है, जिसे कोई नहीं चाहता और एक अकेली माँ होना इसका एक अवांछनीय विकल्प है। जिस परिवारों में पिता नहीं होते, उन परिवारों के बच्चों के गरीब होने की संभा-वना चार गुना ज़्यादा होती है। जिसका अर्थ है कि उनकी माँएँ भी गरीब हैं। इसी तरह जिन बच्चों के पिता नहीं होते, उनके शराब और नशीली दवाओं में लिप्त होने की संभावना भी बहुत बढ़ जाती है। ऐसे बच्चे जो अपने शादीशुदा और असली माता-पिता के साथ रहते हैं, उनमें एंग्जाईटी (व्यग्रता या चिंता) डिप्रेशन (अवसाद) की समस्या और अपराधिक प्रवृत्ति अपेक्षाकृत कम होती है। जबकि अकेली माँ/पिता के साथ रहनेवाले बच्चों द्वारा आत्महत्या करने की संभावना दोगुनी होती है।

यूनिवर्सिटीज में पॉलिटिकल करेक्टनेस (राजनीतिक रूप से औचित्यपूर्ण विचारों की अभिव्यक्ति) की ओर बढ़ते झुकाव ने समस्या को और गंभीर बना दिया है। दमन के खिलाफ चीखने-चिल्लानेवाली आवाजें उसी अनुपात में तेज होती जा रही हैं, जिस अनुपात में समानता बढ़ रही है या अब जिस तरह पुरुषों की उपेक्षा बढ़ रही है। अब तो यूनिवर्सिटीज में ऐसे विषय भी आ गए हैं, जो पुरुषों के प्रति पूरी तरह शत्रुतापूर्ण नज़रिया रखते हैं। ये अध्ययन के ऐसे क्षेत्र हैं, जिन पर उस पोस्टमॉडर्न/ निओ-मार्क्सिस्ट (उत्तर आधुनिक/नव-मार्क्सवादी) सोच का वर्चस्व है, जिसके अनुसार पश्चिमी संस्कृति खासतौर पर एक ऐसी दमनकारी संस्कृति है, जिसे श्वेत पुरुषों ने महिलाओं (और अन्य विशिष्ट समूहों) पर अपना वर्चस्व स्थापित करने और उन्हें हमेशा बहिष्कृत रखने के लिए विकसित किया है और यह इसीलिए सफल है क्योंकि यह वर्चस्ववादी और बहिष्कारवादी है।

पितृसत्ता : सहयोग या अवरोध

बेशक, संस्कृति एक दमनकारी संरचना होती है। हमेशा से ऐसा ही रहा है। यह एक मौलिक, सार्वभौमिक अस्तित्वगत वास्तविकता है। एक अत्याचारी राजा, प्रतीकात्मक सच और अटल आदर्शरूप होता है। अपने अतीत की विरासत के रूप में हमें जो भी मिला है, वह पीढ़ों के प्रति जानबूझकर आँखें मूँदकर रखने और पुरातन प्रवृत्ति का होता है। यह किसी भूत, राक्षस या मशीन जैसा है। इसे बचाया जाना चाहिए और इसमें सुधार लाकर लोगों के प्रयास से एक सीमा तक ही सक्रिय रखना चाहिए। जब यह हमें परिष्कृत करते हुए सामाजिक रूप से स्वीकार्य बनाता है, तो हमें दबाता भी है और हमारी उच्च क्षमता को बरबाद कर देता है। पर इसके साथ ही यह हमें बहुत से लाभ भी देता है। आज हमारे मुँह से निकला हुआ हर शब्द हमारे पूर्वजों द्वारा दिया गया एक उपहार है। आज हमारे मन में उठनेवाला हर विचार किसी ऐसे व्यक्ति के मन में पहले ही उठ चुका है, जो हमसे ज़्यादा बुद्धिमान है। अपेक्षाकृत कम भ्रष्ट राजनीतिक और आर्थिक प्रणाली, प्रौद्योगिकी, संपत्ति, लंबा जीवन-काल, स्वतंत्रता, विलासिता और अवसरों के रूप में आज हमारे चारों ओर जो बेहद कारगर बुनियादी ढाँचा काम कर रहा है – खासकर पश्चिमी दुनिया में – वह भी हमारे पूर्वजों द्वारा दिया गया एक उपहार है। संस्कृति एक हाथ से आपसे कुछ लेती है, तो दूसरे हाथ से कुछ भाग्यशाली मौकों पर उससे कहीं ज़्यादा देती भी है। संस्कृति को सिर्फ दमनकारी मानकर बैठ जाना न सिर्फ मूर्खता है बल्कि अकृतज्ञता भी है और साथ ही खतरनाक भी। पर इसका अर्थ यह नहीं है कि संस्कृति

की आलोचना नहीं होनी चाहिए। (मैं उम्मीद करता हूँ कि अब तक इस किताब की सामग्री ने यह स्पष्ट भी कर दिया होगा।)

दमन और उत्पीड़न के बारे में ज़रा इस बात पर भी विचार करें : हर हाईरार्की विजेताओं और पराजितों को पैदा करती है। निश्चित ही इस बात की संभावना ज़्यादा है कि विजेता उस हाईरार्की को सही ठहराएँगे और जो पराजित होंगे, वे उसकी आलोचना करेंगे। लेकिन (1) किसी भी मूल्यवान लक्ष्य को सामूहिक रूप से हासिल करने की प्रक्रिया निश्चित तौर पर एक हाईरार्की का निर्माण करती है (जिनमें से कुछ बेहतर होंगी, जबकि कुछ बदतर होंगी, भले ही लक्ष्य कैसा भी हो)। (2) लक्ष्य हासिल करने की प्रकिया ही जीवन को निरंतर एक अर्थ देती है। जब हम किसी गहन रूप से वांछनीय और महत्वपूर्ण लक्ष्य की ओर बढ़ते हैं, तो लगभग वे सारी भावना महसूस करते हैं, जो जीवन को गहन और दिलचस्प बनाती हैं। सफलता की हाईरार्कीज का निर्माण वह कीमत है, जो हम लक्ष्य प्राप्ति की प्रक्रिया में शामिल होने के लिए चुकाते हैं, जबकि सभी को इस प्रयास का अलग-अलग नतीजा मिलना ही इसका अपरिहार्य परिणाम है। पूर्ण समानता के लिए स्वयं मूल्य का बलिदान करना होगा और फिर जीने लायक कुछ भी नहीं बचेगा। असल में हमें तो धन्यवाद का भाव रखते हुए इस बात पर गौर करना चाहिए कि एक जटिल और परिष्कृत संस्कृति कई प्रकार की खेलों (क्रियाओं) और उनके कई सफल खिलाड़ियों (कर्ताओं) को उभरने का मौका देती है। एक अच्छी तरह रची गई संस्कृति व्यक्ति को कई तरीकों से खेलने (क्रिया में हिस्सा लेने) और उसमें जीत हासिल करने का मौका देती है।

संस्कृति को पुरुषों की रचना मानना भी विकृत है। संस्कृति प्रतीकात्मक, आदर्श और पौराणिक रूप से नर होती है। आंशिक रूप से यही वजह है कि 'पितृसत्ता' का विचार इतनी आसानी से गले उतर जाता है। पर संस्कृति निश्चित रूप से मानव जाति की रचना है, न कि पुरुषों की (और श्वेत पुरुषों की रचना होने की तो बात ही छोड़ दीजिए, जिनका योगदान फिर भी महत्वपूर्ण है)। यूरोपीय संस्कृति भी सिर्फ इसी हद तक वर्चस्ववादी रही है कि उसे करीब चार सौ सालों की अवधि में वर्चस्ववादी कहा जा सकता है। सांस्कृतिक विकास के समय के पैमाने पर - जो कम से कम हज़ारों सालों की अवधि का होगा - चार सौ साल की यह छोटी सी अवधि मुश्किल से ही दर्ज की जाएगी। इसके अलावा 1960 के दशक और नारीवादी क्रांति (जिस पर मैं विश्वास नहीं करता) से पहले अगर महिलाओं ने कला, साहित्य और विज्ञान के क्षेत्र में उल्लेखनीय योगदान नहीं दिया होता, तब

भी उन्होंने बच्चों की परवरिश और खेतों में काम करके, लड़कों को बड़ा करने और पुरुषों को – बहुत कम पुरुषों को – आज़ाद बनाने में जो भूमिका निभाई, वह इतनी ही महत्वपूर्ण होती। इसी के चलते मानव जाति अपना प्रसार कर सकी और आगे बढ़ सकी।

यह रही एक वैकल्पिक परिकल्पना : पूरे इतिहास में महिलाओं और पुरुषों, दोनों ने ज़रूरतों और अभावों के भयावह चक्र से बाहर आने के लिए बहुत संघर्ष किया है। इस संघर्ष के दौरान महिलाओं को अक्सर नुकसान उठाना पड़ा है। उनमें भी वे सारी कमजोरियाँ थीं, जो पुरुषों में थीं, पर इसके अतिरिक्त उन्हें प्रजनन का बोझ भी उठाना पड़ा, जबकि पुरुषों के मुकाबले उनकी शारीरिक क्षमता कम होती है। बीसवीं शताब्दी से पहले पश्चिमी दुनिया के लोग भी आमतौर पर वर्तमान मूल्य के अनुसार प्रतिदिन एक डॉलर से भी कम में जीते थे। उस समय महिलाओं और पुरुषों, दोनों के जीवन में गंदगी, दुःख, बीमारी, भुखमरी, क्रूरता और अज्ञानता का अंबार था। पर महिलाओं को इसके साथ-साथ मासिक धर्म, अनचाहा गर्भ ठहरने की उच्च संभावना, प्रसव के दौरान मृत्यु या गंभीर शारीरिक नुकसान और कई सारे छोटे बच्चों की जिम्मेदारी जैसी गंभीर व्यावहारिक असुविधाओं का सामना भी करना पड़ता था। गर्भनिरोधक गोली सहित हालिया तकनीकी क्रांति से पहले के ज़्यादातर समुदायों में महिलाओं और पुरुषों के साथ होनेवाले अलग-अलग कानूनी और व्यावहारिक बरताव के लिए शायद ये वजहें वाजिब थीं। पुरुषों ने महिलाओं पर अत्याचार किया है, इस धारणा को सच की तरह स्वीकार करने से पहले कम से कम इन बातों का ध्यान तो रखा ही जा सकता है।

मुझे ऐसा लगता है कि पितृसत्ता का तथाकथित दमन, दरअसल एक-दूसरे को असुविधाओं, बीमारियों और नीरस व कठिन परिश्रम से मुक्त कराने के लिए महिलाओं और पुरुषों द्वारा किया गया एक दोषपूर्ण सामूहिक प्रयास था, जो पूरी सहस्राब्दी तक चला। अरूणाचलम मुरूगनंतम नामक एक भारतीय सामाजिक उद्‌यमी का हालिया मामला इसका एक कल्याणकारी उदाहरण है। अरूणाचलम को भारत का 'पैड मैन' कहा जाता है। उनकी कहानी कुछ ऐसी है कि अपनी पत्नी को माहवारी के समय गंदा कपड़ा इस्तेमाल करते देख अरूणाचलम बहुत नाखुश थे। पत्नी ने उनसे कहा कि सैनिटरी पैड इतना महँगा है कि या तो वे परिवार के लिए दूध खरीद सकते हैं या फिर सैनिटरी पैड। इसके बाद अरूणाचलम ने अपने जीवन के अगले चौदह साल इस समस्या को सुलझाने में लगा दिए। इस समस्या

का हल ढूँढ़ने की धुन में वे इतने मग्न हो गए कि उनके पड़ोसी उन्हें पागल समझने लगे। यहाँ तक कि उनकी पत्नी और उनकी माँ ने भी उन्हें कुछ समय के लिए त्याग दिया क्योंकि वे उनका जुनून देखकर घबरा गई थीं। यहाँ तक कि जब अरूणाचलम के पास अपने उत्पाद (दुनिया का सबसे सस्ता सैनिटरी पैड) का परीक्षण करने के लिए कोई महिला स्वयंसेविका नहीं बची, तो उन्होंने एक सुअर के खून की थैली खुद अपने शरीर पर पहनकर परीक्षण जारी रखा। क्या उनके इस व्यवहार से उनकी लोकप्रियता या हैसियत बढ़ी होगी? मुझे तो नहीं लगता। आज उनके स्थानीय और सस्ते सैनिटरी पैड पूरे भारत में वितरित किए जाते हैं, जिनका निर्माण महिलाओं द्वारा संचालित स्व-सहायता समूह करते हैं। उनके पैड को इस्तेमाल करके महिलाओं को जो आज़ादी मिली है, वह उन्हें पहले कभी अनुभव नहीं हुई। हाईस्कूल के बाद पढ़ाई छोड़ देनेवाले इस व्यक्ति को सन 2014 में टाइम मैग्जीन ने दुनिया के 100 सबसे अधिक प्रभावशाली लोगों की सूची में जगह दी। मैं यह मानने को तैयार नहीं हूँ कि अरूणाचलम मुरूगनंतम अपने किसी निजी लाभ के लिए यह करने को प्रेरित हुए। क्या वे पितृसत्ता का हिस्सा हैं?

सन 1847 में जेम्स यंग सिम्प्सन ने विकृत आकार के पेल्विस (कोख) वाली एक गर्भवती महिला को बच्चे को जन्म देते समय मदद के लिए ईथर (एक रंगहीन द्रव जिसे सूँघने से इंसान बेहोश हो जाता है) दिया। इसके बाद उन्होंने इसकी जगह क्लोरोफॉर्म का इस्तेमाल शुरू कर दिया, जो ईथर की अपेक्षा अधिक कारगर था। क्लोरोफॉर्म की मदद से प्रसव कराने पर जो पहला बच्चा बच्चा पैदा हुआ, उसका नाम 'एनेस्थीसिया' रखा गया। सन 1853 आते-आते क्लोरोफॉर्म के उपयोग को इस हद तक मान्यता मिल गई कि फिर क्वीन विक्टोरिया ने भी इसी के प्रभाव में रहते हुए अपने सातवें बच्चे को जन्म दिया। इसके बाद उल्लेखनीय रूप से पीड़ा रहित प्रसव की सुविधा हर जगह उपलब्ध होने लगी। कुछ लोगों ने चेतावनी दी कि क्लोरोफॉर्म का इस्तेमाल ईश्वर की इच्छा के खिलाफ है क्योंकि ईश्वर ने जेनेसिस 3:16 में हव्वा (यानी महिलाओं से) से कहा था, 'मैं तुम्हारी गर्भावस्था में तुम्हें बहुत पीड़ा दूँगा और जब तुम बच्चा जनोगी, तो तुम्हें बहुत तकलीफ होगी। मैं तुम्हारे गर्भधारण की पीड़ा को कई गुना बढ़ा दूँगा...।' इसके अलावा कुछ लोगों ने पुरुषों द्वारा इसका इस्तेमाल किए जाने का भी विरोध किया और कहा कि 'युवा, स्वस्थ और साहसी पुरुषों को एनेस्थीसिया की कोई ज़रूरत नहीं है।' पर इस विरोध से कोई फर्क नहीं पड़ा। एनेस्थीसिया का उपयोग बहुत तेजी से बढ़ा (आज इसका प्रसार जितनी तेजी से होता, उससे कहीं ज़्यादा तेजी से उस समय हुआ)। यहाँ तक कि चर्च के प्रख्यात

लोगों ने भी इसके उपयोग का समर्थन किया।

टैम्पेक्स नामक पहला व्यावहारिक टैम्पॉन (महिलाओं द्वारा मासिक धर्म के समय इस्तेमाल किया जानेवाला एक उत्पाद, जो सैनिटरी पैड का एक विकल्प है) का 1930 के दशक से पहले कोई अस्तित्व नहीं था। इसका आविष्कार डॉक्टर अर्ल क्लीवलैंड हास ने किया था। उन्होंने कम्प्रेस्ड कॉटन (दबाकर संकुचित किया गया कपास) का इस्तेमाल करके इसका निर्माण किया था और इसे लगानेवाले उपकरण को कागज की ट्यूब्स से डिजाइन किया था। इसके चलते उन लोगों की आपत्तियाँ कम हो गईं, जो ऐसा कोई उत्पाद इस्तेमाल करते समय आत्म-स्पर्श के विरोध में थे। 1940 के दशक की शुरुआत होते-होते करीब 25 फीसदी महिलाएँ इसका इस्तेमाल करने लगीं। तीस साल बाद इसका इस्तेमाल करनेवाली महिलाओं की संख्या बढ़कर 70 फीसदी हो गई। आज हर पाँच में से चार महिलाएँ इसका इस्तेमाल करती हैं और बाकी महिलाएँ पैड का इस्तेमाल करती हैं, जो अब मासिक धर्म के समय होनेवाले रक्त-स्राव को सोखने में बहुत प्रभावी हैं और (1970 के जमाने के भारी-भरकम, डाइपर जैसे, बेल्ट वाले और अजीब ढंग से लगे हुए सैनिटरी पैड के विपरीत) एक जगह अच्छी तरह चिपके रहते हैं। क्या मुरूगनंतम, सिम्प्सन और हास ने जो किया, वह महिलाओं का दमन था या फिर उन्होंने महिलाओं को तकलीफदेह असुविधाओं से मुक्त किया? इसी तरह ग्रेगरी गुडविन पिंकस का क्या, जिन्होंने गर्भ-निरोधक गोली का आविष्कार किया? ये व्यावहारिक, प्रबुद्ध और निरंतर काम में जुटे रहनेवाले पुरुष आखिर किस लिहाज से दमनकारी पितृसत्ता का हिस्सा थे?

हम अपने युवाओं को यह क्यों सिखाते हैं कि हमारी उत्कृष्ट संस्कृति पुरुषों द्वारा किए गए दमन का परिणाम है? शिक्षा, सामाजिक कार्य, कला इतिहास, जेंडर स्टडीज (लैंगिक अध्ययन), साहित्य, समाजशास्त्र और कानून जैसे अलग-अलग संकाय इस केंद्रीय धारणा के चलते इतने अंधे हो चुके हैं कि वे पुरुषों को सक्रिय रूप से दमनकारी और पुरुषों की गतिविधियों को स्वाभाविक रूप से विनाशकारी मानकर ही उनके साथ व्यवहार करते हैं। इसके साथ ही वे अक्सर अपने समाजों और समुदायों के पैमानों के लिहाज से कट्टरपंथी राजनीतिक कार्रवाई की वकालत करते हैं, जिसे वे शिक्षा से अलग नहीं मानते। उदाहरण के लिए ओट्टावा की कार्लटन यूनिवर्सिटी का 'द पॉलीन जुवेट इंस्टीट्यूट ऑफ वूमेन्स एंड जेंडर स्टडीज़' अपने अध्ययन के तौर पर एक्टिविज़्म (राजनैतिक और सामाजिक मुद्दों के लिए कार्यकर्ता के तौर पर सक्रिय रहना) को प्रोत्साहित करता है। ओंटारियो के किंग्स्टन में क्वीन्स

'यूनिवर्सिटी का द जेंडर स्टडीज डिपार्टमेंट' ऐसे 'फेमिनिस्ट (नारीवादी) एंटी-रेसिस्ट (नस्लवाद विरोधी) और क्वीर (समलैंगिक) सिद्धांत और प्रणालियों की शिक्षा देता है, जो सामाजिक बदलाव के लिए एक्टिविज़्म पर केंद्रित है-' यह इस परिकल्पना के प्रति समर्थन का संकेत है कि यूनिवर्सिटी की शिक्षा में किसी एक किस्म की राजनीतिक वचनबद्धता को सबसे ऊपर रखा जाना चाहिए।

उत्तर आधुनिकतावाद और मार्क्स की लंबी शाखा

इन विषयों की दार्शनिकता के कई स्रोत हैं। ये सब मार्क्सवादी मानवता से बहुत प्रभावित हैं। ऐसे ही एक व्यक्ति हैं, मैक्स होर्खाइमर, जिन्होंने सन 1930 में एक महत्वपूर्ण सिद्धांत विकसित किया था। उनके विचारों का कोई भी संक्षिप्त सारांश अति-सरलीकृत होने के लिए बाध्य है। पर होर्खाइमर खुद को एक मार्क्सवादी मानते थे। उन्हें विश्वास था कि व्यक्तिगत स्वतंत्रता और मुक्त बाजार जैसे पश्चिमी सिद्धांत वास्तव में पश्चिम के असली हालातों - असमानता, वर्चस्ववाद और शोषण को छिपाने का मुखौटा मात्र हैं। उनका मानना था कि बौद्धिक गतिविधियों को सिर्फ चीज़ों को समझने और मानवता को दासता से मुक्ति दिलाने की उम्मीद करने के बजाय सामाजिक बदलाव के प्रति समर्पित होना चाहिए। होर्खाइमर और उनसे जुड़े विचारकों - जो विचारों की फ्रैंकफर्ट धारा का हिस्सा थे - ने पहले जर्मनी में और फिर अमेरिका में पश्चिमी सभ्यता की संपूर्ण आलोचना और संपूर्ण बदलाव का उद्‌देश्य बनाया था।

हालिया वर्षों में जिसका काम ज़्यादा महत्वपूर्ण रहा है, वे हैं 1970 के दशक के उत्तरार्ध में ख्याति पानेवाले फ्रांसीसी दार्शनिक और उत्तर आधुकनिकतावादियों के लीडर जैक्स डेरिडा। उन्होंने अपने विचारों को मार्क्सवाद के कट्टरपंथ के रूप में प्रस्तुत किया। मार्क्स ने संस्कृति को अमीरों द्वारा गरीबों का दमन करनेवाली घटना के रूप में देखते हुए इतिहास और समाज को अर्थशास्त्र के दायरे में सीमित करने का प्रयास किया। जब सोवियत यूनियन, चीन, वियतनाम, कंबोडिया जैसे देशों में मार्क्सवाद लागू हुआ, तो संसाधनों का पुनर्वितरण बड़ी क्रूरता से किया गया। निजी संपत्ति को समाप्त करके ग्रामीण लोगों को जबरन समूहों में बाँट दिया गया। इसका परिणाम क्या हुआ? लाखों लोग मारे गए। समानता के नाम पर करोड़ों अन्य लोगों का उत्पीड़न किया गया। उत्तर कोरिया में आज भी यही चल रहा है, जो उस किस्म की साम्यवादी व्यवस्था का आखिरी उदाहरण है। इसके परिणामस्वरूप जो आर्थिक व्यवस्थाएँ चलन में आईं, वे बेहद भ्रष्ट और अस्थिर थीं। संसार में एक बेहद

खतरनाक और लंबे समय तक चलनेवाला शीत युद्ध शुरू हो गया। इन समाजों के लोग एक झूठ पर आधारित जीवन जी रहे थे। वे अपने परिवार के सदस्यों के साथ विश्वासघात कर रहे थे, अपने पड़ोसियों के बारे में सरकार को नकारात्मक सूचनाएँ दे रहे थे और बिना कोई शिकायत किए दयनीय व कष्टप्रद स्थितियों में जी रहे थे।

मार्क्सवादी विचार यूटोपियन (आदर्शलोक की कल्पना पर विश्वास करनेवाले) बुद्धिजीवियों को बहुत आकर्षित करते थे। खेमेर रूज़ (कंबोडिया की 'कम्युनिस्ट पार्टी ऑफ कम्पूचिया' की शासन-पद्धति) की भयावहता के मुख्य जनक साम्यवादी नेता खेउ सेम्फान को 1970 के दशक में कम्बोडिया का प्रमुख बनने से पहले सरबोन[8] द्वारा डॉक्टरेट की उपाधि दी गई। अपनी डॉक्टोरल थीसिस में उन्होंने तर्क दिया कि 'कंबोडियाई शहरों में किसानों को छोड़कर बैंकरों, नौकरशाहों और व्यापारियों जैसे बाकी सभी कामगारों का काम उत्पादक नहीं है और उनका समाज में कोई योगदान नहीं है। बल्कि वे तो खेती, लघु-उद्योगों और शिल्पकारों द्वारा उत्पादित वास्तविक मूल्य पर पलनेवाले परजीवी हैं।' सेम्फान के इन विचारों को फ्रांसीसी बुद्धिजीवियों ने हाथों-हाथ लिया और उन्हें पीएचडी की उपाधि दे दी गई। दूसरी ओर कंबोडिया में उन्हें अपने इन सिद्धांतों को अमली जामा पहनाकर व्यवहार में लाने का मौका दे दिया गया। खेमेर रूज ने कंबोडियाई शहरों को खाली करवाकर वहाँ के निवासियों को देहातों की ओर खदेड़ दिया, बैंकों को बंद कर दिया, करेंसी के इस्तेमाल पर प्रतिबंध लगा दिया और सभी बाजारों को नष्ट कर दिया। कंबोडिया के देहातों में क्रूरतम स्थितियों में लोगों से जबरन इतना काम करवाया गया कि देश की करीब एक चौथाई आबादी खत्म हो गई।

हमें भूलना नहीं चाहिए कि विचारों के अपने परिणाम भी होते हैं

प्रथम विश्वयुद्ध के बाद साम्यवादियों द्वारा सोवियत यूनियन की स्थापना हुई। उस दौर के लोगों को यह उम्मीद करने के लिए माफ किया जा सकता है कि उनके नए नेताओं ने उन्हें आदर्शलोक के जो सामूहिकतावादी सपने दिखाए हैं, उनका पूरा होना संभव है। उन्नीसवीं शताब्दी के उत्तरार्ध में नष्ट होती जा रही सामाजिक व्यवस्था के चलते लोगों के बीच खाइयाँ बढ़ती गईं और प्रथम विश्वयुद्ध का नरसंहार हुआ। अमीरों और गरीबों के बीच की खाई अपने चरम पर थी और अधिकतर लोग जिन परिस्थितियों में गुलामी करने को बाध्य थे, वे बाद में जॉर्ज ऑरवेल द्वारा वर्णित

[8] दुनिया की सबसे पहली यूनिवर्सिटीज में से एक, जिसे बाद में यूनिवर्सिटी ऑफ पेरिस का नाम दिया गया

स्थितियों से भी बदतर थीं। हालाँकि पश्चिम को रूसी क्रांति के बाद लेनिन के शब्दों की भयावहता का सामना करना पड़ा, पर इतनी दूर से उनकी करतूतों का मूल्यांकन करना मुश्किल ही रहा। उस समय रूस राजशाही खत्म होने के बाद की अराजकता झेल रहा था पर व्यापक औद्योगिक विकास और हालिया समय तक गुलाम रहे लोगों के लिए संपत्ति का पुनर्वितरण आशा की किरण जैसा था। लेकिन 1936 में स्पेनिश गृहयुद्ध छिड़ने के बाद यू.एस.एस.आर. (और मैक्सिको) ने डेमोकेटिक रिपब्लिकन्स को समर्थन देकर स्थितियाँ और बदतर बना दीं। वे मूलरूप से फासीवादी राष्ट्रवादियों से लड़ रहे थे, जिन्होंने सिर्फ पाँच साल पहले स्थापित किए गए लोकतंत्र को उखाड़ फेंका था, जो अब भी कमजोर था। उन्हें नाजियों और इटैलियन फासीवादियों का समर्थन प्राप्त था।

अमेरिका, ग्रेट ब्रिटेन और अन्य देशों के बुद्धिजीवी अपने-अपने देशों की तटस्थता से बहुत निराश थे। रिपब्लिकन्स की ओर से लड़ने के लिए हज़ारों विदेशी स्पेन आ गए थे। वे अंतर्राष्ट्रीय ब्रिगेड का हिस्सा बन गए। जॉर्ज ऑरवेल इन्हीं में से एक थे। अमेरिकी लेखक अर्नेस्ट हेमिंग्वे वहाँ एक पत्रकार के रूप में सक्रिय थे और रिपब्लिकन्स का समर्थन कर रहे थे। राजनीतिक रूप से जागरूक अमेरिकी, कनाडाई और ब्रिटिश युवा यह नैतिक दायित्व महसूस कर रहे थे कि अब उन्हें बोलना बंद करके, लड़ना शुरू कर देना चाहिए।

इन सब चीज़ों ने तत्कालीन सोवियत यूनियन में हो रही घटनाओं से ध्यान हटा दिया। 1930 के दशक में महा मंदी (ग्रेट डिप्रेशन) के दौरान स्टालिनवादी सोवियतों ने अपने सबसे अमीर 20 लाख आम देहाती लोगों को सर्बिया भेज दिया, जिन्हें कुलाक कहा जाता था (ऐसे लोगों के पास कुछ गायें, भाड़े के मज़दूर और कुछ एकड़ जमीन होना आम था)। साम्यवादी दृष्टिकोण के अनुसार इन कुलाकों ने अपनी सारी संपत्ति अपने आसपास के लोगों को लूटकर हासिल की थी और सर्बिया भेजकर उनके साथ जो क्रूरता की गई थी, वे उसी लायक थे। धन को दमन का और निजी संपत्ति को चोरी का संकेत मान लिया गया था। यह समानता का दौर था। तीस हज़ार से ज़्यादा कुलाकों को मौके पर ही मौत के घाट उतार दिया गया। जबकि कई अन्य को अपने उन ईर्ष्यालु, द्वेषपूर्ण और अनुत्पादक पड़ोसियों के हाथों मौत मिली, जिन्होंने अपनी हत्यारी मानसिकता पर साम्यवादी सामूहिकता के ऊँचे आदर्शों का मुखौटा चढ़ा रखा था।

कुलाकों को लोगों का दुश्मन मान लिया गया। उन्हें अशुद्ध, गंदा, परजीवी

और सुअर जैसे नामों से बुलाया गया। 'हम कुलाकों के शरीर की चमड़ी गलाकर उससे अपने लिए साबुन बनाएँगे,' यह कहना था, शहर वासियों के उस क्रूर कैडर का, जिसे पार्टी और सोवियत एग्जीक्यूजिव कमेटी द्वारा संगठित करके देहाती इलाकों में भेजा गया था। कुलाकों को नंगा करके लगातार पीटते हुए सड़कों पर घुमाया गया और खुद उन्हीं से उनकी कब्रें खुदवाई गईं। उनकी औरतों के साथ बलात्कार किया गया और उनके सामान को जब्त कर लिया गया। जिसका वास्तविक अर्थ था, उनके मकानों को तोड़कर वहाँ रखी हर चीज़ चुरा लेना। कई स्थानों पर गैर-कुलाक देहाती लोगों ने इस क्रूरता का विरोध किया, खासकर महिलाओं ने, जो सताए गए परिवारों को बचाने के लिए बड़ी संख्या में इकट्ठा होकर घेरे बना लेती थीं ताकि कुलाकों को उन घेरों के अंदर छिपाकर बचाया जा सके पर यह प्रतिरोध भी निरर्थक साबित हुआ। जो कुलाक किसी तरह जिंदा बच जाते थे, उन्हें सर्बिया भेज दिया जाता था। आमतौर पर ऐसा आधी रात के वक्त किया जाता था। इन लोगों को फरवरी की कड़ाके की ठंड में रेलगाड़ियों में ठूँसकर ले जाया जाता था। वहाँ उन्हें टैगा के रेगिस्तान में बने सबसे घटिया किस्म की रिहाइशी बस्तियों में रखा जाता था। इस दौरान कई कुलाक, खासकर बच्चे टाइफाइड, खसरा और स्कारलेट बुखार के चलते मौत की भेंट चढ़ जाते थे।

'परजीवी' माने जानेवाले कुलाक सामान्यत: सबसे कुशल और मेहनती किसान थे। किसी भी क्षेत्र में काम करनेवाले कुल लोगों में से, कुछेक लोगों का एक छोटा सा हिस्सा ही अधिकतर उत्पादन करता है और खेती का क्षेत्र भी इस तथ्य से अलग नहीं था। कृषि उत्पादन करीब-करीब खत्म हो चुका था। जो थोड़ा बहुत बचा था, उसे देहाती क्षेत्रों से जबरन शहरों में ले जाया गया। इस प्रकार फसलों की कटाई होने के बाद जब ग्रामीण लोग अपने भूखे परिवारों के लिए खेतों की ओर गेहूँ के बचे-खुचे दाने चुनने गए, तो उस समय उन पर हर पल मृत्युदंड का खतरा मँडरा रहा था। यूक्रेन, जो सोवियत यूनियन में सबसे ज़्यादा अनाज का उत्पादन करनेवाला प्रांत था, वहाँ भुखमरी से 60 लाख लोग मारे गए और सोवियत यूनियन अपने पोस्टर्स पर यह घोषणा कर रही थी कि 'अपने ही बच्चों को खा जाना एक बर्बर कार्य है।'

पश्चिमी बुद्धिजीवियों को इस अत्याचार के बारे में जो कुछ भी पता चल रहा था, वह मात्र अफवाहों से कहीं ज़्यादा था, इसके बावजूद साम्यवाद को लेकर उनका सकारात्मक नज़रिया कायम रहा। उनके पास चिंता करने के लिए अन्य चीज़ें थीं। द्वितीय विश्वयुद्ध में हिटलर, मुसोलिनी और हिरोहिती का विरोध करने के

लिए यूरोपीय यूनियन और पश्चिमी देश आपस में मिल गए। पर कुछ चौकस लोगों ने अपनी आँखें नहीं मूँदी। मैल्कम मुगेरिज ने 1933 के शुरुआती दौर में सोवियत किसानों की नृशंस हत्याओं और खेती-बाड़ी की बरबादी का वर्णन करते हुए मैन्चेस्टर गार्डियन में कई लेख प्रकाशित किए। जॉर्ज ऑरवेल समझ गए कि स्टालिन के राज में क्या हो रहा है। उन्होंने उन सच्चाइयों को बड़े ही व्यापक स्तर पर सबके सामने रखा। उन्होंने सन 1945 में भारी विरोध का सामना करने बावजूद एनिमल फार्म नामक एक प्रतीकात्मक उपन्यास प्रकाशित किया, जिसमें सोवियत यूनियन पर तीखे व्यंग्य कसे गए थे। इसके बाद भी बहुत से समझदार लोगों ने अपनी आँखें मूँदे रखीं। फ्रांस में यह सबसे ज़्यादा हुआ और वहाँ भी ऐसे लोगों में सबसे प्रमुख थे वहाँ के बुद्धिजीवी।

उस दौर में फ्रांस के सबसे मशहूर दार्शनिक ज्यां-पॉल सात्र एक जाने-माने साम्यवादी थे। हालाँकि जब तक उन्होंने 1956 में हंगरी में सोवियत घुसपैठ की आलोचना नहीं की, तब तक वे एक कार्ड-कैरियर[9] साम्यवादी नहीं थे। इसके बावजूद 1968 में सोवियतों ने प्राग स्प्रिंग[10] के दौरान जब तक चेकोस्लोवाकियाई लोगों का दमन नहीं हुआ, तब तक वे मार्क्सवाद के समर्थक बने रहे।

इसके कुछ ही समय बाद एलेक्जेंडर सोलजेनिट्सिन की किताब 'द गुलाग आर्कपिलैगो' का प्रकाशन हुआ, जिसमें सोवियत प्रिजन कैंप सिस्टम (सोवियत बंदी शिविर प्रणाली) का इतिहास बताया गया था। इसके बारे में हमने पिछले अध्यायों में विस्तृत चर्चा की थी। जैसा कि पहले उल्लेख किया गया था (यह बात दोबारा उल्लेख करने योग्य है) इस किताब ने साम्यवाद की नैतिक विश्वसनीयता को पूरी तरह ध्वस्त कर दिया - पहले पश्चिम में और फिर खुद सोवियत व्यवस्था में। एक विवादास्पद व प्रतिबंधित किताब होने के कारण इसका प्रसार चोरी-छिपे हुआ। रूसी लोगों को इस किताब की दुर्लभ प्रतियाँ सिर्फ 24 घंटे के लिए ही उपलब्ध होती थी। इसके बाद किताब को, उसका इंतजार कर रहे दूसरे पाठक तक पहुँचाना होता था। उस जमाने में सोवियत ईस्टर्न ब्लॉक में प्रतिबंधित किताबों को इसी तरह पढ़ा जाता था। सोवियत यूनियन में रेडियो लाइब्रेरी द्वारा रूसी भाषा में इसका प्रसारण भी किया गया था।

---

[9] कट्टर वामपंथी व साम्यवादी संस्थाओं, विशेषकर साम्यवादी पार्टी के सदस्य

[10] द्वितीय विश्व युद्ध के बाद एक साम्यवादी राज्य के तौर पर चेकोस्लोवाकिया में राजनीतिक उदारीकरण और सामूहिक विरोध का एक दौर

सोलजेनिट्सिन का तर्क था कि सोवियत व्यवस्था बिना अत्याचार और गुलाम मज़दूरों के बिना कभी चल भी नहीं सकती थी। इसकी अतियों के बीज लेनिन (जिसका पश्चिमी साम्यवादी आज भी बचाव करते हैं) के समय ही बो दिए गए थे, जिसे व्यक्तिगत व सार्वजनिक रूप से बोले गए अंतहीन झूठों से बहुत बढ़ावा मिला। इसके पापों के लिए सिर्फ शख्सियतों के एक पंथ को दोष नहीं दिया जा सकता, जैसा कि इसके समर्थक आज भी दावा करते रहते हैं। सोलजेनिट्सिन ने सोवियत व्यवस्था द्वारा युद्ध बंदियों के साथ किए गए व्यापक दुर्व्यवहार, इसकी भ्रष्ट व्यवस्था और इसके द्वारा की गई सामूहिक हत्याओं का दस्तावेजीकरण किया। इसके साथ ही बहुत विस्तार से बताया कि यह सब पथभ्रष्ट होने के चलते नहीं हुआ बल्कि यह तो अंतर्निहित साम्यवादी दर्शन की सीधी अभिव्यक्ति थी। द गुलाग आर्कपिलैगो के बाद साम्यवाद का बचाव करने के लिए कोई खड़ा नहीं हो सकता, खुद साम्यवादी भी नहीं।

इसका अर्थ यह नहीं है कि बुद्धिजीवियों – विशेषकर फ्रांसीसी बुद्धिजीवियों में मार्क्सवादी विचारों का आकर्षण कम हो गया हो। बस इस आकर्षण ने नया रूप ले लिया। कुछ ने इसे समझने से सीधे इनकार कर दिया। ज्यां-पॉल सात्र ने सोलजेनिट्सिन को 'खतरनाक' घोषित कर दिया। डेरिडा, जिनके दृष्टिकोण में ज़रा बारीकी थी, उन्होंने शक्ति के विचार को, धन के विचार से बदल दिया और अपने पुराने रास्ते पर चलते हुए मग्न बने रहे। इस भाषाई ताने-बाने ने बमुश्किल ही पश्चाताप करनेवाले मार्क्सवादियों को – जो अब भी पश्चिम के बौद्धिक शिखर पर काबिज थे – अपना वही पुराना दृष्टिकोण कायम रखने के साधन मुहैया कराए। समाज का अर्थ अब 'अमीरों द्वारा गरीबों का दमन' नहीं रह गया था। बल्कि अब यह 'शक्तिशाली लोगों द्वारा हर किसी का दमन' में तब्दील हो गया था।

डेरिडा के अनुसार हाईरार्कीज (प्रभुत्व आधारित पदानुक्रम) का अर्थ था सिर्फ (इसके लाभार्थियों को) शामिल करना और (बाकी हर किसी को, जो उत्पीड़ित थे) बहिष्कृत करना। पर यह दावा भी पर्याप्त कट्टरपंथी नहीं है। डेरिडा का दावा था कि विभाजन और उत्पीड़न भाषा में भी शामिल हैं। उन श्रेणियों में भी, जिनमें संसार को बाँटकर हम उसे अपने लिए व्यावहारिक रूप से सरल बनाते हैं ताकि हर मामले में आपसी समझौते के साथ आगे बढ़ सकें। 'महिलाओं' की श्रेणी सिर्फ इसलिए है क्योंकि उन्हें बहिष्कृत रखकर पुरुष लाभ प्राप्त करते हैं। इसी तरह नर और मादा की लैंगिक श्रेणियाँ इसीलिए बनाई गई हैं क्योंकि इस तरह इन दोनों श्रेणियों के सदस्य

उन कुछेक अल्पसंख्यकों को बहिष्कृत रखकर लाभ प्राप्त करते हैं, जिनकी जैविक लैंगिकता अस्पष्ट है। डेरिडा के मुताबिक विज्ञान से सिर्फ वैज्ञानिकों को फायदा होता है और राजनीति से सिर्फ नेताओं को। डेरिडा का मानना था कि हाईरार्कीज (प्रभुत्व आधारित पदानुक्रम) का अस्तित्व सिर्फ इसीलिए होता है क्योंकि जिन लोगों को उन हाईरार्कीज से जबरन बहिष्कृत कर दिया गया है, उन पर अत्याचार करके इन हाईरार्कीज को लाभ होता है। यानी दूसरों को नुकसान पहुँचाकर हुए फायदे के कारण ही हाईरार्कीज पनपती और फलती-फूलती हैं।

डेरिडा का एक कथन काफी मशहूर है (बाद में उन्होंने खंडन करते हुए कहा था कि उन्होंने ऐसा कुछ नहीं कहा है)। उनकी भाषा में यह कथन कुछ इस प्रकार था : 'इल एन ए पासे डे हॉर्स-टेक्सटी' - जिसका अंग्रेजी अनुवाद आमतौर पर यह होता है, 'देयर इज नथिंग आउटसाइड द टेक्स्ट' (मूलशब्दों के दायरे के बाहर कुछ भी नहीं है) उनके समर्थक कहते हैं कि यह अनुवाद गलत है और उनके इस कथन का अंग्रेजी समतुल्य है, 'देयर इज नो आउटसाइड-टेक्स्ट' (बाहरी मूलशब्द कुछ नहीं होता)। जो भी हो, पर उनके कथन के बारे में इससे ज़्यादा कुछ नहीं कहा जा सकता कि ऐसे मामलों में विवेचना ही सबकुछ है। डेरिडा के विचारों को आमतौर पर इसी तरह समझा जाता है।

इस दर्शन की शून्यवादी और विनाशकारी प्रकृति का अनुमान लगाना करीब-करीब असंभव है। इसे श्रेणीबद्ध करने या वर्गीकरण करने पर भी संदेह है। यह इस विचार को ही नकार देता है कि चीज़ों के बीच मौजूद अंतर को तय करने या उनका वर्गीकरण करने के पीछे शक्ति के अलावा कोई और कारण भी हो सकता है। और पुरुषों व महिलाओं के बीच के जैविक अंतर का क्या? दरअसल ऐसी बहु-विषयक वैज्ञानिक सामग्री अच्छी-खासी मात्रा में उपलब्ध है, जो यह संकेत देती है कि लैंगिक अंतर जैविक कारकों से बहुत ज़्यादा प्रभावित होते हैं। पर विज्ञान की दुनिया के शिखर पर काबिज लोगों को फायदा पहुंचानेवाले दावे करनेवाले डेरिडा और उनके उत्तर आधुनिक सहायकों के लिए विज्ञान बस शक्ति का एक खेल मात्र है। इनके लिए कोई भी चीज़ तथ्य नहीं है। ये हाइरार्की (प्रभुत्व आधारित पदानुक्रम) में किसी की स्थिति और हैसियत को, उसकी कौशल और क्षमता के परिणाम के तौर पर नहीं देखते। इनके अनुसार कौशल और क्षमता की सभी परिभाषाएँ उन लोगों द्वारा तय की गई हैं, जो दूसरों को बहिष्कृत करके स्वार्थी ढंग से इनका व्यक्तिगत लाभ उठाते रहते हैं।

डेरिडा के दावों की धूर्तता को पहचानने के लिए पर्याप्त तथ्य उपलब्ध हैं, जो यह स्पष्ट करते हैं कि सच क्या है। शक्ति एक मौलिक प्रेरक बल है। लोग शिखर पर पहुँचने के लिए एक-दूसरे से प्रतिस्पर्धा करते हैं और वे इस बात की परवाह करते हैं कि डॉमिनेंस हाइरार्की (प्रभुत्व आधारित पदानुक्रम) में उनकी स्थिति क्या है। लेकिन शक्ति इंसान की प्रेरणा में महत्वपूर्ण भूमिका निभाती है (यही वह बिंदु है, जहाँ आप दार्शनिक रूप से रूपक के तौर पर लड़कों को पुरुषों से अलग करते हैं)। इस तथ्य का यह अर्थ नहीं है कि इसकी इकलौती या मुख्य भूमिका सिर्फ यही है। इसी तरह यह तथ्य कि हम हर चीज़ को नहीं जान सकते, हमारे सभी निरीक्षणों और कथनों को इस बात पर निर्भर बना देता है कि हम किस चीज़ को ध्यान में रखते हैं और बाकी किन-किन चीज़ को छोड़ देते हैं (इसके बारे में हम दसवें अध्याय में विस्तृत चर्चा कर चुके हैं)। पर इससे यह दावा सही साबित नहीं होता कि विवेचना ही सब कुछ है और चीज़ों का वर्गीकरण करने का अर्थ है कुछ चीज़ों को बहिष्कृत करना। ऐसी विवेचना से सावधान रहें, जो हर चीज़ के पीछे एक ही कारण गिनाती हों और उन लोगों से भी सावधान रहें, जो ऐसी विवेचनाएँ करते हैं।

तथ्य खुद अपनी वकालत नहीं कर सकते (ठीक वैसे ही, जैसे कोई मैदानी इलाका जहाँ मौजूद यात्री को यह नहीं बता सकता कि उसे अपनी यात्रा पूरी करने के लिए किस दिशा में जाना चाहिए)। वैसे तो बहुत सी चीज़ों को समझने और उन पर परस्पर प्रभाव डालने के असंख्य रास्ते होते हैं, पर इसका अर्थ यह नहीं है कि हर विवेचन बिलकुल जायज़ है। कुछ विवेचनाएँ आपको, तो कुछ दूसरों को चोट पहुँचा सकती हैं। कुछ विवेचनाएँ आपको समाज के साथ टकराव के रास्ते पर ले जा सकती हैं। जबकि कुछ समय के पैमाने पर टिकाऊ नहीं होतीं। कुछ विवेचनाएँ ऐसी भी होती हैं, जो आपको आपने मनचाहे गंतव्य तक नहीं ले जा सकतीं। इनमें आनेवाली कई अड़चनें हमारे ही अंदर होती हैं और हमारी लाखों सालों की क्रमिक विकास प्रक्रियाओं का परिणाम होती हैं। जबकि कुछ विवेचनाएँ तब उभरीं, जब हम शांतिपूर्ण और उत्पादक ढंग से आपसी सहयोग और प्रतिस्पर्धा करते हुए धीरे-धीरे सामाजिक हो गए। अब भी जैसे-जैसे हम नई-नई चीज़ें सीखते हुए अपनी अनुत्पादक रणनीतियों को त्यागते जाते हैं, वैसे-वैसे नई विवेचनाएँ आकार लेने लगती हैं। निश्चित ही ऐसी विवेचनाओं की गिनती संभव नहीं है क्योंकि ये असंख्य हैं। और असंख्य विवेचनाओं का अर्थ है असंख्य समस्याएँ और सिर्फ कुछेक व्यावहारिक समाधान। वरना जीवन बहुत आसान होता, जबकि फिलहाल यह कतई आसान नहीं है।

मेरी भी कुछ ऐसी मान्यताएँ हैं, जिनका झुकाव शायद वामपंथ की ओर माना जा सकता है। जैसे उदाहरण के लिए मेरा मानना है कि मूल्यवान वस्तुओं के वितरण में स्पष्ट रूप से असमानता की प्रवृत्ति होती है और यह प्रवृत्ति समाज की स्थिरता के लिए एक ऐसा खतरा है, जो हमेशा मौजूद रहता है। मेरा मानना है कि इसके कई साक्ष्य भी मौजूद हैं। पर इसका अर्थ यह नहीं है कि इससे इस समस्या का समाधान स्पष्ट हो जाता है। हम नहीं जानते कि ढेर सारी समस्याएँ खड़ी किए बिना संपत्ति का पुनर्वितरण कैसे करें। विभिन्न पश्चिमी समाज ऐसा करने के लिए विभिन्न प्रकार के तरीके अपनाकर देख चुके हैं। उदाहरण के लिए स्वीडन में समानता के भरसक प्रयास किए गए हैं। जबकि अमेरिका ने यह मानकर स्वीडन से अलग तरीका अपनाया कि संपत्ति का सृजन उस पूँजीवाद के माध्यम से किया जाए, जिसमें हर कोई अबाधित रूप से हिस्सा ले सकता है क्योंकि जब इससे देश की अर्थव्यवस्था बेहतर होगी, तो इसका लाभ हर व्यक्ति को मिलेगा। इन सभी प्रयोगों के सारे परिणाम अभी तक सामने नहीं आए हैं और हर देश एक-दूसरे से कई मायनों में अलग भी होता है। अलग-अलग इतिहास, भौगोलिक क्षेत्र, जनसंख्या का आकार और नस्लीय विविधता के चलते अलग-अलग देशों के बीच तुलना करना काफी मुश्किल हो जाता है। पर निश्चित ही इसी के चलते आदर्शवादी समानता के नाम पर जबरन संपत्ति के पुनर्वितरण को इस बीमारी का इलाज मान लिया गया।

इसके साथ ही मुझे लगता है कि (मेरी इस बात को भी वामपंथी माना जा सकता है) कि विश्वविद्यालय प्रशासन (यूनिवर्सिटी एडमिनिस्ट्रेशन) को लगातार बदलते हुए निजी कॉरपोरेशंस जैसा बना देना एक बड़ी गलती है। मेरा मानना है कि प्रशासनिक विज्ञान वास्तव में एक छद्म-विषय है। मुझे लगता है कि सरकार कभी-कभी अच्छे काम करने में सबसे महत्वपूर्ण भूमिका निभा सकती है और साथ ही कुछ ज़रूरी नियमों को जमीनी तौर पर लागू करनेवाली मध्यस्थ भी हो सकती है। बहरहाल मुझे यह समझ में नहीं आता कि हमारा समाज उन संस्थानों और शिक्षाविदों को सरकारी धन क्यों उपलब्ध कराता है, जिनका उद्देश्य स्पष्ट व घोषित रूप से उस संस्कृति को ध्वस्त करना है, जो उनका सहयोग करती है। इस प्रकार के लोगों को अपने अनुसार राय बनाने का और कानून के दायरे में रहकर अपना मनचाहा कार्य करने का पूरा अधिकार है। पर सरकारी धन पर उनका कोई वाजिब दावा नहीं है। जिस तरह कट्टरपंथी वामपंथियों को यूनिवर्सिटी कोर्सेस (विश्वविद्यालय के पाठ्यक्रमों) के नाम पर अपने राजनीतिक स्वार्थ साधने के लिए सरकारी धन मिलता है, अगर उसी तरह दक्षिणपंथियों को भी सरकारी धन मिलता, तो पूरे उत्तरी अमेरिका

में प्रगतिवादियों ने ऐसा शोर मचाया होता कि हर कोई बहरा हो जाता।

कट्टरपंथी संकाय-विषयों में उनके झूठे सिद्धांतों एवं विधियों और सामूहिक राजनीति सक्रियतावाद की नैतिक अनिवार्यता के प्रति उनके आग्रह के अलावा, उनके अंदर और भी कई गंभीर समस्याएँ हैं। जैसे पश्चिमी समाज अतार्किक ढंग से पितृसत्तात्मक है और इतिहास का मुख्य सबक ये है कि महिलाओं के दमन के पीछे मुख्य रूप से प्रकृति नहीं बल्कि पुरुष जिम्मेदार हैं (जबकि अधिकतर मामलों में महिलाएँ पुरुषों की साथी और सहयोगी के रूप मे सक्रिय रही हैं)। सभी हाइरार्कीज शक्ति आधारित होती हैं और उनका उद्देश्य कुछ लोगों को बहिष्कृत करना होता है... उनके इन सभी मुख्य दावों को सही ठहरानेवाला एक भी साक्ष्य उपलब्ध नहीं है। हाइरार्कीज के पीछे कई कारण होते हैं - जिनमें से कुछ जायज हैं और कुछ नहीं - और अगर क्रमिक विकास के संदर्भ में बात करें, तो ये सारे कारण बेहद प्राचीन भी हैं। क्या नर क्रस्टेशियंस (कड़े खोलवाले समुद्री जीव) मादा क्रस्टेशियंस का दमन करते हैं? क्या उनकी हाइरार्कीज को खत्म कर देना चाहिए?

काल्पनिक आदर्शरूपी दुनिया से तुलना करने के बजाय अगर अन्य मौजूदा या ऐतिहासिक संस्कृतियों के हिसाब से देखा जाए, तो सफल समाजों में हैसियत का निर्धारण करनेवाला मुख्य कारक शक्ति नहीं बल्कि योग्यता होती है। यानी योग्यता, क्षमता, कौशल महत्वपूर्ण होते हैं, शक्ति नहीं। यह बात तथ्यात्मक और वास्तविक, दोनों ही लिहाज से सच है। जिस व्यक्ति को ब्रेन कैंसर हो गया हो, उसका दृष्टिकोण कभी इतना समानतावादी नहीं हो सकता कि वह किसी ऐसे डॉक्टर से इलाज कराने को मना कर दे, जिसे डॉक्टरी की सर्वश्रेष्ठ शिक्षा मिली हो, जिसकी प्रतिष्ठा डॉक्टरी क्षेत्र में बहुत ऊँची हो और जो शायद सबसे ज़्यादा कमानेवाला डॉक्टर हो। इसके अलावा बुद्धिमानी (जिसे कॉग्नीटिव एबिलिटी/संज्ञानात्मक क्षमता या आईक्यू टेस्ट/बुद्धि परीक्षण से मापा जाता है) और आत्म-विवेक (एक व्यक्तित्व संबंधी विशेषता, जो मेहनत और सुव्यवस्था से तय होती है) पश्चिमी देशों में दीर्घकालिक सफलता का सबसे ठोस व्यक्तिगत विशेषता संबंधी मानक है। इसके अपवाद भी होते हैं। जैसे उद्यमियों और कलाकारों में आत्म-विवेक के मुकाबले, नए अनुभवों को लेकर ज़्यादा खुलापन होता है, जो कि एक बुनियादी व्यक्तिगत विशेषता है। पर खुलेपन को मौखिक बुद्धिमानी और रचनात्मकता से जोड़कर देखा जाता है। इसके अपवाद उचित भी हैं, जिन्हें आसानी से समझा जा सकता है। गणितीय और आर्थिक रूप से देखा जाए, तो इन व्यक्तिगत विशेषताओं के भविष्य का अंदाजा

लगाने की क्षमता असाधारण रूप से अधिक होती है। ये सामाजिक विज्ञान के पैमानों के अनुसार तय की गई किसी भी अन्य विशेषता से अधिक शक्तिशाली होती हैं। रोजगार के मामले में, संज्ञानात्मक या व्यक्तित्व संबंधी परीक्षण, 50:50 से 85:15 के औसत स्कोर से अधिक योग्य व्यक्ति के चयन की संभावना को बढ़ा देते हैं। ये सब तथ्य हैं और इनकी प्रामाणिकता, सामाजिक विज्ञान के किसी भी निष्कर्ष से कम नहीं है (यह बात ऊपरी तौर पर जितनी महत्वपूर्ण नज़र आती है, उससे कहीं ज़्यादा महत्वपूर्ण है क्योंकि सामाजिक विज्ञान के दोषदर्शी आलोचक इसे एक विषय के रूप में जितना प्रभावशाली मानते हैं, वास्तव में यह उससे कहीं अधिक प्रभावशाली है)। इस प्रकार राज्य द्वारा न सिर्फ एक तरफ कट्टरपंथ का समर्थन किया जा रहा है बल्कि बिना कोई सवाल उठाए उस कट्टरवाद को स्वीकार करने की प्रवृत्ति का समर्थन भी किया जाता है। जिस तरह हम अपने बच्चों को यह नहीं सिखाते कि पृथ्वी चपटी है, उसी तरह हमें उन्हें पुरुषों और महिलाओं के बारे में या हाईरार्की की प्रकृति के बारे में ऐसे सिद्धांत भी नहीं सिखाने चाहिए, जो किसी विचारधारा द्वारा प्रेरित हों और जिनका कोई वैज्ञानिक आधार न हो।

यह गौर करना अनुचित नहीं होगा (अगर समालोचक इसी बिंदु पर रूक जाएँ)। विज्ञान सत्ता के हितों के आधार पर पक्षपाती हो सकता है और वैज्ञानिकों जैसे शक्तिशाली लोग ही इसके खिलाफ चेतावनी देना या उसके साक्ष्य की ओर इशारा करना तय करते हैं। आखिरकार वैज्ञानिक भी इंसान ही होते हैं और इंसान को शक्ति हासिल करना पसंद होता है, ठीक वैसे ही जैसे केकड़े को शक्ति हासिल करना पसंद होता है या फिर ठीक वैसे ही जैसे समालोचकों को यह पसंद होता है कि उन्हें उनके विचारों के लिए जाना जाए। तभी तो उनका प्रयास होता है कि वे अकादमिक हाईरार्की में सबसे ऊँचा स्थान हासिल कर लें। पर इसका अर्थ यह नहीं है कि विज्ञान और यहाँ तक कि समालोचनावाद भी सिर्फ शक्ति और सत्ता द्वारा तय दायरे में ही सीमित रहता है। ऐसी चीज़ पर विश्वास क्यों करना? इस पर जोर क्यों देना? शायद इसलिए क्योंकि अगर सिर्फ शक्ति ही सब कुछ है, तो फिर उसका इस्तेमाल भी पूरी तरह जायज है। फिर तो प्रमाण, प्रणाली, तर्क और यहाँ तक कि सुसंगतता के उपयोग की भी कोई बाध्यता नहीं होगी। फिर 'लिखी गई सामग्री' के दायरे से बाहर किसी चीज़ की कोई बाध्यता नहीं होगी। ऐसी स्थिति में मत और बल का इस्तेमाल करना कुछ ज़्यादा ही आकर्षक हो जाता है, ठीक वैसे ही, जैसे उस मत के समर्थन में विज्ञान का इस्तेमाल कुछ ज़्यादा ही सुनिश्चित हो जाता है। उदाहरण के लिए यह उत्तर आधुनिक आग्रह समझ से बाहर है कि सारे लैंगिक अंतर

(मुख्यत: महिला और पुरुष के बीच लिंग का अंतर) समाज द्वारा निर्मित किए गए हैं। पर अगर यह समझना है कि इस आग्रह के पीछे की प्रेरणा क्या है, तो इसकी नैतिक अनिवार्यता को और इसे बलपूर्वक मनवाने के औचित्य को समझना होगा, जो कुछ इस प्रकार है: जब तक सारे परिणाम न्यायसंगत नहीं हो जाते, तब तक समाज को बदलना होगा और पूर्वाग्रहों को खत्म करना होगा। पर इस सामाजिक निर्माणवादी सोच का आधार लोगों को न्याय दिलाना नहीं बल्कि समाज को बदलने की इच्छा है। इसके अनुसार चूँकि परिणामों में आनेवाली हर प्रकार की असमानता को समाप्त करना है (यहाँ असमानता को ही हर बुराई की जड़ मान लिया गया है)। इसलिए सारे लैंगिक अंतरों को समाज द्वारा निर्मित मानना होगा। वरना फिर समानता की कोशिश बहुत ही कट्टरपंथी लगेगी और यह सिद्धांत स्पष्ट रूप से किसी कल्पना जैसा नज़र आएगा। इसीलिए तर्क के क्रम को ही उलट दिया गया, ताकि उसकी आड़ में विचारधारा को छिपाया जा सके। ऐसे बयान विचारधारा में तुरंत आंतरिक विसंगतियों को ले जाते हैं पर इस तथ्य के बारे में कभी कोई बात नहीं की जाती। इस विचारधारा के अनुसार जेंडर (लिंग) प्राकृतिक नहीं होता बल्कि समाज द्वारा निर्मित होता है। पर जब किसी व्यक्ति को जेंडर री-असाइनमेंट (लैंगिक पुनर्निर्धारण) सर्जरी करानी होती है, तो फौरन यह मान लिया जाता है कि एक पुरुष, महिला के शरीर में कैद है, यानी वह मन से पुरुष है, पर शरीर से महिला है (या इसका विपरीत यानी मन से महिला, शरीर से पुरुष)। ये दोनों बातें एक साथ तार्किक रूप से सच नहीं हो सकतीं, इस तथ्य को पूरी तरह अनदेखा कर दिया जाता है (या फिर इसे एक और भयावह उत्तर आधुनिक दावे के जरिए युक्तिसंगत ठहराया जाता है कि इस मसले से जुड़ी वैज्ञानिक तकनीकें और स्वयं तर्क कुछ और नहीं, बल्कि एक दमनकारी पितृसत्तात्मक व्यवस्था का हिस्सा है)।

इसमें भी कोई दोराय नहीं है कि सारे परिणामों में समानता नहीं लाई जा सकती। इसके लिए पहले तो परिणामों को मापना होगा। समान पद पर कार्यरत लोगों के वेतन के बीच तुलना करना अपेक्षाकृत सरल है (हालाँकि नियुक्ति की तारीख और अलग-अलग दौर में कर्मचारियों की माँग में फर्क जैसे कारकों के चलते यह भी जटिल हो जाता है)। पर तुलना के अन्य आयाम भी हैं, जो यकीनन समान रूप से प्रासंगिक हैं, जैसे कार्यकाल, पदोन्नति का दर और सामाजिक प्रभाव। 'समान कार्य के लिए समान वेतन' का तर्क वेतन की तुलना को सिर्फ एक वजह से इतना जटिल बना देता है कि इसकी व्यावहारिकता समाप्त हो जाती है और वैसे भी यह कौन तय करेगा कि कौन सा कार्य समान है? यह संभव ही नहीं है। इसीलिए तो

बाजार का अस्तित्व होता है। दूसरी ओर, समूहों के बीच तुलना करना तो इससे भी बदतर है: महिलाओं को भी पुरुषों के बराबर वेतन मिलना चाहिए। ठीक है। अश्वेत महिलाओं का वेतन श्वेत महिलाओं के बराबर होना चाहिए। अच्छी बात है। तो क्या फिर वेतन का निर्धारण और नियमन सभी नस्लों के मापदंडों के अनुसार होना चाहिए? इसका विश्लेषण कैसे होगा? कौन सी नस्लीय श्रेणियाँ 'वास्तविक' हैं?

अगर हम सिर्फ एक उदारहण लें, तो द यू.एस. नेशनल इंस्टीट्यूट ऑफ हेल्थ, अमेरिकन इंडियन (उत्तर, मध्य और दक्षिण अमेरिका के मूल निवासी) अलास्का के मूल निवासियों, एशियन, अश्वेत, हिस्पैनिक (स्पेनिश साम्राज्य के अधीन रहे क्षेत्रों के निवासी), हवाई के मूलनिवासियों, प्रशांत महासागर द्वीपसमूह के निवासियों और श्वेत लोगों को मान्यता देता है। पर इसके अलावा पाँच सौ अन्य अमेरिकन इंडियन (उत्तर, मध्य और दक्षिण अमेरिका के मूल निवासी) जनजातियाँ हैं। तो भला 'अमेरिकन इंडियन' को कानूनी श्रेणी में क्यों होना चाहिए? ओसेज जनजाति के लोगों की औसत सालाना आय 30 हजार डॉलर्स है, जबकि टोहोनो ओ'ओढम जनजाति के लोग 11 हजार डॉलर्स कमाते हैं। क्या वे भी उतने ही दमित और उत्पीड़ित हैं? और विकलांगों का क्या? विकलांग लोगों की आय भी उतनी ही होनी चाहिए, जितनी गैर-विकलांग लोगों की होती है। ठीक है। सतही तौर पर यह दावा बड़ा ही महान, दयालु और उचित नज़र आता है। पर विकलांग कौन है? क्या किसी ऐसे व्यक्ति को विकलांग माना जाए, जो अल्जाइमर जैसी बीमारी से पीड़ित है और युवा होने के बाद भी अपने माता-पिता के साथ ही रहता है? अगर नहीं, तो क्यों? और उस व्यक्ति का क्या, जिसका आईक्यू (इंटेलीजेंस कोशेंट या बुद्धिमत्ता) कम है। या फिर वह व्यक्ति जो कम आकर्षक हो? या जो व्यक्ति मोटा हो? स्पष्ट रूप से कुछ लोग अपने जीवन में ऐसी समस्याओं का बोझ उठाते हुए आगे बढ़ रहे होते हैं, जो उनके नियंत्रण से बाहर होती हैं। पर ऐसा कोई व्यक्ति दुर्लभ ही होगा, जो अपने जीवन के किसी भी दौर में किसी एक गंभीर समस्या से न जूझ रहा हो - खासकर अगर आप इस मामले में उनके परिवार को भी शामिल कर लें। और ऐसा क्यों नहीं किया जाना चाहिए? यहाँ मूल समस्या ये है कि सामूहिक पहचान को उस स्तर तक विभाजित किया जा सकता है, जहाँ अंत में सिर्फ व्यक्ति बचे। इस वाक्य को बड़े-बड़े अक्षरों में लिखा जाना चाहिए। हर इंसान अनोखा होता है, पर किसी तुच्छ रूप से नहीं बल्कि महत्वपूर्ण रूप से, असाधारण रूप से, अद्वितीय रूप से। किसी समूह का हिस्सा होने में इतनी विविधता कभी नहीं होती।

इस जटिलता के बारे में कोई भी उत्तर आधुनिक और मार्क्सवादी विचारक चर्चा नहीं करता। बल्कि उनकी विचारधारा से प्रेरित दृष्टिकोण, आसमान में चमकते सूर्य की तरह सच का एक निश्चित बिंदु तय कर देता है और फिर हर चीज़ को उस बिंदु के चारों ओर चक्कर लगाने के लिए मज़बूर करता है। 'सारे लैंगिक अंतर समाजीकरण का परिणाम हैं,' इस दावे को एक तरह से न तो सिद्ध किया जा सकता है और न ही इसका खंडन किया जा सकता है। क्योंकि ऐसे समूहों या व्यक्तियों पर जोर देनेवाली संस्कृति कुछ इस तरह लाई जा सकती है कि अगर हम कीमत चुकाने को तैयार हों, तो वस्तुत: कोई भी परिणाम हासिल हो सकता है। उदाहरण के लिए गोद लिए गए जुड़वाँ बच्चों पर हुए अध्ययनों के चलते हम जानते हैं कि संस्कृति व्यक्ति के आईक्यू (इंटेलीजेंस कोशेंट या बुद्धिमत्ता) में, संपत्ति की तीन-स्टैन्डर्ड-डीविएशन या मानक विचलन की बढ़त की कीमत पर पंद्रह अंकों की बढ़त (या एक स्टैन्डर्ड डीविएशन) ला सकती है (मोटे तौर पर यह अंतर, हाईस्कूल के एक औसत छात्र और कॉलेज के एक औसत छात्र के बीच के अंतर के बराबर है)। इसका अर्थ है कि जन्म के समय अलग-अलग किए गए दो जुड़वाँ बच्चों के आईक्यू में पंद्रह अंकों का फर्क होगा, अगर पहला बच्चा किसी ऐसे परिवार में बड़ा होता है, जो 85 फीसदी परिवारों से ज़्यादा गरीब है और अगर दूसरा बच्चा किसी ऐसे परिवार में बड़ा होता है, जो 95 फीसदी परिवारों से ज़्यादा अमीर है। कुछ ऐसे ही समीकरण का प्रदर्शन हाल ही में संपत्ति के बजाय शिक्षा के क्षेत्र में किया गया। हम यह नहीं जानते कि इससे भी चरम परिवर्तन लाने के लिए संपत्ति या शिक्षा के रूप में कितनी कीमत चुकानी पड़ेगी।

इस तरह के अध्ययनों का अर्थ ये है कि लड़कों और लड़कियों के बीच के जन्मजात अंतरों को शायद कम किया जा सकता है, बशर्ते हम अपनी ओर से पर्याप्त दबाव डालने के लिए तैयार हों। पर इसका यह मतलब कतई नहीं होगा कि हम इन दोनों में से किसी भी लिंग के व्यक्ति को हर मामले में अपनी पसंद का चुनाव करने के लिए स्वतंत्र कर रहे हैं। विचारधारा से प्रेरित मामलों में अपनी पसंद से कोई चुनाव करने की छूट नहीं होती: अगर महिलाएँ और पुरुष स्वेच्छा से ऐसे कार्य करते हैं, जिनका परिणाम लैंगिक रूप से असमान हो, तो इसका अर्थ है कि उनके चुनावों को सांस्कृतिक पूर्वाग्रहों द्वारा निर्धारित किया गया होगा। यानी अगर लोगों के बीच कोई लैंगिक अंतर है, तो इसका अर्थ है वे ऐसे पीड़ित लोग हैं, जिन्हें मानसिक रूप से प्रभावित कर, उसके मत को बदल दिया गया है और दृढ़ता से समालोचना करनेवाले सिद्धांतवादी इन लोगों को सुधारने के लिए नैतिक रूप से बाध्य हैं। इसका अर्थ है

कि पहले से ही समानतावादी दृष्टिकोणवाले स्कैंडिनेवियाई पुरुष, जो रोजगार के मामले में नर्सिंग के क्षेत्र में बहुत कम सक्रिय हैं – उन्हें तो सबसे ज़्यादा पुन:प्रशिक्षण की ज़रूरत है। सैद्धांतिक रूप से ठीक यही बात स्कैंडिनेवियाई महिलाओं पर भी लागू होती है, जो रोजगार के मामले में इंजीनियरिंग के क्षेत्र में कम सक्रिय हैं। यह पुन:प्रशिक्षण किस प्रकार का होगा? इसकी हद कहाँ तक है? आमतौर पर इस तरह की चीज़ें बंद हों, इससे पहले उन पर किसी भी तर्कसंगत हद से ज़्यादा जोर दिया जा चुका होता है। माओ की जानलेवा सांस्कृतिक क्रांति से हमें यह सीख ले लेनी चाहिए।

लड़कियों जैसे लड़के

सामाजिक निर्माणवादी सिद्धांत में एक मत–विशेष ने अपनी जड़ें जमा ली हैं कि अगर लड़कों का समाजीकरण लड़कियों जैसा हो, तो संसार एक बेहतर स्थान बन जाएगा। इस तरह के सिद्धांतों को सामने रखनेवाले सबसे पहले तो इस बात पर विश्वास करते हैं कि आक्रामकता एक सीखा हुआ व्यवहार है और इसीलिए किसी को आक्रामकता नहीं सिखाई जानी चाहिए। दूसरी बात ये (एक विशेष उदाहरण के तौर पर) कि 'लड़कों का समाजीकरण उसी तरह किया जाना चाहिए, जिस तरह पारंपरिक तौर पर लड़कियों का समाजीकरण किया जाता रहा है। उन्हें अपने अंदर कोमलता, भावनाओं के प्रति संवेदनशीलता, मानसिक और शारीरिक देखभाल, सहयोग करने प्रवृत्ति और कलात्मक सौंदर्यबोध जैसे सामाजिक रूप और सकारात्मक गुण विकसित करने के लिए प्रोत्साहित करना चाहिए।' इस तरह के विचारकों की राय में आक्रामकता को सिर्फ तभी घटाया जा सकता है, जब किशोर और वयस्क पुरुष भी 'उसी किस्म का व्यवहार अपनाएँ, जिसके लिए पारंपरिक तौर पर महिलाओं को प्रोत्साहित किया जाता रहा है।'

इस तरह का विचार इतना गलत है कि यह तय करना मुश्किल है कि इसकी गलतियाँ गिनाने की शुरुआत कहाँ से की जाए। पहली बात तो ये है कि आक्रामकता सिर्फ सीखा हुआ व्यवहार नहीं है। आक्रामकता शुरुआत में भी होता है। मुख्यत: कुछ ऐसे प्राचीन बायोलॉजिकल सर्किट होते हैं, जो रक्षात्मक और शिकारी आक्रामकता की बुनियाद हैं। ये इतने मौलिक होते हैं कि उन बिल्लियों और जानवरों में भी सक्रिय होते हैं, जिनके मस्तिष्क के सबसे बड़े और सबसे हाल ही में विकसित हिस्सों को पूरी तरह हटा दिया गया हो, जो कुल संरचना का एक बहुत बड़ा हिस्सा है। इससे पता चलता है कि आक्रामकता न सिर्फ जन्मजात होती

है बल्कि यह मस्तिष्क के सबसे मौलिक, बुनियादी क्षेत्रों में होनेवाली गतिविधि का परिणाम होती है। अगर मस्तिष्क को एक पेड़ मान लें, तो आक्रामकता (साथ ही भूख, प्यास और यौन इच्छा) ऐसी चीज़ है, जो उस पेड़ के तने में मौजूद होगी।

और, इसे ध्यान में रखते हुए, ऐसा लगता है कि दो वर्ष की उम्र के कुछ बच्चे (करीब 5 फीसदी) स्वभाव से काफी आक्रामक होते हैं। वे अन्य बच्चों के खिलौने छीन लेते हैं, उन्हें लात मारते हैं, काट खाते हैं या उन पर हाथ उठाते हैं। चार साल की उम्र तक आते-आते इनमें से ज़्यादातर का समाजीकरण काफी प्रभावशाली ढंग से हो चुका होता है। पर उन्हें लड़कियों जैसा व्यवहार करने के लिए प्रोत्साहित करने से ऐसा नहीं होता। बल्कि उन्हें बचपन के शुरुआती दौर में ही अपनी आक्रामक प्रवृत्तियों को नियमित रूप से किए जानेवाले परिष्कृत व्यवहार के साथ एकीकृत करना सिखाया जाता है या फिर वे खुद ही ऐसा करना सीख लेते हैं। उत्कृष्ट और अबोध बनने, प्रतिस्पर्धा करने, जीत हासिल करने और कम से कम एक आयामी तौर पर निरंतर गुणी बनने की बुनियाद आक्रामकता ही है। दृढ़ता इसी का एक सराहनीय और सामाजिक चेहरा है। ऐसे आक्रामक बच्चे, जो अपनी शैशव अवस्था के अंत तक अपने स्वभाव को परिष्कृत नहीं कर पाते, वे अपने जीवन में लोगों के बीच अलोकप्रिय होने को बाध्य हो जाते हैं। क्योंकि उनके अंदर मौजूद आदिम किस्म का प्रतिरोध बाद के जीवन में उनके किसी काम नहीं आता। अपने साथियों द्वारा खारिज होने के चलते, उन्हें बाद के जीवन में अपना समाजीकरण करने के पर्याप्त मौके नहीं मिलते, जिसके कारण वे बहिष्कृत से हो जाते हैं। ये वे लोग होते हैं, जिनका झुकाव किशोर और वयस्क, दोनों ही अवस्थाओं में असामाजिक और अपराधिक व्यवहार की ओर बना रहता है। पर इसका यह अर्थ कतई नहीं है कि आक्रामकता की सहज प्रवृत्ति उपयोगी व मूल्यवान नहीं है। कम से कम आत्मरक्षा के लिए तो इसका होना निश्चित रूप से आवश्यक है।

एक व्यसन के रूप में करूणा

मेरी कई महिला मरीजों (या शायद ज़्यादातर महिला मरीजों) को अपने पेशेवर और पारिवारिक जीवन में समस्याओं का सामना इसलिए नहीं करना पड़ता क्योंकि वे कुछ ज़्यादा ही आक्रामक हैं बल्कि इसलिए करना पड़ता है क्योंकि वे उतनी आक्रामक नहीं हैं, जितना उन्हें होना चाहिए। संज्ञानात्मक व्यवहार चिकित्सक (कॉग्नीटिव-बिहेवियरल थेरेपिस्ट) इस प्रकार के लोगों के इलाज को असर्टिवनेस ट्रेनिंग (दृढ़ता का प्रशिक्षण) कहते हैं, जिन्हें एग्रीएबलनेस यानी दूसरों से आसानी से

सहमत होने (विनम्रता और करूणा) और न्यूरोटिसिज्म यानी विक्षिप्तता (चिंता और भावनात्मक दर्द) जैसी नारी सुलभ विशेषताओं के चलते इस श्रेणी में रखा जाता है। अपर्याप्त आक्रामकतावाली महिलाएँ और पुरुष, हालाँकि ऐसे पुरुष काफी दुर्लभ होते हैं - दूसरों के प्रति कुछ ज़्यादा ही अच्छे और सरल होते हैं व उनके लिए अपनी ओर से बहुत कुछ करते हैं। वे अपने आसपास के लोगों से ऐसा व्यवहार करते हैं, जैसे वे सब कोई दुःखी बच्चे हों। ऐसे लोग ज़रा भोले होते हैं। वे मानते हैं कि परस्पर सहयोग सामाजिक-व्यवहार का आधार होना चाहिए। वे टकराव से बचते हैं (जिसका अर्थ है कि वे अपने रिश्तों में और अपने कामकाज के मामलों में भी यही रवैया अपनाते हैं)। वे दूसरों के लिए निरंतर बलिदान देते रहते हैं। भले ही ऐसा करना सुनने में बड़ा नेक लगे और निश्चित रूप से इस दृष्टिकोण के कुछ सामाजिक लाभ भी होते हैं - पर आमतौर पर इससे एक तरफा प्रतिकूल प्रभाव पड़ता है। क्योंकि जिन लोगों में दूसरों से आसानी से सहमत होने की प्रवृत्ति बहुत ज़्यादा होती है, वे दूसरों के लिए खुद झुक जाते हैं और अपने लिए कभी ठीक से आवाज नहीं उठाते। अन्य लोग भी उन्हीं की तरह सोचें, यह सुनिश्चित करने के बजाय, वे खुद ही यह मान लेते हैं और दूसरों से यह अपेक्षा भी करते हैं कि उनके अच्छे कर्मों के बदले में अन्य लोग भी उनके साथ वैसा ही व्यवहार करेंगे, जैसा वे खुद दूसरों के साथ करते हैं। जब ऐसा नहीं होता, तब भी वे अपने लिए आवाज नहीं उठाते। वे दूसरों से सीधे-सीधे स्वीकृति की माँग नहीं करते या यूँ कहें कि कर नहीं पाते। उनके चरित्र का स्याह पहलू उनकी अपनी पराजय या दूसरों के अधीन होने के चलते उभरता है और अंततः इस तरह वे द्वेषपूर्ण बन जाते हैं।

मैं दूसरों से बहुत ज़्यादा सहमत होनेवाले लोगों को उनके अंदर पैदा होनेवाले द्वेष पर गौर करना सिखाता हूँ, जो वास्तव में बहुत ही महत्वपूर्ण, पर बहुत ही विषाक्त भावना है। द्वेष के सिर्फ दो मुख्य कारण होते हैं: पहला जब कोई आपका फायदा उठाता है (या जब आप दूसरे को अपना फायदा उठाने का मौका देते हैं) और दूसरा जब आप जिम्मेदारी उठाने व परिपक्व होने से बचते हैं। अगर आप द्वेषपूर्ण हो गए हैं, तो इसके कारणों की पड़ताल करें। इसके बारे में किसी ऐसे इंसान से चर्चा करें, जिस पर आप भरोसा करते हों। क्या आप अपरिपक्व ढंग से यह सोचते रहते हैं कि आपके साथ गलत किया गया है? अगर पूरी ईमानदारी से विचार करने के बाद आपको लगता है कि आपके द्वेषपूर्ण होने के पीछे यह कारण नहीं है, तो हो सकता है कि कोई आपका फायदा उठा रहा हो। इसका अर्थ यह है कि अब अपने लिए आवाज उठाना आपकी नैतिक जिम्मेदारी बन गया है। हो सकता है कि

ऐसा करने का मतलब हो, अपने बॉस, अपने पति, अपनी पत्नी, अपनी संतान या अपने माता-पिता का विरोध करना। हो सकता है कि ऐसा करने का मतलब हो, कुछ ऐसे साक्ष्य इकट्ठा करना, जो इन लोगों का विरोध करते समय आपके काम आएँ और इन साक्ष्यों की मदद से आप इन लोगों को उनके दुर्व्यवहार के (कम से कम तीन) उदाहरण दे सकें ताकि वे आपके आरोपों से आसानी से बच न सकें। यह भी हो सकता है कि ऐसा करने का मतलब हो, उनके जवाबी तर्कों के सामने हार न मानना। आमतौर पर लोगों के पास चार से ज़्यादा जवाबी तर्क नहीं होते। अगर आप उनके तर्कों से अप्रभावित रहते हैं, तो वे नाराज़ हो जाते हैं या रोना शुरू कर देते हैं या फिर वहाँ से चले जाते हैं। ऐसी स्थिति में उनका आँसू बहाते हुए आपके सामने मौजूद रहना उनके लिए काफी उपयोगी साबित हो सकता है। क्योंकि वे अपने आँसुओं का इस्तेमाल करके आपके अंदर सैद्धांतिक रूप से इस बात के लिए अपराधबोध जगा सकते हैं कि आपने उनकी भावनाओं को आहत किया है। पर आँसुओं के पीछे अक्सर गुस्सा छिपा होता है। दुःखी होने या रोने पर चेहरा लाल होना उनके अंदर छिपे असली मनोभाव को जानने का अच्छा संकेत हो सकता है। अगर आप सामनेवाले के चार जवाबी तर्कों के बाद भी अपनी बात ठोस ढंग से रखने में कामयाब हो जाते हैं और उनके भावनात्मक जाल में नहीं फँसते हैं, तो फिर आप उनका ध्यान खींचने में सफल हो जाते हैं और हो सकता है कि इसके साथ ही उनके अंदर आपके लिए सम्मान का भाव भी पैदा हो जाए। हालाँकि यह सच्चा टकराव है, पर यह न तो सुखद होता है और न ही आसान।

आपको यह भी स्पष्ट रूप से पता होना चाहिए कि आप इस स्थिति से क्या हासिल करना चाहते हैं? साथ ही आपको अपनी इच्छा को स्पष्ट रूप से व्यक्त करने के लिए भी तैयार रहना होगा। आप जिस व्यक्ति का विरोध कर रहे हैं, उसे यह बता देना बेहतर है कि वह अब तक जो करता आया है या फिलहाल जो कर रहा है, उसके बजाय आप उसे क्या करते हुए देखना चाहेंगे। हो सकता है कि आपको सामनेवाले के बारे में लगे कि 'अगर वह मुझसे प्रेम करता होगा, तो उसे स्वत: ही पता होगा कि उसे क्या करना है।' पर याद रखें कि आपके अंदर से आई यह आवाज दरअसल आपकी द्वेष-भावना की आवाज है। 'वे आपका बुरा चाहते हैं, इसीलिए ऐसी हरकतें कर रहे हैं,' इस बात पर विश्वास करने से पहले यह मानकर चलें कि 'शायद वे अपने अज्ञान के कारण ऐसा कर रहे होंगे।' आपकी ज़रूरत या चाहत क्या है, यह सीधे तौर पर कोई नहीं जानता, यहाँ तक कि आप खुद भी नहीं। अगर आप यह तय करने का प्रयास करेंगे कि आप वास्तव में क्या चाहते हैं, तो शायद

आपको पता लगेगा कि ऐसा करना आपकी उम्मीद से ज़्यादा कठिन है। इस बात की संभावना बहुत कम है कि जो व्यक्ति आपका दमन कर रहा है, वह आपसे अधिक समझदार होगा, खासकर आपको जानने के मामले में। अपने बीच की समस्याएँ सुलझाने के बाद सामनेवाले व्यक्ति को स्पष्ट शब्दों में बता दें कि आपके हिसाब से क्या करना बेहतर होगा। आप अपनी इस माँग को जितना संभव हो सके, उतना सरल और तर्कसंगत रखें - पर यह ज़रूर सुनिश्चित कर लें कि इस माँग की पूर्ति से आप संतुष्ट हो जाएँगे। ऐसा करने का अर्थ है कि आप सिर्फ समस्या के बजाय, उसके समाधान पर भी विचार व चर्चा कर रहे हैं।

दूसरों से आसानी से सहमत होनेवाले, हमदर्दी रखनेवाले, टकराव से दूर रहनेवाले और करूणामयी लोग (जिसमें ये सारी विशेषताएँ हों) दूसरों को यह मौका दे देते हैं कि वे उन्हें रौंदकर आगे बढ़ सकें। जिसके परिणामस्वरूप उनके अंदर कटुता आ जाती है। वे दूसरों के लिए स्वयं बलिदान देते रहते हैं, कई बार वे ऐसा हद से ज़्यादा करते हैं और समझ नहीं पाते कि सामनेवाला भी उनके लिए वह सब क्यों नहीं कर रहा है, जो वे उसके लिए कर रहे हैं। दूसरों से आसानी से सहमत होनेवाले आज्ञाकारी होते हैं, जिससे उनकी अपनी स्वंतत्रता खत्म हो जाती है। यह खतरा तब और बढ़ जाता है, जब उनके अंदर न्यूरोटिसिज्म यानी विक्षिप्तता की प्रवृत्ति ज़्यादा हो। दूसरों से आसानी से सहमत होनेवाले (कम से कम कभी-कभी) अपने रास्ते पर चलने के लिए जोर नहीं देते बल्कि दूसरों के सुझाए रास्ते पर चल पड़ते हैं। इसीलिए वे अक्सर रास्ता भटककर दुविधाग्रस्त हो जाते हैं और फिर उन पर दबाव डालना आसान हो जाता है। इसके अलावा अगर वे ऐसे व्यक्ति हैं, जो आसानी से भयभीत या आहत हो जाते हैं, तो उनके पास अपना रास्ता बदलने के कारण और कम हो जाते हैं क्योंकि ऐसा करना उनके लिए खतरनाक हो सकता है (कम से कम अल्पकालिक रूप से)। तकनीकी रूप से कहा जाए तो डिपेन्डेंट पर्सनैलिटी डिसऑर्डर (आश्रित व्यक्तित्व विकार) इसी तरह जन्म लेता है, भले ही इसे एंटीसोशल पर्सनैलिटी डिसऑर्डर (असामाजिक या अपराधिक व्यक्तित्व विकार) का बिलकुल विपरीत माना जाता हो, जो बचपन और किशोरावस्था में अवगुणों और वयस्क होने के बाद अपराधिक लक्षणों से परिभाषित होता है। अगर एक अपराधी का उल्टा होने का अर्थ संत होना होता, तो बहुत अच्छा होता, पर सच्चाई इससे बिलकुल अलग है। अपराधी का उल्टा होता है, ईडिपल मदर (संतान के लिए विक्षिप्तता की हद तक लगाव रखनेवाली उसकी माँ) जो अपने ही किस्म की अपराधी होती है।

एक ईडिपल मदर (यह भूमिका पिता भी निभा सकते हैं पर ऐसा अपेक्षाकृत दुर्लभ ही होता है) अपनी संतान से कहती है, 'मैं सिर्फ तुम्हारे लिए जी रही हूँ।' वह अपने बच्चों के लिए सब कुछ करती है। वह उनके जूतों के फीते बाँधती है, उन्हें खाना खिलाती है और उन्हें अपने व अपने जीवनसाथी के बिस्तर पर खेलने देती है। यह अवांछित यौनइच्छा संबंधी ध्यान पाने से बचने का एक अच्छा और टकराव से बचानेवाला तरीका है।

एक ईडिपल मदर[11] खुद से, अपने बच्चों से और स्वयं शैतान से एक समझौता कर लेती है, जो कुछ इस प्रकार होता है: 'सबसे पहली बात ये कि मुझे कभी छोड़ना मत! इसके बदले मैं तुम्हारे लिए सब कुछ करूँगी। जैसे-जैसे तुम बिना परिपक्व हुए बड़े होते जाओगे, वैसे-वैसे तुम निकम्मे और कटुतापूर्ण होते जाओगे, पर तुम्हें कभी कोई जिम्मेदारी नहीं उठानी पड़ेगी और तुम जो भी गलतियाँ करोगे, उनके लिए हमेशा कोई और जिम्मेदार होगा।' बच्चे इसे चाहें तो स्वीकार भी कर सकते हैं और अस्वीकार भी – इस मामले में उनके पास विकल्प होता है।

हेंसेल एंड ग्रेटेल[12] की कहानी में ईडिपल मदर एक डायन है। इस परीकथा में हेंसेल और ग्रेटेल नामक दो बच्चों की एक नई सौतेली माँ आती है। चूँकि वहाँ अकाल पड़ा हुआ है और उस सौतेली माँ को लगता है कि दोनों बच्चे बहुत खाना खाते हैं इसलिए वह अपने पति यानी बच्चों के पिता को आदेश देती है कि वह बच्चों को जंगल में छोड़ आए। पति उसकी आज्ञा का पालन करते हुए बच्चों को दूर जंगल में ले जाकर छोड़ देता है। उस घने जंगल में अकेले भूखे-प्यासे भटकते उन दोनों बच्चों के साथ एक चमत्कार होता है। उन्हें वहाँ एक घर दिखाई देता है। यह कोई ऐसा-वैसा घर नहीं बल्कि एक कैंडी हाउस, एक जिंजरब्रेड हाउस होता है। जो व्यक्ति खयाल रखनेवाला, सहानुभूतिपूर्ण, संवेदनशील और सहयोगी प्रवृत्ति का नहीं होगा, उसे ऐसे घर पर संदेह हो सकता है और यह लग सकता है कि 'भला यह सच कैसे हो सकता है?' पर वे दोनों बच्चे बहुत छोटे और हताश थे।

उस घर के अंदर एक बूढ़ी और दयालु औरत थी, जो ऐसे हताश और व्याकुल बच्चों को बचाती थी। वह उनके सिर पर प्रेम से हाथ फेरती, उनके नहला-धुलाकर स्वच्छ करती और हर वक्त उनकी हर इच्छा के लिए अपना बलिदान देने को तैयार रहती। बच्चे जब भी, जो कुछ भी खाना चाहते, वह खुद उन्हें खिलाती। बच्चों को

[11] संतान के लिए विक्षिप्तता की हद तक लगाव रखनेवाली उसकी माँ

[12] सन 1812 में प्रकाशित हुई एक जर्मन परीकथा

खुद कभी कुछ नहीं करना पड़ता। पर बच्चों की ऐसी देखभाल के चलते उसकी खुद की भूख बढ़ने लगी। इसलिए उसने हेंसेल को एक पिंजरे में डाल दिया ताकि वह और तेजी से मोटा-ताजा हो जाए। फिर एक दिन जब वह बूढ़ी महिला हेंसेल की टाँग की कोमलता परखने की कोशिश करती है, ताकि यह तय कर सके कि वह उसके खाने लायक कोमल हो गई है या नहीं। पर हेंसेल उसे बेवकूफ बनाकर उसके हाथ एक हड्डी थमा देता है ताकि उसे लगे कि हेंसेल अब भी बहुत दुबला-पतला है। आखिरकार उस बूढ़ी औरत से और इंतजार नहीं हो पाता। वह अपना मनचाहा खाना पकाने के लिए ओवन गर्म करती है। दूसरी ओर ग्रेटेल, जो अभी तक पूरी तरह उस औरत के झाँसे में नहीं आई थी, वह इंतजार करती है कि कब वह बूढ़ी औरत कोई लापरवाही दिखाए और दोनों बच्चे वहाँ से बचकर निकल जाएँ। कुछ ही पलों में ग्रेटेल को यह मौका भी मिल जाता है और वह फौरन उस बूढ़ी औरत यानी डायन को उस विशाल ओवन के अंदर धकेल देती है, जो उसने अपना खाना पकाने के लिए तैयार किया था। इसके बाद वे दोनों बच्चे वहाँ से भाग जाते हैं और आखिरकार वापस अपने पिता से मिलते हैं, जो बच्चों को जंगल में छोड़ने के कारण पश्चाताप से भरा हुआ था।

ऐसे घरों में, सबसे पहले बच्चे की आत्मा का शिकार कर लिया जाता है। जरूरत से ज़्यादा सुरक्षा व संरक्षण एक विकासशील आत्मा को तबाह कर देता है।

हेंसेल और ग्रेटेल की कहानी में डायन दरअसल एक भयावह माँ है, जो प्रतीकात्मक नारी सुलभता का स्याह पहलू है। अपनी सामाजिक गहनता के चलते हम संसार को किसी कहानी की तरह देखते हैं और उस कहानी के किरदार होते हैं- माँ, पिता और बच्चा। संपूर्णता से देखें तो नारी सुलभता संस्कृति, सृजन और विनाश की सीमाओं से बाहर एक अज्ञात प्रकृति है: वह एक माँ की सुरक्षित गोद, समय का विनाशकारी तत्व, सुंदर कुँवारी माँ और एक दलदली डायन है। 1800 ईसवी में एक स्विस मानवविज्ञानी जोहान जैकब बैकोफेन ने इस आदर्शरूप किरदार को गलती से एक वस्तुगत, ऐतिहासिक वास्तविकता समझ लिया। बैकोफेन का कहना था कि मानवता अपने इतिहास में, विकास के कई चरणों से गुज़र चुकी है।

अगर मोटे तौर पर कहें, तो उनके अनुसार (एक अराजकता और अस्त-व्यस्त किस्म की शुरुआत के बाद) **पहला चरण था डास मुटर्रेक्ट** यानी एक ऐसा समाज जहाँ महिलाओं का राज था। सत्ता, सम्मान और प्रतिष्ठा से जुड़े सभी बड़े पदों पर महिलाएँ विराजमान थीं। इस समाज में एक से अधिक जीवनसाथी या यौन-साथी

रखना सामान्य था और चारों ओर स्वछंद संभोग का राज था। यह ऐसा दौर था, जब समाज में पेटरनिटी (पितृत्व) के मामले में कोई निश्चिंतता नहीं थी, किसी इंसान का पिता कौन है, यह तय करना मुश्किल था। **दूसरा चरण था, डायोनिसियन।** यह बदलाव का दौर था। इस दौरान मातृसत्ता की नींव हिला दी गई और सारी शक्ति पुरुषों के हाथों में आ गई। **तीसरा चरण था अपोलियन,** जो आज भी जारी है। इस दौरान पितृसत्ता का राज रहा और यह तय किया गया कि हर महिला सिर्फ एक ही पुरुष के साथ संबंध बनाएगी। इन दावों को सही साबित करनेवाला कोई ऐतिहासिक साक्ष्य न होने के बावजूद भी जोहान जैकब बैकोफेन के इन विचारों का कुछ लोगों पर काफी गहरा प्रभाव पड़ा। उदाहरण के लिए मारिजा गिम्बुटस नामक एक पुरातत्वविद् ने 1980 और 1990 के दशक में दावा किया कि नवपाषाण काल का यूरोप शांतिपूर्ण व देवी और महिला केंद्रित हुआ करता था। मारिजा गिम्बुटस का दावा था कि हाईरार्की (पदानुक्रम) पर आधारित हमलावरों की संस्कृति ने, इसका दमन कर दिया और इसी संस्कृति ने आधुनिक समाज की नींव भी रखी। कला इतिहासकार मर्लिन स्टोन ने भी अपनी किताब 'व्हेन गॉड वाज ए वुमन' में कुछ ऐसा ही दावा किया। पुरातनपंथी आदर्शरूप/पौराणिक विचारों की यह पूरी श्रृंखला, महिला आंदोलनों और 1970 के दशक के नारीवाद से जुड़े मातृसत्ता संबंधी अध्ययनों की हर वैचारिक-धारा की मापदड बन गई (सिंथिया एलर ने इन विचारों की आलोचना करते हुए 'द मिथ ऑफ मेट्रिआर्कल प्रीहिस्ट्री' शीर्षक से एक किताब लिखी और इस वैचारिक-धारा को एक 'घटिया झूठ' करार दिया)।

दशकों पहले कार्ल युंग का सामना बैकोफेन के आदिकालीन मातृसत्ता के विचारों से हुआ। हालाँकि युंग को जल्द ही एहसास हो गया कि शुरुआती स्विस विचारकों द्वारा वर्णित विकासात्मक अनुक्रम असल में एक मनोवैज्ञानिक वास्तविकता का प्रतिनिधित्व करता है, न कि ऐतिहासिक वास्तविकता का। उन्होंने बैकोफेन के विचारों में पाया कि इनमें भी बाहरी दुनिया की कल्पना पर उन्हीं प्रक्रियाओं को लागू किया गया है, जिन्होंने ब्रह्माण्ड की आबादी में नक्षत्रों और देवताओं को जोड़ा है। कार्ल युंग के सहयोगी एरिक न्यूमेन ने 'द ओरिजिन्स एंड हिस्ट्री ऑफ कॉन्शसनेस' और 'द ग्रेट मदर' शीर्षकवाली अपनी दोनों किताबों में युंग के विश्लेषण का विस्तार किया। न्यूमेन ने ऐसी चेतना के उद्भव का पता लगाया, जो प्रतीकात्मक रूप से मर्दाना है और उसके विपरीत प्रतीकात्मक रूप यानी नारी सुलभता मूर्त (मदर, मैट्रिक्स) उत्पत्ति से उसकी तुलना की। इस तरह उन्होंने फ्रायड के ईडिपल पेरेंटिंग के सिद्धांत को एक व्यापक आदर्शरूप मॉडल में शामिल कर लिया। न्यूमेन और

युंग, दोनों के लिए चेतना, जो प्रतीकात्मक रूप से हमेशा मर्दाना होती है, यहाँ तक कि महिलाओं के मामले में भी – रोशनी की एक किरण की ओर आगे बढ़ने के लिए संघर्ष करती है। इसका विकास तकलीफदेह होता है और चिंता को बढ़ाता है क्योंकि यह अपने साथ कमजोरी और मौत का बोध लेकर चलता है। इसके अंदर निर्भरता और अचेतना के अंधे कुँए में फिर से गिरने का और अपने अस्तित्ववादी बोझ को उतार फेंकने का लोभ लगातार बना रहता है। उसकी इस तर्कहीन इच्छा को भड़काने में हर वह चीज़ सहयोग करती है, जो आत्मज्ञान, मुखरता, तर्कसंगतता, आत्म-निर्भरता, शक्ति और क्षमता की विरोधी होती है और जो ज़रूरत से ज़्यादा आश्रय देते हुए गला घोंटकर इसे निगल जाती है। इस प्रकार की अति-सुरक्षा ही फ्रायड का परिवार संबंधी ईडिपल दु:स्वप्न है, जिसे हम बहुत तेजी से सामाजिक नीतियों का रूप देते जा रहे हैं।

द टेरेबल मदर[13] एक प्राचीन प्रतीक है। उदाहरण के तौर पर देखें तो यह स्वयं को मेसोपोटामियन कहानी, 'इनोमा इलिस' में टियामाट के रूप में व्यक्त करता है। यह वह सबसे प्राचीन कहानी है, जो हमें बरामद हुई है। टियामाट देवताओं से लेकर इंसानों तक, हर चीज़ की माँ है। वह अज्ञात और अराजक है और ऐसी प्रकृति है, जो सभी रूपों को जन्म देती है। पर इसके साथ ही वह एक मादा-दैत्य देवी भी है, जो अपने बच्चों को खत्म करने के लिए उस समय आगे बढ़ती है, जब वे लापरवाही से अपने पिता की हत्या कर देते हैं और फिर उसकी लाश पर निर्भर होकर जीने की कोशिश करते हैं। द टेरेबल मदर लापरवाह अचेतना की भावना है, जो जागरूकता और ज्ञानोदय की सदाबहार भावना को अधोलोक के सुरक्षात्मक-गर्भ जैसे आलिंगन में फँसाने के लिए लुभाती रहती है। यह वो आतंक है, जो युवा पुरुष उन आकर्षक महिलाओं के प्रति महसूस करते हैं, जो स्वयं प्रकृति हैं और पुरुषों को हर संभव गहनतम स्तर पर अंतरंग रूप से अस्वीकार करने के लिए हरदम तैयार रहती हैं। संसार में इससे अधिक व्याकुलता पैदा करनेवाली, साहस क्षीण करनेवाली और शून्यवाद व घृणा की भावनाओं को भड़कानेवाली कोई और चीज़ नहीं है, सिवाय ज़रूरत से ज़्यादा खयाल रखनेवाली माँ के दमघोंटू यानी कसकर किए गए आलिंगन के।

द टेरेबल मदर कई परीकथाओं के साथ-साथ वयस्क पाठकों के लिए लिखी गई कई कहानियों में भी नज़र आती है। 'द स्लीपिंग ब्यूटी' नामक एक उत्कृट परीकथा में यह एक दुष्ट रानी है, जो अपने आपमें स्याह प्रकृति का प्रतीक है।

---

[13] भयावह माँ – एक मनोवैज्ञानिक आद्यरूप या आदर्शरूप

डिज्नी के संस्करण में वह मेलफिसेंट नामक पात्र है। राजकुमारी ऑरोरा के शाही माता-पिता अपनी बेटी के नामकरण समारोह में इस रात्रि-शक्ति को आमंत्रित नहीं करते। इस प्रकार वे अपनी बेटी को वास्तविकता के विनाशकारी और खतरनाक पक्ष से कुछ ज़्यादा ही बचाकर रखते हैं और चाहते हैं कि वह ऐसी चीज़ों से होनेवाली किसी भी परेशानी से दूर रहकर बड़ी हो। पर इसके बदले उन्हें क्या मिलता है? उनकी बेटी युवावस्था में भी अचेतन या बेहोश ही रहती है। उसका राजकुमार - एक मर्दाना भावना रखनेवाला एक ऐसा भी पुरुष है, जो माता-पिता से अलग करके उसे बचा भी सकता है। इसके साथ ही वह राजकुमार ऐसी चेतना भी है, जो नारी सुलभता के स्याह पक्ष के कुचक्र द्वारा एक कालकोठरी में कैद कर दी गई है। जब वह राजकुमार बचकर भाग जाता है और दुष्ट रानी पर सख्त दबाव डालता है, तो रानी स्वयं अराजकता के दैत्य में बदल जाती है। प्रतीकात्मक पौरुष (या मर्दानगी) उसे सत्य और निष्ठा के बल पर हरा देता है और राजकुमारी को ढूँढ़ लेता है। फिर वह राजकुमारी का चुंबन लेकर उसकी बेहोशी तोड़ देता है।

इस बात पर आपत्ति की जा सकती है (जैसा कि डिज्नी की हालिया काल्पनिक फिल्म 'फ्रोजेन' में दिखाया गया) कि एक महिला को अपना बचाव करने के लिए किसी पुरुष की ज़रूरत नहीं है। हो सकता है कि यह सच हो या फिर ऐसा भी हो सकता है कि यह सच न हो। हो सकता है कि जो महिला अपने जीवन में संतान चाहती है (या जिसकी कोई संतान है) सिर्फ उसी को अपना बचाव करने के लिए एक पुरुष की ज़रूरत होती हो - या कम से कम एक पुरुष के सहयोग और समर्थन की ज़रूरत होती हो। जो भी हो, यह तय है कि एक महिला को चेतना के बचाव की ज़रूरत पड़ती है और जैसा कि पिछली पंक्तियों में बताया गया है, (व्यवस्था और मध्यस्थता सिद्धांत लोगोस - बाइबिल के अनुसार लोगोस यानी शब्द, संवाद और तर्क, जो जीसस क्राइस्ट का ही एक अन्य नाम या उपाधि है - दोनों की आड़ में) चेतना प्रतीकात्मक रूप से मर्दाना होती है और जब से समय की शुरुआत हुई है, तब से ऐसा ही है। राजकुमार एक प्रेमी भी हो सकता है पर इसके अलावा वह एक महिला की अपनी सचेत जागरूकता, दृष्टि की स्पष्टता और मानसिक रूप से दृढ़ स्वतंत्रता भी हो सकती है। ये सब वास्तव में और प्रतीकात्मक रूप से मर्दाना विशिष्टताएँ हैं क्योंकि मर्द औसतन कम नर्मदिल होते हैं और उनमें दूसरों से आसानी से सहमत होने की प्रवृत्ति भी कम होती है। मर्दों को चिंता और भावनात्मक पीड़ा भी कम ही होती है। दूसरे शब्दों में कहें, तो (1) यह बात उन स्कैन्डेवियाई देशों में सबसे ज़्यादा सच साबित हुई है, जहाँ जेंडर इक्वालिटी (लैंगिक समानता) के लिए

सबसे प्रभावी कदम उठाए गए हैं और (2) ये अंतर उन मापदंडों के हिसाब से कम नहीं हैं, जिनके आधार पर इस प्रकार की चीज़ों को आँका जाता है।

मर्दानगी और चेतना के बीच का संबंध डिज्नी की फिल्म 'द लिटिल मरमेड' में भी प्रतीकात्मक रूप से चित्रित किया गया है। फिल्म की हेरोइन एरियल काफी नारी सुलभ है पर उसके अंदर स्वतंत्रता की दृढ़ भावना भी है। इसीलिए उसके पिता उसे बहुत पसंद करते हैं, हालाँकि इसके साथ-साथ वह अपने पिता के लिए ढेरों मुसीबतें भी खड़ी करती रहती है। उसके पिता ट्राइटन एक राजा हैं, जो ज्ञात, संस्कृति और व्यवस्था का प्रतिनिधित्व करते हैं, उनके व्यक्तित्व में आदेश देनेवाले एक दमनकारी तानाशाह की हल्की सी झलक भी है। चूँकि व्यवस्था हमेशा अराजकता से पीड़ित रहती है इसलिए ट्राइटन की एक विरोधी भी है, जिसका नाम उर्सुला है और वह एक ऑक्टोपस है - एक साँप, एक डायन या एक हाइड्रा[14] है। इस प्रकार, उर्सुला उसी आद्यरूपी या आदर्शरूपी श्रेणी में आती है, जिसमें मशहूर परीकथा स्लीपिंग ब्यूटी की दैत्य रानी मेलफिसेंट को रखा जाता है (या जर्मन परीकथा स्नो व्हाइट की ईर्ष्यालु बूढ़ी रानी को, यूरेशियन लोककथा सिन्ड्रेला की लेडी ट्रेमाईन को, अंग्रेजी उपन्यास एलिस इन वंडरलैंड की द रेड क्वीन को, अंग्रेजी बाल उपन्यास 101 डाल्मेशियंस की क्रूला डी विल को, ब्रिटिश बाल उपन्यास द रेस्क्युअर की मिस मेडुसा को और जर्मन परीकथा टैंगेल्ड की मदर गोथेल को रखा जाता है।)

एरियल राजकुमार एरिक के साथ प्रेम संबंध स्थापित करना चाहती है, जिसे एरियल ने एक जहाज संबंधी दुर्घटना में बचाया था। उर्सुला (ऑक्टोपस या समुद्री डायन) एरियल से छल करके उसे अपनी आवाज त्यागने को मज़बूर कर देती है ताकि वह तीन दिनों तक एक इंसान के रूप में रह सके। हालाँकि उर्सुला अच्छी तरह जानती है कि गूँगी होने के बाद एरियल राजकुमार एरिक के साथ प्रेम संबंध स्थापित नहीं कर सकेगी। बोलने की क्षमता के बिना - लोगोस (यानी शब्द, संवाद और तर्क) के बिना; दिव्य वचन के बिना - वह पानी के भीतर हमेशा के लिए अचेतन ही रहेगी।

जब एरियल राजकुमार एरिक के साथ प्रेम संबंध बनाने में विफल हो जाती है, तो उर्सुला उसकी आत्मा चुरा लेती है और उसे अपने मुरझाए हुए एवं विकृत अर्द्ध-प्राणियों के विशाल संग्रह में रख देती है, जो उसके नारी सुलभ तौर-तरीकों

[14] ग्रीक और रोमन पौराणिक कथाओं में उल्लेखित पानी में रहनेवाला कई सिरों का सर्प-राक्षस

के चलते पूरी तरह सुरक्षित रहता है। जब एरियल के पिता राजा ट्राइटन उसके पास आकर अपनी बेटी को वापस करने की माँग करते हैं, तो उर्सुला उनके सामने एक भयावह प्रस्ताव रख देती है कि अगर वे अपनी बेटी को बचाना चाहते हैं, तो उन्हें उर्सुला के अर्द्ध-प्राणियों के विशाल संग्रह में एरियल की जगह खुद लेनी होगी। बेशक उर्सुला का असली मकसद हमेशा से विद्वान राजा (जो वास्तव में - अगर फिर उसी बात को दोहराया जाए तो पितृसत्ता के उदार और दयालु पक्ष का प्रतिनिधित्व करते हैं) को खत्म करने का ही था। आखिरकार एरियल तो रिहा हो जाती है पर अब राजा ट्राइटन अपने पूर्व-सेल्फ की एक दयनीय परछाईं मात्र बनकर रह जाते हैं। इससे भी महत्वपूर्ण बात ये कि राजा ट्राइटन का जादुई त्रिशूल उर्सुला के हाथ आ जाता है, जो वास्तव में राजा की ईश्वरीय शक्ति का स्रोत था।

सौभाग्य से (या यूँ कहें कि उर्सुला के दुर्भाग्य से) राजकुमार एरिक वहाँ आ जाता है। राजकुमार के हार्पून (छोटी नौका) से उर्सुला का ध्यान भटक जाता है। इससे एरियल को उर्सुला पर हमला करने का मौका मिल जाता है, बदले में उर्सुला का शरीर अचानक बढ़कर - स्लीपिंग ब्यूटी की दुष्ट रानी मेलफिसेंट की तरह किसी विशालकाय दैत्य के आकार का हो जाता है। उर्सुला अपनी राक्षसी शक्तियों का इस्तेमाल करते हुए वहाँ एक भयानक समुद्री तूफान ले आती है। जिसके कारण समुद्र में डूबे हुए और समुद्र की सतह पर पड़े हुए ढेरों जहाजों और नावों का एक पूरा बेड़ा उठकर वहाँ आ जाता है। इसके बाद जैसे ही वह एरियल को जान से मार-नेवाली होती है, राजकुमार एरिक चालाकी दिखाते हुए उसके जहाजी बेड़े की एक नाव को अपने कब्जे में लेकर उसके बाउस्प्रिट (सबदरा - नाव के अगले हिस्से में लगा हुआ धनुष जैसा नुकीला हिस्सा) को उर्सुला से जाकर भिड़ा देता है। आखि-रकार राजा ट्राइटन और अन्य कैदी आत्माएँ रिहा हो जाती हैं। इससे खुश होकर राजा ट्राइटन अपनी बेटी को एक इंसान में बदल देते हैं ताकि वह राजकुमार एरिक के साथ रह सके। ये कहानियाँ यह दावा करती हैं कि एक महिला को संपूर्ण बनने के लिए मर्दाना चेतना के साथ संबंध स्थापित करना होगा और इस भयावह संसार का सामना करना होगा (जो मुख्यत: कई बार उसकी हमेशा मौजूद रहनेवाली माँ के रूप में व्यक्त होता है)। एक असली पुरुष इस मामले में कुछ हद तक उस महिला की मदद कर सकता है, पर हर किसी के लिए यही बेहतर होगा कि कोई किसी पर ज़रूरत से ज़्यादा निर्भर न हो।

बचपन में एक दिन मैं अपने दोस्तों के साथ सॉफ्टबॉल (बेसबॉल जैसा एक

अमेरिकी खेल) खेल रहा था। वहाँ एक-दूसरे से मुकाबला कर रही दोनों टीमों में लड़के और लड़कियाँ, दोनों थे। हम सब उस उम्र में पहुँच चुके थे, जहाँ लड़कों और लड़कियों के बीच आकर्षण बढ़ता है। मैं और मेरा दोस्त जेक आपस में झगड़ रहे थे और हमारे बीच गहमा-गहमी इतनी बढ़ गई थी कि हमने एक-दूसरे को गुस्से से धक्का देना शुरू कर दिया। ऐसा लग रहा था, जैसे कुछ ही पलों में हम एक-दूसरे पर हाथ उठाने लगेंगे। तभी मेरी नज़र अपनी माँ पर पड़ी, जो करीब तीस गज की दूरी पर थीं और हमारी ओर ही आ रही थीं। उनकी बॉडी-लैंग्वेज पर गौर करते ही मुझे एहसास हो गया कि वे समझ गई हैं कि मेरे और जेक के बीच झगड़ा हो गया है। मेरे साथ वहाँ खेल रहे बाकी लड़कों की नज़र भी मेरी माँ पर पड़ी। पर वे बिना कुछ कहे, हमसे कुछ ही गज की दूरी से गुज़रते हुए वहाँ से चली गईं। मैं समझ गया कि उन्हें मेरे व्यवहार से तकलीफ हुई है। शायद वे इस बात को लेकर चिंतित थीं कि कहीं मैं झगड़े में चोट न खा जाऊँ। मुझे और जेक को झगड़ते देखने के बाद वे चाहतीं तो शायद सारे बच्चों को डाँटकर वहाँ से भगा देतीं या शायद मुझे और जेक को एक-दूसरे से अलग कर हमारा झगड़ा बंद करा देतीं। पर उन्होंने ऐसा कुछ नहीं किया। कुछ साल बाद, जब मैं किशोरावस्था में था, तो अपने पिता के साथ मेरी अनबन होती रहती थी (जो किशोर उम्र के बच्चों के मामले में सामान्य बात है) तब मेरी माँ ने मुझसे कहा था, 'अगर घर में सब कुछ ठीक रहा होता, तो तुम कभी छोड़कर बाहर नहीं जाते।'

मेरी माँ कोमल-हृदयवाली महिला है। वे सहानुभूतिपूर्ण और सहयोगी स्वभाव की हैं और दूसरों से जल्द सहमत हो जाती हैं। अगर कोई उनसे बुरा बरताव करता है, तब भी वे अक्सर कुछ नहीं कहतीं। हम बच्चों के पैदा होने के बाद कुछ सालों तक उन्होंने नौकरी नहीं की। जब हम बच्चे थोड़े बड़े हुए तो उन्होंने दोबारा काम पर जाना शुरू किया। पर इतने साल तक पेशेवर जिंदगी से दूर रहने के बाद अब उनके लिए अपने पुरुष सहकर्मियों के सामने दृढ़ता के साथ खड़े होना एक चुनौती बन गया था। इसके चलते कई बार उनके अंदर नाराज़गी का भाव रहता था। मेरे पिता अपनी मर्जी के मालिक हैं और वही करते हैं जो उन्हें सही लगता है, उनके साथ भी मेरी माँ को कभी-कभी यही महसूस होता था। इन सब चीज़ों के बावजूद वे कोई ईडिपल मदर (संतान के लिए विक्षिप्तता की हद तक लगाव रखनेवाली माँ) नहीं हैं। उन्होंने अपने बच्चों की स्वतंत्रता को हमेशा बढ़ावा दिया, जबकि ऐसा करने के लिए उन्हें कई बार दिक्कतों का सामना भी करना पड़ता था। उन्होंने वही किया, जो सही था, भले ही इसके चलते उन्हें स्वयं परेशानियों का सामना करना पड़ा हो।

डरपोक कहीं के, ज़रा मज़बूत बनो

अपनी युवावस्था में एक बार मैंने पश्चिमी कनाडा के सेंट्रल सस्केचेवान नामक इलाके में रेलवे लाइन कर्मचारियों के साथ काम किया था। उस साल मैंने गर्मियों का पूरा मौसम उनके साथ काम करते हुए ही बिताया। उन कर्मचारियों में सबके सब पुरुष थे और जब भी कोई नया व्यक्ति उनके दल में भर्ती होता, तो पहले दो सप्ताह तक वे अक्सर उसकी परीक्षा लिया करते थे। कई अन्य कर्मचारी उत्तरी अमेरिका के क्री इंडियन्स (क्री मूल निवासी) थे, जो आमतौर पर शांत लोग थे और उनके साथ काम करना तब तक काफी आसान था, जब तब उन्होंने ज़रूरत से ज़्यादा शराब न पी ली हो। वे सब अपने सगे-संबंधियों की तरह कई बार जेल की हवा खा चुके थे। पर उनके अंदर इसे लेकर ज़्यादा शर्म का भाव नहीं था क्योंकि उनके लिए जेल का मतलब श्वेत लोगों द्वारा निर्मित एक और व्यवस्था से ज़्यादा कुछ नहीं था। दूसरी बात ये कि ठंड के मौसम में गर्माहट भरी जेल आरामदायक होती थी और वहाँ खाना भले ही सामान्य था पर भरपूर मात्रा में उपलब्ध था। एक बार उनमें से एक उत्तरी क्री इंडियन ने मुझसे पचास डॉलर उधार लिए। उसने मुझे वे पचास डॉलर लौटाने के बजाय बुकएंड[15] का एक जोड़ा देने की पेशकश की। मैंने उसकी बात मान ली। वह बुकएंड का जोड़ा आज भी मेरे पास है, जो उससे पचास डॉलर वापस लेने से कहीं बेहतर था।

उन कर्मचारियों के दल में जब भी कोई नया लड़का भर्ती होता, तो वे फौरन उसे एक अपमानजनक उपनाम दे देते। जब उन लोगों ने मुझे अपने दल में स्वीकार कर लिया, तो वे मुझे हाउडी-डूडी[16] नाम से पुकारते थे (यह बताने में मुझे आज भी ज़रा शर्मिंदगी महसूस होती है)। जब मैंने यह उपनाम देनेवाले अपने सहकर्मी से पूछा कि उसने मुझे यही नाम क्यों दिया, तो उसने बड़े ही अजीब और मज़ाकिया ढंग से कहा, 'क्योंकि तुम उस कठपुतली जैसे बिलकुल नहीं दिखते।' कामकाजी पुरुष आमतौर पर बेहद मज़ाकिया होते हैं और उनके मज़ाक अक्सर तीखे, चुभनेवाले और अपमानजनक होते हैं (जैसा कि नौवें नियम में पहले ही बताया जा चुका है)। वे लगातार एक-दूसरे को परेशान करते रहते हैं। वे कुछ हद तक यह सब मजे लेने के लिए करते हैं और कुछ हद तक आपस में प्रभुत्व को लेकर होनेवाले शाश्वत संघर्ष में आगे बढ़ते रहने के लिए। इसके अलावा वे यह देखने के लिए भी ऐसा

---

[15] किताबों को एक पंक्ति में टिकाकर रखने के लिए इस्तेमाल होनेवाला एक उपकरण

[16] पचास के दशक के एक मशहूर बाल-टीवी कार्यक्रम का कठपुतली किरदार

करते हैं कि सामाजिक-तनाव की ऐसी स्थितियों में सामनेवाला क्या करेगा। यह सामनेवाले का चरित्र-मूल्यांकन करने की प्रक्रिया का और आपसी सौहार्द प्रगाढ़ करने का एक हिस्सा है। जब यह सब कारगर साबित होता है (यानी जब सामनेवाले के तीखे मज़ाक का जवाब भी उतने ही तीखे मज़ाक से दिया जाता है और जब हर कोई एक-दूसरे के मज़ाक सहने के लिए तैयार रहता है) तो यह उन पुरुषों के जीवन का एक बड़ा हिस्सा बन जाता है, जो पाइप लाइन बिछाने, गंदगी से भरे तेल संयंत्रों की मशीनें चलाने, दिनभर लकड़ी के मोटे-मोटे सैकड़ों लट्ठे चीरने और रेस्त्राँ के गर्मी भरे रसोई में घंटों खाना पकाने जैसे मुश्किल या खतरनाक काम करते हैं। बेहद कठिन कामकाजी परिस्थितियों में भी आपस में मज़ाक करते हुए और एक दूसरे की टाँग खींचते हुए खासी मेहनतवाले ये काम करना उनके लिए न सिर्फ आसान हो जाता है बल्कि वे इनका आनंद भी उठा लेते हैं। इस प्रकार के काम आज भी सिर्फ पुरुष ही करते हैं।

रेल कर्मचारियों के उस दल में मेरे शामिल होने के कुछ दिनों बाद उन सभी ने मेरा उपनाम हाउडी-डूडी से बदलकर सिर्फ हाउडी रख दिया। यह वाकई एक बड़ा सुधार था क्योंकि इसका एक पश्चिमी संकेतार्थ बनता है और अब यह उस बेवकूफाना कठपुतली के नाम से जुड़ा हुआ नहीं था। पर मेरे बाद जो लड़का इस दल में काम करने के लिए भर्ती हुआ, वह मेरी तरह भाग्यशाली नहीं था। वह अपने साथ एक महँगा और सुंदर लंचबकेट (खाने का डब्बा) लेकर आता था, जो दरअसल उसकी गलती थी। क्योंकि वहाँ हर कोई भूरे रंग के साधारण गत्ते के डिब्बों में खाना लेकर आता था और उनमें कोई दिखावा करने जैसी बात नहीं होती थी। जबकि उस लड़के का लंचबकेट कुछ ज़्यादा ही नया और शानदार था। उस लंचबकेट को देखकर ऐसा लगता था, मानों लड़के की माँ ने खुद उसे खरीदा होगा (और फिर खुद ही उसमें खाना रखकर बेटे को दिया होगा)। इसीलिए उन लोगों ने उस लड़के का उपनाम लंचबकेट रख दिया। पर लंचबकेट मज़ाकिया व्यक्ति नहीं था। वह हर चीज़ की बुराई करता था और उसका रवैया भी ठीक नहीं था। उसके लिए हर गलती का जिम्मेदार कोई और व्यक्ति होता था। इसके साथ ही वह बड़ा ही तुनकमिजाज था और चीज़ों को फौरन समझ भी नहीं पाता था।

लंचबकेट अपने इस उपनाम को स्वीकार नहीं कर सका और न ही वह अपने काम में स्थिर हो सका। जब भी कोई उससे बातचीत करता, तो उसका रवैया उत्तेजना में आकर दूसरों को नीचा दिखानेवाला होता। जब वह सुबह काम पर आता, तब भी उसका रवैया वही रहता। वह ऐसा व्यक्ति नहीं था, जिसके आसपास रहकर

आपको अच्छा महसूस हो। इसके अलावा वह कोई मज़ाक भी नहीं सह पाता था। कामकाजी माहौल में ऐसा रवैया बहुत घातक होता है। उसने अपने बुरे रवैये के साथ पहले तीन दिन तो बिता लिए। पर चौथे दिन से उसे वहाँ और ज़्यादा परेशान किया जाने लगा। अब बात उसके उपनाम से ज़्यादा आगे जा चुकी थी। अब वह एक करीब चौथाई मील के क्षेत्र में फैले सत्तर रेल कर्मियों के बीच चिड़चिड़ाते हुए काम करता रहता। तभी अचानक कहीं से कोई कंकड़ उड़ते हुए उसके हेलमेट से टकराता। मोटे प्लास्टिक के हेलमेट से कंकड़ के टकराने पर 'ठक्क!' की आवाज आती, जिससे उन सभी रेल कर्मियों को बड़ा मज़ा आता, जो उसे चुपचाप चिड़चिड़ाते हुए देख रहे होते। इसके बावजूद उसका रवैया जस का तस रहा, वह मज़ाक को मज़ाक की तरह नहीं ले सका। इसलिए उसके हेलमेट से टकरानेवाले कंकड़ों का आकार बड़ा होता गया। लंचबकेट काम में ध्यान लगाने की कोशिश करता, पर उसका ध्यान बार-बार भटकता। अचानक कहीं से कोई कंकड़ आता और 'ठक्क!' इससे वह और बुरी तरह चिढ़ जाता पर उसकी चिढ़ और गुस्से से वहाँ मौजूद रेल कर्मियों को और उस पर कंकड़ फेंकनेवालों को कोई फर्क नहीं पड़ता। बल्कि हर कोई उसे चिड़चिडाते देखकर चुपचाप मजे लेता। आखिरकार कुछ दिनों तक यह सब झेलने और एक-दो बार कंकड़ की रगड़ हेलमेट के बजाय अपने शरीर पर खाने के बाद, इस प्रकार के मामलों के बारे में बिना कोई समझ विकसित किए लंचबकेट वहाँ से गायब हो गया।

पुरुष जब साथ काम करते हैं, तो एक-दूसरे पर व्यवहार से जुड़े कुछ अनकहे नियम लागू कर देते हैं, जैसे 'अपना काम पूरा करो। अपनी जिम्मेदारी निभाओ। जागते रहो और ध्यान दो। शिकायत मत करो और तुनकमिजाजी मत दिखाओ। मौका पड़ने पर अपने दोस्तों के साथ खड़े हो। घबराकर चुप मत रहो, चुगलखोरी मत करो और बेवकूफाना नियमों के गुलाम मत बनो।' मशहूर हॉलीवुड अभिनेता और रेसलर ऑर्नल्ड श्वार्जनेगर के अमर शब्दों में, 'जनाना किस्म के पुरुष मत बनो। किसी पर भी, कभी भी, किसी भी कारण से निर्भर मत रहो, चाहे हालात जैसे भी हों।' कर्मचारियों के दल में स्वीकार किए जाने के लिए जो उत्पीड़न या परेशानियाँ झेलनी पड़ती हैं, वह दरअसल इस बात की परीक्षा होती है कि 'तुम एक सख्त, मनोरंजक, सक्षम और विश्वसनीय व्यक्ति हो या नहीं? हम तुम्हारे लिए दुःखी या शर्मिंदा महसूस करना नहीं चाहते। हम तुम्हारी आत्ममुग्धता झेलने के लिए भी तैयार नहीं हैं और न ही हम तुम्हारा काम अपने कंधों पर लेना चाहते हैं।'

बॉडीबिल्डर चार्ल्स एटलस ने कुछ दशकों पहले कॉमिक स्ट्रिप के रूप में

एक विज्ञापन जारी किया था, जो अपने जमाने में बड़ा मशहूर हुआ था। इसका शीर्षक था, 'द इन्सल्ट दैट मेड ए मैन आउट ऑफ मैक' (वह अपमान जिसने मैक को एक मर्द बना दिया) और उस दौर में यह करीब-करीब हर उस कॉमिक बुक में प्रकाशित हुआ था, जिनके पाठक मुख्य रूप से लड़के थे। इस कॉमिक स्ट्रिप में नायक मैक को समंदर किनारे एक आकर्षक युवा महिला के साथ बैठे हुए दिखाया गया था। तभी एक दबंग व्यक्ति अपनी धौंस जमाने के लिए उनके पास से गुज़रते हुए रेतीली जमीन पर कुछ इस तरह लात मारता है कि ढेर सारी रेत उछलकर मैक और उस महिला के मुँह पर जा गिरती है। मैक उसकी इस हरकत का विरोध करता है और वह दबंग व्यक्ति, जो शारीरिक रूप से मैक के मुकाबले कहीं अधिक मज़बूत है, मैक की बाँह दबोच लेता है और कहता है, 'सुन! मैं तेरा मुँह तोड़ दूँगा, पर तू शरीर से इतना मरियल है कि कहीं मेरा मुक्का खाकर हवा में न उड़ जाए।' इस तरह अपनी धौंस जमाकर वह दबंग व्यक्ति वहाँ से चला जाता है। मैक अपने साथ बैठी महिला से कहता है, 'बड़ा बदतमीज आदमी है! किसी दिन मैं इसे अच्छा सबक सिखाऊँगा।' यह सुनकर वह महिला उसे उकसानेवाले अंदाज में अचानक उसकी ओर मुड़ती है और कहती है, 'जाने दो! तुम अभी बच्चे हो।' मैक अपने घर पहुँचता है। वह आइने में अपने दुबले-पतले शरीर को देखता है और आखिरकार अपने शरीर को मज़बूत बनाने के मकसद से एटलस प्रोग्राम खरीद लेता है। जल्द ही वह शारीरिक रूप से खासा मज़बूत बन जाता है। अगली बार जब वह समंदर किनारे जाता है तो उस दबंग व्यक्ति को ढूँढ़ता है और मुक्के मारकर उसका मुँह तोड़ देता है। यह देखकर वह महिला मैक के प्रति इतनी आकर्षित हो जाती है कि फौरन उसकी हृष्ठ-पुष्ट बाँहों से चिपट जाती है और कहती है, 'ओह मैक! तुम सचमुच असली मर्द हो।'

यह विज्ञापन यूँ ही मशहूर नहीं हुआ था, इसके पीछे एक महत्वपूर्ण कारण है। इस कार्टून स्ट्रिप के मात्र सात चौखटों में इंसानी यौन व्यवहार के मनोविज्ञान का सारांश प्रस्तुत किया गया है। मैक एक युवक है, जो अपनी शारीरिक दुर्बलता को लेकर शर्मिंदा और संकोची है। वह जैसा है, उस हिसाब से उसे शर्मिंदा होना भी चाहिए। ऐसे व्यक्ति में भला क्या अच्छाई होगी? एक अन्य पुरुष उसका अपमान करता है और वह जिस महिला को चाहता है, वह उसे नीचा दिखा देती है। पर इसके चलते वह अपने मन में द्वेष नहीं पालता और न ही अपने घर में बैठकर स्वादिष्ट पर स्वास्थ्य के लिए हानिकारक चिप्स चबाते हुए वीडियोगेम खेलकर अपना समय बरबाद करता है। इसके बजाय वह खुद को कुछ और देता है, जिसे

सिग्मंड फ्रायड के सबसे व्यावहारिक सहकर्मी एल्फ्रेड एडलर ने एक कॉम्पेनसेट्री फैंटेसी (प्रतिपूरक कल्पना) का नाम दिया था। इस कल्पना का मकसद सिर्फ अपनी इच्छा-पूर्ति नहीं होता बल्कि इंसान को आगे बढ़ने के लिए रास्ता दिखाना होता है। मैक अपने मरियल शरीर पर गंभीरता से गौर करता है और तय करता है कि उसे खुद को हृष्ठ-पुष्ट और मज़बूत बनाना है। इससे भी ज़्यादा महत्वपूर्ण यह है कि मैक अपने मकसद को पूरा करने के लिए एक योजना बनाकर उस पर सक्रिय ढंग से काम करना भी शुरू कर देता है। वह अपने व्यक्तित्व के उस पहलू की पहचान करता है, जो उसे उसकी मौजूदा स्थिति से कहीं बेहतर स्थिति में ले जाएगा और इस तरह वह अपनी कहानी का नायक बनकर उभरता है। अपना शरीर मज़बूत बनाने के बाद वह वापस समंदर किनारे जाता है और उस दबंग व्यक्ति पर मुक्के बरसाकर उसका मुँह तोड़ देता है। इस तरह मैक विजय हासिल करता है और साथ ही उस महिला को भी, जिसके प्रति वह आकर्षित है। यानी आखिरकार वह हर किसी पर जीत हासिल कर, स्वयं को एक विजेता के रूप में स्थापित कर देता है।

पुरुष आपस में एक-दूसरे पर आश्रित होना पसंद नहीं करते, जो स्पष्ट रूप से महिलाओं के लिए फायदे की बात है। बहुत सी कामकाजी महिलाएँ आज इसीलिए शादी नहीं करना चाहतीं क्योंकि उन्हें बच्चों की या किसी ऐसे पुरुष की जिम्मेदारी उठाने में कोई दिलचस्पी नहीं है, जो रोजगार के लिए संघर्ष कर रहा हो। इसमें कुछ गलत भी नहीं है। हालाँकि एक महिला को अपने बच्चों की जिम्मेदारी उठानी चाहिए - पर इसका अर्थ यह कतई नहीं है कि इसके अलावा वह अपनी जिंदगी में और कुछ भी न करे। इसी तरह एक पुरुष को बच्चों के साथ-साथ अपनी पत्नी की जिम्मेदारी भी उठानी चाहिए - पर इसका अर्थ यह कतई नहीं है कि इसके अलावा वह अपनी जिंदगी में और कुछ भी न करे। पर एक महिला को एक पुरुष की जिम्मेदारी नहीं उठानी चाहिए क्योंकि उसका काम है, बच्चों की जिम्मेदारी उठाना और पुरुष कोई बच्चा नहीं है। यही कारण है कि पुरुषों के बीच ऐसे किसी पुरुष के लिए ज़रा भी धैर्य नहीं होता, जो किसी पर आश्रित हो। और हमें यह भी नहीं भूलना चाहिए कि भले ही दुष्ट औरतें किसी आश्रित पुरुष का समर्थन करें या उससे शादी कर लें या फिर ऐसे बेटे पैदा करें, जो बड़े होकर आश्रित पुरुष बनें, पर एक जागृत और प्रबुद्ध महिला हमेशा एक जागृत और प्रबुद्ध साथी की ही कामना करती है।

तभी तो मशहूर अमेरिकी एनिमेशन सिटकॉम द सिम्प्सन के नायक, होमर सिम्प्सन के एंटीहीरो बेटे बार्ट के परिचित लड़कों के समूह में नेल्सन मुंट्ज़ का किरदार इतना महत्वपूर्ण है। नेल्सन स्कूल का सबसे बड़ा दबंग लड़का है। उसके

बिना बार्ट का स्कूल जल्द ही हर वक्त चॉकलेट भकोसनेवाले नाजुक जर्मन बच्चों, द्वेषपूर्ण और तुनकमिज़ाज मिलहाउस ह्यूटन, आत्ममुग्ध और बुद्धिजीवी मार्टिन प्रिंसेस और बचकाने रैल्फ विग्गम्स जैसे बच्चों से भर जाता। नेल्सन मुंट्ज़ एक सख्त, आत्म-निर्भर और सुधार लानेवाला बच्चा है, जो अपने अंदर बैठी घृणा के जरिए यह तय करता है कि किस तरह का अपरिपक्व और वाहियात व्यवहार कतई नहीं किया जाना चाहिए। द सिम्प्सन की बेहतरीन विशिष्टताओं में से एक यह भी है कि इसके लेखकों ने नेल्सन के किरदार को कभी न सुधरनेवाला एक दबंग बच्चा मानकर खारिज नहीं किया। नेल्सन के पिता ने उसे त्याग दिया है और (शुक्र है कि) उसकी फूहड़, बदचलन और बेपरवाह माँ भी उसकी उपेक्षा करती है, इन सब चीज़ों के बावजूद वह जैसा भी है, काफी बेहतर है। यहाँ तक कि लीसा जैसी हमेशा प्रगतिशील दिखनेवाली लड़की उसकी ओर बेहद आकर्षित है। जबकि लीसा खुद इस बात से हैरान है और समझ नहीं पाती कि वह नेल्सन की ओर इतनी आकर्षित क्यों है (उसके आकर्षण का भी वही कारण है, जिसके चलते 'फिफ्टी शेड्स ऑफ ग्रे' नामक उपन्यास पूरी दुनिया में इतना सफल रहा है)

जब कोमल और अहानिकारक होने को इकलौता स्वीकार्य गुण बना दिया जाता है, तो सख्ती और वर्चस्व अचेतन रूप से आकर्षित करने लगते हैं। आनेवाले समय के लिए आंशिक रूप से इसका अर्थ यह है कि महिलाओं जैसा बनने के लिए मर्दों पर जितना दबाव डाला जाएगा, वे कठोर और फासीवादी राजनैतिक विचारधारा की ओर उतना ही आकर्षित होंगे। फाइट क्लब, जो हालिया दौर में हॉलीवुड में बनी सबसे फासीवादी लोकप्रिय फिल्म है, इस अपरिहार्य आकर्षण का एक आदर्श उदाहरण है। संभवत: आयरन मैन सीरीज की फिल्मों को अपवाद कहा जा सकता है। अमेरिका में डोनाल्ड ट्रम्प को लोगों से मिलनेवाला भारी समर्थन भी इसी प्रक्रिया का हिस्सा है, ठीक वैसे ही जैसे (अपेक्षाकृत कहीं अधिक भयावह रूप में) हालिया समय में हॉलैंड, स्वीडन और नॉर्वे जैसे संयत व उदारवादी देशों में भी अति-दक्षिणपंथी राजनीतिक पार्टियों का उदय होना।

मर्दों को सख्त होना पड़ता है। मर्द खुद से और अन्य मर्दों से इस सख्ती की अपेक्षा करते हैं और महिलाएँ मर्दों में यह सख्ती देखना चाहती हैं, भले ही वे उस कठोर और अवमाननापूर्ण रवैये को स्वीकार न करें, जो वास्तव में कुछ और नहीं बल्कि सामाजिक रूप से गहन उस प्रक्रिया का हिस्सा है, जो सख्ती को बढ़ावा देती है और फिर उसे लागू भी करती है। कुछ महिलाओं को अपने बेटों को खोना पसंद नहीं होता इसलिए वे उन्हें हमेशा अपने पास ही रखती हैं और उन्हें घर छोड़कर

बाहर जाने, दुनिया देखने से रोकती हैं। कुछ महिलाएँ पुरुषों को पसंद नहीं करतीं और वे एक दब्बू साथी को भी स्वीकार कर लेती हैं, भले ही वह बिलकुल नकारा हो। इससे उन्हें खुद के लिए दुःखी होने का भी खूब मौका मिलता है और उनके इस आत्म-दया के सुख को कम नहीं समझना चाहिए।

मर्द अपने आप पर दबाव डालकर खुद को दृढ़ बनाते हैं। वे अन्य मर्दों के साथ भी ऐसा ही करते हैं। जब मैं किशोरावस्था में था, तब लड़कों के कार एक्सीडेंट की संभावना लड़कियों से कहीं ज़्यादा होती थी (आज भी ऐसा ही है)। ऐसा इसलिए था क्योंकि वे बर्फ गिरने से गीली फर्शवाले पार्किंग लॉट में स्पिनिंग डोनट्स स्टंट (कार को लगातार तेजी से गोल-गोल घुमाने का स्टंट) करते थे। वे आपस में रेस लगाते थे और इस दौरान अपनी-अपनी कारों को दौड़ाते हुए पास ही स्थित नदी के किनारेवाले पहाड़ पर सैकड़ों फीट ऊपर ऐसे रास्तों पर ले जाते, जहाँ सड़क के नाम पर सिर्फ धूल-मिट्टी और पत्थरों से भरा ऊबड़-खाबड़ व खतरनाक रास्ता भर होता था। इसके अलावा लड़कों में, एक-दूसरे से झगड़ा होने पर आपस में गुत्थम-गुत्था होने, क्लास बंक करने, अपने टीचर को आँखें दिखाने और स्कूल छोड़ने की संभावना भी ज़्यादा होती थी। क्योंकि जिस उम्र में वे जमीन खोदकर तेल निकालनेवाले संयंत्रों पर काम करने लायक मज़बूत हो चुके थे, उस उम्र में भी उन्हें क्लास के दौरान बाथरूम जाने के लिए टीचर से अनुमति माँगनी पड़ती थी और वे ऐसा कर-करके थक चुके थे। कड़ाके की ठंड में जमी हुई झील पर अपनी-अपनी बाईक से रेस लगाने की संभावना भी लड़कों में ही ज़्यादा होती थी। स्केटबोर्डिंग करनेवालों, क्रेन पर चढ़नेवालों और दौड़ लगानेवालों की तरह ही खतरनाक गतिविधियाँ करते हुए वे खुद को सार्थक बनाने की कोशिश करते थे। जब इस प्रक्रिया में ज़रूरत से ज्यादा गंभीर गतिविधियाँ जुड़ जाती हैं, तब लड़के (और मर्द) असामाजिक व्यवहार करने लगते हैं। ऐसा व्यवहार लड़कियों की तुलना में, लड़के ज़्यादा करते हैं। पर इसका यह अर्थ कतई नहीं है कि साहस और बहादुरी भरी हर अभिव्यक्ति आपराधिक होती है।

जब लड़के स्पिनिंग डोनट्स स्टंट करते थे, तब वे यह भी परख रहे होते थे कि उनकी कार कितनी शक्तिशाली है, ड्राइवर के तौर पर उनकी काबिलियत कैसी है और नियंत्रण से बाहर हो चुकी स्थिति में भी अपनी गाड़ी पर नियंत्रण रखने की उनकी क्षमता कितनी है। जब वे क्लास में अपने टीचर को भी आँखें दिखा देते थे, तब दरअसल वे अपने सामने मौजूद सत्ता की खिलाफत कर रहे होते थे ताकि यह देख सकें कि क्या वाकई क्लास की सत्ता उस टीचर के हाथ में है। अर्थात क्या

किसी संकटभरी स्थिति में टीचर की सत्ता पर सैद्धांतिक रूप से निर्भर हुआ जा सकता है। स्कूल छोड़ने के बाद वे तेल संयंत्रों पर काम करना शुरू कर देते थे और चालीस डिग्री की भीषण गर्मी में घंटों हाड़तोड़ मेहनत करते थे। एक बेहतर भविष्य की तलाश में स्कूल छोड़ना उनकी कमजोरी नहीं थी बल्कि उनकी हिम्मत थी, जो उन्हें ऐसा करने के लिए प्रेरित करती थी।

अगर महिलाएँ भली-चंगी हों तो वे लड़कों की कामना नहीं करतीं क्योंकि वे अपने जीवन में लड़का नहीं बल्कि एक मर्द चाहती हैं। उन्हें किसी ऐसे मर्द की चाहत होती है, जो उनके साथ प्रतिस्पर्धा कर सके, उनका मुकाबला कर सके। वे खुद जितनी दृढ़ होती हैं, उससे ज़्यादा दृढ़ मर्द चाहती हैं। वे खुद जितनी बुद्धिमान होती हैं, उससे ज़्यादा बुद्धिमान मर्द चाहती हैं। उन्हें ऐसे मर्द की चाहत होती है, जो उन्हें वह सब उपलब्ध करा सके, जो वे खुद नहीं करा सकतीं। इस प्रवृत्ति के चलते अक्सर दृढ़, बुद्धिमान और आकर्षक महिलाओं के लिए मनचाहा साथी ढूँढ़ना मुश्किल हो जाता है: असल में ऐसे मर्दों की संख्या बहुत ज़्यादा नहीं है, जो महिलाओं से इतने बेहतर हों कि उनकी मनचाही पसंद बन जाएँ (यानी ऐसे मर्द जिनकी - एक शोध के अनुसार आय, शिक्षा, आत्म-विश्वास, बुद्धिमत्ता, प्रभुत्व और सामाजिक हैसियत महिलाओं के मुकाबले कहीं ज़्यादा हो)। जब युवा लड़के मर्द बनने की कोशिश करते हैं, तो जो भावना इस प्रक्रिया में हस्तक्षेप करती है, वह महिलाओं को भी बस उतनी ही सहज लगती है, जितनी पुरुषों को। जब लड़कियाँ अपने पैरों खड़े होने की कोशिश करती हैं, तो उनके अंदर भी बहुत ही मुखर और दंभी ढंग से यही भावना उठती है कि 'तुम यह नहीं कर सकोगी, यह तुम्हारे हिसाब से बहुत कठिन और खतरनाक है।' यह भावना चेतना को नकार देती है। यह न सिर्फ अमानवीय, ईर्ष्यालु, द्वेषपूर्ण और विनाशकारी होती है बल्कि आप जो कर रहे हैं, उसमें आपको असफल होते हुए देखना चाहती है। मानवता के पक्षकार कोई भी व्यक्ति इस भावना का एक छोटा सा अंश भी अपने अंदर उठने देना नहीं चाहेगा। जीवन में आगे बढ़ने और सफलता हासिल करने की इच्छा रखनेवाला कोई भी व्यक्ति खुद को इस भावना से ग्रस्त नहीं होने देगा। और अगर आपको लगता है कि दृढ़ और मज़बूत मर्द खतरनाक होते हैं, तो बस यह देखने का इंतजार करें कि कमजोर मर्द क्या-क्या करने में सक्षम होते हैं।

जब बच्चे स्केटबोर्डिंग कर रहे हों, तो उन्हें परेशान न करें।

12

अगर रास्ते में कोई बिल्ली नज़र आए तो उसे पाल लें

आप कुत्ते भी पाल सकते हैं

मैं इस अध्याय की शुरुआत यह बताते हुए करना चाहूँगा कि मैंने भी अपने घर में एक कुत्ता पाल रखा है। वह अमेरिकन एस्किमो नस्ल का है और स्पिट्ज कुत्तों की श्रेणी में आता है, जिनके शरीर पर लंबे सफेद बाल होते हैं और जिनके मुँह व कानों की आकृति कुछ हद तक नुकीली होती है। पहले इस श्रेणी के कुत्तों को जर्मन स्पिट्ज के तौर पर जाना जाता था पर प्रथम विश्व युद्ध के बाद यह स्वीकार करना वर्जित हो गया कि जर्मनी से कोई अच्छी चीज़ भी आ सकती है। भेड़ियों जैसे नुकीले चेहरे, सीधे कानों, लंबे व मोटे बालों और एक लंबी छल्लेदार पूँछवाले अमेरिकी एस्किमों नस्ल के कुत्ते सबसे सुंदर कुत्तों में गिने जाते हैं। वे बेहद बुद्धिमान भी होते हैं। हमारे कुत्ते का नाम सिक्को है। मेरी बेटी, जिसने सिक्को को यह नाम दिया, उसके अनुसार इनुइट भाषा में इसका अर्थ है 'बर्फ'। वह नई-नई चीज़ों को भी बहुज तेजी से सीखता है और बूढ़ा होने के बाद भी उसकी इस क्षमता में कोई कमी नहीं आई है। हाल ही में जब सिक्को तेरह साल का हुआ, तो मैंने उसे एक नया स्टंट सिखाया। उसे अपना पंजा आगे बढ़ाकर हाथ मिलाना और खाने-पीने की किसी चीज़ को नाक पर रखकर नीचे गिरने से रोकने के लिए संतुलन बनाना पहले से ही आता था। मैंने उसे एक साथ ये दोनों स्टंट करना सिखाया था। हालाँकि यह स्पष्ट नहीं है कि उसे इन दोनों स्टंट्स में आनंद आता है या नहीं।

हम सिक्को को अपनी बेटी मिखाइला के लिए लेकर आए थे। उस समय मिखाइला दस साल की थी और सिक्को एक बेहद प्यारा नन्हा सा पिल्ला था। छोटे-छोटे कान और नाक, गोल चेहरा, बड़ी-बड़ी आँखें और एक से बढ़कर एक अनाड़ी हरकतें - ये सारे लक्षण देखभाल करने संबंधी व्यवहार को लोगों के अंदर स्वत: ही सक्रिय कर देते हैं, फिर चाहे वे लोग पुरुष हों या स्त्रियाँ। मिखाइला के मामले में भी ठीक ऐसा ही हुआ, जो पहले से ही बियर्डेड ड्रैगन (एक ऑस्ट्रेलियाई

सरीसृप), गेक्को (गर्म क्षेत्रोंवाली छिपकली), बॉल पाइथन (अफ्रीकी अजगर), गोह (दक्षिण अमेरिका जैसे उष्णकटिबंधीय क्षेत्रों में पायी जानेवाली छिपकली), गिरगिट और बत्तीस इंच लंबे व बीस पाउंड वजनी फ्लेमिश जाइंट नस्ल के खरगोश जैसे पालतू जानवरों की देखभाल किया करती थी। जॉर्ज नामक यह खरगोश हमारे घर की हर चीज़ पर मुँह मारता था और अक्सर घर से बाहर भाग जाता था (वह हमारे पड़ोसियों के छोटे-छोटे शहरी बगीचों में जाकर छिप जाता, जो घबराकर उसे चारों ओर ढूँढ़ते रहते थे)। मिखाइला के पास ऐसे अलबेले पालतू जानवर इसलिए थे क्योंकि उसे सामान्य तौर पर पाले जानेवाले जानवरों से एलर्जी थी। लेकिन सिक्को से उसे कोई एलर्जी नहीं होती थी क्योंकि सिक्को ऐसा जानवर है, जिससे किसी को एलर्जी होने की संभावना नगण्य होती है, मिखाइला को इस बात से फायदा भी मिला।

सिक्को को पचास उपनाम भी मिले हुए थे (हमने सचमुच इन उपनामों की गिनती की थी)। भावनात्मक रूप से अलग-अलग ध्वनियोंवाले इन उपनामों से, सिक्को के प्रति हमारे प्रेम की और उसकी बदमाशियों के प्रति हमारी नाराजगी की झलक मिलती थी। इन पचास उपनामों में से मेरा पसंदीदा नाम शायद स्कमडॉग था, हालाँकि मुझे रैथआउंड, यूरबॉल और सकडॉग जैसे उपनाम भी अच्छे लगते थे। हमारे बच्चे आमतौर पर उसके लिए स्नीक और स्कीक (और कई बार वे इनके अंत में 'ओ' जोड़ देते थे, यानी स्नीको और स्कीको) जैसे उपनामों का उपयोग करते थे और साथ ही वे उसे स्नूकी, उग्डॉग और स्नॉरफेलोपोगस (मैं स्वीकार करता हूँ कि यह बड़ा ही वाहियात नाम है) कहकर भी पुकारते थे। आजकल मिखाइला उसे स्नॉर्ब्स कहकर बुलाती है। उसने सिक्को को इस नाम से पुकारना तब शुरू किया, जब एक बार वह काफी दिनों तक घर से दूर रहने के बाद वापस लौटी थी। सिक्को का यह उपनाम तब सबसे ज़्यादा प्रभावी लगता है, जब इसका उच्चारण आश्चर्य भरी तेज आवाज में किया जाए।

सिक्को का अपना एक इंस्टाग्राम हैशटैग भी है - #जजमेंटलसिक्को.

हेनरी टेजफेल की खोज

मैं सीधे-सीधे बिल्लियों के बारे में लिखने के बजाय अपने पालतू कुत्ते की बात इसलिए कर रहा हूँ क्योंकि मैं 'मिनिमल ग्रुप आइडेंटिफिकेशन' (न्यूनतम समूह पहचान) नामक परिघटना से असहमत नहीं होना चाहता, जिसकी खोज सामाजिक

मनोविज्ञानी हेनरी टेजफेल ने की थी। हेनरी टेजफेल इस शोध के लिए कुछ लोगों को अपने सब्जेक्ट्स के तौर लैब में लाए। उन्होंने इन सभी लोगों को एक स्क्रीन के सामने बिठा दिया। फिर उन्होंने इस स्क्रीन पर कुछ बिंदु दिखाए और उन सभी से कहा कि 'आप सभी अनुमान लगाकर बताएँ कि स्क्रीन पर कितने बिंदु होंगे?' इसके बाद टेजफेल ने उन सभी को वास्तविकता से अधिक अनुमान व कम अनुमान लगानेवालों और सटीक अनुमान व गलत अनुमान लगानेवालों की श्रेणी में बाँट दिया। साथ ही प्रदर्शन के आधार पर उन्हें अलग-अलग समूहों में भी रख दिया। इसके बाद उन्होंने सभी समूहों के सदस्यों को आपस में एक-दूसरे को कुछ पैसे बाँटने को कहा।

टेजफेल ने पाया कि पैसे बाँटने के मामले में उन सभी ने अपने समूह के सदस्यों को प्राथमिकता दी और समानता आधारित वितरण रणनीति को ठुकराते हुए, ऐसे साथी सदस्यों को ज़रूरत से ज़्यादा पैसे दिए, जिनके साथ उनका अच्छा तादात्म्य बन चुका था। अन्य शोधकर्ताओं ने तो रिसर्च में शामिल लोगों को सिक्का उछालकर तय करने जैसी रणनीति का इस्तेमाल करते हुए अलग-अलग समूहों में बाँट दिया था। इसके बावजूद परिणामों पर कोई फर्क नहीं पड़ा। यहाँ तक कि जब रिसर्च में शामिल होनेवालों को यह बता दिया गया कि उन्हें किन-किन आधारों पर समूहों में बाँटा गया है, तब भी उन्होंने अपने निजी समूह के साथी सदस्यों को ही प्राथमिकता दी।

टेजफेल ने अपने अध्ययन से दो बातें स्पष्ट कीं: पहली कि लोग सामाजिक होते हैं और दूसरी कि लोग असामाजिक होते हैं। सामाजिक इसलिए क्योंकि वे अपने निजी समूह के सदस्यों को पसंद करते हैं और असामाजिक इसलिए क्योंकि वे अन्य समूहों के सदस्यों को पसंद नहीं करते। इसीलिए यह लगातार बहस का विषय रहा है। मुझे लगता है कि यह ऑप्टिमाइजेशन[1] की जटिल समस्या का समाधान हो सकता है। उदाहरण के तौर पर इस किस्म की समस्याएँ तब खड़ी होती हैं, जब दो या दो से ज़्यादा कारक महत्वपूर्ण हों, पर किसी भी कारक को, अन्य कारकों को क्षति पहुँचाए बिना उच्चतम सीमा तक ले जाना संभव नहीं हो पाता। ऐसी समस्या इसलिए खड़ी होती है क्योंकि सहयोग और प्रतिस्पर्धा के बीच विरोध होता है, जबकि ये दोनों ही सामाजिक और मनोवैज्ञानिक रूप से वांछनीय हैं। सहयोग दरअसल बचाव, सुरक्षा और सहचारिता के लिए होता है, जबकि प्रतिस्पर्धा व्यक्तिगत विकास और

---

[1] किसी स्थिति या संसाधन का सबसे प्रभावी व सर्वोत्तम उपयोग

हैसियत के लिए होती है। हालाँकि अगर कोई समूह बहुत छोटा है, उसके पास कोई शक्ति नहीं है, न ही उसकी कोई हैसियत है और न ही वह अन्य समूहों से टकराव को रोकने में सक्षम है, तो फिर ऐसे समूह का सदस्य होना किसी भी लिहाज से उपयोगी नहीं है। दूसरी ओर जब कोई समूह बहुत बड़ा होता है, तो उसके शिखर पर या शिखर के आसपास पहुँचने की संभावना भी बहुत कम हो जाती है। ऐसे में उस समूह के अंदर आगे बढ़ना और अपनी हैसियत में इजाफा करना बहुत मुश्किल होता है। शायद लोग पलक झपकते ही किसी न किसी समूह से तादात्म्य इसलिए स्थापित कर लेते हैं क्योंकि वे खुद को बहुत ही गहन रूप से व्यवस्थित और सुरक्षित रखना चाहते हैं। लेकिन इसके बावजूद भी वे डॉमिनेंस हाईरार्की (प्रभुत्व आधारित पदानुक्रम) में ऊँचाई पर पहुँचने की अपनी संभावना को भी बरकरार रखना चाहते हैं। इसके बाद वे अपने समूह को प्राथमिकता देते हैं क्योंकि समूह की उन्नति से उन्हें मदद मिलती है - वैसे भी, किसी ऐसी चीज़ के शिखर पर पहुँचने की कोशिश का क्या फायदा, जो खुद ही विफल हो रही हो।

चाहे जो भी हो, पर टेजफेल की इस न्यूनतम-शर्तोंवाली खोज के चलते ही मैंने बिल्लियों से संबंधित इस अध्याय की शुरुआत अपने पालतू कुत्ते की चर्चा से की। वरना इस अध्याय के शीर्षक में बिल्लियों के उल्लेख मात्र से कुत्ते पालनेवाले मेरे खिलाफ हो जाते, वह भी सिर्फ इसलिए क्योंकि मैंने कुत्तों की प्रजाति को उस समूह में नहीं रखा, जिन्हें पालतू बनाया जाना चाहिए। चूँकि मुझे भी कुत्ते पसंद हैं इसलिए मुझे उन लोगों की नाराजगी मोल लेने की कोई ज़रूरत नहीं थी, जो कुत्ते पालते हैं। अगर आपको कुत्ते पालना पसंद है, तो सड़क पर कोई कुत्ता नज़र आने पर आपको मुझसे नफरत करने की कोई ज़रूरत नहीं है। बल्कि मैं तो कहूँगा कि यह ऐसी गतिविधि है, जो मुझे खुद भी पसंद है। इसके साथ ही मैं बिल्लियाँ पालनेवाले उन सभी लोगों से भी क्षमा चाहूँगा, जो शायद इसलिए उपेक्षित महसूस कर रहे होंगे क्योंकि वे इस अध्याय से बिल्लियों की कहानियाँ पढ़ने की उम्मीद कर रहे होंगे, पर इसके बदले उन्हें कुत्तों से संबंधित चीज़ें पढ़नी पड़ीं। तो अब शायद वे इस आश्वासन से ज़रा संतुष्ट हो जाएँ कि 'मैं जो बात कहने की कोशिश कर रहा हूँ, बिल्लियाँ उस बात को बेहतर ढंग से जाहिर करती हैं और आखिरकार मैं उनकी चर्चा भी करूँगा पर फिलहाल हम अन्य चीज़ों की बात करेंगे।

पीड़ा और अस्तित्व की सीमाएँ

'जीवन एक पीड़ा है', यह विचार, किसी न किसी रूप में हर प्रमुख धर्म का

सिद्धांत या कार्मिक सूत्र है। इस बारे में हम पहले भी चर्चा कर चुके हैं। बौद्ध धर्म इस बात को सीधे और स्पष्ट ढंग से कहता है। ईसाई इसे क्रॉस के जरिए व्यक्त करते हैं और यहूदी सदियों तक झेली गई पीड़ा का उत्सव मनाते हुए उसे श्रद्धांजलि देते हैं। यह तर्क सार्वभौमिक रूप से महान संप्रदायों व पंथों की विशिष्टता रहा है क्योंकि इंसान मूल रूप से नाज़ुक होते हैं। हम शारीरिक और मानसिक रूप से क्षतिग्रस्त हो सकते हैं, यहाँ तक कि टूट भी सकते हैं। इसके साथ ही हम उम्र बढ़ने और पराजय व नुकसान से जुड़ी समस्याओं से भी ग्रस्त होते हैं। ये सब बड़े ही निराशाजनक तथ्य हैं और इस बात पर आश्चर्य होना गलत नहीं है कि ऐसे हालातों के बीच हम उन्नति करने और खुश रहने (यहाँ तक कि कभी-कभी बस जिंदा रहने) की उम्मीद भी कैसे कर सकते हैं।

हाल ही में मैं अपनी एक महिला मरीज के साथ बातचीत कर रहा था। जिसका पति पाँच साल तक कैंसर से सफलतापूर्वक जूझ चुका था। इतनी लंबी अवधि के बावजूद उन दोनों ने बड़े ही साहसिक और उल्लेखनीय ढंग से अपनी हिम्मत बनाए रखी। हालाँकि अंततः उसका पति इस घातक बीमारी के पूरे शरीर में फैलने की प्रवृत्ति का शिकार हो गया और परिणाम स्वरूप अब उसके पास जीने के लिए बहुत कम समय बाकी था। शायद ऐसी दुःखद खबर सुनना तब सबसे ज्यादा मुश्किल हो जाता है, जब आप किसी अन्य बुरी स्थिति से सफलतापूर्वक जूझकर आरोग्य-प्राप्ति के बाद की अवस्था में हों। ऐसे समय में कोई त्रासदी होना खासतौर पर अन्यायपूर्ण लगता है। यह कुछ ऐसा है, जिसके कारण उम्मीद जैसी चीज़ से भी आपका विश्वास उठ जाता है। यह स्थिति आपको गहरा मानसिक आघात पहुँचाने के लिए काफी होती है। उस मरीज और मैंने कई मुद्दों पर चर्चा की, जिनमें से कुछ दार्शनिक मुद्दे थे, कुछ बड़े ही अस्पष्ट और कुछ अपेक्षाकृत ठोस मुद्दे थे। इस दौरान मैंने उसके साथ इंसानी नाजुकता के कारणों से जुड़े अपने कुछ विचार भी साझा किए।

जब मेरा बेटा जूलियन तीन साल का था, तो बहुत प्यारा था। आज वह तेईस साल का हो चुका है, फिर भी बहुत प्यारा है (मुझे यकीन है कि उसे अपनी ये तारीफ पढ़कर अच्छा लगेगा)। उसकी वजह से मैंने छोटे बच्चों की नाजुकता के बारे में बहुत सोच-विचार किया है। एक तीन साल के बच्चे को कोई भी चीज़ बड़ी आसानी से नुकसान पहुँचा सकती है। जैसे उसे कुत्ते काट सकते हैं, उस पर बिल्लियाँ झपट्टा मार सकती हैं, वह सड़क चलते किसी वाहन से टकरा सकता है, बदमाश बच्चे उसे परेशान कर सकते हैं, वह बीमार पड़ सकता है (इस उम्र में मेरा

बेटा कई बार बीमार पड़ चुका था)। जूलियन खासतौर पर तेज बुखार और उसके परिणामस्वरूप कभी-कभी होनेवाली बेसुधी से ग्रस्त हो जाता था। कभी-कभी जब वह बुखार की अवस्था में भ्रांतिग्रस्त होता या नाराज होकर मुझसे लड़ता, तो मैं उसे शांत करने के लिए अपने साथ शावर में पानी की बौछार के नीचे ले जाता। कुछ चीज़ें ऐसी होती हैं, जो एक बीमार बच्चे की तुलना में इंसानी अस्तित्व की मौलिक सीमाओं को स्वीकार करना ज़्यादा मुश्किल बना देती हैं।

मिखाइला की समस्या

जूलियन से एक साल और कुछ महीने बड़ी मेरी बेटी मिखाइला की भी अपनी कुछ समस्याएँ थीं। जब वह दो साल की थी, तो मैं उसे अपने कंधे पर बिठाकर यहाँ-वहाँ घुमाता-फिरता रहता था। बच्चों को यह बहुत पसंद होता है। पर इसके बाद जब मैं मिखाइला को कंधों से उतारकर वापस नीचे लाता, तो वह रोना शुरू कर देती। इसलिए मैंने उसे कंधे पर बिठाकर घुमाना बंद कर दिया। इसके बाद ऐसा लगा, मानों समस्या खत्म हो गई, पर फिर इसमें एक नया पहलू जुड़ गया। मेरी पत्नी टैमी ने मुझे बताया कि मिखाइला की चाल में कुछ गड़बड़ है। मैंने उसकी चाल पर गौर किया, पर मुझे वह नज़र नहीं आ रहा था, जो टैमी को साफ दिख रहा था। टैमी को लगा कि मेरे कंधे पर बैठकर घूमने के बाद मिखाइला की जो प्रतिक्रिया होती थी, उससे इसका कोई न कोई संबंध ज़रूर है।

मिखाइला एक खुशमिजाज बच्ची थी और हर किसी के साथ आसानी से घुल-मिल जाती थी। जब वह करीब चौदह महीने की थी, तो एक दिन मैं उसे, उसके नाना-नानी और टैमी को केप कॉड नामक समुद्री किनारे पर ले गया। उन दिनों हम अमेरिका के मेसाच्युसेट्स प्रांत की राजधानी बॉस्टन में रहा करते थे। जब हम वहाँ पहुँचे तो टैमी और उसके माता-पिता कार से उतरकर आगे चले गए और मैं व मिखाइला कार के अंदर ही बैठे रहे। हम कार की आगेवाली सीट पर बैठे थे। मिखाइला इस बिना छतवाली कार की सीट पर धूप में लेटी हुई थी और कुछ बड़बड़ा रही थी। मैं उसकी बात सुनने के लिए उसकी ओर झुका।

''हैप्पी, हैप्पी, हैप्पी, हैप्पी, हैप्पी।''

जी हाँ, वह बस ऐसी ही थी।

हालाँकि जब वह छह साल की हुई, तो अचानक उदास रहने लगी। अब उसे हर रोज सुबह बिस्तर से उठाना मुश्किल हो गया। वह बहुत धीरे-धीरे अपने कपड़े

पहना करती। जब वह हमारे साथ कहीं चलकर जाती, तो धीमी गति से चलने के कारण अक्सर हम सबसे पीछे रह जाती। वह शिकायत करती कि उसके पैरों में दर्द हो रहा है और उसके जूते पैरों में फिट नहीं आ रहे हैं। हमने उसे दस जोड़ी अलग-अलग जूते लाकर दिए, पर कोई फायदा नहीं हुआ। हालाँकि जब वह स्कूल जाती, तो किसी आत्मविश्वास से भरपूर व्यक्ति की तरह अपना सिर ऊँचा रखती और सही व्यवहार करती, पर घर लौटकर अपनी माँ को देखते ही उसकी आँखों में आँसू आने लगते।

चूँकि हम हाल ही में बॉस्टन से टोरंटो आकर बसे थे इसलिए हमने उसके व्यवहार में आनेवाले इन बदलावों के पीछे नए शहर में आकर बसने को जिम्मेदार मान लिया पर कुछ समय बीतने के बाद भी हालात नहीं सुधरे। मिखाइला ने एक-एक करके कदम बढ़ाते हुए सीढ़ियाँ चढ़ना और उतरना शुरू कर दिया। उसकी चाल अपनी उम्र से कहीं ज़्यादा उम्रवाले बुजुर्गों जैसी हो गई थी। अगर कोई उसका हाथ अपने हाथ में लेता तो वह शिकायत करने लगती (काफी समय बाद एक बार उसने मुझसे पूछा था, 'डैड, आप मेरे साथ बचपन में जो 'दिस लिटिल पिगी' गाना बजाते थे, क्या वह चोट पहुँचाने के लिए था?' ये ऐसी चीज़ें हैं, जो आपको बहुत देर से पता चलती हैं...)।

एक स्थानीय क्लीनिक के डॉक्टर ने हमें बताया, 'कुछ बच्चे कई बार बढ़ते दर्द से ग्रस्त रहते हैं, हालाँकि वे सामान्य बच्चे ही होते हैं।' उसने हमें सलाह दी, 'बेहतर होगा, अगर आप मिखाइला को किसी फिजियोथेरेपिस्ट के पास ले जाएँ।' हमने ठीक ऐसा ही किया। फिजियोथेरेपिस्ट ने मिखाइला की एड़ी को घुमाने की कोशिश की, पर वह नहीं घूमी। यह कोई अच्छा संकेत नहीं था। फिजियोथेरेपिस्ट ने हमें बताया, 'आपकी बेटी को जुवेनाइल रूहमाटॉयड आर्थराइटिस (तरूण संधिशोध) है।' हमें उस फिजियोथेरेपिस्ट से यह सुनने की उम्मीद नहीं थी और हमें वह व्यक्ति सही भी नहीं लगा। तो हम वापस उसी मेडिकल क्लीनिक में आ गए। वहाँ एक अन्य डॉक्टर ने मिखाइला को बच्चों के अस्पताल में ले जाने की सलाह दी। उसने कहा, 'आप उसे इमरजेंसी रूम में लेकर जाएँ, इससे आप रूमेटोलॉजिस्ट से जल्दी मिल सकेंगे।' आखिरकार यह स्पष्ट हो गया कि मिखाइला को आर्थराइटिस है। हमें जिस फिजियोथेरेपिस्ट की बात पर विश्वास नहीं हो रहा था, उसकी बात सही निकली। मिखाइला के पैर में कुल सैंतीस ऐसे जोड़ थे, जो इस समस्या से प्रभावित थे। वह पॉलीआर्टिकुलर जुवेनाइल इडियोपैथिक आर्थराटिक (जेआईए) नामक बीमारी से

ग्रस्त थी। कारण? कोई नहीं जानता। और इसका इलाज? मल्टिपल अरली जॉइंट रिप्लेसमेंट यानी उसके कई जोड़ों को सर्जरी करके बदलने की ज़रूरत थी।

भला वह कैसा ईश्वर होगा, जो इस तरह की तकलीफें देता है? और वह भी एक नन्हीं सी बच्ची को? यह सवाल आस्तिक और नास्तिक, दोनों ही किस्म के लोगों के लिए समान रूप से महत्वपूर्ण है। फ़्योदोर दोस्तोवस्की ने अपने महान उपन्यास 'द ब्रदर्स कारमाज़ोव' में इसी मुद्दे को (साथ ही कई अन्य कठिन मुद्दों को) उठाया है। हम इस उपन्यास पर चर्चा की शुरुआत सातवें अध्याय में ही कर चुके हैं। दोस्तोवस्की ने अपने किरदार ईवान के माध्यम से अस्तित्व के औचित्य पर शंका व्यक्त की थी। अगर आपको याद हो तो ईवान मठवासी नौसिखिया एल्योशा का आकर्षक और परिष्कृत व्यक्तित्ववाला भाई था, जो कहता है, 'मेरी बात समझने की कोशिश करो। मैं सिर्फ ईश्वर को ही अस्वीकार नहीं कर रहा हूँ, मैं तो उस संसार को ही अस्वीकार करता हूँ, जिसे ईश्वर ने बनाया है। मैं उससे कतई सहमति नहीं रखता।'

ईवान एल्योशा को एक नन्हीं बच्ची की कहानी सुनाता है, जिसके माता-पिता ने उसे सजा के तौर पर कड़ाके की ठंड में रातभर के लिए घर से बाहर कर दिया था (दोस्तोवस्की ने यह वाक्यय उस समय के अखबार में प्रकाशित एक खबर से लिया था)। 'क्या तुम कल्पना कर सकते हो कि वे दोनों माता-पिता घर के अंदर सुकूनभरी गर्माहट में आराम से झपकियाँ कैसे लेते रहे, जबकि उनकी नन्हीं सी बेटी कड़ाके की ठंड झेलते हुए रातभर बाहर खड़ी रोती रही?' ईवान कहता है। 'और ज़रा उस नन्हीं बच्ची की कल्पना करो, जो बेचारी समझ नहीं पा रही थी कि उसके साथ क्या हो रहा है, जो ठंड के थपेड़े झेलती हुई और रातभर छाती पीटती हुई नम आँखों से अपने 'प्यारे जीज़स' को याद कर यह भीख माँगती रही कि वह उसे आकर इस वाहियात जगह से कहीं दूर ले जाए!... एल्योशा, अगर कोई तुमसे कहे कि पूरी दुनिया में शांति स्थापित हो सकती है, बस शर्त ये है कि इसके लिए तुम्हें किसी नन्हें बच्चे को - मान लो ठंड के थपेड़े खा रही उस बच्ची को ही - तब तक यातना देनी होगी, जब तक उसकी जान नहीं चली जाती, तो क्या तुम ऐसा करोगे?' एल्योशा इनकार करते हुए धीमी आवाज में कहता है, 'नहीं! मैं ऐसा कभी नहीं करूँगा।' यानी ईश्वर खुद जो करने की अनुमति देता हुआ प्रतीत होता है, एल्योशा वह काम नहीं करना चाहता।

कई साल पहले मुझे मेरे बेटे जूलियन के बारे में एक ऐसी चीज़ का एहसास

हुआ, जो इसी से जुड़ी हुई है। मैंने सोचा, 'मैं अपने बेटे से प्रेम करता हूँ। वह तीन साल का नन्हा सा, बेहद प्यारा और हँसी-ठिठोली करनेवाला बच्चा है। पर साथ ही मैं उसे लेकर डरा हुआ भी रहता हूँ क्योंकि उसे कभी भी चोट लग सकती है। अगर इसे बदलना मेरे बस में होता, तो क्या होता?' मैंने सोचा, 'फिर तो वह सवा तीन फीट के बजाय बीस फीट का होता। तब कोई उसे परेशान नहीं कर पाता। उसका शरीर हाड़-माँस के बजाय टाइटेनियम का होता। तब अगर कोई दुष्ट बच्चा कोई भारी खिलौना उसके सिर पर फेंककर मारता, तो उसे कोई फर्क नहीं पड़ता। उसका दिमाग कंप्यूटर से जुड़ा होता और बेहद तेजी से काम करता। अगर इसके बाद भी उसे कोई चोट लगती या वह किसी कारण से क्षतिग्रस्त हो जाता, तो उसके शरीर के पुर्जों को किसी न किसी तरह फौरन बदला भी जा सकता। बस सारी समस्या ही खत्म!' पर नहीं - समस्या खत्म नहीं हुई और इसलिए नहीं क्योंकि फिलहाल यह सब संभव नहीं हैं। जूलियन को इस तरह कृत्रिम रूप से दृढ़ बनाना उसे नष्ट करने के समान ही होता। फिर वह तीन साल के नन्हें से, प्यारे जूलियन के बजाय एक स्टील जैसा कठोर और निर्जीव रोबोट होता। वह जूलियन नहीं होता बल्कि एक राक्षस होता। अपने अंदर इन विचारों के उठने के बाद ही मुझे एहसास हुआ कि हम किसी व्यक्ति की जिन चीज़ों से प्रेम करते हैं, उन्हें उसकी सीमाओं से अलग करके देखना संभव नहीं है। अगर जूलियन को चिंता, बीमारी, हानि और पीड़ा पहुँचने का खतरा नहीं होता, तो वह इतना नन्हा और प्यारा भी नहीं होता। चूँकि मैं उसे बहुत प्रेम करता था इसलिए मैंने तय किया कि भले ही वह बेहद नाजुक हो और उस नाजुकता के कारण उसे चोट पहुँचने की संभावना हो, पर वह जैसा है, वैसा ही बेहतर है।

मेरी बेटी के लिए स्थितियाँ कहीं ज़्यादा कठिन थीं। जैसे-जैसे उसकी बीमारी बढ़ी, मैंने उसे अपनी गोद में लेकर (न कि कंधे पर बिठाकर) टहलने जाना शुरू कर दिया। वह मौखिक रूप से नेप्रोक्सेन और मेथोट्रेक्सेट जैसी दवाइयाँ लेने लगी। मेथोट्रेक्सेट एक शक्तिशाली कीमियोथेरेपी एजेंट है। इसके साथ ही उसे (कलाई, कंधे, एड़ी, कोहनी, घुटने, कूल्हे, उँगली, अंगूठे और पिंडली के नीचे स्थित शिराओं में) कई सारे कॉर्टिसल इंजेक्शन भी लगे और वह भी जनरल एनेस्थिसिया के साथ। इससे उसे स्थाई आराम मिला पर फिर भी उसके हालात लगातार बदतर होते रहे। एक दिन टैमी मिखाइला को चिड़ियाघर लेकर गई। उसने मिखाइला को एक व्हीलचेहर पर बिठाकर पूरा चिड़ियाघर घुमाया।

वह हमारे लिए कोई सुहाना दिन नहीं था।

उसके रूमेटोलॉजिस्ट ने हमें प्रेडनिसोन नामक दवा की सलाह दी, जिसे लंबे समय से एक दर्दनाशक दवा के रूप में इस्तेमाल किया जाता रहा है।

पर प्रेडनिसोन के सेवन से चेहरे में सूजन और कई अन्य साइड इफेक्ट होते थे। यह स्पष्ट नहीं था कि क्या एक नन्हीं बच्ची के लिए इस दवा का सेवन आर्थराइटिस की बीमारी झेलने से बेहतर होगा। सौभाग्य से रूमेटोलॉजिस्ट ने हमें एक नई दवा सुझाई, जिसका इस्तेमाल पहले भी किया जाता रहा है, पर सिर्फ वयस्क मरीजों द्वारा। तो मिखाइला ऐसी पहली कनाडाई बच्ची बन गई, जिसे एटैनरसेप्ट नामक यह नई दवा दी गई। यह खासतौर पर ऑटोइम्यून (स्व-प्रतिरक्षित) बीमारियों के लिए बनाई गई एक 'जैविक' दवा थी। पहले कुछ इंजेक्शनों में टैमी ने मिखाइला को गलती से डॉक्टर द्वारा बताई गई खुराक से दस गुना ज़्यादा दवा दे दी। और बस! मिखाइला बिलकुल ठीक हो गई। कुछ ही सप्ताह में मिखाइला इधर-उधर दौडने-भागने लगी और साथ ही अपने हमउम्र बच्चों के साथ उसने फुटबॉल मैच लीग खेलना शुरू कर दिया। उस साल टैमी ने गर्मियों का पूरा मौसम सिर्फ मिखाइला को दौड़ते-भागते-खेलते देखते हुए बिताया।

हम चाहते थे, मिखाइला जीवन को अपनी क्षमता के अनुसार अपने नियंत्रण में ले सके। वह हमेशा से ही पैसे से बड़ी दृढ़ता से प्रेरित होती रही है। जैसे एक दिन हमने उसे घर के बाहर उसकी बचपन की किताबों से घिरा हुआ पाया क्योंकि वह उन किताबों को वहाँ से गुज़र रहे लोगों को बेचना चाहती थी। एक दिन मैंने उसे अपने पास बिठाया और कहा कि अगर वह खुद ही अपने शरीर पर इंजेक्शन लगाने में कामयाब हो जाए, तो इसके लिए मैं उसे पचास डॉलर दूँगा। उस समय वह सिर्फ आठ साल की थी। मेरे इस प्रस्ताव के बाद वह करीब पैंतीस मिनट तक हाथ में इंजेक्शन लेकर उसे अपनी जाँघ में लगाने की कोशिश करती रही और आखिरकार उसने यह मुश्किल काम कर दिखाया। अगली बार मैंने उसे ऐसा करने के लिए बीस डॉलर दिए, पर सिर्फ दस मिनट में। इसके बाद अगली बार मैंने उसे पाँच मिनट और दस डॉलर का प्रस्ताव दिया। फिर मैंने काफी दिनों तक हर इंजेक्शन पर उसे दस डॉलर देने का सिलसिला जारी रखा। यह एक अच्छा सौदा था।

कुछ सालों बाद मिखाइला के शरीर से बीमारी के सारे लक्षण खत्म हो गए। रूमेटोलॉजिस्ट ने हमें सलाह दी कि हम धीरे-धीरे उसकी दवाइयाँ बंद करवा दें।

कुछ बच्चे युवा होते ही जुवेनाइल इडियोपैथिक आर्थराटिस (जेआईए) नामक इस बीमारी से मुक्त हो जाते हैं। ऐसा क्यों होता है, यह कोई नहीं जानता। मिखाइला ने मेथोट्रेक्सेट का इंजेक्शन लेने के बजाय उसकी टेबलेट लेनी शुरू कर दी। अगले चार साल तक सब ठीक रहा। फिर एक दिन उसकी कोहनी में दर्द शुरू हो गया। हम उसे एक बार फिर अस्पताल लेकर गए। जहाँ रूमेटोलॉजिस्ट के सहायक ने बताया कि 'आपका सिर्फ एक जोड़ सक्रिय आर्थराइटिस से ग्रस्त है।' पर बात 'सिर्फ एक' या 'दो जोड़ों' में आर्थराइटिस की नहीं थी। मुद्दा ये था कि इतने साल गुज़रने के बाद भी मिखाइला इस बीमारी से पूरी तरह मुक्त नहीं हो सकी थी। इस घटना के बाद मिखाइला मानसिक रूप से टूट गई। यह करीब एक महीने तक चला पर इसके बावजूद उसने अपनी डांस क्लास में जाकर अभ्यास करना और घर के बाहर गली में अपने दोस्तों के साथ फुटबॉल खेलना जारी रखा।

अगले साल जब मिखाइला 11वीं कक्षा में पहुँची तो सितंबर के महीने में रूमेटोलॉजिस्ट ने हमें कुछ और बुरी खबरें सुनाईं। एक एमआरआई टेस्ट से मिखाइला के कूल्हे की हड्डियों के जोड़ों में आ रही खराबी का खुलासा हुआ। उसने मिखाइला से कहा, 'तुम्हें तीस साल की उम्र तक पहुँचने से पहले ही अपने कूल्हों को सर्जरी के जरिए बदलवाना पडेगा।' एटैनरसेप्ट नामक दवा अपना चमत्कार दिखाती, शायद इससे पहले ही मिखाइला के शरीर को यह बीमारी काफी नुकसान पहुँचा चुकी थी और हमें इस बात कोई अंदाजा तक नहीं था। यह हमारे लिए बड़ा ही अशुभ समाचार था। कुछ सप्ताह बाद एक दिन जब मिखाइला अपने स्कूल के जिम में हॉकी खेल रही थी, तो अचानक उसके कूल्हे अकड़ने लगे। उसे वहाँ से लँगड़ाते हुए वापस घर आना पड़ा। धीरे-धीरे उसका दर्द बढ़ता गया। रूमेटोलॉजिस्ट ने कहा, 'तुम्हारी जाँघों की हड्डियाँ मृत मालूम होती हैं। अब तुम्हारे कूल्हे तीस की उम्र तक नहीं बल्कि अभी बदलने होंगे।'

मेरे मरीज ने मुझसे अपने पति की बढ़ती बीमारी पर चर्चा की और इस तरह हम जीवन की नाजुकता, अस्तित्व की तबाही और किसी करीबी की मौत का साक्षी बनने के बाद उपजे शून्यवाद जैसे विषयों की ओर मुड़ गए। मैंने इसकी शुरुआत अपने बेटे के बारे में अपने विचार व्यक्त करते हुए की। उस महिला मरीज के मन में कई सवाल थे, जो उसके जैसे हालातों का सामना कर रहे किसी भी व्यक्ति के मन में होते कि 'आखिर मेरे पति के साथ ही क्यों? आखिर मेरे साथ ही क्यों? आखिर ऐसा क्यों हो रहा है?' मेरे पास उसके सवालों का सर्वश्रेष्ठ जवाब अस्तित्व और

नाजुकता के बीच मौजूद वह दृढ़ अंत:संबंध ही था, जिसका मुझे एहसास हो चुका था। मैंने उसे एक पुरानी यहूदी कहानी सुनाई। मेरा मानना है कि यह कहानी तोराह[2] की टिप्पणी का हिस्सा है। इसकी शुरुआत एक सवाल से होती है, जिसकी संरचना किसी जेऩ कोन[3] की तरह है। किसी ऐसे अस्तित्व की कल्पना कीजिए जो सर्वज्ञ, सर्वव्यापी और सर्वशक्तिमान है। ऐसे अस्तित्व में क्या कमी हो सकती है? इसका जवाब यह है कि उसकी कोई सीमा नहीं होगी।

अगर आप पहले से ही सब कुछ हैं, हर जगह हमेशा मौजूद हैं, तो फिर आपके पास ऐसी कोई जगह नहीं बचेगी, जहाँ आप जा सकें और न ही आपके सामने ऐसा कुछ होगा, जो आप खुद बन सकें। आपकी जो संभावनाएँ होंगी, वे पहले ही फलीभूत हो चुकी होंगी और आपके साथ जो भी हो सकता होगा, वह पहले ही हो चुका होगा। तो ये कहानी कहती है कि इसीलिए ईश्वर ने इंसान को बनाया। क्योंकि जब कोई सीमा नहीं होगी, तो कोई कहानी भी नहीं होगी और अगर कोई कहानी नहीं होगी तो कोई अस्तित्व भी नहीं होगा। इस विचार ने अस्तित्व की भयावह नाजुकता से निपटने में मेरी बड़ी मदद की। इससे मेरे मरीज को भी काफी मदद मिली। मैं इसकी प्रासंगिकता को बढ़ा-चढ़ाकर नहीं बताना चाहता। न ही मैं यह दावा करना चाहता हूँ कि इससे यह सब ठीक हो जाता है। क्योंकि इसके बावजूद भी मेरे उस मरीज ने अपने पति को कैंसर से जूझते देखा, ठीक वैसे ही जैसे मुझे अपनी बेटी की गंभीर बीमारी से जूझना पड़ा। पर अस्तित्व और सीमा के बीच मौजूद जटिल अंत:संबंधों की पहचान करने के बारे में कुछ तो कहा ही जा सकता है।

भले ही एक पहिया तीस तीलियों या बेनियों से मिलकर बनता हो
पर उसके केंद्र में मौजूद छेद ही उसे उपयोगी बनाता है
मिट्टी के बरतन को कुम्हार की मिट्ट्री उपयोगी नहीं बनाती
बल्कि उसकी बीच की खाली जगह ही उसे बरतन का रूप देती है
बिना दरवाजे के कमरे के अंदर प्रवेश नहीं किया जा सकता
और बिना खिड़कियोंवाले कमरे में हमेशा अंधेरा छाया रहता है
यही तो अस्तित्व की उपयोगिता है

पॉप संस्कृति की दुनिया को हालिया दौर में इस बात का एहसास डीसी

---

[2] यहूदी धर्म की मूल अवधारणाओं की शिक्षा देनेवाला धार्मिक ग्रंथ

[3] बौद्ध धर्म की महायान शाखा के संप्रदाय जेऩ की परंपरावाली कहानी चर्चा या टिप्पणी, जिसका मूल उद्देश्य संदेह पैदा करना होता है।

कॉमिक्स के सांस्कृतिक आइकॉन सुपरमैन के विकास के चलते ही हो सका। सुपरमैन का किरदार जेरी सीगल और जो शुस्टर ने 1938 में रचा था। यह ऐसा सुपरहीरो था, जो कार, ट्रेन और यहाँ तक कि बड़े-बड़े जहाजों को भी एक जगह से दूसरी जगह अकेले लेकर जा सकता था। वह ट्रेन के इंजन से भी ज़्यादा तेजी से दौड़ सकता था और सिर्फ 'एक छलाँग में ऊँची से ऊँची इमारतों को पार कर सकता था।' हालाँकि अगले चार दशकों में जैसे-जैसे सुपरमैन के किरदार का विकास हुआ, वैसे-वैसे उसकी शक्तियाँ बढ़ती गईं। साठ का दशक खत्म होते-होते वह प्रकाश से भी ज़्यादा तेज गति से उड़ सकता था। उसकी सुनने की क्षमता जबरदस्त हो गई और उसकी दृष्टि क्षमता एक्स-रे विजन के बराबर हो गई। वह ताप-किरणों को अपनी आँखों से विस्फोट कर सकता था और अपनी साँस से चीज़ों को जमा सकता था व अचानक भयंकर तूफान भी ला सकता था। वह पूरे ग्रह को एक से दूसरी जगह ले जा सकता था। यहाँ तक कि न्यूक्लियर विस्फोट से भी उसका बाल तक बांका नहीं होता था और अगर उसे किसी तरह चोट लग जाए, तब भी वह फौरन ठीक हो सकता था। अब सुपरमैन अजेय हो चुका था।

फिर एक अजीब बात हुई। सुपरमैन का किरदार उबाऊ हो गया। उसकी क्षमता जितनी अद्भुत होती गई, उसके करने के लिए दिलचस्प चीजें खोजना उतना ही मुश्किल हो गया। डीसी कॉमिक्स ने सबसे पहले इस समस्या पर 1940 के दशक में काबू पाया। सुपरमैन के घरेलू ग्रह के ध्वस्त होने पर जो अवशेष बचे थे, उन्हीं में से एक था क्रिप्टोनाइट, जिसके विकिरण से सुपरमैन कमजोर पड़ जाता था। आखिरकार इसके दो दर्जन से ज़्यादा संस्करण सामने आ गए। हरे रंग के क्रिप्टोनाइट से सुपरमैन कमजोर पड़ जाता था। यहाँ तक कि इसकी ज्यादा खुराक से वह मर भी सकता था। जबकि लाल रंग का क्रिप्टोनाइट उसके व्यवहार को अजीब बना देता था। वहीं लाल-हरे रंग के क्रिप्टोनाइट से उसका रूप विकृत होने लगता था (एक बार उसके शरीर में एक तीसरी आँख उग आई थी, वह भी उसके सिर के पिछले हिस्से पर)।

सुपरमैन की कहानी का सम्मोहन बरकरार रखने के लिए अन्य तकनीकों का इस्तेमाल भी ज़रूरी था। सन 1976 में उसकी लड़ाई स्पाईडरमैन से होना तय था। यह मशहूर कॉमिकबुक लेखक और प्रकाशक स्टैन ली के नए-नवेले मार्वल कॉमिक्स के कम आदर्श किरदारों और सुपरमैन व बैटमैन के मालिक डीसी कॉमिक्स के बीच पहला सुपरहीरो क्रॉस-ओवर था। कॉमिक किरदारों की इस लड़ाई को रोमांचक बनाकर रखने के लिए ज़रूरी था कि मार्वल कॉमिक्स स्पाईडरमैन की शक्तियों में

वृद्धि करे। इससे खेल के नियम टूट गए। स्पाईडरमैन सिर्फ इसीलिए स्पाईडरमैन है क्योंकि उसके पास स्पाईडर यानी मकड़ी जैसी शक्तियाँ हैं और अगर उसे अचानक कोई पुरानी शक्ति दे दी जाती, तो वह सच्चे अर्थों में स्पाईडरमैन नहीं रह जाता। जिससे पूरा कथानक बिगड़ सकता था।

1980 का दशक आते-आते सुपरमैन टर्मिनल ड्यूस एक्स मेकिना से ग्रस्त हो चुका था। यह लैटिन भाषा का शब्द है, जिसका अर्थ होता है, 'गॉड फ्रॉम ए मशीन' या 'एक मशीन से ईश्वर।' यह शब्द प्राचीन ग्रीक और रोमन नाटकों के एक विशेष कथानक-बिंदु का वर्णन करता है, जिसमें संकट में फँसे नायक को सर्वशक्तिशाली ईश्वर चमत्कारिक रूप से स्वयं प्रकट होकर बचा लेता था। तब से लेकर आज तक घटिया ढंग से लिखी गई कहानियों में संकट में फँसा किरदार या असफल होता कथानक, किसी असंभव से जादू या किसी अन्य हेर-फेर से अचानक बच जाता है, जो वास्तव में पाठक या दर्शक की उचित अपेक्षाओं के अनुरूप कतई नहीं होता। उदाहरण के लिए कभी-कभी मार्वल कॉमिक्स एक कमजोर कहानी को बचाने के लिए ठीक यही तरीका अपनाता है और एक्स-मैन सीरीज का एक किरदार, जिसे लाइफगार्ड के नाम से जाना जाता है। वह किसी की जान बचाने के लिए ज़रूरी कोई भी शक्ति अपने अंदर विकसित कर सकता है। वह बहुत काम का आदमी है। पॉप संस्कृति में ऐसे अन्य उदाहरण भी लाजिमी हैं। उदाहरण के लिए स्टीफेंन किंग के उपन्यास 'द स्टैंड' के अंत में ईश्वर खुद उपन्यास के नकारात्मक किरदारों को खत्म कर देता है। इसी तरह 1980 के दशक के प्राइम-टाइम सीरियल डलास के नौवें सीजन के अंत में खुलासा होता है कि पूरा सीजन ही एक सपना था। प्रशंसक इस किस्म की चीज़ों पर आपत्ति उठाते हैं, जो कि जायज भी है। किसी कहानी को पढ़ने या फिल्म अथवा सीरियल के रूप में देखते समय लोग किसी भी असंभव चीज़ पर विश्वास करने के लिए तैयार रहते हैं, बशर्ते कहानी को संभव बनानेवाली सीमाएँ सुसंगत और तर्कयुक्त हों। लेखक अपनी ओर से तो अपने पुराने निर्णयों का पालन करते हैं पर जब कभी वे धोखेबाजी करते हैं, तो प्रशंसक नाराज़ हो जाते हैं और उन्हें लगता है कि वे कहानी को चूल्हे में झोंक दें या फिर जिस टी.वी. पर वे फिल्म या सीरियल देख रहे हैं, उसके टुकड़े-टुकड़े कर डालें।

सुपरमैन की भी समस्या यही थी: उसकी शक्तियाँ इतनी बढ़ गई थीं कि वह किसी भी समय खुद को बचा सकता था, चाहे स्थिति कैसी भी हो। इसके परिणाम स्वरूप 1980 के दशक में सुपरमैन फ्रेंचाइजी करीब-करीब खात्मे की कगार

पर आ गई। पर फिर कलाकार और लेखक जॉन बर्न ने सुपरमैन की कहानी का पुनर्लेखन किया। उन्होंने सुपरमैन के जीवन की मूल कहानी को तो जस का तस रखा पर उसकी कई नई शक्तियों को खत्म कर दिया। इस तरह जॉन बर्न ने सुपरमैन फ्रेंचाइजी को दोबारा सफलतापूर्वक शुरू कर दिया। अब सुपरमैन ग्रहों को उठा नहीं सकता था और न ही न्यूक्लियर विस्फोट से बच सकता था। इसके साथ ही सुपरमैन किसी वैम्पायर से उलट (जिसे रात के अंधेरे से शक्ति मिलती है) अपनी शक्तियों के लिए सूर्य की रोशनी पर निर्भर हो गया। अब उसके किरदार की कुछ उचित सीमाएँ थीं। एक ऐसा सुपरहीरो जो कुछ भी कर सकता है, वह एक असली नायक कतई नहीं लगता। चूँकि वह सब कुछ कर सकता है और उसकी कोई विशिष्टता नहीं होती, इसीलिए वह अंततः कुछ नहीं रह जाता। फिर उसके सामने ऐसा कुछ नहीं बचता, जिसका उसे मुकाबला करना हो, जिसके चलते वह सराहनीय नहीं रह जाता। तर्कसंगत और उचित बने रहने के लिए कुछ सीमाओं का होना ज़रूरी होता है। शायद इसलिए क्योंकि अस्तित्व को साकार या संभव होने के अलावा शायद स्थिर-मौजूदगी की ज़रूरत भी पड़ती है। यहाँ साकार या संभव होने का अर्थ है, कुछ बेहतर होना या कम से कम कुछ अलग हो जाना। यह सिर्फ उसी के साथ संभव है, जिसकी कुछ सीमाएँ हों। यह बिलकुल उचित है।

पर इन सीमाओं के कारण होनेवाली पीड़ा का क्या? शायद अस्तित्व को जिन सीमाओं की ज़रूरत पड़ती है, वे इतनी चरम हैं कि पूरे मामले को ही खत्म कर देना चाहिए। फ़्योदोर दोस्तोवस्की ने अपने लघु उपन्यास 'नोट्स फ्रॉम अंडरग्राउंड' के नायक की जुबानी इस विचार को बड़ी ही स्पष्टता के साथ व्यक्त किया है। 'देखो, तुम विश्व-इतिहास के बारे में कोई भी बात कह सकते हो, भले ही कितनी भी रूग्ण व दूषित मानसिकता की उपज हो, पर सिर्फ एक चीज़ को छोड़कर। जो दरअसल यह है कि विश्व-इतिहास को वाजिब नहीं कहा जा सकता। ये विश्व, ये संसार, इंसान के गले की हड्डी बन जाते हैं। जैसा कि हम जानते हैं, जर्मन लेखक जोहान वोल्फगैंग वॉन गोएथ का मेफिस्टोफेल नामक किरदार (जो एक पिशाच है) अस्तित्व का विरोधी है। वह फॉस्ट[4] में ईश्वर की इस रचना के प्रति अपना विरोध स्पष्ट रूप से व्यक्त करता है। सालों बाद गोएथ ने फॉस्ट पार्ट-2 लिखा, जिसमें उन्होंने शैतान

---

[4] जर्मन पुनर्जागरण काल के भ्रमणकारी कीमियागर और जादूगर जोहान जॉर्ज फॉस्ट - जिसके बारे में यह किंवदंती है कि उन्होंने शैतान से अपनी आत्मा का समझौता कर लिया था, इस पर केंद्रित कहानियों की दो हिस्सोंवाली लघु-पुस्तिका

की ज़ुबानी उसके विश्वासों और सिद्धांतों को फिर से दोहराया, बस इस बार तरीका ज़रा अलग था और उन्होंने ऐसा सिर्फ इस बात पर ज़ोर देने के लिए किया कि :

सब कुछ बरबाद हो गया
सब कुछ निरर्थक ही रहा!
हमारे अंतहीन रचनात्मक श्रम का क्या लाभ
जब मात्र पलभर की भूल से यह चक्र खत्म हो जाता है?
'यह बीत चुका है' – भला इस पहेली को कैसे सुलझाया जाए?
बेहतर होता अगर कुछ शुरू ही न होता
बावजूद इसके इस चक्र में अस्तित्व के पास वापस आना होता है
पर इसके बजाय मैं अनंत शून्यता में जाना ज़्यादा पसंद करूँगा

जिसका सपना पूरा नहीं होता, जिसकी शादी टूट जाती है या जिसके परिवार का कोई सदस्य किसी गंभीर बीमारी से जूझ रहा होता है, वह इन शब्दों को फौरन समझ सकता है। आखिर जीवन की वास्तविकता इतनी असहनीय कैसे हो सकती है? आखिर किसी के साथ ऐसा क्यों होता है?

जैसा कि कोलंबाइन स्कूल के हत्यारों ने संकेत दिया था (छठवाँ अध्याय देखें), अगर हम इस संसार में होते ही नहीं, तो शायद बेहतर होता। अगर यहाँ किसी का अस्तित्व ही न होता तो शायद बेहतर होता। पर जो लोग इनमें से पहले निष्कर्ष पर पहुँच जाते हैं, वे दरअसल आत्महत्या की राह पर कदम रख रहे होते हैं। और जो लोग दूसरे निष्कर्ष पर पहुँचते हैं, वे इससे बदतर, इससे कहीं अधिक राक्षसी राह पकड़ रहे होते हैं। दरअसल वे हर चीज़ का विनाश करने के विचार के साथ सहमत हो रहे होते हैं। वे नरसंहार और उससे भी बदतर गतिविधियों की ओर बढ़ रहे होते हैं। ऐसी अंधेरी राहों से मुड़नेवाली गलियाँ और भी ज़्यादा अंधेरी होती हैं। और जो बात वास्तव में भयावह है, वह ये कि लोग जिन राक्षसी निष्कर्षों तक पहुँच जाते हैं, उन्हें समझा जा सकता है या शायद इन निष्कर्षों पर पहुँचना अपरिहार्य भी है। हालाँकि इन निष्कर्षों पर पहुँचकर वैसा राक्षसी कार्य करना अपरिहार्य नहीं है। उदाहरण के लिए अगर किसी सामान्य व्यक्ति का बच्चा किसी गंभीर बीमारी से पीड़ित हो, तो उस व्यक्ति को क्या सोचना चाहिए? क्या सामान्य और दयालु लोगों के मन में ऐसे डरावने विचार नहीं उठते? भला एक दयालु ईश्वर संसार में ऐसी तकलीफें कैसे पैदा कर सकता है?

तार्किक ढंग से विचार करें, तो सामान्य लोगों के साथ भी ऐसा हो सकता है। अगर वे कोई भयावह कार्य करते हैं तो उसका कारण क्या होगा? यह भी स्पष्ट है। पर ऐसे निष्कर्षों तक पहुँचने की सबसे बड़ी समस्या क्या है? इंसान से वैसे ही कार्य होते हैं, जैसे विचार उसके मन में उठते हैं। पर दिक्कत ये है कि ऐसे कार्य एक बुरी स्थिति को और बदतर बना देते हैं। जीवन से घृणा करने या जीवन का तिरस्कार करने से, जीवन असहनीय रूप से और बदतर हो जाता है। भले ही इसका कारण जीवन में मिलनेवाली वास्तविक पीड़ा या संघर्ष हो। ऐसे कार्यों के पीछे की भावना वास्तविक विरोध की भावना नहीं होती। न ही ऐसे कार्यों में कोई अच्छाई छिपी होती है। असल में इनके पीछे सिर्फ पीड़ा सहने के कारण संसार और जीवन को और ज़्यादा पीड़ा देने की इच्छा छिपी होती है। यही तो बुराई का सार है। जो लोग ऐसी भयावह सोच विकसित कर लेते हैं, वे तबाही मचाने से बस एक कदम दूर होते हैं। कभी-कभी तो वे सिर्फ इसलिए ऐसे कार्य नहीं कर पाते क्योंकि उनके पास ऐसा करने के पूरे साधन नहीं होते। जबकि कभी-कभी सोवियत तानाशाह जोसेफ स्टालिन की तरह उनकी उँगली न्यूक्लियर बम का बटन दबाने के लिए तैयार होती है।

चूँकि अस्तित्व की भयावहताएँ बिलकुल स्पष्ट हैं, तो क्या इसका कोई सुसंगत विकल्प भी है? क्या अस्तित्व स्वयं, अपने मलेरिया के मच्छरों, बाल-सैनिकों और अपक्षयी न्यूरोलॉजिकल बीमारियों के बावजूद वाकई न्यायसंगत हो सकता है? बीसवीं शताब्दी की अधिनायकवादी भयावहताओं में लाखों लोग प्रताड़ित किए गए और जान से मार दिए गए। अगर यह समय उससे भी पहले का यानी उन्नीसवीं शताब्दी का होता, तो मैं पूरे यकीन से नहीं कह सकता कि मैं इस सवाल का कोई जवाब दे पाता या नहीं।

होलोकॉस्ट (यहूदी नरसंहार), स्टालिनिस्टिक पर्जेस (स्टालिनवादी शुद्धिकरण) और चीनी क्रांतिकारी माओ से-तुंग की भयावह ग्रेट लीप फॉरवर्ड[5] जैसे तथ्यों के बिना इस प्रकार के संदेह नैतिक रूप से नाजायज क्यों होते, इसे समझना संभव है या नहीं, मैं यह नहीं जानता। साथ ही मैं यह भी नहीं जानता कि इस सवाल पर विचार कर इसका जवाब दिया जा सकता है या नहीं? सोच-विचार करना अत्याचार या तानाशाही के रसातल की ओर ले जाता है। लियो टॉलस्टॉय के लिए ऐसा करना कारगर साबित नहीं हुआ। हो सकता है कि फ्रेडरिक नीत्शे के लिए भी यह कारगर साबित न हुआ हो, जिन्होंने यकीनन इतिहास के किसी भी व्यक्ति की तुलना में

---

[5] एक समाजवादी अभियान जिसमें लाखों लोग मारे गए।

कहीं अधिक स्पष्टता से इस प्रकार की चीज़ों पर सोच-विचार किया था। पर अगर सबसे कठिन परिस्थितियों में भी सोच-विचार पर निर्भर नहीं हुआ जा सकता, तो फिर भला बचता ही क्या है? आखिरकार विचार ही तो सबसे बड़ी इंसानी उपलब्धि है। है ना?

शायद नहीं।

सोच-विचार की सच्ची शक्ति के बावजूद भी कुछ ऐसा है, जिसने इसकी जगह ले ली है। जब अस्तित्व स्वयं को अस्तित्वगत असहनीयता से प्रकट करता है, तो सारा सोच-विचार खुद ही ढेर हो जाता है। ऐसी स्थिति में गहनतापूर्वक ध्यान देना काम आता है, न कि सोच-विचार करना। आप आगे बताई गई बात पर ध्यान देकर इसकी शुरुआत कर सकते हैं: जब आप किसी से प्रेम करते हैं, तो यह प्रेम उनकी सीमाओं के बावजूद नहीं बल्कि उनकी सीमाओं के कारण होता है। बेशक यह बड़ी जटिल बात है। ऐसा नहीं है कि उनकी हर कमी को प्रेम करना या स्वीकार करना ज़रूरी है। आपको जीवन को बेहतर बनाने की कोशिश बंद नहीं करनी चाहिए और न ही पीड़ा को जस का तस रखने की कोशिश करनी चाहिए। लेकिन सुधार के रास्ते पर कुछ ऐसी सीमाएँ भी नज़र आती हैं, जिन्हें शायद हम पार न करना चाहें, तब कहीं ऐसा न हो कि हम अपनी मानवता का ही बलिदान कर दें। बेशक जब आपका जीवन सुखद हो, जब आपके पिता अल्जाइमर रोग से मुक्त हों, जब आपके बच्चे स्वस्थ हों और जब आपका शादीशुदा जीवन खुशहाल हो, तब यह कहना कि 'अस्तित्व को सीमाओं की ज़रूरत होती है' और फिर खुश भी रहना एक अलग बात है। पर जब जीवन में कुछ बुरा हो जाए तब?

विघटन और दर्द

बीमारी के कारण उपजे दर्द के चलते मिखाइला ने कई रातें जागते हुए बिताई थीं। जब उसके दादाजी उससे मिलने आए, तो उन्होंने उसे अपनी टाइलेनॉल 3एस दवा दी, जिसमें कोडीन होता है। इसकी मदद से मिखाइला के लिए रात में सोना संभव हो गया, पर ज़्यादा देर तक नहीं। मिखाइला के इलाज में शुरू से शामिल रही रूमेटोलॉजिस्ट का साहस अब जवाब देने लगा था। उसने एक बार एक युवा लड़की को ओपिएट्स लेने की सलाह दी थी, पर वह लड़की जल्द ही इस नशीली दवा की आदी हो गई। उसने दोबारा किसी को नशे की दवा की सलाह न देने की कसम खाई थी। उसने मिखाइला से पूछा, 'क्या तुमने आईब्रूफेन आजमाई है?' मिखाइला समझ

गई कि डॉक्टर्स सब कुछ नहीं जानते। क्योंकि आईब्रूफेन जैसी हल्की दवा, मिखाइला के दर्द के सामने वैसी ही थी, जैसी भूख से परेशान किसी आदमी के सामने रोटी का एक छोटा सा टुकड़ा।

हमने एक नए डॉक्टर से बात की। उसने हमारी हर बात को ध्यान से सुना। फिर उसने मिखाइला की मदद करना शुरू कर दिया। सबसे पहले उसने टी3एस दवा की सलाह दी। यह वही दवा थी, जो मिखाइला के दादा जी ने उसे कुछ दिनों के लिए दी थी। यह एक बहादुर सलाह थी। डॉक्टर्स पर मरीजों को - कम से कम बच्चों को - ओपिएट्स जैसी नशीली दवा न देने का काफी दबाव होता है। पर ओपिएट्स कारगर होती है। हालाँकि जल्द ही टाइलेनॉल 3एस भी नाकाफी साबित होने लगी। फिर मिखाइला ने ऑक्सिकॉन्टिन नामक दवा लेनी शुरू कर दी। यह ऐसी नशीली दवा है, जिसे निंदात्मक रूप से देहाती हेरोइन (एक खतरनाक नशीली दवा) के तौर पर जाना जाता है। इससे मिखाइला का दर्द तो नियंत्रण में आ जाता था, पर इसके कारण अन्य समस्याएँ शुरू हो गईं। इस दवा को शुरू करने के करीब एक सप्ताह बाद एक दिन टैमी मिखाइला को लंच के लिए एक होटल में लेकर गई। वहाँ मिखाइला का सिर चकराने लगा, उसके मुँह से स्पष्ट शब्द निकलने बंद हो गए और ऐसा लगने लगा, जैसे वह नशे में हो। यह अच्छा संकेत नहीं था।

मेरी भाभी एक नर्स हैं। उन्होंने सोचा कि हम ऑक्सिकॉन्टिन के साथ-साथ मिखाइला को रिटालिन नामक दवा भी दे सकते हैं, जो शरीर में ऊर्जा बढ़ाने का काम करती है और अक्सर अति-क्रियाशील बच्चों को दी जाती है। रिटालिन के सेवन से मिखाइला के अंदर सजगता बढ़ गई। इसके साथ ही इस दवा में शारीरिक दर्द कम करने के भी कुछ गुण होते हैं (अगर आपका कोई प्रिय व्यक्ति असहनीय दर्द से जूझ रहा हो तो ऐसी दवा के बारे में सुनकर बड़ा अच्छा लगता है)। पर उसका दर्द लगातार बढ़ता ही गया। वह जहाँ-तहाँ गिरने लगी। इसके बाद उसके कूल्हे एक बार फिर जाम हो गए। इस बार इसकी शुरुआत तब हुई, जब मिखाइला मेटो ट्रेन से सफर कर रही थी। स्टेशन का एस्केलेटर काम नहीं कर रहा था, तो उसका बॉयफ्रेंड उसे अपने हाथों में उठाकर सीढ़ियों से ऊपर लेकर आया। स्टेशन से वह एक टैक्सी में घर वापस आई। अब मिखाइला के लिए मेट्रो ट्रेन में सफर करना सुरक्षित नहीं रह गया था। उसी साल मार्च में हमने मिखाइला की सुविधा के लिए एक 50सीसी का स्कूटर खरीद लिया। हालाँकि उसे स्कूटर चलाने की अनुमति देना ज़रा खरतनाक था, पर खुद अकेले कहीं आने-जाने की उसकी आज़ादी छीनना भी खतरनाक था।

इसीलिए हमने इन दोनों खतरों में से स्कूटर का खतरा मोल लेने का चुनाव किया। वह ड्राइविंग लाइसेंस बनवाने के लिए ज़रूरी लर्नर्स टेस्ट में सफल रही, जिससे उसे दिन के समय कहीं भी स्कूटर चलाने की कानूनी अनुमति मिल गई। कुछ महीनों तक अपनी ड्राइविंग बेहतर करने के बाद उसे स्थाई लाइसेंस मिलनेवाला था।

मई के महीने में सर्जरी करके उसके कूल्हे बदल दिए गए। इस सर्जरी के दौरान सर्जन को मिखाइला के दोनों पैरों की लंबाई में आधा से.मी. के फर्क को भी सुधारने का मौका मिल गया। मिखाइला के दोनों पैरों की लंबाई में यह फर्क पहले से ही था। उसकी हड्डी भी मृतप्राय नहीं हुई थी। दरअसल उसके एक्सरे की परछाई के कारण सामने आया यह पूर्वानुमान गलत था। सर्जरी के बाद उसकी चाची और दादा-दादी उसे देखने आए। अगले कुछ दिन काफी बेहतर रहे। हालाँकि सर्जरी के तुरंत बाद ही मिखाइला को एक नशा-मुक्ति केंद्र में भर्ती करा दिया गया। वह उस केंद्र की सबसे कम उम्र की सदस्य थी और अन्य सदस्यों से करीब 60 साल छोटी थी। उसकी बुजुर्ग रूममेट, जो विक्षिप्त किस्म की महिला थी, कमरे की लाइट बंद नहीं करने देती थी। यहाँ तक कि वह रात के वक्त भी लाइट जलाकर रखती। वह बुजुर्ग महिला खुद चलकर टॉयलेट तक नहीं जा पाती थी, जिसके कारण उसे हर रोज निवृत्त होने के लिए बेडपैन का इस्तेमाल करना पड़ता था। वह अपने कमरे का दरवाजा बंद करने के लिए बिस्तर से भी नहीं उठ पाती थी। उसका कमरा नर्स के केबिन के बगल में था, वहाँ दिनभर अलार्म बेल बजती रहती थी और सारी नर्सेस तेज आवाज में एक-दूसरे से गपशप भी करती रहती थीं। इस शोर के चलते उस कमरे में शांति से सो पाना असंभव था। इसके अलावा वहाँ शाम सात बजे के बाद किसी विजिटर को आने की अनुमति नहीं थी। ऊपर से मिखाइला का फिजियोथेरेपिस्ट छुट्टी पर था, जिसके कारण उसे वहाँ भर्ती कराया गया था। बस वहाँ का चपरासी ही इकलौता ऐसा व्यक्ति था, जो मिखाइला की मदद कर देता था। इसकी शुरुआत तब हुई, जब मिखाइला ने वहाँ ड्यूटी कर रही एक नर्स को बताया कि वह शोर के कारण ठीक से सो नहीं पा रही है। उसकी बात सुनकर वह चपरासी खुद आकर उसे एक मल्टीबेड-वार्ड में ले गया। ड्यूटी पर मौजूद वह नर्स वही थी, जो मिखाइला के केंद्र में भर्ती होने के बाद यह जानकर हँस पड़ी थी कि मिखाइला को वहाँ कौन सा कमरा दिया गया है।

मिखाइला को उस केंद्र में छह सप्ताह तक रहना था पर वह सिर्फ तीन दिनों तक ही वहाँ रही। जब उसका फिजियोथेरेपिस्ट अपनी छुट्टियाँ बिताकर वापस आ

गया, तो मिखाइला ने वहाँ की सीढ़ियाँ बिना किसी मदद के सफलतापूर्वक चढ़कर दिखाईं। इसके अलावा उसने वे सभी व्यायाम भी सीख लिए, जो उसे करने के लिए कहे गए थे। जब मिखाइला वहाँ यह सब कर रही थी, तब हम अपने घर में उसकी सुविधा के अनुसार बदलाव कर रहे थे। इसके बाद हम उसे घर वापस ले आए। उसने अपनी बीमारी और दर्द का सामना पूरी बहादुरी से किया था। उसकी सर्जरी भी सफल रही थी। और उस नशा-मुक्ति केंद्र का क्या? उसके चलते मिखाइला में पोस्ट-ट्रॉमेटिक स्ट्रेस डिसऑर्डर (दर्दनाक तनाव) के लक्षण दिखाई पड़ने लगे थे।

जून में मिखाइला ने एक मोटरसाइकिल-कोर्स में दाखिला ले लिया ताकि वह कानूनी तौर पर अपने स्कूटर का इस्तेमाल जारी रख सके। हम सब इस बात से बहुत बुरी तरह डरे हुए थे। कहीं वह गिर गई तो? कहीं उसका एक्सीडेंट हो गया तो? इस कोर्स के पहले ही दिन मिखाइला ने एक भारी-भरकम मोटरसाइकिल चलाने का प्रशिक्षण लिया। वह मोटरसाइकिल इतनी भारी थी कि मिखाइला उसे बमुश्किल ही सँभाल पा रही थी। इसके चलते मिखाइला से वह मोटरसाइकिल कई बार छूटकर गिरी। वहाँ मिखाइला ने एक और नौसिखिए ड्राइवर को पार्किंग लॉट में लड़खड़ाकर गिरते और फिर लुढ़कते देखा। कोर्स के दूसरे दिन मिखाइला को वहाँ जाने में घबराहट होने लगी। वह अपना बिस्तर तक नहीं छोड़ना चाहती थी। हमने उसे काफी समझाया-बुझाया और तय किया कि उसे कम से कम टैमी के साथ प्रशिक्षण स्थल तक खुद ड्राइव करके जाना चाहिए। अगर वह ऐसा करने में सफल नहीं हुई, तो फिर वह तब तक कार में बैठी रह सकती है, जब तक उस दिन का प्रशिक्षण खत्म नहीं हो जाता। रास्ते में मिखाइला के अंदर फिर से साहस आ गया। आखिरकार जब उसे इस कोर्स का सर्टिफिकेट मिला, तो वहाँ प्रशिक्षण लेनेवाले हर व्यक्ति ने खड़े होकर उसके लिए तालियाँ बजाईं।

फिर उसका दाहिना टखना टूट गया। उसके डॉक्टर चाहते थे कि प्रभावित हुई टखने की बड़ी हड्डियों को एक-दूसरे से जोड़ा जाए पर इससे उसके पैर की छोटी हड्डियाँ विकृत होने लगतीं, जो फिलहाल अतिरिक्त दबाव झेल रही थीं। ऐसा इलाज अस्सी साल की उम्र के मरीज के लिए सहनीय हो सकता है (हालाँकि उस उम्र में भी यह किसी के लिए आसान नहीं होता)। पर जब मरीज युवा हो, तो ऐसा इलाज किसी काम का नहीं है। हमने आर्टिफिशियल रिप्लेसमेंट (कृतिम प्रतिस्थापन) पर जोर दिया, हालाँकि उस वक्त यह तकनीक काफी नई थी। आर्टिफिशियल रिप्लेसमेंट की वेटिंग लिस्ट इतनी लंबी थी कि इसके लिए तीन साल इंतजार करना

पड़ता, जो हमारे लिए संभव नहीं था। क्योंकि उसके टूटे हुए टखने में उसके कूल्हों के पुराने दर्द से भी ज़्यादा दर्द होता था। एक रात मिखाइला अपनी तकलीफ से इतनी परेशान हो गई कि अस्थिर व अतार्किक व्यवहार करने लगी। मैं काफी कोशिश के बाद भी उसे शांत नहीं कर पाया। यह देखकर मैं समझ गया कि वह भावनात्मक रूप से टूट रही है। उसकी तकलीफ को सिर्फ तनावपूर्ण कहकर पूरी तरह व्यक्त नहीं किया जा सकता था क्योंकि वह तकलीफ इससे कहीं ज़्यादा गंभीर थी।

मिखाइला के लिए सबसे उपयुक्त व सुविधाजनक चीज़ ढूँढ़ने के लिए हम महीनों तक तरह-तरह के रिप्लेसमेंट डिवाइसेस (प्रतिस्थापन उपकरण) जाँचते-परखते रहे। उसकी सर्जरी जल्द से जल्द कराने के लिए हमने विकल्प के तौर पर भारत, चीन, स्पेन, यूके, कॉस्टारिका और फ्लोरिडा जैसे कई अन्य स्थानों के बारे में भी पता लगाया। हमने ओंटारियो के प्रांतीय स्वास्थ्य मंत्रालय से संपर्क किया। उन्होंने हमें काफी सहयोग दिया। उन्होंने देशभर के विशेषज्ञों के बारे में पता लगाया और वैंकूवर में एक अच्छा विशेषज्ञ ढूँढ़ निकाला। आखिरकार उस साल नवंबर के महीने में मिखाइला के टखने को सर्जरी करके बदल दिया गया। सर्जरी के बाद भी वह बहुत तकलीफ में थी। उसके पैर का अंग-विन्यास (स्थिति) बदल गया था। उसके टखने में धातु की जो रॉड लगी थी, वह त्वचा को हड्डी से दबोच रही थी। पर अस्पताल के डॉक्टर्स उसके दर्द को कम करने के लिए पर्याप्त मात्रा में ऑक्सीकॉन्टिन देने को तैयार नहीं हो रहे थे। चूँकि मिखाइला दर्द से राहत के लिए पहले भी काफी लंबे समय तक इस दवा का सेवन कर चुकी थी इसलिए अब इस दवा के छोटे डोज से उसके दर्द पर ज़रा भी फर्क नहीं पड़ता था।

कुछ दिनों बाद दर्द कम होने पर वह वापस घर लौट आई। इसके बाद वह धीरे-धीरे ओपिएट्स यानी नशीली दवाओं को बंद करने लगी। उसे ऑक्सिकॉन्टिन से नफरत थी, जबकि उसकी उपयोगिता स्पष्ट थी। मिखाइला का कहना था कि इस दवा ने उसकी जिंदगी को धूसर कर दिया है। पर ऐसे हालात में शायद यह सही ही था। जल्द ही उसने इसका सेवन भी बंद कर दिया। दवा को छोड़ने के प्रभाव के चलते उसे कुछ समय तक रात में तेज पसीना आने और पूरे शरीर में सिहरन की शिकायत रही। वह किसी भी तरह का सुख अनुभव करने में असमर्थ हो गई। दवा को छोड़ने का एक प्रभाव यह भी था।

यह पूरी अवधि हमारे लिए भावनात्मक रूप से काफी कठिन रही। आप भले ही किसी तबाही से जूझ रहे हों, लेकिन रोज़मर्रा के जीवन की सामान्य दिक्कतें कभी

खत्म नहीं होतीं। आप अपने रोज़मर्रा के जीवन में हमेशा से जो कुछ भी करते आए हैं, वह आपको तब भी करना पड़ता है, जब आप किसी बड़ी समस्या से जूझ रहे हों। ऐसी स्थिति को कैसे सँभाला जाए, इस बारे में हमने अपने अनुभवों से जो कुछ भी सीखा, वह कुछ इस प्रकार है :

आप जिस बीमारी या जिस संकट से जूझ रहे हैं, उसके बारे में सोच-विचार करने और उस पर आपस में बातचीत करने के लिए अलग से समय निर्धारित करें, ताकि आप तय कर सकें कि आपको अपने रोज़मर्रा के जीवन में इससे कैसे निपटना है। इसके अलावा अन्य किसी भी समय पर इस बारे में सोच-विचार या बातचीत न करें। अगर आप इसके प्रभावों को सीमित नहीं करेंगे, तो आप इसके चलते इतने थक जाएँगे कि बनी-बनाई चीज़ें भी बिगड़ जाएँगी। यह आपके लिए कतई अच्छा नहीं होगा। इसलिए अपनी शक्ति को बचाकर रखें। आपके लिए यह कोई छोटी-मोटी लड़ाई नहीं बल्कि एक युद्ध है, जिसमें आपको कई छोटी-छोटी लड़ाइयाँ लड़नी होंगी और इस दौरान आपको पूरी तरह सक्रिय रहना होगा। जब भी इस संकट से जुड़ी चिंताएँ अपना सर उठाएँ, तो खुद को याद दिलाएँ कि आप उनके बारे में निर्धारित समय पर ही सोच-विचार करेंगे। यह तरीका आमतौर पर काफी कारगर सिद्ध होता है। आपके मस्तिष्क के जो हिस्से आपके अंदर चिंता पैदा करते हैं, उनकी दिलचस्पी यह जानने में ज़्यादा होती है कि चिंताओं से निपटने के लिए आपके पास कम से कम एक तय योजना है। अच्छी बात ये है कि मस्तिष्क के इन हिस्सों को उस योजना का विवरण जानने या यह जानने में कोई दिलचस्पी नहीं होती कि उसे कैसे लागू किया जाएगा। अपने जीवन के संकट पर सोच-विचार के लिए शाम या रात का समय तय न करें। क्योंकि अगर आप ऐसा करेंगे, तो रात को ठीक से सो नहीं सकेंगे और अगर आपकी नींद पूरी नहीं हुई, तो फिर आपके लिए हर चीज़ मुश्किल हो जाएगी।

आपका जीवन किस ओर जा रहा है, इस पर विचार करने के लिए अपना समय बदल लें। जब आसमान में सुनहरा सूरज चमक रहा हो, जब समय अच्छा हो, जब खेतों में खूब फसलें लहलहा रही हों, तो आप अगले महीने की या अगले साल की या फिर अगले पाँच सालों की योजना भी बना सकते हैं। यहाँ तक कि तब आप अगले एक दशक के लिए भी अपनी योजनाएँ बना सकते हैं। पर आप यह सब उस समय नहीं कर सकते, जब किसी चिंतारूपी मगरमच्छ ने आपके पैरों को अपने जबड़े में जकड़ रखा हो। बाइबिल में मैथ्यू 6:34 के अनुसार 'कल की चिंता

आज मत करो। क्योंकि कल की तो अपनी और चिंताएँ होंगी। हर दिन की अपनी ही परेशानियाँ होती हैं।' पर इसका असली अर्थ वह नहीं है, जो नज़र आता है। इसे सरमन ऑफ माउंट[6] के संदर्भ में समझना होगा क्योंकि यह उसी का एक अभिन्न अंग है। यह सरमन (उपदेश) मूसा के 10 'दाउ शैल नॉट' (तुम नहीं कर सकते) वाले धर्मादेशों के सार को एक अकेले निर्देश 'दाउ शैल' (तुम कर सकते हो) के तौर पर प्रस्तुत करता है। जीसस ने अपने शिष्यों के साथ मिलकर ईश्वर के राज्य पर और सत्य पर भरोसा जताया था। यह अस्तित्व को मूल रूप से अच्छा मानने का एक सचेत निर्णय और एक साहसिक कार्य है। 'द एडवेचर ऑफ पिनोचियो' उपन्यास के किरदार गिप्पेटो की तरह ही आपको अपने लिए एक ऊँचा लक्ष्य तय करना चाहिए। बस एक कामना करिए और फिर उसे सच में बदलने के लिए अपने लक्ष्य के अनुसार उपयुक्त कर्म करना शुरू कर दीजिए। एक बार जब आपका अस्तित्व ईश्वर के साथ सुसंगत हो जाता है, तो फिर आप बड़ी आसानी से अपना ध्यान केंद्रित कर सकते हैं। जो चीज़ें आपके नियंत्रण में हैं, उन्हें व्यवस्थित कर लीजिए। जो बिगड़ा हुआ है, उसकी मरम्मत कर डालिए। और जो अच्छा है, उसे और बेहतर बनाने का प्रयास कीजिए। अगर आपने यह सब सावधानी से किया तो इस बात की पूरी संभावना है कि आप अपना लक्ष्य हासिल कर लेंगे। आमतौर पर लोग बहुत सख्त होते हैं। वे भारी पीड़ा और तकलीफें झेलने के बाद भी बच जाते हैं। पर स्वयं को, अपनी शक्ति को, अपनी अच्छाई को बचाकर रखने के लिए अस्तित्व की अच्छाई को देखना भी ज़रूरी है। जब लोग इसे खो देते हैं, तो वे सच्चे अर्थों में खुद को भी खो देते हैं।

एक बार फिर से कुत्तों की बात करते हैं - साथ ही अंततः बिल्लियों की भी

दरअसल बिल्लियाँ और कुत्ते इंसानों जैसे ही होते हैं। वे इंसान के दोस्त और सहयोगी हैं। कुत्ते सामाजिक, पालतू और हाईरार्कल (पदानुक्रमित) होते हैं। वे परिवार में महत्ता के सबसे निचले पायदान पर रहकर खुश रहते हैं। वे अपनी निष्ठा, आदर और प्रेम के बदले में हमारा ध्यान पाते हैं। कुत्ते सचमुच कमाल के होते हैं।

जबकि बिल्लियाँ अपनी ही किस्म की जीव होती हैं। वे न तो सामाजिक होती हैं और न हाईरार्कल (अकस्मात मौकों को छोड़कर)। वे केवल आंशिक रूप से पालतू होती हैं। उनके अंदर तरकीबें भिड़ाने की प्रवृत्ति नहीं होती। वे अपनी शर्तों

[6] जीज़स की शिक्षाओं का एक संग्रह, जो गॉस्पल ऑफ मैथ्यू में उसकी नैतिक शिक्षाओं पर जोर देता है।

पर ही आपके साथ दोस्ताना व्यवहार करती हैं। कुत्तों के अंदर के जंगलीपन को तो धीरे-धीरे साध लिया गया है पर बिल्लियों का मामला ज़रा अलग है। लोगों के साथ घुलने-मिलने के लिए तैयार नज़र आने के उनके अपने अजीब कारण होते हैं। मेरे लिए बिल्लियाँ दरअसल प्रकृति की करीब-करीब सबसे शुद्ध अभिव्यक्ति हैं। इससे भी बढ़कर वे अस्तित्व का वह रूप हैं, जो इंसानों की ओर इसलिए नहीं देखता कि इंसान उसे पसंद करें बल्कि इसलिए देखता है क्योंकि उस समय किसी कारणवश इंसान उसे पसंद आ रहे होते हैं।

जब आपको सड़क पर कोई बिल्ली नज़र आती है, तो बहुत सी चीज़ें हो सकती हैं। जब मुझे कोई बिल्ली नज़र आती है, तो मेरे अंदर का शैतान अपने दाँत बाहर निकालकर 'भू....!' की तेज ध्वनि निकालते हुए उसे डराना चाहता है। इससे घबराकर बिल्लियाँ अपनी रोएँदार खाल को ज़रा फुला लेती हैं और इकतरफा खड़ी हो जाती हैं, ताकि सामनेवाले को उनका शरीर बड़ा नज़र आए। शायद मुझे बिल्लियों को देखकर ठहाके नहीं लगाने चाहिए, पर खुद को ऐसा करने से रोक पाना बड़ा मुश्किल है। उनकी सबसे कमाल बात यह तथ्य है कि आप उन्हें अपने मुँह से 'भू....!' की आवाज निकालकर डरा सकते हैं (साथ ही यह तथ्य भी कि वे अपनी इस अनावश्यक प्रतिक्रिया से ख़ुद शर्मिंदा भी हो जाती हैं)। पर जब मैं पूरी तरह अपने नियंत्रण में होता हूँ, तो रास्ते पर नज़र आनेवाली बिल्ली को अपनी तरफ बुला लेता हूँ ताकि झुककर उसके सिर पर प्यार से हाथ फेर सकूँ। कभी-कभी ऐसा करने पर बिल्लियाँ दूर भाग जाती हैं, जबकि कभी-कभी वे मुझे पूरी तरह नज़रअंदाज कर देती हैं क्योंकि आख़िरकार वे बिल्लियाँ हैं। पर कभी-कभी कोई बिल्ली खुद मेरे पास आ जाती है और अपने सिर को मेरे हाथ पर रगड़ने लगती है। इससे उसे अच्छा महसूस होता है। कभी-कभी वे जमीन पर लुढ़कते हुए अपने शरीर को उल्टा कर लेती हैं (हालाँकि जब वे इस स्थिति में होती हैं, तो दोस्ताना ढंग से बढ़ाए गए हाथ को भी अक्सर काट खाती हैं)।

मैं जिस गली में रहता हूँ, उसके दूसरी ओर एक बिल्ली रहती है, जिसका नाम जिंजर है। वह सिमीस नस्ल की एक बेहद शांत, सुंदर और आत्मविश्वास से भरपूर बिल्ली है। उसके अंदर बिग फाइव पर्सनैलिटी ट्रेट्स (पाँच मुख्य व्यक्तित्व विशेषताओं) में से एक न्यूरोटिसिज़्म (विक्षिप्तता) के लक्षण काफी कम हैं, जो वास्तव में चिंता, डर और भावनात्मक पीड़ा का एक सूचकाँक होता है। जिंजर को कुत्तों से कोई फर्क नहीं पड़ता। हमारा कुत्ता सिक्को उसका दोस्त है। कभी-कभी

उसे पुकारने पर या कभी-कभी जब उसकी अपनी इच्छा होती है तो वह पूँछ उठाकर सड़क पर धीरे-धीरे दौड़ती हुई आती है और अंत में पलभर के लिए ऐंठती है। फिर वह सिक्को के सामने लुढ़ककर अपना शरीर उल्टा कर लेती है और सिक्को इस पर प्रतिक्रिया देते हुए पूँछ हिलाता रहता है। इसके बाद अगर उसकी इच्छा हुई, तो वह कुछ पलों के लिए आपके पास आ जाएगी। जो कि बड़ा अच्छा लगता है। जब आपका दिन अच्छा गुज़र रहा हो, तो उसका ऐसा करना आपको अतिरिक्त खुशी देता है और जब आपका दिन बुरा गुज़रा हो, तो उसकी यह हरकत एक राहत जैसी लगती है।

जब आपका कोई दिन अच्छा न गुज़र रहा हो, तब अगर आप सावधानीपूर्वक ध्यान दें, तो शायद सौभाग्य से आपको भी ऐसा कोई अनुभव लेने का अवसर मिल जाए। शायद आपको सड़क पर कोई बच्ची नाचती हुई नज़र आ जाए क्योंकि उस दिन उसने बैले नृत्यवाली पोशाक पहन रखी हो। शायद आप किसी ऐसे कैफे में एक बढ़िया कॉफी का आनंद लें, जो अपने ग्राहकों की पसंद और सुविधा का खयाल रखता हो। शायद आपको अपनी व्यस्तता के बीच दस-बीस मिनट का खाली समय मिल जाए, जिसे आप यूँ ही कोई ऐसी फालतू चीज़ करते हुए बिता दें, जो आपका ध्यान कहीं और ले जाए और आपको याद दिलाए कि आप अस्तित्व की अर्थहीनता पर ठहाके भी लगा सकते हैं। व्यक्तिगत रूप से मैं तो सिम्प्सन सीरियल का कोई एपिसोड देखना पसंद करता हूँ और वह भी सामान्य से डेढ़ गुना अधिक गति से चलाते हुए; जहाँ ठहाकों की कोई कमी नहीं होती।

अगर आप टहलने निकले हों और अचानक आपका सिर चकराने लगे, तभी आपकी नज़र एक बिल्ली पर पड़े, तो उस पर गौर करते ही आपको कुछ पलों के लिए याद आएगा कि अस्तित्व का अचंभा उसके साथ आनेवाली असाध्य पीड़ा के मुआवजे जैसा है।

अगर रास्ते पर कोई बिल्ली नज़र आए तो उसे पाल लें

पुनश्च: इस अध्याय को लिखने के फौरन बाद मिखाइला के सर्जन ने उसे बताया कि उसके कृत्रिम टखने को हटाना होगा और उसके टखने को संगलित (दो अलग-अलग हिस्सों को जोड़ना) करना होगा। अंगविच्छेदन की यह स्थिति बननी ही थी। मिखाइला सर्जरी के बाद पिछले आठ साल से दर्द का सामना कर रही थी, जिसके चलते उसे चलने-फिरने में काफी दिक्कत होती थी। हालाँकि पहले के

मुकाबले उसकी हालत बेहतर थी। इसके चार दिन बाद उसे एक नए फिजियोथेरेपिस्ट से मिलने का मौका मिला। वह एक लंबी-चौड़ी कद-काठीवाला, दृढ़ और चौकस व्यक्ति था। उसने लंदन में टखने के इलाज में विशेषज्ञता हासिल की थी। उसने मिखाइला के टखने को अपने हाथों में लिया और करीब चालीस सेकेंड तक उसे हल्के से दबाए रखा। इस दौरान मिखाइला लगातार अपने पैर को आगे-पीछे करती रही। उसके टखने की एक हड्डी जो अपनी जगह से जरा खिसक गई थी, वह अचानक वापस अपनी सही जगह पर आ गई और पलभर में ही मिखाइला का दर्द पूरी तरह खत्म हो गया। भारी दर्द, कठिन सर्जरी और तमाम अन्य समस्याएँ झेलने के बाद भी आज तक किसी डॉक्टर के सामने मिखाइला की आँखों में आँसू नहीं आए थे। पर उस दिन दर्द के गायब होते ही वह रो पड़ी। उसका घुटना बिलकुल सीधा हो गया था। अब वह बड़े आराम से पैदल चलकर लंबी दूरी तय कर सकती थी। उसके क्षतिग्रस्त पैर की पिंडली की माँसपेशियाँ एक बार फिर से विकसित होने लगी हैं। उसके कृत्रिम जोड़ में अब कहीं अधिक लचीलापन है। इस साल उसने शादी भी कर ली और एक प्यारी सी बच्ची को भी जन्म दिया। उस बच्ची का नाम मेरी पत्नी की स्वर्गवासी माँ के नाम पर एलिजाबेथ रखा गया है।

सब कुछ बढ़िया चल रहा है।

कम से कम फिलहाल के लिए।

उपसंहार

अपने नए रोशनीवाले पेन से मुझे क्या करना चाहिए

सन 2016 के उत्तरार्ध में मैं अपने एक दोस्त और व्यापारिक सहयोगी से मिलने के लिए उत्तरी कैलिफोर्निया गया। एक शाम हम दोनों बैठकर बातचीत कर रहे थे, तभी उसने अपनी जैकेट से एक पेन निकालकर कागज पर कुछ नोट्स लिखे। यह एक एल.ई.डी. पेन था, जिसकी नोक से हल्की रोशनी निकल रही थी ताकि अंधेरे में भी लिखा जा सके। 'ओह, एक और नया गैजेट,' मैंने सोचा। हालाँकि बाद में जब मैंने इसकी लाक्षणिकता पर गौर किया, तो मैं इस रोशनीवाले पेन पर विचार करने लगा। इसमें कुछ ऐसा था, जो प्रतीकात्मक और तात्विक विषय से संबंधित था। आखिरकार हम सब ज़्यादातर समय अंधेरे में ही होते हैं। ऐसे में दिव्य रोशनी के साथ लिखी गई चीज़ें हमारा मार्गदर्शन कर हमारे काम आ सकती हैं। जब हम दोनों बैठकर बातचीत कर रहे थे, तो मैंने उससे कहा कि 'मैं कुछ लिखना चाहता हूँ, क्या तुम मुझे अपना एल.ई.डी. पेन उपहार में दे सकते हो?' उसने फौरन वह पेन मुझे दे दिया, जिसे पाकर मैं बहुत खुश हुआ। अब मैं अंधेरे में रहकर भी रोशनी से चमकते शब्द लिख सकता था! जाहिर है, यह ऐसा काम था, जिसे ठीक से करना ज़रूरी था। इसलिए मैंने पूरी गंभीरता के साथ खुद से पूछा, 'अपने नए रोशनीवाले पेन से मुझे क्या करना चाहिए?' न्यू टेस्टामेंट में दो ऐसे छंद हैं, जो इसी तरह की चीज़ों से संबंधित हैं। मैं उनके बारे में काफी सोच-विचार कर चुका हूँ।

> *परमेश्वर से माँगते रहो और तुम्हें दे दिया जाएगा; खोजते रहो और तुम्हें मिल जाएगा; खटखटाते रहो और तुम्हारे लिए द्वार खोल दिया जाएगा; क्योंकि जो माँगता रहता है, वह प्राप्त कर लेता है; जो खोजता रहता है, वह पा लेता है; और जो खटखटाता रहता है, उसके लिए द्वार खोल दिया जाता है (मैथ्यू ७:७-७:८)।*

पहली नज़र में यह कुछ और नहीं बल्कि अनुकंपा पाने के लिए ईश्वर को प्रेरित करने के लिहाज से की गई प्रार्थना का जादू लगता है। पर ईश्वर, चाहे जो हो

और जैसा भी हो, आसानी से किसी की इच्छाएँ पूरी नहीं करता। जैसा कि हमने 7वें नियम (वह हासिल करने की कोशिश करें जो अर्थपूर्ण हो, न कि वह जो सुविधाजनक हो) में देखा है कि जब रेगिस्तान में शैतान ने जीज़स को प्रलोभन दिया था, तो वे खुद भी अपने पिता का एहसान लेने के लिए उन्हें पुकारने को तैयार नहीं थे। हताश लोगों की प्रार्थना हर रोज अनुत्तरित रह जाती है। पर शायद ऐसा इसलिए है क्योंकि उनकी प्रार्थनाओं में जो सवाल होते हैं, वे उचित ढंग से व्यक्त नहीं किए जाते। जब भी हम लड़खड़ाकर गिरते हैं या कोई गंभीर भूल कर बैठते हैं, तब शायद ईश्वर से हमारी इच्छाएँ पूरी करने के लिए भौतिकी के नियमों को ताक पर रखने को कहना उचित नहीं है। शायद ऐसे मौकों पर आप घोड़े को गाड़ी के पीछे बाँधकर यह उम्मीद नहीं कर सकते कि इसके बाद भी आपकी घोड़ागाड़ी किसी जादुई ढंग से आगे बढ़ जाएगी। शायद ऐसे में आपको यह पूछना चाहिए कि अपना संकल्प कायम रखने, अपना चरित्र मज़बूत बनाने और आगे बढ़ने की शक्ति हासिल करने के लिए फिलहाल आप क्या कर सकते हैं? या शायद आप ईश्वर से यह कह सकते हैं कि वह आपको सच्चाई का सामना करने का मौका दे।

हमारी करीब 30 साल की शादीशुदा जिंदगी में ऐसे कई मौके आए, जब मैं और मेरी पत्नी किसी मसले पर एक-दूसरे से असहमत हुए। कई बार यह असहमति बहुत गहरी भी होती। ऐसे में हमारी एकता किसी अंजान गहन स्तर पर टूटती नज़र आती और इससे उपजी उन्मादपूर्ण स्थितियों को हम एक-दूसरे से बातचीत करके भी आसानी से सुलझा न पाते। बल्कि हम दोनों भावुक, क्रोधित और चिंताभरी बहस में उलझ जाते। इसीलिए हमने आपस में मिलकर यह तय किया कि जब भी ऐसी कोई स्थिति बनेगी तो हम कुछ देर के लिए एक-दूसरे की नज़रों के सामने से दूर चले जाएँगे और अलग-अलग कमरों में जाकर बैठ जाएँगे। पर ऐसा करना अक्सर काफी मुश्किल होता था क्योंकि जब आप किसी के साथ तीखी बहस में उलझे हुए हों और इससे उपजी नाराजगी के चलते आपके अंदर सामनेवाले से जीतने की इच्छा जागृत हो चुकी हो, तो चुपचाप एक-दूसरे की नज़रों से दूर चले जाना आसान नहीं होता। पर फिर भी हमें लगा कि लगातार नियंत्रण से बाहर होते जा रहे आपसी विवाद के परिणाम झेलने का जोखिम उठाने के बजाय, कुछ देर के लिए एक-दूसरे से दूर होने का विकल्प कहीं बेहतर है।

अपने-अपने कमरे में अकेले बैठकर हम खुद से एक ही सवाल पूछते: *हम जिस स्थिति पर आपस में बहस कर रहे थे, उस स्थिति को पैदा करने में मेरा*

व्यक्तिगत योगदान क्या था? भले ही वह योगदान कितना भी छोटा रहा हो... हम दोनों ने कोई न कोई गलती तो की ही होगी, तभी तो यह स्थिति पैदा हुई। इसके बाद हम एक-दूसरे के पास आ जाते और खुद से पूछे गए सवाल का जवाब एक-दूसरे से साझा करते कि *मेरी गलती यह थी कि...।*

खुद से ऐसा सवाल पूछने की दिक्कत यह है कि आपके अंदर उसका जवाब जानने की सच्ची इच्छा होनी चाहिए और समस्या ये है कि आपको वह जवाब अच्छा नहीं लगेगा। जब आप किसी से बहस कर रहे होते हैं, तो आप खुद को सही और सामनेवाले को गलत साबित करना चाहते हैं। तब आपको यही बेहतर लगता है कि सामनेवाला खुद कोई बलिदान देकर अपने आपको बदल ले और आपको ऐसा कुछ न करना पड़े। क्योंकि अगर गलती आपकी हुई, तो फिर आपको बदलना होगा - फिर आपको खुद पर, अपने अतीत की यादों पर, अपने वर्तमान तरीकों पर और अपने भविष्य की योजनाओं पर पुनर्विचार करना होगा। फिर आपको खुद को सुधारने का संकल्प लेना होगा और यह समझना होगा कि यह सुधार कैसे लाया जाए। इसके बाद आपको वह सब करना होगा, जो सुधार लाने के लिए ज़रूरी है। यह मुश्किल और थका देनेवाला काम है। अपनी धारणाओं को बदलने और नई व बेहतर आदतें विकसित कर उन्हें व्यवहार में लाने के लिए आपको बार-बार उनका अभ्यास करना पड़ता है। जबकि अपनी गलती का एहसास न करना, उसे स्वीकार न करना और सामनेवाले से न जुड़ना इससे कहीं ज़्यादा आसान होता है। सच्चाई से मुँह मोड़ लेना और समस्याओं को जानबूझकर अनदेखा करना इससे कहीं ज़्यादा आसान है।

पर यही वह बिंदु है, जहाँ आपको यह तय करना होगा कि आप खुद को सही साबित करना चाहते हैं या फिर मानसिक शांति चाहते हैं। आपको यह तय करना होगा कि क्या आप अपने दृष्टिकोण की सत्यता पर जोर देना चाहते हैं या सामनेवाले की बात सुनते हुए कोई बीच का रास्ता निकालना चाहते हैं। खुद को सही साबित कर देने से आपको मानसिक शांति हासिल नहीं होनेवाली। जब आप सही साबित हो जाते हैं, तो आपका साथी गलत साबित हो जाता है और वह हारा हुआ महसूस करता है। अगर आप खुद को सही साबित कर बार-बार अपने साथी को हारा हुआ महसूस कराएँगे, तो आपकी शादी जल्द ही टूटने की कगार पर पहुँच जाएगी (या फिर आपको खुद ही लगेगा कि ये शादी टूट जाए, तो बेहतर है)। इसके बजाय दूसरा विकल्प चुनने - मानसिक शांति हासिल करने के लिए आपको यह तय करना

होगा कि आपके लिए खुद को सही साबित करने से ज़्यादा ज़रूरी है, अपने और अपने जीवन साथी के बीच सब कुछ ठीक करना। अपने जिद्दी पूर्वाग्रहों की कैद से बाहर आने का यही एक रास्ता है। आपसी बातचीत से मामले को सुलझाने की यह सबसे आवश्यक शर्त है। दरअसल यह इस किताब में बताए गए दूसरे नियम (स्वयं को उस व्यक्ति की तरह देखें, जिसकी सहायता करना आपकी निजी जिम्मेदारी है) का पूरी सच्चाई से पालन करना है।

मैंने और मेरी पत्नी ने सीखा कि अगर आप खुद से ऐसा सवाल पूछते हैं और सचमुच उसका जवाब सुनना चाहते हैं (भले ही वह जवाब कितना भी अपमानजनक, भयानक व शर्मनाक हो) तो आपके मन में अपनी किसी हालिया मूर्खता या गलती की स्मृति ताजा हो जाएगी। फिर आप अपने साथी के सामने जाकर उसे बता सकते हैं कि आपने वह मूर्खता क्यों की। इसके बाद आप उससे (सच्चे मन से) माफी माँग सकते हैं। आपका साथी भी ठीक ऐसा ही कर सकता है और आपसे (सच्चे मन से) माफी माँग सकता है। फिर आप दोनों के लिए अपनी-अपनी मूर्खता के बावजूद एक-दूसरे से बातचीत करना संभव हो जाएगा। शायद खुद से यह सवाल पूछना ही सच्ची प्रार्थना है कि 'मैंने क्या गलती की है और अब मैं ऐसा क्या कर सकता हूँ, जिससे सब ठीक हो जाए?' पर यह सवाल पूछते समय आपका दिल उस भयावह सच को सुनने के लिए खुला होना चाहिए, जो जवाब के रूप में आपके अंदर से ही आनेवाला है। आप जो सुनना नहीं चाहते, उसके प्रति आपको ग्रहणशील होना होगा। जब आप अपने अंदर सुधार लाने के लिए अपने दोषों को जानने का निर्णय ले लेते हैं, तो सारे भविष्यसूचक विचारों के स्रोत के साथ संवाद का रास्ता खुल जाता है। शायद इसी को अपनी अंतरात्मा की आवाज सुनना कहते हैं। शायद इसी को एक तरह से ईश्वर के साथ संवाद करना कहते हैं।

ठीक इसी भाव के साथ मैंने अपने सामने एक कागज रखकर खुद से सवाल पूछा कि *अपने नए रोशनीवाले पेन से मुझे क्या करना चाहिए?* मैंने यह सवाल इस तरह पूछा, जैसे मैं वाकई इसका जवाब जानना चाहता हूँ। मैंने जवाब का इंतजार किया। मैं अपने ही दो अलग-अलग तत्वों के बीच संवाद कर रहा था। मैं सचमुच सोच और सुन रहा था, उसी लिहाज से, जिसका वर्णन मैंने इस किताब के 9वें नियम (यह मानकर चलें कि आप जिस व्यक्ति से बातचीत कर रहे हैं, शायद वह कुछ ऐसा जानता हो, जो आपको न पता हो) में किया था। यह नियम जितना दूसरों पर लागू होता है, उतना ही खुद पर भी हो सकता है। हालाँकि यहाँ सवाल पूछनेवाला

और जवाब देनेवाला मैं खुद ही था। पर मेरे वे दोनों रूप एक समान नहीं थे। मुझे नहीं पता था कि मेरे उस सवाल का जवाब क्या होगा। मैं इस इंतजार में था कि इसका जवाब मेरी कल्पना के रंगमंच पर प्रकट होगा। मैं इस इंतजार में था कि शून्य से निकले जवाब के सारे शब्द सामने आ जाएँगे। कोई इंसान ऐसी कोई चीज़ कैसे सोच सकता है, जिससे वह खुद ही हैरान रह जाए? ऐसा कैसे हो सकता है कि वह जो सोच रहा है, वह उसे खुद पता नहीं चला? हमारे अंदर नए विचार कहाँ से आते हैं? उन्हें सोचनेवाला कौन है?

अब वह रोशनीवाला पेन मेरे पास था, जो अंधेरे में भी प्रकाश से चमकते शब्द लिख सकता था और मैं उसकी मदद से वह करना चाहता था, जो सर्वश्रेष्ठ हो। इसलिए मैंने एक उपयुक्त सवाल पूछा और उसका जवाब तुरंत ही मेरे सामने आ गया; *इस पेन से वे शब्द लिखो, जो तुम अपनी आत्मा पर अंकित करना चाहते हो।* मैंने लिख लिया। यह अनुभव काफी अच्छा लग रहा था – थोड़ा रूमानी किस्म का था पर जो भी था, इस खेल के अनुसार ही था। फिर मैंने इसके मापदंड और ऊँचे कर दिए। मैंने तय किया कि मैं सबसे कठिन सवाल पूछूँगा और फिर उनके जवाबों का इंतजार करूँगा। वैसे भी अगर आपके पास एक रोशनीवाला पेन है, तो फिर आपको उसका इस्तेमाल सबसे कठिन सवालों का जवाब देने में ही करना चाहिए। मेरा पहला सवाल था, *'मैं कल क्या करूँगा?'* जवाब आया, *'सबसे कम समय में संभवतः सबसे अच्छा काम।'* यह जवाब संतोषजनक था, जो एक महत्वाकांक्षी उद्‌देश्य को अधिकतम दक्षता (योग्यता) की माँग के साथ एकीकृत भी करता था। यह मेरे लिए एक बढ़िया चुनौती थी। दूसरा सवाल भी काफी हद तक पहले सवाल जैसा था, *'मैं अगले साल क्या करूँगा?' 'यह सुनिश्चित करने की कोशिश करो कि तब मैं जो अच्छा काम करूँगा, उसका विस्तार अगले साल किए जानेवाले अच्छे काम के द्वारा ही हो।'* यह जवाब भी मुझे दृढ़ नज़र आया – पिछले जवाब में वर्णित महत्वाकांक्षाओं का शानदान विस्तार। मैंने अपने उस दोस्त को बताया कि उसने मुझे जो रोशनीवाला पेन दिया है, मैं उससे लिखते हुए एक गंभीर प्रयोग कर रहा हूँ। मैंने उससे पूछा कि 'मैंने अब तक रोशनीवाले पेन से जो भी लिखा है, क्या मैं उसे ऊँची आवाज में पढ़ सकता हूँ?' इन सवालों और जवाबों ने मेरे दोस्त के दिल के तारों को भी छू लिया, जो वाकई बढ़िया था। इससे मुझे अपना यह प्रयोग जारी रखने की प्रेरणा मिली।

अगले सवाल के बाद पहला चरण समाप्त हो गया, *'मुझे अपने जीवन में क्या*

करना चाहिए?' जवाब था, *'स्वर्ग का लक्ष्य रखो और अपने आज पर ध्यान केंद्रित करो।'* हा...हा...! मैं जानता था कि इसका मतलब क्या है। डिज़्नी की फिल्म पिनोक्कियो में जब गेपेटो का किरदार एक तारे को देखकर कामना करता है, तब दरअसल वह भी यही तो कर रहा होता है। यह बुजुर्ग लकड़हारा दिन-प्रतिदिन के मानवीय सरोकारों की नीरस दुनिया से अलग अपना सिर उठाकर ऊपर आसमान में टिमटिमाते हीरों जैसे तारों पर नज़र डालता है। उन तारों को देखते हुए वह अपनी सबसे गहन इच्छा व्यक्त करता है कि उसने जो कठपुतली तैयार की है, उसे निर्देषित करनेवाले वे तार टूट जाएँ, जिनका इस्तेमाल कर लोग उसके साथ चालाकी करते हैं और उसकी वह कठपुतली एक असली लड़के में तब्दील हो जाए। जैसा कि हमने चौथे नियम (अपनी तुलना अपने पिछले कल से करें, न कि दूसरों से) में देखा था, सरमॉन ऑन द माउंट का मुख्य संदेश भी यही है, जो यहाँ एक बार फिर दोहराने लायक है:

> *और तुम अपने वस्त्रों की क्यों सोचते हो? ज़रा जंगल के फूलों के बारे में सोचो कि वे कैसे खिलते हैं। वे न तो कोई काम करते हैं और न अपने लिए वस्त्र बनाते हैं। मैं तुमसे कहता हूँ कि सोलोमन भी अपने सारे वैभव के बावजूद उनमें से किसी एक के समान भी सज नहीं सका। इसलिए जब परमेश्वर उन जंगली पौधों को ऐसे वस्त्र पहनाता है, जो आज जीवित हैं, पर कल भाड़ में झोंक दिए जाएँगे, तो फिर हे अल्पविश्वासियों, वह तुम्हें वस्त्र क्यों नहीं पहनाएगा? इसलिए चिंता में डूबकर यह मत कहो कि हम क्या खाएँगे या क्या पीएँगे या क्या पहनेंगे? विधर्मी लोग ही इन सब चीज़ों के पीछे दौड़ते हैं, पर स्वर्ग में रहनेवाला तुम्हारा परमपिता यह जानता है कि तुम्हें इन सब चीज़ों की आवश्यकता है। इसलिए सबसे पहले परमेश्वर के राज्य और उसकी धार्मिकता की खोज करो। फिर तुम्हें भी ये सब चीज़ें दे दी जाएँगी। (मैथ्यू 6:28-6:33)*

इसका अर्थ क्या है कि स्वयं को सही दिशा में ले जाओ? उसके बाद सिर्फ अपने समय पर ध्यान केंद्रित करो। अपनी नज़रों को अच्छाई, सुंदरता और सत्य पर केंद्रित करो। उसके बाद हर पल की चिंताओं पर सावधानी से गौर करो। निरंतर स्वर्ग को ही अपना लक्ष्य बनाओ और पृथ्वी पर पूरी कर्मठता के साथ परिश्रम करते रहो। वर्तमान में पूर्णतः उपस्थित रहते हुए भविष्य पर ध्यान दो। तभी तुम वर्तमान और भविष्य, दोनों को सर्वश्रेष्ठ ढंग से साध सकोगे।

अपने समय का इस्तेमाल कैसे करना चाहिए, इस पर सवाल पूछने के बजाय अब मैं लोगों के साथ अपने रिश्तों पर सवाल पूछने लगा। इन सवालों और जवाबों को कागज पर लिखने के बाद मैंनें उन्हें पढ़कर अपने दोस्त को सुनाया, *'मुझे अपनी पत्नी के मामले में क्या करना चाहिए?' 'उसके साथ ऐसा व्यवहार करो, मानो वह ईश्वर की पवित्र माँ है ताकि वह संसार को मुक्ति दिलानेवाली संतान को जन्म दे सके।' 'मुझे अपनी बेटी के मामले में क्या करना चाहिए?' 'उसके पीछे सहारा बनकर खड़े रहो, उसकी बात सुनो, उसकी रक्षा करो, उसे मानसिक प्रशिक्षण दो और उसे बताओ कि अगर वह माँ बनना चाहती है, तो इसमें कोई बुरी बात नहीं है।' 'मुझे अपने माता-पिता के मामले में क्या करना चाहिए? 'ऐसा व्यवहार करो, कि तुम्हारे कर्म उनकी उन तकलीफों को सार्थक करें, जो उन्होंने तुम्हारे लिए उठाई हैं।' 'मुझे अपने बेटे के मामले में क्या करना चाहिए?' 'उसे ईश्वर का सच्चा पुत्र बनने के लिए प्रोत्साहित करो।'*

अपनी पत्नी को ईश्वर की माँ के रूप में सम्मानित करने का अर्थ है, एक माँ के तौर पर उसकी भूमिका के पवित्र तत्व पर गौर करना और उसका सहयोग करना (और सिर्फ अपने बच्चों की माँ के तौर पर नहीं बल्कि सामान्य तौर पर भी)। जो समाज यह बात भूल जाता है, वह जीवित नहीं रह सकता। हिटलर की माँ ने हिटलर को जन्म दिया और स्टालिन की माँ ने स्टालिन को। क्या उनके इस महत्वपूर्ण रिश्ते में कोई कमी रह गई थी? अगर सिर्फ एक प्राथमिक पहलू का उदाहरण भी लें, तो इंसान के अंदर विश्वास का भाव पैदा करने में उसकी माँ की महत्वपूर्ण भूमिका को देखते हुए तो यही लगता है कि शायद वाकई अपनी माँओं के साथ हिटलर और स्टालिन के रिश्ते में कोई न कोई कमी थी। शायद एक माँ के तौर पर उनकी भूमिका के महत्त्व और उनके बच्चों के साथ उनके रिश्ते पर उतना जोर नहीं दिया गया, जितना दिया जाना चाहिए था। शायद ये महिलाएँ एक माँ के तौर पर जो कर रही थीं, उसे उनके पति, पिता और समाज, सभी ने पर्याप्त महत्त्व नहीं दिया। इसके बजाय जब किसी महिला के साथ पूरी सावधानी के साथ सम्मानपूर्वक उचित व्यवहार किया जाता है, तो उसकी संतान भी एक बेहतर इंसान के रूप में बड़ी होती है। आखिरकार इस संसार की किस्मत आज के शिशुओं पर ही तो टिकी हुई है - जो फिलहाल भले ही नन्हें से, कमज़ोर और डरे हुए नज़र आएँ, पर समय के साथ वे ऐसे शब्द बोलने और ऐसे कर्म करने के काबिल हो जाते हैं, जो अराजकता और व्यवस्था के बीच शाश्वत नाजुक संतुलन बनाकर रखते हैं।

अपनी बेटी के पीछे सहारा बनकर खड़ा रहना यानी उसे हर वह काम के लिए प्रोत्साहित करना, जो वह साहसपूर्ण ढंग से करना चाहती है। साथ ही उसके स्त्रीत्व या नारी सुलभता के तथ्य के प्रति अपने अंदर सच्ची प्रशंसा का भाव रखना... बच्चे पैदा करके अपना परिवार बनाने का महत्त्व पहचानना और कॅरियर या निजी महत्वाकांक्षा के नाम पर अपना परिवार बनाने के विचार की आलोचना करने या उसे कम करके आँकने के प्रलोभन से बचना आवश्यक है। जैसे कि हमने हाल ही में चर्चा की थी कि शिशु जीज़स और पवित्र मदर मैरी की छवि को ईसाई धर्म की दिव्य छवि यूँ ही नहीं माना जाता। जो समाज ऐसी छवि का सम्मान करना छोड़ देता है, जो इस रिश्ते के मौलिक और परमार्थ संबंधी महत्त्व को स्वीकार करना छोड़ देता है, उसका अस्तित्व खत्म हो जाता है।

माता-पिता की तकलीफों को सार्थक करनेवाले कर्म करना यानी (सिर्फ अपने माता-पिता के बलिदान नहीं बल्कि) आपसे पहले जो भी लोग इस संसार में आए हैं, उनके वे सभी बलिदान याद रखना, जो उन्होंने आपके लिए किए थे। अतीत में इस संसार में हुई सारी प्रगति के प्रति आभार का भाव रखना और पूर्वजों के स्मरण व उनके प्रति कृतज्ञता का भाव रखते हुए व्यवहार करना। आज हमारे पास जो कुछ भी है, उसे संभव बनाने के लिए हमसे पहले इस संसार में आए लोगों ने बहुत से बलिदान दिए हैं। कई मामलों में तो उन्होंने इसके लिए अपनी जान तक दी है - हमें इस तथ्य का कुछ तो सम्मान करना ही चाहिए।

अपने बेटे को ईश्वर का सच्चा पुत्र बनने के लिए प्रोत्साहित करना यानी बाकी हर चीज़ से ज़्यादा इस बात की चाहत रखना कि वह हमेशा सही व उत्कृष्ट कार्य करे और जब वह ऐसा कर रहा हो, तो उसका सहारा बनकर खड़े रहना। मेरा मानना है कि यह बलिदान संबंधी संदेश का ही एक हिस्सा है: उत्कृष्टता से परे जाकर ज़्यादा से ज़्यादा बेहतर करने के प्रति बेटे की प्रतिबद्धता को महत्त्व देना व उसका समर्थन करना। जिसमें बेटे की सांसारिक प्रगति, उसकी सुरक्षा और शायद उसका पूरा जीवन शामिल है।

मैंने सवाल पूछना जारी रखा। सवाल पूछने के कुछ ही पलों बाद मुझे उनका जवाब भी मिल जाता था। *'अजनबी व्यक्ति के साथ मुझे क्या करना चाहिए?' 'उसे अपने घर बुलाओ और उसके साथ ऐसा व्यवहार करो, मानो वह तुम्हारा अपना भाई हो ताकि वह वास्तव में तुम्हारा भाई बन सके।'* यह किसी व्यक्ति पर अपना विश्वास जताना है ताकि उसके व्यक्तित्व का सर्वश्रेष्ठ पहलू सामने आ सके और

वह आगे बढ़कर आपके विश्वास पर खरा उतर सके। यह पवित्र मेहमान-नवाजी को संभव बनाना है, जिससे दो अजनबियों के बीच जीवन के सामान्य आदान-प्रदान की संभावना को जिंदा रखा जाता है। *'किसी पतित आत्मा के मामले में मुझे क्या करना चाहिए? उसकी मदद के लिए पूरी सतर्कता व सच्चाई से अपना हाथ बढ़ाना, पर उसके दलदल में स्वयं न फँसना।'* हमने अपने तीसरे नियम (जो लोग आपका हित चाहते हैं, उन्हें अपना दोस्त बना लें) में जो चर्चा की थी, यह उसका अच्छा सारांश है। यह भैंस के आगे बीन बजाने और अपनी कमियों को छद्म रूप से पुण्य के तौर पर प्रस्तुत करने, दोनों से बचाने की हिदायत है। *'संसार के मामले में मुझे क्या करना चाहिए?' 'स्वयं ऐसा आचरण करना, मानो अस्तित्व, अजीवित चीज़ों से ज़्यादा महत्वपूर्ण है।'* कर्म करिए, ताकि आप अस्तित्व की त्रासदी के चलते कटु और भ्रष्ट न होने पाएँ। इस किताब में दिए गए पहले नियम (कंधे तानकर सीधे खड़े हों) का सार भी यही है; संसार की अनिश्चितता का सामना स्वेच्छा से और विश्वास व साहस के साथ करें।

'मैं अपने लोगों को शिक्षित कैसे कर सकता हूँ? उनके साथ वे चीज़ें साझा करके, जिन्हें मैं सचमुच महत्वपूर्ण समझता हूँ।' यह 8वाँ नियम है (हमेशा सच बोलें या कम से कम झूठ न बोलें)। ऐसा करने का उद्देश्य है, ज्ञान को अपना लक्ष्य बनाना, फिर उस ज्ञान को अपने शब्दों में लाना और इसके बाद सच्ची दिलचस्पी व परवाह के साथ उन शब्दों का इस्तेमाल इस प्रकार करना, मानों वे वाकई महत्वपूर्ण हैं। ये बातें अगले सवाल (और जवाब) के मामले में भी प्रासंगिक हैं: *'एक टूटते राष्ट्र के मामले में मुझे क्या करना चाहिए? सत्य का प्रतिनिधित्व करनेवाले शब्दों को सावधानी से बोलकर टूटते राष्ट्र को दोबारा संगठित करो।'* इस निषेधाज्ञा का महत्त्व पिछले कुछ सालों में और अधिक स्पष्ट हो गया है; हम विभाजित हो रहे हैं, हमारा ध्रुवीकरण हो रहा है और हम अराजकता की ओर बढ़ रहे हैं। ऐसी स्थिति में अगर हमें तबाही से बचना है, तो यह ज़रूरी है कि हर कोई सच को सामने लेकर आए और हम सब उस सच को स्पष्ट रूप से देख सकें न कि अपनी विचारधारा को सही ठहराने के लिए एक-दूसरे के साथ बहस या वाद-विवाद में उलझें और अपनी महत्वाकांक्षा को आगे बढ़ाने के कुचक्र में फँस जाएँ। इसके बजाय हमारा सरोकार अपने अस्तित्व के तथ्यों से होना चाहिए और उन तथ्यों को सबके सामने आना चाहिए ताकि हर कोई उन्हें देख व समझ सके और आपस में एकमत होकर आगे बढ़ सके।

'मैं अपने परमपिता परमेश्वर के लिए क्या कर सकता हूँ?' 'अधिक संपूर्णता प्राप्त करने के लिए अपनी प्यारी हर चीज़ का बलिदान कर दो।' जो भी अनुपयोगी व अनुत्पादक है, उसे खत्म हो जाने दो ताकि नई प्रगति संभव हो सके। केन और एबल की कहानी का भयावह सबक यही तो है। 7वें नियम (वह हासिल करने की कोशिश करें जो अर्थपूर्ण हो, न कि वह, जो सुविधाजनक हो) में अर्थ पर चर्चा करते हुए इस सबक के बारे में विस्तार से बताया जा चुका है। *'एक झूठ बोलनेवाले व्यक्ति के साथ मुझे क्या करना चाहिए?' 'उसे बोलने दो, ताकि उसकी सच्चाई सामने आ सके।'* इस तरह एक बार फिर 9वें नियम (यह मानकर चलें कि आप जिस व्यक्ति से बातचीत कर रहे हैं, शायद वह कुछ ऐसा जानता हो, जो आपको न पता हो) की और न्यू टेस्टामेंट के इस नए खंड की प्रासंगिकता स्पष्ट है:

> *तुम उन्हें उनके कर्मों के परिणामों से पहचानोगे। एक कंटीली झाड़ी से कोई अंगूर इकट्ठे नहीं कर सकता और न ही गोखरू से अंजीर हासिल किया जा सकता है। इसी तरह एक अच्छे पेड़ पर अच्छे फल ही लगते हैं, जबकि एक बुरे पेड़ पर बुरे फल लगते हैं। एक अच्छे पेड़ पर बुरे फल नहीं उगते और न ही कोई बुरा पेड़ अच्छे फल दे सकता है। हर वह पेड़, जिस पर अच्छे फल नहीं लगते, उसे आखिरकार काटकर आग में झोंक दिया जाता है। इसीलिए मैं फिर से दोहराता हूँ कि तुम उन्हें उनके कर्मों के परिणामों से पहचानोगे। (मैथ्यू 7:16-7:20)*

जैसा कि 7वें नियम में उल्लेखित विस्तृत सामग्री में संकेत दिया गया है कि एक सड़े हुए हिस्से को निकालकर उसकी जगह एक स्वस्थ व उपयोगी हिस्सा स्थापित करने से पहले, उस सड़े हुए हिस्से को सामने लाना होगा। अगला सवाल और उसका जवाब समझने के लिए यह सब प्रासंगिक है। *'मुझे प्रबुद्ध व्यक्ति से कैसे निपटना चाहिए?' 'उसे प्रबुद्धता के सच्चे साधक से बदलकर।'* असल में कोई व्यक्ति प्रबुद्ध है ही नहीं। अगर कोई है, तो वह है, जो प्रबुद्धता के लिए निरंतर साधना जारी रखता है। उचित अस्तित्व कोई अवस्था नहीं बल्कि एक प्रक्रिया है; यह कोई मंजिल नहीं बल्कि एक यात्रा है। यह अनंतकाल से अपर्याप्त साबित हो रही निश्चितता के साथ हताशापूर्वक चिपके रहने के बजाय, अपने अज्ञान का सामना करने के परिणाम स्वरूप होनेवाला ज्ञान का निरंतर रूपांतरण है। इससे इस किताब में बताए गए चौथे नियम (अपनी तुलना अपने कल से करें न कि दूसरों से) का महत्त्व स्पष्ट होता है। अपने भविष्य की अस्तित्वगत संभावना को हमेशा अपने वर्तमान अस्तित्व से ऊपर

रखें। इसका अर्थ है कि अपनी कमी को पहचानकर स्वीकार करना ज़रूरी है ताकि इसे निरंतर सुधारा जा सके। निश्चित ही यह दर्दनाक होता है - पर यह वाकई एक अच्छा सौदा है।

अगले कुछ सवाल-जवाबों से एक और सुसंगत समूह बना, जो कृतज्ञता (आभार) पर केंद्रित है। *'मेरे पास जो भी है, अगर मुझे उससे नफरत हो, तो मुझे क्या करना चाहिए?' 'उन लोगों को याद करो, जिनके पास कुछ नहीं है और आभारी होने का प्रयास करो।'* जो कुछ आपके सामने है, उसका जायजा लें। 12वें नियम (अगर रास्ते पर कोई बिल्ली नज़र आए तो उसे पाल लें) पर गौर करें, जो कुछ हद तक मज़ाकिया किस्म का है। ज़रा इस बात पर भी विचार करें कि शायद आपकी प्रगति में बाधा अवसरों की कमी के कारण नहीं बल्कि इसलिए आई है क्योंकि आप अपने मिथ्या अभिमान के कारण अपनी आँखों के सामने मौजूद चीज़ों का सही इस्तेमाल नहीं कर सके। यह छठवाँ नियम (दुनिया की आलोचना करने से पहले अपना घर संभालें) है।

इन विषयों पर मैंने हाल ही में एक नवयुवक से बातचीत की। वह कभी अपने परिवार से दूर नहीं रहा था। यहाँ तक कि वह कभी अपने राज्य से भी बाहर नहीं गया था। पर फिर भी उसने मेरा एक लेक्चर सुनने के लिए अपने राज्य से दूर टोरंटो तक की यात्रा की। उसने अपने छोटे से जीवन में खुद को बहुत अलग-थलग कर लिया था और वह एंग्जाइटी (व्यग्रता या चिंता) की समस्या से बुरी तरह ग्रस्त था। जब हम पहली बार मिले, तो वह ठीक से कुछ बोल तक नहीं पाया। हालाँकि पिछले साल उसने तय कर लिया था कि चाहे जो भी हो, वह अपनी स्थिति में सुधार लेकर आएगा। इसकी शुरुआत उसने होटल में बरतन साफ करने जैसी तुच्छ नौकरी से की। वह चाहता तो इस काम को भी नफरतभरी नज़रों से देखता, पर उसने तय किया कि वह इस काम को पूरा मन लगाकर करेगा। वह इतना बुद्धिमान तो था कि जिस संसार ने उसके गुणों को कभी नहीं पहचाना, उसके प्रति कड़वाहट से भरा होने के बावजूद उसने तय कर लिया था कि भले ही उसे कितना भी तुच्छ अवसर मिले, वह उसे पूरी विनम्रता के साथ स्वीकार करेगा क्योंकि ज्ञान का पूर्व-लक्षण यही है। अब वह अपने पैरों पर खड़ा हो गया है, जो अपने माता-पिता पर निर्भर रहने से कहीं बेहतर है। अब उसके पास बचत के कुछ पैसे भी हैं। हालाँकि यह राशि बहुत छोटी है, पर शून्य से तो ज़्यादा ही है और इसे उसने खुद अपनी मेहनत से कमाया है। अब वह दुनिया का सामना कर रहा है और अपने सामने निरंतर आ रहे संघर्षों

का सामना करके लाभान्वित भी हो रहा है।

ज्ञान अक्सर दूसरों को जानने का परिणाम होता है,
पर जो जागृत हो चुका है,
वह अनुभवरहित अवस्था की शुद्ध संभावना देख चुका है
बल द्वारा दूसरों पर तो काबू पाया जा सकता है
पर खुद पर काबू पाने के लिए ताओ[1] की ज़रूरत होती है
जिसके पास बहुत से भौतिक संसाधन हैं
उसे धनवान कहा जा सकता है
पर जो जानता है कि उसके पास जो भी है वह पर्याप्त है
और जो ताओ के साथ एकाकार हो चुका है,
उसके पास पर्याप्त भौतिक संसाधन भी हो सकते हैं
और साथ ही आत्म-जागरूकता भी।

व्यग्रता से ग्रस्त पर साथ ही आत्म-रूपांतरण के लिए दृढ़ संकल्पित, मेरा वह दर्शक अगर अपने जीवन के इस नए रास्ते पर आगे बढ़ता रहा, तो वह कहीं अधिक सक्षम और निपुण हो जाएगा और उसे ऐसा करने में ज़्यादा समय भी नहीं लगेगा। पर ऐसा इसीलिए संभव होगा क्योंकि उसने अपनी तुच्छ अवस्था को स्वीकार किया। वह इतना आभारी था कि इस अवस्था से पार पाने के लिए उसने अपना पहला कदम उठाया, जो भले ही उसकी अवस्था जितना ही तुच्छ कदम रहा हो, पर इस तरह उसने अपने रूपांतरण की शुरुआत कर दी थी। यह किसी चमत्कार की अंतहीन प्रतीक्षा करने से कहीं बेहतर विकल्प है। यह उस अभिमानी, अपरिवर्तनीय और एक ही बिंदु पर अटके हुए अस्तित्व से कहीं बेहतर है, जो क्रोध, आक्रोश और द्वेष के राक्षसों से घिरा होता है।

'जब लालच मुझे अपनी चपेट में ले, तो मुझे क्या करना चाहिए?' 'यह याद रखना कि प्राप्त करने से कहीं बेहतर होता है देना।' यह संसार लुटने के लिए तैयार कोई खजाना नहीं है बल्कि व्यापार करने और साझा करने का एक मंच है (यह 7वाँ नियम है)। देने का अर्थ है, अपनी सामर्थ्य के अनुसार चीज़ों को बेहतर बनाना। जब आप देते हैं, तो लोगों के अंदर मौजूद अच्छाई का अंश इस पर अपनी सकारात्मक प्रतिक्रिया देता है, इसका समर्थन करता है, अनुकरण करता है, विस्तार करता है,

[1] ताओ धर्म चीन में उत्पन्न एक धर्म है, जो ईसा की दूसरी शताब्दी में शुरू हुआ था। इस धर्म में प्राकृतिक आराधना होती है।)

वापस देता है और इसे बढ़ाता है ताकि चीज़ें बेहतर हों और आगे बढ़े।

'जब मैं अपनी नदियों को प्रदूषित कर उन्हें तबाह करूँ, तब मुझे क्या करना चाहिए?' 'उस निर्मल पानी की खोज करो, जिसमें जीवन हो और उसे पृथ्वी को साफ करने दो।' मुझे यह सवाल और इसका जवाब, दोनों ही खासतौर पर अप्रत्याशित लगे। ये विशेष रूप में छठे नियम (दुनिया की आलोचना करने से पहले अपना घर संभालें) से संबंधित लगता है। शायद हमारी पर्यावरणीय समस्याओं का तकनीकी रूप से सर्वश्रेष्ठ अनुमान नहीं लगाया गया है। शायद इन समस्याओं पर मनोवैज्ञानिक रूप से ही सर्वश्रेष्ठ विचार किया जा सकता है। लोग अपने अंदर सुधार लाकर खुद को जितना अनुशासित करेंगे, वे अपने आसपास की दुनिया की उतनी ही अधिक जिम्मेदारी उठा सकेंगे और उतनी ही अधिक समस्याएँ सुलझा सकेंगे। शायद एक शहर पर शासन करने से कहीं बेहतर है, अपने मन पर शासन करना। अगर आपका मन आपका शत्रु न बना हुआ हो, तो बाहरी शत्रु को वश में करना कहीं ज़्यादा आसान हो जाता है। हो सकता है कि पर्यावरणीय समस्या अंतत: एक आध्यात्मिक समस्या हो। अगर हम खुद को व्यवस्थित कर सकें, तो शायद हम अपने संसार के साथ भी ऐसा करने में सफल हो सकेंगे। वैसे भी, एक मनोवैज्ञानिक और भला क्या सोच सकता है?

मेरे सवालों का अगला समूह इस बात से जुड़ा है कि संकट आने और थक जाने पर सबसे उचित प्रतिक्रिया क्या हो सकती है:

'जब मेरा शत्रु सफल हो जाए, तब मुझे क्या करना चाहिए?' 'अपना लक्ष्य ऊँचा रखो और उसने तुम्हें जो सबक सिखाया है, उसके प्रति आभारी रहो।' वापस मैथ्यू की ओर चलते हैं, 'यह कहा गया है और तुमने सुना भी है कि अपने पड़ोसी से प्रेम रखना और शत्रु से बैर। पर मैं कहता हूँ कि अपने शत्रुओं से भी प्रेम करो और जो तुमसे नफरत करते हैं, तुम्हें यातनाएँ देते हैं, उनके लिए भी प्रार्थना करो। ताकि तुम स्वर्ग में रहनेवाले अपने पिता की सिद्ध संतान बन सको' (5:43-5:45)। इसका क्या अर्थ है? अपने शत्रु की सफलता से सीखें; जब वे आपकी आलोचना करें, तो उन्हें सुनें (9वाँ नियम) ताकि उनके विरोध से आपको जो थोड़ा सा ज्ञान मिलता है, उसे अपनी बेहतरी के लिए इस्तेमाल करके आप स्वयं आगे बढ़ सकें। एक ऐसा संसार बनाने की महत्वाकांक्षा रखें, जहाँ आपके खिलाफ काम करनेवाले भी अंधेरे से प्रकाश की ओर जा सकें, जाग्रत हो सकें और सफलता हासिल कर सकें। ताकि वे भी उस बेहतरी का हिस्सा बन सकें, जिसे आपने अपना लक्ष्य बनाया है।

'जब मैं थका हुआ और अधीर महसूस करूँ, तब मुझे क्या करना चाहिए?' 'क्रमश: मदद स्वीकार करो और उसके प्रति कृतज्ञता का भाव रखो।' यह ऐसी चीज़ है, जिसके दोहरे अर्थ निकलते हैं। यह एक निषेधाज्ञा (आदेश) है, ताकि पहले तो व्यक्तिगत अस्तित्व की सीमाओं की सच्चाई पर गौर किया जाए और दूसरा, अन्य लोगों से यानी परिवार, मित्रों, जान-पहचानवालों और अजनबियों, सभी से मिलनेवाली मदद और समर्थन को स्वीकार कर उनके प्रति आभारी रहा जाए। थकान और अधीरता महसूस होना अपरिहार्य है। हमें बहुत कुछ करना है और उसे करने के लिए समय बहुत कम है। पर हमें अकेले प्रयास करने की ज़रूरत नहीं है क्योंकि अन्य लोगों से जिम्मेदारियाँ बाँटने में, मिलकर प्रयास करने में और उत्पादक व अर्थपूर्ण काम का श्रेय बराबरी से बाँटने में कोई बुराई नहीं है।

'उम्र बढ़ना एक सच्चाई है और मुझे इस सच्चाई का सामना कैसे करना चाहिए?' 'अपनी युवावस्था की क्षमता को अपनी परिपक्वता की उपलब्धि में तब्दील कर दो।' यह हमें वापस तीसरे नियम में दोस्ती पर हुई चर्चा और सुकरात के मुकदमे व मृत्यु की ओर ले जाता है। जिसे संक्षेप में कुछ इस प्रकार प्रस्तुत किया जा सकता है: एक जीवन अपनी सीमाओं को पूरी तरह सही ठहराता है। एक युवा व्यक्ति, जिसके पास कुछ नहीं होता, उसके पास अपने बुज़ुर्गों की उपलब्धियों के सामने स्थापित करने के लिए सिर्फ अपनी संभावनाएँ होती हैं। यह स्पष्ट नहीं है कि ये उन दोनों के लिए कोई बुरा सौदा है या नहीं। बीसवीं सदी के सबसे महान साहित्यकारों में गिने जानेवाले आयरलैंड के कवि विलियम बटलर येट्स ने लिखा था, 'एक बुजुर्ग व्यक्ति का यहाँ कोई महत्त्व नहीं है, वह तब तक खूँटी पर टँगे किसी फटे-पुराने कोट जैसा होता है, जब तक उसकी आत्मा, उसके नश्वर शरीर के एक-एक अंश के लिए, तालियाँ बजाते हुए गुनगुनाना और जोर-जोर से गीत गाना शुरू नहीं कर देती....।'

'मुझे अपने नवजात शिशु की मृत्यु के बाद क्या करना चाहिए?' 'अन्य प्रियजनों का हाथ थामो और उनकी पीड़ा दूर करो।' मृत्यु के सामने अपनी दृढ़ता बनाए रखना ज़रूरी होता है क्योंकि मृत्यु जीवन की वास्तविकता है। इसीलिए मैं अपने छात्रों से कहता हूँ: ऐसा व्यक्ति बनने का लक्ष्य रखो, जिस पर तुम्हारे पिता के अंतिम संस्कार में शामिल होनेवाला हर दुःखी व्यक्ति भरोसा कर सके। विपरीत परिस्थितियों में अपनी शक्ति बनाकर रखना एक योग्य व श्रेष्ठ महत्वाकांक्षा है। यह एक ऐसे जीवन की इच्छा करने से बिलकुल अलग है, जो समस्याओं से मुक्त हो।

'अपने जीवन में आनेवाले भयावह क्षण में मुझे क्या करना चाहिए?' 'अपना ध्यान अपने अगले सही कदम पर केंद्रित रखो।' प्रलय आ रहा है। प्रलय हमेशा से ही आ रहा होता है। सर्वनाश की तलवार हम सब पर हर वक्त लटक रही होती है। इसीलिए नुआ की कहानी एक आदर्शरूप है। सब बरबाद हो जाता है - 10वें नियम (सटीक और स्पष्ट शब्दों का उपयोग करें) में इसी बात पर जोर दिया गया है। जब सब कुछ अराजक व अनिश्चित हो जाए, तब हमारा वह चरित्र ही एक नया रास्ता दिखा सकता है, जिसे हमने वर्तमान क्षणों पर केंद्रित रहकर गढ़ा हो। अगर आप ऐसा करने में नाकाम रहे हैं, तो आप संकट की घड़ी आने पर भी नाकाम ही होंगे और फिर आपकी मदद ईश्वर ही कर सकता है।

उस रात मेरे द्वारा पूछे गए सवालों के आखिरी समूह में सबसे कठिन सवाल थे। संतान की मौत का दंश झेलना शायद सबसे बड़ी त्रासदी है। इस त्रासदी के चलते कई रिश्ते दम तोड़ देते हैं। पर ऐसी तकलीफ में खुद टूट जाना अपरिहार्य नहीं है, हालाँकि अगर ऐसे में कोई अंदर से टूट जाता है, तो उसकी पीड़ा को समझा जा सकता है। मैंने ऐसे लोग देखे हैं, जिन्होंने अपने किसी प्रियजन को खोने के बाद अपने परिवार के बाकी सदस्यों के साथ अपने रिश्तों को पहले से कहीं ज़्यादा मज़बूत बना लिया। मैंने उन्हें अपने अंदर बदलाव लाकर परिजनों से भावनात्मक संबंध प्रगाढ़ करने और उनका सहयोग करने के लिए अलग से कोशिशें करते देखा है। इन कोशिशों के कारण उनके परिजन उस भावनात्मक संतोष और मानसिक शांति को कुछ हद तक दोबारा पाने में कामयाब रहे, जो प्रियजन की मौत के बाद उनसे छिन गई थी। इसीलिए दुःख की घड़ी में हमें एक-दूसरे का सहयोग करना चाहिए। अस्तित्व की त्रासदी का सामना करते समय हम सबको एक-दूसरे का सहारा बनकर खड़े रहना चाहिए। दुःख की घड़ी में हमारा परिवार, घर के उस आरामदायक हॉल की तरह होता है, जो बाहर के तेज बर्फीले तूफान से बचने के लिए हमें गर्म अलाव में सुकून के साथ बैठने का मौका देता है।

किसी की मृत्यु का साक्षी बनने के परिणामस्वरूप हुआ इंसानी नश्वरता का एहसास हमारे अंदर भय और कटुता ला सकता है और हमें एक-दूसरे से दूर कर सकता है। पर इसके साथ ही यह हमें जागृत भी कर सकता है। यह अपने प्रियजन को खोने की पीड़ा झेल रहे लोगों को याद दिला सकता है कि उन्हें अपने प्रियजनों का महत्त्व समझना चाहिए। मेरे माता-पिता अपनी उम्र के 8वें दशक में हैं। एक बार मैंने उनके बारे में एक गणना की, जिसने मुझे सचमुच अंदर तक हिलाकर रख दिया।

यह उस घृणास्पद अंकगणित का एक उदाहरण था, जिसका सामना हमने अपने 5वें नियम (अपने बच्चों को ऐसा कुछ न करने दें, जिससे आप उन्हें नापसंद करने लगें) में किया था - और मैं इस समीकरण से अलग हट गया था ताकि वह सजीव बना रहे। मैं अपने माता-पिता से साल में दो बार मिलने जाता हूँ। हम आमतौर पर कुछ हफ्ते एक साथ बिताते हैं। अब जब मैं उनसे दूर होता हूँ, तो फोन पर अक्सर बातचीत करता रहता हूँ। पर उम्र का 8वाँ दशक देख रहे बुजुर्गों के पास ज़्यादा समय नहीं होता। ज़्यादा से ज़्यादा दस साल और। जिसका अर्थ यह हुआ कि अगर मैं भाग्यशाली रहा, तो अपने माता-पिता से लगभग 20 बार और मिल सकूँगा। यह वाकई बड़ा ही भयावह एहसास है। पर इसका सकारात्मक पहलू यह है कि इस एहसास के बाद आप माता-पिता से मुलाकात के महत्त्व को हल्के में नहीं ले सकते।

अगले समूह के सवाल और जवाब भी चरित्र के विकास से संबंधित थे। 'एक अविश्वासी भाई से मुझे क्या कहना चाहिए?' 'पतित और बेईमानों का राजा अस्तित्व का सही आँकलन नहीं कर पाता।' जैसा कि हमने अपने 6वें नियम में चर्चा की थी, मेरा दृढ़ विश्वास है कि संसार में सुधार लाने का सबसे अच्छा तरीका है, अपने अंदर सुधार लाना। बाकी सारे तरीके किसी काम के नहीं हैं। स्वयं के अंदर सुधार लाने के अलावा बाकी सारे तरीके आपकी अज्ञानता और कौशल की कमी के चलते जोखिम भरे होते हैं। पर कोई बात नहीं। आप जहाँ हैं, जिस स्थिति में भी हैं, वहाँ रहकर भी काफी कुछ कर सकते हैं। आखिरकार आपके विशिष्ट व्यक्तिगत दोष भी संसार को प्रभावित करते हैं। आपके स्वैच्छिक पाप (क्योंकि इसके अलावा कोई और शब्द उचित जान नहीं पड़ता) चीज़ों को ज़रूरत से ज़्यादा बदतर बना देते हैं। आपकी निष्क्रियता, जड़ता और निराशावाद आपके उस पहलू को संसार से अलग कर देता है, जो पीड़ा को पराजित कर शांति प्राप्त करना सीख सकता है। यह कोई अच्छी बात नहीं है। संसार में ऐसी चीज़ों की कोई कमी नहीं है, जिनके कारण आप निराश, क्रोधी और द्वेषपूर्ण होकर बदला लेने की इच्छा के जाल में फँस जाएँ।

उचित बलिदान देने में नाकामी, स्वयं को संसार के सामने व्यक्त करने में नाकामी, जीने और सच बोलने में नाकामी - ये सब आपको कमज़ोर बना देता है। कमज़ोरी की इस अवस्था में रहकर आप संसार में उन्नति करने लायक नहीं बन सकेंगे और तब आप खुद के लिए व दूसरों के लिए किसी काम के नहीं रहेंगे। आप मूर्खतापूर्ण ढंग से नाकाम हो जाएँगे और इस नाकामी से उपजी पीड़ा को भुगतते रहेंगे। यह आपकी आत्मा को भ्रष्ट कर देगा। भला आपके साथ ऐसा क्यों

नहीं होगा? जब जीवन अच्छा चल रहा होता है, तब भी समस्याओं की कोई कमी नहीं होती। और जब जीवन अच्छा नहीं चल रहा होता, तब तो जो समस्याएँ आती हैं, वे कहीं ज़्यादा कठिन होती हैं। मैंने अपने तकलीफदेह अनुभवों से सीखा है कि कोई भी समस्या इतनी कठिन नहीं होती कि वह और बदतर न हो सके। इसीलिए कहा जाता है कि नर्क अंतहीन होता है, उसकी कोई सीमा नहीं होती। इसीलिए नर्क को पूर्वोक्त पापों से जोड़कर देखा जाता है। सबसे बदतर मामलों में, भयावह पीड़ा झेल रही दुर्भाग्यपूर्ण आत्माएँ अपने अतीत की गलतियों और अपने निर्णयों – विश्वासघात, धोखा, क्रूरता, लापरवाही, कायरता और सबसे ज्यादा चीज़ों को जानबूझकर अनदेखा करने की प्रवृत्ति के चलते ही पीड़ा भुगत रही होती है। भयावह पीड़ा झेलना और यह पता होना कि इस पीड़ा का कारण आप खुद हैं – यह किसी नर्क से कम नहीं होता। जब आप नर्क में होते हैं, तो अस्तित्व को कोसना बहुत आसान हो जाता है। इसमें कोई हैरानी की बात भी नहीं है। पर वास्तव में ऐसा करना कतई उचित नहीं है और यही कारण है कि पतित और बेईमानों का राजा अस्तित्व का सही आँकलन नहीं कर पाता।

आप एक ऐसे व्यक्ति कैसे बन सकते हैं, जो अच्छी और बुरी, दोनों स्थितियों में शांति और युद्ध के दौरान खुद पर भरोसा रख सके? आप एक ऐसा चरित्र कैसे विकसित कर सकते हैं कि आप स्वयं अपनी पीड़ा और दुर्गति में ऐसे लोगों के साथ चिपके न रहें, जो खुद भी नर्क में हैं? मेरे ये सवाल–जवाब जारी रहे और वे सब किसी न किसी लिहाज से उन नियमों के साथ सुसंगत हैं, जिन्हें मैंने इस किताब में बताया है:

'अपने मिजाज़ को, अपनी आत्मा को दृढ़ बनाने के लिए मुझे क्या करना चाहिए?' 'झूठ मत बोलो और वह काम मत करो, जिससे तुम्हें नफरत है।'

'अपने शरीर को उदात्त बनाने के लिए मुझे क्या करना चाहिए?' 'इसका उपयोग सिर्फ अपनी आत्मा की सेवा के लिए करो।'

'सबसे कठिन सवालों के साथ मुझे क्या करना चाहिए?' 'उन्हें जीवन के मार्ग की ओर खुलनेवाले दरवाजे की तरह देखो।'

'एक गरीब व्यक्ति की दुर्दशा के लिए मुझे क्या करना चाहिए?' 'उसके टूटे हुए दिल पर मरहम लगाने के लिए सही उदाहरण बनने की कोशिश करो।'

'जब भीड़ बेकाबू हो जाए, तब मुझे क्या करना चाहिए?' 'सीधे खड़े रहो और

खंडित सत्य का उच्चारण करो।'

बस, इतना काफी था। वह रोशनीवाला पेन आज भी मेरे पास है। तब से मैंने उससे कुछ नहीं लिखा है। जब कभी मेरा मूड होगा और जब मेरे अंदर से कोई आवाज बाहर आना चाहेगी, शायद तब उस पेन से दोबारा लिखूँगा। पर अगर ऐसा नहीं हुआ, तब भी कम से कम उसकी मदद से मुझे वे शब्द तो मिल गए, जिनका इस्तेमाल करके मैं इस किताब का उचित अंत कर सकता हूँ।

आशा करता हूँ कि मैंने जो भी लिखा है, वह आपके काम आया होगा और आपके सामने वे चीज़ें प्रकट हुई होंगी, जिनके अस्तित्व का आपको कोई अंदाजा तक नहीं था। मुझे उम्मीद है कि मैंने इस किताब में जिस प्राचीन ज्ञान पर चर्चा की है, उससे आपको शक्ति मिली होगी और आपके व्यक्तित्व की चमक और बढ़ गई होगी। उम्मीद करता हूँ कि आप अपने अंदर सुधार ला सकेंगे, अपने परिवार की समस्याएँ सुलझा सकेंगे और अपने समाज में शांति व समृद्धि लेकर आ सकेंगे। आशा करता हूँ कि इस किताब के 11वें नियम (जब बच्चे स्केटबोर्डिंग कर रहे हों तो उन्हें परेशान न करें) के अनुसार जो लोग आपकी रेखरेख में हैं, उन्हें आप ज़रूरत से ज़्यादा सुरक्षा देकर कमज़ोर बनाने के बजाय दृढ़ बनाएँगे और प्रोत्साहित करेंगे।

मेरी शुभकामनाएं आपके साथ है और मैं आशा करता हूँ कि आप अन्य लोगों को भी अपनी सर्वश्रेष्ठ शुभकामनाएँ देंगे।

अपने रोशनीवाले पेन से आप क्या लिखेंगे?

महाआसमानी परम ज्ञान शिविर परिचय और लाभ (निवासी)

तेजज्ञान फाउण्डेशन आत्मविकास से आत्मसाक्षात्कार प्राप्त करने का एक रास्ता है। इसके लिए सरश्री द्वारा एक अनूठी बोध पद्धति (System for Wisdom) का सृजन हुआ है। इस पद्धति को अन्तर्राष्ट्रीय मानक ISO 9001:2015 के आवश्यकताओं एवं निर्देशों के अनुरूप ढालकर सरल, व्यावहारिक एवं प्रभावी बनाया गया है।

इस संस्था की बोध पद्धति के विभिन्न पहलुओं (शिक्षण, निरीक्षण व गुणवत्ता) को स्वतंत्र गुणवत्ता परीक्षकों (Quality Auditors) द्वारा क्रमबद्ध तरीके से जाँचा गया। जिसके बाद इन पहलुओं को ISO 9001:2015 के अनुरूप पाकर, इस बोध पद्धति को प्रमाणित किया गया है।

फाउण्डेशन का लक्ष्य आपको नकारात्मक विचार से सकारात्मक विचार की ओर बढ़ाना है। सकारात्मक विचार से शुभ विचार यानी हॅपी थॉट्स (विधायक आनंदपूर्ण विचार) और शुभ विचार से निर्विचार की ओर बढ़ा जा सकता है। निर्विचार से ही आत्मसाक्षात्कार संभव है। शुभ विचार (Happy Thoughts) यानी यह विचार कि 'मैं हर विचार से मुक्त हो जाऊँ।' शुभ इच्छा यानी यह इच्छा कि 'मैं हर इच्छा से मुक्त हो जाऊँ।'

ज्ञान का अर्थ है सामान्य ज्ञान लेकिन तेजज्ञान यानी वह ज्ञान जो ज्ञान व अज्ञान के परे है। कई लोग सामान्य ज्ञान की जानकारी को ही ज्ञान समझ लेते हैं लेकिन असली ज्ञान और जानकारी में बहुत अंतर है। आज लोग सामान्य ज्ञान के जवाबों को ज़्यादा महत्त्व देते हैं। उदाहरण के तौर पर कर्म और भाग्य, योग और प्राणायाम, स्वर्ग और नर्क इत्यादि। आज के युग में सामान्य ज्ञान प्रदान करनेवाले लोग और शिक्षक कई मिल जाएँगे मगर इस ज्ञान को पाकर जीवन में कोई बड़ा परिवर्तन नहीं होता। यह ज्ञान या तो केवल बुद्धि विलास है या फिर अध्यात्म के नाम पर बुद्धि का व्यायाम है।

सभी समस्याओं का समाधान है- तेजज्ञान। भय से मुक्ति, चिंतारहित व क्रोध से आज़ाद जीवन है- तेजज्ञान। शारीरिक, मानसिक, सामाजिक, आर्थिक और आध्यात्मिक उन्नति के लिए है- तेजज्ञान। तेजज्ञान आपके अंदर है, आएँ और इसे पाएँ।

यदि आप ऐसा ज्ञान चाहते हैं, जो सामान्य ज्ञान के परे हो, जो हर समस्या का समाधान हो, जो सभी मान्यताओं से आपको मुक्त करे, जो आपको ईश्वर का साक्षात्कार कराए, जो आपको सत्य पर स्थापित करे तो समय आ गया है तेजज्ञान को जानने का। अब तक अध्यात्म के अनेक मार्ग बताए गए हैं। जैसे जप, तप, मंत्र, तंत्र, कर्म, भाग्य, ध्यान, ज्ञान, योग और भक्ति आदि। इन मार्गों के अंत में जो समझ, जो बोध प्राप्त होता है, वह एक ही है। सत्य के हर खोजी को अंत में एक ही समझ मिलती है और इस समझ को सुनकर भी प्राप्त किया जा सकता है। उसी समझ को सुनना यानी तेजज्ञान प्राप्त करना है। तेजज्ञान के श्रवण से सत्य का

साक्षात्कार होता है, ईश्वर का अनुभव होता है। यही तेजज्ञान सरश्री महाआसमानी परम ज्ञान शिविर में प्रदान करते हैं।

सरश्री की आध्यात्मिक खोज का सफर उनके बचपन से प्रारंभ हो गया था। इस खोज के दौरान उन्होंने अनेक प्रकार की पुस्तकों का अध्ययन किया। अपने आध्यात्मिक अनुसंधान के दौरान उन्होंने लगभग सभी ध्यान पद्धतियों का भी अभ्यास किया। उनकी इसी खोज ने उन्हें कई वैचारिक और शैक्षणिक संस्थानों की ओर बढ़ाया। जीवन का रहस्य समझने के लिए उन्होंने **एक लंबी अवधि तक मनन करते हुए अपनी खोज जारी रखी, जिसके अंत में उन्हें आत्मबोध प्राप्त हुआ।** आत्मसाक्षात्कार के बाद उन्होंने जाना कि **अध्यात्म का हर मार्ग जिस कड़ी से जुड़ा है वह है– समझ (अंडरस्टैण्डिंग)।** उसके बाद उन्होंने अपने तत्कालीन अध्यापन कार्य को विराम लगाते हुए, लगभग दो दशकों से भी अधिक समय अपना समस्त जीवन मानव कल्याण के आध्यात्मिक विकास हेतु अर्पण किया है।

सरश्री कहते हैं, 'सत्य के सभी मार्गों की शुरुआत अलग-अलग प्रकार से होती है लेकिन सभी के अंत में एक ही समझ प्राप्त होती है। **'समझ' ही सब कुछ है और यह 'समझ' अपने आपमें पूर्ण है।** आध्यात्मिक ज्ञान प्राप्ति के लिए इस 'समझ' का श्रवण ही पर्याप्त है।' इसी समझ को उजागर करने के लिए उन्होंने आज तक **तीन हज़ार से अधिक आध्यात्मिक विषयों पर प्रवचन दिए हैं,** जिनके द्वारा वे अध्यात्म की गहरी संकल्पनाएँ सीधे और व्यावहारिक रूप में समझाते हैं। समाज के हर स्तर का इंसान सरश्री द्वारा बताई जा रही समझ का लाभ ले सकता है।

यह समझ हरेक को अपने अनुभव से प्राप्त हो इसलिए सरश्री ने **'महाआसमानी परम ज्ञान शिविर'** और उसके लिए आवश्यक कार्यप्रणाली (सिस्टम) की रचना की है, **जिसका लाभ लाखों खोजी ले रहे हैं।** यह व्यवस्था आय.एस.ओ. (ISO 9001:2015) प्रमाणित है, जिसने अनेक लोगों को सत्य की राह पर चलने की प्रेरणा दी है। इसी समझ के प्रचार और प्रसार के लिए उन्होंने 'तेजज्ञान फाउण्डेशन' नामक आध्यात्मिक संस्था की नींव रखी है। इस संस्था का मुख्य उद्देश्य है– **'हॅपी थॉट्स द्वारा उच्चतम विकसित समाज का निर्माण'**।

विश्व का हर इंसान आज सरश्री के मार्गदर्शन का लाभ ले सकता है, जिसके लिए किसी भी धर्म, जाति, उपजाति, वर्ण, पंथ, रंग या लिंग का बंधन नहीं है। विश्व के हर कोने में बसे लोग आज तेजज्ञान की इस अनूठी ज्ञान प्रणाली (System for Wisdom) का लाभ ले रहे हैं। इस व्यवस्था के एक हिस्से के रूप में **लाखों लोग रोज़ सुबह और रात को ९ बजकर ९ मिनट पर विश्व शांति के लिए प्रार्थना करते हैं।**

क्या आपको उच्चतम आनंद पाने की इच्छा है? ऐसा आनंद, जो किसी कारण पर

निर्भर नहीं है, जिसमें समय के साथ केवल बढ़ोतरी ही होती है। क्या आप इसी जीवन में प्रेम, विश्वास, शांति, समृद्धि और परमसंतुष्टि पाना चाहते हैं? क्या आप शारीरिक, मानसिक, सामाजिक, आर्थिक और आध्यात्मिक इन सभी स्तरों पर सफलता हासिल करना चाहते हैं? क्या आप 'मैं कौन हूँ' इस सवाल का जवाब अनुभव से जानना चाहते हैं?

यदि आपके अंदर इन सवालों के जवाब जानने की और 'अंतिम सत्य' प्राप्त करने की प्यास जगी है तो तेजज्ञान फाउण्डेशन द्वारा आयोजित 'महाआसमानी परम ज्ञान शिविर' में आपका स्वागत है। यह शिविर पूर्णतः सरश्री की शिक्षाओं पर आधारित है। सरश्री आज के युग के आध्यात्मिक गुरु और 'तेजज्ञान फाउण्डेशन' के संस्थापक हैं, जो अत्यंत सरलता से आज की लोकभाषा में आध्यात्मिक समझ प्रदान करते हैं।

महाआसमानी परम ज्ञान शिविर का उद्देश्य :

इस शिविर का उद्देश्य है, 'विश्व का हर इंसान 'मैं कौन हूँ' इस सवाल का जवाब जानकर सर्वोच्च आनंद में स्थापित हो जाए।' उसे ऐसा ज्ञान मिले, जिससे वह हर पल वर्तमान में जीने की कला प्राप्त करे। भूतकाल का बोझ और भविष्य की चिंता इन दोनों से मुक्त हो जाए। हर इंसान के जीवन में स्थायी खुशी, सही समझ और समस्याओं को विलीन करने की कला आ जाए। मनुष्य जीवन का उद्देश्य पूर्ण हो। 'मैं कौन हूँ? मैं यहाँ क्यों हूँ? मोक्ष का अर्थ क्या है? क्या इसी जन्म में मोक्ष प्राप्ति संभव है?' यदि ये सवाल आपके अंदर हैं तो महाआसमानी परम ज्ञान शिविर इसका जवाब है।

इस शिविर के लाभ तो अनगिनत हैं मगर कुछ मुख्य लाभ इस प्रकार हैं-

* जीवन में दमदार लक्ष्य प्राप्त होता है।
* 'मैं कौन हूँ' यह अनुभव से जानना (सेल्फ रियलाइजेशन) होता है।
* मन के सभी विकार विलीन होते हैं।
* भय, चिंता, क्रोध, बोरडम, मोह, तनाव जैसी कई नकारात्मक बातों से मुक्ति मिलती है।
* प्रेम, आनंद, मौन, समृद्धि, संतुष्टि, विश्वास जैसे कई दिव्य गुणों से युक्ति होती है।
* सीधा, सरल और शक्तिशाली जीवन प्राप्त होता है।
* हर समस्या का समाधान प्राप्त करने की कला मिलती है।
* 'हर पल वर्तमान में जीना' यह आपका स्वभाव बन जाता है।
* आपके अंदर छिपी सभी संभावनाएँ खुल जाती हैं।
* इसी जीवन में मोक्ष (मुक्ति) प्राप्त होता है।

महाआसमानी परम ज्ञान शिविर में भाग कैसे लें?

इस शिविर में भाग लेने के लिए आपको कुछ खास माँगें पूरी करनी होती हैं। जैसे-

१) आपकी उम्र कम से कम अठारह साल या उससे ऊपर होनी चाहिए।

२) आपको सत्य स्थापना शिविर (फाउण्डेशन ट्रुथ रिट्रीट) में भाग लेना होगा, जहाँ आप सीखेंगे- वर्तमान के हर पल को कैसे जीया जाए और निर्विचार अवस्था में कैसे प्रवेश पाएँ।

३) आपको कुछ प्राथमिक प्रवचनों में भाग लेना है, जहाँ आप बुनियादी समझ आत्म सात कर, महाआसमानी परम ज्ञान शिविर के लिए तैयार होते हैं।

यह शिविर एक या दो महीने के अंतराल में आयोजित किया जाता है, जिसका लाभ हज़ारों खोजी उठाते हैं। इस शिविर की तैयारी आप दो तरीके से कर सकते हैं। पहला तरीका- मनन आश्रम (पूना) में ५ दिवसीय निवासी शिविर में भाग लेकर, दूसरा तरीका- तेजज्ञान फाउण्डेशन के नजदीकी सेंटर पर सत्य श्रवण द्वारा। जैसे- पुणे, मुंबई, दिल्ली, सांगली, सातारा, जलगाँव, अहमदाबाद, कोल्हापुर, नासिक, अहमदनगर, औरंगाबाद, सूरत, बरोडा, नागपुर, भोपाल, रायपुर, चेन्नई, वर्धा, अमरावती, चंद्रपुर, यवतमाल, रत्नागिरी, लातूर, बीड, नांदेड, परभणी, पनवेल, ठाणे, सोलापुर, पंढरपुर, अकोला, बुलढाणा, धुले, भुसावल, बैंगलोर, बेलगाम, धारवाड, भुवनेश्वर, कोलकत्ता, राँची, लखनऊ, कानपुर, चंदीगढ़, जयपुर, पणजी, म्हापसा, इंदौर, इटारसी, हरदा, विदिशा, बुरहानपुर।

इनके अतिरिक्त आप महाआसमानी की तैयारी फाउण्डेशन में उपलब्ध सरश्री द्वारा रचित पुस्तकें या। यू ट्यूब के संदेश सुनकर भी कर सकते हैं। मगर याद रहे ये पुस्तकें, यू ट्यूब के प्रवचन शिविर का परिचय मात्र है, तेजज्ञान नहीं। आप महाआसमानी परम ज्ञान शिविर में भाग लेकर ही तेजज्ञान का आनंद ले सकते हैं। आगामी महाआसमानी परम ज्ञान शिविर में अपना स्थान आरक्षित करने के लिए संपर्क करें : 09921008060/75, 9011013208

तेजज्ञान फाउण्डेशन – मुख्य शाखाएँ

पुणे (रजिस्टर्ड ऑफिस)

विक्रांत कॉम्प्लेक्स, तपोवन मंदिर के नज़दीक, पिंपरी, पुणे-४११०१७.

फोन : 020-27411240, 27412576

मनन आश्रम

सर्वे नं. ४३, सनस नगर, नांदोशी गाँव,

किरकटवाडी फाटा, तहसील – हवेली,

जिला- पुणे – ४११ ०२४. फोन : 09921008060

e-books

•The Source •Complete Meditation •Ultimate Purpose of Success •Enlightenment •Inner Magic

•Celebrating Relationships •Essence of Devotion •Master of Siddhartha •Self Encounter, and many more.

Also available in Hindi at www. gethappythoughts.org

Free apps

U R Meditation & Tejgyan Internet Radio on all platforms like Android, iPhone, iPad and Amazon

e-magazines

'Yogya Aarogya' & 'Drushtilakshya'

emagazines available on www.magzter.com

e-mail

mail@tejgyan.com

website

www.tejgyan.org, www.gethappythoughts.org

– नम्र निवेदन –

विश्व शांति के लिए लाखों लोग प्रतिदिन
सुबह और रात ९ बजकर ९ मिनट पर प्रार्थना करते हैं।
कृपया आप भी इसमें शामिल हो जाएँ।

www.ingramcontent.com/pod-product-compliance
Lightning Source LLC
LaVergne TN
LVHW040321051026
849518LV00001B/29
* 9 7 8 8 1 9 4 3 2 0 0 4 3 *